Marge Piercy

Menschen im Krieg

Marge Piercy

Menschen im Krieg

Roman

Deutsch von Heidi Zerning

roman ariadne 4004
Argument Verlag

Titel der amerikanischen Originalausgabe:
Gone to Soldiers

Umschlag & Satz: Martin Grundmann
Gesetzt aus der Adobe Minion in InDesign
Lektorat: Else Laudan und Iris Konopik
Texterfassung durch die Übersetzerin
Druck: Koninklije Wöhrmann B.V.
ISBN 3-88619-478-7

Die Überlebenden haben ihre eigenen Bücher
geschrieben,
und die zu Tode Gekommenen sind zu zahlreich
und zu hungrig,
als daß dies dem Grabhügel mehr als ein Steinchen
hinzufügen könnte

So ist dies für meine Großmutter Hannah,
die der Trost meiner Kindheit war
und eine Geschichtenerzählerin sogar in dem
Englisch,
das ihr nie recht in den Mund paßte

Für den Augenblick, als sie erfuhr, daß von ihrem
Dorf niemand und nichts geblieben war

Für ihre schwachen Augen, ihren starken Magen
und die Geschichten, die sie erzählte

Für ihre Liebe zu Döntjes und
zu Märchen,
ihr unheilbar romantisches Herz,
ihre Gabe, die Vergangenheit
in die Gegenwart zu rufen

Louise 1

Talent zu Romanzen

Louise Kahan, auch bekannt als Annette Hollander Sinclair, sah in der Diele ihrer Wohnung die Post durch. Ein Luftpostbrief aus Paris. »Deine Tante Gloria hat dir geschrieben«, rief sie Kay zu, die sich in ihrem Zimmer eingeigelt hatte und Swing hörte, angeblich Schularbeiten machte, aber in ihren klebrig-verschwitzten Gedanken nur den Jungens nachhing. Louise kannte die Symptome, hatte aber nie ein Heilmittel dagegen gefunden, nicht bei sich selbst und schon gar nicht bei ihrer Tochter. Kay antwortete nicht; vermutlich hörte sie nichts über dem Stampfen aus dem Radio.

Ein Stapel Privatpost für Mrs. Louise Kahan. Familienkram, Einladungen. Gelegentlich ein Fauxpas, gerichtet an Mr. und Mrs. Oscar Kahan. Wo wart ihr eigentlich die letzten zwei Jahre? Dann die Post für Annette Hollander Sinclair in zwei Häufchen: eins für Geschäftsbriefe über Rechte, Rundfunkbearbeitungen, ein Vertrag mit Doubleday von ihrem Agenten Charley für den Sammelband mit Erzählungen unter dem Titel *Was ihm verborgen blieb*. Vorträge, Clubansprachen, ein Interview am Mittwoch.

Der zweite Stapel für Annette war Fanpost, zu fünfundneunzig Prozent von Frauen. Schließlich ein paar Sachen für die schlichte Louise Kahan: ihr *Daily Worker*, Nachdrucke von einem *Masses and Mainstream*-Artikel, den sie über den Streik der Docker in Baltimore geschrieben hatte, von International Publishers ein Buch über Fabrikarbeiterinnen, das sie besprechen sollte, und William Shirers *Berliner Tagebuch*.

In dem Stapel waren auch die Nachmittagszeitungen. Die griff sie sonst zuerst auf, aber sie konnte sich heute nicht dazu durchringen. Europa war von einem Ende bis zum anderen von den Nazis besetzt, ein einziges riesiges Gefängnis. Überall wurden gute Menschen und alte Freunde an die Wand gestellt, in Kellern gefoltert, in Lager verschleppt, über die Gerüchte umgingen, die langsam mehr zu sein schienen als Gerüchte.

Sie lehnte sich an die Wand und sammelte Kraft, um ihr Leben fortzusetzen, das gefühlsgeladene Minenfeld zu betreten, in das sich ihre Beziehung zu Kay in letzter Zeit verwandelt hatte. Die Diele war der dunkelste Raum der Wohnung, denn das Wohnzimmer, ihr Büro und Kays Zimmer hatten Aussicht auf den Hudson River, ihr eigenes Zimmer und das Eßzimmer blickten auf die Zweiundachtzigste Straße. Sie hatte die Diele mit ein paar geschickt plazierten Spiegeln aufgehellt und mit einer Lampe eigens auf den großen, kühnen Miró, den sie jetzt auf der Suche nach Heiterkeit, Esprit und Licht betrachtete.

Der Vortrag, vor zwei Stunden von ihr gehalten, hatte sie gelangweilt, wiewohl nicht ihr Publikum. Wenn sie an den flittergeschmückten Läden vorbeikam, fand sie Weihnachten schwerer zu verkraften als sonst. Die Welt verbrannte zu Knochen und Asche, und ihre Landsleute dachten an nichts als Donald Duck im Weihnachtsmannkostüm. Sie mußte eigentlich bald die Stadt zur East Side durchqueren, um Lekvar für eine Süßigkeit zu besorgen, die sie gern zu Chanukka buk, eine ungarisch-jüdische Leckerei aus der Küche ihrer Mutter, aber der Laden, der das führte, lag im deutschen Yorkville. Sie brauchte eine kampflustige Stimmung, um den offen zur Schau gestellten Hakenkreuzen die Stirn zu bieten, den Nazifilmen in den Kinos, *Sieg im Westen,* dem Deutsch-Amerikanischen Bund, der antisemitische Pamphlete an den Ecken verteilte.

Neben der Post lag eine Liste der Telefonanrufe, hingekliert, wenn Kay sie entgegengenommen hatte: Ed von der Vortragsvermittlung hat angerufen. Du sollst morgen vormittag zurückrufen. Hat wohl Ärger.

Eine Verrückte hat angerufen, sie will, daß du ihre Lebensgeschichte schreibst.

Pappi hat angerufen.

Die Notizen ihrer Sekretärin Blanche und ihrer Haushälterin Mrs. Shaunessy waren ordentlicher:

Mr. Charles Bannermann, 11.30. Er möchte wissen, ob die Verträge angekommen sind.

Mr. Kahan, 14.30. Er ist in seinem Büro in der Columbia.

Mr. Dennis Winterhaven, gegen 15.00, er ruft noch mal an.

Miss Dorothy Kilgallen hat angerufen wegen eines Interviews mit Ihnen am 12. Dezember.

Oscar hatte zweimal angerufen. Sie versuchte, das als bedeutungslosen Zufall zu behandeln, aber nichts zwischen ihnen würde sich je auf eine emotionslose Ebene hinunterschrauben lassen, das wußte sie inzwischen. Allein bei der Aussicht, ihn zurückrufen zu müssen, erhöhte ihr Herz merklich den Durchfluß, verflixte verräterische Pumpe. Sie erledigte zuerst die geschäftlichen Anrufe, klärte ihren Terminplan, schaute die Verträge durch, setzte ihre Paraphe, wo sie sollte, unterschrieb mit vollem Namenszug, wo sie sollte. Das Geld konnte sie wahrlich brauchen.

Sie beschloß, mit Kay zu reden, bevor sie sich auf ihren geschiedenen Ehemann einließ. Sie klopfte an. Mit fünfzehn hatte sie sich nach eigener Privatsphäre mit einer Heftigkeit gesehnt, an die sie sich noch erinnern konnte. Sie gewährte Kay die Unantastbarkeit ihres Zimmers, obwohl das Beherrschung kostete. Louise kannte sich als ängstliche Mutter. Sie wollte Kay gern wieder näher sein, so nah, wie sie sich gewesen waren, als Kay noch kleiner war, auch wenn sie wußte, daß Kay ihre Unabhängigkeit behaupten mußte. Irgendwo lag der richtige Ton, die richtige Stimme, die richtige Geste, um das gegenseitige Wundgeriebensein zu lindern.

»Schau schau, ein Annette-Hut!« sagte Kay. Sie lümmelte auf dem Fußboden, ganz Beine und Ellenbogen und überzählige Gelenke in einem Faltenrock, der rasch seine Falten verlor, und einer übergroßen Hemdbluse, in der sich ihr kaum entwickelter Körper verlor, als habe er sich aufgelöst. Sie drehte automatisch das Radio leiser, als Louise hereinkam.

Louise berührte den Hut: ein Wagenrad in Schwarz und Rosa mit einem kleinen Schleier über den Augen. »Ich habe in Oyster Bay einen Vortrag vor einem literarischen Club gehalten.«

»*Literarisch?*« kreischte Kay. »Was wollten die dann von *dir?*«

»Sie nennen sich so, aber sie lesen nicht Thomas Mann.« Sie löste die Hutnadeln, nahm den Hut ab und ließ ihn auf zwei Fingern kreisen. Sie schlüpfte aus ihren hochhackigen Pumps und sank in den Schaukelstuhl, um sich die müden Füße zu massieren. »Hat dein Pappi gesagt, was er wollte, Kay?«

Kay kicherte. »Ich habe ihm von meinem Aufsatz erzählt, und er hat ihn praktisch am Telefon für mich geschrieben.«

»Das war bestimmt sehr hilfreich«, sagte Louise und schmeckte dabei den Essig in ihrer Stimme. »Was hatte er sonst noch zu bieten?«

Kay zuckte die Achseln. Offensichtlich war sie unwillens, die Reichtümer eines trauten Vater-Tochter-Gespräches zu teilen.

Louise fiel es wieder ein. »Für dich ist ein Brief da von deiner Tante Gloria.«

Gloria, Oscars Schwester, hatte der Kriegsausbruch in Paris überrascht. Gloria war Kays Lieblingstante, die Glanzgestalt, die Andere, die sie so sehnsüchtig sein wollte: eine elegante, schwarzhaarige Schönheit, die als freie Korrespondentin in amerikanischen Zeitschriften über französische Mode berichtete. Gloria war wie Oscar in der Stahlstadt Pittsburgh geboren, doch das einzig Stählerne an ihr war ihr Wille. Louise bewunderte die Willenskraft und den Stil ihrer Schwägerin, obwohl Gloria außer Opportunismus keinen politischen Standpunkt besaß und einen nichtssagenden Franzosen mit mehr Geld als Verstand und mehr Stolz als Geld geheiratet hatte.

Gloria nahm ihre Tantenpflichten ernst. Sie war kinderlos, denn ihr etwa zwanzig Jahre älterer französischer Mann besaß bereits Kinder, denen offenkundig lieber war, daß er keine weiteren in die Welt setzte. Während Kay sich durch die Wildwasser ihrer Pubertät paddelte, schickte Gloria ihr unpassende Geschenke (entweder zu kindliche Teddybären oder zu damenhafte perlenbesetzte Pullover) und anekdotische Briefe, die Kay heiß und innig liebte.

Nun raffte Louise sich seufzend auf. Sie streifte einen Kuchenkrümel vom Rock ihres rosaroten Wollkostüms und betrachtete sich in Kays Spiegel.

»Du siehst schick aus, Mammi. Warum bist du immer noch so angezogen? Gehst du noch mal aus?«

»Nein, Liebling, keinen Schritt. Ich wollte mich nur bei dir melden.« Sie sah wirklich recht gepflegt aus, der Teint rosig über dem rosaroten Kostüm, das Haar gut geschnitten, eng anliegend an den Seiten des ovalen Gesichts, deren bestes Merkmal die fein geschnittenen Züge waren und deren zweitbestes die großen grauen Augen, betont vom rotbraunen Haar. Louise war es immer selbstverständlich gewesen, auf Männer attraktiv zu wirken; etwas Gegebenes, über das sie nicht nachzudenken brauchte, ein Vorteil, auf den sie sich verlassen konnte. Jetzt prüfte sie kritisch ihr Aussehen, wie sie es jeden Monat mit ihrem Bankkonto tat. Die Ausgaben waren hoch für ihren vaterlosen Haushalt, und die Lebenshaltungskosten konnten sich rasch auf dem Gesicht einer Frau von achtunddreißig niederschlagen. Wenig Eitelkeit war im Spiel. Sie vertrat die Ansicht, wenn ein Vorteil dahin war, so tat man gut daran, das zu berücksichtigen. Doch der Spiegel versicherte ihr, daß sie attraktiv geblieben war, falls das irgend etwas nutzte.

Wenn sie daran dachte, wieder zu heiraten, dann tauchte die Frage auf, wo sie den Mann hinstecken sollte. Nachdem Oscar entschwunden war, hatten sie und Kay und Mrs. Shaunessy und ihre Sekretärin Blanche den Platz rasch ausgefüllt. Sie war nicht bereit, auf ein Büro für ihre Arbeit zu verzichten und sich je wieder mit einem zierlichen Damenschreibtisch hinter einem Wandschirm in einer Ecke des Schlafzimmers zu begnügen. Sie lächelte dem Spiegelbild, das sie schon gar nicht mehr wahrnahm, zu und dachte daran, wie bezeichnend es für das Zusammenleben mit Oscar gewesen war, daß sie ihrer Arbeit in einer Ecke hatte nachgehen müssen. Alles hatte sich stets und ständig nach ihm richten müssen.

»Mutter! Du benutzt den Spiegel ja mehr als ich.«

Sie merkte, daß Kay mit Glorias ungeöffnetem Brief auf dem Schoß dasaß und darauf wartete, daß sie ging, damit sie ihn ungestört verschlingen konnte. Louise fühlte sich ausgeschlossen und entfernte sich sofort. Das Abendessen war sicher eine bessere Gelegenheit. Sie nahm sich vor, beim Abendessen mit Kay zu reden, denn das war oft ihre beste Zeit. Sie würde aus ihrem Nachmittag eine Perlenschnur komischer Geschichten machen, um Kay zum Lachen zu bringen, und sie dann nach der Schule und ihren Freunden und Freundinnen fragen. In letzter Zeit umwarb sie ihre Tochter ständig. Sie mußte sich bezähmen, nicht zu viele Geschenke zu kaufen, aber vielleicht war es möglich, am Sonnabend mit ihr einkaufen zu gehen, nachmittags. Sie konnte sich noch an ihre Vertrautheit erinnern, als sie sämtliche Hoffnungen und Wünsche und Ängste von Kay auswendig kannte, als sie Kay im Arm gehalten und für sie »Du bist mein Sonnenschein« gesungen und es auch so gemeint hatte. Ihr kostbares Sonnenkind, dessen Leben völlig anders werden sollte, geborgener und besser als ihre eigene arme und zerrüttete Jugend.

Nun konnte sie das Telefongespräch mit Oscar nicht länger hinausschieben. Sie dachte daran, Mrs. Shaunessy nach seinen genauen Worten zu fragen, aber ihr Zaudern und ihre Befangenheit hatten noch nicht die Oberhand. Nachdem sie die Tür geschlossen hatte, nahm sie sich ihr Schlafzimmertelefon auf den Schoß, doch dann überlegte sie es sich anders und beschloß, ihn von ihrem Bürotelefon aus anzurufen. Von Schreibtisch zu Schreibtisch. Das mutete sicherer an. Louise saß in ihrem Drehsessel und blickte mit Genugtuung auf das kleine Arbeitskönigreich, das sie sich geschaffen hatte, dann wählte sie widerwillig Oscars Nummer in seinem Büro in der Columbia University.

»Oscar? Hier ist Louise. Du hast angerufen?«

»Louie! Wie geht's dir? Augenblick.« Er sprach vom Hörer weg. Die Stimmen redeten ein Weilchen weiter, sie saß da und zog vor Ungeduld Gesichter. »Entschuldige, daß ich dich warten ließ, aber ich wollte meine Assistentin ins Vorzimmer verfrachten.«

»Assistentin wobei?«

»Ich leite eine Befragung deutscher Flüchtlinge. Einer meiner Studenten befragt die Männer, und eine junge Dame von Blumenthal wird sich der Frauen annehmen. Wie geht's dir, Louie? Ich habe vorhin mit Kay gesprochen. Wir hatten ein recht verständiges Gespräch über den Sinn der Demokratie.«

»Kay sagte, du hast ihr am Telefon in groben Zügen den Aufsatz geschrieben.«

»Sind das nicht scheußliche Nachrichten dieser Tage? Wenn ich das Radio anstelle, dann rechne ich mit der Nachricht, daß Moskau gefallen ist.«

»Sie kämpfen in den Vorstädten. Ich warte immer darauf, daß der legendäre russische Winter seine historische Pflicht tut und die Nazis vereist –«

»Ich habe letzte Woche Oblonsky getroffen. Er ist in Leningrad gewesen. Er sagt, sie verhungern.«

»Nicht buchstäblich«, sagte Louise schneidend. Sie hatte eine Abneigung gegen solche Übertreibungen.

»Durchaus buchstäblich. Die Menschen sterben vor Hunger und Kälte. Er sagt, sie fallen zu Tausenden tot um, und es ist niemand da, um sie zu beerdigen.«

Louise schwieg. Sie und Oscar hatten Freunde unter den Intellektuellen und Schriftstellern Leningrads, einer Stadt, die sie Moskau vorzogen. Oscar konnte etwas Russisch, und sie hatten die Sowjetunion 1938 besucht. Schließlich sagte sie: »Wir werden wohl erst, wenn der Krieg vorbei ist, erfahren, was aus allen geworden ist.« Sie seufzte, und Oscar an seinem Ende seufzte auch. »Ach, Gloria hat Kay geschrieben.«

»Was hatte sie zu berichten?«

»Da mußt du deine Tochter fragen.«

»Ich bin überzeugt, Gloria geht es bestens. Sie ist gut vor den Nazis abgeschirmt, und ich kann mir nicht vorstellen, wieso die sich für sie interessieren sollten. Mir wäre zwar sehr viel lieber, sie würde sich zurückverfügen, aber sie sieht wohl wenig Grund, ihre Koffer zu packen und abzureisen. Schließlich ist sie Bürgerin eines neutralen Staates.«

»Was hast du auf dem Herzen, Oscar? Du hast zweimal angerufen.«

»Sonntag ist unser Hochzeitstag. Der siebzehnte, hab' ich recht?«

»Es war schon ungewöhnlich, daß du ihn in den fünfzehn Jahren unserer Ehe behalten hast, das sagten mir immer meine sämtlichen Freundinnen, aber hältst du es nicht für ein bißchen übertrieben, davon Notiz zu nehmen, nachdem wir geschieden sind?«

»Ich weiß immer noch nicht, warum du die Scheidung wolltest –«

»Sie ist jetzt seit einem Jahr rechtskräftig. Ist es nicht etwas spät, darüber zu diskutieren? Ich fand es absurd, mit einem Mann verheiratet zu sein, mit dem ich nicht mehr zusammenlebte.«

»Laß uns jetzt nicht darüber streiten. Ich dachte, es wäre hübsch, gemeinsam zu Abend zu essen, zur Erinnerung an alte Zeiten. Schließlich werden wir sowieso den ganzen Abend aneinander denken. Warum dann nicht zusammen?«

»Bittest du mich um ein Rendezvous, Oscar?« Es klang albern, aber sie wollte Zeit gewinnen.

»Genau das. Wäre das nicht schön? Wir haben schon eine Ewigkeit nicht mehr manierlich zusammengesessen und ein gutes Essen und eine Flasche Wein geteilt. Ich brenne darauf, dir zu erzählen, was ich mache. Und natürlich auch alles von dir zu hören.«

Oscar widerstrebte es zutiefst, Frauen loszulassen. Er versuchte, alle seine ehemaligen Freundinnen in der einen oder anderen Funktion beizubehalten, als Freundinnen, Kolleginnen, Abhängige, zumindest als Bekannte. Er war es gewohnt, immer noch die Fürsorglichkeit seiner verwitweten Mutter zu beanspruchen. Er wollte nicht einsehen, warum er auch nur eine der Frauen, deren Zuwendung er genossen hatte, je gehen lassen sollte. Er wußte sogar noch ihren Wunsch nach Rat und Anteilnahme bei ihren Problemen mit Kay für seine Zwecke zu nutzen. Sie konnte sich gar nicht vorstellen, jemals nicht mehr neugierig auf Oscar zu sein; ihr Problem mit anderen Männern war, daß sie alle mit ihm verglich. Dennis Winterhaven behauptete, sie mache Oscar zu einem Mythos, aber er kannte Oscar eben nicht.

»Komm, Louie, warum nicht? Ich gehe mit dir hin, wo du möchtest. Aber ich habe ein wunderbares spanisches Restaurant in der Vierzehnten entdeckt, natürlich Flüchtlinge, hervorragender Gitarrist, vorzügliche Paella.«

Sie war an dem Abend mit Dennis verabredet, aber erst um sieben. Sie wollten zusammen essen, dann führte er sie ins Savoy, um Hildegarde zu hören. »Sonntag abend habe ich schon etwas vor. Aber ich könnte mit dir zu Mittag essen.«

»Ich hol' dich um eins ab?«

»Ist gut.« Sowie sie aufgelegt hatte, wanderte sie im Büro umher. Warum hatte sie zugestimmt? Weil sie der Versuchung nicht widerstehen konnte, ihn zu sehen. Dabei war sie ungefährdet, denn sie traf sich gleich anschließend mit Dennis. Oscar hatte natürlich recht; sie hätte den Abend damit zugebracht, an ihn zu denken. Wäre sie doch nur fähig, sich in Dennis zu verlieben! Das Abendessen war theoretisch reich an Möglichkeiten. Wie ihre flatterigen Gefühle nutzen? Ihre Finger zeichneten Kreise auf die Schreibtischunterlage. Sie konnte keine Geschiedene zur Heldin nehmen. Die gaben in den Journalen nur gelegentlich die böse Schlange ab. Sie selbst fand großen Gefallen am anrüchigen Klang, eine Geschiedene zu sein. Sie hatte das glanzlose Gattinnendasein überwunden und war daraus als schillernder tropischer Prachtfalter hervorgegangen, aber einer mit einem Wespenstachel.

Würde man ihr ein Paar, das in Trennung lebte, durchgehen lassen? Oder mußte es ein vor Jahren beinahe geheirateter Mann sein? Das war sicherer. Der Hochzeitstag, das war das Gedenken an den Tag, an dem sie beinahe geheiratet hatten, aber dann eben doch nicht. Und weshalb nicht? Louise schaute auf die Uhr. Ihr blieben noch ein paar Stunden bis zum Abendbrot. Sie grub nach dem verborgenen Traum, der in dieser nichtssagenden Geschichte steckte. Das war ihre Stärke, den geheimen Phantasievorstellungen von Frauen auf die Spur zu kommen, diese Gesteinsader auszubeuten wie radioaktives Erz, wie das Uran, an dem Madame Curie gearbeitet hatte; oder, ehrlicher, wie die Buttercremeschicht einer Torte. Wollen mal sehen, beispielsweise eine Witwe?

Jung verwitwet? Auf Kriegstote war man noch nicht eingestellt, aber beispielsweise ein Unfall? Nicht mit Makel behaftet, und nun geh deinen Weg in deinem Tempo. Eine zweite Chance mit einem Mann, den du abgewiesen oder fallengelassen hast, aus Gründen, von denen du heute weißt, daß es die falschen waren. Ja, eingehen auf diese geheimen Phantasievorstellungen verheirateter Frauen, daß ihr Depp von einem Mann plötzlich tot umfiel und der Davongekommene wieder auf der Bildfläche erschien. Das verkaufte sich mit Sicherheit.

Sie brauchte noch einen guten Köder und einen guten Titel. Ein Strauß gelber Rosen, der plötzlich an der Tür abgegeben wird. Bestimmt ein Irrtum. Die Erinnerung an frühere Jahre. Nenn sie Betsy. Das ist ein netter, sicherer, achtbar klingender Name. Es war eine Neuengland-Geschichte, beschloß sie, eine von denen, die in der von ihr erfundenen Cape Ann-Stadt Glastonbury spielten. Ein Fischer, der in einem Sturm draußen blieb. Oder ein Pendler in einem Zugunglück? Mit dieser Gesellschaftsschicht konnten sich ihre Leser eher identifizieren.

Komisch, wie das Telefongespräch mit Oscar sie angeregt hatte. Schon oft hatte sie die Ausdünstungen ihres Zusammenlebens zu verwertbarem Material verdichtet. Als sie heranwuchs, hatte Louise nie davon geträumt, Schriftstellerin zu werden, Verfasserin von Romanen oder Kurzgeschichten. Nein, Journalistin hatte sie werden wollen, Auslandskorrespondentin, eine Dorothy Thompson. Dann hatte sie ihre erste Geschichte geschrieben, als Oscar arbeitslos war und Kay ein kleines Mädchen und sie die Miete nicht zahlen konnten. Zu der Wohnung am Rande von Flatbush gehörte ein Regal voller *Saturday Evening Posts, Ladies' Home Journals*, Nummern von *McCall's* und *Redbooks*. In dem Winter hatten sie kein Geld, um sich Zeitungen zu kaufen. Oscar hob sie immer von der Straße auf, nachdem andere sie gelesen hatten.

Daß ihre Geschichte gekauft wurde, überraschte sie. Sie konnte sich noch erinnern, wie sie von dem Geld eingekauft hatte. Huhn, Lammkoteletts, eine richtige Puppe für Kay mit echtem Haar und Schlafaugen, einen warmen Pullover für Oscar und die Zahlung der rückständigen Miete. Die nächste wurde nicht gekauft, die übernächste auch nicht, aber dann verkaufte sie wieder eine. Sie begann zu erkunden, was ankam und was nicht; sie analysierte abgedruckte Geschichten nach den soziologischen und psychologischen Profilen annehmbarer Heldinnen und Helden. Sie schematisierte die Fabeln von je zwanzig

Geschichten aus den am besten zahlenden Zeitschriften. Sie schärfte ihren Blick und begann, regelmäßig zu verkaufen.

Ihr Pseudonym war das, unter dem sie ihre erste Geschichte geschrieben hatte, als ihr auffiel, daß unter den abgedruckten Autoren keine jüdischen Namen vertreten waren und daß Frauen, deren Namen sie als verheiratet auswiesen, sich besonders gut zu verkaufen schienen. Sie hatte Annette Hollander Sinclair erfunden, und später, als diese Dame eine populäre Autorin von Frauenromanen wurde, lernte Louise, sich für öffentliche Auftritte in Annette zu verwandeln. Sie kaufte Annette eigene Kostüme, Hüte, Handschuhe, Handtaschen, Schuhe. Sie hatte sogar eine Annette-Stimme. Dennis, dachte sie, hatte sich in Annette verliebt, weshalb sie wahrscheinlich nicht in ihn verliebt war. Oscar wollte immerhin mit Louise essen gehen. Obwohl sie sich ein wenig schämte, begann sie vorsichtig, sich auf Sonntag zu freuen. Unterdessen lief sie über den Flur, zog sich um in eine bequeme Hängebluse und einen weiten Glockenrock, schlüpfte in Fellpuschen und widmete sich dann am Schreibtisch wieder der Geschichte von Betsy, deren Mann in einem Zugunglück auf dem 5 Uhr 15-Nahverkehrszug von der North Station starb; und deren Jugendfreund gelbe Rosen schickte und geheimnisvoll lächelte, der jungenhaft lachte, dessen schelmische schwarze Asiatenaugen aber von Oscar ausgeliehen waren.

Daniel 1

Ein alter China-Hase

Daniel Balaban überquerte die Brücke von der Harvard Business School, in der er und seine Kommilitonen untergebracht waren, zum älteren Harvard auf der Cambridge-Seite des Charles River. Die Scharen junger College-Studenten betrachtete er ebenso neugierig und kühl distanziert, wie er die vielsprachigen Spaziergänger auf der Bund in Schanghai beobachtet hatte. Er gehörte hier nicht her. Die Marine erlaubte sich Harvard gegenüber einen kleinen Scherz mit diesem

Sammelsurium aus Missionarssöhnen, Marinestabsoffizieren und alten China-Hasen, die in Geschäfts- oder Militärangelegenheiten die letzten zwanzig Jahre dort verbracht hatten. Die meisten konnten ein wenig Japanisch, doch andere wie er selbst konnten nur Chinesisch. Die Marine hatte sie hier zu einen Japanisch-Intensivkurs am Yenching-Institut versammelt. Daniel, Kind einer in der Bronx untergekrochenen jüdischen Emigrantenfamilie, hatte als Student hier und da Tüpfel von Begabung gezeigt, war jedoch zu keinem besonderen Ehrgeiz gelangt, zumindest keinem, für den akademische Grade verliehen wurden. Nun arbeitete er hart an seinem Japanisch und war von sich selbst überrascht: sein Glück freute ihn, und zugleich fand er es komisch.

Daniel erinnerte sich gut genug an die Depression, um nie vergessen zu können, wie Hunger war und wie er einen Menschen zusammenstutzte auf nichts als sich selbst. Sein Vater war mit fünfzehn Jahren aus dem polnischen Kozienice in die Vereinigten Staaten gekommen. Nach und nach hatte er sich ein kleines Knopfgeschäft aufgebaut, das in den zwanziger Jahren florierte. Er glaubte an sein Adoptivland und wollte alles so tun, wie es die Amerikaner taten. Er nahm Daniel und seinen älteren Bruder Haskel mit zu den Spielen der *Giants,* und er bedankte sich überschwenglich bei seinen Geschäftsfreunden für die Börsentips, die sie ihm gaben. Es ging ihnen sehr, sehr gut, wie in seinen Träumen. Es verschwand über Nacht, als wäre es nie dagewesen: Feengeld. Daniel dachte, daß weder sein Vater noch seine Mutter je den Schock verwunden hatten, als all das Geld zu Schulden schmolz. Innerhalb von zwei Monaten waren sie nicht mehr wohlhabend, und wenig später waren sie arm.

Onkel Nat, der in Deutschland Geschäftsmann gewesen war, ging fort, sobald Hitler die Macht ergriffen hatte. In Schanghai blühten seine Geschäfte, und so wollte er seine Brüder nachkommen lassen. Onkel Mendel arbeitete in Frankreich; Onkel Eli und Tante Esther ging es in Kozienice sehr gut, vielen Dank. In der Bronx erhielt Daniels Vater dankbar das Geld für die Überfahrt und machte sich auf den Weg, um das Glück seines Bruders in Schanghai zu versuchen. Keiner von beiden wurde reich, aber es ging ihnen gut, *taipans*, erfolgreiche Geschäftsleute. Innerhalb von sechs Monaten holte Daniels Vater seine Familie nach. Alle fuhren, bis auf Haskel, den hochbegabten, wenngleich engstirnigen Medizinstudenten in einem vorklinischen Semester am City College.

Er konnte sich noch daran erinnern, wie er und seine Schwester Judy und seine Mutter auf dem französischen Schiff, das sie nach China brachte, gegessen hatten. Sie fuhren dritter Klasse, doch das Essen war reichlich, so reichlich, daß sie in ihrer ersten Woche auf See von nichts anderem reden konnten. Wie viel es zu essen gab. Wie oft sie aßen. Wie bald sie wieder soviel essen würden. Nach drei Wochen auf dem Schiff hatte sich ihre Ausgezehrtheit in sonnengebräuntes Fleisch verwandelt. Seine Mutter sah zehn Jahre jünger aus. Seine sechzehnjährige Schwester Judy war plötzlich hübsch.

Bis dahin war er ein linkisches Kind gewesen. Flog ein Ball in seine Nähe, traf er ihn unweigerlich ins Gesicht, als leite Bosheit das runde Ding oder ein Magneteisen in seinem Schädel, so daß er mit vierzehn von harten und weichen Baseballbällen, von Footballbällen, von Basketballbällen, von Fußbällen, Strandbällen, Tennisbällen, ja selbst Pingpongbällen schmerzlich getroffen worden war; alle hatten ihn, sobald sie Gelegenheit dazu bekamen, angegriffen und damit bei seinen Spielkameraden Wut und Spott ausgelöst.

Er war ein eigensinniges, verträumtes, in sich gekehrtes Kind und liebte Bücher über die Hunde und Katzen und Pferde, die er nicht haben konnte. Seine Kosetiere waren zwei Goldfische, Mink und Mank. Seine Mutter schärfte ihm immer wieder ein, sie nicht zu überfüttern, doch das war das einzige, was er für sie tun konnte. Eines Morgens schwammen sie mit dem Bauch nach oben in ihrem winzigen Glas. Er ersetzte sie nicht. Er las lieber *Burschi, ein Hund* oder das *Dschungelbuch*. Ihm schienen Wölfe die liebevolleren, aufmerksameren Eltern. In früher Kindheit war er seiner Mutter eng verbunden gewesen, doch der Verlust ihres behaglichen Heims, des Autos, der Möbel, des Ansehens versetzte sie in Apathie. Sie führte nur noch Selbstgespräche, wenn sie ohne Unterlaß die enge, überfüllte Wohnung putzte. Obwohl sie sich nun unablässig über China beklagte, hatte sie hier einen Hausdiener und einen Koch, und jeden Tag stattete sie anderen verheirateten jüdischen Damen Besuche ab.

Daniels Familie zog in ein sogenanntes Hofhaus in Hongkew, einem armen, wimmelnden, aber faszinierenden nordöstlichen Vorort, der auf drei Seiten von Wasser umgeben war. Sie wohnten dort, weil die Mieten und die Lebensmittel nur halb so teuer waren wie im internationalen Settlement oder im französischen Settlement. Ihr Haus gehörte zu den rasch hochgezogenen Neubauten der Gegend, stand im Schutze einer Mauer mit einem Tor und war feuchtkalt, nur beheizt von kleinen, stinkenden Kohleöfen.

Daniel wurde auf die amerikanische Schule im internationalen Settlement geschickt, aber der tägliche Unterricht dauerte nicht lange und ließ ihm viel Zeit, durch die Straßen zu stromern. Von einem Straßenhändler kaufte er sich getragene chinesische Kleidungsstücke, die er in der Mauer verbarg. Mit seinem schwarzen Haar, der tiefgebräunten Haut und den dunkelblauen Augen sah er nicht chinesisch aus, konnte aber als mandschurisch durchgehen. Wäre er in europäischen Kleidern mit seiner Armbanduhr herumgelaufen, man hätte ihn überfallen und ausgeraubt. Nun, wo er durch sein selbsterdachtes Abenteuer streifte, blühte er auf vor neuem Selbstvertrauen. Er stellte sich vor, wie die Jungens aus seiner alten Nachbarschaft ihn beneideten und wie sie bedauerten, ihn nicht in ihre Baseballmannschaft gewählt und ihn sogar vom Brennball ausgeschlossen zu haben. Die Straßen erstickten am Verkehrsgewühl und glitzerten von riesigen, vergoldeten Schildern, leuchtenden Neonreklamen und gewaltigen grellbunten Wandbildern, die einheimische Produkte anpriesen. Er wuchs rasch und hatte immer Hunger, aber es gab viel zu essen, und alles billig: Nudeln, gefülltes Pao, Tangtuanklöße, süße Mandelsuppe, süße oder salzige Kuchen, Salzfisch und Kohl. Er liebte die Dampfer und die Sampans, die Hausboote mit den aufgemalten Augen im brackigen Hafen.

Auf der amerikanischen Schule wurde kein Chinesisch unterrichtet. Wenige Eltern sprachen Chinesisch oder verstanden es. Onkel Nat sagte, auf den anderen internationalen Schulen sei es das gleiche. Als sein Onkel sah, daß er sich dafür interessierte, besorgte er Daniel zwei Lehrer, einen für umgangssprachlichen Wu-Dialekt und den anderen zum Lesen und Schreiben der Schriftzeichen. Er lernte bei seinen beiden chinesischen Lehrern weitaus eifriger als bei seinen Lehrern in der amerikanischen Schule, weil er das, was er lernte, sofort auf den Straßen anwenden konnte, dort, wo er immer sein wollte.

»Die Europäer und die Amerikaner verhalten sich wie Schafsköpfe«, sagte Onkel Nat und wies darauf hin, daß die Amerikaner keine Chinesen in ihren Country Club ließen. »Es gibt in dieser Welt niemanden, auf dem man sicher stehen kann. Man kommt in anderer Leute Land und man hat die Möglichkeit, in Sicherheit zu sein, ein gutes Leben zu führen, da lernt man ihre Sitten und da spricht man ihre Sprache, damit man sie nicht mehr kränkt, als man muß. Wenn man in den Wind spuckt, fliegt's einem wieder ins Gesicht. Kapiert?«

Onkel Nat war ein grauhaariger Mann ähnlich wie sein Vater, aber er stand anders da, nicht krumm und gebeugt. Er hielt sehr auf äußere Form. Daniel fühlte sich bei ihm wohler als bei seinem Vater. Seine Eltern redeten ununterbrochen von Haskel, der im City College Einser sammelte. Der Erstgeborene, der gute Sohn.

Schanghai wimmelte von Menschen, vier Millionen Chinesen und dazu hunderttausend Ausländer, es hatte moderne Wolkenkratzer, tipptopp uniformierte Sikhs auf kleinen Zementpodesten, die den Verkehr regelten, fünf Universitäten, zahlreiche gelehrte und wissenschaftliche Einrichtungen, Nobelhotels und exklusive Privatclubs; doch für die meisten Chinesen gab es nur Armut und einen raschen oder langsamen Tod. Morgens lagen Leichen auf seinem Schulweg. Überall schüttelten verkrüppelte Bettler ihre Büchsen. Schanghai brodelte von Krankheiten, von politischen Unruhen und Morden. Er sah zu, wie Gefangene für politische oder ganz gewöhnliche Verbrechen geköpft oder garrottiert wurden, öffentliche Hinrichtungen, wo er in der Menge stand und staunend mitansah, wie ein Leben ausgelöscht wurde, sich aber in acht nahm, so gleichmütig dreinzuschauen wie alle anderen, um keinen Ärger zu bekommen.

Dann fing er sich eine Art Paratyphus ein, der so mächtige Eingeweidekrämpfe auslöste, daß er sehen konnte, wie sein Bauch davon wogte, während er ächzend in hohem Fieber lag. Nach diesem ersten heftigen Anfall kehrte die Krankheit jeden Monat wieder; schließlich schien er sie auszuwachsen. Er aß weiterhin von Garküchen und Straßenverkäufern. Er schoß zu einem Meter achtzig auf. Mit sechzehn kaufte er sich seine erste Sexualerfahrung im Rotlichtdistrikt der Kiangsestraße, und im Gegensatz zu dem, was seine Lektüre ihn glauben gemacht hatte, fand er sie nicht widerwärtig oder abstumpfend, sondern reizvoll, wenn auch unvollständig, da ohne jeden Zusammenhang.

Nach diesen anfänglichen Sexualerlebnissen betrachtete er Frauen mit großem Interesse. Er versuchte, sich nichts anmerken zu lassen, aber offenbar bemerkte die Frau eines Arztes aus Berlin sein Interesse. Sie verführte ihn, eine Aufgabe, die ihr keine Schwierigkeiten bereitete, sobald er begriffen hatte, daß ihm angeboten wurde, was er am meisten begehrte. Prompt verliebte er sich in sie. Ach, das war es also, worauf er gewartet hatte, was er erwartet hatte. Da war zum einen der Sex und da waren zum anderen die Schwärmereien, aber wenn er beides in einer bestimmten Frau zusammenfügte, entstand ein unwiderstehliches neues Spiel, eines, das bis in sein erstes Jahr an der Schanghai-Universität andauerte, wo er sich mit zwei chinesischen Jungen anfreundete und in ihre Elternhäuser eingeladen wurde.

Die japanische Invasionsarmee näherte sich der Stadt. Die chinesischen Truppen verbrannten viel von Hongkew, die Japaner zerbombten den Rest, und die Balabans zogen widerwillig in kleinere, wesentlich teurere möblierte Zimmer im französischen Settlement, bis wieder Hofhäuser rasch hochgezogen wurden. Häufige Bombenangriffe erschütterten den Boden, zerstörten ganze Wohnblocks. Der Bahnhof wurde von Bomben getroffen, und es gab unzählige Tote. 1938 war Schanghai vom Festland abgeschnitten und warf weniger Gewinne ab. Flüchtlinge aus Deutschland und Österreich strömten herein mit haarsträubenden Berichten. Daniels Eltern wurden zunehmend nervös. Es wurde Zeit, empfanden sie, in die Bronx zurückzukehren.

Er verließ China unter Protest und weinte ganz offen. Judy war glücklich. Sie wollte das normale Leben eines amerikanischen Mädchens, sagte sie laut. Daniel hatte kein Verlangen nach dem normalen Leben eines amerikanischen Jungen, das er als Titelseite der *Saturday Evening Post* sah, ein sommersprossiger Dorfbub mit einer Angel. Genauso wenig sehnte er sich nach den Prügeleien mit italienischen und polnischen Bengels auf den umkämpften Straßen der Bronx.

Er besuchte das City College. Der politische Umbruch faszinierte ihn, wie es die Straßen von Schanghai getan hatten. Er ging zu den Versammlungen von Splittergruppen, schlenderte durch den Basar der Ideen, konnte sich mit keiner identifizieren, war aber guter Hoffnung, daß irgendeine Ideologie ihn zu Engagement hinreißen würde. Er wohnte zu Hause und fuhr täglich ins College, obwohl er bei seinen Eltern, denen er sich seit Jahren nicht mehr anvertraut hatte, keine Ruhe fand. Er sah sie als enge, naive, liebe, aber beschränkte Menschen. Sie hatten sich stets den Kopf um Überlebensstrategien zerbrechen müssen. Er versprach sich ganz andere Aussichten. Er war ungern mit Haskel zusammen, der jetzt in den klinischen Semestern war und von seiner Mutter bedient wurde wie von einer Magd. Jeder Bruder fand den anderen verachtenswert.

Dienstags und mittwochs fuhr er mit der Stadtbahn zur Upper West Side, wo es eine kleine chinesische Gemeinde von der Mittelküste gab. Dort nahm er Unterricht bei dem Besitzer des Shanghai Star, in einem kleinen Büro über dem Restaurant. Dienstags war die Umgangssprache dran. Pao Chi war ein kahler, großgewachsener und schwergewichtiger Mann, doch seine Stimme war sanft und melodiös. Er redete gern über den Taoismus. Mittwochs studierten sie die Schriftzeichen. Gleich nach dem amerikanischen Neujahr erlaubte ihm Mr. Pao, die Kalligraphie auf einer Speisekarte zu machen.

Seine Familie mißbilligte seine Vernarrtheit in alles Chinesische. Sein Vater, seine Mutter und seine Schwester Judy hatten in China gelebt wie eine Katzenfamilie, die auf einem Baumstamm in einem Bach hockt und bemüht ist, nicht naß zu werden, nicht in das vorbeifließende Leben hineingezogen zu werden. Daniel hatte vor, zu seinem Onkel Nat zurückzukehren, der China so liebte wie er. Das war der Traum, nach dem er sich verzehrte.

Er verliebte sich in eine Trotzkistin und strengte sich sehr an, auch Trotzkist zu werden, denn ihr Körper war seidenweich, und sie hatte ein warmes, aufreizendes Lachen und einen klaren, nüchternen Verstand, mit dem er gern die Klingen kreuzte. Sie genoß die Streitgespräche nicht so sehr wie er und gab ihn für einen auf, dessen politische Überzeugungen stärker waren und dessen Verlangen ebenso stark schien. Er erfuhr, daß die Liebe für ihn wie ein Feuerwerk war, Hitze und Licht, doch wenig Schaden. Sein Verlangen ließ nicht nach, wenn auch oft seine Verliebtheit. Er verliebte sich in Belanglosigkeiten, ein Lachen, die Form eines Beines, ein Lächeln; kein Wunder, daß sein Interesse rasch verflog.

Er freundete sich mit seinem Vetter Seymour an, der ein Jahr älter und Kommunist war und sich Mühe gab, ihn anzuwerben. »Du bist ein Dilettant«, sagte Seymour zu ihm. »Nichts bewegt dich, oder alles bewegt dich.«

Mr. Pao hielt das für eine annehmbare Daseinsart. »Das höchste Gute gleicht dem Wasser. Das Wasser nützt den zehntausend Wesen, aber macht ihnen nichts streitig; es weilt an Orten, die die Menge der Menschen verabscheut. Darum ist es nahe dem Weg«, zitierte Pao aus dem *Taoteking*.

Daniel war sich uneins, ob er wirklich so wässerig bleiben wollte. Er versuchte, sich wundersame Leidenschaften vorzustellen, die ihn länger als zwei Wochen beschäftigen würden. Nur die Frau des Arztes hatte sein Interesse wachgehalten, doch es hieß, sie sei mit einem Engländer durchgebrannt, der angeblich Geheimagent war und sich dann als Hochstapler mit einem Berg Schulden entpuppte. Onkel Nats Briefe waren voll von Katastrophen unbegreiflichen Ausmaßes, Menschen fielen wie welkes Laub und gaben einen blutigen Kompost ab, während der Krieg unaufhörlich weiterging. Die Japaner kontrollierten nun die Stadt. Onkel Nat beschrieb ein letztes Kontingent von tausend polnischen Juden, die auf der Suche nach Sicherheit bis dorthin geirrt waren. Viele Flüchtlinge saßen in Schanghai fest, das keine Visa verlangte, keine Pässe, keine Papiere, keine Zeugnisse über Unbescholtenheit und vergangene oder gegenwärtige Reichtümer. Der Krieg bescherte allen Armut, berichtete Onkel Nat. Bald würde er nur noch ein *yang kueitze* sein, das Schimpfwort für mittellose Ausländer. In Hongkew, schrieb Onkel Nat, gab es inmitten der Ruinen und Schutthalden ein Kammerorchester, mehrere Theater und einen hin- und herwogenden Krieg kultureller Versnobtheit zwischen den Juden aus Wien und den Juden aus Berlin. Daniel wurde von Heimweh gepackt. Seine Eltern sangen die Litanei über die Klugheit ihrer Abreise. Nur sein Lehrer Pao Chi teilte seine Faszination für das, was in China vorging.

Daniel arbeitete als Platzanweiser in einem Kino. Im Sommer kellnerte er in den Catskills. Ein einziges Mal drang seine Chinaleidenschaft in sein Collegeleben ein, als er nämlich gebeten wurde, im Progressive Club einen Vortrag über die Lage in China zu halten. Seine Rede war kein Erfolg, denn sein Selbstvertrauen, in Einzelbegegnungen oft das eines Löwen, schwand beim Anblick der ausdruckslosen, anonymen Gesichter. Nach dem Examen war die einzige Arbeit, die er finden konnte, das Zustellen von Gerichtsvorladungen.

Trotzdem zahlte sich sein mißratener Vortrag doch noch aus, denn sein Volkswirtschaftsdozent hatte seinen Namen jemandem von der Marine genannt, der nun im Frühjahr 1941 anrief und fragte, ob er nicht vielleicht an einem Japanisch-Intensivkurs diesen Sommer in Harvard interessiert sei. Die Marine brauchte japanischsprachige Offiziere und bot entsprechende Schulung an. Die meisten Studenten konnten schon etwas Japanisch, aber andere wie er selbst wurden wegen ihrer Chinesischkenntnisse angeworben. Daniel hielt das im Stillen für ein Beispiel weißer Dummheit, denn obwohl die Schriftsprachen viele Zeichen gemeinsam hatten, waren die gesprochenen Sprachen weniger miteinander verwandt als Norwegisch mit Italienisch. Das Vorgehen der Marine beruhte auf der typisch amerikanischen Haltung, wenn ein Mensch schon eine dieser komischen Heidensprachen lernen konnte, wo lag dann die Schwierigkeit, noch eine zu lernen?

Da er nicht zu seinem Onkel zurückkonnte, erschien ihm dies verlockender als der einzige andere Weg, den er vor sich sah, nämlich weiterhin den Binokelfreunden seines Vaters Gerichtsvorladungen zuzustellen. Er kam sich vor, als sei er, Daniel, der Bedrücker all der kleinen Ganoven, der Ehemänner auf Abwegen, der unglücklichen Zeugen und der ertappten Buchmacher. Zweimal hatten die Vorgeladenen schon nach ihm geschlagen.

Also auf nach Harvard. Für einen Jungen vom City College war das ein Blick in das Leben der oberen fünf Prozent. Seine Eltern sprudelten vor Freude. Judy heiratete einen netten jüdischen Zahnarzt, Haskel beendete sein Medizinstudium, und nun ging ihr Jüngster nach Harvard. Er wußte, ein Intensivkurs am Yenching-Institut war nicht ganz das, was man unter »nach Harvard gehen« verstand, aber weitaus besser, als das Pflaster der Bronx zu treten und nach Leuten zu suchen, die nicht von ihm gefunden werden wollten.

Seine Tage in Harvard waren angenehm. Er begann in der Anfängerklasse, aber sobald er sich hineingekniet hatte, stieg er rasch auf. Er machte seine Zimmergenossen wahnsinnig, denn er bestand darauf, vom Aufwachen bis zum Einschlafen nur Japanisch zu sprechen. Bis zum Oktober hatte er deutliche Fortschritte gemacht und war hinaufgestuft worden. Er machte lange Spaziergänge am Charles River, durch Cambridge, zum Mount Auburn-Friedhof. Sonntag abends ging er in Boston mit Kameraden aus seinem Kurs Chinesisch essen und gab damit an, aus der chinesischen Speisekarte zu bestellen. Viele der Restaurants waren natürlich kantonesisch, was er nicht sprechen konnte. Eines Tages würde er es lernen: nach dem Krieg, wenn er nach China zurückkehren konnte. Aber wenn er schon nicht nach China konnte, dann war Boston gar nicht so übel. Seine Zimmergenossen machten sich über ihn lustig, weil ihm Boston lieber war als New York, aber New York bedeutete für ihn nicht Manhattan, sondern die ärmeren Quartiere der Bronx. Er konzentrierte sich auf den anspruchsvollen und intensiven Unterricht. Seine Arbeitstage waren zu lang für Liebesgeschichten. Obwohl er mit stechendem, aussichtslosem Interesse den Radcliffe-Girls auf ihren Fahrrädern nachsah, fand er sein Leben kultiviert und merkte, er war glücklich. Endlich rief etwas anderes als eine Verliebtheit seine Kräfte wach. Er war nicht mehr nur fließendes Wasser.

Jacqueline 1

Auf der Suche nach dem Inbild der Jugend

14 mai 1939

Marie Charlotte ist meine absolut beste und liebste Freundin und der einzige Mensch auf der Welt, dem ich meine geheimsten Gedanken und Wünsche anzuvertrauen wage. Suzanne hat bewiesen, wie falsch sie ist, und ich werde nie, nie wieder so dumm sein, ihr zu trauen. Ich schäme mich, daß ich blöde genug war, ihr von dem kleinen Gespräch mit Philippe im Musée Carnavalet zu erzählen. Wer hätte auch gedacht, daß sie gleich zu ihm hingeht und mit der für sie typischen lauten, ordinären Stimme, damit es nur ja jeder hört, verkündet: ich höre, Jacqueline ist jetzt deine Freundin, dein Liebchen.

Ich bin die unglücklichste Siebzehnjährige in meiner ganzen *deuxième classe* am *lycée* Victor Hugo. Marie Charlotte hat nur eine jüngere Schwester, die ihr das Leben schwer macht, aber ich habe zwei: doppelt gemoppelte Plage. Ich kann von Glück sagen, daß Maman nicht geschmacklos ist und den Zwillingen nie diese abscheulichen, gleich aussehenden Kleider anziehen würde. Maman achtet sogar sehr darauf, ihnen immer verschiedene Sachen zu geben, aber die kleinen Biester finden es komisch, die Leute zu verwirren. Heute ist Renée in Nadines Rock und Pullover gegangen, und Nadine trug Renées, und die kleinen Biester fanden es lustig, den ganzen Tag lang so zu tun, als seien sie die andere. Sie verständigen sich mit Grunzlauten wie Wilde oder Hunde, und manchmal, könnte ich schwören, durch Gedankenübertragung.

Maman weigert sich einfach zu verstehen, daß es eine Demütigung ist, diese Bälger in den Park schleppen zu müssen oder ins Kino. Sie haben ständig nur Unfug im Sinn und toben herum wie die schlimmsten Gassenbengel und schlagen sich die Knie auf und lachen sehr laut. Damit nicht genug, nennen sie sich gegenseitig Rivka und Naomi, solche peinlichen Ghettonamen, daß ich sie ohrfeigen könnte. Am Samstag hat Maman mich gezwungen, sie mitzunehmen, als ich mit Suzanne (diesem Luder) und meiner lieben Marie Charlotte ins L'Étoile gegangen bin. In der Szene, wo Gabrielle ihrem Geliebten François in die Arme sinkt, haben diese Monster geschmatzt und gekichert. Ich war gedemütigt. Ich werde nicht mehr ins Kino gehen, wenn das bedeutet, die Zwillinge mitzunehmen, und das werde ich Maman klarmachen! Manchmal, wenn Marie Charlotte und ich auf unserer Spezialbank im kleinen Park Georges Cain beim *lycée* sitzen, pirschen sich die kleinen Biester an, um uns zu belauschen.

Ich glaube an das Allgemeine, nicht an das zufällige Besondere. In diesem Haus in der Rue du Roi de Sicile (deren Namen niederzuschreiben mir zugegebenermaßen immer noch einen vernunftwidrigen Genuß bereitet, wegen seines mit der Wirklichkeit so unvereinbaren romantischen Klanges) im Vierten Arrondissement unweit der Metrostation St. Paul geboren zu sein, ist lediglich eine Sache des Zufalls und hat keine bleibende Bedeutung. Ebenso ist es nicht wahrhaft von Belang, daß ich Jacqueline Lévy-Monot genannt werde und nicht zum Beispiel Marie Charlotte Lepellier. Ich möchte das finden, was im menschlichen Leben wahr, bleibend und allgemeingültig ist, statt in meiner kleinen Ecke zu sitzen und mir immer wieder ein paar sogenannte Volksweisheiten, so dumm wie jeder andere Aberglaube, vorzusagen, wie es Maman tut: »*Nor a schtejn sol sajn alejn*«, nur ein Stein sollte alleinbleiben, als wären wir hier nicht zusammengepfercht. Die Etiketten, mit denen wir einander versehen, hindern uns daran, zur Wahrheit vorzudringen, und wir müssen uns die Etiketten nicht nur von den eigenen Gesichtern reißen, sondern sie auch aus unserer Sicht auf andere verbannen. Engstirnigkeit ist der größte Feind des Fortschritts, so glaube ich, und ich habe einen Aufsatz dieses Inhalts geschrieben, der den zweiten Preis gewann, einen Petit Larousse, den ich jeden Tag benutze.

Ich ringe mit der romantischen Schwäche in mir, die zum Beispiel den Namen unserer engen Straße mag, die letzten Endes nur eine heruntergekommene Durchfahrtsstraße von beträchtlichem Alter, aber geringem architektonischem Wert ist, gesäumt von Läden und Geschäften wie dem Kürschner, bei dem Maman arbeitet, und darüber häufen sich kleine, überfüllte Wohnungen wie die unsere. In unserem Erdgeschoß ist eine koschere Fleischerei. Die Straße des Königs von Sizilien, wo höchst königlich die alten, roh gemauerten Eingangsflure, dunkel wie kleine Bergwerksschächte, nach Urin stinken, wo höchst königlich Tag und Nacht Maschinen dröhnen und Nähmaschinen rattern. Der König von Sizilien muß auf abgelaufenen Hacken gegangen sein und seine Mäntel geflickt haben, wie Maman es mit unseren tut.

Wie soll ich sie je überleben, diese Wüste aus Zeit, die sich endlos und trostlos vor mir erstreckt, bis ich endlich als Erwachsene für mich sein werde und mich nicht mehr von morgens bis abends meiner Familie erklären muß? Eine Familie ist ein zufällig entstandenes Gebilde, eine Gruppe von Menschen, die der Zufall zusammengeführt und gezwungen hat, auf ungenügendem Raum zusammenzuleben, Wenn ich nicht meine winzige Stube im obersten Stock hätte, eine Treppe höher als unsere Wohnung, ich würde ersticken!

15 septembre 1939

Seit zwei Wochen sind wir im Krieg, aber das Leben scheint ziemlich unverändert. Überall werden königsblaue Verdunkelungsvorhänge angebracht, falls Luftangriffe kommen. Maman macht sich Sorgen, daß Papa einberufen wird. Ich habe mit der *première classe* begonnen. Ich habe zwei Nachhilfeschülerinnen, denen ich nach der Schule Stunden gebe, Immigrantinnen mit mangelhaften Französischkenntnissen, eine süße Zehnjährige und eine dicke Elfjährige, die mit offenen Augen schlafen kann. Noch niemand hat dieses Gehirn aufgeweckt, das in ihrem Schädel ruht wie eine sonnenbadende Schildkröte. Ich beabsichtige, die Schale aufzubrechen! Die Zehnjährige ist meine Kusine, erzählt mir Maman, als kündigte sie eine köstliche Süßspeise an, wohingegen ich mir die größte Mühe gebe, allein aufgrund der von einer Schicksalslaune willkürlich zusammengewürfelten Gene keinerlei Vetternwirtschaft aufkommen zu lassen. Aus Kozienice, sagt Maman mit lächerlicher Aufgeregtheit: irgendein staubiges Nest in Polen, wo Maman zufällig geboren wurde, ein Fehler, den sie intelligent genug war, richtigzustellen, indem sie mit sechzehn nach Frankreich ging. Tante Batya sieht älter aus als Maman, obwohl sie die nächstjüngere Schwester ist, und zieht sich unmöglich an, wie eine Bäuerin.

Manchmal fühle ich mich zur Lehrerin berufen, weil ich die Begabung dafür habe, und ich halte das für ebensolch eine Begabung wie die zur Schauspielerei, die ich gleichfalls zu besitzen glaube. Maman sagt mir, daß alle jungen Mädchen Schauspielerinnen werden wollen, weil sie sich vorstellen, das brächte Glanz und Ruhm. Ich weiß, daß es harte Arbeit ist, eine andere Persönlichkeit anzunehmen. Maman hält mich für naiver, als ich bin. Beide Begabungen erfordern, andere zu verstehen, und beide erfordern eine besondere Art der Demut. Maman meint, es ist Egoismus, der mir den Wunsch gibt, Schauspielerin zu werden, aber ich sehe es als eine Art Selbstverleugnung, worin meine eigene Persönlichkeit sich dem Charakter einer anderen unterordnet, einer Berenice, eine Phädra, einer Julia.

Literatur zu unterrichten heißt gewissermaßen, sie darzustellen. Beide Gaben beeinflussen und ergänzen einander, aber ich fürchte, beide Begabungen zu haben ist so schlimm, wie keine zu haben. Maman hat etwas Grausames zu mir gesagt, als ich ihr von meinen Zweifeln sprach, meiner Berufung nachzugehen. Sie sagte, ich nähme es viel zu ernst, hübsch zu sein. Seitdem habe ich mich einer Selbstdisziplin unterworfen, die wenigstens mir beweisen soll, wie sehr sie sich in ihrer Einschätzung meiner Ernsthaftigkeit irrt. Ich habe mir die ganze Woche lang verboten, in den Spiegel zu schauen. Wenn ich mir die Haare kämme, tue ich es nur mit dem Tastsinn. Niemand in der Familie hat meine neue Disziplin bemerkt, aber das ist mir recht, denn wenn ich sie erklärte, würde ich bestimmt für meine Anstrengungen verspottet werden.

Ich verstehe nie, was die Leute meinen, wenn sie mich hübsch nennen, denn wenn ich in meine Augen schaue, sehe ich Verzweiflung, Entzücken, Freude, Trauer, eine gründlich forschende Neugier, Mitgefühl, einen distanzierten, fragenden Geist; Chaos und Kampf. Marie Charlotte ist hübsch. Sie hat ein gelassenes, reines Gemüt, in dem gewisse Ideen zu ruhen kommen, und sie ist mit ihnen zufrieden, so wie ich mit den Möbeln in meiner Mansardenkammer zufrieden bin. Aber ich glaube, mein Gesicht ist so wandelbar wie meine Seele. Vielleicht kann ich nur als Schauspielerin diese Tiefen und Höhen enthüllen, diese Stürme, die unsichtbar toben und mich zutiefst durchrütteln. Wenn andere mich hübsch nennen, meinen sie mir zu schmeicheln, aber ich fühle mich geschmälert, unsichtbar hinter der Maske, die sie erschaffen, nicht ich.

21 février 1940

Papa hat seinen Gestellungsbefehl, und wir sind alle erschüttert. Er ist sehr fröhlich und sagt, wir sollen uns keine Sorgen machen, es sei nicht anders, als ginge er in ein Ferienlager. Es ist wahr, der Kriegszustand ist bisher friedlich gewesen, und ich denke, die sensationslüsterne Berichterstattung der ersten Wochen ist verklungen angesichts der Wirklichkeit des modernen Krieges, der hauptsächlich eine Angelegenheit des Disputierens und des Sitzens zu sein scheint. Das entsetzlich eisige Wetter geht weiter, der härteste Winter, an den ich mich erinnern kann, als beklagte die Natur unsere Torheit in diesem langen, lächerlichen *drôle de guerre*.

Ich habe mich Papa in letzter Zeit entfremdet gefühlt, aber jetzt wünsche ich mir, wir könnten uns einander besser mitteilen. Unsere Meinungsverschiedenheiten beruhen in Wahrheit darauf, daß Papa es vorzieht, sich kulturell einzugrenzen, während ich versuche, meinen Horizont zu erweitern. Ich glaube, wir haben einander den Streit über das Picknick vom *Farband* letzten Sommer nie verziehen. Ich weiß, daß ich recht hatte, aber vielleicht habe ich den Sachverhalt zu unverblümt dargestellt. Schließlich habe ich nichts mit einem Haufen bäurischer Jünger des einfachen Lebens zu tun, nur weil sie jüdisch sind. Jüdisch zu sein ist auch eine Sache des Zufalls. Ich bin jüdisch geboren worden, aber was bedeutet das? Als Religion finde ich es absurd. Als Speisegesetz archaisch! Mir wird gesagt, diese polnischen Flüchtlinge, die Balabans aus Kozienice, sind meine Tante, mein Onkel, meine Kusinen, aber ich kann mich mit ihnen nicht einmal über die simpelsten Dinge unterhalten, über Tische und Stühle, geschweige denn über meine Gedanken, meine Gefühle oder meine Ambitionen.

Ich verstehe Papas Engagement in der *Poale-Zion* nicht. Die Vorstellung, daß wir uns alle aufmachen und in den Orient gehen, um Dattelbauern zu werden, ist ein Hirngespinst, das ich keine fünf Minuten ernstnehmen kann. Papa ist immer Sozialist gewesen, aber seit zwei Jahren hat er sich für den törichten Zionismus engagiert. Ich könnte mir denken, daß er von der Armee ohne dieses Gepäck heimkommen wird. Er braucht mehr Kontakt mit intelligenten Franzosen, die sich mit modernen Ideen auseinandersetzen. Seine Intelligenz ist größer, als für seine Fabrikarbeit benötigt wird, und deshalb tendiert sein Denken zu Disziplinlosigkeit.

Papa hat große Kraft, was manchmal wundervoll ist und manchmal peinlich. Ich weiß immer noch nicht, ob ich ihn für das, was letzten Herbst geschah, bewundern soll oder nicht. Wir warteten in einer Menschenmenge darauf, daß die *mairie* ihre Pforten öffnete, und als es zwanzig Minuten lang nicht geschah, warteten alle weiter und murrten. Und Papa ist einfach zur Spitze der Schlange vorgegangen und hat die Tür aufgestoßen. Sie war die ganze Zeit unverschlossen!

Trotzdem traf mich sein Gerede, mich mit Jungens »meiner eigenen Art« zu treffen, als ordinär und geschmacklos und obendrein wenig einfühlsam für die Person, die ich wirklich bin. Ich verstehe nicht, was mir ein künftiger Traktorfahrer zu sagen haben könnte oder was ich Papas Ansicht nach mit ihm gemein haben soll. Das ist eine von diesen monomanischen Zwangsvorstellungen. Wenn Papa und sein *copain* Georges zusammensitzen, können sie manchmal nur darüber reden, wer alles Jude ist und wer nicht. Das erinnert mich an dieses Luder Suzanne, nachdem sie mit ihrem ebenso ordinären Freund geschlafen hatte. Da ging sie die Straße hinunter und rätselte, welche noch Jungfrau war und welche nicht.

Maman hat furchtbare Angst und wird viel Beruhigung und Trost brauchen, das sehe ich schon. Die Zwillinge heulen und klammern. Ich komme mir wie die einzige mit einem kühlen Kopf vor!

16 juin 1940

Tatsächlich, die Deutschen sind hier, und es ist kein Massaker oder Blutbad, obwohl sie uns gezwungen haben, die Uhren eine Stunde vorzustellen, damit wir deutsche Zeit haben. Es ist ruhig und geordnet gewesen, kaum ein Schuß ist gefallen, und alle sind ein wenig betäubt. Ich sah einige gutgekleidete Menschen den vorbeimarschierenden deutschen Truppen zujubeln. Die schienen im großen und ganzen sauber und manierlich. Ich denke, unsere Angst ist von den Zeitungen aufgeblasen worden, die nichts anderes zu tun haben, als Sensationshascherei in die Welt zu setzen. Ich bin überzeugt, Maman schämt sich, die Zwillinge mit Mamans Chef M. Cariot in den Süden nach Orléans geschickt zu haben.

Ich habe mich der Suche nach dem Allgemeinen, dem Inbild des Allgemeingültigen verschrieben, denn nur so können wir uns rigoros aus dem Morast des zufälligen Besonderen erheben. Ich finde Patriotismus nicht nur eine Zufluchtsstätte für Schufte, sondern auch für Idioten und solche, die ihr ganzes Denken jeden Morgen vorgefertigt aus den geistlosen Zeitungen kaufen. Alle paar Jahrzehnte schaffen Regierungen Kriege und versetzen die Menschen in Raserei, nur damit wir nicht die Unzulänglichkeiten unserer eigenen Seite erkennen, die Voraussetzungen unserer Gesellschaft in Frage stellen und vernünftige Institutionen und Gesetze fordern. Ich bin überzeugt, daß die Deutschen – abgesehen davon, daß sie eine andere Sprache sprechen – sich von uns hauptsächlich insoweit verschieden erweisen werden, wie wir uns als Individuen voneinander unterscheiden. Wir sind zwei benachbarte Länder, die anscheinend nichts besseres zu tun haben, als alle paar Jahre übereinander herzufallen, eine große Anzahl junger Männer hinzumetzeln und dabei die Landschaft zu verwüsten. Ich nehme an, wenn wir den Mut hätten, die Wirklichkeit in Augenschein zu nehmen statt alte Klischees zu wiederholen, dann würden wir feststellen, daß die Deutschen ein Volk sind wie wir, gut, schlecht und gleichgültig im selben Maße, wie wir es sind.

Wenn wir nur wüßten, wo Papa ist, wären wir wahrscheinlich ganz ruhig. Ich überquerte heute nachmittag die Rue de Rivoli und habe dabei im Gedränge einen deutschen Soldaten gerempelt, einen Leutnant, glaube ich. Er hob die Hand an seine Mütze, lächelte und ging aus dem Weg – überhaupt nicht die Ungeheuer, die Säuglingen die Schädel zertrümmern, wie uns weisgemacht worden ist. So viel zur Unmenschlichkeit der Feinde. Ich habe von keinerlei Vergewaltigungen oder Plünderungen gehört. Die *gendarmes* sind wieder auf den Straßen und die Geschäfte wieder geöffnet.

29 juillet 1940

Papa ist wieder da! Erst die Zwillinge, und dann er. Er ist aus einem Kriegsgefangenenlager entflohen. Er sagte, daß sie anfingen, die Juden von den anderen abzusondern, obwohl ich glaube, das ist nur ihr Sauberkeits- und Ordnungsfimmel. Sie haben gern alle in Schubfächer eingeordnet. Er arbeitete beim Müllkommando, als er aus dem Lager entflohen ist, und hat seine Uniform weggeworfen. Ich hoffe, er bekommt wegen seines übereilten Handelns keine Schwierigkeiten. Er wollte unbedingt nach Hause, aber es wird gesagt, daß die Deutschen sowieso bald alle Kriegsgefangenen entlassen.

Es ist, als habe ein Erdbeben sein Epizentrum direkt unter unserer kleinen Wohnung, seit er zurück ist. Er rennt herum und trifft sich mit all seinen *copains* von den alten radikalen Zeitungen und von der *Poale-Zion.* Sie haben sogar eine Delegation geschickt, um mit den jüdischen Kommunisten zu reden, von denen berichtet wird, daß sie dem Hitler-Stalin-Pakt nicht zustimmen wie der Rest der Partei. Früher weigerte sich Papa, mit Kommunisten überhaupt zu reden, aber jetzt hastet er in ganz Paris herum und bespricht sich mit jedem Brausekopf. Er hat eine Art jüdische Widerstandsbroschüre weiterverteilt, die sich *Que Faire* nennt und von Hand abgeschrieben wird, voller Horrorgeschichten und Parolen wie *partout présent:* seid überall, und *faire face:* erhebt euch gegen sie. Ich bin erleichtert, daß Papa in Sicherheit ist, aber wie lange er es bleibt, wenn er sich weiter so verhält, ist eine andere Frage. Doch ich muß sagen, bis uns die Zwillinge zurückgebracht wurden, dünner und verdreckter und voller Geschichten von brennenden Fahrzeugen und alleingelassenen Babys und im Tiefflug angreifenden Flugzeugen, war es hier außerordentlich friedlich, nur Maman und ich. Sie war krank vor Sorge, aber ich habe sie getröstet, und ich glaube, sie achtet mich jetzt mehr.

14 septembre 1940

Ich persönlich glaube daran, zu innerer Gelassenheit zu gelangen. Ich gebe zu, es ist beunruhigend, durch die Straßen zu gehen und Plakate angeschlagen zu sehen, welche die Juden *en bloc* anprangern, und all die pöbelhaften neuen Zeitungen zu sehen, die nichts tun, als allen Juden den Tod zu wünschen, *Au Pilori* zum Beispiel. Aber ich übe mich in Selbstdisziplin, während ich umhergehe, und sage mir, ich weiß, ich bin nicht schmutzig, ich bin nicht gemein, ich bin so französisch wie alle anderen und ebenso von französischer Kultur durchdrungen wie jeder meiner Lehrer, also bin nicht ich es, gegen die sich diese Gemeinheit richtet, und ich werde sie einfach nicht an mich heranlassen. Wütend werden bedeutet, denen Macht zu geben, die angreifen. Einen derartigen Angriff nicht beachten bedeutet, die Angreifer zu entmachten, nicht sich selbst. Wir geben diesen Schreihälsen ihre Macht, indem wir uns beleidigen lassen.

Papa und Maman sind sehr bestürzt, weil die Staatsbürgerschaft der Balabans widerrufen worden ist. Sie sind erst seit 1935 in Frankreich, und ihnen ist ihre französische Staatsbürgerschaft aberkannt worden. Sie tun mir leid, aber ich kann es nicht allzu befremdlich finden. Sie scheinen sich keinerlei Mühe gegeben zu haben, sich in die französische Gesellschaft einzufinden. Sie sprechen unter ihren Freunden nur Jiddisch oder Polnisch und sind offensichtlich Ausländer, sogar auf der Straße. Wenn man in einem anderen Lande lebt und sich so auffällig verhält, ist das für mein Gefühl nahezu arrogant. Trotzdem tun mir die Balabans unendlich leid.

2 octobre 1940

Jetzt ist Anordnung ergangen, wir müssen alle zum zuständigen Polizeirevier gehen und uns registrieren lassen wie Prostituierte oder Verbrecher und bekommen ein großes, häßliches JUIF auf unsere Ausweise gestempelt. Ich habe am Frühstückstisch angekündigt, daß ich es einfach nicht tun werde. Ich dachte, Papa und Maman würden entsetzt sein, doch nein, Papa sagte, er wolle sich Gedanken darüber machen, was passieren könnte, wenn wir nicht gehorchen. Er findet es keine schlechte Idee, die Registrierung zu verweigern, wenn uns nur etwas einfällt, wie wir es vermeiden können. Ich weiß, es hat keinerlei Bedeutung, aber derart ausgesondert und gekennzeichnet zu werden finde ich einfach demütigend.

Marie Charlotte war in letzter Zeit äußerst merkwürdig zu mir. Die letzten beiden Male, die wir verabredet waren, ist sie einfach nicht gekommen. Sie hat mich schlicht sitzenlassen. Schließlich habe ich mich gestern mit ihr ausgesprochen. Sie sagte, sie habe mich immer noch sehr lieb, habe aber gehört, daß andere sie für eine Jüdin halten, weil sie immer mit mir zusammen ist, und daß sie Angst habe. Sie wolle kein solches Kennzeichen tragen, zumal sie als gute französische Katholikin geboren sei und ihre Mutter meine, es sei ihre eigene Schuld, weil sie sich mehr mit mir abgebe als mit ihrer eigenen Art.

9 octobre 1940

Wir sind alle vorschriftsmäßig registriert, eine der demütigendsten Erfahrungen in meinem Leben. Seit Marie Charlotte abtrünnig geworden ist, habe ich mich mit einigen jüngeren Leuten angefreundet, die ich vor einem Jahr noch für Rowdys gehalten hätte. Sie sind gewiß keine achtbaren bürgerlichen Elemente, aber sie sind nicht unintelligent, und sie scheinen keinerlei Vorurteile zu haben, anders, als sich viele Leute, von denen man dachte, sie stünden über solchen Dingen, in den letzten Monaten entpuppt haben. Sie hören viel Jazz, besonders amerikanischen Jazz, und kleiden sich wie Bohémiens.

An ihnen fasziniert mich, daß sie keine strenge Alterstrennung kennen. Einige von dieser neuen Clique sind auf der Universität, einige wie ich im letzten Jahr vom *lycée*, und einige nicht mehr in der Schule, aber auch noch nicht im Beruf. Die Besonderheiten ihres Stils ziehen mich nicht an, dafür aber ihre Toleranz. Sie scheinen nicht von Angst besessen, die deutschen Erlasse zu befolgen, und es kümmert sie nicht, was ich bin, nur, wer ich bin. Dafür achte ich sie. Sie finden mich zu ernsthaft, aber sie werden mir den Kopf zurechtsetzen. Das bezweifle ich, aber es tut mir gut, in das Café Le Jazz Hot zu spazieren, wo sie meistens sind, und mich zu Freunden zu setzen und willkommen zu fühlen. In diesen Tagen ist es selten geworden, sich willkommen zu fühlen, und hinter ihrer Lässigkeit verbergen sie eine Höflichkeit, die ich schätze.

Jeden Tag wächst in mir die Ungewißheit, was aus uns werden soll, aus uns allen, und ob ich je eine Chance erhalte, irgend etwas zu werden, oder gar die Wahl, ob Lehrerin oder Schauspielerin, denn Türen scheinen schneller zuzuschlagen, als ich auf sie zugehen kann. Ich fühle mich, wie sich eine Kreatur der Tropen gefühlt haben muß, als die Eiszeit kam und die Gletscher niederwalzten, was einmal üppige und blühende Bananenwälder waren. Ich fühle mich, als gehörte ich eigentlich nicht mehr zu meiner Familie, aber ohne eigenen Platz oder eigene Rolle, ohne eigenen Ort, an dem ich wahrhaft zu Hause bin. So ist es kein Wunder, wenn ich jetzt mehr und mehr Zeit mit meinen neuen unbürgerlichen Freunden im Café Le Jazz Hot zubringe.

Abra 1

Abra macht sich auf

Seit zweihundert Jahren fuhren Männer in Abras Familie aus Bath, Maine, zur See. Abra fuhr nach New York.

Mit dreiundzwanzig meinte Abra, ihr richtiges Leben habe damals im September 1938 begonnen. Da hatte sie, mit neunzehn, vom Smith ans Barnard gewechselt und es endlich nach Manhattan geschafft, dem glitzernden Land Oz ihrer Kindheit, in das sie ihrer Überzeugung nach immer gehört hatte. Letztes Jahr war sie zur Graduate School der Columbia in der Fachrichtung Politische Wissenschaften zugelassen worden. Abra hielt sich nicht für echtes Hochschulmaterial und konnte sich nicht recht vorstellen, selber zu lehren, doch zum einen genügte ihr die Graduate School an und für sich – Politik war schließlich das aufregendste Thema der Welt –, und dazu waren die Studierenden in ihrer Fachschaft zu neunzig Prozent Männer, und die Lehrenden zu hundert Prozent. Abra, die mit Brüdern aufgewachsen war, fand die Situation, die einzige Frau im Raum zu sein, völlig normal. Unter Männern lebte sie auf.

Sie hatte sich ihrer Jungfernschaft während ihres neunzehnten Sommers entledigt, draußen auf Popham Point, wo ihre Familie immer übersommerte, mit einem goldigen Jungen aus dem Ort, der inzwischen Hummerfischer war. Er hatte sie heiraten wollen, und sie hatte verstanden, um gute Miene zum bösen Spiel zu machen, mußte sie scheinbar einwilligen und vorgeben, die Heirat in Erwägung zu ziehen, oh natürlich in ferner Zukunft, nach ihrem Examen. Abra war im gleichen Herbst ans Barnard gewechselt, und sie hatte nicht die Absicht, nach Bath zurückzukehren, außer natürlich in den Ferien, in denen John für zwei weitere Jahre ihre erfrischende Sommerromanze blieb. Zu einer Romanze gehörte für Abra guter, gesunder, akrobatischer Sex.

Nun war sie hier, dreiundzwanzig, mit quirligem Freundeskreis und eigener Wohnung im Village in der Bank Street, gemütlich, wenn auch ohne Fahrstuhl, einem guten Verhältnis zu ihrem Doktorvater Professor Blumenthal und einer anregenden Assistenzstelle bei seinem Freund Oscar Kahan im Fachbereich Soziologie. Ihre Familie war entsetzt, daß sie ihren Doktor machte; ihnen galt das als unweiblich und zwangsläufig dazu führend, daß aus ihr eine verschmähte und beklagenswerte alte Jungfer wurde. Man verglich sie mit einer Abigail schrecklichen Angedenkens, die ein Blaustrumpf und eine leidenschaftliche Gegnerin der Sklaverei gewesen war und die tatsächlich einmal eine öffentliche Rede gehalten und mit dieser Schamlosigkeit Schande über die Familie gebracht hatte, woraufhin ihr Vater sie fünf Jahre lang eingeschlossen hatte. Abra, die gerade im Begriff war, ihren sechsten Heiratsantrag abzublocken, bezweifelte, daß sie auf einen einsamen Lebensabend zusteuerte. Der neueste Antrag kam von einem jungen Mann, den sie beim Tennis kennengelernt hatte und mit dem sie sich seit zwei Monaten traf.

»Was soll das, Hank? Möchtest du dem Anstand Genüge tun oder irgend so ein Unsinn?«

Er saß auf dem kleinen Windsor-Stuhl vor ihrem weiß getünchten Backsteinkamin, in dem ein paar Birkenscheite von zu Hause lustig flackerten. Der Stuhl war zu klein für ihn und gab ihm ein grashüpferartiges Aussehen. »Ich glaube, du wirst mir eine gute Frau sein, Scotty. Deine Wildheit ist Jugend und Ausgelassenheit, ein Fohlen, das herumtollt. Du wirst zur Ruhe kommen.«

Ein Fohlen, das noch nicht zugeritten worden ist, meint er, dachte Abra und lächelte süß. »Meinst du, es ist die passende Zeit, um sich zur Ruhe zu setzen? Überall um uns herum geht die Welt zu Bruch.«

»Um so mehr Grund, einen Stammsitz zu gründen. Ich glaube zwar, daß nicht einmal dieser Wahnsinnige, dieser Roosevelt, vorhat, uns in den Krieg zu führen, um Englands Kastanien aus dem Feuer zu holen, aber trotzdem kann ich jeden Moment einberufen werden.«

Stoßt ins Horn, dachte Abra. Ich soll mich deinen Familienvorstellungen opfern, weil du vielleicht als Offizier einberufen wirst? »Ich gäbe eine miserable Frau ab. Ich bin mit meiner eigenen Arbeit beschäftigt und habe nicht vor, sie zu vernachlässigen.«

»Bist du nicht schon lange genug zur Schule gegangen? Du bist eine richtige Frau, Scotty, und es wird Zeit für dich, wie eine zu leben.«

»Mir liegt sehr viel an dem, was ich tue.« Sie hörte sich mit ihm anders reden, alte Melodien, alte Ausdrucksweisen. »Ich finde meinen Doktorvater Professor Blumenthal faszinierend, und mein Thema interessiert mich.« Ihr war recht wohl bewußt, daß ihre Doktorarbeit über die Gewerkschaft der Damenbekleidungsindustrie Hank nicht interessierte. »Ich habe eine Stellung bei Professor Kahan –«

Abscheu huschte über Hanks blonde, adlernasige Züge, und er spannte erst den rechten, dann den linken Arm, eine nervöse Geste, die automatisch schien. »Krauts und obendrein Juden, Scotty. Also wirklich!«

»Professor Blumenthal ist ein in Deutschland geborener Jude. Wie zum Beispiel Marx.«

»Eben. Ich begreife nicht, wieso deine Familie das duldet.«

Abra betrachtete ihn und überlegte, welchen Grad von Frechheit sie sich gestatten würde. Sie hatte sich das selber eingebrockt, indem sie sich mit jemandem aus ihren eigenen Kreisen eingelassen hatte. Das hatte sie bisher noch nie getan, und sie beschloß, es in Zukunft zu vermeiden. Der einzige Vorteil, den sie entdecken konnte, war, daß sie das bevorstehende Gespräch hersagen konnte, bevor dessen öde Vorhersehbarkeit von ihnen durchgespielt worden war. Sie stand auf und ging zur Wohnungstür, machte sie auf und stellte sich daneben.

Hank schaute sie verdutzt an. »Jemand draußen?«

»Du, gleich, hoffe ich. Dein Mantel hängt am Haken. Hilf dir bitte selbst hinein.«

»Was machst du denn, Scotty? Das ist doch albern. Du kannst mir keinen Korb geben. Und nicht so.«

»Irrtum. Ich bin an Heirat nicht besonders interessiert. Und du wärst der letzte, der in Betracht kommt.«

»Scotty, du weißt doch, daß wir uns lieben.«

In ihr blitzte Zorn über sich selber auf, sich in diese Bredouille gebracht zu haben. Sie mußte das Tennisspielen aufgeben. Sie traf auf den Plätzen die falsche Sorte Männer. Die Männer, die sie auf Kundgebungen kennenlernte, waren eher ihr Fall. »Ich glaube, wir haben beide einen kleinen Fehler gemacht, der leicht zu beheben ist. Vergiß nicht deinen Hut.«

Langsam ging er rückwärts hinaus, hatte immer noch seinen Hut und seinen Mantel in der Hand und starrte sie fassungslos an. Dann rannte er die Treppen hinunter, und wenn die Haustür zuknallbar gewesen wäre, hätte er sie zugeknallt. Sie schloß sich jedoch in ihrem eigenen gemächlichen Tempo, mit einem pneumatischen Seufzer.

Abra betrachtete in Gedanken die Ruine ihres Sonntags. Sie prüfte die Wasser ihrer Seele und fand sie nur lauwarm. Ein guter Tag, um zu Hause zu bleiben und etwas mehr an ihrer Doktorarbeit zu tun, als sie nur in der Öffentlichkeit zu erwähnen. Ihre Seminare würden bald abgeschlossen sein, aber sie hatte sich noch nicht ernsthaft ans Schreiben begeben. Sie sah sich um in ihrer kleinen, leicht künstlerisch angehauchten Bude mit der Hopi-Vase und der Mola aus Guatemala und der geschnitzten afrikanischen Gazelle, dunkler als die Nacht, inmitten leuchtend bunter Chintzkissen und zweihundert Jahre alter Möbelstücke aus der Familienrumpelkammer. Hank gehörte hier nicht her. Sie ja.

Die Ehe schien Abra etwas zu sein, was ihr in einem bestimmten Alter mit Sicherheit zufiel, so, wie sie mit einundzwanzig ihr kleines Legat von ihrem Großvater Scott geerbt hatte und wie sie eines Tages von ihrer Großmutter Woolrich die Stühle mit den Leitersprossenlehnen erben würde, die sie dann irgendwo hinstellen mußte, nebst einem weiteren Legat von dieser Familienseite mit sechsundzwanzig. Sie war der Überzeugung, daß die meisten ihrer Freundinnen aus dem College geheiratet hatten, um sich einen Platz zu erobern, eine Identität, doch daß sie sich ihren eigenen Platz schaffen konnte.

Sie verspürte kein Verlangen danach, reich zu sein; ihr Zweig der Familie hatte – zumindest seit dem Untergang ihrer Reederei – keinen Wert auf Geld um des Geldes willen gelegt, anders als ihr Onkel Frederick Woolrich, den sie immer gemocht hatte, mit seiner Energie und seinem donnernden Gehabe, als gelte es, einen Sturm zu übertönen. Sie hatte Onkel Frederick im Verdacht, im Bett ein Prachtexemplar zu sein, aber Inzest gehörte nicht zu ihren Lastern. Ganz im Gegenteil. Sie hätte Hank höflich sagen sollen, sie habe eine exogame Persönlichkeitsstruktur. Sie flog selten auf andere Blonde, und mit Hank war das Feuer einfach nicht angegangen. Ein Monat mit Hank war länger als ein Jahr mit Slim, dem schwarzen Saxophonspieler, obwohl sie sich in Wahrheit nur acht Monate lang hin und wieder mit ihm getroffen hatte. Slim lebte mit einer Frau zusammen, die schließlich das mit Abra spitzbekommen hatte. Schade. Vor New York waren die einzigen Nichtweißen, die sie je zu Gesicht bekommen hatte, zwei ortsansässige indianische Fischer gewesen, doch Abra fand, daß sie dem liberalen Erbe der skandalösen Urgroßtante Abigail gerecht werden mußte.

Abra war in Bath aufgewachsen, in einer Familie, die dort beste Beziehungen unterhielt und wohlbekannt war, wenn auch längst nicht mehr so wohlhabend wie noch vor ein paar Generationen. Es gab eine kleine Bucht, die nach der Familie ihres Vaters hieß (wo sich die eingegangene Reederei befunden hatte), und eine Insel, die nach der Familie ihrer Mutter hieß. Sie war mit ihren beiden Brüdern aufgewachsen, in einem adretten weißen neoklassischen Haus in der Washington Street mit einer Kuppel oben drauf. Die Porträts an den Wänden zeigten nicht die Ahnen, sondern ihre Schiffe, steife, förmliche Ölgemälde der *Ebeneezer Scott*, der *General Abraham Woolrich* unter vollen, unglaubwürdigen Segeln auf statischen Wellen wechselten sich ab mit naiven Darstellungen berühmter Schiffbrüche, die *Mary Frances* sinkt mit Mann und Maus vor Woolrich Island. Ahnenporträts schienen entbehrlich, denn ihr war immer gesagt worden, sie habe Großmutter Abra Scotts Nase und Großvater Timothys Augen. Sie hatte sich weniger hineingestellt als eingebettet in die Familienerwartungen empfunden, das Leben vor ihr ein regelmäßiges, vieljähriges Beet, das nur gelegentlich gegossen werden mußte, bepflanzt mit Everetts und Timothys und Toms und Mary Franceses und Abras.

Die Sommer waren die freien und herrlichen Zeiten gewesen, immer auf dem Wasser, im Segelboot gleiten oder im Motorboot tuckern durch das Labyrinth der Wasserläufe und Nebenarme und Buchten des Kennebec oder sich auf den (für Maine) ungewöhnlichen Sandstränden ihrer Halbinsel aalen. Sie hatten für ihre Spiele sogar ein Fort aus dem Bürgerkrieg gehabt, mit Wendeltreppen und Verliesen und Wehrgängen. Sie kletterten über die Felsen, sie suchten Venusmuscheln, sie segelten mit ihren Vettern in Catbooten um die Wette. Die Lücke von zwei Jahren zwischen Everett, genannt Ready, und Abra, die in Bath während des Schuljahres weit klaffte, schloß sich im Sommerhaus.

Jeden Sommer kamen die New Yorker auf die Halbinsel, mit ihrem anderen Tonfall, anderen Werten, anderer Kleidung und anderen Haltungen; mit ihnen kam die Freiheit, die ihr zur Sucht wurde. In Bath war sie immer unter jemandes erwartungsvollen oder ermahnenden Blicken, aber draußen in dem einfacheren, schlichten Haus auf dem Hügel in Popham konnte sie der Überwachung jederzeit entfliehen. Einfach, indem sie zu einer anderen Insel oder außer Sichtweite segelte. Die Woolrichs hatten ihren Familiensitz auf einer Insel, die von der breiten Veranda ihrer Familie aus zu sehen war, und sie konnte immer sagen, sie segelte zu ihrem Onkel. Wenn das Wetter das Segeln verbot, dann gab es die Wälder voll Birken, Eichen und Tannen, die Marschen, die feuchtkalten Sümpfe, wo sie sich verlieren konnte. Abgeschiedenheit war nur einen Hügel weit fort. Die gesellschaftlichen Regeln, die Tiefe und Häufigkeit aller Kontakte in Bath festschrieben, zerfaserten in der Sommerwelt aus Tanne und Fels, aus Nebel, der zauberisch und kühl hereintrieb, der blendenden Sonne, dem Wind, der anschwoll, bis sie sich selbst als eine reale Person empfinden konnte, mit einem Willen und einer Zukunft, möglicherweise ebenso stürmisch und wechselhaft wie die kalte See, die sie belebte. Sie konnte nicht zur See fahren, wie Ready es tun würde, also wählte sie anstelle der See eine Insel, die ihr ebenso frei und so reich vorkam: Manhattan.

Sie aß in einem Nedick's, das auf ihrem Weg zu der Wohltätigkeitsveranstaltung für den tschechischen Widerstand lag. An der Tür des gemieteten Saales traf sie zwei Freundinnen, Djika und Karen Sue. Djika war die einzige andere Doktorandin in ihrem Fachbereich. Karen Sue hatte in Memphis die gelangweilte Südstaatenschöne abgegeben, bevor sie eine unwürdige Ehe einging, die ihr Vater annullieren ließ; eine Erbschaft hielt sie in New York, wo sie das Leben lebendiger fand. Sie hatte eine große Wohnung auf dem Riverside Drive, wo sie oft Partys mit den Politikern aus ihrer Bekanntschaft veranstaltete.

Es war ein zusammengewürfelter Abend, die Kommunisten durften zu ihren Veranstaltungen aufrufen, dann kamen Folksänger, Theaterleute, eine Menge tschechische Volkschöre und -sänger, viele zündende Reden über die tapferen Partisanen. Abra betrachtete den behaarten Jack Covington oben auf dem Podium, der sie einmal besprungen und sich in aller Eile befriedigt hatte und danach heruntergerollt war, dann am nächsten Morgen bedient werden wollte und sie nach einer Flasche Orangensaft, einem Paket Wheaties und Kaffeesahne losgeschickt hatte. Diese eine Nacht hatte sie mit ihm verbracht, nachdem Hitlers Angriff auf die Sowjetunion die Volksfront wiederhergestellt hatte und sie und ihre interventionistischen Freunde wieder mit den Kommunisten redeten. Seitdem war sie bestrebt, eine Wiederholung zu vermeiden, auch wenn er bei ihrem Anblick jedesmal das weite, zahnige Grinsen des Kühlergrills eines fabrikneuen Lastwagens aufsetzte und geradenwegs auf sie zuging. Sie fand enttäuschend, daß sich ein so männlich aussehender ehemaliger Hafenarbeiter im Bett als so dürftig erwies. Schmunzelnd konstatierte sie, daß sie seine Reden nun weniger mitreißend fand als zuvor. Nur gut, daß die allermeisten Leute wenig über die sexuellen Gepflogenheiten ihrer Politiker wußten.

»Ach, Jack schon wieder. Der Junge ist doch ein hohlköpfiger Langweiler«, nölte Karen Sue in ihrer zerdehnten Südstaatensprechweise. Abra spekulierte, ob diese Ernüchterung auf ähnlicher Erfahrung beruhte, doch sie hatte nicht die Absicht, ihr Geschlechtsleben mit Karen Sue zu besprechen. Abra hielt sehr darauf, sich gentlemanlike zu geben.

»Na, hast du schon angefangen, für den großen Mann zu arbeiten?« fragte Djika und beugte sich vor Karen Sue.

»Morgen ist der erste des Monats, und da wird Professor Kahan mit mir zu arbeiten anfangen.«

»Ist doch absurd«, sagte Djika säuerlich, vielleicht auf die Anstellung eifersüchtig. »Du fängst am ersten Dezember an, und dann brichst du ab wegen der Ferien. Warum nicht bis zum ersten Januar warten?«

»Vielleicht macht ihr Professor die Ferien nicht mit«, sagte Karen Sue. »Schindet seine Assistenten zweiundfünfzig Wochen im Jahr zu Tode.«

»Ich möchte lieber so bald wie möglich die Arbeit kennenlernen«, sagte Abra. »Ich bin gespannt wie ein Flitzebogen.« Sie war Oscar Kahan auf einer Tagung über den Faschismus vorgestellt worden, wo er einen – wie sie fand – redegewandten Vortrag gehalten hatte über die Spannungen zwischen der kleinbürgerlichen Basis des deutschen

Faschismus und der wachsenden Freundschaft der Nazipartei mit der deutschen Industrieelite. Ihr eigener Doktorvater, Professor Blumenthal, war deutscher Flüchtling und kam aus der Frankfurter Schule. Kahan war einer der wenigen in Amerika geborenen Redner auf der Tagung, der Anspruchsvolleres zu bieten hatte. Und so hatte sie sich sehr gefreut, als Blumenthal sie Kahan empfahl.

»Ist er verheiratet, mein süßes Kind?« fragte Karen Sue. Das war immer ihre erste Frage.

»Ich lasse mich nie mit jemand aus meinem Fachgebiet ein. Ich habe eine exogame Persönlichkeitsstruktur.« Sie war ihren Satz doch noch losgeworden.

»Worüber redet ihr dann?« fragte Djika verächtlich. Sie hatte seit zwei Jahren eine unglückliche, aber ausfüllende Affäre mit einem verheirateten Professor, Stanley Beaupere. Wo Abra mit Einzelheiten geizte, drängte Djika beiden die genauen Worte von Stanley Beaupere auf und erheischte intensive intellektuelle Betrachtung und Analyse. Der Verschleiß seiner Ehe wurde an den fadenscheinigsten Stellen Stich um Stich für Djikas zweiköpfiges Publikum aufgetrennt.

Djika war Flüchtling aus Danzig, obwohl es schwerfiel, sie so zu sehen. Djika lebte ihrer Überzeugung nach zwar nahezu im Elend, aber wohlsituierter als Abra, wenn auch nicht ganz so wohlsituiert wie Karen Sue. Djika vereinte inbrünstigen Katholizismus mit inbrünstigem Sozialismus, ersterer wurde von ihrer Familie geteilt, letzterer nicht.

Djika war gescheit, und Abra schätzte sie um der harten, europäisch geschulten Intelligenz willen, die zugleich spitzer und breiter fundiert schien, als Abra es von ihren Kollegen gewohnt war; außerdem fand sie es recht praktisch, mit der einzigen anderen Frau in ihrem Fachbereich auf freundschaftlichem Fuße zu stehen. Wenigstens brauchte sie nicht immer allein auf die Damentoilette zu verschwinden. Karen Sue hatte sie auf politischen Partys kennengelernt und erst nach einer Weile als die Gastgeberin erkannt. Karen Sue schien nicht nur sehr viel von Kleidern, Modeschöpfern, Schnitten und Stoffen zu verstehen, sie war auch die einzige Abra bekannte Frau, die jeden Morgen *The Wall Street Journal* las, in Aktien und Obligationen spekulierte und zu verstehen schien, was sie da tat. Der Kontrast zwischen Karen Sues oberflächlichem Gehabe der Südstaatenschönen und ihrem Geschäftssinn reizte Abra, die Sachverstand als solchen bewunderte. Sie hatte sogar John gerne zugehört, wenn er über Hummerfischerei sprach, bis ihr schließlich die interessanteren Fragen wichtiger wurden.

Sie dachte mehrere Male daran, Karen Sue und Djika von ihrem Heiratsantrag zu erzählen, hielt aber jedesmal den Mund. Warum? Sie mochte das Thema von Hanks Antisemitismus nicht zur Sprache bringen. Sie mußte unbedingt mit Djika auskommen, und sie hatte einen gewissen Verdacht über Djikas Einstellungen. Sie fand es auch nicht besonders geschmackvoll, sich über Hank lustig zu machen, der ihr schließlich, egal, wie sie seinen Heiratsantrag empfand, eine Ehre hatte erweisen wollen. Nach reiflicher Überlegung kam sie zu dem Schluß, daß es sich schickte, ihren Sonntag für sich zu behalten.

Abras erster Eindruck von Oscar Kahan war, daß er kleiner war, als sie von der Tagung erinnerte, und daß er durch seine Energie mehr Raum einzunehmen schien, als er wirklich tat. Als er nun aufstand, um ihr die Hand zu schütteln, war sein Händedruck fest und warm, die Haut rosig gesund, der Handrücken behaart.

»Wir führen eine Reihe von Umfragen unter Flüchtlingen durch, die in den Gewerkschaften oder sonst in Europa politisch aktiv waren. Ihr Deutsch ist ausreichend?«

»Ausreichend ist das richtige Wort.«

»Wir werden es ausprobieren. Ich brauche jemanden, um die Frauen zu befragen. Einige der Fragen, die ich gerne beantwortet hätte, sind recht persönlicher Natur, und ich vermute, wir kommen weiter, wenn eine Frau sie stellt.«

»Darf ich fragen, warum Sie nicht einen Flüchtling dazu anstellen? Ich meine, es freut mich sehr, daß Sie mir eine Chance geben wollen ...«

Viel stärker als ihr eigener Professor Blumenthal mit der hochaufgeschossenen Regenschirmgestalt machte er den Eindruck, einen Körper zu haben. Oscar Kahan war breitschultrig, von mittlerer Größe mit ein wenig Bauch. Sein Haar war dicht, kräftig und krauslockig, recht lang getragen. Er lächelte ihr zu, verschmitzt, wie sie fand. »Eine gute Frage. Aber jeder Flüchtling, der kundig fragen könnte, hat gleichzeitig einen eigenen Standpunkt. Es handelt sich um eine knifflige politische Situation, und ich möchte niemanden die Fragen stellen lassen, der meint, die Antworten zu wissen. Ich brauche eine naive Fragestellerin – relativ naiv, meine ich. Unberührt ist vielleicht das bessere Wort – unberührt von eigenen Kennungen und Ansichten im Gewirr der deutschen Parteien vor und nach dem Ausbruch des Dritten Reiches.«

Er trug eine rote Krawatte, die so schief saß, als hätte ihn eben jemand damit erwürgen wollen. Sein Jackett war aus gutem, irischem Tweed, sah aber aus, als schleppte er eine halbe Bibliothek und seine Pausenbrote in den Taschen. Sie beschloß, Djika nach Klatsch und Tratsch über ihren neuen Dienstherrn auszufragen. Sie spürte in sich ungehemmte Neugier, wenn sie ihm in die glitzernden dunklen Augen sah, dunkler noch als sein Haar. »Wann soll ich anfangen?«

»Jetzt. Heute. Ich möchte, daß Sie sich diese Anleitung zum Vorgehen bei der Befragung durchlesen und dann mit Ihren Fragen zu mir zurückkommen.« Er wies auf sein Vorzimmer.

»Lesen Sie da draußen und klopfen Sie an, wenn Sie fertig sind.«

Zwei Studenten saßen dort, eifrige junge Männer, die sie mit dem Blick jener bedachten, die auf den Gegenstand ihres Verlanges hatten warten müssen. Durch die Tür seines Zimmers hörte sie den lebhaften Tonfall seiner Stimme, tief, klar, ein wenig unter Druck, als er mit dem ersten sprach. Zu dem verbliebenen Student gesellte sich ein weiterer. Von Zeit zu Zeit wurde sie eifersüchtig beäugt, denn sie schien hierherzugehören. Die Tür ging auf, und der erste Student wurde hinauskomplimentiert, mit feuereifrigem Ernst noch über die Schulter redend.

Während sie die Anleitung las, die er ihr gegeben hatte, wohlgeordnet und noch als Richtlinie spannend, kamen und gingen die Studenten, männliche und weibliche, groß und klein, gut und ärmlich gekleidet, aber alle leidenschaftlich auf die Zeit ihres Helden erpicht. Auf jede und jeden richtete er momentan den Strahl seiner Aufmerksamkeit, gab ihnen das Gefühl, klug und einmalig zu sein. Dies war seine Sprechstunde. Er widmete sich ihnen und stieß sie dann hinaus in die kalte, eintönige Welt. Sie stolperten davon, immer noch von dem Gespräch gefangengenommen, das in ihren Köpfen weiterging und in dem sie seine Aufmerksamkeit nicht für fünf Minuten fesselten, nicht für zehn, nein, auf Dauer. Abra verstand das. Sie war selbst fasziniert. Es versprach, viel aufregender zu werden, als sie gedacht hatte.

Naomi 1

Naomi/Nadine ist nur die eine Hälfte

Die Stiefel knallten im Gleichschritt aufs Pflaster. Maman drängte Rivka im Hauseingang an die Wand, damit sie nichts sah. Als sie protestieren wollte, brachte Maman sie unsanft zum Schweigen und drückte sie fest gegen die kalten Steine. Durch ein Gitterfenster starrte eine Concierge sie aus feindseligen Knopfaugen an, eine Kröte in ihrem Käfig, die darauf wartete, mit Fliegen gefüttert zu werden. »Macht, daß ihr wegkommt, ihr gehört hier nicht her«, schnauzte die Concierge sie an. »Wir wollen eure Sorte hier drin nicht.«

Maman beachtete die Concierge nicht und hielt Rivka immer noch fest an die kalte Wand gepreßt. Immer noch hämmerten die Stiefel vorbei, daß das Pflaster davon dröhnte wie eine Kesselpauke.

Als Naomi wach wurde, hörte sie, wie Ruthie im Etagenbett unter ihr sich im Schlaf bewegte und leise stöhnte. Boston Blackie schlief alle viere von sich gestreckt auf ihren Füßen, denn sie hatte ihn in den letzten Monaten aus Ruthies Bett hochgelockt. Unten im Keller hörte sie den Heizkessel rumoren, Onkel Morris Kohlen schaufeln und die heiße Luft mit mächtigem Zischen aufsteigen, sobald die Wärme einsetzte. Dann konnte sie hinunterklettern, um sich an die Heißluftklappe zu stellen, wo sie gestern ihre eiskalten Sachen ausgelegt hatte. Sie konnte ihre Unterwäsche anwärmen, ihren Schottenrock und die Kniestrümpfe und die weiße Bluse und die rote Strickjacke, ihre Halbschuhe: alles neue Sachen, die Tante Rose mit ihr in der Innenstadt in Sam's Billigkaufhaus erstanden hatte, wo Ruthie arbeitete.

Wenn sie zu schnell aufwachte – wenn es draußen laut krachte, ein Lastwagen eine Fehlzündung hatte, die Müllmänner mit den Tonnen polterten –, dann packte sie im Dunkeln panischer Schrecken, und sie wußte nicht, wo sie war, und schrie mitunter in Französisch: »*Maman, qui est là? Maman, tu es ici? Rivka!*« Aber sie spürte, daß Rivka nicht da war. Zu Hause hatten sie ihr ganzes Leben lang in einem Dreiviertelbett geschlafen, in dem Alkoven von der *salle à manger*, in einem Bett, das sich zu einem Diwan zusammenklappen ließ. Rivka lag immer an sie geschmiegt. Wurde eine von ihnen nachts wach und tappte über den Flur zum WC, so schlich die andere hinterher. Jetzt drückte sie den Kater an sich, wenn sie aufwachte.

Sie gewöhnte sich langsam an die Nachtgeräusche hier. Es war eine lärmige, unruhige Nacht, eine Haut, die sich nie ganz bilden konnte. In Paris war es vielleicht auch einmal so gewesen, aber sie erinnerte sich vor allem an die stille, gefährliche Zeit, als der Verkehr nicht mehr durch die Stadt brandete und auch nie mehr richtig wiederkam. Alle, die reich genug für eigene Autos waren, sprangen hinein und fuhren vor den deutschen Soldaten davon. Überall in ihrem Viertel waren Hunde und Tauben zu hören. Dann waren Rivka und sie mit Mamans Chef, dem Kürschner, vor den Deutschen weggeschickt worden, in seinem Auto nach Süden in den dichten Stau aus Wagen und Fuhrwerken, auf den die Flugzeuge schossen.

Jetzt sprach Naomi nie mehr Französisch, nur noch zu Boston Blakkie, wenn sie mit ihm allein war. Dann schnurrte er. Sie fühlte sich, als schwebten losgelöst in ihr alle möglichen Lumpen, die einmal gute Kleider gewesen waren, Papierfetzen, die einmal kostbare Bücher gewesen waren, Geschirrscherben, die einmal die Teller mit den gelben und blauen Blümchen gewesen waren, von denen sie täglich gegessen hatten. In der Schule hielt man sie für lernschwach. Sie schaute das Ding an, das sie an ihrem Fuß zuschnürte, und als erstes kam ihr das französische Wort dafür in den Sinn, *chaussure*, und dann kam das jiddische *schich*, und dann drehte sich Leere in ihrem Kopf, und wenn sie Glück hatte, kam dann schließlich das englische Wort für Schuh, für Halbschuh.

Anfangs lachten die Kinder sie aus, weil ihr Englisch die falsche Sorte war. Sie sprach die Wörter so aus wie die Engländer, einmal, zweimal, aber nicht dreimal. Sie ahmte nach. Sie gab sich große Mühe, und oft ging es daneben, aber sie war dankbar. Die Siegals hatten sie aufgenommen, was ihnen weniger bedeutete als ihr. Eines Tages würde Papa kommen und sie holen und zu Maman und Rivka und ihrer älteren Schwester Jacqueline zurückbringen. Papa hatte ein Motorrad, und so sah sie ihn kommen, auf dem Motorrad knatterte er durch die Straßen von Detroit.

Sie hatte jetzt drei Vornamen. Zwei Vornamen hatte sie schon immer gehabt, Naomi zu Hause, ihren hebräischen Namen, und Nadine in der

Schule und auf ihren Papieren. Die Art, wie ihre neue Familie Naomi aussprach, machte daraus einen neuen Namen: Näi-ou-mih, aber dafür trug sie hier überall ihren hebräischen Namen. Jetzt mußte sie sagen, daß ihr Familienname Siegal war und nicht mehr Lévy-Monot, denn die Siegals hatten sie angeblich adoptiert, aber Papa hatte gesagt, das war nur eine Formalität, um die Einwanderungsbehörden an der Nase herumzuführen, und sie blieb immer seine Tochter. Siegal stand jetzt in ihren Papieren, genau wie Ruthie Siegal, Onkel Morris Siegal, Tante Rose Siegal und ihre Vettern Duvey und Arty. Alle Papiere jetzt waren Lügen. Nur auf die Art konntest du über die Grenze. Wenn du Jude warst, durftest du nie deinen richtigen Namen sagen, höchstens einem anderen Juden, aber oft nicht mal dann. Naomi wußte, sie mußte sich jeden Tag große Mühe im Nachahmen geben, damit niemand merkte, daß sie Flüchtling war.

Papa war im Süden – nicht, was hier gemeint war, wenn Onkel Morris sagte, reiche Juden fuhren den Winter über in den Süden. Damit war hier Florida gemeint. Sie glaubte nicht, daß es reiche Juden gab. Sie hatte davon gehört, war aber nie welchen begegnet. Alle Juden aus ihrer Pariser Umgebung arbeiteten in kleinen Fabriken, kleinen Werkstätten. Sie arbeiteten für Kürschner oder für Zwischenmeister oder als Schneider oder als Buchbinder; sie verkauften Lederreste oder Stoffreste oder Fisch. Am ehesten kam noch Papas älterer Bruder Onkel Hercule in Frage, der im Alsace ein Restaurant hatte, bis die Deutschen kamen und es ihm wegnahmen. Die Deutschen waren eingefallen, und das starke französische Heer, über das sie in der Schule gelernt hatte, *la grande Ligne Maginot*, war verschwunden wie ein ausradierter Bleistiftstrich, und Papa war gefangengenommen worden.

Der Süden, damit meinte Naomi eigentlich das Licht, die Gerüche, die Hitze der Provence. Im August fuhren sie immer nach Fréjus nahe am Mittelmeer, wo die kleine Pension war mit der Bougainvillea, die über die Terrasse wuchs, auf der sie immer frühstückten, Maman, Papa, Rivka, die in der Welt Renée genannt wurde, und sie. Yakova, die sogar zu Hause darauf bestand, Jacqueline genannt zu werden, schlief dann immer noch. Alle sagten von Jacqueline als erstes, sie sei hübsch, und als zweites, sie sei sensibel, aber Rivka und Naomi fanden, sie war meistens eine Pest. Naomi und Rivka fanden schön, wie die Bienen in den Blumen herumkrabbelten, aber gegen Ende des Frühstücks wurden sie beide ungeduldig. Maman und Papa trödelten immer in den Ferien, *les grandes vacances*. Rivka sagte, die Bienen summten, weil die Blumen für sie wie Eiscreme schmeckten. Die Eiscreme im Süden war besser als die in Paris, und in den Ferien bekamen sie immer Eiscreme. Sogar Jacqueline mochte Eiscreme. Sie sagte, die Liebe sollte wie Eiscreme sein, war es aber wahrscheinlich nicht.

Ruthie unter ihr rührte sich. Ihre schlanken Beine streckten sich heraus und tasteten nach den fusselnden, ausgetretenen Pantoffeln, die sie Puschen nannte. Sie hing sich ihren eine Nummer zu kleinen, karierten Morgenmantel um, ging durchs Zimmer, spähte um das Rouleau herum nach dem Wetter und fuhr dabei in die Ärmel. Naomi sah von ihr nur den fest um die vollen, hohen Pobacken gezogenen Morgenmantel und das dunkle, halb vom Rouleau verdeckte Haar. So, wie sie seufzte, dachte Naomi, gefiel ihr das Wetter nicht. »Schneet es?« fragte sie.

»Schneit es?« verbesserte Ruthie geduldig und lächelte ihr über die Schulter zu. »Wie auch immer, *zazkele*, ja. Weißt du, wie man einen Schneemann macht?«

Naomi turnte schon herunter. Im Dezember war es hier dunkler als daheim in Paris, aber hier schneite es viel mehr. Einmal war der Schnee daheim zehn Zentimeter tief gewesen. Papa war mit ihnen in den Park Les Buttes Chaumont gegangen und hatte Rivka und ihr geholfen, eine Burg zu bauen. »Zeigst du es mir?« Bei dem Gedanken an den Park mit dem künstlichen Berg in der Mitte und den hohen aufregenden Brücken dahin, über das Wasser hinweg und mit Blick über die Bäume auf die Häuser drumherum, an den Wasserfall, unter dem sie und Rivka durchlaufen konnten, an die Waffelverkäufer und an das Karussell hätte sie am liebsten geweint.

»Es wird zu dunkel sein, wenn ich heimkomme. Aber am Wochenende, wenn der Schnee so lange liegenbleibt, und diesmal sieht es danach aus.«

Ruthie arbeitete in der Innenstadt bei Sam's in der Abteilung für bessere Kleider ab $3,98, deshalb bekam sie auf Kleidung Rabatt. Ruthie hatte auf der High-School die Fächer gewählt, die aufs College vorbereiteten, aber dann war doch kein Geld für ein richtiges Studium da, und jetzt machte sie Abendkurse an der Wayne-Universität und fuhr viermal die Woche abends mit der Woodward-Straßenbahn hin. Ruthie hatte in der High-School auch Schreibmaschine und Stenographie gelernt, aber keine Stellung in einem Büro gefunden. Nur jüdische Firmen stellten jüdische Mädchen ein, und es gab nicht viele, die junge Sekretärinnen suchten. Naomi hatte Ruthie zu Arty sagen hören, sie überlegte, ob sie protestantisch in die Bewerbungen schreiben sollte, aber dann merkten sie es doch an ihrem Namen und ihrem Aussehen. Außerdem kamen sie ihr drauf, wenn sie sich an den Feiertagen frei nahm.

In der Küche hatte Tante Rose Hafergrütze gekocht und zum Warmhalten auf einen Topf mit heißem Wasser gestellt. Onkel Morris hatte schon früher gegessen und war dann zum Chevrolet-Werk gefahren. Duvey schlief immer noch. Die Großen Seen waren jetzt nicht mehr schiffbar, und er war arbeitslos. Sonst arbeitete er auf den Erzfrachtern. Ihr anderer Vetter Arty frühstückte in der Wohnung oben mit seiner Frau und den beiden kleinen Kindern, aber Abendbrot aßen alle zusammen.

Das Holzhaus kam Naomi groß vor, so daß sie anfangs dachte, sie mußte reich sein, ihre amerikanische Familie; die Wohnung der Familie Lévy-Monot in Paris hatte nur drei Zimmer außer der *salle de bains* und dem WC: die winzige Küche, die große *salle à manger*, in der nachts die Mädchen schliefen und die auch als Wohnzimmer diente, und das Schlafzimmer ihrer Eltern. Jacqueline hatte früher auch in der *salle à manger* geschlafen, aber Maman hatte eine der ehemaligen *chambres de bonne* oben unter dem Dach für Jacqueline gemietet, als sie fünfzehn wurde.

Hier bewohnten die Siegals ein zweigeschossiges Holzhaus mit einer Veranda nach vorn und einer zusätzlichen, überdachten Außentreppe mit kleinen Veranden nach hinten, zur Hintergasse. Das Haus stand hinter einem anderen Haus, auch aus Holz und mit drei Geschossen, mit einem kleinen Hof dazwischen, auf dem sie mit Sandy Rosenthal aus der Parterrewohnung im großen Haus und mit Sandys kleinem Bruder Roy spielte. Eine große Ulme breitete ihre Zweige darüber wie ein ganzer Wald. Sie hatte noch nie einen eigenen Baum gehabt. Die nächsten Bäume daheim standen in einem kleinen Park bei dem *lycée* von Jacqueline.

Hier war nichts hoch, erst, wenn sie in die Innenstadt fuhren, da waren sehr hohe Gebäude, die Wolkenkratzer hießen, so hoch wie der Eiffelturm, aber aus Mauerwerk. Zu Hause war fast jedes Wohnhaus sechs oder sieben Stockwerke hoch. Hier waren die Häuser ganz verschieden groß, als wären sie alle anders gewachsen, wie Menschen, aber die meisten hatten nur zwei oder drei Geschosse. Die Leute schienen zu bauen, wie sie Lust hatten, jedes Haus anders, viele sogar aus Holz, wie ihrs. Anfangs war Detroit für sie eine Spielzeugstadt, Kartenhäuser, die plötzlich umfallen konnten.

Während sie ihre Hafergrütze mit braunem Zucker aß, mußte sie daran denken, wie ihre Eltern einmal davon geredet hatten, daß Madrid gefallen war, und sie sich ein Erdbeben vorgestellt hatte. In einem amerikanischen Film hatte sie nämlich gerade ein Erdbeben gesehen. Papa hatte sie und Rivka mitgenommen in den Film, wo unten in Französisch stand, was alle sagten, aber er hatte ihnen befohlen, das nicht zu lesen, damit sie ihr Englisch schulten. Naomi hatte gedacht, die Mauern von Madrid wären umgefallen, aber als dann Paris fiel, war sie zehneinhalb und wußte es besser. Boston Blackie saß neben ihrem Stuhl und hoffte auf ein Häppchen. Der aß auch wirklich alles, sogar Hafergrütze.

»Mame«, sagte Ruthie gerade, »bei dem Schnee kannst du nicht raus und überall rumrennen. Du holst dir noch den Tod.«

Tante Rose war eine rundliche Frau, molliger als Maman und viel älter, eine der vier Schwestern aus Kozienice in Polen. Ihr Haar war immer noch lacklederschwarz, aber ihr Gesicht war verrunzelt wie eine Backpflaume. Onkel Morris war mit zwölf Jahren rübergekommen, und alle sagten, er sprach, als wäre er in Amerika geboren, aber Tante Rose war erst mit achtzehn in die Vereinigten Staaten gekommen und sprach mit einem Beiklang, der sie verriet. Sie hatte eine tiefe, würzige Stimme. Naomi liebte diese Stimme, wenn Tante Rose nicht gerade schimpfte, eine Stimme, bei der sie an würziges Winternaschwerk denken mußte. Nelken, Schokolade, Zimt.

»Ich will nur zur Markthalle und sehen, was heute günstig ist. Zwei kleine Fahrten mit der Straßenbahn. Heute ist Mittwoch, die harte Mitte der Arbeitswoche. Ich dachte an ein Stück Rind für *gedempte flaisch* oder wenigstens ein Schmorgericht.«

»Mame, tu mir einen Gefallen. Kauf das Fleisch an der Ecke.«

»An der Ecke ist jedes Pfund zwei Cent teurer.«

»Mame, heute im Schnee geh an die Ecke. Bitte. Mir zuliebe.«

»Gut«, sagte Tante Rose und strich ihrer einzigen Tochter über den Kopf. Naomi wußte, Tante Rose wartete, bis Ruthie die Woodward

Avenue-Straßenbahn zur Arbeit genommen hatte, und ging dann mit ihren Einkaufstaschen los, um für ihr weniges Geld so viel wie möglich zu kriegen. »Vergiß nicht die schönen Brote, die ich dir eingepackt habe.«

Naomi stellte das letzte bißchen Hafergrütze für den Kater hinunter, der alles rasch und leise verschlang. Sie verstanden sich gut.

Jeden Tag aß Ruthie hastig ihre Brote aus der braunen Tüte im Frauenaufenthaltsraum. Dann eilte sie in die Stadtbücherei, um zu lernen. Ruthie hatte immer ein Buch in der Handtasche, das sie las, wenn sie Straßenbahn fuhr, wenn sie Suppe umrührte, wenn alle anderen Radio hörten.

Naomi war neugierig, ob Tante Rose daran gedacht hatte, ihr Pausenbrot zu machen, aber zu schüchtern, danach zu fragen. Ruthie sah sie an und schien ihre Gedanken zu lesen. »Mame, hast du Naomis Pausenbrote gemacht?«

»Warum soll ich sie nicht gemacht haben? Nur, weil ich's einmal vergessen habe. In meinem Alter, kann mir da ein kleiner Fehler nicht vergessen und verziehen werden?«

»Was kriege ich?« fragte Naomi. Maman würde jetzt sagen, sie sei frech, aber sie war neugierig. Hier rügte sie niemand für ihre Fragen, obwohl Onkel Morris sie ein bißchen aufzog, wenn er sie fragen hörte. Jeden Morgen machte Tante Rose drei verschiedene Mittagspakete, in drei verschiedenen Brotbüchsen und Thermoskannen.

»Heute wegen des Schnees schöne heiße Kohlsuppe. Dazu Brot und ein *stickl* Käse.«

Das war bestimmt der Borschtsch nur aus roten Beeten und Kohl, nicht der mit Rindfleisch. Naomi aß ihn gern, aber sie bekam davon Heimweh, weil Maman auch solch eine Suppe machte: eine Familiensuppe, von den Eltern gelernt. Sie konnte sie wahrscheinlich auch machen, wenn sie wollte. Aber sie wollte nicht. Sie wollte sie gemacht bekommen, von Maman.

Sie zog ihre Gamaschen und Galoschen an, knöpfte ihren Mantel zu, nahm ihre Schreibhefte und den Ranzen für Bücher, die Thermoskanne, die rot war mit einem Bild von Supermann drauf, und machte sich auf den Weg zur sechs Straßen entfernten Schule. Draußen war es noch dunkel, und die Laternen brannten, aber der Himmel wurde schon langsam hell.

Der Schnee fiel in großen, trägen Flocken, als hätte er alle Zeit der

Welt, um die Stadt zuzudecken. Die geparkten Autos waren schon beschichtet. Erwachsene fuhren hier nicht Fahrrad oder Motorrad, sogar Fabrikarbeiter hatten Autos. Onkel Morris hatte eins, aus seiner eigenen Fabrik. Jeden Monat zahlte er dafür Geld, wie Miete, obwohl es nicht neu war und die Stoßstange schon einen ausgebeulten Knick hatte und rostete. Papa hätte gerne ein Auto gehabt. Er konnte fahren. Früher, bevor die Nazis alles so schwermachten, waren sie manchmal mit Georges, dem Autoschlosser, in seinem alten Renault mit seiner Frau und seinem dicken, gutmütigen Sohn Razi aufs Land gefahren. Dann hatten ihre Eltern sich benommen wie Kinder, gekichert und gekabbelt. Alle aßen Hühnchen und tranken Rotwein. Papa spielte Mundharmonika, und sie sangen in Französisch und Jiddisch.

Sie trabte vorbei an der koscheren Fleischerei, der von Brillen-Rosovskys Vater, wo Tante Rose nicht gern kaufte, weil sie ihn zu teuer fand, vorbei an dem Fischgeschäft, in dem Sandys Vater arbeitete, vorbei an den Eisenwaren, an dem guten Brotgeruch von Fenniman's Bäckerei und dem dunklen Biertunnel der Bar. Hier war der Bürgersteig schon matschig. Sie stapfte in die Schmelzpfützen. Sie errichtete beim Laufen Mauern um sich, rüstete sich für die Schule, wo Englisch schreiben und sprechen und lesen nur ein kleiner Teil ihrer Aufgaben war.

Der schwerste Teil war, wie die anderen Kinder zu sein, die ihr älter und zugleich jünger vorkamen, nur nicht wie zwölf, wie sie. Alle machten sich viel mehr aus Jungens, wußten Bescheid über Autos und Sport und Anziehsachen, über Radioprogramme und Comics. Für die anderen Kinder war der Krieg was im Radio, war weit weg und gehörte zu »Terry und die Piraten«, was auch sie sofort nach der Schule anstellte, gefolgt von »Käpten Mitternacht« und »Jack Armstrong, ein echt amerikanischer Junge«. Die waren alle nie mit Bomben beworfen worden. Hatten nie vor Angst gezittert, weil Flugzeuge im Tiefflug auf sie zukamen und mit Kugeln schossen, um zu töten. Hatten nie eine Mutter gesehen, die ein Baby ohne Kopf hielt. Hatten nie Menschen und Kühe tot auf den Feldern liegen sehen wie ekelhaftes, stinkendes Fleisch. Stellten sich den Krieg nicht als großen Feuerbrand vor, der aus der Richtung kam, wo die Sonne aufging, so daß ihr roter Schein von den Feuern entfernter Bomben zu kommen schien, von brennenden Städten, von einer Angst wie Rauch, den der Wind immer mit sich trug.

Bernice 1

Bernice und die Piraten

Bernice war in der Überzeugung aufgewachsen, ihr Name sei »Bernice-Professor-Coates'-Tochter«, etwa wie Kristin Lavransdatter, fiel ihr auf, als sie den Roman von der Lagerlöf las. Zu der Zeit war ihr Name schon seit Jahren zu »arme Bernice, Professor-Coates'-Tochter« erweitert worden, der arme, mutterlose Jeff und die arme, mutterlose Bernice.

Mutter war eine mollige, warme, schusselige Frau gewesen, der ständig Schals und Handschuhe herunterfielen und die stets eine voluminöse, aus den Nähten platzende lederne Handtasche, so rund und zylindrisch wie ein Flußpferd, mitschleppte und dazu eine mit Büchern und Strickzeug, Taschentüchern und Arzneien vollgepfropfte Reisetasche, nicht nur auf ihren Europareisen jeden Sommer, sondern auch auf Tagesausflügen nach Boston oder zu Abendbesuchen bei Freunden. Wer den Professor, hager, vorzeitig ergrauend, mit einem Spazierstock, den er hauptsächlich beim Treppensteigen benutzte, neben seiner fülligen, oft nachlässig gekleideten Frau Viola sah, der hielt ihn für den Kopf und sie für den Körper.

Und doch erinnerte sich Bernice, wie sich Viola bei den Donnerstagsessen mit zwei ihrer Freundinnen durch die *Ilias* und Pindar rezitiert und diskutiert hatte. Violas Latein und Griechisch waren dem des Professors weit überlegen, und Viola war auch keine taube Nuß auf seinem Spezialgebiet, den modernen europäischen Sprachen. Wenn der Professor seine Schützlinge, Studenten oder Klubfrauen oder Rentner oder Schullehrer, in den Ferien jeden Sommer auf eine Bildungsreise durch Europa führte, um die vornehme Armut seines Salärs aufzubessern, kamen aus Violas Tasche die *Guides Bleues* und die *Baedeker*, ergänzt durch Geschichte und Kunstgeschichte.

Viola war eine stattliche Frau gewesen, mit weitem Schoß und herzlicher, lustiger Stimme, eine Frau, der niemand zugetraut hätte, innerhalb eines Monats zu sterben, an doppelseitiger Lungenentzündung in einem scheußlichen, nie zu vergessenden Februar. Bernice war damals elf gewesen, Jeff zwölf und schmächtig für sein Alter, scheu, in Bücher vergraben. Bernice hatte begonnen, den Haushalt zu führen, in tiefer Verwirrung und mit ständigem innerem Gebet, ihre Einsamkeit und ihre Last mögen nicht von Dauer sein. Mutter würde wiederkommen, ebenso unversehens, wie sie entschwunden war, zuerst ins Krankenzimmer, dann ins Krankenhaus, dann in den plötzlich kleineren leblosen Leib. Ihr Vatter hatte immer nur hinter zumeist verschlossenen Türen gelebt, doch ihre Mutter hatte sie, bei aller Achtung, die sie für ihre Konzentration forderte, immer auf den Schoß genommen, während sie las oder plauderte.

Das ganze nächste Jahr über wachte Bernice jeden Morgen mit der Hoffnung auf, ihre Mutter würde in der Küche sein und Schinkenspeck braten, Rosinenzimttoast bereiten. Immer wieder wartete sie auf diesen Geruch nach Zimt und Kaffee.

Doch sie kam herunter in eine kalte und leere Küche mit dem Geschirr von gestern abend, schon von ihr abgewaschen oder auch nicht, um Frühstück zu machen, ein Mädchen, bald groß genug, um an die hohen Borde heranzukommen. Für Jeff und sich machte sie Haferschleim mit einem Drittel Erdbeermarmelade, ihre Erfindung. Sie erfand viele Gerichte in ihrer frühen Kochphase, die meisten davon sonderbar. Zu ihrem dreizehnten Geburtstag schenkte ihr der Professor ein *Fannie Farmer*-Kochbuch. Sie haßte augenblicklich dessen ruhigen, gebieterischen Ton, dessen Gewicht, dessen Schnürschuhmanier, aber sie meisterte es trotzdem. Schlichte, vernünftige Küche. Warum nicht? War das nicht, wie die Leute sie sahen? Ein schlichtes, vernünftiges Mädchen.

Jetzt, dreizehn Jahre später, machte sie immer noch jeden Morgen dem Professor das Frühstück. Montags bis freitags mochte er seine Eier pochiert oder als Ochsenaugen auf Zimttoast, mit knusprigem, aber nicht angekohltem Schinkenspeck. Er trank Café au lait mit einem Teelöffel Zucker. Er mochte seine Morgenzeitung, den *Globe*, zusammengefaltet neben seinem Teller. An Wochenenden bevorzugte er Pfannkuchen mit Ahornsirup, und das Frühstück wurde um neun Uhr serviert.

Der Professor verließ zeitig das Haus, um zum fünf Querstraßen entfernten Campus zu gehen, aber letzte Nacht hatte es geschneit, und er nahm sich zusätzliche Zeit zur Bewältigung der noch nicht freigeschaufelten Bürgersteige. Die Leute dachten oft, sein leichtes Humpeln rührte von einer Kriegsverletzung her, denn er hatte in dem Krieg gedient, der allen Kriegen ein Ende machen sollte. Bernice wußte, daß ihr Vater den Krieg in Washington mit dem Übersetzen deutscher Kommuniqués zugebracht hatte. Sein Fuß war verletzt worden, als ihm eine Kuh drauftrat, auf der Farm ihres Großvaters in Putney, Vermont, als Bernice noch klein war.

Der Eberkopfspazierstock war in Köln gekauft worden, als Ersatz für einen älteren Hickorystock, der – auch wenn das allen hier unglaubhaft vorgekommen wäre – in einer Straßenschlägerei entzwei gegangen war, als der Professor einen jüdischen Heineforscher besuchte, mit dem er eine Korrespondenz unterhielt. Beim Verlassen eines Theaters waren die Braunhemden über seinen Freund hergefallen, der kurz zuvor bereits von der Universität gejagt worden war. Bernice sah dieses Abenteuer als die vielleicht beste Stunde des Professors; den jedenfalls hatte sein körperlicher Mut halb überrascht und halb beschämt, denn Schlägereien fand er unkultiviert. Bernice hielt den Eberkopfgriff auf Hochglanz. Deutschland hatten sie danach von ihrer Reiseroute gestrichen.

Bernice stand am Spülbecken und wusch das Frühstücksgeschirr ab. Holmes streckt den mageren, sehnigen Arm und injiziert sich die Kokainlösung, die sie sich immer als blaue Flüssigkeit vorstellte, wie Kobalt. Ihre eigene Droge war, sich im Kopf Abenteuerfilme vorzuspielen. Am Sonntag nachmittag hatte sie mit ihrer Nachbarin Mrs. Augustine das Kino besucht, um sich Errol Flynn als Pirat anzuschauen. Danach hatte sie diesen Film mit Variationen durchgespielt, während sie das Haus putzte, während sie die Socken des Professors stopfte, während sie die Manuskripte anderer Professoren tippte, aber ihre Vorstellung von sich als herausgeputzter Beutemaid irgendeines Piraten hatte sich innerhalb eines Tages abgenutzt, war eigentlich vom ersten Moment an unglaubwürdig. Seitdem hatte sie sich zu den Piraten geschlagen. Doch, es hatte auch Piratinnen gegeben, Anne Bonney zum Beispiel.

Mit dem Säbel um sich zu hauen und sich durch die Takelage zu schwingen war ihr Schönstes, auch wenn sie an Flynns sinnliches Gesicht und seinen drahtigen Körper mit Wohlgefallen zurückdachte. Bernice handhabte das Rapier mit einiger Fertigkeit, denn sie hatte mit ihrem Bruder in St. Thomas gefochten, unter dessen Eleven immer einige, wenn auch nicht besonders gern gesehene Mädchen waren. Nun rief sie einen Tagtraum auf, von dem sie drei Jahre lang gezehrt hatte. Darin flog sie zum Pazifik und rettete Amelia Earhart von einer unkartierten Insel, auf der sie abgestürzt war. Manchmal führte Bernice die Expedition an, und manchmal flog sie als blinder Passagier mit und übernahm dann an einem kritischen Punkt, erwies sich als beste Fliegerin der ganzen Gruppe: so sehr aus der Luft gegriffen war das gar nicht. Die Burschen auf dem Flugfeld achteten ihr Talent.

Als nächstes stapfte sie zum Campus mit einer Liste von Büchern, die der Professor haben wollte. St. Thomas war kein katholisches College, denn das hätte es in den Ruch gebracht, von Schülern niederer sozialer Herkunft bevorzugt zu werden. Wenn überhaupt, dann war es episkopalisch (Teilnahme an den Gottesdiensten war, zumindest auf dem Papier, Vorschrift); im Grunde jedoch war St. Thomas ein College, auf das reiche Eltern die Söhne schickten, die es geschafft hatten, woanders rauszufliegen, Jungen, die sich an Wochentagen betranken, Jungen, die am falschen Ort in der falschen Gesellschaft oder mit dem falschen Geschlecht erwischt worden waren, Jungen, die, um die Prüfungsfragen vorher zu erfahren, den Pedell bestochen hatten und dabei aufgeflogen waren.

Ihr Vater hatte einstmals den Ehrgeiz gehabt, St. Thomas für etwas Vielversprechenderes zu verlassen, aber die Kombination aus der Großen Depression und Violas Tod hatte ihn dort ein für allemal auf Grund gesetzt. Sie saß mit ihm auf Grund. »Wie geht es *ihm?*« fragten die Nachbarn sie. Wie es ihr ging, sah man ja. Gesund, immer gesund.

Der Briefträger kam mit der Morgenpost die Straße herauf. Sie wartete auf ihn und entfernte sorgfältig den Schnee von den Rhododendren. »Wie geht es Ihnen heute, Msch Coates?« Aus Taktgefühl vernuschelte er ihre Anrede, denn der Briefträger empfand ihren ledigen Stand als eine Schande, die er nicht betonen mochte.

Sie wurde für ihre Nettigkeit zu den Rhododendren mit einem Brief von ihrem einzigen Bruder Jeff belohnt, inmitten einer Handvoll Briefe aus Europa von Bekannten, die Einwanderungsbürgen oder Hilfe suchten. Vielleicht hatte Jeff auch dem Vater geschrieben, aber er wußte, daß sie täglich die Post in Empfang nahm und schrieb ihr getrennt.

La Colina Roja
Toas, New Mexico 30. November 1941

Liebster Brachvogel,
es ist kalt hier oben. Letzte Woche hatten wir ein paar Stäubchen Schnee, aber am meisten vermisse ich Neuengland im Herbst und dann wieder schmerzlich, wenn die Feiertage nahen. Es tut mir leid, daß ich zu Thanksgiving nicht heimkommen konnte, aber offen gestanden kann ich nicht zweimal fahren – keine $$ wie üblich, deshalb dachte ich, ich komme zu Weihnachten. (Ich bin halb versucht, nicht hierher zurückzukehren, aber wir werden sehen.)

Sie las nicht weiter und faltete den Brief sorgfältig in ihre kleine, praktische Umhängetasche (was brauchte sie, gattenlos, kinderlos, beruflos, dabeizuhaben außer ihrer Brieftasche, der Kleingeldbörse, den Schlüsseln und einem kleinen, praktischen Kamm zur Erste-Hilfe-Leistung nach dem Wind in ihrem kurzen, praktischen Haarschnitt?). Die Zeilen hatten sie aufgewühlt. Jeff war wieder einmal auf dem Absprung in eine neue Richtung. Der Professor würde verärgert, sarkastisch sein. Sie hingegen war ein bißchen neidisch auf die Freiheit, die Jeff vielleicht nicht fruchtbringend nutzte, aber immer hatte.

Die Freiheit, eines Morgens seine Sachen zu packen und sich davonzumachen, abzuhauen. Er hatte Freiheit in Hülle und Fülle, und sie hungerte nach einem Krümel davon. Sie empfand auch eine Handbreit Zorn, ein Gefühl, daß sie keine Schwierigkeiten gehabt hätte, sich nützlich in der Welt niederzulassen und ihre Energie, ihre Intelligenz, ihre Kraft einer würdigen Aufgabe zu widmen. Ihr fielen fünfzig Unternehmungen ein, zu denen sie nur zu gerne aufgebrochen wäre.

Sie müßte dringend ihre aufgehäuften Schreibarbeiten beenden. Bernice tippte Manuskripte anderer Fakultätsmitglieder ab und gab das damit verdiente Geld prompt auf dem nahen Flugplatz aus. Der Flugplatz war den Winter über eingeschneit, und so sparte sie ihr Geld, um einen Anteil an einer Maschine zu erwerben, einer Piper Cub mit 60 PS, die ihr Freund Steve abbezahlte. Wenn sie bis zum Frühjahr zweihundertfünfzig Dollar sparen konnte, dann gehörte ihr ein Viertel des Flugzeugs und dann konnte sie zehnmal so oft fliegen. Seit die

Regierung am College im Jahr zuvor ein Trainingsprogramm für die Luftwaffe eingerichtet hatte, wartete sie oft den ganzen Tag am Flugplatz und bekam trotzdem kein Flugzeug. Sie strebte eine Fluglizenz für die Verkehrsluftfahrt an, aber bei dem Tempo, zu dem sie sich bisher Zeit in der Luft leisten konnte, würde sie dafür noch Jahre brauchen. Jeff hatte einen Pilotenschein wie sie, aber mit der Fliegerei nie weitergemacht.

Als könnte er ihre Gedanken lesen, schrieb er – als sie in der überheizten Bibliothek beim typischen Schlangenzischen der Heizkörper darauf wartete, daß die Bibliothekarin die Bestellungen des Professors heraussuchte, und den Brief wieder entfaltete:

> Ich frage mich immer, warum ich es hier nicht aushalte. Das Licht ist grell, die Landschaft monumental. Die Tiwa nennen den Berg hinter Taos heilig, und sie haben bestimmt recht. Vielleicht ist es die entwürdigende Schinderei, für Quinlan zu arbeiten, aber das trifft es nicht. Ich kann, so scheint es, nichts Eigenständiges tun. Ich fühle mich, als schaute ich durch die Augen von Malern, die hier schon gemalt haben. Ich kann, so scheint es, der Landschaft nicht frisch begegnen. Bei all ihrer Großartigkeit und Wildheit und Faszination bin ich nicht fasziniert.
>
> Überdies ist die Geschichte mit Dolores heikel geworden. Mein mündliches Spanisch – und mein mexikanisches Spanisch, das ich im Gegensatz zum Professor für ein fabelhaft geschmeidiges und spritziges Idiom halte, dem lispelnden, tuntigen Tonfall des Kastilischen weit überlegen – hat rasche Fortschritte gemacht, leider ebenso auch Dolores' Wunsch, in mir den zukünftigen Spender von Ringen, Haciendas und Babys zu sehen.
>
> Mit der Dolores-Situation könnte ich allenfalls noch fertig werden, wenn ich das Gefühl hätte, in meiner eigenen Landschaft angekommen zu sein, aber so sehr mich diese hübsch kolorierten Mesas und Berge, die in starken Farben gestrichene Wüste, die uralten Pueblos auch rühren, letztlich ist dies nicht mein gelobtes Land.
>
> Jedenfalls freue ich mich auf unsere Zeit zusammen. Zweifellos wirst Du mir wie immer mein Ich erklären und alles klarstellen. Ich träume von etwas Tropischerem. Ich muß der Sonne

folgen, aber zu etwas Üppigerem, Saftigerem. Die Berge sind am Ende doch nicht meine heiligen Orte. Dies ist nicht mein Gusto. Zu viel Ocker vielleicht, zu viel gebranntes Siena. Oder vielleicht einfach ein anderer Gesellschaftskreis. Warum empfinde ich mich in Europa ganz selbstverständlich, ganz ohne Frage als Maler und hier nicht?
In Liebe wie immer
Jeff

Sie selbst mochte Erdfarben, die Welt vom Flugzeug aus gesehen. Sie konnte sich noch an das erste Mal erinnern, als Zach sie mit hinaufgenommen hatte, sie allein, denn Jeff malte und wollte nicht mit. Zuerst hatte er ihr Bentham Center von oben gezeigt, ordentlich, klein, bald verschwunden, und dann hatten sie sich emporgeschwungen, hinauf und über den Jumpers Mountain und dann weiter zum Connecticut River, angeschwollen und schlammig vom Frühlingstauwetter. Als nächstes hatte Zach versucht, sie zu hänseln, ihr Angst einzujagen, zog die Maschine in große träge Loopings und dann in kurze abrupte Rollen, in Sturzflüge. Schließlich hatte er gemerkt, daß sie überhaupt nicht schrie, nicht angstgelähmt war, sondern begierig, verzückt, und mindestens soviel Spaß daran hatte wie er. Er hatte sich herübergelehnt und ihr Haar verwuschelt und in die Faust genommen. »Möchtest du es lernen, Bernie?«

Sie hatte heftig genickt, unfähig, etwas zu sagen, unfähig, ihr Verlangen zuzugeben.

»Sag: bitte.«

Da sagte sie etwas. »Bitte, Zach. Bitte! Bring es mir bei.«

Er schien es lange, unter Stirnrunzeln zu bedenken, verlängerte und genoß ihre Qual, gab ihr das Verlangen zu schmecken und die Spannung. »Vielleicht tu ich's, vielleicht auch nicht.« Aber er hatte es getan.

»Komme schon«, platzte sie zu laut heraus. Mrs. Roscommon hatte ihr zugeflüstert. Bernice eilte zum Tresen, wo ein Stapel der bestellten Bücher zu wackeliger Höhe aufgetürmt war.

Es war ihr peinlich, so weggetaucht zu sein, hinaus in die Welt. Nun war sie wieder im tristen Einerlei. Wenn sie sich an jene Tage mit Zach und Jeff erinnerte, dann glichen sie dem Moment in *Der Zauberer von Oz* – ein Film, den sie dreimal gesehen hatte –, wenn Dorothy aus Kansas hinaus nach Oz gelangt und Schwarz und Weiß zu herrlichem und strahlendem Technicolor erblühen. Da sie für Musicals wenig Begeisterung aufbrachte, hatte sie kaum Technicolorfilme gesehen; dieser Übergang berührte sie zutiefst. Genauso war es, aus Bentham Center hinaus ins Abenteuer zu gelangen. Sie hatte sich jene Tage so oft in Erinnerung gerufen, daß sie schließlich nicht mehr sicher war, wie die Ereignisse sich nun wirklich zugetragen hatten, denn durch immer reichlichere Ausschmückung waren sie inzwischen zur Hälfte Phantasieprodukte. Sie kam sich manchmal verrückt vor, wenn sie daran dachte, wieviel Zeit sie damit zubrachte, Ereignisse immer wieder zu durchleben und zu überarbeiten, die Zach und Jeff zum großen Teil vergessen haben mußten, sie so lange zu überarbeiten, bis sie sich selbst nicht mehr sicher war, was sie erinnerte und was sie dazuerfunden hatte.

Während sie nach Hause trabte, um die Bücher abzuladen, und dann zum Fleischer um Lammkoteletts und zum Gemüsehändler um Broccoli, wenn er welchen hatte, und Blumenkohl, wenn nicht, dachte sie, daß es vielleicht sogar noch einen Hauch erträglicher war, mit Errol Flynn von Pirat zu Pirat mit einem Säbel zwischen den Zähnen herumzutollen, als ständig in jenes kurze Paradies zurückzukehren, jene kurze Erlaubnis, sich ihrem Bruder und Zach anzuschließen. Oft träumte sie, daß sie flog. Sie träumte sich zurück an die Instrumente von Zachs Aeronca, legte sie in die Kurve, drückte sie in den Sturzflug, drehte sie in Kunstflugrollen. Letzte Woche war sie in der Nacht weinend aufgewacht. Wie hätte sie jemandem erklären sollen, daß sie weinte, weil sie das Fliegen beherrschte, aber kein Flugzeug hatte? Die Freudianer hätten gesagt, das habe mit sexueller Frustration zu tun, aber von Sexualität wußte sie nichts, und fliegen war für sie wirklicher, als des Professors Koteletts zu braten.

Eigentlich hätte sie Zach dafür hassen müssen, daß er ihr großmogelig das Fliegen beigebracht hatte, doch sie hatte nicht widerstehen können; es war das einzige Kosthäppchen vom Paradies, das ihr je zuteil geworden war. Sie hatte damals für ihn geschwärmt, doch sie war sich auch bewußt, daß sie nicht mehr Chancen bei ihm hatte als ein großer, wolliger Hund. Er war gern mit ihr zusammen. Es amüsierte ihn, Jeffs aufgeweckter, unansehnlicher, verträglicher Schwester das Fliegen beizubringen. Ihre Anhänglichkeit und ihre Anbetung waren ihm wohlgefällig wie jedem Gott dargebotener Weihrauch.

Zach war ein Geschöpf aus einer anderen Welt, aus dem gleichen Grund nach St. Thomas verbannt, aus dem viele Jungen kamen. Zach war nicht unheilbar dumm; er bekam schlechte Noten, weil er an allem Akademischen wenig Interesse hatte. Schulstunden bewegten sich nicht rasch genug durch die Luft. Zach hatte sturzbetrunken ein Auto zu Schrott gefahren. Am St. Thomas tat er das wieder, in einem Morgan, den er in der Haarnadelkurve vom Jumpers Mountain demolierte.

Jeff hatte ihn aus dem Auto gezogen, bevor es in Flammen aufging. Jeff war von einem Rendezvous im Heuschober der Garfinkles mit der mittleren Schwester heimgeradelt. Nachdem er den blutenden, bewußtlosen Zach aus dem rauchenden Wrack gezogen hatte, war er zu den Garfinkles zurückgefahren und hatte ein Pferd ausgeliehen oder gestohlen, auf das er Zach lud und ihn so ins Bentham Center-Krankenhaus verfrachtete. Dann brachte er das Pferd zurück und radelte, aufgekratzt und mit sich zufrieden, heim, um ihr die Geschichte zu erzählen.

Dieser Unfall hatte Zach aus der Footballmannschaft entfernt und seinen Alkoholkonsum gedämpft. Er hatte auch aus den beiden Jungen Freunde gemacht, und Bernice war mitgezockelt, wenn sie sie ließen. Zach liebte sportliche schnelle Autos und sportliche schnelle Yachten, aber während er sich von vier Knochenbrüchen erholte, vertrieb er sich die Zeit, indem er fliegen lernte. Als Zach fliegen lernte, lernten auch seine Freunde fliegen –auf seine Kosten natürlich. Alleinsein war für ihn ein ungenügender Zustand, der sofort berichtigt werden mußte. Trommelt die Truppen zusammen. Bringt die Begleiter herein. Ruft die getreuen Gefolgsleute. Er brauchte bei seinen Eskapaden Gesellschaft, und für sie war das Fliegen zur ihrer Leidenschaft, zu ihrem Mittelpunkt geworden.

Warum bildete sie sich ein, daß eine Verkehrspilotenlizenz sie befreien würde? Sie hätte immer noch die Pflicht, für ihren Vater zu sorgen. Luftrennen zu gewinnen, Flugzeuge zu testen wie Jacqueline Cochran war so weit entfernt wie das Mitsegeln auf einem Piratenschiff.

Sie schälte die Kartoffeln und schaute dabei zum Kalender. Noch drei Tage bis Sonntag, dem siebenten, ihrer nächsten Injektion der Kinodroge. Zwanzig Tage bis Weihnachten. Wann kam Jeff? Heute abend, nach dem Abwasch, würde sie ihm schreiben, ihn drängen, ein Datum für seine Heimkunft festzumachen. Für Weihnachten hatte sie schon

Professor Horgan, der Kunstgeschichte lehrte, überredet, in Boston für Jeff eine Tube Kadmiumrot und Kadmiumgelb zu besorgen, teure Farben, die er liebte und sich oft nicht leisten konnte. Er würde sich freuen.

Mit kleinen Bestechungen, kleinen Versprechungen, mit endlosen Tagträumen brachte sie sich dazu, weiterzumachen. Was gab es sonst? Was sonst würde es je geben für Professor Coates' Tochter, die die Betreuung und Verpflegung ihres Vaters geerbt hatte, die ihm den Haushalt führte und dessen Haushalt ihr Kost und Logis gewährte? Bernice, die im Schlaf flog und nur beim Aufwachen weinte, kurz, denn sie war zu vernünftig, um das, was nicht zu ändern oder zu umgehen war, lange zu beweinen.

Jeff 1

Emplumado

Es war dumm gewesen, sich mit Quinlan zu prügeln und ihm eine blutige Nase zu verpassen. Aber es brachte Jeff aus Taos heraus, und es war ihm eine Wohltat, einiges von dem Zorn losgeworden zu sein, den er in den vergangenen Monaten angehäuft hatte.

Wie überrascht Quinlan gewesen war, in dessen Kopf feststand, der wohlerzogene, künstlerische Jeff schluckte jede Beleidigung. Dabei prügelte er sich, wenn es sich denn nicht vermeiden ließ, ganz gern. Er mochte es, seinen Körper zu fordern. Mit dem Rucksack in die Berge zu klettern, was nach Ansicht seiner Bekannten in Taos zwangsläufig zu Stürzen von Steilwänden führte oder in die Irre. Zum ersten Mal war er in Österreich geklettert, dann in der Schweiz. Er hatte festgestellt, die Berge um Taos waren faszinierend, aber nicht übermäßig anspruchsvoll. Er hatte festgestellt, Quinlan war leicht niederzuschlagen.

Quinlan hatte sich von Anfang an wie ein Schinder aufgeführt. Er leitete die Ferienranch im Auftrag eines Konzerns und ließ, vermutete Jeff, soviel er nur irgend konnte in die eigene Tasche wandern, nahm es aus der Pflege der Tiere, den Unterkünften und dem Essen der Hilfskräfte und kleinen ärgerlichen Einsparungen wie der, daß es auf der Latrine für die Hilfskräfte nie Toilettenpapier gab.

Das Schimpfwort, mit dem Quinlan ihn belegt hatte, war nicht der Grund, ihn niederzuschlagen, nur der Vorwand. Quinlan, dem jedes Talent für Kraftausdrücke abging, schimpfte ihn einen roten Homo. Rot, weil Jeff Anhänger von Roosevelts Wirtschaftspolitik war, obwohl der Präsident sie für sein Gefühl nicht energisch genug durchsetzte. Homo, weil er es vermied, mit Mrs. Terwilligher ins Bett zu steigen, die reich war, ebenso widerwärtig wie Quinlan und für ihn sicherlich genauso wenig empfand wie er für sie. Jeff hatte sich angewöhnt, so zu tun, als verstünde er nicht, daß die Hilfskräfte auch sexuell den Urlaubern zur Verfügung zu stehen hatten, daß auch sexuelle Bedienung von den Kellnerinnen erwartet wurde, von den Zimmermädchen und den sogenannten Fährtenburschen, die die Überfressenen auf bequemen Rundblickpfaden umherführten.

Dabei hatte Jeff im Prinzip nichts gegen dieses Arrangement. Als er die Schützlinge seines Vaters, des Professors, auf ihren Kulturreisen begleitet hatte, waren sie für ihn ein Harem gewesen, aus dem er sein Bett bestückte. Der Professor war wohl nie dahintergekommen, auch wenn Bernice Bescheid wußte. Für eine Jungfrau war sie überraschend verständnisvoll. Arme Bernice. Sein Brachvogel in einem sehr schlichten Käfig.

Er gab die beiden Bilder, die er für die besten hielt, zusammen mit seiner französischen Staffelei an Bernice auf, nachdem er seine Schulden mit Leinwänden bezahlt und für alle Fälle drei in der Galerie gelassen hatte. Falls sie verkauft wurden, sah er bestimmt nie sein Geld, aber wenigstens wurden sie ausgestellt. Als Landschaftsmaler, der in relativ kleinen Formaten arbeitete, war er definitiv aus der Mode, aber nicht unverkäuflich. Trotzdem hatte er seine besten Arbeiten nicht in Taos gemacht. Er sah immer wieder Arbeiten anderer Maler, die das formale Wesen der Landschaft erfaßten, wie O'Keeffe oder Dasburg, oder die dramatischen Wechsel von Himmel und Stein, wie sie Marin gemalt hatte, immer den Heiligen Berg. Er hatte Taos nicht zu seinem Eigentum gemacht. Die Klarheit von Taos hatte sich bei ihm nicht herauskristallisiert. Er tippelte aus der Stadt hinaus und fuhr per Anhalter nach Denver.

Er trug seine wenigen Habseligkeiten in einem Rucksack, leichter zu tragen als ein Koffer, aber kein Amerikaner sonst schien einen Rucksack zu benutzen. In Denver fand er beim Bahnhof eine billige Absteige. Er angelte sich aus einer Mülltonne eine Zeitung. Die Russen unternahmen allem Anschein nach eine Gegenoffensive in den Vororten von Moskau. Zach hatte aus London geschrieben, wohin er mit dem Gedanken gegangen war, in die Royal Air Force einzutreten, doch die hatte ihn abgelehnt. Zu viele alte Verletzungen? Vielleicht fanden sie Zach mit achtundzwanzig jenseits seiner besten Jahre. Nicht, daß Zach die Nazis haßte. Die politischen Ansichten seiner Familie gingen durchaus in die gleiche Richtung. Jeff konnte sich ohne weiteres von Zachs Vater – Zachary Barrington Taylor dem Dritten, so wie Zach der Vierte war – vorstellen, daß er sagte: »Dieser Hitler ist eine Spur ordinär, aber er versteht es, die Arbeiter auf Vordermann zu bringen«, und anschließend Geld für die Parteikasse spendete. Zach ging einfach dahin, wo es aufregend war. Er liebte das Fliegen. Er war mit Träumen von Kampffliegerduellen im Weltkrieg aufgewachsen und wollte sich mit dem Roten Baron messen. In den letzten Jahren hatte Zach etwas Langweiliges im Versicherungsunternehmen seiner Familie in Chicago getan; das heißt, die Taylors hatten die Mehrheitsbeteiligung an diesem Konzern wie an vielen anderen, ganz zu schweigen vom Barrington-Familienimperium in Textilien und Zucker. Zach war seinen Familienpflichten nachgekommen, hatte geheiratet und ein Kind gezeugt. Jeff hatte nichts mit der respektablen Seite von Zachs Leben zu tun. Man würde ihn dort nicht einmal zur Tür hereinlassen.

Zach drängte ihn, nach England herüberzukommen, unterließ es aber, ihm Fahrkarten zu schicken, was hieß, daß es ihm nicht ernst war. Zach mußte wissen, daß Jeff nicht einmal das Geld hatte, um nach Hause zu fahren, geschweige denn nach Europa. Was hatte die Depression für Zach bedeutet: mehr Gesindel auf den Straßen? Jeff, dessen Leben von der Depression zu Bruchstücken von Hilfsarbeit und Arbeitslosigkeit in etlichen Städten und Landstrichen zerhackt worden war, der zum hundertsten Mal in der Flohkiste einer Absteige schlief, der bei diversen Notprogrammen der Regierung gearbeitet und Steine für den Straßenbau gebrochen und Weizen geerntet hatte, verspürte einen stechenden Groll, stark genug, um seinen Freund zu durchbohren wie ein Dolch aus Eis.

Aber Zach kam mit seinem Vater nicht besser aus als Jeff mit dem Professor; Zach war früh in die Rolle des zweiten, des schlechten Sohnes, des schwarzen Schafes gefallen. Er hatte nie in das Leben hineingepaßt, das für ihn zurechtgelegt war wie der Gesellschaftsanzug von einem Kammerdiener. War er endlich entronnen?

Jeff wollte nach Hause. Nicht zu seinem Vater, dem kalten Zwangsneurotiker, den nur seine eigene Arbeit und seine eigene Bequemlichkeit kümmerten und der ihm das Gefühl gab, ein unartiges, pflichtvergessenes Kind zu sein. Nach all den Jahren, die der Professor damit verbracht hatte, Schützlinge durch die Museen Europas zu schleifen, hatte er kein Verständnis für einen Sohn, der malte. Jeff wollte nach Hause zu Bernice, die seine Mutter war und auch wieder nicht. Natürlich war sie es nicht, denn sie hatten eine richtige Mutter gehabt, jenes Geschöpf aus Fleisch und Geist und Humor und Regsamkeit, die beste Köchin des Lehrkörpers, die Gedichte liebte und sie ihnen statt alberner Kinderbücher vorlas, die ihnen die *Ilias* in der Übersetzung von Alexander Pope vorlas und manchmal in Griechisch rezitierte, deren Schoß es nie an Platz und Wärme fehlen ließ.

Bernice war in einem anderen Sinne seine Mutter, denn sie war alles, was ihm danach geblieben war. Sie hatten einander großgezogen. Wenn sie doch nur sein Zwillingsbruder gewesen wäre, ein Junge, der zu einem Mann heranwuchs, dann würden sie sich zusammen in der Welt umtun. Bernice hätte einen ansehnlichen Mann abgegeben. Doch für eine Frau war sie zu groß, einsfünfundsiebzig und grobknochig, eine Frau, die einen Pflug ziehen konnte. Zu einer anderen Zeit wäre sie anders angeschaut worden. Bei den großen quadratischen Frauenakten aus Picassos klassischer Periode mußte Jeff an seine Schwester denken.

Jetzt wollte er bei ihr sein, umfangen von der intelligenten Wärme, die nie ohne Urteil war, aber nie destruktiv. Er wollte verhätschelt werden. Er wollte die Abenteuer mit ihr teilen, die seit seiner Kindheit beim Erzählen fast beglückender waren als beim Erleben. Nichts war ganz wirklich, bevor Brachvogel es erfuhr. Statt dessen saß er hier in Denver.

Wenn er bis nach Boulder tippelte, konnte er eine Mitfahrgelegenheit bekommen, sobald die Schulen in die Weihnachtsferien gingen, aber der Gedanke, so lange zu warten, ließ ihn vor Selbstmitleid einschrumpfen. Er wollte die letzte Leinwand betrachten, die er vollendet und Bernice geschickt hatte. Er wollte morgens auf dem felsigen Jumpers Mountain malen, wenn Schnee die Landschaft bestäubt hatte.

Entweder ließ er sich von Lastwagen mitnehmen, oder er schmuggelte sich auf der Eisenbahn durch, aber er bat nie um Geld von zu Hause. Das Gehalt des Professors reichte kaum zur Haushaltsführung. Der Krieg hatte den Sommerexkursionen, die so viel eingebracht hatten wie neun Monate Unterricht, ein Ende bereitet. Bernice kam zurecht, aber Jeff wußte, wie sparsam sie wirtschaftete. Er selbst hatte dieses großbürgerliche Sommerleben in vollen Zügen genossen, Hotels, Restaurants, Museen, den Künstler spielen zu können, der er in Wirklichkeit war. In Taos vermischten sich die Gesellschaftsschichten in der ortsüblichen Uniform aus Levi's, buntem Halstuch und Stiefeln, dennoch lebte er als Landarbeiter und nicht als Maler. Das tat weh.

Bernice war erlaubt worden, am Collegeunterricht teilzunehmen, aber einen Abschlußgrad hatte ihr St. Thomas nicht zugestanden. Der Professor wollte ihr nicht erlauben, einer Arbeit nachzugehen, selbst wenn sie die Ausbildung dafür gehabt hätte. Er, Jeff, würde immer auf die Füße fallen. Er war kein Mann, der mit der Sicherheit elterlicher Monatswechsel auf Abenteuer ging. Er war frei. Wenn er nach Hause fuhr, dann, weil er sich nach seiner Schwester sehnte, nicht, weil er irgend etwas von ihnen erwartete. Jetzt mußte das kleine Problem gelöst werden, wie dorthin gelangen.

Dolores hatte ihm anfangs diesen Hafen geboten, den warmen Ort, den er bei Frauen suchte. Frauen schienen ihn stets aus einer Menschenmenge, aus Festgedränge herauszufischen. Eine der unangenehmen Begleiterscheinungen des Landstreicherlebens war, daß seine Tagelöhnerarbeiten ihn oft in reinen Männerenklaven festhielten, und in Wahrheit hatten die meisten Männer keine Ahnung, wie man lebte. Sie bauten keine Nester, sie schufen keine Behaglichkeit, sie machten das Schlimmste aus ihren Unzulänglichkeiten. Er mochte es, zu einer Frau zu ziehen.

Mit Dolores hatte er nicht eigentlich zusammengelebt, denn zu seiner Anstellung bei Quinlan gehörte eine eigene Unterkunft, und Dolores achtete sehr auf die Meinung der Nachbarn. Trotzdem hatte sie oft für ihn gekocht, und er konnte sich in die Gemütlichkeit ihres weiß gekalkten Adobehauses einkuscheln. Er hatte sie gerne angeschaut, sogar ein paar Zeichnungen gemacht, obwohl er wußte, wenn er eines seiner wenigen Porträts malte, dann verwandelten Menschen sich in Landschaften. Ihr Gesicht war faszinierend asymmetrisch. Dolores war sich nicht bewußt, daß die eine Seite ihres Gesichts eckiger war und die andere weicher. Schatten, die darüber hinspielten, hatten nie aufgehört, ihn zu fesseln. Ihr Körper war von gefälliger Üppigkeit, mit dem betont ausgestellten Po, den in barocker Rundung sich wölbenden Hüften mit den zwei deutlich unterscheidbaren Einbuchtungen. Im Dunkel ihrer Haut fanden sich Bernsteintöne und ein schwaches Grün.

Dolores hatte zu ihm gesagt, er sei ein alter Kater, *un gaton*, der sich daran gewöhnt habe, umherzustreichen und Mahlzeiten zu schnorren. Dann hatte sie Druck auf ihn ausgeübt, sich häuslich niederzulassen. Warum taten Frauen das? Sie erkoren ihn wegen seiner Ausstrahlung des Weitgereisten, seiner romantischen Aura des rastlosen Wanderers, der morgen fort ist, und dann versuchten sie ihn für die Häuslichkeit zu gewinnen.

In normalen Zeiten hätte er das College abgeschlossen und dann hier oder im Ausland eine Kunstakademie besucht, wäre zurückgekommen, um zu unterrichten und zu malen, zu heiraten und Kinder zu haben. Aber es war kein Geld dagewesen und keine Arbeit. Er hatte sich aufgemacht, mit der Armee der heimatlosen Männer von Güterzug zu Amüsierviertel zu Arbeitsvermittlung umherzuwandern. Als er dann schließlich den Wettbewerb eines Notprogramms der Regierung zur Ausschmückung von Postämtern mit Wandbildern gewonnen hatte, war er es schon gewohnt, seine Sachen zu packen und weiterzuziehen, sobald sich Schwierigkeiten auftaten.

Irgendwann einmal würde er sich niederlassen, aber nur, wenn er den richtigen Ort fand, den passenden Ort, seine eigene Landschaft und eine Frau, die die Schönheit von Dolores mit der Eigenständigkeit und Intelligenz von Bernice verband. Er war wie einer, der aus Notwendigkeit, um die Schmerzen zu nehmen, auf Morphium gesetzt und süchtig geworden war. Weiterzuziehen war zur Gewohnheit geworden, aber er träumte ständig von einer Gefährtin. Einer, die wußte, wie es in der vorigen Stadt oder im vorigen Land gewesen war, die Barcelona kannte, bevor Franco herrschte, und London vor dem Blitz und Paris, bevor die Nazis es besetzt hatten. Ein gemeinsames Koordinatensystem. Nicht einmal die Angst vor dem Krieg gab das her. Die meisten Leute schienen davon auszugehen, daß er nie kommen würde. Die einzig gemeinsame Kultur, das schienen Filme und Comic strips. Jeder redete über Gasoline Alley, Li'l Abner, Dick Tracy. Vielleicht war das der Grund, warum er unbedingt nach Hause mußte, jetzt, sofort. Bernice war seine Schatzkammer. Alle Geschichten endeten in ihrem Kopf.

Am Donnerstag morgen säuberte er sich am Bahnhof und stiefelte zu einem Fernfahrertreff. Er wurde fast sofort fündig. Ein firmenunabhängiger Fahrer, der eine Fuhre Reifen abholen und nordwärts nach Cheyenne fahren sollte, erklärte sich bereit, ihn zum Auf- und Abladen mitzunehmen. Er war froh, einen Schritt näherzukommen. Diese Reise war ein Schachspiel, in dem er der Springer war, der jedesmal zwei Schritte vorwärts und dann einen Schritt zur Seite tat. Die Reifen stellten sich als riesig heraus, für Erdbewegungsfahrzeuge. Der Mann schaute ihn zwar anfangs skeptisch an, aber Jeff hatte keine Zweifel an seiner Fähigkeit, ungefüge Gegenstände zu wuchten. Er war kräftiger, als er aussah, ohne ein Gramm Fett; und er verstand etwas von Gleichgewicht.

Während sie nach Norden durch die Einöde fuhren und er leichtfüßigen, erdfarbenen Antilopen zusah, spielte er mit dem Gedanken, Mittelamerika zu erkunden oder vielleicht nach Brasilien zu gehen. Er malte sich die scharfen, zerklüfteten Rottöne der Mittelmeerfelsen aus, aber vor dem Hintergrund gespenstisch pulsierender Grüntöne des Urwalds. Er nahm sich vor, in der Bibliothek über Orte im Süden nachzulesen, derweil er sich an Bernices guter Hausmannskost sättigte. Sie würden auf den Jumpers Mountain steigen, um einen Baum zu stehlen. Sie würden die alten Kartons mit Christbaumschmuck hervorholen, die tschechischen Prismen, die deutschen Kugeln mit dem eingeätzten Goldflitter, die Holzpferdchen und bemalten Trommler, die Rauschgoldvögel. Er würde seinen früheren Bildern an den Wänden von Bernices Zimmer und seinem Zimmer einen Besuch abstatten. Sein Versagen in Taos hatte sein Selbstvertrauen angenagt. Er brauchte es, seine besten Arbeiten zu sehen.

Was oder wem hatte er denn eigentlich in Taos nachgeschnüffelt, dem Geist von D.H. Lawrence? Jeder zeigte ihm die Relikte, die Stätten, an denen Lawrence dieses oder jenes Unflätige oder Bedeutsame, Unsinnige oder Prophetische gesagt oder getan hatte. *Die gefiederte Schlange* mochte er von Lawrences Romanen am wenigsten, auch wenn ihn die Sprachbilder faszinierten. Eine Schlange mit Federn fesselte seine Phantasie. Vielleicht hatte er in Taos solch ein Bild gesucht, eine Möglichkeit, den Flug und die Erdgebundenheit miteinander zu verknüpfen. Schlangen hatten ihn nie angewidert, sondern er hatte sie immer gefangen, Kletterschlangen und Milchschlangen und hübsche kleine Strumpfbandnattern.

Er hatte eine Morris Graves-Ausstellung gesehen, die ihn ungeheuer bewegt hatte, aber die Landschaften, auf die er ansprach, waren das Gegenteil von jenen nebligen, gischtübersprühten Visionen, die er bei Graves bewunderte. Er brauchte intensives Licht, harte Trennlinien, Fels und starke Formen. Warum hatte er dann in Taos so versagt?

Sie hielten zum Mittagessen. Er kaufte sich einen Teller Chili. Der Fernfahrer spendierte ihm einen Kaffee. Es schien ihm zu gefallen, daß Jeff nicht versucht hatte, sich von ihm das Essen zahlen zu lassen. Er hatte ein interessantes Gesicht, alles platte Flächen, die auf verschiedenen Ebenen gegeneinander abgesetzt waren, ein Gesicht wie mit dem Meißel gemacht oder wie eine von Braques kubistischen Collagen. Als sie wieder im Sattelschlepper saßen, fragte er, ob Jeff so ein Ding fahren konnte. Als Jeff bewies, daß er es konnte, kletterte der Fernfahrer in den hinteren Teil des Führerhauses und legte sich schlafen.

Es schneite ein wenig. Die Berge im Norden waren im oberen Drittel weiß. Staub mischte sich eine Weile mit Schnee und übersähte die Windschutzscheibe mit Pusteln. Er mußte an einen Traum von einer Frau denken, deren Schenkel gefiedert gewesen waren. Blau und grün und golden schimmernde Federn, die sanft wehten, als er ihre Schenkel teilte. Ihr Haar war so jettschwarz gewesen wie das von Dolores. Allein beim Gedanken an sie erigierte sein Penis. Er stellte im Radio leise die Nachrichten ein und hörte nur halb hin.

Seit 1939 hatte er in dem Bewußtsein gelebt, daß jeden Augenblick Krieg sein konnte. Die Nazis waren für ihn weitaus realer als für die meisten Amerikaner, denen er begegnete, und weitaus furchterregender. Er teilte nicht die Erheiterung seiner Bekannten über Hitler, den ehemaligen Tapezierer, der komische Fratzen zog und lächerliche Reden hielt, während seine Legionen im Stechschritt auf die Schnauze fielen. Er hatte sie auf den Straßen von Heidelberg und Berlin und Frankfurt gesehen. Sie waren trunken von Gewalt und Macht. Sie fühlten sich überlegen, weil sie zusammen waren, und zusammen fügten sie Leid zu. Sie hatten die Machtausübung unter einem sichtbaren Gott entdeckt. Er hatte einer Nazikundgebung beigewohnt und mit angesehen, wie Massen choreographiert, manipuliert und hypnotisiert wurden, bis sie in Ekstase und Blutrausch tobten und die Aufstachelung in diesen Taumel liebten.

Er erwartete den nächsten Schachzug von den Göttern oder seiner Schwester oder seinen Freunden. Er verließ sich darauf, aus seiner Langeweile errettet zu werden, aber er wußte nicht, wer es diesmal tun würde. Zach konnte es, immer. Es hatte ihn nicht überrascht, von Zachary Barrington Taylor zu hören, auch wenn er ihn seit wann – seit zwei Jahren nicht mehr gesehen hatte. Irgend jemand würde ihm ein Angebot machen, so, wie sich die Mitfahrt nach Cheyenne ergeben hatte.

Ihm war nicht bestimmt, in Cheyenne, Wyoming, steckenzubleiben, wo der Schnee von den Big Horns herunterwehte. Jeff hatte das Urvertrauen derer, denen Dinge einfach widerfahren. Er brauchte sich nur im Freien hinzustellen, davon war er überzeugt, denn so war es ihm passiert, und jemand sprach ihn an oder machte ihm ein Angebot oder bat ihn um einen Gefallen oder warf sich ihm an den Hals oder machte ihm einen Antrag, denn Jeff war allzeit bereit, und zwar wesentlich ernsthafter als die Boy Scouts. Er glaubte fest daran, daß die Götter ihn liebten und ihm bestimmt ein interessantes Abenteuer schickten, wenn er einfach nur wartete, mit leeren Händen und mit jener Bereitschaft von Körper und Seele, die seine Vorstellung vom Zustand der Gnade war.

Um dieses Momentes von Glück und Gnade willen hatte er sich in die Landschaftsmalerei verliebt. So ging er hinaus auf ein freies Feld, an einen Strand, auf einen Hügel, und richtete sich ein. Und während er den Blick auf die Szene vor ihm, um ihn herum richtete, die Szene, deren Teil er war und mit der er verwurzelte, erwachte sie zu immer intensiverem Leben, bis jedes Blatt und jede in der Sonne schimmernde Fliege und jedes Stäubchen seine Aufmerksamkeit beanspruchte. Dann fühlte er sich völlig offen, verbunden, schutzlos, ein Gefühl, besser als die Liebe und ehrlicher. Um gut zu malen, mußte er von aller Herrschaft ablassen. Alles veränderte sich ständig um ihn her, und alles bewegte sich, und er stand in einem wirbelnden Chaos und redete es demütig an. Was er auch auf der Leinwand festhielt, es war unzulänglich, wie die Liebe.

Wenn er klar, wenn er offen, wenn er schutzlos und stark genug war in seinem Sehen, dann würde er den all dem innewohnenden Geist erfassen und das, was er malte, beleben, obwohl seine erste Reaktion auf das, was er gemalt hatte, immer Abscheu war, denn es verfehlte die ungeheure, sich wandelnde Dingheit, die er staunend und leidenschaftlich miterlebt hatte. Studiomaler konnten von Herrschaft träumen, aber Landschaftsmaler wußten, wie sie vor den Ortsgöttern standen, winzig, voller Hoffnung, vor sich hinstümpernd. Alles, was er je malen konnte, war ein winziges Aufblitzen dessen, was sich ihm in Wahrheit gezeigt hatte, ein Zugriff auf einen Augenblick.

So strebte Jeff nach Osten und nach Hause und dem nächsten Abenteuer entgegen, das ihn bestimmt davor bewahrte, irgendwo lange zu bleiben.

Ruthie 1

Ruthies Sonnabend

Ruthie Siegal war in der High-School viel öfter verabredet gewesen als jetzt. Zum einen, weil sie viel mehr freie Abende gehabt hatte. Jetzt besuchte sie an vier Abenden in der Woche Kurse an der Wayne; Freitag war traditionsgemäß ein Familienabend. Obwohl ihre Familie nur an den hohen Feiertagen in die Synagoge ging und obwohl Mame nach Bobes Tod nicht mehr koschere Küche hielt, buk sie doch eine *chala* und briet ein Hühnchen. Freitag blieb ein besonderer Abend, mit den Kerzen in den Leuchtern, die Bobe aus Polen mitgebracht hatte, und mit einer sauberen Tischdecke über dem Wachstuch. Das ließ nur noch Sonnabend und Sonntag abend, und manchmal brauchte Mame ihre Hilfe.

Zum zweiten liefen ihr nicht sonderlich viele junge Männer über den Weg, die darauf erpicht waren, sie auszuführen. Das Verkaufspersonal bei Sam's war weiblich, und nur Frauen kamen Kleider kaufen, auch wenn mal ein Ehemann widerwillig mitzottelte. In ihren Abendkursen waren viele der jungen Männer keine Juden, und die Juden waren verheiratet oder verlobt.

Das ganze letzte High-School-Jahr über war sie mit Leib gegangen, aber der hatte sie immer bedrängt, mit ihm zu schlafen. Sie wollte nicht. Sie hatte nicht nur Angst vor den Folgen, sie wollte auch nicht noch mehr Ärger ins Haus bringen und das Vertrauen ihrer Mutter brechen, die ihr weitaus bereitwilliger vertraute als die Mütter ihrer Freundinnen ihren Töchtern. Schließlich gab den Ausschlag, daß es sein Wunsch war, nicht ihrer. Sie begehrte ihn einfach nicht genug, und wenn sie nachgegeben hätte, dann nur, um ihn zu behalten. So hatte sie ihn schließlich nicht behalten.

Heute abend war sie zum dritten Mal mit Murray verabredet, der in ihrem Montags- und Mittwochskurs war, weil er auch Sozialarbeiter werden wollte. Nach jenem letzten schäumenden Auftritt mit Leib, wo er zusammengebrochen war, geweint und sie wüst beschimpft und sich dann abrupt beruhigt und aus ihrem Leben entfernt hatte, war Ruthie vielleicht mit fünf jungen Männern ausgegangen, aber mit keinem davon mehr als zweimal, und meistens reichte einmal völlig.

»Aber im Zweifelsfall mußt du ihnen doch eine Chance geben«, sagte ihre beste Freundin Trudi. »Du mußt doch abwarten, was mit ihnen los ist.« Ruthie hatte keine Zeit an Hohlköpfe und freche Schlemihls zu vergeuden. Da war sie zu Hause bei ihren Lehrbüchern besser aufgehoben, als vier Stunden damit totzuschlagen, einen käsigen Gorilla abzuwehren und Gespräche zu führen, als würden sie tröpfchenweise aus den Tiefen des Rückenmarks abgesondert. Wenn sie sich nicht durch die Abendkurse zwang, würde sie nie Sozialarbeiterin werden; dann blieb sie ewig in der Sackgassenstelle einer Warenhausverkäuferin. Die älteren Frauen, die dort arbeiteten, mochten Ruthie, denn sie hatte stets einen Blick für ihre Erschöpfung und sprang ihnen bei; aber in Ruthies Augen waren das Versagerinnen. Wenn sie hilfsbereit zu ihnen war, dann teils aus Gewohnheit, denn so war sie erzogen, teils aus widerwilligem Einfühlungsvermögen und teils aus dem Aberglauben, sie könnte sich von jener ungewollten Zukunft mit kleinen Bestechungsversuchen loskaufen. Es war keine echte *mizwe.*

Sie hatte Beklemmungen wegen heute abend, weil ein drittes Mal fast eine Festlegung war, und weil sie sich unsicher war, ob sie ausgehen durfte. Mame hatte ihre üblichen Kleiderhändlerrunden nach abgelegten Sachen gemacht, und viel davon mußte ausgebessert werden. Obwohl Ruthie bei Sam's Rabatt bekam, konnten sie sich nicht viele neue Kleidungsstücke leisten. Am Nachmittag hatte sie eigentlich Naomi zeigen wollen, wie man einen Schneemann baut, aber Nieselregen hatte den Schnee weggeschmolzen. Dafür hatten sie sich Illustrierte angeschaut. Ruthie fand, sie nahm sich immer zu wenig Zeit, um Naomis Englisch zu verbessern.

Sie hätte gern gesehen, wenn Duvey das übernommen hätte, aber der war wenig zu Hause, sobald er sich mal aus dem Bett bequemt hatte. Er trieb sich wieder mit seiner alten Gang herum. Sie war sich nicht ganz sicher, was die wieder ausfraßen – sie wußte, daß Duvey Pariser in der Brieftasche hatte und zu schwarzen Prostituierten im Paradise Valley-Bezirk ging. Im Park waren nach dem Wochenende über den ganzen Rasen Kondome verstreut gewesen wie geplatzte Luftballons, und dort hatte Leib sie ihr als Argument für sich gezeigt.

Duvey hatte auch ein Messer, das weit mehr eine Waffe war als ein Anglermesser, außerdem, wann ging er schon angeln? Eine von Ruthies Sonntagsarbeiten war es, alle Schlafzimmer zu putzen. Mame hatte immer schreckliche Angst, Duvey könnte in den Großen Seen ertrinken. Ruthie machte sich mehr Sorgen über die Untiefen von Detroit. Sie sah das Straßenleben und die Kleinkriminalität im Viertel als eine Reihe von klebrigen Fallen, ihnen allen gestellt, um sie in der Armut festzuhalten.

Duvey spielte Karten um Geld (oder gegen Geld, dachte Ruthie manchmal, da er so unweigerlich verlor). Trotzdem gab Duvey Mame immer ein Bündel Geldscheine, wenn er von den Erzfrachtern heimkam, bevor er seine Heuer unter die Leute brachte. Mame trug das Geld auf die Bank und hob dann davon ab, wenn die unausweichlichen kleinen Kümmernisse herniedergingen wie Sommerhagel, viele kleine Steinchen, aber jedes tat weh, wenn es traf.

Ihr mittlerer Bruder Arty hatte geheiratet, als er knapp so alt war wie Ruthie jetzt, neunzehn. Er fand nur Gelegenheitsarbeiten als Laufbursche, und so wohnte er mit Sharon bei der Familie. Nachdem Mrs. Rabinowitz von oben ins Städtische Siechenheim gekommen war, hatte Mame beim Hauswirt erreicht, daß Arty und Sharon hochziehen konnten. Die Wohnung stank nach dem Dreck von Jahrzehnten, und Sharon, Mame und Ruthie hatten eine ganze Woche gebraucht, um sie sauberzukriegen. Sharon war im siebten Monat mit Marilyn schwanger gewesen. Danach hatte Sharon noch Clark bekommen.

Wenn Duvey sich mit Mädchen sehen ließ, dann nur mit aufgedonnerten, wasserstoffblonden Schicksen. Wenn er zu Hause war, trieb er sich gewöhnlich mit der Gang herum, ging in Bars, hörte Jazz, saß sie ganze Nacht und verlor Geld bei Poker und Siebzehnundvier. Er hatte Ruthie das Kartenspielen beigebracht, aber sobald sie es konnte, schlug sie ihn stets. Sie hatte Naomi die Kinderspiele gezeigt, Mau-Mau, damit sie mit den anderen Kindern spielen konnte. Kinder konnten so gemein sein zu jemand, der ein bißchen anders war. Sie litt manchmal für Naomi. Sie hätte ihr am liebsten die Kanten ihres Detroiter Viertels ausgepolstert. Naomi war ein aufgewecktes kleines Ding, aber naiv. Französische Juden brauchten wohl länger in ihrer Entwicklung. Sie war viel nachdenklicher als ein amerikanisches Kind in ihrem Alter, aber viel unbedarfter, viel weniger in der Lage, sich zu behaupten. Wahrscheinlich war ihre Familie orthodoxer gewesen.

Im Haus ihrer Freundin Sophie stand am Sabbat alles still. Sie saßen im Dunkeln, und die Mädchen durften nicht mal lesen oder nähen oder Radio hören. Sogar, als die Siegals wegen Bobe noch koschere Küche hielten, hatten sie nie diese Tyrannei der Untätigkeit gehabt. In Ruthies Vorstellung mußte das den Sabbat aus etwas Besonderem zu etwas Gefürchtetem machen.

Bobe wollte in der Küche alles recht haben; sie meinte es ernst, wenn sie eine Speise *trejf* nannte. Für sie waren unkoschere Speisen unrein, unsauber und verdorben, wie ein Teller voll Dreck oder verwesendem Fisch. Ansonsten, fand Ruthie immer, waren Bobe und Mame es recht locker angegangen. Tate kümmerte das wenig. Er war Sozialist und Freidenker, und in seinen Augen waren die Reste von jüdischem Kultus im Familienleben etwas für die Frauen und die Kinder, anheimelnd, aber nicht das, worauf es ankam.

Bobe und Mame hielten beide jüdischen Kultus und jüdische Sitten für wichtig, aber anpassungsbedürftig, ein neues Leben in einem neuen Land; in der Befolgung gingen sie recht praktisch vor. Ruthie vermutete, daß sie selbst es auch einmal so halten würde. Sie hatte Bobe innig lieb gehabt und das Zimmer mit ihr geteilt, bis Bobe an Magenkrebs starb.

Bobe war seit Ruthies achtem Lebensjahr ihre ganz besondere Aufgabe gewesen. Wenn Bobe krank war, pflegte Ruthie sie, auch wenn das bedeutete, nicht zur Schule zu gehen. Das konnte sie immer aufholen, und sie schaffte es auch stets. Als Arty davon redete, einen Sohn haben zu wollen, hatte Bobe zu ihr gesagt: »Wenn ein Junge geboren wird, dann machen die Männer viel davon her. Sie haben den *briß*, und sie beten, und es wird gefeiert. Aber wenn ein Mädchen geboren wird, dann ist die Mutter in ihrem Herzen doppelt froh. Denn sie wird in ihrer Tochter neu geboren, und vielleicht geht es diesmal besser.«

Bobe erblindete allmählich an grauem Star. Ein Arzt im Krankenhaus sagte, das konnte operiert werden, aber wer hatte das Geld für Operationen? In Polen hatte sie feine Stickereien an Blusen und Tüchern gefertigt. Bobe nähte unaufhörlich für die Familie, auch wenn sie es inzwischen hauptsächlich nach dem Gefühl machte und sich manchmal in den Farben vertat – dann wagte es ihr niemand zu sagen, um sie nicht zu beschämen. Sie war immer empfindlich, was die Schärfe ihrer Augen anbetraf, gab immer vor, mehr zu sehen, als sie tatsächlich sah. Den ganzen Tag lang hörte sie sich mit Mame die Seifenopern im Radio an. »Ma Perkins«, »Unser Mädel Sonntag«, »Die Romanze der Helen Trent«: konnte ein Mädchen aus einer Bergbaustadt im Westen als Ehefrau eines der reichsten englischen Lords ihr Glück finden? Gab es noch romantische Liebe nach fünfunddreißig? Würde Stella Dallas sich je von ihrer mißratenen Tochter Lolly-Baby lossagen? Seit Bobes Tod hörte Mame das nie mehr. Ruthie wußte nicht genau, ob es war, weil sie dann Bobe vermißte oder weil sie es eigentlich nie hatte leiden können. Als sie fragte, tat Mame die Frage mit einem Achselzucken ab. »Bin ich Mrs. Rockefeller? Hab' ich Zeit, mit dem Ohr am Radio zu sitzen? Wer sorgt dafür, daß wir einigermaßen hinkommen, wenn nicht ich?«

Ruthie stand jetzt am Fenster ihres Zimmers, das auf die um halb fünf schon dunkle Hintergasse ging. Eine spillerige Katze kauerte unter einer Kiste. Ruthie wandte sich ab, um nicht zu sehen, wie sie da draußen im Regen fror. Automatisch streckte sie die Hand nach Boston Blackie aus, früher Bobes Katze und jetzt ihre. Boston Blackie war ein großer, schwarzweißer Kater, der fast vierzehn Pfund wog, das meiste davon Knochen und Muskeln. Sein linkes Ohr war ausgefranst, und sein Schwanz hatte am Ende einen Knick. Tate sagte, da war ein Wirbel gebrochen. Als Bobe ihn ins Haus genommen hatte, war er froh gewesen, die Straßenkämpfe und das Streben nach Geschlechtsverkehr aufgeben und sich zur Ruhe setzen zu können. »Er ist ein Philosoph«, sagte Bobe immer. »Den ganzen Tag denkt er über G-tt und die Welt nach. Einen Mann, so dankbar wie dieser Kater, kannst du lange suchen. Gib ihm Hühnermagen, und er dankt es dir mit Schnurren und Schmiegen. Streichle ihm den Kopf, und er kniet vor dir nieder. Laß ihn in dein Bett, und er benimmt sich wie ein feiner Herr.«

Naomi saß über den Schreibtisch gebeugt und machte ihre Hausaufgaben in Rechtschreibung. Eigentlich war es kein Schreibtisch, sondern das Unterteil einer Frisierkommode. Der Spiegel war entzwei gegangen, und einer Schublade fehlte ein Griff, also hatte ein Mensch mit mehr Geld als Verstand sie auf die Straße gestellt, wo Ruthie sie entdeckt hatte. Arty und Mame und sie hatten sie zusammen nach Hause geschleppt, und Ruthie hatte sie blau angestrichen. So hatten jetzt Naomi und sie ihren eigenen Schreibtisch. Sie verwuschelte Naomis braunes Lockenhaar, krauser als ihr eigenes. Naomi schaut auf und sah ihr verzweifelt in die Augen. »Sind deine Hausaufgaben so schwer? Soll ich dir helfen?« fragte Ruthie.

»Englisch macht keinen Sinn. Es gibt keine Regeln.«

Ruthie dachte darüber nach. »Ein paar muß es doch geben.«

Naomi schaute immer noch. »Werden meine Augen je grün wie deine?«

»Aber deine Augen sind doch hübsch, Naomi. Haselnußbraun ist genauso hübsch.«

»Wird mein Haar je schwarz wie deins, oder wird es immer braun sein?«

»Ist dein Haar dunkler geworden, seit du klein warst? Vielleicht wird es dann noch dunkler. Aber es hat eine hübsche Farbe. Man nennt das hier kastanienbraun. Ich weiß nicht, warum. Ich habe noch nie eine Kastanie gesehen.«

»Was ist eine Kastanie?«

»Schlag es in deinem Lexikon nach.«

Naomi hatte ein großes grünes Englisch-Französisch-Lexikon von ihrem Vater bekommen. Es gehörte zu den wenigen Schätzen, die sie aus Europa mitgebracht hatte. »*Marrons!* Du weißt nicht, was das ist? Sie werden an Straßenecken verkauft, über kleinen Feuern geröstet. Sie werden gemahlen und in Süßspeisen getan. Und in Sirup. *Marrons glacés.*« Naomis kleines, herzförmiges Gesicht belebte sich, bis es fast sprühte. Sie vibrierte vor Energie. »Es gibt eine Süßspeise, die heißt Mont Blanc, das ist Kastaniencreme, *très riche*. Eßt ihr das nie?«

»Ich glaube, wir haben hier keine Kastanien. Wir haben Hickorynußbäume überall in Michigan und Walnußbäume. Wir sind mal zu einem Häuschen gefahren, das einem russischen Juden gehört, einem Freund von Tate, und wir haben schwarze Walnüsse gepflückt. Das war, bevor du gekommen bist, Naomele. Ich hoffe, wir fahren irgendwann mal wieder hin. Das sind große ölige Kugeln, die du aufreißen mußt, um an die innere Nuß zu kommen, und sie machen auf deinen Händen dunkle Flecken.«

Murray wollte sie zum Essen ausführen und dann ins Kino, aber sie half Mame noch bei den Piroschki und machte für sie den Teig. Der Abend war bitter kalt. Duvey war aus. Nur Arty und Tate saßen im Wohnzimmer und hörten die Nachrichten. Sharon und die Kleinen waren bei Mame in der Küche, und jetzt auch sie und Naomi, um es warm zu haben. Kohlen mußten sie selber kaufen, deshalb konnten sie sich nicht leisten, das Haus bullig warm zu halten. Der Wind vom Fluß rüttelte an jedem Fenster und kroch in die Ritzen des alten Holzhauses. Die dampfige Küche roch gut und machte Ruthie den Abschied schwer.

Als sie in ihr Zimmer ging, um sich umzuziehen, kam Naomi ihr nach und saß bedrückt auf dem unteren Etagenbett, in dem Ruthie schlief (das Vorrecht der Brotverdienerin), und schaute mit traurigen Augen. »*Zazkele*, was schmollst du?« Ruthie faßte Naomi lieb unter das kleine spitze Kinn.

»Wer ist der Mann? Was willst du von ihm?«

»Er ist ein netter junger Mann, ein Student aus dem College. Du wirst ihn mögen.«

»Werd' ich nicht.« Naomi schaute finster. »Du trägst mein Lieblingskleid für ihn.«

Das rote Taftkleid. Es war Ruthies einziges hübsches Kleid, obwohl sie einen Dollar auf das grüne Samtkleid angezahlt hatte, das jetzt zurückgelegt war. Sie hoffte, es im Januar abbezahlt zu haben, denn ihr fehlten noch fünf Dollar. So lange durfte es eigentlich nicht zurückgelegt werden, aber die dafür zuständige Verkäuferin mochte Ruthie.

Murray kam zu früh, doch Ruthie war so nervös gewesen, daß sie sich zurechtgemacht hatte und schon wieder mit einer Schürze über dem Kleid in der Küche stand und Mame beim Piroschkibacken half. Rasch riß sie sich die Schürze ab und lief ins Wohnzimmer. Tate gab sich ungezwungen mit Murray, schüttelte ihm die Hand und fragte ihn nach seiner Meinung, ob die Engländer mit den Bombenangriffen zermürbt werden konnten, ob die Deutschen immer noch vorhatten, in England einzumarschieren. Ruthie gefiel an Murray, daß er verlegen dreinschaute und sagte, das wüßte er nicht. Männer plapperten oft nach, was sie in der Zeitung gelesen hatten, und gaben vor, eine Art Geheimwissen zu besitzen.

Gerade, als er ihr ungeschickt in den Mantel half – das Futter war zerrissen, und ohne Bobe waren sie mit dem Ausbessern im Verzug –, kam Duvey herein. Mame hatte Murray von der Küchentür aus begrüßt und verkrumpelte mit den Händen ihre Schürze, als könnte das verbergen, daß sie eine trug. Jetzt kreischte sie auf, als sie Duveys Gesicht sah. »Dovidel!« schrie Mame. »Was ist dir passiert?«

»Bin auf dem Eis hingefallen«, sagte Duvey unwirsch und rieb sich die Nase.

Tate schaute Ruthie an, die seinen Blick erwiderte. »Du solltest dich mit deinem jungen Mann auf den Weg machen, bevor ihr zu spät kommt«, sagte er sanft. Tate glaubte auch nicht an Duveys Sturz, wollte aber Mame nicht erschrecken, indem er Skepsis äußerte. Wenn er von Chevrolet heimkam, war er kaputt bis auf die Knochen und mochte sich nicht noch mehr Ärger suchen, als ihm schon zuteil geworden war.

»*Majn lebn*, du hast dir was am Auge getan, an der Nase.« Mame untersuchte Duveys Gesicht, der zog ungeduldige Fratzen, ließ sich aber trotzdem bemuttern und ins Badezimmer bringen.

Draußen auf der Straße, als sie zur Woodward-Straßenbahn eilten, sagte Murray: »Ich fand, es sah aus, als ob dein Bruder eine Schlägerei hatte.«

»Danke, daß du vor Mame nichts gesagt hast. Morgen wird er ein blaues Auge haben.«

»Weißt du, worum es da geht?«

Ruthie schüttelte den Kopf. »Ich weiß auch nicht, ob ich's wissen will. Duvey ist ein bißchen ungeraten.«

Sie gingen in ein chinesisches Restaurant, was für Ruthie neu war. Darüber mußte Murray lachen. Schließlich aßen doch alle Juden, die keine koschere Küche einhielten, chinesisch, wenn sie ausgingen. In der Reformsynagoge, wenn du da deine *bar mizwa* bekamst, wurde dir sogar gesagt, nun seist du ein Mann und solltest mit deiner Familie jeden Sonntag chinesisch essen gehen.

Murray war nur wenig größer als Ruthie, nicht wie Leib, der sie um dreißig Zentimeter überragt hatte. Ihr gefiel, daß er so klein war, wie Tate, wie sie selbst. Sie hatte keine Angst vor ihm wie unterschwellig immer vor Leib. Er schien sanfter.

Er erzählte ihr, wie sein Vater als De Soto-Dodge-Händler 1930 pleite gemacht und danach versucht hatte, als Vertreter zu arbeiten. Dann hatte er die Ersparnisse abgehoben und eine Hühnerfarm gekauft. »Wie er auf die Idee gekommen ist, Juden aus Detroit könnten plötzlich eine Hühnerfarm betreiben, weiß ich nicht. Zurück aufs Land. Er sagte immer, egal, was passiert, verhungern können wir nicht.«

»Und was ist passiert? Habt ihr alle Hühner aufgegessen?«

»Erst hat ein Hund sich welche geholt, dann ein Fuchs. Die Überlebenden kriegten eine Krankheit. Eines Morgens lagen sie alle, die Beine in die Luft gestreckt, räudig und zerrupft, tot auf dem Hof. Dann haben wir's mit Puten versucht, von gepumptem Geld.«

»Mit Puten?« Ruthie lachte. »Ich dürfte nicht lachen. Ich weiß nicht, warum ich das komisch finde.«

»Aber es war ja komisch. Wenn es was noch Blöderes gibt als Hühner, dann sind es Puten. Aber wenigstens krähen sie nicht. An den gräßlichen Spektakel bei Sonnenaufgang habe ich mich nie gewöhnt.« Murray wedelte mit den Armen und lieferte eine glaubwürdige Imitation. Alle schauten zu ihnen herüber, aber Murray schien das nicht zu bemerken. Er hatte nur Augen für sie. Ruthie wurde rot. »Jetzt hat er einen Pächter auf der Putenfarm. Meine Eltern sind wieder in die Stadt gezogen, in einen Vorort. Er verkauft wieder Autos für einen Händler an der Grand River, aber in letzter Zeit ist die Produktion gedrosselt worden, und ich weiß nicht, was er als nächstes versuchen wird.«

Hinter der Hornbrille hatten seine Augen ein volles, warmes Braun mit Bernsteineinsprengseln. Sein glatt zurückgekämmtes, hellbraunes feines Haar haftete vor statischer Aufladung an seinem Hemd- und Pulloverkragen und stand ihm auf dem Kopf zu Berge. Sie versicherten einander, daß sie beide fest entschlossen waren, den Collegeabschluß zu machen. Murray sah sich nach einer Stelle als Kellner um, damit er tagsüber aufs College gehen und schneller fertig werden konnte. Vorläufig arbeitete er in einem Blumenladen.

»Ich muß auf dem College bleiben«, sagte Ruthie. »Das ist meine einzige Hoffnung, das ist das, was ich wirklich will. Dann kann ich Menschen wie meiner eigenen Familie helfen. Ich kann sie besser verstehen als die Leute, die nie in ihrem Leben in Not waren.«

Murray erzählte ihr seine Vorstellungen von dem Leben, das er sich wünschte, wickelte sie langsam aus wie einen sorgfältig verpackten Porzellanteller. Er wollte in der Stadt arbeiten, aber nicht da wohnen. »Wenn du die Grand River hinausfährst, oder Ann Arbor Trail oder Plymouth Road, dann kommst du aufs Land. Du kannst ein Farmhaus da draußen kaufen und zur Arbeit hineinfahren. Und wenn du dann eine Familie hast, haben die Kinder nicht die Probleme wie in der Stadt, sie sind gesund. Sie haben Wiesen und Bäume und Vögel um sich. Das hat mir gut getan.«

Sie waren so ins Gespräch vertieft, daß sie zu spät ins Kino kamen, aber es lief erst die Wochenschau. Der japanische Gesandte Kurusu und Botschafter Nomura legten, wie sie bekundeten, allerletzte Angebote für einen Frieden zwischen Japan und Washington vor. Dann kam ein Photo von den Dionne-Fünflingen, wie sie alle gleich angezogen im Schnee spielten. Die Marineinfanterie zog sich aus Schanghai zurück, aber der Sprecher sagte, sie kämen bald wieder. Dann fing der erste Spielfilm an, ein Ellery Queen-Krimi mit Ralph Bellamy, in dem Murray schon nach der Hälfte den Mörder erriet; und dann Joan Crawford in *Die wunderbare Rettung*.

Nach der Straßenbahnfahrt gingen sie trotz des rauhen Windes sehr langsam zu Ruthies Haus. Sie war durchgefroren, fühlte sich kalt und feucht, wollte sich aber trotzdem nicht beeilen. Er hatte ihre Hand genommen, als er ihr aus der Straßenbahn geholfen hatte, und er hielt sie immer noch. Seine Hand war warm und trocken. Sie fand es leicht, mit ihm zu gehen, weil er keine Riesenschritte machte. Ich mag ihn, dachte sie und war ganz erstaunt über sich. Sie sah sich sein Gesicht an, wenn sie unter den Straßenlaternen durchkamen. Seine Nase verlief völlig gerade, wie mit dem Lineal gezogen. Sein Mund war voll und weich. Sie stellte sich vor, ihn zu küssen, aber das passierte wohl jetzt nicht, noch nicht. Irgendwann würde sie ihn küssen. Aber diesmal war wohl eine Umarmung das Richtige.

An einem kalten Sonntag

Lady Hamilton, das war der Film, den sich Bernice und Mrs. Augustine am Sonntag nachmittag ansahen, wobei sie sich eine Schachtel kandierten Puffmais teilten, für den Mrs. Augustine eine Schwäche hatte. Mrs. Augustine war die Frau von Professor Emil Augustine, der Chemie unterrichtete. Sie war eine kleine, rundliche Frau, die an leichter Arthritis und schrecklichen Hühneraugen litt, so daß sie nur langsam und unter Schmerzen lief, aber sie hatte immer versucht, ein Auge auf den Haushalt nebenan zu haben, seit Viola gestorben, oder, wie Mrs. Augustine es ausdrückte, hinübergegangen war.

Mrs. Augustine glaubte an die Reinkarnation, denn, so erklärte sie Bernice, das sei so unvergleichlich viel fröhlicher als Himmel und Hölle der Christen. Das hinderte sie nicht daran, die episkopalen Gottesdienste zu besuchen, in Begleitung ihres Mannes, der sich nicht für Mrs. Augustines abseitigere Ansichten interessierte. Mrs. Augustine schnitt Zeitungsartikel über Menschen aus, die meinten, sich an vorige Leben zu erinnern. Die meisten der Befragten waren ägyptische Prinzessinnen gewesen, die Kaiserin von Rußland, die Pawlowa oder Lord Byron, aber Mrs. Augustine konnte sich das Leben als Leuchtturmwärter vor der Küste von Maine um 1840 ins Gedächtnis rufen. Sie war zu sehr der Flasche zugetan gewesen und hatte sich deshalb auf den Felsen ihres Inselchens zu Tode gestürzt, aber ansonsten war das Leben angenehm gewesen, und sie hatte sich nie einsam gefühlt. Bernice dachte im Stillen, wenn sie ihr Leben mit dem spröden Emil zu verbringen hätte, dann mochte ein Dasein als Leuchtturmwärter eine angenehme Alternative darstellen.

Vivien Leigh war zauberhaft und Laurence Olivier schön anzuschauen, aber sie ertappte sich dabei, daß ihre Gedanken von dem Ehebruch abschweiften. Ihr fiel ein Porträt von Lord Nelson ein, war es in der Londoner Nationalgalerie gewesen? Einer von den Tagen, an denen sie Touristen im Zuckeltrab durch drei Museen führten und Jeff sich heiser redete.

Der Professor übernahm die Führung, wenn Schlösser und Denkmäler auf dem Programm standen, eine Aufteilung, die nicht immer säuberlich eingehalten wurde. Sie erinnerte sich an den Sommer von 1939, der letzte Sommer, in dem sie des Professors Schützlinge durch Europa gescheucht hatten. Einen Augenblick lang roch sie Salz und aufgeheizten Stein. Ihre Arme waren dunkel von der Mittelmeersonne, indes sie einen kurzen Urlaub vom Urlaub ihrer Schützlinge genoß, süße gestohlene Zeit, um selbst Touristin zu spielen.

Jeff und sie hatten am Hafen von Thessaloniki gesessen, Retsina getrunken und die süßlich schmeckenden kleinen Muscheln roh gegessen (wovon sie ihren Touristen stets abrieten), gefolgt von gebratenen kleinen Tintenfischen, Kalamarakia. Ihre Reisegesellschaft besichtigte die Hagia Sophia und andere wichtige Kirchen in der Altstadt. Der Professor hatte eine Sympathie für die mit beschwörendem Ernst dreinschauenden byzantinischen Heiligen, die seinen Kindern abging. Jeff und der Professor hatten täglich die Zeitungen verfolgt, aus Angst, vom Kriegsausbruch überrascht zu werden, aber sie hatten ihr Schiff bestiegen und waren mitten auf dem Atlantik, als die Deutschen in Polen einfielen. In diesem April, nachdem die griechische Armee die Italiener über den Herbst und den Winter hinweg abgewehrt hatte, waren die Deutschen mit ihren Panzertruppen angerückt, hatten die Griechen niedergewalzt und die verfügbaren britischen Streitkräfte überrollt. Ob sie Griechenland je wiedersah?

Nach dem Film ging das Licht an, und die Leute standen auf. Bernice zog gerade die Reißverschlüsse der Gummigaloschen über ihren Schnürschuhen zu, da sah sie, daß Mr. Berg, der korpulente alte Herr, der das Filmtheater betrieb, auf der Bühne stand und ein Mikrophon hielt, dessen Schnur ein Platzanweiser auszurollen versuchte. »Ich habe eine Durchsage, meine Damen und Herren!« verkündete er mit Stentorstimme, zu aufgeregt, um abzuwarten, bis das Mikrophon eingestöpselt war. Er schritt auf die Vorbühne, auf der sonst Varieté dargeboten wurde. »Ich habe eine wichtige Durchsage. Im Radio ist durchgegeben worden, daß die Marine in Honolulu angegriffen wird. Ich wiederhole, die Marine der Vereinigten Staaten wird angegriffen.«

Mrs. Augustine sagte: »Gott sei Dank ist Emil zu alt für die Front.«

Als Bernice ins Haus kam, hatte der Professor sich aus seinem

Arbeitszimmer gerührt und saß im Wohnzimmer vor der Westinghouse-Radiotruhe, deren Türen geöffnet, deren Skala erleuchtet und deren Lautsprecher voll aufgedreht waren.

»Im Bentham war eine Durchsage.« Bernice setzte sich in ihren gewohnten Sessel. »Ist Krieg?«

»Mit Japan, würde ich annehmen. Jetzt muß er den Krieg erklären.«

»Hat der Präsident schon über Rundfunk gesprochen?«

»Noch nicht.«

Bernice starrte auf das Glimmen der Radioskala. Sie hatte, bevor sie ging, einen Schmorbraten in den Herd getan, bei kleiner Flamme. Der Professor jedoch sah sie über den Brillenrand hinweg erwartungsvoll an. »Wann werden wir essen?«

Das war keine ernstgemeinte Frage, da sie am Sonntag immer um halb sieben aßen, doch sie übersetzte sich ihr als: Was sitzt du im Wohnzimmer herum, wo der Tisch noch nicht gedeckt ist und die letzten Handgriffe zur Zubereitung meiner Mahlzeit fehlen? Sie ging langsam in die Küche und stellte überrascht fest, daß sie sich ein wenig euphorisch fühlte, fast schwindelig. Sie drehte sofort das kleine Radio auf dem Küchenbüffet an.

Major George Fielding Eliot, Columbias Militärexperte, analysierte die Ereignisse mit forscher Stimme. »Die Japaner scheinen zum Angriff überzugehen, um amerikanische Operationen im Fernen Osten zu verzögern. Vor eine Situation gestellt, in der es für sie offenbar keinen anderen Ausweg als den Krieg gab, haben die Japaner den größten amerikanischen Pazifik-Marinestützpunkt in Pearl Harbour auf der Insel Oahu der Hawaii-Inseln angegriffen. Dieser Angriff erfolgt aus der Luft und kann nur von Flugzeugträgern kommen, da die Japaner über keine Stützpunkte nahe genug bei den Inseln verfügen, um landgestützte Luftangriffe vortragen zu können.«

Sie erinnerte sich an einen Abend, an dem Zach Jeff besucht hatte. Tagsüber hatte Zach seine Aeronca eingeflogen, für Bernice ein Vorgeschmack des Himmels. Sie erfuhr, Zach lebte von seiner Frau getrennt, obwohl sie ein Kind erwartete. In jenem Monat war Amelia Earhart auf einer Teilstrecke ihre Fluges rund um die Erde bei den Marshall-Inseln verschollen. Zach beharrte darauf, sie sei von den Japanern abgeschossen worden, weil sie Aufklärungsflüge für Roosevelt gemacht habe, der eigens für sie eine Behelfsbahn auf Howard Island bauen ließ. Jeff und Zach reizten Bernice bis aufs Blut, weil beide ganz sachlich erörterten, was ihr als Verlust naheging. Sie hatte in der Überzeugung gelebt, ihrem Idol eines Tages zu begegnen, ein Photo von ihr aus der Zeitung geschnitten und sich an die Wand gehängt, zwischen Jeffs frühe und neuere Landschaften.

Das Radio redete neunmalklug in ihre Träumerei. »Die Japaner sind ein sehr großes Risiko eingegangen, ihre Flugzeugträger in die Reichweite unserer äußerst leistungsstarken Marineaufklärungsbomber und unserer auf der Insel Oahu stationierten Langstreckenbomber gebracht zu haben. Ein Risiko, das sich nur als verzweifelte Maßnahme interpretieren läßt, die zum Verlust am Angriff beteiligter Flugzeugträger führen kann, die allerdings auch unsere Pazifikflotte auf ihrem Weg in den Westpazifik aufhalten und damit den Japanern wichtige Zeitgewinne für Operationen im Fernen Osten verschaffen kann.«

Die forsche, selbstsichere Stimme machte die Nachrichten halbwegs beruhigend. Der Major hätte die Vorgaben des Trainers in einem Baseballspiel beschreiben können oder auch ihre eigenen Gedankengänge, wenn sie mit ihrem Vater Schach spielte. Sie schämte sich ihrer Hochstimmung. Vielleicht bedeuteten diese Ereignisse gar nicht unbedingt Krieg; vielleicht trat der Krieg in ihr Leben in Form von ebensolchen gebieterischen Männerstimmen, die ferne Ursachen und Wirkungen erläuterten: zwar ein Unglück, aber weniger beeinträchtigend als die Weltwirtschaftskrise.

Zeit, den Blumenkohl aufzusetzen und die Soße zu bereiten.

Oscar hatte recht, das spanische Restaurant war gut. Louise bestellte Paella und Oscar eine Zarzuela de maresco: Riesengarnelen, Hummer, Venus- und Miesmuscheln in einer knoblauch- und safrangewürzten Tomatensauce. Sie bedauerte, das nicht auch bestellt zu haben, obwohl ihre Paella hervorragend war. Typisch Oscar, genau zu wissen, was man am besten bestellte. Er war kein versnobter Feinschmecker, doch schien er stets die richtige Wahl durch die Poren zu wittern, vielleicht, weil er neugierig war und keine Scheu hatte, den Kellner zu fragen, was das Paar am Nebentisch aß. Das hatte ihnen über die Jahre zu einigen denkwürdigen Mahlzeiten verholfen, die meisten gut, manche auch nur denkwürdig wie ihr Verzehr von Seeigeln in einem chinesischen Restaurant.

Sie begannen mit einem Glas trockenem Sherry, dann teilten sie sich eine Flasche weißen Rioja. Oscar redete über sein Projekt der Flüchtlingsbefragung. Louise hatte gute Antennen. Sie bemerkte – wobei sie sein Gesicht beobachtete: »Ich könnte mir denken, daß viele von diesen Auskünften für den Geheimdienst interessant sind? Ich gehe davon aus, die Regierung ist zu der Einsicht fähig, daß wir früher oder später in diesen Krieg hineingezogen werden?«

»Hmmm«, sagte Oscar. »Möchtest du noch mal von meiner Zarzuela kosten? Ich sehe, du beäugst sie mit gewissem Interesse.«

»*Deine* Zarzuela, also wirklich, Oscar.« Sie nahm sich. Sie hatte die Antwort, aber nur teilweise. Für wen genau arbeitete er?

»Ich hätte nichts gegen eine Kostprobe von deiner, überhaupt nichts. Es ist lange her.«

»Schämst du dich gar nicht, Oscar, du versuchst, mich zu verführen, um meine Frage nicht zu beantworten. Was sie letztendlich beantwortet.«

»Dich zu verführen steht a priori auf dem Programm. Zumindest der Versuch. Früher gelang mir das.« Er schenkte ihr Glas wieder voll. »Hat sich dein Herz gänzlich gegen mich verhärtet?« Er versuchte, sie anzuhimmeln, wirkte aber nur jungenhaft, was vollauf genügte.

»Du hast dir doch nicht eingebildet, ich gehe mit meinem Ex-Ehemann in ein Hotel?«

»Dafür sind wir zu kultiviert, und außerdem haben wir beide gemütliche, geräumige Wohnungen. Ich denke öfter an dich, als du weißt, Louie. Öfter, als du glaubst.«

»Das stimmt.« Ihrer festen Überzeugung nach war sie diejenige, die ständig über Oscar nachgrübelte, doch sie hegte keinerlei Absicht, das einzugestehen.

»Ein kalter, windiger Sonntag. Wie könnte man ihn besser feiern? Ich habe einen phantastischen Oloroso, den mir ein Freund mitgebracht hat.«

»Ich dachte, du hast Madeleine inthronisiert, die derzeitige Gebieterin deines Herzens.«

»Louie, du hast das immer überschätzt. Ich kam ihr gerade recht, ein alter Freund in einem neuen Land. Sie ist bei der University of California in Los Angeles untergekommen. Das psychoanalytische Netzwerk kam ihr zu Hilfe.«

»Eins möchte ich wissen. Wer wurde überdrüssig, du oder Madeleine?«

»Louie, New York ist überlaufen von geflüchteten Psychoanalytikern. Madeleine konnte hier nicht Fuß fassen. Los Angeles ist für sie nicht fremder als New York, und ihr wurde ein Lehrauftrag angeboten. Sie wird sich dort einrichten und bald eine eigene Praxis haben.«

Sie konnte bei Oscar nicht die leisesten Anzeichen von gebrochenem Herzen ausmachen. Er schien mehr die nachrichtendienstliche Verbindung, die er mit Informationen fütterte, verbergen zu müssen als das, was von seiner Beziehung zu Madeleine Blufeld blieb, blonde, elegante Österreicherin und einer der Gründe für ihre Scheidung, aus Louises Sicht. Zweifellos sagte er ihr die Wahrheit, wie er sie sah; Madeleine mußte um ihres beruflichen Fortkommens willen in den Westen gehen und Oscar nicht. Zweifellos rechnete er darauf, wieder mit Madeleine anzufangen, wenn sie gelegentlich durch New York kam. Zweifellos rechnete er auf ein romantisches Tête-à-tête, sollten die Umstände ihn nach Südkalifornien tragen. Oscar mochte endgültige Abschiede nicht.

»Du siehst dermaßen entzückend aus, Louie, selbst, wenn ich nicht die ganze Woche an dich gedacht hätte, dich so am Tisch zu sehen wie ein Strauß roter Rosen würde schon genügen, meine Gedanken an dich zu fesseln.« Oscar machte nicht viele Komplimente. Zweifellos merkte er – obwohl er wahrscheinlich nie verstanden hätte, warum –, daß die Erwähnung von Madeleine die Stimmung, um die er sich bemühte, etwas gedämpft hatte. Oscar war auf seine unkonventionelle Art ein sentimentaler Mensch, und sie mußte davon ausgehen, daß er es durchaus passend fand, einen Teil ihres ehemaligen Hochzeitstages im Bett zu verbringen.

Das Problem dabei war, sie fand ihn trotz aller abstrakten Empörung immer noch überwältigend attraktiv. Er schien Hitze zu verströmen. Seine dunklen Augen strahlten sie an, er lehnte die breiten Schultern über den Tisch vor, und seine großen, wohlgeformten Hände, auf deren Rücken und Fingergliedern üppiges Haar wuchs wie ein gepflegter schwarzer Rasen, näherten sich über die Tischfläche, gestikulierten, schenkten ständig Wein nach, reichten ihr Häppchen, beanspruchten Platz, rückten vor. Ach, was soll's, dachte Louise, warum nicht? Madeleine ist über alle Berge, und ich kann mir beim besten Willen nicht viel Verlangen nach Dennis abringen. Ich werde nicht zulassen, daß ich das ernstnehme. Ich werde nicht zulassen, daß ich verletzt werde. Diesmal nicht. Ich werde ihn so nehmen, wie Männer Frauen nehmen, und dann nach Hause fahren, mich mit Dennis treffen zu einem netten, kultivierten und ziemlich langweiligen Abend und morgen schon früh an die Arbeit gehen. Warum nicht? Sie war zufrieden mit sich, richtig rücksichtslos entschieden zu haben. Vielleicht war das die eigentliche Errungenschaft einer Geschiedenen, die Freiheit zu spontanen ruchlosen Entscheidungen, zu der Entscheidung, etwas zu genießen und dann davonzuspazieren.

Der Kellner, der sie anfangs umhegt hatte, war dann für weite Strekken des Mahles verschwunden. Jetzt, als Oscar die Rechnung verlangte, sprach er rasch und unvermittelt auf Oscar ein. »Ihr sitzt hier, dabei verkündet das Radio, ihr befindet euch im Krieg. Jawohl, euer Land.«

»Was ist denn?« Louise beugte sich vor. »Haben wir Deutschland den Krieg erklärt?« Ihr fiel plötzlich ein, daß dies spanische Flüchtlinge waren; sie hatten ihren Krieg gegen die Mächte des Bösen und der Reaktion geführt; den Krieg, der ihrer Generation gezeigt hatte, ein Volk konnte das Recht und die Zahlen auf seiner Seite haben und verlieren. Auch die Demokratie konnte im Krieg scheitern.

»Die Japaner haben euer Honolulu bombardiert. John Cameron Swayze hat es im Radio gesagt, und ihr sitzt hier. Sie sagen, es geht auch jetzt noch weiter.«

»Honolulu?« wiederholte Oscar. »Das muß ein Irrtum sein. Warum sollten sie Honolulu bombardieren? Das ist wie ein Angriff auf Miami Beach.«

»Es tut mir leid für eure Leute in Honolulu. Bombardiert werden, das macht einem Angst, auch wenn man tapfer ist. Man kann nichts tun. Die Bomben fallen runter wie Regen, und man kann ihnen nicht entkommen.« Der Kellner schüttelte Oscar feierlich die Hand. »Ich wünsche diesem Land Glück in seinem Krieg. Aber ihr habt das Geld, um Panzer und Flugzeuge zu kaufen. Das fehlte uns.«

Oscar gab ein Riesentrinkgeld, und sie stolperten auf die Straße. Er winkte einem Taxi. »Nein, Oscar, ich fahre zu mir. Ich möchte nach Hause zu Kay und erfahren, was wirklich vorgeht. Nochmals danke für den netten Nachmittag.« Sie nahm seine Hand und gab ihm einen festen Händedruck. »Bis bald.«

Oscar war zu baff, um zu widersprechen, obwohl sein Mund auf- und zuging und er die Hand ausstreckte, als wollte er sie hindern, ins Taxi zu steigen. Er war ebenfalls verwirrt von den Nachrichten und ungeduldig, das Radio anzustellen. Er wandte sich um und suchte den heranströmenden Verkehr nach einem weiteren Taxi ab. Als ihres abfuhr, sah sie ihn rasch die Vierzehnte Straße entlanggehen und zu seiner Wohnung in der Vierten West eilen.

»Es ist nicht Honolulu, es ist der Marinestützpunkt in Pearl Harbour«, sagte der Taxifahrer. »Ein Dolchstoß in den Rücken. Aber die von der Marine, das sind große Kämpfer, die haben den Japsen bestimmt Saures gegeben. Der Horde kleiner gelber Affen. Die Wichse, in die die heute reingelatscht sind, so was haben die noch nicht gesehen.«

Louise fühlte sich, als sei sie in allerletzter Sekunde vor einer Torheit bewahrt worden, ein viktorianisches Mägdelein, das vor dem aalglatten Schurken errettet werden konnte, doch sie bedauerte ihre Rettung. Auch wenn sie sich wenig Illusionen über Oscars Angebot machte, war sie sich bewußt, daß tief in ihr Wunschvorstellungen kreisten, empfindlich wie tropische Fische mit hauchdünnen Schwanzschleppen, an denen andere Fische nur allzu gern geknabbert hätten. Wunschvorstellungen, so hirnlos wie Guppys, und sie nahm sich vor, sie im Dunkel ihres Rückenmarks niederzuhalten, wo sie hingehörten. Doch noch, als sie durch die Stadt fuhr zu ihrer Tochter und der Nachrichtenquelle und dem Telefon, das inzwischen bestimmt klingelte, bedauerte sie, daß der Kellner davon angefangen und es nicht ihnen überlassen hatte, das zu entdecken, nachdem sie einander wiederentdeckt hatten.

Murray rief Ruthie am frühen Abend an. »Irgendwie kann ich nicht stillsitzen«, sagte er. »Vielleicht können wir einen Spaziergang machen, einen kurzen? Ich weiß, du hast Hausaufgaben. Ich ja auch.«

Ruthie konnte ihn kaum verstehen, so laut dröhnte das Radio hinter ihr, und genauso laut schmetterte das Radio hinter ihm, in seinem Haus. Sie wußte, eigentlich mußte sie zu Hause bleiben und lernen, aber sie war zu aufgewühlt. »Komm doch gleich vorbei«, sagte sie leise. »Ich kann nicht lange weg. Wir können einen Kaffee trinken gehen.«

Naomi trug Boston Blackie herum wie eine Babypuppe. Sie fragte: »Die Japaner, sind die wie die Deutschen?«

»Sie sind Teil der Achse. Sie sind unsere Feinde.«

»Aber hassen sie auch die Juden?«

Ruthie verwuschelte Naomis Lockenhaar. »Ich glaube, die wissen gar nicht, wer die Juden sind, Naomi.«

»Dann sind sie vielleicht nicht so schlimm.«

»Schsch!« Ruthie tippte Naomi mit dem Finger auf die Lippen. »Sag das zu keinem sonst. Nie.«

»Ich versprech's«, sagte Naomi. »Ich weiß ja, wenn sie Bomben abwerfen, ist es egal, ob du jüdisch bist oder nicht. Sogar die Kühe werden verbrannt und liegen tot neben der Straße. Sogar die Hunde werden tot gebombt.«

Murray kam innerhalb von vierzig Minuten, da er sich den alten Dodge seines Vaters geliehen hatte. Als sie ihn in seiner karierten Mütze und dem alten Tweedmantel in der Tür stehen sah, hatte sie wieder dieses Gefühl von Unbefangenheit. Er stand ein wenig scheu da, mit krummen Schultern, und lächelte sie an. Sie führte ihn so kurz ins Haus, wie sie nur konnte. Als sie etwas sagen wollte, winkte Duvey ab. Alle drängten sich um das Wohnzimmerradio.

»Wir haben gerade die Nachricht erhalten, daß Guam wahrscheinlich angegriffen wird. Die Kabelgesellschaft gibt an, daß ihre Leitungen unterbrochen sind. Die Japaner haben die praktisch wehrlose Stadt Schanghai überfallen. Berichten zufolge haben sie das Hafenviertel um die berühmte Bund, die Uferstraße, bombardiert. Sie sollen ein britisches Kanonenboot versenkt und das amerikanische Kanonenboot *Wake* gekapert haben, das als Funkstation für das amerikanische Konsulat fungierte. Sie haben ferner das internationale Settlement besetzt. Das bedeutet, daß etwa dreitausend Amerikaner festsitzen.«

»Aus Washington kündigt das Rekrutierungsbüro der U.S.-Marine an, daß alle Rekrutierungsstellen morgen früh ab 8 Uhr geöffnet sein werden.«

Draußen auf der Straße gingen sie trotz des kalten Nieselregens langsam. Ohne zu überlegen, ohne die Entscheidung zu bedenken, gab sie ihm ihre Hand, und er steckte sie in seine Manteltasche, um sie ohne Handschuhe halten zu können. »Ich frage mich, ob ich zur Marine gehen soll«, sagte Murray. »Meine Mutter ist dagegen, aber ich kann mir kaum denken, daß irgendeine Mutter dafür ist. Ich war noch nie in meinem Leben auf einem Schiff. Du?«

»Nur auf dem Dampfer nach Bob Lo. Ich bin mal mit der Klasse am

Ende des achten Schuljahres hingefahren, und die Gewerkschaft von meinem Vater hat da mal ein Picknick gemacht.«

»Hast du Angst?« Er hielt ihre Hand fester.

»Ja. Ich weiß nicht, was das alles zu bedeuten hat. Ein Teil meiner Familie ist jetzt seit zwei Jahren im Krieg –«

»Verwandte in Polen?«

»Einige in Polen und welche in Frankreich.«

Murray mußte lächeln. »Ich habe noch nie französische Juden kennengelernt.«

»Zwei von den Schwestern meiner Mutter sind nach Paris gezogen. Meine Mutter ist aus Polen hergekommen und hat meine Oma rübergeholt.«

»Meine Eltern reden nie über ihre Familie in Europa. Sie wollen so sehr wie richtige Amerikaner sein, sie mögen nicht mal meine Fragen beantworten.«

»Sie reden nie Jiddisch?«

»Nie. Ich wußte gar nicht, daß sie es überhaupt können, bis ich einmal gehört habe, wie meine Mutter es in einem Laden benutzte, als sie um eine Manteländerung feilschte.«

»Ich finde es wichtig, ein Gefühl dafür zu haben, wo man herkommt.« Sie wollte noch nichts von Naomi sagen, die all die Verwandten, denen sie nie begegnet war, für sie real und lebendig machte. Naomi hatte nicht mit Murray gesprochen, und bei dem Gewusel und Chaos zu Hause war sie ihm wahrscheinlich entgangen, das kleine Mädchen mit krausem Haar und hellbraunen Augen und herzförmigem Gesicht, das ihn wie eine eifersüchtige Katze wütend anstarrte.

»Ich weiß nicht.« Murray runzelte die Stirn. »Ich sehe manchmal die chassidischen Burschen mit den Schläfenlocken und den komischen Kleidern, und ich kann mich mit ihnen nicht mehr identifizieren als mit Eskimos oder mit Südseeinsulanern. Ich habe das Gefühl, sie sind aus dem Mittelalter. Ich lebe im Detroit des Jahres 1941, und sie leben immer noch im Minsk des Jahres 1841. Sie sind mir peinlich.«

»Aber es gibt eine Verbindung. Ich bin ebenso jüdisch wie sie, aber auf meine Art. Das habe ich von meiner Großmutter und meiner Mutter gelernt, und das möchte ich weitergeben.«

»Denkst du oft daran, zu heiraten?«

Ruthie lachte auf. »Ach, Murray, unter all denen, die in der Depression aufgewachsen sind wie wir, kennst du da irgendwen, der ganz jung heiraten und eine Familie gründen will? Jedenfalls nicht die von uns, die ein kleines bißchen mehr wollen, als unsere Eltern haben. Ich sehe bei meinem Bruder Arty und seiner Frau Sharon, wie es sie am Boden hält, schon zwei Kinder zu haben. Mir macht es nichts aus, wenn Arty sagt, ich werde mal eine alte Jungfer. Ich will nicht heiraten und ich will keine Kinder haben, bevor ich fünfundzwanzig oder vielleicht sogar dreißig bin!«

»Das ist gut, ich meine, das ist weitblickend von dir. Du schaffst bestimmt deinen Abschluß. Ruthie, ich weiß nicht, was ich machen soll. Auf der einen Seite möchte ich unbedingt auf der Uni bleiben, denn ich denke, das ist meine einzige Chance, weiterzukommen und einen richtigen Beruf zu lernen. Bei den Sachen, die mir jetzt offenstehen, liege ich auf der Straße, sobald eine Wirtschaftskrise kommt. Ich möchte eine Arbeit tun, die ich achte. Aber ich habe auch das Gefühl, ich sollte hingehen und mich freiwillig zum Militär melden. Das ist mein Land, und unsere Jungs werden schon erschossen. Außerdem bin ich wahrscheinlich besser dran, wenn ich mich freiwillig melde, als wenn ich warte, bis sie mich einziehen. Was denkst du?«

»Ich denke, das darf ich dir nicht sagen, aber ich werde deine Entscheidung achten. Warum wartest du nicht bis Ende der Woche? Alle Brauseköpfe werden hinstürzen, sobald sie aus den Betten kommen. Warum nicht abwarten, was Präsident Roosevelt macht? Ich hörte einen Kommentator sagen, daß es vielleicht nur eine Seeblockade gibt.«

»Ich werde abwarten, bis ich sehe, was wirklich los ist. Ich kann mich immer noch nächste Woche melden. Ich werde durchhalten und weiterackern.« Er blieb mitten auf dem Bürgersteig stehen und beugte sich über sie. Bevor sie Zeit hatte, eine Entscheidung auszusprechen, küßte er sie, dann ließ er sie los. Sie gingen weiter. »Möchtest du ein Soda oder lieber Kaffee? Ein Stück Kuchen oder ein Eis?«

»Trotz der Kälte möchte ich ein Eiscremesoda.« Sie machte sich nicht die Mühe, ihm zu erklären, daß sie Kaffee immer auf dem Herd stehen hatten, aber daß ein Eiscremesoda etwas war, was sie zuletzt im August geschleckt hatte.

Sie fühlte sich betrogen, daß er sie so rasch geküßt hatte, so ruhig, so sachlich, daß sie keine Zeit gehabt hatte, sich darauf vorzubereiten, die Entscheidung zu drehen und zu wenden. Er war jetzt ein Mann, den sie geküßt hatte, einer auf der Liste von vieren, die bis vor fünf Minuten die Liste von dreien gewesen war. Es war zu schnell vorüber gewesen. Aus jahrelanger Beobachtung von Kinoküssen erwartete sie starke Gefühlsregungen von einem Kuß mit dem Mann, der ihr gefiel. Jetzt zog er womöglich plötzlich in den Krieg, und sie hatte keine Befriedigung und keine wesentlichen Erinnerungen von einem mitbekommen, der ein Viertel ihrer Erfahrungen mit Männern darstellte. Sie konnte nur hoffen, daß er es nach ihren Sodas auf dem Heimweg noch einmal tun würde, aber bitte nicht auf der Veranda unter der Lampe, wo die ganze Familie durchs Fenster spionierte.

Am Yenching-Institut bewirkte Pearl Harbour kaum eine Unterbrechung des Studiums. Daniel wurde auf dem schnellsten Wege zum Marinehafen in Charlestown gebracht, zusammen mit den übrigen Programmteilnehmern, die bis dahin Zivilisten gewesen waren. Nun wurden sie in aller Eile eingezogen. Offensichtlich hatten die Ärzte besondere Anweisungen für sie bekommen, denn niemand wurde zurückgestellt, ganz gleich, wie alt und in welcher körperlichen Verfassung er war. Dann wurden sie in Bussen zu ihren Kursen zurückgefahren. Sie verloren nicht mal einen ganzen Tag, um in die Marine einzutreten.

Er hatte genug Geschichten über die Greueltaten der Nazis in Europa und der Japaner in China gehört, um sich der Notwendigkeit des Krieges konkret bewußt zu sein. Trotzdem kam er sich merkwürdig vor, als ihnen die Uniformen angemessen wurden. Er war nun ein Matrose, der seine einzigen Schiffskenntnisse als Passagier auf der Fahrt über den Pazifik gewonnen hatte. Plötzlich war er Fähnrich zur See Balaban. Er kam sich in seiner neuen Uniform wie ein Betrüger vor.

Ihn erstaunte, daß die Marine sich hatte überraschen lassen, wo sich doch ganz offensichtlich die Situation im Pazifik beständig auf einen Krieg hin zugespitzt hatte. Manchmal vertrat er die Ansicht, daß die Entwicklung zum Krieg begonnen hatte, als amerikanische Kriegsschiffe unter Admiral Perry Japan 1854 zur Öffnung zwangen; doch näher lag, es war das Ölembargo, das den Krieg unvermeidlich machte. Die Marine mußte den Einsatz der japanischen Armee in China beobachtet haben, dennoch gestand sie ihr nicht zu, eine schlagkräftige, moderne Kriegsmaschine zu sein. Die Amerikaner hatten einfach nicht geglaubt, daß die Japaner sie angreifen würden, denn schließlich waren sie Weiße und die Japaner nicht, und außerdem hielten sie sich für einen Meter achtzig groß, die Japaner für klein, und kleine Männer lassen sich für gewöhnlich nicht auf den Nahkampf mit großen Männern ein. Er hatte schon festgestellt, daß so etwas irgendwo in der Verteidigungsmythologie die Denkweise der Militärs prägte, ja daß solch primitives Denken zuweilen an die erste Stelle trat.

Er war in Sorge um Onkel Nat Balaban in Schanghai, besonders angesichts der Nachrichten, daß die Japaner die Stadt bombardierten und ins internationale Settlement einmarschierten; aber Onkel Nat wohnte in Hongkew, das seit Jahren als Klein-Tokio bekannt war. Er hatte immer allen Gelder gezahlt, die Gelder verlangten, allen Seiten, allen Gruppierungen, und sich vor jedermann verneigt. Daniel hielt die Überlebenschancen seines Onkels für recht gut. Seine eigenen gaben ihm mehr Rätsel auf. Er mußte doch irgendwann eine Art Seeschulung erhalten, aber irgendwie schien das nicht vorgesehen. Und wenn man ihn dann eines Tages mit sehr guten Japanischkenntnissen, aber unfähig, den Bug vom Heck zu unterscheiden, auf ein Schiff abkommandierte, würde er wieder einmal die Zielscheibe aller Witze, der Außenseiter sein.

Das jetzt war ein ganz neuer Krieg, dachte Naomi, der in die falsche Richtung zeigte. Ihr war danach, das Radio zu verprügeln und nach allen Erwachsenen der Welt zu treten, die fest entschlossen schienen, mit ihren Kriegen alles kaputtzumachen. Sie hatte gedacht, wenn hier Krieg kam, dann der gleiche, in dem ihre Eltern gefangen waren, aber jetzt schien ein ganz neuer anzufangen, mit den Japanern auf der anderen Seite von dem komischen anderen Ozean, der so viel von dem Blau auf dem Globus aufbrauchte.

Sie verließ das Wohnzimmer, wo das Radio dröhnte, um sich auf Ruthies Etagenbett zu legen, das nach Fliederparfüm duftete. Sie drückte ihre Wange in Boston Blackies warme Flanke. Irgendwo lauschten Maman und Rivka ihrem kleinen Radio und hörten von diesem Überfall und sorgten sich um sie. Irgendwo in Südfrankreich lauschte auch Papa.

Sie umklammerte Boston Blackie und grübelte, ob es hier losgehen würde wie in Paris, als die Deutschen kamen. Es hatte nicht lange gedauert, da kannte der Kaufmann Maman nicht mehr, wenn sie in die *épicerie* ging, und bediente sie zuallerletzt. Auf der Treppe wandten die Nachbarn den Blick ab, wenn Naomi hinaufrannte, bevor das Treppenlicht ausging; auf der Straße spuckten Menschen vor ihr aus; ihre Freundin Agathe wollte nicht mehr nach der Schule mit ihr spielen, denn ihr Vater hatte es verboten. Jeden Moment konnte sich die Welt dir gegenüber ändern, und die, die du immer deine Freundinnen genannt hattest, gingen von dir weg und ließen dich allein auf dem Schulhof stehen. Dann gingst du näher zu den anderen Juden, sogar zu der langen, staksigen Yvette, und du und Rivka, ihr hieltet euch bei den Händen und standet zusammen mit den anderen jüdischen Kindern und wartetet, was die anderen sich als nächstes gegen euch ausdachten.

Sie hörte Schritte, und Ruthies Arm legte sich sanft um ihre Schultern. »Naomi, was fehlt dir? Hast du Angst?«

Sie nickte.

Ruthie nahm sie plötzlich auf und schloß sie fest in die Arme. »Ich habe auch Angst, Naomi. Schreckliche Angst.«

Naomi erwiderte Ruthies Umarmung, und plötzlich durchflutete sie heftige Liebe zu ihrer Tante, die eigentlich gar nicht ihre Tante war, sondern ihre Kusine. Etwas in ihr riß sich los, und für einen Augenblick hatte sie ein schlechtes Gewissen vor Maman und Papa und Rivka und Jacqueline, daß sie anfing, jemand anders zu lieben. Ob sie sie je wiedersah? Jemals? Sie hatte Maman und Rivka seit Mai nicht gesehen und Papa seit Juni.

Alle diese Kriege zerschnitten die Welt in blutende Stücke, und niemand konnte herüber. Aber Ruthie, die wollte sie lieben. Nach dem Krieg, wenn es je ein Danach gab, dann nahm sie vielleicht Ruthie mit zurück, und dann lebte Ruthie auch bei ihnen. »*Comme elle est belle, avec ses yeux très verts, et sympathique aussi. Tu as de la chance, petite.*« Mamans volltönende Stimme mit dem singenden Tonfall sprach in ihr Ohr, die Stimme, in der tief drin immer Gelächter saß wie Adern aus dunklen Wirbeln in hellem Marmor. Sie drückte Ruthie noch enger an sich. Sie hielt fest.

Jacqueline 2

Von Frostbeulen und fauligen Kohlrüben

22 août 1941

Dies wird eine kurze Eintragung, denn ich habe zwei Nächte lang nicht geschlafen. Wir sind alle mit Papas altem *copain* Georges aufs Land bei Fontainebleau gefahren, um auf zwei Bauernhöfen, wo Georges die Leute kennt, so viel Nahrungsmittel wie nur möglich zu kaufen. Es war heiß, und Maman ging nicht zur Arbeit, also beschlossen wir, fast eine Landpartie daraus zu machen. Der Zug war völlig überfüllt mit anderen, die genau das gleiche taten, mit unzähligen Taschen und Rucksäkken, die wir alle mit Vorräten vollstopfen wollten. Bohnen- oder Kartoffelzüge werden sie genannt.

In diesen Tagen ist niemand außer den Deutschen und jenen, die ihnen nachlaufen und ihnen schöntun und ihnen dienen, auch nur das kleinste bißchen elegant. Im Winter watscheln wir alle unter so vielen Schichten von Pullovern und Schals und Strickjacken und Strümpfen, wie wir uns nur überzwängen können, denn uns fehlt Heizmaterial, und wir sehen alle zunehmend schäbig aus, denn es herrscht Mangel an neuer Kleidung, die rationiert und meistens nicht zu kriegen ist (für uns; die Deutschen und ihre Kollaborateure prunken). Zu allen Jahreszeiten gehen wir mit leeren Einkaufstaschen durch Paris, um uns stundenlang für eine Handvoll alte Bohnen oder ein Glas Marmelade anzustellen. Niemand fährt Auto außer den Deutschen. Fahrräder sind die Lebensader, und wenn ein Schlauch kaputtgeht, muß man ihn reparieren, um zu überleben. Also standen die Menschen in dem Zug wie die Ölsardinen und beobachteten einander und überlegten, was jeder an Eßbarem hamstern wollte und was er dafür eintauschte. Wir hatten ein paar Stück Seife und ein Stück etwas räudigen, aber immer noch warmen Biberpelz, den jede geschickte Hausfrau für ein Muff nehmen oder auf einen Mantelkragen nähen kann, und eine gute wollene Hose von Papa, die wir äußerst ungern weggeben, aber wir hatten Angst, sie wird von den Motten gefressen. Wer weiß, wann wir Papa wiedersehen? Im Mai hat er sich einen Ausweis auf den Namen eines Toten gekauft, um in die unbesetzte Zone zu gehen und eine von uns über Marseille nach Amerika zu schicken. Ich weigerte mich zu gehen, weil ich für mein *bac* lernte, das ich mit fliegenden Fahnen bestanden habe. Papa hat statt dessen Nadine mitgenommen, und wir haben ihn seitdem nicht mehr zu Gesicht bekommen, obwohl wir regelmäßig von ihm hören.

Als wir heute zurückkamen, herrschte heilloses Durcheinander. Während wir fort waren, haben die Nazis das gesamte Elfte Arrondissement abgeriegelt, die Metrostationen geschlossen und sind eingerückt. Sie haben Juden auf den Straßen verhaftet, in Cafés und Restaurants, beim Anstehen in den Schlangen – wir tun ja tagaus, tagein nichts anderes – und sogar in ihren Wohnungen. Die Balabans sind spurlos verschwunden. Zwei Tage lang bin ich für Maman in Paris herumgerannt, denn sie weinte und weinte, und habe herauszufinden versucht, was man mit ihnen gemacht hat.

24 août 1941

Heute habe ich erfahren, daß die Balabans in einer Art Lager in Drancy sind, einem Eisenbahnknotenpunkt nur ein paar Kilometer außerhalb von Paris. Maman ist sehr erleichtert zu wissen, wo sie sind. Wir müssen sie aufsuchen und fragen, was sie brauchen. Ihre Wohnung ist verwüstet, alles auf den Boden geworfen und aufgeschlitzt. Nachbarn sagen, das war die Polizei. Wenn sie nach den sagenhaften Reichtümern gesucht haben, die solche Kerle bei Juden immer zu vermuten scheinen, dann haben sie umsonst gewühlt, denn die Balabans besaßen kaum mehr als die Kleider am Leibe und ein paar wackelige Möbelstücke vom Trödler.

Es wird immer übler. Vor etwas über einer Woche kam es zu Ausschreitungen zwischen Demonstranten und der Polizei – sowohl *gendarmes* als auch deutsche Polizei – an der Porte Saint-Denis und der Porte Saint-Martin, und viele Leute wurden verhaftet, obwohl sich die Demonstrationen nicht von hundert anderen unterschieden, wie sie für jeden, der die letzten zehn Jahre in Paris gelebt hat, zum normalen Alltag gehören! Jedenfalls haben die Deutschen zwei von den Verhafteten hingerichtet. Von dem einen machen sie besonderes Trara, weil er Jude ist, und sie setzen ihn in großen Lettern auf alle Plakate als »DER JUDE SZMUL TYSZELMAN«.

Henri sagt, das ist nur der Nazi-Wahn, und die Leute werden sie irgendwann auslachen, und dann kommt es zu Massenungehorsam, aber mir ist seine Einstellung in diesen Tagen zu optimistisch. Er hat mir heute ein wunderschönes Geschenk gebracht – fünf Kilo Kartoffeln und ein kleines Stück Hammelfleisch. Maman war außer sich vor Freude, obwohl ihre zweite Frage natürlich war: Schläfst du mit ihm? Wenn ich es täte, Maman, habe ich gesagt, vielleicht hätte er mir dann ein größeres Stück Hammelfleisch geschenkt! Sie holte aus, als wollte sie mich ohrfeigen, aber dann tat sie es nicht, weil sie in Wahrheit viel zu glücklich über das Hammelfleisch war und auch über die Kartoffeln.

Der Bruder seiner Mutter hat 25 Kilometer nach Norden einen Bauernhof, also ist er am Samstag mit dem Fahrrad hingefahren und am Sonntag mit Paketen beladen zurück. Wir hatten heute abend ein Festessen, und Maman wird es über die nächsten zwei Tage strecken. Es ist so lange her, daß wir etwas anderes zu essen hatten als eine Suppe aus Viehfutter und Kräuterextrakt und ein bißchen verfaultem Gemüse, Bohnen Bohnen Bohnen Bohnen Bohnen und hin und wieder ein dünnes Scheibchen Käse, heruntergespült mit Ersatzkaffee und Kräutertees. Ab und an pro Person ein Ei.

Letzten Monat hatten wir unsere Brotzuteilung schon am zwölften aufgebraucht, und obwohl wir uns diesen Monat solche Mühe gegeben haben, war sie am siebzehnten alle. Wir hätten sie noch eher aufgezehrt, aber wir »organisieren« alle, was wir können, und meine *copains*, die Clique im Café Le Jazz Hot, laden mich fast jeden Tag ein. Die meisten von ihnen haben gute Schwarzmarktbeziehungen. Natürlich ist es viel leichter, wenn man kein Jude ist, aber ich kann mich nicht beklagen, da sie mit mir teilen.

Ich schreibe das heute abend mit vollem Bauch, und es ist verblüffend, wie stark und wach ich mich fühle. Gleich nach dem Essen bin ich fast eingedöst. Wir saßen um den Tisch in der *salle à manger*, Maman, Renée und ich, und strahlten uns an. Wir fühlten uns friedlich wie Kühe auf der Weide, aber ich konnte mich nicht schämen, daß meine Seligkeit auf einem ausnahmsweise einmal wohlgefüllten Magen beruhte, denn ich weiß inzwischen, wie schwierig es ist, sich mit einem leeren zu konzentrieren.

Es muntert mich auch auf zu wissen, daß wir morgen oder übermorgen keinen Hunger leiden werden. Ich kann mich den Problemen unseres Lebens mit stabilerer Kraft und weniger auf Kosten meiner Nerven stellen. Ich konnte nicht sagen, ob mir das Lammfleisch besser geschmeckt hat oder die Kartoffeln. Sogar die Kohlrüben, die wir verabscheuen und jeden Tag essen, schmeckten in dem Schmortopf fast eßbar. Letzte Woche hat mir Céleste eine Tüte Mohrrüben verkauft, die mindestens zwei Kilo gewogen haben muß. Maman hatte noch zwei davon für unseren großartigen Schmortopf.

Nahezu unser ganzes Leben verbringen wir mit Schlangestehen. Maman hat immer noch ihre Arbeit bei dem Kürschner, obwohl M. Cariot die Firma weggenommen worden ist. Sie beschlagnahmen alle jüdischen Unternehmen. Der Mann, der das Geschäft übernahm, hat die Juden nicht wie erwartet entlassen, denn er sagt, wie soll er ein Fachgeschäft führen ohne Fachkräfte? Maman sagt, wir haben großes Glück. Renée und ich besorgen das meiste Schlangestehen, aber ich kann es besser, weil ich größer bin, während Renée weggedrängelt wird. Ich kann inzwischen im Stehen lernen, und so lese ich das meiste für mein Studium beim Schlangestehen.

Als Neuestes haben die Deutschen angekündigt: Alle, die aus irgendeinem Grund verhaftet werden – und über die Hälfte aller Leute, die verhaftet wurden, waren Leute, die nach Beginn der nächtlichen Ausgangssperre aufgegriffen wurden –, sollen in Zukunft als Geiseln behandelt werden. Ich bin also ins Gespräch vertieft und versäume die letzte Metro um 23 Uhr, und dann habe ich Pech gehabt, wenn Freunde nicht so gut sind, mich über Nacht bleiben zu lassen, wie Céleste es mehrere Male getan hat und Henri und Albert wie Gentlemen einmal. Henri und Albert wohnen gleich den Hügel rauf bei der Sorbonne, in einer schmutzigen kleinen Seitenstraße, aber bequem gelegen. Maman geht an die Decke, wenn ich über Nacht wegbleibe. Ich tue das nicht absichtlich, aber hin und wieder verpaßt jeder die letzte Metro. Dieses Dekret bedeutet, wenn ich bei irgendeinem kleinen Verstoß gegen die Vorschriften gefaßt werde, dann können sie mich eines Morgens an die Wand stellen und erschießen, weil irgendein Brausekopf einen Schuß auf einen deutschen Offizier abgegeben hat. Ich verstehe nicht, was die Deutschen mit dieser Brutalität erreichen wollen. Meinen sie, wenn irgendeine arme Tellerwäscherin, die ihre Bahn versäumt hat, für eine Aktion einer der neuen Widerstandsgruppen erschossen wird, dann werden die Gaullisten oder die Kommunisten unweigerlich eingehen und verdorren?

Fast hätte ich es vergessen, bei den Balabans sind schon andere Leute eingezogen. Sie haben die armseligen Sachen der Balabans auf die Straße geworfen, damit die Nachbarn alles durchwühlen können, aber die Küchenmöbel haben sie behalten. Ich weiß nicht, was die Balabans machen sollen, wenn sie zurückkommen. Ich hoffe nur, Maman läßt sich nicht von Zusammengehörigkeitsgefühlen dazu hinreißen, sie aufzunehmen. Ohne Papas Verdienst haben wir mein Zimmer im obersten Stock aufgeben müssen. Maman teilt mit Renée ihr Doppelbett, und ich schlafe auf dem Klappbett in der *salle à manger*.

8 septembre 1941

Ich kam von meinem Schauspielunterricht und mußte den Boulevard des Italiens entlang. Ich war gerade in Gedanken völlig mit der Berenice in Racines großer Tragödie beschäftigt, mit der ich mich in mancher Hinsicht ohne weiteres identifizieren kann, als ich eine große Menschenmenge sah, die vor dem Palais Berlitz Schlange stand.

»Was gibt es? Ist da eine Ausstellung?« fragte ich eine ältere Frau. Ich achte immer darauf, auf der Straße Frauen um Auskunft zu fragen, da ich nicht irgendeinem Mann Vorschub leisten möchte, der sich einbildet, ich versuchte, ihn aufzugabeln. Ich erinnere mich immer noch an den blöden Jungen, der mir den ganzen Weg zu Marie Charlottes Wohnung nachgegangen ist, nur weil ich seine Frage beantwortet und ihm gesagt habe, wo es zum Gare du Nord geht. Jetzt ist mir klar, daß er es ganz genau wußte. Henri sagt, ich bin absolut naiv, was Männer anbelangt, aber die Wahrheit ist, ich habe andere Sorgen und brauche nicht noch mehr.

»Eine große Ausstellung, alle Welt geht hin«, sagte sie und nickte mir zu. »Über 'Der Jude und Frankreich'. Sie sollten auch hingehen. Sie sind nicht zu jung, um sich den Tatsachen zu stellen.«

Ich dachte zuerst, sie meinte, daß ich als Jüdin mir den Antisemitismus klar vor Augen führen müßte, aber dann fuhr sie fort: »Sie müssen sich rein halten, ein junges Mädchen wie Sie, aber Sie müssen sich auch kundig machen über die Durchseuchung. Es geht darum, sich für das Neue Frankreich heranzubilden.«

Ich schäme mich inzwischen, aber mir war es für sie derart peinlich, so dumm und primitiv zu sein, daß ich kein Wort hervorbrachte. Ich fürchte, meine Manieren veranlaßten mich automatisch, ihr zu danken und fortzueilen. Sie war eine gut gekleidete Dame in den besten Jahren und trug ein Marinekostüm mit Schulterpolstern, wie man sie nach neuester Mode hat, dazu eine gestreifte weiße Bluse mit Krawattenschleife und einen wagenradgroßen Hut mit einem echten kleinen toten Vogel drauf.

Ich wünschte, ich hätte ihr eine runtergehauen, aber das wäre sinnlos, ja mehr noch, es wäre unmoralisch gewesen, verbale Gewalt mit physischer Gewalt zu erwidern. Vielleicht tat ich das Beste. Andererseits bezog ich keine Stellung. Was hätte ich tun sollen? Wäre ich ein wahrhaft edler Mensch wie die Antigone bei Sophokles, dann wären mir die Worte gekommen und ich hätte etwas Deutliches und Zündendes gesagt, das ihr ihre Dummheit gezeigt hätte, so von einem ganzen Volk zu sprechen.

Tatsächlich jedoch fühlte ich mich gedemütigt und ging einfach auf dem breiten Bürgersteig weiter auf die Menge zu. Direkt an der Fassade vom Palais Berlitz hing zwischen den Säulen ein riesiges, vier Stockwerke hohes Plakat von einem alten Mann mit Bart und langer Nase, der ein Jude sein sollte und Klauen dort in einen Globus grub, wo Frankreich eingezeichnet war. Gräßlich. Mir wurde ganz heiß, und ich wußte nicht, wo ich hinschauen sollte. Ich hatte Angst, mitten auf der Straße in Tränen auszubrechen. Als ich sah, wie all diese ganz normalen Leute, meine Landsleute, die vielleicht gestern noch im Kino neben mir gesessen oder mich am Zeitungskiosk begrüßt haben, wie sie alle nur darauf warteten, sich in diese von einer französischen Einrichtung, L'Institut Français des Questions Juives, veranstalteten Nazi-Ausstellung zu drängeln, da fühlte ich mich wie eine Küchenschabe, die sie mit ihren elegant beschuhten Füßen zu zertreten suchten.

Ich wollte auf eine Seifenkiste steigen und sie anschreien: Wie könnt ihr wagen zu denken, dieses häßliche, von euch gezeichnete Bild hat irgend etwas mit mir zu tun? Es ist eure eigene ekelhafte Phantasie, in der ihr euch suhlt. Wie die unanständigen Zeichnungen, die die Jungens immer machten und uns dann anzuschauen zwangen. Sag uns, was das ist, sag uns, was das ist. Eure eigene schmutzige Phantasie, habe ich da gesagt: wenigstens ein Mal ist mir die richtige Antwort eingefallen.

Ich denke, einer meiner schlimmsten Fehler ist, daß ich – während mein Verstand rascher zu arbeiten scheint als der anderer Menschen – oft zu viele Seiten einer Frage sehe, was mich in meiner Erwiderung schwächt. Ich sollte mich bemühen, einfacher zu sein. Manchmal denke ich, Einfachheit ist eine Tugend, und wenn ich das schreibe, denke ich dabei an Maman, die immer ohne Umwege auf den Kern einer Sache zu sprechen kommt.

Als ich nach Hause kam, überlegte ich, ob ich etwas über das Gesehene sagen sollte, aber dann schaute ich Maman an, die von der langen Arbeit beim Kürschner jeden Tag so abgehärmt und erschöpft ist und dann noch herumrennt, um etwas für eine Suppe zum Abendbrot aufzutreiben, und die kleine Renée, die in diesen Tagen so fügsam und still ist, daß ich mir Sorgen um sie mache. Ich dachte, wenn Papa endlich nach Hause kommt, werde ich ihm davon erzählen, aber bis dahin muß ich, wie er es mir aufgetragen hat, auf Maman und Renée aufpassen, denn in mancher Hinsicht habe ich wirklich einen kühleren Kopf.

3 octobre 1941

Letzte Nacht sind sechs der Synagogen von Paris in die Luft gesprengt worden! Ich bin heute morgen mit Renée losgegangen, und wir schauten nach unserer, wo wir an den Hohen Feiertagen hingehen, und da war nichts mehr als eine Ruine mit Glasscherben und Mörtelbrocken und Stoffetzen und stiebendem Papier. Juden aus der Nachbarschaft irrten herum und stocherten im Schutt, um irgend etwas zu retten. Es hat mich derart empört, daß ich vor Hilflosigkeit brenne. Was für eine schändliche, geistesgestörte Tat. Ein Gotteshaus zu zerstören. Was sind das für Kretins, die das für eine passende politische Tat halten?

All die pöbelhaften neuen Zeitungen schreien, das sei eine spontane Tat des französischen Volkes gewesen, das uns, die sogenannten fremden Elemente, hinauswerfen will. Das uns abwehrt, wie man eine Krankheit oder ein Gift abwehrt. Ich muß sagen, es ist reizend, zur Mikrobe geworden zu sein. Ich gehe in diesen Tagen durch Paris, und es ist, als schlüge mir alle zwanzig Schritt irgendein Flegel ins Gesicht, wenn ich sehe, wie diese Zeitungen darüber tönen, wie großartig die Sammlungsbewegung ist und wie Frankreich gesäubert und gereinigt wird, oder wenn ich eine wahrhaft entstellende und abstoßende Karikatur sehe, die mich oder Papa oder Maman darstellen soll, oder wenn ich in Erfahrung bringen möchte, was in der Welt geschieht, und statt der Zeitungen, die bei all ihrer Parteilichkeit wenigstens die Nachrichten aus aller Welt brachten, haben wir nichts als diese Hetzblätter, die Haß hinausschreien und nach unserem Tod rufen.

Manchmal kann ich es immer noch nicht glauben, daß alle diese Franzosen herumrennen und den Deutschen in den Hintern kriechen und ihnen schöntun und ihre Parolen nachplappern! Ich habe törichte Tagträume, daß ich mich in die Redaktion eines dieser Hetzblätter stürze oder einer dieser Zeitschriften, die sich literarisches oder philosophisches Niveau anmaßen. *Les Nouveaux Temps, La Gerbe, Aujourd'hui, Nouvelle Revue Française*, sie alle halten sich an die Richtlinien der Besatzer, und keine verteidigt uns. Sie sind lediglich höflichere Formen von *L'Appel* und *Au Pilori*, die uns täglich ihren Brechdurchfall entgegenschleudern und offen unseren Tod fordern. Ich fühle mich, als lebte ich in einer tollwütigen Stadt, wo jeder Zweite vor mörderischem Irresein schäumt und geifert.

Ich erinnere mich, daß ich mir noch im letzten Jahr beim Lernen für mein *bac* ausgemalt habe, wie glücklich ich erst sein würde, sobald ich an der Sorbonne wäre. Dann werde ich anderen Studenten begegnen, die meine Interessen teilen, ich werde ein Leben reicher intellektueller Gärung und strenger Hingabe an Ideen führen, so dachte ich. Nun halte ich mich meistens von anderen Studenten fern, da ich den Schock der Entdeckung fürchte, daß auch sie Antisemiten sind. Die Mühsal des Überlebens ist so anstrengend, daß ich die Vorlesungen gar nicht zu schätzen weiß. Oft komme ich im Quartier Latin am Café Dupont mit seinem Schild KEINE JUDEN ODER HUNDE vorbei. Wie manche Konvertiten katholischer als der Papst sind, so eifern diese nachgemachten Nazis, ihre Herren zu übertreffen.

29 novembre 1941

Welch ein trauriger, stiller Geburtstag war das am 24. für mich. Dann erhielten wir Nachricht von Papa. Ein halbwüchsiger Junge in Pfadfinderuniform erschien damit, ein äußerst unwahrscheinlicher Überbringer geheimer Botschaften, aber er legte Wert auf die Feststellung, daß er in der EIF ist, was für Éclaireurs Israélites de France steht, die Jüdischen Pfadfinder. Er tat unseren Dank ab und sagte, es sei für ihn nicht schwierig, da er seine Methoden habe, die Grenze nach Vichy zu überqueren.

Er brachte uns auch eine Flasche Cassis als Geschenk von Papa mit, die sehr willkommen ist, weil Maman und besonders ich die Wärme von ein wenig Wein zum Abendbrot missen und es Monate her ist, seit wir irgend etwas Alkoholisches genossen haben. Unsere winzige Weinration tauschen wir bei Mme. Cohen gegen ein wenig Butter und etwas Magermilch für Rivka. Cassis, sagt Maman, ist besonders willkommen, da wir uns so oft den Magen an verdorbenen Nahrungsmitteln verkorksen oder an Brot mit seltsamen Zutaten – wir vermuten alles von Knochenmehl bis zu zermahlenem Mörtel aus Ruinen. Der Cassis wird nur löffelweise ausgeteilt werden, und zwar nach dem Abendbrot, um uns zu wärmen und unsere armen gequälten Mägen zu besänftigen.

Papa ist in Toulouse, erzählte uns der Junge. Er scheint Papa sehr zu bewundern. Er sagte, Papa kann nicht über die Grenze nach Paris zurück, ist aber eine große Kraft im Widerstand gegen die Deutschen und die Vichy-Regierung. Zweimal wäre Papa beinahe gefaßt worden, konnte aber entkommen. Er sagte, Papa ist ein sehr tapferer Mann und wir können stolz auf ihn sein. Papa hat ihm aufgetragen, uns Papiere zu verschaffen, die er uns beim nächsten Mal auszuhändigen hofft, aber dafür braucht er von uns erst einmal neuere Photos für gefälschte Ausweispapiere. Die werden uns in die Lage versetzen, nach Toulouse zu Papa zu gelangen.

An diesem Punkt gingen wir alle drei ins Schlafzimmer, schlossen die Tür und sahen uns sorgfältig Papas Brief an, um sicherzugehen, daß er wirklich von ihm war und daß wir es nicht mit einem verkappten Faschistenjungen zu tun hatten, der uns eine Falle stellen wollte. Aber es war ganz offensichtlich Papas Handschrift. Der Brief war kurz, und es stand nur darin, daß er uns lieb hat, uns fürchterlich vermißt und daß wir dem jungen Mann geben sollen, was er braucht, denn er würde es ihm auf seinen nächsten Runden überbringen, wie Papa sich ausdrückte.

Das Problem war nur, wir haben uns schon seit mehreren Jahren nicht mehr photographieren lassen, und wir wagten nicht, so sehr wir sie auch hassen, von unseren Kennkarten mit dem großen roten Stempel JUIVE die Photos zu entfernen. Wir sagten dem jungen Mann, wir könnten in der nächsten Woche versuchen, Photos zu bekommen. Wir haben kaum Geld. Er erwiderte, wir sollten sehen, was wir tun könnten, aber er könne nicht warten, da er weiter nördlich noch etwas zu erledigen habe. Er wolle auf dem Weg nach Süden vorbeischauen, sagte er, und die neuen Photos abholen.

Ich brauche nicht zu erwähnen, daß ich keinem außerhalb der Familie ein Wort davon erzählen werde, und ich warnte auch Maman, die immer vernünftig ist, und Rivka, die es nicht ist, über diesen Besuch Stillschweigen zu bewahren. Ich habe den Wunsch meiner Schwester, bei ihrem hebräischen Namen genannt zu werden, nachgegeben, denn sie hat in diesen Tagen so wenig Freuden.

Dann kam ein Geschenk von Naomi aus Detroit in den USA. Ich war überrascht, daß der kleine Quälgeist an meinen Geburtstag gedacht hatte, aber wahrscheinlich hat wohl ihre Tante für das Paket gesorgt. Es ist vor zwei Monaten aufgegeben worden, aber alles ist heil geblieben, und wir waren entzückt. Sie hat uns eine große koschere Wurst geschickt, also nehme ich an, daß es da drüben auch so etwas gibt, ein Kilo Zucker, ein Glas Stachelbeermarmelade, ein Glas Aprikosenmarmelade und ein Glas Himbeermarmelade. Alles Süße ist bei uns ein Volltreffer. Sie hat auch zwei Stück Camay-Seife und ein Glas Leberpâté hineingelegt.

Naomi schreibt regelmäßig, aber ihre französische Grammatik ist entsetzlich und wird immer schlimmer. Sie wird zu einer Wilden. Ich weiß nicht, ob Papa das Richtige tat, sie so ganz allein wegzuschicken. Wir bekommen auch Briefe von Rose Siegal in Jiddisch, einer Sprache, die ich nicht lesen kann, aber Maman übersetzt. Tante Rose (Mamans älteste Schwester) versichert uns, daß Naomi wohlauf ist und ihr Englisch verbessert (während sie ihre eigene Sprache verleugnet, ergänze ich) und rasch wächst. Das tut Rivka auch, aber sie ist zu dünn. Wenn wir nur ein bißchen mehr für sie zu essen hätten. In der Schule bekommen die Kinder Vitaminkekse. Manche Kinder tauschen ihre ein, aber ich habe Rivka eingeschärft, ihren jeden Tag zu essen. Tante Rose fragt nach Tante Batya, ihrer Schwester, die immer noch in Drancy ist. Maman wird ihr das Wenige, was wir wissen, schreiben, denn wir dürfen die Gefangenen nicht besuchen.

Es war sehr einfühlsam von Naomi oder Tante Rose, uns diese Geschenke zu schicken. Der Winter setzt früh ein, und wir frieren erbärmlich. Wir haben keine Heizung. Maman bekommt Frostbeulen. Wir gehen mit einer Wärmflasche ins Bett, aber die bleibt nur eine Stunde lang warm. Wir schlurfen herum wie Altkleiderbündel und haben ständig Handschuhe an, die wir nur ausziehen, wenn wir abwaschen müssen.

Die Seife ist eine besondere Wohltat, denn wir können ein regelmäßiges System einführen, einmal in der Woche zu baden. Wir hatten seit Oktober keine Seife, da wir sie für Nahrungsmittel eingetauscht haben. Rivka braucht etwas zu essen und Maman auch. Ich futtere mich noch am besten durch, weil ich von meinen Freunden verwöhnt werde, die alle gute Schwarzmarktbeziehungen und immer ein Häppchen für mich haben und manchmal sogar eine ganze Mahlzeit. Wo immer ich kann, versuche ich, ein Brötchen oder ein Stück Hühnchen für Rivka und Maman einzustecken, heimlich, denn einmal hat mich Céleste dabei ertappt, wie ich einen halben Croque-Monsieur in die Taschen stecken wollte, und sagte: Na, wenn du keinen Hunger hast, esse ich ihn, und sie tat es.

Ja, außerhalb des Hauses esse ich Schinken. Ich würde eine Kröte essen, wenn mir jemand eine vorsetzte. Ich hätte den Schinken Rivka gegeben und ihr gesagt, es sei Corned beef. Ich fühlte mich elend, weil ich Hunger hatte und ihn entsetzlich gern gegessen hätte, aber noch lieber hätte ich ein bißchen davon Rivka gegeben, die nur noch Haut und Knochen und fast blau im Gesicht ist. Maman meint, vielleicht hat sie Blutarmut, aber was können wir dagegen tun? Henri hat mich diese Woche nicht zum Mittagessen eingeladen. Für ihn steht inzwischen fest, daß ich meine Jungfräulichkeit zum Fetisch erhebe, und er sagt, solchen bürgerlichen Humbug müßte ich überwinden.

Gut, sagte ich, ich werde auf den Boule Mich' gehen, das erstbeste Fahrradtaxi anhalten und mich anbieten.

Ein Fremder könnte eine Krankheit haben, sagte er. Ich denke dabei nur an dich.

Ich weiß, wie du an mich denkst, und träume weiter, sagte ich. Ich tue völlig gelassen, denn das muß man, aber ich fühle mich ganz merkwürdig, wenn ich mit ihm am Tisch sitze und er ständig wie rein zufällig mein Knie berührt, meinen Ellbogen, meine Schulter. Wenn wir nicht so viele Kleiderschichten anhätten, könnte er sehen, daß ich manchmal eine Gänsehaut bekomme. Zu meinem Glück sind wir beide in unsere Sachen eingewickelt wie Mumien im Museum, und selbst wenn er mich zu küssen versucht, kommt er nicht näher als fünfzehn Zentimeter, weil wir so ausgestopft sind. Trotzdem träume ich davon, wie seine Augen, hellbraun wie nasser Sand, sehnsüchtig an mir hängen.

12 décembre 1941

Jetzt ist Deutschland also im Krieg mit den USA. Henri sagt, die Deutschen haben schließlich mehr abgebissen, als sie kauen können, aber uns scheinen sie leicht genug verdaut zu haben. Ich habe wenig konkrete Hoffnung, jemals in einer nicht vom Irrsin beherrschten Welt zu leben, oder höchstens irgendwann einmal als alte Frau. Wir werden keine Pakete mehr von Naomi bekommen und auch keine Briefe mehr. Wir sind von unserer Schwester abgeschnitten, als wäre sie auf dem Mond! Maman weint viel über Naomi und schilt sich dann für ihre Selbstsucht, da doch wenigstens eines ihrer Kinder in Sicherheit ist. Rivka war nie mehr die alte, seit Naomi fort ist; sie ist nur noch ein halbes Kind, still, fügsam und zutiefst einsam, obwohl ich so sehr viel mehr Zeit mit ihr verbringe.

Gestern ist etwas einfach Unvorstellbares geschehen. Die Nazis haben in einer Razzia eintausend französische Juden zusammengetrieben, darunter alle Rechtsanwälte, die bei der Pariser Anwaltskammer zugelassen sind, ja, alle überhaupt. Sie haben Ärzte, Anwälte, Schriftsteller und Intellektuelle geholt und einfach verhaftet. Niemand scheint zu wissen, wohin sie gebracht worden sind, außer daß es diesmal nicht Drancy ist, wo die armen Balabans eingesperrt sind. Wir haben ihnen kleine Päckchen gebracht, wurden aber nicht hineingelassen. Das Lager stinkt schon aus zweihundert Metern Entfernung. Es ist eine unfertige Neubausiedlung, umgeben von Stacheldraht und Wachtürmen. Man müßte meinen, die armen Balabans seien Vergewaltiger, Mörder und Terroristen und nicht eine Familie von Fabrikarbeitern.

Wohin sie die schrecklich gefährlichen Schriftsteller, Anwälte und Ärzte gebracht haben, ist reine Vermutung. Wir machen uns Gedanken und haben Angst, wir geben Gerüchte weiter und warten auf die Rückkehr des Pfadfinders, aber bis jetzt war er noch nicht da. Die Rechtfertigung für diese Razzia – aus irgendeinem Grund haben die Nazis immer gern eine Rechtfertigung, und sei sie noch so fadenscheinig – ist Bestrafung, weil jemand auf einen deutschen Luftwaffenoffizier geschossen hat. Das ist alles.

Im Café Le Jazz Hot machen alle Witze darüber, daß ich die letzte Jungfrau von Paris bin. Céleste verkündete heute, daß sie mich ausstopfen und in einen Schaukasten ins Musée de l'Homme stecken werden. Ich sagte, mir wäre das nur recht, solange ich mit Brathuhn und Kalbsschnitzeln und Steaks ausgestopft werde. Henri sagte, wie wäre es mit seiner Salami. Manchmal erröte ich innerlich von dem, was sie sagen, aber ich bleibe sehr kühl. Ich sagte, nein danke, deine Salami ist nicht koscher.

Hinterher dann, als Henri mich zur Metro brachte, fragte er mich, ob ich nicht mit ihm schlafe, weil er kein Jude ist. Er wollte mitten auf dem Bürgersteig ein ernsthaftes Gespräch über etwas anfangen, was ich im Scherz gesagt hatte, um ihnen das Maul zu stopfen. Es endete damit, daß ich ihn im Hauseingang küssen mußte. Dann versuchte er wieder, seine Hand unter meinen Pullover zu schieben. Ich sagte: Versuch ja nicht, dich schrittweise vorzuarbeiten, Henri. So wirst du mich nicht rumkriegen. Wenn ich mich dazu entschließe, werde ich das Ganze machen, aber bis dahin betatsch mich nicht, das finde ich ordinär. Er wurde wütend und ging weg, aber ich weiß, das Problem wird nicht weggehen.

Ruthie 2

Von hastigen Gelöbnissen

Ruthie stand auf einem Stuhl. Mame steckte den Rocksaum von dem schicken grauen Gabardinekostüm ab, das sie bei Goodwill gefunden hatte. Die Ärmel waren unten leicht abgetragen, aber die hatte Mame eingeschlagen, und die Nähte unter den Armen hatte Ruthie selbst ausgebessert. Der Rock war länger, als junge Frauen jetzt trugen, und so machte Mame ihn kürzer. Das mußte alles in großer Eile geschehen, denn Leib und Trudi heirateten heute nachmittag im Studierzimmer vom Rabbi.

Ruthie wußte noch nicht, was sie von der Heirat halten sollte. Leib hatte für eine kleine Firma gearbeitet, die Reklameluftballons herstellte, aber die bekam keinen Gummi mehr geliefert und mußte alle entlassen. Er hatte Arbeit am Fließband vom Chrysler-Panzerwerk gefunden, aber als seine Nummer von der Einberufungsbehörde aufgerufen wurde, war er noch nicht lange genug dabei, um wegen kriegswichtiger Arbeit freigestellt zu werden. Jetzt mußte er in drei Tagen zur Armee, und er und Trudi heirateten sofort. Seit seiner Trennung von Ruthie hatte er sich ab und zu mit Trudi getroffen, aber Trudi hatte geklagt, er sei nicht in sie verliebt.

Als Trudi ihr von der Hochzeit erzählte, sagte Ruthie: »Aber ich dachte, so gut stand es zwischen euch nicht.«

»Schon, aber das hat sich geändert. Jetzt will er mich heiraten. Hör bloß auf, Ruthie, du hättest Leib auch geheiratet, wenn er dich je gebeten hätte, also erzähl mir keinen Quatsch. Was will man mehr, groß, dunkel und gutaussehend. Außerdem bin ich Patriotin.« Trudi war die vierte ihrer Freundinnen, die seit dem siebten Dezember heiratete, jede einen Mann mit dem Einberufungsbefehl in der Tasche.

Als Trudi Ruthie gebeten hatte, ihre Brautführerin zu sein, hätte Ruthie sich am liebsten gedrückt. Sie hatte keine Lust, Leib zu begegnen; es tat immer noch weh. Sie meinte nicht, ihn wirklich geliebt zu haben. In ihm war immer etwas gewesen, dem sie mißtraut hatte. Sie war davon ausgegangen, daß das eben mit Männern so war – aber mit Murray war es nicht so.

»Mame, ich will dich nicht hetzen, aber vielleicht werde ich mit geheftetem Saum gehen müssen. Es macht doch nichts, wenn der Saum nicht völlig gerade ist. Das ist nicht meine Hochzeit, und niemand wird mich anschauen.«

»Meine Tochter, und geht zu einer Hochzeit vor Rabbi Honig mit dem Rocksaum voller Stecknadeln? Du mußt dich ja nicht zurechtmachen wie ein Filmstar, aber wir brauchen nicht voller Stecknadeln vor die Leute zu treten.«

Mame hatte abgenommen und trug das Haar jetzt hochgesteckt statt in einen struppigen Knoten zurückgekämmt. Sie betrieb neuerdings eine kleine Tagesstätte für Säugling und Kleinkinder von Frauen in der Nachbarschaft, die arbeiten gingen. Ganze einunddreißig Dollar durfte ein Ehemann in Übersee von seinem Sold nach Hause überweisen. Davon konnte niemand leben. Außerdem kosteten die wenigen vorhandenen Tagesstätten ein Vermögen.

Mame nahm sechzig Cent pro Tag für Kleinkinder und fünfzig Cent für Säuglinge zuzüglich zwei Fleischmarken. Dafür bekamen die Kinder zwei Mahlzeiten und ein Mittagsschläfchen. Sharon steckte ihre eigenen Kinder dazu und half. Von sieben Uhr morgens bis sieben Uhr abends war das Haus mit heulenden und schnatternden Knirpsen vollgestopft. Mame und Sharon verdienten daran etwa zwanzig Dollar die Woche. Arty war schließlich vom Fisher-Karosseriewerk genommen worden und hatte Nachtschicht, was bedeutete, daß die Kleinen unten bleiben mußten, damit er seinen Schlaf bekam. Arty hatte nichts für das Projekt übrig und sagte, sie gerieten noch mit dem Gesetz in Konflikt, weil sie keine Genehmigung hatten. Ruthie hatte die gesetzlichen Bestimmungen für Wayne County durchforstet, und es war vollkommen ausgeschlossen, daß jemand in ihrer Lage sie erfüllen konnte – oder daß die Frauen aus der Nachbarschaft dann ein solch aufwendiges Etablissement bezahlen konnten.

»Hast du etwas von deinem Burschen gehört?« fragte Mame mit Stecknadeln im Mund.

»Mame, du bekommst die Post jeden Tag vor mir zu sehen. Ich habe erst am Dienstag seinen Brief vom Samstag beantwortet.« Sie mochte es nicht, wenn Mame sie nach Murrays Briefen fragte, denn dafür bedeuteten sie ihr zu viel. Er war unten im Süden, den sie sich vorstellte als eine Mischung aus Sümpfen, Magnolien, immergrünen Eichen, den Gespensterschleiern aus Spanischem Moos und den lakenverhüllten Ku-Klux-Klan-Kerlen, so schlimm wie Hitlers SA-Männer, die Kreuze verbrannten und Juden und Farbige. Jedenfalls ein gefährlicher Ort, fast so gefährlich wie jeder Einsatz, der ihm bevorstand. Murray hatte noch sein Semester beendet und sich dann im Februar zum Militär gemeldet.

»Aber warum gehst du zur Marineinfanterie, zu den Marinesoldaten?« hatte sie ihn gefragt. »Ich dachte, wir hätten uns aufs Heer geeinigt und da möglichst die Fernmeldetruppe.«

»Ich kann's dir beim besten Willen nicht sagen. Aber so ist es nun mal, und ich habe gerade die tiefste Demütigung meines Lebens hinter mir, bin behandelt worden wie ein Stück Rindfleisch, gepiekt und gepufft. Jetzt denke ich, wenn ich überleben will, was war ich dann für ein Idiot, daß ich mich freiwillig gemeldet habe und sogar noch erleichtert war, ja geschmeichelt, wenn ein Kommißkopp am Schreibtisch zum ANGENOMMEN- und nicht zum ABGELEHNT-Stempel gegriffen hat. Ich stand nackt da, Ruthie, splitterfasernackt, und die Knilche saßen bequem in ihren Uniformen. Ich glaube, ich bin auf den zugegangen, der den besten Eindruck machte. Der von der Marineinfanterie kam mir zackiger vor als die andern. Er schien es ernster zu nehmen. Heer und Kriegsmarine, das waren Offiziere, die rumwitzelten, und als sie mich ansahen, spürte ich nur Verachtung. Ich dachte bei mir, das ist das, was ich will, jemand, der versteht, ein Krieg ist eine ernste Angelegenheit, und der nicht dasitzt und Witze reißt.«

»Ich habe noch nie von einem jüdischen Marinesoldaten gehört«, sagte Ruthie skeptisch.

»Dann werde ich der erste sein.«

Jetzt war er unten auf Parris Island und überlebte Brutalität und Verachtung, so gut er konnte. Duvey hatte seine Vollmatrosenpapiere genommen und war losgefahren, um auf einem Ozeanfrachter anzuheuern, obwohl seine Kameraden von der Gewerkschaft ihm vorhielten, daß die Arbeit auf den Großen Seen genauso wichtig war. Duvey blieb anderer Meinung. »Wichtig? Bockmist! Keiner verpaßt dir vor Toledo 'n Torpedo. Ich komm' mir wie ein Feigling vor, wenn ich weiter hier rumlungere.«

»Wenigstens bist du nicht im Heer oder in der Marine und kämpfst an der Front«, sagte Mame.

Duvey lachte. »Nein, auf uns wird nur geschossen. Wir selber schießen nicht viel.«

Trotzdem waren sie alle erleichtert, daß Duvey nicht bei der Kriegsmarine war und in Seegefechten kämpfen mußte. Er tat nur, was er schon seit Jahren getan hatte, aber jetzt auf dem Ozean und nicht auf den Großen Seen. Hin und wieder bekamen sie einen Stapel Briefe von ihm, meistens Anekdoten über die Mannschaft, aber dann vergingen wieder zwei Monate, und nichts kam. Sie hatte ein schlechtes Gewissen, daß sie ihren Bruder nicht mehr liebte, und beschloß, ab sofort mehr Liebe für ihn aufzubringen. An Tapferkeit hatte es ihm nie gemangelt. Vielleicht hatte sie das nicht recht gewürdigt. Sie hatte sanfte Beharrlichkeit immer mehr geschätzt, aber sanfte Beharrlichkeit war im Krieg keine Grundtugend.

»Mame, es ist zwölf Uhr. Ich muß mich anziehen. Jetzt!«

Mame seufzte. »Schön, gib den Rock her und zieh du dich soweit an, und ich hefte den Saum. Tate wird ein bißchen auf sein Essen warten müssen.«

»Mein einziger freier Tag, und ich muß hungern?« Er protestierte nur der Form halber.

»Ich habe noch nie wen sich heiraten sehen.« Naomi saß auf Ruthies Bett und schaute zu.

»Wen heiraten sehen. In Englisch heißt das heiraten, ohne sich.«

»Heiraten, ohne sich. Ich möchte sehen, wie das gemacht wird. Kann ich bitte mitkommen?«

Ruthie schwieg einen Augenblick und schlüpfte in ihr bestes Höschen. »Warum eigentlich nicht, *zazkele?* Zieh dein kariertes Kleid an und kämm dir das Haar.« Naomis Anwesenheit verdünnte vielleicht ihren düsteren Schmerz. Sie hätte Leib am liebsten den Schädel eingeschlagen, als er mit Trudi angebandelt hatte. Tausende von Mädchen in Detroit, die ihm alle schöne Augen machten, und da mußte er ausgerechnet ihrer besten Freundin nachsteigen. Sie hatte sich gewünscht, daß Trudi aus Freundschaft zu ihr nicht mit dem Schatz ausging, der ihr gerade den Laufpaß gegeben hatte; aber sie mußte zugeben, Trudi war zu einigen Opfern bereit, um einen festen Freund zu haben, und jetzt einen Ehemann. Ruthie mußte ihren Groll schlucken oder Trudi verlieren, und schließlich war ihr Empfinden, daß ihr eigentlich kein Recht auf Einwände zustand, denn sie hatte den Preis für Leib gekannt und war nicht bereit gewesen, ihn zu zahlen. Doch, ja, wenn Naomi mitkam, schützte sie das vor der Wucht der Gefühle, die vielleicht bei ihr aufkamen, ihrem Kummer über den Verlust – und ihrer Eifersucht.

Nachdem Ruthie sich bis auf den Rock angezogen hatte, verhallten ihre Rufe nach Mame durch den Spalt ihrer Zimmertür ohne Ergebnis. Sie warf einen wütenden Blick auf den Nachttischwecker. Sie mußte Mame den Rock entreißen, egal, wie er aussah, ihn anziehen und gehen. Sie wollte nicht riskieren, zu spät zu kommen – das sah leicht nach wohlberechneter Mißachtung aus oder danach, daß ihr die Heirat unerträglich war. »Naomi, hör auf, an deinen Haaren herumzufummeln, die sind gut so. Steck dir nur noch die Haarspangen an. Die roten, eine auf jeder Seite.« Es war ihr peinlich, aber sie mußte im Schlüpfer hinausgehen, ohne Rock, darüber voll angezogen bis hinauf zu dem kleinen Frühlingsfilzhut.

»Mame, ich muß ihn jetzt anziehen.«

»Ruthele, nur noch eine winzige Minute, und ich habe den Saum fertig.«

Sie nahm den Rock mit festem Griff. »Mame, es sind keine Minuten mehr übrig. Ich kann nicht zu spät kommen, und ich muß jetzt zur Tür raus. Jetzt sofort. Laß los, Mame! Das ist mein Ernst.«

Die sanften, milchig braunen Augen ihrer Mutter hefteten sich fragend auf sie. Normalerweise gab Ruthie nach. Aber Mame wußte, wenn ihre Tochter einen bestimmten forschen Ton anschlug, dann machte sie keinen Spaß oder schacherte, dann meinte sie, was sie sagte. »Liebling, du kannst doch nicht mit Stecknadeln rumlaufen –«

»Niemandem wird es auffallen.« Ruthie entwand ihrer Mutter den Saum und zog den Rock an. Zu drei Vierteln war der Saum angenäht, ein Stück an der Seite war nur abgesteckt. »Komm, Naomi. Hol deinen Mantel.«

Es war ein kalter, klarer Tag mit ein wenig Feuchtigkeit im Wind, aber wolkenlosem Himmel. Als sie zur Synagoge eilten, kamen sie an einer katholischen Kirche vorbei, der gerade alle entströmten, feingemacht in Kostümen und Hüten und Anzügen und hier und da einer Uniform. »Heute ist ihr Ostern«, sagte sie zu Naomi. »Hoffentlich ist das kein schlechtes Zeichen für Trudi und Leib. Bobe hat immer Geschichten über Polen zu Ostern erzählt, von den Pogromen alle paar Jahre. In den anderen Jahren kamen die *gojim* einfach nur und schlugen ein oder zwei tot, zum Vergnügen.«

»In der Schule mußten wir jetzt Osterlieder singen. Ich fand es besser, nichts zu sagen, außerdem habe ich den Text kaum verstanden. Wenn sie singen, ist das noch viel schwerer.«

»Sie dürften so was nicht mit dir machen, aber du hast recht. Das ist für uns keine gute Zeit, uns auszusondern und zu beschweren.«

»Ich habe Sharon und Mame reden hören. Sie haben gesagt, Leib hätte dich heiraten sollen.«

»*Kezele*, wer hat mich gefragt? Will ich Leib heiraten?«

»Willst du?«

»Nein.« Da war sie sich sicher, während beide durch die Straßen eilten, das letzte Eis verschwunden, im Rasen vor dem Beth Schalom-Tempel die ersten grünen Triebe und Krokusse und Osterglocken. Leib nicht heiraten zu wollen hieß nicht unbedingt, sich riesig darüber zu freuen, daß er eine andere heiratete. Sie mußte in ihrem Herzen gute Absichten finden.

Beth Schalom war ein gedrungenes, gelbes Backsteingebäude mit einem Magen David aus kleinen bunten Glasscheiben in der Stirnseite über den beiden schweren Eingangspforten. Sie eilten zur Rückseite, durch die kleine Gattertür. Als sie Naomi an der Hand im Laufschritt mitzerrte, hoffte sie, noch nicht zu spät dran zu sein. Ihr fiel plötzlich auf, daß Naomi nicht mehr wesentlich kleiner war. »Du bist gewachsen«, sagte sie erstaunt.

»Ich bin letzten Monat fast zwei Zentimeter gewachsen.«

»Wieviel ist das in Zoll?«

Naomi zuckte die Achseln. »Ich weiß manche Sachen in dem einen System und manche in dem andern, aber ich kann nicht dazwischen hin und her.«

Die Hochzeitsgesellschaft war schon drinnen versammelt, aber der Rabbi fehlte noch, und nur seine Frau umflatterte Trudi und kümmerte sich um alle, bis der Rabbi so weit war. Leib trug noch nicht Uniform. Sein schwarzer Anzug, den er sich vor zwei Jahren zur Beerdigung seines Vaters gekauft hatte, war jetzt ein wenig kurz, ein wenig knapp, kleidete ihn aber immer noch, seine hohe Stirn unter dem zerzausten schwarzen Haar, seine weit auseinanderliegenden Augen, die gebieterisch aus kantigem Gesicht mit Vorsprüngen und Höhlungen blickten, sein ganzes hochgewachsenes, wohlgepolstertes Knochengerüst, das von der Enge des Anzugs nicht in Verlegenheit gebracht wurde, sondern sie ausnutzte, um die Muskelpakete herzuzeigen. Leibs Vater hatte den Spitznamen Mischa der Bär gehabt. Er hatte Umzüge gemacht und Möbel von einer Seite des jüdischen Ghettos auf die andere gewuchtet, fast sein ganzes Leben lang mit einem Pferdekarren, und das Pferd hatte im Hinterhof seinen Stall gehabt. Leib besaß seine Kraft und seinen Jähzorn.

Ach, er rührte sie durch die Augen, wie schon immer. Nicht genug, dachte Ruthie, meine Augen haben nicht viel Keuschheit und wenig Verstand. Er wird jede Frau eine kurze Zeit glücklich machen und eine lange Zeit unglücklich.

Trudi trug ein blaßrosa Kleid. Weder Trudi noch ihre Mutter noch Ruthie hatten ein kurzes weißes, der Gelegenheit angemessenes Kleid auftreiben können, in ganz Detroit nicht. Es war zu früh im Jahr für ein weißes Sommerkleid, und ein Hochzeitskleid war innerhalb so kurzer Frist ausgeschlossen – und zu teuer. Trudi hatte geweint, aber das Blaßrosa ließ sich auch später noch tragen und brachte ihr dunkelbraunes Haar und ihren kräftigen Teint zur Geltung. Der Rabbi kam herein und rieb sich die Hände, sofort sprang Trudis Vater auf, ihn zu begrüßen. Trudis Mutter hob den Schleier ihres alten schwarzen Hutes mit den Kirschen oben drauf, um sich die Augen zu wischen.

Ruthie dachte, wir müssen Naomi einen Hut kaufen, es wird Zeit, sie wird langsam groß. Naomi trug ein gestreiftes Kopftuch. Armes Lämmchen, was für eine Zeit, um erwachsen zu werden, was für eine Zeit.

Dann fing sie Leibs Blick auf, der sie anschaute wie früher, mit brennenden, hungrigen Augen. Sie senkte den Blick und wandte sich Naomi zu, zupfte an ihr herum. Naomis Augen waren riesig und sahen alles, auch Leibs Blicke. Als Ruthie wieder hinsah, schaute er immer noch. Hoffentlich bemerkte es niemand sonst, zum Glück waren alle um Rabbi Honig versammelt. Leibs Mutter war mit Trudis Kleid beschäftigt, ein Zupfer hier, ein Zurechtziehen da, ein Stäubchen dort, das wegmußte. Dann trat sie zurück, um Trudi mit scharfen, fast haßerfüllten Blicken zu mustern. Sie schien zu fragen: Was sieht er eigentlich in ihr?

Ruthie hatte das ungute Gefühl in der Magengrube, Leib hätte sie am liebsten immer noch gepackt wie früher und hätte lieber sie vor den Rabbi gezerrt und lieber sie genommen. Nicht aus Liebe, nein, sondern weil er sie immer noch begehrte, auf jene hungrige, heftige Art, die sie weit, weit weniger erregt hatte als Murrays stille und behutsame Liebkosungen. Sie nahm sich vor, ihn nicht wieder anzuschauen.

Ruthie stand an einer Ecke der *chuppa*. Immer wieder verfingen sich die Stecknadeln an ihrem Schenkel. Der Strumpf war bestimmt völlig ruiniert, und wo sollte sie Ersatz finden? Sie hielt ihren Blick auf Trudi geheftet und sah Leib nicht wieder an, bis die Zeremonie zu Ende ging und er das Glas in der Serviette unter seinem Fuß zertrat und aufstampfte, wie er an jenem Abend aus dem Zimmer gestampft war, als er endgültig mit ihr gebrochen hatte. Während er das Glas in Scherben trat, warf er ihr einen letzten Blick voll der gleichen wütenden Heftigkeit zu, und dann wandte er sich ab und küßte Trudi, ein großer Kinonahkampfkuß. Dann begannen alle *masel tow* zu rufen und mit geweihtem Wein auf das Paar anzustoßen.

Ruthie stand ein wenig abseits und verzieh Leib die hungrigen Blicke, denn jetzt war er richtig verheiratet, mit Trudi, und die Dinge mußten sich finden. Sie erinnerte sich an Murrays letzte Woche, bevor er in den Zug gestiegen war. Sie hatte so viel Zeit wie möglich mit ihm verbracht, und für die letzten beiden Tage hatte sie sich bei der Arbeit krank gemeldet, es war ihr vollkommen egal, sie mußte sich die Zeit stehlen.

Ein nasser, rauher, verschneiter Februar war das gewesen, von allen Bäumen war Eis getropft und hatte die Seitenstraßen in zerfurchte Rutschbahnen verwandelt. Sie hatten viel Zeit im Kunstmuseum verbracht, in der öffentlichen Hauptbibliothek, in der Wandelhalle der Wayne. Wo konnten sie hin? Sie sahen mehrere Filme. Kinos waren für Schicht- und Nachtarbeiter vierundzwanzig Stunden am Tag offen und immer voll. Meistens mochte Murray ihre Zeit zusammen nicht darauf verschwenden, irgend etwas anderes anzuschauen als sie, sagte er. Sie trieben in einem prall gefüllten Stau, einem Netz der Zuwendung, das beide umfing. Sie redeten und redeten. Sie gaben einander ihre Kindheiten, als projizierten sie Familienfilme auf eine Leinwand im Kopf ihres Gegenübers.

Leider hatten seine Eltern sich nicht für sie erwärmt. Beide schienen in panischer Angst, Ruthie und Murray könnten noch in dieser Woche heiraten. Seine Eltern sahen einander ähnlich, beide von ovaler Gesichts- und Körperform, mit hellbraunem, ergrauendem Haar, so daß sie Ruthie einheitlich beige vorkamen. Sie waren annähernd gleich groß. Beide trugen Goldrandbrillen und einen gemeinsamen Gesichtsausdruck erschütterter Bestürzung, sobald sie sich ihr zuwandten. Vor dem Hintergrund ihrer einstigen soliden Mittelstandsexistenz konnten sie Ruthie nicht akzeptieren. Sie hatten eine Vorstellung von dem Mädchen, das Murray ins Haus bringen sollte, eines mit Geld, mit Beziehungen. Eines, das Nutzen abwarf. Seine Mutter begegnete Ruthie mit geschürzten Lippen und gerunzelter Stirn, war aber zu kraftlos, um unhöflich zu sein.

Der Tag vor seiner Abreise war am schlimmsten, süßsaurer Schmerz. Murray sagte – und sie sah ihn immer noch deutlich vor sich in jener Nische der Chilibude beim College –: »Ich habe gegen den Drang angekämpft, dir einen Heiratsantrag zu machen. Dich an mich zu binden. Noch bevor ich fortmuß zu verlangen, daß du jetzt sofort die Meine wirst. Weil ich weiß, daß es falsch ist. Es ist Unsinn. Es geht nicht, daß ich dir die Heirat antrage und dich zu meiner Frau und meiner Liebsten mache, bevor ich verschwinde. Das ist egoistisch. Ein Stück von dir haben wollen, das mir gehört.«

»Ich werde auf dich warten. Das kann ich dir versprechen. Ich liebe dich.« In der Sitzecke der Chilibude hatte sie es gesagt, als sie Hände hielten über Tassen mit kaltem Kaffee. »Du brauchst mir keinen förmlichen Heiratsantrag zu machen.« Danach war sie starr vor Verlegenheit, verblüfft, wie sie so etwas laut zu einem Mann hatte sagen können, besonders zu einem Mann, der es ihr nicht zuerst gesagt hatte.

»Ich liebe dich, Ruthie. Ich glaube, ich liebe dich, seit wir das erste Mal miteinander aus waren. Ich dachte, ich rede mir was ein und erfinde mir ein Bild von dir, aber das war nicht so. Du bist genau, was ich will, und wenn bloß der verdammte Krieg nicht im Weg wäre. Eine blödsinnige Zeit, um sich zu verlieben. Es zerreißt mich innerlich, wenn ich denke, daß wir uns gefunden haben und vielleicht nie dazu kommen, unser Leben gemeinsam auszuleben.«

Seitdem hatte sie sich immer wieder gefragt, ob sie es nicht wie Leib und Trudi hätte halten und sagen sollen: Laß uns heiraten und auf alles andere pfeifen. Oder schlimmer noch, ob sie sich nicht hätte hingeben sollen, weil er zu sanft und rücksichtsvoll war, um zu fordern, wonach er sich so deutlich sehnte. Sie hatten sich geküßt, bis ihre Lippen wund waren. Ruthie begehrte ihn. Sie entdeckte, wie sich das anfühlte, und es jagte ihr einen Schreck ein. Sie machte sich Gedanken, ob der heftige Schmerz des Verlangens nur ihr zu eigen, etwas Krankhaftes war. Irgendwann würde sie Trudi fragen. Aber er mußte fort und sie blieb hier, und alles war immer noch richtig, daß sie nicht so jung heiraten durften, daß eine eigene Familie sie beide zerstörte, daß sie sich mit einer zu engen Umklammerung gegenseitig zu den verzweifelten und verdreckten Straßen ihrer Herkunft verurteilten. Deshalb hatte sie seiner unausgesprochenen dringenden Bitte widerstanden; deshalb hatte sie auf Trudis Hochzeit ein schlechtes Gewissen.

Abra 2

Geschichten, daß die Ohren bluten

»Berlinerin, ich war Berlinerin. Das verstehen Sie nicht. Das ist so was wie in Frankreich Pariserin, wie hier New Yorkerin, nu? Man ist gewandter und gewitzter, oder man glaubt es wenigstens. Und wenn man da geboren ist wie ich, dann meint man, alles aus dem Effeff zu wissen, ist Geburtsrecht.« Mrs. Marlitt Speyer war fünfunddreißig, sah aber mit dem aschblonden, hochgekämmten Haar jünger aus. Sie trug ein gut geschnittenes, maskulines Nadelstreifenkostüm, das sie, wie sie Abra erzählte, selbst geschneidert hatte. Sie nannte sich Damencouturier. Jetzt arbeitete sie bei einer Seventh-Avenue-Firma, die sie mit verächtlichem Schürzen ihrer festen Lippen beschrieb als »einen Laden, der Möbelbezüge für Frauen macht, die es nicht besser wissen«.

»Meine Familie lebte seit hundertdreißig Jahren in Berlin und davor im Saarland, in einer Kleinstadt, wo wir ein Sommerhaus haben – hatten. Wir waren Weinhändler. Mein Vater und mein Onkel hatten ein Geschäft auf der Leipziger Straße ... Nein, nicht mehr, denn in der Kristallnacht kam die SA, die Braunhemden. Sie zertrümmerten die Fenster und plünderten den Wein. Dann steckten sie alles in Brand. Sie verprügelten den Wachmann, und dann warfen sie ihn ins Feuer. Er war ein armer Jude, der schon aus der Kleinstadt vertrieben worden war, wo er gelebt hatte. Er war ungebildet, ein wenig einfältig, aber ein guter Mensch, der für seine Eltern sorgte. Er starb im Krankenhaus. Mein Vater war im Saarland und orderte die Auslese, die süßen, spät geernteten Weine, die teuren. Mein Onkel war zu Hause, und die Braunhemden verprügelten ihn und steckten ihn nach Sachsenhausen. Drei Monate lang war er dort, und dann haben wir ihn herausgeholt, arm, mit nichts mehr. Manchmal konnte man sich damals den Weg hinaus erkaufen. Jetzt ist er ein Krüppel, ich schicke ihm ein bißchen Geld nach Paraguay, wenn ich kann.«

Marlitt beobachtete sorgfältig, merkte Abra, aber ohne auffällig zu starren. Abra bewunderte diese Fähigkeit und nahm sich vor, sie für ihre Befragungen zu vervollkommnen. Sie spielte inzwischen mit dem Gedanken, das Thema ihrer Doktorarbeit in eines zu ändern, das sich aus diesen Befragungen ergab, zumal sie an ihrem eigenen Thema nichts mehr gemacht hatte, seit sie für Oscar Kahan arbeitete. Es gelang Marlitt, so spürte sie, einen Eindruck zu erhaschen, während Abra in ihre Notizen schaute.

»Die Nazis ließen uns erst hinaus, wenn sie uns bis auf die Knochen abgenagt hatten, und dann ließen uns die Amerikaner nicht herein, weil wir mittellos waren. Meine Tante und mein Onkel verschafften sich ein Visum nach Paraguay, aber wir hatten kein Geld mehr. Mein Onkel wollte hierherkommen, aber die Amerikaner sagten, er sei vorbestraft, weil er verhaftet worden war, als die Nazis damals in der Nacht dreißigtausend Juden in die Lager steckten ... Oh, ich habe bis zum Schluß gearbeitet. Ich hatte eine Sondererlaubnis, weil ich Modeschöpferin war. Sie hatten Bedarf für meine Modelle, wissen Sie, denn die deutsche Mode ist zumeist plump. Ich wollte Bildhauerin werden, aber auf der Akademie, meine Liebe, überzeugten sie mich, daß ich kein echtes Talent hatte, und dann entdeckte ich, daß ich eines hatte, aber nicht für Skulpturen – oder vielleicht für Skulpturen auf den Körper.« Marlitt zeichnete eine Gestalt in die Luft. Abra war beeindruckt von der Bewegung. Marlitt hatte die Angewohnheit, extrem still zu sitzen.

»Orthodox? Oh nein, wir waren Liberale. Vergleichbar Ihren konservativen Juden, aber sehr, sehr deutsch. Wir waren alle sehr deutsch. Meine Liebe, die ersten Juden ließen sich in Deutschland bald nach der Diaspora nieder, im dritten Jahrhundert A.D. Ich glaube, wir waren sogar noch vor den Deutschen da. Mein Vater und mein Onkel engagierten sich im CV – ach so, das war der Central-Verein deutscher Staatsbürger jüdischen Glaubens. Er ähnelte Ihrer Antidiffamierungsliga, war aber nicht so eng. Wir bildeten eine Front mit den Parteien des Zentrums und der Sozialdemokratie. Wir setzten alles auf diese Wahlen. Nicht einen Augenblick lang waren wir blind für die Gefährlichkeit der Nazis, aber wir hatten nicht die Mitgliederzahlen, das Geld, die Macht, sie aufzuhalten. Oh nein, bevor Hitler an die Macht kam, fanden wir die Zionisten lächerlich. Wir waren Deutsche, meine Liebe, wir konnten uns nicht mal dazu überwinden, uns mit den Ostjuden zu identifizieren – Juden, die aus Polen emigriert waren, weil wir, wie Sie wissen, in Deutschland bis dahin keine Pogrome hatten und wirtschaftliche Möglichkeiten. Wir empfanden die Ostjuden als fremd. Unkultiviert.« Marlitt fuhr sich flüchtig mit schlanken Fingern über das Kinn. »Wir waren es gewohnt, daß deutsche 'Künder' uns verunglimpften. Wir nahmen es so auf, wie Sie es als Frau tun, wenn Sie hören, daß sich ein Mann über die Beschränktheit der Frauen ausläßt. Sie denken, ach ja, und doch hat eine von uns dich geboren und dich genährt, und du wirst eine von uns heiraten. Wir waren so deutsch. Mein Vater hatte im Weltkrieg gedient. Er war mit dem Eisernen Kreuz ausgezeichnet worden, und darauf war er sehr stolz.«

Marlitt lachte kurz und trocken auf. »Sehen Sie, wir waren es eben gewohnt, daß wir gebrandmarkt wurden, daß aber alles so weiterging wie gehabt. Jeder zweite Deutsche war ein Antisemit, der über das Judenproblem geiferte, über die jüdische Vorherrschaft, über die zionistische Verschwörung. Und dann mit Verständnis dafür rechnete, daß er einen nicht persönlich meinte. Sondern natürlich die anderen, die schlimmen Juden. Man gewöhnt sich an, zu denken, sie meinen es nicht so, wenn sie ihre kleinen Witze über die Juden machen. Man übergeht es einfach und wartet, bis sie sich wieder wie Menschen benehmen. Wir hatten uns mit all den kleinen und großen Beleidigungen fast gemütlich eingerichtet, solange es uns nur gut ging und wir unser Leben lebten.«

Abra fand es schade, daß ihre Notate niemals Marlitts Stimme wiedergeben konnten, melodiös, klangvoll, spöttisch, bissig. Ingwereiscreme, dachte sie, süß und scharf zugleich. Dennoch hatte Marlitt eine

Trockenheit, eine seltsame Distanziertheit, als wäre sie in Wahrheit viel älter, eine Nonne, die mit kühler Unbeteiligtheit auf ihr Leben in der verderbten Welt zurückblickte.

»Nein, mein Vater und mein Onkel waren die politisch Engagierten. Ich war jung und hatte nur Mode im Kopf und Feste und Bälle und Ausstellungen. Berlin ist wie New York, es saugt alle Künste in sich auf. In Berlin waren die Nazis nur eine Handvoll Spinner. Niemand schenkte ihnen Beachtung. Davon gab es nicht mehr als zwei- oder dreihundert, bis dieses üble kleine Frettchen Goebbels erschien. Der schickte sie herum, die Linken zusammenschlagen. Sie marschierten in die Arbeiterversammlungen und störten und veranstalteten Krawalle. Das brachte sie in die Zeitungen, und alles Gesindel in der Stadt stand bald Schlange, um bei der Gaudi dabeizusein. Und trotzdem, wenn die Reichen ihnen nicht nachgelaufen wären und sie beschnuppert hätten wie diese läufige Hündin Magda Quandt, die ihn schließlich geheiratet hat, dann hätten sie niemals diese Mittel zur Verfügung gehabt. Wenn ich denke, daß ich für die mal etwas entworfen habe! Ach je, von Politik war die völlig unbeleckt, und ich bezweifle sogar, daß die zu der Zeit antisemitisch war.«

»Mein Mann?« Sie schwieg lange. Ihr Gesicht schien sich einzuebnen. »Nein, Speyer ist nicht wirklich mein Mann, ich werde es Ihnen erklären. Mein Mann war Martin Becker. Ein gutaussehender Mann, kräftig gebaut, über einsachtzig groß. Er hatte in der Schule Fußball gespielt. Er starb im Lager, in Buchenwald. Sie sagten, an einer Krankheit. Das sagten sie immer. Vielleicht werden wir es eines Tages wissen. Ich hörte, daß dort Fleckfieber grassierte ...«

Abra merkte, daß sich in ihrer Informantin ein Tor geschlossen hatte. Über ihren Mann wollte Marlitt nicht weiter sprechen. Abra änderte die Richtung ihrer Fragen und nahm sich vor, später darauf zurückzukommen. »Wir sind über Frankreich ausgereist. Ich fühlte mich nicht wohl in Frankreich, zu viele Einschränkungen gegen jüdische Emigranten, was wir tun durften, was nicht. Sie waren gegen uns eingenommen. Wir gingen weiter nach Portugal. Ich mußte dort als Schneiderin arbeiten, fast schon als Näherin. Ein hübscher Abstieg, wie? Ich schneiderte den Damen Roben für Kostümfeste.«

»Ach, Mr. Speyer. Den habe ich in Portugal kennengelernt. Speyer ist amerikanischer Jude, ein Witwer. Er hat mich geheiratet, um mich herzuholen, und wir haben auch meinen Vater und meine Mutter nachgeholt. Nein, es war reine Menschenfreundlichkeit. Er lebt mit seiner Freundin zusammen, aber er kann sie nicht heiraten – die Kinder seiner ersten Frau wollen das nicht zulassen –, und ich habe ein Papier unterschrieben, wonach ich auf sein gesamtes Eigentum verzichte. Nein, meine Liebe, nicht gerade eine weiße Hochzeit, aber lassen Sie das weg. Schließlich sind wir zusammen hergereist, und ich habe nach meiner Ankunft in seiner Wohnung gelebt, was seiner Freundin gar nicht gefiel. Jetzt, wo meine Staatsbürgerschaft gesichert ist, lassen wir uns in aller Stille scheiden. Und vielleicht wird Alfred es wieder tun. Er ist ein guter Mann, ich esse jeden Sonntag mit ihm – freitags mit meinen Eltern. Ich stelle mir zu gerne vor, wie Alfred hin- und zurückfährt und alle diese Frauen heiratet und es in Wahrheit genießt und uns dann hier in Sicherheit bringt. Er ist ein sehr guter Mann. Sie müßten ihn befragen ...«

Wenn Marlitt sich in ihrer trockenen, distanzierten Art auch weigerte, für die Akten zu lügen und zu behaupten, ihre Beziehung zu Speyer sei rein platonisch, so klang sie doch über ihn ebenso distanziert wie über alle anderen. Abra fragte: »Aber ist es nicht lästig, daß man Sie für verheiratet hält, wenn Sie es gar nicht sind? Sie sind eine attraktive Frau. Sie lernen doch bestimmt Männer kennen.«

»Es ist praktisch«, sagte Marlitt bündig. »Es läßt keinen falschen Eindruck aufkommen, denn ich war verheiratet und habe keinerlei Neigung, es wieder zu sein ... Was? Mein richtiger Mann? Er war Journalist, aber nachdem sie die Juden aus den Zeitungen hinausgeschmissen hatten, betätigte er sich im Kulturbund. Sehen Sie, uns wurden die Schauspieler und Musiker und Sänger auf die Straße gesetzt, und wir alle wurden nach und nach von öffentlichen Veranstaltungen ausgeschlossen. Er begann, kleine Stücke für den Kulturbund zu schreiben. Deshalb haben ihn die Nazis so früh geholt. Die Stücke, sie waren sehr komisch. Alles natürlich in versteckten Anspielungen. Wenn man irgend etwas Direktes sagte, dann kamen sie sofort, und man wurde verhaftet. Wir haben etwas benutzt, was wir den Neuen Midrasch nannten, alles war in Form von Geschichten, die wir kannten. Er schrieb und inszenierte ein Purimspiel, und wir alle wußten, wer Haman war. Aber ich glaube, das haben selbst die Nazis spitz bekommen.«

Marlitt war einfach zu befragen. Ihr Englisch war ausgezeichnet, und sie bestand darauf, es zu benutzen. »Es ist schwerer, von diesen Dingen auf Deutsch zu reden«, sagte sie fest. Sie sprach trocken, ohne Tränen. Abra begann in ihr eine Frau zu sehen, deren Tränen versiegt waren. »Ja, ich hatte einen Sohn. Das geht niemanden etwas an, der solch einen Tod nicht mit angesehen hat. Ich möchte nicht davon sprechen.«

»Mein Vater, mein Onkel waren beide in der Reichsvertretung. Das war das Instrument, mit dem wir versuchten, den Nazis eine einheitliche Front zu bieten. Wir hofften immer noch, daß dieser Irrsinn nicht weitergehen konnte. Eine Regierung, die wahnsinnig war? Wer konnte das glauben? Alles wie gehabt, Propaganda, Übergriffe, aber da machte es doch bestimmt halt. Die anderen Mächte ließen doch bestimmt nicht zu, daß die Nazis uns das antaten, was sie angekündigt hatten. Wir warteten immer darauf, daß Hitler anfing, wie eine vernünftige Regierung zu handeln. Er hat jetzt die großen Industriebarone hinter sich, sagten wir uns, sie werden ihn zum Nachgeben zwingen. Die Krupps, die Thyssens, die wollen das Land nicht in Stücke reißen. Wenn sie darauf bestehen, wird er uns in Frieden lassen. Während der Olympischen Spiele schienen sich die Dinge zu lockern. Wir hofften weiter. Immer wieder gingen unsere Freunde oder wir hin und erkundigten uns nach Auswanderungsmöglichkeiten, aber niemand wollte uns ein Visum geben. Die Briten ließen uns nicht nach Palästina und wollten uns nicht in England, und die Vereinigten Staaten wollten auch keine Juden. Aber nach der Kristallnacht hatten wir keine Hoffnung mehr, keine Illusionen. Wir nahmen Reißaus. Wir ließen unsere Toten in der Erde, auf der wir jahrhundertelang gelebt hatten, und nahmen Reißaus.«

Marlitt war plötzlich sichtlich erschöpft. Sie berührte ihre hohe Stirn mit einer blassen Hand und regte sich kurz in ihrem Sessel. Abra verabschiedete sich und hoffte, daß Professor Kahan ihre Fragen eindringlich genug fand. Wenn er ihre getippten Protokolle durchging, wies er oft auf Bereiche hin, wo sie hätte nachhaken müssen. Sie lernte, sich auf dem Terrain zurechtzufinden. Zwar kannte sie nach und nach die Namen der Verbände und Vereine, in denen diese Menschen sich in Deutschland betätigt hatten, bat aber trotzdem jede Informantin, ihr diese Organisation zu erklären. Denn Professor Kahan sagte, über eine Organisation in einem anderen Land gäbe es immer noch mehr zu erfahren, und was die Menschen über eine Gruppierung dachten, wenn sie ihr beitraten, und was die Gruppierung ihrer Meinung nach tat, sei ebenso wichtig wie das, was sie tatsächlich bewirkte.

Er spielte manchmal Fragesteller oder Informant mit ihr und zeigte ihr Wege, die gleiche Frage so zu stellen, daß sie anders klang, oder Wege, angesichts von Verschlossenheit ein Thema zu verfolgen, ohne aufdringlich zu klingen oder bedrohlich zu wirken. Der wichtigste Aspekt von Abras Auftritt – so nannte er das – war, naiv und guten Willens und interessiert zu erscheinen, und dabei stets ohne Verfolgung irgendeines tieferen Zwecks. »Eine Studentin, eine gutherzige, wohlmeinende amerikanische Studentin ist das, was Sie sind, und ist das, was Sie ihnen vorführen.«

»Das ist also die Summe dessen, was ich bin?« fragte sie ziemlich pikiert.

»Das ist doch gar keine üble Person, oder?« Oscar Kahan hatte die Angewohnheit, eine Frage mit einer Frage zu erwidern.

Sie war froh, nicht ihn befragen zu müssen, denn sie konnte sich inzwischen gut vorstellen, wie er ihre Befragung durchkreuzen würde. Er hatte ihre Neugier in den letzten Monaten hinreichend gewetzt. »Ich bin politisch nicht so naiv, wie Sie annehmen –«

»Setzen Sie sich darüber mit mir auseinander, aber beweisen Sie es nicht den Zielpersonen. Die brauchen es, sich in ihrem Wissen ein wenig überlegen zu fühlen. Diese Menschen sind Flüchtlinge, müssen Sie bedenken, verloren in einem fremden Land und aus einem gesellschaftlichen Netz gerissen, das sie verstanden oder zu verstehen meinten. Nichts bedeutet hier das gleiche. Nichts wird auf die gleiche Art getan. Sie sind wieder Kinder. Gestatten Sie ihnen, Sie ein wenig zum Kind zu machen, während Sie die Befragung steuern – kein dummes Kind, sondern ein aufgeschlossenes, aufgewecktes, aber naives Kind, das verstehen möchte.«

So sieht er mich, dachte sie, und war plötzlich von kalter Wut gepackt. »Professor Kahan, warum verlangen Sie von mir, daß ich so viele Fragen stelle nach der Straße, in der sie gewohnt haben, nach der Schule, die sie besucht haben, nach den genauen Anschriften, den Namen der Friedhöfe, wo ihre Eltern begraben liegen, all dem?«

Er beugte sich mit warmem, verschwörerischem Lächeln über den Schreibtisch. »Und was meinen *Sie*, warum wir diese Fragen stellen, Miss Scott?«

»Eine Möglichkeit wäre, daß Sie meinen, wenn die Menschen sich präzise, konkrete Einzelheiten ihrer Vergangenheit ins Gedächtnis rufen, dann werden auch die anderen Angaben präziser sein?«

»Na bitte. Sie haben doch Ihre eigene Antwort.«

»Wenn ich meine, zwei und zwei sind fünf, dann habe ich auch meine eigene Antwort.«

»Aber wir haben es mit dem Subjektiven zu tun und wollen sowohl dem Befragten als auch dem Fragesteller die Befangenheit nehmen, nicht wahr?«

Sie versuchte sich an einer Nachahmung seiner gerunzelten Stirn und seines fragenden Lächelns. »So?« Sie wartete, doch er verlegte sich ebenfalls darauf, als wartete er auf eine Erläuterung. Er war doch recht raffiniert, ihr Professor, was sie überraschte, denn ihr erster Eindruck war der eines offenen, neugierigen, warmen und ganz unbefangenen Mannes gewesen. Das alles mochte er sein, und gleichzeitig war er ungemein verschlossen. Sie überlegte, ob er bei den Frauen, denen er nahestand, offener war – wer diese Frau oder diese Frauen nun auch sein mochten. »Ich habe noch eine Frage. Mir fällt auf, daß wir den deutschen politischen Flüchtlingen eine Reihe von Fragen über die Wirtschaftslage in Deutschland stellen, die wir unseren jüdischen Flüchtlingen nicht vorlegen. Warum?«

»Wir gehen davon aus, daß die Lebensbedingungen für die Juden deutlich anders sind als für den Rest der Bevölkerung und daß wir von den Juden wenig über die deutsche Wirtschaft erfahren können, da sie zwangsweise davon ausgeschlossen werden. Wir können von einem Juden nicht erfahren, ob Butter knapp ist.«

»Professor Kahan, wenn wir ein politologisches Forschungsprojekt über die Interdependenzen und internen Strukturen deutscher politischer Gruppierungen in den dreißiger Jahren durchführen, warum ist uns dann wichtig, ob zur Zeit in Deutschland die Butter knapp ist? Und bitte fragen Sie mich diesmal nicht, was ich denke.«

»Macht Ihnen die Arbeit Spaß?«

»Heißt das, wenn mir die Arbeit Spaß macht, sollte ich nicht so viele Fragen stellen?«

»Es heißt, macht Ihnen die Arbeit Spaß?«

»Ja.«

»Gut.« Er strahlte sie an. »Haben Sie die Frage der Butterknappheit in Ihrem Freundeskreis angesprochen?«

»Nein.«

»Warum nicht, wenn Ihnen das Rätsel aufgibt?«

»Das geht niemand anderen etwas an. Das ist einfach eine von den Fragen, die auftauchen und die ich dann zurückstelle, um sie Ihnen vorzulegen.«

»Weil Sie eine Vorstellung von der Antwort haben?«

»Zu vage, um zu taugen.«

»Belassen Sie es eine Weile dabei.«

»Eine Weile?«

Er stand auf, zum Zeichen, daß das Gespräch beendet war. »Eines, was Sie heute deutlich gemacht haben, ist, daß Sie keineswegs eine schlechte Beobachterin sind und daß Sie mich noch dazu bringen werden, meine Äußerungen über Ihre Naivität reumütig zurückzunehmen. Was die Umfrage als Gegenstand Ihrer Doktorarbeit anbelangt, so sollten Sie noch in dieser Woche darüber mit Blumenthal sprechen. Es kann nicht schaden, die Prozedur ein wenig zu beschleunigen. Wir werden die Befragungen stark redigieren müssen, bevor Sie sie für Ihre Doktorarbeit einsetzen können, aber das wäre kein Problem. Trotzdem, halten Sie sich ran. Beenden Sie Ihre Doktorarbeit, so schnell Sie können, das ist für heute mein letzter Ratschlag.«

Mit zwanzig weiteren Fragen im Gepäck aus seinem Büro entlassen, ging Abra durch den Aprilregen nach Hause und grübelte, was dieser Ratschlag zu bedeuten hatte. Er drängte sie, sich mit ihrer Doktorarbeit zu beeilen, aber wieso? Lief das Projekt bald aus? Aber dann blieben ihr immer noch die Umfrageergebnisse. Ging er fort? Er hatte an der Columbia keinen festen Lehrstuhl. Meldete er sich zu den Waffen? Dafür kam sein Jahrgang doch gar nicht mehr in Betracht. Dennoch spürte sie, daß sie seinen Rat ernst nehmen und ihr Gesellschaftsleben rigoros zusammenstutzen sollte. Sie seufzte. Wenn ihm erst klar wurde, wie wenig ihr der Doktortitel bedeutete, würde er wahrscheinlich die Achtung verlieren und sie als Assistentin ablösen lassen, denn der Doktortitel war mehr die Ausrede für ihr interessantes Leben als das angestrebte Endprodukt. Sie hatte die Absicht gehabt, ihre Doktorarbeit über Jahre hinzuziehen.

Normalerweise ging Abra neugierig durch die Straßen von New York, beobachtete unablässig das bunte Treiben, mochte sich keine Begebenheit und keine Feinheit entgehen lassen. Heute stapfte sie durch die Pfützen und hatte das Kinn in ihrem Trenchcoat vergraben. Ja, sie wollte ihrem Instinkt folgen, wollte jeden Schritt tun, den er empfahl und sich wie wild auf ihren Abschluß stürzen, und wenn aus keinem besseren Grund, als daß Kahan ihr das gesagt hatte, denn sie war überzeugt, er würde zu ihrem eigentlichen Mentor werden.

Die meisten Männer, die sie kannte, gingen sowieso zum Militär. Ihr blieb eh nur übrig, diesen verdammten Doktor zu machen. Wenigstens waren die Befragungen interessant.

Acht Tage später geschah es, daß die Frau, die sie befragte, Marlitt Becker Speyer kannte. Mrs. Hirsch hatte kaum Verbindung zu irgendwelchen Parteigruppierungen und wenig Interesse an Politik. Der einzig interessante Teil der Befragung kam gegen Ende, als sie von Marlitt erzählte. Sie hatte Marlitt schon von Kind auf gekannt, da sie für Marlitts Mutter gearbeitet hatte; Jahre später hatte Marlitt sie als Näherin in ihrem Modesalon beschäftigt. Gegen Ende, sagte sie, schwanden die Klassenschranken, als die Juden in Ghettos gepfercht und gezwungen wurden, zu zehnt oder zwölft in einer kleinen Wohnung zu hausen, und systematisch in die Armut getrieben wurden. Marlitt arbeitete fast bis zum Ende weiter, weil die Nazis ihre Modelle wollten, obwohl sie sie dann mit anderen Etiketten versahen, um ihre Herkunft zu vertuschen, und Marlitt hatte ihr eigenes Personal behalten.

Mrs. Hirsch war fünfzig, eine ausgemergelte Frau mit weißen Haaren, die sie um den Kopf geflochten trug, mit kurzsichtigen Augen in der Farbe von dünnem Tee hinter dicken Brillengläsern und der Angewohnheit, sich vorzubeugen, um zu hören, obwohl ihr Gehör gut zu sein schien. Sie führten die Befragung in Deutsch durch. Abra machte sich in ihrer üblichen Mixtur aus Deutsch und Englisch Notizen. Mrs. Hirsch berichtete, kurz nachdem Marlitt vom Tod ihres Mannes erfahren hatte und nicht einmal die Herausgabe seines Leichnams beantragen durfte, war ihr einziges Kind, ein Junge von vier Jahren, erkrankt.

Es war eins dieser jäh einsetzenden Fieber, wie sie kleine Kinder bekommen und wo die Temperatur hoch und höher schießt. Er fieberte immer stärker, bis er alle fünfzehn Minuten Durchfall hatte. Dann begann er, Blut zu erbrechen. Er war in einem jämmerlichen Zustand. Juden durften nicht mehr in reguläre Krankenhäuser, und das einzige jüdische Krankenhaus war überfüllt bis zum Bersten. Ein Arzt, der keine Medikamente mehr verschreiben durfte, kam, aber er brachte das Fieber nicht herunter, und während die Familie sich hilflos um ihn scharte, hielt Marlitt ihren Sohn in seinem Leiden und seinen Krämpfen. Der Junge quälte sich zwei Tage lang, bis er starb, sagte Mrs. Hirsch. Marlitt ging alle paar Minuten aus dem Zimmer, um im Flur zu weinen, aus Angst, das Kind zu erschrecken, wenn es bei Bewußtsein war. Als ihr Sohn starb, schwor sie, niemals wieder Tränen zu entrichten. Schwor, sie alle aus Deutschland herauszuholen, schwor, ihre Wurzeln herauszureißen, die bis ins Zentrum dieser vertrauten Erde reichten, und nie wiederzukehren, und wenn sie zweihundert Jahre alt wurde. Oh ja, sagte Mrs. Hirsch, sie hat mich hergeholt. Sie konnte nicht meinen Mann retten, nicht ihren eigenen Mann und nicht ihr Kind, aber sie hat ihre Eltern gerettet, und sie hat mich gerettet.

Bernice 2

Bernice auf Kontrollflug

Jeden Montag, jeden Mittwoch und jeden Freitag schwang Bernice sich morgens um sieben Uhr dreißig auf ihr Schwinn-Fahrrad und machte sich bei Regen oder Sonnenschein oder jahreszeitlich verspäteten Schneeschauern auf den Weg zum Flugplatz und hoffte, das Wetter würde ihr gestatten, pünktlich zu starten. Sie hatte eine alte Lederjacke von Jeff dabei – das Flugzeug war natürlich ungeheizt –, ihr Mittagbrot und eine kleine Plastikflasche mit einem Trichter, in die sie urinierte und die sie in ihrem leeren Provianteimer versteckte, wenn sie landete. Sie hatte keine Ahnung, wie andere Piloten zurechtkamen, denn sie hatte sich diese Methode selbst ausgedacht.

Bernice hatte es noch nie als Glücksfall betrachtet, mitten in Massachusetts zu leben, doch jetzt tat sie es. Frauen war nicht gestattet, für die Zivile Luftkontrolle über die Küstenregion zu fliegen, denn das galt wegen der deutschen U-Boote als gefährlich. Die Zivile Luftkontrolle sah ohnehin Frauen, die für sie flogen, schief an. Als Bernice sich meldete, war sie streng informiert worden, daß Frauen nur Hilfstätigkeiten offenstanden, Büroarbeiten. Sie hatte schon fast aufgegeben, nach wochenlangen Schreib- und Registrierarbeiten, aber der Bedarf an Piloten war groß, und Bernice hatte mindestens so viel Erfahrung wie die meisten Männer, die für die Zivile Luftkontrolle flogen. Sie blieb hartnäckig, bis nun auch sie regelmäßig flog.

Irgendwann Ende April oder Mitte Mai war es dann so weit, daß sie endlich zweihundert Flugstunden in ihr Logbuch eintragen konnte. Sie strebte heftiger denn je die Verkehrspilotenlizenz an, aber dazu fehlten ihr nicht nur Flugstunden, sondern vor allem das Geld. Die Freiwilligen der Zivilen Luftkontrolle arbeiteten ohne Bezahlung, und obendrein hatte sie jetzt wesentlich weniger Zeit, um Fakultätsmanuskripte abzutippen. Wenn sie wenigstens eine Ausbilderlizenz erwerben konnte, dann wurde sie vielleicht ins Kriegsdienstschulungsprogramm aufgenommen, das den Studenten das Fliegen beibrachte. Alle Studentinnen waren aus dem Programm gefeuert worden, aber Ausbilderinnen wurden immer noch beschäftigt.

Auch wenn das Fliegen für die Zivile Luftkontrolle ihr keinen Cent brachte, so hatte sie doch drei Tage in der Woche Seligkeit, und wenn der Professor an diesen Abenden wegen seines Essens knurrig war, so hatte sie die Entschuldigung der Rationierung. Außerdem konnte er nichts daran aussetzen, daß sie sich freiwillig in den Dienst der Kriegsanstrengungen stellte.

Was ihr schwerfiel, war, plangemäß zurückzukehren, nachdem sie ihre Route abgeflogen und Überlandleitungen auf Sabotage und bewaldete Gebiete auf Feuer überprüft hatte. Sie spürte einen Drang, wohl ebenso stark, vermutete sie, wie der Paarungsinstinkt bei Hirschen oder Hunden, weiterzufliegen, bis sie den fernen, unbekannten Ozean erreichte. Doch ihr blieb die gute Sicht auf die kleinen verrunzelten Hügel ihrer Heimat, den breiten Connecticut, die nach Norden ziehenden Falken und die Scharen kleinerer Vögel, das Ackerland unter seinen Frühjahrslachen, die sich über den Berkshires zusammenballenden Regenwolken, die Aufwinde um Mount Tom. An drei Tagen jeder Woche war sie selig und nützlich, eins mit dem Werkstoffkörper, der ihren eigenen verlängerte. Seit dem Tod ihrer Mutter hatte es wohl keine Zeit mehr gegeben, da sie an drei Tagen jeder Woche glücklich war.

Manchmal wurde sie an anderen Tagen gerufen, um als Kurier für

Dokumente oder Chemikalien oder Blutplasma zu fungieren, um in einer Luftschutzübung einen feindlichen Bomber darzustellen, und zweimal, um nach einer abgestürzten Militärmaschine zu suchen. Ihr Leben hatte einen Sinn. Sie sagte die Sonntagsfilme mit Mrs. Augustine ab, denn sie mußte die Haushaltsarbeiten nachholen und das Abtippen, das ihr die Verkehrspilotenlizenz erkaufen konnte, irgendwann einmal, aber nicht mehr völlig undenkbar. Sie mußte das gleiche Arbeitspensum, das bislang sieben Tage ausgefüllt hatte, in die verbliebenen vier hineinstopfen. Aber vor allem hatte sie drei Tage, das zu tun, wofür sie geboren war, drei Tage, da legte sie das kleine Flugzeug an wie einen hauchzarten, erweiterten Körper, insektenartig um sie herum, schön wie eine Libelle, obwohl nur für sie mit Juwelen geschmückt, und schwang sich in die Lüfte.

Als sie an diesem Abend vom Flugplatz nach Haus radelte und nur hielt, um Flundern zu kaufen und das weiße Päckchen ordentlich im Lenkstangenkorb zu verstauen, wartete auf dem Tischchen im Flur ein Brief von Jeff. Er saß immer noch unten in Alabama fest und haßte jede Minute seines Lebens, die er dort vegetieren mußte. Bernice hatte erwartet, Jeff würde in die Luftstreitkräfte der Armee aufgenommen werden, denn die Armee suchte angeblich verzweifelt Piloten und Jeff hatte seinen Pilotenschein, auch wenn er seit Jahren nicht geflogen war. Doch nein, die Armee hatte auf seine unentdeckten Talente als Ausbilder von Gewehrschützen gesetzt. Er war zu einem Offizierslehrgang geschickt und zum Leutnant ernannt worden und saß nun offenbar auf dem Schießstand fest. Er behauptete, inzwischen von Kopf bis Fuß mit Greisenbart bedeckt zu sein, dem in Schleiern von den Bäumen hängenden Spanischen Moos. Sie hatte eine Mischung aus Neid und bösen Vorahnungen empfunden, als Jeff zum Train abkommandiert wurde, aber wenigstens war er dort sicher, solange keiner seiner Schüler arg danebenschoß, und langweilte sich weitaus mehr als sie.

Sie brachte in diesen Tagen öfter Fisch auf den Tisch, nicht nur, weil rotes Fleisch rationiert war, sondern auch, weil Fisch rasch zubereitet war. Sie konnte nach ihrem Patrouillenflug nicht vor sieben zu Hause sein. Unseligerweise war so der Professor an Flugtagen immer lange vor ihr daheim, und der neue häusliche Ablauf gefiel ihm ganz und gar nicht. Während sie hastig ihre Sachen in den Flurschrank warf und mit ihren Einkäufen durchs Wohnzimmer zur Küche eilte, fixierte er sie mit seinem besten, tadelnden 'Sie werden diesen Kurs verhauen, wenn Sie sich nicht zusammenreißen'-Blick. »Gibt es einen Grund, warum du heute abend noch später kommst als sonst?«

»Vor dem Fischgeschäft war eine lange Schlange. Bei der Fleischrationierung essen alle mehr Fisch.«

»Daß *wir* mehr Fisch essen, ist mir allerdings aufgefallen.«

Ihre Methode, mit der schlechten Laune ihres Vaters umzugehen – zumal er damit nicht offen herausrückte und ihr lauthals zu verstehen gab, was ihn erboste –, war, so zu tun, als bemerkte sie seine Verärgerung gar nicht. Nun warf sie ihm ein kurzes, freud- und bedeutungsloses Lächeln zu und schoß in die Küche.

»Du wirst dich doch nicht in diesem Mechanikeraufzug an den Abendbrottisch setzen?«

Als ob er je wahrnahm, was sie trug. Als ob irgend jemand je darauf achtete. »Es gibt bald Essen.«

Er gab ein Mißfallensräuspern von sich, sagte aber nichts mehr, sondern stellte das Radio lauter. Jeden Abend las sie über den Krieg im *Globe*, hörte sie sich die Kommentare und Analysen an, studierte die Frontberichte mit dem Atlasband der dreizehnten Ausgabe der *Encyclopedia Britannica* offen auf dem Schoß. Die Alliierten waren schlichtweg überall deutlich am Verlieren. Auf einer Karte von den Philippinen verfolgte sie die Erosion der amerikanischen und philippinischen Stellungen. In Afrika wogten die Kämpfe hin und her, endeten aber gewöhnlich mit einem Rückzug der Alliierten.

Heute abend waren die Nachrichten schrecklich, und sie merkte, daß sie sich in der großen Küche noch langsamer bewegte. General King hatte bei Bataan kapituliert. Es hörte sich an, als wäre ein kleiner Teil der Truppen nach Corregidor evakuiert worden, wo sich die Armee zu halten hoffte. Diese Festungsinsel war angeblich uneinnehmbar. Etwa 90000 Filipinos und Amerikaner hatten sich den Japanern ergeben. In Rußland tobten schwere Kämpfe tief im Landesinnern, wobei die Deutschen wieder auf dem Vormarsch waren.

Warum nahm sie die Niederlage so persönlich? Als ob es ihre eigene wäre. Sie durchlebte einen Augenblick glühenden und verzweifelten Zorns, während sie dastand und Kartoffeln, die sie im Morgengrauen gekocht hatte, in das Fett vom Sonntagshuhn schnitt, in dem schon Zwiebeln leicht bräunten. Ja, es roch köstlich, und doch war es ihr speiegal. Sie wollte keine Bratkartoffeln machen, während Millionen Menschen starben und die Welt in Flammen stand. Sie fühlte sich schuldig und hilflos zugleich, eingesperrt. Sogar ihre Fliegerei kam ihr absurd vor. Hier war sie und genoß die höchste Freude, die sie kannte, während auf den Philippinen ausgemergelte Soldaten in Gefangenenlager getrieben wurden und im deutschbesetzten Rußland Partisanen gehängt wurden, weil sie gewagt hatten, Widerstand zu leisten.

In der Sowjetunion flogen Frauen Kampfeinsätze. Marina Reskowa, die Pilotin und Navigatorin, hatte drei Frauen-Luftwaffenregimenter aufgestellt, eines für Kampfflugzeuge und zwei für Bomber. In England wurden Flugzeuge regelmäßig von Frauen überführt. Hier wurden Frauen nicht einmal zu Inlandsflügen, zu Hilfsdiensten zugelassen. Sie sehnte sich danach, ihr Können, ihre Stärken einzusetzen. Sie würde keine Angst haben. Sie wußte, daß sie kämpfen konnte, wenn sie nur eine Chance dazu bekam.

Sie unterbrach ihre Gedanken und legte die Fischstücke, die sie zuerst in Mehl, dann in Eimilch und dann in Maismehl gewälzt hatte, in die Bratpfanne. Konnte sie töten? Sie glaubte schon, hatte aber das Empfinden, noch Beweise für diesen Glauben zu brauchen. Sie stellte Mausefallen auf. Sie hatte an einer Schweineschlachtung auf der Farm ihres Großvaters väterlicherseits teilgenommen. Ihr Großvater hatte dem Schwein rasch und ruhig die Kehle durchgeschnitten, war mit dem Messer auf das Schwein zugegangen und hatte einfach die Klinge über die Kehle geführt. Die Sau war etwas verwundert davongestakst, wobei das Blut heruntertroff, und dann in die Knie gesunken. Zwei Minuten später war das Schwein tot, und Jeff und sie hatten geholfen, kochendes Wasser über den Kadaver zu schütten und die Borsten abzukratzen. Der lange Einschnitt und das Herausziehen der Eingeweide aus dem Fett hatten sie eher fasziniert als entsetzt. Jeff war der Zimperlichere von ihnen, aber beide hatten sie das Schlachten und Zerlegen des Schweins als ein ihnen gewährtes Initiationsritual empfunden und nicht als eine Vorführung von Erwachsenenbrutalität.

Und Jeff, würde der je jemanden töten? Er war bei der Armee, aber der Kampf an der Front schien von ihm in Alabama mindestens so weit entfernt wie von ihr in Bentham Center. Im Gefecht selbst hatte man wohl wenig Zeit zum Philosophieren. Wahrscheinlich war man darauf trainiert, zu reagieren, und man reagierte. Im Flugzeug hielt sie sich nicht mit Überlegungen auf, wie sie das Steuer drehen oder wie sie das Seitenruder treten sollte; sie las die paar Anzeigen und reagierte. Wenn sie sich im Luftkampf befand, dann sprach das Bordgeschütz bestimmt an, wenn sie es aktivierte, und das würde sie unter Bedrohung so selbstverständlich tun, wie sie die Quer- und Höhenruder bediente.

»Eine ganze Reihe von Jungen melden sich am Ende dieses Schuljahres zum Militär«, verkündete ihr Vater beim Abendbrot. »Ich weiß nicht, ob es noch einen Sinn hat, dieses College weiterhin zu betreiben. Aber sie richten hier vielleicht ein Regierungsprogramm ein, sagt die Verwaltung. Ich mag nicht so viel Paprika auf der Seezunge.«

»Entschuldige. Ich wollte mal etwas anderes ausprobieren.« Sie hatte an das Töten gedacht und gar nicht gemerkt, was ihre Hand tat. »Glaubst du, wir werden diesen Krieg verlieren?«

»Unsinn.« Der Professor donnerte. »Was hast du dir denn da für isolationistischen Unflat angehört? Verzweiflung ist unproduktiv.«

Er redete nie mit ihr über Politik. Sie verstand nicht, warum, denn mit ihrer Mutter hatte er über alles geredet. Als Tochter blieb sie für ihn auf ewig unreif. »Die zweite Schicht ist nicht so stark gewürzt.«

»Gut. Das ummäntelt nur den Eigengeschmack. Es sei denn, der Fisch war alt?«

»Nein, nein. Er war ganz frisch.«

Warum grübelte sie über den Kampfeinsatz an der Front? Weil sie vom Krieg auf die Probe gestellt werden, wesentlich daran teilnehmen wollte. Jeff tat vielleicht nichts, was er für wertvoll erachtete, aber das hatte er sich nicht ausgesucht. Er hatte sich der antifaschistischen Sache verschrieben, und wenn auch sein Einsatz nicht seiner Wahl entsprach, so hatte er trotzdem das ruhige Gewissen eines voll Beteiligten.

Sogar der Professor hatte die Last der Sehnsucht verspürt, sich nützlich zu machen. Er hatte verschiedenen Ministerien von seiner Arbeit im Ersten Weltkrieg geschrieben (wie er inzwischen genannt wurde, denn man begann, diesen den Zweiten zu nennen). Er erhielt Eingangsbestätigungen, die sich als Formbriefe herausstellten. Alle paar Wochen diktierte er ihr einen Brief über seine Kenntnisse und seinen Wunsch, von Nutzen zu sein, Briefe, die sie mit seinem Kurzlebenslauf an die von ihm genannten Amtsadressen schickte.

Der Professor hatte seinen alten Austin aufgeblockt, und zwar auf Kriegsdauer, ein Ausdruck, der inzwischen häufig gebraucht wurde. Auf

Kriegsdauer geschlossen. Sie merkte, daß er seinen Teller weggeschoben hatte und sie erwartungsvoll ansah. »Was haben wir zum Nachtisch?«

»Nachtisch?« Sie hatte vergessen, welchen zu machen. »Laß mich schon mal den Kaffee aufsetzen«, versuchte sie Zeit zu gewinnen und floh in die Küche. Einen schnellen Maisstärkepudding machen? Zucker war rationiert, und sie war nicht erpicht darauf, ihre Monatszuweisung zu verbrauchen. Keine Kekse im Küchenschrank. Früher hatte sie sich einen Vorrat von Süßigkeiten für solche Fälle gehalten, aber das galt heutzutage als Hamstern. Dann fiel ihr ein, daß Mrs. Augustine ihr ein Glas eingeweckte Birnen gegeben hatte, die von dem Baum im Hof der Augustines stammten. In diesem Jahr blühte der Baum noch nicht, öffnete eben erst seine Knospen. Sie fand die Birnen und überschüttete sie großzügig mit dem restlichen Rum aus der letzten Flasche.

»Was soll denn das sein?« fragte er eisig und schaute mißbilligend in sein Schälchen.

»Du weißt, ich kann bei der Zuckerrationierung nicht mehr die gleichen Nachspeisen machen wie früher. Das sind Birnen, von Mrs. Augustine eingeweckt und dann in Rum getränkt.« Nur für fünf Minuten, aber laß es durchgehen, bat sie ihn stumm.

»Wenn du knapp bist mit Zucker, könnte ich mir denken, daß dir die Garfinkles etwas Ahornsirup lassen würden. Wir haben immer unseren Sirup von ihnen gekauft.« Er kostete die Birnen und hüstelte. »Ist das der letzte Rum?«

»Fürchte, ja«, sagte sie forsch. Mit wenig Begeisterung löffelte sie ihren ersten Happen Birne. Sie merkte, sie hatte mehr Rum hineingetan, als sie dachte. Die Wirkung war rauh, aber nicht unangenehm, wenigstens für sie, die den Tag in einem ungeheizten Flugzeug, wesentlich kälter als die Felder darunter, zugebracht hatte. Von Zeit zu Zeit genehmigte sich der Professor eine Flasche Wein, die er neben seinen Teller stellte und aus der er ihr gelegentlich ein bescheidenes Gläschen einschenkte. Beim Geschmack von Alkohol mußte sie immer an Zach denken und an die Zeit, als Jeff und er unzertrennlich waren und als sie dabeisein durfte, wenn die beiden ihre Gesellschaft duldeten. Wenn ich je von zu Hause fortgehe, dachte sie, werde ich Flugzeuge fliegen und Whisky trinken. Sie lächelte.

Der Professor fragte: »Schmeckt dir das?«

»Ja, doch. Wenn es dir nicht behagt, so tut es mir leid, dann laß es einfach stehen und ich esse es.«

Während sie den Tisch abräumte, tat sie genau das, nahm den rumversetzten Sirup, den er in seiner Schale gelassen hatte, und trank ihn aus einem Glas, während sie das Geschirr abkratzte und für den Abwasch stapelte. In Zachs vorletztem Collegejahr waren sie alle in einer Juninacht auf den Jumpers Mountain gestiegen, und Zach hatte eine silberne Taschenflasche in Form eines Fisches herumgehen lassen, aus der sie Gin tranken. Vom Gin mußte sie sich schütteln, aber sie fühlte sich, als tränke sie vom Blut des Erwachsenseins. Ein Übergangsritus. Sie war in Zach verliebt, und daß ihre Lippen das Silber der Flasche berührten, an dem eben noch sein Mund gehangen hatte, machte sie trunkener als der Alkohol.

Der Mond hatte die Farbe seiner Taschenflasche und schien wie ein Fisch in leichtem Dunst zu schweben. In der Stadt hatte schwerer, süßlicher Ligusterduft gehangen, aber hier roch die Luft nach Balsampfeilkraut und Rottannen. Oben auf den kahlen Felsen des Berges schauten sie in den Mond, dem nur ein Tag zum Vollmond fehlte, und sie hatte das Gefühl, als sähe sie dem Mond aus gleicher Höhe ins Gesicht.

Es war nicht gänzlich töricht gewesen, sich in Zach zu verlieben: Sie hätte ihn schon aus einfachster Dankbarkeit anbeten müssen, denn er hatte ihr den Weg aus ihrem Raupendasein gezeigt, und wenn sie immer noch überwiegend in einem Kokon lebte, so wußte sie wenigstens, was sie sein wollte, eine Jägerin wie der Mond, die frei durch die Wolkenberge und Windströme streifte.

Ein- oder zweimal hatte sie hinter dem Steuer eines von Zachs schnittigen schnellen Autos die Freude jener Erweiterung gespürt, jenes Einswerdens mit einer hochempfindlichen, kraftvollen Maschine, die ihre Sinne über sie selbst hinaustrug und dabei auf ihre Entscheidungen, ihren Willen, ihr Können reagierte. Bernice war keine schlechte Fahrerin, aber ein Sportwagen schien dem Gebot über den Luftraum unterlegen. Das leichteste, klaterigste Flugzeug mit einer 40 PS-Maschine konnte in eine Dimension vordringen, die dem teuersten Renn-Ferrari der Welt verwehrt war.

Gleichgültig, wie dürftig ihr Leben zeitweilig war, ihr gehörte die gesamte Hälfte eines Flugzeugs. Sie hatte Steven sein Viertel abgekauft, als er zum Militär ging. Der andere Besitzer, ein Rechtsanwalt, flog meistens zur Entspannung und gelegentlich, wenn es ihm Spaß machte, um einen Klienten aufzusuchen. Ihrem Gefühl nach war das eigentlich *ihr* Flugzeug, denn sie war diejenige, die es am häufigsten flog, und sie war diejenige, die es reparierte und pflegte und verhätschelte. Eines Tages würde sie den Rechtsanwalt auskaufen. Er redete schon davon, sich nach dem Krieg etwas Schickeres zuzulegen. Sie konnte diese Maschine noch jahrelang in Betrieb halten. Wenn sie sich mit dem Abwasch beeilte, konnte sie noch wenigstens zwei Stunden lang tippen, obwohl ihre Hände von der Kälte im Flugzeug geschwollen waren. Machte nichts. Sie würde es schon schaffen.

Sie nahm sich vor, an dem Tag, an dem sie endlich ihre Verkehrspilotenlizenz bekam, mit einer irgendwo ergatterten Flasche Whisky oder Gin auf den Jumpers Mountain zu steigen und dazusitzen und Lieder zu singen und den Mond zu grüßen. Sich ihr Fest zu bereiten. Es Jeff zu erzählen, der sich bestimmt mit ihr freute, wenn auch nur am Telefon. Denn dann hatte sie endlich etwas Eigenes vollbracht.

Duvey 1

Viele Stürme kennt das Meer

Duvey verbrachte die ersten drei Monate 1942 auf der karibischen Tour und war deshalb heilfroh, jetzt die nordatlantische Geleitzug-Route zu schippern. Er war auf Tankern gefahren, jetzt zum Glück nicht mehr. Er hatte fünf Freunde verloren, von denen er wußte, und wahrscheinlich noch mehr, von denen er keine Ahnung hatte. Alle hopsgegangen auf Tankern, vor der Küste torpediert, nah genug, daß man's vom amerikanischen Festland riechen und den Feuerschein sehen konnte. Cape Hatteras war am schlimmsten, aber die gesamte Küste war tödlich.

Eine Frau in einer Bar erzählte ihm von ihrer Mutter in Vero Beach, wo die *Dodgers* ihr Winterlager hatten und wo jeden Morgen am Strand Arme, Ohren und Rümpfe ohne Kopf zusammen mit verbogenem Metall angespült wurden. Meistens ging die Tankerbesatzung in einer großen Stichflamme drauf, und vielleicht war das gut so, denn die armen Kerle, die von Bord sprangen – er hatte geholfen, welche davon aus dem Wasser zu fischen. Ihm war lieber, sofort hochzugehen, statt ins flammende Meer zu springen und mit Verbrennungen am ganzen Körper »gerettet« zu werden und langsam im Krankenhaus zu verrekken oder als Schreckgespenst durch Detroit zu humpeln.

Die U-Boote führten Krieg, wie sie Lust hatten, lauerten vor der Küste und spielten vor den Lichtern von Miami, Charleston, Savannah und New York Schießbude mit den Tankern. Die Städte waren nicht mal verdunkelt. Das Leben von Seeleuten war billig. Die Helden waren in der Armee und in der Marine, aber krepieren taten die Seeleute, und wenn irgendwer an Land meinte, der Krieg konnte ohne die Nahrungsmittel, das Öl und den Nachschub von ihren Frachtern gewonnen werden, dann war der so bescheuert, wie er es den meisten schon immer unterstellt hatte. Wenn England durchhalten sollte und wenn die Vereinigten Staaten sich wirksam in den Krieg einschalten sollten, dann mußten die Frachtschiffe ihre Ladung ausliefern.

Er hatte sich entschieden. Er dachte nicht daran, sich vom Militär in die Zwangsjacke stecken zu lassen und jedes Arschloch zu grüßen, das zufällig Annapolis absolviert hatte. Er war immer Malocher gewesen, und er blieb einer. Das war die richtige Kriegsarbeit, wie er sie verstand, und er war es gewohnt, Städte von ihren Hafenvierteln und ihren Nachtseiten zu sehen. Sie hatten sich für ihre Gewerkschaft den Arsch aufgerissen, und jetzt zogen sie zu Gewerkschaftstarifen in den Krieg. Die Nationale Seemännische, eine CIO-Gewerkschaft wie die von Tate, hatte sie von vierzig Dollar im Monat und von Quartieren, die nur für Schweine taugten, auf hundert Dollar im Monat gebracht, und jetzt bekamen sie nochmal hundert Gefahrenzulage. Ein paar Amtsschimmel wollten ihnen die Heuer kürzen, aber erst sollten mal die Schiffseigner ihre riesigen Profite ausspucken, dann ließ sich über Lohnkürzungen reden: das sagte die Gewerkschaft, und das sagte er.

Wenn er daran dachte, schrieb er rasch einen Brief nach Hause, denn er wollte nicht, daß Mame sich Sorgen machte. Er paßte auf, was er schrieb, füllte seine Briefe mit Fragen und Lügengeschichten. Sie dachte, weil er nicht bei der Marine war und nicht kämpfen mußte, war er sicher. Besser, sie blieb dabei. Er hatte nicht vor, ihr ein Licht aufzustecken. Er hatte ihr immer Ärger ins Haus gebracht, obwohl er das gar nicht wollte. Als Ältester wußte er, wie schwer das Leben für sie gewesen war.

Er war auf seine Art ein Härtefall, aufgewachsen im tiefsten Keller der Depression, hatte fast alles entbehren müssen, was Spaß machte. Arty sah nicht über seinen Tellerrand raus. Ruthie, die konnte vielleicht was aus sich machen. Die hatte zwar so was Artiges, Redliches an sich, was er zum Kotzen fand, aber sie war ganz in Ordnung und half Mame. Vielleicht kam sie ja sogar irgendwann durchs College, die erste Studierte in der Familie, wenn sie nicht so blöde war, zu heiraten. Die Ehe machte kaputt. Frauen fingen an, Kinder zu kriegen, und bald sahen sie aus wie ihre Mütter und konnten nur noch nachplappern, was ihre Mütter mal gesagt hatten. Männer kriegten so was Ausgelaugtes, Gebeugtes, und die Bäuche quollen ihnen über den Hosenbund.

Das war nichts für ihn. Daran hatte er nie auch nur im Traum gedacht. Ihm gefielen Frauen, die er zu Hause nicht vorzeigen konnte. Die einzigen Mädels, die in seinen Augen die Mühe wert waren, das waren die, die gewohnt waren, sich selber durchzubringen, eine Kellnerin oder eine Barfrau oder eine Maniküre oder eine Nutte, die keinem Zuhälter gehörte, eine, die auf sich aufpaßte, damit man sich bei ihr nicht was holte. Das süßeste Mädel, das er je gehabt hatte, war eine Farbige, Delora mit Kupferhaut und langen tollen, tollen Beinen und einem Hintern, den sie nur über die Straße tragen mußte, damit die Männer auf die Knie fielen. Aber ein farbiges Mädel zu haben brachte Zoff. Sie konnten fast nirgendwohin was essen oder trinken gehen, ohne daß er mit weißen Wichsern aneinandergeriet oder mit Farbigen, denen es stank, daß er sich mit ihren Frauen einließ, als ob jede Frau der gleichen Hautfarbe ihnen als Gruppe gehörte. Duvey hatte nichts gegen eine Keilerei, aber doch nicht jedesmal, wenn sie aus dem Haus gingen.

Er war mit Farbigen in der Nachbarschaft aufgewachsen, und er verstand nie, warum die Weißen sich so anstellten. Ein russischer Jude und ein Schwede zum Beispiel, oder ein Schotte und ein Sizilianer, die waren genauso verschieden. Aber jedesmal, wenn man mit einem reden wollte, der auf dem Gebiet eine Macke hatte, dann fing der an, wäre dir vielleicht recht, wenn ein Farbiger deine Schwester heiratet? Als ob alle Schwarzen nichts im Sinn hatten, als jemandes schielende, lahmende Schwester zu heiraten. Klar waren sie neugierig, mit einer Weißen ins

Bett zu steigen, genau wie er beim ersten Mal neugierig auf eine Farbige gewesen war, aber danach war es ein bestimmtes Lächeln oder ein Gang oder ein schlagfertiger Spruch, auf den er anbiß.

Detroit hatte viele farbige Einwohner, und es wurden immer noch mehr, weil die Farbigen aus ihrem Sackgassendasein im Süden hochkamen und Arbeit in den Fabriken suchten. Wie bei den Juden waren die Gescheitesten wahrscheinlich die, die es im schwarzen Gegenstück zum Schtetl nicht mehr aushielten und sich was suchten, wo sie vorankamen und anständig verdienten. Die Farbigen in Detroit, das waren oft gescheite, aufgeweckte, fixe Leute, mit dem Bauch voll Wut über die Scheiße, die sie fressen mußten.

Auf der *Montauk* waren sechs Schwarze, alle unten im Maschinenraum. Sie blieben meistens unter sich, und wenn er ihnen auch guten Tag sagte, falls sie ihm über den Weg liefen, hatte er doch nicht viel mit ihnen zu tun. Außer ihm war noch ein Jude an Bord, der Funker, aber der war Offizier. Wenn der gefragt wurde, ob er Jude war, gab er es zu, aber freiwillig sagte er das nie, nur, wenn er wußte, daß er mit einem Juden redete. Sobald du sagtest, du warst Jude, wollten sie dir ans Leder. Die hielten alle Juden für Matschbacken und Schlappschwänze, und du mußtest ein doppelter Kerl sein.

Wenn ihn welche ausfragten, sagte er: »Ich bin aus Detroit, Jack, wo die Autos rassig sind und die Weiber noch rassiger. Wir werden auf Rädern geboren, und wir verlöten den Schnaps wie Benzin.« Dann hatten sie was zum Reinbeißen.

Duveys Spitzname war der steile Dave, wegen seines Erfolgs bei den Weibern im Hafen. Noch auf der High-School hatte Duvey sich ausklamüsert, Frauen lohnten sich für ihn nur, wenn sie es genauso wollten wie er, und so brauchte man sich nur darüber zu einigen, ob man sich genug mochte und wann und wo, und das Ganze war keine Sache von Gebettel und Gerangel und Versprechungen, für die man sowieso nicht das nötige Kleingeld hatte, Pflaumenpfingsten.

Am 24. April formierte sich der Geleitzug. Sein Schiff war voll mit Weizen, in Montreal gebunkert. Sie waren den St. Lorenz-Strom runtergefahren, hatten dann vor Halifax gewartet, wo der Geleitzug zusammengestellt wurde. Konvoi HX-152 war beeindruckend, als er in der Fahrrinne vorandampfte: vierunddreißig Schiffe unter Geleit von einem alten Zerstörer und drei Korvetten, von denen die Matrosen sagten, ihre Maschinenteile ließen sich auf nassem Gras plattwalzen. Der Geleitzug war ein großartiger Anblick, eine Schiffsparade hinaus auf den Atlantik bei leichtem Seegang und sanfter Sonne. US-PBY Catalina-Patrouillenflugzeuge hatten von oben ein Auge drauf. Da waren ein früheres Passagierschiff mit kanadischen Truppen, ein Tanker, ein Haufen alte Trampdampfer unterschiedlichster Registrierung und Nationalität und Seetüchtigkeit, ein schmucker norwegischer Frachter mit eigenen Bordkanonen und Frachterungetüme mit ragenden Ladebäumen.

Die *Montauk* selber war das neueste Schiff, auf dem er je gefahren war, ein Liberty-Schiff, das erst zweimal draußen gewesen war. Alle Liberty-Schiffe waren langsam, aber ganz in Ordnung, zuverlässig, außer, sie wurden mittschiffs getroffen, dann brachen sie auf wie ein Laib Schnittbrot. Die Mannschaftsquartiere waren in den Decksaufbauten, vier Kojen pro Kajüte, für insgesamt vierundvierzig Mann mit den Offizieren. Die Libertys fuhren mit Dampfmaschinen, und die Maschinen waren gut. Es gab sogar gekachelte Duschen für die Mannschaften. Er war auf Schiffen gefahren, wo ein Eimer alles war, was man an Sauberkeit bekam.

Nebel wickelte sie am zweiten Tag ein, bis sie ihre Nachbarn um sich herum nicht mehr sehen konnten. Das Fahren in Geleitzügen fing in der Karibik und auf den Küstenrouten erst an, so daß es für Duvey neu war. Auf den Großen Seen sah man ein anderes Schiff im Detroit River oder in den Schleusen, aber draußen auf den Seen kam man nicht mal in Rufweite. Es war ihm unbehaglich, bei dichtem Nebel in solch einer Herde schwerfälliger Frachter zu dampfen, wo jedes Schiff näher an den anderen war, als er sicher fand. Sie hatten keinen Geleitschutz durch Flugzeuge, die nach U-Booten Ausschau hielten, aber der Tag verging ohne Angriff. Der Nebel schloß sich dick und klamm und dumpfig um sie, die Luft war wie gasförmiges Eis. Zwei der Schiffe entgingen nur knapp einem Zusammenstoß. Eine der Korvetten mußte zurückhängen, um Nachzügler einzutreiben.

Ohne Sicherung aus der Luft setzten sie ihren Weg die nächsten vier Tage lang fort, bis Duvey mitten in der Nacht vom 29. auf den 30. April eine Detonation hörte. Sogar durch den Nebel konnte er die Feuersäule sehen, was hieß, daß ein Tanker getroffen war, wahrscheinlich die *Fitzpatrick*. Er hörte Geschützfeuer. Der Zerstörer belegte das U-Boot mit Wasserbomben, so klang es. Dichter Rauch trieb mit Nebel vermischt über das Wasser. Von dem Petroleumgestank wurde ihm leicht übel. Er hörte eine weitere schwere Detonation. Sein Körper stemmte sich gegen die Wucht der Druckwelle. Jede Minute konnnte die *Montauk* die nächste sein. Automatisch faßte er nach der zugeknöpften Tasche mit seinen Papieren und seinem Geld in einem zugeknoteten Präser. Wenn er die Torpedos überlebte, dann hatte er sie dabei; wenn nicht und wenn die Leiche an Land gespült wurde, dann konnte er identifiziert werden.

Der Zerstörer meldete ausströmendes Öl von einem getroffenen U-Boot, aber eine halbe Stunde später wurde die *Belle Star* torpediert. Wrackgeschossen trieb sie ruderlos. Die *Montauk* mußte ihr ausweichen.

Ohne Mond, ohne Sterne, ohne Lichter von einem der Schiffe stampften sie in eine Finsternis aus Rauch von brennenden Schiffen und der verdammten Nebelsuppe. Alle Schiffe schwatzten miteinander, denn hätten sie Funkstille bewahrt, hätten sie einander unweigerlich gerammt. Das hieß, die U-Boote, die in einem der berüchtigten Wolfsrudel operierten, konnten sich auf die Signale einpeilen und ein Schiff nach dem anderen aufs Korn nehmen. Die Korvetten setzten in gischtender Fahrt den U-Booten nach wie Hunde auf Hasenjagd.

Nach kurzer Zeit kreuzte die *Montauk* durch Wrackteile, Trümmer von dem, was am Tag noch ein Schiff voll lebendiger Seeleute gewesen war. Steuerbord sahen sie verschwommen Feuerschein auf dem Wasser, das Meer selbst stand in Flammen. Männer schrien. Dann sahen sie kleine rote Lichter von Seeleuten im Wasser, die tanzenden Lämpchen an ihren Schwimmwesten. Während eines Angriffs durften sie keine Überlebenden aufnehmen, aber der Kapitän entschied, da sie nicht unter direktem Beschuß standen, holten sie, wen sie konnten.

Die ersten Männer, die sie auffischten, waren im Öl ertrunken, das Öl hatte ihnen die Lungen verklebt, als sie ins Wasser gesprungen waren. Aber dann erwischten sie drei, die noch am Leben waren, gräßlich vom Öl verschmiert und geblendet. Einer war auf der einen Seite völlig verbrannt und roch wie ein Rostbraten, aber er lebte. Duvey half freiwillig, den armen Teufeln das Öl abzuschaben.

Auf Anweisung scherte der Kapitän nach backbord und nahm dann wieder Kurs voraus. Sie hörten Salven gedämpfter Unterwasserexplosionen. Wasserbomben. »Das ist der Wabowerfer, mein Junge«, sagte

Bootsmann Hogan zu ihm. »Den feuern sie in Salven nach vorn ab. Das ist ihr neues Spielzeug und funktioniert ein ganzes Stück besser als die verdammten Batterien, die sie nach achtern abfeuern mußten.«

Dann sahen sie im düsteren Schein eines brennenden Schiffes ein U-Boot in einer schäumenden Öllache auftauchen. Eine der angreifenden Korvetten rammte es. Das Heck ragte steil aus dem Wasser wie ein kopfstehender Hai, dann verschwand es, und der Ölteppich schloß sich darüber.

Duvey war froh, daß er nicht in U-Booten Dienst tat, ganz egal, wie gefährlich die Handelsmarine war. Ihm war lieber, er starb auf Deck in einem Feuerstoß oder ertrank, als daß er in einer Konservendose wie eine Wanze zerquetscht wurde. Er spürte immer einen Stich Mitleid für die schwarze Truppe unten im Maschinenraum. Wenn das Schiff getroffen wurde, hatten die keine Chance. Die wurden auf der Stelle zerkocht. Oben auf Deck konnte er vielleicht noch springen, und wenn er ein Rettungsboot erwischte, um so besser. Sogar die armen gerösteten Teufel, die sie gerade aus dem Wasser geholt hatten, konnten's noch schaffen, wenn ihre Verbrennungen nicht zu großflächig waren und wenn sie nicht zu viel Öl geschluckt oder eingeatmet hatten.

Er merkte, seit ungefähr einer Viertelstunde hatte er keine Detonation mehr gehört. Das wollte noch gar nichts heißen, nur, daß die Korvetten und der Zerstörer die U-Boote aus dem Visier verloren hatten und daß die Deutschen abliefen, um auf eine bessere Gelegenheit und bessere Sicht zu warten.

Er hatte gehaßt in seinem Leben: meistens Kerle, die ihn fertiggemacht hatten, einen riesigen Polacken, der ihm das Leben auf seinem ersten Schiff zur Hölle gemacht hatte, einen Maat, der versucht hatte, ihn kleinzukriegen, Father Coughlin, der in Detroit aus allen Radios in den katholischen Nachbarhäusern seinen Dünnschiß gegen die Juden auskotzte. Aber nie hatte er jemanden oder etwas mit der scharfen, stählernen Kraft gehaßt, mit der er diese arroganten Nazi-Haie haßte, die U-Boote. Sie hatten den Seekrieg damit eröffnet, daß sie ein unbewaffnetes Passagierschiff, die *Athenia*, versenkten und dann behaupteten, die Engländer selber hätten es zu Propagandazwecken hochgehen lassen. Sie machten sich über unbewaffnete Handelsschiffe her, eine schöne Jagd und eine glückliche Zeit, leichte Beute für die Kommandanten ohne wen, der zurückschoß.

Am nächsten Tag waren sie in der Grönland-Luftlücke, dieser sechshundert Meilen langen Seestrecke, wo die auf Neufundland stationierten Flugzeuge sie nicht mehr erreichen konnten und sie noch nicht unter dem Schutzschild der auf Island stationierten Verbände waren. Außerdem, was nutzte ihnen die Luftsicherung, wenn der Nebel die Flugzeuge Tag für Tag am Boden festhielt?

Aber sie hatten zum ersten Mal Glück. Am Morgen kam schwere Dünung auf, Brecher krachten über die Decks. Der Wind stürmte aus Nord und brachte Schnee. Die Sicht wurde sogar etwas besser, und sie konnten steuerbord die *San Martin* ausmachen und backbord die *Lone Star*. Dann wurde der Seegang zu hoch, um irgendwas anderes zu sehen als die nächste Sturzsee. Die Dünung war auf dem Atlantik länger, als er es von den Großen Seen her gewohnt war, und die Wellen waren noch höher, aber schlußendlich trafen sie auch nicht härter. Das Wasser war genauso saukalt und genauso pißnaß. Stürme brachen auf dem Michigan und dem Superior Erzkähne in zwei Hälften.

Sie bahnten sich ihren Weg durch eine Eisbergflottille, aber vor den U-Booten waren sie sicher, denn die konnten bei dem Wetter nicht zum Angriff auftauchen. So fuhren sie ihnen davon. Der Konvoi machte nicht viel Fahrt, aber die U-Boote schafften getaucht nur acht Knoten und wurden abgehängt. Vielleicht funkten sie ein anderes Wolfsrudel voraus an, sich auf die Lauer zu legen, aber bei schwerem Wetter war kein Angriff möglich. Obwohl sie von den Brechern tüchtige Prügel bezogen, war es Duvey lieber, in Stücke zerrüttelt zu werden als unter Beschuß zu geraten, also her mit den Stürmen.

Das Packeis, durch das sie fuhren, war völlig anders, als er sich vorgestellt hatte. Zerklüftet, wild, ein Grand Canyon unheimlicher Eisgestalten, nicht weiß, eher blau und violett und grau und rostbraun. Er hatte auf den Großen Seen viel Eis gesehen, aber das hier sah viel merkwürdiger aus, ragende Klippen, schwimmende Eisschlösser, Alptraumwälder und Märchenstädte aus Eis. Als es schließlich aufklarte, hatten sie ein Schiff verloren, die *Eleftheria*, die mit Motorschaden hinterherzockelte. In Island war Zwischenstation, da holte sie den Konvoi bestimmt ein.

Vor der Weiterfahrt nach Southampton tankten sie in Island auf, und da hörten sie auch, daß die *Eleftheria* torpediert und mit allen Mann an Bord gesunken war. Duvey hatte eine gute Zeit, denn er zog sich eine sowjetische Freundin an Land, die das Überleben der Murmansk-Tour feierte. Die Russen hatten Frauen auf ihren Schiffen und wurden von allen darum beneidet. Es gab viele Besuche von Schiff zu Schiff, lange Nächte, Glücksspiel und Geschacher. Von Tommys auf einem Konvoi nach Westen tauschten sie Dosenfleisch und -obst gegen Rum, und so dampfte die *Montauk* in bester Stimmung nach England.

Louise 2

Der schwarze Ritter

Der Zug zurück aus Washington war unvorstellbar überfüllt. Louise hockte die ganze Fahrt über auf ihrem Koffer und wünschte, sie hätte den neuen Farbstift für die Beine benutzt, den Kay ihr gezeigt hatte, und nicht ihr letztes Paar Strümpfe ruiniert. Neben ihr war ein Matrose eingeklemmt, so dicht, daß sie das an seinen Schuhen klebende Erbrochene riechen konnte. Erschöpft schlief er im Stehen, lehnte sich anfangs an sie, dann an den Mann auf seiner anderen Seite. Es war heiß für Mitte Mai, in Washington bereits subtropisch, und der Zug war unangenehm verstunken, sogar in den Gepäcknetzen schliefen Militärangehörige.

Sie hatte einer Konferenz des Schriftstellerkriegsbeirates beigewohnt. Dieser war nicht Teil der offiziellen Regierungsbürokratie, auch wenn Redakteure und Verleger das oft annahmen, weil er eng mit dem Statistischen Bundesamt zusammenarbeitete, das wiederum laut Flüsterparole bald durch eine Behörde ersetzt werden sollte, die sich eher dafür eignete, Propaganda zu verbreiten.

Sie war angesprochen worden, beim Aufbau der Zeitschriftenabteilung mitzuhelfen. Sie hatte wenig mit dem Komitee für Boulevardblätter zu tun, doch sie arbeitete in der Gruppe mit, die Richtlinien für Frauenzeitschriften und Zeitschriften mit unbegrenztem Leserkreis erstellen half: ihren eigenen Märkten. Alle drei Monate gab der Beirat Kriegsrichtlinienergänzungen heraus mit Themenvorschlägen für die Kurzgeschichten und Beiträge in den Zeitschriften.

Sie erkannte Washington von ihrem ersten Besuch als Touristin mit Oscar und Kay kaum wieder. Auf gleichem Raum schienen fünfmal so viel Menschen zu leben. Was sie auch tat, ob sie am Taxistand wartete, an der Essensausgabe wartete, vor der Toilette wartete, überall standen lange Schlangen. Washington kam ihr vor wie eine Telefonzelle, in die sich zu viele Leute gezwängt hatten, um alle gleichzeitig in den Hörer zu schreien. Es blieb im Kern eine selbstzufriedene, rassengetrennte Südstaatenkleinstadt, deren bessere Restaurants und Hotels sich Schwarze verbaten und deren Schulen und sonstige Einrichtungen nach Schwarz und Weiß sortiert waren. Dennoch wimmelte es von faszinierenden Männern, jetzt vielleicht mehr denn je.

In New York war Pennsylvania Station überrannt von Menschen mit und ohne Uniform, die sich mit Inbrunst begrüßten oder verabschiedeten. Louise hatte ihr Kostüm arg verschwitzt und fühlte sich welk und matt. Sie schaute sich nach ihrer Tochter um. Sie hatte Kay gebeten, sie abzuholen, da sie nicht nur ihren Koffer, sondern auch eine Aktentasche und dazu noch einen Pappkarton voller Materialien mitschleppte. Sie konnte keinen Gepäckträger finden und zerrte ihre Last den Bahnsteig entlang zur Sperre, dann hielt sie nach Kay Ausschau. Verspätet, nahm sie an. Sie setzte sich wieder auf ihren Koffer, fühlte sich entschieden schmutzig, müde und unattraktiv. Wo zum Teufel blieb ihre verdammte Tochter? Sie wollte sich bei einem öffentlichen Fernsprecher anstellen, aber die Warteschlangen waren einfach viel zu lang.

Schließlich, nachdem eine halbe Stunde verstrichen war, requirierte sie einen der wenigen verbliebenen Gepäckträger und setzte sich in ein Taxi. New York war für halb fünf überraschend unverstopft. Noch vor sechs Monaten um diese Stunde in der Pennsylvania Station anzukommen und ein Taxi zu nehmen hätte bedeutet, im Schrittempo voranzuschmauchen. Schon waren deutlich weniger Autos auf den Straßen von Manhattan, und der Verkehr floß rasch. Was war nur mit Kay passiert?

Sinnliche Erleichterung durchflutete sie, als sie die Diele ihrer Wohnung betrat. Daheim. In Washington hatte sie sich im Mayflower ein winziges Zimmer, das offensichtlich bis zu diesem Jahr ein kleineres Einzelzimmer gewesen war, mit Dorothy McMichaels teilen müssen, die unter einer ganzen Phalanx von Pseudonymen pro Monat zwei bis vier Geschichten für die Boulevardblätter ausspie. Dorothy war konservativ, fromm und glaubte fest an sexuelle Sünde und Sühne. Mit ihren derben Knochen und ihrer lauten Stimme erinnerte sie Louise an die Sozialarbeiterinnen, die sie als Waisenkind in Cleveland zu diversen Pflegeeltern gesteckt hatten.

Louise dachte nicht gern an ihre Kindheit zurück, die hart, freudlos und wie ein Zeitsprung zurück in einen Roman von Dickens gewesen war. Wegen ihrer christlichen Frömmigkeit erinnerte Dorothy sie an ein ganz bestimmtes Pflegeelternpaar, das sie besser ernährte und kleidete, als sie gewohnt war, dafür aber weit mehr in Angst und Schrecken versetzte, denn der Vater versuchte ihr in die Höschen zu fahren, wann immer er sie allein erwischte. Ein Diakon der Methodistenkirche. Die Sozialarbeiterinnen hatten sich oft nicht darum gekümmert, daß Louise jüdisch war, denn – so sagten sie zueinander laut in ihrer Gegenwart – man sah es ihr nicht an. Louise wußte es besser. Sie sah wie eine ungarische Jüdin aus, wie Photos von ihrer Mutter, bevor Krankheit und stupide Schwerstarbeit ihre Schönheit weggefressen hatten. Darum gemahnte Dorothy sie stärker an ihr verängstigtes und machtloses früheres Selbst, als ihr lieb war. Louise ließ ihre Herkunft lieber in ihren politischen Überzeugungen als in ihren Gefühlen weiterleben. Außerdem liebte sie ein gewisses Maß an Abgeschiedenheit und Bequemlichkeit. Das Reisen hatte auf Kriegsdauer, wie man jetzt sagte, aufgehört, ein Genuß zu sein.

Sie sah rasch ihre Post durch, die sich in einer Ansammlung wackeliger, von Blanche sortierter Türme aufgehäuft hatte, bevor sie durch die Wohnung eilte und »Kay! Kay!« rief.

Ihre Tochter war nicht in ihrem Zimmer. Mrs. Shaunessy erklärte, Kay habe ihr gesagt, sie könne ihre Mutter nicht abholen. »Es wäre nett gewesen, wenn sie sich die Mühe gemacht hätte, mir das zu sagen! Ich habe eine halbe Stunde gewartet«, beklagte sich Louise.

Mrs. Shaunessy schüttelte müde den Kopf. Obwohl beide etwa im gleichen Alter waren – die Haushälterin, die zwei verheiratete Töchter hatte, war einundvierzig –, wirkte Mrs. Shaunessy mit ihrem straff zu einem Knoten zurückgekämmten graumelierten Haar auf Louise großmütterlich. »Wo wir schon dabei sind, ich hatte Streit mit Kay über ihr Kommen und Gehen. Ich muß schon sagen, sie ist mir reichlich pampig über den Mund gefahren. Das Kind hat sich geweigert, mir zu sagen, wo sie heute nachmittag nach Schulschluß hingeht.«

»Was steckt dahinter? Ich rede mit ihr über ihr ungehöriges Benehmen.«

»Es steht mir ja nicht zu, das zu sagen, aber wenn Sie mich fragen, die ist hinter den Jungens her. So fängt das alles an in dem Alter. Sie wissen ja.«

»Kay?« Sie dachte an ihr linkisches, schlaksiges Füllen. »Irgendwie habe ich meine Zweifel, aber ich werde sie mir sofort vorknöpfen.«

Bestrafte Kay sie, weil sie weggefahren war? Sie hätte ja erwogen, Kay mitzunehmen, aber dafür hätte Kay der Schule fernbleiben müssen, einer Elizabeth Irwin-Schule, und im Washington der Kriegszeit waren Unterkünfte so knapp, daß sie nicht einfach ein Doppelzimmer verlangen und ihre Tochter hineinsetzen konnte. Sie hätte ja selbst alles für ein Einzelzimmer gegeben.

Sie ärgerte sich über ihre Ansprüche. Ein Zimmer mit einer lauten Schmachtfetzenschreiberin zu teilen war schließlich kaum mit den Gefahren vergleichbar, denen die europäische Zivilbevölkerung und die amerikanischen Militärangehörigen ausgesetzt waren. Manchmal war ihr unbehaglich, wie sehr sie sich an Komfort und Annehmlichkeiten gewöhnt hatte, an saubere frische Kleider, die modisch und gut gearbeitet waren, ein heißes Bad, wann immer sie Lust hatte, eine Haushälterin, die Kay und sie versorgte, eine Sekretärin, um ihre Korrespondenz zu erledigen und ihre Manuskripte zu tippen, saubere, helle, geräumige Zimmer, geschmackvoll eingerichtet und mit ein paar guten Bildern, Originalen, von Oscar oder ihr ausgesucht. Sie hatte sich an alle Annehmlichkeiten des gehobenen Bürgertums gewöhnt und Kay dazu erzogen, sie zu erwarten, einen sauberen, schönen, lichtdurchfluteten Ort zum Wohnen und Arbeiten, gutes und reichliches und abwechslungsreiches Essen, einen ständigen Strom von Anregungen in Form von Konzerten, Büchern – die neuesten, die ältesten, die besten – und immer intelligenten und engagierten Gesprächen.

Sie zog ihr Hauskleid und ihre Pantoffeln an und warf sich in den Sessel vor ihrem Walnußschreibtisch. Sie war für den Ausschuß ungeheuer nützlich, denn der Gedanke, das, was sie schrieb, als Propaganda zu sehen, war für sie weder neu noch schockierend. Sie zog die neue Linie der alten vor: Ihr lag viel näher, in arbeitenden Frauen liebevolle, verantwortungsbewußte, ja sogar aufregende Staatsbürgerinnen zu sehen, als die Linie, die propagiert worden war, seit sie zu veröffentlichen begann, daß nämlich die arbeitende Frau eigenmächtig sei, selbstsüchtig, eine Gefahr für ihre Familie und die Gesellschaft.

In ihrer Familie hatten die Frauen immer gearbeitet. In Ungarn hatte ihre Großmutter einen Geflügelhandel betrieben, hieß es. Ihre Mutter hatte in einer Konservenfabrik gearbeitet, bis TB sie von Louise fortriß in ein Sanatorium und schließlich in einen frühen Tod. Oscar hatte nie den Wunsch, daß sie untätig blieb oder die Arbeit im Haushalt zu ihrer ganzen Existenz machte. Doch wollte er selbstverständlich, daß sich die gesamte Aufmerksamkeit dieser intelligenten Frau auf ihn konzentrierte. Ihre Arbeit war gut und schön, solange sie alles fallen ließ, wenn er sie brauchte, um seine wissenschaftlichen Aufsätze zu tippen, zu lesen und zu begutachten und seinen Stil zu verbessern, ihm den Rücken zu massieren und sich seine Klagen über seine Kollegen anzuhören.

Das war der Grund, warum sie nur ein Kind hatten. Ihr war kurz nach Kays Geburt klar geworden, daß sie bei seinen Anforderungen an sie nur mit Mühe zurechtkommen würde. Sie mußte ständig das, was Kay brauchte, mit dem austarieren, was Oscar verlangte. Sollte sie mit ihm über Kays Widerspenstigkeit reden? Sie mied Oscar in diesen Tagen. Beinahe mit ihm ins Bett gefallen zu sein hatte sie genügend aufgeschreckt, so daß sie es seitdem eingerichtet hatte, ihn nicht zu sehen, außer für die paar Augenblicke, wenn er Kay abholte oder wieder ablieferte.

Kay erschien kurz vor sieben, zum Abendessen. »Wo warst du?« Louise folgte ihrer Tochter in deren Zimmer. »Warum hast du mich nicht abgeholt? Ich habe in der Pennsylvania Station über eine halbe Stunde auf dich gewartet.«

»Mutter, ich habe gestern abend bis halb zwölf versucht, dich anzurufen, aber du warst nicht auf deinem Zimmer. Schließlich hat diese schreckliche Frau gesagt, ich soll nicht mehr anrufen. Hat sie dir nichts ausgerichtet?«

Louise hatte unten in der Bar gesessen, bis geschlossen wurde. Sie war mit Claude Martel zusammengewesen, einem Filmregisseur, den sie im Statistischen Bundesamt kennengelernt hatte. »Die schlief schon, als ich kam – wir hatten eine Konferenz bis spät in die Nacht, um neue Richtlinien auszuarbeiten. Warum warst du nicht am Bahnhof? Du wußtest, daß ich mich auf dich verlassen habe.«

»Ich hatte eine Verabredung, die ich nicht absagen konnte.«

»Du kannst sehr wohl eine Verabredung absagen, wenn deine Mutter dir aufträgt, sie vom Zug abzuholen! Ich hatte tonnenweise Gepäck.«

»Mutter, ich verstehe einfach nicht, warum du so ein Geschrei machst! Du hast es doch geschafft – du bist da. Wenn du in deinem Hotelzimmer gewesen wärst, hättest du gestern abend meine Nachricht bekommen.«

Louise sah im Geiste kurz Claude Martel an dem Tischchen vor sich. Sie hatte mit einem Dramatiker aus dem Mitarbeiterstab geflirtet, aber das erste ernsthafte Tête-à-tête mit Martel hatte diese zerbrechliche Konstruktion zertrümmert. Claude war Sohn einer rumänischen Jüdin, die einen französischen Geschäftsmann geheiratet hatte; die späten Dreißiger Jahre hatten Claude nach Hollywood gebracht, wo er sich als meisterhafter Tonfilmregisseur erwiesen hatte. Jetzt war er bei Universal. Sie schätzte sein Alter auf fünfundvierzig. Dynamisch, magnetisch, dunkelhaarig, helläugig, war er der erste Mann, der sie seit Oscar anzog. Gegenüber ihrer Tochter hatte sie ein etwas schlechtes Gewissen, so lange mit ihm aufgesessen zu haben, über den Flirt hinaus in die Erkundung. Er hatte gesagt, er würde Mitte des Sommers in New York sein und sich dann mit ihr treffen. Vielleicht, vielleicht auch nicht. Sie war überzeugt, er begegnete einer Vielzahl von Frauen, die jünger waren und wesentlich aufsehenerregender aussahen als sie. Trotzdem war es beruhigend, ihre Anziehungskraft zu spüren, es nahm ihr die Furcht, grundsätzliche Treue zu Oscar könnte auf ewig ihr Los sein. Dieser Abend gab ihr ein Gefühl von Dichte und Schwere, sinnlicher als die paar Mal im Bett mit Dennis Winterhaven. Obwohl nichts weiter geschah als Reden und Händehalten, fühlte sie sich von Claude berührt wie von keinem anderen Mann seit Oscar. Deshalb befürchtete sie, daß ihre Tochter ihr diese Affäre vom Gesicht ablesen konnte, in deutlich geschriebenen Worten.

»Mrs. Shaunessy ruft uns, Mutter. Sie hat das Abendessen auf dem Tisch.«

»Ich möchte nicht, daß du ungezogen zu ihr bist, Kay. Du wirst dich mit ihr einigen, und du wirst freundlich zu ihr sein.«

»Sie ist nicht meine Mutter. Sie darf mich nicht herumkommandieren.«

»Sie ist mein Ersatz, wenn ich fort bin, und du wirst sie gut behandeln. Kay, du hast Mrs. Shaunessy immer lieb gehabt. Was soll diese verächtliche Haltung?«

»Du meinst die Zeit, als ich ein Kind war. Dabei ist sie nur eine Dienstbotin. Sie hat kein Recht, mit mir zu reden, wie sie es tut.«

»Sie ist eine Respektsperson, der Achtung gebührt, und sie kennt dich, seit du klein warst. Sie hat für dich gesorgt. Wo warst du heute nachmittag?«

Kay warf sich schmollend auf einen Stuhl im Eßzimmer. Oh Jugendzeit, oh Kinderkacke, dachte Louise. Ich hatte nie die Möglichkeit, solche Allüren zu haben und solche Anfälle zu kriegen. Vielleicht ist das ein Geschenk, das ich ihr mache, die Möglichkeit, emotional um sich zu schlagen, ohne daß es etwas kostet. Louise haßte Streit bei Tisch, so verschob sie die Auseinandersetzung, bis sie den Lammbraten genossen hatten, den Mrs. Shaunessy ergattert hatte. Gelbe Schwertlilien in einer blauen Vase. Louise war immer noch erleichtert, daheim zu sein, aber in ihr Glück mischte sich die Verärgerung über ihre Tochter.

Eine Haushälterin zu beschäftigen war eine heikle Angelegenheit für ihr Gewissen, aber sobald die Entscheidung einmal getroffen war, hatte sie sich rasch daran gewöhnt. Ohne Mrs. Shaunessy hätte sie nur halb so viel geschafft. Vor langer Zeit hatten sie ihren Umgang miteinander festgelegt. Sie siezten sich und plauschten nicht. Mrs. Shaunessy klatschte mit ihren Freundinnen, die in anderen Haushalten im gleichen großen Mietshaus arbeiteten. Mrs. Shaunessys Zimmer war für alle übrigen tabu, und was sie ihnen kochte, aß sie in der Küche – wo auch Louise aß, wenn sie allein war, und wo Kay aß, wenn Louise nicht da war. Mrs. Shaunessy hatte Mittwoch nachmittags und sonntags frei, wo sie ausnahmslos den Zug in das Fünf-Städte-Gebiet auf Long Island nahm, um eine oder die andere ihrer verheirateten Töchter zu besuchen.

Dennoch faßte Louise die Widersprüche ihres Lebens in einem Satz zusammen, den sie sich einmal sagen gehört hatte: »Sag bitte Mrs. Shaunessy, sie soll den *Daily Worker* auf den Couchtisch legen.« Sie war eine Sympathisantin, die der Kommunistischen Partei nie beigetreten war, weil es für sie stets einen Teil der momentan gerade gültigen Parteilinie gab, mit dem sie nicht einverstanden war. Stets hatte sie Bedenken, Vorbehalte, Einwände. Es war ein langer Flirt gewesen, doch falls nicht entweder sie oder die Partei sich drastisch änderte, würde sie wohl nie schwören, zu lieben, zu ehren und zu gehorchen. Der Hitler-Stalin-Pakt besiegelte und verplombte ihre Entscheidung wie einen endgültig zuplombierten Zahn.

Sie bereitete den Kaffee und trug ihn ins Wohnzimmer, wie sie es immer tat. Sie fand, mit dem Abwasch des Geschirrs vom Abendessen sollte Mrs. Shaunessys Arbeitstag beendet sein. Kay hatte in letzter Zeit begonnen, Kaffee zu trinken. »So, wo warst du heute nachmittag, Kay?« Sie gab sich Mühe, forsch zu klingen, fest.

»Ich hatte eine Verabredung.«

»Eine was?« Aber sie hatte Kay deutlich gehört. »Mit wem?«

Kay warf die Haare in den Nacken. Sie reckte das Kinn in die Höhe und hielt die Wimpern auf Halbmast, zweifellos imitierte sie irgendeinen Filmstar. »Er heißt Andy.« Als Louise ihren strengen Blick nicht abwandte, fügte sie hinzu: »Andy Bates.«

»Rede weiter. Wo hast du ihn kennengelernt und wer ist er und warum hast du nicht vorher mit mir darüber geredet?« Louise hatte den sauren Gedanken, wenn sie ihre Kindheit in einem Roman von Dickens verbracht hatte, so schien die ihrer Tochter in Filmschnulzen zu baden.

»Ich bin sechzehn, Mutter, ich bin jetzt erwachsen, und es wird Zeit, daß du das zur Kenntnis nimmst. Mädchen werden in Kriegszeiten schneller erwachsen.« Kay lauschte mit einiger Zufriedenheit, wie sich das anhörte.

»Seit letzter Woche bist du erwachsen? Erstaunlich. Und wer ist dieser Andy Bates?«

»Er ist bei der Marine.«

»Oh nein! Ein Matrose? Wo zum Teufel lernst du Matrosen kennen?«

»Vor dem Rekrutierungsbüro. Wir sind zu jung, um hineinzugehen, aber wir treffen uns draußen mit ihnen. Deine Haltung ist unpatriotisch, Mutter. Ich schäme mich für dich.«

»Ich schäme mich für dich, du gabelst auf der Straße einen Matrosen auf und willst mir weismachen, das sei Teil der Kriegsanstrengungen. Was hast du mit ihm gemacht?«

»Wirklich, Mutter, du hörst dich an wie eine viktorianische Matrone, die mir gleich die Tür weisen wird. Ich bin zu einer Doppelverabredung mit ihm zum Zoo im Central Park und dann auf dem See rudern gegangen. Mit seiner Freiheit ist es vorbei. Ich habe versprochen, ihm zu schreiben, aber ich werde ihn erst in einigen Monaten wiedersehen, falls er nicht vorher in Stücke gerissen wird.«

»Kay, er mag ein netter junger Mann sein, aber du kannst nicht Männer auf der Straße aufgabeln und erwarten, daß sie sich anständig verhalten. Du hast überhaupt keine Ahnung, in was du da geraten kannst. Manche Männer sind durchaus bereit, Gewalt anzuwenden –«

»Wirklich, Mutter, heutzutage treffen sich alle zwanglos, und wenn du ehrlich glaubst, er wollte mich mitten im Zoo schänden –«

»Du weißt gar nicht, was das Wort bedeutet! Ich wünsche nicht, daß du dich vor dem Rekrutierungsbüro herumtreibst und dich in Schwierigkeiten bringst. Und wenn ich jeden Tag zur Schule gehen und dich abholen und nach Hause bringen muß, dann werde ich das tun.«

»Mutter! Willst du, daß ich vor Blamage sterbe? Ich höre mit der Schule auf, wenn du mich so behandelst.«

»Das bezweifle ich. Du würdest dich zu Hause ganz schön langweilen. Hör zu, Kay, wenn du meinst, du bist alt genug für Verabredungen, dann nur an Wochenenden, und ich möchte die jungen Männer kennenlernen.« Sie hörte sich an wie eine Tugendwächterin, und es war ihr egal. In Kays Alter hatte sie einen geschärften Sinn dafür gehabt, welche Männer gefährlich waren und welche nicht, ein Wissen, vor dessen Erwerb sie Kay immer beschützt hatte; auch wünschte sie Kay nicht, die Männer, denen sie begegnete, auf ihr Potential zu brutaler Gewalt abschätzen zu müssen.

Sollte sie nicht Oscar zu Rate ziehen? Vielleicht war er in der Lage, Kay wesentlich wirksamer ins Gewissen zu reden, als sie es konnte; womöglich gelang es ihm, sie so zu beschämen, daß sie sich weniger leichtsinnig verhielt. Louise hatte das Gefühl, ihn hineinziehen zu müssen, wollte sich aber nicht in die gefährlichen Ranken von Oscars Aufmerksamkeit verwickeln. Bestimmt konnte sie mit Kay alleine fertig werden, sich für immer von ihm freimachen.

Sie saß in ihrem Bett bei zugezogenen Verdunkelungsvorhängen und las Saint-Exupérys *Flug nach Arras*. Dennis hatte ihr den an dem Abend gegeben, als sie ihn nicht davon abhalten konnte, ihr einen Heiratsantrag zu machen und sich dann verletzt zurückzuziehen. Plötzlich klingelte das Telefon.

Sie runzelte die Stirn. Spät für einen Anruf. Es war ein Ferngespräch. Als sie die Stimme mit dem französischen Anklang hörte, verschwand ihre Verärgerung. »Claude! Wo bist du?«

»Ich bin immer noch in Washington. Aber ich habe meinen Terminplan geändert. Morgen nehme ich den Zug nach New York, wo ich auch den Abend verbringe, und wir treffen uns, einverstanden? Kannst du absagen, was du vorhast, und kommen? Denn am nächsten Vormittag muß ich zurück an die Westküste.«

»Morgen? Soll ich dich vom Zug abholen?«

»Nein, der wird überfüllt sein. Ich arrangiere das dadurch, daß ich in New York ein Treffen mit unserem großen Geldmenschen vereinbare. Irgendein Lakai wird mich abholen. Ich rufe dich am späten Nachmittag an und sage dir, wann wir essen gehen. Ist das gut?«

»Hört sich sehr gut an.«

»Ich konnte nicht bis zum Sommer warten, Louise, um unser Gespräch fortzusetzen. Ich halte es für dringend. Bist du dafür?«

»Ich bin dafür, dich morgen zu treffen, Claude. Und jetzt gute Nacht.« Sie hatte sich im Verdacht, Claude unweigerlich in die Arme zu fallen, wenn er sie nur heftig genug bedrängte. Offensichtlich hatte sie auf ihn Eindruck gemacht, wie er auch auf sie, aber würde das zweite Treffen neben dem ersten bestehen? Mach dir keine Gedanken, befahl sie sich und knobelte, wie sie einen Termin beim Friseur in ihren bereits engen Zeitplan einarbeiten konnte und mit welcher Ausrede sie darum herumkam, Katherine Cornell in Shaws *Candida* mit ihren Freunden, den Bauers, zu sehen, nachdem es so schwer gewesen war, dafür Karten zu ergattern. Sie mußte Kay an ihrer Stelle hinschikken und unerwartete Arbeit für den Ausschuß vorschützen. Die Bauers waren es gewohnt, daß ihre Freunde nach Washington gerufen wurden und bei Bundesdienststellen ehrenamtliche Posten übernahmen. Sie würden ihren Termindruck nicht hinterfragen. Ihr kam die Idee, sich morgen früh von Kay beim Sortieren der Unterlagen aus dem Karton helfen zu lassen, was Kay von der Wahrheit ihrer Geschichte zu überzeugen versprach. Der Weg war frei für Torheiten.

Ich bin Oscar nicht nur in der Ehe treu gewesen, sondern auch noch lange danach, selbst wenn ich mich gelegentlich wie ein Packen frischgewaschener, unsortierter Wäsche in das Bett eines anderen Mannes fallen lasse. »Ich war dir treu, Cynara, auf meine Weise.« Louise lächelte bei dem Gedanken an dieses schwer atmende Gedicht ihrer Jugend, das unter den literarisch interessierteren und emanzipierteren Koedukationsschülerinnen herumgereicht wurde, weil sie es erotisierend fanden, bis sie Joyce und Hemingway entdeckten. Claude hatte Oscars Kaliber, und auch ein kurzer Galopp mit ihm tat bestimmt ihrem Sinn für sich selbst und ihre Möglichkeiten gut. Louise seufzte und fragte sich, ob sie sich nicht lieber auf schwüle Romane hätte werfen sollen statt auf stromlinienförmige Kurzprosa, denn in keiner ihrer Geschichten durften ihre Heldinnen den Hochofen sexueller Lust durchleben, der da im Zentrum toste und mit seiner Energie ihr Leben speiste.

Louise war zu aufgeregt, um schlafen zu können, wollte aber anderntags blendend aussehen. Schließlich kramte sie in einer Schublade nach einer Schlaftablette. Sie hatte seit den Monaten nach Oscars Auszug keine mehr genommen. Sie konnte sich an ihren unglücklichen Zustand erinnern, aber heute abend hatte sie eine Vogelperspektive auf diese Hölle, säuberlich wie Flickenteppichfelder weit unter ihr. Wenn sie heute abend eine Einschlafhilfe brauchte, dann nicht, weil ihr Leben ihr ausgeleert vorkam, sondern übervoll.

Als sie erwachte, erinnerte sie sich an zwei sexuelle Träume. Darin hatte sie nicht mit Oscar gelegen, der ihr Traumleben immer noch zu dominieren schien, oder mit gesichtsloser Jugend, jung Tausendlieb, der manchmal Oscar ersetzte. Sie hatte geträumt, nackt Körper an Körper einmal und dann noch einmal mit Claude zu liegen, und als sie nun aufstand, um sich ihrem Tag zu stellen, ertappte sie sich dabei, daß sie bereits an ihn als ihren Liebhaber dachte, als einen Mann, der ihr schon zweimal Genuß bereitet hatte.

Naomi 2

Ab heute bist du eine Frau

Es passierte in der Schule, als Naomi in der Turnstunde draußen Baseball spielte. Sie war ans entfernteste Laufmal gestellt worden, weit weg vom Schläger, wo ihre einzige Angst war, der Ball könnte plötzlich auf sie zufliegen. Baseball war für sie ein fremdes Spiel. Sie holte nach dem Ball aus, wenn sie mit Schlagen dran war, und wenn sie ihn manchmal traf, so war das reine Glückssache. Sie hatte gelernt, dann ganz schnell zu rennen, und sie wußte, wo sie zuerst hinrennen mußte und wohin dann.

Wenn dem Ball jedoch einfiel, direkt auf sie zuzukommen, dann wußte sie sich keinen Rat, was sie damit tun sollte. Dann stand sie mit hochgestreckten Armen da, und manchmal drehte der Ball unversehens ab und sprang an ihr vorbei, oder er schwebte über ihrem Kopf und plumpste auf sie herunter, oder er traf ihre ausgestreckten Arme, prallte gemein ab und hopste weg. Draußen im Gras vom Außenfeld betete sie, daß der Ball sich heute nicht sie als Zielscheibe suchte.

Den ganzen Frühling über hatte es geregnet, aber heute schien die Sonne und der Himmel war blau, verschmiert vom gelbbraunen Dunst aus den Fabriken. Löwenzahn blühte auf dem Außenfeld. Auf Französisch hieß er *pissenlit*, piß ins Bett, aber es war die gleiche Blume. In früheren, besseren Frühlingen hatten sie die Blätter gegessen. Die Mädchen rieben sich gegenseitig die Blüten unters Kinn und sagten, das war Butter.

Am Laufmal rechts von ihr stand Clotilde. Für Naomis Ohren war das ein ganz normaler Name gewesen, bis sie gehört hatte, wie die anderen Kinder Clotilde hänselten, ein Pummelchen mit hellbrauner, fast grauer Haut und Haaren, so kraus wie Naomis, nur noch ein bißchen dunkler. Clotilde sprach nicht wie die anderen farbigen Mädchen. Ihre Mutter zog ihr Kinderschürzen an, und sie trug ein kleines goldenes Kreuz an einer Halskette. Sie war katholisch, ging aber nicht auf die Konfessionsschule, hatte sie Naomi erklärt, weil da Polen waren, und das verstand Naomi sofort, denn die polnischen Kinder verprügelten die farbigen Kinder ebenso oft wie die jüdischen Kinder, und weder Juden noch Farbige waren in Hamtramck willkommen, der polnischen Stadt innerhalb von Detroit mit eigener Verwaltung.

Jetzt fiel Naomi auf, daß Clotilde zu ihr hinübergetrieben war, wie sacht vom Wind angeweht. Clotilde schaute nicht zu ihr, sondern unglücklich zum Schlagmal, und hoffte bestimmt so inständig wie Naomi, daß nichts von dort auf sie zukam. Clotilde wurde immer als letzte der farbigen Mädchen aufgestellt, denn sie hatte keine sportlichen Neigungen oder Fähigkeiten.

»*Tu es de Paris, vraiment?*« fragte Clotilde aus dem Mundwinkel.

Einen Augenblick war Naomi nicht sicher, daß Clotilde Französisch sprach, denn es war ein Singsangfranzösisch, einige Silben verschluckt, andere Silben so ausgesprochen, wie Naomi es nur in der Provence gehört hatte. Dann begann Naomi, auf sie einzureden, ein heftiger

Sturzbach. »Wie kommt es, daß du Französisch sprichst? Sprechen sie es in deiner Familie? Wo bist du her?«

»*Doucement, doucement*«, warnte Clotilde. »Du weißt doch, wir dürfen hier nur Englisch sprechen. Wir müssen leise sein. Aber ich bin auf Martinique geboren, wo ich auch viel Familie habe, und es ist sehr schön da, ohne Winter, und die Weißen da sind nicht so gemein wie hier. Ich weiß, wie sich alle über dich lustig machen, wenn du zu Hause nicht Englisch sprichst.«

»Es ist so schön, Französisch zu sprechen, Französisch zu hören, ich könnte weinen!«

Dummerweise warf die Innenfeldfängerin die nächste Schlägerin hinaus und beendete ihr Gespräch. Naomi hockte im Löwenzahn, suchte nach einem, der schon eine Pusteblume hatte, und schaute, wann sie mit Schlagen dran war, da merkte sie, daß sie zwischen den Beinen naß war.

Hatte sie sich in die Hose gemacht? Sie wartete, bis sie am Ende der Turnstunde vom Platz hereinkam und die Hose auszog, die sie für die Schule hatte kaufen müssen, eine lange Turnhose in häßlichem Marineblau. Ein großer roter Fleck, Blut, groß wie ein Halbdollarstück. Ihr fiel eine Geschichte im Radio ein von einem kleinen Mädchen, das an Blutarmut starb und das Blut in den Ohren rauschen hörte. Dann fiel ihr ein, wie Jacqueline einmal eine Binde im Badezimmer gelassen hatte. Maman hatte Jacqueline geohrfeigt und einen Schmutzfink geschimpft, aber dann erklärte Maman Rivka und ihr, wie kleine Mädchen zu Frauen wurden.

Dann fragten sie Jacqueline allein. Sie lag auf dem Bett ihrer Eltern und las *Sturmhöhe,* einen englischen Roman. Maman und Papa waren bei der Arbeit. Jacqueline tat sehr wichtig. Es war nichts, sagte sie, obwohl einige Mädchen ein Riesengeschrei darum machten und den ganzen Tag lang mit Wärmflaschen rumlagen und viele Aspirin schluckten. Sie selbst fand es nur lästig. Aber es bedeutete, daß du eine Frau geworden warst. Es war wie eine private *bar mizwa* und echter, denn es geschah, wann G-tt wollte. Dann merktest du, wie du mit dem Mond zu- und abnahmst und wie deine Zeit an einem bestimmten Punkt im Mondzyklus kam.

Naomi wußte, daß die Mädchen andauernd über Regeln redeten und über die Mollen und das Monatliche, aber sie nahm sich vor, kein

Wort zu sagen. Sonst machten sie sich wieder über sie lustig, oder die gemeine Joyce erzählte es den Jungens, und dann schämte sie sich zu Tode. Sie stopfte sich Toilettenpapier in ihr Höschen und ging sehr vorsichtig zu ihrer nächsten Stunde.

Zu Hause schrie Tante Rose gerade Sharon an, daß die Babys sofort gewindelt werden mußten. Naomi trat von einem Fuß auf den andern und wartete, bis sie mit Tante Rose reden konnte, aber als Tante Rose von ihr Notiz nahm, war es nur, um sie loszuschicken, in der Bäckerei Pumpernickel und im Milchladen vier Liter Vollmilch zu holen.

Schließlich kam Ruthie für ein hastiges Abendbrot nach Hause und zog sich um aus der weißen Bluse und dem dunklen Rock, den Sachen, die sie zur Arbeit tragen mußte. Ruthie hatte drei solche Blusen und zwei solche Röcke, die sie ständig wusch und bügelte. Sie bewahrte sie im Kleiderschrank, den sie sich teilten, ganz rechts auf, denn sie wurden nie zu anderer Gelegenheit getragen. Naomi ging achtsam damit um und paßte auf, sie nicht zu verknittern, wenn sie etwas im Kleiderschrank suchte. Ruthie hatte eine knappe Stunde, bevor sie zum Abendkurs los mußte.

Naomi fing Ruthie in ihrem gemeinsamen Zimmer ab, sobald es ging. »Ruthie. Mir ist heute was passiert.«

»Was Gutes oder was Schlechtes?«

»Ich weiß nicht.« Naomi zuckte verlegen die Achseln. Die Frage verstörte sie. War das Blut eine Bestrafung oder ein Passierschein in die Freiheit der Erwachsenen?

»Wenn du es nicht weißt, wer dann?« Ruthie grub in den Tiefen des Kleiderschranks. »Es wird Zeit, wieder Baumwollsachen zu tragen. An so einem Tag muß ich nun in der Stube hocken!«

»In meinem Höschen ist Blut.« Naomi hockte unglücklich auf der äußersten Kante von Ruthies Bett. »Wie heißt das auf Englisch? Meine Regeln.«

»Deine Regel. Tatsächlich? Hat dir Mame eine Binde gegeben?«

»Ich hab's ihr noch nicht gesagt.«

»Du brauchst einen Bindengürtel und eine Binde.« Ruthie kramte in ihrer Kommode. »Nimm erst mal meinen Gürtel. Morgen kaufe ich dir in der Stadt einen.« Ruthie strich ihr übers Haar und fragte besorgt: »Verstehst du, was das bedeutet?«

»Jetzt kann ich Babys kriegen.«

Ruthie lachte. »Nicht von allein. Nur, wenn du mit einem Jungen ins Bett gehst, und an so was sollst du noch hundert Jahre lang nicht denken.« Damit sie die Binde anlegen konnte, ließ Ruthie sie allein, hüpfte in die Küche und summte vor sich hin.

Naomi sah nicht ein, wieso das Blut in ihrem Höschen Ruthie so beschwingte. Vielleicht, weil Ruthie Babys haben wollte, nicht bald, aber sie wollte welche. Naomi selber eigentlich nicht. Das hätte sie gern Rivka erzählt, denn früher hatte Naomi Babys so süß gefunden, daß sie stehenblieb und schwärmte, sobald sie eine Mutter einen Kinderwagen schieben sah. Rivka fand das eklig und kitschig. Aber seit sie jeden Nachmittag, sobald sie aus der Schule kam, von Babys umgeben war, bis ihre Mütter sie abholten, war sie entzaubert. Pipi und A-a, brüllen und aus Stühlen fallen und Essen auf den Boden schmeißen, so sah das aus.

Naomi liebte den Klang des Wortes entzaubert. Sie stellte sich einen Schleier vor, der weggerissen wurde. »Ich bin entzaubert«, sagte sie laut vor sich hin. Innerlich war sie jetzt eine Frau. Sie nahm sich vor, nie wieder in der Nase zu bohren und die Popel unter den Stuhl zu kleben. Zu lernen, ordentlich mit der Gabel in der rechten Hand zu essen, wie es die Amerikaner taten. Aufzuhören, heimlich Murrays Briefe aus der Schublade mit Ruthies Unterwäsche zu holen und zu lesen. Jetzt, wo sie eine Frau war, durfte sie sich nicht mehr wie ein Kind benehmen. Alles, was sie tat, zählte jetzt, und sie mußte anfangen, sich richtig und tapfer zu benehmen und *bien rangée* zu sein.

Sie saß auf Ruthies Bettkante und übte, wie eine reife Frau sitzt. Die Binde drückte zwischen den Beinen. Sie fragte sich, wie sie damit rennen sollte, ohne sich wund zu scheuern. Sie betrachtete ihr Gesicht in dem kleinen Spiegel über der Kommode, die sie mit Ruthie teilte. Sie versuchte sich an Schlafzimmerblicken, wie die Frauen in den Filmen sie den Männern zuwarfen. Es fiel ihr immer noch schwer, alles mitzubekommen, was sie sagten. Dann kniff sie das rechte Auge zu, machte ihr linkes groß und rund und fletschte die Zähne, aber nur auf einer Seite vom Mund. Das war ihr bestes Hexengesicht. Rivka sagte manchmal, vielleicht wurden sie Hexen, wenn sie groß waren. Das hörte sich toll an.

Hatte Rivka schon ihre Regel? Sie schloß die Augen und versuchte, ihre Zwillingsschwester zu fühlen, aber es gelang ihr nicht. Sechs Uhr.

Dann war es Mitternacht in Paris, und Rivka schlief schon. Es wäre so schön, wenn sie mit Rivka reden könnte: dann wüßte sie, ob sie glücklich war oder unzufrieden. Wenn du eine Zwillingsschwester hast, bist du nie einsam, außer, ihr seid getrennt, und dann kann niemand je verstehen, was dir fehlt, nur du selbst.

Für einen Moment überkam sie trostloser Zorn auf ihre Eltern, die sie getrennt hatten. Es hatte eigentlich nicht für lange sein sollen. Papa hatte sich einen Ausweis besorgt, der ihm erlaubte, in die Vichy-Zone zu fahren, dazu die Papiere und die *carte d'identité* von einem Mann mit Namen Antoine Saligny, der im Süden geschäftlich zu tun hatte. Auf dem Ausweis war auch eine Tochter eingetragen, aber nur eine. Antoine Saligny war an einem Herzschlag gestorben, kaum daß sein Ausweis genehmigt war, und Papa hatte die Papiere gekauft. Ursprünglich wollte Papa Jacqueline mitnehmen, aber die lehnte ab, weil die Prüfungen für ihr *baccalauréat* bevorstanden. Dann hatte Papa Naomi gewählt als die Zweitälteste – sie war eine Viertelstunde vor Rivka zur Welt gekommen.

Papa plante, in der Vichy-Zone Arbeit zu finden und dann den Rest der Familie zu holen. Das war dann aber schwieriger, als sie alle gedacht hatten. Es gab keine Telefonverbindungen zwischen den beiden Frankreichs. Die einzige Post, die sie schicken konnten, waren Postkarten, auf denen sie nur vorgedruckte Sätze ankreuzen durften. Um hin- und herzureisen, brauchte man eine Genehmigung. Die Vichy-Franzosen erließen im Eiltempo antijüdische Gesetze, um es den Nazis gleichzutun. Als Papa eine Möglichkeit sah, sie in die Vereinigten Staaten zu schicken, beschloß er, sie in Sicherheit zu bringen.

Also war Papa in Südfrankreich geblieben, während sie ganz allein nach New York flog, wo sie von einer Frau vom Joint, dem American Jewish Joint Distribution Committee, abgeholt und in den Zug nach Detroit gesetzt wurde. Sie war noch nie in ihrem Leben so unglücklich gewesen wie in den fünf Tagen in dem Flugzeug, das von Flughafen zu Flughafen flog, nach Casablanca und dann nach Martinique und dann nach New York, in dem Flugzeug, dessen Dröhnen noch zwei Tage hinterher ihren Kopf füllte. Ihr Englisch war doch nicht so gut, wie sie immer gedacht hatte, und sehr oft begriff sie nicht, was man ihr für Anweisungen gab, was man von ihr wollte.

Manchmal fühlte sie sich von ihrer Familie verstoßen. Warum mußte sie es sein, von der sie sich trennten? Seit Beginn des neuen Krieges hatte sie keine Briefe mehr von Rivka und Maman bekommen. Sie hatte nur jene Augenblicke, die sie nicht aufrufen, sondern nur hinnehmen konnte, in denen sie ihre Zwillingsschwester deutlich in sich spürte.

Tante Rose kam herein und gab ihr einen Kuß. »Ist gut, du bekommst also von mir keine Schläge, Ruthie verlangt von mir, daß ich modern und amerikanisch bin. Aber sei du jetzt ein gutes Mädchen.« Rose kniff ihr in die Wangen mit ihren schwieligen, vom Wasser verquollenen Händen, die nach Zwiebeln rochen. »Sei ein gutes Mädchen, für uns und für deine Mutter, meine liebe Schwester Chava, die immer an dich denkt, das weiß ich.«

Naomi nickte verlegen. Was sollte all das heftige Gewünsche an sie, gut zu sein? Fing G-tt an zu zählen, wenn du deine erste Regel hattest? Vielleicht war G-tt ja nicht böse auf dich für alles, was du bis dahin getan hattest, aber von da an zählte es, jeder Gedanke und jede Tat und jede ausgeübte oder unterlassene *mizwe*. Sie empfand Bestürzung angesichts der Aussicht, wirklich gut sein zu müssen. Sie wechselte absichtlich das Thema. »Hat meine Mutter Chava im gleichen Alter angefangen wie ich?«

»Du bist zwölf, richtig? Ja, im gleichen Alter. Chava war da schon hübsch, hatte sich schon was in den Kopf gesetzt. Ich war die Vernünftige, ich mußte auf die Kleinen aufpassen. Deine Tante Batya war die Verdrehteste, am meisten hinter den Jungens her. Esther, die war noch ein kleines Kind, als ich fortging. Sie ist die, die gut geheiratet hat. Esther und Batya haben beide Balabans geheiratet, auch aus Kozienice, aber Batya hat den hübschen Jungen ohne Verstand geheiratet und Esther den mit der Mühle, und sie führt ihm die Bücher.«

Naomi liebte es, wenn Tante Rose von den Schwestern erzählte. Das machte die Familienbande lebendig, ließ Naomi spüren, daß sie immer noch in der gleichen Familie lebte, so verstreut über Europa und Amerika sie auch war.

Beim Abendessen, als sie sich an den Tisch setzte zu der Suppe aus Zwiebeln und Kartoffeln, zu der es das dunkle Brot gab, nach dem Tante Rose sie zum Bäcker geschickt hatte, schaute Onkel Morris sie mit solch einem Gesicht aus Wehmut und Sorge und verschmitztem Grienen an, daß sie sofort wußte, Tante Rose hatte es ihm gesagt. Am liebsten hätte sie den Löffel hingeworfen und wäre aus dem Zimmer gerannt. Was sie zurückhielt, war die Erinnerung an die vielen blöden Auftritte, die Jacqueline hingelegt hatte, wo sie meistens Maman, aber manchmal auch Papa vorwarf, gefühllos zu sein, sie nicht zu achten, sich über ihre Gedanken lustig zu machen. Rums ging der Löffel und racks ging der Stuhl, und Jacqueline rannte raus und schloß sich in die *salle de bains* ein. Was sie da drin trieb, blieb ihr Geheimnis. Man hörte nur heftig das Wasser laufen. Wenn sie rauskam, sah sie aus, als hätte sie eine geheime Botschaft empfangen; dann war sie sehr von sich angetan, sehr abweisend und von oben herab. Sie warf allen Blicke aus den Augenwinkeln zu, als wollte sie sagen: Ihr wißt gar nicht, wer ich bin, aber eines Tages werdet ihr es wissen, nachdem ich Großes vollbracht habe!

Naomi beschloß, nicht so blöd zu werden wie Jacqueline. Ohne sich um die andern zu kümmern, aß sie ihre Suppe. Das Blut war nicht sonderlich beeindruckend. Sie hatte weit stärker aus der Nase geblutet, wie auch Rivka, als sie ihre Namen in eine Kastanie einschnitten und dabei das Messer abrutschte. Doch da alle ihr immer wieder verstohlene Blicke zuwarfen, sagte sie schließlich: »Ich möchte gern etwas wissen.«

»Was denn?« fragte Ruthie im selben Moment, in dem Onkel Morris sagte: »Bist du sicher, daß du nicht bis nach dem Abendbrot warten und deine Tante fragen willst?«

»Warum finden es alle komisch oder falsch, wenn ich mit einem farbigen Mädchen befreundet sein will? Was geht das die andern an?«

Alle in ihrer neuen Familie sahen bestürzt aus, als hätte sie nach etwas noch Peinlicherem als der Regel gefragt. »Dein Onkel Morris wird es dir erklären«, sagte Tante Rose, während Arty und Sharon Gesichter zogen, als schmeckte die Suppe nicht gut. Naomi sah schon, sie würde es nie fertig bringen, wie eine Erwachsene zu sein, auch wenn sie jetzt blutete. Onkel Morris sagte, nach dem Abendbrot würde er mit ihr reden, als hätte sie etwas Unanständiges gefragt. Sie gab auf und aß ihre Suppe. Ihr fiel ein, wenn sie in letzter Zeit Rivka fühlte, dann hatte Rivka immer Hunger.

Daniel 2

Das große purpurne Kreuzworträtsel

Daniel war immer ein begeisterter Rater des Kreuzworträtsels der *New York Times* gewesen. Während seiner Jahre am City College hatte er genüßlich mit seinem Vetter Seymour gewetteifert, wer es schneller löste. Der, der es zuerst heraushatte, rief den anderen an und brüstete sich. Er hatte sich jedoch nie träumen lassen, daß er sich eines Tages unter enormem Druck und mit einem Gefühl drohenden, furchtbaren Versagens Tag und Nacht mit einem gigantischen Kreuzworträtsel abmühen würde.

Natürlich war die Kryptologie – in seinem Fall die Entschlüsselung japanischer Codes – nicht das gleiche wie das Lösen eines Kreuzworträtsels, doch manchmal fühlte es sich so an, denn alles an dem Gebäude, das sie errichteten, stand zueinander in Beziehung; wenn sie ein Partikelchen entschlüsselten, dann änderte das andere, schon erratene Bausteine und machte sie zu Gewißheiten oder Fehlern.

Im Frühjahr, als einige aus seinem Japanischkurs nach Washington abkommandiert wurden, stellte sich Daniel die Frage, was man wohl mit ihm anfangen würde. Er malte sich aus, auf einem Tropeneiland Kriegsgefangene zu verhören. Ob man ihn direkt nach Übersee schickte? Er gehörte zum zweiten Trupp der Dienstverpflichteten. Am College hatte er befriedigende Noten gehabt und sich selten zu Höchstleistungen angestachelt gefühlt. Hier dagegen hatte er Lehrgangskameraden überflügelt, die seit Jahren Japanisch lernten. Er hatte sich nie für dumm gehalten, aber auch nie für hochbegabt. Sein Vetter Seymour war der Intellektuelle und sein Bruder Haskel der Einser-Student. Nun sah er sich mit neuem Respekt vor seiner Intelligenz.

Dann kam plötzlich aus heiterem Himmel der Marschbefehl zur Sektion 20-G, wo er eiligst und mit wütendem Druck von oben auf die Kryptologie angesetzt wurde. Das erinnerte ihn daran, wie Haskel ihm das Schwimmen beibringen wollte, indem er ihn im YMCA vom Rand des Beckens schubste. Er wurde in tiefes und kabbeliges Wasser geworfen, inmitten eines tosenden Sturms unbegreiflicher Direktiven. Doch irgendwie lernte er. Wochenlang begriff er den Zweck dieser fieberhaften Aktivit ten nicht, doch er versuchte, sich seinen Weg zu bahnen.

Anfangs fühlte sich Daniel bei der Sektion 20-G in Washington fehl am Platz. Die H lfte des Personals bestand aus Marinestabsoffizieren, den Annapolis-Absolventen, die als Teil ihrer Ausbildung einige Zeit in Japan verbracht hatten. Die andere H lfte bestand aus Zivilisten, M nnern und Frauen, deren Herkommen und Werdegang sie mit der japanischen Sprache und Kultur verband. Mehrere von ihnen waren Nisei, in den USA geborene Japaner, andere waren teilweise japanischer Abstammung oder hatten japanische Ehepartner. Daniel brachte ihnen nicht das Mißtrauen gegen alles Japano-Amerikanische entgegen, das typisch für die meisten Amerikaner und sogar offizielle Regierungshaltung war. Nach der Verhaftung und Internierung von Japano-Amerikanern hatte die Marine ihre eigenen Nisei von der Westküste nach Colorado verlegen müssen, um sie zu schützen. Ohne sie w re das Programm lahmgelegt gewesen.

Er zog in das erste Zimmer, das er in der überfüllten Stadt finden konnte, bei einer lautstarken Familie aus Kentucky, die ihm fürchterlich auf die Nerven ging. Schließlich fragte ihn ein Kollege aus seiner Abteilung, ob er sich eine winzige Wohnung draußen unweit Maryland, im dritten Straßenalphabet, mit ihm teilen wollte, weit vom Capitol und von ihrer Arbeitsst tte entfernt, aber eine Wohnung nur für ihn und Rodney. Er sagte zu, ohne sie gesehen zu haben. Das war auch gut so, denn sie war dunkel, eng und heiß, im zweiten Stock direkt unter dem Dach, ohne Fahrstuhl und mit einer Aussicht aufs n chste Dach, die reichliches Anschauungsmaterial zum Paarungsverhalten von Tauben lieferte.

Sie hatten nur zwei Zimmer und eine winzige Küche. Rodney, der die Wohnung aufgetrieben hatte, beanspruchte das Schlafzimmer. Daniel bekam das Schrankbett im Wohnzimmer. Er fühlte sich wie zu Hause, denn sein Bett in der Bronx war genauso eine Zumutung gewesen. Er beschloß, das Bett in seinem Schrank zu lassen und auf einer Matratze auf dem Fußboden zu schlafen. So bestand eine Ecke ihres Wohnzimmers aus seiner Matratze mit einem Haufen zusammengewürfelter Kissen, darunter auch seine Kopfstütze aus geflochtenem Bambus in Form eines Löwen, die er seit Schanghai immer auf seinem Bett gehabt hatte.

Darüber hängte er die Schriftrolle, die er mit Hilfe eines Freundes in Soochow erhandelt hatte. »Wie eine Künstlerbude«, grummelte Rodney, aber da er das Schlafzimmer nicht abtreten mochte, blieb es bei diesem Patt. Rodney sprach kaum mit Daniel außer in betrunkenem Zustand, dann schwafelte er endlos über seine Probleme beim Verführen von Frauen.

Washington war kein gigantisches, kosmopolitisches Bienenhaus wie New York und Schanghai, kein Zentrum intellektuellen Lebens wie Boston. Es war eine wuchernde Südstaatenstadt, die sich im halben Tempo von New York bewegte. Viele der jüngeren Männer und Frauen gingen barhäuptig, wohingegen in New York alle Hüte trugen. Es gab in der ganzen Stadt nicht einen Wolkenkratzer. Alles war nach Rassen getrennt und für Farbige und Weiße gekennzeichnet. Ihm kam das nicht nur rüde, sondern töricht vor, dicht an hysterischem Verhalten. Die farbige Bevölkerung von Washington war groß und schien recht heterogen, obwohl nahezu generell in elenden Wohnverhältnissen untergebracht, viele in sogenannten Hinterhofhäusern, die hinter den eigentlichen Häusern in wimmelnden Pferchen standen und ihn an die zwielichtigen Viertel von Schanghai erinnerten.

Jeden Tag fuhr er mit der Straßenbahn in das Marinehaus an der Achtzehnten Straße Ecke Constitution Avenue, ging an den Marinewachen vorbei hinauf zum dritten Deck – als erstes hatte er hier lernen müssen, Stockwerke Decks zu nennen, Wände Schotten und anderen Marineunsinn – und begab sich in die Abteilung für feindliche Funksprüche. Sektion 20-G war kein stiller Winkel intensiven Studiums, keine glückliche Familie, kein Ort, an dem man willkommen geheißen wurde und als fröhliches Rädchen im großen Getriebe seinen Platz angewiesen bekam. Es war ein Irrenhaus. Mitarbeiter, die schon vor dem Krieg dabeigewesen waren, schienen von dem Schuldbewußtsein geplagt, daß Pearl Harbour zum großen Teil eine Marinepanne und somit eine Panne der Marineabwehr gewesen sei. Sie arbeiteten wie besessen. Ihr Chef brüllte, tobte, schrie sie an, paßte beständig auf, daß jedes Gespräch sich auf die Arbeit bezog und nur auf die Arbeit. In einer Ecke saß der frühere Sektionsleiter, und Pearl Harbour hing ihm am Hals wie der tote Albatros dem Alten Seemann. Niemand würdigte ihn eines Blickes, und er schien wenig zu tun zu haben außer einem endlosen Autopsiebericht.

Daniel hatte keine Ahnung, wie er dazu kam, Verbindungsmann, ein vornehmeres Wort für Botenjunge, zu William Friedman zu werden, aber die vorige Kontaktperson war zum Marinenachrichtendienst in Pearl Harbour versetzt worden, wo es eine weitere Kryptologieabteilung gab. Niemand erklärte ihm das. Und niemand erklärte ihm, woran sie arbeiteten, nämlich an japanischen Geheimcodes. Die Sektion schien nach den gleichen Grundsätzen zu arbeiten, nach denen in Boston Straßenschilder errichtet wurden: als Zeichen für die, die sich schon auskannten, und mit deutlichem Mißtrauen Fremden gegenüber, mit der eingefleischten Überzeugung, wer nicht schon wußte, wo er war, hatte dort auch nichts zu suchen.

William Friedman stand dem Sicherheitsamt der Fernmeldetruppe vor, gleich nebenan auf der Mall in einem weiteren Labyrinth namens Zeughaus oben im dritten Stock – wo Stockwerke Stockwerke waren. Daniel ging gern hinüber. Friedman war eine Vaterfigur, nicht nur für ihn, sondern auch für seinen eigenen Stab. Er war kein gemütvoller Vater, sondern ein kühler, unnahbarer, allwissender Vater, der sorgfältig auf die Schulung seines Personals achtete. Sein Schreibtisch und sein Kopf schienen ständig aufgeräumt. Daniel fand die Atmosphäre in seinem Amt erfrischend und beruhigend zugleich. Hier wurde genauso hart gearbeitet wie bei der Marine, aber die Atmosphäre war klar, vernünftig und freundlich.

Friedman war ein kleiner, gepflegter, adretter Mann, Träger von Gamaschen, elegant geschneiderten dreiteiligen Anzügen, von Schuhen, die nicht blank poliert blitzten, denn dafür war das Leder zu weich und zu fein, sondern von innen heraus warm schimmerten wie altes Geld: doch Friedman war Jude. Er war in Kischinjow, nun Sowjetunion, geboren worden und als Kleinkind ausgewandert. Er sprach ohne Akzent bis auf eine bestimmte O-Färbung, die Daniel mit Pittsburgh verband. Friedman war ein Genie. Sogar das Vokabular, in dem Daniels neuer Beruf sich ausdrückte, war von Friedman geprägt worden, bis hinunter zu der Bezeichnung, die seine Tätigkeit beschrieb: Kryptologe.

Friedman hatte eine Frau, Elizebeth, die in dem Metier, das hauptsächlich diese beiden erfunden hatten, fast den gleichen Ruf genoß wie er. Beide waren seit den zwanziger Jahren in Washington und ersannen Codes für die meisten Regierungsinstitutionen, die welche benötigten, von der Armee bis zum Finanzministerium, von der Küstenwache bis zu Oberst Donovans verwegenem Geheimdienstunternehmen. Sie hatten auch Codes entschlüsselt und waren als Sachverständige in zahlreichen Prozessen aufgetreten. Es hieß, Friedman stünde seiner Frau sehr nahe, sei verrückt nach ihr. Kein Hauch von Skandal hatte je ihre Beziehung getrübt. Aber Friedman war vor Pearl Harbour aus der Armee entlassen worden und nun Zivilist. Es hieß, die Anstrengung, den diplomatischen Code der Japaner, genannt Purpur, zu knakken, habe bei ihm zu einem Nervenzusammenbruch geführt, und die Armee hatte diesen Augenblick gewählt, um ihn für seine Extravaganz zu bestrafen. Was es auch war, Friedman umwehte ein Hauch von Trauer, dachte Daniel, als hätte er zu viel gesehen – eine philosophische Traurigkeit unter der strengen und nie versiegenden Brillianz des Intellekts.

Friedman hatte ihn bei seinem ersten Eintreffen als Botenjunge scharf gemustert, ein wissender Blick, der nach Daniels Vermutung damit zu tun hatte, daß die Marine einen der wenigen verfügbaren Juden zu ihm geschickt hatte. Dann schien Friedman sich im Geiste einen Schritt zurückgenommen zu haben und Daniel bei den nächsten Begegnungen unvoreingenommen zu betrachten. Schließlich brachte er ihm Interesse entgegen: nicht unbedingt ein freundliches, obwohl schon in dieser Beachtung eine Art Freundlichkeit lag. Friedman war ein Mann, der Förmlichkeit als Waffe benutzte, da er sich in diesem militärischen Milieu oft schützen mußte. Judenverhöhnung und Antisemitismus grassierten in Washington. Daniel fragte sich manchmal, ob nur die geringe Zahl der ortsansässigen Juden die Stadt davon abhielt, eine dritte Kategorie von Toiletten und Schulen einzurichten.

Es wurde Ende April, bis er zu verstehen begann, was sie da eigentlich taten, auch wenn ihm schon aufgefallen war, wie Washington sich um ihn herum veränderte, vor Uniformen starrte, das Gewusel auf den Straßen plötzlich um Jahre verjüngt. Niemand setzte ihn ins Bild; es schien zur Politik des Hauses zu gehören, ihn im dunkeln tappen zu lassen. Er mußte sich die Bedeutung seiner Arbeit ganz allein zusammenbuchstabieren, so, wie er die Bedeutung der teilweise entzifferten Funksprüche vollständig entschlüsseln, übersetzen und zusammensetzen mußte.

Die Japaner benutzten eine Maschine für ihre Codierung, eine

Maschine mit vielen Läufern oder Rotoren. Niemand von ihnen hatte diese Maschine je gesehen. Die Arbeit der Feindnachrichtenabteilung bestand daraus, Radiosignale aus dem Äther zu pflücken und niederzuschreiben. Friedmans Gruppe war es gelungen, Ende des Sommers 1940 eine funktionierende Nachbildung der Purpur-Maschine zu konstruieren und den Code teilweise zu entschlüsseln. Purpur war nur einer von vielen Codes. Armee und Marine Japans benutzten eine Vielzahl weiterer Codes, die ebenfalls entschlüsselt werden mußten. Purpur jedoch war der Code aller diplomatischen Vertretungen, eine Fundgrube an Informationen über Japans Ziele und Gedankengänge und Beobachtungen weltweit. Die Marine und die Armee hatten in täglichem Wechsel an der Purpurentzifferung gearbeitet und dann ihre Ergebnisse abgeglichen. Daniel verbrachte seine Arbeitstage damit, Buchstabenklumpen wie diese anzustarren:

XYBLG IRGUB NZZCU IRFLB USKLM

Er bedauerte es, als die Heeresleitung beschloß, der Marine die Entschlüsselung von Purpur zu entziehen und ganz der Armee zu überlassen, denn das hieß, daß er Friedman nicht mehr regelmäßig sah. Er hatte eine Schwäche für den adretten kleinen Mann mit den förmlichen Manieren und der Aura, nicht ganz dazuzugehören. Er war froh, Friedman etwas Gutes bringen zu können, das Neueste von Baron Oshima, dem japanischen Botschafter in Berlin. Oshimas Kabel nach Tokio waren eine ausgezeichnete Informationsquelle über die Deutschen, denn seit der Unterzeichnung des Dreimächtepakts zwischen Deutschland, Italien und Japan hatten die Nazis Oshima in ihre Vorbereitungen und Kriegspläne eingeweiht. Der Baron war der beste Agent, den die Amerikaner in Berlin hatten. Durch Oshima hatten sie im voraus gewußt, daß Hitler den Angriff auf die Sowjetunion plante, erfuhr Daniel, aber amerikanische Versuche, die Sowjets zu warnen, waren an Stalins strikter Weigerung gescheitert, das zu glauben.

Friedman saß mit geschürzten Lippen an seinem Schreibtisch, und sein Blick verlor sich in innere Fernen, die kleinen, zerbrechlich wirkenden Hände spielten mit einem Bleistift. Als Friedman ihn schließlich bemerkte, schien ihm seine Geistesabwesenheit fast ein wenig peinlich zu sein, doch er hatte Daniel wie auch seinem eigenen Stab beigebracht, ihn nicht zu stören, wenn er ein Problem durchdachte. Daniel hätte eher den ganzen Tag dagestanden, als ihn unterbrochen.

»Wann ist Ihr Umzug?« fragte Friedman und überflog rasch das Bündel Papiere. Die Marine zog in eine frühere Mädchenschule, Mount Vernon, so wie Friedmans Dienst in eine andere zog, Arlington Hall. Offenbar gab es um Washington herum ein Übermaß an ehemaligen Mädchenpensionaten, die höheren Töchtern den letzten Schliff verleihen sollten, sinnierte Daniel. Vielleicht waren ihnen die höheren Töchter ausgegangen.

»Wir hoffen, nächsten Monat umzuziehen, wenn hoffen das richtige Wort ist. Da draußen sind nicht mal Insektengitter an den Fenstern.«

»Dann werden Sie mehr Beschäftigte haben, als Sie bislang zählten, und neunundneunzig Prozent davon werden sechs Beine haben und stechen. Sie sollten sich mit einem guten Insektenführer versorgen und sich an der Vielfalt freuen.«

Daniel wußte nicht genau, ob Friedman im Scherz sprach, da sein Gesicht sachlich blieb und er immer noch den Abzug überflog. Er machte einige Randnotizen. »Ich dachte gerade«, sagte er, »daß Juden sich vielleicht so rasch Sprachen aneignen, weil sie unabhängig vom Geburtsort schon früh mehrere lernen.«

Daniel brachte das ein wenig aus der Fassung. Er hatte einen Kommentar zu dem Kabel des Barons erwartet, aber Friedmans Gedanken waren bei Daniels Japanisch, eine Sprache, so hatte ihm Friedman erzählt, die er zu seinem Bedauern aus Zeitmangel nicht hatte lernen können. Daniel schaltete um. »Ach, Sie meinen, weil wir Hebräisch lernen. Und Jiddisch oder Ladino oder was immer zu Hause gesprochen wird. Dann die Landessprache. Innerhalb meiner eigenen Familie müssen die vier Brüder meines Vaters und ihre Familien zehn Sprachen sprechen. Vielleicht mehr.« Er begann, sie im Geiste zu zählen.

Friedman beendete die Durchsicht. »Das hier kommt mir eher vor wie eine Wunschliste Hitlers als irgend etwas Reales, aber ich nehme an, es ist durch den Dienstweg gegangen?«

»Ja, Sir, selbstverständlich.«

»Sie haben seit Ihrer Ankunft an Purpur gearbeitet. Zu schade, daß wir Sie nicht einfach hierher versetzen können.«

»Das wäre mir sehr lieb«, sagte Daniel offen. »Lieber als alles andere. Aber ich kann mir nicht vorstellen, daß die Marine sagt: Klar, gehen Sie und arbeiten Sie für die Armee. Wir werden Sie morgen überstellen, denn das ist eine vernünftige Entscheidung.«

»Manchmal benehmen die Marineherren sich, als wären die anderen Heeresgattungen ihre schlimmsten Feinde.« Friedman seufzte. »Alle Gattungen waren früher arme Verwandte, gingen zum Kongreß mit der Mütze in der Hand und baten um Futter für ihre Maulesel und um Farbe für ihre verrostenden Kähne. Sie haben in erstaunlicher Weise Gefallen an der Macht gefunden.«

»Löst der Krieg das nicht automatisch aus? Alle Macht dem Militär?«

»Die Briten und die Sowjets haben die Entscheidungsgewalt nicht an das Militär abgetreten, sondern die Politiker haben das Sagen – ob zum Guten oder zum Schlechten. Als einzige unter den Verbündeten überlassen wir politische Entscheidungen den Generälen.«

Nach beendeter Audienz ging Daniel zurück und war glücklich. Wenigstens würde Friedman ihn nehmen, wenn er die Möglichkeit hätte, und das war das größte Kompliment, das er je erhalten hatte. Später an dem Tag sah er Friedman mit einer Gruppe hoher Tiere der Armee vor dem Zeughaus stehen, mit Drei- und Viersternegenerälen, alles bullige, vierschrötige Männer, mit denen er offensichtlich gerade eine halb-historische Konferenz gehabt hatte. Friedman stand ein wenig abseits, lächelte leicht gedankenverlorenen. Er wirkte, als wäre er durch einen unglücklichen Zufall unter die Generäle geraten, eine geschmeidige asiatische Katze, eine Siamkatze, die sich plötzlich in einer Herde schnaubender Bullen wiederfindet, vorsichtig deren Hufe meidet und nicht recht weiß, in welcher Sprache sie anzureden sind. Doch Daniel war bekannt, wenn Friedman den Militärs einen Lagebericht gab, dann hörten sie zu. Friedman wußte sehr wohl, wie er mit ihnen reden mußte, damit sie ihn verstanden, denn er hatte seit Jahren ihre Offiziere ausgebildet. Er hatte ihr gesamtes Ausbildungssystem für Funkverschlüsselung und Geheimcodes aufgebaut.

Purpur loszuwerden verringerte keineswegs den Druck auf Sektion 20-G; die Spannung stieg, bis das Büro davon glühte. Es war, als jaulte eine hohe Stimme aus der Decke ständig: *Los, los, los, los, los*. Die japanischen Marinecodes mußten vorgestern entschlüsselt sein; die lebenswichtigen Funksprüche mußten entziffert und übersetzt sein. In Pearl Harbour war ein so großer Teil der amerikanischen Flotte vernichtet worden, daß es kein einziges Schlachtschiff mehr gab und nur noch vier Flugzeugträger. Die Admiräle Kind und Nimitz mußten wissen, was die Japaner taten, und zwar, bevor sie es taten, denn nur dann konnten sie ihre paar Stücke über die weite blaue Tafel an den richtigen Fleck schieben. Sogar dann waren sie an Feuerkraft unterlegen, aber ohne dieses Vorauswissen hatten sie nicht die geringste Chance, weitere japanische Invasionen zu verhindern.

Deshalb arbeiteten sie unaufhörlich, unterbesetzt, bis weitere junge Offiziere aus den Sprachprogrammen in Boulder und Harvard entlassen wurden. Deshalb arbeiteten sie die Nächte durch. Deshalb arbeiteten sie an sieben Tagen in der Woche. Deshalb fand Daniel sich eines Samstag abends in einem Restaurant mit einer Speisekarte der Südstaatenküche vor der Nase sitzen und verzweifelt bemüht, sie zu entschlüsseln, und konnte nicht glauben, daß sie meinte, was sie sagte, und wußte beim besten Willen nicht mehr, was diese Wörter, die sich in einzelne Buchstaben und dann in schwarze Chiffren aufzulösen schienen, bedeuten mochten.

Die Spannung setzte allen zu. Rodney, dem sonst nie ein lautes Wort entschlüpfte, schmiß sein Lexikon auf den Boden und fluchte, während die heißblütigeren Kryptologen sich gegenseitig Beleidigungen an den Kopf warfen. Eine der älteren Frauen, Sonia, weinte, und Ann verbarrikadierte sich hinter einer Wand aus Büchern, über die hinweg kein Blick mehr auf ihre geschmeidige asiatische Schönheit zu erhaschen war. Ann verlor nie die Beherrschung; sie zog sich nur immer weiter in sich selbst zurück vor den wie reife Eiterbeulen platzenden Exzessen. Mehrere beantragten ihre Versetzung, und einige der Marineoffiziere erhielten sie und enteilten glücklich zum Einsatz auf ein Schiff.

Ein Seegefecht war im Gang, die wenigen amerikanischen Schiffe versuchten, der japanischen Invasionsflotte den Zugang zu Port Moresby an der Südküste Neugineas zu verwehren, nur dreihundert Seemeilen von Australien entfernt. Sektion 20-G hatte genug vom japanischen Marinecode (mit Spitznamen Rot) entschlüsselt, um ungefähr zu wissen, was die Japaner vorhatten, und Admiral Nimitz Vorwarnung gegeben. Doch während der Schlacht, die in den Zeitungen »Die Schlacht im Korallenmeer« hieß, vermochten sie nur wenige der japanischen Funksprüche zu entziffern. Und noch, als die Schlacht vorüber war, schien sie vielen in der Sektion ergebnislos verlaufen zu sein, zumal ihnen gleichzeitig klar wurde, daß die japanische Marine einen neuen und größeren Coup plante. Die Zeitungen bezeichneten die Schlacht als einen Sieg, doch Sektion 20-G wußte, wie verzweifelt die amerikanische Marine nach wie vor einen Sieg brauchte. Diesmal war es keiner, aber es war auch keine Niederlage. Die japanische Invasion war für diesmal abgewendet. Vielleicht mußten sie sich damit zufriedengeben, Nichtniederlagen zu feiern.

Das Beste an der Schlacht war, daß sich bei so viel abgefangenen Funksprüchen genug Vergleichsmaterial angehäuft hatte, um im Laufe des nächsten Monats die Aufschlüsselung vieler Codegruppen zu ermöglichen. Im Büro herrschte eine Atmosphäre mühsam bezähmter hysterischer Lachlust, denn zum einen wußten sie nun genau, worauf sie hinarbeiteten, und zum anderen hatten sie der Admiralität, die ihrer Arbeit eher mißtrauisch gegenüberstand, bewiesen, daß sie nicht nur nützlich, sondern notwendig waren. Das verringerte nicht den Druck, denn ihre Frist hatte ihnen Yamamoto persönlich gesetzt, der große japanische Seelord, der den Überfall auf Pearl Harbour geplant und geleitet hatte.

Yamamoto befand sich auf dem Flaggschiff *Yamato*, und von diesem ultramodernen Schlachtschiff aus versammelte er zweihundert weitere Schiffe für einen bevorstehenden Angriff, der die amerikanische Flotte endgültig auslöschen sollte. Bis Mitte Mai konnten sie – Washington und der Marinenachrichtendienst in Pearl Harbour – neunzig Prozent aller wichtigen Funksprüche mitlesen. Bisher hatte Daniel fünf Flugzeugträger, elf Schlachtschiffe, sechzehn Kreuzer und neunundvierzig Zerstörer ausgemacht. Die Amerikaner hatten drei Flugzeugträger, null Schlachtschiffe, acht Kreuzer und vierzehn Zerstörer. Auf der großen Karte markierten bunte Stecknadeln die neuesten bekannten Positionen der zusammenströmenden japanischen Streitmacht. Der Marinenachrichtendienst erfand eine Kriegslist, die bewies, daß die Japaner im Begriff standen, Midway anzugreifen.

Nach und nach wurden die Codes durchlässig, und nach und nach erschloß sich Daniel der Sinn seiner Arbeit. Einsatzbefehle wurden über Funk durchgegeben. Konnten die Amerikaner erst einmal die japanischen Funksprüche mitlesen, dann wußten sie zur gleichen Zeit wie die japanischen Offiziere, was die Japaner vorhatten. Endlich zahlte sich der ungeheure Berg an Arbeit rund um die Uhr in dieser mißgelaunten Hektik aus, denn die meisten der seltsamen Klumpen aus fünf Buchstaben bedeuteten nun etwas Konkretes.

Am dritten Juni begann die Schlacht, wie Sektion 20-G und der Marinenachrichtendienst es Nimitz vorausgesagt hatten, und Daniel wartete mit den anderen in dem grauen, mit IBM-Ausdrucken überhäuften Raum. Sie hatten so viele der Gefechtcodes, die nach der Schlacht im Korallenmeer benutzt wurden, entschlüsselt, daß sie die Kampfhandlungen anhand der japanischen Funksprüche verfolgen konnten. Nach stundenlangen, enttäuschenden Entschlüsselungen wäre Daniel lieber gewesen, sie hätten es nicht gekonnt. Nichts als Berichte von wirkungslosen Angriffen, die ohne weiteres abgewehrt wurden. Ein Angriff nach dem anderen, aber keine Verlustmeldungen, überhaupt keine Verluste außer japanischen Berichten von abgeschossenen amerikanischen Flugzeugen. B-17-Bomber griffen von der Insel Midway aus die japanischen Schiffe an, ohne irgendwelchen Schaden anzurichten. Amerikanische Jagdflugzeuge, die versuchten, die japanischen Bomber zu vertreiben, wurden von den überlegenen Zeros dezimiert. B-26-Bomber stiegen donnernd von Midway auf und flogen an den Japanern vorbei. Avengers und Devastators von den beiden amerikanischen Flugzeugträgern erreichten die japanischen Schiffe, warfen ihre Bomben, verfehlten und wurden abgeschossen. Eine Kampfformation von Vindicators aus Midway ereilte das gleiche Schicksal. Daniel nahm das Huhnsandwich, das ihm ein Maat mitgebracht hatte, legte es unangebissen hin und dachte, wir werden diesen Krieg verlieren. Ich werde nie nach Asien zurückgehen. Asien wird uns eine Generation lang verschlossen bleiben. Wir verlieren. Wir haben zu spät mit zuwenig angefangen.

Daniel konnte die japanischen Funksprüche mitlesen und den Amerikanern sagen, was Yamamoto plante, aber Sektion 20-G konnte keine versagenden amerikanischen Torpedos zur Explosion bringen; konnte keine Flugzeuge besser machen, als sie waren; konnte keine Kriegsschiffe hervorzaubern oder Piloten, so erfahren wie die japanischen. Und nach der totalen Vernichtung der ersten Torpedostaffeln sah es auch nicht so aus, als ob amerikanische Piloten mit ihren wirkungslos verpuffenden Torpedos und ihren weniger wendigen Flugzeugen, den schwerfälligen Devastators, lange genug überleben würden, um so viel Erfahrung zu sammeln.

Dann kam eine Nachricht vom Kapitän der *Akagi*, einem der japanischen Flugzeugträger: sein Schiff war schwer getroffen und stand in Flammen. »Wir haben eins«, schrie Daniel, und alle jubelten, als übertrüge das Radio ein Baseballspiel, und die *Senators* schlügen endlich einmal die *Yankees.* Die Dauntless-Sturzbomber von den amerikanischen Flugzeugträgern waren eingetroffen.

Sie sprachen immer noch über den Treffer, als ihm ein Maat eine weitere Meldung aushändigte. Er überflog sie rasch. »Die habe ich schon gesehen, Maat.«

»Sir ... das ist nicht dieselbe.« Der Maat schluckte.

Daniel schaute noch einmal. Eine Gruppe war anders. Diesmal war die *Kaga* getroffen. Etwas Erstaunliches geschah auf der anderen Seite der Welt, etwas, was sie mit ihren Listen von Vier- und Fünfbuchstabengruppen und mit ihrem ständigen Wühlen in japanischen Lexika und Spezialwörterbüchern für japanische Marineausdrücke wundersamerweise vorbereitet hatten. Die Amerikaner hatten die Überraschung auf ihrer Seite und schienen ausnahmsweise einmal zu gewinnen. Daniel merkte an seinem benommenen Schock, daß er ein gutes Ende nicht mehr erwartet hatte; vielleicht hatten sie sich alle schon zu sehr an Niederlagen gewöhnt. Sie sahen einander offener und freier an als bisher, bevor sie sich wieder in ihr übliches hektisches Treiben stürzten.

Ann, seit Monaten hinter Büchern verschanzt, entfernte einen Teil der Barrikade. Als er ihr zulächelte, zwinkerte sie rasch und schenkte ihm das winzige Aufblitzen eines Lächelns, bevor sie den Blick senkte. Wie zart sie war, wie erlesen und zerbrechlich. Inmitten des Schlachtgetümmels hielt Daniel inne und überlegte, wie er diesen Schutzwall durchbrechen konnte. Sie erschien ihm wie eine edle Prinzessin aus der *Geschichte vom Prinzen Genji.*

Die Atmosphäre mühsam unterdrückten Schuldbewußtseins, die über dem Büro gehangen hatte, löste sich auf, und die feuchtwarme Juniluft Washingtons ließ sich leichter atmen. Alle redeten einander plötzlich mit Namen an und blickten einander in die Augen. Sonia bot ihm die Hälfte von ihrem Roastbeefsandwich an, Rodney griente ihm zu. Irgendwann in der halben Stunde zwischen der Nachricht, daß die *Soryu* getroffen war, und der Nachricht, daß sie sinkend aufgegeben werden mußte, begannen die Menschen in dem langen Raum, sich weniger wie verdammte Seelen in der Hölle zu fühlen, dachte Daniel, und mehr wie eine Gemeinschaft. Sie begannen, stolz auf ihre Arbeit und aufeinander zu sein. Diese Schlacht war auch ihr Sieg.

Jeff 2

Das Kriechtier aus dem Sumpf von Alabama

Jeff hatte mit vierzehn schießen gelernt. Der Professor hatte es ihm nicht beigebracht; sein Vater billigte so etwas nicht. Jeff war einsam, hatte aber keine Lust, sich immer mit den anderen Lehrerskindern herumzudrücken. Nach dem Tod seiner Mutter fing er an, die Umgebung zu durchstreifen, manchmal auf seinem Fahrrad, manchmal als Mitfahrer auf dem Trittbrett eines klapprigen Ford Model T über Schotterstraßen, manchmal auf der Ladefläche eines bäuerlichen Kastenwagens. Er suchte das Entrinnen, und die Herumtreiberei mit den Kindern auf den Farmen in den Bergen gab ihm einen Fahrschein aus seinem Jammer. Dort war er nicht mehr schüchtern, weil sie ihn nicht als schüchternen Bücherwurm kannten. Dort war er frei, sich als Abenteurer auszugeben. Er war etwas Besonderes, der mit den vielen Einfällen, ein Anführer, der sich in einer den anderen Jungen nur allzu vertrauten Umgebung neue Abenteuer ausdachte.

Er lernte jedes Seitensträßchen und jeden Fußpfad in den Bergen kennen, die alle Entrinnen, Abenteuer, Kameradschaft darstellten, die er nach und nach zu lieben begann, anfangs mit dem Bleistift, dann mit Wasserfarben, schließlich mit Ölfarben. Vielleicht hatte ihn sein Bedürfnis, diese Landschaft zu besitzen und zu feiern, zum Maler gemacht.

Er hatte schießen gelernt, und obwohl es für ihn immer schwierig geblieben war, Vögel und andere Tiere zu töten, tat er es, weil es erwartet wurde und weil die Ablehnung durch seine Freunde den Ausschluß aus seinem selbsterkorenen Abenteuer zum Preis gehabt hätte. Rotwild mochte er nicht jagen, aber er ging mit seinen Freunden auf Enten- und Gänsejagd und schoß Kaninchen und Eichhörnchen. Er zog das Tontaubenschießen vor, mit dem er im College anfing. Zach war ein recht guter Schütze, aber Jeff war besser. Da er sich über die Jahre so viele Gewehre und Schrotflinten von anderen geliehen hatte, erfaßte er rasch die Eigenarten einer jeden Waffe und stellte sich darauf ein. Als er auf der Ferienranch arbeitete, ließ Quinlan ihn mit einem 44er Colt zum Ergötzen der Gäste ein Schauschießen veranstalten und hin und wieder Unterricht im Scheibenschießen geben.

Es blieb der Armee vorbehalten, seinen langen Flirt mit Feuerwaffen zu bestrafen, denn er saß in Alabama fest, gelangweilt bis zum intellektuellen Niveau der Schimmelpilze, die ihm zwischen den Zehen und hinter den Ohren wuchsen, er trank viel zu viel und fieberte etwas von einer leichten Infektion, einem Rückfallfieber, das ihn schwächte, aber nie fest aufs Krankenbett warf. Er war Ausbilder am M-1-Gewehr. Seine Klassen kamen und gingen, aber ihm wuchs Moos auf dem Rücken.

Das einzige, was ihn damit aussöhnte, war gerade nach Übersee verschifft worden, seine Krankenschwester Betty Jo, die einen vollen Dienstgrad höher stand als er. Sie war ein Rotschopf aus Tennessee und konnte ihn unter den Tisch trinken, die derbmäulige, braunäugige Tochter eines Bergmannes. Betty Jo starrte verbissen aus leicht geschlitzten Augen und mit etwas verkniffenen Lippen auf die Welt, bis sie die Schuhe auszog, und dann kam eine deftig liebevolle Person zum Vorschein, ebenso überraschend wie ihr weicher Körper unter der Uniform. Er hatte Betty Jo kennengelernt, als einer seiner Schüler ihm in den Arm schoß. Der Soldat konnte nicht verstehen, warum Jeff ihn nach dem Unfall nicht schurigelte.

Sie war auch einsam. Jeff kam dahinter, warum die Armee alle Krankenschwestern zu Offizieren ernannte. Sie konnte mit keinem der Mannschaftsränge ausgehen, denn die Dienstvorschriften verboten solche Mischung. Und so war die Verleihung des Offiziersranges ein Weg, die Krankenschwestern für alle außer männlichen Offizieren sexuell zu verbotenem Terrain zu machen. Manchmal waren die Wege der Armee dunkel, aber ihre Absicht erbarmungslos deutlich.

Nun war sie fort und hinterließ Jeff deprimiert. Sein Leben schien eine Reihe von stehenden Lagunen, die durch kaum fließende Stichkanäle verbunden waren. Als er sich zum Militär gemeldet hatte, dachte er anfangs oft an gewaltsamen Tod, aber jetzt dachte er daran, an Langeweile und Trägheit zugrundezugehen, durchzufaulen wie ein im Moorwasser versunkener Baumstumpf. Der Sommer war nie seine Lieblingsjahreszeit gewesen, und der Sommer kam hier im April. Schwüle war Dauerzustand.

Er mußte säuerlich lächeln bei dem Gedanken, daß er Brachvogel erzählt hatte, es ziehe ihn in eine grünendere, südlichere Landschaft. Anfangs hatte er hier zu malen versucht, aber Papier wie Leinwand verwelkten und vermoderten. Sein Kommandeur machte ihm das Leben schwer und rief ihn immer mit 'Hey, Rembrandt'. Schließlich übermannte ihn die Trägheit, und er dachte nicht mehr an Licht und Farbe. Morgens erwachte er nicht mehr mit jenem Gefühl des Besitzens, von Formen, die in seinem Kopf Gestalt annahmen, von Farbtönen, die immer lebhafter wurden. Er sah keine Bilder mehr, und er malte nicht mehr. Er war ein Tier, nicht mal ein Hund oder ein Waschbär, sondern etwas Niederes und Schläfriges wie ein Salamander in verrottendem Laub.

Er ersuchte um Versetzung, aber nichts geschah. Die Armee sprang mit kleinen Leutnants so um, wie er mit benutzten Rasierklingen verfuhr. So war er erstaunt, als ihn ein Brief von einem unbekannten Hauptmann Cunningham erreichte, der anfragte, ob er sich dem Amt für Strategische Dienste, dem Office of Strategic Services, anschließen wollte, und die übliche Menge an Armeebewerbungsformularen beifügte. Er füllte sie aus und schickte sie ab und fragte sich, worum es sich drehen mochte. Im Armeechinesisch konnten strategische Dienste das Ausliefern der Post oder das Organisieren von Freizeitvergnügungen für die höheren Chargen sein. Nichts würde herauskommen bei seinem neuerlichen Versuch, dieser Wasserschlangenfalle zu entrinnen.

Zehn Tage später zitierte ihn sein Kommandeur zu sich. »Sie haben sich rausgewieselt, Rembrandt. Ich weiß nicht, wen sie da kennen, aber das hört sich an wie ein gemütliches Schreibtischpöstchen in Washington.«

Sein Befehl lautete ganz einfach, sich am kommenden Montag beim OSS in Washington einzufinden. In der verbleibenden Zeit gab ihm der Alte die schmutzigsten Sonderkommandos, die er sich ausdenken konnte, und er mußte mit den Männern in die Sümpfe marschieren und einen Tag lang Dschungelkrieg üben und eine Nacht lang im Freien kampieren, worin Jeff lediglich eine Methode sah, die Moskitos zu füttern. Sein Fieber stieg, bis ihm in der Hitze, die so greifbar war wie eine erstickende, nasse Wolldecke, die Zähne klapperten.

Am Montag erfuhr er in Washington wenig mehr, als daß OSS genauso viel Papierkram produzierte wie andere Armeeabteilungen und von den Mitarbeitern nur OSS genannt wurde und niemals der, die oder das OSS. Er gab auf fünf verschiedenen Formularen seinen Bildungsweg an und seine nächsten Verwandten auf sechs. Ein Major Cod hielt ihm eine strenge Begrüßungsansprache und betonte, die ihm bevorstehenden Aufgaben schlössen das Sammeln von nachrichtendienstlichen Informationen hinter den feindlichen Linien ein und seien vertraulicher und höchst gefährlicher Natur, und die OSS-Ausbildung sei sowohl anstrengend als auch riskant und erfordere geistige Widerstandskraft und körperliches Durchhaltevermögen. Der Major sprach gerne in Bandwurmsätzen. Jeff schloß aus dem Vortrag, daß OSS eine Art Kommandoeinheit war, und fragte sich, wie man auf ihn gekommen war.

Er wurde auf ein Gelände gefahren, daß aussah wie ein ehemaliger Country Club. Auf immer noch deutlich erkennbaren Tennisplätzen waren Zelte errichtet. Der Hauptausbilder, ein Hauptmann Spinnaker mit vorzeitiger Glatze, obwohl kaum dreißig, sagte ihm, er würde den Sonderoperationen zugeteilt und habe bis dahin seine Fähigkeiten im Guerillakrieg und im Sammeln geheimdienstlicher Meldungen zu schulen.

Dann übergab ihm Hauptmann Spinnaker einen versiegelten Umschlag. In diesem steckte ein weiterer, ebenfalls versiegelter Umschlag. Jeff rechnete schon damit, daß darin ein weiterer steckte und dann noch einer und noch einer, bis schließlich im Innersten eine kleine Pille mit der Anweisung ISS MICH zum Vorschein kam und ihn in einen Schmetterling verwandelte.

Doch in dem zweiten Umschlag steckte ein kurzer Brief, hastig in einer sehr vertrauten Handschrift hingeworfen.

> Alter Jeff:
> Höre, Du hattest was mit einem Alligator zu laufen, den Du bei einem Ringkampf kennengelernt hast. Tut mir leid, daß ich mich einmische, aber Mutter braucht Dich, und Alligatoren sind berüchtigt für ihre Wankelmütigkeit.
> Dieser Verein müßte Dir geistig und gesellschaftlich ein bißchen mehr liegen. Bring die Ausbildung hinter Dich. Traue niemandem und halte Deinen Mund fest geschlossen, außer um Getränke zu Dir zu nehmen. Geh davon aus, daß Du keinerlei

Freiheit hast, um Blödsinn anzustellen, bis Du mit der Ausbildung fertig bist, ab welchem Zeitpunkt Du es wie wir übrigen ungestraft und äußerst häufig tun kannst.
Z

Das große Z stand nicht für Zorro. Also Zach steckte hinter der plötzlichen Anfrage von Hauptmann Cunningham und seiner Versetzung. Jeff fragte sich, in was Zach ihn diesmal hineingezogen hatte; aber aus was Zach ihn herausgezogen hatte, stand ihm deutlich vor Augen, und er segnete seinen Freund, wo er auch gerade sein mochte.

Dieser neue Einsatz, auch wenn er mindestens so geheimnisumwittert war wie frühere Jungensspiele, schien die erste vernünftige Entscheidung, die die Armee über ihn gefällt hatte. Jeder in seiner Gruppe beherrschte zumindest eine europäische Sprache. Er sprach ausgezeichnet Französisch und konnte sich auf Spanisch, Italienisch, Deutsch und Griechisch verständigen. Seine OSS-Ausbilder waren sich offenbar im unklaren, ob sie ihn zum Spion schulten oder zum Guerillakämpfer, doch beide Tätigkeiten schienen ihm angetan, sein Gehirn in Gang und seinen Körper wach zu halten. In Alabama hatte er im Sterben gelegen.

Das Rückfallfieber verschwand in der gesünderen Luft von Washington. Sie hatten tagsüber Unterricht und nachts Übungen, stolperten durch die Wälder, um sich an Wachposten anzuschleichen, die auf sie warteten, sie versuchten, ein Nebengebäude zu erobern, das eine feindliche Befehlsstelle darstellte, oder mit Übungssprengladungen einen Schuppen in die Luft zu jagen, der ein Munitionslager darstellte. Sie überfielen aus dem Hinterhalt Fahrzeuge, die auf der nahegelegenen Straße hin- und herfuhren, und hetzten einander durch die Wälder und über den Golfplatz, auf dem das Gras inzwischen kniehoch wuchs. Sie übten Minenlegen an den Wänden des Schwimmbassins.

Es war nicht unbedingt eine interessante Landschaft, die mit weißen Schindeln verkleidete Offiziersmesse, die Garagen und die in aller Eile errichteten Nissenhütten, die neuer Nutzung zugeführten Nebengebäude, aber er ertappte sich dabei, wie er die Eichen vor der Veranda skizzierte, das Glitzern des Sonnenlichts auf den langen Lanzen des Magnolienlaubs. Niemand hier nannte ihn eine Schwuchtel, wenn er zeichnete.

Von den Männern seiner Gruppe zog er zwei den anderen vor. Carey war ein in kleinen Zeitschriften veröffentlichter Dichter gewesen, Aaron Graveur. Beide sprachen fließend Französisch, und der Graveur Aaron konnte Holländisch, denn er war Holländer gewesen, ein jüdischer Emigrant, für den Verwandte in den Vereinigten Staaten gebürgt hatten, nachdem ihm die Flucht nach Schweden gelungen war. Ein Jahr lang hatte er nun in Sicherheit gelebt. Er war einsfünfundsechzig groß, kräftig gebaut, mit karottenroten Haaren, die Jeff an seine Krankenschwester Betty Jo erinnerten, und katzenartigen Topasaugen. Er war ein auffallend aussehender Bursche, aber allem Geplauder abgeneigt. Sogar bei den Übungen im Töten war er energisch, aber lakonisch.

Carey redete genug für alle drei. Er hatte an einer Mädchenschule Englisch unterrichtet, im nördlichen Teil des Staates New York, was für ihn dem Nordpol gleichkam. Er stammte aus dem Shenandoahtal in Virginia, obwohl seine Mutter, so erzählte er ihnen bei jeder Gelegenheit, eine Culter aus Roanoke war. Er war mit seiner zweiten Kusine dritten Grades verlobt gewesen und häufig mit ihr ausgeritten, doch sie hatte ihm den Laufpaß gegeben und einen Marineflieger vorgezogen. Er war ganz entzückt, wieder in der Zivilisation zu sein, die in Maryland begann und hinter North Carolina aufhörte, mit Ausnahme von Savannah, das er kultiviert fand, und vielleicht noch Charleston, obwohl er dort entsetzliche Verwandte hatte, ausgesprochen kläffige Leute, wie Hunde.

Jeff dachte, wahrscheinlich war Carey das, was Zach ihn schwul zu nennen gelehrt hatte, aber von ihm wollte Carey nur brüderliche Zuwendung. Jeff hatte gelegentlich Sex mit Männern gehabt, angefangen beim gegenseitigen Masturbieren mit dreizehn in einem Heuschober. Nur ein einziges Mal hatte er mit einem Mann den Liebesakt vollzogen, und das war mit Zach. Er fand im Geschlechtsverkehr mit einem Mann keine sinnliche Befriedigung, und er hatte den Verdacht, daß Zach ihn keineswegs überwältigend attraktiv fand. Zach mochte sie roh und rauh. Er meinte, daß Zach ihn verführt hatte, um so seine Vorlieben darzutun und um eine Art *droit de seigneur* auszuüben. Jeff liebte Zach auf eigene Art, und dieser kurze Anfall sexueller Bindung im Alter von zwanzig war Teil seiner Erziehung gewesen. Von Zeit zu Zeit, in einer seiner Landstreicherphasen, hatte er Geschlechtsverkehr mit einem Mann als Mittel, für eine Mitfahrt oder ein Nachtquartier zu bezahlen. Mit Männern geschlafen zu haben war Teil seiner Bildung, ein Code, den er gelernt hatte und der Dingen einen Sinn gab, die sonst an ihm vorbeigegangen wären.

So hatte er nun fast ohne sein Zutun zwei Freunde. Viele der Männer, die mit ihm in der Ausbildung waren, hielt er für Mitglieder künftiger Altherrenriegen: sie gehörten der gleichen Verbindung an. Dieser ehemalige Country Club bot eine andere Atmosphäre als die Brutalität und das Plattwalzen auf den niedrigsten gemeinsamen Nenner seiner ersten Militärerfahrungen oder das kleinliche und rücksichtslos wetteifernde Durchschlängeln in den Offizierslehrgängen. Hier dagegen war Grips nicht etwas, was einem unbedingt ausgeprügelt werden mußte. Vielleicht war dies hier die Truppe der schwarzen Schafe, dachte er oft, und dann fielen ihm die hindurchströmenden Wirtschaftsjuristen auf und die jüngeren Söhne von Bankiers.

Er lernte, Waffen zu benutzen, die nicht zur Grundausbildung gehörten, lernte, lautlos zu töten, mit einem Messer, mit den Fingern und sogar mit einer zusammengefalteten Zeitung, die als Behelfsdolch in den Bauch oder direkt unter dem Kinn in den Hals gestoßen wurde. Er lernte, Funkgeräte zu bedienen, mit Codes umzugehen, Karten zu lesen, zu beobachten. Wo waren die Arsenale? Die Depots für Waffen und Munition und Öl? Die Treibstofflager? Welche Eisenbahnlinien waren in Betrieb und was wurde wann darauf transportiert? Die Flugabwehrstellungen? Jeff war ein schlechter Funker, seine Funksprüche langsam und voller Fehler. Er haßte den Morsecode.

Er tat sich jedoch in einem Test hervor, bei dem ihnen auf einer Leinwand zwanzig Sekunden lang Personenphotos gezeigt wurden, unter deren Gesicht Name, Alter, Beruf und Adresse eingeblendet waren. Dann wurden ihnen die Photos noch einmal dreißig Sekunden lang ohne den Text und in willkürlicher Reihenfolge gezeigt, und sie mußten alles aufschreiben, was sie sich von dieser Person noch ins Gedächtnis rufen konnten. Jeff brachte die Gesichter nicht durcheinander. »Ihr schaut hin, aber ihr seht nichts!« schimpfte der Ausbilder, aber zu Jeff sagte er das nicht.

Er begann, mit Aquarellfarben zu malen, eine Zwischenstation. Er malte an den Ufern des Potomac. Er wanderte durch die Landschaft in Virginia und merkte, wie er wieder in Ölfarben zu denken begann, den Farbtönen, der Struktur.

Allmählich bekam Jeff einen Eindruck von der OSS-Struktur. OSS hatte als völlig andere Dienststelle begonnen, als COI – Coordinator of the Office of Information, Koordinator des Informationsdienstes –, aber weil Robert Sherwood und Wild Bill Donovan nicht miteinander ausgekommen waren, gab es jetzt ein Office of War Information, ein Amt für Kriegsinformation, zuständig für Propaganda, und den Dienst, dessen langer Arm ihn aus dem Sumpf gezogen hatte, OSS.

OSS hatte eine Abteilung SI – Secret Intelligence –, den Geheimdienst, der Spione führte. Jeffs Abteilung war Special Operations – Sonderoperationen, und er ging davon aus, daß er bald genug herausfinden würde, was genau die tat und mit wem und wo. R&A war die Abteilung für Recherche und Analyse und voller Akademiker. MO – Moraloperationen – erzeugte sogenannte schwarze Propaganda, die die Kampfmoral des Feindes unterminieren sollte. X-2 war die Spionageabwehr. Eine weitere Abteilung arbeitete an Geheimwaffen, unsichtbaren Tinten, Agentenschnickschnack.

Seine zwei Ausbildungsmonate vergingen rasch. Dann erhielt er achtundvierzig Stunden Urlaub, bevor er sich nach England einzuschiffen hatte. In New York mußte er umsteigen, und als er von der Pennsylvania Station zur Grand Central hastete, überlegte er, ob es nicht Blödsinn war. Vielleicht sollte er sein letztes Wochenende lieber mit einer Frau verbringen, wie er sie in New York bestimmt fand. Doch nein, er wollte Brachvogel sehen, und er wollte sogar seinen Vater sehen.

Die Temperatur pendelte um achtunddreißig Grad; Schweiß durchweichte seine Uniform. Er mußte den größten Teil der Fahrt nach Boston stehen, aber im Bus nach Bentham bekam er endlich einen Sitzplatz. OSS war lockerer als die übrige Armee, und er hatte schon früher aufbrechen können, mit einem Vorsprung auf sein Wochenende.

Er hatte nach Hause telegraphiert. Der Professor und Bernice warteten beide am Busbahnhof. Er fühlte sich schmuddelig und halb gekocht, aber Bernice reichte ihm seine Badehose und warf sein Zeug auf die Ladefläche des geliehenen Kastenwagens. »Was ist mit dem Austin?«

»Der ist auf Kriegsdauer aufgeblockt. Bernice hat eine absurde *idée fixe*, daß du sofort im Teich baden möchtest«, sagte der Professor.

»Das ist das einzige, was mich wiederbeleben kann. Wessen Wagen ist das?«

Bernice, die am Steuer saß, antwortete. Sie war braungebrannt und lachte in sich hinein. »Er gehört einem Freund von mir auf dem Flugplatz. Du ahnst gar nicht, wie gut das für ihn war, uns das Ding mit Benzin und allem zu borgen. Dafür werde ich die Tragfläche seines Flugzeugs reparieren, an der die Bespannung beschädigt ist.«

»Bernice fliegt an drei Tagen in der Woche für die Regierung«, sagte der Professor so griesgrämig, wie er nur konnte. Sie schuckelten dahin, auf der Sitzbank der Fahrerkabine zusammengezwängt.

Bernice hatte ihm alles über ihre Flüge geschrieben. »Ich kriege meine Verkehrspilotenlizenz, Jeff, ja, wirklich. Aber ich habe nicht genug Flugstunden für WAF, Women in the Air Force. Sie nehmen nur die besten Pilotinnen, Frauen mit Hunderten von Stunden mehr als ich. Aber diesen Herbst kriege ich meine Verkehrspilotenlizenz.«

Als er auf dem Rücken im Round Pond lag und die Schreie der Kinder wie eine Schar bunter Sittiche im seichten Wasser hörte, strömten die Erinnerungen auf ihn ein. Er war an diesen Teich gewöhnt, und dieses Bad war eines einer unbegrenzten Reihe, bildete mit Hunderten anderer über die Jahre hin eine Kontinuität. Er war der siebenjährige Jeff und planschte mit Mutter und Schwester. Er war der dreizehnjährige Jeff und tauchte vom Pier und schnitt sich an einer zerbrochenen Flasche die Hand klaffend auf. Er war der sechzehnjährige Jeff und lag mit Zach und zwei Mädchen vom Smith College auf einem Floß und trank seine ersten Martinis, von Zach gemixt. Er war der einundzwanzigjährige Jeff und bumste unterm Viertelmond Harriet Hacker am vierten Juli, dem Nationalfeiertag, während über dem Wasser das Feuerwerk verpuffte. Er war der fünfundzwanzigjährige Jeff und erholte sich zu Hause von einem Tripper und einer Prügelei.

Werde ich sterben? fragte er und antwortete sich dann: aber ja. Jeder stirbt. Er versuchte sich seinen Tod vorzustellen, und ihm wollte nur ein Gefühl einfallen, in tiefes Wasser zu sinken, einzuschlafen und dabei wachzubleiben.

Er dachte wieder kurz daran, mit einer Frau zu schlafen, und hatte schon begonnen, eine Liste möglicher Kandidatinnen in der Stadt durchzugehen, da drehte er sich um und kraulte zielbewußt auf das Floß zu, auf dem Bernice sich sonnte. Der Professor saß am Ufer an einem Campingtisch und las. Die Gesellschaft von Brachvogel war es, die er brauchte, aber hier konnte er nicht richtig mit ihr reden. Er wußte noch, wie Stimmen über das Wasser trugen, und erinnerte sich, wie er aus dem Wasser kam und die kleine Rothaarige draußen auf dem Floß zu Zach sagen hörte, sie habe Angst, sie sei schwanger.

»Laß uns nach Hause gehen«, sagte er. »Ich habe Hunger. Du mußt mich aufpäppeln.« Er wollte sich mit ihr in die Küche zurückziehen, damit er ihr davon erzählen konnte, wie er in Alabama fast gestorben war, wie ihn hirnlose Trägheit verschluckt hatte. Wie demoralisierend es gewesen war, seine Energie, seine Vision, sich selbst zu verlieren. Wie er erst mit dem Malen aufgehört hatte und dann mit dem Zeichnen und zuletzt sogar damit, wie ein Maler zu denken. Wer sonst konnte ihn gestehen hören, daß er drauf und dran gewesen war, alles zu verlieren, was er in sich wertschätzte, daß er sich schließlich hatte sehen müssen als ein zerbrechliches Gefüge über einem Sumpf belangloser Triebe und äußerst belangloser Bedürfnisse und Ärgernisse?

Wenn er mit dem Malen aufhörte, verlor er seine Vergangenheit, die dann nicht mehr die Wanderschaft eines verkannten und zur Zeit nicht gefragten Malers war, sondern einfach das leere Umherirren eines Tippelbruders. Wenn er mit dem Malen aufhörte, verlor er seine Zukunft, denn wer wollte sich ein Leben vorstellen aus Gelegenheitsarbeiten in elenden Nestern? Er hatte nie geglaubt, daß er je mit dem Malen aufhören könnte, doch er hatte es getan. Das machte ihm Angst.

Er überlegte, ob er seine französische Staffelei mit aufs Schiff nehmen sollte. OSS war großzügig beim Schiffsgepäck der Offiziere. Wahrscheinlich zu sperrig. Er wollte lieber die teureren Farben mitnehmen. Wenn er mit ihr redete und ihr klarer Kopf sein Leben umfing, wahrhaft sah, dann gelang ihm sicher, es zu verstehen. Und anzunehmen. Und weiterzuleben. Dann fühlte er sich zweifellos wieder als ein Kind der Bestimmung und des günstigen Geschicks, und des Glücks, das ihn aus dem Morast der Trägheit und dem Sumpf der Verzweiflung gezogen hatte, des Glücks, das im Augenblick den Namen Zach trug und gewiß irgendwann andere Gestalt annahm und ihn voranwinkte.

Jacqueline 3

Ein schmerzförmiger Stern

31 mai 1942

Sie haben uns befohlen, von nun an ständig einen gelben Stern zu tragen. Wir müssen unsere kostbaren Textilcoupons für die Sterne hergeben, als wollten wir so etwas haben oder wären bereit, Kälte zu erdulden und in Lumpen zu gehen, um uns solch einen Stern leisten zu können. JUIF steht darauf in großen, schwarzen, häßlichen Buchstaben, für den Fall, daß jemand zu begriffsstutzig ist, um den Sinn dieser Spitze zu erfassen – dieser sechsfachen, sechszackigen Spitze. Der Gelbton ist besonders grell – und ich trage nie gelb. Alle von uns, die älter als sechs Jahre sind, müssen ihn auf der Straße und überall tragen.

Ich habe vermieden, mehr als unbedingt nötig hinauszugehen, aber heute bin ich fest entschlossen, mein sogenanntes normales Leben wiederaufzunehmen. Wir sind von den Lehrveranstaltungen der Sorbonne ausgeschlossen, also ist es aus mit meinem Studium. Ein Brief kam. Die Regierung Frankreichs hat im Interesse rassischer Reinheit und so weiter. Ich schreibe das am Frühstückstisch vor einem großen Becher mit Gebräu aus irgendeinem Unkraut, an das wir ein bißchen Magermilch getan haben. Es schmeckt wie die Grassuppe, die die Zwillinge immer in den Sommerferien für ihre Puppen gemacht haben. Gleichgültig, wie mich die Leute auf der Straße anstarren, ich werde tun, was ich tun muß und was ich für richtig halte.

Am gleichen Tag: ich fühlte mich entsetzlich auffällig, als trüge ich ein Schild: LEPRA, und so verhalten sich auch die Leute. Ich habe noch nie das Gefühl gehabt, daß so viele Menschen von mir wegschauen, so tun, als sähen sie mich nicht. Das ist nicht das Schlimmste. Das Schlimmste waren die, die auf mich losgingen und mich entweder beschimpften oder bedrohten oder in einem Falle – ein widerlicher

Kerl von einem Mann – vom Bürgersteig stießen. Wenn der Lastwagen, der entgegenkam, nicht ausgewichen wäre, er hätte mich überfahren, denn ich stürzte direkt vor die Räder.

5 juin 1942

Zeiten wie diese lehren einen die Freunde schätzen. Gerade wenn ich mir Vorwürfe machen will, daß ich mich mit meinen *zazou* Freunden herumtreibe, nur weil ich nicht ins Ghetto verbannt werden will und sie als einzige tolerant genug sind, sich mit einer Jüdin abzugeben, dann tun sie etwas, das mir zeigt, wie echt die Freundschaft zumindest von Céleste und Henri ist. Sie erschienen gestern im Café Le Jazz Hot und trugen große sechszackige gelbe Sterne mit GOJ darauf. Dann wurden sie auf dem Heimweg von einer Rotte dieser faschistischen PPF-Jugend überfallen. Sie haben Céleste die Kleider zerrissen, sie auf die Straße geworfen, getreten und ihr zwei Rippen gebrochen. Henri haben sie mitgeschleppt und kahlgeschoren und zusammengeschlagen, daß er nur noch ein Haufen blauer Flecke ist.

Sie verprügeln die *zazous* sowieso ständig. Viele junge Leute kleiden sich wie meine Freunde, Sonnenbrille, weites Jackett und enge Hosen, das Haar lang und voller Pomade, um die Faschisten auf die Palme zu bringen. Die behaupten, die *zazous* sind der Gipfel der Entartung und der Grund für Frankreichs Niederlage, weil wir alle degeneriert und korrupt sind und der Jazz unseren Geist zerstört hat.

Heute morgen stand ich von fünf bis acht nach Brot an. Ich bin völlig fertig und habe beschlossen, mich nach meiner Philosophiestunde ein bißchen hinzulegen. Ein paar von uns, die wir von der Universität relegiert worden sind, treffen sich dreimal in der Woche. Eine Studentin im sechsten Semester unterrichtet uns aus ihren Vorlesungsnotizen, und Daniela Rubin organisiert weitere Dozenten. Professor Moussat, der gerade als Jude denunziert und aus der École des Études Orientales entfernt worden ist, wird über die Ideenwelt des Buddhismus lesen. Ich bin nicht so fasziniert, wie ich es vielleicht noch vor einem Jahr gewesen wäre, aber zumindest ist es eine Ausbildung in etwas anderem als dem Ergattern von etwas Eßbarem. Daniela und ich sind die treibende Kraft hinter diesem Bemühen, eine kleine Lehranstalt zu errichten, vermittels derer wir das Bemühen zu durchkreuzen hoffen, uns in Unwissenheit zu halten! Sie ist ein Jahr älter als ich und wollte Ärztin werden. Ach, Daniela hat mir erzählt, was dem jüdischen Pfadfinder geschehen ist, der uns die neuen Ausweise verschaffen wollte: erschossen. Er war Teil eines Netzes, das Juden aus Frankreich heraus in Sicherheit schmuggelt. Jetzt tut es mir leid, daß wir nicht netter zu ihm waren, aber wir waren mißtrauisch.

Nach meinen Stunden werde ich Henri besuchen gehen, obwohl es mir sehr seltsam vorkommt, den Hügel hinauf an der Sorbonne vorbeizugehen, von der ich vertrieben worden bin. Die Reaktion unserer »Kom«-militonen war nach dem Muster: Ach, ich wußte gar nicht, daß du Jüdin bist. Sie hätten die Universität stillegen können, wenn sie sich die Mühe gemacht hätten, wegen unseres Ausschlusses zu streiken. Ich würde Henri so gern ein Geschenk mitbringen, aber wir haben die Leckerbissen von Naomi längst verspeist.

Gestern auf der Straße überkam mich plötzlich der Gedanke, in welchem Maße man jetzt den Menschen ihre politische Gesinnung am Gesicht abliest. Das heißt, die, die mit den Deutschen kollaborieren, sehen alle wohlgenährt und blühend aus. Sie bekommen etwas Richtiges zu essen – Butter, Eier, Hühnchen, manchmal sogar Fleisch –, und sie haben Seife, um sich damit zu waschen, und manche sogar Heißwasser. Wir übrigen werden immer dünner und ausgemergelter und schmutziger. Wir Juden sind die Dünnsten und Schäbigsten von allen. Es ginge uns noch viel schlimmer, wenn ich nicht durch Henri und Céleste meine Schwarzmarktbeziehungen hätte.

6 juin 1942

Wenn ich auch nur etwas weniger Vertrauen zu Maman hätte, würde ich nicht wagen, heute etwas einzutragen. Aber sie ist noch nie in die Privatsphäre meines Tagebuchs eingedrungen, und ich glaube auch nicht, daß sie es je tun würde. Trotzdem halte ich es für eine gute Idee, es nach dieser Eintragung immer mitzunehmen, für alle Fälle.

Ich war bei Henri in der Rue Royer Collard. Er saß im Bett mit einem großen Verband um den Kopf, sein Auge war blau und schwarz und scheußlich geschwollen, und seine Backe war auch geschwollen, wo ihm die Schläger von der PPF einen Zahn ausgebrochen haben.

Diese Faschistenspiele, in Rudeln Leute auf der Straße zu verprügeln, sind für manche wie eine Droge. Es ist eine Genehmigung, ungestraft Schmerz zuzufügen. Henri sagt, es ist eine Form von Amok laufendem Infantilismus, aber ich halte es für etwas Böseres. Henri besteht darauf, es gäbe nichts Böseres als bewaffnete Kleinkinder in Horden, die wollen, was sie wollen und wann sie es wollen, und es sich nehmen. Er sagt, daß viele Leute auf der Straße vorbeigingen und niemand eingriff, und daß ein *flic* vorbeikam, aber als er sah, wer da prügelte und wer da verprügelt wurde, wandte er sich ab und schlenderte unauffällig davon.

Albert war heute Nachmittag weg, um auf dem schwarzen Markt Eier zu besorgen. Henri und Albert teilen sich ein Zimmer, das zum größten Teil von Henris Vater bezahlt wird. Sein Vater, der einen Nachtclub besitzt und Henris Mutter nie geheiratet hat, gibt ihm Geld. Henri sagt, der Nachtclub ist voller Deutscher, nicht nur die hier stationierten Wehrmachtsoldaten, sondern Soldaten, die auf Fronturlaub aus ganz Europa hierherkommen, um zu erleben, was sie »Paris bei Nacht« nennen. Die Nazis haben die Namen vom Théâtre Sarah Bernhardt und von jeder Straße in Paris geändert, die nach einem Juden benannt ist, und jeden Verleger in Paris (mit Leichtigkeit) überredet, keine jüdischen Schriftsteller mehr zu veröffentlichen und die Kataloge zu bereinigen, und da sitzen sie nun und schlürfen Champagner und stopfen sich im Club von Henris Vater und fünfzig anderen voll, während immer wieder Offenbachs Cancan gespielt wird und sie die feschen Tänzerinnen beglotzen. Sie können Cancan nicht ohne die Musik von einem Juden kriegen, also tun sie, als wüßten sie von nichts.

Henri und ich haben eine Vorliebe für diese Art billiger Ironie, das ist wie eine Schwäche für zu süße, aber unwiderstehliche Bonbons. Dann nahm er meine Hand und sah mir in die Augen, wie er es immer tut, und sagte, er hätte den Stern für mich getragen. Er sagte, daß er es nicht mehr ertragen kann, und wenn ich jetzt, wo sein Kopf kahlrasiert und er entstellt ist, nicht mit ihm schlafen will, dann kann er ebensogut aufgeben und nach Deutschland gehen wie Albert, der zur Arbeit zwangsverpflichtet worden ist, aber er wird sich dann freiwillig melden und wenigstens etwas Geld verdienen.

»Du versuchst mich zu erpressen«, sagte ich.

»So weit ist es gekommen«, sagte er. »Sag mir, was ich tun soll, und ich tue es. Ich würde dich sogar heiraten, nur ist das leider verboten.«

»Wenn es erlaubt wäre, würdest du mir den Antrag nicht machen, Henri, aber davon abgesehen finde ich die Ehe ungefähr so attraktiv wie das Dasein einer Prostituierten, und ich lasse mir meine Gunst nicht gerne bezahlen.«

»Dein Hang zur Romantik und zur Sentimentalität macht mich noch wahnsinnig«, sagte er.

»Wie kannst du an Beischlaf denken?« fragte ich ihn und benutzte absichtlich das vulgäre Wort. »Du kannst dich kaum aufsetzen, du schaffst nicht einmal, die Treppe hinunter auf die Straße zu gehen, und du bist wild darauf, mich zu deflorieren!«

»Das könnte ich noch, wenn mir die Beine amputiert wären. Gib mir eine Chance.« Er zerrte weiter an mir.

Mir wurde klar, was ich schon seit einiger Zeit weiß, daß ich entweder aufhören muß, mich mit Henri zu treffen, oder mit ihm ins Bett gehen muß. Ich habe ihn über ein Jahr lang hingehalten, aber er wird immer zudringlicher. Ich bin nicht in ihn (oder sonst jemand) verliebt, aber ich mag ihn. Ich fürchte, ich bin im Grunde eine kalte Person, was romantische Liebe und romantisierten Sex angeht. Ich halte beides für Selbsthypnose. Ich schaue zu, wie Frauen um mich herum sich in Lebewesen verlieben, die gerade so gut große verspielte oder kleine rauflustige Hunde sein könnten, und bin verblüfft, wie das Gehirn sich einfach abschaltet, wenn die Hormone durch den Körper gepumpt werden.

Marie Charlotte, die früher meine beste Freundin war und einmal irrtümlich für eine Jüdin gehalten wurde, weil sie immer mit mir ging, ist jetzt in einen deutschen Leutnant verliebt. Da er einer der herrschenden Eroberer und ein Offizier ist, gestattet ihre Familie ihm, ihr den Hof zu machen. Sie sagen, das ist ehrenwert. Ich weiß das alles, weil Marie Charlotte immer noch auf mich wartet und mir Zeichen gibt, ihr an unsere alte Schwatzstelle im kleinen Park Georges Cain gleich bei unserem alten *lycée* zu folgen. Da sitzen wir dann zwischen den zerbrochenen Statuen oder unter dem alten Feigenbaum, wie wir es früher taten. Ich nehme mir immer wieder vor, sie links liegen zu lassen, aber wenn ich sie sehe, erinnere ich mich, wie nah wir uns waren, und kann nicht mit ihr brechen.

Ich schiebe vor mir her, aufzuschreiben, was ich getan habe. Ich wand mich aus Henris ziemlich enger Umarmung, bemüht, ihm nicht weh zu tun. Dann setzte ich mich auf einen Stuhl weiter weg. Ich versuchte mir darüber klar zu werden, ob ich ihn verlassen und nie wiedersehen soll, aber ich mag Henri sehr, und ohne ihn und meine anderen Freunde müßten wir noch viel mehr hungern. Rivka ist so dünn, daß es mir Sorge macht. In ihrem Alter hat bei mir die Menstruation angefangen, und so war es auch bei Maman, aber bei Rivka hat sie noch nicht angefangen, und ihre Brüste sind so winzig wie Erdbeeren. Sie braucht das zusätzliche Essen, das ich nach Hause bringe. Was macht es schließlich schon? Wir können alle fortgeschafft werden in unbekannte Gefahren. Ich mag Henri mehr als jeden anderen Mann, den ich kennengelernt habe, also warum nicht er? Sonst werde ich mich immer fragen, wie das wohl ist, und es nie erfahren.

Ich saß also auf dem Stuhl und sagte ganz geradeheraus zu ihm: »Gut, Henri, hör zu. Ich werde mit dir schlafen. Aber nicht heute. Erhol dich erst von deiner Schlägerei.«

»Ich habe mich schon genug erholt, ich schwöre es, dafür habe ich mich genug erholt.«

»Aber ich schwöre, für mich wäre es kein Genuß, mit einem Mann zu schlafen, wenn ich jeden Augenblick Angst haben müßte, ihm stärker weh zu tun als das Faschistengesindel. Willst du, daß ich es genieße, oder ist dir das egal?« Ein billiges Argument, aber eines, dessen Wirkung ich nicht bezweifelte.

Er versicherte mir, ihm läge nichts mehr am Herzen als mein Genuß, und er sei festen Sinnes, mich in einen Taumel der Lust zu versetzen, sobald ich mich in sein Bett begäbe. Ich erinnerte ihn daran, daß Albert erst am Monatsende zum Arbeitseinsatz eingezogen wird. Ich möchte ungern Albert zum Zeugen haben. Die Intimsphäre ist mir wichtig.

»Du willst mich nur abwimmeln.«

»Henri, habe ich dir je versprochen, mit dir zu schlafen?«

Er gab zu, daß ich das immer abgelehnt hatte.

»Jetzt verspreche ich es. Wenn Albert nach Deutschland abgereist ist. Bis dahin wirst du wieder heile Haut und Haare haben –«

»Du liebst mich nicht ohne Haare.«

»Im Moment siehst du aus wie eine Zwiebel. Aber dann werde ich tun, was du verlangst.«

»Das ist nicht mal mehr ein Monat.«

Ich wußte, ich hatte ihn überredet. Ich fand auch, ich hatte Gott eine Chance gegeben, mich zu retten, wenn er will, und dem Schicksal, wenn es mir geneigt ist. Und so, mein Tagebuch, habe ich mein Versprechen gegeben. Nicht, daß ein simples, recht lästig plaziertes Häutchen mir irgend etwas bedeutet. Sondern meinem Gefühl nach besitze ich eine gewisse Klarheit, der ich bei den meisten Frauen nicht begegne. Ständig tun oder lassen sie etwas oder glauben oder bezweifeln etwas oder kommen oder gehen, weil der Mann, an dem sie hängengeblieben sind, es so will. Wenn ich nun in Zukunft mit Henri schlafen muß, so will ich versuchen, gelassen zu bleiben und einen klaren Kopf zu bewahren und nie zu glauben, nur weil wir unsere Körper zusammentun, mache ihn das intelligenter, als er ist, oder zu einer Art Genie.

6 juillet 1942

Heute habe ich mein Versprechen eingelöst. Am Tag, als Albert abreiste und wir ihn zum Zug brachten, bekam ich meine Regel. Ich sehe das als den letzten Versuch meines Körpers, das Unvermeidliche abzuwenden. Heute hatte ich keine Ausrede mehr. Wie es schließlich auch Scheherazade ergangen sein muß, mir fiel nichts mehr ein, und mein Moment der Wahrheit kam, doch mein König Henri zeigte keine Gnade.

Ich war zu ängstlich, um viel zu spüren außer Unbehagen und etwas Schmerz, aber ich denke, ich werde mich an den Geschlechtsakt gewöhnen und ihn genießen lernen. Es wäre dumm von mir, es nicht zu tun, da ich genötigt bin, ihn zu vollziehen; ich kann mir ebensogut einige Techniken aneignen und einiges Beteiligtsein. Ich habe viele Fragen, die ich Henri stellen möchte, aber mir ist aufgefallen, daß intelligente Fragen oder auch nur der Wunsch, Beobachtungen während des Aktes zur Sprache zu bringen, ihn schrumpfen lassen, also werde ich warten, bis er sich mir gegenüber selbstsicherer fühlt.

Ich wollte besonders seinen Penis sorgfältig untersuchen, doch er wollte zwar, daß ich ihn in die Hand nahm, schien aber nicht angenehm berührt von meinem Wunsch, ihn als unbekannten Gegenstand zu erkunden. Ich denke, es wird Zeit kommen, um auch diese Neugier zu befriedigen.

Ich empfand keine Verzückung, und der eigentliche Verkehr war eher schmerzhaft. Ich blute stark, als hätte meine Regel wieder eingesetzt, was genau das war, was ich Maman gesagt habe. Unsere Körper sind in dieser Zeit so sonderbar, bei der Ernährung oder vielmehr dem Mangel daran, daß uns keine ungewöhnlichen Wehwehchen oder Schmerzen oder Unregelmäßigkeiten überraschen.

Ich freue mich, daß ich in mir keine Veränderung meiner Gefühle für Henri ausmachen kann. Ich fühle mich nicht von Liebe heimgesucht wie von einem herabgestiegenen Engel, ich träume nachts nicht von ihm (ich habe neulich von Papa und ständig vom Essen geträumt, und gestern nacht träumte ich, ich nähme ganz allein ein riesiges, heißes Schaumbad), und ich habe nicht mehr Verlangen danach, ihn zu sehen, als sonst auch. Ich bin so gern mit ihm zusammen wie vorher. Vielleicht erweisen sich meine schlimmsten Ängste als unbegründet.

Ich habe ihn gezwungen, ein Kondom zu benutzen, obwohl er protestierte, es reiche aus, wenn er sich zurückzöge, bevor er käme, und er sei darin geübt, diesen Zeitpunkt abzuschätzen. Ich erinnere mich an all die Geschichten in der Schule über Mädchen, die schwanger wurden, weil ihre Freunde einen Coitus interruptus praktizieren wollten, aber nicht schnell genug unterbrachen. Ich werde in diesem Punkt nicht mit mir reden lassen.

14 juillet 1942

Ich hatte gerade mit Maman den schlimmsten Streit meines Lebens. Henri hat mir seit letzter Woche alle möglichen Geschenke gegeben, sechs Eier, zwei Kilo Kartoffeln und eine ganze Einkaufstasche voll frischem Gemüse vom Bauernhof seines Onkels und schließlich ein Huhn. Ich dachte, Maman und Rivka würden sich sehr freuen. Das taten sie bestimmt auch, aber dann fing Maman gestern davon an, wieso wir plötzlich von solcher Freigebigkeit gesegnet werden. Ich wehrte sie mit einem Witz ab und zog mich in meine Studien zurück.

Dann stand sie heute morgen vor mir, die Arme in die Hüften gestemmt, und sagte: »Yakova, lüg mich nicht an. Schläfst du mit diesem Henri?«

»Mutter«, sagte ich, »erstens ist mein Name Jacqueline. Das ist mein gesetzlicher Name, das ist der Name, den ich benutze, und das ist der einzige Name, auf den ich höre. Mich Yakova zu nennen ist nur ein Trick, damit ich mir wie ein Kind vorkomme.

Zweitens lüge ich dich nie an. Ich habe zu viel Achtung vor beiden von uns. Wenn du mich in der Vergangenheit gefragt hast, habe ich dir immer wahrheitsgemäß geantwortet. Es wäre mir lieber, du würdest mich zu diesem Thema nicht befragen, da das meine eigene, private Entscheidung ist.«

»Schläfst du mit ihm?« wiederholte sie.

»Jawohl«, sagte ich.

Sie ohrfeigte mich und nannte mich eine Hure! Sie sagte, sie wolle solches Essen nicht, und ging so weit, Kartoffeln auf den Fußboden zu werfen. Sie sagte mir, ich sei ab sofort in die Wohnung eingesperrt und dürfe Henri und keinen dieser zwielichtigen Freunde je wiedersehen. Ich sagte, das sei völliger Unsinn und ich hätte eine Verabredung mit ihm, die ich auch einzuhalten gedächte. Er sei mein Freund, der wegen seiner Solidarität zu mir zusammengeschlagen worden sei, und wir könnten alle Freunde brauchen, die wir nur hätten. Ich sagte ihr nicht, daß Céleste und Henri und ich heute Exemplare einer neuen Untergrundzeitung abholen wollen, als Beitrag zu den ungesetzlichen Feiern zum Tag der Bastille.

Sie ohrfeigte mich wieder, mehrmals, und verlor, glaube ich, völlig die Beherrschung. Wir begannen beide, uns anzukreischen wie die Straßenhuren. Schließlich habe ich mich eine halbe Stunde lang ins Badezimmer eingeschlossen, bis ich meine Beherrschung wiedergefunden hatte, und die ganze Zeit über hämmerte sie an die Tür, so daß alle Nachbarn es gehört haben müssen. Dann habe ich ein paar Sachen in meinen alten Rucksack gepackt und bin in die Rue Royer Collard gekommen, wo ich ab jetzt bleibe.

Ich bin wütend auf sie. Sie hat überhaupt keinen Versuch unternommen, meinen Standpunkt zu verstehen, und so einen völligen Mangel an Achtung vor meinem Urteilsvermögen und meinem Charakter gezeigt. Ihre Schimpfkanonade war häßlich und gefühllos. Die simple Wahrheit ist, wenn ich nicht die Sorge um Rivka und Maman am Hals gehabt hätte, hätte ich mich wahrscheinlich nie mit Henri eingelassen. Dabei fällt mir ein, ich muß verhindern, daß Henri dieses Tagebuch liest, da ich ihn in solchen Dingen nicht für so gewissenhaft halte, wie ich es von Maman immer angenommen habe. Jetzt bin ich mir offengestanden nicht mehr so sicher.

Ab morgen haben sich übrigens diese Ungeheuer etwas Neues ausgedacht, wie sie uns peinigen können. Es ist uns verboten, in Restaurants, Cafés, Bibliotheken und Museen zu gehen oder öffentliche Fernsprecher zu benutzen, und wir dürfen nur im letzten Wagen der Metro fahren. Viele Läden sind uns gänzlich untersagt, und wir dürfen nur zwischen vier und fünf einkaufen, wenn sowieso alles ausverkauft ist, und nur an bestimmten Tagen. Solange ich bei Henri bleibe, habe ich meinen gelben Stern abgelegt, da unser Zusammenleben natürlich verboten ist, und ich werde nicht eher nach Hause zurückkehren, als bis Maman sich für die Art, wie sie mich geohrfeigt hat (mehrmals), und für die rohen Schimpfwörter entschuldigt hat. Darin bleibe ich fest. Ich habe nichts Schändliches getan, und ich schäme mich nicht – außer dafür, wie sie mich behandelt!

Eine gute Lösung ist das nicht, denn wenn ich bei Henri bleibe, muß ich den gelben Stern entfernen, aber mein Ausweis – den wir zwanzigmal am Tag vorzeigen müssen – trägt in großen roten Buchstaben den Stempel JUIVE.

Ich habe mich etwas mehr daran gewöhnt, mit Henri zu schlafen. Er fragt mich immer, ob ich gekommen bin, und ich sage wahrheitsgemäß, daß ich das bezweifle, aber daß ich gar nicht weiß, was das für ein Gefühl wäre. Ich fange jedoch an, das Vorspiel zu genießen. Küssen und Streicheln müssen nicht notwendig als sentimentaler Zeitvertreib angesehen werden, sondern haben aufgrund ihres sinnlichen Gehalts durchaus ihre Berechtigung, finde ich.

Mit Henri zusammenzuleben ist jedoch nicht sonderlich gemütlich. Mit Maman und Rivka habe ich meine gewohnten Regeln. Es ist einfacher, zu Hause für mein Studium zu lernen, und ich habe nur mitgenommen, was ich auf dem Rücken tragen konnte. Ich vermisse meine Bücher, meinen Sessel, meine *café au lait*-Tasse mit den Möwen drauf, die Papas *copain* Georges aus Dänemark mitgebracht hat. Henri hat keinerlei hausfrauliche Talente, und das WC auf dem Flur ist widerwärtig. Das Haus besteht aus winzigen Ein- und Zweizimmerwohnungen, wovon mehrere an Prostituierte vermietet sind, deren Kunden die ganze Nacht lang die Treppe hinunterpoltern. Ich werde Maman ein oder zwei Tage geben, um sich abzuregen, und dann werde ich erscheinen, wieder ganz die alte, und sehen, ob wir Frieden schließen können.

Die Szene verfolgt mich mit ihrer Eruption von Unvernunft, der in uns beiden entfesselten Gewalt – wie sie mich schlägt und die Kartoffeln hinwirft – und der Heftigkeit unserer Gefühle. Ich weiß nicht, warum ich nicht so ruhig bleiben konnte, wie ich es mir vorgenommen hatte, aber je mehr sie außer sich geriet, desto mehr wiederum geriet ich außer mich vor Zorn, ein böser Kreislauf. Jedesmal, wenn ich an diese häßliche Szene denke, bin ich entsetzt, wie wir uns benommen haben, wie wir unsere Würde verloren haben und wie wir aneinander vorbeigeredet haben. Ich bin entschlossen, wieder in Frieden mit ihr zu leben, aber zu vernünftigen Bedingungen.

16 juillet 1942

Ich kann fast nicht schreiben. Ich habe so lange geweint, daß meine Augen geschwollen sind und brennen und meine Nebenhöhlen völlig verstopft sind.

Maman und Rivka sind von der Polizei in einem Bus abgeholt worden – nicht allein, sondern mit Abertausend anderen. Die Polizei hat gestern fünf Arrondissements abgeriegelt und macht heute weiter, die französische Polizei – annähernd tausend Polizisten, soweit ich erfahren konnte –, und hat zahllose Juden verhaftet, Männer, Frauen, Kinder, alte Leute, kleine Babys, schwangere Frauen, einfach alle. Die Polizei zwang die Menschen, mit dem mitzukommen, was sie gerade tragen konnten, und verlud sie in alte grüne Busse. Eine Zeitung schreibt, zehntausend Juden wurden verhaftet, eine andere Zeitung schreibt, achtzehntausend, wieder eine andere schreibt, achtundzwanzigtausend. Aber alle Zeitungen finden es eine wunderbare Idee und sind voll des Lobes, daß das Neue Europa von solchen Läusen wie uns befreit wird.

Mir ist übel, und ich fühle mich zu elend, um noch etwas zu schreiben.

18 juillet 1942

Ich habe all meine Kraft darauf verwandt, herauszufinden, wo Maman und Rivka festgehalten werden und was mit ihnen geschehen wird. Mir will nicht in den Kopf, wie sie Rivka etwas anhaben können, schließlich ist sie hier geboren, eine französische Jüdin von Geburt an. Und

Maman ist vor zwanzig Jahren naturalisiert worden. Es erweist sich als sehr gefährlich, nach Maman und Rivka zu forschen, dann natürlich steht auch mein Name auf der Liste, die sie benutzen, um Leute abzuholen, und ich bin nur durch den Streit entkommen. Wäre ich doch bloß bei ihnen, dann könnte ich meinen kühlen Kopf einsetzen und mir die beste Strategie überlegen.

Es ist unglaublich heiß diese Woche, *la canicule.* Paris ist nicht geschaffen für derartige Sommerhitze. Henris Zimmer ist einfach zu heiß, um darin zu schlafen. Wir sind sehr früh aufgestanden und hinausgegangen, hinunter an den Fluß, wo es ein bißchen kühler ist. Es ist nicht ungefährlich, auf der Straße zu sein, wenn so wenige unterwegs sind. Henri hat begonnen, seine Schwarzmarktbeziehungen anzuzapfen, um mir einen neuen Ausweis zu besorgen – einen arischen, wie es jetzt heißt.

Aber neue Ausweise kosten sehr viel, und ich habe überhaupt kein Geld. Ich entdecke, daß ich äußerst ungern von Henri abhängig bin, und Henri ist ebenfalls davon überrascht, wie schnell sich die Situation zugespitzt hat. Ich habe das Gefühl, er möchte nicht, daß ich bei ihm wohne, obwohl er nichts gesagt hat. Anfangs fand er es toll, aber jetzt beginnen ihm die Folgen der Situation aufzugehen. Nun hat er mich am Hals, eine Jüdin, die sich verstecken muß, keinerlei Einkünfte hat, von der Universität geflogen ist und ständig weint.

19 juillet 1942

Ich habe herausbekommen, wo Maman und Rivka eingesperrt sind. Sie haben alle mit Kindern ins Vel d'Hiv gebracht, eine glasüberdachte Rennbahn mit großen Tribünen, wo im Winter Fahrradrennen abgehalten werden. Ich habe erfahren, daß Tausende dort festgehalten werden. Vielleicht überprüfen sie ja bei allen die Ausweise. Rivka ist hier geboren, und Maman wurde mit achtzehn naturalisiert und hat obendrein einen hier geborenen französischen Juden geheiratet. Ich rechne damit, daß sie auf freien Fuß gesetzt werden, aber bisher scheint noch niemand entlassen worden zu sein. Ich kann nicht erfahren, weswegen sie festgehalten werden.

20 juillet 1942

Ich bin zufällig Daniela begegnet, sie ist auch entkommen. Sie sagte, sie hätte durch das Netz Nachricht bekommen, unmittelbar bevor es passierte, so daß ihre Eltern um drei Uhr früh mit nichts aus der Wohnung flohen. Sie sind gerade noch durchgeschlüpft, bevor der Polizeikordon sich geschlossen hat. Sie sagt, mit guten Papieren könnte ich durchkommen und sie wüßte, wo welche zu kriegen sind. Aber dafür brauche ich unbedingt Geld. Sobald ich nicht-jüdische Personalpapiere habe, kann sie mir Arbeit in einem Krankenhaus besorgen, schlecht bezahlt, aber genug für den Lebensunterhalt. Ich muß mir das Geld für die Papiere besorgen, und zwar schnell.

Ich ging nach Hause und bat Henri, seinem Vater zu sagen, er habe ein junges Mädchen geschwängert und brauche Geld für eine Abtreibung. Denn ich denke, sein Vater wird es ihm geben, zusammen mit einer Moralpredigt, von der beide kein Wort glauben werden. Henri bekam es mit der Angst, war aber einverstanden. Das wächst ihm alles über den Kopf. Er wollte nicht einmal mit mir schlafen. Nach meiner Einschätzung ist das keine stabile Situation.

Daniela ist einverstanden, daß wir herausbekommen müssen, was mit unserem Volk im Vel d'Hiv geschieht. Wir haben unsere Privatuni in aller Form aufgelöst. Wir glauben beide, sichtbare jüdische Organisationen ins Leben zu rufen bedeutet nur, sich in Reih und Glied zum Abschuß aufzustellen. Daniela sagt, daß wir Widerstand leisten müssen, aber bis jetzt hat sie noch nicht gesagt, wie. In meinen Augen ist das nichts als heiße Luft, als sagte ein zorniges Kind zu einem, der ihm weh getan hat: Ich krieg' dich schon. Ich zeig's dir.

2 juillet 1942

Das wenige, was ich in Erfahrung bringen konnte, ist erschreckend. Es wird gesagt, daß mindestens einhundertdreißig Tote dort hinausgetragen worden sind, darunter zwei schwangere Frauen, die offenbar in den Wehen gestorben sind. Wir hören, daß dort mindestens fünfzehntausend Menschen, darunter fünftausend Kinder, ohne Wasser oder Nahrung eingesperrt sind. Ich kann das nicht glauben, ich kann nicht glauben, daß die französische Polizei das meiner Mutter und meiner Schwester antut, und doch muß ich es glauben. Ich kann nicht essen oder schlafen. Ich halte Nachtwache.

Henri geht heute mit seinem Vater reden. In diesem Moment ist es mir gleichgültig, ob ich lebe oder sterbe. Hätte ich doch nur nicht Henri nachgegeben, hätte ich mich doch nur nicht mit Maman gestritten und wäre jetzt bei ihr! Ich fühle mich so schuldig wie die Nazis, ich fühle mich, als hätte irgendwie ich das Maman angetan. Ich habe nur noch den Wunsch, ein großer Lastwagen würde mich auf der Straße überfahren.

Maman hat recht. Ich bin nichts als eine Hure, die für ein paar Kartoffeln und Eier fickt, und für ein paar freundliche Worte inmitten einer Stadt, die vor Haß überkocht. Von all den Menschen, die auf den Straßen waren und sahen, wie ganze Familien von der Polizei weggeschleppt wurden, versuchte niemand zu helfen, versuchte niemand, die Polizei aufzuhalten. Ich habe gehört, daß einige der Nachbarn die Polizisten angefeuert haben, darunter auch die Laroques, deren Hund wir immer gefüttert haben, wenn sie verreist waren.

Sechs Tage ohne Wasser und ohne einen Bissen zu essen, wie können sie das überleben? Maman ist stark, aber sie ist neununddreißig und nur aus Fleisch und Blut. Rivka ist drahtig, aber noch ein Kind und jetzt schon unterernährt.

Wenn ich ihnen mein Blut zu trinken geben könnte, ich würde es ohne ein Wort tun.

Abra 3

Welch geräumige Kammer

»Wollen wir einen Spaziergang machen?« sagte Oscar Kahan, als wäre das ein üblicher Vorschlag. »Es ist so ein schöner Tag. Sozusagen«, setzte er lächelnd hinzu, denn der Tag war heiß und feucht, die Art Tag, die Abra voll Heimweh an die Sommer in Maine denken ließ. In der Hitze von New York zu bleiben mutete manchmal wie Masochismus an.

Sie folgte ihm und sah sich selbst als Figur in einem Comic strip, eine Daisy Mae mit einem riesigen Fragezeichen, das in einer Blase über ihrem Kopf schwebte. Noch nie hatte Oscar Kahan sie zu einem Spaziergang aufgefordert. Sie hatte sich in letzter Zeit bei erotischen Träumereien von ihm ertappt und mit dem Gedanken gespielt, von ihrem Grundsatz abzugehen, sich mit niemandem aus ihrer Arbeitswelt sexuell einzulassen. Schließlich beruhte dieser Grundsatz nur auf Vorsicht und nicht auf Moral. Aber was hatte es für einen Sinn, ihren eigenen Kodex umzuwerfen, wenn Oscar Kahan sie lediglich mit der gleichen unerschöpflichen, ja nahezu allumfassenden Wärme behandelte, die er über alle seine Studenten ausbreitete? Sie merkte, daß sie sich neuerdings angewöhnt hatte, Posen einzunehmen, die die Rundung ihrer Waden betonen sollten, ihr Profil, ihren Busen, aber wenn Oscar Kahan es wahrnahm, so ließ er seinen Beobachtungen keine Taten folgen. Bis jetzt.

Sie verließen sein Büro und wandten sich nach Westen, zum Fluß. Während sie dahinschlenderten, erkundigte er sich nach den letzten Befragungen und gab Kommentare zu anderen. Wieder einmal beeindruckte sie, wie er beides erfaßte, die großen Muster und die kleinen Einzelheiten. Vielleicht wollte er einfach frische Luft, obwohl sie bezweifelte, daß näher als Connecticut welche zu haben war. Vielleicht machte ihn das warme Wetter ruhelos. Vielleicht hatte seine Kindheit in Pittsburgh ihn an den Smog gewöhnt, und er fand die stinkende Luft von Manhattan im Sommer tatsächlich erfrischend.

Im Riverside Park nahm er eine Bank, die etwas abgesondert von den anderen stand, mit Blick auf den Fluß und ein Paar, das sich im Gras umarmte. Er schaute sich um und nahm die Umgebung auf, dann musterte er sie mit durchdringendem, prüfendem Blick. »Ich werde im Herbst nicht unterrichten.«

Und futsch ist meine Stelle, dachte sie. »Wo gehen Sie hin, wenn ich fragen darf?«

»Haben Sie je in Betracht gezogen, sich stärker an den Kriegsanstrengungen zu beteiligen?«

Ich wette, er hat es geschafft, in den Wehrdienst zu gelangen. »Ich dachte an die WAVES, an die Reservemarinehelferinnen – die Marine ist die Militärgattung meiner Familie –, aber ich sehe mich nicht salutierend herummarschieren. Ich bin ein zu verwöhntes Gör für militärische Disziplin.«

»Dennoch führen Sie Befehle aus.«

»Das ist nicht das gleiche, das wissen Sie.«

Er starrte gebannt auf einen Schlepper, der ein ungefüges graues Frachtschiff flußaufwärts bugsierte. »Ich habe vor, Sie anzuwerben. Aber nicht für die WAVES.«

Sie sah ihn scharf an. Er lächelte. »Sehen Sie nicht so schockiert drein. Das steht Ihnen nicht. Sie wissen sehr gut, daß Sie mit Geheimdienstarbeit befaßt sind. Das haben Sie sich schon längst zusammengereimt. Jetzt trete ich offiziell OSS bei – dem Amt für Strategische Dienste. Und ich würde Sie gern mitnehmen.«

Endlich war es auf dem Tisch. »Was ist OSS?«

»Ein bißchen von allem. Propaganda, Geheimdienst, Spionage. Ich kenne hauptsächlich Leute von der Abteilung Recherche & Analyse.«

»Wo würden wir hingehen?«

»Für den Augenblick nirgendwohin außer in ein anderes Büro. Später, wer weiß? Ich möchte nicht auf die Einzelheiten zu sprechen kommen, bevor Sie sich entschieden haben. Ich werde ein kleines Projekt leiten, und ich habe *carte blanche*, so viele von meinen Mitarbeitern mitzubringen, wie ich will.«

»Aber gewiß!« sagte Abra. »Aber gewiß mache ich es.«

»Sie wissen doch gar nicht, auf was Sie sich da einlassen.«

»Ach, aber ich bin sicher, es wird interessant. Ich habe Vertrauen zu Ihnen.«

»Sind Sie nun eigentlich mit Ihrer Doktorprüfung fertig?«

»Nicht direkt. Ich habe alle Seminare abgeschlossen und meine mündliche Prüfung bestanden, aber meine Dissertation schreibe ich immer noch gemäß Professor Blumenthals kritischen Einwänden um.«

»Sie werden das auf Kriegsdauer zurückstellen müssen.«

»Ich bin sowieso nicht entzückt, sie zum vierten Mal umzuschreiben. Spielt es eine Rolle, daß ich meinen Doktorgrad nicht habe?«

»Das bezweifle ich.« Er stand auf. »Das Mißliche ist, daß ich Ihnen so wenig sagen kann, bevor ich Sie dort vorstelle, und doch müssen Sie sich zuvor entscheiden. Ich hoffe, Sie machen sich keine romantischen Vorstellungen.«

Hatte er sie im Verdacht, für ihn zu schwärmen? Vielleicht war ihre Beinschau doch ein wenig zu durchsichtig gewesen. »In welcher Weise?«

»Das ist keine Angelegenheit von Mantel- und Degen-Intrigen, feschen Spionen und schneidigen Helden, sondern nichts als akademische Analyse. Wir werden versuchen, Sinn in die ungeheuren Informationsmengen zu bringen, und die Arbeit wird oft eher statistisch als stimulierend sein.«

»Ich verlasse mich auf Ihr Urteil, daß sie wichtig ist. Ich denke, Sie haben sich Ihre politischen Prioritäten klar gesetzt, und ich hoffe, ich auch.«

»Wir müssen einen kleinen Ausflug zu einem Büro im Rockefeller Plaza machen, der Sie ansonsten nicht weiter zu kümmern braucht. Ihre Dienstverpflichtung, die Prozedur in Gang bringen.« Er bot ihr mit seltener Ritterlichkeit den Arm, um ihr von der Bank aufzuhelfen. »Es wurde Zeit, daß ich stärker integriert bin. Die Langwierigkeit der Eintrittsformalitäten hat mich verrückt gemacht«, sagte er mit einem Aufblitzen unterdrückten Zorns. »Jetzt legen wir los.«

Im Juli erschien Ready nach monatelanger Abwesenheit. Er war gerade zum Korvettenkapitän befördert worden und erwartete, einem Flugzeugträger zugeteilt zu werden. Am nächsten Morgen sollte er mit dem Zug nach Hause fahren.

Ihr Lieblingsbruder sah älter aus, dachte sie, seine Haut ledrig und zerfurcht, Netze neuer Falten um die dunkelblauen Augen, sein Haar noch blonder als das ihre. Er war guter, übermütiger Stimmung. Als sie verschiedene Freundinnen vorschlug, wollte er sie alle. Nach italienischem Essen, auf das Ready immer versessen war, in einer nahegelegenen Kneipe im Village, die Abra bevorzugte, weil dort auch vor dem Krieg nie Bilder von Mussolini gehangen hatten, trafen sie sich mit Djika, Karen Sue und Karen Sues neuer Mitbewohnerin, Eveline, einer Kusine zweiten Grades mütterlicherseits aus Beaufort, North Carolina, die mit einem auf einem Begleitzerstörer stationierten Fähnrich zur See verheiratet war. Karen Sue betrachtete das Teilen ihrer Wohnung als ihr oberstes Opfer für die Kriegsanstrengungen.

Nachdem sie sich durch ein paar Bars im Village getrunken hatten, fuhren sie zum Onyx Club hoch und dann zum Famous Door, lauschten dem Swing und tanzten bis zwei Uhr morgens. »Sweet Georgia Brown«, sang Abra und tanzte Lindy mit ihrem Bruder. Als sie Karen Sue und Ready in dem rauchigen, schummrigen Raum auf dem überfüllten Tanzboden zu »That Old Black Magic« Wange an Wange tanzen sah, stellte sie sich plötzlich vor, wie es sich anfühlte, in jemanden verliebt zu sein und ihn in den Krieg zu verabschieden. Sich zu verlieben war etwas, das anderen Frauen geschah, ihr nie, und während sie sich in ihrem bisherigen Leben für fähig gehalten hatte, Männer zu genießen, weil sie nicht von ihnen individuell besessen war, so fragte sie sich nun, ob sie unfähig dazu war und stets vermeiden würde, was andere so leidenschaftlich zu suchen schienen.

Eveline tanzte mit einem Leutnant, den Ready an ihren Tisch gebeten hatte. Karen Sue und Ready legten einen geschmeidigen, koketten Lindy hin. »In the Mood« war laut, die Blechbläser standen, um ihre Hymne zu schmettern, doch Djikas leise, schneidende Stimme neben ihr drang deutlich an ihr Ohr. »Wenn man dich mit diesem Bruder sieht, beginnt man zu verstehen, worauf sich deine Abneigung gegen Männer deines Aussehens und Herkommens gründet.«

»Aber Ready ist mein Lieblingsbruder. Wir haben uns immer nahegestanden.«

»Eben.« Djika nickte, als hätte sie gesagt: Matt in zwei Zügen. »Ihr seht euch sogar außergewöhnlich ähnlich. Als Heranwachsende fandest du ihn natürlich attraktiv, also suchst du dir aus Furcht vor dem lauernden Inzest Männer aus, die auf gar keinen Fall zu deiner Familie gehören können.«

»Ah, die zweifelhaften Freuden von Freud«, witzelte Abra. »Beweise, daß du mit vier Jahren in deinen Vater verliebt warst, und was hast du? Immer noch das gleiche Bündel gegenwärtiger Probleme. Ich hoffe sehr, daß ich den guten Geschmack hatte, Ready zu begehren, und nicht meinen schauderhaft langweiligen Bruder Roger oder Vater.«

Djika belehrte sie zum dreißigsten Mal, Freud zu mißachten sei naiv, doch Abra war überzeugt, daß ihr Geschmack für Männer sich weit mehr aus Neugier speiste, aus Hunger, aus Lebenslust, aus einer Leidenschaft für Erfahrungen, als aus dem Inzesttabu, das Djika postulierte. Zur Zeit waren all solche Überlegungen ohnehin reine Theorie, da sie für mehr als eine gelegentliche Nacht mit einem früheren Verehrer zu viel zu tun hatte und ihre Neugier auf Oscar Kahan nach wie vor ungesättigt blieb.

Bei diesem Tanz war etwas ausgetauscht worden, denn als Ready zum Tisch zurückkam, murmelte er Abra zu, daß er den Rest der Nacht mit Karen Sue verbringen würde. Am andern Tag erzählte er ihr, Karen

Sue habe darauf bestanden, daß er so tat, als schliefe er auf dem Sofa, bis Eveline ins Bett gegangen war. Er hielt das für die Südstaatenart, erklärte Karen Sue ansonsten aber zu einem Rasseweib. Dann steckte Abra ihn in den Zug nach Maine.

An jenem Mittwoch saßen Djika, Karen Sue, Eveline und Abra zusammen und teilten sich ein von Karen Sues Haushälterin zubereitetes Hühnerfrikassee, eine Bowle und eine Honigmelone. Sie hatten die Schuhe ausgezogen, die Fenster hoch aufgeschoben und zwei Ventilatoren angestellt. Stanley Beaupere war mit Frau und Kindern an den Strand von Jersey in Urlaub gefahren und ließ Djika in der City schmoren.

Die Sonne ging über New Jersey unter, und die grauen Schiffe versammelten sich auf dem Fluß. »Jeden Abend kommen sie hier zusammen«, sagte Karen Sue träumerisch. »Am Morgen sind sie alle fort. Das ist doch bestimmt irgendein Sinnbild, Schiffe, die in der Nacht verschwinden.«

»Ihr könnt euch gar nicht vorstellen, wie verheerend es draußen auf Kap Hatteras aussieht«, sagte Eveline und schüttelte ihre Locken. »Der Strand ist übersät mit Wrackteilen und ölverschmierten Leichen.«

»Ich habe gehört, Blumenthal hat dir ab Herbst eine Assistentenstelle angeboten, und du hast sie abgelehnt, Abra.« Djika maß sie mit strengem Blick. »Was ist denn mit dir los? Wenn wir nicht Krieg hätten, müßtest du vierzig Jahre auf solch eine Chance warten.«

»Ich habe eine Ganztagsstellung bei einem Informationsdienst der Regierung.«

»Was machst du da?«

»Ach, Nachforschungen anstellen und Broschüren schreiben.«

»Was für Broschüren?« fragte Djika.

Abra holte aus ihrer Schultertasche eine Broschüre mit dem Titel *Kartoffeln fürs Vaterland*. Sie reichte sie Djika und wußte nur zu gut, was ihre Freundin lesen würde:

Durch den Verzehr von Kartoffeln anstelle von Weizen können die Bürger der Vereinigten Staaten den Krieg gewinnen helfen. Wir haben nicht genug Weizen für unsere Verbündeten und uns selbst. Kartoffeln dagegen haben wir in Hülle und Fülle. Weizenmehl ist ein konzentriertes Nahrungsmittel und daher zur Verschiffung geeignet; Kartoffeln sind sperrig und demgemäß ungeeignet für die begrenzten Frachtkapazitäten ...

Der Einleitung folgten seitenweise einfache Rezepte. Nach gekochten, gedämpften, geschnetzelten, gestampften, gebackenen, gefüllten Kartoffeln, Kartoffeln in Puffern oder Knödeln oder Aufläufen oder Salaten oder Kabeljauklößchen kamen die verzweifelteren Angebote: Kartoffelbrot mit gemahlenen Erdnüssen und eingeweckten Tomaten. Quetschkartoffeln als Ersatz für aufgeweichte Semmeln in falschem Hasen aus Kochfisch oder Hackfleisch. Fischkartoffelbraten. Fischhaschee mit kaltem Kartoffelpüree. Kartoffelnudeln. Kartoffeln im Schlafrock. Kartoffelwecken. Kartoffelplätzchen. Kartoffelkrapfen. Und dann das Finale: Kartoffeltorte.

Abras Erfahrung war, daß keine Neugier auf ihre neue Stellung überlebte, wenn sie der Kartoffelbroschüre ausgesetzt wurde. Schmunzelnd hatte Oscar einen Vermerk über ihre Pfiffigkeit weitergeleitet. Alle Frauen prüften nacheinander die Broschüre und sahen sie dann mit einer Mischung aus Mitleid und Bestürzung an. Das Thema wurde augenblicklich gewechselt.

Abgesehen von Djika, die immer noch in verstümmelter Treue im Schatten von Stanley Beauperes offenbar solide gebauter Ehe verweilte, entbehrten sie alle die Gesellschaft von Männern. Ihre männlichen Kollegen verschwanden nach und nach vom Campus. An der Columbia verwandelte sich das Gelände zwischen den Gebäuden und unter den Bäumen, das immer gesellschaftlicher Treffplatz gewesen war, in Exerzierplätze für Marinekadetten, die unter militärischer Disziplin standen und viel zu jung für sie waren. So war das normale Muster ihres Gesellschaftslebens jetzt, die meisten Abende, die nicht von Arbeit oder freiwilligen Diensten in Anspruch genommen waren, mit ihren Freundinnen zu verbringen. Wenn dann ein früherer Freund oder Bekannter Urlaub bekam, ließen die Frauen alles fallen, blieben bis zum Morgengrauen aus und holten sich ihren Schlaf nach dem hektischen Wochenende.

»Abra, komm mal ein Minütchen her«, bat Karen Sue. »Ich habe etwas, da möchte ich mal sehen, ob es dir paßt, Kind.«

Was Karen Sue ihr anpassen wollte, war das Versprechen, Ready nichts davon zu sagen, daß sie schon einmal verheiratet war. »Schließlich war es gar keine richtige Ehe. Ich meine, es ist fast nichts passiert, und eine annullierte Ehe ist eine, die eigentlich gar nicht stattgefunden hat.«

Abra stöhnte. »Aber, Karen Sue, Ready denkt doch nicht, daß du Jungfrau warst, oder?«

»Was er in der Hinsicht denkt, braucht uns im Moment nicht zu beschäftigen, Abra, und so wahr du meine Freundin bist, möchte ich nicht, daß du über Dinge aus meinem vergangenen Leben sprichst, über die du sowieso nicht die ganze Wahrheit weißt, und deswegen schafft solches Gerede nur Verdruß. Ein loser Mund setzt Schiffe auf Grund.«

Abra ging grantig nach Hause. Sie wurde gar nicht gern vor die Wahl gestellt, Ready eine Wahrheit zu verschweigen, die ihn vielleicht interessierte und vielleicht auch nicht, oder Karen Sue zu verärgern, die sie wirklich mochte. Diese verflixte Karen Sue, hatte sie vielleicht im Sinn, Abras Schwägerin zu werden? Sie sah das Bild nicht recht vor sich, aber vielleicht sah es Karen Sue, in einem goldenen Rahmen.

Wenn sie ihren Freundinnen genau erzählt hätte, was sie tat, hätte ihnen das ebenso sehr Rätsel aufgegeben, wie die Kartoffelbroschüre sie langweilte. Im Moment schienen Oscar und sie im Altkleiderhandel tätig zu sein. Nach wie vor sammelten sie mündliche Geschichte von neu angekommenen Emigranten, insbesondere von solchen, deren vormalige Adressen oder Geburtsorte von militärischer oder industrieller Bedeutung waren. Außerdem sammelten sie Armbanduhren, Füllfederhalter, Rasierapparate, Brieftaschen, Koffer, Unterwäsche, Mäntel, Hemden. Sie bezahlten für alles und hatten eine entfernt plausible Erklärung: sie ermittelten den Zustand der deutschen Wirtschaft, und die Verarbeitung und die Metalle einer Uhr oder die Stoffqualität eines Anzugs konnten nützliche Informationen liefern. Alles wurde in ein Lagerhaus in Washington verfrachtet, wo dieses zusammengeraffte Material Agenten ausstattete, die hinter den feindlichen Linien abgesetzt werden sollten.

Die Informationen, die sie sammelten, die Erinnerungen, gingen ebenfalls nach Washington. Der Agent, der diese Ernte aus Informationen und Flohmarktfutter vor ihnen transportiert hatte, war nach

London versetzt worden, wo er wahrscheinlich an etwas arbeitete, das mehr nach Oscars Geschmack war. So nahm nun Oscar jede Woche den Zug nach Washington, nicht nur, um die verknautschten Beutestücke der Woche auszuliefern, sondern auch, um sich in die eigentliche Recherche- und Analyse-Arbeit hineinzutricksen und zu -intrigieren. Die R&A-Abteilung von OSS in Washington, knurrte Oscar, wimmele von brillanten Köpfen. Sie mußten es schaffen, nach Washington abkommandiert zu werden.

Oscar verzehrte sich vor unterdrücktem Groll. Sie arbeiteten bis spät in die Nacht, versuchten, ihr Bestes zu leisten, an sechs, oft sieben Tagen in der Woche, doch Oscar trat auf der Stelle. Er hatte nicht die Columbia verlassen, um alte Kleider zu sammeln, und er gab akademischen Rivalitäten die Schuld an dem, was er als sinnlose Vergeudung seiner Talente sah. Im Laufe dieser wachsenden Frustration geschah es, daß er sie bat, ihn Oscar zu nennen, und in der Tat begann er, sich vertraulich bei ihr zu beklagen wie bei einer Ehefrau oder einer Geliebten. Abra, die die Berichte der Flüchtlinge immer noch faszinierend fand, litt weniger an Ungeduld. New York war ihr Zuhause wie das von Oscar auch. Obwohl sie sich mit einem Umzug nach Washington abgefunden hatte, brannte sie nicht darauf, dorthin zu kommen.

Sie amüsierte sich damit, zu beobachten, wie unter dem Druck, den er erzeugte, die Förmlichkeit zwischen ihnen sich nach und nach abschliff. Sie war Abra, er war Oscar. Mittags aßen sie zusammen im Deli unten auf der Madison Avenue, oder sie ging ein paar Sandwiches holen. An dem Tag, an dem Oscar einen Kommunisten befragte, der bei der Handelsmarine gewesen war und daher voller Einzelheiten über den deutschen Schiffsbestand steckte, so daß ein ganzes Dossier über ihn zu OSS nach Washington gehen konnte, an dem Tag führte er sie zum Essen aus in ein spanisches Restaurant in der Vierzehnten Straße. Dort schien der Kellner ihn zu kennen, und der Geschäftsführer kam und brachte eine Platte mit kleinen Leckereien als Geschenk des Hauses, die sie zu ihrem Amontillado knabberten.

Vom Essen und dem Wein blühte Oscar auf. Nicht, daß er auch nur im leisesten beschwipst wurde, er entspannte sich einfach, und Entspannen hieß bei ihm, sie mit Beschlag zu belegen, zu bezaubern, sich für Privates zu öffnen, wie er es in den neun Monaten ihrer Arbeitsbeziehung bisher vermieden hatte.

»Wir waren vier«, sagte er. »Ich bin der Älteste. Als nächster kam mein Bruder Ben, er ist immer noch in Pittsburgh und hat eine chemische Reinigung. Dann die beiden Mädchen, Bessie, die mit einem Zahnarzt verheiratet ist und so dick wie wir beide zusammen, eine wundervolle, warme Mutter von fünf Kindern. Dann meine jüngste Schwester Gloria.« Er schaute finster auf seinen Teller mit Meeresfrüchten.

»Was macht sie?«

»Wenn ich das wüßte. Sie ist in Paris.«

»Immer noch? Warum ist sie nicht weggegangen, bevor der Krieg anfing?«

»Der Krieg hat dort zwei Jahre früher als hier angefangen, müssen Sie bedenken. Sie hat einen Franzosen aus dem niederen Adel geheiratet, und sie ist Modejournalistin. Ihr Metier, das sind die neuesten Kreationen der französischen Couturiers. Ich glaube, sie kam gar nicht auf den Gedanken, daß der Krieg Auswirkungen auf ihr Leben haben könnte. Und ich weiß nicht, ob er es auch tatsächlich hat.« Er rieb sich die Nase, als müßte er sie blank polieren, und runzelte leicht die Stirn.

»Hat sie Kinder?«

»Nein, vereinbarungsgemäß. Er ist ein ganzes Stück älter und hat Kinder aus einer früheren Ehe, die erbberechtigt sind.«

»Wenn er reich und adelig ist, muß er doch in der Lage sein, sie zu schützen, meinen Sie nicht?«

»Das hoffe ich. Es ist hart, nichts zu hören. Wir haben immer alle miteinander in Verbindung gestanden. Ich werde im September für die Hohen Feiertage nach Pittsburgh fahren, zu meiner Mutter. Gloria ist immer alle zwei Jahre herübergekommen, und ich habe sie in Paris besucht.« Er neigte den Kopf und schenkte von dem derben Rotwein nach. »Wie ist Ihre Familie? Stehen Sie sich nahe?«

Im Laufe der Mahlzeit bekam sie das Gefühl, daß dies ein Ort war, an den er andere Frauen gebracht hatte, und daß Teil des persönlicheren Tons dieses Abends nicht Berechnung oder Absicht von seiner Seite war, sondern einfach die Beibehaltung eines schon bestehenden und angenehmen Musters. Sie mußte innerlich schmunzeln. Sie vermutete, so wie sie war er es gewohnt, an solch einem Tisch Lieben gegenüberzusitzen, so daß beide die Gewohnheit der Wärme auch an diesen Tisch mitbrachten. Dennoch wurde ihr die Zeit nicht lang wie so oft, wenn Männer über sich selbst redeten, denn ihre Neugier war von den

Monaten unpersönlicher, aber tatkräftiger Zusammenarbeit gewetzt worden.

Sie erzählte ihm gerne von Ready, von Roger, von ihrem Hintergrund, der für ihn so exotisch war wie der seine für sie. Er kam aus einer Familie, die offenbar mit wenig Geld hatte auskommen müssen, in der aber seine Erziehung an erster Stelle gestanden hatte. Vielleicht waren die mittleren Kinder ein wenig geopfert worden, oder vielleicht hatte ihnen einfach seine Begabung oder sein Ehrgeiz gefehlt. Dann, bei Gloria, waren die Zeiten einfacher gewesen und die anderen untergebracht, so daß alles nur Mögliche für sie erübrigt worden war, und sie, die Schönheit, sich aufgemacht hatte, um die Welt zu erobern.

Doch die Verbindungen aller untereinander, Zahnarztfrau, Reinigungsbesitzer, Akademiker und elegante Dame von Welt, schienen zu halten, bei lebhafter gegenseitiger Anteilnahme. Sie fing aus dieser Familie den scharf gewürzten Hauch von heftigen Gefühlen auf, von verwickelten Haßlieben und Gebrüll und tränenreichen Telefongesprächen in der Nacht. Dennoch schien sich Oscar seiner Rangstellung ganz sicher zu sein, der Älteste, der Liebste, der ferne Mittelpunkt. Seine Mutter lebte noch und spielte eine Rolle in seinem Leben. Sein Vater war vor drei Jahren an einem Herzanfall gestorben. Seine Mutter, die offenbar die Familienschönheit besaß, erwog, wieder zu heiraten, und alle Geschwister bis auf die abgeschnittene Gloria intrigierten leidenschaftlich, um die Heirat mit einem Witwer zu fördern oder zu verhindern.

Er sprach gerade von seiner geschiedenen Frau, aber nicht, wie Männer es gewöhnlich über ihre ehemaligen Gattinnen taten. »Louise ist sehr stark, sehr intelligent, sehr begabt. Man sollte sie nicht nach diesen abstrusen Geschichten beurteilen, die sie am laufenden Band produziert. Sie hat einen blitzgescheiten Kopf und keinerlei Hemmungen, ihn zu benutzen. Sie ist sehr politisch und denkt sehr progressiv.«

Wenn sie weniger Wein getrunken und sich ihm gegenüber nicht immer noch im Ungleichgewicht gefühlt hätte, wenn sie weniger unter der immer noch wirksamen und daher unbedingt zu bekämpfenden Professor-und-Studentin-, Chef-und-Assistentin-Dynamik gestanden hätte, vielleicht wäre sie dann weniger spitz in ihren Fragen gewesen. »Wenn Sie Ihre geschiedene Frau so bewundern, wie Sie sagen, warum sind Sie dann nicht mehr verheiratet?«

»Schwer zu sagen. Die Scheidung war nicht meine Idee.« Oscar rieb sich wieder die Nase. »Ja, ich habe eine Zeitlang mit einer anderen gelebt, aber das war nichts, um darüber solch einen Aufstand zu machen.«

Abra lachte. »Ich bezweifle, daß das die Sichtweise Ihrer Frau war.«

»War es auch nicht.« Oscar seufzte. »Ich verstehe nicht, warum Frauen unbedeutende Abenteuer so furchtbar schwer nehmen. Ich hatte die feste Absicht, zurückzukehren.«

Abra hätte jetzt gern beteuert, daß sie keine Treue erwartete, doch schließlich war noch gar nichts zwischen ihnen vorgefallen. So behalf sie sich damit, zu sagen: »Ich glaube, die Ehe und das Heim sind für viele Frauen wesentlich wichtiger als für mich zum Beispiel. Viele jüngere Frauen haben eine unabhängigere Haltung und weniger starre Erwartungen.«

»Ich hätte erkennen müssen, wie wichtig das Louise war. Sie ist ohne solche Sicherheit aufgewachsen, und als die bedroht war, wollte Louise mich einfach abtrennen.« Oscar schüttelte den Kopf. »Ich muß meine Tochter Kay öfter sehen. Ich habe mich völlig von Arbeit zudecken lassen. Besonders, wenn wir bald nach Washington gehen, besteht um so mehr Grund, Zeit für sie herauszuschneiden.«

Während sie ihren Kuchen aßen und einen spanischen Weinbrand tranken, behielt Abra deutlich das Gefühl, daß sie auf dem Wege dazu waren, persönlicher zu werden. Liebende oder Freunde? Abra vermochte nicht einmal einzuschätzen, ob auf dem wimmelnden Feld seines Lebens Raum für eine Affäre mit ihr war. Bequem einzufügen, zumindest das sprach dafür, dachte sie. Sie überlegte, ob sie es war, die den ersten Schritt tun mußte.

Immer stärker beschlich sie das Gefühl, sich in ein Geschwader, eine Massierung, einen Schwarm von Beziehungen zu zwängen. Anders als die meisten Männer ihrer Bekanntschaft, die Familien nur als Hintergrund oder als Quelle möglicher Einmischung hatten, schien Oscar mit einer ganzen Heerschar von Menschen im Schlepptau daherzukommen, mit denen er immer noch in ständigen Beziehungen stand; und sie hatte das beklemmende Gefühl, noch nicht einmal die Hälfte seines Lebens zu überblicken. Ihn zum Liebhaber zu nehmen mutete an, als ließe sie sich nicht auf ihr übliches, diskretes zweisames Treiben ein, sondern auf eine ganze Sippe. Seine Arbeit mochte geheim sein, aber seine Beziehungen schienen ganz offen dazuliegen, im vollen Sonnenlicht gegenseitiger Beachtung und allgemeinen Gerangels. Seine Frau, seine Tochter, seine Mutter, seine Schwestern und sein Bruder, seine früheren Geliebten, seine Freunde, alle schienen Abra anzuschauen und auf die nächsten Entwicklungen zu lauern. Vielleicht war sie betrunken, aber sie spürte fast körperlich den heißen Blick vieler dunkler Augen auf dem Gespräch ruhen.

Naomi 3

Der Rachen schließt sich

Leib ging Naomi nicht aus dem Sinn, und sie hatte deswegen ein nicht ganz reines Gewissen. Da sie ihn viel toller fand als Murray, konnte sie sich nicht vorstellen, warum Ruthie Murray vorzog. In ihrer Phantasie kam Trudi ganz plötzlich um, ohne Schmerzen, und Leib ging mit ihr auf und davon. Naomi war nicht an den Jungen in ihrer Klasse interessiert, die manchmal auf ihr herumhackten und sie hänselten und Lieder sangen, daß französische Mädchen Schlüpfer aus Seidenpapier trugen und anderen unanständigen Quatsch. Sie war jetzt das drittgrößte Mädchen in der Klasse, das größte weiße Mädchen.

Den Schulweg ging sie mit Sandy Rosenthal, aber ihre eigentliche, geheime Freundin war Clotilde. Schwarze und weiße Mädchen durften nicht befreundet sein, deshalb verbargen sie ihr Geheimnis vor Lehrern und Kindern gleichermaßen. Beide achteten darauf, Momente zu erwischen, wo sie miteinander Französisch sprechen konnten, wo sie teilen konnten, wie fremdartig sie das Leben hier fanden, die Schule, die Stadt, das Essen, das Wetter. In ihren Augen war Clotilde schön, mit der Haut wie Holz und Asche zugleich, den großen, strahlenden graubraunen Augen, den gleichmäßigen, leuchtend weißen Zähnen, dem krauslockigen Haar, das wie Rot und Schwarz zusammen war. Clotilde war zu sanftmütig für Detroit, für die gleichgültigen Grobheiten der Schule mit den Rüpeleien, den Herausforderungen, den Prügeleien auf dem Schulhof, der Subkultur aus schweinischen Witzen und Bandenkriegen und Horrorcomics. Ihr Vater war in einem U-Boot im Pazifik, was sich für beide ziemlich furchterregend anhörte. Da mußte er eine Art Diener abgeben, aber nachts auf dem Turm Wache stehen, weil, erklärte Clotilde verächtlich, die Marine meinte, Neger könnten im Dunkeln besser sehen als Weiße.

Manchmal hatte Naomi das Gefühl, in Detroit in einen heftigen, seit Generationen andauernden Familienkrach zwischen den Farbigen und den Weißen geraten zu sein, nur, daß die streitenden Parteien einander nicht einmal deutlich wahrnahmen und daß die Weißen alle Macht hatten, wie die Nazis in Frankreich. Sie hatten die Polizei, die Verwaltung, die Schulen, die Krankenhäuser, einfach alles. Naomi konnte sich ausrechnen, wer den Kürzeren zog, ohne ihre Beobachtungsgabe anzustrengen.

Als die Sommerferien kamen, freute sie sich mehr darauf als je zuvor, denn die Schule war eine Prüfung, die nie aufhörte. Aber dann merkte sie nur allzu rasch, daß ihre Ferien keine waren, denn die Tagesstätte ging sommers weiter wie winters. Außerdem versorgten jetzt Tante Rose und Sharon auf gleichem Raum mehr Kinder als vorher. Naomi wurde einkaufen geschickt, noch schwieriger als ohnehin durch die roten Marken und die blauen Marken und welche Marken diese Woche gültig waren und welche benutzt werden mußten, bevor sie verfielen.

Sharon sagte, was für ein Glück Naomi hatte, so früh alles über Babys zu lernen, denn sie selbst hatte vorn nicht von hinten unterscheiden können, als sie Marilyn bekam. Nun konnte Naomi bald einem Mann eine gute Frau werden, denn sie wußte bereits, wie sie ihre eigenen Babys nähren, baden, halten und anziehen mußte. Sharon sagte, das war viel wichtiger als alles, was Naomi auf der Schule lernte, und hier bekam sie die richtige Erziehung.

Naomi widersprach nicht laut, aber sie fühlte sich nicht beglückt. Sie fühlte sich eingeklemmt. An den Spätnachmittagen entfloh sie, um an einer der Ecken Völkerball oder Brennball zu spielen. Jungen und Mädchen spielten bis Einbruch der Dunkelheit. Eines Abends versuchte Brillen-Rosovsky, sie zu küssen, als sie alle auf den Verandastufen des Hauses saßen, in dem Brille wohnte, und sie trat ihn vors Schienbein. Hinterher tat ihr leid, daß sie mit dem Tritt nicht bis nach dem Kuß gewartet hatte, um herauszufinden, wie das war, aber sehr leid tat es ihr nicht.

Naomis Haar war so kraus wie eh und je. Sie überredete Ruthie, es für den Sommer kurz zu schneiden. Tante Rose bekam einen Anfall, als sie sah, was Ruthie getan hatte, aber Naomi gefiel ihr neuer Haarschnitt. Tante Rose sagte, sie sähe aus wie ein Pudel. Naomi sagte, Pudel seien französisch und das sei sie auch. Tante Rose sagte, sie werde so frech und vorlaut wie amerikanische Mädchen, und wo sei das liebe kleine Mädchen geblieben, das zu ihnen gekommen war?

Naomis Brüste wuchsen. Die Brustwarzen juckten. Sie fühlte sich reizbar, und ihr war langweilig und heiß. Sandy wollte ein taubenblaues Kostüm und ein Taftkleid, wenn der Krieg vorbei war. Sharon wollte einen elektrischen Kühlschrank. Naomi wollte einundzwanzig, mit der Schule fertig und woanders sein. Wenn sie daran dachte, wie lange es noch dauerte, bis sie groß genug war, um irgendwas auf eigene Faust zu tun, fühlte sie sich im voraus erschöpft. Es dauerte einfach zu lange, groß zu werden, es lohnte kaum das Warten. Am meisten freute sie sich auf die Tage, wenn der Eismann mit seinem Pferdekarren kam und sie sich ein Stück Eis zum Lutschen erbetteln konnte. Es war so heiß, daß Boston Blackie den ganzen Tag nur unter der blauen Hortensie im Hof schlafen wollte.

Vielleicht wurde sie mal Sekretärin wie Ruthie. Ruthie arbeitete nicht mehr in dem Kaufhaus, sondern sie hatte eine Stellung beim Wohnungsamt von Detroit. Für kürzere Arbeitszeit bekam sie mehr Geld. Rose sagte, Sekretärin sei genauso gut wie Sozialarbeiterin, aber Ruthie war nicht der Meinung und fuhr immer noch vier Abende die Woche zur Wayne.

Ruthie erklärte, daß sie nicht als richtige Sekretärin arbeitete, sondern im Schreibsaal für die Stenotypistinnen. Als Jüdin hatte sie Glück, solch eine Stellung zu finden, in einem Büro, aber es war nicht, was sie wirklich wollte, und sie hatte nicht vor, das auf Dauer zu machen, vertraute sie Naomi an. Ihrer Mutter erzählte sie das nur ein einziges Mal, denn Rose ging an die Decke, wenn sie sowas hörte. Rose bekam es mit der Angst, wenn sie meinte, eins ihrer Kinder wollte etwas, was es nicht haben konnte, aber Ruthie sagte, daß Rose sich mit zu wenig zufrieden gab, weil sie nicht begriff, wie die Welt sich veränderte. »Für Leute wie uns kann alles nur noch schlechter werden oder besser.«

In letzter Zeit dachte Naomi viel über Geld nach. Als kleines Mädchen war es für sie selbstverständlich, daß ihre Eltern arbeiteten. Sie waren nicht reich, sie waren Arbeiter wie alle im Viertel, aber sie aßen gutes Essen, das Maman nach der Arbeit kochte, und alle Mädchen halfen, und sonntags fuhren sie aufs Land oder sie gingen ins Kino oder in den Jardin des Plantes oder das Musée de l'Homme. Jedes Jahr machten sie im August richtige Ferien und verließen für vierzehn Tage Paris.

Als Papa in den Krieg mußte, war ihre Familie ärmer geworden. Seitdem hier der Krieg angefangen hatte, ging es ihnen besser. Tante Rose und Sharon verdienten Geld, Ruthie hatte eine bessere Stellung, Arty stand am Fließband im Fisher-Karosseriewerk, und Onkel Morris machte viele Überstunden. Das Auto war endlich abbezahlt. Die Miete war zweimal erhöht worden, aber jetzt mit der Mietpreisbindung blieb sie stabil.

Sie sparten und steckten das Geld in Kriegsanleihen. Ruthie gab Naomi jede Woche einen Vierteldollar, damit sie dafür in der Schule Verteidigungsmarken kaufen konnte, aber Naomi tat es oft nicht. Sie wußte, wie das Papiergeld, das die Regierung ausgab, sich über Nacht in simples Papier verwandelte, und sie konnte ihre Vierteldollarmünzen nicht auf diese Marken verschwenden, mit denen man nicht mal einen Brief frankieren konnte. Ihrem Gefühl nach begriffen die amerikanischen Verwandten einfach nicht, daß man an Münzgeld festhalten mußte. Sie hatte ein Versteck unter einer morschen Diele in dem Zimmer, das sie mit Ruthie teilte. Dort versteckte sie ihre Vierteldollar, zumindest, bis feststand, ob die Regierung stürzen würde. Regierungen taten das oft.

Wenn sie Leute reden hörte, wie schlimm Hamsterer waren, lastete ihr Hamsterschatz aus Ruthies Vierteldollars auf ihrem Gewissen. Aber wenn all das Geld, das Tante Rose und Onkel Morris in Papieranleihen verwandelten, futsch war, dann konnte sie alle retten. Silber und Gold waren echt. Tante Batya hatte Polen mit ein bißchen im Mantelsaum eingenähtem Gold verlassen, und davon hatten die Balabans nach Frankreich kommen und von vorn anfangen können.

Wenigstens hatte Ruthie jetzt mehr Zeit für sie, denn Ruthie hatte aufgehört, mit Männern auszugehen. Manchmal ging Naomi mit Trudi ins Kino und manchmal mit ihrer ganzen Familie oder mit Sharon (Arty hatte Spätschicht und konnte nicht mit) und manchmal mit Ruthie allein. Kleine Restaurants und Geschäfte machten zu, aber die

Kinos waren rund um die Uhr geöffnet und immer voll. Sie sahen Alan Ladd in *Die Narbenhand*, Greer Garson in *Mrs. Miniver* und Bob Hope in *Geliebte Spionin*. Sie saßen *Abenteuer in Panama*, *Saboteure* und *Der Dollarregen* aus, alle paar Tage zwei oder drei Spielfilme hintereinander.

Jeden Abend hörten sie Radio und lasen Zeitung, sogar Naomi, deren Englisch sich so weit verbessert hatte, daß sie die Zeitungen ebenso gut las wie Onkel Morris. Ihr Lieblingsfach war Geographie, was Teil der Gesellschaftskunde war. Sie liebte es, die Namen aus dem Radio und den Zeitungen auf Karten im Atlas zu finden und die Bewegungen der Armeen in Ägypten, Neuguinea und der Sowjetunion aufzufinden, obwohl es immer darauf hinauslief, daß die Achsenmächte vorrückten. Noch mehr mußte auf den Karten schwarz schraffiert werden.

Tante Rose hielt sie dazu an, im Haus und auf dem Hof den Sommer über barfuß zu laufen, denn Schuhe waren rationiert. Ihre Fußsohlen wurden so hart, daß sie vor Brille und Sandy prahlte, sie könne über Glasscherben gehen, ohne sich zu schneiden, also zertrümmerten die eine Limoflasche. Naomi wollte eigentlich nicht, aber sie setzte den Fuß auf die Scherben und humpelte drüber, und sie hatte recht, der Fuß blutete nicht. Sie gewann ein Zehncentstück von Sandy und eins von Brille, aber dann mußte sie ihnen für die Hälfte des Geldes Eistüten kaufen.

Alvin drehte einen Hydranten auf, und alle rannten durchs Wasser und spritzten im Rinnstein, bis die Polizei kam. Trudi sagte, sie könnten zu ihrem Haus kommen und unterm Gartenschlauch durchlaufen. Trudis Eltern wohnten im Erdgeschoß eines Zweifamilienhauses, und ihr Vater sprengte gern den Rasen. Naomi bekam von Ruthie einen neuen Badeanzug, leuchtend grün mit rückenfreiem Oberteil und einem süßen Röckchen. Sie versuchte sich einig zu werden, ob sie darin sexy aussah. Sandy redete andauernd davon, was sexy war und was nicht. Ihr anderes Wort war ‘traumhaft’. Sandy redete zuviel von Jungens, aber weil sie so nah wohnte, konnte Naomi sogar mit ihr spielen, wenn sie auf die Tagesstättenbälger aufpassen mußte.

Sandy hatte honigblondes Haar, ungewöhnlich unter den Juden ihres Viertels. Im Gesicht wirkte sie knochig, die Nase habichtartig, der Kiefer ein wenig vorspringend, aber Sandy bildete sich etwas auf ihr Haar ein und tat, als wäre sie hübsch, und alle andern machten das mit.

Sandy mußte auf ihren rotznasigen kleinen Bruder Roy aufpassen, noch ein Band zwischen ihnen.

Sandy redete sich ein, der Hof zwischen den beiden Häusern sei was Besonderes. Ihr Paps hatte eine große Kabeltrommel aus Holz mitgebracht, die sie als Tisch benutzten, mit Holzkisten vom Kaufmann als Stühlen. Manchmal hatten Sandy oder sie Geld für eine Limo, aber meistens nicht. Da bei beiden Familien Zucker stets knapp war, behalfen sie sich mit kaltem Wasser und einer Scheibe Zitrone und spielten, das seien Cocktails, während Sandy ihr die Texte von »Chattanooga Choo Choo«, »Praise the Lord and Pass the Ammunition«, »Blues in the Night« und »Jingle Jangle Jingle« beibrachte. Teenager – so nannte Sandy das – Teenager zu sein schien eine Menge Arbeit. Es verlangte von ihr, über die *Red Wings* Bescheid zu wissen, die Hockey spielten, und über die *Tigers*, die Baseball spielten, und die Namen der Spieler zu wissen, sogar der Spieler, die schon eingezogen worden waren, und das, obwohl sie noch nie ein Baseball- oder ein Hockeyspiel gesehen hatte.

Am Abend saßen sie, nachdem es zum Spielen zu dunkel geworden war, auf den Verandastufen des Eckhauses, und Alvin ließ eine Zigarette rumgehen. Er mopste immer Chesterfields aus der Handtasche seiner Mutter. Naomi konnte schon dran ziehen, ohne zu husten. Ihr wurde schwindlig, aber das ließ sie sich nicht anmerken. Der Sommer war auch deshalb besser als der Winter, weil nach der Schule die Kinder sie eher in ihren Kreis aufnahmen, den Kreis der jüdischen Kinder ihres Alters aus den umgebenden vier Blocks. Es war, als zählte im Sommer alles nicht so stark, und alles wurde leichter genommen. Außerdem lernte sie auch. Wenn sie ihr eine Fluppe reichten oder schweinische Witze erzählten, dann reagierte sie nicht mehr mit Empörung, dann sagte sie nicht mehr, daß Tante Rose ihr so was verboten hatte. Sie machte einfach mit und hielt den Mund.

»Das wird unser Abschlußjahr«, sagte Sandy im gleichen Ton, in dem sie sonst sagte, Jungs seien traumhaft.

»Na und?« sagte Naomi.

»Dann machen wir eine Abschlußfahrt nach Bob Lo. Es gibt ein Fest, und wir schreiben uns gegenseitig in unsere Autogrammbücher. Es gibt auch Tanz.«

Brille lachte. »Und die Mädchen müssen sich ihre eigenen Festkleider nähen, ha-ha, mein lieber Mann, wirst du blöd aussehen.«

»Bäh«, sagte Naomi. »Wenn ihr eure Anzüge nähen müßtet, was würdet ihr erst mal doof aussehen! Wißt ihr was, ich ziehe eine Einkaufstüte an. Die male ich rot.«

»Frenchy, in einer Einkaufstüte siehst du bestimmt schnafte aus«, sagte Alvin.

»Die Laffen hier schmeißen neuerdings mit Sprüchen um sich«, sagte Sandy mit saurer Grimasse. »Die meinen, die sind richtige Casanovas.«

Aber schon fünf Minuten später jagten sie einander mit geschlossenen Augen um die große Ulme und spielten Blindekuh. Es machte Spaß, im Dunkeln herumzustolpern, aber Brille kniff sie hart in den Po. Als sie aufschrie, tat er, als wüßte er nicht, was war. »Ich hatte die Augen zu«, sagte er grinsend. »Woher soll ich wissen, was ich da gemacht habe?« Ihre Pobacke tat immer noch weh, und sie fand es unanständig, daß er sie da berührt hatte.

Am nächsten Tag gingen Alvin und Brille mit fünf anderen Jungen auf dem Weg zum Ballspielen vorbei und sagten nicht mal hallo. Sie taten, als sähen sie Sandy und Naomi nicht. Ich weiß nicht genau, ob es wirklich einen G-tt gibt, dachte Naomi, und obwohl es Sünde ist, das zu denken und obwohl jetzt, wo ich eine Frau bin, alles zählt, denke ich trotzdem, das Leben könnte besser eingerichtet sein, ganz zu schweigen von Kriegen und Nazis. Wenn ich zu bestimmen hätte, dann müßten Kinder nicht dieses ganze Großwerden durchmachen. Bei mir würden alle Menschen groß geboren werden und das alles überspringen, dieses Warten und diese ganzen Umstände und daß man immer das Falsche tut und sagt.

Sie überlegte, ob es auch so schwer wäre, wenn sie zu Hause bei ihrer Familie wäre. Hier war sie in der Fremde und ohne ihre Zwillingsschwester. Sie würde nicht so schmollen und bocken und nach Sachen treten, wenn sie Rivka immer da hätte, die wußte, was sie wußte, und sah, was sie sah, und sie ergänzte. Sie wäre nicht so unglücklich, wenn sie mit Rivka zusammen wäre, wie es eigentlich sein sollte.

Die Nacht war heiß und stickig. Detroit war wie ein weiter, niedriger, schlecht belüfteter Schrank voller Maschinen. Sie hatte eine Prüsche auf dem Po. Wie konnte er so was Gemeines machen, und warum? Jungs waren rätselhaft und doof, aber Mädchen gaben sich nun mal mit ihnen ab, also mußte sie es auch.

Immer, wenn sie Ruthie was über Jungs fragte, redete Ruthie von

Liebe, Liebe, Liebe. Sie liebte Ruthie, sie liebte Rivka und Maman und Papa. Sie liebte sogar Jacqueline. Aber die Vorstellung, Brille oder Alvin zu lieben, war ein unkomischer Witz, wie sich in einen Lastwagen zu verknallen. Mädchen redeten davon, in Tyrone Power verliebt zu sein oder in Alan Ladd. Sandy konnte sich nicht zwischen Harry James und Frank Sinatra entscheiden. So geschwärmt hatte Jacqueline wenigstens nicht. Vielleicht hatte sie ihre ältere Schwester nicht genug zu schätzen gewußt. Auf die unmittelbar vor ihr liegenden Jahre, wenn sie, wie Sandy immer sagte, in die High-School kamen und richtig mit Jungs gingen, blickte sie angesichts solcher Aussichten mit argwöhnischem Abscheu.

Schließlich schlief sie ein, in ihrem von der Hitze und vom Schweiß verkrunkelten Bett. *Obwohl die Wachen das Gebäude Vélodrome d'Hiver nannten, war es nicht Winter, sondern Sommer und heiß. Sie verbrannte vor Durst. Ihre Kehle war ausgetrocknet, ihre Zunge voller Blasen. Sie wunderte sich, wie die schreienden Babys das aushielten. Heute morgen war eins gestorben, das kleine Mädchen mit den großen grauen Augen. Die junge Mutter hielt das Baby immer noch, wie eine schmutzige, schlaffe Lumpenpuppe, der Kopf baumelte.*

Rivka spürte immer wieder Brechreiz, weil alle so stanken. Sogar die Erwachsenen rochen wie Babys, die sich vollgemacht hatten. Zu Tausenden und Abertausenden waren sie zusammengepfercht, in der Arena, auf den Tribünen oder auf der Rennbahn unter der blauen Glasdecke wie eine Verhöhnung des Himmels, die die Hitze und den Gestank hinunterdrückte. Die Wachen, Franzosen wie sie, aber plötzlich tückisch, brüllten sie andauernd an. Es war wie in einer Schule, wo grausame Schulmeister sie bestraften, aber die Erwachsenen wurden genauso bestraft wie die Kinder.

Sie hatten Hunger und Durst und lagen in ihrem eigenen Schmutz, so zusammengezwängt, daß alle aneinanderlehnten. Es war so laut und so überfüllt, daß sie es wie einen einzigen, in allen gemeinsam bohrenden Kopfschmerz empfand. Ein kleiner Junge, dessen Mutter vor zwei Nächten gestorben war, schloß sich an sie und Maman an. Er weinte jetzt nicht mehr viel. Er fühlte sich unter ihren Fingerspitzen feuerheiß an. Seine Wimpern hatten seine Augen zugeklebt, und er lag auf ihren Füßen mit dem Kopf in Mamans Schoß. Sein Name war Jules. Seinen Zunamen wußte er nicht. Er wußte auch nicht, wie alt er war, aber Maman hatte, als sie noch sprechen konnte, gesagt, er war wohl zwischen drei und vier. Sie selbst war Naomi-Rivka, beide zugleich, auch ihre Kehle brannte zu sehr vor Durst, um zu sprechen, zu weinen oder Maman zu fragen, wann es aufhören würde. Die Luft selbst war nur noch Schmutz, und sie spürte ihren Körper zerfallen wie verschimmelnden Käse ...

Sie erwachte in ihrem dunklen, heißen Zimmer und hörte Ruthie im Bett unter ihr im Schlaf seufzen. Boston Blackie lag auf ihren Füßen und schnarchte leise. Sie fühlte sich von Angst zerschunden. Sie fühlte sich, als blutete sie Angst ins Bettzeug. Es war nur ein Alptraum. Aber das glaubte sie nicht. Das glaubte sie ganz und gar nicht.

Louise 3

Nachmittagssonne

Der Sand versengte Louise die Fußsohlen, als sie mit Claude zwischen Zwergblaubeeren und Hartgras über eine niedrige Düne zum Strand ging, wo Badende sich schon einen Pfad durch den Stacheldraht gebahnt hatten. Die Wellen bäumten sich auf, um schneidig anzurollen, obwohl der Wind nur noch eine sanfte Brise war. Ein Sturm war unlängst aufs Meer hinausgezogen, hinter den fernen Horizont wie der Krieg, hatte Seetang angespült, vereinzelte verbogene Metallstücke, Geschoßhülsen, und in der Nacht zuvor eine Leiche, so hatte Louise im Dorf gehört, als sie zum Einkaufen hingeradelt waren. Louise hatte seit Jahren auf keinem Fahrrad mehr gesessen, aber nach einer schlimmen Nacht mit schmerzenden Waden, über die sie sich nicht beklagte, hatten ihre spannkräftigen Muskeln sich erinnert und wieder darauf eingestellt.

Claudes drahtiger Körper in gestreiften Badehosen war für sie eine Neuheit, immer noch ein wenig erschreckend. Er war dünner als Oscar, leichter gebaut, mit einer nervösen Behendigkeit und Schnelligkeit in seinen Bewegungen. Sie ertappte sich dabei, wie sie ihn wieder einmal mit Oscar verglich, und verzog angewidert das Gesicht. Hörte sie denn nie damit auf? Seit sie mit ihm in diese Ferienwoche gefahren war, überfiel sie immer wieder das Befremdende an dieser Nähe zu einem Mann, der nicht ihr geschiedener Mann war. Hundert kleine Gewohnheiten und Gebräuche waren ihr neu und überraschend, daß er einen Schlafanzug trug, daß er in Französisch sang, wenn er etwas Handwerkliches tat wie den Blaufisch ausnehmen. Sie hatten ihn von einem Fischer bekommen, mit dem sie beim Betrachten der Boote im Hafen ins Gespräch gekommen waren.

Als sie nach dem Baden Seite an Seite lagen und das Salzwasser auf der Haut trocknen ließen, schwiegen beide. Sie lag auf dem Bauch und hatte sich gegen die Sonne den Strohhut in den Nacken geschoben. Sie war dankbar, eine Woche außerhalb von New York zuzubringen. Kay war fort und arbeitete als Betreuerin in einem fortschrittlichen Ferienlager. Normalerweise wäre Kay ein Jahr zu jung dafür gewesen, aber dem Lager fehlten Betreuer, da die Jungen an die Wehrpflicht verloren waren. Louise empfand mehr Erleichterung als Schmerz, zwei Monate von Kay getrennt zu sein. Sie hatten sich ziemlich oft gestritten. Kay gabelte nach wie vor Soldaten auf und behauptete, alle ihre Freundinnen täten das. Louise hatte ihr das Taschengeld entzogen, ihr Szenen gemacht, ihr gut zugeredet, Familienfreunde eingeschaltet, darauf bestanden, sie von der Schule abzuholen, sie eine ganze Woche lang nicht aus dem Haus gelassen, aber Kay war genauso dickköpfig wie sie. Louise hatte Kay den Einsatz als Betreuerin besorgt, um sie vor Schwierigkeiten zu bewahren.

Sie sog den salzigen, fast rauchigen Moschusduft ihres Arms ein. Er roch wie eine eßbare Köstlichkeit. Sie mußte an Kays Haar denken, wenn sie in der Sonne gespielt hatte, als sie schließlich genug Geld hatten, um gelegentlich Urlaub zu machen. Sie erinnerte sich an Ferien in Montauk Point, wo es billige Fischerhütten gab. Der Salzgeschmack des Ozeans war etwas, das als erster Oscar ihr geschenkt hatte. Sie trödelten immer zu dritt den Strand entlang und suchten nach Strandgut, hoben Muscheln und Steine auf, zerknallten die prallen Kapseln von Blasentang. Sie hatte es genossen, Brooklyn zu entkommen. In einem klümpigen Doppelbett zu liegen und die Wellen hereinrauschen zu hören war erotisch und anheimelnd zugleich gewesen.

Claude regte sich und seufzte. Er lag auf dem Rücken und schirmte mit einer Hand seine blaßblauen Aquamarinaugen ab. Plötzlich drehte er sich um. »Ich weiß nicht, warum, aber ich dachte gerade an St. Malo. *C'est en Bretagne*. Warst du je dort?«

»Ich bin leider noch nie in der Bretagne gewesen.«

»Ich verbrachte oft den August in einem kleinen Steinhaus am Strand. Da gibt es Sand und Marschland wie hier, aber auch Granit. Die Knochen des Landes.«

Obwohl er *ich* sagte, spürte sie deutlich, daß seine Gedanken auch bei seiner Familie in Frankreich waren, bei der Frau und den zwei Kindern. Mehr wußte sie davon nicht, nur, daß seine Frau nicht bei ihm war und daß er sich selbst als alleinstehend beschrieb.

Er setzte sich auf. Er schien entschlossen, an der Gegenwart festzuhalten, und fuhr ihr mit der Hand zärtlich über den Rücken. »Du sagtest aber doch, du warst in Frankreich? In Paris, ja?«

»Viermal. Die Schwester meines geschiedenen Mannes lebt dort. Vielleicht kennst du sie?«

»Paris ist eine große Stadt, kein Dorf, Lulu.«

Warum gaben Männer ihr immer Kosenamen? Sie hatte Oscar nie Schatzi oder Scheißerle oder Ossie genannt. Sie redete Claude mit Claude an. Aber jeder Mann, mit dem sie sich je eingelassen hatte, erfand einen Namen für sie, als brächte sie das in seinen Besitz. »Eure Wege hätten sich ja zufällig kreuzen können.«

»Wie heißt sie?« fragte er ohne Interesse und schlug nach einem Sandfloh.

»Sie schreibt unter dem Namen Gloria Ivoire, aber das ist nur ihr Pseudonym für Modeartikel. Sie berichtet für *Harper's Bazaar* und *McCall's* über die Pariser Modeschöpfer. Sie lebt unter dem Namen ihres Mannes als die Baronne de Montseurrat, Gloria Barthoise.«

Er lachte, ein scharfes Geräusch überraschter Freude. »Ich habe sogar mit ihr diniert. Weitaus schöner als die Mannequins, über die sie schreibt, aber verheiratet mit einem Mann von lähmender Langeweile. Er hält sich Rennpferde – und sieht ihnen ähnlich.« Claude lächelte, wach, ganz anders fasziniert, als er sich sonst zeigte, obgleich er wie Oscar ein Mann war, den – zumindest kurz – fast alles interessieren konnte. »Ich staune, daß du Gloria kennst. Ich kannte sie schon ein halbes Jahr, da erfuhr ich erst, daß sie Amerikanerin ist. Sie spricht fast akzentfrei. Eine Frau von beneidenswertem Stil und vielleicht noch beneidenswerterem Verstand. Aber du sagtest, dein geschiedener Mann kommt aus Pittsburgh?«

»Gloria auch«, sagte Louise und setzte sich auf.

»Gloria Neige Noire, so nannten wir sie. Also so etwas.« Er lächelte wieder, aalte sich im Sand und im Klatsch der Hautevolee. Es war, als häutete er sich aus seinen amerikanischen Jahren und als ermöglichte sie ihm, über die Menschen zu reden, die ihm im wirklichen Leben etwas bedeutet hatten. »Sie hatte einen leicht skandalösen Ruf, der ihr bis zu ihrer Heirat anhaftete. Eine Abenteurerin mit entsprechenden Liebhabern. Aber dann – nichts mehr. Die Rechtschaffenheit in Person. Die Langeweile der Treue. Plötzlich – Kälte.«

Louise lächelte aufmerksam, dachte aber auch über die Formulierung nach, die Langeweile der Treue. Sie hatte Treue nie langweilig gefunden. Sie hatte sie Oscar uneingeschränkt gegeben und vergeblich zurückerwartet. Wenn Oscar die Formulierung gebraucht hätte, hätte sie sofort Streit begonnen, aber hier kam das für sie offenbar nicht in Frage. Sie mußte noch viel über Claude lernen.

»Wie hast du sie überhaupt kennengelernt?«

»Wir begegneten uns im Haus eines Produzenten, als ich Geldgeber für *La Tête du Bonhomme* suchte. Außerdem gehe ich gern zu den Rennen in Longchamp. Die Menschenmengen beobachte ich noch lieber als die Pferde. Kleine Wetten machen und leidenschaftlich Anteil nehmen, wenn ein Klepper gewinnt oder verliert, Champagner trinken und die schönsten und elegantesten Frauen von Paris beobachten. Hier gibt es nichts Vergleichbares. Gar nichts.« Er sah müde aus.

Sie hatte für einen Augenblick das Gefühl, sie seien ein seltsam ungleiches Paar. Louise konnte sich nicht für die Rennen in Longchamp erwärmen, und was fing jemand, der die schönsten und elegantesten Frauen von Paris verehrte, mit ihr an?

Er sah stirnrunzelnd auf. »Aber Gloria Ivoire ist doch bestimmt nicht jüdisch?«

»Aber ja. Ihr Mann natürlich nicht. Sie steht in engem Kontakt mit ihrer Familie. Oder sie tat es bis Dezember einundvierzig. Seither haben wir nichts mehr von ihr gehört. Ich weiß, Oscar macht sich große Sorgen.«

»Ich denke, sie ist recht sicher. Die Nazis und die französische Rechte sind zwar hinter den Juden her, aber sie ist gut geschützt, verheiratet mit diesem Nichts aus untadeliger Familie. Wir konnten ihm übrigens nie Geld entlocken.«

»Ich vermute auch, sie ist sicher, aber es wäre beruhigend, es zu wissen. Ich habe keine Ahnung, wie Gloria darauf reagiert, in einem besetzten Land zu leben. Sie hat einen eisernen Willen und verabscheut es, irgend etwas auf Befehl zu tun.«

»Ich könnte es für dich herausfinden«, sagte er beiläufig. »Wenn du es wirklich wissen möchtest.«

»Doch, ja.« Sie nahm das Angebot nicht ernst. Er gab sicher an, ging davon aus, daß sie es vergessen würde.

Am Abend fand er einen Grill in dem Schuppen neben dem Haus und beschloß, den geschenkten Blaufisch zu grillen. Das war seine Vorstellung vom primitiven Leben: im wohlausgestatteten Haus eines Freundes mit Haushaltshilfen im Hintergrund zu Gast sein und einen Fisch über offenem Feuer grillen. Eine frische Brise peitschte herüber vom marschigen Meeresarm am Fuße des Hügels, auf dem das Haus stand, ein graues, verwittertes Doppelhaus im Cape Cod-Stil mit vielen kleinen Zimmern im Obergeschoß, die alle ineinander übergingen. Rund um den Rasen aus Fingergras, auf dem Claude seine Feuerstelle errichtet hatte, blühten in rosa und kirschrot *Rosa rugosa*, die wilden Strandrosen mit den übergroßen Hagebutten.

Das Haus gehörte einem Schauspieler, der es nur im August benutzte, ein Mann, der für gewöhnlich barsche Landärzte spielte oder verrückte alte Wissenschaftler und abgeklärte alte Anwälte. Das Haus war schön gelegen und gut gebaut, mit breitdieligen Fußböden aus dem achtzehnten Jahrhundert und einem Kamin mit Rundwölbung, aber die Zimmer waren klein und ohne Korridor angelegt. Badezimmer waren nachträglich eingeflickt worden, unter anderem in einer alten Gebärkammer. Um in eines davon zu gelangen, mußte sie durch andere Schlafzimmer gehen, erträglich mit nur ihnen beiden im Haus, aber unvorstellbar für sie, wenn das Haus mit Kindern und Erwachsenen voll belegt war.

Zum Haus gehörte ein ortsansässiger Schreiner, der das Wasser und den Strom anstellte, wann immer ein entsprechendes Telegramm kam, der Feuerholz stapelte und Kaputtgegangenes reparierte, ferner eine Witwe, die kochte. Heute war ihr freier Abend. Für Louise war das eine neue Lebensweise, aber eine, an die sie sich leicht gewöhnen konnte. Claude, der noch nie dagewesen war, steckte voller Anekdoten über das Haus, das Städtchen und jetzt den Fisch, den er bereitete.

»Blaufische sind Tiger«, verkündete er. »Sie geraten in einen Freßtaumel, wo sie ihre Beute bis an Land treiben. Sie beißen sogar einem Schwimmer einen gehörigen Happen aus.«

Ich lerne etwas über mich und über ihn, dachte Louise. Sie entdeckte Ähnlichkeiten zwischen Oscar und Claude, ebenso wie Unterschiede. Sie schien heftig von Männern angezogen, die sich bemüßigt fühlten, alle, die ihnen über den Weg liefen, mit ihrem Charme zu bestricken, wohingegen sie eine Person war, die meist recht zurückhaltend umherging. Weder im Bus noch auf dem Postamt fing sie Gespräche an. Doch Oscar tat das. Und Claude ebenfalls. Beide gabelten Wildfremde auf und krempelten sie um wie Taschen voll mit seltsamem Krimskrams. Beide setzten sich in ein Restaurant mit dem Wunsch, daß der Kellner oder die Kellnerin sie mochte. Louise hatte den Wunsch, daß ihr Kellner oder ihre Kellnerin anständig bezahlt wurde, gut bediente und außerhalb des Restaurants ein glückliches und erfülltes Leben führte, aber es wäre ihr nie in den Sinn gekommen, sich zu fragen, ob dieser Mensch sie nun mochte oder nicht, oder ihn zu Gewogenheit zu bezirzen.

In vieler Hinsicht waren die beiden verschieden, ermahnte sie sich rasch, denn gelegentlich überkam sie die Angst, daß sie versuchte, etwas zu wiederholen, was unwiederholbar war. Oscar war ein Intellektueller. Er träumte in Ideen. Für einen Intellektuellen war er ein ungewöhnlich körperlicher und sinnlicher Mann, aber er liebte es, zu argumentieren, zu erkunden, seine Ideen gegen Fakten und andere Theorien zu schlagen, um festzustellen, wie sie unter Herausforderung klangen.

Claude nahm das Licht auf dem verwitterten Holz wahr, die Schräge der Deckenbalken über den breiten Fußbodenbrettern, die Art, wie der Schreiner, der sich um das Haus kümmerte, vornehmlich sein rechtes Bein belastete, wenn er bergauf oder bergab ging. Claude liebte Klatsch und Histörchen und Spekulationen, warum jemand etwas getan oder nicht getan hatte. Wenn ihm etwas fremd war oder er sich ein Verhalten nicht erklären konnte wie zum Bespiel das der Schwalben, die auf sie zuschossen, wenn sie hinten um den alten Schuppen gingen, und die durch die dämmerige Abendluft flitzten, dann erfand er Geschichten darüber. Die Schwalben, sagte er, waren die Geister von Menschen, die zu beschäftigt gewesen waren, um das Leben zu genießen, die sich nie inmitten tausender zu erledigender Dinge eine Woche freigenommen hatten und mit einer oder einem schönen Geliebten durchgebrannt waren, und so hatte Venus sie im nächsten Leben damit bestraft, ziellos und immer in schrecklicher Eile hin- und herfliegen zu müssen. Oscar dagegen hätte ein Buch über Schwalben gelesen und dann ihr Verhalten genau studiert.

»Eigentlich fangen sie, glaube ich, Insekten.« Louise saß auf der Bank und beobachtete seine Bemühungen. Sie tranken Weißwein, den er mitgebracht hatte. Mitten im Krieg hatte Claude immer Wein.

»Genau. Kann es eine größere Strafe geben, als das nächste Leben damit zuzubringen, Moskitos, Fliegen und Mücken zu essen? Würde dir das gefallen? Nein? Dann mußt du immer bereit sein, dein Leben zu unterbrechen, wenn Venus dich ruft. Sonst rächt sie sich.«

Louise hatte starke Zweifel, daß Claude der erfolgreiche Regisseur geworden war, weil er andauernd seine Projekte hingeworfen hatte und mit einer Geliebten durchgebrannt war, aber sie hatte auch Zweifel, daß er für solche Unterbrechungen je weiter gehen mußte als in ein günstig gelegenes, ja benachbartes Schlafzimmer. Die Hitzewelle verlangsamte alles in New York, er hatte ein wenig Zeit, und er hatte die letzte Woche in New York verbracht und mußte die nächste in Washington verbringen. Sie bezweifelte nicht, daß er sie sehen wollte, aber sie erkannte auch, daß der Zeitpunkt nicht von Leidenschaft diktiert war, sondern von günstiger Gelegenheit. Sie mußte einen kühlen Kopf bewahren. Nicht mehr wollen, als er von sich aus anbot; genießen, was möglich war, und sich dann abwenden, wenn er es tat, oder, falls sie wirklich Glück hatte, unmittelbar vor Claude loslassen.

Mit jeder Begegnung fand sie ihn attraktiver, seine Augen aus Aquamarin wie die Ohrringe, die sie einmal geschenkt bekommen hatte, weil Aquamarin ihr Monatsstein war, sein agiler, drahtiger Körper, den Tennis und sein eigener Energiepegel in Form hielten trotz der Mengen von gutem Essen und Wein. Eine weitere Ähnlichkeit, warnte sie sich: beide gute Esser, voll Appetit und Abenteuerlust, knurrig, wenn nicht genügend und prompt gefüttert. Wenn er meinte, es bestand Gefahr, daß er eine Mahlzeit versäumte, dann konnte Oscar einen Koller bekommen, den andere Männer sich für Untreue aufhoben.

Claudes Brauen verliefen völlig gerade ohne jede Wölbung, nicht buschig auf den Brauenwülsten, sondern dünne braune Striche wie mit einem eiligen Bleistift gezogen. Sein Mund war voll, die Oberlippe beherrschte die untere. Er rasierte sich täglich, doch sein Körper trug wenig Haare, ein paar feine Kupferdrähte unter den Armen und kraus um den Ansatz seines kurzen, stämmigen Penis. Seine Haut bräunte zu einem dunklen Goldton. Sein dunkelbraunes Haar funkelte in der Sonne von Messingglanzlichtern. Sie hatte begonnen, jenes Schmelzen zwischen den Hüftknochen zu spüren, wenn sie ihn ansah. Ihr Körper hatte Lust, ihm schweifwedelnd hinterherzutrotten und ihm die nasse Nase in die Hand zu legen. Ihr Körper wahr wohlig zufrieden und ließ Würde vermissen.

Er schlief gern morgens mit ihr und dann wieder, wenn sie vom Strand zurückkamen. Er redete dabei, bis zu dem Punkt, wenn er in sie eindrang, was einige Gewöhnung brauchte. Er pries ihre Brüste und Hüften, gab ihr Kosenamen, sagte ihr, was er gleich mit ihr tun würde, sagte ihr, was sie gleich mit ihm tun würde. Er sprach Französisch und Englisch und gelegentlich eine Sprache, nach der sie ihn schließlich fragte, Rumänisch. Er redete nicht mit ihr, sondern mit sich selbst, entschied sie, er erregte sich damit, bewies sich, was er tat, machte es mit seinem fortlaufenden Kommentar lebhafter.

»*Voici, le petit bouton rose, comme il se gonfle.* Jetzt wirst du mich gleich um meinen Mann anflehen, und er wird hart zwischen deine kleinen Lippen stoßen.«

Sie schlief gerne mit ihm, schaltete meistens einfach ab, was er sagte, als sei es eine Geräuschkulisse oder eine Musikuntermalung. Sie konnte sich nicht plötzlich in eine Frau verwandeln, die über den Beischlaf redete, während sie ihn vollzog. Ihre paar Versuche, es ihm gleichzutun, hatten sie nur in Verlegenheit gebracht. Sie sah keinen Grund, warum sie nicht schweigen und ihm vorbehalten sollte, sie beide in einem Tümpel sexueller und halbsexueller Worte zu tauchen. Er mochte es nicht, wenn sie ihn bestieg, sondern zog die Missionarsstellung vor oder das Eindringen von hinten. Er knurrte, er stöhnte, er biß in ihre Schultern. Er hatte mehrere verschiedene Rhythmen. Ihr Körper öffnete sich weit für ihn und nahm ihn tief in sich auf, verflüssigte sich, wurde sorglos und glühend reif.

Im Bett redete Oscar nicht viel, also hatte vielleicht er ihre Schweigsamkeit hervorgerufen, oder vielleicht war sie ihr angeboren. Nie hatte Oscar ihr im Bett den Namen einer anderen Frau gegeben. Doch eine der Frühwarnungen, daß er etwas mit einer anderen hatte, war, als er anfing, kleine neue Dinge zu tun. Plötzlich fuhr er ihr mit der Zunge in den Mundwinkel, rieb ihr mit kreisenden Bewegungen den Bauch.

Diese neuen Finessen waren durchaus genußreich, aber sie jagten ihr auch kalte Schauder über den Rücken, denn sie lernte sich zu fragen: Wo hat er sich das abgeguckt? Es war großzügig von ihm, jeden Genuß, der ihm widerfuhr, zu ihr heimzutragen, aber ihr wäre lieber gewesen, er hätte statt dessen ein Handbuch über sexuelle Praktiken oder einen Pornoschmöker gelesen.

Wann würde sie aufhören, zu erinnern, zu vergleichen, Geste um Geste? Doch sie merkte, daß auch Claude regelmäßig in seine Gedanken und seine Vergangenheit entschwand. Schließlich, dachte sie, sind wir nicht mehr unschuldig, sind wir nicht mehr zwanzig. Wir sind beide von einem erfüllten und arbeitsreichen und liebevollen Leben geformt, warum also überrascht sein, daß wir diese Vergangenheit beide nicht völlig abgeschüttelt haben?

Durch schweigende Übereinkunft vermieden beide, über den Krieg zu reden. Nach dem Abendessen hörten sie sich aus innerem Zwang die Nachrichten an. Dann ging Claude allein spazieren und Louise räumte das Haus auf, während die Witwe abwusch. Die Engländer hielten El Alamein gegen Rommel, aber wie lange noch? Deutsche Streitkräfte ergossen sich über Rußland, zu den Ölfeldern im Süden. Die Japaner hatten Britisch-Neuguinea überfallen und erobert. Alle möglichen scheußlichen Gerüchte schwirrten umher über das, was die Deutschen im besetzten Polen taten, wo sie Berichten zufolge Millionen Juden einsperrten, zusammen mit Zigeunern, der katholischen Linken, Kommunisten, Sozialisten, Homosexuellen und Widerständlern, Millionen Menschen entwurzelt und verfrachtet nur mit dem, was sie tragen konnten, wahrscheinlich in die primitiven Zustände von Arbeitslagern, wo sicher Krankheiten und Unterernährung vorherrschten. Dennoch, die schlimmsten Gerüchte hörten sich an wie die Greuelpropaganda über deutsche Soldaten im Ersten Weltkrieg, die angeblich Babys mit dem Bajonett aufgespießt hatten. Alle standen den Horrorgeschichten skeptisch gegenüber, niemand wollte sich zum Narren halten lassen wie die Öffentlichkeit in jenem Krieg, der allen Kriegen ein Ende hatte machen sollen.

Erst im Zug nach New York redeten sie über den Krieg. »Wenn die Sowjetunion sie nicht aufhält, kann es niemand«, sagte Claude. »Die Amerikaner sind völlig unvorbereitet, und die Engländer scheinen verlernt zu haben, wie man zu Lande siegt. Wenn Hitler erst mal die kaukasischen Ölfelder eingenommen hat, wird er doppelt so stark sein.« Während sie durch Connecticut glitten, fragte er: »Was macht dein geschiedener Mann jetzt? Ist er beim Militär oder unterrichtet er noch?«

»Er ist bei Donovans neu eingerichtetem Amt OSS. Das ist –«

Claude setzte sich auf, ganz wache Nerven wie neulich, als sie ihm Gloria beschrieben hatte. »Welche Abteilung?«

»Ich weiß nur, daß er Nachforschungen anstellt. Unter deutschen Emigranten.«

»R&A wahrscheinlich.« Er griff nach der *Times*, sein Interesse war verflogen.

Louise spürte einen kleinen Nerv in ihrem Hals ein Signal zucken. Sie schaute ihn von der Seite an, stellte aber keine Fragen. Ihr kam auch nicht für einen Augenblick ein ängstlicher Verdacht, denn Claude war Jude und würde sich deshalb nicht plötzlich als Nazispion entpuppen, aber sie spürte den gleichen Bereich von Undurchsichtigkeit wie neulich bei Oscar im spanischen Restaurant. Irgendwo in diesem leichten Erschauern des Nervensystems stak eine Geschichte, dachte Louise: die gute Ehefrau, die weit mehr weiß, als sie sollte, und weit mehr sieht und sich alles zusammenreimt wie ein erstklassiger Detektiv, aber – in der Sprachregelung der Frauenzeitschriften – so klug ist, daß ihr eigener Mann weiterhin glaubt, sie sei naiv und akzeptiere seine Tarngeschichten. Sie machte sich ein paar Notizen auf dem Rand ihrer Zeitschrift.

Als sie in ihre New Yorker Wohnung kam – stickig, reichlich staubig, groß und leer, Kay fort im Lager und Mrs. Shaunessy auf Urlaub bei einer ihrer verheirateten Töchter –, da durchlitt Louise mehrere Augenblicke überwältigender Traurigkeit, eine endlose Prärie der Einsamkeit, von der vergangenen Woche nur noch betont. Ihr Körper war erwacht und heulte jetzt schon in der leeren Wohnung wie ein angebundener und verlassener Hund. Sie wollte Claude wiederhaben. Sie wollte ihn dahaben, bei sich. Sie hatte gerade begonnen, ihn kennenzulernen. Sie fühlte sich, als habe sie sich die ganze Woche lang vergeblich angestrengt, sich gegen das zu schützen, was unvermeidlich war. Sie war im Begriff, sich zu verlieben, in seine rasche, nervöse Beweglichkeit, sein schrulliges Liebesspiel, seine anekdotische Denkweise, die ein wenig wie ihre eigene war, und sie fürchtete sich vor der möglichen Erkenntnis, daß für ihn die Affäre nichts war als ein Histörchen.

Sie konnte sich nicht einmal dazu überwinden, sich auf ihre Post zu stürzen, von Blanche in Türme sortiert, Türme, die hundert Ansuchen darstellten, zweihundert Pflichten, und null Liebe, null Freude. Auf dem einen lagen zuoberst die Vorgaben, an denen sie mit ihrer Gruppe in der Zeitschriftenabteilung des OWI, des Amtes für Kriegsinformation gearbeitet hatte, die Kriegsrichtlinien für Prosaschriftsteller. Sie legten die Propagandaziele fest und auch die Themen, die die Regierung betont wissen wollte, und sollten alle drei Monate aktualisiert werden. Sie gingen an die Chefredakteure von mehreren hundert Zeitschriften und an über tausend freie Schriftsteller. Louise hatte zwar die Hoffnung, daß so viel Propaganda etwas Gutes ausrichtete, doch im Augenblick lag ihr das alles recht fern. Sie nahm ein Bad, wusch sich die Haare, kochte sich eine Kanne Kaffee und setzte sich daran, eine Geschichte zu schreiben, die das Geld für die Miete ins Haus bringen würde, eine Geschichte über die kluge Ehefrau, die den Mund hielt. Draußen waren die Straßen der City so düster wie ihre Stimmung, alle Neonreklamen abgeschaltet, die Straßenbeleuchtung nur auf Viertelleistung. Also warum nicht arbeiten?

Jeff 3

Kriegscuisine und Kabale

Jeff schob etwas von sich, das unter Brombeerparfait firmierte, ein teigiges Rechteck, das sich keiner Bekanntschaft mit Brombeeren erfreute, aber dafür mit Kartoffelmehl auf gutem Fuße stand, und musterte seinen Freund. Zach gab dem Kellner ein Zeichen. »Du hättest die Stachelbeertorte nehmen sollen«, sagte er tadelnd. »Beherzige immer Mutters Rat. Dein Wohlergehen liegt ihr am Herzen.«

»Ich danke dir für die Errettung aus dem Sumpf von Alabama. Da bin ich nach und nach vermodert.«

»So lebt es sich richtig«, sagte Zach und bestellte Cognac mit derart präzisen Angaben, daß Jeff lächeln mußte. Zach sah gut aus. In den zweieinhalb Jahren seit ihrer letzten Begegnung hatte Zach das meiste von dem in der Ehe angesetzten Fett wieder verloren. Er sah hart aus und – erstaunlich für einen englischen Sommer – braungebrannt. Er bräunte immer zu dem Rot von marokkanischem Leder.

»Bist du eigentlich noch verheiratet?« fragte Jeff.

»Warum nicht? Kein Grund, der dagegen spricht, es sei denn, es entsteht eine Situation, in der es lästig wäre, wie die Aufforderung, eine Thronerbin zu ehelichen. Nach Lage der Dinge bin ich nicht verheiratet, es sei denn, mir ist danach. Ein idealer Zustand. Keine Einmischung und alle Ausreden der Welt.« Zach trug sein aschblondes Haar ein wenig länger, als die Dienstvorschrift erlaubte, aber OSS handhabte die Dienstvorschriften lässig. Als er in dem kleinen Hotel vorbeigeschaut hatte, in dem Jeff untergebracht war, hatte Zach eine Majorsuniform getragen, doch jetzt kleidete ihn ein elegant geschneiderter hellgrauer Anzug.

»Kriegen alle von uns Gutscheine für die Herrenschneider in der Savile Row?« erkundigte sich Jeff. »Ich habe noch nie so viel elegante Garderobe gesehen wie im Grosvenor Square-Hauptquartier.«

»Die meisten vom Stab könnten an OSS Unterhalt zahlen, ohne etwas zu entbehren. Wir werden dich zum Maßnehmen schicken. Können dich nicht vorzeigen, solange du aussiehst wie Ausschuß von der Heilsarmee. Die Uniform hat natürlich die angenehme Nebenwirkung, eine Vielzahl gesellschaftlicher Entgleisungen zu decken. Denn alle Offiziere gelten als Gentlemen.«

Jeff fragte nicht nach, wie er den Maßanzug bezahlen sollte. Wenn Zach seine Gründe hatte, ihn für den Sohn eines reichen Mannes auszugeben, dann nahm er die Verkleidung eben an. Bis dahin mußte, wie Zach angemerkt hatte, die Uniform genügen. Der Cognac war weich, mit eichenen Tiefen. Jeff spürte, wie der Cognac den Knoten um seine Nackenwirbel löste. Er trank heute abend den ersten Alkohol seit Wochen, denn das Truppenschiff war trocken gewesen.

Sie saßen in einem Club, bei dem Zach Mitglied war. Abgesehen von der klebrigen Nachspeise war das Essen ausgezeichnet gewesen und die Bedienung gewandt, auch wenn die Tischwäsche vermutlich nicht ganz so schneeig erstrahlte wie früher. Die Fenster waren mit Verdunkelungsvorhängen bedeckt. Uniformen waren allgegenwärtig, doch niemand schien die vielen nichtuniformierten Männer mit bösen Blicken zu bedenken. Hier – wie in Washington – schienen alle davon auszugehen, daß jeder Nichtuniformierte bei der Regierung war oder bei wichtigen Geheimdienst- oder Propagandastellen. Es hatte ihn erstaunt, Frauen in Mannschafts- und Offiziersrängen zu sehen, nicht nur Krankenschwestern, nein, Frauen in Militäruniformen. Der größere Schock war das Ausmaß der Zerstörung gewesen. Halb London schien nur noch aus Mörtelstaub, zerbrochenen Ziegelsteinen und Flecken auf dem zerborstenen Pflaster zu bestehen. Das Hotel, das der Professor mit seinen Schützlingen aufgesucht hatte, war nur noch zertrümmerte Fassade und Schuttplatz.

»Ich kann mich nicht ganz an die Bomben gewöhnen.«

Zach lachte, scharf und gellend. »In einer Hinsicht gewöhnt man sich nie daran. In anderer Hinsicht stumpft man angenehm ab und wird *blasé* beim Klettern über den Schutt. Oft macht man sich nicht die Mühe, Schutz zu suchen, es ist zu lästig. Man lernt, Gelassenheit zur Schau zu tragen. Irgendwann schläft man schließlich bei einem Alarm durch, und dann weiß man, man ist angekommen.« Zach zündete sich eine Zigarre an und bot dann auch Jeff eine an.

Jeff lehnte mit einem Kopfschütteln ab. »Die Leute erzählen mir, in den zwei Jahren zuvor war es wesentlich schlimmer.«

Zach zog ein Gesicht. »Es gab Nächte, da stand London einfach in Flammen, die ganze verdammte weite Ebene der Stadt loderte in tausend einzelnen und unkontrollierbaren Bränden, der Wasserdruck war abgesackt, der Strom ausgefallen, die Feuerwehr hilflos. Man hörte Menschen schreien und wußte nicht, wie ihnen helfen. So ging das Nacht für Nacht für Nacht. Ich hätte die Bomber mit bloßen Händen vom Himmel reißen mögen. Ich hätte töten mögen.« Zach lächelte, lehnte sich zurück und zog an seiner Zigarre. »Du meinst wahrscheinlich, in den Staaten hätten sie dir beigebracht, wie man das macht? Laß dir sagen, im Vergleich zur altüberlieferten und byzantinischen Verschlagenheit des britischen MI6 sind wir bewaffnete Wickelkinder. Die Briten haben uns alles beigebracht, was wir wissen, und das qualifiziert uns in ihren Augen gerade eben für den Kindergarten. Sei darauf gefaßt, von oben herab behandelt zu werden.«

Zach hatte das Thema gewechselt. Jeff folgerte daraus, es galt als taktlos, Betroffenheit über den Bombenschaden zu äußern oder überhaupt davon Notiz zu nehmen, es sei denn, man hatte einen besonderen

Grund dafür. (»Zum Geier, gestern nacht hat der Jerry meine Wohnung erwischt. Jetzt muß ich mir für heute ein Nachtquartier suchen«, hatte Jeff einen jungen Mann im Foyer von SO bemerken hören.) »Haben wir viel mit ihnen zu tun?«

»Ziemlich viel«, sagte Zach mit einem langgezogenene Seufzer. »Wer ist der Feind?«

»Die Achse?«

»Die auch. Aber wir haben noch andere Feinde. Da ist J. Edgar Hoppeldihopp – J steht für 'Jungchen, warte, bis du meine Akte über dich siehst; gibst du mir, was ich will, oder lasse ich sie an die Presse durchsickern?' Er hat sich ein internationales FBI vorgestellt, und unsere Existenz beleidigt ihn. In Washington hat es eine Zeit gegeben, da hat das FBI mehr Anstrengungen darauf verwandt, uns zu beschatten als die Nazis, und sie haben eine unserer Operationen an einer Botschaft auffliegen lassen, weil sie fanden, wir wilderten in ihrem Revier. Ferner begehen sie jeden Mord, um uns aus Lateinamerika rauszuhalten – aber das will sogar Nelson der Fels.«

»Sag mal, bleibt uns überhaupt noch Zeit, im Krieg zu kämpfen?«

»Welchen Krieg meinst du? Dann haben wir Feinde im Außenministerium, diese engstirnigen, verkniffenen Arschlöcher. Sie bekämpfen uns auf Schritt und Tritt. Eine Zeitlang wollte uns die für die Paßausgabe zuständige Dame unsere Pässe nur mit groß aufgedrucktem OSS aushändigen. Statt gleich draufzustempeln SPION – SOFORT ZU VERHAFTEN. In Spanien hat die amerikanische Botschaft unsere Operation fast hochgehen lassen. Nun gut, unser Laden da war wirklich schlampig. Ich war zweimal drüben und fand, es hatte was von Die Marx Brothers bügeln Madrid – kein Wunder, daß Madrid zurückgebügelt hat.«

Jeff gewann den Eindruck, daß Zach seit seiner Collegezeit nicht mehr so glücklich gewesen war, auf alle Fälle war er glücklicher als in der Zeit, in der seine Familie ihn gezwungen hatte, zu heiraten, sich häuslich niederzulassen, eine aktive Rolle im Versicherungsgeschäft zu übernehmen und die volle Skala seiner dynastischen Verpflichtungen zu erfüllen. Zach war wieder frei. Er sah jetzt auf manche Weise älter aus – seine Haut war gealtert, seine Stirn trug leichte, doch stets vorhandene Falten, in dem Grau seiner Augen war mehr Eisen.

Auf andere Weise sah er jünger aus. Er sah nicht aus, als ob er zu viel trank, was bedeutete, daß er sein Leben genoß. Wenn Zach mit Leib und Seele bei der Sache war, trank er auch, konnte aber, wenn es not tat, damit aufhören. Wenn Zach sich eingeengt fühlte, brauchte er Alkohol, um durch seine Tage und Nächte zu kommen. Dann konnte er niederträchtig sein. Zach hatte eine sadistische Ader, aber wenn sein Leben ihm gefiel, konnte er sie im Zaum halten. Er hatte auch ebenso heftige Anwandlungen von Großzügigkeit. Viele Tugenden, viele Laster, alle klaftergroß.

Zach bestellte zwei weitere Cognacs, und Jeff nippte an seinem. »Trotz deiner Bemühungen, mich zu verfeinern, den edlen Glanz meiner angestammten Unschuld zu trüben, möchte ich zum wiederholten Male meine Dankbarkeit zum Ausdruck bringen, daß du mich aus Alabama herausgeholt hast – und im großen und ganzen auch aus der Armee. Soldat sein ist nicht mein liebster Zeitvertreib. Ich habe keine Ahnung, was wir nun eigentlich sein sollen, Spione oder Untergrundkämpfer, aber es ist besser für meine Psyche.«

»Schau dich um. Du wirst einen Haufen großer alter Namen sehen und die aufsteigende Crème der besten Bank- und Investmenthäuser von New York, der piekfeinsten Anwaltsfirmen, die Jungs, aus denen die Richter und Senatoren und Aufsichtsräte der großen Konzerne werden. Du kannst verdammt sicher sein, daß sie sich die besten Pöstchen im ganzen Krieg herausgepickt haben. Aber Frontoffiziere sind etwas anderes, mein Lieber. Das war ich für kurze Zeit, in Griechenland für die Briten, und sobald die verdammte Britenbrut aufhört, uns auf der Pelle zu hocken und daran zu hindern, daß wir uns die Hände schmutzig machen, werde ich es wieder sein. Das ist das wahre Spaßvergnügen.« Zach beugte sich über den Tisch, seine grauen Augen glitzerten. »Dann heißt es du gegen alles, du bist zurückgeworfen auf deine Nerven, deinen Schneid, deinen Grips. Das ist Leben, sagt Mutter, auf des Messers Schneide.«

»Klingt besser als Alabama«, sagte Jeff und wunderte sich, wann er den zweiten Cognacschwenker geleert und den dritten angefangen hatte. Zum Essen hatten sie eine Flasche Margaux niedergemacht. Träge überlegte er, ob er den Schneid besaß, von dem Zach redete. Er versuchte sich zu erinnern, was er je Gefährliches getan hatte, aber im Augenblick kam ihm sein bisheriges Leben in der Rückschau recht zahm vor. Er dachte an Klapperschlangen, Schlägereien, Schwarzfahrten auf Güterzügen und daran, wie er einmal in einer finsteren Gasse von Kansas City ausgeraubt worden war. Aber irgendwie war er durch alles hindurchgegangen. Vielleicht würde dies hier, wie Zach andeutete, etwas bislang Ungenutztes, Unerwecktes in ihm herausfordern. Er hoffte es.

Zach stieß jenes kurze, abgehackte Lachen aus, als läse er seine Gedanken. »Wie der Knabe sich dafür erwärmt, wie der Knabe vor Vorfreude leuchtet. Eines der besten Aufputschmittel – wenn die Nerven sich in herrlicher, hoher Überdrehtheit schärfen. Sich an einem netten Tisch zu laben ist hin und wieder hübsch, aber nichts geht über das Bumsen und über den Kampf, um den ganzen Mann in Schuß zu halten.«

»Der Kampf erschöpft sich zur Zeit offenbar in internen Machtkämpfen. Und was bumst du gerade?«

»Alles, was sich bewegt, lieber Junge. Ich halte mich gänzlich frei von Vorurteilen und immer bereit. Mein Schwanz kennt keine Grenzen, die er nicht durchstoßen kann.« Zach grinste und wackelte mit dem Daumen, eine Geste, die seit seiner Pubertät für ihn und somit auch für Jeff Sex bedeutet hatte. »Das London der Kriegsjahre ist großartiges Pflaster für alle Sorten von Fick. Man mußte sich das ja immer etwas vom Leibe halten, aber hier muß man geradezu mit der Keule um sich schlagen.«

Wie Jeff während der nächsten Wochen beobachtete, schien Zach seine sexuelle Gunst zur Hälfte den Damen und zur Hälfte den Bauarbeitern zu schenken. Die Damen waren Töchter vornehmer Familien, distinguierte Kriegerwitwen, kultivierte und emanzipierte Frauen, die irgend etwas mit SIS oder SOE zu tun hatten, den Abteilungen des britischen Geheimdienstes, zu denen OSS die meisten Verbindungen hatte. Die Proletenburschen gehörten zu der rauhen Zunft, die Zach immer zu finden schien, ohne lange suchen zu müssen.

Beide Gesellschaftsebenen reizten Jeff nicht, der auf einen Landsitz in Sussex zu einem Lehrgang in Sonderoperationen geschickt wurde (hier schien man davon auszugehen, daß nichts von dem in Washington Erlernten hinreichend war), und als er nach London zurückkehrte, war Zach nicht da. Man fragte nicht, so lernte er, wenn jemand plötzlich fehlte.

Jeff schlug in London die Zeit tot. Solange nicht gerade eine Bombe auf ihn fiel oder ein Rettungswagen ihn überfuhr, wenn er von einem der ständigen OSS-Feste oder einem freundschaftlichen Besäufnis in einer Kneipe in Schlingen und Schleifen nach Hause stolperte, lebte er hier in Sicherheit, während überall in Europa und Asien Menschen in großen, blutigen Haufen starben. Er begann, ans Malen zu denken. Eines Sonntags zog er mit seinen Ölfarben und einer Leinwand hinaus und malte den ganzen Tag wie ein Besessener. Er drehte das Bild zur Wand und sah es eine Woche lang nicht wieder an. Dann drehte er es um. Ja, doch, das Bild war ein Ruck nach vorn. Etwas war in und mit ihm passiert.

Mit achtzehn hatte er begonnen, die Impressionisten nachzuahmen, und dann hatte er sich zu etwas Eigenem mit schärferen Kanten vorgearbeitet, über das eine Leidenschaft für die Schatten und die Fallgruben in einer Landschaft ihre Lanzen warf, einer Landschaft, in der sich das Dunkel verbarg und hervorquoll, in der das Licht zu Dunkelheit verblutete. In letzter Zeit war ihm oft Turner im Sinn, aber Turner feierte Lichtmassen, Licht fast als Wind, und er spürte einen anderen Ansatz in sich arbeiten wie Hefe.

Seltsamerweise begann er die Enten im St. James-Park zu zeichnen. Er hatte in seinen Landschaften selten Tiere eingesetzt – hin und wieder hoch droben eine zu einem abgeplatteten W stilisierte Möwe, und der tote Kojote, den er in Taos gemalt hatte, war eine Ausnahme gewesen. Er begann, Wasser zu malen, Teiche, die Themse, dann Regen. An seinen Studien der grauen englischen Nässe war nichts Turnereskes, doch er wußte, daß es ihn in eine neue Richtung drängte, und gab dem nach. Das war endlich wahrhafte Arbeit, wenn auch – bis auf jenes erste Bild mit dem Ruck – ein langsames Vortasten.

Zach tauchte eines Freitagsabends wieder auf und lud ihn ein, mit in seine Wohnung zu ziehen, das Obergeschoß eines kleineren Backsteinhauses in Chelsea, das wie ein Landhäuschen wirkte, obwohl es als eines einer Reihe zum Teil ausgebombter Etagenhäuser in einer U-förmigen Straße unweit der Themse und dem Cheyne Walk lag. Zach hatte sich die Wohnung mit einem Hauptmann geteilt, der gerade nach Stockholm abkommandiert worden war.

Sie bestand aus zwei kleineren Schlafzimmern, einem hübschen Wohnzimmer mit Blick auf eine schöne alte Platane, deren Herbstlaub abfiel, ohne irgendeine besondere Färbung anzunehmen, allenfalls das Braun von Papiertüten, und einer eigentümlich schmalen Küche. Eine Putzfrau kam regelmäßig, um zu jammern und die Ferkelei zu beseitigen, die größtenteils auf Zachs Konto ging. Die Wohnung gab Jeff ein seltsames Gefühl des Behaustseins, als sei er in den Krieg und nach London gezogen, um einen Ort zu finden, den er zumindest vorübergehend sein Heim nennen konnte. Sein Schlafzimmer gab auch ein Atelier her.

Draußen schirmte eine niedrige Mauer das Haus von der ruhigen Straße ab. Der Weg, der vom Haus dorthin führte, endete an zwei Pfeilern, zwischen denen eine Pforte hing. Jeden Pfeiler krönte eine Zementkugel. Beschrieb Zach den Weg dorthin, so sprach er immer von dem Haus mit den geilen Eiern, oder er sagte: »Wir haben ein Aushängeschild vor dem Haus, zwei pralle Eier, nicht zu verfehlen.«

Jeff konnte sich nicht erinnern, wann er zuletzt irgendwo richtig eingezogen war, sich häuslich eingerichtet und längere Zeit darin gelebt hatte. Zach verließ sich ganz auf ihn für alle Nestbaumaßnahmen. Der nach Stockholm entschwundene Hauptmann war ihm in seinen Junggesellengewohnheiten zu ähnlich gewesen, und Zach schien von Jeff zu erwarten, alles nett zu machen. Zachs Frauen waren nicht häuslicher als Zach und räumten auf, indem sie nach dem Dienstmädchen klingelten.

Jeff drückte sich bei SO herum, bekam hin und wieder kleinere Aufgaben übertragen oder half einem Offizier bei einem Auftrag, der wenig Hilfe erforderte. Im Oktober wurde er für eine Woche zu einer Fallschirmspringerschule geschickt, um Absprünge im britischen Stil zu lernen. Die englischen Fallschirme öffneten sich anders als die amerikanischen, und er hatte gelernt, an der Seite aus dem Flugzeug zu springen und nicht durch den Boden. Carey und Aaron aus seiner Washingtoner Gruppe nahmen auch an dem Training teil.

Die Zeit verging, und er merkte, daß er langsam ein schlechtes Gewissen bekam. Hier saß er und erfüllte sich einen Traum und studierte – zwar in London und leider nicht in Florenz oder Paris, aber das war eine relativ geringfügige Beanstandung – auf Regierungskosten Malerei, mit einer hübschen Wohnung in einem angenehmen Stadtteil von London, auch wenn es unter Belagerung stand. Er stellte zwei weitere Bilder fertig, und es verging genug Zeit, damit ihm das erste allmählich gut erscheinen konnte. Er nahm seinen Sold und kaufte richtiges Leinen, das letzte, das ein Laden für Künstlerbedarf hatte. Seit Jahren hatte er nur auf Baumwolle gemalt.

Hin und wieder begegnete er jemandem, den er aus der Vorkriegszeit kannte, alten Freunden des Professors von der Universität Grenoble oder Köln, die mit den Recherchen betraut waren, für die seine Abteilung von OSS nur Hohn übrig hatte. Jeff kamen Zweifel. Sie schienen aktiv, nützlich, ausgelastet. Er war immer wieder geschult worden, und nun lag er da, ein zu scharfes Messer, das in einer Schublade still vor sich hin rostete. In anderen Augenblicken dachte er: warum nicht? Er hatte seine Jugend an Armut und schwere körperliche Arbeit verloren. Warum nicht zurückfordern, was ihm die Depression geraubt hatte? Warum nicht ein wenig von der ausgedehnten Freiheit und den Annehmlichkeiten kosten, um die er Zach beneidet hatte? Wenn der Krieg noch etwas war außer organisiertem Mord, dann war das organisierte Verschwendung. Er mochte seine Zeit hier nicht verschwenden.

Deshalb malte er, besessen, zwanghaft. Er begann eine Reihe von Trümmerbildern, auf der anderen Seite des Flusses in den Industrie- und Arbeitervierteln, die immer schwer bombardiert wurden. Er hatte angefangen, Trümmer im Morgenlicht zu malen. Die tastende Periode seiner Aquarellstudien lag hinter ihm. Er malte auf der Straße, in seiner Uniform, und niemand nahm Anstoß. Vielleicht dachten alle, es geschah im Regierungsauftrag, eine Dokumentation für irgendeine Amtsstelle. Manchmal scharten sich Passanten hinter ihm, um ihm über die Schulter zu schauen und zu gucken, was er da festhielt, und sie machten Bemerkungen, die er oft nicht zu deuten wußte, die aber freundlich klangen, und dann gingen sie weiter. Er war fasziniert von den halb zerstörten Gebäuden, was zertrümmert und was geblieben war, den aufgesprengten Zimmern, dem Baum mit den zersplitterten, aufgerissenen, dem Licht preisgegebenen Ästen, dem Schatten des einsam stehengebliebenen Schornsteins, dem billig-bunten Pathos von offenliegenden Wohnräumen, die sich dem Vorübergehenden wie Bühnendekorationen darboten.

»Glaub ja nicht, daß wir ewig herumlungern werden«, sagte Zach. »Wir werden früher abdampfen, als du denkst.«

»Das habe ich doch schon mal gehört. Wie war die Türkei?«

»Wenn ich wieder hingeschickt werde, nehme ich eine Ladung Großmütter mit. Da ist der richtige Ort, um sie zu verscherbeln. Doppelagenten sind Ladenhüter. Dreifachagenten, Vierfachagenten, Agenten, die zu horrenden Preisen den Leuten, die als erste Gerüchte in Umlauf gesetzt haben, ihre eigenen Gerüchte zurückverkaufen. Ich fand es ziemlich schmierig. Man sagt, die Schweiz ist der gleiche Tummelplatz, nur mit schmuckerer Fassade. Aber man braucht mehr Litzen am Ärmel und mehr hochkarätige Freunde, als ich habe, um da mitzumischen.«

»Jemand hat mir letzte Woche erzählt, in Istanbul flirten wir mit den Deutschen, die nach wie vor mit uns ins Bett wollen.«

»In der Schweiz auch. Nur sind da die Betten nicht verwanzt. Ich dachte, Istanbul wäre aufregend, geschwängert von den Gerüchen wilder, zügelloser Sexualität und zahlloser Gewürze. Statt dessen habe ich mir Filzläuse eingefangen. Starr mich nicht so an – ich bin sie wieder los.«

»Mein lieber Zachary«, ahmte Jeff den herrischen Tonfall seines Freundes nach, »wenn du denkst, es gäbe Parasiten, deren Zähne oder Klauen meinem Körper fremd wären, dann weißt du nicht, wie ich die letzten Jahre gelebt habe. Ich habe genug Läuse ernährt, um damit ganz Istanbul zu bevölkern.« Jeff seufzte. »Ich hätte dich gern begleitet. Wir sind nie über Thessaloniki hinausgekommen, eine Stadt, die Bernice und mir immer gut gefallen hat.«

»Uns stehen ganz andere Fleischtöpfe ins Haus«, sagte Zach mit quälend süffisantem Lächeln.

Jeff malte so hingebungsvoll, daß er gesellschaftlich einfach in Zachs Fahrwasser trieb, bis eines Nachts eine knochige Blondine, die mit Zach ins Bett gegangen war, ihn aufweckte, indem sie ihn bestieg. »Er ist zu betrunken, um ihn hochzukriegen«, sagte sie mit kalter, glasklarer Stimme, der reichlicher Ginkonsum nicht anzumerken war. »Wie steht's bei dir?« Als er sich aufsetzte, hatte sie ihre Hand um seinen Schwanz.

Am Morgen war Zach verärgert. »Jemand wird diesem Flittchen den Hals umdrehen«, verkündete er. »Das war hinterfotzig von dir.«

»Zach, ich bin hergenommen worden. Ohne meine Erlaubnis bin ich benutzt worden wie ein Plastikpimmel.«

»Du vergötterst mich nicht genug«, sagte Zach finster. »Du läßt es an Dankbarkeit vermissen.«

»Ich bin dir den ganzen Tag über dankbar. Nachts schlafe ich. Was willst du?«

»Mehr Liebe.« Zach lächelte säuerlich. »Jeder soll mich lieben. Aber du liebst niemanden. Nicht einmal deine unschätzbare Schwester. Du gestattest uns, den in deiner Nähe Befindlichen, lediglich, dich zu lieben. Das ist für dich eine Selbstverständlichkeit wie Leitungswasser oder die Post. Deine Schönheit macht dich kalt und passiv.«

Das gab für Jeff den Ausschlag: er brauchte noch andere Anker als nur Zach. Er begleitete Zach zu etwa der Hälfte aller Feten, zu denen Zach ging, und in einige Häuser, in denen Zach verkehrte, aber als Jeff sich eine feste Freundin nahm, wählte er eine rotwangige Kunststudentin aus Wales, die in einer Munitionsfabrik arbeitete. Alle Frauen zwischen achtzehn und sechzig waren in England dienstverpflichtet worden, zu Fabrikarbeit, zu Krankenpflege oder zum Militär. Mary Llewellyn hatte durchscheinende, helle rosige Haut wie edles Porzellan und dunkelbraune Locken, die unter ihrem Turban hervorsprangen. Sie war ein stämmiges, breithüftiges Mädchen mit kräftigen, wohlgeformten und wohlgerundeten Armen und Beinen. Sie lachte gern, im Bett und außerhalb, und sie konnte ein Litermaß Bier leeren, ohne abzusetzen. Zach fand sie plebejisch.

»Also wirklich, Jeff, wenn ich bedenke, wem Mutter dich alles vorgestellt hat. Man kann einen Gaul zum Champagner führen, aber nein, er trinkt lieber lauwarmes Bier.«

»Sie paßt gut auf mich auf«, sagte Jeff ehrlich. Er erzählte Zach nichts vom wichtigsten Anziehungspunkt, nämlich, daß er mit ihr über Malerei reden konnte. Seit der Malerkolonie in Taos hatte er das mit niemandem mehr tun können. Sie wußte von Ausstellungen und Zeitströmungen und Galerien und wer was und wo machte. Sie verstand seine Schwierigkeiten beim Auftreiben von Malutensilien. Sie war eng befreundet mit einem einbeinigen Maler von Wandgemälden namens Tom Knacker, und allmählich lernte Jeff durch beide Maler kennen, die jetzt für die britische Regierung arbeiteten. Zu Zach sagte er nur: »Ich mag ihren Körper. Und sie mag Sex.«

»Das tun sie alle«, sagte Zach düster. »Wo sind die zu Ohnmachten neigenden frigiden Jungfrauen vom vorigen Jahr, deren Jungfernhäutchen nur mit einem Rammbock erstürmt werden konnten? Fort, alle fort. Der Krieg ist das zuverlässigste Aphrodisiakum.« Er warf einen Brief auf den Couchtisch. »Deine holde Schwester schreibt. Das Neueste vom häuslichen Herd, wie sie den Apfelkuchen für uns Helden warmhält, die in der Wildnis von Mayfair und Knightsbridge um ihr Leben kämpfen.«

Jeff riß den Brief auf und überflog ihn rasch. »Brachvogel versucht, aus dem Nest zu flüchten.«

»Höchste Zeit, das arme Mädel. Sie war zu viele Jahre deines Vaters

Hüterin. Auf dem Weg zu einem Fabrikfließband in der bösen Großstadt?«

»Nein. Sie versucht, bei einer Art Frauenflugdienst aufgenommen zu werden.«

»Hierzulande haben sie die WAAF, die Frauen, die für die Luftwaffe fliegen, schon seit drei Jahren. Weiß sie überhaupt noch, wie das Fliegen geht?«

»Laß diesen gönnerhaften Ton. Sie hat eine Verkehrspilotenlizenz. Aber der Professor will sie nicht gehen lassen. Sie will, daß ich mich einschalte.«

Zach schüttelte den Kopf. »Arme Bernice. Sie wird sich nie losmachen. Sie hat ein zu zartes Gewissen.«

»Ich fürchte auch«, sagte Jeff, und empfand wieder die Mischung aus Schuldgefühlen gepaart mit anheimelnder Wärme, die seine Schwester in ihm auslöste. »Ich werde dem Professor schreiben, aber er hat noch nie auf mich gehört.«

Mittlerweile verbrachte er mehr und mehr Zeit mit Malen und mehr und mehr Zeit mit Mary Llewellyn. Er mochte ihren Freundeskreis, Kunststudentinnen und deren Freunde, Tom Knacker, junge Maler. Tom hatte sein Bein bei einem Autounfall vor dem Krieg verloren, aber alle nahmen an, daß es sich um eine Kriegsverletzung handelte, berichtete er. Für einen einbeinigen Mann in London die beste aller Zeiten. Sie besuchten sich gegenseitig in ihren Ateliers, und selbst, wenn sie nur an einem wackeligen Tisch Eintopf aßen und zu einem Grammophon tanzten, sah er, wohin er sich auch wandte, Bilder und dachte darüber nach. Sie schauten sich seine Arbeiten an, wie er sich ihre anschaute, und sie sahen ihn als einen der ihren an.

Ich könnte immer so leben, dachte Jeff. Zum ersten Mal in seinem Leben ortete er in sich nicht mehr den Drang, weiterzuziehen. Je besser er Mary kennenlernte, desto mehr fand er. Ihre Freunde paßten besser zu ihm als Zachs Freunde. Er hatte das Völkchen um die Galerien in Taos gemocht, aber bei seiner Arbeit auf der Ranch hatte er sich nicht oft unter sie mischen können. Marys Freunde wurden auch seine Freunde. Er war Teil eines Paares. Er malte und war mit Malern zusammen, als sei er endlich in das Leben hineingewachsen, das er sich immer gewünscht hatte.

Duvey 2

Die Malteserkreuzfahrt

Duvey hatte sich geschworen, keinen Tanker mehr zu betreten, aber er landete schließlich auf der *Ohio*, die durch den Firth of Clyde stampfte, und alles nur, weil er seinen alten Freund Ziggy wiedergetroffen hatte. Ziggy kam auch aus Detroit und hatte mit ihm auf den Erzkähnen malocht. An der Gelegenheit konnte er nicht vorbei: mit einem alten Freund fahren, der voller Neuigkeiten von zu Hause steckte. Ziggy war gerade von der Murmansk-Tour zurück, von einem Geleitzug, der die Hälfte seiner Schiffe an Flugzeuge, U-Boote und das Wetter verloren hatte, und Ziggy schwor, er fuhr lieber zur Hölle als noch einmal nach Murmansk. Duvey kannte Ziggy seit der High-School, einen hochaufgeschossenen, schlaksigen Basketballspieler, dessen Haar im Winter schwarz aussah und unter der Sonne rotbraun, mit spitzer Nase, die auf halber Strecke einen Knick hatte. Sie hatten sich gegenseitig wer weiß wie oft den Rücken gedeckt. Sie hatten viele schöne Abende damit zugebracht, Bier zu trinken und Jazz zu hören.

Sie heuerten auf der *Ohio* an, bevor sie wußten, wohin die Fahrt ging. Wie sich herausstellte, nach Malta. Das sagte ihnen nicht viel, denn Malta war eine Tommy-Tour, und nach den Gewässern vor Grönland und Island klang das Mittelmeer einladend. Dann sahen sie, was für einen Geleitschutz sie kriegten: nicht bloß zwei lumpige Korvetten und einen abgetakelten Zerstörer. Als sie ablegten, wurden sie von zwei britischen Schlachtschiffen begleitet, der *Nelson* und der *Rodney*, vier Flugzeugträgern, sechs Kreuzern, einem mit Flakbatterien gespickten Spezialkreuzer, vierundzwanzig Zerstörern, vier Korvetten und vier Minensuchern – alles nur für ihre vierzehn Transporter. »Kinderspiel«, sagte Duvey. »Warum kriegen wir nicht alle Tage so 'n Geleit?«

Cal, ein Aussie, der sich ihnen angeschlossen hatte, belachte Duveys Optimismus. »Hör mal, Kleiner, seit Juni ist kein Konvoi mehr durchgekommen, nur ganze zwei Schiffe. Da spielt die Musik, da hämmern sie von allen Seiten auf dich ein. Das ist nicht der endlose Atlantik. Im Mittelmeer kannst du nicht Versteck spielen, das ist bloß eine Badewanne voller Seemannsknochen.«

Duvey schätzte, Aussie wußte schlicht nicht, wovon er redete, denn der war bis vor kurzem auf dem Pazifik gefahren. Duvey hatte gehört, Australien und Neuseeland waren ruhige Touren. Cal hatte keine Ahnung, wie gefährlich die Küstenschiffahrt war oder wie viele Schiffe im Nordatlantik von den U-Booten versenkt wurden. Duvey hatte auf den Frachtern eine Zielscheibe abgegeben. Hier bekamen sie endlich richtigen Schutz, und mit so viel Kriegsschiffen um sich rum schafften sie es mühelos durch den Schlund der Hölle.

Klar hatte er gehört, daß es auch im Mittelmeer U-Boote gab, aber nicht die bissigen Rudel, die wie hungrige Haie um die Atlantik-Konvois schwärmten. Außerdem hatte er's gern warm. Schottland war naßkalt und trostlos gewesen, die ganze letzte Woche hatte es nur geregnet, nicht sein Traum von August.

Cal hockte mit ihnen zusammen, weil er Hobbypolitiker war wie Ziggy und die beiden sich endlose Streitgespräche über Trotzki und den Fürsten Kropotkin lieferten. Ziggy war ein Intellektueller und hätte aufs College gehört, aber es war kein Geld da, und seine Mutter brauchte seine Lohntüte, also hatte er genau wie Duvey gearbeitet, seit er sechzehn war. Er las ständig und wollte ständig diskutieren. Duvey war unklar, wie Ziggy am Leben blieb, wenn er nicht da war, um auf ihn aufzupassen, denn mit seinem Mundwerk handelte er sich ständig Scherereien ein. Ziggy hatte eine lange Reichweite und bewegte sich gut, aber in einer Schlägerei reagierte er nicht schnell genug. Irgendwer kam immer zu seinem Bauch durch, daß er sich nur noch krümmte.

Cal sagte, die Yankees waren für ihn leichter zu verstehen als die Tommys. Den Tommys war von der schimmeligen Enge das Gehirn verklebt. Er sagte, Männer aus Ländern mit viel Platz, um sich auszubreiten und herumzukommen, waren von Natur aus lockerer und hatten nicht den Pips im Hirn.

In der Nacht vom neunten auf den zehnten August passierte der Geleitzug sicher Gibraltar, denn über der Meerenge lag dichter Nebel. Die Küste von Spanien war nicht verdunkelt, und sie erspähten sogar durch den Nebel einige Lichter. In der Morgendämmerung sahen die spanischen Berge großartig aus. Duvey und Ziggy schwelgten viel in

Erinnerungen an Detroit, bis Duvey richtig Heimweh bekam. Ziggy sagte, Detroit war verstopft mit Einwanderern aus dem Süden, die zu den Fabriken strömten. »Sie werden mit großen Versprechungen angeworben. Wohnraum ist so knapp, daß Leute schichtweise im gleichen Bett schlafen. Ich erzähle keinen Quatsch. Du mietest ein Bett für soundso viele Stunden, und danach gehört's einem andern. Die Burschen arbeiten sechzig Stunden die Woche und schuften sich kaputt. Alle haben Marie in der Tasche, aber viele Eßlokale in der Stadt sind zu, weil sie keine Leute für die Bedienung und für die Küche kriegen.«

»Sogar meine alte Dame arbeitet«, sagte Duvey. »Sie hat irgend so 'n Laden für andrer Leute Babys aufgemacht.«

»Meine alte Freundin Francine arbeitet bei der Straßenbahn, kannst du dir das vorstellen? Demnächst nehmen sie Großmütter als Taxifahrer.«

Am elften, kurz vor Mittag, sahen sie eine kleine Heinkel dem Konvoi folgen. Einer der Flugzeugträger drehte bei, um seine Flugzeuge zu starten, aber die Heinkel war ein Aufklärer und zog sich zurück. Das Manöver des Flugzeugträgers hatte alle Fahrt gekostet, deshalb kümmerten sie sich kaum darum, als der nächste Aufklärer erschien, nur ein Kreuzer feuerte ein paar Granaten ab.

Es klarte auf. Es war warm, mit einer frischen, trockenen Brise, die anders roch, nicht nur nach Salz. Der Wellengang war ganz ordentlich, aber nichts, daß das Schiff schlingerte. Sie waren dabei, alte Farbe abzukratzen und zu überstreichen, als plötzlich die *Eagle*, der Flugzeugträger, der am Morgen wegen der Heinkel beigedreht hatte, mit einer riesigen Explosion achtern Feuer spuckte. Während alle sich umdrehten und schauten, zerriß die nächste Explosion die Luft, und noch eine und dann noch eine, bis das ganze Schiff innerhalb von fünf Minuten in Flammen gehüllt war. Duvey stand nur mit offenem Mund, während kreischend Alarm gegeben wurde. Die *Eagle* war ein riesiges, schwer bewaffnetes Schiff, ihr Deck so groß wie seine alte High-School, und innerhalb von fünf Minuten war sie ein Flammenmeer, und zwanzig Minuten später hatte sie schwere Schlagseite. Ihn erinnerte das an einen hochgehenden Tanker. Dann wurde ihm klar, mit all den Flugzeugen an Bord mußte sie gewaltige Mengen Treibstoff dabeihaben. Der Anblick des brennenden Flugzeugträgers mit den riesigen schwarzen Wolken darüber war ihm gar nicht geheuer, zumal unter seinen Füßen Tonnen von Flugzeugbenzin schwappten.

Die Zerstörer pflügten umher und warfen Wasserbomben. Aber das U-Boot war weg. Kein Ölfleck erschien. Es war nur aufgetaucht, um seine Torpedos abzufeuern. Falls nicht jemand auf der *Eagle* es gesehen hatte, als es für ein Ausweichmanöver schon zu spät war, hatte niemand sein Kommen bemerkt. So viel Feuerkraft, und ein verdammtes U-Boot konnte sich an sie ranschleichen. Was nutzte das ganze Radarzeug? Er war noch nie auf einem Schiff gefahren, das damit ausgerüstet war, aber die Flugzeugträger und die Kreuzer und sogar die Zerstörer hatten alle die komischen Schirme wie offene Käfige, die sich hin- und herdrehten. Das U-Boot war herein- und hinausgeschlüpft und ließ den Flugzeugträger brennend zurück. Die riesige schwarze Rauchfahne mußte fünfzig Meilen weit zu sehen sein.

Ein anderer Flugzeugträger schickte seine Spitfires in die Luft. Duvey und Ziggy dachten, die machten Jagd auf die U-Boote, aber der Aussie Cal sagte, die waren auf dem Weg nach Malta, und der Flugzeugträger mit seinen Zerstörern fuhr jetzt zurück. »Schätze, die werden vor uns da sein«, sagte Ziggy und schaute den schlanken Flugzeugen nach Osten hinterher.

»Wenn wir überhaupt so weit kommen«, sagte der Aussie. »Einer futsch und einer verläßt uns.«

Am Abend kam die erste Welle italienischer Bomber herüber, von Sardinien, vermutete die Mannschaft. Sie kamen im Tiefflug und warfen ihre Torpedos ab, während die Flakbatterien die Luft mit Krach und Rauch füllten. Ein Bomber stürzte direkt vor ihrem Bug ab, verspritzte Wasser und Öl und versetzte dem Schiff einen Stoß. Nur wenige Meter näher, und sie wären alle verreckt. Er sank wie der große Metallklumpen, der er war, und niemand kroch heraus.

Als die Bombardierung vorbei war, berichteten alle Schiffe, ein Geschnatter der Erleichterung und deftiger Witzeleien, denn außer ein paar Verletzten auf einem Handelsschiff durch die Erschütterung eines dicht daneben explodierenden Torpedos waren sie unversehrt. »Die Itaker treffen nicht mal ihre eigene Großmutter«, sagte Ziggy. Sie fühlten sich alle fröhlicher. Eine weitere Staffel kam am Morgen des nächsten Tages herüber, aber wieder war der Schaden gering. Duvey war noch nie bombardiert worden. Er fand es nicht halb so beängstigend wie die U-Boote. Man konnte die Scheißkerle kommen sehen, und neun von zehn Schüssen gingen daneben. Einige der Torpedos waren Blindgänger, und andere zischten einfach ins Weite.

Sie hörten per Flüsterparole, daß einer der Zerstörer aus dem Geleitschutz des heimkehrenden Flugzeugträgers vor Gibraltar ein italienisches U-Boot gerammt und versenkt hatte. Duvey hoffte, es war das, das die *Eagle* in Brand gesteckt hatte.

Es war früher Nachmittag, als sie das Brummen weiterer Flugzeuge hörten. Diesmal kamen Verbände aus verschiedenen Winkeln, Sturzbomber, Kampfbomber, Torpedobomber, und alle kamen sie zugleich. Sie flogen nicht in den schlampigen Formationen der vorigen beiden Angriffe, sondern scherten einer nach dem andern aus wie gelernte Akrobaten. Diese Burschen waren Könner. Duvey sah, diese Flugzeuge waren choreographiert wie Tänzer in einer großen Revue.

»Heiliger Bimbam«, sagte Ziggy leise. »Das müssen mindestens hundert sein.«

Die Stukas waren die schlimmsten. Duvey hatte das Gefühl, die zielten direkt auf seinen Kopf. Es fiel schwer, nicht in Panik zu geraten, auf den Beinen und auf seinem Posten zu bleiben. Sie sausten mit einem kreischenden Dröhnen herunter, das auf alle Panikknöpfe im Rückenmark drückte. Es hagelte Bomben in so dichten und erstickenden Rauchwolken, daß sie das nächste Schiff nicht sehen konnten, aber sie konnten hören, daß welche getroffen waren, an den Explosionen.

Als die Flugzeuge schließlich abgeworfen hatten, was sie zu werfen hatten, und abflogen und sich der beißende Rauch hob, sank der Kreuzer *Manchester*, und der Frachter *Cormorant* war getroffen und machte Wasser. Im Laufe des Nachmittags fiel er immer weiter zurück. Sie konnten nicht auf ihn warten, denn sie waren viel zu verwundbar.

Jetzt machten ihnen die U-Boote zu schaffen, jagten sie, umzingelten sie, feuerten Torpedos ab. Die *Ohio* drehte ständig in scharfem Winkel ab, machte Ausweichmanöver, kreuzte ihr eigenes Kielwasser und pflügte fast in einen Frachter neben ihr, der sich in seinem eigenen verrückten Tanz drehte und wendete. Duvey sah, wie backbord die Zerstörer davonjagten und etwas verfolgten. Diesmal hatten sie Glück oder legten den Bombenteppich besser, denn eine Öllache erschien. Tote und betäubte Fische trieben hoch und waren bald von kreischenden Möwen umgeben. Dann tauchte das U-Boot auf. Es war keins von den deutschen U-Booten, die er im Atlantik gesehen hatte, sondern ein italienisches. Sein Turm war viel größer und – anders als bei den offenen Brückendecks der Deutschen –

verkleidet. Unter seinen Blicken wurde es von einem der Zerstörer gerammt und versank.

Direkt vor ihnen lag die Meerenge von Skerki zwischen Sizilien und Tunesien. »Immer noch auf den Beinen? Na toll, Kleiner.« Cal kam angeschlendert. »Wißt ihr was? Hier ist Endstation für die großen Brocken.«

»Wovon redest du? Wir haben noch zwei Tage bis Malta.«

»In ein paar Stunden fahren die nach Gibraltar zurück, habe ich gehört. Die Marine rettet ihre Haut und überläßt uns unserem Schicksal.«

»Du bist wohl wahnsinnig«, sagte Duvey. »Die sehen doch, was los ist. Seit vierundzwanzig Stunden sind wir bepfeffert worden. Jeder Scheißkerl im ganzen Mittelmeer mit was zu schießen oder zu schmeißen legt auf uns an. Wenn die uns hier absetzen, schaffen wir's nie.«

»Aber das sage ich dir, seit wir am Affenfelsen vorbei sind, Mann.«

»Scheiße«, sagte Ziggy mit der leisen Stimme, die ihm dieser Tag abrang, als wäre alle Härte, die ihm auf den Straßen ihrer Jugend eingehämmert worden war, in Splitter zertrümmert. »Da kommen noch mehr von den Krauts. Die müssen zweihundert Flugzeuge haben.«

Die Männer schleppten sich auf ihre Posten. Sie waren der Erschöpfung nahe. Duvey hatte von den Detonationen und dem Qualm seit Stunden Kopfschmerzen. Seine Augen brannten. Seine Kehle war wie wundgeschmirgelt. Selbst wenn er gesehen hätte, wie eine Bombe ihm auf den Kopf fiel, er hätte sich nicht mehr rasch genug bewegen können, um ihr aus dem Weg zu gehen. Diesmal jedoch konzentrierten die Flugzeuge ihr Feuer auf die Geleitsicherer. Das Flugdeck des Trägers *Indomitable* wurde dreimal getroffen und einer der Zerstörer kampfunfähig geschossen. Während Duvey noch den weidwunden Zerstörer beobachtete, merkte er, daß Cal recht hatte: außer ein paar Kreuzern und Zerstörern setzten sich die großen Stücke ab und dampften volle Kraft voraus nach Gibraltar zurück.

Die nächsten zwei Stunden lang brach auf ihrem Weg durch die Enge von Skerki die Hölle los. Sie waren froh, die Fernjäger zu sehen, Mustangs aus Malta, die über ihnen einen Schutzschirm bildeten, denn es wimmelte von U-Booten. In den engen Gewässern der Straße von Tunis war wenig Platz für Manöver. Duvey hatte sich nur mühsam daran gewöhnt, wie dicht die Atlantikkonvois fuhren, aber da waren sie entfernte Nachbarn gewesen im Vergleich zu der Ellbogennähe, mit der sie sich hier auf die Pelle rückten. Eins der U-Boote schoß den

Flakkreuzer ab und einen weiteren Kreuzer manövrierunfähig. Blieben zwei gottverdammte Kreuzer übrig, nur zwei von all denen, die aus dem Firth of Clyde ausgefahren waren, und zehn Zerstörer.

Duvey war am Bug, als die *Ohio* sich achtern eins fing. Ein scharfer Schlag, ein schreckliches Knirschen, und alles, was nicht fest war, fiel hin, darunter Duvey. Er dachte, es wäre aus. Das kriege ich nun dafür, daß ich auf einem Tanker fahre, und Ruthie hat immer gesagt, ich käme noch mal in Schwierigkeiten, weil ich mich in schlechter Gesellschaft rumtreibe. Obwohl Duvey nie fromm gewesen war, merkte er, wie ihm das *Schma Israel* durch den Kopf ging. Also war er wohl bereit, als Jude zu sterben. Dann stürzte er nach achtern, um mit den Löschschläuchen zu helfen. Erstaunlicherweise hatte der Torpedo nicht die Tankwandungen durchschlagen. Die *Ohio* brannte, aber sie explodierte noch nicht. Er war zu beschäftigt, um zu sehen, daß die Jäger zum Auftanken nach Malta zurückkehrten.

Es war noch keine halbe Stunde vergangen, da griffen zwanzig Messerschmitts an. Zum Glück kümmerten sie sich nicht um die *Ohio*, die sich in ihren eigenen Rauchschleier hüllte, aber der Kapitän ließ die Maschinen hochfahren und in vollem Tempo an Ausweichmanövern machen, was mit einem Feuer an Bord und den Frachtern dicht gedrängt um sie herum noch möglich war. Der Torpedo hatte die Steuerungsanlage erwischt, und sie steuerten achtern von Hand. Der Konvoi war wie ein Fluß voller Stinte, die sich zur Paarung flußaufwärts quälten und auf die sich jede hungrige Möwe stürzte, jeder Angler mit Leine oder Netz, jeder größere Fisch. Die *Clan Ferguson* wurde erwischt, und sie ging in einem Feuerball hoch, so nah, daß ein Splitter Duvey die Wange aufriß. Das Blut lief ihm herunter, aber das war nichts Ernstes, das Feuer dagegen schon.

Endlich ging die verdammte Scheißsonne unter, und bald mußten die Deutschen mit dem Bombenschmeißen aufhören. Cal rief herüber, daß noch ein Schiff mehrere Treffer bekommen hatte und sank, einer der Frachter hinter ihnen, aber in dem Qualm konnte niemand sehen, welcher. Schließlich gingen den Deutschen die Bomben aus und sie hauten ab, aber sie waren kaum ein paar Minuten weg, da waren die U-Boote zurück. Diesmal versenkten sie einen Torpedo in den einen der zwei restlichen Kreuzer, aber er hielt sich über Wasser und schleppte sich weiter.

Inzwischen war klar, daß die *Ohio* nicht explodierte oder sank. Sie hatten das Feuer unter Kontrolle, und sie machten noch sieben Knoten, obwohl sie ans Ende des Konvois zurückgefallen waren. Kein toller Platz, aber wenn sie es schafften, dranzubleiben, hatten sie den Hauch einer Chance. Per Flüsterparole hörten sie, die *Cormorant*, die sich meilenweit hinter dem Konvoi herschleppte, hatte den Rest bekommen und war gesunken, während sie unter Beschuß lagen. Ein Alleinfahrer war so gut wie tot, leichte Beute.

Obwohl die Nacht für die U-Boote das Richtige war, hielt sie ihnen wenigstens die Bomber vom Leib. Sie hofften, daß sie vor der dunklen Küste weniger gut zu sehen waren, und fuhren dicht an Tunis vorbei. Vielleicht machte das den U-Booten wirklich zu schaffen, jedenfalls wurden sie in Ruhe gelassen. Duvey war jetzt achtundvierzig Stunden auf den Beinen. Nach Einbruch der Dunkelheit war er kaum in voller Montur eingenickt, da wurde schon wieder Generalalarm gegeben. Diesmal griffen Torpedoboote aus Pantelleria an, wo die Italiener einen Stützpunkt hatten. Die Torpedoboote waren klein, aber schnell und giftig. Für Duvey wieder etwas Neues. Wenn er das überlebte, dann war danach die Nordatlantikroute eine friedliche Veranstaltung, wo ihn nur noch U-Boote und heftige Stürme bedrohten.

Das erste Schiff, das versenkt wurde, war der letzte unversehrte Kreuzer. Danach schienen die Torpedoboote nach Belieben Schiffe abzuschießen. Der Angriff ging weiter und weiter und weiter. Als Duvey auf die Uhr sah, konnte er sie schon im ersten Tageslicht erkennen, denn der Morgen dämmerte herauf, es war kurz vor sechs. Vier der Transporter waren untergegangen. Sie fischten so viele Überlebende auf, wie sie konnten. Wenigstens hatten die armen Schweine in dem warmen Wasser eine Chance. Wenn sie starben, dann nicht an Unterkühlung.

Sie bekamen jetzt Gesellschaft am hintersten Ende des Konvois, denn ein anderes Schiff voller Proviant und Ersatzteile hatte zwei Torpedos abbekommen, hielt sich aber über Wasser und schnaufte neben ihnen her. Sie mußten jetzt einen Tag vor Malta sein, nur noch einen beschissenen Tag, wie Cal voll Inbrunst sagte. Duvey sah zu, wie die Sonne in der Richtung aufging, die Rettung verhieß. Wenn sie es schafften, wie zum Teufel sollte er dann zurückkommen? Er beschloß, Malta zu lieben, wenn er es je betreten sollte, von Bord zu verduften und sich bei einem Maltesermädel einzuquartieren. Wenn die Malteserkatzen schon keine Schwänze hatten, vielleicht hatten sie dann um so schönere Muschis, sagte er zu Ziggy. Ziggy sagte, das waren die Katzen von der Insel Man, die er meinte, nicht die von Malta.

Cal sagte: »Ich höre, das ist da kein Ferienparadies. An guten Tagen werden sie zweimal bombardiert, an Sonntagen viermal.«

Ziggy sagte: »Alles, was ich will, ist eine Maltesermieze. Die sind bestimmt drall und mollig. Habe ich euch schon mal von den Schauerleuten in Murmansk erzählt? Das sind vielleicht Kindsköpfe, alle durch die Bank ...«

Jetzt waren nur noch sieben Schiffe übrig, und zwei davon, darunter ihrs, machten kaum noch Fahrt. Nicht lange nach Tagesanbruch wurden sie von den deutschen Bombern und Stukas gefunden. Die Krauts setzten der *Ply* drei Treffer in Reihe, und sie ging in einer krachenden Detonation aus beißendem gelbem Rauch hoch. Mußten Sprengstoffe gewesen sein. Ein Stuka raste brüllend auf sie herunter, warf seine Bombe so nah ab, daß das Deck überflutet wurde, und verlor dann die Kontrolle über seinen Sturzflug oder war getroffen. »Oh Gott!« schrie Cal.

Ziggy schrie: »Runter!« und warf sich auf Duvey. Duvey schlug lang hin und krachte gegen etwas Hartes aus Metall.

Einige Zeit später kam er ohne Hilfe wieder zu sich. Sein Kopf schmerzte, als wäre er zersprungen, und sein linkes Handgelenk war gebrochen. Etwas Schweres und Nasses lag auf ihm. Anfangs konnte er sich nicht bewegen, konnte kaum atmen. Er war über und über voll klebrigem, auskühlendem Blut. Schließlich kroch er darunter hervor. Das Schwere und Nasse war Ziggy. Duvey konnte nicht hinsehen. Er rief nach Hilfe. Niemand hörte ihn.

Jeder Mann, der es noch konnte, bekämpfte die Brände, die der Absturz verursacht hatte. Viele Wrackteile lagen noch auf dem Deck, auch das, was von Cal übrig war. Er erkannte Cal an der Schlangentätowierung auf dem einen Arm, der noch dran war, sonst wäre es unmöglich gewesen, denn Cal bestand fast nur noch aus blutigem Brei und zersplitterten Knochen. Ziggy war blutüberströmt und verkohlt, unversehrt bis auf den Kopf, der war über der Stirn abgeschnitten. Das dunkle Haar endete abrupt in einem Kreis zertrümmerter Hirnschale. Duvey kniete sich über Ziggy, dachte, er müßte ihn anfassen, ihn irgendwie zur Ruhe legen, da erschütterte eine kleinere Explosion das Deck. Er hörte sich nach Ziggy rufen. Wenn Ziggy nicht so schnell reagiert hätte, wäre er auch tot. Warum war er noch am Leben? Er meinte, umkippen zu müssen, als er auf das Feuer zuging und sich notdürftig das Handgelenk verband. Es war das linke, Glück im Unglück. Aber bevor irgendwer behandelt werden konnte, mußten sie die Brände löschen.

Wiederum bekamen sie das Feuer unter Kontrolle. Duvey wußte nicht, ob sein Schiff das mit dem größten Pech oder das mit dem größten Schwein war. Zweimal waren sie getroffen worden, und sie hatten inzwischen ein Viertel der Mannschaft verloren, und vielleicht ein weiteres Viertel war verwundet oder hatte schwere Verbrennungen. Dabei überlebte ein Tanker kaum je einen einzigen Treffer.

Die deutschen Bomber waren zurück. Sie jagten ein Schiff in die Luft, und dann torpedierten sie die *Ohio*, und Duvey, der gerade verbunden wurde, fand sich auf dem Boden wieder mit dem Sani auf sich drauf. Diesmal hatten die Krauts sie erwischt, wo es wirklich weh tat, im Maschinenraum, und sie lagen still wie eine tote Ente mitten auf einem Teich und warteten nur darauf, daß die Flugzeuge zurückkamen. Sie hatten eine Menge Gesellschaft. Zwei andere Schiffe waren auch manövrierunfähig, und sie starben bestimmt alle zusammen. Der Ingenieur schwor, er konnte sie wieder flott machen, aber er konnte nicht sagen, wann. Der Kapitän ließ sie antreten und sagte zu ihnen, sie würden es schaffen, einfach, weil sie mußten, und er erwartete von allen, verwundet oder nicht, daß sie sich ins Zeug legten, denn sie würden Malta erreichen und keiner konnte sie aufhalten.

Duvey war nach Weinen zumute, als er zusah, wie die drei Schiffe, die immer noch Fahrt machen konnten, sich entfernten und am Horizont verschwanden. Duvey dachte an die stattliche Parade, die aus dem Firth of Clyde gedampft war, und was war jetzt davon übrig? Drei Krüppel, die darauf warteten, daß die Jäger zurückkamen und ihnen den Rest gaben.

Am Nachmittag liefen die Maschinen wieder, obwohl sie so langsam waren wie ein Schleppkahn. Dann sah er Schiffe kommen und bekam es verflucht mit der Angst. Er hatte gehört, daß italienische Kriegsschiffe sich hier draußen rumtrieben. Als Duvey sah, es waren die vier Zerstörer, die zu ihrem Beistand zurückkamen, hätte er die Blauärsche in ihren Zwangsjacken am liebsten geküßt.

Funker verbreiteten, daß die drei Schiffe es nach Valletta geschafft hatten, eskortiert von Minensuchern und Motorbarkassen. Aber sie waren immer noch auf See, und die Krauts kamen wieder angeflogen.

Die Bomben hagelten um sie herum, aber trotz der Langsamkeit der *Ohio* trafen die Krauts nicht. Die Sonne ging blutrot unter, und die Krauts kamen immer noch. Im letzten Licht setzten die Stukas auf sie an, einer nach dem anderen scherte aus und stürzte sich auf sie, bis die *Pride of Portsmouth* mehrmals getroffen war und sich hilflos im Kreis drehte, auseinandergebombt wie mit einem riesigen Hammer, Schlag um Schlag. Dann bekam die *Ohio* wieder was ab, direkt in den Maschinenraum.

Diesmal erwischte es den Ingenieur und alle Maschinisten. Die Motoren waren nur noch Schrott. Trotzdem explodierte die *Ohio*, randvoll mit Flugzeugbenzin, nicht. Sie trieben wieder, diesmal ohne Hoffnung, die Maschinen reparieren zu können. Diese Maschinen konnte keiner mehr reparieren. Außerdem brach das Schiff fast auseinander, ein großes Loch trennte den Bug vom Heck, und nur noch ein dünnes Metallnetz hielt das Schiff zusammen.

Einer der Zerstörer gab ihnen Signale. Er kam längsseits und knallte tatsächlich gegen sie, als wollte er kuscheln. Der kleine Zerstörer versuchte, sie nach Malta zu bugsieren, indem er sich an der Seite der *Ohio* festzurren ließ. Von so einem Manöver hatte Duvey noch nie was gehört, aber er hatte nicht vor, sich zu beschweren. Es war ein schönes Gefühl, daß noch jemand außer ihm selber wollte, daß er es nach Malta schaffte. Er hatte sich noch nie in seinem Leben so sehr gewünscht, einen Ort zu erreichen. Zwei Minensucher kamen ihnen von Malta entgegen und befestigten Schlepptrossen an dem zertrümmerten Bug. Trotz all der Schiffchen, die an ihnen zerrten, war ihre Fahrt – ein schwerer Tanker voll Flugzeugbenzin tief im Wasser – mit dem Auge kaum auszumachen. Das Schiff, mit seinen zwei Hälften, die in verschiedene Richtungen auseinanderstrebten, zerriß immer wieder die Schlepptrossen und krachte fast in den Zerstörer und die Minensucher. Tief im Wasser liegend, krängend, ohne Antrieb, leckgeschlagen wurde die *Ohio*, oder was davon übrig war, abgeschleppt.

Ein weiterer Krüppel stand wieder unter Dampf und machte Fahrt, geleitet von zwei der überlebenden Zerstörer. Bald war er verschwunden. Die ganze Nacht lang krochen sie voran. Es herrschte unheimliche Ruhe. Duvey glitt in einen traumlosen, überhitzten Sumpf aus Schlaf, bekam kaum Luft, war in kalten Schweiß gebadet. Als er wach wurde, pochten sein Kopf und sein Handgelenk, und die Prellungen, die er gar nicht bemerkt hatte, bedeckten schwarz und blau seine geschwollenen Beine und seine zerschlagenen Schultern. Den linken Arm konnte er überhaupt nicht heben. Als er schiß, war sein Stuhl blutig. Zum ersten Mal seit drei Tagen hatte er einen Augenblick Zeit, um zu kakken. Er merkte, daß er weinte, und tat so, als müßte er kotzen, um das Geräusch zu übertönen.

Er sah immer wieder Ziggy vor sich liegen, mit dem Gesicht nach unten und abgemähter Hirnschale. Er konnte ihn noch nicht betrauern. Er hatte selbst ein abgemähtes Gefühl, etwas war ausgerissen, fehlte. Er konnte Ziggy noch nicht betrauern, denn wie die Chancen standen, konnte er ihm jeden Augenblick folgen. Seit Jahren hatte er sich für den gehalten, der auf Ziggy aufpaßte, und dann hatte Ziggy sich über ihn geworfen.

Sie schlingerten dahin, als der vierzehnte heraufdämmerte, machten kaum Fahrt. Die Jäger von Malta flogen heran, aber sie hörten, daß auf Malta nur noch so wenig Treibstoff vorhanden war, daß kaum zwanzig starten konnten. Aber die zwanzig kämpften für achtzig. Den ganzen Tag lang bummelte die *Ohio* vor sich hin, fast festgenagelt, unter der sengenden, metallischen Sonne, während über ihnen die Luftkämpfe tobten. Der Zerstörer war immer noch an ihnen festgezurrt, um ihr Schicksal zu teilen, und die Minensucher schleppten sie voran. Den ganzen Tag lang wurden sie von Flugzeugen angegriffen, und den ganzen Tag lang wehrten die Spitfires aus Malta sie ab, immer in Unterzahl, aber immer da. Bomben gingen unaufhörlich um sie herum nieder, während sie sich dahinschleppten, so groß wie eine Fabrik und nahezu genauso unbeweglich, aber keine traf sie.

Die ganze Nacht durch blieben sie auf ihren Posten. Duvey sah und hörte inzwischen Dinge. Er sah Land. Er sah Lichtblitze auf dem Meer. Er hörte Ziggy rufen: »He Duvey, schau mal, was ich habe.« Er hörte seine Freundin Delora singen, ein Lied über Komm in meine Küche. Er hörte Mame direkt hinter sich reden. Er roch immer wieder etwas Angebranntes, aber nach einer Weile wurde ihm klar, daß das keine Halluzination war. Es waren seine eigenen, von den Armen und vom Hinterkopf abgesengten Haare, die er roch. Am Hinterkopf hatte er eine kahlgesengte Stelle von der Größe einer Pampelmuse. Er mußte den Kopf beim Dösen auf die Seite legen. Wenn er eindöste, sah er immer wieder Ziggy mit der abgeköpften Kuppe wie ein weichgekochtes Ei. Es stieg ihm sauer hoch und er kotzte kurz. Er war zu erschöpft, um sich lange zu erbrechen.

Bei Tagesanbruch zogen die Minensucher sie immer noch, und endlich war die Insel zu sehen und daneben noch eine, Malta schimmerte mit Bergen und Steilküste dunkel aus der blauen, blauen See, die so glitzerte, daß es seinen entzündeten Augen weh tat. Während ihrer endlosen Anfahrt sah er, daß die schmale Passage in den Hafen von Valletta von einem alten Fort mit hohen Wällen geschützt war, auf denen sich die Menschen drängten, als wären sie zu einer Parade gekommen. Es war die *Ohio*, die sie begrüßen wollten, und sie jubelten und winkten und riefen ihnen zu, einige auf Englisch, aber andere in einer Sprache, die er noch nie gehört hatte. Sie warfen ihnen Hüte und Blumen und Fähnchen zu. Einige weinten sogar aus lauter Freude, daß der halb zerstörte, zerbombte, hilflose Tankerriese mit seinen blutigen, verkohlten Decks und seiner verstümmelten Mannschaft doch noch in den Hafen geschleppt wurde.

Duvey konnte die Erschöpfung wie ein Industriegift im Mund schmecken, wie Blei, das sein Blut verdickte und verseuchte. Die Stadt sah unheimlich alt aus, sie sah wie die älteste Stadt aus, die er je gesehen hatte, so, wie er sich immer Palästina vorgestellt hatte. Sie sah heiß aus, staubig, trocken, von der Sonne gebacken, mit Armut geschlagen und schön, wie sie die Felsen hinaufkletterte und sich darüber ausbreitete und in sie hineinfraß, den Berg hinaufflutete. Überall im Hafen waren Bombenschäden zu sehen, vertäute Wracks, gekenterte Schiffsrümpfe, verbogene Kräne, zertrümmerte Mauern, abgedeckte Häuser. Dennoch drängten sich Menschen auf den Kais, und bunt angestrichene kleine Boote und Fähren kreuzten im Hafen und tuckerten aufs Meer hinaus. In seiner Erschöpfung hatte er das Gefühl, als schaute Ziggy das auch alles, durch seine Augen.

Wenn er von Bord ging, dann wollte er niederknien und die armen Steine von Malta küssen. Er wollte sich hier niederlassen. In einer Stadt, die so alt aussah, mußten die Menschen eine Menge vom Überleben wissen. Hier begrüßten sie einen Tanker und die armen Schweine an Bord wie siegreiche Helden. Sie mußten so einiges wissen über den Frieden und den Krieg und das Leben. Endlich hatte er diesen Hafen erreicht, und er wollte nur noch dableiben. Für immer.

Ruthie 3

Von guten Mädchen und schlechten Mädchen

Anfang August bekam Ruthie eine Postkarte von der Regierung. Das Arbeitsamt der Vereinigten Staaten fragte sie, ob sie an Fabrikarbeit interessiert sei, ob sie schon Erfahrung damit habe und wann sie zur Verfügung stehe. Ruthie füllte die Karte nicht nur in ihrer besten Druckschrift aus, sie brachte sie auch aufs Amt und bat um die Vermittlung einer Arbeitsstelle. Nichts geschah.

So beschloß sie, zu den Fabriken zu gehen und Bewerbungen auszufüllen, falls sie sich plötzlich doch entschieden, Frauen einzustellen. Etliche in den Personalbüros waren ekelhaft zu ihr, und die Männer glotzten sie an, als ob sie nackt einer Torte entstiege. Trotzdem ergatterte sich Ruthie Anfang September eine Stellung bei Briggs. Morris bekam es mit der Angst und hielt ihr eine Predigt, wieviel mehr Fabrikarbeiter im letzten Jahr verkrüppelt worden und zu Tode gekommen waren als Soldaten an der Front. Ruthie sagte ihm, daß er Arty keine solche Rede gehalten hatte und daß sie nicht vorhatte, unachtsam zu sein.

Sie sollte in der Nachtschicht arbeiten, also wechselte sie an der Wayne sofort zum Tagesstudium. Sie nahm sich vor, ein fast normales Pensum an Tageskursen zu belegen, dann nach Hause schlafen zu gehen und dann aufzustehen und die ganze Nacht lang zu arbeiten. Frauen mochten die Nachtschichten nicht, denn durch die Verdunkelung schienen die Straßen gefährlich. Ruthie fuhr jedoch mit Vivian zu Briggs, die zur gleichen Zeit eingestellt worden war. Vivian fuhr den 1938er Nash ihres Mannes (der beim Militär war), holte jeden Abend drei Frauen ab und fuhr sie im Morgengrauen nach Hause, für sechzig Cent pro Woche von jeder.

Ruthie fing mit achtunddreißig Dollar die Woche an, doppelt so viel, wie sie vor einem Jahr bekommen hatte. Davon konnte sie aufs College gehen und für später sparen und immer noch ihrer Familie helfen, die diese Hilfe kaum noch brauchte, denn Morris machte Überstunden wie Arty auch, und Mame und Sharon verdienten an der Tagesstätte. Zum ersten Mal in Ruthies Leben war alles, was sie besaßen, abbezahlt. Ihre Eltern sparten sogar auf einem Bankkonto, obwohl Rose immer Bargeld in einer alten Teekanne im Küchenbüffet aufbewahrte, falls die Bank pleite machte. In der Teekanne waren auch Roses Bernsteinkette versteckt, die einmal Bobe gehört hatte, ein goldenes Armband, das Morris' Verlobungsgeschenk an sie gewesen war, und elf Silberdollar.

»Wenn es je bei uns brennt, wenn eine Bombe fällt, mußt du die Teekanne als erstes an dich nehmen«, sagte Rose zu Ruthie.

Sie würde als erstes Naomi und Boston Blackie an sich nehmen, dachte sie bei sich. Danach würde sie sich um die Teekanne kümmern. Sie hatten Eimer mit Sand und Eimer mit Wasser auf dem Dachboden und im Keller stehen. Alle sollten das so halten, aber nur sie taten es, denn Morris war der Blockluftschutzwart. Morris war gerne Luftschutzwart, denn das gab ihm eine Ausrede, herumzugehen und mit den Nachbarn zu plauschen, und er las sich gern die amtlichen Hinweise durch, die er bekam. Er fühlte sich als Teil der Kriegsanstrengungen und als echter Staatsbürger.

Rose nahm die verschiedenen Kampagnen auch ernst, eifrig bemüht, amerikanisch und patriotisch zu sein. Sie wusch leere Konservendosen aus, und einmal die Woche stampften Ruthie und Naomi sie platt. Rose sparte Fett und hob alte Zeitungen auf. Ruthie hörte sie Naomi erklären, wie die Seidenpflanze, der Schwalbenwurz, aussah, damit Naomi die Samenkapseln sammeln konnte. Die Kinder behaupteten, daß die Schwalbenwurzseide zur Herstellung von Fallschirmen benutzt wurde. Auch Naomi glaubte das.

Ruthie wußte es besser, denn ihr Gewerkschaftsobmann hatte es ihr erzählt. Oben in Petoskey stellte eine Fabrik Fliegerjacken her, die mit Schwalbenwurzseide statt Kapok gefüttert wurden, da die Japaner den Kapok-Nachschub blockierten. Er hatte einen Bruder, der da beschäftigt war. Er war ein großer, vierschrötiger Finne und nicht halb so schlimm wie die meisten Männer, mit denen sie arbeitete. Wenn es nicht wegen der Kombination aus Geld und Zeit fürs College gewesen wäre, hätte sie nach dem ersten Tag aufgehört. Sie wurde gekniffen, sie wurde betatscht, sie wurde angestarrt, bis sie sich fühlte wie ein Klumpen rohes, blutiges Fleisch. Sie konnte immer noch nicht durch die Werkshalle gehen, ohne daß vierzig Männer pfiffen oder Muhgeräusche machten wie volltrunkenes Vieh. Einige Männer versuchten ständig, die Arbeit der Frauen durch Sabotage zunichte zu machen. Sie schienen panische Angst zu haben, daß Frauen die Arbeitsstellen auf Dauer besetzen könnten.

»Die wissen ganz genau, daß wir unsere Sache gut machen«, sagte Ruthie zu Vivian auf dem Weg zur Arbeit. »Vor dem Krieg haben wir lediglich die lausigen Arbeiten gemacht, für die man nur halb so viel kriegt. Klar wollen sie nicht, daß wir in die Fabriken kommen, denn wir arbeiten härter als sie. Wir holen uns nicht bloß die Lohntüte ab.«

»Ich arbeite nur, bis mein Mann zurückkommt«, sagte Mary Lou, aber Vivian sagte, ihr gefiel, daß sie aus dem Haus kam, und auf jeden Fall gefiel ihr das Geld.

»Nicht, daß es heutzutage viel zu kaufen gibt. Aber zum ersten Mal in meinem Leben kann ich mir ein Kleid kaufen gehen, ohne zu fragen: Darf ich? Liebling, darf ich?« Vivian, klein und breitschultrig, trug die erste lange Hose, die Ruthie an einer Frau außer in Filmen gesehen hatte. Inzwischen trug sie selber einen Overall. Anfangs fühlte er sich komisch an, der steife Stoff scheuerte innen an ihren Schenkeln, aber die Taschen waren toll. Am besten daran gefiel ihr, daß sie über die Laufplanken gehen konnte, ohne daß ihr die Männer unter den Rock guckten.

Die Menschen auf der Straße reagierten immer noch gereizt auf Frauen in Hosen und warfen ihnen Schimpfwörter und ordinäre Ausdrücke an den Kopf. Erst letzte Woche war Joyce nach Hause geschickt worden, weil sie eine rote Hose anhatte, als ob die Männer Stiere wären und auf sie losgehen würden. Der Vorarbeiter nannte ihre rote Hose anstößig und aufreizend. Die Frauen fanden das völligen Quatsch, aber Joyce büßte einen Tageslohn ein und bekam eine Eintragung in ihre Personalakte. Dabei war es nicht mal eine enge Hose, sondern eine weite mit Bügelfalte. Ruthie stieg aus der Woodward-Straßenbahn und ging langsam nach Hause. Es war ein nasser Sommer gewesen, und jetzt, Mitte September, war es heiß, als sollte der verregnete August wettgemacht werden. Sie war völlig abgekämpft, denn sie hatte acht Stunden lang gearbeitet und danach von neun bis zwei Unterricht gehabt.

Als sie die Straße zu ihrem Haus überquerte, fiel ihr Blick auf ein paar Kinder aus der Nachbarschaft, die an der Hintergasse herumlungerten. Zwei von den Jungens hingen Glimmstengel aus den Mundwinkeln, und die Mädchen rauchten auch. Jüngere Mädchen hatten angefangen, Hosen zu tragen, wahrscheinlich die ihrer Brüder, mit übergroßen Männerhemden darüber, um den Hosenschlitz zu verdekken. Sie war bestürzt, als sie sah, eines der an der Hauswand lümmelnden und mit den ziemlich verwahrlosten Jungen flirtenden Mädchen war Naomi. Die Hand auf eine herausgestreckte Hüfte gestemmt, das Gesicht zu einem abschätzigen Lächeln verzogen, die Lippen voller grellrosa, wahrscheinlich von den anderen Mädchen gepumpter Schmiere, sah sie billig und gemein aus.

Ruthie war es peinlich, als sie Naomi ein Hallo zurief, denn sie wollte zwar nicht, daß Naomi sich ausspioniert fühlte, aber sie war erschüttert. Naomi sah völlig angeglichen aus, eine von den Straßengören, keß, drahtig, schnippisch. Ruthie selbst hatte nie einer Gang angehört, nicht einmal solch einer Vorform von Gang, wie sich da bildete. Warum nicht? Ruthie ging noch langsamer. Sie hatte Pflichten zu Hause gehabt. Sie hatte sich immer stark mit ihrer Mutter identifiziert, den Sorgen ihrer Mutter, den Schwierigkeiten, mit dem bißchen Geld für die Familie hinzukommen.

Dann hatte sie auch Angst gehabt vor den Verführungen jener Straßenwelt, hatte Angst gehabt, darin hängen zu bleiben, zu jung verheiratet, zu jung schwanger, auf ewig arm und nur einen Schritt von der Wohlfahrt entfernt. Arty und Duvey würden es nie zu was bringen. Sie war immer die Beste in der Schule gewesen. Sie hatte sich nicht den aufsässigeren Kindern angeschlossen, sondern denen, die aufs College wollten, deren Familien sie mit Erfolg zu Leistungen, zum Lernen drängten, die im Unterricht und in den Prüfungen und den Zensuren ihr persönliches Heil sahen, die in Büchern einen Reisepaß in ein anderes Leben sahen.

Rose hatte mit Naomi mehr Kummer als je mit Ruthie, aber Ruthie hatte auch noch Bobe gehabt, die ihr Sachen beigebracht, ihr Trost gespendet hatte für die größeren und kleineren Schrunden im Leben eines ärmlichen jüdischen Mädchens. Naomi war nicht Roses Kind, aber sie schuldeten ihr mehr Fürsorge und Zuwendung. Doch Ruthie hatte so wenig Zeit. Sie war ständig übermüdet, ständig in Eile. Zwischen dem Krach und dem Wirrwarr und dem drängenden, fast unerträglichen Tempo des Fließbandes und der Welt der Dozenten und Bibliotheken, der Klausuren und konstruierten Fallstudien am College schien nichts zu überlappen. Manchmal kam sie sich verrückt vor, als ob sie an keinen der Orte gehörte und eigentlich immer an einem Ort sein müßte, an dem sie gerade nicht war.

Hier war sie und bemühte sich, Sozialarbeiterin zu werden, und da war das ihr anvertraute Kind, ihre Kusine, und trieb sich mit einer Gang verwahrloster Gören herum, die geklaute Zigaretten qualmten und in wer weiß was noch gerieten. Sie seufzte und trabte weiter die Auffahrt entlang am Haus der Rosenthals vorbei. Wäsche hing im Hof, schlaff in der feuchten Hitze. Die letzten Kohlen des Sommers, dachte sie und fühlte, wie die Luft mit ihrer Last aus Schwefel und Rauch ihre Haut verschmutzte, bis sie roch wie Schlamm aus dem Flußbett. Rose empfing sie an der Tür, mit einem greinenden Baby auf der Hüfte.

»Dein junger Mann kommt, meine Ruthie. Dein junger Mann kommt am Sonnabend seine Eltern und dich besuchen. Kopf hoch und schenk mir ein Lächeln, du siehst so müde aus, *zazkele.*«

»Murray? Er kommt? Woher weißt du das, Mame? Wer hat es dir gesagt?«

Rose glättete das Telegramm aus ihrer Schürzentasche und gab es Ruthie. »Das ist für dich gekommen. Ich kriegte einen solchen Schreck, ich dachte, es ist was mit unserem Duvey. Ausnahmsweise einmal gute Neuigkeiten, wir sollten uns immer freuen, wenn sie kommen, und sie sollten öfters kommen.«

Das Telegramm, an sie adressiert, besagte nur, daß Murray achtundvierzig Stunden Urlaub hatte und sie anrufen würde, sobald er Sonnabend ankam.

Sie mußte sich von der Arbeit freinehmen. Sie hatte noch nie gefehlt, aber sie würde sich für Sonnabend krank melden. Sonntag hatte sie sowieso frei. Sie las das Telegramm immer wieder, hoffte auf mehr Auskunft. In Liebe, Murray. Liebe. Am Sonnabend würde sie ihn sehen. Sie bekam kein Wort heraus. Sie bekam die Suppe nicht herunter, die für sie dampfte. Sie kaute ein Stückchen Roggenbrot, das sie kaum hinunterwürgen konnte, und ging dann nach oben. Wegen des Lärms von den Kindern schlief Ruthie – wie Arty – oben.

Arty schnarchte im Schlafzimmer, aber als Ruthie sich auf das Sofa legte, das Rose ihr schon zurechtgemacht hatte, konnte sie nicht einschlafen. Sie dürstete nach Schlaf, aber es gelang ihr nicht, die Erregung zu dämpfen, die in ihr ratterte und riß wie ein Ventilator mit gewetzten Flügeln. Ihnen blieb nur so wenig Zeit. Sie mußte ihn sich mit seiner Familie teilen. Schon spürte sie nach dieser kurzen Atempause für ihre Sehnsucht die Trostlosigkeit, wenn er wieder fort war.

Warum bekam er so wenig Zeit? Das war unrecht, das war gemein. Sie verstand jetzt, warum Trudi nach Tennessee hinuntergefahren war, in eine bedrückende Kleinstadt, wo man sie übervorteilt und wie eine Ausgestoßene behandelt hatte, nur um Leib den ganzen August über nahe zu sein. Jetzt war Trudi zurück, vielleicht schwanger, und Leib war irgendwo in Schottland.

Als sie wach wurde, schlief Sharon schon und Arty war im Badezimmer. Sie ging hinunter, um sich zu waschen und anzuziehen. Auf dem Tisch waren die Kerzen vom Abendessen heruntergebrannt, aber der alte Sabbatleuchter aus Polen stand immer noch in der Mitte, Schichten aus farbigem Wachs hatten das angelaufene Silber übertropft. Vor einem Jahr noch wäre der Leuchter jede Woche geputzt worden, aber Rose war zu überarbeitet. Ruthie beschloß, sie mochte ihn beschlagen und mit buntem Wachs behangen lieber. Gar nicht mochte sie, das Sabbatmahl versäumt zu haben.

Rose hatte auf sie gewartet und wärmte das Abendbrot. »Du sollst doch nicht immer aufbleiben, Mame. Dein Tag fängt zu früh an.«

»Das tu' ich gern«, sagte Rose und wischte mit dem Handrücken Krümel vom Tisch. »Ich schlafe besser, wenn ich weiß, du hattest was Gutes zu essen.«

Es war verquer, gleich nach dem Aufwachen Abendbrot zu essen, aber nichts war normal. Rose brachte ihr einen Teller, auf dem Brathühnchenstücke angerichtet waren, Füllung, Apfelmus, Kartoffeln und Salat aus ihrem Siegesgärtchen, dem im Hinterhof angelegten Gemüsebeet zur Ergänzung der Kriegskost. Rose setzte sich ihr gegenüber und knabberte an einer Scheibe *chala*, um ihr Gesellschaft zu leisten, sie versuchte, ein Gähnen zu unterdrücken, und spielte mit dem Brot.

»Morgen werde ich nicht zur Arbeit gehen, Mame«, sagte Ruthie.

Rose schlug die Augen nieder, ihr Gesicht zog sich in Sorgenfalten. »Du hattest es so schwer, diese Stelle zu finden, *schajnele*. Da mußt du sie so aufs Spiel setzen?«

»Ich bin noch nicht mal zu spät gekommen. Alle fehlen manchmal, und Montag gehe ich wieder hin. Ich kann nicht anders, Mame, wir haben so wenig Zeit.«

»Nach dem Krieg werdet ihr viel Zeit haben.«

»Wann wird das sein, Mame? Wenn ich fünfzig bin? Immer angenommen, Murray kommt zurück.«

Rose spuckte in ihre Hand. »*Kejn ajnore*, sag so was nicht, so was darfst du nicht mal denken.«

»Murray ist Marinesoldat, Mame, er ist nicht nur auf einem Schiff. Er wird an der Front kämpfen. Ich bin überzeugt, sie schicken ihn nach Übersee, und deshalb hat er Urlaub. So war es mit Leib und mit jedem, den wir kennen, Mame. Sie kriegen ein bißchen Urlaub, und dann gehen sie an die Front.«

»Er wird gehen, und dann wird er zurückkommen. Dann könnt ihr solange reden, wie ihr es braucht, und Ernst machen. Das Radio singt den ganzen Tag von Liebe, Liebe, Liebe, kein Wunder, daß die jungen Leute durchdrehen.«

»Mame, ich mache mir Sorgen um Naomi. Sie lungert an Straßenekken mit ziemlich übel aussehenden Gören herum –«

»Naomi ist ein gutes Mädchen. Sie hilft mir nicht mehr so bereitwillig wie früher, aber sie macht sich, so gut sie kann, in einem fremden Land und fort von ihrer Mame. Sie gibt sich Mühe. Also redet sie wie die andern Kinder und will natürlich auch so aussehen. Wenn man in ein anderes Land kommt, das ist so schwer, Ruthenju, ich weiß noch, dann ist alles schwer. Heutzutage sehen sie alle wie *schlobs* aus, aber das heißt nicht, daß sie nichts taugen. Das sind die Zeiten.«

Als Ruthie von der Arbeit heimkam, ging sie sofort zu Bett. Zum Wochenende hin fehlte ihr immer so viel Schlaf, daß sie bereit war, sich hineinfallen zu lassen, sich davon durchfluten zu lassen. Nur Frauen mit Sechstagewoche in der Fabrik ließen ihre Kinder am Sonnabend bei Rose und Sharon. Ruthie konnte in ihrem eigenen Bett schlafen und in ihrem eigenen Zimmer aufwachen. Das war besser für sie und besser für Naomi, der ihre Anwesenheit zu fehlen schien. Dies war einer der wenigen Tage, an dem sie mit dem Gefühl erwachte, ganz in den Schlaf hinabgetaucht und wiederhergestellt worden zu sein.

Heute würde sie zusammen mit der Familie zu Abend essen, und dann würde Murray anrufen. Wenn er heute abend keine Zeit für sie hatte, konnte sie immer noch zur Arbeit gehen. Ihr blieb bis zehn Uhr abends Zeit, um sich zu entscheiden, und jetzt war beim Aufwachen Tageslicht, ein Luxus, den sie liebte, und es war erst halb sechs. Boston Blackie lag an sie geschmiegt und schnurrte leise. Er vermißte sie auch, aber er hatte sich angewöhnt, bei Naomi zu schlafen. Das schien beide zu trösten.

Nun lag sie mit dem seltenen Gefühl, ausgeruht und erfrischt zu sein, friedlich in ihrem Bett und versuchte, ihre Gedanken von Murray fernzuhalten, lauschte auf die Kochgeräusche und das Geschirrgeklapper aus der Küche, wo sie eigentlich helfen müßte, und fragte sich, ob sie das Falsche tat, in der Fabrik zu arbeiten. Wenn sie an vier Abenden in der Woche zwei Kurse belegte, hatte sie in einem Jahr das Pensum eines Semesters bewältigt. Dann brauchte sie für ihren Collegeabschluß acht Jahre. Acht Jahre lang mußte sie dann eine Heirat, eine Familie, persönliche Freuden hinausschieben, um schließlich mit dem Handikap eine Spätstarts in den Beruf zu gelangen.

Wenn sie wie jetzt tagsüber aufs College ging, war sie in zweieinhalb Jahren fertig. Und wenn Murray dann heimkehrte, hatte sie ihm mehr zu bieten als harte Arbeit für eine nicht mehr junge Braut, anders als bei Jakob, der so lange auf Rahel wartete, bis sie schließlich enorme Schwierigkeiten mit dem Kinderkriegen hatte, wahrscheinlich aus Überalterung. Vielleicht war Ruthie dann schon fast fertig oder hatte sogar ihren Abschluß und arbeitete. Statt ihm eine Last zu sein und ein Versprechen aufgeschobener Freuden, konnte sie dann Murray helfen, und sie konnten ein gemeinsames Leben beginnen.

Mit dieser Hoffnung stand sie schließlich auf.

Um acht rief Murray an. Ruthie war absichtlich den ganzen Abend über nicht ans Telefon gegangen, aus Angst vor der Enttäuschung, falls jemand anders dran war. Naomi wußte, daß Ruthie auf den Anruf wartete und kam angerannt. Sie stoppte ab und sagte trocken: »Der *choßn* ist am Telefon.«

Ruthie hastete durch Luft so dick wie Honig zum Apparat. Nach dem kurzen Gespräch kam es ihr vor, als hätte sie kein Wort gesagt und kaum zuhören können. Er war auf dem Weg zu ihr. Er hatte den sehr alten, aber noch fahrtüchtigen Dodge seines Vaters.

Sie lief, sich anzuziehen. Ihr fiel nichts ein als das rosa Chiffonkleid, das Rose bei einem Ramschverkauf erstanden hatte. »Gehst du auf ein Kostümfest?« sagte Rose zu ihr und schnalzte mißbilligend.

»Ihn zu sehen ist das einzige Fest, an dem mir liegt. Was ist wichtiger, als für ihn hübsch auszusehen, bevor er fortmuß?«

Sie starrte ihn ein wenig erschreckt an, als er zur Tür hereintrat, denn er sah in der Uniform fremd aus. Sein feines hellbraunes Haar war so kurz geschnitten, daß er kahl aussah, seine Ohren standen ab wie die Henkel einer Zuckerdose. Seine Augen hatten das gleiche tiefe warme Braun mit den Sonnenflecken darin; das gab ihr Rückhalt. Sie wußte hinterher nicht mehr genau, wie sie ihn aus dem Haus bekam, aber es gelang ihr. Tate wollte mit ihm reden, Arty drückte sich herum, Sharon und Rose platzten vor Neugier.

Ihnen half hinaus, daß sie beide verzweifelt miteinander allein sein wollten, die Höflichkeit versagte einfach und der Drang, in die Nacht auszureißen, gewann.

»Wo fahren wir hin?« fragte sie in seinem Auto.

»Wie wär's mit Belle Isle? Da ist es wenigstens kühler.«

Rose hatte recht gehabt; das rosa Chiffonkleid war Unsinn. Aber er sagte: »Du siehst so schön aus, ich kann es gar nicht glauben. Ich kann nicht glauben, daß wir zusammen sind, und ich kann nicht glauben, daß ich dich in weniger als vierundzwanzig Stunden verlassen muß. Wünschst du dir je, wir hätten geheiratet, bevor ich zum Militär ging?«

»Manchmal. Aber das ist unvernünftig. Wenn du entlassen wirst, können wir es tun, ohne alles zu verlieren, was wir im Leben wollen.«

»Alles, was ich jetzt will, ist das Recht, mit dir in ein Zimmer zu gehen und die Tür zuzumachen und alle andern auszusperren.«

»Du hörst dich an, als wäre dir lieber, wir hätten geheiratet.«

»Wir waren dämlich, es nicht zu tun. Dann bekämst du wenigstens die Unterhaltsschecks.«

Im Festzelt auf Belle Isle spielte eine Band. Murray schwang nicht das beste Tanzbein der Welt und Ruthie auch nicht. Die Sängerin schmetterte »One Dozen Roses«. Auf der Tanzfläche herrschte solch ein Gedränge, daß sie nicht mehr tun konnten, als sich da, wo sie standen, zu umarmen und mit kleinen Schrittchen hin- und herzuwiegen. Halb Detroit schien im Park am Fluß versammelt.

Er hielt sie an sich gedrückt. Sie hatte Mühe, Luft zu bekommen, nicht, weil er ihr weh tat, sondern weil ihre Körper Hüfte an Hüfte und Bauch an Bauch so eng aneinandergepreßt waren. Sie spürte seine

Erektion. Unter dem dünnen Chiffon brannte ihre Haut. Die Tanzdiele war heiß, stank nach Bier, Schweiß, Parfüm und Haarwasser. An den Rändern brachen immer wieder Prügeleien aus. Sie wiegten sich auf der Stelle, hoben die Füße im Takt und hielten sich umschlungen.

Als die Band mit einem schnellen Jitterbug loslegte, »Pennsylvania Six Five Thousand«, setzten sie sich hin. Die Tanzfläche lichtete sich etwas. Sie tranken Selters und schauten sich unverwandt an. Sie hatte immer wieder das Gefühl, gleich in Tränen ausbrechen zu müssen. »Es war hart für dich auf Parris Island, nicht?«

»Zu den Marinesoldaten kommen offenbar nur die schlimmsten Schinder und die engstirnigsten, unflätigsten *gojim* aus dem ganzen Land.«

Das war ein Wort, das er immer mißbilligt hatte, ein Ghettowort, hatte er gesagt. Jetzt kam es ihm mit Inbrunst über die Lippen. Was du wegschickst, bekommst du nie wieder so zurück, dachte sie, fühlte sich ihm aber nicht weniger nah.

Er übergab ihr einen Scheck über einhundertzehn Dollar auf ihren Namen. »Ich habe gespart. Eröffne du damit ein Bankkonto. Ich brauche das Gefühl, daß wir vorankommen. Das wird uns über den Anfang hinweghelfen, wenn der Krieg vorbei ist. Wir werden beide sparen, soviel wir können. Ich will nicht bei deinen Eltern wohnen oder mit dir bei meinen. Ich muß wissen, wenn ich zurückkomme – und ich werde zurückkommen, das schwöre ich dir –, dann komme ich zu dir zurück. Ich muß wissen, daß du auf mich wartest –«

»Murray, das weißt du doch. Ich habe keinen anderen Mann angeschaut, seit wir das erste Mal miteinander aus waren. Ich will keinen anderen.«

»Aber das ist schwer für dich. Du sollst wissen, daß wir etwas anstreben, was wir gemeinsam wollen. Dann werden wir es verwirklichen. Ich werden keinen Teil davon aufgeben. Ich werde dich nicht loslassen, und das wird mich zurückbringen.«

»Kommst du nach Übersee?«

»Da bin ich sicher. Wir tippen auf Neuseeland.«

Wie konnten sie heute abend an diesem Tisch zusammensitzen und morgen vielleicht auf Jahre getrennt sein? »Wir könnten uns für alle Orte, die uns einfallen, einen Code machen, damit wir an den Zensoren vorbeikommen.« Sie dachten sich Formulierungen aus für Neuseeland, Australien, Neuguinea und Samoa.

»Hier drin ist es wie im Schwitzbad, laß uns an die frische Luft gehen«, sagte er und führte sie hinaus zu dem alten Dodge. Er fuhr zum flußabwärts gelegenen Teil der Insel und parkte in einer Straßenschleife neben mehreren anderen Autos, alle dunkel und besetzt. Sobald er den Motor ausgestellt hatte, faßte er nach ihr.

Sowie er sie berührte, wußte sie, daß er sich diesmal nicht zurückhalten würde. Er versuchte auch nicht, sich zu bezähmen, wie er es sonst immer getan hatte und worauf sie sich sonst immer verlassen hatte. Er begehrte. »Murray, ich habe Angst. Nicht!«

»Ruthie, wenn nicht jetzt, wann dann? Wann bekommen wir noch mal eine Gelegenheit? Ich habe einen Gummi, ich passe auf. Hab keine Angst vor mir.«

»Du bist dir meiner so sicher, daß du eins von den Dingern mitbringst?«

»Ich bin mir sicher, was ich will, und daß ich dich und keine andere will. Bist du dir noch nicht sicher?« Er wartete nicht auf ihre Antwort, sondern küßte sie wieder und schob seine Hand in den V-Ausschnitt ihres Kleides und in ihren Büstenhalter. Seine Hand fühlte sich heiß auf ihrer Brust an, eine verschlingende Flutwelle. Niemand hatte je zuvor ihre nackte Brust berührt, und sie hatte das Gefühl, sich in warme Gallerte zu verwandeln, die Kalbsfußsülze, die Bobe für Kranke machte.

Sie versuchte, sich ihm zu entwinden, aber er hielt sie fest. »Ruthie, du willst mich auch. Du willst doch nicht, daß wir beide noch länger leiden. Du bist mein. Oder nicht?«

Sie spürte, wie die Verzweiflung ihr kalt und trocken über den Rükken lief. Leib abzuwehren war eines gewesen, Murray zurückzustoßen ein anderes. Sie hatte ihn zu nah an sich herangelassen. Sie liebte ihn. Sie fand keine Worte vor ihm zu errichten, die ihn ohne Schmerz abwiesen. Sie dachte an ihre Mutter. Rose wäre außer sich. Sie war zwischen beiden gefangen, beide zerrten an ihr. Aber Rose hatte ihren Ehemann, und sie brauchte ihren eigenen Mann, den einzigen, den sie je mit allen Sinnen und in allen Gedanken begehrt hatte.

Sie konnte nicht mit ihm rangeln oder nach ihm schlagen, wie sie mehr als einmal Leib eine geknallt hatte. Sie würde also nachgeben. Rose hatte bestimmt viele Schimpfwörter für ein so törichtes Mädchen, aber Rose hatte Morris auch nie verabschieden müssen, damit auf ihn geschossen wurde. Die schlimmste Gefahr, der Morris sich je ausgesetzt hatte, war, als Streikposten verprügelt zu werden, und da waren sie außerdem schon verheiratet.

Murray las ihre Körpersprache, ihre Seufzer, ihre plötzliche Passivität in seinen Armen. »Du willst auch. Komm, zieh dein Kleid aus. Wir kriegen das runter.«

»Und wenn die Polizei kommt?«

»Die kommt nicht. Die hat Schiß, hier einzugreifen, wo so viele vom Militär parken. Die weiß, dann gäb's Krawall.«

Sie kletterten auf die Rücksitze. Ruthie zitterte, als sie aus dem Kleid schlüpfte. Sie bestand darauf, ihren Büstenhalter und ihren Schlüpfer anzubehalten. Strümpfe trug sie keine. Sie war starr vor Angst.

»Ruthie, meine Liebste, mein Schatz, du bist so verkrampft, daß ich dir weh tun werde. Laß dich los für mich. Als wir getanzt haben, wolltest du mich. Kannst du mich jetzt nicht wollen?«

»Ich habe solche Angst, ich zittere, ich kann nicht anders. Du mußt eben einfach machen.«

»Leg deine Hand auf mich. Da. Ist das so fürchterlich? Das ist nur Fleisch wie dein Fleisch. Es steht auf, es legt sich nieder. Du brauchst es nur anzufassen, und es macht dir alles, was du willst. Es ist nicht so groß wie dein Fuß oder so hart wie dein Ellbogen, stimmt's?«

Sie lachte. »Ich fasse dich an. Du darfst mich nicht für blöde halten. Ich habe das von meinem Bruder Duvey gesehen, wenn er auf der Bettdecke lag und schlief und ich ihn wecken geschickt wurde, aber es hing nur einfach klein da.«

»Hast du dich nie selbst angefaßt, Kätzchen?«

»So was darfst du mich nicht fragen.« Sie spürte, wie sie rot wurde. Ihre Hand umfaßte sein Ding fester.

»Nicht? Aber sicher hast du.«

»Erst, seit ich dich kennengelernt habe! Davor brauchte ich das nicht!«

»Das Feuer, das ich angezündet habe, werde ich löschen«, sagte er leise in ihr Ohr, ihr Haar, und schob seine Hand zwischen ihre Beine. »So ist's besser. So ist's gut. Sag mir, daß du das magst.«

»Murray!«

»Ruthie!« Er küßte sie. Sein Finger glitt in sie hinein. »Es muß nicht furchtbar sein. Wir werden das tausendmal tun, bevor wir sterben, viele abertausendmal. Wir werden es tun, bis wir neunzig sind. Tut das weh?« Er drückte langsam noch einen Finger in sie und dann noch einen.

»Ja, das tut weh.« Sie hatte ihre Hand um seinen Penis, also wußte sie, daß es nur seine Finger waren. »Sollen wir dir nicht besser den Gummi überziehen?«

»Na gut. Dann jetzt.« Er zog seine Hand zurück. Ihr Körper schmerzte immer noch von seiner Berührung, ein stechender Schmerz von der Dehnung, aber auch ein brennender Schmerz vor Verlangen. Er riß die Folie auf und stülpte sich den Gummi über. »Steck du ihn hinein.« Er zog ihr den Schlüpfer von den Hüften und legte sein Taschentuch unter ihren Po.

»Ich?«

»Wenn es zu sehr weh tut, hör auf.« Er legte sich halb auf sie und preßte seinen Penis in sie. Langsam bewegte er ihn vor und zurück, vor und zurück, bis er plötzlich hineinglitt, wie sein Finger es getan hatte, nur ein bißchen. Es tat weh, aber sie dachte, ich muß das tun, ich muß, und sie stieß ihren Schoß vor, mit einem scharfen, reißenden Schmerz, der ihr die Tränen in die Augen trieb. Langsam rannen ihre Tränen über seine Schulter.

»So«, sagte sie.

»Wir haben's geschafft.« Er bewegte sich in ihr, anfangs langsam und dann plötzlich schneller. »Tu ich dir weh?« ächzte er, als ob auch er Schmerzen hätte.

Sie antwortete nicht, denn sie wollte nicht lügen. Dann stöhnte er und hörte auf. Nach ein paar Minuten zog er sich langsam aus ihr zurück. Das Kondom hing schwer voller Flüssigkeit an ihm, und sein Penis war wieder kleiner.

Bald danach mußten sie zurück. »Ich werde sagen, wir haben bei der Wayne einen Kaffee getrunken und sind dann ins Kino gegangen«, sagte Ruthie.

»Wenn sie das glauben, glauben sie alles.«

»Hoffe lieber, daß sie es glauben. Ich bete darum.«

Als sie heimkam, weinte Sharon, weil sie gerade mit Arty Krach gehabt hatte, als er im Begriff war, zur Arbeit zu gehen, und Rose hielt sie in den Armen und sagte: »Er hat es nicht so gemeint, er hat es nicht so gemeint.« Arty hatte einen Wutanfall bekommen, weil Sharon immer einschlief, wenn er gehen mußte. Er hatte gesagt, seine Mutter säße auf, um ihn zur Tür zu bringen, aber seine Frau wäre zu faul dazu.

Ruthie war zutiefst erleichtert. Sie war vor Roses Wißbegier sicher. Im Badezimmer spülte sie sich sorgfältig das getrocknete Blut von den Schenkeln und wusch das befleckte Höschen aus. Sie konnte nicht schlafen, weil sie tagsüber geschlafen hatte. Das war die Nachtzeit, zu der sie sonst arbeitete, und sie war hellwach. Sie gab jedoch vor, zu Bett zu gehen, bis das Haus still und dunkel war und sie sicher sein konnte, daß alle anderen schliefen.

Dann setzte sie sich an den Küchentisch und versuchte, über das Getane ihren Frieden mit sich zu machen. Jetzt mußte sie ihn heiraten. Aber das wollte sie sowieso. Wenigstens hatten sie zumindest das gehabt. Schließlich holte sie ihre Lehrbücher und lernte, machte sich Notizen für das Referat, das sie zu schreiben hatte. Hausaufgaben nahmen jeden freien Augenblick in Anspruch, der ihr blieb. War sie töricht gewesen, oder hatte sie das Richtige getan? Es gab niemanden, den sie fragen konnte. Sie hatte Murrays Verlangen zwischen sich und ihre Mutter gestellt.

Morgen blieben ihnen nur die Stunden bis zum Mittag, deshalb wollte Murray um neun Uhr vorbeikommen. Das waren dann ihre letzten drei Stunden für wer weiß wie lange. Dann sollten sie rasch bei Murrays Eltern essen, und dann brachte sie ihn zum Bahnhof. Sie nahm sich vor, sich noch mehr Mühe zu geben, seinen Eltern zu gefallen, denn jetzt zählte es mehr denn je.

Sie würde sagen, daß sie zum Picknick wollten, und eine Decke mitnehmen. Sie konnten in den Park oder in den Wald gehen. Zurück nach Belle Isle oder in den Rouge Park, der weiter weg, aber viel größer war. Sie war eine schlechte Frau, so zu planen, aber das war ihr egal. Er mußte das Wissen von ihrer Liebe mitnehmen, auch wenn sie ihm nichts sonst mitzugeben hatte. Der Scheck hieß, daß es ihm ernst war mit ihrer gemeinsamen Zukunft. Der Scheck hieß, sie hatten ein gemeinsames Konto wie Eheleute, lange bevor sie ein Haus oder ein Bett oder einen Namen teilten. Jede Woche wollte sie etwas aus ihrer Lohntüte einzahlen, für eine Zukunft, die vielleicht nie kam.

Bernice 3

Vogel auf Draht

Bernice benutzte ihr elektrisches Teigrührgerät, um ein paar Tropfen Orangencouleur in die leimartige weiße Margarine zu schlagen. Butter war nicht nur rationiert, sie war praktisch verschwunden. Wenigstens hatte der Professor wieder Beschäftigung. Nach einer Zeit, in der alle die Schließung des Colleges befürchteten, hatte St. Thomas Frauen zugelassen und sich Regierungsaufträge zur Schulung von Armee- und Marinepersonal gesichert. Der Professor unterrichtete Deutsch, mußte aber auch bei Französisch, Spanisch und einem Algebrakurs aushelfen, da das College die Hälfte seines Lehrkörpers eingebüßt hatte.

An den Kacheln der Küchenwand, direkt hinter der Küchenmaschine, lehnte ein an Bernice adressierter Brief. Er steckte wieder in seinem Umschlag, schon ganz lappig vom vielen Befingern, aber sie kannte seinen Inhalt auswendig. Er teilte ihr mit, daß sie am nächsten Montag um 13.00 Uhr in Boston im Ritz Carlton eine Verabredung mit Jacqueline Cochran hatte.

An der Wand ihres Zimmers haftete die erste Zeitungsnotiz, daß Nancy Love einen Pilotinnendienst zur Flugzeugüberführung einrichtete. Bernice kam dafür nicht in Frage: Love nahm nur die erfahrensten Pilotinnen im ganzen Land, Frauen mit vier-, fünf-, sechshundert Flugstunden, Frauen, die schon jahrelang hauptberuflich geflogen waren. Ihre Hoffnung hatte einen Dämpfer bekommen, und dann hatte sie auch noch Startverbot erhalten. Der Küstenstreifen wurde für Zivilflüge zweihundertfünfzig Kilometer tief ins Inland hinein gesperrt. Nun konnte sie überhaupt nicht mehr fliegen, und ihr Leben trieb sie gänzlich in die Enge, wurde schmal wie ein Schreibmaschinenfarbband.

Dann erschien ein Artikel, daß Jacqueline Cochran einen weiteren Überführungsdienst aufstellte. Sie hatte sofort hingeschrieben, aber zwei Monate lang nichts gehört. Unten in Houston, Texas, wurde bereits die erste Klasse vom WFTD ausgebildet. Nun hatte Bernice in dem Gespräch am Montag ihre Chance, Cochran dahin zu überzeugen, sie für das Women's Flying Training Detachment fliegen zu lassen. Sie besaß genug Informationsmaterial, um zu wissen, daß sie gut innerhalb der Gewichtsanforderungen lag, die für Frauen hoch waren und ihrem grobknochigen Körperbau entgegenkamen.

Seit dieser ersten Antwort hatte sie jeden Tag etliche Kilometer zu Fuß zurückgelegt. Sie hatte einen Gymnastikkurs im College mitgemacht; sie hatte ihre alten Handbücher studiert und Bibliotheksbücher über Aeronautik gelesen. Was sie nicht getan hatte, sie hatte dem Professor nichts von dem Einstellungsgespräch erzählt. Der Professor hatte den Gedanken, sie könnte irgendwohin gehen, längst abgetan. Ihr blieb nur die Hoffnung, daß es in der Macht von WFTD stand, sie einzuziehen.

Am Montag morgen stand sie vor ihrem Vater auf, bereitete sein Frühstück, schrieb einen Zettel und floh, rannte durch den dünn fallenden Schnee zu der kleinen Bushaltestelle hinter der Post. Sie war rechtzeitig zum Bus um sechs Uhr fünfundvierzig da, der schon überfüllt war, als er Bentham Center erreichte. Sie mußte auf der ganzen Fahrt nach Boston stehen, wo sie zwei Stunden zu früh ankam.

Sie ging in ein mit Matrosen überfülltes Café, sah keinen freien Platz und merkte, daß sie zu aufgeregt war, um etwas zu essen. Sie nahm sich einen Kaffee mit hinaus und trank ihn auf einer Parkbank. Boston war nicht so kalt wie Bentham Center, doch selbst zwanzig Grad unter Null hätten sie nicht gekümmert. Pärchen hockten eng aneinandergekuschelt auf den Bänken, redeten ernsthaft aufeinander ein oder knutschten verzweifelt, Matrosen und ihre Mädchen. Bald kam Thanksgiving, und sie hatte bei den Garfinkles einen Truthahn bestellt. Wie es wohl Jeff in London erging? Die Engländer feierten Thanksgiving wahrscheinlich gar nicht.

Sie versuchte sich vorzustellen, was Jacqueline Cochran beeindrukken könnte, aber ihr wollte zu sich selber nichts Besonderes einfallen, nur, daß sie ihre Verkehrspilotenlizenz geschafft hatte. Wenn Cochran wüßte, wie viele langweilige Manuskripte sie an ungezählten langen Abenden und durch ungezählte trübselige Nachmittage dafür getippt hatte, würde sie das ein wenig rühren. Vielleicht.

Ihre Heldin war Amelia Earhart gewesen, aber das hieß nicht, daß sie Jacqueline Cochran nicht bewunderte, die sich aus der Armut hochgearbeitet hatte, die 1938 das Bendix-Luftrennen gewonnen hatte, die einzige Frau im Rennen, Los Angeles bis Cleveland in acht Stunden, zehn Minuten und einunddreißig Sekunden, wo sie mit weniger als dreizehn Litern Treibstoff im Tank gelandet war. Sie war über ein heftiges Unwetter hinweg aufgestiegen bis zu einer Höhe von zweiundzwanzigtausend Fuß, das waren sechstausendsechshundert Meter, in einer Pilotenkanzel ohne Druckausgleich – so hatte sie dieses berühmte Rennen gewonnen. Das nächste Flugzeug kam erst nach über einer Stunde. Danach hatte Bernice ihr Photo neben das von Amelia Earhart gehängt.

Um halb eins hielt Bernice aus Angst, zu spät zu kommenn, das Warten nicht mehr aus. Sie ging ins Ritz, wo sie in der Halle hockte, bis sie sich überreden konnte, daß nichts mehr dagegen sprach, hinaufzugehen. In ihrem alten grauen Mantel fühlte sie sich auffällig schäbig. Immer wieder schoß ihr durch den Kopf, man könnte sie auffordern, das Hotel zu verlassen. Schließlich ließ sie sich um fünf vor eins melden und nahm den Fahrstuhl.

Cochran hatte das Zimmer teilweise als Büro herrichten lassen, mit einem großen Schreibtisch und Stühlen, Akten, einer Sekretärin im Nebenzimmer, aber es war immer noch und offensichtlich eine gut ausgestattete Suite. Bernice hatte alles andere als die Frau erwartet, die sie nun hinter dem Walnußschreibtisch sah, eine hochelegante Frau, deren Nerzmantel kunstvoll-lässig über die Stuhllehne geworfen war, eine Frau, zurechtgemacht wie ein Mannequin, mit blondem Haar in weichen Ringellöckchen und braunen, von Mascara betonten Augen, kurzum, Cochran war umwerfend und gekleidet wie Frauen, die Bernice sonst nur im Film sah, in ein blaß malvenfarbenes Kostüm mit einer Bluse aus Seidenmoiré. Bernice verspürte kurz einen Drang, loszuweinen. Cochran würde sie nie und nimmer nehmen. Bernice versuchte sich daran zu erinnern, daß dies die Frau war, die einen Höhenrekord aufgestellt hatte und mit einem Flugzeug ohne Druckausgleich bis zu einer Höhe von dreiunddreißigtausend Fuß, also zehntausend Metern, aufgestiegen und Sauerstoff aus einem Schlauch eingesogen hatte bei einer Temperatur von minus fünfzig Grad Celsius in der unbeheizten Kanzel. Das war die Frau, die alles testete, neue Prototypen von Sauerstoffmasken, Motorenkompressoren, Zündkerzen, Flugzeugtreibstoff und Flügelformen, die absolut furchtlos Risiken einging und alles ausprobierte, was Erfinder hervorbrachten.

Cochran hatte die Unterlagen von Bernice auf dem Schreibtisch. »Sie sind für die Zivile Luftkontrolle geflogen?«

»Ja, aber wir dürfen jetzt nicht mehr starten.«

»Seit wann fliegen Sie?«

Die ersten Fragen waren naheliegend, die späteren nicht so. Cochran fragte nach Beziehungen zu Männern. Es schien ihr zu gefallen, daß Bernice bei ihrem Vater lebte, einem achtbaren Professor. »Wird Ihr Vater etwas dagegen haben, daß Sie gehen?«

Bernice sprach mit Überlegung. »Er ist sehr bestrebt, zu den Kriegsanstrengungen beizutragen. Mein Bruder ist bei OSS in Übersee. Mein Vater hat versucht, einen Kriegsposten in Washington zu übernehmen. Ich bin mir sicher, er wird aus dem Häuschen sein, wenn ich zum WFTD gehen kann.« Bernice war ganz stolz auf ihre Formulierung. Der Professor würde allerdings aus dem Häuschen sein: sie hatte nicht gelogen.

»Einige meiner Fragen haben Sie überrascht, aber wir müssen sehr aufpassen bei unseren Mädchen. Die Öffentlichkeit hat Frauen, die Flugzeuge fliegen, im Verdacht, halbseiden und unsolide zu sein und in einer Männerwelt herumzuwildern, als ob der freie Himmel irgend jemandes Alleinbesitz wäre. Ich achte ebenso sehr auf den Charakter meiner Mädchen wie auf ihre Flugerfahrung. Nur ein Hauch von Skandal, und wir verlieren eine unwiederbringliche Chance für Frauen.«

»Ich möchte nur eines: fliegen«, sagte Bernice mit rückhaltloser Ehrlichkeit. »Das kann ich am allerbesten, und vollkommen glücklich bin ich nur da oben. Das Fliegen ist für mich die schönste Pflicht und das schönste Vergnügen. Da reicht nichts heran. Alles, worum ich bitte, ist die Gelegenheit dazu. Ich werde hart arbeiten, und ich werde alles lernen, was wir lernen müssen.«

Cochran lächelte ihr zu. »Ich denke, das läßt sich einrichten, Miss Coates. Guten Tag. Sie werden von uns hören.«

Bernice kam nicht rechtzeitig nach Hause, um des Professors Abendbrot zu richten, aber sie hatte vorher Mrs. Augustine von nebenan gebeten, ihn einzuladen, und hatte ihr gestanden, was sie vorhatte. Sie erfuhr, er ging und aß mit gesundem Appetit.

»Sie ist eine bessere Köchin als du«, sagte der Professor und warf finstere Blicke aus seinem Lieblingssessel neben der Westinghouse-Radiotruhe.

»Dann hat dir dein Abendessen geschmeckt, und alles bestens«, sagte Bernice in dem falsch-fröhlichen Ton, den sie ihm gegenüber stets anschlug.

»Ich möchte nicht am Tisch der Augustines essen. Er raucht bei seinem Kaffee eine stinkende Pfeife. Ich möchte an meinem eigenen Tisch essen.«

»Diese Vorladung war wichtig. Wenn die Regierung mich braucht, muß ich gehen.«

»Deine Pflicht ist hier. Du mußt nicht davonlaufen, um dir nützliche Arbeit zu suchen.«

»Ich kann etwas, was nur wenige Frauen lernen durften. Jetzt plötzlich ist es etwas wert.«

»Sie suchen kein Mädchen wie dich. Wenn sie dir wieder schreiben, werde ich ihnen antworten. Du wirst zu Hause gebraucht. Das werden sie verstehen.« Der Professor errichtete den Zaun vom *Christian Science Monitor* vor seinem Gesicht. Morgens las er den *Globe* und jeden Abend den *Christian Science Monitor*. Einen Augenblick später drang seine Stimme hinter der Zeitung hervor: »Deinen Bruder nachahmen zu wollen ist für ein großes, vernünftiges Mädchen wie dich ein lächerlicher Wunschtraum. Der Haushalt ist besser geführt, seit du nicht mehr ständig zum Flugplatz entschwirrst.« Als sie immer noch nicht antwortete, legte er tatsächlich die Zeitung hin, um sie anzuschauen. »Sie können nicht brauchen, daß ein unbedarftes, zu groß geratenes Mädchen auf Flughäfen herumwuselt, und diese Frau, egal, wer sie ist, die ist nichts als eine Eintagsfliege.«

Sie ging nicht darauf ein. Sie sah keinen Sinn darin, sich mit ihm auseinanderzusetzen. Sie mußte nur jeden Tag die Post entgegennehmen, bevor er sie sah.

Aber nach Wochen des Wartens konnte sie nicht mehr sicher sein, ob ein Brief gekommen und vom Professor beantwortet worden war. Sie wagte weder, ihren Vater zu fragen, noch Cochrans Büro zu schreiben. Sie buk Kekse nach einem Rezept, das Kartoffeln benutzte. Sie gelangen besser als die meisten ihrer Bemühungen, und sie schenkte welche dem Briefträger und beschrieb ihm dann genau, was auf dem Umschlag stehen würde. Sie flehte ihn an, ihr den Brief persönlich auszuhändigen.

Dieser Briefträger war nicht mehr der gewohnte, denn der hatte zur Reserve gehört, sondern ein alter Mann, der die Post auf einem Kinderbollerwagen hinter sich herzog. Sie hatte keine Ahnung, ob er tun würde, worum sie ihn gebeten hatte, aber fünf Tage vor Weihnachten kam der Brief. Sie sollte sich am dritten Januar auf dem Westover-Luftwaffenstützpunkt zu einer ärztlichen Untersuchung einfinden, Tauglichkeitsstufe 64, die gleiche strenge Musterung, der Kampfpiloten unterzogen wurden. Wenn sie bestand, war sie dabei.

Sie las den Brief im Stehen auf dem Bürgersteig, den sie gestern freigeschaufelt hatte, während der alte Postbote den Bollerwagen seines Enkels weiterzog und bündelweise Weihnachtskarten austrug. Dann rannte sie zum Nachbarhaus, so, wie sie war, in ihren Hausschuhen und dem alten Pullover und ohne Mantel, in Mrs. Augustines Küche.

Mrs. Augustine suchte nach ihrer Brille, bis Bernice sie auf dem Fensterbrett zwischen der Begonie und dem Doppelsporn fand. Mrs. Augustine las den Brief zweimal, bevor sie ihn Bernice respektvoll zurückgab. »Deine Mutter Viola wäre stolz auf dich. Was wird der Professor sagen?«

»Er wird versuchen, es mir zu verbieten.«

»Wirst du es dir verbieten lassen?«

»Ich habe ein schlechtes Gewissen, aber wenn sie mich nehmen, gehe ich. Ich könnte jetzt etwas Patriotisches sagen, aber die Wahrheit ist, ich liebe das Fliegen, und das ist meine Chance dazu. Wenn ich für diesen Verein den ganzen Krieg über fliege, dann habe ich hinterher einen Einstieg für die Zivilluftfahrt. Ich will ja dazu beitragen, den Krieg zu gewinnen, und hier tue ich überhaupt nichts, aber vor allem möchte ich fliegen.«

»Du hast ihm deine Jugend gegeben, Bernice. Geh weg, solange du es kannst.«

Bernice hätte Mrs. Augustine am liebsten umarmt, aber es war zu viele Jahre her, daß sie irgend jemanden umarmt hatte. Der einzige Mensch auf der Welt, den sie je in den Arm nahm, war ihr Bruder. Sie wußte nichts anderes zu sagen, als Mrs. Augustine immer wieder für ihr Verständnis zu danken. Mrs. Augustine sah unscheinbar aus, eine rundliche Frau in mittleren Jahren, das ergrauende braune Haar zu einem unordentlichen Dutt aufgesteckt, eine Frau, die zwanzig verschiedene Sorten von Eingemachtem, Eingelegtem und Eingewecktem zubereitete, die beste Köchin im ganzen Block, der niemand zugetraut hätte, abenteuerliche Wunschträume zu haben oder zu ermutigen.

Mrs. Augustine brachte sie zur Tür. »Dein Vater kann mit uns essen. Er ist nicht der allersympathischste Mann, aber das macht mir nichts. Ich kann ihm auch sein Abendessen in der Schüssel rüberbringen. Du geh und flieg deine Flugzeuge. Ich kenne eine Frau, die bei ihm putzen und ihm die Wäsche besorgen kann. Sie redet zuviel, aber er ist ja nicht da, wenn sie arbeitet. Bernice, wir werden das schon hinkriegen.«

Weihnachten war eine bittere Zeit. Zum ersten Mal kam Jeff nicht über die Feiertage nach Hause, ja sie hatte seit einer Woche nicht einmal etwas von ihm gehört. Sie konnte an nichts denken als an ihre Untersuchung am dritten Januar. Sie betrieb weiter ihre Gymnastik, obwohl der Kurs über die Ferien aussetzte. Sie kochte, sie backte, sie putzte. Sie hatten wie immer einen Baum mit richtigen Kerzen, gefährlich, aber schön. Sie tauschten ihre wenigen Geschenke aus, und im Radio wechselten sich Weihnachtslieder mit Nachrichten ab. Die Invasion in Nordafrika schien weniger glatt voranzukommen, die Briten und die Amerikaner schienen sich vor Tunis festgefahren zu haben. An der Ostfront gingen die schweren Kämpfe um Stalingrad weiter. Im Pazifik gingen die schweren Kämpfe um Guadalcanal weiter. Irgendein rechtsgerichteter General war in Algier einem Attentat zum Opfer gefallen, aber der Täter, ein französischer Schüler, war schon festgenommen worden.

Eine Untersuchung der Tauglichkeitsstufe 64 dauerte den ganzen Tag. Im Krankenhauskittel rannte sie mit zwei anderen Frauen von Labor zu Labor, während die Armee das Krankenhaus Station um Station abriegelte, vermutlich zu ihrem Schutz. Ein Riesentamtam, aber sie hielt sich gut. Sie war in der Tat gesund: groß und kräftig und gesund. Das hatte immer wie ein Fluch geklungen, aber heute war es ein Segen.

Zwei Wochen später kam der Bescheid, daß sie sich am 1. Februar 1943 in Texas auf dem Flughafen von Houston zur Klasse 43-4 einzufinden hatte. Das Fahrgeld mußte sie selber aufbringen. Ein großes Problem.

Sie hatte sich im Sommer für ihren Verkehrspilotenschein von Mrs. Augustine zweihundert Dollar geliehen. Seit dem Startverbot im September hatte sie viele Schreibarbeiten übernommen, auch wenn die

Hälfte ihrer Stammkunden nicht mehr da war. Unmittelbar vor Weihnachten hatte sie Mrs. Augustine das Geld endlich zurückzahlen können. Jetzt blieben ihr nur zwei Wochen, um sich das Fahrgeld nach Texas zu verdienen. Sie besaß sechzehn Dollar. Heute würde sie den genauen Fahrpreis erfahren, und sie würde sich dieses Geld beschaffen, und wenn sie eine Bank überfallen mußte. Schließlich war Jeff auf Güterzüge aufgesprungen. Wenn es nicht anders ging, würde sie das eben auch tun. In zwei Wochen war sie auf dem Weg nach Texas, ganz egal wie.

Sie begann mit ihren Vorbereitungen lange, bevor sie ihrem Vater die Neuigkeit eröffnete. Der Professor glaubte ihr einfach nicht. »Du fährst nicht.«

»Doch.« Sie hörte ihre eigene fröhliche Stimme und dachte, ihr wäre es ein Greuel, wenn jemand auf so leere, nichtssagende Art mit ihr reden würde, aber es gab zwischen ihnen keine Nähe. Sie konnten sich einander nicht anders mitteilen als durch Befehle de *haut en bas* und durch ihre Antworten in dem gespielten fröhlichen Ton, als sei ihr sein Zorn völlig entgangen. Sie saßen gefangen in einem schlimmen Familienspiel, das sich vielleicht ändern ließ, wenn sich beider Lebensumstände änderten, aber anders nicht. Sie war nicht so sehr seine Tochter als seine Dienerin: der schäbige Ersatz für die Frau, die er geliebt hatte, das einzige menschliche Wesen, dem er sich hatte öffnen und liebevoll zuwenden können. Sie hätte nicht zu Hause bei ihm bleiben dürfen, sagte sie sich; vielleicht war es nicht so sehr töchterliches Pflichtgefühl als Faulheit gewesen. Wenn sie fortgegangen wäre, hätte er wieder geheiratet. Jetzt war er in seinen Gewohnheiten zu eingefleischt.

»Ich verbiete es«, sagte er laut. »Das ist mein Ernst.«

»Vater, ich bin lange volljährig. Diesmal ist es nicht meine Pflicht, zu bleiben, sondern zu gehen.« Die patriotischen Redensarten tropften ihr grau und fettig wie flüssiges Schmalz von der Zunge, aber sie dachte gar nicht daran, sich der Benutzung zu schämen.

Am 31. Januar reiste sie ab. Der Professor hatte aufgehört, mit ihr zu reden, und verabschiedete sie nicht. Mrs. Augustine fuhr sie zum Bahnhof. Bernice hatte letzte Woche Jeff an seine verschlüsselte Feldpostadresse geschrieben, aber nach seinem Brief zu urteilen, der am Samstag eingetroffen war, hatte er den ihren noch nicht bekommen, wohl aber die Kekse und den Wollschal, den sie ihm gestrickt hatte:

ein nutzloses Geschenk, da er sich den Anspielungen in seinem Brief zufolge offenbar in Nordafrika befand. Sie würde ihm aus Houston schreiben und ausnahmsweise einmal viel zu berichten haben, Aufregenderes als den Frosttod der Chrysanthemen oder den Abzug der letzten Rotdrosseln. Etwas mehr als Naturbeobachtungen und die hämischen Bemerkungen über ihr Leben, die sie sich nie verkneifen konnte.

Mrs. Augustine strahlte sie unverwandt an. »Laß es dir gut gehen, liebe Bernice, und sei auf dich stolz.« Am Tag zuvor hatte es ein Unwetter gegeben, aber die Gleise waren freigeräumt worden, und der Morgen glitzerte wie frisch abgewaschenes Kristallglas, wie die Waterford-Kelche, die sie hinter sich ließ. Vor ihr lag Texas, Land der sechsschüssigen Revolver und des WFTD und der Flugzeuge und Flugzeuge und Flugzeuge. Mrs. Augustine stellte sich auf die Zehenspitzen, um sie kurz, aber fest auf den Mund zu küssen, und gab ihr in einem Geschirrtuch einen Imbiß mit. »Viel Glück!«

Murray 1

Es gilt, einen Fluß zu überwinden

Murray wurde nach Samoa geschickt, um das 7. Marineinfanterieregiment zu verstärken, das angeblich nach Neuseeland verlegt werden sollte. Aber am vierzehnten September legten sie mit fünf Truppentransportern in Espíritu Santo ab, begleitet von zwei Versorgungsschiffen und einem Kreuzer und Zerstörergeleit. Bald danach wurden sie von U-Booten und Bombern angegriffen.

Vier Tage später gelangten sie in der Morgendämmerung zu einer langgestreckten Insel, die sich zu einem zerklüfteten Berggrat erhob. Die Ufer – übersät mit verbogenem Blech von Schiffen und Flugzeugen – boten weite, traumhafte Buchten mit Kokospalmen, aber die Brise vom Land wehte säuerlich, faulig. Sie roch wie der Eisschrank, wenn er mit seinen Eltern aus den Ferien zurückkam und sie etwas drin vergessen hatten. Sie landeten ohne Zwischenfälle und marschierten ins Innere. Die Männer, die sie begrüßten oder häufiger überhaupt keine Notiz von ihnen nahmen, waren allerdings etwas anderes. Murray wollte sie nicht anstarren, aber er spürte die Reaktion seiner Kameraden, und die war nicht anders als seine: Entsetzen. Werden wir auch so aussehen? Die Marinesoldaten, die den Landekopf auf der Insel gehalten hatten, waren verdreckte Skelette. Sie hatten verfilzte Haare, waren ausgemergelt und stanken: ausgeschlachtete Wracks von jungen Männern. Die Insel hieß Guadalcanal.

Das Gelände um das Flugfeld, eine Mondlandschaft von Granattrichtern, starrte von ausgebrannten Flugzeugen, zerschmetterten Palmen, von Trümmern, die so rasch vermodert waren, daß sie sich nicht mehr identifizieren ließen. Der Boden war von den nächtlichen Bombardierungen zerpflügt. Es gab kein Hinterland hinter der Front, kein Rückzugsgebiet. Ein verwundeter Marinesoldat war im Lazarettbett nicht weniger gefährdet als in seinem Schützenloch. Sie hielten nur ein kleines Areal, mit aller Kraft. Jeden Tag und jede Nacht wurden sie angegriffen. Gewöhnlich fuhren die japanischen Zerstörer durch die Enge zwischen den Inseln und nahmen sie in aller Ruhe unter Beschuß; tagsüber flogen die Bettys, die japanischen Bomber, heran und bewarfen sie mit ihrer Fracht. Nach den Verlusten der ersten Nacht wurden sie verbissen und flink.

So etwas wie eine Nacht Schlaf gab es nicht. Er konnte auf der Insel nirgendwohin, um dem Krieg zu entkommen, war überall ständig in Gefahr und auch nachts in seinem schlammigen Schützenloch nicht sicher. Jede Nacht kam Louie die Laus herüber, um grüne Leuchtraketen und immer mal wieder eine Bombe zu werfen. Jede Nacht kam Maikäfer Charlie, kreiste in seinem zweimotorigen Flugboot über ihnen und warf Bomben mit Aufschlagzündern. Die Bombenabwürfe während der Dunkelheit hatten keinerlei Methode, geschahen vollkommen willkürlich. So hatte er nie mehr als ein paar Stunden Schlaf in der Nacht.

Die Japaner griffen ohnehin gewöhnlich nachts an, und das war auch die übliche Zeit für Aribeschuß. Obendrein lag ein U-Boot namens Oscar vor der Küste und wartete auf die kleinen Higgins-Boote, mit denen sie zu den umliegenden Inselchen Tulagi, Savo und Gavutu übersetzten, wo auch Marineinfanterie lag. Gelegentlich beschickte Oscar das Flugfeld mit ein paar Granaten.

Zum Frühstück am dritten Tag wurde Atebrin ausgegeben, ferner pro Mann drei Kondome, was bittere Heiterkeit hervorrief, denn keiner der Soldaten hatte ein Frau auf der Insel gesehen. Die meisten Männer wollten die gelben Atebrintabletten nicht schlucken, denn es ging das Gerücht, die machten impotent. Nach dem, was Murray von der Malaria sah, die unter den Marinesoldaten grassierte, fand er es klüger, das Atebrin zu riskieren, also schluckte er es, obwohl ihm sein Kamerad Manella sagte, davon schrumpfe sein Schwanz auf Babygröße. Es gab so viele Malariafälle, daß niemand vom Einsatz befreit wurde, es sei denn, sein Fieber stieg über 39,5.

Sie waren ständig klatschnaß. Alles war ständig klatschnaß. Wasser sickerte in die Schützenlöcher und -gräben. Es regnete ohnehin alle fünf Minuten. Der Himmel hier konnte in zwei Stunden dreißig Zentimeter Wasser herunterschütten. Alles, was er anfaßte, war schwammig, moderig, schimmelig. Sie stanken alle. Durch den unablässigen Beschuß kam er nie dazu, sich alle Sachen auszuziehen und sie zu trocknen, so daß er am Ende der ersten Woche die Kränke kriegte, eine Pilzinfektion, die alle erwischte. Seine Hoden, sein Hintern, seine Füße waren wund. Er lernte, alles auszuschütteln, was er hingelegt hatte, denn Skorpione und giftige Tausendfüßler krochen gerne in alles Dunkle, einen Schuh oder eine Tasche oder ein Hosenbein.

Sogar der Erdboden stank. Er lebte ständig in einer Wolke von Moskitos, und bald hatte er Fieber wie alle anderen: keine Malaria, sondern eine der hundert Krankheiten, mit denen die Moskitos ihn vollpumpten, wenn sie ihm das Blut aussaugten. Der Sani gab ihm Pillen, gab aber zu, daß keiner wußte, was für eine Krankheit das war. Murray hatte jeden Nachmittag Schüttelfrost, wenn das Fieber stieg und ihn windelweich zurückließ.

Wenigstens hatten sie genug zu essen. Nicht nur die Ruhr mit ihrem blutigen Durchfall hatte die seit Anfang August hier stationierten Marinesoldaten so ausgemergelt, sondern auch der Hunger. Wären ihnen nicht japanische Vorräte in die Hände gefallen, sie wären verhungert. Sie hatten sich von Reis, getrockneten Fischköpfen und Bier ernährt. Murray sah, die japanische Marine beherrschte die Gewässer um die Insel und schaffte frische Truppen und Vorräte heran, die japanische Luftwaffe griff jeden Tag mit mehr Flugzeugen an. Ihm wurde mit fatalistischem Erschauern klar, wie leicht sie abgeriegelt und ausgehungert werden konnten.

Er wurde einem Angriffskommando zugeteilt, das Ziel lag jenseits eines nahen Flusses. Die Gebr. Lever-Kokosplantagen auf dem Küstensaum machten bald tropischem Urwald Platz. Murrays Bilder vom Dschungel kamen aus Tarzanfilmen oder zeigten Dorothy Lamour in einem Sarong unter malerischen Palmen an einem Sandstrand, auf den sanfte Brecher zurollten. Hier ragten die Bäume, wahre Gebäude aus Eukalyptus, Ipil und Banyan, dreißig Meter hoch und höher, aber er lernte rasch, sich auf keinen zu verlassen, ohne ihn vorher zu prüfen. Baumstämme mit einem Durchmesser wie Lastwagen konnten plötzlich von einem Windstoß umstürzen, obwohl die Ungeheuer sich mit Vororten aus Knien und Wurzeln umgeben hatten, die ihm tückische Stolperfallen stellten. Alles war vermodert, und selbst der Boden fühlte sich schwammig an, wo nicht Korallenkalk schartig zu Tage trat und wo nicht der Dschungel Lichtungen wie Miniaturprärien Platz machte, die in der Ferne golden schimmerten. Dort wuchs Kunaigras mit Klingen so scharf wie Entermesser bis über die Köpfe der Kundschafter.

Die Bäume waren von Ranken überwuchert, von Kletterpflanzen und Lianen, die sich zu verrückten Netzen verknüpften und zwischen den Buckeln aus heftig wetteifernder Vegetation spannten. Alles war naß, denn das war der echte Regenwald. Es gab die Regenzeit, und den Rest des Jahres über regnete es. Sie hackten sich ihren Weg durch ein Labyrinth aus Kletterpflanzen, Unterholz und übermannsgroßen Farnen. Sie sahen nicht, was hinter dem undurchdringlichen grünen Schleier war, auf den sie einhieben. Alles, was sie anfaßten, biß oder stach. Es gab Wespen, so groß wie sein Handteller. Blutegel ließen sich von den Bäumen auf sie fallen und sogen ihnen das dünne, fiebernde Blut aus. Spinnen krochen ihnen in den Feldhosen hoch und hinterließen Bißstellen, die zu Golfbällen anschwollen. Überall wimmelte es von weißen Ameisen, deren Säurebiß brannte wie glühende Kohlen. Die einzigen Säugetiere, die sie sahen, waren Ratten, die auch ihr Lager heimsuchten und in dem Ruf standen, Leichen zu fressen. Hier draußen war das Leben üppig, aber fremdartig und gefräßig. Er verstand Asketen, er verstand den Wunsch, den kranken, grindigen, widerwärtigen, ruhrgeplagten Körper zu verlassen.

Schon veränderte ihn der Krieg, obwohl er hoffte, daß die Veränderungen nur vorübergehend waren, denn er mochte sie nicht. Er hatte für Fatalisten immer nur Verachtung übrig gehabt, aber hier auf Canal hatte er sich nahezu sofort in einen verwandelt. Wenn deine Nummer gezogen wurde, wenn die Kugel deinen Namen trug, wenn dein Glück zu Ende ging; alle in der Truppe waren Fatalisten. Jeder hatte seinen besonderen Aberglauben und ein paar Kameraden. Alles andere gehörte zu jenem fernen Ort. Zur Heimat. Weit weg.

Sie waren noch nicht weit in den Dschungel eingedrungen, obwohl das bißchen sie Stunden gekostet hatte, da trafen sie auf die ersten Feindvorposten. Vom Abwehrfeuer an den Boden genagelt, sah er überhaupt nicht, worauf er schießen sollte. Ihm kam es vor, als wären sie umzingelt, aber er lag auf dem Bauch und tat, was alle anderen taten. Während der Ausbildung hatte Murray oft bezweifelt, ob er wirklich imstande war, einen anderen Menschen zu töten, aber wenn das Nahkampf sein sollte, in grünes Chaos zu feuern, dann war unwahrscheinlich, daß er jemanden traf, und falls doch, würde er es nie merken. In den ersten beiden Gefechten sah Murray keinen einzigen lebenden Japaner, aber dafür viele tote, als sie über die eingenommenen Vorposten vorrückten. Anfangs starrte er die Leichen an und versuchte, den Tod zu begreifen. Die meisten der Toten waren halbe Kinder, willkürlich niedergeworfen und zerfleischt. Ein Junge, der wie sechzehn aussah, blutete aus einer durchtrennten Arterie in der Leiste. Ihr Sani versuchte, ihn zu retten, vergebens, während sie alle dastanden und zusahen. Murrays Herz krampfte sich vor Mitleid zusammen, als das Blut heraussprudelte. Aber nachdem eine der Leichen aufgestanden war und zwei Marinesoldaten mit einer Handgranate erledigt hatte und nachdem eine andere Leiche versucht hatte, ihn mit einer Pistole zu erschießen, verlor Murray das Interesse an der philosophischen Seite des Todes und begann wie alle anderen, die Gefangenen, ob tot oder verwundet, mit dem Bajonett zu erstechen. Ihre Offiziere wiesen sie an, Gefangene zu machen, aber die Japse taten das auch nicht, warum also sie? Sie hatten genug damit zu tun, auf sich selber aufzupassen.

Am dritten Tag erreichten sie endlich den Fluß, den sie durchqueren sollten, den Matanikau, und versuchten, die Furt einzunehmen. Die Japaner hatten sich dort gut verschanzt und waren nicht zu überrennen. In drei Tagen Schwerstarbeit vom Morgengrauen bis zur Dunkelheit hatten sie nach Murrays Einschätzung vielleicht drei Kilometer zurückgelegt. Diesmal sah er, worauf er schoß und was auf ihn schoß. Auf dem Westufer des Flusses hatten sich viele Japaner mit leichter, aber wirkungsvoller Artillerie in gut getarnten Stellungen eingegraben.

Der Kommandant forderte einen Luftangriff an, aber nachdem der vorbei war, schienen noch genauso viele Japaner da zu sein und noch genauso viele Granaten und Kugeln abzufeuern. Murray mußte denken: Wenn unsere Flieger nun aus Versehen eine der Bomben auf uns schmeißen. Das war in den ersten Gefechten vorgekommen. Statt von den Bomben dezimiert schienen die Japaner jedenfalls stärker denn je zu sein, als die Flugzeuge abdrehten. Ja, sie gingen ihrerseits zum Angriff über.

Eine Granate landete so nah, daß er mit heißem Schlamm vollgespritzt wurde und ein verfaultes Holzstück an den Kopf bekam, das eine Fuhre wütender Ameisen auf seinen Rücken entließ. Er wagte nicht, sich zu bewegen und sie abzustreifen. Der Mann zu seiner Linken war in die Brust getroffen und wurde Blut hustend weggetragen. Murray war schlecht. Er hatte sich von der Wucht des Einschlags in die Hosen gemacht, aber sie stanken alle derartig, von Kopf bis Fuß mit Faulschlamm bedeckt, daß keiner das merken würde. Sich vollzumachen wie ein Baby. Er schämte sich. Er fragte sich, ob er unter dieser Belastung zerbrechen würde. Vielleicht taugte er einfach nicht dafür.

Dann kamen die Japaner durch den Fluß auf sie los. Murray fragte sich wieder, ob er wirklich jemanden töten konnte, aber als der Feind mit aufgestecktem Bajonett durch das träge Wasser des Flusses gewatet kam, wie rollige Katzen schrie und Handgranaten warf, da schoß Murray so genau er nur konnte, und der Mann, den er im Visier hatte, fiel, bevor er seine Granate werfen konnte. Danach fühlte er sich schwach in einer Mischung aus Erleichterung und dem Abebben des Adrenalinstoßes, aber schon kam die nächste Welle herüber und ließ ihm keine Zeit, sich zu gratulieren. Wenn er jemanden ins Visier bekam, schoß er. Es war wie für sein Geld auf die vorbeiruckelnden Enten beim Jahrmarkt anlegen, nur daß die Enten hier Löcher in die Männer neben ihm schossen.

Schließlich kam der Befehl zum Rückzug. Er vermochte kein schlechtes Gefühl aufzubringen, weil sie ihr Angriffsziel nicht eingenommen hatten. Er war nur froh, daß sie umkehrten. Als sie dem schmalen Pfad entlang des Flusses folgten, trafen die Japse sie wieder und wieder mit ihren Mörsern. Er hatte seit drei Tagen nicht geschlafen. Sie hatten wenig gegessen, und das wenige schmutzig und übelschmeckend. Sie hatten alle die Ruhr. Sein Fieber war gestiegen und tobte. Er hatte ständig Durst. Obwohl der träge braune Fluß so nah lag, konnte er sich nicht einmal ausmalen, diese faulige Brühe zu trinken. Außerdem hatte er das Krokodil gesehen, das an der Furt einen verwundeten Japs abgeschleppt hatte. »Warum zum Teufel wollen wir dieses Loch einnehmen?« fragte er Manella, der von den Männern in seiner Kompanie am freundlichsten zu ihm war.

»Weil die Hölle überfüllt ist«, sagte Manella. »Deshalb.«

»Die wissen doch überhaupt nicht, was sie tun, uns hier reinzuschikken«, sagte Fats. Sie kannten sich alle nicht weiter, denn die neuen Männer wie Murray waren in ein bereits aufgestelltes Regiment gesteckt worden, um es auf volle Kampfstärke zu bringen. »Den Generälen ist das wurscht. Das ist genau wieder wie Bataan. Wir werden hier krepieren.«

»Sie sagen, das wird nicht wie Bataan. Sie sagen, wenn die Japse das Flugfeld einnehmen, dann gehen wir alle in die Berge und leben wie Guerillas«, sagte Manella.

Murray hatte seine Zweifel, ob sie ausgerüstet waren, sich hier zu ernähren. Er dachte, nur eine Eidechse würde das probieren. Er suchte Abstand von Fats zu halten, weil er nach Kacke stank. Er rauchte, sooft er konnte, denn das betäubte seine Nase. Bei den Marinesoldaten war man ohne Nase besser dran. Wenn sie auf den schwammigen Boden sanken, um auszuruhen, dachte er manchmal an Ruthie, und manchmal dachte er an ein langes heißes Bad. Er hatte den Abend im Auto und den nächsten Tag im Park so oft durchlebt, daß er sich nicht mehr sicher war, was genau geschehen war, wie ein Photo, so oft befingert und gefaltet, daß das Bild zu verschwinden begann.

Manella stupste ihn. »Lutscher auf meinem Drehzapfen.« Ihm saß ein Blutegel im Nacken. Die Männer lagen, ein durchweichter Haufen, unter einem Banyanbaum am Rande eines widerlichen Mangrovensumpfes, der noch schwerer zu passieren war, und lasen sich wie eine Affenhorde Blutegel und Läuse und Spinnen ab. Ihre Nähe war die Nähe geteilter Schmerzen, geteilter Gefahr, geteilter Unbill. Männer, mit denen er zu Hause kein zweites Mal geredet hätte, waren jetzt sein Leben, seine Familie; er hörte sich langsam an wie sie und sah langsam aus wie sie. Sie waren ein schmutziger, zusammengewürfelter Haufe, obwohl es Wochen dauern würde, bis sie so heruntergekommen, so zaundürr und so räudig aussehen würden wie die Marinesoldaten, die in der ersten Welle nach Canal gekommen waren.

Murray holte seine Zigaretten heraus. Die Kondome hatten sich als sehr nützlich erwiesen; sie waren das einzige, was Streichhölzer und Zigaretten trocken hielt, und wenn er das Glück hatte, einen Riegel Schokolade abzukriegen, so bewahrte er ihn darin auf. Jetzt suchte ihm Manella die Blutegel ab. Der Feldwebel sprach barsch zu ihnen, mit seiner üblichen Verachtung, und sie rappelten sich hoch. »In den Sattel, Armleuchter. Ab in die Wildnis.«

Murray kniff sorgsam seine Zigarette aus, damit er sie später aufrauchen konnte. Er stand da, und schwarze Flecken tanzten ihm vor den Augen, er schwankte. Ohne darauf zu warten, daß sein Gesichtsfeld aufklarte oder seine Übelkeit verging, heftete er sich an Manella und stolperte voran. Es war noch weit bis zum Landekopf, wo sie – statt am Flußufer verteilt einer nach dem anderen – in der Gesellschaft von Hunderten sterben konnten. Wenigstens gab es da was Warmes zu essen, wenn auch nur die Wiener Dosenwürstchen und die Dosenbohnen, die sein Körper nicht mehr verdauen konnte.

Daniel 3

Daniels Krieg

Daniels Brennpunkte waren Guadalcanal und das japanische Hauptquartier in Rabaul. Die Dechiffrierung ging jetzt schnell, nicht nur, weil sie hervorragende Fortschritte bei den japanischen Marinecodes gemacht hatten, sondern auch, weil Marinesoldaten bei dem Überraschungsangriff auf den halbfertigen Militärflughafen, der bei ihnen Henderson Field hieß, die japanischen Stellungen so stürmisch überrannt hatten, daß aus einem schwelenden Haufen mit Geheimdokumenten ein unverbranntes Codebuch gezogen worden war. Daniel hatte jetzt das gleiche Buch, das die Japaner benutzten, und brauchte nur die Codegruppen nachzuschlagen, um die Meldungen zu übersetzen.

Nicht, daß die Marine fähig schien, die Situation, die sich ihr bot, zu erfassen. Die See um Guadalcanal hieß jetzt der Eisensund, der Sund mit dem eisernen Boden, wegen der zahllosen dort gesunkenen Schiffe. Viele japanische, aber weitaus mehr amerikanische und australische. Den Japanern gehörte immer noch die Nacht. Sogar mit Hilfe des Codebuchs vermochte Daniel nicht immer zu sagen, wovon die Japaner sprachen. Als sie von Rattenoperationen zu reden begannen, hatte er keine Ahnung, was sie meinten, aber bald wurde klar, daß dies der japanische Deckname war für die Nachtfahrten durch die Enge zwischen den Inseln, um Nachschub an Truppen, Waffen und Proviant zu liefern: schnell hinein, schnell hinaus, verstohlen im Schutze der Nacht, aber bis an die Zähne bewaffnet.

Jeden Morgen stand Daniel von seiner kissenüberhäuften Matratze in der Ecke des Wohnzimmers der mit Rodney Everly geteilten Wohnung auf und fuhr mit dem Bus zur Arbeit. Dann betrat er ein anderes Universum. Dem früheren Mädchenpensionat Ecke Massachusetts und Nebraska Avenue fehlten Fliegengitter an den hohen Fenstern, und so strömte Insektenwelt in subtropischem Überfluß herein und umschwärmte sie. Daniel hatte ständig eine Flasche Zitronenöl in der Schreibtischschublade.

Die wirkliche Welt, die er bei Arbeitsbeginn betrat, war eine Welt intimen Umgangs mit der japanischen Marinedenkungsart. Er sah den Krieg andersherum, als die meisten Amerikaner es taten. Er hatte von dem verzweifelt improvisierten amerikanischen Überfall auf Guadalcanal aus überraschten japanischen Berichten ans Hauptquartier erfahren. Er erfuhr von der Versenkung amerikanischer Schiffe aus den Triumphmeldungen nach Gefechten, obwohl er feststellen mußte, daß die Japaner, genau wie die Amerikaner, stets weitaus mehr feindliche Verluste vermeldeten, als tatsächlich vorhanden waren. Er konnte die amerikanischen Meldungen von torpedierten und versenkten Schiffen mit den japanischen Schadensmeldungen gegenprüfen, und ebenso das japanische Hahnenkrähen mit tatsächlichen US-Verlusten. Jeder Pilot dachte immer, er hätte sein Ziel getroffen, doch die meisten irrten sich.

Seine Kenntnis des Japanischen wuchs weiter, was ihm das schizophrene Gefühl gab, Mitglied der feindlichen Kultur zu werden. Er mußte die Welt so sehen, wie sie es taten, oder es zumindest versuchen; es war zutiefst befremdend und dennoch faszinierend. Er ertappte sich häufig dabei, in Japanisch zu denken. Die beiden Kulturen hatten extrem verschiedene Grundlagen, unterschieden sich in dem, was sie als selbstverständlich voraussetzten, was sie für mögliches und unmögliches Verhalten in bestimmten Situationen hielten.

Zum ersten Mal in seinem Leben fühlte er sich nützlich. Eingebunden. Eingesetzt. Menschen lebten oder starben, Schiffe mit tausend Männern an Bord überlebten oder gingen unter, weil er einen japanischen Funkspruch richtig entschlüsselte und übersetzte oder falsch. Er konnte der amerikanischen Admiralität nicht die Kampfstrategie von Nachtgefechten beibringen oder die Benutzung von Radar oder die aggressive und rasche Reaktion auf eine Gelegenheit, ein japanisches Schiff unter Feuer zu nehmen. Einer der Admiräle im Pazifik zog sein Geschwader jedesmal zum Auftanken zurück, wenn sich ein Gefecht abzeichnete. Der Nachrichtendienst konnte nur Chancen aufzeigen. Er konnte die Marinepiloten vor drohenden Angriffen warnen, denn diese Flieger waren Raufbolde, die jede Chance ergriffen, die sich ihnen bot. Daniel empfand eine eingeordnete Wichtigkeit, spürte, wie seine Konzentration und sein Intellekt einen feinen, feurigen Schliff bekamen, der ihn mit seinem ganzen bisherigen Leben unzufrieden machte.

Er war wie ein Mann, der dank regelmäßiger Gymnastikübungen vierzig Pfund verloren hatte und nun Photos von seinem früheren, schwabbeligen Ich betrachtete: er empfand Ekel. Wie hatte er sich so lange willenlos und passiv treiben lassen können? Er war ein Kind gewesen, bis er hierherkam.

Abends fuhr er nach Hause in die winzige Wohnung im zweiten Stock. Der Druck war in diesem Herbst weniger extrem, außer, es fanden gerade Gefechte statt. Genug neue Leute waren hinzugekommen, so daß sie in drei Wachen rund um die Uhr eingeteilt wurden. Trotzdem spiegelten ihre Arbeitsstunden den Krisenpegel in den Gewässern um Guadalcanal. Wenn die Flotten abdampften, um aufzutanken, Reparaturen durchzuführen und sich neu zu formieren, ging er zu normaler Abendbrotszeit heim. In Zeiten schwerer Kampfhandlungen auf See arbeitete er die Nacht durch. Eine halbe Welt entfernt war Tag Nacht und Nacht Tag, außerdem überflutete sie der schiere Umfang des Funkverkehrs, und so rackerten sie sich hindurch.

Rodney war nicht der Wohngenosse seiner Träume. Rodney war ein halbwegs passabel aussehender Mann, der sich für bildschön hielt, weil er in dem Glauben erzogen worden war, alles an ihm sei vollkommen. Er war hochaufgeschossen und blond, seine Gesichtsfarbe war käsig oder von der Sonne krebsrot; er hatte Kaninchenzähne und wässerige Augen. Daniel fand den Anblick von Rodney beim Rasieren fast mehr, als er am Morgen ertragen konnte, ohne in schallendes Gelächter auszubrechen. Rodney machte seinem Spiegelbild schöne Augen. Er reckte das Kinn vor und warf sich selbst Blicke voll hochmütiger Arroganz zu, voll glühender Leidenschaft, voll rückhaltloser Bewunderung.

Rodney rauchte eine Meerschaumpfeife. Unter der Woche trank er nie, doch wenn der Samstagabend kam, schien er von der Devise geleitet, nicht aufzuhören, bis das Stadium der Rührseligkeit erreicht war. Daniel hatte aus seinem Mund noch nie eine Meinung gehört, die er interessant fand.

In die Wohnung unter ihnen zogen Mädchen. Die eine war dunkel, gertenschlank und verlobt und blitzte mit einem Brillianten von der Größe einer Pekannuß. Die andere war eine kleine Brünette mit Südstaatenakzent, die ihm auf der Treppe kokette Blicke zuwarf, aber auf Nimmerwiedersehen verschwand, bevor er irgendwelche Bande knüpfen konnte. Die dritte war eine hochgewachsene Blondine mit Neuenglandnäseln, die mit wiegenden Hüften ausschritt, ein Gang, der ihm gefiel, rasch, reizvoll, raumgreifend. Sie ließ sich nicht oft blicken, lächelte aber bezaubernd mit weit aufgerissenen Augen. Sie erzählte ihm, daß ihr Lieblingsbruder auch bei der Marine war.

»Was ist aus dem Südstaatenmädel geworden?« fragte er sie.

»Ins Ausland gegangen«, sagte sie im Vorübergehen, ohne sich die Zeit zu nehmen, ausführlicher zu werden. Und schon war sie fort und rannte die Straße entlang, denn sie sah ein Taxi halten, und wenn man in Washington ein Taxi brauchte und eins kriegen konnte, dann trödelte man nicht, dann blieb man nicht stehen, um sich zu verabschieden.

Er erwartete eine neue dritte Mitbewohnerin, doch keine erschien. Er erfuhr Genaueres, als Neuengland zur Arbeit aufbrach und es ihm gelang, mit ihr zum Bus zu laufen. »Suchen Sie eine neue Mitbewohnerin?«

»Da müßten wir hier nicht lange suchen. Nein. Es ist schon eng genug für zwei – wie bei Ihnen oben, kann ich mir vorstellen –«

»Wieso vorstellen? Kommen Sie herauf und besuchen Sie uns. Borgen Sie sich eine Tasse irgendwas.«

»Ich wüßte nicht«, sagte Neuengland mit einem Aufblitzen ihrer kornblumenblauen Augen, »daß Sie irgendwas haben, was ich brauche, Fähnrich.«

»Ich heiße Daniel. Daniel Balaban. Was heißt das A. vor Scott?«

»Abra. Sie sind aus New York?« Sie wartete sein Nicken ab. »Ich habe da gewohnt. Eigentlich habe ich meine Wohnung nur untervermietet, denn nach dem Krieg gehe ich dahin zurück. Die einzige lebendige Stadt.«

»Mir gefiel Boston besser. Boston und Schanghai.«

Das machte sie neugierig. Sie zog eine Augenbraue hoch. Doch der Bus kam und beendete ihr Gespräch. In dem überfüllten Bus starrte Daniel auf den blonden Kopf direkt unter seiner Nase und dachte, Analverkehr wäre einfach, aber ein Gespräch ist unmöglich.

Viele neue Leute kamen zur Sektion 20-G, aus den zwei Sprachschulen und aus anderen Bereichen der Marine, aus den Universitäten und aus dem bürgerlichen Leben. Daniel, nun zum Oberleutnant zur See befördert, hatte die Aufsicht über drei Maate und begann eine zaghafte Affäre mit Ann Korobuso, unter den erschwerten Bedingungen ihrer Tabus. Sie weigerte sich, in seine Wohnung zu kommen. Angesichts der antijapanischen Stimmung, die in Washington ebenso grassierte wie im Rest des Landes, ging sie nicht gerne aus. Sie erlaubte ihm nur unter Beachtung einer Liste von Vorsichtsmaßnahmen, sie in ihrer Wohnung zu besuchen, wenn ihre Tante, bei der sie lebte, mit Sicherheit aus dem Haus war. Sie war immer ein wenig nervös.

Ann war die Tochter eines Nisei-Vaters und einer Frau norwegischer Abstammung aus Seattle, die inzwischen geschieden waren. Ihr Vater war in ein Lager in Missoula, Montana, gesteckt worden. Ann wohnte bei der Schwester ihrer Mutter, die beim Landesrechnungshof arbeitete. Ihre Tante Elinor sei sehr nett zu ihr, versicherte sie ohne Überzeugung.

Er fand sie schön, doch ungemein zurückhaltend. Traurigkeit haftete ihr an wie das Sandelholzparfüm, das sie benutzte. Er war gern mit ihr zusammen, gleichzeitig ging er auch gern von ihr fort und entfloh den Seufzern, den verschleierten Blicken, den rätselhaften Rückzügen. Er wußte, daß er sie entweder erlösen mußte oder ihr nur wenig bieten durfte, und er entschied sich für das letztere. Ihre Vorlieben waren die einer Amerikanerin ihres Alters, so daß sie ihn manchmal an eine verhinderte Judy erinnerte. Nur ihre erotische Erscheinung und ihre Japanischkenntnisse bewahrten sie davor, ihn zu langweilen, dazu die Möglichkeit, mit ihr über die Arbeit zu reden. Sie waren meistens in der gleichen Schicht und brauchten Fragen nach ihrer Tätigkeit nicht voreinander abzublocken. Rodney mußte in Krisenzeiten immer wieder Verabredungen mit Frauen absagen, und seine lahmen Erklärungen machten den Schaden nicht wieder gut.

Ann las Filmzeitschriften, Frauenzeitschriften, Fortsetzungsromane über beherzte Frauen, die sich durchbissen. Ihre Lieblingsautorin war eine, von der er noch nie gehört hatte, ein Hühnerhirn namens Annette Sinclair. Einmal fand er Ann in Tränen vor. Er bekam einen Schreck, daß etwas passiert war, was sie verletzt oder verängstigt hatte, daß eine neue Bedrohung ihren Vater im Lager betroffen hatte oder ihre Mutter, die wiederverheiratet mit zwei kleinen Kindern in Nome am Rande Alaskas hockte. Es war nichts weiter passiert, als daß sie eine von Annette Sinclairs blöden Geschichten gelesen hatte, in der der Mann die Frau, die ihn liebte, tief verletzte und fälschlich der Untreue bezichtigte, wo sie doch nur versucht hatte, ihm seine Stellung zu retten.

Es war eine sehr bruchstückhafte Romanze, die vielleicht zwei oder drei traute Abende im Monat beinhaltete, ein paar Fünfuhrtees oder höfliche Abendmahlzeiten unter den argwöhnischen Blicken der unverheirateten Tante und hin und wieder ein Mittagessen an einem Tisch in der Kantine mit anderen Dechiffrierern und Übersetzern. Ann warf ihm nie eindeutige Blicke zu. Sie war zu wohlerzogen, zu zurückhaltend, zu schüchtern, um sich gegen das korrekte Bürobenehmen zu vergehen. Oft vergaß er, daß sie da war. Seine Arbeit nahm ihn gänzlich in Anspruch.

Im Treppenhaus, auf dem Weg zum Bus flirtete er mit Abra Scott. Er versuchte dahinterzukommen, warum sie ihn faszinierte. Sie war nur in Maßen hübsch; Washington wimmelte von Mädchen, die mindestens ebenso hübsch waren. Ihre Züge waren zu eckig, ihr Gesicht ein wenig zu lang, um schön zu sein.

Es war die Art, wie sie sich hielt, wie sie sich bewegte, die seine Temperatur in die Höhe trieb. Sie hatte das gewisse Etwas und trug es mit einer Keckheit zur Schau, die er bewunderte. Er hielt sie nicht für unschuldig, im Gegensatz zu Ann, die er in der Opferrolle sah. Doch sie war auch kein Luder mit schwüler Erotik. Er hatte das Gefühl, daß sie tat, was sie wollte, wenn sie sich sicher war, daß sie es wollte. Offensichtlich mochte sie seine Gesellschaft. Wenn er bei ihrem Aufbruch noch nicht unten war, trödelte sie, um auf ihn zu warten. Obwohl sie mit ihm flirtete und ihm gestattete, auf dem Weg zum Bus ihren Arm zu nehmen, wollte sie sich nicht mit ihm verabreden. Sie wollte nicht hinaufkommen und bat ihn nur herein, wenn ihre Mitbewohnerin Hilfe beim Kofferschleppen brauchte.

Mehrere Male, wenn sie in einem ärmellosen Kleid zu einem Fest fortging, sah er ihre Narbe von der Pockenimpfung, ein rosiger Stern im Fleisch ihres Oberarms. Jedesmal hätte er sie am liebsten berührt, mit den Fingern, mit den Lippen. Immer, wenn er sich vorstellte, mit ihr im Bett zu sein, fiel ihm diese Narbe auf der honiggoldenen Haut ihres Armes ein. Den ganzen Herbst über verband er mit ihrem Körper einen leichten, an Farn erinnernden Duft, doch eines Tages wechselte sie das Parfüm und trug nun ausgeprägteren blumigen Moschusduft.

An einigen Morgenden ließ sie sich überhaupt nicht blicken, und er lernte, nicht auf sie zu warten, da er sonst zu spät kam und sie doch nicht auftauchte. Er kam zu dem Schluß, daß sie etwas laufen hatte, obwohl er nicht dahinterkam, wer der Glückliche war. Die Armeeuniform, der Feldwebel, gehörte zu Susannah, der Dunkelhaarigen mit dem Brilliantbucker. Ansonsten kamen und gingen viele junge Leute. Gelegentlich gaben sie geräuschvolle Abschiedsfeste, zu denen er und Rodney manchmal eingeladen wurden.

Beide Mädchen arbeiteten für die Regierung, aber er konnte nicht enträtseln, mit wem oder was sie zu tun hatten. Wie er teilten sie freiwillig nichts darüber mit. Einige der Männer, die zu den Festen kamen, trugen Uniform, doch viele nicht. Etliche von ihnen schienen ehemalige Universitätsangehörige zu sein. Manchmal kam Abra zur Abendbrotszeit von ihrer Arbeit nach Hause, und manchmal kam sie – wie er – sehr viel später oder sogar erst mitten in der Nacht; und bei Susannah, der Frau, die verlobt war, das gleiche.

Seegefechte und die japanischen Truppenmassierungen um Guadalcanal beanspruchten Daniels ganze Arbeitskraft. Sogar mit den vielen neuen Leuten konnten sie kaum mit der Flut der Funksprüche Schritt halten. Es war verrückt, dachte er, wie sie in diesem Raum in einem ehemaligen Mädchenpensionat in Washington Meldungen vom anderen Ende der Erde lasen und den Marinepiloten vom Henderson Field angaben, wann und wo sie bombardieren sollten, wie sie die Marine warnten, daß die Japaner sich rüsteten, eine Streitmacht gegen Guadalcanal zu entsenden, und wie sie genauer als die Schiffe, die sich unter unglaublichen Verlusten im Eisensund durchschlugen, wußten, welche japanischen Schiffe so schlimm getroffen waren, daß es weh tat, und welche nur einen Kratzer abbekommen hatten. Er fühlte sich manchmal, als stünde er auf der Kommandobrücke eines riesigen Schlachtschiffes. Dieses Bild gefiel ihm. Ihre Köpfe waren ganz von diesen Kämpfen in Anspruch genommen, aber sie sahen sie von der entgegengesetzten Seite. Er konnte sich noch daran erinnern, wie Martins, der die Funksprüche von der *Shugai* verfolgte, ausrief: »Verdammt, sie haben uns getroffen.« Und dann merkte, was er da gesagt hatte. Denn 'sie' waren wir und wir der Feind. Daniel tat einfach, als hätte er nichts gehört, wie auch alle anderen, denn sie verstanden. Sie beobachteten den Krieg durch japanische Augen und gerieten dabei manchmal auf die Gegenseite.

Drüben in Afrika waren alliierte Streitkräfte in Casablanca gelandet, aber diese Kämpfe waren für Daniel unwirklich, denn er hatte nicht daran teil. Er unternahm eine schwache Anstrengung, den Rest des Krieges zu verfolgen, aber die Kämpfe, die ihn zur Gänze in Anspruch nahmen, gingen um Guadalcanal; es stand wenig darüber in den Zeitungen, absichtlich, war er überzeugt, denn das Risiko einer Niederlage war hoch, und doch war sein Gefühl, daß dort der Krieg gewonnen oder verloren wurde und der Ausgang noch offen war.

Einer der Männer aus der Kryptologieabteilung hatte sich zum Nachrichtendienst an die Front versetzen lassen und war nun auf Guadalcanal gefallen. Er war verwundet auf einer Sandbank zurückgelassen worden, und ein fliehender Marinesoldat hatte noch gesehen, wie er von einem Japaner mit dem Bajonett erstochen wurde. Schlagartig änderte sich die Personalpolitik der Abteilung, denn der Admiralität war das Licht aufgegangen, daß Burschen wie Daniel Geheimnisse wußten, die den Krieg entscheiden konnten. Wenn die Japaner Cory verhört hätten, statt ihn mit dem Bajonett zu erstechen, wüßten die dann jetzt Bescheid über Purpur und die anderen Entschlüsselungen? Wäre ihnen klar, daß die Amerikaner die Marinecodes mitlasen? Würden sie daraufhin alle Chiffrierschlüssel ändern in ein völlig anderes System?

Von nun an durfte niemand aus der Kryptologieabteilung an die Front, so lautete die neue Richtlinie. Wenn Daniel sich manchmal ausgemalt hatte, was er im Kampfeinsatz täte, so wußte er nun, daß sein Kampfeinsatz ein geistiger bleiben würde. Was er in seinem Kopf trug, war eine Waffe, die die Marine endlich zu schätzen wußte, ein Wissen, das mindestens soviel wert war wie ein Flugzeugträger.

So, wie er am Yenching-Institut in Harvard gelernt hatte, daß er ein Hirn besaß, so lernte er hier, daß er nützlich sein konnte. Er begann, sich selbst zu vertrauen. Nun konnten, wenn er so wollte, seine China-Begeisterung und seine früheren Versuche, der Langeweile des von ihm Erwarteten zu entfliehen, als Lehrzeit für das gelten, was er jetzt tat in seinem Krieg der Köpfe.

Jacqueline 4

Straßen aus Papier

11 novembre 1942

Heute sind die Deutschen über die Grenze in die unbesetzte Zone geflutet, und nun sind wir wieder ein Land, elend vereint unter totaler Naziherrschaft. Ich wüßte gern, wie es Papa geht – ob er gesund oder krank ist, ob er frei ist, ob er gefaßt worden ist, ob er deportiert worden ist. Daniela und ich, wir haben heute bis spät in die Nacht aufgesessen und über die Nachrichten geredet. Jetzt schreibe ich dies im Bett unter der Decke.

Wir haben zwei Zimmer im Elften Arrondissement, ein paar Straßen entfernt vom jüdischen Viertel. Dies hier ist ein Sektor in Frankreich geborener Arbeiter, viele davon Kommunisten und angeblich auch einige bei der Résistance, obwohl wir dafür wenig Anzeichen gesehen haben außer einer gelegentlichen Parole an einer Wand oder einer originellen Verunstaltung eines der endlosen Plakate, die uns über Hinrichtungen und Vergeltungsmaßnahmen informieren und über immer neue Gesetze zu unserer immer enger werdenden Einschnürung.

Maman und Rivka sind in Drancy, das ich mit dem Zug vom nahegelegenen Gare du Nord erreichen könnte, wenn ich hineingelassen würde. Ich kann ihnen manchmal ein Päckchen mit etwas zu essen zukommen lassen, und hin und wieder können wir Botschaften austauschen, und zwar durch M. Tiefelbrun von der UGIF, der Union générale des israélites de France, der versucht, als Verbindungsmann zwischen denen drinnen und denen draußen zu fungieren.

Daniela und ich haben beide gute falsche Ausweise. Ich war leicht auszustatten, weil ich, wie sie sagen, durchgehen kann. Ich habe die Personalien einer jungen Frau angenommen, die bei einem Busunglück ums Leben kam. Sie hieß Jacqueline, was es mir leicht macht. Ich bin jetzt Jacqueline Porell. Sie ist ein Jahr älter als ich – oder als ich war, sollte ich vielleicht sagen.

Danielas Papiere lauten auf Paula Guerlain. Wenn wir ihr Haar sehr kurz halten, lockt es sich nicht so stark. Daniela ist mir sehr teuer. Ohne ihre Freundschaft und ihre Anleitung hätte ich nicht so lange überlebt. Ich glaube, nach der Verhaftung von Maman und Rivka hätte ich aufgegeben und wäre ins Fahndungsnetz hineingelaufen. Wenn Juden überleben wollen, dann müssen sie es ununterbrochen die ganze Zeit über wollen; aber das allein genügt nicht, sie brauchen auch Papiere und Geld und Freunde und Glück, vor allem Glück. Aber ohne diese blitzende, ständig wachsame Willenskraft haben wir keine Überlebensaussichten. Augen im Hinterkopf, sagt Daniela. Stielaugen. Augen, die nach vorn und nach hinten spähen.

Daniela ist kleiner als ich und viel dunkler. Ich komme mehr nach Papa als nach Maman, was gegenwärtig mein Glück ist. Danielas Haar hat Naturkrause und ist dunkelbraun. Sie hat riesengroße, weit auseinanderliegende, sehr dunkle Augen, Wimpern, mit denen sie malen könnte, eine kräftige Nase, ein kräftiges Kinn und einen großen sinnlichen Mund. Ihre Figur ist viel fülliger als meine, obwohl sie überhaupt nicht dick ist. Sie ist kräftig wie ein kleines Pferd. Sogar von unseren schrecklichen Rationen kann sie die sechs Treppen zu unseren Zimmern hinaufrennen und ist oben kaum außer Atem, während ich mich keuchend hinaufschleppe. Sie studierte Medizin, um Ärztin zu werden, und arbeitet jetzt als Krankenschwester.

Wir arbeiten in einem zehn Querstraßen entfernten Krankenhaus. Dort haben wir es geschafft, eine Anzahl Juden verschwinden zu lassen, indem wir sie für tot erklärten. Wir haben eine kleine Verschwörung mit einem Arzt, mehreren Krankenschwestern und Pflegern. Wir bringen die Leute auf dem Papier um, und dann erwecken wir sie unter neuem Namen wieder zum Leben. Wir benutzen die Krankenhauseinrichtungen zum Fälschen der Papiere. Antoine Moussat – der früher Professor an der École des Études Orientales war und sich dann an unserer kurzlebigen Privatuni beteiligte – besorgt das Fälschen.

Neben unserer Gelegenheitsarbeit, Menschen durchs Krankenhaus zu schleusen, haben Daniela und ich noch die Aufgabe übernommen, einige der wunderschön von Moussat fabrizierten Papiere zu verteilen. Wir ändern die Personalien von bis zu drei Menschen pro Woche. Einige zählen zu den wenigen, die aus Lagern entkommen konnten; andere sind einfach Juden oder Résistanceleute, die sich für jemand anders ausgeben müssen. Wir können einen kompletten Satz von Personalunterlagen ausgeben: Geburtsurkunden, Arbeitserlaubnisse, Entlassungsscheine für heimgekehrte Kriegsgefangene, Auszüge aus dem Taufregister.

In schweren Fällen brauchen wir Papiere für Leute, die offensichtlich keine gebürtigen Franzosen sind, dann müssen wir die Vorkriegsausgaben vom Journal Officiel nach Namen von naturalisierten Nicht-Juden durchforsten. Meine Freundin Céleste, die nicht einmal Jüdin ist, tut diese Arbeit. Sie ist ständig in den Bibliotheken und stellt für uns Nachforschungen an, damit wir gute Identitäten haben. Wenn die Polizei eine *mairie* anruft, um die Identität eines Verdächtigen zu überprüfen, dann findet sich in den Amtsregistern die Bestätigung dafür. Seitdem sie zusammengeschlagen worden ist, hat sich Céleste dem Widerstand gegen die Nazis verschrieben.

Die Übergabe der Ausweise ist immer kitzlig, denn dann ist die Gefahr, gefaßt zu werden, am größten. Eine von uns geht, die andere steht in sicherer Entfernung Wache. Wir wechseln uns ab, Daniela und ich. Haben wir Angst? Natürlich. Aber wir sind sowieso ungesetzliche Existenzen. Da können wir gleich unser Möglichstes tun, denn auch wenn wir stillsitzen, stehen unsere Chancen nicht gut. Wenigstens haben wir so das Gefühl, zurückzuschlagen.

Ich frage mich immer wieder, warum ich das tue, und die Antwort ist, um mein Versagen gegenüber Maman und Rivka wettzumachen. Ich wünsche mir oft, wenigstens ein Mitglied der Familie wiederzusehen, obwohl natürlich am besten wäre, sie alle wiederzusehen. Ich mache mir Gedanken, wie es Naomi wohl in den USA ergeht. Hoffentlich wird sie nicht gehänselt, weil sie so schlecht Englisch spricht. Ich wette, sie wünscht sich jetzt, sie hätte gelernt und nicht so viel herumgespielt, wenn sie Grammatik und Konversation hätte üben sollen. Keine von den Zwillingen war eine gute Schülerin. Ich habe immer gern in der Schule geglänzt, aber ihnen war das egal, obwohl ich schon denke, daß sie intelligent sind, oder vielleicht nehme ich das nur an, weil sie meine Schwestern sind. Inzwischen ist mir gleichgültig, ob sie intelligent oder dumm sind, ich wünsche mir nur, sie wiederzuhaben.

Mein Englisch rostet nicht ein, denn Daniela hat ein kleines Radio, dem wir jeden Abend unter der Bettdecke lauschen. Natürlich ist das verboten – uns ist verboten, überhaupt ein Radio zu besitzen, und schon vor Monaten mußten alle Juden ihre Radios abliefern, und es ist verboten, BBC zu hören, obwohl fast jeder, der ein funktionierendes Radio hat, es tut. Wir kauern unter dem Deckenberg und hören die französischen Sendungen, aber auch die englischen. Daniela und ich leben in der ständigen Angst, daß eine Röhre durchbrennt, denn dann sind wir von unserer Sauerstoffzufuhr abgeschnitten, von den wahren Nachrichten über das, was außerhalb Frankreichs passiert – und manchmal sogar innerhalb.

Ich liebe Daniela so, wie, glaube ich, die Zwillinge einander geliebt haben, als wäre sie meine Schwester, mein anderes Ich. Ohne sie hätte ich aufgegeben und wäre zugrundegegangen. Wenn sie an der Reihe ist, die falschen Papiere auszuliefern, hasse ich das. Ich kann nicht noch jemanden verlieren. Mir ist lieber, wenn ich an der Reihe bin. Dann habe ich nicht solche entsetzliche Angst, auch wenn mein Herz schneller schlägt. Ich habe mir so oft vorgestellt, verhaftet zu werden, daß es mich fast langweilt. Anfangs konnte ich an nichts anderes als an die Gefahr denken. Ein Dröhnen füllte meinen Kopf, daß ich kaum Luft holen konnte. Jetzt bleibe ich trotz des beschleunigten Pulsschlages in meinem Hals, meinen Handgelenken, meiner Brust ruhig und wachsam.

Wir wechseln immer wieder unseren Übergabeort, um die Gefahr möglichst klein zu halten, daß irgendwem ein Turnus auffällt. Heute war ich dran. Wir gingen nach der Arbeit los, und Daniela blieb auf der anderen Straßenseite stehen, während ich in ein schmierig aussehendes Bistro schlenderte. Die Männer am Zinktresen beachtete ich nicht und mußte denken, wie oft unsere Übergaben mich an Orte führen, die ich freiwillig oder aus irgendeinem geringeren Motiv nie betreten würde. Werde ich je die Befangenheit verlieren, wenn ich allein solch eine Stampe betrete? Manchmal wird mein Gesicht vor Verlegenheit ganz heiß.

Ich hatte eine gräßliche Zeitung, *Paris Soir*, die ich aufschlug und zu lesen vorgab. Dahinter musterte ich verstohlen die Männer in der Bar mit einer Serie flüchtiger Seitenblicke, um mit niemandem Blickkontakt aufzunehmen. Ich versuche zu erraten, ob unter ihnen Leute von der Gestapo oder der französischen Polizei sind. Keiner von ihnen verursachte mir irgendein Kribbeln der Angst oder der Feindseligkeit. In solchen Momenten einer Übergabe ist mir, als verlangsamte sich die Zeit und als hätte ich sehr viele Augenblicke zur Verfügung, um jede Einzelheit der Tischplatte und der Kleidung der Männer wahrzunehmen.

Als ein Mann sich an meinen Tisch setzte und versuchte, mit mir anzubändeln, wußte ich erst nicht, ob er mein Kontaktmann war oder nur ein Schürzenjäger. Er war vielleicht fünfunddreißig, mit blassen, traurigen braunen Augen und schüchternem, unterwürfigem Blick wie ein Hundejunges. Dann sagte er den magischen Satz: »Wie wär's mit einem heißen Getränk bei dem kalten Wetter?«

Ich sagte: »Ich warte auf einen Freund. Aber ich merke, er kommt nicht, also gehe ich.« Unter dem Tisch legte er mir die eng zusammengerollten Geldscheine auf den Schoß. Ich sprang auf, als belästigte er mich zu Tode, und ließ meine Zeitung auf dem Tisch liegen. Wie zufällig nahm er sie und verkündete der ganzen Bar, wie hochnäsig ich sei und wie manche Frauen nicht wüßten, was sie wollten. In der Zeitung waren die Ausweispapiere, in einem Briefumschlag an eine der Seiten geklebt, damit sie nicht herausfielen, wenn er die Zeitung ungeschickt aufhob. Wir versuchen, solche Probleme im voraus zu bedenken. Dann gingen wir nach Hause zu unserem Abendessen aus Kohlsuppe.

Ich schrieb gestern vom Essen, aber meine Hände wurden zu klamm, um weiterzuschreiben. Mittags essen wir im Krankenhaus, also haben wir eine sättigende Mahlzeit. Alle drei Tage kochen wir einen Eintopf oder eine Suppe und essen sie dann, bis nichts mehr davon da ist, diese namenlose Suppe, die Daniela *potage de rien* nennt. Trotzdem ist unser Leben nicht schrecklich, denn wir lachen ständig. Daniela hat mir das hebräische Alphabet und ein paar Wörter beigebracht. Sie möchte nach dem Krieg nach Palästina gehen. Ich hoffe, sie wird sich anders besinnen. Ich möchte nicht ohne sie sein.

Danielas Eltern haben Paris kurz nach der Vel d'Hiv-Razzia verlassen, bei der Maman und Rivka abgeholt wurden. Sie sind über die Grenze nach Vichy-Frankreich gelotst worden und haben in Nice gelebt, was für Juden ein relativ sicherer Ort war. Jetzt, wo die Deutschen auch den Süden besetzen, hat Daniela große Angst um sie.

Ihr Bruder Nathan wohnt in dem westlichen Vorort Neuilly, wo er unter falschem Namen in einer Fabrik arbeitet. Er ist auch bei der jüdischen Résistance, aber wir wissen nicht, was er tut. Alle verbliebenen jüdischen Gruppen geben Informationen von einer Gruppe zur anderen mit der Geschwindigkeit weiter, in der Münder reden und Füße laufen können, aber nur die Nachrichten, die wir wissen müssen. Wir stellen einander keine unnötigen Fragen, aus Angst, einander unwillentlich zu verraten, wenn wir gefangengenommen und gefoltert werden. Unsere Zelle kümmert sich hauptsächlich um junge Erwachsene und manchmal Jugendliche, aber es gibt andere Gruppen, die ausschließlich Kindern helfen. Dann gibt es Gruppen, die Vergeltungs- und Sabotageakte versuchen.

Ich selbst bin recht zufrieden mit dem, was Daniela und ich erreichen, mit der Hilfe von Marcel, Céleste, Dr. Lefèvre, Professor Moussat und den Krankenschwestern und Pflegern in unserer kleinen Zelle. Wir sind zusammen zehn, alles Juden bis auf Céleste und Dr. Lefèvre, der eine jüdische Frau hat, um die er sich ängstigt. Wir halten stand. Jede Woche retten wir mit unserer Untergrundarbeit so viele Leben wie mit unserer Krankenhausarbeit.

Als Ergebnis meiner Arbeit als Schwesternhelferin ekle ich mich nicht mehr so leicht. Maman, die sich immer über mich lustig machte, weil ich ungern schmutzige Wäsche oder etwas Verdorbenes anfaßte, würde mein eiserner Magen und mein eiserner Wille gefallen. Wenn ich sie doch nur sehen könnte. Ich habe ziemlich viel über Krankenpflege gelernt, da das Krankenhaus Mangel an geschultem Personal hat und mir Aufgaben übertragen werden, die sonst nur ausgebildete Krankenschwestern verrichten. Ich gebe Spritzen und wechsle Verbände. Ich muß bei dem Gedanken lachen, daß ich nach dem Krieg, falls ich überlebe, vielleicht als Krankenschwester ende, denn das ist die einzige Ausbildung, die mir erlaubt ist – etwas recht anderes als Schauspielerin an der Comédie Française oder Lehrerin an einem guten *lycée*.

Jetzt ist Schlafenszeit. Wir müssen zur Arbeit früh aufstehen, und die Wohnung ist schon bitter kalt. Wir haben Lumpen und Zeitungen in die Ritzen gestopft, doch der Wind dringt trotzdem ein. Wir nennen unsere Wohnung den Kahlen Berg, nach *Eine Nacht auf dem kahlen Berge*. Daniela hatte früher Geigenunterricht.

15 novembre 1942

Daniela ist froh, denn wir haben erfahren, daß es die Italiener sind, die Nice besetzt haben, und daß es unter ihnen sanfter zugeht. Ihre Eltern haben nichts zu befürchten, deshalb hat Daniela den ganzen Tag gesungen.

An diesem Wochenende gab es eine Deportation von tausend Menschen aus dem Lager in Drancy nach Osten. Es heißt, es soll von jetzt an jede Woche einen Transport von tausend Menschen geben. Wir konnten nicht herausfinden, wo sie hingeschickt werden. Der BBC verkündete einen gewaltigen britischen Sieg in Afrika, bei einem Ort namens Tobruk. Wir tranken zur Feier ein wenig Wein und teilten uns ein Glas. Es ist so kalt, daß wir uns beide ins Bett verkrochen haben, also mache ich diese Eintragung kurz, da ich Daniela wachhalte.

20 novembre 1942

Wir haben etwas Entsetzliches gehört. In Paris hält sich gerade ein Sonderkurier namens Jan Karski auf, der im Ghetto von Warschau gewesen ist und die Lager gesehen hat, in die die Juden geschickt werden. Er sagt, daß die meisten der nach Osten deportierten Juden nicht umgesiedelt, sondern sofort ermordet werden. Die anderen werden durch Arbeit vernichtet. Es ist geplant, ihn über Spanien und Portugal außer Landes zu schmuggeln, damit die Nachrichten von dem, was den Juden geschieht, England und die USA veranlassen, ihre Grenzen den Juden, denen die Flucht gelingt, zu öffnen und die Eisenbahnlinien zu den Lagern zu zerbomben, so wie sie jetzt Berichten zufolge Bombenangriffe gegen Deutschland fliegen.

Ich habe schon vorher Gerüchte gehört, aber es heißt, daß dieser Mann Zeugenaussagen und Unterlagen zum Beweis dabeihat. Ich will das nicht glauben, aber nach der Vel d'Hiv-Razzia halte ich fast alles für möglich.

Ich muß gehen und mit allen, die ich irgend erreichen kann, besprechen, ob es möglich ist, jemanden durch Bestechung aus Drancy herauszuholen. Ich habe von niemandem gehört, dem das gelungen ist, und meine Geldmittel sind gering. Der Gedanke an ihre Flucht verfolgt mich Tag und Nacht. Wie kann ich sie herausholen? Ich kann sie retten, sobald ich sie habe, denn ich kann ihnen falsche Ausweise besorgen, und ich weiß, wen ich ansprechen muß, um sie aus Paris verschwinden zu lassen. Ich glaube, ich könnte dafür sorgen, daß sie in einem Dorf bei Bauern versteckt werden. Aber wie sie herausholen?

1er décembre 1942

M. Tiefelbrun hat gesagt, Maman müßte einen Ausweis haben, der besagt, daß sie ein »wirtschaftswertvoller Jude« ist, da sie im Pelzhandel gearbeitet hat. Er sagte, es ist dumm, daß sie den nicht hat, aber daß es vielleicht noch nicht zu spät ist, den für sie zu besorgen. Er hat jedenfalls Hoffnung und nimmt das Bürokratische in Angriff. Wenn ich ihn treffe, benutze ich natürlich meinen alten Namen, aber ich sage ihm nie, wo ich wohne oder arbeite. Im allgemeinen sagen mir mehr Leute, es könnte mir gelingen, Rivka herauszuholen, und weniger machen mir Hoffnung, es könnte mir gelingen, Maman zu befreien, aber ich bin fest entschlossen und bearbeite jeden erreichbaren Menschen, der vielleicht helfen kann.

Wir haben von einer Massendeportation kleiner Kinder gehört, von denen viele schon ihre Eltern verloren hatten. In vielen Fällen, so geht das Gerücht, weiß die französische Polizei, die sie auf dem Appellplatz von Drancy zusammentreibt und dann zur Eisenbahn abführt, nicht einmal, wer sie sind. Die Deutschen verlangen einfach eine festgesetzte Zahl.

10 décembre 1942

Gestern hatte ich ein sehr ermutigendes Treffen mit einem Beamten, der daran arbeitet, Maman den Status »wirtschaftlich nützlich« zu besorgen. Ihr alter Chef hat sehr dringliche Briefe geschrieben, daß sie an ihrem Arbeitsplatz benötigt wird und die Arbeit durch ihre Abwesenheit Verzögerungen erleidet. Ich weiß wirklich sehr zu schätzen, was er für sie tut. Ich werde beide herausholen. Ich bin fest entschlossen!

Wir hatten heute im Krankenhaus, gerade als wir gehen wollten, einen Notfall. Da es bitter kalt geworden ist, versuchen die Menschen mit allen möglichen alten Gerätschaften zu heizen. Wir mußten eine ganze Familie verarzten, deren Holzöfchen explodiert ist, als sie darin Abfälle und Sägemehl verbrannt haben. Dr. Lefèvre behandelt schwierige Verbrennungen, worüber er mehrere wichtige Aufsätze publiziert hat, und Daniela ist seine rechte Hand. Der Zustand der beiden kleinen Jungen war jammervoll. Wir hatten stundenlang zu tun. So kam Daniela, die heute abend mit der Übergabe in einem zwielichtigen kleinen Café am Gare de Lyon dran war, eine volle Stunde zu spät.

Als wir hinkamen, hörten wir, daß die Gestapo den Mann, den wir treffen sollten, aufgegriffen hat. Offenbar beging er den Fehler, jede Frau, die das Café betrat, verzweifelt anzusprechen, und jemand zeigte ihn um der Belohnung willen an. Wir kamen voll Schuldbewußtsein nach Hause, aber was hätten wir tun können? Wir hoffen zumindest, daß seine Verzweiflung ihn verraten hat, da die andere Möglichkeit, nämlich daß wir bereits observiert werden, noch erschreckender ist. Ich habe mit Daniela erörtert, ob wir in ein paar Tagen noch einmal in das Café gehen und uns umhören sollen, was dort geredet wird. Vielleicht erfahren wir so, ob jemand eine Belohnung für den Tip an die Gestapo bekommen hat oder ob die Gestapo den Übergabeort schon länger observierte.

Jeden Abend kriechen wir unter den Deckenhaufen und hören die BBC-Nachrichten über Stalingrad. Der Krieg in Afrika scheint nicht gut zu stehen, obwohl es uns Auftrieb gibt zu hören, daß französische Truppen wieder auf der Seite der Alliierten kämpfen, und zu wissen, daß es französisches Territorium gibt, wo wir in Sicherheit wären, wenn wir es erreichen könnten. Das Mittelmeer ist groß, aber nicht so groß wie der Atlantik. Wir leben von diesen kleinen Wunschträumen. Daniela und ich haben ein System ausgearbeitet, wonach jeder gleich viel Zeit zusteht, um ihre Wunschträume auszuspinnen. Sie plant unser gemeinsames Leben mit ihrem Verlobten Ari in Palästina in einem Kibbuz, der Aprikosenbäume anpflanzt. Dann bin ich an der Reihe, um unser gemeinsames Leben in Paris und unser Studium an der Sorbonne zu planen.

Sie hat mich heute abend gefragt, ob ich Henri je vermisse, und ich habe gesagt, wenn ich ehrlich bin, nein. Meinem Gefühl nach war es anständig von ihm, sich von seinem Vater das Geld für eine erfundene Abtreibung zu leihen, das ich für meine Personalpapiere brauchte, und mir fünf Wochen lang Unterschlupf zu gewähren. Als ich dann auszog, wollte er nur noch eins sein: endlich wieder frei; er hatte entsetzliche Angst, meinetwegen ins Gefängnis zu kommen. Schon eine Woche, nachdem ich bei ihm einziehen mußte, redete er nie wieder von Liebe; das war für mich sogar eine Erleichterung, da ich nicht lügen konnte. Ich bringe ihm keinen Groll, keine Rachegefühle entgegen, eher ein wenig Dankbarkeit, aber nicht viel, offengestanden.

Daniela hat mich gefragt, ob ich je den Beischlaf vermisse, und ich habe gesagt, auch wieder ehrlich, denn so halten wir es miteinander, eigentlich nicht. Ich hatte angefangen, gewisse Dinge daran zu mögen, aber ich glaube, ich hatte nie einen Orgasmus, und Daniela sagt auch, wenn ich einen gehabt hätte, wüßte ich es. Sie vermißt Ari. Sie ist froh, daß sie angefangen haben, miteinander zu schlafen, bevor er vor sechs Monaten Paris verlassen hat, um über die Grenze nach Spanien zu gehen, wo er im Bürgerkrieg gekämpft hat. Er hatte vor, sich nach Palästina zur Jüdischen Brigade durchzuschlagen, aber jetzt fragen wir uns, ob er nicht vielleicht nach Nordafrika gegangen ist, um dort mitzumachen. Wenigstens ist er frei – wahrscheinlich. Menschen verschwinden jeden Tag, und es braucht ungewöhnlich viel Glück, um zu erfahren, was ihnen widerfahren ist. Daniela hat vor, ihm für den Rest ihres Lebens treu zu bleiben. Ich finde das ein wenig verträumt, zumal sie nicht einmal weiß, in welchem Land oder auf welchem Erdteil Ari ist, aber es ist sowieso alles reine Theorie. Ich glaube, der Gedanke, daß ein Bestandteil ihres Lebens fest aufgehoben ist, gibt Daniela ein Gefühl von Sicherheit. Sie trägt sein Bild bei sich, ein pausbäckiger, knabenhaft, aber eigensinnig aussehender junger Mann steht mit einem Gewehr unter einer so heißen Sonne, daß er nur blinzeln kann. Sie beharrt darauf, daß wir uns mögen und miteinander anfreunden werden, wenn wir uns begegnen. Ich betrachte das Photo mit Skepsis, aber wer weiß? Wird sie ihn je wiedersehen? Werde ich meine Familie wiedersehen? Heutzutage kann ich mich nur darauf verlassen, die zu sehen, auf denen gerade meine Augen ruhen. Es ist interessant, daß Daniela und ich beide erst einen Geliebten hatten, aber sie scheint dieser Erfahrung mehr abgewonnen zu haben. Was wohl den Unterschied ausmacht?

18 décembre 1942

Wir haben über das Netz gehört, daß für heute eine Deportation angesetzt ist und daß Maman dabei sein könnte. Ich habe Zahnschmerzen vorgetäuscht und bin nicht zur Arbeit gegangen. Dann bin ich überall herumgerannt, aber vergeblich. Der Ausweis ist in Arbeit, aber immer nur in Arbeit und nie fertig.

Heute morgen habe ich den Zug nach Drancy genommen, um mit einer Gruppe anderer auf der Brücke über den Gleisanlagen zu stehen, von wo aus wir sehen können. Näher werden wir nicht herangelassen. Es ist platt und trist da, ein unwirtlicher Eisenbahnvorort um die beherrschenden Bahnanlagen. Kurz nach Morgengrauen wurden die ersten bleichen, zerlumpten, schwankenden Gespenster im Eilschritt unter uns hindurchgetrieben. Ich habe Rivka fast nicht erkannt, denn Rivka ist so groß wie Maman geworden und ist so abgemagert und gebeugt, daß ich sie auf den ersten Blick für eine alte Frau ansah. Maman erkannte ich sofort. Sie sah spindeldürr aus, aber sie ging mit sehr entschlossenem Schritt, sah sich um und hielt Rivka fest umklammert. Viele andere hielten einfach die Köpfe gesenkt, aber sie sah mich sofort, und wir blickten uns so fest in die Augen, wie wir nur konnten, voll Hunger nach der leisesten Berührung. Sie warf mir eine Kußhand zu und veranlaßte Rivka, das gleiche zu tun. Der Augenblick war nur allzu schnell vorüber, und dann waren sie in der Menge verschwunden, die zu den Waggons getrieben wurde wie verhungernde Schafe. Ich mußte zur Arbeit fort, da es sehr unklug war, noch einmal zu fehlen.

Den ganzen Tag über habe ich nicht geweint, aber jetzt kann ich nicht mehr aufhören. Die Tränen strömen mir unablässig übers Gesicht. Ich frage mich, ob wahr ist, was der Pole uns berichtet hat, und ich fürchte, ja. Ich hoffe, Maman und Rivka wissen nicht, wohin sie kommen. Ich hoffe, ich habe unrecht. Hoffnung ist das hilfloseste Gefühl.

Wenn wir nicht so intensiv mit unserem kleinen Fälschungsunternehmen beschäftigt wären, würde ich wahnsinnig werden. Was mich rettet, ist die harte Arbeit, die wir täglich im Krankenhaus tun, und unsere lebensrettende Arbeit hinterher. Nur kommt mir das inzwischen alles viel zu wenig vor. Daniela und ich fanden die Gewalttaten verübende Résistance bisher immer nahezu kriminell, den Nazis ähnlich, aber so denke ich nicht mehr. Ich fange an, vor dieser Arbeit Achtung zu haben. Soll ich jetzt, wo Maman und Rivka deportiert wurden, in Paris bleiben oder versuchen, Papa zu finden? Ich möchte nicht von Daniela getrennt werden, aber ihre Eltern sind auch im Süden. Nach allem, was wir erfahren konnten, hat die Gestapo auf die Übergabe in dem Café am Gare de Lyon gewartet, doch wir wissen nicht, wo die Schwachstelle ist und in welcher Gefahr wir schweben.

Ich versuche zu schlafen, aber ich sehe immer wieder Maman, wie sie so fest ausschreitet und so ganz sie selbst ist trotz ihrer Blässe, und wie sie Rivka bei der Hand hält, die höher aufgeschossen ist als Maman, aber dünn wie ein im Dunkeln keimendes Pflänzchen. Sie zu sehen und nicht mit ihnen sprechen zu können, sie nicht berühren zu können und Maman nicht einen Augenblick umarmen zu können, um ihr zu sagen, daß ich sie um Verzeihung bitte und daß ich sie liebe! Wenigstens hat sie mich gesehen. Wenigstens haben beide mich gesehen. Wenigstens habe ich sie gesehen. Das ist ein bißchen mehr als gar nichts.

Jeff 4

Einige frühe Todesfälle

Jeff und Zach verbrachten ein paar Wochen in Casablanca, bevor sie nach Algier beordert wurden, wo sich das OSS-Hauptquartier für Nordafrika befand, in der luxuriösen Villa Magnol mit Blick auf den Hafen. Der Kommandant von OSS-Algier, Oberst Eddy, traute nur noch denjenigen OSS-Geheimdienstlern, die den langen Frühling und Sommer des Mißvergnügens mit ihm überwintert hatten, als die Vereinigten Stabschefs der Alliierten sich nicht dazu durchringen konnten, auf ihre Agenten in Nordafrika zu hören oder die französische Résistance dort zu unterstützen oder genügend Waffen und Ausrüstung für die Durchführung der Sabotage zu liefern, die sie anordneten, aber nicht unterstützten. Eddy hatte zugesehen, wie seine französischen Untergrundakteure einer nach dem anderen verhaftet wurden, indes er ihnen Versprechungen machte, die er nicht halten konnte, weil das Alliierte Oberkommando ihn zurückpfiff.

Die Franzosen, die von den Alliierten nach der *Operation Torch*, der erfolgreichen Landung in Nordwestafrika, an die Macht gebracht oder in ihren Machtstellungen belassen worden waren, stellten in Jeffs Augen nichts anderes dar als eine widerwärtige Korona. Viele waren Faschisten, die entweder das Vichyregime in Südfrankreich aktiv unterstützt hatten oder ebenso begeistert mit den Nazis kollaboriert hatten wie jenes Regime. Einige waren einfach schleimige Opportunisten. Jedenfalls ein anderer Schlag als die Freien Franzosen, die er in London kennengelernt hatte, in ihrer Eitelkeit leicht zu kränkende Großmäuler, aber durch und durch antifaschistisch. Die höheren Chargen von OSS-Nordafrika dagegen waren antigaullistisch. Die de Gaulle-Befürworter waren entweder ausgemerzt oder kaltgestellt worden.

Die Alliierten hatten sich raschestens mit Admiral Darlan zusammengetan, bis eben noch hoher Vichy-Amtsträger, der so weit rechts stand, daß ihm der bourbonische Thronprätendent, der sich auch in Algier herumtrieb und intrigierte, nicht reaktionär genug war. Eine schöne Befreiung, dachte Jeff. Die ortsansässigen Juden wurden immer noch nach den Vichy-Dekreten verfolgt, mußten immer noch den gelben Stern tragen, die Résistancekämpfer saßen immer noch in den Konzentrationslagern, aber die faschistischen Vichy-Anhänger behielten ihre Posten und florierten. Das Alliierte Oberkommando hatte sich beeilt, Admiral Darlan in die Arme zu schließen, der unter Maréchal Pétain ein Loblied auf die Kollaboration mit den Nazis gesungen hatte.

Als die Franzosen ein paar Tage nach der alliierten Landung die Waffen niederlegten, schafften die Deutschen frische Truppen nach Afrika. So gab es in Tunesien jetzt heftige Kämpfe. OSS hatte zwar schon vor der *Torch*-Invasion in Afrika Fühler ausgestreckt, besaß aber keinen Zugang zu Eisenhowers Hauptquartier, denn der zog britische Geheimquellen vor. OSS war ein Waisenkind, lungerte draußen vor der Tür herum und versuchte, einen Fuß hineinzukriegen.

»Eisenhower hat ein britisches Liebchen und tendiert deshalb zu denen. Er meint, die wissen alles, was er nicht weiß. Die amerikanischen Generalstäbler sitzen in der Ecke und zerreißen sich die Mäuler«, berichtete Zach. Er hatte einen Vetter im Hauptquartier, der sehr verbittert war.

Zach und Jeff blieben in Algier stationiert, teils aufgrund von Jeffs ausgezeichnetem und idiomatischem Französisch und teils, weil Zach einer der wenigen bei SO war, der auch nur die geringsten praktischen Erfahrungen in irregulärer Kriegsführung besaß, erworben, wie er selber sagte, 1941 bei britischen Desastern. Eine OSS-Gruppierung, die immer noch die alte Résistance unterstützte, stärkte den beiden den Rücken. Die Großkopfeten bei OSS unterstützten das Darlan-Regime, aber es gab eine jüngere OSS-Führungsebene, die dagegen rebellierte und bestrebt war, die dortigen Liberalen und Résistanceleute zu schützen.

Da die Amerikaner ihren französischen Agenten erst unmittelbar vor Beginn den Termin der Landungen mitgeteilt hatten, waren aus den Sabotageakten und Revolten verlustreiche Fehlschläge geworden, die eine Reihe von Résistancemitglieder hinter Stacheldraht gebracht hatten. Angesichts Eisenhowers Entscheidung, mit den alten Vichy-Amtsträgern zu arbeiten, erwies es sich als schwierig, sie herauszuholen. Jeff, Agent für Sonderoperationen ohne Erfahrung (worin er den meisten der übrigen Agenten in Nordafrika glich), wurde beauftragt, einen Teil des Problems zu lösen, und zwar in aller Stille. Als erstes galt es zu verhindern, daß weitere ihrer Leute verhaftet wurden, wie es jede Woche geschah.

»Selbstverständlich müssen wir sie irgenwie rausholen«, sagte Zach. »Aber können wir uns nicht erstmal eine reizvollere Fatima suchen?« So nannten die Amis die Mohammedanerinnen, die sie anstellten, um ihre Zimmer sauberzuhalten, ihre Wäsche zu waschen und all die Dreckarbeiten zu erledigen, die sie nun nicht mehr selber tun mußten.

Auf jeden Fall aßen sie besser als in London. Hier schien es keine Nahrungsmittelknappheit zu geben, und die Küche – sowohl die französische als auch die algerische – war ausgezeichnet. Der Wein war derb, stark und floß in Strömen. »Ich könnte mir vorstellen, mich nach dem Krieg hierher zurückzuziehen«, sagte Zach. »Ich meine, für ein oder zwei Monate. Im Vergleich mit Palm Springs oder Palm Beach schneidet es recht gut ab. Billiger. Besseres Essen. Haschisch. Tee. *Vin du pays*. Arabische Jungs und französische Mädchen. Was will man mehr?«

»Es wäre noch schöner, wenn wir in Eddys Augen nicht so offensichtlich entbehrlich wären.« Jeff fand Algier weniger reizvoll als Zach. Er vermißte die Londoner Kunstszene. Er mochte die Kolonialfranzosen nicht. Seine früheren Pariser Freunde waren Künstler gewesen, Bohémiens, Linke. Hier traf er nichts von der geistreichen Glut oder der Verspieltheit, die er mit der französischen Sprache verband. Er war auch die Kolonialsituation nicht gewohnt, war es nicht gewohnt, Mitglied einer kleinen Minderheit zu sein, die in aller Bequemlichkeit auf einer großen, verarmten Bevölkerung thronte. Er war es nicht gewohnt, in einer Stadt zu leben, in der ihm weite Teile feindlich und verschlossen waren. Das Wetter war ungemütlich. Der Regen band die klebrige Hitze und den Staub zu Schlamm. Durch die häufigen Bombardierungen krähte jeder Hahn in Algier die ganze Nacht durch um die Wette. Er rief sich Renoirs Bilder der hiesigen Landschaft ins Gedächtnis, aber es reizte ihn nicht, sich derart daran zu versuchen. Wenn er sich am offensten für die Landschaft fühlte, dachte er eher an Cézanne. Aber er malte nicht, sondern zeichnete nur sporadisch.

Zach stürzte sich mit Feuereifer in die Kasbah, die engen Straßen, in denen sich langgewandete Männer drängten, verschleierte Frauen, bettelnde Kinder, die Straßen, in denen die Huren jede in ihrer für Passanten offenen Kabine hinter einem Vorhang saßen, der fiel, sobald ein Kunde eintrat. »Ah, der Gestank der Gosse!« Zach warf den Kopf in den Nacken. Es stank allerdings, aus den offenen Kloakenrinnen zu beiden Seiten der schmalen, gewundenen, stetig ansteigenden Straßen, nach Tabak, Räucherwerk und Haschisch, untermischt mit dem Backgeruch von greller Sonne auf Lehm und Stein und dem Duft der kleinen Tassen süßen arabischen Kaffees, die auf Messingtabletts herbeigetragen wurden, während sie beide im Schneidersitz in Straßencafés hockten. Jeff entsann sich, daß es nicht schlimmer stank als in den Absteigen und Barackenquartieren, in denen er genächtigt hatte, und daß er Kinderprostitution auch in Chicago und El Paso gesehen hatte. Aber die Fliegen hier waren größer und zahlreicher. Ein Sujet für einen mediterranen Hogarth. Zach und er verbrachten fast ihre ganze Zeit miteinander. Jeff fühlte sich manchmal erdrückt, emotional in die Enge getrieben.

Er vermißte verzweifelt seine walisische Kunststudentin, Mary Llewellyn. Er vermißte den gelben Londoner Nebel und die Bombenruinen im Regen. Er vermißte ihre reinliche Wohnung in Chelsea nahe der Themse. Er vermißte es, zwei- oder dreimal die Woche Bilder zu sehen, sie zu betrachten, zu ihnen zurückzukehren und sie nochmals zu betrachten, zu reden über das, was er gesehen hatte und das, was er zu machen versuchte, und das, woran andere sich probierten. In London hatte er sich ganz als Maler gefühlt. Ein königliches Geschenk, ein Milieu, das er mit Anfang zwanzig gebraucht hätte und das ihm die Depression geraubt hatte. Nur höchst widerwillig hatte er es verlassen. Er vermißte es Tag für Tag.

Trotzdem blieb er sich bewußt, daß es der Krieg war, der ihn nach London gebracht hatte, und er war hier, um zu bezahlen für die schöne Zeit, die ihm gewährt worden war, für diese Kostprobe des Lebens, das er mit mehr Geld oder als Kind weniger bewegter Zeitläufte hätte führen können und womöglich nach dem Krieg führen würde. Das blieb sein Wunschtraum: zu überleben, nach London zurückzukehren, vielleicht sogar Mary Llewellyn zu heiraten, ein Atelier mit ihr zu teilen und für alle Zeit zu malen. Sie war die erste Malerin, mit der er je zusammengewesen war, und die Beziehung zu ihr war ihm viel erfüllter, viel reicher vorgekommen, als sonst gewohnt. Nie ging ihnen der Gesprächsstoff aus.

Wenn Nachricht kam, daß einem oder einer der französischen Liberalen Gefahr drohte, gehörte es zu ihren Aufgaben, ihn oder sie vorübergehend zu verstecken, falls das reichte; falls nicht, mußten sie ihre Schutzbefohlenen über eine Grenze in Sicherheit schaffen oder irgendwo im Hinterland unterbringen, außer Reichweite der Darlan-Regierung und ihrer Gefängnisse. Es war ein Krieg gegen das Alliierte Oberkommando, das diese Fürsorge für Kommunisten und Juden, wie es sich ausdrückte, lächerlich fand. Nicht zuletzt war es ein Krieg gegen die alte Vichy-Obrigkeit.

Zach gelang es, eines der Gefangenenlager zu besuchen, was seinen Eifer für ihr Tun sehr bestärkte. Er beschrieb das Lager als eine Hölle, betrieben von Sadisten, die es den Nazis gleich tun wollten. Jeff war nicht unzufrieden mit ihrer Arbeit, störte sich aber sehr daran, daß sie überhaupt notwendig war. Ein schöner Krieg. Die falschen Verbündeten, die falschen Feinde. In Tunesien wenigstens kämpften alle gegen die Deutschen.

Im Laufe ihres neuen Einsatzes wurden ihm die Franzosen hier jedoch langsam sympathischer. Er hatte es nicht mehr mit gichtigen, reaktionären Generälen zu tun, mit Pflanzenölkaufleuten und Finanzjongleuren, die versuchten, wertlose Francs in Dollars zu wechseln, und die allesamt vom Eingeborenenproblem redeten, Roosevelt verhöhnten und sich fest zum Glauben an den Antisemitismus bekannten, sondern mit jüngeren Offizieren, armseligen Händlern, den kleinen Ganoven, die sich mausig gemacht hatten, mit Schlossern, mit Flüchtlingen, die sich vor den Nazis hierher gerettet hatten. Jetzt hatte er es mit Leuten zu tun, die den Amerikanern vertraut hatten und ihnen nach wie vor ihre Sympathie schenken wollten.

»Die Briten, die mögen uns nicht, und wir mögen sie nicht«, hatte ihm ein Möbeltrödler gesagt. »Feuer und Wasser. Wir vertragen uns nicht.«

»Die halten von uns auch nicht viel«, sagte Jeff. »Die halten uns für Kinder.«

»Das seid ihr auch«, sagte der Trödler. »Aber bald werdet ihr in diesem Krieg entweder reifen oder verrotten.«

Der Möbeltrödler war ein Freund geworden. Viele Abende saßen sie im Hinterzimmer seines Ladens und tranken Wein. »Bevor ich in den Krieg kam«, sagte Jeff auf Französisch, in dem alle ihre Gespräche geführt wurden, »war der Krieg für mich ein Kreuzzug des Guten gegen das Böse. Aber jetzt, wo ich unsere Seite im Einsatz erlebe, weiß ich es nicht mehr. Ich sehe, wie Vermögen gemacht werden. Ich sehe, wie die Geschäfte weitergehen. Ich sehe, wie wir die Korrupten und die Reichen stützen.«

»Um das Böse zu bekämpfen, mußt du nicht gut sein. Wenn du einfach ein bißchen weniger brutal bist, ist das auch schon eine Verbesserung. Du mußt nicht glauben, auf eurer Seite ist es mit der Erkenntnis getan, daß die Nazis der Dreck der Erde sind.«

Jeff fühlte sich für diese Menschen verantwortlich, obwohl er zu der Zeit, als OSS sie in Schwierigkeiten gebracht und für die hiesige Résistance angeworben hatte, glücklich in London gesessen hatte. Eines Tages bekam OSS davon Wind, daß die französische Polizei nach Waffen suchte und jeden verhaftete, der welche hatte. Sofort hasteten Zach und Jeff los, um die Waffen einzusammeln, die so sparsam eingeschmuggelt und an die Widerständler ausgegeben worden waren. Die meisten stammten aus dem Ersten Weltkrieg, genügten aber als Fahrkarten in ein Lager. Ein Zimmer in ihrem Büro füllte sich nach und nach mit veralteten Waffen. Dann erfuhr Zach von einem Bekannten, der in Spanisch-Marokko Agenten für Untergrundarbeit in Francos Spanien anwarb, daß er Verwendung für alte Gewehre hatte, und so schmuggelten Jeff und Zach einen Tag vor Weihnachten eine Lastwagenladung über die Grenze.

Als sie nach Algier zurückkamen, war OSS in heller Aufregung. Admiral Darlan war von einem royalistischen Schüler erschossen worden. Wer ihn dazu angestiftet hatte, blieb schleierhaft, aber der Junge wurde in der Morgendämmerung des sechsundzwanzigsten standrechtlich erschossen. »Für den Fall, daß er gesprächig wird«, knurrte Zach. »Gute Arbeit, wer auch dahintersteckt. Vielleicht sogar wir.«

»Wir sind nicht so gerissen.«

»Einige von uns schon, mein Lieber, einige von uns schon.«

»Zach, tu nicht so, als wüßtest du mehr als ich.«

»Wo ist der liebe, naive Junge von gestern, der seinen Schwanz nicht von einem Beißring unterscheiden konnte? Jammerschade. Du hast recht, Liebchen, ich weiß nichts. Aber ich habe einen Verdacht, und der ist so deftig wie der Geruch der Kasbah.«

»Werden sie jetzt de Gaulle rüberkommen lassen?«

»Nie im Leben. Jetzt wird es General Giraud.«

»Wenigstens hat der gegen die Deutschen gekämpft.«

»Aus einem Gefangenenlager entflohen, keine Kleinigkeit. Kein Neanderthaler – kommt schon aus der Jungsteinzeit. Eine Verbesserung, würde ich denken, wenn auch im Schneckentempo.«

Nicht, daß sie etwas davon bemerkten. Ebenso rasch, wie die Haftbefehle ausgestellt wurden zur Ergreifung derer, die der immer noch repressiven und profaschistischen Regierung mißliebig waren, versuchten Jeff und Zach, vor den Häschern dazusein. Dann wurde der Polizeichef von Algier, der ihnen behilflich gewesen war, selber verhaftet und beschuldigt, an der Ermordung Darlans beteiligt gewesen zu sein. Es gelang ihnen, auf jedes britische Schiff, das nach London abfuhr, ein paar von ihren Leuten zu bringen. Dort steckten die Briten sie in Quarantäne und triezten sie ein oder zwei Monate lang, aber dann konnten sie zu den Freien Franzosen gehen. Jeff kam sich vor, als schaufelten sie den Sand des Meeresstrandes in ein Eimerchen; überdies gab ihm ihr Treiben keinen glühenden Glauben an die Vorteile eines alliierten Sieges für die unterdrückten Völker Europas und Afrikas. Immerhin gab es unter der Schirmherrschaft von OSS Raum für ihre heimliche Befreiungsarbeit, ebenso wie für die Liebschaft zwischen SI und Girauds Geheimdienstnetz. Eine von Jeffs beunruhigenden Erkenntnissen über Geheimdienstarbeit und irreguläre Kriegsführung war, wieviel Freiraum es da für Improvisation gab, für selbstherrliche Fehden und Rachefeldzüge. Alles lief auf einen sehr persönlichen Krieg hinaus.

Im Januar kam die Konferenz von Casablanca, auf der Churchill und Roosevelt beschlossen, de Gaulle nach Nordafrika zu holen und mit vorgehaltener Pistole in eine Vernunftehe mit Giraud zu zwingen, denn die Proteste gegen die Zusammenarbeit der Alliierten mit französischen Faschisten wurden immer lauter. Allmählich begannen de Gaulle-Anhänger einigen Einfluß innerhalb von OSS zu gewinnen, und Jeff fielen in Algier Menschen auf, die das Lothringerkreuz trugen oder es an Mauern kritzelten.

Ihr kleiner Trupp feierte den sowjetischen Sieg bei Stalingrad am ersten Februar, als sie davon hörten, mit allem Trinkbaren, was sie auftreiben konnten. Ein französischer Autoschlosser stand schwankend auf dem Tisch und sang die Internationale. Jeff sang mit, wenn auch in

Englisch. Zach fand das einen der albernsten Schlager, den er je gehört hatte, und meinte, der würde nie ein Ohrwurm, denn weder Melodie noch Text seien eingängig. Es blieb jedoch ein überwältigender Sieg, dank dessen ihrer aller Lebenserwartung stieg.

Februar kam und mit ihm die Katastrophe am Kasserinepaß, wo unerfahrene amerikanische Truppen überrannt wurden, sich *en masse* ergaben und in Panik gerieten. Danach wurde der gesamte Kommandostab umgekrempelt, und OSS stand ein bißchen besser da, denn zumindest ihm waren keine Vorwürfe zu machen – dem britischen Geheimdienst dagegen schon. Weitere OSS-Leute strömten nach Nordafrika.

Jeff erhielt einen Brief von seinem Vater, ein ungewöhnliches Vorkommnis. Der Professor hatte eine kleine, ordentliche, wie gestochen wirkende Handschrift mit verschnörkelten Großbuchstaben. Der Brief troff von Selbstmitleid, Trübsal und schlimmen Vorahnungen. Er wußte nicht, was aus der westlichen Zivilisation oder aus ihm werden sollte. Er sah die Zeit als eine Götterdämmerung, das Ende der Welt, die er gekannt hatte. Um so besser, dachte Jeff und erinnerte sich an die Suppenküchen, erinnnerte sich daran, bei dreißig Grad unter Null bäuchlings auf Güterwagen zu liegen, erinnerte sich an hungernde Kinder mit toten Augen und offenen Schwären an den Beinen.

Jeff bekam auch Nachricht von Bernice aus Texas. Sie hatte ein Photo beigelegt. »Das bin ich in meiner Tanzteekluft. Das ist meine Kameradin Flo.« Zwei Wesen, verpuppt in riesige und schlechtsitzende GI-Fliegermonturen, Fliegerhauben und Schutzbrillen, hatten sich vor einem zerbrechlich aussehenden Flugzeug aufgepflanzt, das Zach, der das Photo faszinierend fand, als eine PT-19 identifizierte, eine leichte Standardschulmaschine. Ihre Schrift hielt sich nicht an die ordentlichen Zeilen, sondern kletterte an den Rändern des kleinen blauen Luftpostbriefes empor. Sie wohnte mit mehreren Frauen in einem Motel. Armeelaster holten sie vor Morgengrauen ab und verfrachteten sie zum Howard Hughes-Field. Sie schwärmte von ihrem Grundausbilder. Auf dem Photo griente sie von einem Ohr zum anderen. Ihr Alter oder ihr Geschlecht ließ sich schwer sagen, nur, daß sie riesengroß aussah und überglücklich. Sie war fest entschlossen, sich nicht kleinkriegen zu lassen. Alle Frauen waren toll. Einige der Ausbilder legten es darauf an, sie fertigzumachen, aber ein paar waren lieb und hilfsbereit. Die

Frauen würden es allen zeigen. Bernice hoffte, daß Jeff gesund und munter war. Ihr selbst war es noch nie im Leben so gut gegangen.

Jeff steckte das Photo in seine Brieftasche, aus der ihn alle paar Tage ihr Gesicht anleuchtete, mit dem weiten, strahlenden Lächeln, das vor uneitler Zufriedenheit nur so glühte. Seit sie mit einundzwanzig vom College abgegangen war, hatte er sie nicht mehr so glücklich gesehen.

Briefe von Mary kamen büschelweise. Sie vermißte ihn ebenso wie er sie. Sie blieb ihm treu, versicherte sie ihm, und hatte sein Porträt aus dem Gedächtnis gemalt. Sie zeichnete ein bißchen, aber sie hatte in der Munitionsfabrik eine Sechzigstundenwoche und war ein bißchen übermüdet. Sie hoffte, daß er bald nach London zurückversetzt wurde. Alle rannten in den Film *Mrs. Miniver* mit Greer Garson, ein bißchen schmalzig. Es war ein harter Winter, und sie hatte eine gräßliche Erkältung, die sie nicht loswurde. Ihr gemeinsamer Freund Tom Knacker hatte einen Auftrag für ein Wandbild im neuen Offiziersclub in der Nähe von York bekommen.

Gerüchte gingen, daß als nächstes Sizilien drankam, falls es ihnen je gelingen sollte, die Deutschen in Tunesien zu erledigen. Zach holte sich Tripper und konnte ihn kurieren, ohne in das Lager zu müssen, in dem reguläre Armeeangehörige mit Geschlechtskrankheiten geheilt und gleichzeitig bestraft wurden. Zach ging zu einem Privatarzt, der sein Problem nicht meldete.

Guadalcanal wurde zum großen amerikanischen Sieg erklärt. Die Zahl der Gefallenen in Tunesien war nach wie vor hoch. Sie sollten bald zu einer OSS-Einheit dorthin versetzt werden, erfuhren sie im März. Nach dem Scheitern aller Verhandlungen beschlossen sie, ein letztes Heilmittel einzusetzen, bevor sie Algerien verließen. In einer mondlosen Nacht befreiten sie zehn ihrer Leute aus einem Lager bei Bou Saada. Zach hatte die Operation gründlich vorbereitet, und sie verlief nach Plan, bis auf einen Wachtposten, der sich auf seinen Runden verspätet hatte. Zach brauchte dreißig Sekunden, um ihm die Kehle durchzuschneiden.

Zwei Jahre und drei Monate nach seinem Eintritt ins Militär war der hagere, kahlköpfige Wachtposten der erste Mensch, dessen Tötung Jeff mitansah. Ihm war nicht wohl dabei. Während er den Laster mit Vollgas über die ruppige Bergstraße jagte, überlegte er, daß es wahrscheinlich leichter war, zu töten, als das Töten mit anzusehen. Sie schafften ihre Männer klammheimlich zu einer Einheit der Freien Franzosen, die keine Fragen stellte. Jeff hingegen fragte sich immer wieder, ob Zach den Posten unbedingt töten mußte. Hätte es für ihre Flucht nicht gereicht, ihn bewußtlos zu schlagen?

Während des Überfalls selbst war er nicht sonderlich aufgeregt. Ruhe hatte ihn überkommen, fast Langeweile, indes er systematisch tat, was zu tun war. Es hatte ihn seltsam an die Streiche erinnert, die sich Zach immer ausgedacht und die Jeff mit ihm ausgeführt hatte, als sie beide am St. Thomas-College waren. Der Überfall hatte ihm nicht mehr Angst eingejagt als jene Abenteuer, deren schlimmster Ausgang nur der Ausschluß aus dem College und der Zorn seines Vaters gewesen wäre. Während jener Eskapaden hatte er das gleiche träumerische, losgelöste Gefühl gehabt, sich selber agieren zu sehen.

Zach erinnerte sich ebenfalls an St. Thomas. Er drückte Jeffs Knie, während sie über den Trampelpfad rumpelten, der sich als Fernstraße ausgab. »Weißt du noch, wie wir das Haus des College-Rektors mit Pferdeäpfeln bombardiert haben, mein Alter? Und wie wir drei mit dem roten Rock deiner holden Schwester Stierkampf gespielt haben? Obwohl der Stier real und wutschnaubend genug war. Ach, Hemingway, welcher Blödsinn wird in deinem Namen begangen!«

Als sie schließlich wieder in ihrem Quartier waren, kam Zach, kurz nachdem Jeff zu Bett gegangen war, in sein Zimmer, ließ sich auf seinem Bett nieder und flüsterte seinen Namen. Jeff tat, als schliefe er. Ihm war zwar sofort klar, daß Zach ihn wollte, doch er konnte es nicht glauben. Zachs Hand glitt unter die Decke und tätschelte seinen Penis. Jeff stöhnte wie im Schlaf und drehte sich weg, rollte sich in Embryostellung zusammen. Er war gleichzeitig davon überzeugt, daß Zach wußte, er schlief nicht, und daß es ihm gelungen war, Zach zu täuschen, der noch ein paar Minuten auf der Bettkante sitzen blieb und dann ging. Wenige Minuten später hörte Jeff die Haustür zuschlagen.

Er begann in Erwägung zu ziehen, sich zum SI versetzen zu lassen. Denn mit Spionage hinter den feindlichen Linien brachte er schließlich nur sich selbst in Gefahr. Wie in London empfand er wieder das dringende Bedürfnis, sich von Zach zurückzuziehen. Dennoch machte er sich Vorwürfe wegen seiner Reaktion. Krieg war Töten, oder was hatte er gedacht, als er sich freiwillig meldete? Zach tat es gut, das war alles; und er würde es wahrscheinlich schlecht tun. Das kurze Gefummel nach dem Überfall hatte nichts zu bedeuten. Zach hatte sich geil gefühlt und niemanden sonst zur Hand gehabt. Jeff wollte aber nicht mit Zach schlafen. Er wollte sich nicht so weit in Zachs Macht fühlen. Er wollte Zach nicht umarmen oder von Zach umarmt werden.

Unmittelbar vor ihrer Abreise nach Tunesien kam ein Brief aus London in einer fremden Handschrift. Er war von Tom Knacker, Marys einbeinigem Malerfreund. Er schrieb, er bedaure, derjenige zu sein, der es Jeff mitteilte, aber Mary war bei einem Unfall in der Munitionsfabrik am Abend des vorigen Donnerstag ums Leben gekommen.

Vor zweieinhalb Wochen, rechnete Jeff betäubt. Sie war schon seit zweieinhalb Wochen tot, tot, bevor sie ihren Marschbefehl bekamen, tot, bevor sie ihren Überfall auf das Gefangenenlager ausführten. Tom schrieb, daß Mary ins Krankenhaus gebracht worden und dort am nächsten Morgen gestorben war, ohne das Bewußtsein wiedererlangt zu haben. Tom hatte einige ihrer Sachen für Jeff an sich genommen, da er wußte, daß Mary ihn wirklich geliebt hatte. Ihre Familie war damit einverstanden. Die Beerdigung hatte in Wales stattgefunden. Wenn Jeff auf dem Heimweg durch London kam, sollte er Tom anrufen. Bis dahin wollte Tom Marys Sachen für Jeff aufbewahren. Es war für sie alle sehr schmerzlich.

Er empfand sinnlosen, rasenden Zorn, der ebenso stark war wie seine Trauer. Wie konnte das passieren? Er war bereit gewesen, sich an sie zu binden. Sie war Zivilistin. Das war nicht richtig. Er empfand den gleichen, erstickenden Zorn, den er als Heranwachsender seinem Vater gegenüber empfunden hatte, wenn der Professor aus seinem Studierzimmer hervorkam, um plötzlich in ihr Leben einzugreifen, um irgendeinen Erlaß vom Olymp zu verkünden. Wenn es einen Gott gab, so war das wahrscheinlich ein egoistischer, ichbezogener Dogmatiker wie sein Vater, und wenn er irgend etwas veränderte, dann zum Schlimmsten.

Er konnte Marys Tod, so absurd, so zufällig, nicht hinnehmen. Seine Wunschträume lagen in Trümmern wie eine ausgebombte Mietskaserne. Er hatte nicht nur die erste Frau, mit der er mehr als das Bett geteilt hatte, verloren, er hatte seine Zukunftspläne verloren. Sein Nach-dem-Krieg war verschwunden.

Abra 4

Erfahrung von Hand

Recherche&Analyse Washington erschien Abra wie eine Fortsetzung der akademischen Welt. Sie waren im Nebengebäude der Library of Congress untergebracht, einem stattlichen weißen Marmorbau, den ein Tunnel mit der Library auf der anderen Seite der Straße verband. Es gab die Professoren, und es gab die Doktoranden, im wesentlichen jedenfalls, und sie war natürlich eine Doktorandin. Bei dem niedrigen Pegel ihres Ehrgeizes paßte ihr das bestens, auch wenn sie sich – wie schon in Columbia – glücklich schätzte, nicht nur von ihrem Stipendium leben zu müssen. Hier florierte die akademische Hierarchie. Oscar war Oscar für den Soziologen Franz Widerman, bei dem er in Frankfurt studiert hatte, während sein alter Professor für ihn der förmliche Dr. Widerman blieb. Sie redete ihn mit Oscar an und er sie mit Abra. So weit war sie bei ihm gekommen, aber weiter nicht.

Ein Unterschied zur akademischen Welt war, daß sie alle zu Arbeitsgruppen zusammengefaßt waren und zusammenarbeiten mußten. Ein weiterer war, daß jedesmal, wenn der große OSS-Häuptling, Wild Bill Donovan, durchkam, ein heilloses Durcheinander ausbrach. Mit Langer, dem Chef von R&A, der vor ihm katzbuckelte, stürmte Donovan herein und entschied, sie sollten untersuchen, wie tibetische Klöster infiltriert werden konnten oder wie tollwütige Fledermäuse gegen die Japaner im Südpazifik eingesetzt werden konnten, und futsch war jemandes Zeit für die nächsten sechs Monate.

Eines der großen Gruppenprojekte derzeit war, zu einer exakten Einschätzung des den Deutschen für die Kriegswirtschaft zur Verfügung stehenden Arbeitskräftereservoirs zu gelangen. Ein weiteres befaßte sich mit den Hafenanlagen in sizilianischen und italienischen Hafenstädten. Eine weitere Gruppe arbeite mit dem Amt für Wirtschaftskriegsführung an der Auswahl der Bombenziele, auch ein wichtiges Projekt beim Londoner R&A. Manche Berichte waren für den internen Gebrauch, manche für andere Abteilungen von OSS wie SO, die Sonderoperationen, oder SI, den eigentlichen Geheimdienst. Andere wurden fürs Militär oder das Außenministerium angefertigt. Manche Projekte entstanden bei R&A auf Anforderung und manche aus eigenem Ansporn und wurden dann in Frage kommenden Abnehmern in anderen Ministerien oder Ämtern angeboten.

Dessenungeachtet waren die Maßstäbe für die Forschungsmethoden und die Objektivität der Darstellung hoch. R&A war etwas Neues unter der Sonne, denn auch wenn es vor einigen Jahren ein paar Wirtschaftswissenschaftlern gelungen war, die New Deal-Programme zu infiltrieren, so waren doch noch nie so viele Universitätsleute nach Washington gekommen, um dort im großen und ganzen zu ihren eigenen Bedingungen zu arbeiten. Der Kontakt mit dem Zentrum der Dinge, das Gefühl, an einem äußerst wichtigen Unternehmen von größter Tragweite teilzuhaben, war für fast alle aufregend und für manche eine Droge. Viele sahen sich als Männer des Schicksals, als die Weisen, die nun endlich von denen an der Macht zu Rate gezogen wurden, Platos Republik war doch noch gekommen. Obschon eine gewisse Verachtung für die heimlicheren Unternehmungen von OSS zum guten Ton gehörte, so neigten doch die meisten dazu, das in dem Metier obligate verwegene Gehabe an den Tag zu legen.

Ein weiteres akademisches Charakteristikum war das unaufhörliche Schmieden von Intrigen und Gegenintrigen, waren die Grabenkämpfe, das Anschwärzen hinter dem Rücken, der Krieg der Ausschüsse. Oscar fand keinen Geschmack an den internen Machtkämpfen, behauptete sich aber besser darin, als sie gedacht hätte. Er hatte ein scharfes Auge auf den Weg, den er gehen wollte, und er wartete, bis sich Vorteile eröffneten. Bündnisse schloß er nur vorsichtig. Er ließ sich von anderen hofieren. Vom Neuling war er rasch zu einer Position von einiger Sichtbarkeit aufgestiegen. In Wahrheit, dachte sie, war er gewitzter als ein Gutteil von ihnen und aufrichtiger in seiner Achtung vor den Materialien, mit denen sie umgingen. Sie hatte keinen Fehler gemacht, als sie beschloß, für ihn zu arbeiten und mit ihm zu ziehen. Wenn Oscar auch oft abwartete, bis andere auf ihn zukamen, so war er doch angesichts einer großen Möglichkeit keineswegs passiv und schlug hart zu, wenn er beschlossen hatte, etwas zu übernehmen oder etwas Neues zu beginnen. Als Jude war er in den Sozialwissenschaften an der Columbia einer von zweien gewesen, Blumenthal und er selbst, worin Columbia sich liberaler zeigte als die meisten Hochschulen dieses Kalibers. Doch bei R&A mischten sich Absolventen der Eliteuniversitäten und Söhne aus Patrizierfamilien mit Flüchtlingen wie Widerman und gebürtigen amerikanischen Juden wie Oscar und gelegentlich sogar einer immens überqualifizierten Negerin wie Cora DuBois.

Als Experte für Faschismus in Deutschland war Oscar bei einem Gruppenprojekt über die Gewerkschaften gelandet, was nichts mit seiner bisherigen Arbeit zu tun hatte, aber seltsamerweise mit Abras Arbeit in Bezug stand. Abra wurde als Oscars Besitz behandelt, wenn das auch mehrere der jüngeren Männer nicht daran hinderte, ihr nachzusteigen.

Abra mochte es nicht, wenn ihr nachgestiegen wurde. Sie neigte dazu, sich rasch zu entscheiden, ob sie den jeweiligen Abenteuergeschmack, den ein Mann bot, ausprobieren wollte oder nicht, doch jetzt verhielt sie sich anders. Sie war von sich selbst überrascht, halb angenehm und halb unangenehm. Sie war von Oscar fasziniert, stak fest, bis zur Taille in warmem Schlamm, unfähig, einen Schritt vor- oder rückwärts zu tun. Dieser Stillstand konnte offensichtlich noch Jahre so weitergehen.

Er war freundlich, zuvorkommend, warm, es schien ihm jedoch nie in den Sinn zu kommen, sie ins Bett zu nehmen. Sie verstand, daß er tiefsitzende Prinzipien gegen Affären mit seinen Studentinnen hatte; aber sie war der Form nach nie seine Studentin gewesen. Sie bekam heraus, daß er in New York mit einer Schauspielerin geschlafen hatte, die in einem Stück von Maxwell Anderson auftrat, eine stattliche Rothaarige, die einige Male zu Oscars offenkundiger Verärgerung im Büro aufgetaucht war. Diese Affäre hatte sich vermutlich mit Oscars Versetzung nach Washington vertröpfelt, obwohl die Schauspielerin sich zumindest einmal in den Zug gesetzt hatte, um ihn zu besuchen. Eine Wiener Psychoanalytikerin kam auch auf der Durchreise vorbei und verbrachte ein Wochenende mit ihm. Abra war sich einigermaßen sicher, daß er sich in Washington noch nicht ernsthaft mit einer anderen eingelassen hatte.

Manchmal fühlte sie sich mit ihm wie ein junges Mädchen, und das nicht unbedingt, weil er älter war. Nein, es lag daran, daß sie sich bis in ihr vierzehntes Lebensjahr und ihre damalige Schwärmerei für Leslie Howard und Clark Gable zurückerinnern mußte, um das sexuelle

Leiden zu diagnostizieren, das aus hoffnungslosem, weil unerwidertem Verlangen erwächst. Es hatte viel Lust in Abras Leben gegeben, aber es war leicht zu befriedigende Lust gewesen. Wenn ihr schweifendes Auge auf einen Mann gefallen war, der sich als unerreichbar herausstellte, so hatte sie nie dazu geneigt, dem, was sie nicht haben konnte, lange nachzuhängen, sondern war weitergeeilt zu dem, was verfügbar und genießbar war. Diese erstickte, gestaute Sehnsucht hatte sie seit den Anfängen ihrer Pubertät nicht mehr durchgemacht.

Wenn sie weniger hart gearbeitet hätten, wäre ihr die Aussichtslosigkeit schwerer gefallen. Manchmal zog sie in Erwägung, sich von dem krausköpfigen, puttengesichtigen Marineleutnant in der Wohnung über ihr ins Bett locken zu lassen. Sie mochte nichts mit jemand bei OSS anfangen, denn sie wollte Oscar den Weg freilassen. Doch sie nahm die Einladung zu einem echt chinesischen Fest im Stockwerk über ihr nicht an, weil sie zu einem Teil ihren Zustand genoß. Ist das Liebe? fragte sich Abra; es war jedenfalls etwas Neues. Außerdem leistete ihr der Leutnant als Freund und Vertrauter wahrscheinlich bessere Dienst denn als Lückenbüßer im Bett.

Sie verbrachte ihre freien Momente – wenn sie in der Badewanne lag, sich die Haare wusch, mit den überfüllten Straßenbahnen fuhr, Korrektur las, auf Bücher aus dem Bibliotheksmagazin wartete – damit, sich Szenen auszumalen, in denen Oscar endlich der Anziehung erlag, die, das wußte sie ganz genau, gegenseitig war. Sie fragte sich manchmal, ob die tatsächliche Erfüllung nicht enttäuschend sein mußte, doch sie zog es unbeirrt vor, das herauszufinden. Dieser dampfgeschwängerte, sich von selbst aufheizende Schwebezustand paßte weder ihrem Selbstbild, noch ihren wahren Bedürfnissen.

Sie spürte oft seinen Blick auf sich ruhen, wenn er meinte, sie merkte es nicht. Er berührte sie gern, doch nur leicht, fast fleischlos. Er beachtete sie und achtete auf Abstand. Alles, nur nicht der Hauptgewinn. Abra verfluchte seine Selbstbeherrschung. Irgendwie mußte sie die durchbrechen. Gleichzeitig schätzte sie die Qualität der Arbeit, die sie taten. Sie schrieben zur Zeit einen internen Bericht über die sozialistischen Gewerkschaften in Deutschland und Österreich, die Geschichte ihres Widerstandes gegen den Faschismus, ihre wirtschaftliche Rolle im Reich nach dem Anschluß und ihre Verbindungen zu Gewerkschaften in anderen, von den Nazis besetzten Ländern.

Oscar hielt die sozialistischen Gewerkschaften für eine mögliche nachrichtendienstliche Quelle, aber natürlich mußte der Bericht diese Schlußfolgerung indirekt andeuten, in angemessen pseudoobjektivem Stil. Einer der Vorteile des neuen Projektes war, daß sie häufig nach New York fahren mußte, um dort Flüchtlinge zu befragen, die vielversprechend klangen. So blieb sie mit ihren New Yorker Freundinnen in Verbindung und übernachtete bei Karen Sue am Riverside Drive. Karen Sue hatte ein Photo von Ready in seiner Korvettenkapitänsuniform auf ihrem Nachttisch. Abra fand es kein schmeichelhaftes Bild, denn es verlieh ihm ein Pferdegesicht, doch Karen Sue war stolz darauf. Karen Sue gab ihr mehrmals einen Wink mit dem Zaunpfahl, wie gerne sie Weihnachten mit Abra in Maine verbringen würde, doch Abra wimmelte sie ab und behauptete, sie hätte keine Ahnung, ob sie lange genug frei bekäme, um nach Bath zu fahren. Ready mußte sich schon selbst einig werden, ob er Karen Sue nach Hause mitnehmen wollte, um sie seinen Eltern vorzustellen. Das versprach keine leichte gesellschaftliche Übung zu werden.

Abra saß in Karen Sues Wohnzimmer, sah zu, wie sich die Schiffe auf dem Hudson River versammelten, und lächelte bei dem Gedanken, wie ihre Eltern protestieren würden, Karen Sue sei zu exotisch, und welchen Schock sie erst bekommen würden, wenn sie Oscar nach Bath mitbrachte. Der Gedanke erschreckte sie. Noch nie zuvor hatte sie erwogen, einen Mann in ihr Elternhaus mitzunehmen. Der sexuelle Notstand verkleisterte ihr bereits das Hirn.

Sie fragte Karen Sue und Djika offen um Rat. Sie waren geschmeichelt, weil Abra bisher nie über ihr Geschlechtsleben geredet hatte. Djika wußte keine nützliche Formel. Sie war Jungfrau gewesen, bis Stanley Beaupere sie verführt hatte, und ihm waren keinerlei Gewissensbisse wegen einer Affäre mit seiner Doktorandin gekommen.

Karen Sue war praktischer. »Setz dich auf ihn. Wenn ein Mann so ekelhaft und unfair ist, dich zum Sperrbezirk zu erklären, dann hängst du nicht schmachtend und liebeskrank rum und baumelst ihm vor der Nase wie überreife Weintrauben. Du nimmst ihn einfach in die Hände und stellst dich unverblümt vor. Setz dich auf seinen Schoß und wirf ihm die Arme um den Hals. Dann wird er sich schon mit dem Gedanken anfreunden. Besonders, wenn du dich auf den du weißt schon setzt. Du mußt bedenken, Männer sind nun mal ein bißchen schwer von Kapee.«

Abra fand diesen Rat probierenswert, falls sie eine passende Gelegenheit arrangieren konnte. Ein Fest? Konnte sie ihn betrunken machen? Er trank keine harten Schnäpse, sondern bevorzugte Wein, und sie hatte ihn nie mehr trinken sehen, als er vertragen konnte. Der Rest vom November verging rasch, ohne daß sie viel von Oscar sah. Ihr war ein Teil des Projekts überantwortet worden, dem sie auf eigene Faust in den Archiven und den deutschsprachigen Zeitschriften nachging, und sie hatte bis Mitte Dezember ihren eigenen Bericht zu schreiben.

Zu Thanksgiving fuhr Abra heim nach Bath, während Oscar den Feiertag mit seiner geschiedenen Frau und seiner Tochter verbrachte. Bei Kays verschiedentlichen Besuchen in Washington hatte Abra ihr Bestes getan, um sie zu bestricken, ohne Erfolg. Abra fand Kay verwöhnt und oberflächlich. Kay hatte offensichtlich einen Vaterkomplex und agierte ihren Groll, daß er sie verlassen hatte, aus, indem sie ihre Mutter und ihn bestrafte. Abra behielt diese Meinungen für sich.

Sie schmiedete ihre Pläne. Mit Susannah, mit der sie die winzige, bedrückende Wohnung teilte, stand sie auf nicht sehr vertrautem Fuße, doch es war unvermeidbar, über einander Bescheid zu wissen. Sie wußte, daß Susannah mit ihrem Feldwebel schlief, und Susannah wußte, daß sie sich danach sehnte, Oscar ins Bett zu bekommen. Susannahs Feldwebel gehörte zum Quartiermeisterkorps und verschaffte Abra zu ihrem Geburtstag ein Steak. Sie arbeitete an dem Tag eng mit Oscar zusammen, denn sie hatte ihm den Entwurf ihres Berichtes vorgelegt, und sie gingen ihn Wort für Wort, Fußnote für Fußnote, Tabelle für Tabelle durch. Reichlich spät drückte er schließlich Zufriedenheit mit ihrer Arbeit aus, und sie seufzte wiederholt mit einem kummervollen Unterton, der nicht völlig gespielt war. Sie ließ sich von Oscar abschmeicheln, daß heute ihr Geburtstag war, daß sie ein Steak hatte, aber niemandem, mit dem sie es essen konnte, daß sie sich nach Gesellschaft sehnte, einer Flasche Wein und einer kleinen Feier. Das Steak war Teil des Köders, denn wie schon so oft mit Oscar irgendwo essen zu gehen war eine Sackgasse. Sie mußte entweder sich in seine Wohnung einschmuggeln oder ihn in ihre locken.

Sie trugen das Steak zu dem Wein. Oscar hatte als Untermieter die Wohnung eines OSS-Beamten, der jetzt in Stockholm war, die erste Etage eines Reihenhauses in Georgetown, ein Backsteinbau mit Fensterläden. Er hatte sie möbliert übernommen, eingerichtet im Stil französischer Landhäuser und wohl ausgestattet, obwohl Oscar anmerkte, daß er die gräßlichen Ölbilder von Jagdszenen und geschlachteten Fasanen in ein Gästezimmer verbannt hatte. Ebenso hatte er die Bibliothek des Eigentümers in dieses Zimmer verfrachtet, in Kartons an einer Wand gestapelt. Ihr Schwerpunkt lag bei genealogischen Werken, lobenden Biographien von College-Präsidenten, Marineoffizieren und unbedeutenden Richtern des neunzehnten Jahrhunderts und bei in Saffianleder gebundenen, unaufgeschnittenen Bänden von Thackeray, Tennyson, Longfellow und Emerson.

Oscar schaute ihr in der Küche nur ein paar Minuten zu, bevor er liebenswürdig sagte: »Sie haben heute Geburtstag. Sie setzen sich mit einem Glas Wein hin, und ich mache das Essen.«

Abra fragte sich, ob sie nicht doch hätte kochen lernen sollen. Es war ihr immer als freudlose, unnütze Fertigkeit vorgekommen: wozu gab es Restaurants? »War Ihre geschiedene Frau eine gute Köchin?«

»Sie ist es noch. Ich habe es aus Kochbüchern gelernt – das ist ja schließlich deren *raison d'être*, hab' ich recht?« Er stellte sich tatsächlich geschickt an in der Küche. Das Essen war einfach genug: gegrilltes Steak, Quetschkartoffeln, ein Salat und eine kleine Torte, die sie unterwegs gekauft hatten – aber es war opulenter als das, was Abra sonst genoß. Sie hätte es noch mehr genossen, wenn sie nicht damit beschäftigt gewesen wäre, ihren gesamten Mut für den geplanten Annäherungsversuch zusammenzukratzen. Wenn er sie abwies, hatte sie dann ihre Arbeitsbeziehung zerstört? Von nahem war es sogar noch riskanter, als es ihr bei ihren ersten Überlegungen vorgekommen war. So viel konnte so gänzlich daneben gehen.

Nach dem Essen tranken sie Espresso aus einer kleinen Herdplattenmaschine. Oscar tauschte seine Zuckermarken gegen Kaffee ein, denn er war kein Süßmaul, aber dafür kaffeesüchtig. Abras Hand brannte kalt in ihrem Schoß. Sie mußte bald etwas unternehmen. Setz dich auf ihn, hatte Karen Sue gesagt. Wenigstens war das etwas Aktives. Heiße Wallungen und eisige Krämpfe nahmen von ihr Besitz.

Sie mußte handeln, sonst entschlüpfte ihr der Abend, der Morgen würde ebenso trostlos und deprimierend heraufdämmern wie am Tag zuvor, und sie würde ein ganzes Jahr warten müssen, bevor sie ein zweites Geburtstagskomplott auskochen konnte. Am liebsten hätte sie jetzt einen ordentlichen Schluck Whisky gekippt, um sich flüssigen Mut zu holen. Ihre sämtlichen bisherigen Eroberungen schienen jämmerlich leicht. Sie hatte nur zu lächeln brauchen, ein wenig Bein oder Busen zeigen, sich an der Tür vorbeugen, hinter den anderen auf der Straße zurückbleiben und den Arm eines Mannes nehmen, einem Partykuß ein wenig Drall geben müssen.

»Oscar«, sagte sie so bedeutungsschwanger, wie sie es über den Tisch hinweg konnte.

»Hmmm? Das Steak war gut. Ob Susannahs Freund wohl dazu angestiftet werden kann, ein weiteres zu beschaffen?«

Sie stand auf. »Ich mache den Abwasch ... ein bißchen später.« Meine Güte, das war ja ein toller Zirzenspruch. Davon *mußte* er ja praktisch einen Orgasmus bekommen. Sie hatte ihr Gespür verloren. Sie hatte ihren Kopf verloren. Sie hatte ihre Jungfräulichkeit wiedergewonnen. Sie war eine schnatternde Gans, und er mußte sie zwangsläufig auslachen. Sie ging um den Tisch herum, ein Fußmarsch von mehreren Stunden, näher und näher und näher. Endlich kam sie vor Oscar an, um auszuführen, was sie sich vorgenommen hatte: setzte sich auf seinen Schoß, legte ihm die Arme um den Hals und küßte ihn. Obwohl ihrer Meinung nach kein Mann überrascht werden konnte, spürte sie, daß er es tatsächlich war. Seine Lippen waren warm, aber passiv. Sie drängte sich enger an ihn, und schließlich legten seine Arme sich zögernd um sie, und er begann, ihren Kuß zu erwidern.

Als sie seinen Mund freigab, strebten seine Hände zu ihren Armen hoch. Bevor er sich von ihr losmachen konnte, falls das seine Absicht war, sagte sie an seinem Hals: »Oscar, ich bin nicht betrunken. Ich bin nicht deine Studentin und war es auch nie. Rate mal, was ich zum Geburtstag haben möchte? Komm mit mir ins Bett.« Am Ende ihrer kleinen Rede konnte sie, als sie sich an ihn schmiegte, seine Erektion an ihrer Hüfte spüren.

Er lachte leise und nahm ihr Gesicht in die Hände. »Werde ich gerade verführt?«

»Das ist die Absicht.«

Seine rechte Hand glitt hinunter zu ihren überhängenden Pobacken. »Du hast den niedlichsten herzförmigen Hintern, den ich je beobachtet habe. Es hat mich jetzt ein Jahr lang erfreut, daß du nie einen Hüfthalter trägst.«

»Ich dachte gar nicht, daß dir das aufgefallen ist.«

Seine schwarzen Olivenaugen blickten in ihre, seine Hand bewegte sich auf ihrem Schenkel, über der Wolle ihres Rocks und dann darunter. »Lüge nicht mal im Kleinen. Abra, du willst mich, du hast mich, aber zu meinen Bedingungen. Wir werden keine Spielchen treiben.«

Sie war nicht sicher, was er meinte, aber danach würde sie später fragen. Sie brannte lichterloh. Beide standen drängend zusammen und küßten sich, dann drehte er sie nach rechts. »Komm.«

Eine langwierige Verführung konnte man das gewiß nicht nennen. Fünf Minuten später lag Abra unter ihm, fest überzeugt, daß die Anziehung gegenseitig gewesen und stark war. Es geschah alles fast zu schnell für sie, um voll darauf ansprechen zu können, aber als sie das zweite Mal in jener Nacht miteinander schliefen, kam sie in einer langen, hereinstürmenden Reihe mächtiger, sich überschlagender Brecher. Das erste Mal war heftig, das zweite sinnlich.

Hinterher lag sie verausgabt, aber sehr zufrieden mit sich neben Oscar, der eingeschlafen war. Sie schuldete Karen Sue etwas. Kein Familienweihnachten, denn sie war nicht sicher, ob sie selbst dieses Jahr dafür gerüstet war, aber sie würde Ready nie etwas von Karen Sues Vergangenheit sagen. Abra hatte mit längeren Auseinandersetzungen gerechnet und mit allmählichem Nachgeben, doch Karen Sue hatte genau recht gehabt. Oscars Abwehr war ganz äußere Fassade, Abwehr des Kopfes und der Gewohnheit. Sein Fleisch war auf ihrer Seite. Ein schlafender Löwe, dachte sie und betrachtete die Haare auf seinen Armen im schwachen Licht des Weckers.

Sie verspürte nichts von dem Drang, den sie oft nach Sex erlebt hatte, aufzustehen und hinauszuschlüpfen, nach Hause zu gehen in ihr eigenes, ordentliches Bett. Das Verlangen war nur ein wenig gelindert; darunter tat sich ein riesiges neues Gebilde aus Lust auf, aus Begehren, zu wissen, was Oscar gerade dachte, gedacht hatte, gleich denken würde, alles zu wissen, was er sich vorstellte und getan hatte und tun wollte, zu verstehen, zu untersuchen, zu begreifen, zu genießen, zu besprechen. Das war vielleicht nicht Liebe, wie andere Frauen diesen Ausdruck benutzten, dachte Abra und streichelte sanft die Hüfte des Mannes, der neben ihr fest schlief, hingestreckt, als wäre er aus großer Höhe gefallen, aber bestimmt war es mehr als Neugier.

Ihn sexuell zu besitzen war wirklich so befriedigend, wie sie sich in ihren Tagträumen vorgestellt hatte, und sie war endlich der Vorhölle des Schattenbeischlafs entronnen. Sie machte sich kurz Gedanken über den nächsten Tag. Er war davon ausgegangen, daß sie die ganze Nacht zusammen verbringen würden. Das war schon etwas, denn sie kannte sehr wohl den Drang, den anderen hinauszusetzen, wie sie den Drang kannte, sich davonzumachen. Sein Körper war auf ihrer Seite. Sie war voll Zuversicht, daß die Schranken, die nun gefallen waren, unten bleiben würden. Wenn das erste Mal wie ein Dammbruch gewesen war, so war das zweite weitaus bewußter. Er neigte nicht dazu, zu fragen, ob etwas gefiel, sondern zu beobachten, nach Reaktionen zu tasten. Er hatte sie erkundet. Sie war erstaunt, daß sie nicht schlafen konnte. Etwas hatte sie gepackt, und zwar fest.

Naomi 4

Der Seemann ist heim

»Eine miese Zeit, in der wir geboren sind und groß werden müssen«, sagte Brillen-Rosovsky bedeutungsschwanger und zog an einer Fluppe, die er von Stummeln aus den Aschenbechern seiner Eltern gerollt hatte. Er konnte Zigaretten mit einer Hand drehen.

Naomi stimmte seufzend zu. »Ungerecht, und wie!« In letzter Zeit hatte sie das Gefühl, daß ihre Familie, ihre eigene Familie, sie weggeworfen hatte. Sie bekam nie mehr Briefe, und sie spürte auch nicht mehr, geliebt zu sein. Maman hatte immer Rivka vorgezogen, dessen war sie sich jetzt sicher. Warum hatte sie nicht darauf bestanden, daß Jacqueline fuhr? Naomi gehörte zu niemandem mehr. Der einzige auf der Welt, der sie innig liebte, das war Boston Blackie, und der war nur ein Kater.

Es war ihr Abschlußjahr, und ihre Freunde spielten sich in den Fluren der Grundschule auf. Alle paar Wochen gab es Papier- und Schrottaktionen. Dann konnten sie sich vom Unterricht drücken, um flachgepreßte Konservendosen, Zeitungs- und Illustriertenbündel, alte Gerätschaften und Kochtöpfe aus den Kellern und Garagen der Nachbarschaft einzusammeln. Immer war Zeit da, um mit der Gang heimlich eine zu paffen oder den Güterzügen nachzuschauen oder, wenn wer Geld hatte, Arm in Arm in einen Drugstore zu gehen und einen Milchshake zu trinken oder eine große Schokolade. Das war der beste Teil ihres Abschlußjahres. Aber Sandys Warnung stimmte, sie mußten sich tatsächlich ihre Kleider für die Abschlußfeier selbst schneidern.

»Nun reg dich nicht so auf, Kleines«, sagte Tante Rose, obwohl Naomi jetzt drei Zentimeter größer war als ihre Tante. »Wenn dein Kleid nichts wird, nimmst du es mit nach Hause, und ich bringe es dir in Ordnung.«

Zu Sandy verkündete Naomi: »Wenn ich groß bin, wohne ich im Sommer in einem Zelt und im Winter in einem Hotel. Ich werde nie jeden Tag den Schmutz auffegen, und ich werde nie stehen und Windeln schrubben, die nach Babykacke stinken.«

»Dann sind wir zusammen beim Film. Ich bin wie Lana Turner oder Betty Grable, und du bist wie Hedy Lamarr oder Dorothy Lamour. Im Film gibt es immer eine Blondine und eine Brünette. Dann haben wir Villen mit vielen Dienern drin, und die machen alles, wozu unsere Mütter uns zwingen. Ich meine, meine Mutter und deine Tante«, verbesserte Sandy sich herablassend.

»Ich habe auch eine richtige Mutter.« Sie hatte nicht den Eindruck, daß Sandy ihr glaubte. Naomi und Sandy spielten Rollen aus Filmen, die sie gesehen hatten. Sie zogen das Kleid von Ruthie an, dessen Nähte zum Ausbessern zu verschlissen waren. Sie behängten sich mit alten Spitzengardinen von Sandys Mutter. Sie tanzten sexy in Sandys Schlafzimmer und schauten sich im Spiegel zu, schwenkten die Hüften und kicherten. Sie übten zu Radiomusik Jitterbug und Rumba und Samba. Meistens war Naomi der Junge und führte, weil Sandy nicht gern der Junge war, obwohl sie die Tänze besser konnte. Einmal, als sie Sandys Wohnung für sich hatten, weil ihre Mutter mit dem kleinen Roy wegen seiner Polypen zum Arzt war, spielten sie Fred Astaire und Ginger Rogers, und Naomi erfand einen Steptanz auf Mrs. Rosenthals Eßzimmertisch.

Aber diese Verkleidungsspiele waren nur für die Tage, an denen Sandy nicht Roy mitschleppen mußte. Zum Glück fing er endlich an, sich mit andern Kindern in seinem Alter rumzutreiben, und konnte ihnen nicht mehr ständig nachspionieren. »Ich werde nie Kinder haben.

Ich hasse Babys«, sagte Naomi. »Wenn ich je so laut und so ferkelig war, dann will ich es nicht wissen.«

»Ich habe vor, vier Kinder zu kriegen, zwei Jungen und zwei Mädchen«, sagte Sandy. »Blond wie ich und niedlich, in kleinen Anzügen und hübschen Kleidchen. Aber ich werde reich sein und ein Kindermädchen für sie haben.« Sandy reckte ihren Kopf auf dem langen Hals in die Höhe, als übte sie, eine Giraffe zu sein. »Wenn sie in die Hosen machen, ist das dann nicht mein Problem.«

Sandy bestand darauf, daß Naomi einen Filmstar haben mußte, in den sie verliebt war, also suchte sie sich Errol Flynn aus. Sie fand, er sah toll aus, und er machte den Eindruck, sie retten zu können, wenn sie das brauchte. Dann stand Errol Flynn im richtigen Leben in allen Zeitungen, weil er der Unzucht mit Minderjährigen angeklagt war. Sandy und Naomi verbrachten einen ganzen Nachmittag mit der *Encyclopaedia Britannica* in der Bezirksbücherei und suchten herauszukriegen, was Unzucht mit Minderjährigen war. Das machte Naomi Angst. Sie verlagerte ihre Zuneigung auf John Garfield. Wenigstens war der Jude und schien außerdem jemand, der kämpfen konnte, wenn er mußte.

Jeden Tag gingen sie zusammen zur Schule; jeden Nachmittag gingen sie zusammen nach Hause. Es war nicht wie mit Rivka zu gehen, die alle ihre Gedanken, Reaktionen und Wünsche teilte; die sich davon nährte und sie ausbaute und sie hin- und herwendete, bis sie blankpoliert glänzten; aber es war besser, als allein zu sein. Menschen, die einen Zwilling hatten, wußten, was Liebe ist, und alle anderen waren für sie nur ein Notbehelf, entschied sie. Sandy sagte, sie seien die besten Freundinnen, und Naomi pflichtete ihr rasch bei, denn Sandy war beliebt und beschützte sie in ihrer stacheligen Fremdheit, die immer noch da war, so sehr sie sich auch Mühe gab, die Ellbogen anzulegen und wie alle andern zu sein.

Wenn sie eine Gelegenheit hatte, in der Schule mit Clotilde zu reden, dann sprachen sie oft von ihren Lieblingswunschträumen: Wenn ich nach Martinique zurückgehe, wenn ich zu meiner Familie nach Paris heimfahre. In letzter Zeit mochte sie nicht mehr über diese Wunschvorstellung reden, denn sie fühlte sich davon nicht besser, sondern nur noch verlassener. Lieber fragte sie Clotilde nach Martinique, nach ihrer Großmutter, die sich an einen Vulkanausbruch erinnern konnte, nach ihrer großen Familie drüben auf der schönen Insel. Clotilde kam von

Trois-ælets, »*comme la belle Joséphine, l'impératrice*«. Zweimal träumte Naomi, sie sei mit Clotilde auf einer tropischen Insel. Jedesmal war es friedlich, und dann passierte etwas Entsetzliches. Einmal war es eine blaue Qualle, die explodierte und sie verbrannte. In einer anderen Nacht wurden sie von einer mit Keulen und Fackeln bewaffneten Horde den Strand entlanggejagt.

Sie liebte Ruthie, aber Ruthie war in ihrer Freizeit mit Trudi zusammen oder mit Vivian aus der Fabrik. Naomi wußte jetzt, daß Ruthie ihr nicht immer die Wahrheit sagte. Ruthie hatte mal eine Regel, die zwei Wochen zu spät kam. Naomi wußte das, weil ihre Regel immer am gleichen Tag kam wie Ruthies. Es war allmählich so geworden, und nun waren sie synchron. Als Ruthies Regel sich zwei Wochen verspätete, tat das auch die von Naomi. Als sie das Ruthie erzählte, wurde Ruthie ganz aufgeregt und gab vor, ihre Regel schon gehabt zu haben. Naomi sagte nichts zu Sandy oder Tante Rose, aber sie gelangte zu der Meinung, daß Ruthie es mit Murray getan hatte und nun ein Baby bekam.

Schließlich setzte bei beiden die Regel ein, und Ruthie war fröhlich und sang im Badezimmer »Ich hab' ein Mädel in Kalamazoo«. Das war jetzt fünf Monate her, aber Naomi hatte es nicht vergessen. Sie wurde durchtrieben und heimlichtuerisch. Sie hatte immer alles, was sie dachte und fühlte, Rivka gesagt. Jetzt wand sie sich in ihrem Innern wie ein Korkenzieher.

Trudi und Ruthie teilten Geheimnisse. Naomi war eifersüchtig, aber manchmal nahm Ruthie sie mit zu Trudi. Dann fühlte sie sich, als hätte sie ihr unbeholfenes, klebriges, schmerzliches Großwerden übersprungen ins Reich der Erwachsenen. Trudi wohnte im Haus ihrer Eltern, aber sie hatte ein Zimmer ganz für sich allein, ein großes, sonniges Zimmer zum Hinterhof. Trudis Mutter warf altes Brot, übriggebliebene Nudeln und Haferflocken draußen in den Schnee für die Vögel. Naomi hatte nicht gewußt, wie viele Vögel es in Detroit gab. Sie fand schön, sie zu beobachten. Anfangs wollte sie gern einen Vogel haben, aber dann sah sie sich den Kanarienvogel an, den Alvins Mutter hatte, und das machte sie nicht annähernd so froh. Ein Käfig blieb ein Käfig. Er erinnerte sie an ihre Alpträume von Maman und Rivka. Besser, sie ging zu Trudi und fragte ihre Mutter, ob sie beim Vögelfüttern helfen durfte. Trudi hatte stricken gelernt und brachte es Ruthie und Naomi bei.

Als der Winter sich festsetzte, ging Naomi manchmal allein zu Trudi.

Sie nahm die Fäustlinge mit, an denen sie strickte. Dann versuchte sie einen Schal. Sandy nahm sie nicht mit. Wenn sie Sandy mitnahm, kam es ihr vor, als lungerten zwei kleine Mädchen um eine Erwachsene. Nein, sie ging als eine Freundin, die eine Freundin besuchte. Sie konnte öfter zu Trudi gehen als Ruthie, denn Ruthie hatte nur an den Wochenenden Zeit. Wenn nur Naomi bei ihr war, dann stellte Trudi den Plattenspieler an und legte traurige romantische Lieder im Plattenspieler auf wie »As Time Goes By«, »Smoke Gets in Your Eyes« und »I'll Never Smile Again«.

Trudi arbeitete an vier Abenden der Woche in einem Bezirkskrankenhaus, in der Aufnahme; aber dann hörte sie auf. Naomi fand es komisch, wenn Erwachsene nicht arbeiteten, es sei denn, sie machten noch eine Ausbildung; dann merkte sie schließlich, was mit Trudi los war. Sie bekam einen dicken Bauch.

»Trudi wird im Mai ein Baby bekommen«, sagte Ruthie.

»Will sie das?«

Ruthie nickte. »Ich glaube, sie hofft, Leib damit fester an sich zu binden. Ich sage nichts dazu. Es ist sowieso zu spät. Sie kennt ihn besser als ich. Vielleicht hat sie recht.« Ruthie zuckte die Achseln.

Naomi mochte die Art, wie Ruthie mit den Achseln zuckte; es war eine rasche Bewegung, als ob sie etwas von sich abschüttelte. Naomi übte es, aber als sie es dann ausprobierte, fragte Sandy, ob sie was juckte, und bot an, ihr den Rücken zu kratzen.

Kinder rannten über den gefrorenen, vernarbten Boden des Platzes. Es war ein trostloser Platz, die Häuser darum nicht fertig, aber voller Menschen gestopft, die schrien oder jammerten. Aus einem unverglasten Fenster konnte Rivka sehen, was vorging, wenn sie sich am Rahmen festhielt. Sie war mit Erwachsenen und größeren Kindern in das Haus eingesperrt. Die kleinen Kinder schrien wie am Spieß. Sie wurden mit Namen aufgerufen, aber die meisten wußten ihre Namen nicht. Sie wußten, wie ihre mamans *zu ihnen gesagt hatten, aber sie waren zu klein, um ihre Familiennamen gelernt zu haben oder ihre amtlichen Vornamen. Viele wurden zu Hause bei einem hebräischen Namen gerufen und nicht bei dem französischen Namen auf ihren Papieren.*

Schließlich zählten die Aufseher die Kinder einfach ab. Sie mußten tausend zusammenbringen. Die Kleinen liefen überall herum, und einige

Aufseher begannen, sie zu schlagen. Aber das half nicht. Die Kinder legten sich einfach hin und weinten. Sie marschierten nicht, wie die Aufseher das wollten, in säuberlichen Reihen zu den Bussen, die sie zum Bahnhof brachten, wo die Waggons warteten. Französische Polizisten standen überall am Wegrand, um zu verhindern, daß sie wegliefen. Kinder rannten zu den Wachen und flehten sie an, sie auf die Toilette zu bringen, damit sie sich nicht naß machten, oder baten sie, ihnen die Schuhe zuzuschnüren.

Rivka beobachtete von oben, eingeschlossen mit den Erwachsenen. Sie beobachtete, um es zu erinnern und davon zu berichten. Die Kleinen wurden nach Osten verfrachtet. Die französischen Aufseher waren sich einig, daß die jüdischen Kinder weg mußten. Was sollten sie denn sonst, fragten sie, mit so vielen jüdischen Kindern anfangen? Eines Tages würde Gelegenheit sein, daran zu erinnern und davon zu berichten, wie die kleinen Kinder geprügelt und in die Busse zu den Eisenbahnwaggons getrieben wurden, und wie dann die Busse zugemacht wurden und abfuhren, wie sich die Hände aus den Bussen streckten und winkten, kleine flatternde Hände, die immer noch um Zuwendung flehten, das war das letzte, was sie von den Kindern sah.

Ende Januar kam Duvey für zwei Wochen auf Urlaub nach Hause. Er lag gern lange im Bett. Einmal schlief er sogar noch, als Naomi aus der Schule kam. Rose sagte, er wäre völlig abgespannt und müßte wieder zu Kräften kommen.

Dann war Naomi zu Hause, in den Ferien zwischen den Semestern, zwischen der 8B und der 8A, nach der der Abschluß kam. Das amerikanische System war verwirrend, aber sie hatte gelernt, sich alle Bemerkungen darüber zu verkneifen, wie anders alles in Frankreich gehandhabt wurde. Niemand hier wollte das hören, und sie erntete nur Spott. Sie gewöhnte sich an, die Unsinnigkeiten, die sie um sich sah, schweigend zu kommentieren, wie zu der Zwillingsschwester, von der sie fortgerissen worden war.

Duvey gab ihr jeden Morgen ein Fünfcentstück, wenn sie ihm, sobald er gegen elf wach wurde, eine große Tasse *café au lait* brachte, die auf die richtige, nämlich die französische Art mit heißer Milch zubereitet war. Sie hatten wenig Kaffee, aber alle waren sich einig, daß Duvey seine große Morgentasse haben mußte. Er lag im Bett und wartete darauf, daß sie sie ihm auf einem Tablett hereinbrachte. Dann bat er sie, ihm seine Hose zu reichen, und gab ihr ein Fünfcentstück und einen dicken Kuß. Sie mochte nicht so geküßt werden, aber sie machte gern den Kaffee – das war eines der Dinge, die sie richtig zu machen wußte –, und sie bekam gern die Fünfcentstücke.

Am fünften Tag fing er an, ihr die Zunge in den Mund zu stecken, wie es Alvin immer versuchte. Sie sagte Duvey, daß sie das nicht mochte. Er sagte, sie würde es bald mögen und gab ihr diesmal ein Zehncentstück. Sie hatte ein komisches Gefühl über das, was in Duveys Zimmer vorging, denn jeden Tag drückte er sie etwas enger an sich. Er befahl ihr, die Tür zuzumachen, aber sie tat es nicht. Andererseits strahlte Tante Rose sie an und sagte ihr, sie sei ein gutes Mädchen, für Duveys Frühstück zu sorgen.

Am Samstag vormittag trieben sie wieder ihr tägliches Zerren und Sträuben, da sagte Ruthie: »Zum Donnerwetter, Duvey, was tust du da?« Sie stand in ihrem alten karierten Bademantel in der Tür, eine Hand am Türpfosten.

Naomi sprang von der Bettkante und lief neben Ruthie. Sie wußte nicht, ob sie sich schämen sollte. Es war verwirrend, weil Onkels ein Recht hatten, sie zu küssen, sogar, wenn sie nicht wollte, aber nicht mit der Zunge, wie Alvin und Brille es versuchten. Sie nannten das französisch küssen, aber in Paris hatte niemand sie so geküßt.

»Ach, hau doch ab, Ruthie, was machst du überhaupt so früh? Ich hab' mit ihr doch nur Quatsch gemacht.«

»Da hast du verdammt recht.« Ruthie bebte vor Zorn. Immer wieder ballte sie die Fäuste.

»Ich hab' doch gar nichts gemacht. Ich hab' sie doch nur geküßt.«

»Sie ist ein kleines Mädchen, du Schwein!«

»Ist sie nicht. Sie ist jetzt hübsch. Sie wird groß. Sie weiß, was sie tut. Sie ist ein kleiner Schäker.«

»Duvey, du bist nicht bei Trost.« Ruthie legte die Hand auf Naomis Schulter und schob sie aus dem Zimmer. »Ich komme gleich zu dir.«

»Wirst du Mame mit diesem Unsinn verrückt machen?« fragte Duvey und setzte sich im Bett auf.

»Du laß Naomi in Ruh, und ich sag' Mame nichts. Aber ich meine, was ich sage: Laß Naomi in Ruh. Sie wird es mir sagen, wenn ich sie frage, Duvey.« Ruthie machte die Tür zu.

Naomi stand davor und versuchte zu lauschen. Sie konnte ihre Stimmen hören, aber bei dem Samstagsbabygebrüll im Nebenzimmer konnte sie nur die Wut in ihren Stimmen heraushören.

Als Ruthie in ihr gemeinsames Zimmer kam, bat sie Naomi, ihr genau zu sagen, was Duvey gemacht hatte. Naomi beantwortete alle ihre Fragen und versuchte immer noch herauszubringen, ob Ruthie auf sie böse war. »Du hast nur versucht, Mame zu helfen und dir ein bißchen Geld zu verdienen«, sagte Ruthie traurig. »Wenn eine ältere Person dich auffordert, etwas zu tun, dann fällt es schwer, das nicht zu tun. Du fühlst dich im Unrecht. Aber Duvey hat dich mißbraucht. Wenn Duvey oder irgendein anderer Mann sowas noch mal mit dir macht, dann sagst du es mir. Und dann breche ich ihm den Hals.« Ruthie stand an der Frisierkommode und bürstete sich mit heftigen wütenden Bewegungen die Haare. »Jetzt bin ich zu aufgebracht, um zu schlafen. Ich glaube nicht, daß er dich noch mal belästigt. Montag gehst du wieder in die Schule, nicht? Gut. Morgen früh bringe ich ihm seinen verdammten Kaffee. Und reinspucken werd' ich.«

Trotzdem gab das Ganze Naomi das Gefühl, etwas Schlimmes getan zu haben. Ihr gefiel daran nur, daß sie fünfzig Cents hatte, die sie mit Sandy zusammen im Billigkaufhaus für Schminke ausgeben konnte. Sie konnte sich einen Cutex-Lippenstift aussuchen und passenden Nagellack und Nagellackentferner – um den Nagellack abzumachen, bevor sie nach Hause kam. Dann mußte sie sich nicht mehr andauernd Sandys blöden Rosa Betörung pumpen. Sie konnte sich einen richtigen roten Lippenstift kaufen.

Vielleicht war sie doch nicht allein. Vielleicht gehörte sie zu Ruthie, vielleicht sorgte sich Ruthie um sie. In diesem Haus voller greinender Babys und schlafender Männer machte nur Ruthie sich um sie Gedanken. Sie liebte Ruthie mehr als alle andern außer Maman und Papa und Rivka. Mehr als Jacqueline, vielleicht.

Ruthie schlug vor, daß Naomi den Tag bei Trudi verbrachte. Rose protestierte. »Sie muß mir heute helfen. Wieso bist du nicht im Bett?«

»Gönn ihr ein bißchen Spaß. Sie hat es verdient, mal aus dem Haus zu kommen. Es ist ungerecht, so viel von ihr zu verlangen.«

Tatsächlich stellte sich Ruthie am nächsten Morgen den Wecker und stand nur zwei Stunden, nachdem sie sich hingelegt hatte, wieder auf, machte grimmig Duveys Frühstück, brachte es ihm und legte sich dann wieder schlafen. Naomi hatte immer noch das Gefühl, daß das zum Teil ihre Schuld war, aber hauptsächlich hatte sie das Gefühl, daß Ruthie sie liebte und sie behütete. Sie hatte Ruthie im Verdacht, Trudi etwas gesagt zu haben, denn Trudi bestand darauf, daß Naomi am Sonntag bis zum Abendessen blieb. Montag früh ging sie wieder in die Schule. Als sie nach Hause kam, hatte sie ein bißchen Angst, Duvey würde wütend auf sie sein.

Aber er schien nicht wütend zu sein. Sondern sagte immer wieder, sie sei sein Liebling. Er zwinkerte ihr zu und gab ihr einen Klaps. Er erzählte ihr alles über Island mit Vulkanen und Malta mit Steilküsten und Ruinen und sonderbaren tiefen Spurrillen im Fels, die so alt waren, daß niemand wußte, wer sie gemacht hatte, und Schottland, wo die Männer Röcke trugen, wenn sie sich fein machten. Er gab ihr eine Handvoll ausländischer Münzen.

Naomi sah sich vor, nicht in sein Zimmer zu gehen. Das fiel ihr leicht, denn er schlief noch, wenn sie morgens zur Schule ging, und wenn sie am späten Nachmittag nach Hause kam, saß er mit der *Detroit Free Press* im Wohnzimmer herum, oder draußen, wenn ihm die Knirpse auf die Nerven gingen. Er kam zum Abendbrot nach Hause und ging dann weg bis spät in die Nacht.

»Diese Ruthie«, sagte Duvey zu ihr, »die steckt ihre Nase in Sachen, die sie nichts angehen. Die ist eine Kneifzange.«

Naomi wandte das Gesicht ab. Sie wollte kein Wort gegen Ruthie sagen. Denn Ruthie hatte sie lieb.

Manchmal fiel ihr ein, daß Duvey gesagt hatte, sie sei jetzt hübsch. Sie schaute in den kleinen Spiegel in ihrem Zimmer, ob sie sich verändert hatte, aber die gleiche Naomi schaute zurück. Wenn sie ihren neuen roten Lippenstift, Satan, auflegte, sah sie bestimmt besser aus. Trotzdem wollte sie nicht, daß Duvey sich noch einmal an sie preßte oder seinen Mund hart auf ihren drückte und ihr seine dicke Zunge in den Mund steckte. Sie hatte nur hören wollen, was er von seinem Seemannsleben erzählte, und daß sie den Kaffee genau richtig machte, wie er sein sollte – denn andauernd wurde ihr gesagt, so wie sie Dinge tat, war es falsch. Sie konnte sich nicht vorstellen, mit Duvey heimliche schmutzige Sachen machen zu wollen. Er war nur ein Onkel, aber trotzdem gefielen ihr seine Geschichten, und ihr gefiel, daß er sie hübsch genannt hatte, auch wenn er es nicht gemeint hatte.

Obwohl sie sich zu Rose und Sharon und Ruthie stellte, um ihm einen Abschiedskuß zu geben, und winkte und winkte, als er mit seinem Seesack die Straße hinunterging, war sie doch froh, daß er fort war. Jetzt konnten die Babys in seinem Zimmer ihr Schläfchen halten, und sie brauchte sich nicht den Kopf zu zerbrechen, ob sie an dem Schuld hatte, was Duvey nach seinem Kaffee von ihr wollte. Sie konnte aufatmen und sich wieder ihrem Strickzeug zuwenden. Keins ihrer Vorhaben war ein Erfolg gewesen – knotige Fäustlinge, ein krunkeliger Schal –, aber das hier sollte anders werden, ein warmer Hut für Ruthie. Sie hatte niemandem erzählt, was es war, obwohl Trudi sie immer wieder danach ausholte. Es war grün wie Ruthies Augen und wurde bestimmt schön.

Louise 4

Etwas Altes und etwas Neues

»Mrs. Shaunessys jüngere Tochter hat gerade ein Kind bekommen, und der Vater ist in Übersee, deshalb habe ich ihr eine Woche freigegeben.« Louise stand auf einem Stuhl, um die Bratpfanne wegzustellen. »Ich meine immer noch, wir hätten Kay verdonnern müssen, beim Abwasch zu helfen. Sie tut so wenig wie irgend möglich.« Ihre Bilder vom Verlauf des Abends nach dem Thanksgiving-Nachmittagsfestmahl waren bereits von Oscar zertrümmert worden. Sie hatte gehofft, mit beiden über Kays wachsende Renitenz und ihre kürzlich entdeckte Schwangerschaft zu reden, denn Louise war nun bereit zuzugeben, daß sie Oscars Hilfe brauchte.

»Warum sollte sie nicht mit ihrer Freundin ins Kino gehen? Ich fand, wir müssen miteinander reden.« Oscar ließ das schmutzige Spülwasser ablaufen und trocknete sich die Hände ab. »Hier ist der Deckel.« Er reichte ihn ihr hoch.

Als sie sich umdrehte, um vom Stuhl zu steigen, legte er ihr die Hände in die Taille, doch er half ihr nicht nur herunter, er zog sie an sich. Als er sie küßte und sein vertrauter Körper sie umschlang, spürte sie, wie sie butterweich wurde. Wieder einmal kehrte die Sexualität zurück, die einmal der Kern ihres Lebens gewesen war, dieser Mann, mit dem sie sich fünfzehn Jahre lang fast jeden Tag geliebt hatte. Die Festigkeit seines Körpers war vertraut, seine Stämmigkeit, seine Hitze, als läge seine natürliche Temperatur über der menschlichen. Dann überkam sie brühend heiß der Zorn. Sie riß sich von ihm los. »Als Vater warst du nie besonders, Oscar, aber du könntest wenigstens Interesse an Kays Problemen heucheln. Ich brauche Hilfe.«

»Und ich brauche dich. Und vielleicht braucht Kay uns beide.«

»Du brauchst mich nicht. Du wirst in Washington sehr bald eine Bettgenossin haben, falls du bisher noch keine Zeit gefunden hast, dir eine zu suchen.« Sie schleuderte ihre Schürze fort, marschierte ins Wohnzimmer und warf sich in einen Sessel.

»Ach, komm schon, Louise. Dir hat Washington immer gefallen. Du würdest dich da bestens amüsieren. Das OWI ist hinter dir her. Warum gehen wir nicht zusammen nach Washington?«

Sie hätte ihn ermorden können, ihm in die Eier treten können. Sie vermochte im Geiste nichts als jene Abende zu sehen, die er mit Madeleine verbracht hatte, Madeleine sagt, Madeleine glaubt, Madeleine interpretiert Freud in die und die Richtung. Wie er nach Hause kam und sie küßte und ihm dieser Duft anhaftete, die verdammten Parmaveilchen. Madeleine war groß, blond, kleidete sich in den Farben Lavendel und Grau und roch diskret nach Veilchen. Ihre Stimme war tief und rauchig. Es ging das Gerücht, daß Jung einmal in sie verliebt war. Oscar war es jedenfalls mit Sicherheit, so vernarrt, daß er sich nicht verkneifen konnte, von ihr zu reden. Jetzt, wo Madeleine ihn für die dollarfetten Weiden Hollywoods verlassen hatte, wollte er Louise wiederhaben. Was unterstand er sich?

»Oscar, ich dachte, du hättest deine attraktive Helferin mitgenommen. Würde sie dir nicht den Gefallen tun?«

Oscar grinste. »Innerhalb von fünf Minuten. Du weißt, daß ich mich nicht mit Studentinnen einlasse. Einige Skrupel habe ich, auch wenn es dir nie genug waren.«

»Weil es sich beruflich nachteilig auswirken könnte. Hab' ich recht?« Louise warf die Haare in den Nacken. Es machte sie rasend, daß er auf ihre Brüste schaute, während sie ihn beschimpfte. Seine Blicke waren für sie, als faßte er sie an. Es war unfair. Es hatte nichts mit dem zu tun, was sie von Oscar wollte. Sie hätte ihn am liebsten einen Schweinekerl genannt und einen Teller auf seinem Kopf zertrümmert, aber wenn sie das tat, landeten sie unweigerlich im Bett. Sie hatten sich in alten Zeiten einige gewaltige Kräche geliefert, die stets im Bett endeten. Ein Grund, warum ihr wachsender Unmut Oscar zum Lächeln brachte. Mistkerl. »Wenn du bisher zu beschäftigt warst, um eine zu finden, dann wird eine dich finden. Das tun Frauen immer, Oscar. Du ziehst Frauen an wie eine Müllkarre die Fliegen.«

Er lachte. »Dann ist es doch gar nicht meine Schuld? Ich bin dir immer auf meine Art treu gewesen, so sieht die Wirklichkeit aus. Du bist die einzige Ehefrau, die ich will.«

»Ich war dir immer treu, Oscar, aber hast du geglaubt, ich würde die nächsten vierzig Jahre lang dasitzen und einem Mann treu sein, der mich verlassen hat? Ich bin immer noch treu – aber nicht dir. Ich habe nicht vor, dem Mann in meinem Leben mit dir untreu zu werden – oder mit sonstwem. Ich breche nicht meine eigenen Regeln.«

Jetzt lächelte Oscar nicht mehr. Seine Augen verengten sich zu Schlitzen. Seine Haut wurde röter. Er sprach mit seidenweicher Stimme. »Und wer ist der Glückliche? Du machst so ein Buhei doch nicht um diesen eingeschrumpelten kleinen Schniepel Dennis Winterbottom? Du kannst nicht einem Schoßhündchen treu sein.«

Sie hatte ihn tatsächlich getroffen. Jetzt ging es ihr gut. Ihr war nach Kichern zumute. »Nein, ich rede nicht von Dennis Winterhaven.«

»Wer ist es?«

»Das geht dich nichts an, Oscar.«

»Woher weiß ich, daß er es nicht war, der Kay geschwängert hat?«

»Oscar, sei nicht widerwärtig. Kay kennt ihn übrigens gar nicht.«

»Ach, du bist mit diesem Würstchen angeblich liiert, und dem liegt nicht mal genug an dir, um die Probleme in deinem Leben anzugehen?«

»Warum sollte er, wenn du es nicht mal tust, und dabei ist Kay deine Fleisch-und-Blut-Tochter?«

Oscar kniete vor dem Likörschrank, grub darin herum, kam mit einer Flasche Bourbon – den er nie trank – zum Vorschein und goß sich einen kräftigen Schluck in sein Weinglas. Er fragte, ganz im Plauderton: »Zweifellos ein alter Freund von uns? Die Hälfte der Männer, die wir kennen, hätte alles getan, um dich ins Bett zu kriegen. Fred Bauer. Ich wette, es ist Fred. Er hat immer versucht, dich in die Finger zu kriegen. Zur Begrüßung mußte er dich küssen. Zum Abschied mußte er dich küssen. Mir war immer ein Rätsel, wie er es ertragen hat, aufs Klo zu gehen, ohne dich zu küssen.«

»Oscar, erinnerst du dich an all die Vorträge, die du mir über Eifersucht gehalten hast, was für eine unwürdige und unnötige und primitive Gefühlsregung das ist?«

»Verdammt noch mal, Louie, ich habe nie von dir verlangt, wie eine Nonne zu leben. Aber ich will dich. Du hast eine Affäre gehabt, na und? Sie ist noch nicht erledigt, na und? Wir sind auch noch nicht erledigt.«

»Ja, weil wir noch unerledigte Dinge haben, unsere gemeinsame Tochter nämlich.«

»Charley! Es ist dein Agent Charley. Er ist seit zehn Jahren in dich verliebt.«

»Oscar! Charley ist homosexuell. Du kennst meinen Freund nicht. Jetzt hör endlich zu! Kay braucht eine Abtreibung, aber sie hat sich in eine romantische, masochistische Traumwelt versponnen, in der sie das Kind zur Welt bringt und der Vater tot ist – während sie in Wahrheit gar nicht sicher sein kann, wer von verschiedenen Männern der Vater ist –, und sie leidet herrlich in ihrem eigenen Melodram, ohne sich klarzumachen, daß sie für die nächsten achtzehn bis zweiundzwanzig Jahre ein Kind großziehen muß.«

»Ich werde mit ihr reden. Heute abend, wenn sie aus dem Kino kommt, werde ich mich darum kümmern. Ich kann ihr einen Arzt besorgen, der sehr gut ist.«

»Wird er ein Betäubungsmittel benutzen? Ich könnte nicht ertragen, wenn sie diese Schmerzen durchmachen muß.« Sie hatte sich gedacht, daß Oscar einen guten Abtreibungsarzt wußte.

»Ich werde sie begleiten, wenn sie möchte. Bist du sicher, daß ich den Mann nicht kenne?«

»Wirst du das wirklich tun? Auf mich will sie nicht hören. Irgendwie habe ich es falsch angepackt, als ich davon erfuhr. Ich war schockiert, und um mit meinem Schock fertigzuwerden, bin ich ungemein praktisch geworden. Versehentlich habe ich ihr ein Überangebot an Schwierigkeiten angedreht, und damit die berauschende Aura des Märtyrertums.«

»Kay ist in einem schwierigen Alter, Louie, und nichts, was du mit ihr anstellst, kommt richtig an. Das geht auch wieder vorbei. Sie wird dich wieder lieb haben, denn beide wissen wir, daß du eine gute Mutter warst.«

Louise spürte kurz heiße Tränen aufsteigen. »Ich weiß das wirklich nicht. Ich muß immer wieder an vieles denken, das ich schlecht gemacht habe.«

Oscar kniete vor ihr nieder und ergriff ihre Hände. »Wir haben beide vieles gut gemacht und vieles schlecht. Aber das Schlechteste, was wir je getan haben, war, einander loszulassen.«

»Was vorbei ist, ist vorbei, Oscar. Ich bedaure zutiefst, daß du so nicht vor drei Jahren gedacht hast, aber unsere Lebenswege haben sich getrennt.«

»Er kann nicht in New York wohnen, wenn er Kay nie kennengelernt hat.«

»Oscar, ich muß dir etwas sagen. Er hat noch ein paar Verbindungen, die bis nach Frankreich reichen. Ich habe ihn gebeten, herauszukriegen, was Gloria macht.«

»Geht es ihr gut?«

»Sie ist auf dem Landsitz der Familie. Ihr Gatte, der Baron, macht Geschäfte mit den Nazis. Solange er sich nicht von ihr scheiden läßt, ist sie wahrscheinlich in Sicherheit, aber es ist keine angenehme Lage.«

»Dieser vermoderte Stiesel. Was für Geschäfte?«

»Er fördert die neue deutsche Kultur, das Neue Europa. Alles männlich, heroisch, quadratisch, Männer sind Männer, und Frauen bleiben schwanger zu Hause, und Juden sind Auswurf. Er veranstaltet Ausstellungen muskelbepackter Skulpturen und vaterländischer Ölgemälde. Er ist Kulturträger geworden.«

Oscar stand auf, tigerte umher. Er trank seinen Bourbon aus, tigerte weiter. »Ich zerbreche mir den Kopf, ob man sie nicht rausholen kann?«

»Ich wüßte nicht, wie. Wahrscheinlich ist sie kaum in Gefahr, außer der Baron beschließt, sich ihrer zu entledigen.«

»Er hat sie geheiratet, weil sie eine Schönheit ist und weil sie in dieser kleinen *beau monde* einen gewissen Ruf hatte. Jetzt ist sie eine Belastung. Ich traue ihm nicht. Schließlich hat sie kein eigenes Geld.« Er schritt das Wohnzimmer ab, fuhr gedankenverloren mit der Hand über die Lehne des Sofas, das sie zusammen ausgesucht hatten, als sie hierherzogen, 1935, als er die Stellung an der Columbia bekam. »Der Gedanke, sie könnte angreifbar sein, ist mir gräßlich.«

»Möchtest du, daß ich mehr herausbekomme?«

»Ist er auch bei OSS?«

»Nein. Er hat mit dem OWI zu tun –«

»Wie du.«

»Nicht offiziell. Sie wollen, daß ich eine aktivere Rolle übernehme. Ich habe im Schriftstellerbeirat mitgearbeitet, aber sie wollen, daß ich richtige Propaganda verfasse, und darüber muß ich noch ein bißchen länger nachdenken –«

»Warum sollte jemand im OWI Kontakte zu Frankreich haben?«

»Ich sagte, er hat mit dem OWI zu tun, nicht, daß er für sie arbeitet. Er hat Verbindungen zum französischen Geheimdienst. Zu de Gaulles Leuten, nehme ich an.«

»Er ist Franzose, wie?« Oscar runzelte die Stirn, zum ersten Mal ein wenig verzagt.

»Oscar, was soll das? Es ist kein Geheimnis, aber ich habe es hauptsächlich Kays wegen nicht an die große Glocke gehängt.«

»Ich mache mir Sorgen um Gloria«, sagte Oscar und blieb vor ihr mit schmelzenden Augen und leiser, banger Stimme stehen.

»Oscar, wenn du deine Besorgnis um Gloria benutzt, um mich zu erweichen, dann zerschlage ich eine Lampe auf deinem Kopf, ganz im Ernst. Ich lasse mich nicht mit dir ein. Du wirst mich nicht verführen, oh nein. Wie du weißt, bin ich eine Frau mit Grundsätzen.«

»Weißt du, warum du so erfolgreich diese gräßlichen Schnulzen schreibst? Tief in deinem Innern, Louise, glaubst du wirklich an all den romantischen Mumpitz. Schämst du dich nicht, du als Sozialistin, daß du nicht ein bißchen emanzipierter bist?«

»Nein«, sagte Louise. »Ich gehe jetzt zu Bett, und ich schließe meine Tür ab, und du wirst hier auf Kay warten. Und verdammt noch mal, tu gefälligst etwas, um sie zu retten, oder ich werde dir nicht verzeihen, solange ich lebe.«

Oscar sorgte für Kays Abtreibung, aber es war Louise, die sie am folgenden Donnerstag begleitete. Louises eigene Regel setzte in der Praxis des Arztes ein, mit heftigen Krämpfen, wie sie sie seit ihrer unruhigen Jugend nicht mehr gehabt hatte. Bitte laß es ihr nicht weh tun, bitte, flehte sie die Luft an. Laß es mir an ihrer Stelle weh tun. Warum kann ich nicht an ihrer Stelle schwanger sein? Ich kann eine weitere Abtreibung überleben.

Hinterher brachte sie Kay in einem Taxi nach Hause und dann zu Bett. Kay sah bleich und ausgezehrt aus, ein verletztes Kind. Sie hielt Kay so lange in den Armen, wie ihre Tochter sich halten ließ. Bald stieß Kay sie fort und drehte sich zur Wand. »Jetzt wird mich keiner mehr wollen. Jetzt werde ich nie ein Kind kriegen können. So sieht es aus.«

Sie versuchte, Kays Hand zu nehmen, die nervös an der Bettdecke zupfte. »Das ist nicht wahr, Liebling. Das ist nur das Ende von diesem Problem.«

»Das ist doch Quatsch, Mutter. Ich weiß, wie's steht.«

»Kay, als ich in deinem Alter war, hatte ich eine Abtreibung. Ich war vergewaltigt worden. Ich bin zu einer Frau gegangen, die es mir gemacht hat. Hinterher wurde ich sehr krank, bekam hohes Fieber und bin fast draufgegangen. Das wird dir nicht passieren. Aber ich hatte ein Leben danach. Ich bekam dich. Ich wollte dich, und ich bekam dich.«

»Du hattest mit siebzehn eine Abtreibung?«

Louise nickte.

»Weiß Daddy das?«

»Natürlich weiß er das.«

»Warum hat er mir das nicht erzählt?«

»Er hat wahrscheinlich nicht daran gedacht. Er hatte Angst um dich, Kätzchen. Warum sollte er dir alte Geschichten über mich erzählen?«

»Weil es wichtig ist.«

»Wieso ist das wichtig?«

»Warum hast du mir so ein schlechtes Gewissen gemacht, wenn du es auch getan hast?« Kay fing an zu schluchzen.

»Ich wollte dir kein schlechtes Gewissen machen.« Sie strich Kay das dunkle Haar aus der feuchten Stirn. »Du hast mir einen Schreck eingejagt. Dein Leben ist außer Kontrolle geraten. Du warst selbstzerstörerisch.«

»Nur, weil es mich erwischt hat«, sagte Kay mürrisch. »Jetzt laß mich in Ruhe. Ich bin müde, ich habe Schmerzen, und ich möchte schlafen.«

Es taten sich zwar keine Wunder der Kommunikation, aber es war doch, als hätte ein Fieber seinen Höhepunkt überschritten und sei im

Abklingen. Kay redete jetzt mit ihr. Kay spielte die Genesende, zeigte keine Lust, zum Unterricht zurückzukehren, zu ihren Freundinnen. Die Schule hatte ein ärztliches Attest über eine Lungenentzündung bekommen. Kay machte zu Hause Schularbeiten, mit regelmäßigen Nachhilfestunden. Louise war fest entschlossen, Geduld zu haben und sie nicht ins Schulleben zurückzudrängen.

Kay entschied sich dafür, Weihnachten bei ihrem Vater in Washington zu verbringen. Louise besuchte Claude in Kalifornien, anfangs verunsichert, weil sie sich die Gesellschaft bildschöner, spatzenhirniger Schauspielerinnen vorstellte. Claude lebte jedoch in Klein-Frankreich, einer Gemeinde von Regisseuren, Schriftstellern und von Intellektuellen, die sich irgendwie Lehraufträge an der Universität von Kalifornien in Los Angeles oder an einem der kleineren Colleges ergattert hatten, alle waren leidenschaftlich in der Exilpolitik engagiert und lebten für den Tag ihrer Heimkehr.

Von da aus nahm sie einen Zug nach Norden, um davon zu berichten, wie Henry Kaiser in Richmond, Kalifornien innerhalb von vier Tagen ein Liberty-Schiff zusammenbauen ließ. Es begann Samstag um Mitternacht auf einer leeren Helling, und vierundzwanzig Stunden später stand ein kompletter Rumpf da. Louise war beauftragt worden, für das *New York Times Magazine* über das romantische Abenteuer des Schiffbaus und die Wunder der Fertigteiltechnologie zu schreiben und für *Redbook* einen Artikel über Frauen, die zu den Werften strömten, um dort zu arbeiten. Die Regierung wollte über arbeitende Frauen so viele Berichte und Reportagen, wie sich nur zu Papier bringen ließen, denn sie hatte beschlossen, nicht nach dem englischen System zu verfahren und Frauen zu wichtigen Arbeiten zwangszuverpflichten, sondern sich ganz auf Werbung, Propaganda und die Zeitschriften zu verlassen. Frauen sollten geschildert werden, wie sie Freude an der Arbeit hatten, wie sie neue Rollen übernahmen, wie sie in den Fabriken stärker und selbstsicherer wurden.

Die Helling starrte vor Gerüsten über den Betonfundamenten, mit einer erhöhten Rednertribüne in der Nähe vom Bug des Schiffes. Louise saß in einer Gruppe von ungefähr hundert Reportern. Viele von ihnen lernte sie nach und nach kennen, denn sie fanden sich zu etlichen Anlässen ein, die wie dieser hier eigens für die Presse arrangiert waren. Arbeiter schwärmten über die Gerüstbretter. Auf jeder Seite der

Helling verliefen zwei Paar Gleise zum Wasser, die schmaleren Gleise für Eisenbahnwaggons und die breiteren für die Spinnenkräne, so hoch wie sechsstöckige Gebäude, die über den Waggons kauerten, um mit ihren langen Armen in die Eingeweide des wachsenden Schiffes zu greifen. Drei Kräne stocherten im Schiff herum und klingelten beim Hin- und Herrollen auf ihren großen Rädern. Nieter, Schweißer, Schiffsmonteure, Takler, Zimmerleute und Kalfaterer, Brenner und Schiffsbaumeister liefen geschäftig wie Ameisen über den Schiffsrumpf.

Der flache Kiel, der Boden des Schiffes war zuerst aufgelegt und in einzelnen Segmenten auf die Kielblöcke herabgelassen worden. Dann wurde auf den Kiel die äußere Rumpfpanzerung eingepaßt. Tanks wurden an ihren Platz herabgesenkt. Jetzt begannen die Bordwände sich auf beiden Seiten zu formen. Nun sah sie den Bug an seinen Platz schweben, während der *Times*-Photograph eifrig knipste. Sie konnte nicht anders, sie empfand Stolz angesichts des Schauspiels. Nicht, weil das Schiff besonders rassig war, denn die Liberty-Schiffe waren langsame, schwerfällige Frachtzuber, aber die harte Arbeit, die Leistungskraft, das solide Handwerk, die dazugehörten, um genormte Schiffe so wie Chevys oder Fords herzustellen, imponierten ihr. Eine gut bezahlte, gewerkschaftlich organisierte Belegschaft, die wußte, daß ihre Arbeit Werte schuf, und die motiviert war, konnte unglaubliche Wunder vollbringen: das würde sie gern hervorheben, durfte es aber nicht.

Als Kay aus Washington wiederkam, war sie bereit, wieder zur Schule zu gehen. Sie verkündete: »Daddy hat eine Affäre mit dieser Abra, die für ihn arbeitet. Sie ist vierundzwanzig. Das ist jung, nicht wahr? Für Daddy? Wie alt ist Daddy eigentlich?«

»Er ist vierzig. Nein, einundvierzig. Ja, ich würde sagen, zwischen ihnen besteht ein gewisser Altersunterschied.« Wenigstens war sie zu Thanksgiving nicht Oscars Schmeicheleien erlegen. Hätte sie ihm geglaubt, dann wäre sie jetzt schwer getroffen.

»Bist du nicht eifersüchtig?«

»Nicht besonders. Wenn er ein paar Häuser weiter wohnen würde und ich Angst haben müßte, sie zusammen zu sehen oder ihnen zu begegnen, dann vielleicht. Aber er ist in Washington, Kay, und bis er nach dem Krieg hierher zurückzieht, ist er längst mit einer anderen zusammen.«

»Findest du, Daddy ist ein Schweinehund?«

»Nein. Er wirkt anziehend auf Frauen, und er sieht nicht ein, warum er widerstehen soll. Du müßtest wissen, daß das einer der großen Streitpunkte zwischen deinem Vater und mir war.«

»Wenn du jetzt nicht auf seine Affäre mit dieser vierundzwanzigjährigen Abra eifersüchtig bist, warum konntest du dich dann nicht mit seinen Bettgeschichten abfinden, als ihr verheiratet wart?«

»Er gehört jetzt nicht mehr zu mir, also wird mir auch nichts weggenommen. Oder?«

»Wenn du meinst«, sagte Kay mürrisch und verließ türenknallend das Zimmer. Trotzdem war Louise froh, denn jetzt redeten sie über Dinge, die Kay wichtig waren, wie unbefriedigend der Ausgang einzelner Gespräche auch sein mochte.

Kays tiefe Bewunderung für Oscar ärgerte Louise, denn Oscar war ein recht gleichgültiger Vater gewesen. Er liebte Kay. Er war ein zutiefst liebevoller Mann, warm, charmant und zugewandt, aber sehr oft auf und davon und zu anderer Leute mannbarer Tochter oder reizvoller Mutter warm, charmant und zugewandt. Er fand die Vaterschaft langweilig. Er erklärte immer, Kay würde schon ihren eigenen Weg finden, rechtfertigte seinen Mangel an direkter Beteiligung als moderne Erziehung. Es war ungerecht von Kay, ihren Vater zu vergöttern, der sich so wenig um sie gesorgt und so oft über sie gelächelt hatte, und ihrer Mutter endlose Gefechte zu liefern, ihrer Mutter, der sie täglich und stündlich ein Kleinod gewesen war, deren Fürsorge sie umgeben hatte wie ein schimmerndes Netz ausgestreckter Fühler, wohin sie auch ging.

In der letzten Januarwoche kam Claude zur Premiere seines neuen Films, *Engel des Ruhms*, den er als reine Luftwaffenpropaganda beschrieb. Er hatte vor, eine Woche lang im Plaza zu bleiben. Eine große romantische Affäre war etwas ganz anderes als eine Ehe mit einem leidenschaftlich geliebten Mann. Louise schaute sehr genau hin, ihretwegen und um Material für Annette. In einer Affäre steckte viel mehr Angst, denn jedes Mal konnte das letzte Mal sein, wenn es nicht so lief – nicht so glatt, nicht ganz so erregend. Andererseits hatte sie in den langen Spannen zwischen den Begegnungen ihre Wohnung, ihre Arbeit, ihre Tochter, ihren Kopf für sich. Sie erwartete keine Hilfe, wo keine zu erwarten war.

Louise hatte Angst, Claude zu verlieren, denn sie fühlte, sie hatte sich auf einen Mann eingelassen, der für sie vielleicht eine Spur zu mondän, zu weltläufig war, doch die Woche verlief gut – so gut, daß Louise nach Claudes Abreise an etwas erkrankte, was ihr Gynäkologe anzüglich als Flitterwochenblasenentzündung bezeichnete. Beim Austreten brannte ihre Harnblase, bis sie sich vor Schmerzen krümmte. Sie mußte jeden Tag sechs Liter Sauerbrunnen trinken.

Trotzdem war sie zufrieden. Claude hatte ihr zwölf Paar Nylonstrümpfe mitgebracht, einen alten Smaragdring und so viel Eßbares und Trinkbares und Liebeslust, daß sie eine Weile davon zehren konnte. Sie hatte vermieden, sich in Oscars alten Mustern zu verfangen, nein, sie hatte weiter ihre eigenen, neuen aufgebaut. Claude dachte an sie, wenn er nicht bei ihr war, er schrieb ihr, rief wenigstens zweimal wöchentlich an, kaufte ihr Geschenke und beherrschte nach und nach ihre sexuelle Phantasie, so daß die Helden, die sie jetzt ihren Heldinnen erschuf, Claudes nervöse Beweglichkeit hatten, seine Reaktionsschnelligkeit, seinen festen, gewandten, drahtigen Körper, seinen vollen, leicht schmollenden Mund, seine Meerwasseraugen.

Die eisernen Tabus der Zeitschriften, für die sie schrieb, erlegten ihr auf, alle Energie der körperlichen Liebe, alles Wissen um die Bewegungen leidenschaftlich ineinander verschlungener Körper, alle Ekstase des Orgasmus in die Beschreibung von Küssen zu packen, ähnlich wie Claude, der für den amerikanischen Markt ebenso viel in einem Leinwandkuß andeuten mußte. Aber unter den inbrünstigen, feuchtwarmen Beschreibungen von Küssen Mund auf Mund war in ihren Geschichten wie in ihrer Phantasie Claudes sexuelles Empfindungsvermögen aktiv. Wie sie Oscar gesagt hatte, war sie dem Mann, mit dem sie zusammen war, treu. Dieser Mann war endlich nicht mehr Oscar, auch nicht in ihren Träumen.

So hatte Louise Angst, Kay zu verlieren und Claude zu verlieren, aber wen sie verlor, das war Mrs. Shaunessy, die Arbeit bei Grumman Aircraft auf Long Island annahm und zu ihrer Tochter zog.

»Aber Mrs. Shaunessy, für uns haben Sie immer zur Familie gehört.«

»Mit fünfunddreißig Dollar die Woche fang' ich an, und das ist ohne Überstunden. Außerdem kann meine eigene Familie die Hilfe brauchen.«

Louise fand sich ohne Haushälterin, und ihr Leben wurde davon mindestens so nachhaltig gestört wie damals von Oscars Auszug zu

Madeleine. Louise rief ihre sämtlichen Freundinnnen an. »Ich brauche eine Haushälterin!«

»Wer nicht?« antworteten ihre Freundinnen.

Zu Kay sagte sie: »Du wirst eben auch einspringen müssen. Wir beide werden all das bewältigen müssen, was Mrs. Shaunessy getan hat.«

Sie machten Listen. Auffegen, Staubwischen, Einkaufen, Waschen, Bügeln, Kochen, Abwaschen, die Badezimmer. Kay war entsetzt. »Du hättest ihr mehr zahlen müssen.«

»Ich habe ihr gezahlt, was für so eine Stellung üblich ist.«

»Du hättest ihr mehr zahlen müssen.«

Zu sich selber sagte Louise: ich brauche keinen Liebhaber, ich brauche keinen Ehemann. Ich käme gar nicht klar, wenn ich auch noch einen Mann in der Wohnung hätte. Wenn ich schon keine Haushälterin haben kann – was ich brauche, ist eine Ehefrau.

Jacqueline 5

Von anspruchslosen Ehefrauen und reinrassigen Rennpferden

29 mai 1943

Daniela und ich sind untergetaucht, draußen am Stadtrand in Maisons-Laffitte. Wir sind in Gesindestuben über dem Pferdestall versteckt, in dem tatsächlich mehrere gestriegelte und wohlgenährte Pferde stehen, besser genährt als die meisten Menschen heutzutage. Wenn der Stallbursche kommt, um den Pferden Futter und Wasser zu geben, müssen wir mucksmäuschenstill sein. Wir sprechen nicht, wir rühren uns nicht. Zum Glück sind die Pferde fast den ganzen Tag draußen, um bewegt zu werden. Die Frau, die uns versteckt, sagt, daß wir oben nie unsere Schuhe tragen dürfen, sondern sie am Fuß der Treppe ausziehen müssen. Mein letztes Paar Lederschuhe ist dieses Frühjahr zerfallen, kurz bevor wir Reißaus nehmen mußten, und jetzt tragen Daniela und ich beide die Holzschuhe, die inzwischen so weit verbreitet sind.

Dieses Versteck ist nicht so sicher, wie es den Anschein hat, denn der Ehemann der Frau ist Kollaborateur, dem wir unter allen Umständen aus dem Weg gehen müssen. Sie hat uns vor ihm gewarnt. Er lebt jedoch in der Stadt mit seiner Mätresse, sagt sie, und läßt sie ziemlich in Ruhe. Das Haus ist weitläufig und verschachtelt, ein Sandsteinhaufen teils aus dem sechzehnten, teils aus dem achtzehnten Jahrhundert, das meiste davon abgesperrt. Die einzigen Männer hier sind die Stallburschen, alle übrigen sind zur Arbeit nach Deutschland geschafft worden. Sie führt das Haus mit einer alten Köchin und einem jungen Dienstmädchen und macht selbst die Gartenarbeit.

Gestern holte sie uns zum Abendbrot ins Haus und sagte, sie sei sicher, daß er nicht plötzlich auftauchen würde. Wir saßen in der Küche und aßen eine reichliche Lauch- und Kartoffelsuppe und einen Salat aus ihrem Garten. »Sie können den Stallburschen nicht trauen. Die dürfen Sie weder sehen noch hören.«

Daniela warf einen Blick auf die alte Köchin, die am anderen Ende der großen Küche Eier schaumig schlug. Die Frau bemerkte den Blick. »Ach, Denise hat einen Sohn durch die Deutschen verloren. Sie haßt sie. Bei ihr sind Sie sicher.«

»Und das Mädchen – Jeanne?«

»Ihre Mutter ist Jüdin«, sagte die Frau. »Wie ich auch.«

Sie ist wahrscheinlich Mitte dreißig, mit jenem rabenschwarzen Haar, von dem man öfter liest, als man es sieht, zartem klarem kremigem Teint, dunklen Mandelaugen und hohen Wangenknochen. Sie scheint eine Frau zu sein, die es gewohnt ist, bewundert zu werden, angestarrt zu werden, obwohl sie alte Sachen trägt. Tagsüber ist ihr Rock oft erdbeschmiert. Ihre Hände sind mit kleinen Kratzern und Schnittwunden bedeckt, und ihre Nägel sind kurz. Daniela fragte sie: »Madame, sind Sie, waren Sie Schauspielerin?«

»Nie. Bis zu diesem Krieg.« Sie lachte leise. »Sie dürfen mich Gloria nennen. Wir sollten uns mit Vornamen anreden.«

»Sind Sie französischsprachig aufgewachsen?« fragte Daniela.

»Ich bin in den Vereinigten Staaten geboren. Ich habe immer noch die doppelte Staatsangehörigkeit, in der Hoffnung, es könnte mir irgendwas nützen, was es nicht tut.«

»Aber, Madame, ich meine, Gloria, warum sind Sie nicht fortgegangen, als Sie noch die Möglichkeit hatten?« fragte Daniela mit weit aufgerissenen Augen. Ich konnte sehen, wie sie dachte, wenn sie die Chance zur Flucht gehabt hätte, sie hätte sie ergriffen. Danielas Familie hat sich sehr um die Auswanderung bemüht, aber es fehlten die Bürgen oder die Gelder, um in eines der wenigen Länder zu gelangen, das Juden aufnimmt.

Gloria lachte scharf auf. »Um Ihnen die Wahrheit zu sagen, ich bin vorher nie auf den Gedanken gekommen, erst, als die Deutschen mehrere Wochen hier waren. Ich hatte schließlich eine französische Familie, mein Leben war seit vielen Jahren hier.«

»Sie empfanden sich nicht als jüdisch?«

Gloria lächelte bitter. »Eigentlich nicht.«

»Tun Sie es jetzt?«

»Es ist zur Tatsache geworden. Nur Dummköpfe kümmern sich nicht um Tatsachen. Aber als was empfinde ich mich vor allem? Als zornig, meine Liebe, sehr zornig.«

Ich sagte kaum etwas, dachte aber vieles, als wir um den Tisch saßen. Es war verführerisch gemütlich in der großen alten Küche. Seit bei Razzien mindestens die Hälfte unserer kleinen Zelle gefaßt worden ist, sind wir untergetaucht und rennen von einem Versteck ins nächste. Hier sind wir relativ sicher. Wir hoffen, bald neue Ausweise zu bekommen. Drei schreckliche, angstgehetzte Wochen lang haben wir in Mülltonnen genächtigt, in einem verlassenen, von Ratten heimgesuchten Lagerhaus, bevor es uns gelungen ist, zu einer anderen Gruppe Verbindung aufzunehmen.

Wenn sie davon spricht, sich nicht als Jüdin zu empfinden, höre ich mich selbst. Ich glaube nicht, daß sich für diese Frau wirklich etwas verändert hat, doch für mich schon. Daniela ist ganz und gar und stolz Jüdin. Das ist Teil ihrer Knochen, aber auch etwas, was sie bejaht hat, wozu sie sich bekannt hat, während es für mich etwas ist, in das ich hineingeraten bin, das mir aufgezwungen worden ist. Es ist das gleiche Gefühl, das ich hatte, wenn ich mit einem Kommilitonen für Philosophie oder Literatur redete und er mir plötzlich die Hand aufs Knie oder den Arm um die Taille legte. Ich sagte im Stillen: ich, ich denke, ich bin ein denkender Geist, und er sagte im Stillen: du, du Körper, du weiblicher Körper. Nicht, daß ich meinen Körper nicht mag, weiblich, wie er ist, aber so empfand ich mich in dem Moment nicht. Gleichermaßen hielt ich es für einen zufallsbedingten, nebensächlichen Teil meines Seins, in eine jüdische Familie geboren zu sein, und nicht für einen Teil meines Wesens. Jetzt beschreibt es mich, definiert es mich. Wie kann ich dahin gelangen, diese Definition zu meistern, zu besitzen?

Als ich Gloria sprechen hörte, hatte ich das Gefühl, etwas zu erfahren, das mich quält. Wenn ich ganz und wahrhaft ich selbst sein will, dann muß ich meinen eigenen Weg finden, jüdisch zu sein. Ich muß einen Halt in dieser Identität finden, wie es Papa und Daniela getan haben. Jetzt verstehe ich, warum ihn das so beschäftigt hat. Ich verstehe ihn besser, und ich verstehe auch Maman, wie ich es nie getan habe. Wenn ich ihnen beiden nur sagen könnte, wieviel mehr ich sie jetzt lieben könnte. Ich könnte ihnen nicht nur die pflichtschuldige, selbstsüchtige und gewohnheitsmäßige Liebe einer Jugendlichen geben, sondern eine verständnisvolle Liebe, die ihre schreckliche Last erleichtern würde.

Ich sah, daß Daniela und Gloria mich beide anschauten. Gloria lächelte, ihr kaum merkliches Lächeln mit den leuchtenden Augen, und berührte ganz sacht meinen Arm. »Sie sind völlig erschöpft, nicht wahr? Es muß ungeheuerlich sein, wenn man eines Tages plötzlich gezwungen ist, alles stehenzulassen und zu fliehen, das bisherige Leben hinter sich zu lassen und alle Besitztümer aufzugeben.«

Dann klingelte das Telefon, und sie wurde gerufen. Ich dachte weiter über das nach, was sie gesagt hatte, und war in Gedanken zuerst bei den Klassenunterschieden, wie wenig ich an Besitztümern hatte, die ich aufgeben mußte. Ich wage nicht einmal ein Photo von meiner Familie bei mir zu tragen, aus Angst vor Vergeltungsmaßnahmen, falls ich gefaßt werde. Dann mußte ich an unsere alte Wohnung in der Rue du Roi de Sicile denken, und plötzlich überkam mich heftiges Heimweh nach meinem kleinen Mansardenzimmer, nach der alten Teekanne aus Polen, nach dem Geschirr mit den blauen Blümchen, von dem wir jeden Tag aßen, nach den *café au lait*-Schalen mit den Möwen drauf.

Als sie zurückkam, sah sie gleichmütig aus, sagte aber fest: »Morgen kommt mein Mann. Solange er hier ist, werden Sie die ganze Zeit über oben im Pferdestall bleiben und sehr, sehr leise sein müssen.«

»Sie können sich auf uns verlassen«, sagte Daniela, und ich nickte.

»Ich erwarte nicht, daß er über Nacht bleibt, aber man kann nie wissen. Wenn er seine Rennpferde nicht hier stehen hätte, solange sie nicht in Longchamp oder auf einer anderen Rennbahn sind, würde er wahrscheinlich überhaupt nicht herkommen. Aber wir müssen uns mit ihm abfinden.«

»Wie aufmerksam von ihm, Sie anzurufen, bevor er kommt.«

»Das muß er, wenn er das Abendessen zubereitet und das Haus hergerichtet haben möchte. Wir leben hier sehr einfach. Er möchte morgen ein Mittagessen für zwölf Personen, also paßt es ihm, mir Bescheid zu sagen.« Sie lächelte wieder, dieses schwache Zucken der Lippen. »Wenn er nicht anruft, gibt mir jemand anders Bescheid, also machen Sie sich keine Sorgen, daß er uns plötzlich überfällt.«

Die Dienerinnen reden sie mit Madame an, aber die Stallknechte nennen sie Madame la Baronne. Wir glauben nicht, daß wir die ersten sind, die sich hier versteckt haben. Alles ist zu eingeübt, zu vorbereitet. Der Fußboden unseres Zimmers über dem Stall ist zur Dämpfung mit alten Decken und Matratzen ausgelegt. Die Fenster sind völlig abgedunkelt. Von der Decke hängen Seile, so daß man im Dunkeln weiß, wenn man in die Nähe der Treppe kommt, und nicht polternd und schmerzhaft in den offenen Treppenschacht stürzt.

Außerdem hörte ich das Mädchen Jeanne etwas von einem Flieger kichern, bis die Köchin sie zum Schweigen brachte. Als wir in unserer zweiten Nacht hier im Dunkeln in dem für uns mit einem Federbett aus Eiderdaunen hergerichteten Bett lagen, sagte ich zu Daniela, daß ich das für eine Station einer Untergrundbahn halte, und sie stimmte mir sofort zu.

Gloria und das Mädchen Jeanne brachten uns zum Stall, als wir zu Bett gingen, und gaben uns einen Krug Wasser, eine Flasche Wein, Brot, Obst und Käse für morgen mit. Gloria zeigte uns ein Loch, wo wir uns aufs Bett knien und zum Haus hinüberschauen können, und beschwor uns noch einmal, uns absolut still zu verhalten, bis uns gesagt wird, daß er und seine Gäste fort sind. Feierlich gelobten wir, sogar leise zu atmen.

»Ich möchte wissen, ob sonst noch jemand fliehen konnte«, sagte ich, was täglich eine von uns fragt.

»Wir werden es vielleicht jahrelang nicht erfahren. So ist das eben heutzutage«, sagte Daniela. »Heute triffst du dich mit Freunden, und morgen sind sie fort, als hätte es sie nie gegeben. Du weißt nicht, ob sie erschossen worden sind, ob sie untergetaucht sind, ob sie gefaßt worden sind und gefoltert werden. Du wirst es erst wissen, wenn du das Gesicht wiedersiehst.«

»Ich hatte so viele Pläne, Ziele, Vorhaben, Daniela. Ich dachte, das war es, was mich ausmachte. Jetzt habe ich nur noch das Ziel, zu überleben.«

»Es ist uns schon besser gegangen. Und es wird uns auch wieder besser gehen.«

Wir blieben auf und redeten, wie wir es so oft in unserer alten Wohnung getan haben. Warum fühle ich mich hier sicher? Ich bin gerade darauf gekommen, daß es mit dem Federbett zu tun hat, unter dem wir schlafen. In unserer Familienwohnung habe ich immer unter einem Federbett geschlafen. Maman hatte von ihrer Mutter drei große schöne Federbetten. Mir ist erzählt worden, als ich noch ganz klein war, habe ich Mamans Mutter gesehen, auf ihrem Weg von Polen in die USA. Ich habe in letzter Zeit versucht, mich an sie zu erinnern. In dem Jahr, als hier der Krieg begann, ist sie in diesem fernen Land gestorben, in dem Haus, wo jetzt meine Schwester Naomi lebt.

Daniela weiß sehr viel über ihre Familie auf beiden Seiten und erzählt mir in unseren Verstecken lange Geschichten über Urgroßeltern und Tanten und Onkel. Ich kann kaum die drei Schwestern meiner Mutter Chava aufzählen: ihre ältere Schwester Rose, die Naomi zu sich genommen hat; ihre jüngere Schwester Batya Balaban, die in Paris mit ihrer ganzen Familie verhaftet worden ist; die jüngste Schwester Esther, die nur sieben Jahre älter ist als ich und einen anderen Balaban-Bruder geheiratet hat, den mit der Mühle, und immer noch in Kozienice lebt. An die Familie meines Vaters, aus dem Elsaß, habe ich ein paar frühe Erinnerungen, aber sie ist bei einem Brand umgekommen, als ich zehn war, und nur Onkel Hercule hat überlebt. Er hatte ein Restaurant, bis die Deutschen es beschlagnahmt haben. Mir fällt auf, wie wenig mich meine Familie interessiert hat. Maman erzählte Geschichten, aber die Zwillinge hörten zu, ich nicht.

Als wir uns in dem Lagerhaus versteckten, wo es von Ratten wimmelte und der Regen auf uns heruntertropfte, war ich froh, Naomi in jener weit entfernten, sicheren Stadt zu wissen. Je mehr über das, was im Osten vor sich geht, über den geheimen Draht zu uns durchkommt, um so weniger kann ich ehrlich für Maman und Rivka hoffen. Manchmal denke ich, die Deutschen können doch nicht tatsächlich die Kinder umbringen. Aber ich weiß es besser. Viele Leute, die ihre Stimme gegen nichts den Juden Angetanes erheben mochten, schienen dann von der Deportation der kleinen Kinder doch ein wenig befremdet, aber Pierre Laval, der nicht tief genug katzbuckeln kann, um nach bestem Vermögen die Deutschen zufriedenzustellen, sagte, daß er die jüdischen Kinder weghaben wollte.

Von Papa habe ich ein ganzes Jahr lang nichts gehört. Ich weiß nicht, ob er lebt oder tot ist, in einem Lager oder im Gefängnis. Ich selbst, meine Chancen stehen wie die anderer auf der Flucht. Durch meine aktive Rolle habe ich schon Dutzende von diesen Razzien, die wir *rafles* nennen, überlebt, bei denen Tausende abgeführt worden sind, und ich habe sogar die Verhaftung meiner Zelle überlebt. Ich zöge es vor, erschossen zu werden, statt in einem der Lager zugrundezugehen, wenn ich die Wahl hätte, die ich nicht haben werde. Wenn ich realistisch bin, wenn ich still bin und nur mit mir selbst und diesem Tagebuch rede, dann sage ich, daß meine Familie weiterleben wird, aber nur, weil Naomi in Sicherheit ist.

30 mai 1943

Nachdem ich gestern abend zu Bett gegangen und schon fast eingeschlafen war, flüsterte Daniela plötzlich: »Traust du ihr?«

»Gloria, *la baronne?* Ja«, sagte ich. »Sie muß das nicht tun. Und sie tut es nicht für Geld. Sie nimmt keines, weder von denen noch von uns.«

»Ich finde sie kalt.«

»Ich glaube, ihre Antriebsfeder ist jetzt Zorn.«

»Eine reiche Dame wie sie, sie muß gedacht haben, daß der Krieg ihr nichts anhaben kann. Mit einem reichen Aristokraten verheiratet.«

»Aber Daniela, keiner von uns hat damit gerechnet, daß der Krieg so über uns hereinbricht. Wir haben mit Schwierigkeiten gerechnet, aber das jetzt liegt außerhalb aller Vorstellungskraft. Hast du dir in deinen schlimmsten Alpträumen vorgestellt, daß wir wie Küchenschaben behandelt würden, die ausgerottet werden müssen? Zertreten? Ich habe mir die Kraft und die Gewalt von Haß nie als etwas gedacht, was die ganze Welt auslöschen kann. Erst in diesen letzten Jahren.«

Daniela schwieg so lange, daß ich fast einschlief, bevor sie sagte: »Ich habe früher immer über Liebe nachgedacht, nie über Haß. Ich habe die abgelehnt, die grob oder gemein zu mir waren, ich habe die verachtet, die ich für bigott hielt. Aber ich habe nie jemanden gehaßt, und ich hätte nie gedacht, daß mich jemand hassen würde.«

»Niemand haßt uns als die Personen, die wir sind. In ihren Köpfen sind wir keine Menschen. Wir sind nicht Daniela und Jacqueline. Sie hassen uns nicht, weil wir etwas getan oder gesagt haben. Sie machen uns zu Stellvertretern eines Übels, das sie erfinden, und dann wollen sie es in uns töten.«

»Auch wenn es kein persönlicher Haß ist, er tut seinen Zweck. Er tötet uns genauso tot.«

1er juin 1943

Gestern hörten wir unten in der Frühe die Stallburschen. Am späten Vormittag wurden viele Stimmen laut, einige sprachen Französisch, einige Deutsch. Wir wagten nicht zu flüstern oder uns zu rühren. In solchen Situationen fängt es unvermeidlich an, mich irgendwo zu jucken, bis ich an nichts anderes mehr denken kann, die Nase juckt oder meine Kopfhaut oder mein Fuß oder mein Po, und das füllt mein ganzes Bewußtsein. Sie waren fröhlich und lachten, bewunderten die Pferde und machten spöttische Bemerkungen über ein Pferd, auf das zwei von ihnen gewettet hatten. Das geschah alles in Französisch.

Ich kann so gut wie kein Deutsch, aber Daniela versteht einiges, weil sie Jiddisch kann. Sie sagte später, daß sie auf deutsch Witze über Gloria und eine andere Frau gemacht haben – wahrscheinlich die Mätresse.

Nachdem sich der Stall geleert hatte und wir zur Luke hinausschauen konnten, sahen wir lange Zeit gar nichts. Am Nachmittag jedoch kam Gloria mit den Gästen aus dem Haus. Sie trug ein schwarzweißes Wespentaillenkleid, das modisch geschnitten war, nehme ich an. Jedenfalls war es kunstvoll gearbeitet, und sie sah schön und unnahbar aus. Wenn ich nicht ihre Stimme gehört und ihr schwarzes Haar gesehen hätte, ich hätte sie nicht als die gleiche Frau erkannt. Sie sah aus wie ein Mannequin der Haute Couture, ein Geschöpf aus Elfenbein und Jett und Marmor. Ich konnte dieses Bild nicht mit der Frau übereinbringen, die weiße Rüben ausgräbt und Unkraut hackt, der Frau, die mit uns in der Küche gesessen hat.

Die Deutschen waren alle in Uniform. Ein Mann trug eine Uniform der Waffen-SS, aber als er etwas sagte, wußten wir, daß er Franzose ist. Das fuhr mir eiskalt in die Glieder. Sich vorzustellen, daß ein Franzose, der mein Nachbar hätte sein können, mein Lehrer oder mein Zahnarzt, die Uniform des Todes trägt. Ich hatte ständig Angst, daß sie hochschauen und uns an dem Gucklock sehen würden, doch niemand schaute in unsere Richtung. Ich wußte, selbst wenn sie es taten, konnten sie uns nicht sehen, trotzdem fühlte ich mich schutzlos. Wir blieben den ganzen Tag in unserem Federbett, mit dem Nachttopf neben uns und dem Brot und dem Obst im Bett. Wir würden den Nachttopf gerne weiter wegstellen, da er inzwischen schlecht riecht, aber wir wagen nicht, umherzugehen. Wir haben beide nicht geschafft, uns an den Gestank zu gewöhnen, und daß es unser eigener ist, macht es offengestanden nicht leichter.

Gestern abend brachen sie nach Paris auf, gefolgt von einem Lastwagen mit einem der Pferde und einem Stallknecht. Alles wurde still. Wir sind vorsichtig aufgestanden und haben unsere Beine gestreckt. Von Gloria hörten wir nichts. Nach einer Weile hörten wir ein Auto kommen und legten uns rasch wieder hin und waren still. Sehr viel später hörten wir das Auto abfahren.

Am Morgen kam immer noch niemand. Wir sahen Gloria, die Köchin, das Mädchen und die beiden anderen Stallburschen etwas besser als alltags gekleidet das Haus verlassen. Sie fuhren in einer altmodischen offenen Kutsche, die nicht von Rennpferden gezogen wurde, sondern von zwei Arbeitspferden. Die ziehen sonst den Jauchewagen und dienen jetzt wohl auch als Verkehrsmittel.

Wir hatten alles aufgegessen, und so plagte uns bereits heftig der Hunger, als Gloria und die anderen Frauen zurückkehrten. Die Stallburschen waren nicht dabei, und das Mädchen Jeanne huschte zu uns in den Stall, um uns zu sagen, daß wir ins große Haus zum Essen kommen konnten.

»Wir gehen immer in die Kirche«, sagte Gloria, »alle zusammen. Es ist eine gute Idee, und wir erfahren den ganzen Klatsch. Eine geschickte

Möglichkeit, Kontakt aufzunehmen. Hier sind Ihre neuen Papiere. Ich habe sie aus Prinzip nicht angeschaut, deshalb sollten Sie sie selber überprüfen.«

»Müssen wir bald weiter?« fragte Daniela.

»Falls ich nichts anderes höre, sollen Sie Dienstag nacht zur Hauptstraße hinuntergehen, und dort wird ein Wagen Sie mitnehmen.«

Sie wissen, daß ich nach Süden will, wo ich zuletzt von Papa gehört habe, und daß wir beide wieder aktiv und nützlich sein wollen. Wir wollen uns nicht nur verstecken, sondern in einer anderen Zelle oder einem anderen Netz mitarbeiten. Wir sind lange genug hiergewesen, darüber sind Daniela und ich uns beide einig. Wir sind wieder zu Kräften gekommen. Wir sind gut genährt und ausgeruht und bereit, uns auf den Weg zu machen. Hier sind wir nur auf dem Abstellgleis.

»Es muß schwer für Sie sein, mit den deutschen Offizieren und dem Waffen-SS-Mann umzugehen«, sagte ich. »Ist es nicht auch gefährlich?«

»Sie halten das nie für etwas anderes als ein nettes Ausflugsziel, um die Pferde zu bewundern und gut gekochte französische Landküche zu essen. Sie finden sich liberal, am Tisch einer französisch-jüdischen Baronin zu essen, sehr liberal. Es macht ihnen Spaß, und mein Mann ist ihnen außerordentlich nützlich. Die, die sich nicht mit mir an den Tisch setzen wollen, besuchen uns hier nicht. Er hat in der Stadt eine blonde Geliebte, die Deutsch mit ganz reizendem Lispeln spricht, sagt man mir.«

»Wie können Sie sich in deren Gegenwart beherrschen?« fragte Daniela.

»Wenn ich es nicht tue, überlebe ich das nicht eine Woche lang. Ich bin still und unterwürfig. Ich richte eine köstliche Tafel an, lasse den Wein in Strömen fließen und gehe ihnen aus dem Weg – wenn sie mich lassen. Sie tun es nicht immer.«

Wir wollten beide fragen, wer gestern abend zurückkam, aber wir wagten es nicht. Es geht uns nichts an, so wie die Papiere, die sie uns ausgehändigt hat, sie nichts angehen. Sie möchte unsere neuen Namen ebensowenig erfahren wie unsere alten. Diese Vorsichtsmaßnahme schützt alle.

Ich schreibe dies im Licht einer Taschenlampe in einem Schuppen, den wir mit Landwirtschaftsgeräten, vielen Mäusen und einer überarbeiteten Katze teilen, die neben mir liegt und schläft.

Dienstag um Mitternacht standen wir mit unseren kleinen Bündeln mit Unterwäsche zum Wechseln, unseren Ausweispapieren und Brot und Käse an der Straße. Als wir den Motor hörten, versteckten wir uns im Gebüsch, bis das abgedunkelte Auto anhielt und von drinnen ein Pfiff kam, die ersten Takte von Beethovens Fünfter. Wir krabbelten aus dem Graben ins Auto, dessen Innenbeleuchtung auch abgestellt war.

»So, so«, sagte eine Männerstimme vom Vordersitz, sobald wir uns hinten verkrochen hatten, »hallo, meine Damen. Sie wollen also nach Limoges, wie? So weit kommen wir heute nacht nicht. Wir fahren bis Morgengrauen, und dann müssen Sie auf Fahrrädern weiter. Wir geben Ihnen die Wege, und Sie stellen die Muskeln, wie, meine Damen? Gut, gut. Wissen Sie, was ich für Sie habe? Schokolade. Richtige Schokolade. Ein kleines Stückchen für jede.«

Wir steckten beide sorgfältig die Schokolade weg. Dienstag nacht waren wir nicht hungrig, aber wir werden es bald wieder sein, das wissen wir. Überschwenglich dankten wir der fröhlichen Stimme des Mannes. Wir sahen kein einziges Mal sein Gesicht. Wir schliefen hinten im Auto. Gleich nach der Morgendämmerung setzte er uns an einer Kreuzung ab, mit einer handgezeichneten Karte, die wir auswendig lernen und dann vernichten sollten. Wir fanden die Fahrräder am Zaun des letzten Hauses in dem Städtchen lehnen, genau wie er uns gesagt hatte. Daniela stieg auf das eine, ich auf das andere, und wir fuhren los.

Kurz nach Mittag begann es zu regnen. Die nächsten drei Tage lang regnete es auf uns herab. Bald niesten wir und hatten leichtes Fieber, schafften aber trotzdem jeden Tag die Wegstrecke von einem Unterschlupf zum nächsten. Schließlich ließ am Samstag der Regen nach, und wir konnten uns ein wenig trocknen.

Dann ereilte uns heute eine Katastrophe. Der alte Reifen an Danielas Fahrrad platzte völlig und ließ sich nicht mehr reparieren. Wir waren am Boden zerstört. Wir schoben beide Fahrräder ins Dorf, aber als wir den Schuppen fanden, wo ein Mann angeblich Fahrräder reparierte, lachte uns der Mann nur aus.

Ich schickte Daniela vor zum Dorfrand. Dann ging ich mit ihrem Fahrrad zurück. Es war Markttag, und ich kaufte ein paar Erdbeeren und ein Brathühnchen, zu abenteuerlichen Preisen. Dann nahm ich unauffällig ein Fahrrad, das ich erspäht hatte, ließ dafür Danielas stehen und fuhr rasch davon. Aber wir müssen heute nacht in dem Schuppen schlafen, weil wir unser Tagesziel nicht mehr erreichen konnten.

Es regnet wieder. Ich will nicht davon schreiben, wie weh unsere Körper tun. Am ersten Abend fielen wir uns vor Schmerzen weinend in die Arme. Bergauf ist am schlimmsten. Oft schieben wir dann die Fahrräder. Schließlich haben meine Beine aufgehört, mich mit Krämpfen aufzuwecken, die so weh taten, daß ich in meinen Pullover beißen mußte, um nicht aufzuschreien. Wir haben ständig Hunger. Unsere Körper sind nur noch lange, heftige Schmerzen.

12 juin 1943

Wir sind endlich in Limoges, wo wir uns gemeldet haben. Unsere Personalien sind erfunden, aber wir werden sie nicht lange benutzen müssen. Wir hoffen, bald gute Personalien zu bekommen (die auf wirklichen Menschen beruhen). Wir werden mit einer Gruppe arbeiten, die Kinder in Sicherheit bringt, entweder über die Grenze in die Schweiz oder nach Spanien oder zu nicht-jüdischen Familien, wo sie neue Identitäten bekommen. Wir werden jede mit anderen arbeiten müssen, bis wir uns auskennen, aber dann, so haben wir uns versprochen, werden wir wieder zusammenarbeiten, sobald wir Toulouse erreicht haben.

M. Blot, der Mann, in dessen Wohnung wir untergebracht sind, in einer schäbigen, steilen kleinen Straße zum Fluß hinunter, kennt meinen Papa und bewundert ihn sehr. Er sagt, daß die Miliz – die neue französische politische Polizei – und die Gestapo einen Preis auf Papas Kopf ausgesetzt haben und daß er an etwas beteiligt ist, was M. Blot Armand-Jules nennt, aber nicht weiter erklären will. M. Blot ist Chemiker, und seine Arbeit ist als kriegswichtig eingestuft. Sein Chef hat seine Papiere ändern lassen, so daß er nicht als Jude ausgewiesen ist.

Er sagt, Papa hat von Toulouse aus operiert, aber seine Zelle ist verhaftet worden. Er weiß, daß Papa entkommen konnte, und meint, er könnte jetzt oben in den Bergen sein. Ich werde mich erst einmal damit zufriedengeben, mich nur nach ihm zu erkundigen. Wir sind nicht so weit gebracht worden, um uns zu entspannen, sondern um nützliche Arbeit zu tun.

Die Berge sind jetzt schneefrei und alle Pässe offen. Ich soll mich nächste Woche auf den Weg machen, um die Routen nach Süden zu lernen, durch die Dordogne, durch den Midi und über die Pyrenäen. Ich werde einen Vorsprung vor Daniela haben, denn sie liegt krank zu Bett mit einer Grippe, die sie nicht loswird. Ich denke, daran sind die fortgesetzten Strapazen unserer Flucht schuld, das Kampieren in Schuppen, in Scheunen, auf freiem Feld oder in verlassenen Häusern. Wir haben oft Hunger gehabt. Wir haben uns bis zur Erschöpfung vorangetrieben. Ich selbst bin mager und drahtig, mit neuen Muskeln.

Ich soll mit einem jungen Mann arbeiten, den alle Larousse nennen, weil er jeden Weg durch jeden Landstrich kennt. Er ist ein Jahr jünger als ich und fünf Zentimeter kleiner, aber er hat schon durchgesetzt, daß er der Sachkundige ist und daß ich eines von den kleinen Kindern bin, von unseren Schützlingen, bis ich das Gegenteil beweise.

Er erinnert mich ein wenig an den Pfadfinder, der Maman aufsuchte und uns neue Ausweise verschaffen sollte, aber erschossen wurde. Larousse ist ein fanatischer Zionist, wie Daniela. Sie haben sich angefreundet, aber das ist auch alles. Ich finde ihn keinen Traummann für Liebesromanzen, Daniela ebensowenig, denn sie bleibt ihrem Liebsten Ari treu, dessen Photo sie immer noch herumschleppt.

Ich freue mich auf meine erste Tour mit Larousse, der in dem Ruf steht, keine unnötigen Risiken einzugehen, aber im Gefahrenfall rasch zu reagieren. Ich möchte etwas Nützliches tun, wieder ein Leben führen, das mehr ist als überstürzte Flucht. Ich hoffe, wenn ich endlich Papa wiedersehe, wird er Grund haben, auf mich stolz zu sein. Außerdem, wenn wir nach Toulouse weiterziehen, werde ich in einer Stadt sein, in der Papa gelebt und gekämpft hat. Wahrscheinlich ist er nicht weit fort. In Toulouse werden Daniela und ich bessere Papiere bekommen und uns niederlassen – oder was heutzutage dafür gilt. Wenigstens hoffen wir, eine Operationsbasis zu bekommen, die wir unser Zuhause nennen können, und Namen und Personalien zu bekommen, die wir lange genug behalten können, um sie im Notfall auswendig zu wissen. Wir hören, Toulouse hat eine große und aktive jüdische Widerstandsbewegung, an der wir bald teilzuhaben hoffen.

Daniel 4

Deren Post und unsere

Alan Turing, der, soweit Daniel ermessen konnte, offenbar die britische Entsprechung von William Friedman war, hatte seine Kryptologie-Hochburg Bletchley zu einem Amerikabesuch verlassen. Als Daniel zum ersten Mal den Namen Bletchley hörte, dachte er, sein Chef machte einen Witz. So konnte doch ein solcher Ort nicht im Ernst heißen. Doch sein Vorgesetzter scherzte nicht und sprach von Bletchley mit einer Mischung aus Hochachtung, Eifersucht und Argwohn. Das war das Zentrum, wo die Briten die deutschen Chiffrierungen entschlüsselten. Eigentlich sollten die Alliierten ihre Informationen austauschen, aber die Zusammenarbeit war recht lückenhaft.

Die Briten benutzten Maschinen zur Entschlüsselung der deutschen Enigma-Codes, die sie Eisbomben nannten und die anscheinend komplizierter waren als Friedmans nachgebaute Purpur-Maschine. Turing hatte eine Theorie über eine Maschine, die logische Schlüsse ziehen konnte. Daniel wollte das nicht in den Kopf. Maschinen, die denken konnten?

Die kryptologische Welt in Washington war gerade zum siebzehnten Mal umorganisiert worden, seit Daniel dort arbeitete. Sonia wollte gehört haben, daß die neue Befehlsstruktur sich an der britischen orientierte. Die Briten schienen nicht nur in der Lage, aus Feindfunksprüchen wichtige Informationen herauszulesen – was eigentlich Sektion 20-G in Washington auch recht gut tat –, sondern sie dorthin weiterzuleiten, wo sie schnellstens und bestens umgesetzt wurden, und nur dorthin. Sie verspritzten ihre Dechiffrierungen nicht überall in der Gegend, wie die Marine es noch bei Midway zuließ. Damals hatte die allzeit auf Anti-Roosevelt-Kurs segelnde *Chicago Tribune* veröffentlicht, daß die Marine durch das Mitlesen der Codes Kenntnis der japanischen Pläne hatte. Bei Sektion 20-G waren Entsetzen und kalter Schweiß ausgebrochen. Daniel war überzeugt, daß sie wieder bei Null anfangen mußten. Die Japaner würden aus dem *Tribune*-Bericht erkennen, daß ihre Codes entschlüsselt waren, und ihr altes System über Bord werfen. Wie durch einen süßen Glückstaifun schien es, als hätten die Japaner den Zeitungsartikel nicht gelesen. Entweder hatte keiner ihrer Agenten ihn weitergeleitet, oder sie hatten ihn einfach nicht geglaubt – hielten ihn für einen schlauen Bluff, um sie hereinzulegen.

Doch die Briten saßen auch nicht auf ihren Dechiffrierungen wie auf Marmoreiern und warteten, daß daraus Dronten ausschlüpften. Daniel waren Geschichten zu Ohren gekommen, wie wenigen Leuten in der US-Regierung überhaupt gestattet worden war, einen Blick – und dann auch nur einen sehr flüchtigen – auf die Dechiffrierungen vor Pearl Harbour zu werfen. Offenbar war der Militärapparat so sicherheitsbesessen gewesen, daß er die Entschlüsselungen nur ganz kurz herausgelassen hatte, als sei ein Blitzer in flatterndem Regenmantel durchs Weiße Haus gerannt und sofort wieder verschwunden. Endlich koordinierte nun ein gemeinsamer Ausschuß alle Nachrichten des Abhördienstes und der Kryptologie. Jetzt durften sie ein wenig das Gefühl haben, daß ihre Arbeit dorthin gelangte, wo sie am besten verwertet wurde.

Daniel mochte seine Arbeit weiterhin, doch einige Aspekte seines Lebens gefielen ihm weniger. Auf der Hut, Ann nicht zu viel zu versprechen, um nicht in die schier bodenlose Grube ihrer Abhängigkeit zu stürzen, fand er sich in den engen Grenzen eingesperrt, die ihre Anstandsregeln zuließen. Wenn sie sich eine neue Bluse oder einen Hut kaufte und er die Erwerbung nicht genug lobte, brachte sie die Sachen sofort zurück. Andererseits warf sie ihm vor, keinen Geschmack für Kleidung zu besitzen. Aber wenn er etwas nicht lobte, erlosch ihre Freude daran, denn er war der Mann.

Seinen Wohnungsgenossen hatte er gründlich satt. Er träumte davon, mit einer Frau zusammenzuleben statt mit einem Wesen, das nach dem Rasieren das Waschbecken so haarig hinterließ wie ein stoppeliges Kinn, das die Abfälle in der Winzküche aufhäufte, bis der Müll von Wand zu Wand reichte, und das seine schmutzigen Socken unter jeden Stuhl warf.

Anfangs darauf erpicht, Abra zu verführen, war er nun ihr Freund geworden. Er wußte weitaus mehr über ihre Affäre mit Oscar Kahan, als ihm lieb war. An den Abenden, an denen sie beide nicht arbeiteten –

nicht eben häufig, aber doch mehr als nur die Ausnahme –, an denen auch Ann seine Gesellschaft nicht beanspruchte und Oscar Abra gestattete, die Daniels zu genießen, gingen sie zusammen aus, ins Kino oder um Jazz zu hören oder um zu sitzen und zu reden. Sie öffneten sich immer mehr, denn beide reizte es, sich einander anzuvertrauen. Das hatte einen Duft von Flirt, einen Hauch von Risiko.

Schnee brachte in dieser Woche Washington zum Stillstand. Zehn Zentimeter Schnee wurden hier behandelt wie anderswo ein Meter. Das galt als regelrechter Schneesturm, und Regierungsämter schlossen ihre Pforten, der öffentliche Verkehr wurde eingestellt. Er nahm mit Abra in ihrer Wohnung ein spätes Frühstück ein, bevor beide zu einem Spaziergang aufbrachen. Abra fand diese Schneemenge lächerlich. So viel Schnee fiel in Maine innerhalb von einer Stunde, sagte sie.

Der Schnee war naß und gab gute Schneebälle ab, mit denen sie auf Bäume zielten und dann aufeinander. Sie konnten beide plötzlich zu Kindern werden, dachte er, ohne Peinlichkeit, ohne Verstellung. Sie war rosig und außer Atem, nahm Anlauf, um nach ihm zu werfen, hart, von unten aus der Schulter heraus, nach Jungenmanier. Er hätte sie am liebsten gepackt und sich mit ihr im Schnee gewälzt. Wie konnte sie so blind sein und nicht sehen, so sollte es sein, verspielt, ungezwungen, statt dieser lähmenden Affäre mit einem Mann, der fast alt genug war, um ihr Vater zu sein?

Sie saßen auf einer Bank und sahen den Kindern zu, die tolpatschig im ungewohnten Schnee spielten. »Wenn er sich nur öffnen könnte. Ich weiß nicht, wovor er sich in mir fürchtet. Ich würde ihn nie besitzen wollen, wie seine Frau es getan hat.«

Ihm schien es einfach. Er wollte es ihr schon lange sagen. An diesem Vormittag in dem reinen, schaumigen Schnee beschloß er, es zu tun, und kam sich sehr wagemutig vor. »Du liebst ihn. Gut. Aber offensichtlich liebt er dich nicht. Er mag dich, er schläft gern mit dir, aber er liebt dich nicht.« Er hielt für möglich, daß Abra jetzt wortlos aufsprang und davonlief, in Tränen ausbrach. Da war es nun heraus, die ganze Wahrheit.

Doch sie nahm kaum wahr, daß er etwas Entscheidendes gesagt hatte. »Sei nicht so blöd, Daniel. Selbstverständlich liebt er mich. Warum wäre er sonst mit mir zusammen? Du verstehst nicht, wie attraktiv er für Frauen ist. Er weiß nicht, wie er mich lieben soll. Ich bin so ganz anders als die Frauen, mit denen er bisher zusammen war.«

Manchmal hätte er sie am liebsten geschüttelt, bis ihr die Zähne herausflogen. War er in sie verliebt? Vielleicht. Er würde sie lieben, wenn er sie bekommen konnte, dessen war er sicher, aber er konnte sie nicht bekommen. Eine Frau zu lieben, die einen wie ihre beste Freundin behandelte, war entwürdigend. Gleichzeitig genoß er die Freundschaft. Er genoß es, mit ihr spazierenzugehen. Er genoß es, mit ihr gelegentlich eine Flasche billigen Rotwein oder südafrikanischen Branntwein auszutrinken oder ein Abendessen in ihrer oder seiner Wohnung zu improvisieren. Wenn er sein Verlangen vergaß, wurde es ein schöner Abend.

Er entschied sich dagegen, mit ihr ins Bett zu gehen, als sie eines Abends auf Oscar wütend war. Er spürte ein- oder zweimal, daß er das haben konnte, aber er wußte auch, wenn er das nahm, würde er weiter nichts bekommen. Er würde in die Komparserie verbannt werden, ein Statist, der auf- und abtrat.

Seine besten Stunden mit Ann waren die im Bett, wenn sie sich losließ, wenn sie keine Angst mehr hatte, daß ihre Tante sie überraschen könnte. Im Februar verbrachten sie ein gutes Wochenende, als ihre Tante zu einer Nebenhöhlenoperation nach New York fuhr. Krankenhausbetten waren in Washington ein Vabanquespiel. Es gab nicht nur viel zu wenig, sondern Patienten konnten einen Monat lang angemeldet sein und dann in letzter Minute von hohen Militärs oder Verwandten von hohen Militärs aus dem Rennen geworfen werden. Alle wußten Geschichten von Frauen zu erzählen, die es gerade noch mit dem Zug nach New York geschafft hatten, um dort im Kreißsaal zu entbinden. Anns Tante, alte Washington-Häsin, kannte sich zu gut aus, um sich für einen kleineren Eingriff einem dortigen Krankenhaus anheimzugeben.

Am Samstag fuhren sie nach der Arbeit in Anns Wohnung, um etwas rasch aus Konserven Bereitetes zu essen und schnurstracks ins Bett zu gehen. Ann war weitaus gesprächiger als sonst und bereit zu längeren Liebkosungen. Sie liebten sich in aller Gemächlichkeit und mit einer Sinnlichkeit, die er inzwischen gar nicht mehr erwartete. Er empfand zärtlich für sie. Sie schien ihm heute nacht ebenso warm wie begehrenswert, ein strahlendes Wohlbehagen belebte ihre zarten Züge. Sie kochten sich Kakao und tranken ihn im Bett, ein seltenes Fest; die Tante hatte etwas holländische Schokolade aufgespart. »Ein Krieg bringt einem bei, die kleinen Freuden zu genießen. Ein Steak. Ein Glas Scotch. Eine Tasse Kakao. Der Geruch eines neuen Autos. Ein Zug, der nicht überfüllt ist. Sich ein Telefon legen lassen«, sinnierte er.

»Das Radio reparieren lassen, wenn es kaputt geht. Strümpfe tragen ohne Angst vor Laufmaschen und davor, daß man keine neuen bekommt. Echtes französisches Parfüm kaufen können statt dieser Sandelholzessenz, mit der ich mich begnügen muß.«

Er erschrak, denn er verband die sanften Kurven ihres Körpers, die leicht abgeplatteten Hüften, die bläulichbräunlichen Brustwarzen mit dem Duft von Sandelholz. Er konnte sie sich mit keinem anderen Geruch vorstellen, während für sie ihr Parfüm nur ein vorläufiger Notbehelf war. Auf Kriegsdauer.

Am besten ging es ihnen oft, wenn sie über die Arbeit redeten. Das Licht der Nachttischlampe, die sie ausnahmsweise einmal nicht ausgeknipst hatte, während sie miteinander schliefen, beschien ihr schwarzes Haar, das offen auf ihrem Kimono lag. Er rutschte ihr von der Schulter, als sie den letzten Schluck Schokolade austrank, und entblößte ihre zarte Haut. Daniel verstand überhaupt nicht, warum Japaner nach landläufiger Meinung als gelb galten. Er sah in ihrer Haut dunkles Elfenbein. Wenig Rosa war darin, aber auch kein Gelb. Wenn sie entspannt war, wirkte ihr Gesicht immer ein wenig traurig, doch jetzt war es belebt.

»... und so mußte ich ins gerade eröffnete Pentagon, und ich konnte es nicht fassen. Es geht weiter und weiter und weiter und weiter. Ich dachte, ich finde nie hinein, und dann dachte ich, ich finde nie hinaus.« Sie kicherte hinter vorgehaltener Hand. »Was werden sie nach dem Krieg damit anfangen? Sie könnten es als Gefängnis benutzen, denn niemand findet ohne Hilfe hinaus.«

»Nach dem Krieg. Wir sagen das alle immer wieder, als ob sich die Dinge dann automatisch wieder so zurechtrücken, wie sie einmal waren. Erwartest du das wirklich?«

»Du meinst, mein Vater wird seine Baumschule nicht zurückbekommen?«

»Glaubst du, die Leute, die sie jetzt betreiben, werden sich freiwillig davon trennen?«

»Aber das ist nicht gerecht.«

Er legte die Arme um sie. »Nein. Das ist nicht gerecht. Aber ich dachte eigentlich mehr an das Pentagon und an Washington. Manchmal kommt mir der Verdacht, daß die, die jetzt an der Macht sind, eines Tages danach süchtig werden. Geheimhaltung ist im Krieg erforderlich, aber wenn sie erst einmal fest installiert ist, wird sie dann je abgebaut werden?«

»Warum nicht? Vor wem sollen wir dann noch etwas geheimhalten? Außerdem wird niemand bereit sein, in Friedenszeiten so viel Geld für die Armee auszugeben.«

»Ich weiß nicht, ob das, was wir vor dem Krieg normal genannt haben, je wieder normal scheinen wird. Diese Stadt ist voller Männer, die sich gerade an das überwältigende Gefühl der Macht gewöhnen. Wenn jemand Macht ausgeübt hat, besonders im Gefühl der Rechtmäßigkeit, im Gefühl der Notwendigkeit, wird er dann je freiwillig von ihr lassen? 1940 kapitulierte die holländische Armee vor den Deutschen, und dadurch stieg unsere Armee zum siebzehnten Platz in der Welt auf. Meinst du, wir werden uns in der Bewaffnung je wieder mit dem siebzehnten Platz zufriedengeben?«

»Ich mache mir mehr Sorgen, ob ich mein ganzes Leben lang gebrandmarkt sein werde. Nirgendwo hingehören. Nirgendwo angenommen. Jede Hälfte von mir liegt mit der anderen Hälfte im Krieg. So habe ich mich früher nie gefühlt. Jetzt habe ich Angst, daß es so bleibt. Ich kann nicht ertragen, mir mein ganzes Leben so vorzustellen, ein Krieg draußen, ein Krieg drinnen.«

Er umarmte sie, und für einen Augenblick dachte er, sie würde weinen, doch sie rieb sich nur schniefend die Augen und bat ihn, noch einen Kakao zu machen. Heute abend erinnerte sie ihn an einen chinesischen Garten. Als er versuchte, das Kompliment in Worte zu kleiden, merkte er, daß er an Soochow dachte, ein Hort der Schönheit westlich von Schanghai, eine Stadt weidengesäumter Kanäle, geweißelter Häuser und berühmter Gärten, wo Steine und Wasser und Strukturen so wichtig waren wie die Pflanzen, alles kunstvoll arrangiert und wohltuend für Gemüt und Sinne. Das brachte ihn darauf, Ausflüge aus der Stadt zu beschreiben, bevor die Japaner sie umzingelt hatten, mit seinem Onkel Nat oder chinesischen Freunden. Während er so in Erinnerungen schwelgte, schaute er ihr plötzlich in die Augen und sah, sie waren glasig vor Langeweile. Seine verbalen Chinastreifzüge befremdeten sie.

»Stellst du dir je unsere Gegenspieler vor?« fragte sie ihn. »Irgendwo in Tokio, irgendwo in Berlin trinkt ein Paar Sake oder Bier und plaudert, und wenn sie ihre Arbeit aufnehmen, beschäftigen sie sich mit unseren Codes.«

»Ich glaube nicht, daß die Japaner unsere Codes mitlesen. Sie werten sicherlich laufend unsere Bewegungen aus, aber ich sehe keinerlei Hinweise auf mehr.«

Sie lachte. »Weißt du noch, wie die japanische Botschaft damals Tokio beruhigt hat, man sähe keinerlei Hinweise darauf, daß wir ihre Codes entschlüsselt hätten, und dabei lasen wir ihren Purpur-Code schon regelmäßig mit?«

Er erinnerte sie nicht daran, daß er in der Zeit vor Pearl Harbour, als sie angefangen hatte, noch nicht dabei gewesen war. »Andererseits würde mich wundern, wenn der B-Dienst, unser deutsches Pendant, nicht einen Teil unserer Post mitliest. Du könntest mit Fug und Recht behaupten, daß sie die Codes unserer zivilen Schiffahrt oder unserer Handelsmarine mitlesen, denn sie scheinen zum Beispiel genau zu wissen, welche Routen unsere Schiffe über den Atlantik nehmen.«

»Ich dachte, dein Freund Friedman hat undurchdringliche Codes aufgestellt.«

»Er ist nicht mein Freund. Das wäre, als fragtest du den Geiger aus der hintersten Reihe nach seinem Freund Toscanini. Er hat nie Codes für die zivile Schiffahrt aufgestellt. Da werden oft noch alte Codes benutzt.«

»Die Schlachten im Pazifik laufen besser als das, was sie die Atlantikschlacht nennen, nicht? Mir ist, als läse ich jeden Tag von mehr und mehr versenkten Schiffen.«

Sie lud ihn dazu ein, ihr den Krieg zu erklären, ihr dunkler Blick war voll Erwartung. Sie fand es vollkommen richtig, daß er als der Experte auftrat, obwohl er in Wahrheit nicht mehr wußte als sie. Durch ihre Tante im Staatsdienst war sogar denkbar, daß sie mehr wußte. Trotzdem erwartete sie von ihm, daß er ihr die Welt gliederte.

»Die Japaner und die Briten sind im wesentlichen in der gleichen Situation, überbevölkerte, hochindustrialisierte Inseln, deren Überleben von der Schiffahrt abhängt. Wir haben den Japanern den Ölhahn zugedreht, und die Deutschen haben den Briten den Hahn für Öl, Lebensmittel, Waffen und überhaupt alles zugedreht.«

»Kommt es dir nicht manchmal verrückt vor? Jede Seite versteckt Bedeutungen, die die andere Seite aufspürt? Ich frage mich, ob unsere Gegenspieler gerade über uns reden und mutmaßen, was wir von ihrer Post mitlesen, so wie wir über sie mutmaßen.«

»Eine unendliche Reihe von Spiegeln«, sagte Daniel. »Dürfen wir schrecklich dreist sein? Deine Tante kann unmöglich vor Montag zurückkommen. Darf ich über Nacht bleiben?«

Duvey 3

Das schwarze Loch

»Der schlimmste Winter seit fünfzig Jahren«, sagte Mike zu Duvey. Mike war Bostoner Ire, ein verhutzelter, gerupfter Gnom von einem Mann, aber mit fixem Köpfchen und fixem Mundwerk. »Das Wetter hat genauso viel Schiffe versenkt wie die Heinis. Meine letzte Überfahrt, da hat nur ein einziger auf der ganzen Schute sich nicht die Seele aus dem Leib gekotzt, und das war der Bootsmann, weil der schon tot war. Blinddarmdurchbruch.«

»Ich lege gern in New York an – eine tolle Stadt für einen kurzen Landgang«, sagte Duvey. »Jede Menge Bräute, die mit ihren süßen Hintern wackeln und dir schöne Augen machen. Viel guter Jazz. Du findest immer eine Bar, wo du Hot hören kannst.« Seeleute waren in den Truppenbetreuungskasinos unerwünscht, aber er kam auch so zu seinem Spaß, kein Problem.

»Also damit hab' ich nicht viel an der Mütze. Meine Mutter sagt, ich hab' Ohren aus Holz. Aber Mösen, das ist was anderes. Ich muß dir erzählen, was mir passiert ist, als ...«

Duvey bekam die Geschichte erst zwei Tage später zu hören, denn in dem Moment verließen sie den Schutz des Festlandes, und der Sturm traf sie mit voller Wucht. Der wird sich bald legen, dachte Duvey, aber vierundzwanzig Stunden später war es schlimmer. Immer wieder bäumte sich die See vor ihnen auf, fünfzehn Meter mußten das sein, eine Steilklippe aus tosendem Wasser. Sie waren etwas südlich und zwei Tage östlich von Neufundland und fuhren in den Sturm hinein. Um halb fünf wurde es Nacht.

Am 8. März, als ihr Schiff, die *William Eustis*, mit einer Ladung Panzer, Lastwagen, Jeeps und Panzerwagen aus New York ausgelaufen war, hatte ein Hauch von Frühling in der Luft gelegen, vom Golfstrom her ein feuchter Südwind geweht. Das Zwielicht hatte die Farbe von Lavendel, ein Wort, eine Farbe, die er mit seiner Mutter verband. Kurz vorm Ablegen hatte er ihr rasch einen Brief geschrieben und in eine Geburtstagskarte mit aufgeklebten Papierrosen gesteckt. Er hatte ihr auch eine Flasche Lavendel-Eau de Cologne geschickt, von der ein Kumpel behauptete, die wäre echt französisch. Hoffentlich hatte er sie gut genug eingepackt. Er schickte auch eine Postkarte an Arty und eine an die Kleine mit der Freiheitsstatue drauf. »Die sehe ich beim Kommen und Gehen«, hatte er hinten drauf geschrieben. »Am hübschesten sieht sie aus, wenn ich den Hafen anlaufe.«

Im Gefechtsstand für den Unterwasserkrieg, dem behelfsmäßigen Stabsquartier im Hotel am Steinplatz in Berlin, von wo aus Admiral Dönitz die Einsätze der U-Boote lenkte, traf die Meldung von zwei Konvois ein mit der Liste der Schiffe, ihrer Fracht und ihrer Route über den Atlantik. Der B-Dienst las fleißig den BAMS-Code mit, den Code der britischen und alliierten Handelsmarine, der schon vor Jahren entschlüsselt worden war. Dönitz befahl den einundzwanzig U-Booten der Raubgraf-Vorpostenlinie, die zwei Geleitzüge abzufangen, den langsamen und den schnellen. Dreihundertfünfzig Seemeilen hinter diesem Wolfsrudel nahmen die achtundzwanzig U-Boote des Stürmer-Rudels und des Dränger-Rudels Kurs nach West.

Jetzt war der Himmel schwarz, obwohl von der See noch genug zu sehen war, eine schaumige Masse, die von innen heraus weiß leuchtete, die lebte, ein Rachen voller Reißzähne. Wie zum Teufel sollten sie da die Eisberge sehen? Das Schiff hob sich auf einem steilen Wasserberg, hing dann auf dem Wellenkamm, Eiswasser peitschte vorbei und über sie hinweg, die Schrauben rotierten in der Luft, und das Schiff wurde fast zerrissen von der Gewalt der ohne Widerstand arbeitenden Schraubenflügel. Dann stürzten sie in das Wellental und landeten mit einer Wucht, die ihm die Knochen aus den Gelenkpfannen zog und die Rückenwirbel zusammenstauchte. Dann begann der gräßliche Aufstieg von neuem, bis sie wieder in der Luft hingen und krachend hinuntersausten. Die Panzer waren am schlimmsten, rissen sich ständig los und fingen an zu rollen. Sie mußten immer wieder festgezurrt werden, und einem Farbigen wurde das Bein zerquetscht. Decksladung war bei Sturm eine Pest.

Der Konvoi zog sich meilenweit auseinander. Vor ihnen war noch einer, ein langsamer Konvoi. Die langsamen Konvois machten gewöhnlich um die sechs Knoten, und die schnellen wie dieser machten um die neun, obwohl es ihm vorkam, als stünden sie still, immer wieder von ein- und derselben Welle hochgewuchtet. Obwohl ihr Konvoi aus achtunddreißig Frachtern und ihren Geleitsicherern bestand, hätten sie auf der wahnsinnig gewordenen See allein sein können. Kein anderes Schiff war zu sehen. Die Frachter hatten sowieso kein Radar, aber Duvey wußte, daß die Sicherungsschiffe, die welches hatten, bei diesem Wetter wenig damit anfangen konnten, denn die Antennen vereisten und brachen manchmal einfach ab.

Sie hatten zwar Geleitschutz, aber die andere Hälfte ihres in zwei Partien geteilten Konvois hatte die besten der verfügbaren Beschützer erwischt. Ihr eigener Schutz war aus dem schäbigen Rest zusammengestückelt, denn die schwere See hatte den Geleitsicherern genauso zugesetzt wie den Frachtern. Sowie die Eskorten eine Überfahrt beendet hatten, machten sie kehrt und brachten den nächsten Konvoi hinüber. Sie hatten viele Schiffe an die Winterstürme verloren, und so mußten sie Kähne nehmen, die lange schrottreif waren. Duveys Konvoi stand unter dem Schutz von zwei Zerstörern, der *Volunteer* und der *Beverley*, zwei kleinen Korvetten, der *Anemone* und der *Pennywort*, und zwei Uralt-Zerstörern der S-Klasse, die längst einen Platz auf dem Schiffsfriedhof verdient hatten, der *Witherington* und der *Mansfield*.

Er fand, wer sich in der britischen Admiralität für Korvetten Blumennamen einfallen ließ, der hatte einen abartigen Sinn für Humor. Die Korvetten waren robuste kleine Boote, die aber bei jedem Seegang, auch dem leichtesten, tanzten wie Korken. Auf seiner letzten Fahrt hatte er gesehen, wie eine Korvette der Freien Franzosen ein U-Boot gerammt und hinuntergeschickt hatte. Da war er gerade torpediert worden. Sie waren nicht in die Luft geflogen, sondern mit genug Zeit gesunken, um die heilgebliebenen Rettungsboote fieren zu können. Das Bergungsschiff hatte sie vielleicht zwanzig Minuten später aufgenommen. Fast zwei Drittel der Männer von seinem Schiff waren gerettet worden. Wenn das Bergungsschiff auf Zack war und nicht selber unter Beschuß lag, dann hatte der Seemann eine Chance. Aber bei diesem Konvoi hatten sie kein Bergungsschiff.

In Bletchley wurden in Hütte 8 die von den U-Booten benutzten Triton-Codes der deutschen Enigma-Maschinen dechiffriert, denn im Dezember war dieser Code endlich entschlüsselt worden. Von Bletchley wurden die dechiffrierten Funksprüche per Fernschreiber an das Einsatzzentrum der Nachrichtendienste und an die U-Boot-Überwachungsstelle der Admiralität durchgegeben. Die wiederum funkte Warnungen an die Konvois und ihren Geleitschutz und an die Einsatzstäbe zur U-Boot-Abwehr. Jeden Morgen gab es eine telefonische Konferenzschaltung zwischen dem Einsatzzentrum der Nachrichtendienste und den Kommandostäben für den Küstenschutz und für den Schutz der westlichen Zufahrtswege, um Verteidigungsstrategien für die Konvois zu überlegen.

Am 8. März wurde in Bletchley ein Funkspruch entziffert, der besagte, der Triton-Code stand unmittelbar davor, geändert zu werden, und zwar in einen Code mit den neuen Enigmas-M 4, die vier statt der bisherigen drei Walzen benutzten. Das hieß, die Verschlüsselungsmöglichkeiten erweiterten sich ins Astronomische. Ab dem 11. März verstand Bletchley die deutschen U-Boote nicht mehr, und die U-Boot-Verfolger waren erblindet.

Sie nahmen an, das Wolfsrudel Raubgraf befände sich immer noch vierhundert Meilen weiter nördlich von dem Standort, an dem Dönitz es im neuen Code mit neuen Ohren wiederentdeckte.

Schließlich beruhigte sich die See zu stampfenden Wogen. Immer wieder peitschten Schneeböen herunter. Die Decksaufbauten waren dick vereist, und sie hackten sie frei, so gut sie konnten. Die altertümlichen Sicherungsfahrzeuge umschwärmten den Konvoi und versuchten, die Nachzügler zusammenzuscheuchen. Bei ihnen hieß das aus dem Bett fallen, wenn ein Schiff den Anschluß verlor; das Leben eines Alleinfahrers währte nicht lange. Das eine oder andere Handelsschiff hatte vielleicht ein Geschütz am Bug montiert, aber die meisten hatten nur ein zufälliges Arsenal von Handfeuerwaffen an Bord. Sie kamen ins schwarze Loch – so nannten die Seeleute inzwischen die Grönlandluftlücke.

15. März. Während des Sturms fuhr der Geleitzug mitten durch die Raubgraf-Linie, ohne gesichtet zu werden. Der Konvoi befand sich jetzt zwischen der einen U-Boot-Linie und der nächsten. Es hätte keine Luftlücke gegeben, wenn auf Neufundland Langstreckenbomber gewesen wären, die berühmten Liberators, die von den Seeleuten immer freudig begrüßt wurden, aber Admiral King rückte keine zum Schutz der Konvois heraus. Seine Augen waren auf den Pazifik gerichtet. Europa war der Krieg der Infanterie. Churchills wissenschaftlicher Berater berichtete dem britischen Kriegskabinett, daß England eine dreiviertel Million Tonnen mehr lebenswichtige Kriegsgüter verbrauchte, als es importierte, und in zwei Monaten in schwere Engpässe geraten würde. Die amerikanische Marine jedoch schaute nach Westen, obwohl im Pazifik die japanischen U-Boote keine Handelsschiffe angriffen, denn ihnen galt so leichte Beute als wenig ruhmreich, und Kriegsschiffe sollten gegen Kriegsschiffe kämpfen.

Am 15. März fuhren sie unter einem tief hängenden grauen Himmel. Zweimal blitzte die Sonne durch und tauchte die Eisberge um sie herum in gleißendes Licht. Die Eisberge sahen angegraut und uralt aus. Duvey wußte, sie waren zum größten Teil unter Wasser, aber er konnte sich das nie richtig vorstellen. Einige sahen wie schmutzige Inseln aus, aber einer, an dem sie nah, zu nah, vorbeikamen, war blau und mit Höhlen durchlöchert. Von seinem stinkenden Schiff sahen diese Eishöhlen für Duvey fast einladend aus, saubere Einzelzimmer.

Der Treibstoff unten war in dem schweren Wetter so herumgeschwappt, daß das Essen danach stank und nach Öl schmeckte; sogar die Luft unter Deck fühlte sich ölig an. Alles war von den Brechern klatschnaß. Jetzt konnten sie sich wenigstens aufwärmen, wenn sie Freiwache hatten. Sie konnten damit anfangen, ihre Sachen zu trocknen. Der Konvoi formierte sich neu und machte gute Fahrt. Trotz des Sturms, wurde ihnen signalisiert, waren sie gut vorangekommen. Sie lagen genau im Zeitplan und kamen dem immer noch ein paar hundert Seemeilen entfernten langsamen Konvoi näher. Duvey flickte seinen Pullover, den er sich im Sturm an einem Panzerwagen zerrissen hatte.

Am dritten Tag im schwarzen Loch fühlte sich Duvey wieder frisch. Nach den schweren Seen und dem Geschaukel war er froh, einfach mal senkrecht zu stehen, mit einem Deck unter den Füßen. Dieses Schiff war robust. Ein paar der anderen hatten Schäden gemeldet, und die *Witherington* mußte mit Treibstoffmangel und Sturmschäden beidrehen. Ein neuerer Zerstörer war zu ihnen unterwegs, aus St. John's, wo er überholt worden war. Panzer und Panzerwagen, das war eine sicherere Fracht als die vielen Tonnen Brennstoff in einem Tanker, die nur darauf warteten, in einer Stichflamme hochzugehen. Bisher hatte er es immer geschafft, den Munitionsschiffen fernzubleiben; die jagten ihm noch mehr Angst ein als die Tanker. Wenn Öl explodierte, dann nicht absichtlich, aber wozu war Munition anders da, als alles und alle um sich rum zu zerfetzen?

Nein, das war die richtige Koje, ein mittelaltes, in den zwanziger Jahren gebautes und anständig gewartetes Schiff, mit einem gewieften Skipper und Offizieren, die wußten, was sie taten. Manchmal heuerte er auf einem Schiff an und wußte nach den ersten zwei Stunden, das wurde die Hölle, das Essen Schweinefraß, die Disziplin überscharf oder zu lax, um das Schiff zusammenzuhalten. Er konnte das Unheil riechen wie Rattenköttel. Ein dreckiges Schiff war oft ein gefährliches Schiff. Er hatte einen gekannt, der war draufgegangen, als irgendein Knallkopp aus Versehen eine Schneeflocke, eine von den neuen Leuchtraketen, gezündet hatte. Die Schneeflocke machte ein U-Boot auf den Konvoi aufmerksam, und das war für alle das Ende, tschüs, nur weil es ein schlampiges Schiff war und nichts ordentlich an seinem Platz verstaut.

Er sah seine Sachen nach und trocknete seine Socken, machte einen zu steifen Reißverschluß gängig. Er hatte Ruthie keine Postkarte geschickt, weil er immer noch auf sie sauer war. Er hatte der Kleinen nichts Böses gewollt. Naomi war zu jung zum Bumsen, und dann im Haus seiner Mutter! Dachte Ruthie, er hatte einen Sockenschuß? Er machte doch nur Spaß mit der Kleinen, und warum auch nicht, wenn das irgendwie ganz schön war? Sie war gerade in dem Alter, wo sie jede Woche reifer werden, und er wußte, er war der erste, der sie je angerührt hatte. Sie versprach nicht gerade eine Schönheit zu werden, aber was Besonderes. Sie hatte schon einen hübschen Körper und ein herzförmiges Gesicht wie eine kleine Katze, große graubraune Augen und in ihren billigen, schon etwas knappen Pullovern und Röcken so was Kesses und zugleich Beinhartes, wie es nur Proletarierfrauen echt hatten. Sie war nicht Mamas braves kleines Mädchen, so wie Ruthie mal.

Klar, jetzt war sie zu jung, und Ruthie war eine blöde Kuh, sich nicht zu sagen, daß er das nicht auch wußte. Ein nettes Spiel war das mit ihr gewesen, wenn sie morgens reinkam, ein bißchen verängstigt, aber auch drauf aus, zu gefallen. Wenn er sich einen runterholte, dann dachte er dabei nicht an die Frau aus der Bar in der Canal Street, bei der er zwei Tage lang auf Bude gewesen war, und auch nicht daran, wie die ihm einen geblasen hatte. Er dachte daran, was für einen Spaß es gemacht hätte, die Kleine immer ein bißchen weiter zu drängen, nie zu wissen, wie weit sie gehen oder was passieren würde, zwar zu wissen, daß nichts passieren konnte oder durfte, aber trotzdem diese komische Macht auszukosten. Wie sie ihn dann immer ansah, als sei ihr ein Rätsel, was er da tat.

U-653 war auf dem Weg zurück nach Frankreich zur Reparatur eines Maschinenschadens, fort vom Rest des Rudels und der Vorpostenlinie. Der Konvoi hatte den Kurs nach Norden geändert. U-653 fuhr über Wasser, da U-Boote getaucht nur mit langsamem Batterieantrieb fahren konnten. Der Ausguck auf dem Turm hielt nur Ausschau nach Feindschiffen, da sie in der Luftlücke nicht mit Flugzeugen rechneten. Der Ausguck sichtete die Masten des Konvois. U-653 funkte die Nachricht nach Hause: »Beta beta BD 1491 Geleitzug Kurs 70.« Sichtmeldungen waren besonders kurze Funksprüche in einem hoch komprimierten Code und begannen immer mit griechischen Buchstaben. Drüben im Einsatzraum im Hotel am Steinplatz alarmierte der U-Boot-Kommandostab freudig die am nächsten postierten Raubgrafboote und die des Stürmerrudels. Ab dem frühen Nachmittag beschatteten sie den Konvoi und warteten auf die Dunkelheit, um anzugreifen.

Es war eine kalte Nacht, und der Mond legte einen Lichtschweif auf die Wellenkämme, wenn er aus den Wolken geschlüpft kam. Duveys Wache war gerade zu Ende, und er trank einen Kaffee, obwohl er vorhatte, sich gleich hinzuhauen, aber er war so durchgefroren, daß er etwas Heißes brauchte, und er war viel zu müde, als daß irgendwas ihn wach halten konnte. Er stand mit dem Becher in der Hand da, als er den dumpfen Einschlag spürte, nicht auf seinem Schiff, aber nicht weit weg. Er folgte den andern an Deck. Es war ein norwegischer Frachter, die *Elin K.* Sie sank innerhalb von Minuten, während Schneeflocken-Leuchtraketen versuchten, die U-Boote aufzuzeigen, die für den Angriff aufgetaucht sein mußten.

Die alten Zerstörer und die kleinen Korvetten rasten den Peilungen nach, die sie von ihrem Sonar und ihrem Radar bekamen und von ihren neuen Kurzwellenpeilern, Geräte, die U-Boote anhand ihrer Funksignale orteten. Die U-Boot-Kommandanten waren nämlich ziemlich gesprächig. Aber heute nacht schienen die Geleitsicherer nicht in der Lage, eines der U-Boote zu erwischen. Die waren zwar da draußen, aber keiner wußte, wo. Der Kapitän ordnete an, daß sie auch beim Schlafen ihre Schwimmwesten anbehielten.

Mike erzählte ihm eine Geschichte, wie er mal im Pazifik abgesoffen war, nach einem Angriff von einem japanischen Flugzeug, und wie er zehn Tage lang in einem Rettungsboot getrieben war, ständig umgeben von Riesenhaien. Die Deutschen nannten den koordinierten Angriff von U-Booten ein Wolfsrudel, aber Duvey erinnerten sie mehr an Haie im Freßrausch. Die U-Boote sahen für ihn wie Haie aus, wenn er sie denn sah, was nur geschah, wenn sie angriffen. Ansonsten sahst du das U-Boot nicht, das dich erwischt hatte. Er sichtete plötzlich ein Sehrohr und meldete es. Dann war er sich nicht mehr sicher, ob er wirklich was gesehen hatte oder nur eine Mondlichtspiegelung auf dem Wasser.

Kaum war zwei Stunden später der Mond untergegangen, da spürte er wieder eine Erschütterung im Wasser, und das Schiff ihm zunächst ging in Flammen auf. Es war vielleicht knapp zweitausend Meter weit weg, und die Hitzewelle berührte eben sein Gesicht, da fiel er plötzlich auf die Knie. Er hatte das Gefühl, von einer Riesenfaust an eine Wand geknallt zu werden. Seine Trommelfelle kreischten vor Schmerz, und sein Körper fühlte sich halb zertrümmert an, als wäre er tief gefallen. Dann stürzte alles heftig um. Er hielt sich am Schott vor ihm fest, und als er sich umdrehte, sah er, sein Schiff war in zwei Hälften zerborsten. Das Achterdeck stand hochkant. Keinen Sinn, auf seinen Posten zu gehen, keine Zeit. Er kletterte Hand vor Hand zum Bug, um von oben abzuspringen. Sie sanken in rasendem Tempo. Er merkte, er schaffte es nicht mehr höher, und krabbelte über die

Reling und schwang sich so weit wie möglich in die Luft hinaus, weg vom Schiff.

Der Atem blieb ihm weg, als er aufs Wasser schlug, aber er behielt seine Schwimmweste an, und das Blinklicht tat. Er schwamm mit aller Kraft auf das Geräusch des nächsten Schiffs zu, um aus dem Sog von seinem eigenen herauszukommen. Er konnte nicht über die Wellenkämme hinwegsehen, kraulte sich voran in dem eisigen, öligen Wasser. Gott, war das kalt, war das kalt. *Mach, daß ich's schaff, mach, daß ich's schaff*, flehte er. Wieder spürte er eine Detonation im Wasser, und es wurde taghell. Strudel packten ihn, aber er kämpfte sich frei. Er schwamm immer noch.

Er spürte die Kessel hinter und unter sich explodieren, als sein Schiff unterging. Vor sich hörte er jemand leise fluchen und planschen. Es war so verdammt kalt, daß er seine Füße nicht mehr spürte. Seine Beine wurden immer schwerer und zogen ihn runter. Er paddelte weiter. Sie ließen bestimmt bald ein Boot zu Wasser, um sie rauszuholen, sie kamen bestimmt. Die See war voller Ertrinkender. Er geriet an einen Toten, der in seiner Schwimmweste hing. Ein Fäßchen schwamm in seiner Nähe, und er hielt sich zum Ausruhen daran fest, aber es rollte immer wieder und drückte ihn unter die Wellen, also ließ er es wieder los. Macht schon, ihr Hunde, macht schon. Wo bleibt ihr? Wollt ihr uns absaufen lassen? Die Scheißschiffe schienen auf anderen Kurs zu gehen, und er dachte schon, eins fuhr direkt auf ihn los. Aber dann doch nicht, es drehte ab. Trotzdem holten sie ihn nicht raus. Er schrie, schluckte eisiges Salzwasser, wußte, sie konnten ihn über die Schiffsschrauben nicht hören.

Wo blieben die Boote? Sein Mund füllte sich mit Wasser, und er erstickte fast und hustete sich die Lunge frei und begann wieder zu schwimmen, obwohl seine Beine nicht mehr wollten und Öl ihn verkleisterte. Alles war schwer, so schwer, und die Kälte ging durch und durch.

Vom Zerstörer Volunteer *legte ein Boot ab, ruderte durch die Wrackteile. Anfangs sammelten sie alle Toten auf, aber dann hatten sie zu viele. Sie konnten kaum noch rudern und hatten keinen Platz mehr für Überlebende.*

Schließlich entschied der Fähnrich, der das Boot kommandierte, alle aufzugreifen und ihnen ins Gesicht zu schauen, ob sie noch lebten. Die Hände seiner Männer waren von der Kälte und vom Rudern zu klamm, um noch den Puls fühlen zu können, also mußten sie danach gehen, wie der Seemann aussah, ob seine Augen sie noch zu sehen schienen. Was sollten sie sonst tun? Wenn er zu leben schien, behielten sie ihn; wenn er tot zu sein schien, suchten sie nach seinen Papieren und warfen ihn wieder über Bord. Als sie David Siegal fanden, stand er unter schwerem Schock und war völlig unterkühlt. Als sie seinen Körper wieder hinuntergleiten ließen, landete er mit dem Gesicht im Wasser.

Dunkel hier drin. Muß im Bett sein. Jetzt wird's wärmer. Mame, ich kriege keine Luft. Hört mich wer? Mame, hat dir das Eau de Cologne gefallen? Mame nickte und streckte ihm die Hand entgegen. Sie sagte etwas, aber anfangs konnte er sie nicht hören. Sie sagte, er hätte Ruthie auch eine Postkarte schreiben sollen.

Ruthie 4

Jeder braucht jemand zum Hassen

Als Mame das Geschrei ausstieß und zu Boden stürzte, schlief Ruthie. Im ersten Moment hatte sie keine Ahnung, was sie aufgestört hatte. Dann hörte sie, wie die Stimme ihrer Mutter sich überschlug und wie Sharons Stimme sie umflatterte, ein kleines Hündchen, das hilflos eine Katastrophe umkreiste.

Als sie aus dem Bett stolperte, war ihr erster Gedanke, daß einem der Kleinkinder etwas zugestoßen war und Mame und Sharon nun Ärger bekämen. Doch danach klang die Stimme ihrer Mutter nicht, als sie ihrer Wehklage zum Wohnzimmer nachging. Es war ein Schrei höchster seelischer Not. War Tate etwas zugestoßen? Bei den sechs Arbeitstagen pro Woche mit Überstunden, bei so vielen unerfahrenen Arbeitern, bei dem zunehmenden Druck und der Erhöhung des Arbeitstempos waren Unfälle an der Tagesordnung. Ruthie hastete weiter.

Rose lag auf dem Boden, ihre Hand umklammerte ein Telegramm. »Wer ist es?« fragte Ruthie, nicht ihre Mutter, sondern Sharon. Sie ging nicht ins Wohnzimmer hinein, hatte Angst, sie zu bestürmen.

»Es ist Duvey«, sagte Sharon und schüttelte den Kopf, als wollte sie etwas abwehren. »Sie schreiben, es ist Duvey«, wiederholte sie und wandte sich zu Mame, die bleich und keuchend auf dem Boden lag. Ihre Augen waren starr. Sie weinte nicht, aber jede Minute brach dieses Geräusch aus ihr hervor, der Schrei eines großen Vogels, ein Adler in Todesnot. Boston Blackie war in panischer Angst in Mames Nähe gekrochen und lag mit dem Bauch an den Boden gepreßt. Sämtliche Kinder begannen zu heulen.

Ruthie kniete sich über ihre Mutter und versuchte, sie in die Arme zu nehmen, aber Rose konnte sie nicht sehen, konnte nichts davon spüren. Inzwischen schrien die Kinder immer lauter. Ruthie stand auf, um sich ihrer anzunehmen. Sie war immer noch im Halbschlaf und trat in eine Schachtel Kekse, die Sharon auf den Boden gestellt hatte.

Ruthie kam nicht mehr ins Bett, was bedeutete, daß sie gegen Ende der Nachtschicht gefährlich übermüdet war und die Vorlesungen ausfallen lassen mußte. Zu Hause wollte Mame *schiwe* sitzen, aber Sharon und Arty überredeten sie, daß die Tagesstätte nicht so lange geschlossen werden konnte, denn die Mütter all der Kleinen konnten sich nicht einfach für die Trauerfrist freinehmen. In Wahrheit, sagte Sharon Ruthie im Vertrauen, war es besser für Mame, für die Kinder sorgen zu müssen, sonst brach sie womöglich zusammen.

Drei Tage, nachdem Mame das Telegramm geöffnet hatte, kam die Flasche Kölnisch Wasser an, das Geburtstagsgeschenk von Duvey.

Ruthie irritierte das in ihrer Trauer. Sie hatte Duvey nie nahegestanden; nach Ruthies zwölftem Geburtstag hatten sie einander nicht mehr viel Liebe entgegengebracht. Sie hatte Mühe gehabt, Duveys gute Seiten zu sehen, denn erstens hatte Mame ihn immer vorgezogen, und zweitens stand er für den Lebenswandel, der Ruthie am meisten Angst machte. Er hatte sich den Bengels angeschlossen, den raschen Vergnügungen, den kurzen Zündschnüren, der Messerschneide, die ständig gewetzt werden mußte, der Straße und ihren Glücksrittern, den Frauen, die auf den Cagney-Stil flogen.

Dann hatte sie ihm auch nicht verziehen, daß er sich an Naomi herangemacht hatte. Ihr Zorn auf diesen Übergriff stak wie ein Splitter in ihrem Handballen. Sie betete: Gib, daß ich um Duvey trauere. Gib, daß ich in mir Schmerz um meinen Bruder finde, damit ich ehrlich mit meiner Mutter mitleiden kann. Bitte, verhilf mir dazu.

Sie betete, wie sie nicht mehr gebetet hatte, seit sie befürchtet hatte, schwanger zu sein. Sie verurteilte sich hart, weil sie keine ehrliche Trauer um ihren Bruder zustandebrachte. Sie konnte sich vorstellen, wie solch eine entsetzliche Nachricht von Murray sie überwältigen würde, und daraus zog sie geheuchelte Tränen, Scheinopfergaben für Mame. Oh, sie verdammte sich: Ruthie, die weinte, wenn eine streunende Katze überfahren worden war, Ruthie fiel es schwer, um ihren eigenen Bruder zu trauern.

Morris kam zu ihr. »Deine Mutter macht aus seinem Zimmer einen Heiligenschrein. Sie hockt sich rein und weint. Sonntag, wenn sie auf den Markt geht, müssen wir es ausräumen. Zu ihrem eigenen Besten. An die Armen verschenken und ausräumen. Drei Wochen, und jeden Tag weint sie da drin.«

»Was machen wir mit dem leeren Zimmer?«

»Es Naomi geben«, sagte Morris. »Wird es nicht Zeit, daß du dein eigenes Zimmer bekommst? Erst mußtest du es mit Bobe teilen, dann mit Naomi. Sehe ich nicht, wie hart du arbeitest? Du füllst alle Risse, hast es immer getan.« Er verwuschelte ihr das Haar.

Am Sonntag räumten Sharon, Ruthie und Naomi Duveys Zimmer aus. Er besaß nicht viel Garderobe – niemand von ihnen hatte je viel für Kleidung ausgeben können. Da war sein blauer Kammgarnanzug für Hochzeiten, *bar mizwas*, Feiern und Beerdigungen. Eine Schublade voll abgetragener Hemden und ausgebesserter Unterwäsche. Die gestopften Socken setzten Ruthies Tränen frei. Duvey hatte große Füße gehabt und immer vergessen, sich die Zehennägel zu schneiden. Sie sah direkt, wie sein großer Zeh sich durch die Socken bohrte.

Murmeln, Bucker, ein Taschenmesser, Kaugummipapier mit Comics drauf, mehrere Packungen Pariser, einer der Notdollars, mit denen der Staat während der Depression seine Lehrer bezahlt hatte, und ein Zirkusprogramm teilten sich eine Schublade mit vielleicht vierzig Schnappschüssen von Frauen. Die meisten waren vor jemandes Auto aufgenommen, oder vor einer Veranda oder einer Hauswand, andere blinzelten in einem Badeanzug auf Belle Isle, posierten mit einem Strohhut in der Hand in einem Detroiter Hinterhof neben staubigen

Schwertlilien. Die meisten waren Frauen, die Ruthie und Sharon noch nie gesehen hatten. Einige waren Farbige. Die Hübscheste von allen war eine Frau, die ihr Studiophoto in einem Ballkleid signiert hatte mit: Alles Liebe für Duvey, meinen Herzallerliebsten, von seiner Delora.

Sharon betrachtete mißbilligend das Photo. Naomi schaute ihr über die Schulter. »Ich meine, vielleicht sollte Naomi das Zimmer verlassen«, sagte Sharon.

»Wenn ich gehe, werdet ihr nicht fertig, bis Tante Rose nach Hause kommt«, sagte Naomi.

»Wir brauchen ihre Hilfe«, sagte Ruthie fest. Sie war jünger als Sharon, aber Sharon überließ ihr immer die Entscheidungen. Verheirateten Frauen, fiel Ruthie auf, wurde das manchmal so zur Gewohnheit, bis sie nicht einmal mehr Kleinigkeiten entscheiden konnten. Ruthie fand, daß Naomi ein Recht hatte, das zu erfahren, was es über Duvey zu erfahren gab.

»Ist sie nun eine Schwarze? Ich bin mir unsicher bei dieser Delora.«

Ruthie nahm das Photo. »Ich glaube, sie ist zum Teil Negerin.«

»Ruthie! Du kannst nicht zum Teil Negerin sein.«

»Wie du nicht zum Teil Jüdin sein kannst. Die Menschen wollen wissen, was du bist, damit sie dich richtig hassen können.« Ruthie seufzte. »Wir werfen die einfach weg.«

»Kann ich die Murmeln haben?« fragte Naomi.

»Spielen Mädchen in deinem Alter noch mit Murmeln?« Sharon runzelte die Stirn und stemmte die Arme in die Hüften.

»Mädchen spielen überhaupt nicht mit Murmeln. Ich finde sie nur hübsch. Wie Augen.«

Ruthie verzog das Gesicht und gab ihr die Murmeln, während sie den Rest von Duveys Erinnerungsstücken in eine Schachtel warf, bis auf Bilder von Duvey mit Ziggy und eines von Ziggy mit einer zahnig lächelnden Blondine. Vielleicht wollte Ziggys Mutter die haben. Naomi bot an, alles in der Mülltonne zu verbrennen. Sie paßte auf beim Verbrennen, also war es oft ihre Aufgabe. Ruthie ließ Naomi im Halbdunkel der Hintergasse mit einem Briefchen Haushaltsstreichhölzer allein. Die Ratten gingen nie jemanden an, wenn ein Feuer brannte. Sie wollte nicht mitansehen, wie die Photos verbrannten.

Seine Schlipse, seine Schlipse. Da waren die seidenen und wollenen aus zweiter Hand mit den konservativen Pünktchen und den seriösen

Farben, die Mame auf Trödelverkäufen ergattert und die Duvey nie oder höchstens einmal getragen hatte, und dann die breiten Rayonschlipse mit Hulatänzerinnen und Wüstensonnenuntergängen drauf, die er sich selbst gekauft hatte. Das Hantieren in den schäbigen Überbleibseln ihres Bruders rührte sie mehr, als es das dreiwöchige Herumzerren an ihrem Gewissen getan hatte. Ein geflochtenes Mariengraskörbchen aus Sault Ste. Marie stand auf dem Nachttisch. Wahrscheinlich hatte er es für Mame gekauft, es aber schließlich benutzt, um abends den Inhalt seiner Taschen hineinzutun. Es enthielt immer noch eine Handvoll Pennys, einige davon kanadisch. Ruthie arbeitete mit tränenüberströmtem Gesicht, bis Sharon sie anherrschte: »Jetzt machst du schon so ein Theater wie Mame. Das ist nicht gut für die Kinder, all das Heulen und Jammern.«

Da war eine Taschenflasche, auf deren Zinn ein beineschwingendes Revuegirl prangte. Der Glaseinsatz war zerbrochen. Sie warf sie weg. Alte Schuhe schimmelten im Kleiderschrank mit einem Baseballschläger. Sharon sagte: »Den hebe ich für Clark auf.« Etwas von einem Onkel, an den er sich nicht erinnern konnte. Schließlich war das Zimmer frei von Duvey.

Ruthie wußte nicht, ob sie sich je an den Lärm in der Fabrik gewöhnen würde, an das Dröhnen der Maschinen, das abgehackte Maschinengewehrhämmern der Nietmaschinen, das Stampfen der Metallpressen, das sie in ihren Schenkeln, in ihrer Wirbelsäule spürte, auch noch, wenn sie außerhalb der Halle arbeitete. Ein volles Viertel aller Arbeitskräfte bei Briggs waren jetzt Frauen. Die Männer konnten immer noch gemein sein, aber es war nicht mehr die Hölle los, wenn sie durch die Halle gehen mußte, und sie brauchte keinen mehr, der sie einwies. Am ersten April wurde sie zur Spätschicht eingeteilt. Sie verdiente jetzt $44.52 als Punktschweißerin bei der Flugzeugteilmontage.

Ihre Tage waren nun sinnvoller eingeteilt. Sie stand gerade rechtzeitig auf, um in aller Hast zu frühstücken und zur Wayne zu rasen. Nach ihrem letzten Kurs fuhr sie nach Hause, um sich rasch umzuziehen, und dann holte Vivian, die auch zur Spätschicht versetzt worden war, sie um halb drei ab. Das hieß, daß sie nur die Vormittagskurse belegen konnte. Für ihren Nachmittagskurs mußte sie einer Kommilitonin die Mitschriften abkaufen und am Tag der Abschlußprüfung der Arbeit fernbleiben. Um halb zwölf Uhr abends war sie zu Hause. Um eins ging sie zu Bett und schlief sechs Stunden, den fehlenden Schlaf holte sie am Wochenende nach. Wenigstens konnte sie nun in dem Zimmer, das ihr jetzt ganz allein gehörte, zu Bett gehen, und zwar, wenn alle anderen auch schliefen. Es war leichter, an den Wochenenden in ihrem eigenen Zimmer zu lernen, der einzigen Gelegenheit dazu außer in der Straßenbahn. Sie konnte im Stehen in dichtem Gedränge lesen; sie hatte inzwischen die Kunstfertigkeit erworben, die Buchseiten nur durch Fingerdruck umzublättern, um ja niemanden zu knuffen.

Wenn Mame nicht mit der Tagesstätte zu tun hatte, war sie in Detroit unterwegs, auf Jagd nach den knappen Nahrungsmitteln und nach Kleidung. Morris grub auf einem leeren Grundstück, wo acht Familien sich kleine Siegesgärtchen eingezäunt hatten, ein Beet um. Er liebte es, da draußen zu sein. Er versuchte, Arty dafür zu interessieren, ohne Erfolg. Jetzt, wo Tate Tagschicht und Arty und Ruthie Spätschicht hatten, pendelte sich der Tagesablauf im Haus besser ein. Ruthie kam sich nicht mehr ganz so wie ein Vampir vor, ein unheimliches Nachttier mit einem Rhythmus, der ihrem Körper und ihrer Familie gegen den Strich ging. Sie war ständig übermüdet, aber sie gewöhnte sich daran, und es hielt sie davon ab, unaufhörlich über Murray zu grübeln.

Er war in Neuseeland mit einem Fieber im Krankenhaus gewesen. Jetzt war er entlassen, obwohl er sich nachmittags immer noch schwach fühlte. Vielleicht wurde er nicht wieder an die Front geschickt, wenn er ein bißchen krank blieb. Sie betete darum, daß er etwas zurückbehielt, was ihn gerade genug schwächte, um ihm Sicherheit zu gewähren.

Sonntags versuchte sie, Zeit für Naomi und Trudi zu haben. Sie fühlte sich Trudi nahe, die ein Kind bekam, während Leib in Übersee war. Trudi zeichnete immer wieder Hauspläne. Sie wußte ganz genau, wo sie das Kinderzimmer und wo sie eine verglaste Veranda haben wollte. Ruthie nahm öfter Naomi zu Trudi mit und spornte Trudi an, sich Naomi mehr zu widmen, um sie von der Straße wegzukriegen. Naomi fühlte sich zu Trudi hingezogen und lernte stricken. Ruthie hätte Naomi so gern dazu überredet, sich mehr für Bücher und die Schule zu interessieren.

Nun strickten sie gemeinsam für ihre Männer, Trudi für ihren Ehemann und ihr kommendes Kind, Ruthie für ihren Liebsten. Ruthie hatte es Trudi gestanden, als sie in großer Angst war und jemandem ihr Herz ausschütten mußte. Manchmal wünschte sie, sie hätte Murray geheiratet; dann käme ihr alles weniger dünn und zerbrechlich vor. Trudi fragte: »Hast du nicht Angst, daß er ein Mädchen in Neuseeland heiratet? Ich wette, die stürzen sich auf die Marinesoldaten.«

Sie machte sich Sorgen, daß sie keine Rechte hatte, falls er verwundet wurde. Nur das Bankkonto kündete von beider Beteiligung an einer gemeinsamen Zukunft. Sie schrieb ihm, welche Fortschritte es machte. Er antwortete, daß er nichts bedauerte, außer, zu vernünftig gewesen sein, zu heiraten, als sie die Möglichkeit dazu hatten.

Trudi hieß sie in den Reihen der gefallenen Mädchen willkommen, denn auch sie hatte vor der Heirat mit Leib geschlafen, aber sie war nun sicher, saß auf dem Trockenen, und Ruthie, die Gute und Vernünftige, hing immer noch in der Luft. Trudi gab das Oberwasser, aber Ruthie nahm die herablassenden Bemerkungen um der freundschaftlichen Gesellschaft willen in Kauf. Außerdem war sie lieber Murrays Liebste als Leibs Frau.

Vor Pessach rief sie Murrays Mutter an und fragte, ob sie nicht mit ihrem Mann an den Feiertagen zu ihrer Familie kommen wollte, entweder am ersten oder am zweiten Abend. »Oh nein«, sagte seine Mutter. »Wir würden uns bei Fremden nicht wohlfühlen. Das ist ein Familienfest.« Ruthie wurde nie von ihnen eingeladen.

Murrays Briefe auf blaßblauer Florpost gingen regelmäßig ab und kamen in Bündeln an, oft vom Zensor verstümmelt. Manchmal wachte Ruthie mitten in der Nacht auf und fragte sich, ob sie ihn nicht erfunden hatte, ob ihre Verbindung über tausende von Kilometern nur durch die zarten, zensierten Briefe halten konnte.

Im Auto am Montag nachmittag schwärmte Mary Lou wieder von ihrem Prediger in der Temple Baptist Church. Diesmal erwähnte sie seinen Namen, Reverend J. Frank Norris. Ruthie erstarrte. Sie hatte ihn im Radio gehört, wie er einen Schwall voll Geifer über die Rassendurchmischung in den Fabriken, den Zügen und den Wohnsiedlungen auskippte und den nächsten über die gottlose internationale jüdische Verschwörung. Father Coughlin war endlich letztes Jahr gezwungen worden, mit seinen Haßtiraden im Radio aufzuhören, doch gleich schossen Dutzende aus dem Boden, um denselben Ingrimm zu verkaufen, brachten die allseits unbeliebte Rationierung und den Warenmangel mit den Juden und den Farbigen in Verbindung, schürten die Unzufriedenheit der kleinen Leute.

Busse und Straßenbahnen waren überfüllt bis zum Bersten, Menschen, die eine halbe Stunde oder länger hatten warten müssen, standen nun ineinander verkeilt. Die Weißen behaupteten, die Farbigen gehörten zu Rempelvereinen und warteten nur auf Gelegenheiten, um den Weißen Rippenstöße zu versetzen. Mary Lou schwor, daß das stimmte. Jemandes Dienstmädchen sollte es gestanden haben, als ob irgendeine Frau in der Fabrik ein Dienstmädchen hatte. In mehreren Fabriken gab es Rassenhaßstreiks, wenn Neger eingestellt oder zu anderen als den niedersten Arbeiten zugelassen wurden. Erst vor kurzem waren bei Briggs ein paar farbige Frauen eingestellt worden, und einige der weißen Frauen hatten gedroht, aus Protest die Arbeit niederzulegen. Sie behaupteten, alle farbigen Frauen hätten Syphilis.

Vivian sagte: »Hör mal zu, Schatz, du hast deine Religion, und ich habe meine. Aber du hältst den Reverend Norris aus diesem Auto raus, oder du tippelst auf deinen eigenen Haxen zur Arbeit, klar?«

»Er ist ein Mann Gottes«, sagte Mary Lou empört. »Er kommt extra aus Texas nach Detroit, um jede Woche unsere Seelen zu retten.«

»Schau mal, Schatz, wir sind jüdisch, Ruthie und ich, und wir sind stolz darauf, also behalt ihn für dich, oder du tippelst.«

Ruthie wünschte, ihr wäre so etwas eingefallen, aber es war Vivians Auto, nicht ihres. Es herrschte ein langes Schweigen. Joyce war immer noch bei der Nachtschicht, wahrscheinlich wegen der Geschichte mit der unerhörten roten Hose, und jetzt fuhr eine ältere Frau mit, Joann, die nie etwas sagte außer hallo und schönen Dank auch.

Schließlich sagte Mary Lou: »Woher soll ich denn das wissen? Ihr seht überhaupt nicht jüdisch aus.«

Daraufhin platzte Vivian heraus, und Ruthie lachte mit, aber Ruthie fühlte sich mit Mary Lou nie wieder wohl. Zwei Wochen später fuhr Mary Lou mit einem Mann mit, der in ihrer Nähe wohnte. Sobald Mary Lou nicht mehr mit im Auto saß, taute Joann auf. »Ich kann das Südstaatengesocks nicht ausstehen«, sagte sie. »Die lassen an keinem ein gutes Haar, aber selber sind sie verdreckt und verwanzt. Die ganze Zeit ziehen sie über die Farbigen her, aber die Farbigen in meinem Viertel, die halten ihre Häuser in Ordnung. Die sind nicht wie die Farbigen unten in Paradise Valley. Die haben ihre Häuser gekauft und halten ihre Höfe sauber. Die sind alle hier geboren und gehören hierher. Aber das Südstaatengesocks, die haben noch nie eine Innentoilette gesehen. Die kippen ihre Pißpötte in den Hof, daß es nur so stinkt.«

Jeder haßt irgendwen, dachte Ruthie. Man sollte meinen, daß in einem Krieg sich alle damit zufriedengeben, den Feind zu hassen, aber nein, der Feind ist zu weit weg. Sie brauchen jemand ein paar Häuser weiter, den sie hassen können. Joann war nur ungewöhnlich in ihren Zielscheiben. Antisemitismus war in den Fabriken ebenso normal wie das allgemeine Gemeckere, und für alle war es selbstverständlich, Farbige zu verachten, und das mit vollem Recht und in voller Lautstärke. Wie sich herausstellte, kannte Joann eine der gerade eingestellten farbigen Frauen und fragte nach vielem ängstlichen Geschnatter Vivian schließlich, ob Rena mitfahren durfte. Ruthie tat Rena leid, denn sie war die einzige Farbige in der ganzen Fabrik, die Spätschicht hatte. Ruthie und Vivian berieten und sagten ja.

Rena war Ende zwanzig, hatte beide Kinder in der Grundschule und ihren Mann bei der Armee in England. Er war gelernter Bauzeichner, aber die Armee machte ihn zum Küchenjungen. Sie hatte etwa die Hautfarbe von Delora auf Duveys Photo, trug aber das Haar streng zurückgekämmt. Sie war Nachbarin von Joann und in den ersten Wochen ihnen gegenüber sehr zurückhaltend, wie auch sie ihr gegenüber. Ruthie war noch nie mit einer Farbigen befreundet gewesen. Rena bekam am Fließband viel zu schlucken. Sie hatte es schwerer als Ruthie anfangs, denn die Frauen machten ihr das Leben ebenso sauer wie die Männer.

Morris sagte: »Einige aus der Leitung unterstützen diese Haßprediger, weil sie nicht nur die Juden und die Neger anprangern, sondern auch die Gewerkschaften angreifen. Teile und herrsche. Die Gewerkschaft mag nicht immer fabelhaft sein – ich bin überhaupt nicht einverstanden mit der Verpflichtung zum Lohnstopp und zum Streikverzicht –, aber sie nimmt jeden auf, und das ist richtig so.«

»Es macht mich richtig krank, Tate, wenn ich höre, wie sie auf die Juden schimpfen. Ich weiß nicht, ob ich ihnen Kontra geben oder den Mund halten soll.«

»Du kannst immer was sagen, aber sag es leise, dann wird es vielleicht besser gehört. Nimm's dir nicht so zu Herzen, Ruthie. Die meisten von den Krakeelern, die über die Juden geifern, die wissen gar nicht, daß sie neben einem arbeiten. Die denken, wir haben hinten Schwänze.«

Jetzt, wo der Krieg besser verlief, dachte sie nicht mehr wie früher manchmal, daß die Nazis siegen könnten. Aber sie fragte sich, ob nicht das, was aus Deutschen Nazis machte, etwas war, was sie auch hier sah und spürte. Es gab Tage, da kam es ihr vor, als wäre jedes zweite Stück Papier um die Fabrik herum ein Haßtraktat von einem Prediger oder Priester oder freireligiösen Eiferer oder einer Ku-Klux-Klan-Zelle, von den Silberhemden, den Dixiewählern für eine Südstaatengesellschaft, den Müttern Amerikas, dem Komitee der Million. Sie fühlte sich davon gehetzt und wund.

Sie sehnte sich danach, mit Murray zu reden, aber der hatte auch ohne das Gezänk von der Heimatfront genug eigene Sorgen. Vielleicht gewöhnten sich die Menschen aneinander, wenn sie Seite an Seite arbeiteten. Sie gab sich immer als Jüdin zu erkennen, wenn sie eine dieser abfälligen Bemerkungen hörte, ging aber einer tätlichen Auseinandersetzung aus dem Weg. Sie wußte nicht, ob das tapfer oder feige war, aber nach und nach ließen die Frauen und Männer um sie herum solche Bemerkungen nicht mehr ganz so häufig fallen, wenigstens nicht in ihrer Hörweite. Das war wohl auch schon eine Art Verbesserung. Nach jedem Zwischenfall war sie wund vor stummer Wut. Sie war nicht mehr so freundlich wie früher.

Bernice 4

Auf und davon

Bernice wohnte in dem Motel The Yellow Rose of Texas und teilte sich ein Zimmer mit Helen und Flo. Jeden Morgen verfrachtete ein Armeelastwagen sie zum Flugplatz, wo sie im Schlamm ihre Freiübungen machten. Nach dem Frühstück in der Messe marschierten sie alle zusammen zum Fluggelände. Der Flughafen von Houston war riesig und bestand aus mehreren Plätzen. Weit genug von den Frauen entfernt bildete Ellington Field Kampfflieger aus. Die Frauen benutzten eine Hangar- und Schuppenanlage nahe bei den Verkehrsfluggesellschaften.

In dieser Woche bestand sie ihre Flugtauglichkeitsprüfung und vermied den gefürchteten rosa Zettel, der das Aus bedeutete. Rosa schien irgendwie passend. Zieh deine Fliegermontur aus und schleich dich wieder zu deinen Küchen- und Stubenpflichten. In einer PT-19-Übungsmaschine war sie mit einem Prüfer vom Militär – nicht ihrem gewohnten Ausbilder – aufgestiegen und führte all die Flugmanöver aus, die er befahl, die Rollen, das Auffangen und neu Starten, das Trudeln und die Sturzflüge. Statt einer PT-19 flog sie jetzt eine Schulversion der BT-13, eine große Verbesserung. Statt der offenen Pilotenkanzel hatte sie eine Kabinenhaube. Sie hatte sogar ein Funkgerät. Vor allem hatte die BT-13 einen 450-PS-Motor, weitaus kräftiger als alles, was sie bisher geflogen hatte. Die Maschine war im Sturzflug schwer zu beherrschen, und sie rumpelte wie ein alter Ford Model T auf einer Wellblechstraße, aber das machte ihr nichts, das machte ihr überhaupt nichts.

Am Nachmittag hatten sie Unterricht in Aerodynamik, Motorbedienung und -wartung, Mathematik, Navigation und Meteorologie. Dann marschierten sie hinaus zu weiteren Freiübungen, Abendbrot in der Messe und der Heimfahrt auf einem Armeesattelschlepper zum Lernen und Schwatzen bis zum »Licht aus« um zehn und einem frühen Beginn am nächsten Tag.

Bernice war noch nie in ihrem Leben so glücklich gewesen. Sie entdeckte, daß sie das Alleinsein längst nicht so brauchte, wie sie gedacht hatte, was ein Segen war, da sie in der Tat nie allein war, außer, sie hatte einen Soloflug. Sie mochte diese Frauen viel lieber als die paar Freunde, die sie daheim gehabt hatte. Daheim? Sie war hier weit mehr daheim, als sie sich je im Haus des Professors daheim gefühlt hatte, nach Violas Tod.

Sie fühlte sich nicht mehr übergroß. Sie sahen alle riesig aus in ihrer Ausrüstung, den unförmigen, lammfellgefütterten Lederjacken, den lammfellgefütterten, bis weit über die Taille reichenden Lederhosen mit Reißverschlüssen an den Beinen, die Hosenträger brauchten, um oben zu bleiben, und über langen wollenen Unterhosen getragen wurden. Sie sahen an Bernice weniger lächerlich aus als an zierlicheren Frauen. Das war ihre Winterausrüstung.

Die Dinge, auf die es hier ankam, konnte sie gut. Man zahlte ihr sogar einhundertfünfzig Dollar im Monat dafür, daß sie den aufregendsten Beruf lernte, den sie sich vorstellen konnte. Sie hätte in einem Wunschtraum leben können, doch ihr schmerzender Körper wußte es anders. Nachdem sie ihr Schulflugzeug mitten in der Luft nach dem Motorabstellen aufgefangen und neu gestartet hatte oder auch nach dem Trudeln hatte sie das Gefühl, alle Halsknochen wären ihr ausgerenkt. Das körperliche Trainingsprogramm war darauf ausgerichtet, ihre Sexualität in Zaum zu halten, so vermuteten jedenfalls die Frauen; auf alle Fälle machte es sie hundemüde.

Im März war eine Anweisung von oben gekommen, daß die Frauen einen Tag vor und zwei Tage nach ihrer Regel nicht fliegen durften. Alle Frauen hatte bei dem Gedanken, jeden Monat eine Woche lang am Boden festzusitzen, die stumme Wut gepackt. Nicht nur, daß keine der Anweisung Folge leistete, sie merkten auch bald, daß weder die Ausbilder noch die Unterrichtsleiter auf der Einhaltung bestanden – die Frauen, weil es sie auch empörte, und die Männer, weil es ihnen peinlich war, die Befolgung durchzusetzen. Es kam Bernice ohnehin so vor, als sei seit Beginn des Programms ihre Regelblutung kürzer, aber sie fragte keine der anderen, ob das auch bei ihnen der Fall war. Seit jener Anweisung hatten die Frauen sich zu einer Verschwörung des Schweigens über die Menstruation zusammengetan. Sie kamen nur darauf zu sprechen, wenn eine sich eine Binde ausborgen mußte.

Der Winter in Houston verging, kälter und rauher, als Bernice erwartet hatte. Oftmals war der Flughafen von Nebel eingeschlossen. Einmal war sie noch in der Luft, als der Flughafen dichtmachte, und nach einer Weile blieb ihr keine Wahl, als zu landen, unter wütendem Gebrüll vom Kontrollturm.

Inzwischen hatte Jacqueline Cochran den ersten, nur für Frauen betriebenen Flugplatz in Sweetwater, Texas eröffnet, Avenger Field, so daß die Klasse nach Bernice gleich dort angefangen hatte. Nun sollte Bernice mit ihrer Klasse zum Avenger Field fliegen, querfeldein, und die eigenen Schulflugzeuge von Houston überführen, als hätten sie den Kurs schon abgeschlossen und lieferten überall im Land Flugzeuge aus, wie sie es hoffentlich in drei Monaten tun würden. Sie war ungeheuer aufgeregt, als der fünfte April nahte. Bernice rechnete damit, daß die Luftwaffe sich irgendeinen blöden Grund ausdenken würde, warum Frauen sich selbst und ihre Flugzeuge nicht transportieren durften, aber der Tag brach an, das Wetter war ausgezeichnet – frühlingshaft und sonnig –, und kein Befehl von der Männerhierarchie droben kam in letzter Minute, um ihre Flugerlaubnis zu widerrufen.

Während sie zum letzten Mal auf dem Armeelaster zum Flughafen rollten, fragte Helen sie, ob sie Houston vermissen werde.

»Mir gefällt es hier«, gab Bernice zu. »Aber warum soll es uns da, wo wir unseren eigenen Flugplatz haben, nicht noch besser gefallen?«

Nicht alle kamen mit. Die Klasse vor ihnen, Klasse 43-3, blieb bis zur Prüfung in Houston und flog dann zur Abschlußfeier nach Avenger Field. Flo sagte: »Außerdem müssen wir verschiedene Flugplätze ausprobieren – verschiedene Flugbedingungen. Wenn wir erstmal mit den Überführungsflügen anfangen, sind wir über das ganze Land verstreut.«

Flo war ein Jahr jünger als Bernice und fünf Zentimeter kleiner. Sie hatte rotblondes Haar und Sommersprossen, blaßgraue Augen, die gegen die Sonne blinzelten, und ein breites Lächeln, das schlechte Zähne zeigte. Das älteste Mädchen unter acht Kindern aus Carbondale, Illinois, wo alle ihre männlichen Verwandten als Bergleute arbeiteten, war sie mit einem Mann aus einer herumziehenden Truppe von Kunstfliegern und Luftakrobaten durchgebrannt, als die ihre Kunststücke in ihrer Heimatstadt vorführten. Sie hatte mit Tragflächenakrobatik angefangen und dann fliegen gelernt. Sie war eine gute Pilotin, aber der Aeronautikunterricht fiel ihr schwer. Oft nahm sie eine Taschenlampe mit unter die Decke und lernte noch, wenn Bernice und Helen schon schliefen.

Helen, Tochter eines Zeitungsverlegers aus Nebraska, hatte am College die zivile Pilotengrundausbildung als Klassenbeste absolviert, eine von nur drei Frauen an der Flugschule ihrer Universität. Das Fliegen hatte es ihr angetan, ganz wie Bernice. Nachdem er sie anfänglich davon abzubringen versucht hatte, fand ihr Vater sich damit ab, stolz auf sie zu sein, ihr Fortgeschrittenenstunden und ein eigenes Flugzeug zu kaufen, mit dem sie ihn in Nebraska herumflog. Bernice hatte Helen anfangs abgelehnt, aus dem Gefühl heraus, daß ihr alles zu leicht gemacht worden war; aber hier dachte keine mehr an ihr vorheriges Leben.

Bernice, vertäut in dem sackweiten Overall, den sie Tanzteekluft nannten, kletterte in die BT-13, die ihr für den Tag zugewiesen war. Zwei der Ausbilderinnen sollten als Staffelführerinnen fliegen. Sie waren in zwei Staffeln geteilt. Helen startete in der ersten Gruppe, Bernice und

Flo in der zweiten. Sobald sie oben waren, formierten sie sich zu zwei großen Karrees, flogen dicht beieinander, wie es ihnen beigebracht worden war, und blieben in Formation. Es ging nach Norden. Der Tag war klar, mit einer Spur Staub in der Luft und ein wenig Gegenwind, aber nicht genug, um ihnen die Geschwindigkeit zu nehmen.

Bernice war danach, aus vollem Hals zu singen. Sie hatte gestern nacht wieder den Traum gehabt, der seit ihrer zweiten Woche in Houston ständig wiederkehrte. Sie kroch durch einen langen Tunnel. Manchmal war es ein Abflußrohr oder ein Kanalisationsrohr; dann wieder schien es ein unterirdischer Kanal zu sein. Manchmal war es eine der Dampfröhren, die die älteren Gebäude von St. Thomas verbanden. Plötzlich erreichte sie einen Ausgang und zwängte sich hinaus. Der Traum endete immer damit, daß sie zu voller Größe aufgerichtet auf offenem Feld stand und das Gefühl hatte, als schwinge sie sich in die Lüfte, frei.

Ihre Staffelführerinnen brachten sie zum Mittagessen in San Angelo herunter, auf dem regulären Luftwaffenstützpunkt. Im Geschwindschritt marschierten sie alle in die Kantine, wo sie ein halbes Dutzend Tische okkupierten. Flo griente. Sie schüttelte ihr rotblondes Haar aus dem Haarnetz und begann, jedem vorbeigehenden Kadetten zuzupfeifen. Ungefähr die Hälfte der anderen Frauen tat es ihr bald gleich: herausfordernde Pfiffe und Zurufe, alles, was sonst immer ihnen zuteil geworden war. Bernice beteiligte sich nicht, sah aber zu ihrer Überraschung, wie Helen es tat und dabei übers ganze Gesicht verwundert lächelte. Keiner hatte Bernice je mit diesen Tierlauten geplagt, und sie brachte Männern ganz allgemein wenig Feindseligkeit entgegen.

Ihr bester Freund war ihr Bruder gewesen. Sie hatte nie eine wirklich enge Freundschaft gehabt. Oft war sie das einzige Mädchen gewesen in den Klassen in St. Thomas, wo sie nur überleben konnte, wenn sie unauffällig blieb. Bis Jacqueline Cochran sie für das Women's Flying Training Detachment ausgesucht hatte, war die einzige Hilfe zum Fliegen von Männern gekommen, angefangen bei Zach.

Zum ersten Mal, seit sie erwachsen war, fühlte Bernice sich glücklich, als Teil einer Gruppe, und so aß sie ihren Hühnereintopf und trank ihren Kaffee und dachte an sich selbst mit kühler, distanzierter Bejahung. Sie empfand sich nicht als Frau; sie empfand sich auch gewiß nicht als Mann. Was war sie?

Flo trug eine schmerzende Narbe von sexueller Verletzung in sich wie eine gezackte Stoßkante. Sie hatte geliebt und war weggeworfen worden; sie fühlte sich benutzt und mißbraucht. Helen hatte eine Seite freimütiger sexueller Neugier. In ihren Plauderstunden nach dem Lichtlöschen deutete sie an, daß sie einen Liebhaber gehabt hatte, einen Mann, mit dem sie verlobt gewesen war, den sie dann aber doch nicht geheiratet hatte. Als Bernice schließlich von der Neugier ihrer Freundinnnen gezwungen wurde, aus ihrer Vergangenheit einen Mann ans Licht zu zerren, förderte sie Zach zutage. Er war eine gute Besetzung für die Rolle eines Geliebten und Verlorenen. Das war fast Stoff für die Frauenzeitschriften; der Playboy aus reicher Familie, der sich genug für sie interessiert hatte, um ihr das Fliegen beizubringen.

Bernice gab offen zu, noch Jungfrau zu sein. Es widerstrebte ihr, ein Wissen vorzutäuschen, das sie weder besaß, noch sich vorzustellen vermochte. Sie erzählte ihren Freundinnen von Jeff. Sie betrachteten sein Photo und erklärten ihn für gutaussehend. Er hatte von seiner englischen Freundin geschrieben und dann von ihrem Tod; auch das teilte sie mit ihnen.

Alle zwei Wochen schrieb sie nach Hause, einen kurzen Brief, auf Tatsachen beschränkt, voll von ihrer Ausbildung und dem Wetter. Der Professor antwortete nicht. Gelegentlich schrieb sie auch Mrs. Augustine, die antwortete. Mrs. Augustine berichtete ihr, daß es dem Professor bestens ging, er aß in ihrem Haus und machte seine neue Haushälterin wahnsinnig, so daß sie ihm wohl bald eine andere suchen mußte. Er hatte zugenommen. Ihr Mann Emil und Bernices Vater waren beide überarbeitet, denn der Campus wimmelte von Militärangehörigen in V-5- und V-12-Lehrgängen zur Schulung von Offizieren für die Streitkräfte.

Sie starteten wieder und flogen in ihren zwei engen Karrees die letzten hundert Kilometer zum Avenger Field. Die Erde unter ihnen war rot und flach, manchmal von Staubwalzen verdeckt. Die Straßen verliefen kilometerlang geradeaus, knickten hin und wieder ab, um danach so gerade wie zuvor zu verlaufen. Das Graugrün der Mesquitesträucher betupfte das braune Land. Cochrans Kloster, wie es genannt wurde, erschien am Horizont. Bald konnte sie das winzige X der Schotterpiste ausmachen. Aus der Luft sah alles genauso aus wie der Stützpunkt, auf dem sie Mittagspause gemacht hatten. Als sie landete, schloß sich die Hitze um sie wie eine Faust.

Wie sie sofort herausfand, waren sie hier in Baracken untergebracht. Hier gab es noch weniger Freiraum als im Motel in Houston, und sie mußten ihre Betten im strammen Armeestil machen, so daß eine Münze von der Decke hochsprang. Jede Baracke war in zwei Reviere eingeteilt zu je sechs Pritschen, mit einem Badezimmer zwischen den Revieren. Außer Flo und Helen zogen noch drei weitere Frauen, die sich in Houston ein Zimmer geteilt hatten, in Bernices Revier.

Auf dem Stützpunkt waren schon mehr als hundert Frauen, denn die Klasse nach ihnen, 43-5, war gleich hierhergekommen. Manchmal versuchten fünfzig Maschinen gleichzeitig, auf den beiden schmalen Schotterpisten zu starten und zu landen, während der Wind den roten Boden in einzelnen Staubwolken und Staubteufeln vor sich hertrieb oder ihn zu einer massiven Wand aus wirbelndem Ziegelsteinschutt hob und die losen Ballen der Steppenhexe sich in den Propellern zu verfangen drohten.

Einen großen Teil ihrer Zeit verbrachte Bernice mit dem Erlernen des Blindfluges, zuerst im Flugsimulator am Boden, dem Link-Trainer, einem Backofen, der ihr den Schweiß in Strömen über den Körper trieb und ihr die Haare in dem vorgeschriebenen Haarnetz anklatschte, dann in der Luft unter der Kapuze, einer Segeltuchverkleidung. Sie flog stundenlang unter der schwarzen Haube, während ihr Fluglehrer Anweisungen durch den Kopfhörer brüllte. Sie mußte allein nach dem Höhenmesser, dem Kompaß und dem Fahrtmesser ihre Position errechnen und korrigieren.

Sie lernte auch, nachts zu fliegen. Avenger Field verfügte nicht über Landelichter, so wurden Fässer mit brennendem Öl aufgestellt, um die Landebahnen zu markieren. Nach ihrem ersten Nachtflug landete Bernice so hart, daß es ihr fast den Atem nahm. Nach hunderten von glatten Landungen fabrizierte sie fast eine Bruchlandung. Danach traute sie im Dunkeln eher den Instrumenten als ihren Augen.

An einem heißen Tag im Mai – als jeder Tag heiß war und die Temperatur vom Morgengrauen bis zur Abenddämmerung nicht unter achtunddreißig Grad zu sinken schien – brauste die Klasse 43-2 in ihren Schulmaschinen zur Abschlußprüfung heran. Jacqueline Cochran erschien zur Abschlußfeier. Sie hatte gerade den bisherigen Führungsstab in Avenger durch von ihr ausgesuchte Leute ersetzt, Männer, die die Frauen schon jetzt als verständnisvoller empfanden, weniger daran interessiert, sie fertigzumachen und die Unfähigkeit von Frauen zu beweisen, mehr daran interessiert, sie zu guten Pilotinnen auszubilden. Aus der Entfernung des Bereitschaftsraumes, in dem die Frauen auf Flugzeuge warteten, betrachtete Bernice die elegante Gestalt mit Achtung und Dankbarkeit. Sie glaubte nicht, diese Frau je zu verstehen, die aus ihrem eigenen Flugzeug stieg und wie eine Schauspielerin über den Platz schritt, gefolgt von ihrer – ja, man mußte schon sagen, Kammerzofe; aber Bernice hätte alles für Cochran getan. Wäre sie fromm gewesen, so hätte sie jeden Abend für das Wohlergehen und das Seelenheil von Jacqueline Cochran gebetet.

Mit Fortschreiten des Sommers verdickte sich die Hitze. Sie fand es nur noch erträglich, wenn sie am Himmel war, wo der Wind und die Höhe für gemäßigte Temperaturen sorgten. Alle Frauen glommen in verschiedenen Mahagonitönen. Bernice war seit ihrer Kindheit nicht mehr so braungebrannt gewesen, als Viola mit beiden jeden Tag zum See gegangen war, wo sie unter einem Sonnenschirm saß und Sophokles im Original las.

Sie bekam einen Brief von Jeff. Sie hatten Methoden, einander zu informieren, die der Zensor, wäre er dahintergekommen, nicht durchgelassen hätte. Jeff brauchte nur auf Ereignisse in ihrer Vergangenheit anzuspielen, um seinen Aufenthaltsort anzuzeigen. Er berichtete ihr auf diese Weise, daß er aus Tunis nach London zurückgekehrt war, aber hoffte, nach Frankreich zu kommen.

Eines Tages während des Instrumententrainings fand Bernice sich in einer Zwickmühle. Alle Frauen mußten sich eine Kopilotin aussuchen, um mit ihr allein aufzusteigen – ohne Fluglehrer. Die Kopilotin mußte als Fluglehrer agieren, während die Pilotin nach Instrumenten flog, unter der Kapuze. Bernice wurde klar, daß Flo und Helen beide von ihr erwarteten, mit ihr zu fliegen, aber daß sie sich nur für eine entscheiden konnte. Sie wartete in der Hoffnung, die beiden würden einander wählen. Sie wollte lieber mit einer fliegen, die sie weniger gut kannte, als die Gefühle entweder der einen oder der anderen zu verletzen. Doch die beiden warteten auch. Bernice hätte sich am liebsten verkrochen. Sie konnte es nicht ertragen, Schmerzen zuzufügen. Schließlich fiel ihr ein, sich selbst zu fragen, von welcher sie dort oben lieber abhing, welche ihr in einem Notfall Augen und Ohren leihen sollte. Flo. Flo war die verzweifelter, ernsthafter engagierte Fliegerin. Flo war im Grunde auch verwaist, wie sie. Ihre Familie hatte sich von ihr abgewandt. Sie konnte nie mehr nach Hause zurück.

Als sie mit Flo zu den bereitstehenden Maschinen ging, spürte sie Helens vorwurfsvollen Blick auf sich lasten wie ein Gewicht, was ihren Gang langsam und linkisch machte. In der Luft vergaß sie alles außer dem, was zu tun war. Beide hingen völlig voneinander ab.

Wie schwerwiegend die Folgen von Unachtsamkeit oder wie endgültig die Folgen von Motoren- und sonstigem Versagen sein konnten, das wurde ihnen nur allzu deutlich, als eine Flugschülerin und ein Ausbilder aus der Klasse nach ihnen bei einem nächtlichen Zusammenstoß umkamen. Ich kann dabei sterben, begriff Bernice. In den nächsten vier Tagen nach dem Absturz kam ihr der Gedanke immer wieder, in ausgefallenen Momenten, wenn sie ihr Essen in zerlaufenden Häufchen auf dem Teller mit der Metallunterteilung bekam; am Samstag abend in der Kantine in Sweetwater, wenn sie bei Fruchtsäften saßen und aus einer Flasche in einer Tüte unter dem Tisch schwarzgebrannten Schnaps tranken. Während der Schnaps ihr die Kehle verbrannte, aber den Magen wärmte, dachte sie wieder an die verkohlten Leichen in den zerknautschten Wracks. Schließlich sagte sie sich: Eigentlich keine schlechte Art zu sterben. Was habe ich vorher getan? Konnte man das Leben nennen?

Am nächsten Tag, als sie allein in der AT-6-Texan oben war und an Querfeldeinnavigation arbeitete, kam ihr das Bild zum letzten Mal. Diesmal lächelte Bernice nur und visierte die Eisenbahngleise an, die sie leiten sollten. Die AT-6, die Advanced Trainer-6, das waren die Maschinen, in denen die Klasse vor ihr zur Schlußfeier auf Avenger gelandet war. Die AT-6 wirkte schnittig, sah giftig aus und war ein Kraftpaket. Sie war schneller als alles, was sie bisher geflogen hatte – 235 Stundenkilometer, mit einem 450 PS-Motor und einem verwegenen Stil, den sie liebte. Sie dachte, jetzt konnte sie endlich nachfühlen, was Zach an seinem Rennwagen gehabt hatte. Solche Hochgenüsse lohnten das Risiko.

In zwei Wochen beendete sie ihren Lehrgang, als Pilotin im Einsatz. Das war Leben; die Jahre davor waren ein langsamer Tod gewesen. Besser, die Chance zu ergreifen und ganz das zu sein, was sie sich erträumt hatte. Bernice hatte nie nach dem Spiegel geschielt. Jetzt, wenn sie die übergroße Fliegermontur anhatte, warf sie manchmal einen Blick hinein, und dann errötete sie fast vor Freude. Sie sah kraftvoll aus. Sie sah überlebensgroß aus. Sie sah aus wie eine Pilotin.

Abra 5

Was Frauen brauchen

Die Ehefrau war in der Stadt. Warum dachte Abra von Louise so? Sie war die geschiedene Frau, aber irgendwie regierte sie immer noch. Louise hatte die Tochter, Kay, mitgebracht und war mehr in OWI-Angelegenheiten gekommen, als um mit Oscar in Verbindung zu treten. Kay wurde in Oscars Wohnung untergebracht, während Louise bei irgendeiner Bürokratin vom OWI übernachtete. Anfangs war Abra auf Besuchsdauer verbannt. Dann wurde sie zum Abendessen einbestellt, auf Louises Veranlassung. Louise war wohl neugierig auf sie. Sie ihrerseits war durchaus neugierig, fühlte sich aber ohnmächtig.

Zu viert gingen sie aus, um Meeresfrüchte zu essen. Sie mußten eine Stunde lang auf einen Tisch warten und machten zusammenhanglose Konversation. Nur Oscar schien unbefangen. Abra kam der Verdacht, daß er nichts Ungewöhnliches daran fand, von geschiedener Frau, Freundin und Tochter umgeben zu sein. Er hat die Mentalität eines orientalischen Potentaten, erzählte sie ihrem Taschenkrebs. Abra war es gewohnt, peinlichen Situationen durchaus gewachsen zu sein, aber diesmal fühlte sie sich deklassiert, kaum älter als Kay, am anderen Ende des Tisches schmollend. Heute abend mochte sie Kay beinahe, weil die zumindest auch lieber woanders gewesen wäre.

Louise hatte sich extrem gut gehalten, dachte Abra, wesentlich attraktiver als ihre Tochter, die mürrisch und nach innen gekehrt über ihrem Essen hing und darin herumstocherte. Louises schulterlanges Haar leuchtete kastanienbraun, ihre Haut war rosig, ihre Augen strahlten hellgrau über hohen Backenknochen, markant wie die von Oscar. Ihre Gesichtszüge waren fein geschnitten in zierlich gemeißelten Knochen, doch sie machte keinerlei Eindruck von Zartheit. Ihre kehlige Stimme trug weit. Bevor sie etwas sagte, das ihrer Meinung nach komisch war, zog sich ihr Mund kurz auf eine seltsam schrullige Art zusammen, als verkniff sie sich das Lachen. Ihr Lachen, wenn es dann herausbellte, grenzte oft ans Vulgäre, was an einer so gepflegten Frau erstaunte. Jede Tochter dieser beiden hätte hinreißend sein müssen. Abra fand, daß Kay ein völlig annehmbares Gesicht damit verdarb, neunzig Prozent der Zeit einen Flunsch zu ziehen.

Louise trug ein kunstvoll drapiertes jadegrünes Voilekleid. Während Oscar und Louise sich über die Torheiten diverser Bekannter unterhielten, die Abra nicht kannte und die Kay nicht interessierten, wurde Louise immer angeregter. Sie begann, ihre Hände zu gebrauchen und brachte einen grünen Ring zum Blitzen.

»Wo ist der denn her?« Oscar ergriff Louises Hand.

»Ein Geschenk.« Louise machte ihre Hand recht unsanft los. Sie wandte sich sofort an Abra. »Das muß langweilig für Sie sein, all diese uralten Leute. Was halten Sie von Washington?«

Abra fragte sich, wer Louise den geschenkt hatte; Oscar hatte mit finsterer Miene den Themenwechsel gestattet.

Abra konnte sich bei ihrer Mitbewohnerin Susannah nicht zufriedenstellend über ihre Beziehung zu Oscar auslassen, denn Susannahs sofortiger Kommentar war, daß sie sich nicht mit einem so viel älteren Mann hätte einlassen dürfen. Susannah fand, jede junge Frau sollte heiraten oder wenigstens mit einem Verlobungsring prunken, so groß wie Louises Smaragd.

Abra fand einen Menschen, der sich ihre Unzufriedenheiten anhörte, und das war der kraushaarige Daniel aus dem Stockwerk über ihr. Er hatte auch etwas mit einer Frau in seinem Büro. Sie fand seine Wohnung lustig. Anfangs war sie fast schockiert: eine Matratze auf dem Fußboden, ein Regal voller japanischer und chinesischer Bücher, Fernöstliches zur Ausschmückung, eine chinesische Vase, eine Schriftrolle, eine geschnitzte Truhe. »Ich bin Übersetzer für die Regierung«, erklärte er. »Sie brauchen jetzt Übersetzer, die Japanisch und Chinesisch lesen und schreiben können.« Manchmal arbeitete er ebenso lange wie sie.

Er tat ihr leid, denn technisches Material zu übersetzen, wie er es seinen Angaben nach tat, hörte sich stinklangweilig an.

Er war attraktiv, aber im Vergleich zu Oscar schrecklich jung. Sie war erleichtert, daß er eine Freundin hatte, denn das gab ihr das Gefühl, mit ihm reden zu können, ohne ihm auf unfaire Art falsche Hoffnungen zu machen. »Ich habe das Gefühl, als ob in der Beziehung *er* völlig den Ton angibt«, beklagte sie sich bei Daniel, während sie mit angezogenen Knien auf seiner Matte hockte und billigen Rum trank. »Er entscheidet, wann wir uns sehen und wann nicht. Er bestimmt, was wir machen und was nicht und wann. Er setzt die Grenzen.«

»Welche Grenzen sind das?« Er hatte ihr schon erzählt, daß seinem Gefühl nach Ann, seine Freundin, mit ihm das gleiche tat.

»Keinerlei Besitzansprüche. Sei darauf gefaßt, das Feld zu räumen, sobald irgendeine seiner alten Freundinnen oder seine geschiedene Frau in die Stadt kommt. Stell keine Fragen nach morgen oder übermorgen.«

»Meinst du, daß er dich liebt?«

»Er sagt es jedenfalls oft genug. Er ist warm und liebevoll, Daniel, doch, wirklich, sonst würde ich mir seine Spiele nicht bieten lassen. Aber ich fühle mich von ihm irgendwie als unwesentlich eingestuft – nicht in seinem Arbeitsleben, aber in seinem Gefühlsleben. Ich bin jederzeit zur Hand, so elend bequem.«

»Vielleicht kann er dich nicht ernst nehmen, weil er so viel älter ist.«

»Sicher war er meistens mit Frauen in seinem Alter zusammen. Aber ich halte mich für ungewöhnlich reif und erfahren für mein Alter –«

Daniel griente und fuchtelte mit einem langen Zeigefinger. »Hast du jemals irgendeine deiner Altergenossinnen sagen hören: 'Ich halte mich für ungewöhnlich unreif und unbeleckt für mein Alter'?«

»Punkt für dich ... Du meinst also nicht, daß ich es bin?« Sie dachte gerade daran, daß sie beide fast gleich alt waren, zwischen ihren Geburtstagen lagen noch nicht einmal zwei Wochen, und sie hielt sich für weitaus reifer.

»Um die Wahrheit zu sagen, nein.« Daniel strahlte wie ein Engelchen und goß ihnen noch Rum ein. »Schmeckt wie Haarwasser, findest du nicht auch?«

Abra war empfindlich getroffen, doch das zu zeigen hätte ihm recht gegeben. Wenn er sich doch nur an sie heranmachen würde, damit sie ihn kalt abweisen konnte, aber das hatte er seit Monaten nicht mehr getan. Er war leider Gottes zu schlau, um das zu versuchen, solange sie verrückt nach Oscar war. Sie brauchte wahrscheinlich Daniel mehr, als er sie brauchte, denn obwohl er es genoß, seine Beziehung zu Ann durchzukauen, war er nicht von Ann besessen. Sie dagegen lag nachts wach und analysierte Oscar. Daniel war der einzige, mit dem sie all diese Grübeleien teilte.

»Wenn ich daran denke, wie einfach das Leben früher war!« brach es aus ihr heraus. »Was wir in dieser Gesellschaft Liebe nennen, kann sich ausweiten, bis es jede Menge Zeit und Gehirnzellen füllt. Das ist ein Krebsgeschwür! Als ich ihn wollte und noch nicht hatte, dachte ich, wenn ich diese Hürde genommen habe, geht das Leben wieder geradlinig weiter.«

»Manchmal läuft es eben so«, sagte Daniel. »Wenn das, was du willst, nur ein Körper ist oder ein Wesen, das du zu dem Gesicht oder Körper passend erfunden hast. Aber wenn du die Person gut kennst und dann willst, dann wird der Beischlaf nicht mehr anrichten, als die Faszination zu vergrößern. Vermute ich mal.«

»Du hast noch nie richtig geliebt.« Nun war sie an der Reihe, anzugreifen. »Meinst du, du bist überhaupt dazu fähig?«

»Ich meine, ich habe einmal geliebt, damals in Schanghai. Meistens war ich ein Virtuose der Schwärmerei. Ich habe mich in ein Parfüm verliebt, in die Art, einen Schal zu tragen. Ich habe mich in Roman- oder Filmfiguren verknallt. Manchmal denke ich, ich könnte für eine Schale mit reifem Obst entbrennen.«

»Ist es nicht faszinierend, wie das Reden über die eigenen Fehler ein Mittel zum Flirten und zur Selbstverherrlichung sein kann, teuerster Daniel?«

»Das war früher. Damals hatte ich Schwierigkeiten, mich auf irgend etwas zu konzentrieren. Jetzt, wo ich eine Arbeit habe, die mich mit Haut und Haaren beansprucht, glaube ich, daß ich meine Gedanken und meine Energie bündeln kann, wenn ich die richtige Frau ausmache.«

»Übersetzen ist so interessant?«

Sein Blick wich aus. Er zupfte an seinen Haaren. »Nun ja, die Art Übersetzung, die ich mache, ist anspruchsvoll. Asiatische Sprachen sind so fremd in ihrem Aufbau, sie bringen einen dazu, die Welt völlig anders zu ordnen.«

»Das überrascht mich. Ich habe mal ziemlich viel aus gesprochenem Deutsch übersetzt ...« Sie brach ab. Sie mußte eine Erklärung liefern. »Ich habe in New York Umfragen für meine Dissertation gemacht. Ein paar Flüchtlinge mußte ich auf deutsch befragen.« Sie hoffte, daß das nicht zu lahm klang. Sie mußte auf solche Hinweise aufpassen. Kürzlich war ihre Sicherheitsstufe erhöht worden, doch sie nahm an, daß jemand wie Daniel wahrscheinlich gar nicht überprüft worden war. Sie mußte schärfer darauf achten, worüber sie redete; R&A hatte letztens wie verrückt alle Akten gestempelt: GEHEIM, STRENG GEHEIM.

Am nächsten Abend hatte sie mit Oscar ein Gespräch über die neuen Sicherheitsmaßnahmen bei R&A. »Hältst du das wirklich für notwendig?«

»Nein, aber für unwiderstehlich.« Er hatte sich Kissen in den Rücken gestopft und saß im Bett. Die Tochter und die geschiedene Frau hatten endlich die Stadt verlassen, und sie verbrachte in dieser Woche die erste Nacht mit ihm.

»Unwiderstehlich für wen?« Sie betrachtete sein scharf geschnittenes Profil.

Seine Augen, die in die Ferne schweiften, während er über die Antwort nachdachte, waren Anthrazitsplitter. »Unwiderstehlich A, weil wir dem nicht widerstehen können, denn solche Maßnahmen kommen *de haut en bas* und beeindrucken uns in unserer akademischen Weltfremdheit zutiefst. B, unwiderstehlich für die höheren Chargen, weil Sicherheitsmaßnahmen ihnen ein Gefühl von Wichtigkeit geben, mit den Machthabern an einem Tisch zu pokern.«

Das mochte sie an Oscar. Wenn er »A« sagte, gab es immer ein »B«. Wenn er sagte, drei Dinge stimmten nicht, dann blieb er nicht nach zweien stehen oder erwähnte noch ein viertes. Sie mochte diese Ordentlichkeit. Sie selbst war eher intuitiv. Sie sagte etwa, sie liebe drei Dinge, aber dann fiel ihr immer ein viertes ein, was noch auf die Liste gehörte. Er beendete seinen Fernblick, bevor er weitersprach.

»Der größte Teil unserer Recherchen beruht auf Fakten, die jedermann zugänglich sind. Nur unsere Art, sie zusammenzusetzen und zu analysieren, macht uns einzigartig. Das meiste von den sogenannten geheimdienstlichen Erkenntnissen, die wir vom SI zugeleitet bekommen, ist Quatsch aus der Gerüchteküche, gesellschaftliche, politische und ethnische Vorurteile werden zu harten Fakten frisiert.«

»Oscar, was wollte Langer heute von dir?« William Langer war der Leiter von R&A. »Darfst du es mir sagen?«

»Ich darf es nicht nur, ich muß es. Langer schickt mich nach London, damit ich dort ein kleines Projekt in der Abteilung Arbeit übernehme.«

»Ach ...« Sie meinte, ihr Herz stünde still. Sie meinte, aus Angst vor der Antwort kein Wort herausbringen zu können. Sie mußte ihre Stimme unbekümmert klingen lassen, falls ihr noch ein Rest von Kraft und Würde verblieben war. »Werde ich auch gehen?«

»Ich habe es für dich beantragt.«

»Wir arbeiten so gut zusammen«, sagte Abra zärtlich und schmiegte sich an ihn. »Würde ich dir nicht ein wenig fehlen?« Bleib locker, befahl sie sich. Er hat es beantragt. Er versucht, mich mitzunehmen. Wenn ich heftige Gefühle zeige, wird es für mich längst nicht so gut laufen.

Oscar drehte sich zu ihr um. »Mir hat diese Woche deine weiche Person gefehlt. Das war jedoch keins der Argumente, die ich Langer gegenüber benutzt habe.«

»Du kannst ja nicht einfach zu ihm sagen: Schau mal, alter Junge, sie ist meine Bettgenossin, verstehst du? Arbeitet sich viel besser so, ist doch klar.«

»Man hat immer den Verdacht, daß sie in den richtigen Altherrenriegen damit durchkommen. Aber auch, wenn R&A längst nicht mehr so zugeknöpft ist wie die Altherrenriege der Hautevolee-Eliteakademiker, die diesen Verein gegründet hat – zum Beispiel sind inzwischen Juden wie ich dabei –, kann ich mir trotzdem nichts erlauben. Bei der Versetzung von Frauen nach Übersee stellen sie sich immer noch an, aber ich denke, es wird mir gelingen. Ich bin einer seiner Günstlinge, seit unser letzter Bericht so viel Wellen geschlagen hat.«

»Was hast du zu meinen Gunsten gesagt?« Hast du dich energisch und wirksam genug eingesetzt? Oder hast du gemischte Gefühle, mich mitzunehmen? Wie konnte ihr das, was im Kopf eines bestimmten Mannes vor sich ging, so wichtig sein?

»Ich habe ihn auf deine Abschnitte in unseren letzten beiden Berichten aufmerksam gemacht. Ich habe dich als ungemein tüchtig und höchst objektiv in deinen Schlußfolgerungen beschrieben. Darauf fliegen sie. Ich habe ellenlange Versprechungen über die Wunder gemacht, die wir in London für R&A-Washington vollbringen werden. Ich habe gelobt, daß wir uns bei all unseren Kriegsanstrengungen niemals – wie es von einigen berichtet wird – von unserer Grundpflicht abbringen lassen werden, nämlich R&A-Washington mit lohnenden Leckerbissen zu füttern. Ich habe uns als nibelungentreu gegenüber unseren Brötchengebern beschrieben.« Er nahm ihr Kinn in seine große warme Hand. »Vertrau mir, Abra. Ich bringe dich schon rüber ... so oder so. Jetzt erinnere mich daran, warum ich das will.« Er führte ihren Kopf hinunter zu seinem Schwanz.

Oscar hatte ihr orale Praktiken beigebracht. Die meisten von Abras sexuellen Begegnungen hatten sich mit Doktoranden zugetragen, heiratsfähigen Männern aus ihren eigenen oder New Yorker Politikerkreisen, deren beste Vertreter mehr schlecht als recht gebumst hatten. Oscar mochte orale Praktiken als Vorspiel zum Geschlechtsverkehr. Manchmal hatte sie unter seinem Mund einen vorbereitenden Orgasmus; manchmal wurde sie nur sehr erregt. Sie fühlte sich seinem Körper intimer und zwingender verbunden als irgendeinem ihrer bisherigen Bettgenossen. Nicht selten hatte sie vielfache Orgasmen, manchmal von einer Heftigkeit, die sie fast erschreckte.

In der nächsten Nacht war sie nach dem Dienst nicht mit ihm zusammen. Sie arbeiteten bis spät, und dann wurde er in einer Beratung mit zwei anderen R&A-Mitarbeitern festgehalten. Da er ihr kein Zeichen gemacht hatte, gab sie schließlich auf und ging um elf mit Susannah. Sie war todmüde, konnte aber nicht schlafen, ihre Gedanken kreisten um London. Was würde sie mit sich anfangen, wenn er sie nicht mitnehmen konnte? Sie fühlte sich, als wäre sie auf Oscar aufgepfropft; sie konnte sich ihr Leben ohne ihn nicht vorstellen.

Die nächsten Tage waren ausgehöhlt von ihrer Unfähigkeit, an irgend etwas anderes zu denken. Sie hatte Angst, es ihm gegenüber wieder zur Sprache zu bringen, dennoch war sie überzeugt, daß er ganz genau wußte, was sie belastete, ja sogar, bis zu welchem Grad es ihr logisches Denken auslöschte. Am Samstag arbeiteten sie den ganzen Tag lang. Traditionsgemäß waren die Samstagabende bei OSS dem Vergnügen vorbehalten, und den Sonntag nahmen sie sich frei. Am Sonntag regnete es, heiß und rostig. Oscar blieb zu Hause und arbeitete. Sie ging im Regen mit Daniel spazieren.

»Ekelhaftes Sickerwasser«, knurrte sie die dicke, schmutzig tropfende Luft an.

»'Die Augen zum Firmament gerichtet
Warte ich auf des Himmels Wasser,
Gierig wie ein nach Milch hungernder Säugling ...'
Wie sagt man immer? Es ist gut für den Garten.«

»Ist das Gedicht von dir?«

»Von Otomo Yakamochi. Meine Übersetzung. Eine gute Übung.«

»Wofür?« Sie stieß nach einem Pappkarton, der auf der Straße lag. »Ich würde den Himmel beschreiben als einen großen grauen Hengst, der ganz Washington vollpißt.«

»Welch zauberhaftes Bild. Ich merke, du bist guter, aufgeräumter Stimmung und wirst heute angenehme Gesellschaft abgeben.«

»Fick dich selber, Balaban, und zwar mit einem blühenden Kirschzweig.«

»Ist dir übrigens in diesem Frühjahr aufgefallen, daß die armen Bäume inzwischen als koreanische Kirschbäume bezeichnet werden?«

»Sei froh, daß sie nicht verhackstückt worden sind. Jetzt werde ich dir mal was verhackstücken. Mein Liebster wird nach Übersee versetzt, und ich weiß immer noch nicht, ob er mich mitnehmen kann. Wenn nicht, dann ist meine Laune heute süßer Früchtepudding im Vergleich dazu, wie ich mich fühlen werde, wenn er geht und ich bleibe. Was werde ich mit mir anfangen?«

»London, Stockholm, Algier, Lissabon, Madrid oder Istanbul?«

»Das wär's in etwa?«

»Ich versuche, gründlich zu sein.«

»Du versuchst, ein Klugscheißer zu sein, und im allgemeinen gelingt dir das. Wenn ich tatsächlich mit ihm gehe, wirst du mir fehlen.«

»Ich fehle dir schon jetzt«, sagte Daniel und nahm freundschaftlich ihren Arm.

Am 22. Mai 1943 verließen Oscar und Abra New York auf der zum Truppentransporter umgewandelten *Queen Mary*. Sie waren nicht in einer Kabine, sondern teilten ihre Kabinen mit zahlreichen anderen. Drei weitere OSS-Frauen und acht Krankschwestern teilten sich mit Abra eine Kabine von sechs Quadratmetern, mit provisorischen Kojen übereinander, die ihr kaum Platz ließen, sich in ihren Schlitz einzupassen. Da die *Queen* ein schnelles Schiff war, reisten sie nicht im Geleitzug, sondern stampften allein voran. Erst nach zwei Tagen auf See kam

Abra in den Sinn, daß sie torpediert werden konnten. Sie war entsetzt darüber, daß ihr erster Gedanke dem Problem galt, wie sie mit Oscar im gleichen Rettungsboot landen konnte.

Doch wenn sie an der Reling stand und zusah, wie sich das Wasser brach und der Himmel sich veränderte, dann genoß sie diese Zeit im Zwischenreich, die mit Gesprächen, endlosen Gesprächen verging. Oscar gab zu, daß ein Grund, warum er für die Versetzung nach London intrigiert hatte – zum ersten Mal tat er nicht so, als sei sie dem blauen Himmel entsprungen wie ein herabsteigender Engel –, seine vage Hoffnung war, von Europa aus Nachricht von seiner Schwester Gloria im besetzten Frankreich erhalten zu können. Durch Louise hatte er etwas erfahren, woraus er schloß, daß es offensichtlich Wege hinein und hinaus gab, vermittels derer er zumindest ihre Situation erfahren und im besten Falle ihr helfen konnte.

Jeder Tag wurde von Übungen mit den Rettungsbooten bei Feuer an Bord, bei einer Kollision, bei feindlichen Luft- und Seeangriffen belebt oder vergällt, je nachdem, wobei man unterbrochen wurde. Nach dem ersten Tag versteckten sich so viele wie möglich auf den Toiletten. Das Schiff war vollgepfercht. Bis auf die Messen waren alle größeren Räume in Schlafsäle umgewandelt. Sie gehörten – zusammen mit einem halben Dutzend anderer OSS-Leute – zu den wenigen Zivilisten an Bord. Insgesamt waren sie vierzehn von OSS, aber die anderen hatten Offiziersrang erhalten und trugen undefinierbare Uniformen. Sie neigten dazu, unter sich zu bleiben, da sie Außenstehenden getürkte Geschichten erzählen mußten. Mahlzeiten fanden in vier Schichten statt, die letzte für die farbigen Militärangehörigen. Die *Queen* hatte in jeder Beziehung Rassentrennung.

Sie begann tatsächlich zu spüren, daß sie sich dem Kriegsgebiet näherten. In ihrem Kopf war ein solches Durcheinander gewesen, ob Oscar sie nun mitnehmen würde, ob er sie wirklich mitnehmen wollte, daß sie ihre Gedanken noch gar nicht auf ihr Reiseziel gerichtet hatte. Die Abende verliefen recht eintönig. Die Verdunkelung wurde strikt eingehalten. Nach Einbruch der Dunkelheit durfte sich niemand mehr an Deck aufhalten. Matrosen waren aufgestellt, um den Zugang zu jedem diskreten Eckchen zu versperren, wo die wenigen Frauen an Bord mit den vielen Männern hätten koitieren können. Es gelang ihnen genau einmal, miteinander zu schlafen, indem sie ihre Schicht beim

Mittagessen ausließen, aber dafür gab es Zeit zum Nachdenken und Zeit zum Reden.

»Ich war im Sommer achtunddreißig in Europa. Ready – mein zweitältester Bruder – hatte gerade in Annapolis Examen gemacht, und meine Eltern fuhren zur Feier mit uns ins Ausland. Ich erinnere mich, wie wir auf der *Normandie* in Le Havre ankamen – meine Mutter schwor auf französische Schiffe wegen der besseren Küche. Ich weiß noch, wir waren in Paris, Florenz und Rom, wo es unerträglich heiß war. Ich erinnere mich an Nizza und an ein römisches Amphitheater irgendwo, weil meine Eltern da einen fürchterlichen Krach hatten. Dann haben wir entfernte Vettern in Northumberland und Edinburgh besucht. Mein Vater hat Vorurteile gegen London, ebenso wie gegen New York.«

»Ich bin in London gewesen, aber nicht lange genug, um es zu kennen. Ich habe fast ein Jahr in Frankfurt verbracht, mit Louise. Wir hatten kein Geld, aber wir fuhren per Anhalter oder dritter Klasse mit der Bummelbahn. Zum Schluß sind wir in Italien herumgewandert. Später sind wir dann alle paar Jahre wieder hingefahren. Neben Frankfurt ist Paris die europäische Stadt, die ich am besten kenne.«

»Ich kann nicht sagen, daß ich viel von der Reise gehabt habe. Ich beglotzte Unmengen von Ölgemälden und Kirchen und vertilgte Unmengen von Kalbfleisch und Teigwaren. Jeden Tag stritt ich mich mit meinem Vater oder meiner Mutter.«

»Worüber hast du dich damals gestritten? Doch nicht Politik?«

»Ich war eine glühende Linksradikale, dachte ich wenigstens, denn ich war nie welchen begegnet. Ich fand den Spruch, ich sei Sozialistin, bereits sehr gewagt. Auf alle Fälle zündete er bei meinem Vater.«

»Ich bin immer gerne gereist, aber es ist einfacher, wenn man kein Kind mitschleppt ... Manchmal frage ich mich, ob Louise und ich Kay besser nicht bekommen hätten. Einzelkinder kriegen zuviel Zuwendung oder keine.«

»Warum habt ihr sie dann bekommen? Weil es das ist, was Eheleute tun?«

Er setzte ein Lächeln auf. »Genau. Wenigstens meinerseits. Ich glaube, Louise wollte ein Kind, obwohl ich nie begriffen habe, warum. Es war nicht so, als wäre ihr Leben leer gewesen und hätte Erfüllung gebraucht.«

Sie wartete auf seine Frage, ob sie je ein Kind wollte, doch er fragte nicht. Das war rücksichtslos. Bei so viel Intimität müßte er wenigstens so tun, als interessierte ihn, was sie auf lange Sicht wollte. Oder hatte er Angst, ihr eine Bresche zu bieten? Sie sah Zwist heraufziehen und dachte, daß er sich vielleicht so gut schützte, weil er ihre Nähe fürchtete. Sie hatte sich eine Beziehung mit ihm erkämpft; sie würde sich auch durchkämpfen zu umfassenderer Liebe.

Sie mußten das Deck verlassen, da es Zeit war für die Übung der Flugabwehr-Batterien, bei der zweimal täglich ins Leere geschossen wurde. Einmal, und nur ein einziges Mal, sahen sie an ihrem sechsten Tag den Rauch eines anderen Schiffes. Oscar litt auch unter der anhaltenden Keuschheit. Die Art, wie er ihren Arm nahm, hatte inzwischen etwas Verzweifeltes. Unermüdlich erkundete er das Schiff, doch ohne Erfolg. Sogar vor den Rettungsbooten waren Wachen postiert, damit sie nicht als Behelfsschlafzimmer benutzt wurden. »Wenn wir in London ankommen«, flüsterte ihr Oscar ins Ohr, »dann besorge ich uns als erstes ein hübsches Doppelbett. Und eine Tür, die zugeht.«

Sie machte sich zu viele Gedanken, entschied sie, weil die Liebe sie vergleichsweise spät gefunden hatte. Er sagte ihr, daß er sie liebte; er zeigte ihr auf jede wünschenswerte Weise, wie er von ihr angezogen wurde; er hatte sie nach London mitgenommen. Was wollte sie mehr? Sie versuchte, sich selbst so ordentlich zu packen, wie sie ihren Schiffskoffer gepackt hatte, alles zusammengefaltet und -gerollt an seinem Platz und der Deckel fest verschlossen. In London war er weit weg von seiner geschiedenen Frau, von seinen früheren Freundinnen, seiner Tochter, seiner Mutter, seinem Bruder und seinen Schwestern. Dann war er mit ihr und einer Handvoll Amerikaner zusammen, und sie würden sich wesentlich näherkommen.

Louise 5

Vom Zentralen und vom Peripheren

Louise fluchte auf ihren Wecker, raffte sich aber auf. Sie war fest entschlossen, jeden Morgen vor Kay aufzustehen, um ein richtiges, herzhaftes Frühstück zu bereiten und mit angemessen mütterlichem Gebaren aufzutischen. Sie war nach dem Aufstehen nicht in Bestform, aber sie rief sich die Bilder warmer, verständnisvoller, tüchtiger Filmmütter ins Gedächtnis. Sie hatte in letzter Zeit zu viele Filme gesehen, denn das war etwas, das sie und Kay zusammen tun konnten, ohne sich aneinander zu reiben. Außerdem liefen ständig Filme, die sie eigentlich sehen mußte, weil sie jemand kannte, der daran beteiligt war, Claude oder einer seiner Bekannten, die sie in Hollywood kennengelernt hatte.

Sie hatte Claude mehrere Male besucht, denn Billy Wilder verfilmte einen ihrer Unterhaltungsromane. Claude stellte sie auf vielen Ebenen zufrieden, aber sie teilten nicht das Leben, nicht einmal gemeinsame Zusammenhänge. Mit ihm lernte sie die Annehmlichkeiten peripherer Beziehungen kennen, aber sie wußte insgeheim, wie hohl sich eine Stelle anfühlte, die einmal wohlgefüllt gewesen war, auch wenn sie es völlig unpassend gefunden hätte, das irgend jemandem mitzuteilen.

Claude dachte in Französisch; er träumte in französischen Landschaften. Er lebte in einer Exilwelt, deren wahre Koordinaten Straßen in einer anderen Stadt waren, auf einem anderen Kontinent. Es gab Frauen, die sich für ihre Liebe das Exotische suchten, die einem Mann willig in einen anderen Kanon von Sitten und Erwartungen folgten, nicht nur aus Selbstverleugnung, sondern auch, um sich aus dem zu befreien, was sie vorher waren. Louise konnte sich das von Kay vorstellen, aus ihrer Vernarrtheit in ihren Vater zu flüchten, indem sie mit einem Scheich oder einem Gaucho durchbrannte.

Sie stocherte mißtrauisch in ihrer Melancholie, denn sie argwöhnte, daß aus mitleidiger Selbstversunkenheit nichts Gutes kommen konnte.

Ihre Situation schien klar und weder ideal noch traurig, ein zu lebendes Leben, reich an Freunden, reich an Arbeit. Keine Schriftstellerin hatte finanzielle Sicherheit, und keine alleinstehende Mutter fühlte sich je aufgehoben, aber sie verdiente recht gut. Was würde sie ändern, wenn sie könnte? Sie wünschte sich eine bessere Beziehung zu Kay. Sie wünschte sich, Kay wäre – verantwortungsbewußter? weniger mürrisch? weniger voller Selbstmitleid? warmherziger? Vielleicht alles zusammen.

»Mammi, uuah, hier bin ich.« Kay kam schlaftrunken hereingestolpert. Seit kurzem redete Kay sie mit »Mammi« an, wie sie es zuletzt im Alter von zehn Jahren getan hatte. Ein Zeichen nicht so sehr für Kays Gefühl von Geborgenheit als für ihr eigenwilliges Verweilen in der Kindheit. Kay zerrte eines Tages ihre Lieblingspuppe (zuletzt gesehen im Jahre 1938) hervor und setzte sie auf ihr Bett, wo sie nun in einem rosa Organzakleid thronte. Sie las wieder ihre alten Lieblingsbücher, *Anne von Green Gables*, *Der Wind in den Weiden*. Sie begann sich Zöpfe zu flechten, aber diese Marotte trieben ihr Schulkameradinnen bald wieder aus.

Louise ertrug diese Regression geduldig, denn sie konnte den September nicht überdauern, wenn Kay ans Mount Holyoke College gehen würde. Es waren günstige Zeiten, um ein College auszuwählen, denn alle wollten Studenten, nur das Reisen war beschwerlich. Louise und Kay hatten ein Dutzend Colleges die Ostküste rauf und runter besucht, von der Universität von Virginia bis zur Universität von Maine, doch Kay hatte South Hadley gefallen, ein hübsches, geruhsames Neuengland-Städtchen. »Hier scheint es sehr sicher zu sein«, hatte Kay anerkennend gesagt. Sie sahen wenige junge Männer, aber viele junge Frauen, die auf Fahrrädern und zu Fuß an ihnen vorbeikamen.

Louise hatte es fast bedauert, als Kay schließlich ihre Wahl traf, denn sie hatte ihre gemeinsamen Ausflüge genossen. Jedes College war eine neue Erfahrung, die ihnen Gesprächsstoff gab. Sie konnten Colleges in endlosen Abwägungen miteinander vergleichen; nicht endlos, denn die Idylle war abgelaufen.

Louise war froh, ihrer Tochter eine sanfte Ausbildungserfahrung bieten zu können. Sie selber hatte ein Abendstudium gemacht und nie den Abschluß geschafft. Sie hatte gehofft, Kay würde Wellesley oder Radcliffe besuchen, aber Kay wollte eine kleine College-Stadt.

Es war nicht so, daß Kay ihr weniger kritisch begegnete. Jetzt zum Beispiel stieß sie ihr Kuchenbrötchen auf dem Teller herum. »Wieso haben wir keine Butter? Andere Leute kriegen andauernd welche. Was haben wir davon, daß du so dicke mit der Regierung bist und andauernd nach Washington rast, wenn wir nicht mal ein bißchen besser mit der Rationierung zurande kommen?«

Nein, Kay war genauso kritisch wie vorher, genoß es aber offensichtlich, Louises Zeit und Kraft zu beanspruchen. In Wahrheit genoß Louise manchmal die Gesellschaft ihrer Tochter und öfter nicht. Kay war sehr mit sich selbst beschäftigt, und ihre Reden führten nie weit weg von dem, was sie wollte oder nicht wollte, was sie mochte oder nicht mochte, was ihrer Meinung nach diese oder jene Leute von ihr für eine Meinung hatten oder für sie oder gegen sie unternehmen konnten. Louise zog in Gesprächen ein höheres Maß an intellektuellem Gehalt vor und ein höheres Maß an Abstraktion. Trotzdem wandte sie sich Kay ganz zu, denn sie wußte, im September ging Kay von zu Hause fort, und sie wußte auch, Kay war durch ihr sexuelles Mißgeschick stärker verunsichert als je zuvor.

Louise war noch im Bademantel, als Kay zur Schule aufbrach. Nach einem Blick auf die Uhr beeilte sie sich mit ihrem Bad und dem Ankleiden. Mit Oscar in der Wohnung wäre sie nie im Negligé erschienen. Als das Telefon um zehn vor neun klingelte, dachte sie, es war Blanche mit einem Problem. Blanche brachte ihre Zwillinge in die Schule und arbeitete dann von neun bis drei. Aber die Stimme, die »Louise?« fragte, war Oscars vertrautes Grummeln.

»Ach, hallo Oscar«, sagte sie, wie immer um den passenden Tonfall mit ihm bemüht, weder künstlich unterkühlt noch ermutigend. »Wie geht es dir? Rufst du aus Washington an?«

»Ich bin in einer Zelle an der Grand Central Station. Ich bin auf dem Weg nach London –«

»Kannst du mir sagen, wann es losgeht, oder ist das ein Militärgeheimnis?«

»Ich bin die nächsten acht Stunden lang in New York. Ich dachte, ich komme gleich vorbei.«

Sie spürte kalte Panik aufsteigen. »Wo ist denn Abra?«

»Besucht ihre Familie.« Er räusperte sich. »Ich dachte, ich komme jetzt zu dir und wir sehen uns.«

»Nein, Oscar, nicht jetzt gleich, ich habe einen Termin.« Sie log in Panik. Sie war nicht darauf vorbereitet, ihn zu sehen. Sie konnte ihm nicht gegenübertreten, ohne vorher ihr Nervensystem zu wappnen.

»Ach.« Er gestattete sich, enttäuscht zu klingen, allein gelassen. »Ein wichtiger Termin?«

»Beruflich.« Schließlich war er auf dem Weg ins Kriegsgebiet. Sie konnte sich einem Treffen mit ihm nicht verweigern. »Kay ist gerade zur Schule. Ich werde versuchen, sie zu erreichen.«

»Ach, du solltest sie nicht aus der Schule rausholen.«

»Wir können zusammen zu Mittag essen.« Er kam ihr nicht in die Wohnung. »Um zwölf. Das spanische Restaurant, das du so magst?«

»Mehr im Zentrum wäre mir lieber. Ich habe seit Ewigkeiten keine anständige chinesische Küche gehabt. Wie wär's mit dem Harbour Inn?«

»Schön«, sagte sie. »Dann können wir Kay von der Schule abholen.«

Sie hatte wirklich viel zu tun. Sie hatte in letzter Zeit weniger an Erzählungen gearbeitet und mehr an Zeitungsartikeln. Ihre gegenwärtige Geistesverfassung eignete sich dafür besser. Das war ihr ursprünglicher Ehrgeiz gewesen, und der Krieg bot ihr eine Möglichkeit. Sie konnte ihren Namen ausbeuten, um Beiträge und Berichte über alle Aspekte des Arbeitsalltags und des Lebens von Frauen zu schreiben.

In zwei Wochen sollte sie für einen Artikel über Fliegerinnen für *Collier's* zu einem Zickzackkurs durchs ganze Land aufbrechen. Bis dahin schuldete sie der *Saturday Evening Post* eine Geschichte, und sie mußte einen Beitrag fürs Sonderheft des *Times*-Magazins über Kinder arbeitender Mütter redigieren. Sie hatte sich mit ihrem Redakteur gestritten, da der etwas weitaus Negativeres wollte, als das Material ihrer Meinung nach hergab. Psychologen, die sie befragt hatte, sahen schwarz und prognostizierten ein trauriges Schicksal für Kinder, die nicht ununterbrochen und ihre ganze Kindheit lang von Müttern beaufsichtigt wurden. Aber ihre eigenen Beobachtungen in Kindertagesstätten und ihre Gespräche mit Familien hatten sie überzeugt, daß Kinder, die ihre Tage mit anderen Kindern in gut geführten Zentren verbrachten, sozial und emotional weiter entwickelt waren als Kinder, auf denen die Mutter den ganzen Tag lang kluckte, eine brütende Henne. Wie sie es getan hatte.

Sie fand sich zehn Minuten zu spät zum Mittagessen ein, weil sie sich dreimal umgezogen hatte. Oscar saß schon in einer Nische und schaute auf die Uhr. Nachdem sie bestellt und die Neuigkeiten ausgetauscht hatten, sagte sie: »Schade, daß Abra nicht hier sein kann. Ich fand es schön, sie kennenzulernen.«

»Ich bin überzeugt, daß du das schade findest. Du genießt nur zu gern deine Schadenfreude. Ich wäre nicht mit ihr zusammen, wenn du zu mir zurückgekommen wärst.«

»Oscar! Zurückgekommen? Mir ist nicht bewußt, irgendwo hingegangen zu sein.«

Sie hatte Abra wirklich gemocht, aber hauptsächlich hatte sie sie bedauert. Was Abra im Überfluß hatte, das war eine Energie, eine Vitalität, die leuchtete, eine strahlende Lebendigkeit, die aber nicht angetan war, sie vor Oscar zu schützen. Abra war offensichtlich völlig vernarrt in ihn. Er hatte seit zehn Jahren als Lehrer mit jungen Leuten zu tun, und er hatte die Situation völlig im Griff. Es war für ihn nur allzu einfach. Er verdiente mehr Schwierigkeiten, als Abra ihm je machen würde.

»Und du? Hast du immer noch deinen Franzosen zum Haupt-Mann?«

»Es reicht, Oscar. Laß uns über etwas Interessanteres reden. Dein OSS hat fast die Segel gestrichen, wie? In General Strong habt ihr einen mächtigen Feind. Der Chef des militärischen Geheimdienstes ist ein gefährlicher Widersacher.«

»Das ist hauptsächlich ein Problem der Mantel-und-Degen-Jungs. Wir haben unsere eigene Art. Recherche und Analyse liefert an die anderen Abteilungen, aber wir bekommen wenig. Wir produzieren am laufenden Band unsere Berichte, und alle reißen sich darum.«

»Nachdem du jetzt das Leben im Zentrum der Macht gekostet hast, glaubst du, daß du dich je wieder ins Unterrichten fügen wirst? Nichts Aufregenderes als ein Vortrag, der vielleicht eine Diskussion in einer Fachzeitschrift auslöst?«

»Ich unterrichte gerne. Ich arbeite gerne an meinen eigenen Sachen. Mir gefällt New York besser als Washington, mit allem, was das mit sich bringt. Sie wollen mich in eine Uniform stecken«, sagte er bedrückt.

»Sie ziehen dich ein? In deinem Alter?«

»Ich fürchte, sie wollen mir Offiziersrang verleihen. Ich sträube mich. Ich hasse Uniformen. Ich möchte niemanden grüßen müssen.« Als sie den Mund aufmachte, fügte er rasch hinzu: »Oder gegrüßt werden.«

»Du bist intimere Ehrerbietungen gewöhnt«, feixte sie ihn an und war fast ein wenig erschreckt, wie sehr sie das Treffen genoß. »Ich hoffe, es gelingt dir, dem Offizierspatent aus dem Weg zu gehen ... Zu was würden sie dich machen?«

»Zum Captain.« Er zog eine Grimasse. »Vielleicht würde ich dir als Captain gefallen?«

»Nur von einem Schleppdampfer. Ich habe mir immer einen Schleppdampferkäpten erträumt.«

»Da könnte ich wohl kaum in jedem Hafen eine Braut haben?«

»Eine auf Staten Island, vielleicht.«

»Ich wollte immer nur eine Braut haben«, sagte er düster.

»Auf einmal? Eine Ehefrau, eine Braut und eine Geliebte auf Abruf. Ist noch Ente da?«

»Die haben wir aufgegessen.« Er blickte stirnrunzelnd ins Weite. »Noch einer von meinen guten Studenten ist in Tunesien gefallen.«

»Kannte ich ihn?«

Er schüttelte den Kopf. »War ein magerer, aufgeweckter Neunzehnjähriger.«

»Ich denke immer wieder an den polnischen Arbeiterführer, der in London Selbstmord begangen hat, Samuel Zygielbojm, weil er die Alliierten dazu bewegen wollte, dem Morden in den Lagern Einhalt zu gebieten, und ihm erklärt wurde, das sei einfach kein vorrangiges Kriegsziel der Alliierten. Er hat sich umgebracht, damit die Zeitungen über den Massenmord an den Juden schreiben müssen. Um gegen die Gleichgültigkeit der amerikanischen und britischen Regierung zu protestieren. Manchmal denke ich daran, die Redaktionsstelle im OWI anzunehmen, die sie mir aufdrängen, um ein bißchen Einfluß zu haben.«

»Propaganda ist ein mächtiges Instrument. Vielleicht solltest du es machen.« Er schaute ihr mit wissendem Lächeln in die Augen. »Aber dir wird Washington nicht gefallen. Da wimmelt es nur so von Altherrenriegen.«

Sie seufzte. »Soll ich dir sagen, was mir aufgefallen ist? Das Mißtrauen, das diese Gesellschaft Frauen entgegenbringt. Alle Sorten Experten und Staatsvertreter sind zutiefst besorgt, weil so viele Frauen arbeiten. Sie glauben ganz im Ernst, Frauen müssen dazu gezwungen werden, Kinder zu kriegen und großzuziehen.«

»Woran arbeitest du gerade?«

Sie schilderte den Artikel, ihre Gespräche und dann das Drängen der *Times*, daß sie ihre positive Sicht arbeitender Frauen abschwächte. »Sogar angesichts der Regierungsbemühungen, Frauen für die Fabriken anzuwerben, sogar angesichts vieler kleiner Betriebe, die schließen müssen, weil sie keine Arbeitskräfte bekommen, begegne ich Menschen, die Angst haben, alles wird in die Brüche gehen, wenn Frauen irgendeine Unabhängigkeit haben, irgendeine Wahl. Daß die Frauen völlig außer Rand und Band geraten werden.«

»Wenn Frauen Arbeitsplätze fordern, schafft das unter Männern ernsthafte Furcht vor Arbeitslosigkeit. Wenn Frauen Geld wollen, wer soll das bezahlen? Die, die es haben. Das ist die gleiche Furcht, die den Adel packte, als die Bauern rebellierten. Wer wird die Äcker bestellen, wenn wir die Menschen nicht gewaltsam ans Land fesseln? Vielleicht haben wir als Männer den Verdacht, Frauen würden sich gar nicht mit uns abgeben, wenn sie es nicht müßten. Vielleicht wissen wir nicht, was euch dazu bringt, bei uns zu bleiben, wenn ihr bleibt, und deshalb wissen wir auch nicht, ob ihr nicht jeden Moment die Beine in die Hand nehmt und verschwindet. Und wenn ihr euch dann davongemacht habt, wissen wir nie genau, warum.«

»Quatsch. Ein Mann ist gewöhnlich fest davon überzeugt, daß er weiß, was eine Frau bei ihm hält. Er mag sich irren. Er mag für Liebe halten, was finanzielle Sicherheit ist, er mag für sexuelle Anziehung halten, was Angst vorm Alleinsein ist, aber ich bin sicher, jeder Mann glaubt, daß seine Frau gute Gründe hat, es bei ihm auszuhalten.«

»Louise«, begann er bedeutungsschwanger, doch sie schaute auf ihre Uhr und sagte: »Laß dir die Rechnung geben, sonst kommen wir zu spät, um Kay abzuholen.«

Was sie am meisten an Oscar haßte, war, daß ihm ihre Ehe nicht genug wert gewesen war, um sie zu bewahren. Sie empfand immer noch eine schorfige, kalte Wut bei dem Gedanken, als hätte er etwas Kostbares genommen, etwas Unersetzliches, die schöne, doch täglich benutzte Ming-Schale ihrer Ehe, und achtlos zu Boden fallen und unwiderruflich zerschellen lassen.

Warum hatte er nicht gesehen, daß fünfzehn Jahre gemeinsame Geschichte kostbar waren und nicht ersetzt werden konnten? Anderthalb Jahrzehnte politischer Arbeit, von wachsendem Wissen, von Irrtum und Erfolg, anderthalb Jahrzehnte leidenschaftlicher Gespräche.

Sie diskutierte ungemein gern mit ihm, wie er offensichtlich auch mit ihr, aber es hatte ihm so wenig bedeutet, daß er alles mit einer Achtlosigkeit losgelassen hatte, für die sie immer nur Abscheu übrig haben würde.

Sie holten Kay pünktlich ab, und der Nachmittag verging rasch, und dann war Oscar in einer Taxe verschwunden, nach London, in den Krieg, und Louise blieb zurück mit dem Wunsch, sich gründlich zu betrinken.

Reisen waren voller unfreiwilliger Aufenthalte. Sie konnte jederzeit aus jedem Flugzeug geschubst werden, um für den Rest der Nacht im zugigen kalten Warteraum eines Flughafens zu sitzen. Nach Stunden in einer DC-3 fühlten sich ihre Knochen an, als hätten sie sich von der Rüttelei gelockert. Ihr Kopf dröhnte von dem Krach. Der ungenügende Druckausgleich bedeutete stechende Kopfschmerzen. Die Züge waren überfüllt bis zum Erbrechen, schmutzig, unpünktlich, ohne die nötigsten Annehmlichkeiten, sogar auf den Toiletten klemmten Reisende.

In Texas besuchte sie Cochrans Kloster, wie manche Avenger Field nannten, den einzigen rein weiblichen Luftwaffenstützpunkt. Sie mochte die Frauen und ihren Elan, und ihr gefielen die Prüfungsfeierlichkeiten. Jetzt, einen Monat später, wollte sie den Weg einiger Absolventinnen verfolgen, um zu sehen, was sie aus den bei Avenger erlernten Fähigkeiten machten und wie sie zu den Kriegsanstrengungen beitrugen. General Hap Arnold brauchte weitaus mehr Pilotinnen, deshalb sollte sie dafür werben. Es ging die Rede von einem Film, aber erst einmal schrieb sie eine Reportage für *Collier's*.

Sie flog nach Detroit und wurde dann zum Romulus Field in einem Industrievorort gebracht. Dort traf sie eine Gruppe von WASPs, Luftwaffenhilfsdienstpilotinnen aus der Klasse, deren Abschlußprüfung sie besucht hatte, und die jetzt Flugzeuge überführten. Sie saß mit ihnen in ihrer Messe: Flo, die Rothaarige, die vor dem Krieg über die Dörfer getingelt war; Helen, die Dame, Tochter eines Zeitungsverlegers; Lorraine, deren Vater Pilot bei der Verkehrsluftfahrt war; und Bernice, die große, intelligente Frau, auf die die anderen sich als Fels in der Brandung zu verlassen schienen. Sie war eine hochgewachsene, grobknochige Frau, sprach mit deutlichem Neuenglandtonfall, war Tochter eines Professors.

Bernice trat nur ungern als Wortführerin auf, blickte immer wieder zu den anderen um Zustimmung für ihre Worte. Sie war eine Frau, dachte Louise, die noch nicht gemerkt hatte, daß sie eine geborene Anführerin war und daß andere sich an sie wandten. Sie hatte wenig Selbstachtung, vielleicht, weil sie nicht im üblichen Sinne hübsch war – und noch nicht einmal im unüblichen Sinne, gestand Louise sich ein.

Doch bewegte Bernice sich selbstsicher, mit offenkundiger Kraft und mit einer natürlichen Anmut, die eher tierisch als menschlich war – der Anmut eines Pferdes oder einer Löwin. Sie hatte weiches, glattes braunes Haar, das sie kurzgeschnitten trug, eine Stupsnase, ein warmes Lächeln. Ihre Hände und Füße standen zwar zu ihrem Körper im Verhältnis, waren aber groß für eine Frau. Außer wenn sie etwas Mechanisches tat, neigte Bernice dazu, reglos zu verharren, mit gefalteten Händen, als sollten sie den Blicken entzogen werden. Welche Wunden wurden einer Frau zugefügt, die nicht den gesellschaftlichen Normen von Liebreiz entsprach.

Die Armee hatte Louise eine Sondergenehmigung erteilt, die Pilotinnen zu begleiten, wenn sie Flugzeuge überführten. Sie hatte für einen Nachmittag einen Photographen auf Romulus, der alles durcheinanderbrachte mit seiner Hartnäckigkeit, die Frauen in künstlichen Posen in irgendwelchen Flugzeugen zu arrangieren, und sich beklagte, wie unscheinbar die hellbraunen Gabardinehosen und die weißen Hemden waren. Er wollte Uniformen.

»Mann, wir auch!« sagte Flo.

»Wenn sie uns in Uniformen stecken würden, wäre das Leben leichter«, sagte Bernice sanft. »Häufig wissen die Leute gar nicht, wer wir sind. Auf manchen Flugplätzen haben wir Ärger mit dem Militär. Wir haben solch einen Zwischenstatus.«

Sie begleitete Bernice auf dem Rücksitz einer Übungsmaschine zu einem Luftwaffenstützpunkt in Tennessee. Es war keine bequeme Reise, und sie fand, einmal reichte völlig, um ein Gefühl für die Schwierigkeiten zu bekommen. Bei Einbruch der Dunkelheit landete Bernice auf einem Flugplatz in Ohio. Dann begaben sie sich per Anhalter in die Stadt und landeten schließlich in einer schäbigen Absteige, wo die Badezimmer am Ende des Flures nach Männern rochen, die im Dunkeln gepinkelt hatten, und zwar daneben. Alle behandelten sie mit äußerstem Mißtrauen, als wären sie vagabundierende Nutten. In der

Morgendämmerung waren sie wieder auf dem winzigen Flugplatz und startbereit zur letzten Teilstrecke der Überführung.

»Sie haben keinen Militärstatus – keine Privilegien, keinen Schutz, keine Versicherung«, legte Louise dar. »Haben Sie nicht das Gefühl, ausgenutzt zu werden, weil Sie Frauen sind?«

Bernice sah sie an, ohne zu begreifen. »Aber es ist wundervoll. Es ist wie im Himmel«, sagte sie, während sie in einem heißen, stickigen Raum auf dem Flugplatz in Tennessee saßen und auf eine Mitfahrgelegenheit in die Stadt warteten, um von dort mit dem Bus in die Zivilisation zurückzukehren.

»Wie im Himmel?« wiederholte Louise. Sie sah sich in dem öden Raum um. Bernice war darauf gefaßt, die ganze Nacht durch zurück nach Detroit zu fahren. Louise begleitete sie bis Nashville, von wo aus sie heimreiste nach New York. Sie fühlte sich, als hätte sie eine Woche lang kein Bad genommen. Das Essen auf Romulus war reichlich gewesen, wenn auch nicht begnadet, aber seitdem hatten sie von Chili und Hot dogs gelebt. Louise pinkelte gar nicht gern durch einen Trichter in eine Seltersflasche. Wenn Bernice schließlich Romulus erreichte, würde sie wieder starten, um ein weiteres kleines Flugzeug auszuliefern, und danach kam wieder die endlose Fahrt zurück. Den Auslieferungspilotinnen war nicht gestattet, sich von Militärmaschinen mitnehmen zu lassen.

»Fast jeden Tag fliegen wir«, sagte Bernice schlicht. »Immer wartet schon ein Flugzeug. Und wir kommen pünktlich an. Wir verfliegen uns nicht. Wir liefern die Flugzeuge sicher aus. Bitte sagen Sie den Menschen das: Wir machen unsere Sache gut. Und wir fliegen – die ganze Zeit fliegen wir!«

Jeff 5

Freunde wissen am besten zu verletzen

»Das ist nichts weiter als gehässige Ungeduld. Warum ganz allein nach Frankreich gehen?«

»Ich gehe nicht ganz allein. Ich werde einen Funker dabeihaben.«

»Gib mir keine technischen Antworten. Das ist eine absurde Entscheidung. Du bist SO-Mann. Warum plötzlich zu SI überwechseln?« Bei aller Wut sprach Zach eher in traurigem als aggressivem Tonfall, und sein Kopf hing über der Armlehne.

»Ich meine, ich eigne mich besser zur Spionage als zu Kommandounternehmen. Außerdem habe ich London satt.«

»Du hast mich satt.«

»Zach, sei nicht so egomanisch. Du bist nicht London. Wir werden wieder zusammenarbeiten.«

»Hast du auch nur die blasseste Ahnung, du Idiot, wieviele Agenten wir in Frankreich allein in diesem Jahr verloren haben?« Zach setzte sich auf und funkelte ihn aus blutunterlaufenen Augen an. »Die Gestapo frißt sie mit Haut und Haaren, ganze Agentenringe. Sie dringt mit Leichtigkeit ein. Meines Wissen haben die Briten in Paris kein einziges intaktes Netz.«

»Aber ich werde nicht nach Paris geschickt. Wenn sie es denn je auf die Reihe bekommen, mich irgendwohin zu schicken. Unsere Diskussion ist höchst theoretisch.«

»Warum tust du das?« Zach war aufgewühlter, als Jeff ihn je erlebt hatte. Voll kalter Wut und zugleich voll Sorge.

Jeff fühlte sich geschmeichelt, aber weitaus stärker fühlte er den zunehmenden Drang, nach Frankreich zu gelangen, in den Krieg, in einen anderen Problemkreis; er fühlte sich auch in der Defensive, denn es war Zach, dem er zu entfliehen suchte. »London deprimiert mich.«

»London deprimiert ihn.« Zach sprach zu der Platane vor dem Haus, die üppig in flammenden grünen Blättern dastand. »Eine der faszinierendsten Metropolen der Welt, und sie deprimiert ihn. Der Himmel würde diesen Bauerntölpel deprimieren.«

»Im Moment wahrscheinlich ja.«

»Deprimiert dich London, oder deprimiere ich dich?«

»Zach, du bist nicht alles in meinem Leben. Hier erinnert mich so viel an Mary –«

»Dieses Milchmädchen. Du machst nur solch einen Aufstand um sie, weil sie in vierzig Stücke zerrissen ist und du sie nicht haben kannst. Sonst wärst du längst von ihr gelangweilt. Kaum stolperst du mit jemand ins Bett, schon möchtest du ihn oder sie dazu verführen, dich zu lieben. Du magst diese Liebe, du lutschst sie wie Bonbons, aber dann wird sie langsam fade. Anbetung ist so voraussagbar. Du wolltest schon immer jemanden verlieren –«

»Ich habe schon früher Menschen verloren. Meine Mutter zum Beispiel.«

»Meinst du etwa, du hättest nicht auch Mammi irgendwann das Herz gebrochen?«

»Das bezweifle ich. Sie war eine starke Frau. Sie hatte viele Interessen.«

»Wie wir alle. Du langweilst dich nur, weil du mit diesen bebärteten verkrachten Existenzen in einer Clique warst, und jetzt sind sie in alle Winde zerstreut. Du kannst in London nicht mehr den Künstler spielen.«

»Das war kein Spiel.«

»Ruinen im Regen. Wirklich, mein Wertester! Findest du das nicht ein klein bißchen zu sentimental und abgeschmackt? Es spielt keine Rolle, daß es keine zerbröckelnden römischen Reste sind. Es ist das gleiche Genre, auf heute getrimmt. Verschwommene Mauern in schimmerndem Regen. Gähn.«

Jeff fand sich jäh auf den Füßen, auf Zach losgehend, der quer in einem Sessel lag, die langen Beine über eine Armlehne. Als er sich direkt über Zach einfing, merkte Jeff, daß er drauf und dran gewesen war, seinem Freund ins Gesicht zu schlagen. Zach provozierte ihn absichtlich, aber er wollte sich nicht darauf einlassen. Bitte keine Szene, in der sie sich gegenseitig mit den Fäusten bearbeiteten. Der Gedanke widerte ihn an. Er drehte sich auf dem Absatz um, stürmte hinaus und warf die Tür hinter sich ins Schloß.

Was Zach über seine Malerei gesagt hatte, machte ihn wütend. Es war schlimm genug, im Jahre 1943 ein unmoderner Landschaftsmaler zu sein, aber der Sentimentalität und des Romantizismus beschuldigt zu werden war unerträglich. Hielt Zach wirklich so wenig von seiner Arbeit? Er konnte sich nie wieder sicher sein. Zach hatte ihn verletzen wollen, und das war ihm gelungen. Er sehnte sich heftig nach Mary, wie er es fast stündlich seit seiner Rückkehr getan hatte. Er sehnte sich nach seinem früheren Leben in London, nach der Frau und dem nun zerstreuten Freundeskreis. Er konnte sich kaum an ihr Gesicht erinnern, obwohl er manchmal meinte, ihre Stimme zu hören. Sie zerging in seiner Verdüsterung. Ja, er war es müde, in Zachs Kielwasser zu schwimmen. Zach verfolgte Ziele, aber das waren nicht die seinen.

Er ging zur Themse hinunter, durch das Licht, das seine Augen als späten Nachmittag einordneten, obwohl es schon nach der Abendbrotzeit war. Das lange, in Perlmuttfarben schimmernde Zwielicht würde bald den Himmel überfluten. Das Licht war matt und orangerot, getriebenes Kupfer, eine Schüssel, in der seine Mutter Eiweiß für eine Meringe schaumig schlug. Es war Winter und heiß in der Küche. Bernice schnitt voll eifriger Konzentration Zitronenscheiben.

Er wäre jetzt gern schnurstracks zu Bernice gegangen. Er wäre gern zu ihr gerannt und hätte sich hingeworfen und den Kopf in ihren weiten Schoß gelegt und seinen Zorn über Zach ausgeschüttet. Sie hätte ihm das Gefühl gegeben, wie töricht es war, sich Zachs Zorn so nahegehen zu lassen. Er wollte besänftigt werden. Wie keusch er gewesen war. Seit Mary war er bis auf ein paar Nutten in Algier mit keiner Frau mehr zusammengewesen. Ohne seine Schwester brauchte er zu seinem Trost eine Liebste. Er hatte sich blöde jedweder Liebschaft enthalten, als ob das Mary zurückbrächte.

Doch sein Verlangen war viel zu persönlich geprägt, als daß es sich hätte befriedigen lassen. Wenn er nur eine Frau wollte, hätte er sie leicht genug finden können. London wimmelte von einsamen Frauen, die Gesellschaft suchten. Viele von ihnen hielten nach Amerikanern Ausschau, die für sie einen gewissen Glanz ausstrahlten. Was er wirklich wollte, war, sich bei seiner Schwester oder seiner Liebsten auszuweinen; seine Schwester war tausende von Kilometern fort auf einem Flugplatz, seine Liebste war tot. Er hatte nie die Erinnerungsstücke abgeholt, die Tom Knacker ihm versprochen hatte. Er brauchte nichts, um seinem Gedächtnis Anstöße zu geben. London war übersät mit kleinen Zeitzündern, die bestimme Spaziergänge, Mahlzeiten, Gespräche über Constable oder Whistler oder Blake heraufbeschworen.

Er wußte nicht, ob Zach ihm zu Recht vorwarf, seinen Kummer liebevollst zu pflegen. Trauerte er um Mary, oder trauerte er um das Leben als Künstler, das er mit ihr erfahren hatte, oder trauerte er um jenen für kurze Zeit erfüllten Wunschtraum seiner verkümmerten Jugend? Kam es darauf an? Seine Trauer war echt genug. Er wollte, was er nicht mehr haben konnte. Er verglich sich mit den Flüchtlingen aus dem OSS-Umfeld in London und ihren Exilregierungen. Die Gegenwart war für sie nur ein Ränkewerk, um einen Weg zurück zu finden: zurück, wohin sie – wie alle anderen deutlich sahen – nie zurückkehren würden. In das Warschau von 1939. Das Paris von 1938. Das Berlin von 1932. Er, der sich nur das London von 1942 wünschte, hatte damit auch kein Glück.

Jetzt war London ein Ärgernis, das alles verkörperte, was er nicht haben konnte, und ihn ständig an das erinnerte, was er verloren hatte. Er malte wenig, ohne Leidenschaft. Er verfluchte Zach mit frischer Wut und bog auf dem Weg zur U-Bahn in die Royal Hospital Road. Als er bei seiner Rückkehr seine Bilder vom vorigen Herbst betrachtet hatte, war er von ihnen erregt worden, ja nahezu bestürzt. Sie waren besser als alles, was er bis dahin gemacht hatte, mit einer Kraft, die er nie zuvor erreicht hatte. Jetzt sagte ihm Zach, sein Bestes sei drittklassig.

Es gab Restaurants, es gab Kneipen, die Geheimdienstleute frequentierten – darin anderen Berufsgruppen ähnlich –, weil sie nicht weit von den Büros lagen und mit großer Wahrscheinlichkeit Bekannte beherbergten. Nach einem kärglichen griechischen Abendessen spülte er in einer OSS-Kneipe nach und sah sich nach Gesellschaft um. Freunde von Zach, mit denen er nichts zu tun haben wollte. Er stellte sich vor, wie sie ihn verhöhnten: hält sich für einen Maler, da lachen ja die Hühner. Er erwog, sich zu einer Gruppe von R&A-Akademikern zu gesellen, aber sie waren eine geschlossene Gesellschaft und in eine esoterische politische Diskussion vertieft.

Eine junge blonde Frau von der Abteilung Arbeit saß mit einem Paar von R&A, das nur füreinander Augen hatte und sie nicht beachtete. Er wußte, er war ihr schon einmal vor kurzem auf einer Fete begegnet. Zach hatte mit ihr getanzt, bevor er mit jemandes jüngerem Bruder verschwand. Sie war mit einem Mann dagewesen, ja, mit Oscar Kahan, der ein Projekt leitete. Das Mädchen hatte niemanden, der ihr Beachtung schenkte, und trank mit starrem, grüblerischem Gesichtsausdruck.

Normalerweise sprachen Frauen ihn an, wie es Mary in einer Ausstellung getan hatte. Nachdem er zwei Monate lang die sanften Annäherungsversuche von Frauen abgewehrt hatte, konnte er sich schwerlich beklagen, daß ihn keine umstanden und auf seinen Sinneswechsel warteten. Wenn ausnahmsweise er den Anfang machen mußte, wählte er eine Frau, die so aussah, als ob sie etwas suchte oder brauchte, denn vielleicht war er ja, was sie suchte. Das Problem war jetzt nur, ihr Name fiel ihm nicht ein. Sie fing seinen Blick auf, winkte mechanisch zurück und lenkte dann ihren Blick wieder auf die Wand über den Köpfen der Männer am Tresen. Ihre Augen hatte er nicht vergessen, wegen ihres ungewöhnlich dunklen und leuchtenden Blaus. Name, Name?

Er schlenderte zu dem Tisch, nickte dem Paar zu. »Das Fest in Knightsbridge vor zwei Wochen, glaube ich. Sie sind bei der Abteilung Arbeit, hab' ich recht? Barbara?«

»Guter Wurf. Ich sehe, ich habe Sie beeindruckt. Nein, mein Name ist Abra. Sie brauchen sich nicht zu entschuldigen. Ich kann mich an Ihren Namen überhaupt nicht erinnern.«

»Jeff. Jeff Coates.«

»SO?«

»Gewesen. Ich bin zu SI gewechselt.« Die Initiative zurückerobern. »Wie lange sind Sie schon in London, Abra?« Da, diesmal sage ich es richtig.

Eine Stunde später, als er ihr eine Kneipe vorschlug, die ihr bestimmt gefallen würde, da ganz anders als das London, das sie bisher zu Gesicht bekommen hatte, gab sie zwar nach, bemerkte aber, als sie auf die dunkle Straße traten: »Offen gestanden gebe ich mich mit Ihnen ab, weil mein Liebster mit einer alten Flamme aus ist, aber ich habe nicht die Absicht, die Rache zu weit zu treiben. Deshalb verschwenden Sie mit mir nur Ihre Zeit.«

»Nicht, wenn sie dadurch vergeht«, sagte er. Ihr barscher Freimut gefiel ihm. »Ich versuche, eine tote Frau zu vergessen, die für mich viel realer ist, als Sie es sind.«

»Das klingt nach einer Geschichte, die Sie mir vielleicht erzählen wollen.«

»Wenn wir in meiner Kneipe sind. Sie liegt am Fluß. Kennen Sie Chelsea?«

»Nein, ich glaube nicht. Da haben doch früher die Literaten gewohnt, nicht? Carlyle? Rossetti? Oscar Wilde?«

»Maler auch. Sie sollten sich London von mir zeigen lassen. Was davon übrig ist.« Er lachte und nahm ihren Arm. »Ich war früher Fremdenführer, den Sommer über. Wir haben Studenten und Lehrer durch Europa gescheucht, ihnen den Unterschied zwischen Romanik und Gotik erklärt, sie durch den Zoll geschleust, saubere Toiletten gesucht, ihre Magen- und Herzschmerzen kuriert.«

»Was ist schlimmer?« Abra lachte scharf auf und ließ ihm ihren Arm.

»Hängt das nicht davon ab, wie schlimm der Schmerz ist? Passen Sie auf, wo Sie hintreten.« Die Straße war durchlöchert von Bombenkratern. Es war seltsam, im rosig-grauen Dämmerlicht des späten Abends durch die Stadt zu gehen, zwischen Häusern, die ihr Inneres hinter Verdunkelungsvorhängen verbargen und verlassen wirkten wie mediterrane Dörfer am Nachmittag hinter fest verschlossenen Fensterläden. »Wenn wir Magenbeschwerden haben, fürchten wir, an Lebensmittelvergiftung zu sterben. Wenn wir Herzeleid haben, denken wir an Selbstmord.« Dabei hatte er in seinem Leben Selbstmord nie erwogen.

»Ich nicht. Ich denke an Mord.«

»Dann ist Ihr Kummer geringer als die Verletzung Ihrer Selbstachtung.«

»Erzählen Sie das mal Othello.«

Ihre Stimme war fröhlich, frisch, mit der Herbheit von Wildhonig. Er war plötzlich erregt. Ihr Haar sah silbern aus, während sie im schwindenden Abendlicht durch die aufgerissenen Straßen stolperten. Er konnte ihren Körper spüren, das Fleisch unter dem dünnen Baumwollkleid mager, aber hinreichend. Er blieb stehen und zog sie in die Arme, um sie zu küssen. Er schätzte, daß sie einiges getrunken hatte, aber nicht genug, um ihre Wahrnehmung dessen, was sie tat, zu benebeln. Sie war überrascht, stand einen Augenblick starr in seiner Umarmung, dann erwiderte sie seinen Kuß und ließ sich dabei Zeit. Nach einer Weile gab sie ihm einen Stups und trat zurück.

»Na, na. Das deutet auf Hoffnungen Ihrerseits, die ich nicht teile.«

»Ein Kuß ist um diese Tageszeit immer in Ordnung.«

»Sie sind ein vollendeter Aufgabler, wie?« Sie sah ihn spöttisch von der Seite an. »Sie sind es gewohnt, daß Frauen Sie auf Händen tragen. Ganz wie Oscar.«

»Ich dachte, das hier wären Ferien von ihm. *Voilà*, meine Kneipe.« Seine Stammkneipe, anders als die Kneipe, wo er sich mit OSS-Leuten traf, lag direkt an der Themse, unweit seiner Wohnung. The King's Head and Eight Bells hatte im Obergeschoß Fenster mit Blick auf den Fluß und unten einen getäfelten Schankraum, ein himmelweiter Unterschied zu den Bars, in denen er daheim die Abende vergeudet hatte.

Die Kneipe gefiel ihr, wie er geahnt hatte, und sie ließen sich nieder, um zu beobachten und zu plaudern. Er erzählte ihr das, was er erzählen wollte, davon, daß er Maler war, von den Todesfällen und ein wenig von den harten Zeiten als schmückendem Beiwerk. Sie war nicht so teilnahmsvoll wie die Frauen, die er am liebsten mochte. Sie neigte dazu, die Dinge mit kritischer Belustigung zu betrachten. Als er ihrer Geschichte zuhörte, fand er sie verwöhnt, Hätschelkind einer alten Neuenglandfamilie und gewohnt, zu bekommen, was sie wollte und wann sie wollte, von Spielzeug bis zu Booten und Männern.

Dennoch fand er sie nach wie vor anziehend, sogar ihren an Schmirgelpapier gemahnenden Verstand, der ihn von sich selbst ablenkte. Sie hatte stets getan, was ihr paßte, dachte er, war zur Schule gegangen, weil sie das unterhaltsam fand, hatte sich ein bißchen mit Linksradikalismus beschäftigt, solange das als aufregend galt, war ihrem gesunden Verlangen nachgegangen, war zu OSS gegangen. Nicht ungeheuer reich, auf tieferer Stufe als Zach. Er hatte gelernt, Möglichkeiten nicht mehr mit Macht zu verwechseln. In der guten alten Zeit der Familienreisen war er gelegentlich Frauen mit dieser Anlage zu rotwangiger Abenteuerlust begegnet, und oft hatte er ihre Gesellschaft und ihre Betten genossen.

Als er sie schließlich aus der Kneipe steuerte, führte er sie zu seiner Wohnung. Es war endlich Nacht geworden, eine Nacht dunkler als jede Großstadtnacht, die er kannte, ein plüschiges Schwarz, das die Augen füllte. Sie war nicht daran gewöhnt und mußte sich seiner Führung anvertrauen. Dennoch war sie nicht völlig desorientiert, wie sie sagte, und nickte zur grauen, geriffelten Seide des Flusses: »Aus der Richtung sind wir nicht gekommen.«

»Möchtest du einen Tee oder einen letzten Schluck? Ich wohne ganz nah. Ich fürchte, die letzte Bahn ist durch.«

»Halte mich nicht für betrunkener oder dümmer, als ich bin. Ich versuche nur zu entscheiden, ob die Ausübung meiner Freiheit diese Freiheit tatsächlich herstellt oder mir nur deutlich macht, daß ich sie nicht mehr besitze.«

»Wäre es nicht nett, das herauszufinden?« Er wäre lieber zu ihr nach Hause gegangen, aber wahrscheinlich teilte sie sich eine Wohnung mit anderen OSS-Frauen. Er mußte sie mit zu sich nehmen, denn ihre Anwesenheit sollte ihn von der Pflicht befreien, sich mit Zach auseinanderzusetzen. Der Zorn und der Schmerz steckten immer noch in einer fest aufgewundenen Feder, die Spannung war noch ungelöst. »Willst du allein sein? Ich nicht. Das Fehlen dessen, was man will, ist langweiliger –«

»Langweiliger, als anstelle von dem, was man will, das zu nehmen, was man nicht will.«

»Aber du willst es mehr als nur ein bißchen. Du bist angelockt. Neugierig.«

»Früher hätte ich nicht gezögert, selbst schwacher Neugier nachzugehen«, sagte sie mit weitem Gähnen. »Liebe ist eine Fußfessel, das steht fest.«

»Gut, ich bin froh, daß du dich zu meinen Gunsten entschieden hast.«

Sie lachte, widersprach aber nicht weiter. Sie kam mit, wie er gedacht hatte. Der spontane Impuls war auf seiner Seite. Duft von Pfingstrosen im Vorgarten, geisterhafte weiße, puschelige Tupfen. Sie bewunderte die Wohnung, begrüßte Zach im Vorbeigehen und wurde sofort in Jeffs Zimmer geführt.

Der Geschlechtsverkehr war angenehm, aber nicht sonderlich aufregend. Beide waren müde, und der Funke des unwiderstehlichen Drangs fehlte. Trotzdem mochte er ihren festen, sportlichen Körper und ihr sexuelles Selbstvertrauen, ihre Lebenslust im Bett, ihr entspanntes Lächeln hinterher. Sie schliefen. Er war froh über die Abschottung von Zach.

Am Morgen erhielt er die Nachricht, sich bei SI zu melden. Man schickte ihn nach Kent zu einer intensiven Schulung in Französisch, den neuesten Funktechniken, den letzten Informationen über die Gestapo, die deutsche Abwehr und die Methoden der kollaborierenden französischen Polizei. Zum Ende des Sommers sollte er in Südfrankreich abgesetzt werden.

So hieß es jedenfalls. Er wußte natürlich, es blieb das alte Problem:

Wie? SI mangelte es an Flugzeugen. Die amerikanische Armee hatte nicht vor, ihnen welche zu geben. Der britische Geheimdienst wünschte nicht, daß amerikanische Agenten nach Frankreich gingen, und verweigerte ihnen daher den Transport. Seit mindestens einem Monat saßen gut ausgebildete und einsatzbereite SI-Agenten herum und drehten Däumchen.

Erst beim Anblick der abflugbereiten Maschine würde er glauben, daß er nach Frankreich flog. Bis dahin war er froh, aus London herauszukommen, aber ihm schwante, daß er in zwei Monaten wieder da sein würde, ein ungeheuer gut geschulter Agent, der vom Büro in die Kneipe trabte und von der Kneipe in die Wohnung. Vielleicht würde er bis dahin den Anblick von Zachs leicht verwüstetem, hübschem Gesicht wieder ertragen können, aber derzeit bezweifelte er, ob sein Zorn sich je legen würde.

Naomi 5

Eine höllisch heiße Woche

Naomi war überzeugt, in Paris war es nie so heiß geworden wie in Detroit. Die Schule machte noch keine Ferien. Heute war der 21. Juni, und die Luft fühlte sich an wie eine Pfütze voll heißem Öl. Sie schleppte sich zur Schule durch Straßen, die von allen guten Geistern verlassen schienen. Autos jagten ihre Motoren hoch und schossen mit quietschenden Reifen los. Zerbrochenes Glas lag auf dem Bürgersteig, und Mr. Weinstein vernagelte, was von seinem Schaufenster übrig war. Zotige Schweinereien grinsten von jeder Wand.

Sie kam etwas zu spät, deshalb fiel ihr nicht auf, wie verstört alle waren, bis sie ihre Klasse betrat. Diese Woche war Abschluß, und die Mädchen und Jungen aus ihrer Klasse waren umherstolziert und hatten sich vor den unteren Klassen aufgespielt und so gut wie nicht mehr gelernt. Heute sollte Probe sein; gestern abend hatte sie mit Tante Roses Hilfe die letzten Verschönerungen an ihrem Abschlußkleid vorgenommen. Ruthie und Tante Rose hatten mit ihr am Küchentisch gesessen, alle mit den Füßen auf einem Eisblock in einer Waschschüssel mit einem Handtuch drüber.

Jetzt waren auf der einen Seite des Klassenzimmers die farbigen Kinder versammelt. Raunend standen die Polen zusammen, die Kinder aus den Südstaaten standen in einer anderen Ecke und die Juden an der hinteren Wand. Ihre Lehrerin Miss Cahootie war nicht mal im Klassenzimmer. Sie war draußen auf dem Gang in einem Knäuel von Lehrern, die laut über Belle Isle und DIE flüsterten. DIE kamen mit Schußwaffen.

War das ein feindlicher Einmarsch? Ihr wurde schwindlig vor Angst. In allen Zeitungen stand, daß die Alliierten endlich siegten. Die Russen wehrten sich, und die Landkarte im Klassenzimmer war im Osten nicht mehr schwarz, sondern rot. Die Alliierten hatten ganz Nordafrika erobert und die Karte blau gefärbt. Aber Zeitungen logen. Sie erinnerte sich noch an die unbesiegbare Maginotlinie.

Warum dachte sie immer wieder an Paris 1940? Weil Detroit ihr heute so vorkam, die Erwachsenen versammelten sich und sprachen leise und hysterisch über das, was die Kinder ihrer Meinung nach nicht wußten, während die Kinder untereinander Falschmeldungen weitergaben. Sie sprach als erstes mit Clotilde, die ein wenig abseits von dem Grüppchen tuschelnder farbiger Kinder stand. »*Clotilde, qu'est-ce qui se passe? Est-ce finalement la guerre?*«

»Es ist eine Art Krieg. Die Weißen haben eine farbige Mutter und ihr Baby gestern abend von der Belle Isle-Brücke geworfen. Tausende haben auf der Brücke gegeneinander gekämpft, Farbige und Weiße, und dann ist Pöbel nach Paradise Valley gekommen.« Clotilde strich ihren Rock glatt und runzelte die Stirn. »Und was hast du gehört?«

»Nichts. Unser Radio ist kaputt, und mein Onkel Morris versucht immer noch, eine Röhre aufzutreiben, damit er es reparieren kann.«

Sandy winkte ihr verzweifelt, zu der Gruppe jüdischer Kinder zu kommen. Jetzt kommen sie uns abholen, dachte sie. Sie werden uns aussortieren und wegbringen wie Maman und Rivka. Maman und Rivka waren nicht mehr an dem letzten Ort, von dem sie geträumt hatte. Der neue Ort machte ihr noch schlimmere Alpträume.

»Du sollst nicht mit denen reden!« zischte ihr Sandy zu. »Die haben alle Messer.«

»Wer?« Naomi sah sich rasch um. Sie sah keine Polizisten oder Männer mit Messern.

»Die Schwarzen. Die haben alle Messer.«

Naomi sah über die Schulter zu den zehn farbigen Kindern, die sich ängstlich an der Wand drängten, zu Clotilde in ihrer weißen Schürze, die die Arme schützend vor der Brust gekreuzt hielt. Ihre Lehrerin Miss Cahootie schwatzte immer noch mit den anderen Lehrern. Vom Gang hörte sie die Geräusche aus anderen Klassenzimmern, gedämpfter als das fröhliche Toben, das sonst ausbrach, wenn die Lehrer hinausgingen. »Messer? Die doch nicht, so wenig wie ihr.«

»Die Neger schlagen die Weißen zusammen. Angefangen hat es gestern abend auf der Belle Isle –«

»Als die Negermutter mit ihrem Baby in den Fluß geworfen worden ist?«

»Was redest du da? Das war eine weiße Frau, der ist es besorgt worden, du weißt schon«, flüsterte Sandy. »Wie das, was wir damals in der Bücherei nachgeschlagen haben, bevor du Errols Bild runtergenommen hast.«

»Ein Niggermatrose hat eine weiße Frau vergewaltigt«, sagte Brillen-Rosovsky laut. »Damit hat es angefangen.«

»Was angefangen?« Naomi fand sich überhaupt nicht mehr zurecht. Wenn es nicht der Krieg war, was war es dann? Alle hatten Angst, denn sie schnupperte den vertrauten beißenden Ammoniakgeruch, den sie das erste Mal wahrgenommen hatte, kurz bevor die Deutschen in Paris einmarschiert waren.

»Die Neger und die Weißen bekämpfen sich in der Innenstadt und überall«, sagte Sandy atemlos. »Sie schlagen sich zusammen und erschießen und erstechen sich. Bürgermeister Jeffries hat alle aufgerufen, zu Hause zu bleiben und sich ruhig zu verhalten, wenn sie nicht zur Arbeit müssen, aber bewaffnete Banden ziehen durch die ganze Stadt und schlagen sich gegenseitig zusammen und machen Krawall.«

Miss Cahootie kam in die Klasse gestürzt, mit rotem Gesicht rang sie die Hände. »Was ist denn hier los, Klasse? Warum seid ihr nicht auf euren Plätzen? Glaubt ja nicht, nur weil ihr am Freitag Abschluß habt, könnt ihr mir auf der Nase rumtanzen. Jeder, der denkt, er ist aus seinen kurzen Hosen rausgewachsen, der nimmt nicht am Abschluß teil, habt ihr verstanden? Wenn ihr denkt, ich mache nur Spaß, dann stellt mich auf die Probe. Es wird euch leid tun.«

»Das wird sie nicht wagen«, sagte Sandy aus dem Mundwinkel.

»Mir egal. Dann brauch ich nicht mein doofes gelbes Kleid anzuziehen.«

»Hast du der Klasse etwas zu sagen, Naomi? Dann steh auf und sag es allen.«

»Nein, Miss Cahootie.«

»Dann halt deinen Mund. Wir fangen mit der Anwesenheitsliste an. Ralph, du kannst das heute für mich aufnehmen.« Miss Cahootie drückte einem Jungen in der ersten Reihe das Klassenbuch in die Hand und schoß wieder auf den Gang. Noch während Ralph die Namen aufrief und Fratzen zog, erschien sie wieder. »Na schön«, sagte sie und entriß Ralph das Klassenbuch, »wenn ihr es nicht anders wollt. Wir fangen mit unserer Lesestunde an.«

In ihrem eigenen Klassenzimmer hatten sie immer Rechnen und dann Schreiben vor dem Lesen. Ein weiteres Zeichen, daß die Erwachsenen die Nerven verloren hatten. Miss Cahootie sagte nicht mal, wo sie anfangen sollten. Als sie Brille aufrief und der zwei Seiten zurück anfing, so daß sowieso alle wußten, was dastand, merkte sie es nicht mal.

Sandy gab ihr einen Zettel. »Alvin sagt, die Schwarzen sind in den Laden von seinem Onkel eingebrochen und haben alle Möbel gestohlen, die sie wegtragen konnten.«

Warum verhielten sich alle, als wären sie in einer Stadt ohne Regierung? Angenommen, die Deutschen oder die Japaner kamen wirklich? Wenn es die Japaner waren, vielleicht griffen die sich nicht sie raus und schleppten sie weg. Sie verfolgte den Krieg im Pazifik, weil Ruthie es tat. Murray war ständig auf irgendeiner winzigen Insel, die nur ein Punkt in dem vielen Blau war. Sie zerbrach sich mehr den Kopf über Europa, das viel näher bei Detroit lag und wo Maman, Papa, Rivka und Jacqueline verloren waren. Leib war in Tunesien, bei der Infanterie. Trudi meinte, daß er vielleicht bald nach Hause kam, wo jetzt Nordafrika erobert war. So ging jedenfalls das Gerücht, und in seinem letzten Brief hatte Leib das auch angedeutet.

Bei den Glasscherben auf der Straße mußte sie an Kristallnacht denken, eines der wenigen deutschen Wörter, das sie kannte, weil Papa erklärt hatte, was es bedeutete, ein Wort, das nach Märchenland klang, aber nur bedeutete, daß Leute die Juden zusammengeschlagen und ihre

Schaufenster zertrümmert hatten. Fing das hier auch an? Oder waren die Farbigen die hiesigen Juden, diejenigen, die sie sich zum Verprügeln aussuchten, wenn sie randalierend durch die Straßen zogen?

Sie konnte es kaum erwarten, Ruthie zu fragen, die alles erklären würde, aber sie sah Ruthie erst morgen früh, es sei denn, sie kroch aus dem Bett, wenn Ruthie um halb zwölf nach Hause kam. Sandy plapperte nur Gerüchte nach. Brille nutzte die Angst aus, um schweinische Dinge zu sagen. Sie hätte gern noch weiter mit Clotilde geredet, die war aus dem Ausland wie sie und sah die Dinge mit anderen Augen.

Als Naomi drankam, konnte sie kaum die Wörter entziffern. Sie merkte, daß sie wieder in Französisch gedacht hatte, und sie wußte nicht mehr, wie man die Kringel auf der Seite aussprach. Während sie sich mit dem Lesen abmühte, merkte sie plötzlich, wie um sie herum gemurmelt wurde und daß Miss Cahootie aufgehört hatte, sie streng anzuschauen.

Sie spähte vorsichtig hinter dem Buch hervor. In der Tür stand eine Frau, die sie sofort als Clotildes Mutter erkannte, weil sie ganz anders aussah als die farbigen Frauen, die Naomi gesehen hatte. Wie Clotilde war sie groß und hielt sich gerade und trug ein kleines goldenes Kreuz und das Haar in einem bunten Tuch aufgebunden. Sie hatte eine weiße Bluse und einen schwarzen Rock an, wie Ruthie, als sie noch in dem Kaufhaus arbeitete, und sie stand zaghaft gleich bei der Tür und winkte Clotilde. »Ich komme meine Tochter nach Hause holen.«

Miss Cahootie fragte sie nicht, ob ein Notfall in der Familie war oder was ihr einfiel, ihre Tochter aus der Schule zu holen. Sie trat nur beiseite, als die Mutter Clotildes Arm nahm und dann auch Lizzie White winkte, mitzukommen. »Ich habe deiner Mama gesagt, ich nehme dich mit zu mir, bis sie von der Arbeit kommt, mein Kind.«

Die übrigen farbigen Kinder schauten unglücklich zu, wie Lizzie und Clotilde sich fertigmachten. Dann stand die kleine Janie McDougall auf, das kleinste Mädchen in der ganzen achten Klasse, und lief Clotildes Mutter hinterher. »Mrs. Dumoullet, kann ich auch mitkommen? Bitte? Meine Mama arbeitet in der Gießerei. Um vier hat sie Schluß, und ich brauche auch kein Essen.«

Clotildes Mutter winkte sie zu sich. »Du kommst auch mit. Deine Mutter soll sich doch keine Sorgen machen müssen.«

»Naomi, du bist mit Lesen dran. Warum hast du aufgehört?« Miss

Cahootie warf drohende Blicke. Es vergingen keine fünf Minuten, da stand der Vater von Brillen-Rosovsky in der Tür, noch in seiner Fleischerschürze. »Ich brauche heute meinen Sohn.«

Um zehn Uhr war die halbe Klasse fort. Als Sandys Mutter erschien, flüsterte Sandy Naomi zu: »Hab keine Angst. Ich nehm' dich mit.«

Es kam ihr unwirklich vor, mit Mrs. Rosenthal um viertel nach zehn die Schule zu verlassen, mit den ungegessenen Broten und den unabgegebenen Hausaufgaben. Auf dem Weg fuhr ein Auto mit weißen Jugendlichen an ihnen vorbei, die ihnen zuschrien, die Straßen zu verlassen, weil die Nigger kamen. Dann fuhr ein Auto mit einem farbigen Paar vorbei, und größere Kinder an der Ecke warfen Steine. Ein Stein traf die Seitenscheibe und machte daraus ein Spinnennetz aus Glas. Sie hörten Sirenen, überall Sirenen, und die Luft roch nach Rauch.

Morris kam nicht um zwanzig nach drei nach Hause wie sonst immer. Tante Rose tigerte auf und ab und betete laut auf Jiddisch. Sie hatte versucht, Ruthie davon abzuhalten, zur Arbeit zu gehen, aber Ruthie hatte darauf bestanden. Sie sagte, an der Wayne wäre alles in Ordnung, die weißen und die farbigen Studenten zu den Vorlesungen da wie immer, und keine Zwischenfälle. Jetzt waren beide da draußen, in dem Meer aus Rauch und Gewalt.

Schließlich kam Onkel Morris um halb sechs. Er schnitt Roses aufgebrachte Vorwürfe ab. »Wir hatten eine Versammlung, um zu besprechen, was die Gewerkschaft tun kann. Dann hatte die Polizei eine Straßensperre errichtet, die wir umfahren mußten.«

»Ich war krank vor Sorge.«

»Wir müssen was tun. Vor noch nicht zehn Tagen war der Rassenhaßstreik bei Packard. Agitatoren hetzen die Männer auf. In Inkster hat es Schlägereien gegeben.«

»Und an der Edgewood«, fiel Naomi ein. Alvin hatte ihr erzählt, daß *gojim* und schwarze Gangs sich um die Vorherrschaft auf dem Rummelplatz prügelten.

»Wir haben abgestimmt, das Werk nicht zu schließen. Wir dürfen das nicht zulassen. Die meisten unserer Neger sind heute nicht gekommen. Sie haben Angst, und ich kann's verstehen. Weiße Rowdys verprügeln überall in der Stadt Neger.«

»Warum denn nicht schließen?« Rose rang die Hände. »Bleib bei uns zu Hause, bis alles vorbei ist.«

»Wir wollen es nicht schlimmer machen, als es schon ist. Besser, die Proleten gehen arbeiten und tun was Nützliches, als sie rennen in der Stadt rum und halten nach Leuten Ausschau, die sie mißhandeln können. In dem Getümmel auf der Woodward wird Gerald K. Smiths *Kreuz und Schwert* mit den Schlagzeilen über die jüdische Verschwörung verkauft, und die ortsansässigen Ku-Klux-Klan-Ableger verteilen 'Nieder mit den Juden'-Pamphlete.«

Naomi fühlte sich, als gäbe sie nur vor, beim Abendessen zu helfen, das gelbe Kleid zu bügeln, die Wäsche von den Leinen im Hinterhof abzunehmen. Sie hockte weit in ihren Körper zurückgezogen, die Hände vors Gesicht geschlagen, um nichts zu sehen. Sie sagte sich: Es betrifft mich nicht. Es ist der besondere Wahnsinn der *gojim* und der Farbigen von hier. Alle Menschen wollen jemandem die Schuld geben, am Wetter, am Krieg, am Geldmangel, am schwarzen Tod, der – wie Papa erzählt hatte – die Juden durch von Ratten verbreitete Keime umbrachte. Irgendwo mußten Menschen doch sicher sein. Welche Menschen?

Sie beneidete Clotilde um ihre Mutter, die herbeigeeilt war, um sie nach Hause in Sicherheit zu holen. Alle in der Schule konnten sehen, wer wirklich geliebt wurde. Wenn Mrs. Rosenthal nicht gekommen wäre, hätte sie den ganzen Tag in der Schule bleiben müssen. Sie war überzeugt, daß am Ende des Tages immer noch eine Handvoll Kinder dasaßen, die niemand lieb genug hatte, um sie abzuholen. Sie wäre unter ihnen gewesen.

Als Tante Rose sie zur Bäckerei ein Roggenbrot holen schickte, traf sie Alvin, und er erzählte ihr, daß sie einen leichten Tag gehabt hatten. Um eins beschloß der Rektor, die Schule zu schließen. Die, die bleiben wollten, bis ihre Eltern sie abholten, konnten in der Mädchenturnhalle warten. Die Turnlehrerin bot an, zu warten, bis die letzten Kinder sicher heimgekehrt waren.

Alvin war verlegen, weil niemand ihn abgeholt hatte, aber sie fühlte sich ebenso verlassen, denn wenn Sandy nicht mit ihrer Mutter gesprochen hätte, wäre sie auch dageblieben. Alvin erklärte, daß seine Mutter arbeiten war und dann zu große Angst hatte, um hinauszugehen, aber sie wußten beide, daß seine Mutter zu nichts nütze war und sich wie ein Kind aufführte, Soldaten nachstieg und mit ihnen feierte.

Sie standen noch an der Ecke und redeten, als sie plötzlich sahen, wie eine Horde junger Burschen einen Farbigen vor sich herhetzte. »Das ist Mr. Bates«, sagte Naomi und packte Alvins Arm. »Aus der Schule.«

»Ach Quatsch.« Dann reckte Alvin den Hals, um besser sehen zu können. »Mist, du hast recht.«

Sie kannten die Burschen nicht, die Mr. Bates jagten und sechzehn oder älter sein mochten. Dann hatten sie ihn eingeholt. Einer stellte ihm ein Bein. Mr. Bates hielt sich an der Straßenlaterne fest, um nicht hinzustürzen. Dann wandte er sich zu der Meute um und hielt die Hände hoch zum Beweis seiner Harmlosigkeit, aber sie drangen auf ihn ein. Einer schlug ihm in den Bauch und ein anderer drosch seinen Kopf gegen die Laterne. Mrs. Fenniman in der Bäckerei schrie, sie werde die Polizei rufen, aber die Jungen rannten erst weg, als Mr. Bates blutüberströmt auf dem Bürgersteig lag. Sogar dann kam noch einer zurück, um ihm einen letzten Tritt in die Rippen zu versetzen.

Naomi zwang sich, hinzugehen. Alvin kam ihr nach. »Ist er tot? Haben sie ihn umgebracht?«

Mr. Bates trug in der Schule immer die Abfälle zur Verbrennungsanlage und hielt das Unkraut im Schulhof kurz. Bei der Arbeit pfiff er immer Choräle. Er nannte alle Mädchen Missy und alle Jungen Bo. Jetzt lag er blutend auf dem Bürgersteig und sah schwer verletzt und fürchterlich zugerichtet aus. Naomi war starr vor Entsetzen, aber sie kniete sich hin, um nach ihm zu schauen. »Er atmet.«

Die Leute, die vorübergingen, hatten einen Bogen um die Gang gemacht, und machten jetzt einen um den Verletzten. Mrs. Fenniman von der Bäckerei kam heraus. »Die Polizei paßt nicht auf und hilft nicht. Der arme Mann. Ich rufe einen Rettungswagen. Helft mir, ihn aufzuheben.«

Alvin sagte: »Wenn einer k.o. ist, soll man ihn, glaub' ich, nicht bewegen.«

»*Bobkes*«, raunzte die Frau. »Wir sollen ihn auf der Straße liegen lassen, damit die Leute auf ihn treten?« Sie spuckte aus und warf den Vorübergehenden wütende Blicke zu. »Wenn ich mal auf der Straße tot umfalle, dann weiß ich, wer auf mich treten wird. Komm schon, du bist ein Starker, du kannst mir helfen, ihn aufzuheben.«

Mr. Bates stöhnte jetzt. Blut lief ihm übers Gesicht, und sein Haar war blut- und dreckverschmiert. Zusammen trugen sie ihn in die Bäckerei, wo die Verkäuferin ihm einen Stuhl brachte. Seine Augenlider flatterten. Als er die Augen aufschlug, schrak er zusammen beim Anblick der weißen Gesichter. »Mr. Bates«, sagte Naomi stockend, »Sie kennen mich aus der Schule. Mrs. Fenniman ruft einen Rettungswagen.«

»Die wollen uns nicht ins Krankenhaus bringen. Wie schlimm bin ich verletzt, Missy?« Er faßte nach seinem Gesicht und rührte sich, konnte aber nicht aufstehen.

Mr. Fenniman kam von hinten zur Tür des Verkaufsraums. Naomi ließ sich von ihm den Ausguß zeigen und ein sauberes Geschirrtuch geben. Sie wischte Mr. Bates das Blut vom Gesicht. Er war arg zugerichtet, aber die schlimmste Wunde war in der Kopfhaut. Alvin, der sich vorsichtig im Hintergrund hielt, spähte nach der Platzwunde. »Das muß genäht werden.«

Mrs. Fenniman sagte: »Ich habe keinen Rettungswagen kriegen können. Alle sind im Einsatz, aber sie haben sich die Adresse aufgeschrieben. Können wir jemanden für Sie anrufen?«

Dann fiel es Naomi wieder ein. »Bitte ein dunkles Roggenbrot, ich soll es für meine Tante Mrs. Rose Siegal holen.« Sie zählte die Münzen auf den Ladentisch.

Als sie die Bäckerei verließ, wartete Alvin im nächsten Hauseingang auf sie. Er nahm ihr das Brot ab und trug es. »Alle sind verrückt geworden. Uff! Wir erzählen besser keinem, daß wir einem Schwarzen geholfen haben, auch wenn's Mr. Bates war.«

»Ich pfeife drauf«, sagte sie. »Er ist ein netter Mann, und er arbeitet hart.«

»Hast du so was schon mal gesehen? Daß die ihn einfach verprügeln?«

»Ja.« Naomi ging langsamer. »Aber es waren keine Farbigen, die sie verprügelt haben.«

An dem Abend konnte sie lange nicht einschlafen. Die Luft war heiß und verschmutzt und feucht. Sie stellte sich vor, unter Wasser zu liegen. Sie stellte sich vor, ein Fisch zu sein. Aber Fische wurden immer gefressen. Sie stellte sich vor, ein Baum zu sein, ein großer, mächtiger Baum, aber Bäume wurden abgehackt. Sie stellte sich vor, ein Eisbär zu sein. Das war gut. Sie war allein in einer Einöde aus Eis. Es machte ihr nichts aus, Hunger zu haben, denn sie war riesig, stark und allein.

Der Hunger war das Schlimmste. Sie dachte die ganze Zeit über an etwas zu essen, nur dann nicht, wenn sie Schmerzen von den Schlägen hatte oder von Flucht träumte, durch den elektrischen Zaun, wo die Leichen hingen, vorbei an den Wachtürmen, über die Ebene. Sie war nie allein, immer mit Hunderten anderer, sie standen, sie rannten, sie luden sich Steine auf, sie rannten weiter, sie drängelten sich am Latrinengraben, sie drängelten sich zu einem Teller Wassersuppe, sie drängelten um Platz auf verdreckten Bretterschlafstellen. Mit Maman allein zu sein war die einzige kleine Freude, manchmal schafften sie es kurz an einem Sonntagnachmittag hinter ihrer Baracke. Sie stand draußen. Auf ihren Arm, einen spindeldürren, grauen, mit Schwären bedeckten Zweig, schmutzig und widerwärtig wie eine im Rinnstein sterbende überfahrene Straßenkatze, sank die Asche, die schwarze, ölige Asche, deren Geruch und Klebrigkeit sie haßte, die in die Haut drang und in die Lungen und die immer auf ihnen lag wie der Schatten des Todes. Sie schlotterte im Wind, denn es war sehr früh am Morgen, und sie standen alle in einer Reihe, während ihre Nummern aufgerufen wurden, und sie standen, bis einige in Ohnmacht fielen und geschlagen wurden oder dorthin fortgebracht, wo die schwarze Rauchsäule aufstieg, aus der die schwarze Asche fiel wie tödlicher Schnee.

Jacqueline 6

Fang eine Sternschnuppe

6 juillet 1943

Daniela und ich haben uns jetzt in Toulouse niedergelassen. Wir wohnen über einer Werkstatt, wo wir uns ein Zimmer zur Seitenstraße teilen, mit Blick auf ein Lagerhaus für Installateurbedarf, alles aus den roten Ziegelsteinen gebaut, die sie hier so viel benutzen. Wir wohnen bei M. und Mme Faurier, beide in Galizien geborene und hier naturalisierte Juden, die aber gute falsche französische Personalpapiere und keinen Akzent haben. Das heißt, sie hören sich nicht polnisch oder jiddisch an, sondern sprechen mit starkem Toulouser Dialekt, der in meinen Ohren ganz angenehm klingt, auch wenn Daniela ihn derb findet.

Beide Fauriers arbeiten in der Werkstatt, wo M. Faurier neben Autos inzwischen auch Haushaltsgeräte, Fahrräder und alles, was bewegliche Teile hat, repariert. Neulich sah ich ihn ein Pferdefuhrwerk reparieren, dessen Achse gebrochen war. Sie führt die Bücher und rennt überall nach Ersatzteilen herum, die immer schwerer zu bekommen sind. Sie haben zwei Mädchen von acht und elf Jahren.

Danielas Bronchien sind immer noch nicht ganz frei, und sie bleibt in Toulouse und fälscht Dokumente hiesiger Behörden. Sie hat sich Bürgermeistersiegel verschiedener Städte aus getrockneten Kartoffeln gemacht, aber jetzt kann sie mit Linoleum arbeiten. Sie ist inzwischen sehr geübt. Die hiesige Résistance hat gute Beziehungen zu einigen *mairies*, also können wir Blankoformulare direkt bekommen, aber anderes müssen wir uns auf Umwegen besorgen.

Daniela hat auch als Krankenschwester viel zu tun, da viele Flüchtlinge krank ankommen, oft sind sie verletzt oder gefoltert und verstümmelt worden. Die Menschen, die wir aus den Lagern rausholen, leiden generell an Mangelkrankheiten, an Parasiten, an Paratyphus und den verschiedenen Typhus- und Fleckfiebererkrankungen, die von unzulänglichen Sanitäranlagen herrühren. Die Insassen organisieren die Lager, so gut sie können, aber gegen die primitiven Bedingungen sind sie machtlos.

Ich dagegen bleibe nicht die ganze Zeit in Toulouse. Mit dir in der Windjacke, mein liebes Tagebuch, erklimme ich die Bergpfade. Nur dir allein will ich gestehen, wie mir das Herz stehenblieb, als ich zum ersten Mal die Pyrenäen sah. Ich hatte mir Berge wie die in der Dordogne vorgestellt, grüne, steile, aber einladende Berge mit ockerroten oder kalksteinweißen Felshängen hier und da. Ich sah vor mir eine Wand aus Fels, die von vorgelagerten kegeligen Bergen aufstieg, höher und höher und höher bis zu den Gipfeln unter ewigem Schnee, mit abschüssigen Gletschern, mit Schnee und Eis im Juni und ewig. Wie soll ich da nur hinüberkommen, dachte ich voll Entsetzen über mein ahnungsloses Versprechen, und wie soll ich da erst Kinder – Kinder! – hinüberführen? Unmöglich. Aber es ist eben gerade das Unmögliche, das wir vollbringen müssen, um unser Leben zu retten. Also tun wir es.

Im Moment lagere ich mit meinen sieben Kindern ohne ein Feuer nahe dem Städtchen Ustou. Wir bringen sie so weit, wie wir ungefährdet können, mit dem Zug oder mit irgend verfügbaren Fahrzeugen; dann gehen wir über die Berge nach Spanien. Es gibt keinen leichteren Weg, da alle Straßen von den Deutschen überwacht werden, die sofort schießen. Sie haben Wachhäuschen und Patrouillen, aber die Grenze ist lang und zerklüftet, und viele Pfade führen hinüber. Die regulären Führer, die entwichene Gefangene, Flüchtlinge und abgeschossene Piloten hinüberbringen, sind hier in der Gegend Basken, näher an der Küste Katalanen.

In letzter Zeit bin ich so vorgegangen, die Kinder alleine hinüberzubringen und meinen spanisch-baskischen Führer gleich hinter der Grenze zu treffen, wo er übernimmt. Wir versuchen, pro Tag zwanzig Kilometer zu gehen, aber in schwierigem Gelände können wir nicht annähernd soviel schaffen. Ich trage die Kleinste, soviel ich kann, aber sie ist fünf und keine Feder auf meinen Schultern. Die anderen in dieser Schar sind zum Glück zwischen neun und vierzehn und können wesentlich besser voranstapfen. Am Freitag muß ich meine Kinder über die Grenze nach Spanien bringen, wo ich den Basken treffen soll, der sie weiterführt, und einen Vertreter vom Joint (dem American Joint Distribution Committee, von dem – illegal – ein Großteil unserer Geldmittel kommt), der dafür sorgen wird, daß meine Kinder sicher weitergelangen und überleben.

Manche vergesse ich, an manche werde ich mich immer erinnern. Sie alle sind mir anvertraut. Wenn ich vor mich hin träume, wenn ich döse, wenn ich mit den Gedanken woanders bin, werden sie sterben. Es ist die Zukunft, die widerwillige, wimmernde, weinende Zukunft, die ich auf meinen Schultern trage, während ich keuchend den felsigen Pfad erklimme, der immer viel steiler aufzusteigen scheint, als er abfällt. Die Kleinste schreit nach ihrer Mutter. Ihre Mutter ist schon tot, im Gestapohauptquartier in Lyon erschossen. Ihr Vater ist deportiert worden. Ich lüge und verspreche ihr, daß auf der anderen Seite der Berge ihre Mutter wartet. Wenn sic still ist und wir alle wie brave Kinder auf die Berge klettern, dann wird sie auf der anderen Seite der Pyrenäen ihre Mutter finden.

Ich habe ein schlechtes Gewissen, weil ich sie belüge, aber es ist der einzige Weg, sie zu retten, sie am Weinen und Schreien zu hindern. Sie weiß, was Gefangennahme heißt. Alle Kinder verstehen das, sogar diese kleine Fünfjährige. Manchmal erinnert sie mich an die Zwillinge, weil sie dichte braune Locken hat, aber ihre Augen sind blau, und sie lächelt selten, obwohl heute die Blumen am Wegrand sie zum Lächeln brachten. Jetzt schläft sie mit dem Kopf in meinem Schoß und hat immer noch eine Pyrenäengeranie in der kleinen Faust. Ich schäme mich, wie verdreckt alle Kinder sind, aber ich habe keine Möglichkeit, sie sauberzuhalten oder richtig abzutrocknen. Einer der Gründe, warum ich hier hinübergehe und nicht näher am Meer, wo die Wege oft weniger steil sind, ist, daß hier oben die Flüsse zwar kalt und reißend, aber schmal sind und oft von Stein zu Stein überquert werden können. Flußabwärts muß man schwimmen, und allzu viele der Kinder können das nicht. Sie leiden hinterher unter der Kälte und den nassen Sachen und sehen mich so jämmerlich an, aber ich muß sie vorantreiben, ihnen stets mehr abverlangen, als sie glauben ertragen zu können. Alle Stunde lasse ich sie fünf Minuten ausruhen, aber dann wollen sie nicht wieder aufstehen. Ihre kleinen Füße bluten. Ich habe immer einen Vorrat an Pflastern und Verbandszeug dabei, aber das hilft mir wenig. Teile des Wegs können wir bei Tag zurücklegen, aber andere – wie die Grenze selbst – müssen wir nachts hinter uns bringen, es sei denn, daß Wolken die Berge einnebeln, ein bißchen, nicht zu sehr, um den Weg nicht zu verfehlen. Wenigstens gibt es kein Problem mit Wasser, solange wir nicht über die Baumgrenze kommen.

Im Gehen wiederhole ich Danielas alte Litanei: Hab Stielaugen, hab vorn und hinten Augen, hör auch auf die inneren Stimmen, und trau deinem Instinkt. Meine Kinder, den Totenkopfbataillonen gestohlen. Werde ich eines Tages auch ein Kind haben? Kann ich der Welt so weit trauen? Manchmal, wenn ich mit ihnen über die Berge stapfe, fühle ich mich selbst wie ein Kind, kaum fähiger als sie zu dem, was uns abverlangt wird. Ich möchte dir keineswegs den Eindruck vermitteln, daß ich von Heirat und Hausstand träume. Im Gegenteil, die Kleinen um mich zu haben bringt mich auf den Gedanken, wie unbedacht Menschen Kinder in die Welt setzen, wie oft eine Geburt gefeiert wird, wenn sie eher betrauert werden sollte. Trotzdem entwickele ich eine Anhänglichkeit zu diesen verdreckten Stückchen Menschenfleisch, sogar dann noch, wenn sie bösartig sind und mit Fäusten aufeinander losgehen und einander das Brot stehlen.

Wenn ich Gitel anschaue, ein Mädchen von eben vierzehn Jahren, dann merke ich, wie veraltet mein Bild von meiner Schwester Naomi ist. Rivka sah ich nur für jenen Augenblick von der Eisenbahnbrücke aus, als sie und Maman zu den Waggons getrieben wurden, aber selbst da fiel mir auf, wie groß sie ist. Ich bin sicher, sie war größer als Maman. Gitel hat schon kleine Brüste und eine unkindliche Scheu vor Männern. Sie paßt für mich auf die anderen auf und bewegt sich mit einer Traurigkeit, die anders und nachdenklicher und bleibender ist als die der kleineren Kinder.

Gitel gibt mir zu denken, wie die Jahre für Naomi weit fort von mir vergehen. Ich werde ihr heute abend nach dieser Eintragung einen Brief schreiben. Wenn ich dann die Kinder sicher hinübergebracht habe, werde ich den Joint-Vertreter bitten, ihn für mich in Madrid aufzugeben. Ich werde sehr darauf achten, was ich schreibe, aber ich muß zu meiner Schwester Verbindung aufnehmen.

7 juillet 1943

Morgen soll ich auf meine Kontaktleute treffen und die Küken abliefern. Zu allem Unglück regnet es – nur ein Nieseln, aber kalt, so daß die Kleinen frösteln. Ich wage so nah an der Grenze kein Feuer zu machen. Statt dessen versammele ich sie um mich zum Geschichtenerzählen. Während ich das schreibe, erzählt Gitel, die Vierzehnjährige, einen Film, den sie gesehen hat.

Als wir nach Toulouse kamen, ging es mit Daniela und mir bergauf. Ich versuche immer noch zu verstehen, warum wir hier trotz Danielas anhaltender Schwäche und unserer Ängste um die in Paris Zurückgelassenen so viel fröhlicher sind. Ich mag den Süden. Außerdem habe ich das Gefühl, hier von der Résistance umgeben zu sein. Ich weiß, daß in Paris viele Widerstandsgruppen aktiv sind, aber die Kollaboration war so offenkundig, die Macht der Nazis so greifbar, überall Hakenkreuze, daß wir uns als kleine Minderheit empfanden, die sich mühte, in Würde zu sterben.

Nicht, daß sich hier Scheiße in Blumen verwandelt, wie Lev, unser Ortskommandant, sagt. Nein, Gestapo und Miliz haben die Résistance diesen Sommer hart getroffen. Ich bin nie Jean Moulin begegnet, der de Gaulles Abgesandter zu den verschiedenen Widerstandsgruppen war, aber Lev hat ihn bewundert. In einer Serie von Razzien hat die Gestapo die führenden Köpfe etlicher Gruppen verhaftet, Moulin zu Tode gefoltert und viele andere hingerichtet.

Aber für Daniela und mich bedeutet es, nicht mehr nur Mitglieder einer winzigen Zelle zu sein, sondern Mitglieder einer Bewegung, die uns groß vorkommt. Ganz gleich, wie trostlos unser Leben ist und wie verwundbar jede und jeder von uns für Verhaftung, Folter, Deportation und Hinrichtung bleibt, es scheint immer Menschen zu geben, die an die Stelle der Verlorenen treten. Mehr kommen hinzu, als die Deutschen dingfest machen. Die Nachrichten vom Krieg sind in diesen Tagen besser, die alliierten Armeen kämpfen sich in Sizilien voran (obwohl uns schleierhaft bleibt, warum sie den Angriff ausgerechnet dort durchführen), und die Sowjets drängen die Deutschen quer über die Landkarte zurück. Jetzt wissen wir, wenn wir durchhalten können, wird der Sieg kommen, und das ist ein neues Gefühl. Statt in kleinen Zellen mit nur zaghaften Verbindungen zu anderen isolierten Zellen zu arbeiten, ist hier der gesamte jüdische Untergrund miteinander und mit der übrigen Résistance vernetzt.

Darüber hinaus fühle ich mich in Toulouse zu Hause, vielleicht, weil die Landstriche, in denen der Maquis regiert, hier viel näher liegen als in Paris. Maquis ist ein hiesiges Wort für den Buschwald in den Bergen, aber in letzter Zeit benutzen es die Leute für die Partisanen, die sich dort in bewaffneten Lagern verschanzt haben. Oder vielleicht fühle ich mich gut, weil ich fort bin von den Nazifahnen und dafür oft unter Felsen und Bäumen. Vielleicht, weil es schön ist da, wo wir wohnen, nicht weit vom Kanal mit seinen kleinen Brücken und den Platanen, bei anderen Juden, die noch eine Familie haben. Unser Leben fließt jetzt so rasch wie die mächtige Garonne durch diese rosenrote Ziegelstadt.

14 juillet 1943

Ich habe meine Schützlinge sicher unserem regulären Führer und dem Joint-Vertreter übergeben. Er willigte ein, meinen Brief aufzugeben, aber erst, wenn er in Lissabon ist. Anfangs war ich ganz verzweifelt, aber dann war ich einverstanden. Was macht es schon, ob sie den Brief in einem oder in zwei Monaten bekommt, nach so langem Schweigen? Sie kann mir nicht antworten. Sie soll nur wissen, daß ich an sie denke.

Heute ist der Tag der Bastille. Am vergangenen hatte ich den furchtbaren Streit mit Maman. Ich sah heute meine erste Untergrundzeitung, *Libération*. Zeitungen veröffentlichen ist gefährlicher als Ausweise fälschen oder Flüchtlinge weiterschleusen, denn bisher sind alle in der Résistance, von denen ich wußte, daß sie klandestine Zeitungen machten, gefaßt und deportiert oder hingerichtet worden. Es ist schwer, eine Druckerpresse zu verstecken, und der Maschinenlärm scheint sie irgendwann an die Polizei zu verraten. Irgendein Rechter zeigt sie für die Belohnung an.

Ich habe einen jungen Mann bei mir, einen britischen Agenten, der mit Geld und einem phantastischen neuen Funkgerät, nur so groß wie ein Ziegelstein, auf dem Weg nach Lyon ist zur dortigen militanten Untergrundbewegung. Ein solches Funkgerät könnten die Widerstandskämpfer in Toulouse auch brauchen. Ihnen fehlt es immer an allem: an Geld, an Waffen, an Zufluchtsorten, an Funkgeräten und Informationen.

Der junge Mann, der Girard genannt werden will, spricht gutes, wenn auch ein bißchen papierenes Französisch. Er scheint vor mir Angst zu haben. Ich war extrem ungewaschen, als wir uns das erste Mal begegnet sind. Wenn ich ihn berühren muß, fährt er stets ein wenig zusammen. Komisch, wieviel Selbstvertrauen mir seine Scheu gibt. Als ich erfuhr, daß ich mit einem jungen Mann allein die Berge überqueren soll, war ich offengestanden nicht überglücklich. Ich sah Probleme voraus, die aber nicht eingetreten sind. Je schüchterner er ist, desto ungezwungener und selbstsicherer fühle ich mich in seiner Gesellschaft. Ich habe keine Angst mehr vor ihm und habe mir von ihm über den 'Blitz' in London erzählen lassen und über das, was in Nordafrika vor sich geht, was noch schlimmer ist, als wir gehört hatten.

Die Amerikaner halten dort immer noch an den Vichyfaschisten fest und belassen sie an der Macht. Viele Widerständler sind immer noch in Lagern, und den Juden wurde erst Monate nach Ankunft der Amerikaner gestattet, den gelben Stern abzulegen. Wir dürfen nicht zulassen, daß so etwas hier geschieht. Solch einen schändlichen Austausch eines üblen Regimes gegen ein anderes der gleichen Sorte können wir nur verhindern, wenn wir eine starke Résistance haben, die die Alliierten nicht übergehen können. Dann können sie die französischen Faschisten nicht an der Macht lassen, nachdem die Deutschen nach Hause gegangen sind.

Girard, der vor dem Krieg in einer Käseimportfirma gearbeitet hat, teilte eine Taschenflasche Whisky mit mir, und wir tranken auf die Befreiung und den Tag der Bastille, sahen zu, wie sich der Sonnenuntergang über die Schneefelder auf der anderen Seite des Hohlwegs stahl, und stiegen dann ab zu einer Stelle, wo ich gerne lagere, an einer Quelle, die aus einem Felshang sprudelt. Es war vollkommen still bis auf das Läuten der Kupferglöckchen an den Hälsen der Schafe und Ziegen unten auf den Weiden. Es wurde schon dunkel, und ich hätte mich beinah verlaufen, ob nun durch den Whisky oder durch das geisterhafte blaurote Licht. Jedenfalls sind wir, ohne daß ich es bemerkte, an dem kleinen Pfad zur Quelle vorbeigegangen und mußten umkehren, denn hier müssen wir ein paar Stunden ausharren, bis der Mond aufgeht. Die Nacht ist kühl, obwohl wir Mitte Juli haben, und die Wärme des Whiskys ist angenehm, eine Tasche voll beruhigender Hitze mitten in meinem Bauch. Trotzdem, an einem Tag wie heute wäre ich gern unten in Toulouse, wo eine größere Demonstration geplant ist, mit der verbotenen Trikolore und der Verteilung klandestiner Zeitungen.

22 juillet 1943

Jetzt weiß ich, was Armand-Jules ist und woran Papa beteiligt war und wahrscheinlich immer noch ist: es ist der nie ausgesprochene Name der jüdischen Armee, *l'Armée Juive*. In Toulouse war Papa in einer Sabotagegruppe aktiv, aber als diese Gruppe aufgerollt wurde, entkam er und ging in die Berge zum Maquis. Viele der *maquisards* mußten sich wie Papa der Verhaftung entziehen. Manche sind Flüchtlinge, manche entschiedene Antifaschisten, manche sind junge Männer, die sich der Zwangsarbeit entziehen.

Letzte Nacht träumte ich wieder von Papa. Ich hatte eine Gruppe von Kindern bei mir. Als ich sie um einen riesigen Felsblock herumführte, stand dort Papa auf dem Weg und wartete auf mich mit ausgebreiteten Armen. Beim Aufwachen merkte ich, daß ich beunruhigt bin, weil er sich noch nicht mit mir in Verbindung gesetzt hat. Bestimmt könnte er nach mir schicken, wenn er nicht kommen kann, oder wenigstens einen Boten senden.

Heute hatte ich einen Riesenstreit mit Lev über einen Abwurf, der hier für die Résistance gemacht werden soll. Ich achte unterwegs immer auf Orte, die für einen Abwurf in Frage kommen, also schlug ich ein Plateau bei Castres vor, wo Pferdekarren hingelangen, der Abwurf aber nicht beobachtet werden kann. London hat eingewilligt, diesen Samstag an der von mir ausgekundschafteten Stelle eine Ladung Waffen und ein weiteres Funkgerät abwerfen zu lassen. Ich ging davon aus, daß ich dabei sein würde, aber Lev untersagte meine Anwesenheit. Er sagte, das sei kein Ort für eine Frau, das sei zu gefährlich.

Ich bin explodiert. Ich sagte, daß ich alles tue, was von mir verlangt wird, und wenn er meine, nach ein paar Fallschirmen Ausschau zu halten sei gefährlicher, als mit bis zu zehn Kindern fünfundsechzig Kilometer weit über die Berge zu kraxeln, dann sei er meschugge. Ich sagte auch, wenn ich bei den Abwürfen nicht dabei sein darf, werde ich keine weiteren Abwurfstellen auskundschaften.

Ich bin wütend auf Lev, und zwar seit seiner Bemerkung, als er erfuhr, daß ich die Tochter meines Vaters bin. Er sagte, welch ein Jammer es wäre, daß mein Vater keine Söhne hat. Ich habe ihm diese Bemerkung bis heute nicht verziehen, und ich werde sie wohl nie verzeihen. Er sagte, ohne einen Sohn gäbe es niemanden, der Kaddisch für ihn sagen kann. Ich sagte, ich sei durchaus in der Lage, für meine eigenen Toten zu meinem eigenen Gott zu beten, und meiner Meinung nach sei Lev ein lebendes Fossil.

Lev ist siebenundzwanzig und war in der Armee bei der Artillerie. Er weiß viel über Waffen und Sprengstoffe, und seine Männer schwören auf ihn. Sie wissen, er wird sie nicht im Stich lassen. Er kann gut auf die Schnelle Pläne machen und sie dann so ausarbeiten, daß sie gelingen und wir nicht aus Mangel an Vorausschau Leute verlieren. Er ist auch gar kein schlechter Redner. Selbst ich, die ich ihn oft verabscheue, werde ganz aufgeregt, wenn er uns eine anfeuernde Rede hält, und bin dann bereit, es mit der ganzen Welt aufzunehmen. Er ist mittelgroß, von dunkler Gesichtsfarbe, und er trägt einen Bart, der absteht wie ein Spaten. Alle sagen, daß er ihn abnehmen muß, aber bislang hat er sich geweigert. Lev hat tatsächlich in Palästina gearbeitet. Er war bei der Zionistischen Jugendbewegung. Daniela hat ihn gefragt, warum er aus

Palästina zurückgekommen ist, und er sagte, um seine Freundin Vera zu heiraten, die Ärztin ist. Sie arbeiteten beide, um das Geld für die Überfahrt zusammenzusparen, als der Krieg ausbrach. Die Miliz hat seine Frau vor einem Jahr aufgegriffen. Er organisierte ihre Flucht aus dem Lager bei Gurs, aber bei einer Massenrazzia im Dezember wurde sie erneut gefaßt, und seitdem hat er ihre Spur verloren.

Lev hat eine heisere Stimme und raucht so unaufhörlich, daß seine Finger gelb sind. Er ist unglaublich tapfer, aber im Schädel hat er Steine statt Hirn. Ich habe mich jedoch gegen ihn durchgesetzt. Ich soll bei dem Abwurf dabei sein. Lev hat mir übrigens meinen *nom de guerre* gegeben, Gingembre. Er sagt, Ingwer paßt zu meinem Charakter.

24 juillet 1943

Als ich meine letzte Eintragung durchlas, habe ich mehrere Seiten herausgerissen und verbrannt. Ich kam zu dem Schluß, wenn andere diese Wörter zu gefährlich finden, um sie überhaupt in den Mund zu nehmen, dann sollte ich sie nicht so unbekümmert hinschreiben. Also habe ich mich einer Zensur unterworfen. Ich habe alle Eintragungen seit meiner Ankunft hier neu geschrieben, und zwar in einer Verschlüsselung, die nur ich verstehe. Das meiste sind ganz normale französische Wörter, aber Personen und Orte benenne ich nach einem Geheimsystem, das sich an den Gegebenheiten unserer alten Pariser Wohnung orientiert. Ich habe mir klargemacht, wenn ich in den Bergen plötzlich gefaßt oder erschossen werde, dann liest die französische Miliz oder die deutsche Gestapo ganz bestimmt mein Tagebuch.

Gestern nacht fand der Abwurf wegen schlechten Wetters nicht statt. Jetzt ist er aufgeschoben bis zum nächsten Vollmond. Aus der BBC-Botschaft heute abend entnehmen wir, daß jemand zusammen mit dem so lange versprochenen Funkgerät kommt. Wir haben alle deswegen gemischte Gefühle. Wir fanden unseren britischen Besucher neulich eher eine Last als einen Gewinn, und der arme Junge ist, wie wir hören, bereits von Klaus Barbies Männern in Lyon aufgegriffen worden. Ich bin etwas in Angst, ob er redet, denn er kennt den Weg, den ich bisher benutzt habe. Ich muß mir sofort einen neuen Weg suchen und einen neuen Treffpunkt mit meinem baskischen Führer.

Nun, ich bin heil zurück, und das ist ein Wunder, denn ich wäre beinahe in einen Hinterhalt geraten.

Sie hatten mir zwei Fallen gestellt. Ich komme mir recht bedeutend vor, so viel französische Polizei und deutsche Gestapo, nur um mir den Hals umzudrehen. Zum Glück habe ich Larousse zwei Bahnstationen vorher abgepaßt, wo er mich gar nicht erwartete, und wir haben die Kinder früher als sonst aus dem Zug genommen. Wir hörten später, daß die Miliz den Zug in Toulouse bestieg und kontrollierte, nach den Kindern fragte. Sie erwartete uns, aber wir waren fort.

Dann nahm ich den letzte Woche ausgekundschafteten Weg, den mir mein baskischer Führer gezeigt hat. So vermied ich den Hinterhalt an der Grenze. Die Gestapo war auf der französischen Seite und die Guardia auf der spanischen, aber obwohl sie meinen baskischen Freund und den Joint-Vertreter verhafteten, ließen sie sie wieder gehen, weil ich nicht mit den Kindern erschien.

Es war so: Als ich in die Nähe der Grenze kam, ließ ich die Kinder zurück, beschwor sie, zusammenzubleiben und sich ruhig zu verhalten, und ging allein weiter. Als ich mich heranschlich, hörte ich Metall klirren. Ich lag still, und nach einer Weile hörte ich Stimmen. Also kroch ich zurück und führte die Kinder talabwärts und dann quer durchs Gebüsch. Ich ließ mir nicht anmerken, daß ich nicht recht wußte, wo ich war, sondern kämpfte mich voran, als sei genau das unser Weg. Ich war lange Zeit nicht sicher, ob ich sie wirklich nach Spanien gebracht hatte.

Ich habe ein bißchen Baskisch gelernt, also versteckte ich die Kinder noch einmal. Lange Zeit lag ich im Unterholz und beobachtete ein Bauernhaus. Dann nahm ich das Wagnis auf mich. Ich wußte nicht, was ich sonst tun sollte. Ich erzählte den Bauern ganz offen, wer ich bin, obwohl ich nicht sagte, daß es jüdische Kinder sind. Ich gab ihnen das spanische Geld, das ich für alle Fälle immer dabeihabe. Die Kinder waren völlig erschöpft und ausgehungert, und eins hatte inzwischen Fieber. Es war ein Alptraum, in fremdem Gelände umherzuirren, ohne genau zu wissen, wo die Grenze ist, aber die baskische Familie ließ uns die erste Nacht in der Scheune schlafen, und am dritten Tag gelang es mir, durch unseren Reservetreffpunkt wieder Verbindung aufzunehmen, und sie schickten jemanden, um die Kinder abzuholen. Dann habe ich mich zurück nach Frankreich durchgeschlagen.

14 août 1943

Vor zwei Nächten war Vollmond und gutes klares Flugwetter. Wir warteten an der Abwurfstelle mit unseren Taschenlampen, bereit, die Signalfeuer anzuzünden, und als wir die Motoren einer Halifax hörten, die mich an einen alten Fischkutter erinnerten, gingen wir auf die Freifläche, steckten die Feuer im Dreieck an und blitzten unser Morsesignal. Die Halifax signalisierte zurück.

Wir waren ganz aus dem Häuschen vor Freude, denn wir hatten entsetzliche Angst gehabt, was wohl ganz normal ist. Wir mußten uns sichtbar machen, ohne uns vergewissern zu können, was für ein Flugzeug kommt. Es konnten ebensogut die Deutschen sein, denn hier fliegen meistens deutsche Maschinen. Wir konnten keine Markierung sehen, als das Flugzeug am Mond vorbeiflog. Der Pilot verlangsamte die Motoren, und ein erstes Paket kam an einem Fallschirm herunter, und dann noch eins und noch eins und noch eins. Dann kam ein Fallschirm, der sich langsamer öffnete, und darunter hing ein Mann, vollkommen schutzlos. Dann kam ein zweiter Mann hinterhergesegelt. Es ist leicht, einen Fallschirmspringer abzuschießen, ging mir durch den Kopf, während ihnen weitere Pakete folgten. Man hat solch ein langes, freies Schußfeld, und er kann nichts tun, als in seinem Gurtwerk hängen und warten. In diesem Moment, ging mir durch den Sinn, können wir das Bellen eines Maschinengewehrs hören, und die Schweinwerfer des Gestaporinges um uns können plötzlich angehen. Aber die einzigen Geräusche kamen von dem hochziehenden Flugzeug und unseren Leuten, die das kostbare Kriegsgerät einsammelten. Der erste Mann kam auf der Lichtung herunter, rollte ab, stand recht elegant auf und schaute sich um. Der zweite Mann hatte mehr Schwierigkeiten. Er war ein bißchen zu spät ausgeklinkt worden und trieb vor unseren Augen auf die Bäume zu.

Wir rannten alle umher, um die abgeworfenen Pakete aufzusammeln, die LMGs, die Munition, den Plastiksprengstoff (ich muß gestehen, ich verstehe immer noch nicht, warum er nicht durch die Wucht des Aufpralls explodiert), die Zünder, das Funkgerät und dann den zweiten Mann, der die Bäume schließlich doch verfehlte, aber so ungeschickt landete, daß er sich das Fußgelenk verletzte. Ich sollte nicht so verächtlich klingen, da ich mir bestimmt beim Sprung aus einem Flugzeug den Hals brechen würde, aber trotzdem war es ein Problem, da er nicht allein gehen konnte und sich unter Schmerzen auf Lev stützen mußte, während die Pferdekarren das Kriegsgerät wegschafften.

Nachdem wir beide Männer in einen Unterschlupf beim großen Friedhof von Toulouse gebracht hatten, rannte ich deshalb los, um Daniela zu wecken und zu holen, damit sie sich das Fußgelenk des Amerikaners anschaute. Es ist tatsächlich gebrochen, und sie hat es ihm geschient. Daniela ist so gut wie eine Ärztin, und sie muß die meisten Aufgaben einer Ärztin übernehmen. Das wollte sie eigentlich werden, damals in unserer fernen Jugend, als wir mehr wollten, als nur den Kampf eines weiteren Tages zu überleben, als wir Ziele und Träume und Pläne hatten, jene zerbrechlichen Gebilde, die in unserer Vorstellung so real sind wie Gewehre und Bäume.

Das Funkgerät landete weitaus unbeschadeter als der Mann. Die Tatsache, daß er Amerikaner ist, macht übrigens alle glücklich, denn es herrscht die Ansicht, für die Amerikaner stünden hier weniger eigene Interessen auf dem Spiel, und sie seien weitaus großzügiger mit ihrem Geld, obwohl sie bislang gewiß wenig für die Résistance getan haben und stets mit alten faschistischen Kackern liebäugeln, die sie aus ihren Gräbern holen und uns als Führer aufhalsen. Aus irgendeinem Grunde hassen sie de Gaulle. Der ist für meine Begriffe zwar gefährlich rechtslastig, aber er ist der Führer der Résistance, und wenigstens bezieht er alle ein, auch die Juden, auch die Gewerkschaften, die Sozialisten, die Kommunisten, die Mitte, alle.

Der Deckname des Amerikaners ist Vendôme. Er spricht gutes Pariser Französisch, recht idiomatisch. Ich war richtig erschüttert, da ich nicht dachte, daß es Amerikaner gibt, die mehr Französisch können als »*Combien coûte cela*«. Mein Joint-Vertreter spricht kein Wort Französisch, obwohl er schon so lange im Ausland ist, also reden wir miteinander Englisch.

Der Funker ist Franzose, ursprünglich aus Toulon. Er wurde für diesen Einsatz in Algerien angeworben. Bei uns heißt er Raymond. Wir haben ihn sofort aus dem Unterschlupf weggebracht und hinauf in ein

Dorf bei Lacaune. Auch Funker sind sehr gefährdet, heißt es, weil die Deutschen so präzise Funkpeilgeräte haben. Das macht es gefährlich, mehr als nur einen kurzen Funkspruch durchzugeben, und das Funkgerät sollte alle ein oder zwei Tage an einen anderen Ort geschafft werden.

Mit seinem Fuß in Gips ist Vendôme offengestanden äußerst lästig. Wir haben schreckliche Angst, daß er gefaßt wird, da er völlig unbeweglich ist. Daniela und ich sind abkommandiert, für seine Bedürfnisse zu sorgen, und Larousse bringt meine nächste Kinderschar hinüber. Ich bin wütend, denn ich habe kein besonderes Talent, täppischen amerikanischen Spionen Hühnersuppe zu kochen. Wieder einmal weist Lev mir das zu, was niemand anders tun möchte. Vendôme soll die Industrie der Umgegend ausspionieren und außerdem in der ganzen Region ein Netz von Informanten über deutsche Truppenbewegungen und -stärken aufbauen. Wie er das in Gips zuwege bringen soll, ist mir schleierhaft. Überdies hält er sich nicht an die Vorsichtsmaßnahmen, um die wir ihn bitten.

Zum Beispiel, als ich heute morgen kam, saß er auf dem Fensterbrett und zeichnete auf einem Zettel. Ich weiß, ihm ist gesagt worden, sich nicht am Fenster zu zeigen. Er hat gute Papiere, aber wir wollen keine Fragen beantworten müssen, wie er sich den Fuß gebrochen hat, woher er gekommen ist und warum er nicht in Deutschland Zwangsarbeit leistet. Ich schimpfte mit ihm, aber ich schloß mit mir eine Wette ab, daß er nicht hören würde. Und tatsächlich, als ich nach meinem Aufbruch noch einmal zurückging, war er doch wieder am Fenster und zeichnete! Ich raste hinauf, und diesmal nahm ich kein Blatt vor den Mund.

»Sie werden uns alle in Gefahr bringen, Sie Idiot!« schrie ich ihn an, ein leises Schreien wohlverstanden. Wir brüllen nie laut, seit Jahren nicht. Anschreien bei uns ist, wenn wir uns voll deutlicher Verachtung anzischen (außer wir inszenieren absichtlich eine Szene in aller Öffentlichkeit wie neulich, da haben Daniela und ich uns zur Ablenkung der Polizei das Gezeter zweier eifersüchtiger Frauen geliefert, während Lev und Lazare sich in Stellung brachten, um den Verräter zu erschießen, der für die Zerschlagung von Papas Sabotagering verantwortlich war).

»Ach, kommen Sie, einen Friedhof zeichnen kann schwerlich als Spionage ausgelegt werden. Nur mein Fuß ist gebrochen, nicht mein Rückgrat oder mein Schädel. Sie müssen mir schon ein wenig Spaß gönnen. Oder sind Sie der Ansicht, Zeichnen fällt unter die gleiche

Kategorie wie Opiumrauchen?« Von seinem Fenster kann man über die Mauer auf den weitgestreckten Friedhof schauen, der auch für meine nordfranzösischen Augen recht überladen ist, dicht bewohnte Häuserzeilen der Toten ohne Zwischenräume, ohne Rasen, Familienmausoleen aus bleichem Stein, geschmückt mit grellbunten Keramikblumen, vor einem Horizont schlanker, schwarzer, strenger Zypressengestalten.

»Es bedeutet, Sie achten nicht auf das, was Sie tun.«

»Ich achte aufs Zeichnen. Ich muß mich in Übung halten. Wie soll ich sonst rasch die Anlagen skizzieren, über die ich berichten muß?«

»Sie halten das für ein Spiel. Aber der einzige Possenreißer hier sind Sie.« Er ist die Kröte, die wir schlucken müssen, um ein gutes Funkgerät zu haben. Außerdem hat er dreihunderttausend Francs eingebracht. Er ist eine Gans, aber er legt goldene Eier, habe ich zu Daniela gesagt. Ich konnte richtig sehen, wie ihm dämmerte, daß er bei der jüdischen Résistance gelandet war. Er schien es komisch zu finden.

Lev schimpfte mit mir, weil ich den Amerikaner allein gelassen hatte, aber ich erinnerte ihn an die Flüchtlinge, die hier neue Papiere brauchen, und er gab klein bei. »Na schön«, sagte ich, während ich mich fertigmachte, um Larousse in den neuen Weg einzuweisen. »Ich werde den täppischen Amerikaner päppeln, bis er auf seinem Fuß tanzen kann. Aber ich will lernen, wie man mit den neu eingetroffenen Waffen umgeht. Daniela und ich wollen schießen lernen. Das ist unser Preis.«

Ich dachte schon, Lev würde Blut spucken, aber Larousse sagte zu ihm: »Komm schon, *mon vieux*, die *maquisards* auf der Montagne Noire haben auch Frauen dabei, und der beste Schütze im ganzen *corps franc* ist eine Frau namens Dalia.«

Lev gab ein »pfff« von sich. »Dalia ist vierundvierzig und zäh wie ein Camargue-Pferd. Daniela mit ihrem Jähzorn wird mich wahrscheinlich erschießen. Und unsere Jacqueline wird sich die eigenen Füße verstümmeln. Dann lynchen mich die liebeskranken Männer von Toulouse.«

»Wenn du das für eine Schmeichelei hältst, irrst du dich. Es ist geschmacklos«, sagte ich.

Larousse, der mein Beschützer ist, seit ich ihn vor der Falle auf dem Bahnhof bewahrt habe, sagte: »Das beste Spionagesystem, das die Briten laufen haben, wird von einer Frau geführt. Noch dazu von einer jungen und hübschen, das kannst du mir glauben, ich habe sie nämlich in Marseille zu Gesicht bekommen, als ich die Pläne der Basis weitergab.«

»Was weißt du schon von jung und hübsch, Pfadfinder?« höhnte Lev, aber er hat veranlaßt, daß Daniela und ich nächste Woche mit unserer Ausbildung anfangen. Wir müssen ohne scharfe Munition üben, da wir keine zu vergeuden haben.

16 août 1943

Ich vergaß zu schreiben, daß Vendôme gut zeichnet. Er sagte mir heute, daß er Maler ist. »War«, sagte ich unverblümt. »In einem anderen Leben. In diesem Leben sind Sie niemand, der Sie waren, und wenn Sie nicht bald sterben wollen, dann denken Sie immer daran. Was Sie damals wollten, können Sie heute nicht mehr haben. Also vergessen Sie, um zu überleben. Denken Sie immer daran, wenn Sie hier versagen, bringen Sie auch andere zu Fall.«

Daniela findet komisch, wie ich mit Vendôme rede, aber für mich ist er nur eine große, täppische Geldbörse auf Beinen. Wir brauchten, was das Flugzeug abwarf – alles, nur nicht ihn. Aber die Männer empfinden anders. Bei Lev merke ich, daß er sich Sorgen gemacht hat, ob dieser Mann vielleicht das Kommando übernehmen will, und es gefällt ihm, daß der Amerikaner sich den Fuß gebrochen hat. Er ist voller Mitgefühl, denn dadurch ist der Mann kein Rivale um die Macht.

Einige der anderen Männer umlagern ihn nach Neuigkeiten, als wäre er ein Orakel über den Krieg. Warum glauben sie, ein amerikanischer Spion hätte Einblick in die geheimsten Hintergründe des Krieges? Lieber höre ich BBC. Was mir am meisten in den Monaten fehlte, als Daniela und ich untergetaucht und auf Wanderschaft waren, das war das alte Radio, das wir zurücklassen mußten. Jetzt hören wir Radio bei den Fauriers.

Vendôme rang sich dazu durch, heute beim Abendbrot charmant zu sein und Daniela und mir für die Fürsorge zu danken. Nach der Sache mit dem Zeichnen am Fenster hatte ich aber keine Lust, mich enchantieren zu lassen. »Schon gut«, sagte ich. »Wir werden dafür bezahlt. Wir werden den Gebrauch der Waffen erlernen, die Sie uns gebracht haben, zusammen mit den Männern.«

»Ach.« Er verzog den Mund, als wären die Worte sauer. »Das romantische Abenteuer mit der Waffe.«

»Überhaupt nicht. Früher rühmte ich mich meiner philosophischen Gewaltlosigkeit.«

»Sie hat den Krieg nicht überlebt, wie?« Er schaute mich an, als verspottete er mich, wiese mich in die Schranken, als die jüngere an Jahren, aber, liebes Tagebuch, nicht an Erfahrung.

»Ich habe mit angesehen, wie meine Mutter und meine kleine Schwester wie Tiere in die Viehwaggons getrieben wurden, in die Todeslager, wie Vieh. Was ich gelernt habe, ist einfach. Wenn andere mich umbringen wollen, dann tun sie es – es sei denn, ich kann sie daran hindern.«

»Also töten Sie die anderen zuerst?«

»Zuerst? Zuerst ist zehn Jahre her. Etwas tun zu können bedeutet manchmal einfach, sich retten zu können.« Inzwischen war ich zu wütend, um weiterzureden. Alle Amerikaner sind naiv, glaube ich. Sie kämpfen ihre Kriege immer hier bei uns aus, und so verstehen sie nicht, was Krieg ist. Für sie ist ein Krieg einfach etwas, in dem sie landen, wie dieser Amateur. Hinterher gehen sie nach Hause, wie nach der Arbeit, und für sie ist dann alles, wie es war, das Haus, der Garten, das Auto, das Bankkonto, die Familie. Mit den Folgen sitzen wir da.

Ruthie 5

Kerzen brennen herunter

Bei den Rassenkrawallen geriet Trudi in eine Straßenschlägerei und wurde übel herumgestoßen. »Was bin ich froh, daß mein Kind schon geboren ist, sonst wäre es bestimmt gezeichnet.«

»Meine Bobe hat immer gesagt, das ist Unsinn, Trudi«, sagte Ruthie und strickte emsig an dem Pullover für Morris. Wenn sie sich in der knappen Zeit mit Trudi ranhielt, bekam sie ihn vielleicht bis zum Herbst fertig. »Sie hat mit angesehen, wie mein Großvater, ihr Mann, in Kozienice vor ihren Augen zu Tode geprügelt worden ist. Sie hat nicht nur ihr Kind behalten, nein, Esther, die letzte Tochter, ist gescheit und hübsch geworden und auf jeden Fall die einzige, die zu Geld gekommen ist. Denk nur mal!« Ruthie lachte, obwohl das eine Schmerzensgeschichte war, denn sie ahmte die Art ihrer Bobe nach, die Trudi noch gekannt hatte, und das gab ihr ein gutes Gefühl, fast, als wäre ihre Großmutter im Zimmer.

»Wenn ich gewußt hätte, wie die Niederkunft ist, weiß ich nicht, ob ich einverstanden gewesen wäre.« Trudi, die viel besser strickte als Ruthie, spulte in einem Flirren klackernder Nadeln ein Knäuel blaue Wolle ab. »Wenn ich das zu meiner Mutter sage, kriegt sie einen Anfall und nennt mich gottlos, aber ich bin durch den Wolf gedreht worden.«

»Aber du bist doch froh, den kleinen David zu haben.«

»Natürlich! Und ich bin froh, wieder ein Kleid tragen zu können, das nicht für ein Nilpferd geschneidert ist. Es ist toll, durchs Haus zu gehen und mich nicht steuern zu müssen wie einen Zeppelin. Leib platzt vor Stolz, weil es ein Junge ist. Meine Mutter hat es gewußt, weil er drinnen so munter war.«

»Ein Mädchen schläft mehr? Nicht in diesem Leben. Mein Vater kann sich gelegentlich sogar ein Nickerchen leisten. Meine Mutter hat kaum fünf, sechs Stunden Schlaf die Nacht.«

»Tut es dir nicht leid, daß du nicht geheiratet hast, als die Gelegenheit bestand?«

»Damit ich auch ein Kind kriegen kann?« Ruthie lächelte.

»Ruthie, du hast es doch mit Murray getan. Um ein Kind zu kriegen, mußt du nicht verheiratet sein.«

Ruthie strickte eine Weile schweigend. »Trudi, hast du je Mühe zu spüren, daß es Leib noch gibt, daß er wirklich da ist?«

Trudi gab der Wiege, in der David schlief, mit dem Fuß einen Schubs. »Machst du Quatsch? Die Christen bringen das vielleicht ganz allein fertig, aber bei uns braucht man dafür zwei.«

»Ich meine es ernst. Wie oft denkst du wirklich an Leib?«

»Ruthie, ich kenne Leib praktisch mein ganzes Leben lang. Ich kenne ihn auf eine Art, wie du Murray nicht kennst. Und du vergißt deinen Ehemann nicht, wie du einen Freund vergißt. Man ist ein Fleisch.« Ihre Hand ruhte auf ihrem Bauch.

»Ich habe Murray kein bißchen vergessen!« verteidigte sich Ruthie und riß an ihrem Strickzeug. »Ich habe keinen anderen Mann angeschaut, seit ich ihn kennengelernt habe, und das ist die Wahrheit.«

Ruthie war ständig übermüdet, aber das hieß nicht, daß ihr Schlaf fest oder tief war. Manchmal rumpelte der Fabriklärm noch durch ihre Knochen. Manchmal schien ihr Bewußtsein sich zu bewegen wie ein Fließband, von einem verschwommenen und bangen Gedanken zum nächsten. Manchmal lag sie da und starrte an die im schwachen Licht schimmernde Decke und machte sich Sorgen über ihr Leben.

Sie verlor ihr Gefühl für Murray. Sie schrieb ihm jeden zweiten Tag, aber oft stückelte sie Wörter zu nichtssagendem, leerem Geschreibsel zusammen, nichts als Aussprüche von Naomi oder Klatsch aus dem Werk. Sie schrieb wieder und wieder, daß sie ihn liebte, und er schrieb wieder und wieder, wie sehr er sie liebte, aber sie hatte beim Lesen nicht mehr das Gefühl, daß seine Briefe an sie ganz persönlich gerichtet waren. Sie waren an eine Frau. Irgendeine Frau. Seine Briefe betonten sein sexuelles Verlangen, aber ihre gemeinsame Sexualität war unterbrochen.

Nicht, daß sie sich von anderen Männern angezogen fühlte, obwohl Männer in der Fabrik versucht hatten, mit ihr anzubändeln. Ihr Körper war abgestellt. Ein großer Schalter war umgelegt worden, und die Maschinerie der Anziehung sprang nicht an. Sie war höflich zu diesen Männern, nichts weiter. Sie hatte für sie keine Zeit.

»Hast du je Mühe, dich deinem Mann verbunden zu fühlen?« fragte sie Vivian und fragte sie Rena. Joanns Mann war Straßenbahnschaffner und zu alt, um eingezogen zu werden.

»Jake schreibt richtig gute Briefe«, sagte Vivian. »Es ist, als käme er von der Arbeit nach Hause und redete mit mir. Ich habe die Abendbrotzeit immer geliebt, weil der Mann aus dem Kauf einer Zeitung eine Geschichte machen kann. So ist es auch mit seinen Briefen. Immer ein Scherz, ein komischer Kerl, der ihm begegnet ist, ein Ort, an dem er war.«

»Bobby ist kein großer Briefeschreiber«, sagte Rena, »aber Joey ist das Ebenbild von seinem Pappa. Wenn ich in seine Augen schaue, dann schaut jedesmal sein Pappa zurück. Und Nancy hat das Lächeln von ihrem Pappa. Wenn dir außerdem die Familie deines Mannes ständig auf der Türschwelle hockt, dann sorgen alle dafür, daß du ihn nicht vergißt. Sie halten eng zusammen in seiner Familie, und sie haben mich aufgenommen. Deshalb brauche ich mir nie Sorgen um meine Kinder zu machen. Ich habe sieben Babysitter, und alle umsonst.«

Murrays Eltern taten beharrlich so, als verschwände sie irgendwann, wenn sie sie einfach nicht beachteten, vielleicht hätte sie sonst eine stärkere Verbindung gespürt. Nicht einmal Murray drängte sie mehr, die Feiertage mit seinen Eltern zu verbringen, denn Ruthie hatte ihm schließlich geschrieben, daß sie sie nie einluden und ihre Einladungen nicht annahmen.

Sie hatte kein Interesse daran, kegeln oder tanzen zu gehen. Wenn ihr unverplante Momente blieben, so verbrachte sie sie lieber mit ihrer Familie. Mit einundzwanzig hatte sie das Gefühl, ihre Jugend weit hinter sich zu haben. Wenn sie sich fragte, ob sie glücklich war, wußte sie kaum, was die Frage bedeutete. Sie hatte oft Angst. Angst um Murray. Angst um Naomi.

Seit Duvey gestorben war und sie ihn nicht hatte betrauern können, lauerte der Tod am Rande ihres Gesichtsfeldes. Die Stadt schien nur noch aus scharfen Kanten zu bestehen, aus Tretminen, Fallgruben, Minenfeldern, Treibsand. In Willow Run grassierte Fleckfieber, hieß es, aufgrund unzureichender Kanalisation. Diphtherie und TB nahmen in der Stadt zu. Die Syphilis griff angeblich um sich. Sogar so gesunder Freizeitsport wie das Schwimmen barg nun die Bedrohung der Kinderlähmung.

Sie wußte, sie lebte nicht in einer Peststadt, aber sie nahm die Gefahren wahr, die an der heißen, schmutzigen Luft leckten. Sie wußte, in Gefahr waren die Menschen, die dem Feind gegenüberstanden, die in einer zertrümmerten Stadt Schutz vor den Bomben suchten, die auf beschossene Straßen flohen, die in die Konzentrationslager getrieben wurden. Trotzdem fühlte sie sich nie sicher. Nie.

Sie spürte bei Naomi das gleiche Unbehagen, und das führte sie enger zusammen. Die Rassenkrawalle mochten Trudi kurz beunruhigt haben, aber Naomi hatten sie zutiefst verschreckt. Naomi erzählte Ruthie im Vertrauen von einer Negerin, mit der sie befreundet war, und wie gefährlich die Stadt für ihre Freundin war. Naomi schien das Gefühl zu haben, die meisten Menschen waren gewalttätig und gemein, wenn sie sich nur trauten. Statt sich auf die High-School im Herbst zu freuen, schien sie sich davor zu fürchten. Alvin lungerte jetzt ständig herum, aber Naomi und er schienen nicht ineinander verschossen zu sein. Auch Alvin war in diesen Tagen stiller.

Morris war selten zu Hause, denn er beteiligte sich an Agitationen, um Juden aus Europa zu retten. In der Gewerkschaft tat er nicht mehr so viel, denn nach seinem Gefühl ging es der nur noch um Stundenlöhne und Mitgliederzahlen, und sie war nicht mehr bereit, sich den Fragen nach Macht und Einfluß zu stellen. »Sie hat uns Sozialisten geliebt, solange sie im Aufbau war, aber jetzt, wo sie fest etabliert ist, mag sie nicht, wenn wir Fragen stellen.«

Er brachte immer wieder Artikel über das nach Hause, was im Ausland geschah. Er sagte, daß allen Juden in Europa die Ermordung drohte, allen. Er sagte, daß vielleicht keine Juden mehr übrig blieben, wenn nicht jemand etwas tat. Mame versuchte ihn zu beruhigen, aber er hatte sich verbissen, wie früher in der Gewerkschaft. Er wollte, daß Ruthie mit ihm zu den Versammlungen ging, aber sie konnte nicht. Er versuchte, Arty zum Mitkommen zu überreden, aber Arty hatte Spätschicht und wollte sich raushalten. »Tate, du bist Amerikaner. Dann benimm dich auch wie einer. Mit den meisten dieser Leute könntest du nicht mal reden. Mit dem Polacken oder dem Südstaatler, der neben dir am Fließband steht, hast du mehr zu tun als mit einem unbedarften Schtetljuden, der noch nie in seinem Leben ein Auto gesehen hat.«

Ruthie schaute zu Naomi, die in der Tür stand und wie so oft aufmerksam zuhörte, aber schwieg.

»Aber von denen bin ich geboren, Arty. Da kommt auch dein bißchen Grips her. Urteile nicht nach der schmutzigen schwarzen Kleidung. Sie können sich nichts Besseres leisten, und außerdem würden sie ihr Geld nicht dafür ausgeben, sich den Puckel zu behängen.«

»Was meinst du wohl, was du auf diesen Versammlungen tun wirst? Die Regierungspolitik ändern? Den Kongreß umstimmen? Ich lese die Zeitungen ebenso wie du. Jedesmal, wenn eine Gesetzesvorlage Flüchtlinge hereinlassen will, sogar kleine jüdische Kinder, dann drohen immer die gleichen Senatoren und Kongreßabgeordneten, die Tür ganz zuzumachen. Besser, man macht keinen Wind. Wenn du den Willen hast, wenn du die Pinke hast, findest du einen Weg. Haben wir nicht Naomi reingeholt?«

»Das Schlupfloch haben sie hinterher dichtgemacht. Wenige kommen raus, und noch weniger kommen hier rein.« Morris seufzte.

»Außerdem, du warst auf den Versammlungen, du weißt, die meiste Zeit über machen sich die Juden gegenseitig fertig.«

»Wir haben sieben Verbände, und einer haßt den anderen mehr als Hitler. Eine schöne internationale jüdische Verschwörung. Wir können uns nicht mal darauf einigen, uns im gleichen Raum zu versammeln. Das trifft mich am schmerzlichsten.«

Es war Sonntag nachmittag. Morris war im Begriff, zu einer weiteren Versammlung zu gehen. Naomi lehnte sich an Ruthie, die auf dem Sofa saß und lernte. Ruthie hielt ihren linken Arm um Naomi, während sie sich mit der rechten Hand Notizen machte. Naomi war größer als Ruthie, aber sie krümmte sich zusammen, als könnte sie durch bloße Willenskraft zum kleinen Kind werden und so Anspruch auf Ruthies Schoß haben.

Ruthie schloß die Augen, um sie auszuruhen, und konzentrierte sich fest, versuchte, sich Murrays Gesicht ins Gedächtnis zu rufen. Sie sah nur immer wieder das Photo neben ihrem Bett, das sie am letzten Tag mit Morris' Brownie-Box aufgenommen hatte. Im Sucher hatte er in seiner Uniform neben dem Campingtisch zwergenhaft ausgesehen. Auf einem Photo fiel der Schatten seiner Mütze auf sein Gesicht, aber auf ihrem Lieblingsphoto hatte er die Mütze abgenommen und hielt sie sich an die Brust, lächelte ihr darüber zu.

Ich sage, ich liebe ihn, dachte sie, aber ich kenne ihn kaum. Trudi hat mich in Verlegenheit gebracht. Ich dachte, meine Liebe wäre der ihren überlegen, intelligenter, tiefer, aber sie liebt Leib noch wie vorher, während ich mich in Zweifeln verliere. Murray ist in Gefahr, während ich, die ich es bequem habe und die Ausbildung machen kann, von der wir beide geträumt haben, ihn aus einer Art seelischer Faulheit langsam vergesse.

Wahre Liebe erfordert wohl eine harte Zucht, die ich noch lernen muß. Irgendwo in mir muß ich die Kraft dazu finden. Ich schulde ihm eine Liebe, die lebt und heil und ganz ist. Die jeden Tag frisch gemacht wird wie Brot. Die muß ich ihm geben.

Ihr Arm legte sich fester um Naomi, die sich enger anschmiegte. Das Haus mutete groß und still an, riesig ohne die Kinder und Säuglinge. Der Sonntagnachmittag war für manche Menschen langweilig, aber für Ruthie hätte er eine ganze Woche dauern mögen, damit sie still sitzen und lernen und Zeit mit ihrer Familie verbringen konnte. Dann konnte sie versuchen, ihre Gefühle auszumachen, ihre eigenen Gedanken, ihr eigenes Ich, das der unaufhörliche donnernde Lärm, die hektische Eile, die nagende Übermüdung der Woche begruben und in ihr betäubten. Vielleicht konnte sie sich nicht an Murray erinnern, weil sie kaum Zeit hatte, Ruthie zu sein.

Sie saß immer noch mit dem Arm um Naomi, als das Telefon klingelte. Es war Trudi. Das Baby hatte hohes Fieber, und sie stand in der Notaufnahme vom Henry Ford-Krankenhaus und wartete auf einen Arzt. Konnte Ruthie bitte rasch zu ihr nach Hause laufen, den Schlüssel unter dem Blumentopf hervorholen und den Herd abstellen, in dem ihre Mutter falschen Hasen angesetzt hatte. »Und denk an mich hier, und bete für den kleinen David, er sieht so elend aus!«

Ruthie hatte keine Schwierigkeiten, den Herd abzustellen, aber Zweifel, ob ein Gebet von ihr viel bedeutete. Manchmal hatte sie das Gefühl, daß G-tt mit Bobe gestorben war, und nun mußte sie allein mit menschlicher Hilfe zurechtkommen, so gut sie konnte. Der kleine David war am nächsten Morgen wieder wohlauf, das Fieber verschwand so plötzlich, wie es gekommen war, aber Ruthie nahm an, das lag an der Art der Infektion. Sie hatte nicht mehr das Gefühl, mit G-tt auf du und du zu stehen.

Bernice 5

Erfüllung heimlicher Herzenswünsche

Bernice hatte sich an das Leben als Überführungspilotin gewöhnt, holte neue Maschinen ab, um sie auszuliefern, wo sie gebraucht wurden, von San Diego bis zum Luftwaffenstützpunkt Hansen bei Concord, Massachusetts. Ihre Navigationskünste waren hervorragend; sie hatte sich nur einmal verflogen, aber dann ihre Route wiedergefunden, nachdem das Unwetter vorbei war. Ihre Gruppe von WASPs, Women's Airforce Service Pilots, wie sie jetzt genannt wurden, hatte ihren Heimatstützpunkt auf dem Flugplatz Romulus in Michigan, und manchmal, wenn mehrere von ihnen zugleich da waren, fuhren sie nach Detroit, um sich einen vergnügten Abend zu machen. Meistens war Bernice unterwegs, flog, suchte sich ein Nachtquartier und eine Mahlzeit oder schleppte sich in überfüllten öffentlichen Verkehrsmitteln zurück nach Romulus.

In manchen kleinen Städten, auf manchen kleinen Flughäfen waren die Leute freundlich, aber auf anderen brachten sie einer Frau, die eine Militärmaschine flog, tiefes Mißtrauen entgegen. Manche Luftwaffenstützpunkte hießen eine WASP willkommen, aber andere behandelten sie wie eine Landstreicherin. Als sie in eine Messe gegangen war und sich zu den dortigen Offizieren an den Tisch setzen wollte, befahl ihr der Kommandant, sich woanders hinzusetzen.

Vielleicht hatten sie recht, dachte sie, als sie auf die flachen Rechtecke von Michigan herunterschaute, blaßgrün und dunkelgrün und blaugrün, mit Seen besprenkelt wie kleinen Tränen in dem Gewebe. Vielleicht waren Frauen, die Flugzeuge flogen, notwendigerweise Umstürzlerinnen. Sie empfand ein Machtgefühl, das wenige Männer je erfahren würden. Sie fühlte sich stark, unabhängig, frei – obwohl sie innerhalb eines militärischen Gefüges arbeitete mit Befehlen, genau einzuhaltendem Zeitplan und unvernünftigem Reglement, das sie rundrum beschnitt.

In der Woche zuvor hatte sie auf einem Flugplatz in South Carolina ein merkwürdiges Erlebnis gehabt. Sie war bei Regen gelandet und für einen Mann gehalten worden. Sie hatte gar nicht ganz begriffen, was vorging, außer, daß man sie zuvorkommender behandelte als gewöhnlich. Als ihr einer der Mechaniker einen Klaps auf den Rücken versetzte, hatte sie den Irrtum begriffen; und hatte ihn nicht richtiggestellt. Hatte sich höher aufgerichtet. Hatte die Stimme zur Antwort gesenkt und mit zackigem Gang den Platz verlassen. Am nächsten Morgen war sie auf dem Fluggelände ein Mann geblieben. Sie hatte darauf gewartet, daß jemand die Wahrheit erriet, doch es war nicht passiert. Sie erzählte keiner der anderen WASPs davon, vielleicht, weil Lorraine sie immer hänselte, sie sei zu groß und zu maskulin.

Sie hörte auf, Jeff zu beneiden. Sie fühlte, daß ihre Liebe zu ihm sich geklärt hatte wie ein nicht mehr verunreinigter Fluß, ohne das Gift des Neides auf seine Freiheit, seine Möglichkeiten. Nein, das zu haben, wonach sie sich gesehnt hatte, machte sie großzügiger. Ihr Vater mochte sie darum nicht für einen besseren Menschen halten, aber das lag daran, daß er nur um seine eigene Bequemlichkeit besorgt war.

In seinem letzten Brief hatte Jeff geschrieben, daß er sich vielleicht eine Weile lang nicht melden werde, sie sich aber keine Sorgen machen sollte. Auch er tat endlich das, wonach er sich am meisten gesehnt hatte. Sie wußte, er konnte nichts Genaueres mitteilen, aber er klang froh. Sein Brief war in gar nicht zu ihm passender Hast hingeworfen, einige Worte unleserlich.

Auf Romulus schwirrten Gerüchte durch die Messe. Bernice erfuhr, daß Frauen aus der Klasse direkt nach ihr auf Camp Davis arbeiteten, am Rande vom Küstensumpf, und Schleppflüge für Geschützübungen machten – sie zogen Musselinschleppsäcke hinter dem Flugzeug her, so daß Artillerieschüler mit scharfer Munition üben konnten, oder sie flogen im Sturzflug in vorgetäuschten Bombenangriffen auf die Schüler zu. Helen hatte auch gehört, daß den Frauen das Leben schwergemacht wurde, endlose Schwierigkeiten mit dem Bodenpersonal und Flugzeuge, die drohten, sich in ihre Bestandteile aufzulösen.

»Das bedeutet«, sagte Bernice, »daß Cochran bei der Armee für uns Druck macht. Daß wir interessantere Dinge zu tun bekommen werden, als Schulmaschinen auszuliefern. Nicht, daß ich mich über das, was wir tun, beklage, aber vielleicht werden sie uns mehr Nichtkampffunktionen übernehmen lassen. Es gibt keine Grenzen für das, was wir tun können, selbst wenn sie uns nicht nach Übersee fliegen lassen.«

»Ich habe eine Frau getroffen«, sagte Flo, »die hat mir erzählt, sie ist für die Briten geflogen und hat Flugzeuge in ganz England ausgeliefert, lange bevor sie uns hier anfangen ließen. Ich sehe nicht ein, warum wir die Flugzeuge nicht nach Übersee überführen dürfen. Wir dürfen sie nicht mal nach Alaska hochbringen. So ein Quatsch.«

»He, Mädels, von euch ist ein Photo in *Collier's*.« Einer ihrer Mechaniker warf eine Zeitschrift auf den Tisch.

»Laß mal sehen!« Flo grapschte danach und blätterte hastig.

Helen sagte: »Sie hätte uns vorher Bescheid sagen müssen. Meine Haare sehen aus wie mit dem Propeller gekämmt.«

Bernice hatte nie viele Bilder von sich gesehen. Sie war die Hochgewachsenste der Frauen und die Breitschultrigste. Sie schien den Mittelpunkt des Photos zu bilden, sie und das Flugzeug hinter ihr, eine Douglas Dauntless, die zufällig dort stand. »Zu schade, daß du kein

Mann bist, Bernice«, sagte Lorraine und warf den Kopf keck in den Nacken. »Du wärst direkt ein Beau.«

»Wie mein Bruder«, sagte Bernice, aber sie fühlte, wie sie rot wurde. Sie dachte wieder an South Carolina.

»Lorraine, hat dir schon mal jemand gesagt, daß du ein Arschloch bist?« sagte Flo laut. »Bernice sieht prima aus. Manche mögen sie groß und manche mögen sie klein, aber ich kenne keinen, der sie so mies mag, wie du bist.«

Als Bernice an dem Abend einzuschlafen versuchte, kicherten die anderen über etwas, was sie den Stratosphärenclub nannten. Der bestand aus Frauen, die in Flugzeugen hoch in der Luft gebumst hatten. In den kleinen Flugzeugen ging das natürlich nicht. Daß solch ein Gerücht umging, war für Bernice nur aus einem Grund interessant: das hieß, daß irgendwo Frauen Bomber fliegen durften, wo sie wahrscheinlich Männer als Navigatoren hatten. Wenn Frauen jetzt große Flugzeuge flogen, dann wollte sie eine davon sein.

Eines Freitags kehrte sie von einem Flug zurück, suchte sich eine Mitfahrgelegenheit zum Stützpunkt und fand eine Nachricht vor, zusammen mit mehreren Exemplaren von *Collier's*, die in ihrer Abwesenheit gekommen waren. Die Nachricht besagte, das Major Zachary Taylor in der Stadt war, im Book Cadillac Hotel residierte und sie bat, baldmöglichst anzurufen.

Erst am nächten Morgen schafften sie es, miteinander zu telefonieren. »Zach! Ich dachte, du bist in England. Ist Jeff bei dir?«

»Diesmal nicht, Bernie. Er hat sich allein davongemacht, der undankbare kleine Landstreicher. Ich werde dir alle Neuigkeiten beim Abendessen berichten. Hast du etwas, was du hier tragen kannst? Oder kommst du in deinem Overall, und wir lassen uns das Essen aufs Zimmer bringen?«

»Ich habe ein Kleid. Es ist nichts Besonderes ...«

»Das ist mir egal. Wir wollen nur an der Rezeption vorbeikommen. Ich hol' dich um sechs in der Steppe ab.«

»Wie denn?« fragte sie schlicht. »Du hast doch bestimmt kein Auto?«

»Es gibt Taxis, selbst in solchen Grenzvorposten. Du kannst sie an der Farbe erkennen, und an den Lämpchen auf dem Dach.«

Bis sie Flo und Helen von ihren Abendplänen erzählte, hatte sie vergessen, daß sie Zach benutzt hatte, um ihrer Vergangenheit einen Mann zu geben.

»Zachary Barrington Taylor. Wo ist seine Familie ansässig?« fragte Helen.

»In Chicago.«

»Etwa mitten in der Stadt?«

»Nein, nördlich davon. An einem See.«

»Welcher Vorort?«

»Lake Forest.«

»Dann ist in Ordnung. Ihr Geld kommt aus ...?«

»Woher soll ich das wissen? Zachary hat eine Weile im Versicherungswesen gearbeitet. Du meine Güte, Helen, er kann das Taxi bezahlen, auch wenn es für mich ein kleines Vermögen wäre, keine Angst. Er lebt nicht von seinem Sold.«

»Hat er Offiziersrang?«

»Auf dem Zettel steht Major.«

»Immer besser. Er hat dich nicht vergessen können ...«

»Helen, er ist in einer fremden Stadt und langweilt sich. Ich gehöre zu den wenigen Leuten, die er hier in der Gegend kennt. Wenn er dich kennen würde, hätte er dich angerufen.«

»Du kannst mein Arpège nehmen«, sagte Flo. »Und ich frisiere dir das Haar. Ich lackiere dir auch die Nägel. Was wirst du anziehen?«

»Er hat gesagt, ich muß ein Kleid anziehen, damit wir im Restaurant essen können.«

»Natürlich ziehst du ein Kleid an! Wir sind doch nicht völlig bekloppt.« Flo gab ihr einen Klaps auf den Po.

»Ich trage lieber die hellbraune Gabardinehose und ein weißes Hemd.«

»Doch nicht zu einem Rendezvous, Dummchen!« Flo packte sie am Arm. »Wir fangen gleich damit an.«

Das war die Tagesarbeit: Bernice feinzumachen. Sie bereute so bitterlich, vom Treffen mit Zach erzählt zu haben, daß sie sich zweimal um den Flugplatz hätte treten können. Sie hatte keinen ungemütlicheren Tag mehr zugebracht, seit sie dem Backofen entronnen war, in dem sie auf Avenger den Instrumentenflug gelernt hatte. Sie fühlte sich in der Falle ihrer eigenen Lügen über die Natur ihrer Beziehung zu Zach. Er würde ihre aufgetakelte Erscheinung merkwürdig finden und vielleicht sogar denken, sie sei an ihm interessiert. Sie war sich nie ganz sicher gewesen, ob es ihr gelungen war, ihre lange Schwärmerei zu verbergen. Wenn sie doch nur ihren Mund gehalten hätte und einfach um sechs Uhr verschwunden wäre!

Wenigstens würde es Lorraine den Mund stopfen. Bei all dem Putzen und Schniegeln vergaß sie fast, sich auf die Begegnung mit ihrem alten Freund zu freuen. Sie würde endlich von Jeff hören. Zach würde ihr berichten, ob er durfte oder nicht, da war sie sicher.

Wirklich unglücklich machte sie, während sie nun schon eine halbe Stunde auf ihn wartete, daß sie ihn nicht auf dem Platz in ihrer Fliegerausrüstung treffen konnte. Sie sehnte sich danach, ihn mit hinaufzunehmen und ihm zu zeigen, wie sie jetzt ein Flugzeug führte. Sie wollte gern vor ihm angeben. Statt dessen steckte sie in ihrem einzigen guten Kleid, das zum Glück schlicht war ohne auch nur einen Volant, eine Rüsche oder eine Paillette – deren Fehlen von Flo den ganzen Nachmittag beklagt wurde –, ihr Haar unnatürlich um den Kopf verteilt, in Arpège getränkt, geschmückt mit Helens Perlen und Flos Ohrringen, und stakste auf Pumps mit Keilabsätzen und Schleifen, die von der einzigen Frau auf dem Stützpunkt mit annähernd der gleichen Schuhgröße geliehen waren. Seidenstrümpfe besaß sie nicht, und da keine so weit gehen wollte, ihr welche zu pumpen, hatte Flo Bernice sorgfältig die Beine angemalt.

Es war kurz vor sieben, als Zach in einem Schachmustertaxi eintraf, um sie abzuholen. Flo und Helen gelang es, in der Nähe zu sein, und so mußte sie sie vorstellen. Zach war höflich, aber kurzangebunden und drängte sie ins Taxi. Sie hatte in Erinnerung, wie groß er war, aber nicht, wie breit. Als er ihr einen Begrüßungskuß versetzte, umgab er sie fast völlig. Sein aschblondes Haar trug er für militärische Verhältnisse recht lang.

Er hatte den *Collier's*-Artikel gesehen. »Ich komme zurück und finde dich berühmt. Ich wette, der Professor ist außer sich.«

»Er schreibt mir nicht mal.«

»Ich habe seine Briefe an Jeff gesehen. Ohne bist du besser dran.«

»Warum trägst du die schwarze Armbinde?«

»Ach, die werde ich abmachen.« Er tat es und untersuchte sie, als wollte er etwas herauslesen, bevor er das Fenster herunterkurbelte und sie in die kühle Septemberabendluft warf. »Deshalb bin ich in den Staaten. Mein Vater und mein älterer Bruder sind an einem unbeschrankten Bahnübergang in Kansas unter einen Zug geraten. Sie wollten da eine Fabrik inspizieren, die uns gehört.«

»Wie schrecklich, Zach. Sie waren gleich tot?«

»Auf der Stelle. Es blieb nicht viel übrig, wenn du verstehst, was ich meine. Ich habe Urlaub wegen dringender Familienangelegenheiten bekommen.«

»Was für ein Schock, deinen Bruder und deinen Vater auf einen Schlag zu verlieren.«

»Ach, komm, Bernie, du weißt ganz genau, daß ich meinen Vater verabscheut habe und daß er für mich nichts als Verachtung übrig hatte. Ich bin das schwarze Schaf. Mein Bruder war der gute Sohn, und ich war der schlechte Sohn, und jetzt bin ich die gesamte Galavorstellung. Meine Mutter, die tut mir leid. Sie ist zusammengebrochen und steht unter Beruhigungsmitteln. Das wird für sie eine schwere Zeit, denn ob sie den alten Herrn nun wirklich geliebt hat oder einfach daran gewöhnt war, daß er ihr auf dem Kopf thronte, sie fühlt sich verloren. Ich habe getan, was ich konnte, mich ins Geschäft eingemischt, aber das wird von ganz allein laufen.«

»Ich kenne deine Geschichte mit deinem Vater, aber solche Dinge können einen einholen. Ich hätte nie gedacht, daß ich ein schlechtes Gewissen haben würde, weil ich nach Jahren des Dienstmädchendaseins von zu Hause weggegangen bin, aber ich hatte eins.«

»Ja, aber du hast ein weiches Herz, während meins von den Pfeilen und Schleudern dieser Welt hart geworden ist, bis es einem Granitblock gleicht.«

»Es wird dich wahrscheinlich nach dem Krieg treffen ... Was macht Jeff?«

»Und wo ist er? Ich erzähl's dir später.« Er wies auf den Taxifahrer, der offenkundig lauschte.

Er wartete damit, bis sie an einem Tisch im Hawaii-Raum saßen, mit Papierblumenketten um den Hals und Fruchtcocktails mit Schirmchen vor sich, und ein süßes Schweinefleischgericht aßen. »Er ist in Frankreich. Ganz allein losgezogen und Spion geworden.«

»Jeff?« Sie starrte auf den Teller vor ihr und versuchte sich vorzustellen, wie es sein mußte, sich in Feindesland zu befinden, ganz auf sich allein gestellt. »Spione werden erschossen, oder? Wenn sie gekriegt werden?«

»Auf Befehl des Führers. Sondereinsätze, Guerillas, Partisanen, Fallschirmspringer, wir werden alle erschossen. Wirklich blödsinnig von ihm. Unsere Firma kommt gerade erst in Schwung. Er ist zu ungeduldig.«

»Hätte er das bloß nicht getan, Zach. Es macht mir Angst.«

»Aus gutem Grund. Es macht ja selbst mir Angst.« Er nahm kurz ihre Hand und drückte sie fest. »Kopf hoch. Du kannst mir glauben, ich habe jedes Argument probiert und nach allen Regeln der Kunst versucht, sein starrsinniges, verbohrtes, arrogantes kleines Hirn davon abzubringen. Es ist mir nicht gelungen.«

»Er hat mir nichts davon geschrieben. Nur, daß er jetzt etwas tut, was er unbedingt tun wollte. Aber warum?«

»Ich weiß es nicht.« Zach zog die Stirn in Falten. »Aber ich meine, wir schulden es ihm, uns das zusammen zu überlegen.«

»Ich weiß, er war sehr getroffen von dem Tod des englischen Mädchens.«

»Ach, die.« Er verscheuchte die Erinnerung an Mary Llewellyn wie eine lästige Fliege. »Er hat sich nur deshalb so angestellt, weil sie seine Malerei gepriesen hat und weil sie gestorben ist, was sie einzigartig gemacht hat, verstehst du. Er hat nicht sie verlassen. Sie hat ihn verlassen, und zwar unwiderruflich. Wie eure Mutter.«

Sie nippte an dem Ananascocktail, den er bestellt hatte, und schüttelte sich. »Entschuldige. Ich habe ein Gefühl, als wären wir in diesem knallbunten Raum von Tod umgeben.«

»Trink aus, und wir gehen. Ich habe genug von dieser Fruchtsalatausstattung und diesen jammernden Musikern. Ich habe einen ordentlichen Scotch, und wir können in Ruhe reden.«

»Was war in den Cocktails?« fragte sie, als sie mit dem Fahrstuhl hinauffuhren. »Ich dachte erst, das reinste Bonbonwasser.«

»Rum fidebum. Aber du hast doch Schnaps immer vertragen wie ein kleiner Haudegen.«

»Klein?« Sie lachte. »Wer sonst auf der Welt würde mich klein nennen?«

»Alles ist relativ.« Er türmte sich vor ihr auf und nahm ihren Arm. »Hier entlang, ich habe die Ecksuite.«

Es waren zwei Zimmer. Das Wohnzimmer hatte ein Sofa, das auf die Fenster an der Ecke des Hauses sah. Er knipste das Licht aus und zog die Vorhänge auf. Detroit war auch verdunkelt, aber nicht ganz so stark wie die Küstenstädte, und der Mond schien hell. Er setzte sich neben sie auf das Sofa und goß Scotch in zwei Whiskygläser. »Du hast dich ganz schön herausgemacht, findest du nicht?«

»Ich?«

»Ich rede nicht von Eleanor Roosevelt.«

»Ich bin stolz auf mich. Du warst es, der mir das Fliegen beigebracht hat, und jahrelang war ich mir nicht sicher, ob du mir einen Gefallen getan hattest. Mein Gefühl war, ich hatte eine Tür in die Freiheit bekommen, und dann wurde mir der Eintritt verwehrt.«

»Warum bist du nicht schon vor Jahren von zu Hause weggegangen? Schau dir Amelia Earhart an. War das nicht eine deiner Heldinnen?«

»Ich mußte mich um meinen Vater kümmern. Ich habe halbtags gearbeitet und alles, was ich verdiente, in Flugstunden gesteckt. Für meine Verkehrspilotenlizenz habe ich Jahre gebraucht – und zwar acht.«

»Wenn's am Geld lag, hättest du mich fragen sollen.«

»Zach, wie hätte ich das tun können?«

»Per Telefon, würde ich denken, per Brief, zur Not per Telegramm.«

»Ach hör auf, Zach! Jeff und ich, wir krebsen beide seit Jahren. Er wollte eine Kunstakademie im Ausland besuchen. Das letzte, was er wollte, war, Jahre seines Lebens hindurch Weizen ernten oder Straßen bauen oder Bäume pflanzen.«

»Ach, ich glaube eher, ihm lag das Zigeunerleben.« Zach schnupperte mit Wohlgefallen an seinem Scotch. »Es lag ihm, sie zu lieben und sie zu verlassen. Es lag ihm, aus den Schlamasseln, die er angerichtet hatte oder in die er hineingestolpert war, davonzuspazieren. Freiheit kann zur Sucht werden, so stark wie jede andere.«

»Vielleicht. Aber ich würde denken, er hat das Beste aus dem Zweitbesten gemacht.«

»Er war für dich immer ein Held, wie?«

»Überhaupt nicht. Ich stehe ihm nur nahe. Nach dem Tod unserer Mutter waren wir füreinander alles, was wir hatten. Ich sehe seine Fehler, Zach, wie könnte ich nicht? Ich saß fest, und er konnte auf und davon. Aber das heißt nicht, daß ich nicht auch seine Enttäuschung und Verbitterung verstehe.«

»Näher als irgendwer sonst. Ich vermute, so ist es *au fond* immer gewesen.«

»Ja, sicher.« Verstohlen streifte sie die geborgten Schuhe ab und wakkelte mit den abgestorbenen Zehen.

»Geschwister lieben sich nicht automatisch inniglich. Ich stand meinem älteren Bruder nie nahe. Das war für mich ein aufgeblasener, niederträchtiger Wichtigtuer, der mich immer schurigeln wollte, wenn auch ohne Erfolg, sobald sich der Größenunterschied verwachsen hatte. Eure Nähe war ungewöhnlich und faszinierend. Sie schien manchmal an der Grenze zum Inzest. Aber ihr habt ihn nie vollzogen, oder?«

»Red keinen Unsinn.«

»Du meinst, so was kommt nie vor?«

»Doch nicht mit Jeff! Wie kommst du auf so eine Idee?« Sie fühlte sich, als hätte Zach an ihr einen Makel entdeckt, der ihr entgangen war.

»Ich sehe Dinge, für die anderen Leuten die Phantasie fehlt. Und ich handele danach. Ich habe dir das Fliegen beigebracht. Das gibt mir eine Art fester Beteiligung an dem, was du damit anfängst, und im Moment bin ich sehr angetan.«

»Wenn ich dich mit hinaufnehmen könnte! Das wäre wunderbar.«

»Das läßt sich einrichten.«

»Ach, du ahnst gar nicht, wieviele Vorschriften uns einschnüren ...«

»Ich habe ein paar Freunde und mehr als ein paar Bekannte. Ich habe einigen Einfluß.« Sein Arm, der auf der Sofalehne lag, fiel schwer auf ihre Schulter, und er drehte sie zu sich. »Ich habe eine Theorie über Jeffs Flucht ins Reich der Spionage. Er wollte von mir weg. Er fand mich zu anspruchsvoll.«

»Jeff findet alle Menschen zu anspruchsvoll.«

»Außer dir.«

Sie zuckte unter seiner Hand die Achseln. »Was verlange ich schon?«

»Eben, das ist es. Bist du, als wir drei noch Musketiere gespielt haben, je dahintergekommen, daß Jeff und ich ein Liebespaar waren?«

»Nein.«

»Du bist nie darauf gekommen. Und doch scheint dich das gar nicht zu schockieren. Du müßtest in Ohnmacht fallen.«

»Ich weiß nicht, wie ich das sagen soll, aber vielleicht habe ich zu wenig Ahnung auf dem Gebiet, um über das, was andere Menschen tun, schockiert zu sein. Ich wußte, daß ihr eine besondere Art von Intimität hattet, aber ich hätte zwei Männer wahrscheinlich nicht mit dem Etikett Liebespaar versehen.«

Er lächelte dünn, seine Hand lag immer noch schwer auf ihrer Schulter. »Ich habe ihn natürlich verführt. Und jetzt bist du dran.«

Sie hörte ihren Atem entweichen. Ich bin betrunken, und das hier passiert gar nicht. Sie sagte es laut. »Ich bin betrunken. Das ist alles nicht wahr.«

»Du bist nicht betrunken. Du solltest dir nicht solchen Quatsch einreden. Du hast einen angenehm entspannenden Schwips und weiter nichts. Ich würde dich unter keinen Umständen betrunken machen, bevor ich mit dir ins Bett gehe. Und was meinst du wohl, wozu ich nach Detroit gekommen bin? Ich habe einen schönen dienstlichen Deckmantel, aber das ist das Reiseziel.«

»Du bist wahnsinnig! Treibst du ausgefallene Scherze mit mir?«

»In deiner Fliegermontur würdest du mir besser gefallen, da geht's mir nicht anders als dir, aber ich wußte wirklich nicht, wie ich das heute abend einrichten sollte. Komm.« Er zog sie auf die Füße. »Du wolltest das doch immer tun. Es ist Zeit.« Eine Hand hielt immer noch ihre Schulter fest, die andere öffnete den Reißverschluß an ihrem Kleid.

Sie stand in ihrem Höschen da mit dem Kleid um die bloßen Füße und konnte sich nicht rühren. Sie fühlte sich, als blockierte ihr Getriebe, als reagierte das Ruder nicht. Sie war vor Angst gelähmt und glaubte einfach nicht, was geschah. »Zach, das ist ein schlimmer Fehler! Das ist lächerlich. Was willst du mit mir? Ja, ich war mal in dich verliebt. Ich habe immer gehofft, du hättest es nicht gemerkt. Aber da war ich ein Kind!«

»Da warst du grün, und jetzt bist du reif.« Er küßte sie, seine Hände glitten zu ihrem Gesäß. Dann unterbrach er, packte sie und sagte: »Ich kann es nicht glauben, aber du bist noch Jungfrau, wie?«

»Ich sage ja, es ist lächerlich! In meinem Alter noch Jungfrau. Ich weiß nicht mal, was ich machen soll. Du könntest Millionen Frauen finden, die genau wissen, wie sie es machen sollen und wie sie dich befriedigen.«

»Bernice, kleine Butterblume, befriedigen kann ich mich sehr gut alleine, vielen Dank. Nun komm schon. Ich bringe dir eine andere Art des Fliegens bei. Hast du Angst?«

»Ja.«

»Wovor?«

»Zu ersehnen, was andere Frauen ersehnen. Zu ersehnen, wofür ich mich nicht eigne. Mich zu begnügen, womit sich andere Frauen begnügen.«

»Aber ich bin niemand, mit dem man sich begnügt, ich bin der Kaviar der Liebhaber, Bernie. Ich habe dich zu dem gemacht, was du heute bist, und ich bin sehr, sehr zufrieden damit. Komm schon.« Energisch zog er sie zum Schlafzimmer. »Du schuldest mir einen kleinen Gefallen, und deine Jungfräulichkeit, wenn auch lobenswert, geht ihrem gerechten Schicksal entgegen.«

Widerwillig ließ sie sich mitziehen, aber als sie das Bett sah, stemmte sie die Hacken in den Teppich und klammerte sich am Türsturz fest. »Nein. Ich will das nicht.«

»Doch, Bernie, du weißt es nur noch nicht.« Er streichelte ihren Rükken, als wäre sie eine große Katze. »Das Königreich des Tastsinns erwartet uns. Ist es nicht Zeit? Außerdem habe ich jetzt genug geredet. Du bist eine große, starke Frau, aber ich bin stärker als du, und ich kenne eine Menge gemeiner Tricks. Es wäre sehr würdelos, auf dem Boden herumzuzappeln, scheußliche Geräusche zu machen und schließlich doch so zu enden, nur mit blauen Flecken, die der Erklärung bedürfen.«

Sie ließ den Türsturz los und stand sprachlos, linkisch da. Zach lachte, hob sie mit Feuerwehrgriff hoch, ließ sie sanft auf das Bett fallen und zog sich dann in aller Ordnung aus, wobei er seine Sachen über einen Stuhl legte. Es kam ihr unwirklich vor, in einem Hotelbett zu liegen und ihn zu erwarten. Dann dachte sie, vielleicht hatte er recht. Vielleicht war das für sie der beste Weg, wenn sie je erfahren wollte, was Geschlechtsverkehr war. Keine ungeschickten Verabredungen, keine lahme Konversation, keine Versuche, sich als Weibchen zu gerieren, als sei es Pflicht, sich blöde zu stellen. Nein. Sie war Bernice, und er kannte sie, und er wollte sie, und sie wollte sich kundig machen, was es damit auf sich hatte.

Sie hätte schockiert sein müssen über das, was er von sich und Jeff erzählt hatte, aber sie hatte immer gewußt, daß Jeff mit nahezu allem ins Bett fiel. Mit seiner schnodderigen Bemerkung über Inzest hatte Zach einen wunden Punkt in ihr berührt. Seit Jahren war ihr aufgefallen, wenn Jeff und sie zusammen waren, dann interessierten sie sich für niemand sonst. Sie fühlten sich vollständig. Bernice war so oft unweiblich genannt worden, daß sie darüber nachgegrübelt hatte, was

Geschlecht bedeutete, und sie fand schummerig und wenig einleuchtend, was für andere so einfach zu sein schien wie ein Lichtschalter, der an war oder aus. Nein, sie war weder empört noch angewidert. Es schockierte sie mehr, daß Zach plötzlich sie wollte.

Er kniete über ihr und grinste. »Sie fügt sich in ihr Schicksal. Ach, Bernice, schenk mir ein kleines Lächeln. So ist's gut. Du kannst dein Höschen für den Augenblick anbehalten.« Er legte sich neben sie und begann, ihren Körper mit seinen Händen zu erkunden, die so groß, so warm, so geschickt waren wie ihre. Nach einer kleinen Weile berührte sie zaghaft seinen Rücken. Zach fühlte sich unter ihren Händen riesig an und muskelbepackt. Sie hatte sich vorgestellt, die Haut von Männern sei so stachlig wie ihre Bärte, aber sein Gesicht war glattrasiert und sein Rücken seidig und warm.

»Würdest du dich jetzt ausziehen?« bat er sie, und sie kam seiner Bitte nach.

»Kann ich dich da anfassen?« fragte sie ihn, und ihre Stimme klang seltsam höflich über den schweren Atemzügen. »Halte ich zu fest?«

»Nein, Herz, nein. Beweg deine Hand. Ja.«

Als er zwischen ihre Beine faßte und ihre Klitoris suchte, legte sie seine Hand darauf. »Drumherum ist besser«, sagte sie einfach.

Er lachte leise an ihrem Ohr. »Ich glaube, du hast dich der Selbstbefleckung schuldig gemacht, mein Kind.«

Sie lächelte. »Was meinst du, was ich all die Jahre getan habe?«

»Du würdest staunen, wie viele verheiratete Damen nicht wissen, wie sie auf ihre eigenen Knöpfe drücken sollen. So recht? Du kannst mir sagen, was du magst. Ich bin nie zu stolz, einen neuen Trick zu lernen.«

Er war seltsam vertraut und seltsam anders, denn niemand außer ihr selbst hatte sie je berührt. Es war ihr peinlich, in Gegenwart von jemand anders so zu schnaufen und zu ächzen und Geräusche von sich zu geben, doch es war auch aufregend. Als sie kam, hielt er seine Hand still.

Dann legte er seinen Körper auf ihren und preßte den Schwanz, den sie vorher gehalten hatte, in ihr Fleisch. Es tat weh, und ihr entfuhr unwillkürlich ein Schrei. Er sagte nichts, sondern zog sich zurück und stieß heftiger zu. Sie drehte das Gesicht zur Seite. Sie wußte, er würde nicht aufhören, und sie konnte sich das maliziöse Grinsen vorstellen, das er manchmal trug, wenn er Schmerzen zufügte, und das bestimmt auch jetzt auf seinem Gesicht lag. Er stieß und stieß, bis sie spürte, wie sie riß. Sie biß sich die Wangen innen auf. Sie biß sich die Lippen auf, bis Blut kam. Endlich war er in sie eingedrungen, und das Zerreißen war vorbei, obwohl das Stoßen auch weh tat.

Hinterher war wenig Blut auf dem Laken: ein Klecks von der Größe einer geballten Faust, hellrot. Als er sie zur Baracke zurückbrachte, blutete sie nicht mehr. Ihre Schenkel schmerzten, die Sehnen überdehnt von seinem Gewicht.

Flo und Helen waren ihretwegen aufgeblieben, und als sie hereinkam, wurde sie von ihnen neugierig ummaunzt. Sie sah sich im winzigen Spiegel des Gemeinschaftsbadezimmers, das Haar zerwühlt und aufgelöst, das Make-up lange verschwunden, das Kleid zerknüllt, wie es zu Boden gefallen war.

»Was ist passiert?« fragte Flo.

»Hattest du einen netten Abend?« fragte Helen vorsichtiger.

»Was passiert ist? Was sollte denn passieren? Werden Frauen nicht so aufgekirnt, um Männer anzulocken? Also hat es ihn angelockt. Also hat er mich ins Bett geschleppt. Das ist passiert.«

Sie hatte beide zum Schweigen gebracht. Sie duschte und ging schlafen.

Am nächsten Tag kam der Befehl, sie habe Major Zachary Taylor nach Washington zu fliegen, und zwar sofort. Zach wollte mit ihr zusammensein und hatte alles entsprechend geregelt. Sie fühlte sich ein wenig von seinem Willen, seiner Macht bevormundet. Sie fühlte sich auch zutiefst verwirrt. Die sexuelle Verbindung reizte sie, aber auf eine Art, die sie nicht billigte. Sie führte hinunter, in die schummerigen Tiefen von Verlangen und Brauchen und Gefangensein.

Sie machte sich keine Sorgen, schwanger zu werden. Zach hatte ihr gesagt, daß es ihm in den fünf Jahren seiner Ehe nicht gelungen war, seine Frau zu schwängern. Die hatte ihm schließlich einen Sohn geboren, der nicht von ihm war, den er aber anerkannte, weil ihn das aus der Klemme entließ, einen Erben produzieren zu müssen. Er hielt sich für unfruchtbar, nachdem keine der Frauen, mit denen er geschlafen hatte, je schwanger geworden war, und seit drei Jahren kümmerte er sich nicht mehr um Verhütung.

Sie vermochte in sich kein anderes Gefühl für Zach zu entdecken als zuvor. Nur, daß er sich plötzlich aus einer entfernten Wolke in einen alles überwölbenden Himmel verwandelt hatte. Sie sah sich sonst eher als handelndes Subjekt denn als himmelndes Objekt, aber so erfuhr sie sich jetzt mit Zach.

In Washington verbrachte Zach die Hälfte seiner Zeit am Telefon und den größten Rest in Konferenzen, so daß sie in den zweiunddreißig Stunden, die beide dort verbrachten, wenig von ihm sah.

»Ich stürze mich in den Krieg, wenn ich zurückgehe«, sagte er. »Wahrscheinlich Italien. Jede Menge Spaß und Spiele. Rom oder Florenz würde mir behagen, da floriert der Untergrund. London lasse ich links liegen, also werde ich diesmal nicht da hängenbleiben. Ich würde dich liebend gern mitnehmen. Meinst du, du könntest als Mann durchgehen?«

Sie erzählte ihm die Geschichte von der Verwechslung in South Carolina, die er komisch fand. »Eines Tages probieren wir das aus. Zieh mal meine Uniform an und laß sehen ... Bißchen groß für dich. Aber bei dem weiten Schnitt ein Kinderspiel. Komm her.«

Als sie in Washington in den Zug stieg, in das von Zach besorgte und bezahlte Schlafwagenabteil, konnte sie sich nicht entscheiden, ob ihr lieber war, die Affäre endete so abrupt, wie sie begonnen hatte, oder sie ginge, zumindest als gelegentlicher Seitensprung, in ihrer beider Leben weiter. Die Wange an die schmutzige Fensterscheibe gelehnt, dachte sie an ihn etwa in der Art, wie die gewalttätig erkorenen griechischen Jungfrauen Zeus oder Apollo erlebt haben mußten. Der Gott stieg herab, und alles war entschieden. Dann ging der Gott wieder seinen Geschäften nach, und sie machte sich in ihrem eigenen Tempo wieder auf ihren eigenen Weg. Bernice bereute es nicht gänzlich, noch war sie restlos angetan. Worauf sie sich freute, das waren ihre geregelten Zubringerflüge, ihre Einsamkeit in der Maschine, die für den Flug ihr gehörte.

Louise 6

Das Ende eines Zustandes, der Illusionen erfordert

Louise erwachte zu früh in der Wohnung, die ihr plötzlich zu groß vorkam. Sie hatte den Wecker auf acht gestellt, aber wieder wachte sie um sechs auf und konnte sich nicht in den warmen Teich des Vergessens zurückschmeicheln. Vor ein paar Jahren hatten vier Menschen in diesen Zimmern gelebt. Jetzt war Kay auf dem College und nur sie geblieben. Wenn sie öfter zu Hause wäre, vielleicht würde sie dann diese Atmosphäre von Leerstand, die der Wohnung anzuhaften schien, nicht so spüren. Leerstand? Louise lächelte. Es war wohl nur Staub, ohne Mrs. Shaunessy, um die Zimmer makellos rein zu halten. Louise war einmal eine gewissenhafte Hausfrau gewesen, vor zehn Jahren, aber vorläufig stand ihr danach nicht der Sinn.

Diese besondere Freude, eine Wohnung sauberzuhalten, hatte dem goldenen Zeitalter ihrer Ehe angehört, der Zeit vor und nach ihrer Schwangerschaft. Sie hatte sich in jenen mittellosen Jahren mit ihrem kleinen Kind im äußersten Flatbush nicht eingesperrt gefühlt, sondern geborgen, strahlend, vom Glück begünstigt. Sie hatte ein Heim. In ihren Waisenknochen glaubte sie, ihre Familie könnte sich in Luft auflösen, und deshalb hatte die Hausarbeit ein Element von Zauberei, von magischen Spielen: Hier ist Louise und tut so, als sei sie eine gute *baleboste*, putzt die Fenster und kocht Eintopf aus Hühnermägen und -flügeln; hier ist Louise und spielt Mamma mit ihrer Kätzchenpuppe K-K-K-Katie. Auch auf Reisen hatte sie Kay nicht als Last empfunden, nicht einmal in den Monaten, die sie in Deutschland zubrachten, während Oscar bei Franz Widerman studierte.

Bis zu dem Tag, an dem Kay ans College fortging, schien ihr die Wohnung aus den Nähten zu platzen. Kay brachte es fertig, sich dermaßen auszubreiten, bis sie jeden freien Platz mit Zeitschriften füllte, mit verkrumpelten Pullovern, mit Turnschuhen, Tennisschlägern und Lockenwicklern. Dann schien die Wohnung ganz plötzlich zu groß.

Louise war viel auf Reisen. Am meisten fehlte ihr eine Person, die da war, wenn sie heimkam, ihr einen Empfang bereitete.

Mit dreizehn wäre das ihre Vorstellung vom Paradies gewesen: Zimmer um Zimmer für sich, ohne daß jemand hereinspazieren konnte. Doch obwohl ihr als Pflegekind kaum ein privater Bereich zugestanden worden war, hatte sie die ganze Zeit hindurch an Einsamkeit gelitten wie an einem anhaltenden Schmerz tief in ihrem Bauch. Jetzt schüttelte sie sich unsanft: sie verweilte schon wieder in der Vergangenheit.

Verdrossen machte sie sich Frühstück, stellte das Radio an. Nachdem sie sich ihre pochierten Eier bereitet und ihr Kuchenbrötchen getoastet hatte und sich zu einer Tasse schwarzen Kaffees hinsetzte, bevor sie ihren Arbeitstag begann, kam die *Times* und erlaubte ihr, noch eine Stunde zu trödeln und weiteren Kaffee zu trinken als Ersatz für den fehlenden Schlaf. Die Sowjets griffen entlang des Dnjepr an. Die Deutschen hatten Kos in der Ägäis erobert und die britische Garnison ausradiert. In Italien hatten amerikanische Streitkräfte den Volturno erreicht.

Plötzlich schaute sie auf die Uhr und hastete in ihr Schlafzimmer. Es gehörte zu ihrem beruflichen Stolz, angezogen zu sein, bevor Blanche kam; jetzt blieben ihr dafür genau sieben Minuten. Um neun Uhr saß Louise an ihrem Schreibtisch und ging das Tagespensum durch. Trotzdem war ihr trostlos zumute: ein Baum, dem die Blätter abgefallen waren. Sie mochte es gar nicht, wenn sie sich leid tat. Inmitten eines Weltkrieges hatte sie wenig Grund zu Klagen.

Eine Entscheidung nahm langsam in ihr Gestalt an. Warum nicht das OWI in seinen ständigen Bemühungen, sie nach Washington zu locken, beim Wort nehmen? Blanche konnte sich um ihre Post kümmern, solange sie fort war. Schieb's nicht vor dir her, zaudere nicht, wies sie sich an: handle. Alle sagen, du wirst nützlich sein. Mach einen Versuch. Sowie sie mit dem Diktieren fertig war, griff sie zum Telefon.

Ende Oktober war Louise dann froh, daß sie sich entschieden hatte, für einige Zeit nach Washington zu gehen, denn zum Grübeln war sie hier zu beschäftigt und zu überarbeitet. In Hotels zu hausen war jedoch ein unhaltbarer Zustand. Das Gesetz besagte, daß niemand länger als fünf Tage in einem Washingtoner Hotel bleiben durfte. So mußte sie an jedem fünften Morgen in ein anderes Hotel wandern, gefolgt von einem Pagen, der ihre Koffer und ihre Reiseschreibmaschine trug, während ihr andere Washingtonbesucher entgegenströmten, die sich und ihr Gepäck nun in ihr Hotel schleppten. Es war absurd und kräftezehrend, und in der Nacht, in der sie sich um ein Uhr früh von einem der seltenen Taxis zum falschen Hotel fahren ließ, schwor sie sich, ihr Unterkunftsproblem sofort zu lösen.

Sofort paßte nicht ganz auf das, was geschah. Sie befragte ihren gesamten Bekanntenkreis, doch zumeist bekam sie nur schlechte Witze über die Wohnungsknappheit zu hören. Ramsay im Büro sagte, er habe immer an die Vielweiberei geglaubt und sie könne gerne als Ehefrau Nummer Zwei bei ihm einziehen. Es war durch Franz Widerman, den sie im Verdacht hatte, seinen ehemaligen Studenten Oscar für OSS rekrutiert zu haben, daß Louise schließlich von einer Wohnung hörte. Etwas daran klang nicht ganz hasenrein. Louise meinte, in Widermans Tonfall unterdrückte Belustigung zu vernehmen.

Während sie die Frau befragte, die jetzt dort wohnte, versuchte sie zu erraten, was damit nicht stimmte. Louise mußte sich die Wohnung noch drei Wochen lang mit Susannah teilen, aber danach gehörte sie ihr ganz allein. War die Frau Alkoholikerin? Quartalssäuferin? Ein Flittchen? Susannah schien ganz normal, wenn auch offensichtlich mindestens im vierten oder fünften Monat schwanger. Sie hatte vor kurzem geheiratet und verließ Washington Ende November.

Der Haken zeigte sich, sowie sie mit dem Hausverwalter redete, denn in dieser Wohnung hatte Oscars Freundin Abra gewohnt, die jetzt in London war. So hatte Franz von der Wohnung gehört. Er fand es amüsant, die gewesene Frau in der Behausung der derzeitigen Freundin unterzubringen. Louise wollte fast aufgeben.

Sie lief um den Block und versuchte zu entscheiden, ob einzuziehen ihrer Würde abträglich war. Sie hatte keine andere Wohnung gefunden, nicht eine einzige. Sie hatte Untermietzimmer gesehen, zu astronomischen Preisen und mit wesentlich weniger Komfort als die Hotels. Diese Wohnung gehörte ab Anfang Dezember ihr ganz allein. Sogar für Kay war Platz, wenn sie zu ihren regelmäßigen Besuchen nach Hause kam.

Sie stellte sich vor, wie sie sich durch den Winter schleppte und alle fünf Tage von einem Hotel ins andere zog, nie in der Lage, sich selber Frühstück zu machen oder ein spätes Abendbrot, nie in der Lage, ihre

Bücher um sich zu haben, ihren Schreibtisch, ihren privaten Bereich. Von der letzten Ecke trabte sie in einem Tempo zurück, das sie außer Atem brachte, um Susannah und dem Hausverwalter zu sagen, daß sie den Mietvertrag sehr gerne übernehmen wollte.

Ihr Büro war in dem neuen Kalk- und Backsteingebäude der Bundesversicherungsanstalt an der Independence Avenue im Herzen des Regierungsviertels gegenüber der Mall, direkt neben dem Botanischen Garten und dem Kapitol. Sie hatte ein winziges Kabuff mit einem Fenster auf einen der Innenhöfe, was ihren mittleren Dienstrang anzeigte. An diesem Montag aß sie mit einem in New York arbeitenden Rundfunk- und Zeitungsjournalisten zu Mittag, dem Hauptautor von »Jetzt kann es gesagt werden«. Das war eine Sendung, die Begeisterung für den Krieg anheizen sollte, indem sie Geheimnisse ausplauderte, die längst keine mehr waren, nicht mehr als geheim eingestufte Geschichten von Gefahr und Wagemut. Er hatte das Gefühl, von OWI nicht das zu bekommen, was er brauchte, und sie war da, um Händchen zu halten und ihn zu beschwichtigen. Louise hätte ihm gern geholfen, eine Sendung über Konzentrationslager zusammenzustellen, aber ihre Vorgesetzten hatten das strikt untersagt. Das OWI verfolgte – was ihr gar nicht paßte – die Politik, keinerlei Informationen darüber auszugeben, was über die Lager und das Schicksal der Juden in Europa bekannt war.

Im Laufe des Nachmittags wurde auch Louise rebellisch zumute. Sie war von dem Mittagessen unmittelbar zu einer Konferenz gegangen. Es ging um die Kampagne, mehr Frauen für die Kriegsarbeit zu gewinnen, die eigentlich schon in vollem Gange sein sollte. Eine Umfrage um die andere zeigte, daß Frauen vorrangig aus finanziellen Gründen arbeiteten, daß sie arbeiteten, weil sie Geld verdienen wollten oder mußten, aber Louise wurde nicht gestattet, die Propaganda darauf auszurichten. Die Propaganda ging davon aus, daß alle Frauen Hausfrauen waren, die noch nie zuvor gearbeitet hatten und mit Männern aus dem Mittelstand verheiratet waren.

Alle Anzeigen der Kampagne betonten Gefühle, die Louise weitaus weniger zwingend fand. Manche basierten auf Schuldgefühlen. Die Kugel, die sie nicht anfertigte, war nicht da, um ihren Ehemann zu retten. »Bekanntlich stehen die meisten Männer in den Streitkräften nicht an der Front, und ihre Frauen wissen das. Ich glaube ehrlich gesagt nicht, daß dieser Ansatz ebenso wirksam sein wird wie die Hervorhebung des Geldes, das sie verdient, und was dann ihre Familie damit anfangen kann – nach dem Krieg, wenn das patriotischer ist.«

»Wir wollen sie als Mütter, als Ehefrauen ansprechen.« Ramsay sog an seiner Maiskolbenpfeife, Rauchkringel umstanden seinen Kopf und schwebten zu ihr.

»Warum? Warum sie nicht als sie selbst ansprechen?«

Die Richtlinien beließen den Schwerpunkt weiterhin auf der Versorgungsfunktion der Frauen zur Unterstützung ihrer Ehemänner, Freunde, Brüder und Söhne in Übersee oder kehrten den Glanz der Fabrikarbeit hervor, indem sie bildhübsche junge Mannequins am Fließband zeigten. Das OWI hatte im September eine Riesenkampagne gestartet, um Frauen in die Fabriken zu bekommen, und dabei Gebiete mit dem stärksten Arbeitskräftemangel ins Visier genommen, aber es bestand darauf, den Frauen den Krieg nur zu Bedingungen zu verkaufen, die den Männern keine Angst machten. Die Werbesprüche, die Louise ausgearbeitet hatte, wurden links liegengelassen.

Nun, wenigstens wurden Frauen angeworben. Louise hatte eine neuere Geheimdienststudie gesehen, die im OWI nur den Inhabern von Schlüsselstellungen zuging – und ihr, weil sie die Frauenexpertin im Hause war. Daraus ging hervor: Obwohl der Mangel an Arbeitskräften in Nazideutschland wesentlich einschneidender war als in den Vereinigten Staaten, griffen die Deutschen auf Fremdarbeiter zurück, auf Zwangsarbeiter, auf alles eher als auf ihre Frauen. Es gab zwar gewisse Bemühungen, Frauen in die Fabriken zu bekommen, aber die wurden behindert vom Dogma der NSDAP über den Platz der Frau. Faszinierend. Sogar in Kriegszeiten konnte die Aufrechterhaltung der Geschlechterrollen Vorrang haben vor dem Sieg.

Nach dem Einzug in ihre neue Wohnung fragte sich Louise: Spüre ich Ausstrahlungen von Oscars Affäre? Sie konnte sich nicht vorstellen, wie er in Abras Bett kroch, während Susannah im Wohnzimmer saß. Sie hatte sein Quartier in Washington gesehen, und es war wesentlich luxuriöser als diese Wohnung. Nein, sie bezweifelte, daß Oscar hier viel Zeit zugebracht hatte. An einem Wochenende, das Kay zu Hause verbringen wollte, besuchte Louise ihre New Yorker Wohnung und hatte das Gefühl, die verlassenen Zimmer machten ihr stumme Vorwürfe. Kay telefonierte das halbe Wochenende lang mit alten Freundinnen, erzählte von ihren neuen Kursen, ihren Professoren, ihrer Zimmergenossin, wandte ihr Anfängerfranzösisch an und kicherte.

Louise brachte nach Washington eine Ladung Bücher mit, Akten, einige Küchenutensilien und ein paar Akzente, eine Vase, einen Klee-Druck, eine Schale aus der Ukraine. Der größte Teil ihrer Inneneinrichtung, soweit sie etwas Derartiges vornehmen würde, mußte bis nach Susannahs Auszug warten. Weder Abra noch Susannah schienen viel an der Wohnung gemacht zu haben. Sie war studentisch verlottert.

Louise und Susannah paßten als Wohngemeinschaft schlecht zusammen. Susannah war jung für ihre dreiundzwanzig Jahre und wollte vor allem den Anschein erwecken, sie und ihr Stabsfeldwebel seien schon seit Monaten verheiratet und nicht erst seit Wochen. Sie sah in Louise eine Ersatzmammi, der sie ihre Nöte aufladen konnte und die bestimmt liebend gern stets für sie da war. Louise zählte die Tage bis zu ihrem Auszug.

Als nun auch noch der junge Mann von oben sich angewöhnte, an Sonntagen vorbeizuschauen – auch wenn er Susannah vertraut schien und sie ihm kleine Pflichten aufhob wie Sachen auf hohe Regalbretter zu stellen oder herunterzuholen, den schwereren Müll wegzubringen –, beschloß Louise, ihre Einstellung klar zum Ausdruck zu bringen. »Hören Sie, Daniel, so heißen Sie doch? Ich möchte nicht unfreundlich sein, aber ich mag es nicht, zu irgend jemandes Teilzeitmutter ernannt zu werden. Ich habe eine siebzehnjährige Tochter auf dem College, und wenn ich mir mehr Kinder ersehnt hätte, dann hätte ich sie bekommen.«

»Susannah hat also bei Ihnen Schutt abgeladen.« Er griente. »Sie neigt dazu. Keine Sorge. Ich bin nur neugierig auf Sie.«

»Auf mich? Warum?«

»Ich war Abra Scotts Vertrauter. Sie behauptete, Ihr geschiedener Mann liebe Sie immer noch. Sie waren das Schreckgespenst in Abras Romanze. Wie soll ich da meine Neugier bezähmen?«

»Mit ein bißchen Selbstdisziplin.« Sie betrachtete ihn sorgfältig. Ein junger Mann mit sympathischem, offenem Gesicht und schwarzen Locken. »Kannten Sie Miss Scott näher?«

»Wir waren nur gute Freunde. Sie brauchte eine Schulter zum Ausweinen.«

Er war umgänglich, überhaupt nicht bedrohlich. Bronx-Tonfall, gemildert durch längere Abwesenheit. Sie überlegte kurz, ob er wohl homosexuell war wie ihr Agent Charley; vielleicht vermittelte er deshalb den Eindruck von Entspanntheit gegenüber Frauen. Sie mußte unbedingt ihre wiedererwachte Neugier über Abra in Zaum halten. Je weniger sie über Oscar nachgrübelte, desto besser für sie. Ein Übersetzer: einer, der Fragen nach seiner Arbeit auswich und Spätschichten einlegte. Sie sagte: »Es muß wohl absurd scheinen, ja sogar masochistisch, daß ich hier wohne.«

»Dafür bin ich schon zu lange in Washington. Ich kenne Paare, die sich nicht trennen, weil sie nicht können. Nach dem Krieg wollen sie sich scheiden lassen. Aber wer bekommt bis dahin die Wohnung?«

Claude schien nicht angetan, als sie ihm erzählte, daß sie die Stelle in Washington angenommen hatte. Nach Thanksgiving erfuhr sie, warum. Sie rief das Hotel an, in dem er immer logierte. Er war nicht in seinem Zimmer. Als sie schließlich um ein Uhr morgens zu Bett ging, war er immer noch nicht da. Am nächsten Tag rief er sie an. Am Abend gingen sie zusammen essen. Sie war entsetzt, wie groß ihre Angst war, als sie an seinem Arm in ihrem ewigen Nerz und ihrem besten schwarzen Kleid ausging. Sie wollte, sie brauchte die Beziehung zu ihm, aber plötzlich war die Beziehung nicht da.

Er war auf unpersönliche Art überschwenglich. »Das wird mein Meisterwerk. Ich wette, du hast noch nie von Marschall Schukow gehört. Die Devise ist zur Zeit, dem amerikanischen Publikum Rußland zu erklären, und wir werden ein Schlachtenepos über Kursk machen. Weißt du, daß das die größte, die entscheidende Schlacht des Krieges war, und hier hat noch niemand etwas davon gehört? Tausende von Panzern, Hunderttausende von Soldaten, Kavallerie – ja, glaub mir, die benutzen noch Pferde! Tausende von russischen Pferden schlagen Tausende von deutschen Pferden, weil sie die Kälte besser vertragen. Das ist ein Film, den könnte Eisenstein machen, aber ich habe die Regie, und der Film wird grausam schön, realistisch und episch zugleich sein.«

Sie zählte die Minuten während seiner Beschreibung von seinem Marschall Schukow-Epos, weil sie endlich herausbekommen wollte, was eigentlich vorging. Sie bekam es heraus.

»Louise, mein Engel, wir alle haben viele Bindungen. Wir haben alle beide ein langes und erfülltes Leben geführt, und wir haben alte Freunde. Mir wäre lieber gewesen, du hättest mit mir geredet, bevor du den Entschluß faßtest, dich aufzumachen und zu verpflanzen ... Aber als erwachsene Menschen können wir die Dinge so arrangieren, daß alle davon profitieren. Vertrau mir ...«

Es stellte sich heraus, daß Claude in Washington noch eine Freundin hatte, eine französische Sängerin, die in einem Dinnerclub auftrat. Claude hatte die Angewohnheit, sich in Washington mit Monique zu treffen, wie er sich in New York mit Louise getroffen hatte. Nun mußte er seine Washingtoner Zeit zwischen beiden teilen.

Sie saß an dem Tisch im Restaurant seines Hotels, wo sie an jenem ersten Abend vor anderthalb Jahren zusammen gesessen hatten, spürte Kälte in sich aufsteigen und wußte, sie konnte ihm nicht zu Gefallen sein. Warum hatte sie die Beziehung für ernster gehalten, als sie war? Niemand hatte ihr je einen Smaragd geschenkt. Sie war teure Geschenke nicht gewohnt, und so hatte sie gedacht, daß es Claude mehr bedeutete, als es tat.

»Aber du bedeutest mir sehr viel, Louise. Ich schätze deine Gesellschaft. Ich bete dich an. Das weißt du doch hoffentlich.« Über den Tisch hinweg war er so anziehend, so charmant wie immer. Mit der gleichen Geste, die sie so oft erwärmt hatte, ergriff er ihre Hand und drückte sie an sein Herz. »Du kannst doch nicht an meiner Liebe zu dir zweifeln?«

»Liebe ist heutzutage ein allzu gebräuchliches Wort«, sagte Louise und machte ihre Hand los. »Ich glaube nicht, daß es in diesem Fall recht zutrifft.«

»Liebling, ich weiß, du hast nie gedacht, die einzige Frau in meinem ganzen Leben zu sein. Schließlich leben wir fünftausend Kilometer voneinander entfernt. Ich bin ein verheirateter Mann, auch wenn ich nicht weiß, wo meine Frau ist.«

»Was ich gedacht habe, scheint größtenteils Wunschdenken gewesen zu sein. Und das ist wohl noch die freundlichste Sicht.«

»Louise, wenn wir zusammen sind, bist du glücklich, bin ich glücklich. Ist das nicht echt? Das ist echt, das ist schön, und das ist etwas, was wir einander immer wieder geben können.«

»Ich nicht, Claude. Ich brauche ein paar Illusionen. Jetzt, wo ich sie nicht mehr habe, nagt der Frost am Kürbis, und zwar gewaltig.« Er begriff nicht, und sie fügte hinzu: »Monique ist eine ältere Bindung, und ich verabschiede mich zu ihren Gunsten.«

Als Susannah schließlich auszog, erteilte ihr der Hauswirt die Erlaubnis, die Wohnung zu streichen, und versorgte sie sogar mit ein paar Eimern Vorkriegsfarbe, für die er natürlich astronomische Summen verlangte. Daniel half ihr beim Streichen der Wohnzimmerdecke. Als sie aufhörten, waren beide weiß gesprenkelt und halfen einander, die Kleckse mit Terpentin zu entfernen.

»Ich versuche mich in Sie hineinzuversetzen«, sagte er. »Das Entsprechende wäre, wenn ich erfahren hätte, daß Ann zwei oder drei Nächte im Monat mit einem anderen geschlafen hat. Meine Beziehung zu ihr war genauso partiell und distanziert wie Ihre zu Claude. Ich hätte mich betrogen gefühlt, obwohl ich sie nicht geliebt habe und ihr nicht gab, was sie wollte.«

»Ich habe Claude geliebt. Es war nicht die größte Liebe, aber durchaus echt. Ich verstehe, warum Abra sich Ihnen anvertraut hat.«

»Weil ich hier bin. Das heißt, wenn ich denn da bin.«

»Erstens, Ihnen ist Gegenseitigkeit vertraut. Ihnen ist klar, wenn Sie wollen, daß man Ihnen zuhört, dann müssen Sie Ihrerseits Zeit aufwenden und zuhören. Das ist offen gestanden für einen Mann ungewöhnlich. Grund Nummer zwei: Sie haben Interesse an Beziehungen.«

»Meine Arbeit ist so ... analytisch, so bar alles Persönlichen, daß ich nach Klatsch süchtig bin wie nach einem Gegengift.«

»Ihre Arbeit.« Louise lächelte ihm zu. »Irgendwie reimt sich das nicht. Ich finde interessant, wie Sie jedesmal, wenn es eine größere Schlacht im Pazifik gibt, rund um die Uhr arbeiten. Und als ich den Vorschlag gemacht habe, einen Artikel über Ihre Übersetzertätigkeit zu schreiben, hat die Marine total gemauert. Das ginge mich nichts an.«

»Ah ja.« Daniel bekam einen Schreck. Ihr war durchaus aufgefallen, wie er jegliches Interesse an seiner Arbeit abblockte, und zwar mit einem Sperrfeuer technischer Einzelheiten über die Aussagen in Gefangenschaft geratener Japaner, das alle Zuhörer binnen fünf Minuten in Schlaf versetzte.

Louise kam sich zwar vor wie eine Alkoholikerin, die beschloß, daß ein kleines Schlückchen ihr nicht schaden konnte, aber sie gab nach und fragte: »Haben Sie etwas von Ihrer Freundin Abra gehört? Wie geht es ihr?«

»London gefällt ihr. Und Ihr geschiedener Mann macht sie weiterhin wahnsinnig. Sie ist ständig überzeugt, daß er im Begriff ist, sich zu öffnen, ihr zu geben was sie meint, von ihm zu wollen.«

»Sie sind wohl selbst ein wenig in sie verliebt?«

»Auf sie scharf. Oscar Kahan muß ein interessanter Mann sein. Ich stelle fest, in bezug auf Frauen haben er und ich absolut den gleichen Geschmack. Ich wäre mit jeder von Ihnen beiden völlig glücklich. Und wie er ziehe ich, glaube ich, Sie vor.«

»Das ist ganz reizend von Ihnen. Ich bin nur fünfzehn Jahre älter als Sie.«

»Ich bin reif für mein Alter.«

»Stellen Sie sich vor, Daniel, ich auch. Gehen Sie jetzt nach Hause. Ich danke Ihnen fürs Streichen, und ich werde Ihnen ein Abendessen kochen, wenn der Farbgeruch verflogen ist.«

»Hier zu schlafen wird unangenehm sein. Oben sind keine Farbdämpfe.«

»Ich mache ein Fenster auf. Gute Nacht, Daniel.«

»In Frankreich sind Beziehungen zwischen jüngeren Männnern und älteren Frauen gang und gäbe. Wenn wir in Frankreich wären, hätten Sie keine Bedenken.«

»Sie irren sich in mir. Ich hätte selbst auf Tahiti Bedenken. Und wenn wir Spinnen wären, würde ich Sie auffressen. Und wenn wir Kraniche wären, würden Sie mich umtanzen. Und wenn wir Eichen wären, würden Sie sich das aus dem Kopf schlagen, was der beste Rat ist, den ich Ihnen geben kann.« Sie hatte ihn im Verdacht, sie aufheitern zu wollen. Manche Männer gingen davon aus, daß Annäherungsversuche bei Frauen stets die Stimmung hoben, aber sie konnte auf seine Balztänze gut verzichten und nahm lieber wieder ihr freundschaftliches Geplauder auf.

»Ich habe mich nie an Abra herangemacht, obwohl ich zugebe, daß sie auf mich sehr anziehend gewirkt hat. Sie liebte ja Oscar, also wozu die Mühe? Aber ich gebe Ihnen zu bedenken, daß wir beide unvermeidlich sind. Wir sind beide stark beschäftigt und einsam, wir wohnen im gleichen Haus und wir kommen gut miteinander aus. Wir wären liebevoll und zärtlich zueinander. Also wozu Zeit verschwenden und etwas aufschieben, was sehr hübsch sein wird, wenn es schließlich klappt?«

Sie nahm Daniels Ellbogen und steuerte ihn zur Tür. »Ein guter Rat. Sagen Sie einer Frau nie wieder, die Landung im Bett sei unvermeidlich. Nichts könnte langweiliger klingen! Noch einmal vielen Dank und gute Nacht!«

Aber sie lächelte. Sie lächelte sogar noch, als sie das Fenster aufmachte und schlafen ging. Sie hatte etwas Greifbares aus ihrem Leben verloren, aber seine kleine Vorstellung hatte sie abgelenkt, und dafür war sie dankbar. Ein Hauch von Ersatzromanze war doch aufheiternd. Gab das eine Geschichte her? Besser, wenn der zur Ablenkung benutzte Mann sich dann als interessanter herausstellte als der verlorene: aber das war Zeitschriftenkitsch, nicht Louises Leben.

Abra 6

Liebesmüh

Als Abra London zum ersten Mal zu Gesicht bekam, durchfuhr sie tiefes Entsetzen. London hatte in ihr immer Bilder von ehrwürdigem Pomp und Wohlstand geweckt. Sie traf um Mitternacht ein in einer Stadt ohne Lichter, in einer weiten Ebene aus Finsternis und Schutt, in der eine unversehrte Häuserzeile ungewöhnlich anmutete. Die Stadt ähnelte einer eleganten Ottomane, der die Sprungfedern geborsten waren und der das Polstermaterial herausquoll. Wenige Geschäfte hatten Schaufensterscheiben, und hinter diesen wenigen waren leere Schachteln ausgestellt. Straßen wurden von gähnenden Löchern unterbrochen und von Bergen zerbrochener Mauersteine. Vor jedem Laden schienen lange Schlangen eine ständige Einrichtung, Frauen hatten stets alte Einkaufstaschen dabei, denn vielleicht gab es ja irgendwo irgendwas zu ergattern.

In ihrer ersten Woche wurde sie viermal beinahe überfahren, beim schlimmsten Mal schmerzhaft gestreift, von einem, wie man hier sagte, Güterkraftwagen. Mehrere Wochen lang war sie völlig verwirrt, sobald sie den Bürgersteig verlassen mußte, und sah panisch in alle Richtungen, sogar nach oben, doch schließlich gewöhnte sie sich an die Gepflogenheiten des britischen Straßenverkehrs und war nur noch so gefährdet wie der Rest der Bevölkerung.

Die Abteilung Arbeit von R&A operierte von einem Mietshaus in der Brook Street aus, unweit vom Grosvenor Square, wo die amerikanische Botschaft und mehrere OSS-Abteilungen untergebracht waren, um einen hübschen Park voller Platanen, in dem eine weibliche Sperrballoneinheit stationiert war. Die Ballons stiegen auf, um Sturzflüge und niedrige Bombenzielanflüge abzuschrecken. Sie ähnelten großem, glänzendem Badespielzeug, Silberenten, riesigen ausgestopften Spielzeugfischen.

Abra und Oscar hatten beide Unterkünfte gefunden, von denen sie ihren Arbeitsplatz zu Fuß erreichten. Sie war überrascht, daß sie beide in Mayfair wohnen konnten, nicht weit voneinander und nicht weit vom Büro. In Washington jagten die Menschen einer Bleibe nach, wie sie in Friedenszeiten vielleicht einer Eroberung, dem Ruhm, der Leidenschaft, einem großen Coup an der Börse nachgejagt waren. Wenn man eine Wohnung gefunden hatte, trennte man sich so leicht nicht wieder davon.

Hier fanden wegen des 'Blitz' Luxuswohnungen kaum Abnehmer, dagegen herrschte bei den ärmeren Arbeitern Wohnungsmangel. Die es sich leisten konnten, auf ihre Landsitze zu ziehen, hatten das längst getan. Der Makler hatte ihr aus dem Stand sechs Adressen nachgewiesen, und hätte sie Zeit zu verschwenden gehabt, hätte er ihr zehn weitere zeigen können. Sie wohnte in der Culross Street, nahe beim Hyde Park in einer Zeile kleinerer, rustikal wirkender Häuser, die wahrscheinlich einmal Stallungen gewesen und nun Wohnungen über Garagen waren. Die Garage unter ihr beherbergte einen aufgeblockten Bentley; sie hauste darüber in vier hellen und luftigen Zimmern. Sie entfernte die kitschigsten Staubfänger der Einrichtung des Ehepaares, dessen kleine Zweitwohnung das in Friedenszeiten gewesen war, und gab sich einige Mühe, alles bequem und leicht künstlerisch angehaucht herzurichten. Möbel waren nicht zu bekommen, da so viele im Blitz vernichtet worden waren, aber London war ein Flohmarktparadies, und sie trieb alle Arten von Nippes auf. Sie mischte Art déco mit Viktorianischem, beides zur Zeit aus der Mode und billig, zu genau der Wirkung, die ihr vorgeschwebt hatte. Sie hätte die Wohnung gern frisch gestrichen, doch Farbe gab es nicht, genausowenig wie die meisten Dinge des täglichen Bedarfs, die für sie selbstverständlich gewesen waren: Seife, Lockenwickler, Bleistifte, Streichhölzer, Tassen mit

Henkeln, Löffel, Handtücher, Damenbinden. Sie schickte eine Liste an Karen Sue und eine an ihre Mutter, mochten sie ruhig im Bemühen, ihr zu helfen, miteinander wetteifern. Karen Sue gewann spielend mit dem größeren und früheren Paket. Oscars Schätze kamen, wie ihr auffiel, von alten Freundinnen in Los Angeles und New York sowie von seiner Mutter und seiner Schwester Bessie. Die Ankunft eines Familienpakets bedeutete für Oscar stets ein Fest.

Es war ein blaßgoldener Oktoberfreitag, und Oscar bereitete ein Abendessen aus einem jüngst angekommenen Paket. Auf dem Weg zu seiner Wohnung kaufte sie von einem Straßenverkäufer bei den Flakstellungen im Hyde Park gelbe Rosen. Sie erinnerten Abra an die altmodischen Rosen, die um das Scott-Sommerhaus bei Fort Popham wuchsen. Sie verspürte für einen Augenblick heftiges Heimweh, nicht so sehr nach ihrer Familie als nach jener schönen reinen Landschaft aus scharf umrissenen Tannen, vorspringenden Felsen und kaltem, tosendem Wasser.

Er legte den Arm um sie, zärtlich, wie er oft war. »Was für verführerische gelbe Rosen. So verführerisch wie du.«

Sie schenkte ihm gerne hin und wieder Blumen und umwarb ihn. In ihrer Beziehung war er der Angebetete und sie die Verführerin, also warum sollte sie nicht auch danach handeln? Im dritten Stock eines georgianischen Mietshauses auf dem Chesterfield Hill gelegen, war Oscars Logis dunkler als ihres, zu viel Mahagoni und hohe, finster starrende, dräuende Möbel, die aussahen, als könnten sie aus lauter Bosheit auf ihre Bewohner herabstürzen. Besonders unsympathisch war ihr eine unheimliche, zweieinhalb Meter hohe Standuhr im Flur, die gelegentlich aussetzte wie ein versagendes Herz und ständig die Viertelstunden schlug, aber die Putzfrau, die zu der Wohnung gehörte, bestand darauf, sie aufzuziehen.

Er hatte Schokoriegel aus dem Paket seiner Mutter gegen frische Eier eingetauscht, die Feldwebel Farrell von R&A vom Lande mitbrachte. Aus diesen kostbaren Eiern machte er gerade ein Omelett, mit undefinierbarem Käse von der Farbe bejahrten Radiergummis, dazu gab es derben, aber würzigen sizilianischen Rotwein aus dem Büro. Eine Schiffsladung davon, die in Palermo verladen werden sollte, war von einem OSS-Rechercheur, der den alliierten Streitkräften nach Sizilien und nun nach Italien folgte, requiriert worden und glücklich in London eingetroffen. Ihr erster Gang waren echte Sardinen aus einer Dose, die seine Mutter geschickt hatte, kostbarer als Kaviar in Friedenszeiten. Dazu gab es je eine halbe Tomate, verschrumpelt, aber echt und rot. Ein Vorteil der Mangelwirtschaft war, daß er jetzt selten verkündete, er habe eine Soße nach Louises Art versucht, und sie sei ihm mißlungen.

»Wollen wir den ersten Verlierer des Krieges feiern?« Er neigte ihr sein Glas zu. »Wir waren den letzten Monat über so unter Druck, daß wir gar keine Zeit gefunden haben, um den Sieg zu genießen.«

»Ach, daher das italienische Essen. Auf den schleunigen Abgang der anderen beiden.«

»Ich weiß, wir denken beide nicht, daß er schleunig sein wird. Es geht die Flüsterparole, daß wir die Festung Europa im Frühjahr angreifen. Voraussichtlich im Mai.« Er zuckte die Achseln. »Jedenfalls, einer ist am Boden, und wir sind noch nicht einmal zum Feiern gekommen.«

»Weil die Generalstäbler nie im voraus nach der benötigten Information fragen, sondern immer erst direkt, nachdem sie sie brauchen.«

Das Telefon klingelte. Wilhelm im Büro war auf etwas Interessantes gestoßen. Wann würde Oscar da sein? Bald, bald.

Die Abteilung Arbeit war das arme Stiefkind der Londoner Spionagefamilie, einer weit glanzvolleren Mise en scène als der um das alte Gebäude des Bundesgesundheitsamtes in Washington. Abra erkannte die Namen: Aufsichtsräte für jede beliebige Universität, Aktiengesellschaft, Bank oder alteingesessene Anwaltskanzlei konnten aus den Männern zusammengezaubert werden, die in den Grosvenor Square-Gebäuden für OSS arbeiteten. Es gab auch eine jüngere, liberalere, oft ärmlichere Schicht niederer Ränge, doch die meisten davon waren draußen vor Ort, dem Beschuß und der Gefahr ausgesetzt. Etliche waren in Nordafrika gewesen, und eine große Zahl derer, die sich vorn an der Front die Hände schmutzig machten, waren entweder schon in Italien oder auf dem Weg dorthin.

Spionage oder deren Leitung war nach britischer Ansicht die Angelegenheit von Gentlemen, und die Amerikaner kosteten nur allzu gern von dieser berauschenden Mixtur aus Zynismus, Noblesse oblige und internationalen Machenschaften wie von dem Kokain, das sie einmal in Harlem probiert hatte und das ihr sofort ins Hirn gestiegen war und es in Brand gesteckt hatte, bis es prasselte. Die Abteilung Arbeit hatte es mit schäbigen anarchistischen Metallarbeitern zu tun, mit Hirsch-

Dunckerschen Maurern, mit kommunistischen Eisenbahnarbeitern. Statt der Sprößlinge der Mellons oder der Du Ponts, die zu den anderen Adressen am Grosvenor Square strömten, trafen sich Flüchtlinge in ausgebeulten, geflickten Jacken und dem ausgeblichenen Blau der französischen Arbeiterklasse, in baskischen Strickmänteln, die nach den Desinfektionsbädern für Schafe rochen, mit den Vertretern der Abteilung Arbeit in East End-Kneipen und verschmuddelten Restaurants, wenn sie nicht in den Brook Street-Büros ein- und ausgingen.

Viel von ihrer Arbeit war öder Kleinkram, das Durchkämmen von Wirtschaftsdaten, von so abseitigen Dokumenten wie Frachtpapieren für Schiffe und Lastkähne, für Güterzüge von Frankreich nach Deutschland. Manche Informationen gingen an das Einsatzzentrum für die strategischen Bombenangriffe, denn sie gaben Auskunft über Truppenbewegungen, die Lage unterirdischer Fabriken, von Munitionsdepots und Treibstofflagern. Einer der Auswerter konnte am Preis von Apfelsinen in Paris ablesen, ob die Deutschen das Güterverkehrsnetz der Eisenbahn wieder in Gang hatten und es Zeit wurde, erneut zu bombardieren.

Eine ihrer unwillkommenen neueren Erkenntnisse war, daß die Bombenangriffe nicht annähernd so wirkungsvoll ausfielen wie interne Sabotage. Die französische Résistance war in London nicht sonderlich beliebt. Unter anderem, weil mit ihr zu verhandeln hieß, mit General de Gaulle zu verhandeln, der von den alliierten Generalstäblern fast so gering geschätzt wurde wie Hitler. Weder Abra noch Oscar verstanden recht, warum, obwohl er sich selbst zweifellos ungeheuer ernstnahm; aber das taten auch zahlreiche Zwergkönige, die die Briten unter ihre Fittiche nahmen und hofierten, und die nichts weiter taten als sich darüber zu echauffieren, wann sie nun endlich in ihre Paläste zurückkehren und ihr Wohlleben wiederaufnehmen konnten.

Vielleicht machte der ganze Anstrich der Résistance die Amerikaner nervös. Sicher gab es auch einen rechten Flügel der Résistance, der manchmal offen antisemitisch war, aber das Gros der Résistance stand weit links von der Mitte, und ein großer und sehr aktiver Teil war kommunistisch. Immer wieder wurden sie gebeten, die Wahrscheinlichkeit einer Machtübernahme der französischen Kommunisten nach der Befreiung einzuschätzen. Bislang räumten die Gutachten von R&A London dem wenig Chancen ein, doch die Generalstäbler schienen ihnen nicht zu glauben.

Alles, was Oscar und sie hatten zusammenstückeln können, legte nahe, daß die Résistance-Fer, die Organisation der Eisenbahnarbeiter oder *cheminots*, beim Lahmlegen des Bahnnetzes weit mehr als die Luftstreitkräfte erreichte, und zwar durch gezielte Sabotageakte. Sie sprengten präzise Zugabschnitte in die Luft, während die richtigen Waggons über das Dynamit fuhren, sie schütteten Sand und Kies ins Getriebe oder sie entfernten Gleisabschnitte, unmittelbar bevor ein Truppenzug durchfuhr. Résistancearbeiter stellten sich gern in den Dienst dieser Sache, denn sie sagten, daß die sogenannten Präzisionsbombardements mehr von ihren Leuten töteten, als sie den Deutschen weh taten, und die Bevölkerung gegen die Alliierten aufbringen konnten.

Oscar hob wieder sein Glas. »Auf unseren Bericht. Er ruhe in Frieden, denn die Generalstäbler werden uns sowieso nicht glauben.«

»Aber ihnen müßte doch recht sein, die Flugzeuge anderswo einsetzen zu können?«

»Wenn du Chirurg bist, möchtest du nichts von einem Gesundbeter hören. Wenn du ein Großunternehmen bist, das Bomben abwirft, dann möchtest du nichts über die großartige Arbeit eines Fähnleins von Amateuren mit ein paar Dynamitstangen hören.«

»Was hat es dann für einen Sinn, so hart zu arbeiten?« Sie streckte verzweifelt die Arme von sich. Doch sie war nicht verzagt. Die Idiotie der Bürokratie erstaunte sie, entmutigte sie aber nicht. Sie wollte einfach hören, was er dazu zu sagen hatte.

»Sobald eine Information existiert, besteht eine Chance, daß irgendwann ein politischer Grund für ihre Verwertung auftritt. Du weißt, die Abteilung Arbeit ist so ziemlich die einzige Quelle über die Zustände in Deutschland, aber unseren Berichten wird wenig Aufmerksamkeit geschenkt. Sogar R&A übertreibt den Wirkungsgrad der Bombenangriffe.«

»R&A Washington meinst du.« Die Londoner R&A-Leute fühlten sich von Washington mißachtet. Hier neigte jeder wesentlich stärker zur Vernetzung – ein Leben gekennzeichnet von der Zusammenarbeit mehrerer Abteilungen, von Organisationen, die mehrere Dienststellen vereinten.

»Die Generalstäbler denken weiterhin, wenn nur immer mehr und immer größere Bomben geworfen werde, dann wird das den Krieg entscheiden. Aber soweit wir aus unseren Arbeiterquellen feststellen können, produzieren deutsche Fabriken nicht weniger, sondern mehr Kriegsmaterial. Wir scheinen in der Denkweise – wenn man es denn so nennen kann – gefangen zu sein, die besagt, ein Bomber ist notwendigerweise besser als zwei Burschen mit einer Brechstange und einem Schraubenzieher, weil der Bomber den technologischen Fortschritt darstellt und wesentlich mehr kostet.«

Vielleicht liebe ich ihn, weil ich es immer interessant finde, mit ihm zu reden, dachte sie. Er war ein hervorragender Liebhaber, aber sie wollte öfter mit ihm schlafen als er mit ihr. Er trug die Bürden der Arbeit mit nach Hause. Sie hätte am liebsten jeden Abend oder jeden Morgen mit ihm geschlafen oder beides, doch sie konnte froh sein, wenn sie ihn drei- oder viermal in der Woche bekam, und zu Zeiten, wenn sie nie vor Mitternacht aus dem Büro stolperten, gingen sie vielleicht nur zweimal die Woche miteinander ins Bett.

Sie versuchte, ihn nicht unter Druck zu setzen. Dennoch war die Frage, ob sie nun am Abend miteinander schlafen würden oder nicht, ein Brummton, der unter dem Rhythmus und den Melodien des Tages vibrierte. Vielleicht würden sich, wenn sie zusammen wohnten, die Gelegenheiten ganz von selbst anbieten. Doch das ging nicht. Sie konnten nicht offen zusammenleben, obwohl sie ihre Beziehung nicht zu verbergen brauchten.

Liebe, dachte sie, während sie die letzten Eireste mit dem gräßlichen Brot auftunkte – ohne war ich besser dran. Das ist äußerste und äußerst eintönige Besessenheit. Aber wenn sie sich ein Leben ohne Oscar vorstellte, war das eine Sepialandschaft, bar aller Farbe, ausgeblichen, ohne leuchtendes Hell und verschlingendes Dunkel. Nein, zwar langweilte sie ihre Besessenheit, aber er tat es nie, und das war ihr in ihrer Erfahrung von Männern neu.

»Ich habe die Berichte aus Neapel gelesen.« Oscar lehnte sich auf seinem Stuhl zurück. »Wenn wir solch ein Essen genießen, dürfen wir dabei trotzdem nie vergessen, wie richtige, ehrliche Kost schmeckt. Es ist wichtig, die Nachahmung nicht mit dem Original zu verwechseln.«

»Ist das eine Art Kommentar zu Neapel?«

»Guter Gott, nein. Nur zu dem Essen.«

Sie grübelte, ob das durch die Blume ein Kommentar zu ihrer Beziehung war, so daß ihr der Anfang seiner Ausführungen entging. »... eine Stadt ohne Wasser, ohne Licht, ohne Strom, ohne Gas, ohne Lebensmittel, ohne öffentliches Verkehrssystem, ohne Eisenbahnen, ohne Telefon – alles von den Deutschen auf dem Rückzug zerstört, aber eine Stadt, die sich selbst befreit hat. Da haben wir den allerersten ausgewachsenen Aufstand einer Widerstandsbewegung, und er ist beeindruckend. Er hat die Denkweise der Generalstäbler noch in keiner Weise verändert – bewaffnete Zivilisten sind ihnen ein Greuel –, aber ich halte ihn für bedeutsam.«

»OSS pumpt eine Menge Leute nach Italien. Die erste richtig große Chance für die abenteuerlustigen Musketiere, loszulegen.«

»Da geht das gleiche Tauziehen zwischen der Rechten und der Linken los wie in Nordafrika, nur, daß die Linke mehr auf ihrer Seite hat – weit mehr Kämpfer, weit mehr Waffen und weit bessere Organisation.« Oscar seufzte. »Wenn ich doch nur Italienisch gelernt hätte. Ich bin überzeugt, ich könnte es mir rasch aneignen. Aber sie werden uns nicht hinschicken. Sie konzentrieren sich bereits auf die Kanalüberquerung.« Er stand auf. »Aber nun wieder an die Arbeit. Sonntag habe ich für uns etwas Besonderes. Ich habe Karten für die Albert Hall, Barbirolli dirigiert Beethoven.«

Oscar organisierte stets Karten für die beste Musik, die er finden konnte. Sie hielt das für eine Gewohnheit, die noch aus seiner Ehe stammte, denn sie hatte nie den Mut aufgebracht, ihm zu sagen, daß sie lieber ins Kino oder tanzen gegangen wäre, und daß ihre Art Musik Synkopen hatte. Sie saß die Konzerte aus, beobachtete das Publikum und grübelte. Würde sie je den Nerv haben, anzudeuten, daß die Konzerte an sie verschwendet waren? Nein, besser, *sie* saß neben ihm als eine andere. Als er einmal bemerkte, daß Louise ganz besonders Toscaninis Siebente mochte, kam sie nur durch Zufall irgendwann darauf, daß nicht Toscanini diese Siebente komponiert hatte, sondern Beethoven. Sie hatte das Gefühl, dazu verurteilt zu sein, inmitten langweiliger, lauter Musik zu sitzen, weil Louise diese Musik liebte. Immer trat sie in die Fußstapfen von Louise, immer.

Zwei Wochen später erfuhr Oscar endlich etwas über seine Schwester Gloria. Es fand sich in dem Einsatzbericht eines amerikanischen Piloten, der abgeschossen und dann durch die Rattenroute über die Pyrenäen in die Freiheit geschleust worden war. Nachdem die Militärs damit durch waren, studierte Oscars Abteilung solche Berichte, um Wirtschaftsinformationen zu sammeln. Dieser hier war einen Monat alt, bevor Oscar ihn zu Gesicht bekam, aber Gloria war unverkennbar. »Das ist ihr Haus in Maisons-Laffitte, und das ist Gloria, da bin ich mir absolut sicher«, sagte er und zeigte ihr die Beschreibung.

»Sie ist groß?« Oscar war es eigentlich nicht.

»Sie kann größer scheinen, als sie ist.«

Gloria war eine Station der Untergrundbahn, die abgestürzte Piloten und entflohene Häftlinge nach Süden zu den Pyrenäen schleuste. Der Flieger hatte sie für eine Französin gehalten, die ungewöhnlich sauberes Englisch sprach, und sie hatte seinen Eindruck nicht korrigiert. Er hatte sie außerdem für eine Witwe gehalten.

»Das ist komisch«, sagte Oscar. »Ich möchte mal wissen, wo der Baron steckt. Sie trägt fast immer Schwarz. Sie sieht hinreißend aus in Schwarz.«

Es war die erste konkrete Nachricht, die er über sie erhalten hatte. Da gab es also einen Piloten, der ihr tatsächlich begegnet war. Oscar hätte den Burschen gern aufgesucht, aber der flog schon wieder. Abra freute sich, von ihm ins Vertrauen gezogen zu werden, Nachrichten von seiner Familie mit ihm zu teilen. Sie hatte noch keine Verwandte von ihm kennengelernt, außer Kay, deren Briefe aus dem College unregelmäßig, aber reichlich kamen. Vielleicht war Gloria eines Tages die erste.

Daniel und Abra schrieben einander, Briefe, die mehr von geistreichen Bemerkungen oder den Bemühungen darum geprägt waren als von greifbaren Neuigkeiten. Mitte November jedoch bekam Abra einen Brief von Daniel, der mit spürbarer Belustigung erwähnte, daß Oscars geschiedene Frau in Abras alte Wohnung in Washington eingezogen war und sie bis Dezember mit Susannah teilte. Abra war nicht nur verärgert, sondern fühlte sich auf völlig irrationale Weise in ihrer Privatsphäre ausspioniert, bedrängt. Ja, sie hatte die Wohnung aufgegeben. Der Mietvertrag lief auf Susannahs Namen, und sie war für unbegrenzte Zeit nach London versetzt worden, unter Umständen sogar auf Kriegsdauer; auch hing sie nicht besonders an den winzigen, tristen Zimmern und hatte sich nie Mühe gegeben, sie zu den ihren zu machen.

Trotzdem fand sie das keineswegs so amüsant wie Daniel. Von Louise fand sie es geschmacklos. Sie erfuhr zu ihrem weiteren Ärger, daß Oscar bereits von dem Einzug wußte, durch seinen früheren Projektleiter in Washington. Dr. Widerman hatte sich nie für sie erwärmt – sie war nicht der Typ Frau, den er billigte –, und sie war sicher, daß er es war, der Louise aus lauter Gemeinheit von der Wohnung erzählt hatte.

Oscar fand das anscheinend ebenfalls in Maßen amüsant. Daniel und Franz Widerman und Oscar sollten sich doch zusammensetzen und in ihre Bierchen gnickern. Und Louise – der hätte sie gerne ins Gesicht gesagt, was sie von ihrem Mangel an Takt hielt.

Daniel schließlich nahm sie persönlich übel, daß er in Louise offenbar ein perfektes Double für sie gefunden hatte, die leicht erreichbare Flirt- und Trink- und Wandergesellin. Abra sah sich nicht nur bloßgestellt, sondern einfach ersetzt. Es kränkte sie, daß Daniel übergelaufen war. Sogar die Freunde in der Heimat vergaßen sie. Sie fühlte sich in diesen Tagen ganz und gar nicht unbesiegbar.

Daniel 5

Arbeit im Dunkeln

Den Herbst über bis in den Winter hinein hatte Daniel fast immer Nachtwache und schlief, so gut er konnte, am Tage. Rodney, mit dem er die Wohnung teilte, und seine Freundin Ann waren immer noch in einer Tagschicht, und dieser Wechsel griff stärker in sein Leben ein, als er vorher vermutet hätte.

Er sah Ann kaum noch. Kein diskretes Mittagessen mehr auf dem Kantinendeck des Gebäudes, und die gelegentlichen Abende, an denen sie miteinander ins Bett gingen, ließen sich nur schwer arrangieren. Sonntag nachmittag war immer ihre Tante zu Hause. Nach und nach schlief die Beziehung ein, und obwohl er meinte, einen Anflug von Vorwurf in Anns Stimme zu hören, wenn sie einmal miteinander sprachen, war er weniger ausgeprägt, als er erwartet hatte. Vielleicht hatte ja auch sie genug von den Krümeln ihrer außerordentlich bruchstückhaften Intimität.

Dennoch gab es Momente, in denen er sie schmerzlich vermißte. Sein

Verlangen nach ihr war immer teils sexuell, teils ästethisch gewesen, denn er war nie müde geworden, sie anzuschauen. Noch ihre geringste Geste hatte eine unbewußte Anmut – ob sie ein Tuch umlegte, eine Tasse zum Mund führte oder sich umwandte, um ans Telefon zu gehen. Er vermißte auch den offenen Klatsch über ihre Abteilung. Was er nicht vermißte, das waren die langstieligen Schilderungen ihrer Gefühle und ihrer matten Ambitionen; was er nicht vermißte, das waren die permanenten Zeichen ihrer Passivität. Manchmal war sein Eindruck, sie trat dem Leben entgegen mit der Begeisterung eines Badezimmers, das auf seinen Umbau harrt. Doch er wußte, daß seine Ungeduld ungerecht war. Sie lebte wie ein Silberfischchen in Ritzen, in den Fugen einer ihr gegenüber aktiv feindseligen Gesellschaft. Sie sehnte sich nach Normalität wie nach Oz oder Shangri-La. Vielleicht war seine Anbetung ihrer exotischen Schönheit und ihrer Anmut ebenso ungerecht wie seine Ungeduld. Sie hätte wohl beides im Handumdrehen für allgemeine Anerkennung hergegeben.

Wenn er Ann mehr vermißte, als er vorausgeahnt hatte, so vermißte er Rodney überhaupt nicht. Er schlief, wenn Rodney zur Arbeit war; wenn Rodney schlief, arbeitete er. Unter ihnen war eine sehr attraktive ältere Frau eingezogen, die sich als Abras Schreckgespenst herausstellte, Oscar Kahans geschiedene Frau. Anfangs dachte er, es gäbe zwei neue Bewohnerinnen, denn auf dem Briefkasten erschienen zwei Namen, L. Kahan und A. H. Sinclair. Nachdem er eine Woche lang nur die hochschwangere und kurz vor dem Auszug stehende Susannah gesehen hatte und die neue Frau mit dem rotbraunen Haar, der rosigen Haut und einer Figur, die sogar Rodney gleich aufgefallen war, fragte er.

Sie lachte. Es war ein tiefes Lachen, das aus ihren vollen Brüsten emporzuquellen schien. »Das bin alles ich.« Sie trug ihre Post in beiden Armen hinauf. Sie schien mehr zu bekommen als die übrigen Bewohner des Hauses zusammengenommen, Briefe in allen Formen und Größen, riesige braune Umschläge, Büchersendungen. »Ich arbeite unter beiden Namen.«

Kurze Zeit malte er sich aus, daß sie irgendwie im Showgeschäft war, denn attraktiv genug war sie, und sie hatte die Ungezwungenheit einer Frau, die gewohnt war, in der Öffentlichkeit aufzutreten.

Dann fiel ihr eines Tages die Hälfte ihrer Post herunter. Es waren zu viele glatte Hochglanzzeitschriften in den wackeligen Stapel eingekeilt.

Die Briefe glitten zu Boden. Während er sich bückte, um sie aufzuheben, las er auf einem den vollen Namen, Annette Hollander Sinclair. Die Arme voll mit dem, was sie fallengelassen hatte, folgte er ihrem langen, vollen, klassischen Hinterteil die Treppe hinauf. »Warum kommt mir der Name so bekannt vor?«

»Lesen Sie viele Fortsetzungsromane?«

»Ach du Gott«, sagte er. Anns Lieblingsschriftstellerin. »Sie schreiben dieses Zeugs? Ich meine ...« Er verstummte.

»Ja, ich schreibe dieses Zeugs.« Sie feixte ihn an, mit leicht unregelmäßigen Zähnen unter den großen grauen Augen. »Aber ich wette, Sie haben nichts davon gelesen. Mein geschiedener Mann jedenfalls brachte es nie fertig. Das war auch besser so.«

»Sollte ich? Neugierig genug bin ich.«

»Nein, Sie sollten nicht. Wenn Sie etwas lesen wollen, dann lesen Sie das hier.« Sie gab ihm ein *New York Times Magazine* vom Couchtisch, während sie ihn gleichzeitig wie immer mit fester Hand zur Tür hinaussteuerte.

Er las es im Badezimmer, drei Interviews, durch einen Kommentar verbunden, der sie so gegenüberstellte, daß sie einander ergänzten, eine hochdekorierte Scharfschützin aus der Sowjetunion, eine Frau, die B-17-Bomber für WASP flog, und eine Frau, die gerade aus Frankreich geflohen war, wo sie sich in der Résistance eingesetzt hatte. Louise reizte ihn weiterhin, obwohl ihm die Zeit fehlte, seiner Neugier nachzugehen. Sie nahm ihn offensichtlich wegen seines Alters nicht ernst, denn sie mußte etliche Jahre älter sein als er, trotzdem war er überzeugt, sie herumkriegen zu können. Sie war verwundbarer, als sie meinte.

Er würde ja nicht bis in alle Ewigkeit Nachtschichten haben. Louise hatte mindestens so viel zu tun wie er. Sie hatte gerade mit einem französischen Filmregisseur Schluß gemacht – ein harter Brocken für einen Nachfolger, aber Daniel fand, gerade, daß er das absolute Gegenteil war, konnte sich als verkappte Stärke erweisen. Es war ein Wunschtraum beim Hinübergleiten in den Schlaf, etwas, was man sich am Sonntag nachmittag gönnte. In der übrigen Zeit waren seine Gedanken bei seiner Arbeit.

Sogar nachts träumte er manchmal in Code und mehr als einmal in Japanisch. Eines Nachts wachte er von einem erotischen Traum ganz in Japanisch auf, in dem er mit Ann im Bett lag, die sich aber in Louise verwandelte, sobald sie etwas sagte. Es schien unpatriotisch, in Japanisch zu träumen und erotische Fantasien zu haben, die in Japan spielten, aber er konnte es nicht ändern.

Marinefunkmeldungen waren wesentlich unpersönlicher als die alten Purpur-Dechiffrierungen. Das diplomatische Corps Japans sandte oft Kabel, die um etliches länger waren als die Marinefunksprüche und überquollen von Witz, Blasiertheit, Ego und treffenden Beobachtungen. Baron Oshima in Berlin war ein faszinierender Korrespondent gewesen, ein scharfer und gewitzter Beobachter, dessen Kabel die Grundlage für ein hochinteressantes Buch über Nazi-Deutschland geliefert hätten. Verschiedene Diplomaten bekamen hysterische Anfälle, wenn sie sich unterbewertet fühlten, ein häufiges Vorkommnis in dieser Welt der Wichtigtuerei und der Selbstdarstellung. Sie nahmen alle Rückfragen persönlich und bekamen einen Koller, wenn ihre Sicherheitsvorkehrungen angezweifelt wurden. Die Welt von Purpur war recht menschlich.

In den Marinefunksprüchen wurden die Dramen eher angedeutet als ausgelebt. Dennoch lernten sie langsam die Admirale, die Kapitäne jener Flotte kennen. Daniel war sich bewußt, nicht der einzige amerikanische Offizier zu sein, der die Ermordung von Admiral Yamamoto durch die Amerikaner mit gemischten Gefühlen sah. Ihre Entschlüsselungen hatten es möglich gemacht, Yamamoto bei der Inspektion vorgeschobener Außenposten niederzuschießen.

Das Büro hatte eine große Anzahl von Meldungen aus den Garnisonen auf den Gilbert- und den Marschall-Inseln bearbeitet. Die Gilberts waren offensichtlich der nächste Schritt in dem Versuch, den mächtigen japanischen Verteidigungsring zu durchstoßen. Daniel hatte Funksprüche von den japanischen Stationen auf Makin und Tarawa mit hoher Dringlichkeitsstufe auf den Schreibtisch bekommen, nachdem ein amerikanischer Flugzeugträgerverband zu einem raschen Schlag vorgestoßen war. Auf der Insel Betio waren von sechzehn Flugzeugen acht am Boden erwischt und vernichtet worden.

Alle japanischen Garnisonen erstatteten regelmäßig Meldung von ihrer effektiven Kampfkraft, führten die Zahl der Einsatzfähigen, der Verwundeten und der Kranken auf, gaben ungefähre Bestandslisten von Verpflegung, Treibstoff, Flugzeugen und Munition. Die Dechiffrierer versuchten, den Tankschiffen und den Marus auf der Spur zu bleiben, den Schiffen der japanischen Handelsmarine, die die Vorräte auf den verschiedenen Inseln wieder auffüllten. Der Maru-Code war von den Marinekryptologen auf Hawaii geknackt worden. Der Maru-Code war eine jener Aufgaben, denen jeglicher Nervenkitzel abging. Dann, als schließlich jemand die stupide Arbeit vollbracht hatte, standen plötzlich enorme Informationsmengen zur Verfügung, was auf einem Teilgebiet des Krieges eine Wende herbeiführte.

Die Maru-Codes meldeten die Abfahrten und die Bestimmungsorte von Tankern und Frachtschiffen und manchmal auch, was sie mitführten. Am allerwichtigsten war für die amerikanischen U-Boote, die im ersten Kriegsjahr alle Mühe gehabt hatten, überhaupt irgendein Schiff zu versenken, daß die Codes die Positionen durchgaben, die die Konvois jeden Tag zur Mittagszeit erreichen sollten. In dem weiten, mit winzigen Inseln besprenkelten Ozean gab diese Information den Ausschlag. Plötzlich waren die amerikanischen U-Boote – wie die deutschen – zur rechten Zeit an der rechten Stelle.

Daniel hatte Nachtschicht, als zur See und aus der Luft die Eroberung von Tarawa begann – Morgendämmerung im Zentralpazifik. Bei den Männern der Nachtwache herrschte moussierender Optimismus. Das müßte ein Spaziergang werden. Das Oberkommando hatte alles, was der Nachrichtendienst ihm geben konnte: die Kryptologen hatten sogar die vier größten Geschütze als Acht-Zoll-Küstenbatterien identifiziert. Die Japaner hatten sie den britischen Verteidigern von Singapur abgenommen, wo sie in die falsche Richtung gezeigt und daher nichts genutzt hatten, als die Japaner vom Land aus angriffen.

Das Oberkommando kannte die Stärke und den Standort einzelner japanischer Einheiten, sogar den befehlshabenden Offizier. Die Dechiffrierer in Washington und auf Hawaii hatten Einzelheiten über die Befestigungen, die Bewaffnung der Japaner, Schätzungen der vorhandenen Munition und Nahrungsmittel weitergeleitet. Dies war keine improvisierte Hauruckoperation wie Guadalcanal. Genau wie alle anderen im Büro rechnete Daniel damit, daß die Eroberung bald abgeschlossen sein würde, vielleicht nicht bis zu seinem Dienstschluß, aber bestimmt, bevor er morgen seinen Dienst wieder antrat.

Doch noch bevor die Nacht halb verstrichen war, zeichnete sich deutlich ab, daß nichts recht voranging. Die Eroberung war für sie schwerer zu verfolgen als eine Seeschlacht, aber es gab einfach überhaupt keine Fortschritte. Als Daniel am nächsten Tag zurückkam, gingen die Marinesoldaten auf der anderen Seite der Welt einer Katastrophe entgegen. Die Verlustzahlen waren schlimm. Das japanische U-Boot I175 berichtete von der Versenkung des Flugzeugträgers *Liscombe Bay*. Bei der anschließenden Explosion kamen alle siebenhundert Mann Besatzung ums Leben. Bei den Marinesoldaten fiel jeder vierte. Es war der dritte Tag, als die japanische Garnison ihren letzten Funkspruch durchgab. »Wir haben keine Munition mehr und werden jetzt alle einen letzten Gegenangriff versuchen. Möge Seine Majestät der Kaiser und möge Japan noch zehntausend Jahre leben!«

Soweit Daniel es sich zusammenstückeln konnte, hatte die Marine Karten aus dem neunzehnten Jahrhundert benutzt und erwartet, die Flut werde die Landetruppen hereintragen, doch die Flut kam nie. Überdies hatten sich die Berichte über Art und Anzahl der Geschütze als nutzlos erwiesen, da die Geschütze sorgfältig versteckt und eingegraben waren.

Die japanischen Verluste waren total. Alle fielen, bis auf einen Offizier und sechzehn Gefreite. Tarawa war eingenommen, aber auf grauenhafte Weise. Es entmutigte sie alle. Es gab keine Feier unter den Mitarbeitern von Sektion 20-G. Es schien ein Sieg um den Preis eines Desasters.

Zu Thanksgiving fuhr Daniel kurz nach Hause zu seinen Eltern in die Bronx. Haskel brachte eine Bekannte mit, die angesichts der versammelten Familie vor Nervosität zitterte. Judy war da, mit ihrem Baby auf dem Schoß. Ihr Mann nahm am Italienfeldzug teil. Judy fragte Daniel immer wieder, was er eigentlich in Washington trieb, während er sich mühte, ihre Fragen abzubiegen und sie mit nichtssagenden Antworten und kleinen Scherzen abzuspeisen. »Ich finde es eine Schande«, sagte sie. »Du hast einen Büroposten, einen gemütlichen Büroposten, während andere Männer da draußen kämpfen.«

»Warum solltest du deinem eigenen Bruder wünschen, in Gefahr zu sein?« fragte seine Mutter und knetete die Hände.

»Wenn er kein Feigling wäre, würde er auch da draußen sein wollen.«

Niemand schlug vor, Haskel sollte nach Übersee gehen. Daniel hielt den Mund, aber ihm war der Appetit verdorben. Noch am Abend mußte er zurück. Der Krieg wartete nicht. Dennoch fühlte er sich niedergedrückt. Die Wohnung seiner Eltern war für ihn beklemmend, übermöbliert, überfüllt, überheizt. Seine Eltern schienen sich sicherer zu fühlen, da sein Vater eine kleine Deckenfabrik leitete, und sie erwähnten Pläne für Nachkriegsanschaffungen. Er überlegte, ob sein Onkel in Schanghai ihm immer noch so nahestand, wie seine eigenen Eltern ihm fern waren. Sie fragten ihn nach netten jüdischen Mädchen; er speiste sie mit dem Versprechen ab: nach dem Krieg. Nach dem Krieg würden sie sich einen Kühlschrank kaufen und eine Couch, und er würde sich nach einer Frau umsehen. Er fühlte sich, als würde ihm die Kehle zugedrückt, und er hatte ein schlechtes Gewissen wegen seiner Entfremdung.

Als er nach Washington zurückkehrte, wurde die Operation Flintlock, Feuerstein, vorbereitet, der Angriff auf die Marschall-Inseln. Erst Anfang Dezember fiel ihm auf, daß er schon eine Weile nichts mehr von Abra gehört hatte. In Kriegszeiten konnte vieles die Post behindern, aber er nahm an, daß sie sich über seinen letzten Brief ärgerte, in dem er Louise vorteilhaft erwähnt hatte. Er schrieb ihr rasch einen komischen Brief über das Kriegs-Washington und die umlaufenden Witze. Unmittelbar vor Weihnachten bekam er eine Antwort, die freundlich kokettierte. Offenbar hatte sie ihm verziehen.

Louise vertraute ihm an, daß sie sich noch unschlüssig war wegen des Weihnachtsfestes. Sie selber hatte sich nie etwas daraus gemacht, aber Oscar war der Meinung gewesen, daß sie für Kay feiern mußten, um ihr nichts vorzuenthalten. Louise hätte es liebend gern übergangen, aber da Oscar im Ausland war, fühlte sie sich verpflichtet, seine Abwesenheit wettzumachen. Kay ärgerte sich, nach Washington heimzukommen statt nach New York, wo sie ihre alten Freundinnen von der Elizabeth Irwin-Schule treffen konnte, aber Louise hatte die Wohnung in New York an ein Paar vermietet, das dort fürs OWI arbeitete.

»Wie kommt es, daß Sie so ein schlechtes Gewissen Ihrer Tochter gegenüber haben?«

»Ich nehme an, keine Mutter hat je das Gefühl, ihre Sache halbwegs ordentlich gemacht zu haben. Und wenn dann auch noch ihre Ehe zu Bruch gegangen ist, dann meint ein Teil von ihr, versagt zu haben, auch wenn der Rest von ihr meint, daß wahrscheinlich alles zum Guten war.«

Er war neugierig auf die Tochter. Er erwartete eine junge Ausgabe der Mutter, doch er wurde enttäuscht. Sie sah gar nicht schlecht aus, glänzendes dunkelbraunes Haar, das sich auf ihre Schultern ringelte, recht angenehme Züge, wenn sie entspannt waren, doch ihm gegenüber war

Kay linkisch und mürrisch. Als er zum Sonntagsmittagessen erstmals an der Tür erschien, mit dem Geschenk von einem viertel Pfund guter Butter und einem halben Dutzend frischer Eier, sagte sie mit lauter und ungezogener Stimme »Wer ist das denn?«, trotz der mit Sicherheit vorausgegangenen Erklärungen ihrer Mutter.

Er sah deutlich, daß Louise auch enttäuscht war. Sie hatte wohl gehofft, er würde sich zu Kay hingezogen fühlen, kam ihm der Verdacht. Vielleicht war ihr Gedanke, er würde ihrer Tochter gut tun, doch weder mochte er Kay noch sie ihn. Beide richteten fast alle Bemerkungen an Louise. Er fand Kay ichbezogen und pedantisch, als hätten ein paar Wochen College ihr Einblick in sämtliche angesprochenen Themen verliehen. »Mein Professor sagt« war ihr ständiger Protestschrei. Sie hatte nichts von dem Charme ihrer Mutter, nichts von ihrer Wärme und ihrem Witz.

Sein Onkel in Schanghai hatte ihm einmal, als er die Tochter eines türkischen Attachés anschwärmte, geraten, sich die Mutter anzuschauen, um zu sehen, was in ein paar Jahren aus der Tochter werden würde. Wenn es danach ging, hätte Kay von Glück sagen können. Doch angesichts dieser Tochter verstand er Louises schlechtes Gewissen. All ihr Tun und ihre Mühe mußten ihr unzulänglich dünken, bei diesem Resultat.

Obwohl Louise ihn mit ins Kino einlud, zu Spaziergängen, zum Schlittschuhlaufen in eine Eishalle und zum Essen in ein Restaurant, entschuldigte er sich, bis er Kay wieder ins College verfrachtet sah. Die Operation Feuerstein näherte sich rasch, und Sektion 20-G stand ein weiterer Anfall von Arbeitswut ins Haus. Unmittelbar davor überredete er Louise, zu einem echten Schanghai-Festessen heraufzukommen. Er hatte Rodney bestochen, den Rest des Sonntags über zu verschwinden, indem er den gesamten gemeinsamen Müll wegbrachte und Küche und Badezimmer putzte.

Louise kam, Louise aß und genoß, doch wurde nicht erobert. Alles, was sie auszog, waren ihre Schuhe, aber daß sie zu ihm allein nach oben gekommen war, bedeutete schon einen großen Schritt nach vorn, sagte er sich. Es blieb nur noch eine Frage der Zeit. Sie war gern mit ihm zusammen, und er hatte bislang noch keinen Rivalen. Sanfte Beharrlichkeit würde sie gewinnen. Ein Verlangen so groß wie das seine mußte doch ansteckend sein.

Murray 2

Ein kleiner Fehler bei der Berechnung der Gezeiten

Im Krankenhaus kamen die Ärzte zu dem Schluß, daß Murray Hepatitis hatte – anscheinend nicht die schlimmste Sorte, aber schlimm genug. Trotzdem war es heilbar und keine Millionen-Dollar-Verwundung. Sie schickten ihn nicht nach Hause, sondern versicherten ihm, in zwei oder drei Monaten wäre er gesund.

Er war elend und schwach und fieberte. Er hatte nicht nur eine Pilzinfektion, sondern auch Würmer. Trotzdem war er gerne im Krankenhaus, wo er sich selbst wiederfand, als wachte er auf und stellte fest, daß er geträumt hatte, ein völlig anderer zu sein. Er las; er las wieder gern; er konnte ein Buch dem anderen vorziehen, vergleichen, kritisch beurteilen. Er begann, wieder Ideen zu haben, Gedanken über den Augenblick hinaus, über die Angst hinaus. Er konnte wieder an mehr denken, als sich den Bauch zu füllen, seine wunden Eingeweide zu entleeren und eine Mütze Schlaf zu erwischen. Er konnte an Ruthie denken, ohne sich an den Schwanz zu fassen. Er konnte schweigen, wenn die anderen ihn ließen.

Dummerweise befanden die Ärzte nur allzu bald, er sei genügend wiederhergestellt. Es ging ihm nicht gut. Er konnte sich kaum erinnern, wie es war, völlig schmerzfrei zu sein, mit Leichtigkeit zu gehen, eine Treppe hinaufzulaufen, ohne daß ihm schwindlig und übel wurde.

Nach dem geheimnisvollen Ratschluß der Marineinfanterie wurde er nicht zu seiner alten Truppe zurückversetzt, sondern kam zur 2. Division des 8. Marineinfanterieregiments, wo fast alle von der Rekrutenschleiferei San Diego kamen, nicht von Parris Island wie er und seine alte Truppe. Er fühlte sich umhergestoßen, zu Männern geworfen, die einander kannten. Die 2. Division war in Wellington auf Neuseeland stationiert, wo er auch im Krankenhaus gelegen hatte, und vielleicht war es ihnen einfach zu umständlich, ihn an einen Ort weiter weg zu schicken. Er meldete sich im McKay-Lager, und seine Zeit der Ruhe war vorbei. Viele der Männer waren schon eine Weile in Neuseeland und fühlten sich ganz daheim. Sie hatten Freunde, sie hatten Freundinnen und sie hatten sich den hiesigen Jargon angewöhnt. Er fühlte sich ebenso als Außenseiter wie damals im Rekrutenlager.

Ihm wurde ein Platz in einer Hütte aus Dachpappe zugewiesen, die nur von einem Kerosinofen beheizt wurde. Er fröstelte immer noch leicht. Einige Männer hier waren auch auf Canal gewesen und hatten immer noch Malaria. Die wenigstens war ihm erspart geblieben, dank des Atabrins, das seinen Teint gegilbt und wahrscheinlich dadurch den Sanis auf Canal seine Hepatitis verschleiert hatte.

Der befehlshabende Major seiner neuen Truppe schwor aufs Wandern. Sie gingen auf Hundert- und Hundertdreißig-Kilometer-Märsche über die Berge. Beim ersten Mal schaffte Murray es nicht. Seine Füße waren im Krankenhaus weich geworden und fingen bald an zu bluten. Bei den Marinesoldaten durfte keiner je Schwäche zeigen, auch wenn er erst vor zwei Tagen aus dem Krankenhaus entlassen worden war, und er wurde bestraft wie ein Drückeberger. Trotzdem machten etliche Männer schlapp, denn viele waren krank gewesen.

Es ging die Latrinenparole, daß sie die Insel Wake zurückerobern sollten, wo Marinesoldaten in Gefangenschaft geraten waren. Murrays Kraft kehrte langsam zurück. Wenigstens war das Klima auf Neuseeland belebend und gesund. Er gewann Freunde, einer wie er Parris-Insulaner, Jack Robelet aus Maine, der andere der einzige Jude außer ihm, Harvey Meyerhoff aus San Diego, der sich zur Marineinfanterie gemeldet hatte, weil er meinte, dann blieb er am Ort stationiert. Die Rekrutenschleiferei lag ja nur ein paar Kilometer von der Tankstelle seiner Eltern entfernt.

Harvey hatte rotblondes welliges Haar, hellbraune Augen und eine Nase, die einen leichten Knick nach links machte, von einem Unfall bei einem Ringkampf in der High-School. Er sprach mit nasaler Stimme und leicht melancholischem Gesichtsausdruck, ein Spaniel, der gelernt hatte, zu mißtrauen, dem das aber eigentlich gegen sein gutmütiges Naturell ging.

Jack war klein und geschmeidig. Sein Haar und seine Augen waren dunkel, sein Gesicht rotwangig. Er schien aufgeweckter als Harvey, aber ungebildeter. Er war zweisprachig aufgewachsen, seine Eltern sprachen zu Hause Französisch, aber in der Schule durfte nur Englisch gesprochen werden, in einer Stadt, in der die unteren Bevölkerungsschichten ausschließlich französischer Herkunft waren. Er hatte damit gerechnet, in der Papierfabrik zu arbeiten wie sein Vater, aber er liebte es, die Fiedel zu spielen. Er konnte auch schnitzen, Hunde, Katzen, eine Meerjungfrau, einen Mann im Mond, dem er Harveys Nase mit dem Linksknick gab. Jack war der jüngste der drei, Murray mit zweiundzwanzig der älteste, aber Jack wirkte älter als Harvey.

Jack hatte ein Mädchen namens Gisele geheiratet, das ihm auf Photos ähnlich genug sah, um eine Schwester oder Kusine zu sein. Sie schrieben sich in Französisch. Gisele arbeitete in einer Schuhfabrik und machte Stiefel für die Armee.

Murray hatte sich große Mühe gegeben, diese beiden Freundschaften rasch zu festigen, denn ohne Kameraden konnte er nicht überleben. Als Jude, als eine Art Intellektueller machte er sich zur Zielscheibe aller sadistischen Späße, wenn er für sich blieb. Trotz seiner geringen Körpergröße stand Jack in dem Ruf, schnell und hart zuzuschlagen und ohne sichtliche Anstrengung auf Mädchen anziehend zu wirken. Bei Tanzabenden in der Stadt fanden die Frauen ihn immer. Murray brauchte nur bei Jack zu stehen, und bald flirteten einige Frauen auch mit ihm.

Nach einem Tanzabend unweit vom McKay-Lager mußte er zum ersten Mal eine Entscheidung treffen. Eigentlich hatte er den Abend einfach nur ein wenig treiben lassen wollen, denn es tat gut, mit einer Frau zusammen zu sein, sogar mit einer unansehnlichen jungen Frau, die zu viel lachte. Dann landete er mit ihr im Bett. Es geschah rasch und verstohlen im Haus ihrer Freundin, denn er mußte bis zum Beginn der Ausgangssperre wieder im Lager sein. Am nächsten Tag wartete er auf das schlechte Gewissen, doch er empfand nichts weiter, nur, daß der Abend ganz nett gewesen war. Er traf sich noch ein paarmal mit ihr, dann mußte seine Einheit aufs Schiff. Sie wurden auf die Neuen Hebriden gebracht, um Landungen mit Amphibienfahrzeugen zu üben. Abgesehen von einem einzigen Landemanöver verbrachten sie achtzehn Tage eingepfercht auf den Transportschiffen.

Eines Nachts hatte er einen Traum, daß er heimkam, und Ruthie war eine uralte Frau, hager wie ein Sack voller Knochen, mit langen, strähnigen weißen Haaren. Das erschreckte ihn mehr als seine Alpträume von Schlachten. Einige von seiner Truppe hatten in Neuseeland geheiratet, darunter auch Feldwebel Reardon, aber keine dieser Frauen konnte Ruthie das Wasser reichen. Dann dieser Traum.

Er glaubte, daß sie ihm treu war, aber jedesmal, wenn einer in seiner Truppe einen Abschiedsbrief erhielt, kamen ihm Zweifel, ob er nicht zuviel erwartete. Ihm kamen auch Zweifel, ob es gut war, daß er sie gedrängt hatte, mit ihm zu schlafen, denn wenn sie es mit ihm getan hatte, tat sie es danach vielleicht auch mit einem anderen. Im Krankenhaus hatte er noch volles Vertrauen zu ihr gehabt, aber jetzt war er sich ihrer nicht mehr so sicher, war sich nicht mehr sicher, ob er die richtige Wahl getroffen hatte.

Der Feldzug klang einfach genug. Es ging nicht auf die Insel Wake, sondern auf das winzige Eiland Betio, das zu einem Atoll namens Tarawa gehörte, wo immer das sein mochte. Die Admiralität suchte sich einfach irgendeinen Punkt auf der Karte aus, aber da alle Inseln von Japanern nur so wimmelten, war es schon egal. Diese sollte gesünderes Klima haben als Canal, aber selbst die Hölle hatte ein gesünderes Klima als Canal. Sie wurde beschrieben als etwas über drei Kilometer lang und knapp einen Kilometer breit, eine Insel, die sie an einem Tag überrennen und säubern konnten.

Die Marine gab erst einmal den Japsen Saures, mit Bombardierungen, die keinen Stein auf dem andern ließen, und dann tanzten sie an und erledigten den Rest. Kein Dschungel diesmal. Es klang fast zu schön, um wahr zu sein. Drei Tage lang hatten die Kriegsschiffe und die Bomber von den Flugzeugträgern auf den Klumpen Dreck und Korallenkalk eingehämmert. Ihr Auftrag wurde ihnen in der Einsatzbesprechung als Polizeiaktion beschrieben. Sie wurden mitten in der Nacht für ein Frühstück aus Steaks, Kartoffeln und Eiern aufgeweckt. Dann kam noch vor 5 Uhr früh das Signal: »Landungstruppen an Land!« Murray folgte Harvey und Jack über die Reling in ein Higgins-Boot. Dann stiegen sie in einen Amtrac um, einen Amphibienpanzerwagen.

Stundenlang, so kam es ihnen vor, kreisten sie in trübem, kabbeligem Wasser. Vor ihnen war schon eine Angriffswelle. Sie waren die zweite, falls sie sich je in Bewegung setzten. Die Japse legten schweres Arifeuer, also schickten die Schiffsgeschütze und die Sturzbomber eine weitere Runde Schockwellen durch die Luft.

Im trüben Licht starrten sie auf das langgestreckte flache Ufer. Ein langer Pier und ein kürzerer ragten ins Wasser. Kokospalmen bogen sich unter der Wucht der Bomben. Die meisten waren schon abgebrochen. Murray sah kein einziges unversehrtes Bauwerk. Die Marine hatte offensichtlich ganze Arbeit geleistet. Als die Amtracs sich schließlich in Bewegung setzten, wurde jedoch klar, daß eine Menge Japse immer noch eingegraben waren, irgendwo unter der bomben- und granatennarbigen Oberfläche.

Die erste Schwierigkeit war: eigentlich sollte Flut sein, aber davon war nichts zu merken. Sie kamen kaum über das Korallenriff hinweg, das wie Reißzähne aus dem Niedrigwasser ragte. Die Amtracs schlichen durch das Wasser, und dann krochen sie über die Riffe, schleppten sich schwerfällig voran unter erst vereinzeltem, dann aber zunehmendem Küstenfeuer. Was immer die Marine getroffen hatte, es gab trotzdem noch unversehrte Geschützstellungen, die auf sie schossen. Während die Zeit verging, während die unbeholfenen Amtracs voranrumpelten, wurde der japanische Beschuß heftiger, konzentrierter und treffsicherer. Granaten krachten um sie herum ins Wasser, so daß der Leutnant einen Korallensplitter in die Wange bekam und blutete wie ein kleiner Springbrunnen. Da das Feuer jetzt deckend lag, war allen klar, daß die Japse sie mit der nächsten Granate erwischen konnten. In dem kleinen Boot stank es nach Scheiße. Sich vor Angst in die Hosen scheißen war in der Schlacht keineswegs nur bildlich gemeint. Sein Magen brannte, als hätte er Säure getrunken. Warum kamen die verdammten Amtracs nicht schneller vom Fleck?

Dies war seine erste Landung unter Feuer. Er wünschte, sie wären hinten bei der Meute, die in den Booten nachkommen sollte, sobald sie den Weg geebnet hatten. Ihm war klar, in seiner zweiten Welle traf es sie besonders schlimm.

Zerstörer legten einen Rauchschleier, aber der verwehte rasch, dafür hing der Geschützqualm in der Luft. Die Lagune war kabbelig, um sie herum wühlten 88er das Wasser auf. Als sie noch einen knappen Kilometer bis zum Ufer hatten, eröffneten die Küstenbatterien das Feuer, und als sie näher kamen, gerieten sie unter MG-Beschuß. Als sie noch näher kamen und die Amtracs wie Enten in Zeitlupe über die scharfen Kanten und steilen Schrägen des Riffs watschelten, legte alles auf sie an, darunter auch Mörser. Vor ihnen hatte die erste Amtrac-Welle Grund erreicht. Hinter ihnen kam noch eine Welle. Er konnte in dem Rauch, dem explodierenden Wasser, den umherfliegenden Korallenstücken nichts erkennen, und er hütete sich, den Kopf rauszustrecken, um was zu sehen. Die Granaten schüttelten seine Knochen so schon durcheinander.

Dem Mann zwischen ihm und Jack wurde der halbe Kopf weggeblasen. Er lag da, und sein Blut lief in ihre Kampfstiefel. Weiter hinten in dem Zwanzigmannboot schrie einer vor Schmerz oder Angst, wie sollte man das in dem ohrenbetäubenden Krach und dem Dunst und dem Geschützdonner unterscheiden? Sie waren klatschnaß, von Meerwasser und von Blut. Den Fahrer hatte es schon erwischt, und sein Ersatzmann war verwundet.

Als ihr Amtrac schließlich Grund hatte, kletterten sie hinaus und wateten durch Wasser, das ihnen bis zum Schritt reichte. Sie strebten zu dem Pier, der auf Kokospalmenstämmen ins Wasser ragte, kein toller Schutz, aber der einzige, den er sah, und so tauchte er darauf zu. Jemand landete direkt hinter ihm: Jack. Sie kauerten sich hin und spähten zum Ufer, aber die Japse waren gut getarnt. So, jetzt waren sie gelandet, und was zum Teufel sollten sie jetzt tun? Harvey klammerte sich an den nächsten Pfahl, mit Rinso, einem Obergefreiten. Das Wasser um sie war geriffelt von kreuz und quer fliegenden MG-Kugeln.

Amtracs explodierten oder blieben kaputt auf den Riffs oder im Flachwasser liegen. Jede Welle bekam konzentrierteres Feuer. Als er neben Jack in der kümmerlichen Deckung der Kokosdalbe lag, sahen sie, daß die Marinesoldaten in den Higgins-Booten es ganz dick abbekamen. Die Boote liefen auf den Korallen auf Grund, saßen unter dem Feindfeuer fest. Die Männer mußten hinausklettern, achthundert Meter vom Strand entfernt in Wasser, das ihnen bis zum Kinn reichte, und ohne jede Deckung in das Feuer waten. Einer nach dem anderen fiel. Während die Boote festklemmten oder sanken, sprangen Männer heraus und wurden erschossen.

Vielleicht hatte er Schwein gehabt, in einer der ersten Wellen gewesen zu sein, wo sie wenigstens bis fast an den Strand gebracht worden waren. Wenn irgend möglich, dann war das japanische Feuer jetzt noch heftiger. Die Luft schwirrte von Metall. Einige der Boote, die da draußen auf dem Riff landeten, wurden bis zum letzten Mann vernichtet, ganze Bootsladungen innerhalb von Minuten getötet. Er wunderte sich, warum sie sich nicht einfach alle hinsetzten, losweinten und sich weigerten, sich zu rühren. Er sah lebhaft sein Bett im Haus seiner Mutter vor sich, die dunkelblaue Decke, das Kopfbrett mit dem Vogelaugenahornfurnier. Er wäre gern in dieses Bett gekrochen, jetzt sofort.

Das Flachwasser hatte vom Blut eine Farbe wie roter Ton angenommen. Immer wieder trieb etwas gegen ihn, wie stupsende Fische, und er trat wütend danach, ein weißgebluteter zerfetzter Arm, ein Unterschenkel, ein Stück Hüfte. Direkt am Ende des Piers ging ein Amtrac in Flammen auf, wahrscheinlich in den Treibstofftank getroffen, und die Männer sprangen mit brennenden Sachen und brennenden Haaren ins Wasser. Der gräßliche Gestank nach verbranntem Fleisch und verkohltem Haar wehte zu ihm und Jack herüber. Der Leutnant und Feldwebel Miller brüllten sie an, vorzurücken.

»Bewegung«, brüllte Feldwebel Miller. »Oder wollt ihr hier rumstehen, bis sie euch abknallen? Los, ans Ufer.« Etwa ein Drittel von ihnen war schon gefallen. Harvey und Rinso kauerten noch da, aber ein anderer, der auch bei ihnen Deckung gesucht hatte, war tot. Eine Granate wäre das Ende. Murray sah Jack an. Jack, dessen Gesicht immer noch von dem Sterbenden im Amtrac blutverschmiert war, zuckte die Achseln. Sie stürzten sich vor zur nächsten Kokosdalbe.

Eigentlich hätten sie direkt auf dem Strand abgesetzt werden sollen. Eigentlich hätten sie bei Flut landen sollen, wo die Boote ohne weiteres über die Korallenriffe hinwegkamen. Eigentlich hätten sie Luftunterstützung von der Armee kriegen sollen. Eigentlich hätten sie vorher so schweres Geschützfeuer haben sollen, daß kaum noch ein Japs am Leben war. Doch nein, Welle um Welle von Marinesoldaten landete in Wasser, das zu tief war, als daß sie schnell hindurchrennen konnten, und zu flach, als daß die Boote die Riffe überwinden konnten. Ein einziges saublödes beschissenes Massaker, und hier mußte er nun sterben. Dann schon lieber im Trockenen auf dem Strand als in dem blutigen Wasser.

Er war direkt hinter dem Leutnant, als es den in der Brust erwischte und er fiel. Es war heiß. In einem hatten sie recht gehabt: hier gab es keinen Dschungel. Hier gab es nichts als tödlichen Metallregen. Keinen Dschungel, keinen Sumpf, keine Bäume, keine Häuser, keine Berge, nichts als flachen Tod aus allen Richtungen. Nicht einen Fetzen Schatten oder Deckung außer einer ein Meter hohen Buhne, wo schon sechzig andere Marinesoldaten in Todesangst lagen, zu denen sich nun auch Murray warf, direkt neben Jack. Murray drehte sich um und rief

Harvey zu, der zurückwinkte und auf sie zurannte. Murray sah immer noch zu Harvey, als die Granate traf. Er sah Harvey in Stücke fliegen wie eine platzende Einkaufstasche. Er starrte hin. Dann wandte er sich ab. Seine Eingeweide entleerten sich, aber es war nichts mehr drin.

Sie reichten rum, was sie noch an Wasser hatten. Es schmeckte wie Farbe. Einige der Männer kotzten es wieder aus, aber er behielt es drin. Er hatte vor Durst Blasen im Mund. Am Ellbogen war eine Schnittwunde. Inzwischen tat sie weh, vom Salzwasser entzündet. Anfangs wurde einem immer gesagt, kleinere Wunden mit Salzwasser auszuwaschen, denn das reinigte, aber nach einer Weile hier draußen wußte er es besser. Eine mit Meerwasser ausgewaschene Wunde entzündete sich. Das Wasser war eine Suppe voller Mikroorganismen, die im Blut offenbar auflebten. Eine Korallenschnittwunde konnte besonders bösartig werden, weil die Koralle sich manchmal regelrecht einnistete.

Einen Moment lang grinste er, als er da vom Geschützfeuer festgenagelt hinter dem Mäuerchen lag, während die Leichen der Gefallenen wie nach einer Fischpest angetrieben wurden. Das war's dann wohl. Ihnen ging bereits die Munition aus. Die Japse waren in gut getarnte Geschützstellungen und Bunker eingegraben. Sein Trupp hatte wenig Wasser, und er mußte damit rechnen, daß er am Ellbogen eine Blutvergiftung bekam. Jedenfalls hatte er mehr Schwein als Harvey, wenn nur sein Unterarm in einem Zinksarg nach Hause geschickt wurde. Das Ganze war wieder mal nichts weiter als eine Riesensauerei, die sich eine Clique von Generälen und Admiralen ausgedacht hatte, um ihr Ego zu beweihräuchern. Wenn er zum Meer hinaussah, versuchte er, den Blick an Harveys Überresten vorbeizulenken. Der Leutnant schaukelte mit dem Gesicht nach unten in dem kabbeligen Wasser, sein toter Körper trieb langsam ans Ufer. Feldwebel Miller lag stöhnend am Strand. Zwei Männer versuchten, ihn zur Buhne zu ziehen. Beide sackten tot über ihm zusammen.

Die Amtracs, die den Herweg heil überstanden hatten, brachten Verwundete zurück und kehrten zu neuem Angriff wieder. Am frühen Nachmittag war keiner mehr übrig. Alle Amtracs Trümmerhaufen. Der Wasserstand ging jetzt noch weiter zurück, zehn Stunden, nachdem eigentlich Flut hätte sein sollen, die nie gekommen war, und jetzt herrschte Ebbe. Die vierte Welle war gar nicht erst gelandet. Niemand kam mehr zu ihrer Verstärkung. Murray flüsterte Jack zu:

»Sieht aus, als hätten sie's abgeblasen. Wollen die uns hier auf den Müll kippen?«

»Die haben uns längst auf den Müll gekippt. Mist, vermute, die warten auf die Dunkelheit. Oder wär' das zu schlau? Meinst du, heute morgen war Hochwasser? Wenn ja, dann sind wir im Eimer, denn dann kriegen sie nie das schwere Zeug her.«

Es war völlig aussichtslos, die Geschützstellungen und eingegrabenen Bunker mit Gewehren und ein paar Handgranaten einnehmen zu wollen. Es war ein roher, mieser Witz. Da kauerten sie, die drei Männer, die noch von den zwanzig im Amtrac übrig waren, Rinso, der Berufssoldat war, Jack und Murray. Die Offiziere waren tot. Feldwebel Reardon war verwundet abtransportiert worden, und Feldwebel Miller lag mit aufgerissenem Bauch auf dem Strand.

Rinso als Obergefreiter mußte das Kommando übernehmen, aber Murray dachte nicht im Traum daran, aufzustehen und anzugreifen. Vorwärts zur Attacke! Das konnten sie sich in den Hintern stecken. Während die Schatten länger wurden, bekamen sie mehr Wasser, denn mehrere Männer erlagen ihren Verletzungen. An einigen Stellen führten überlebende Offiziere Sturmangriffe über die Buhne hinweg und wurden niedergemäht.

Plötzlich raunzte Rinso: »Die haben da drüben einen Panzer und versuchen, durchzukommen, los, Jungs.« Er stand auf. Jack und Murray sahen sich an und folgten ihm dann ganz langsam und geduckt. An einer Stelle hatte ein Amtrac die Buhne durchbrochen und war dann auf der anderen Seite in Flammen aufgegangen. Die Trümmer boten ein wenig Deckung. Ein Sherman-Panzer hatte es geschafft, an Land zu gelangen, und arbeitete sich jetzt durch die Bresche. Ein Feldwebel scheuchte ein zusammengewürfeltes Grüppchen hinter dem Panzer her. Inzwischen brach die Dämmerung herein. Murray stolperte und stürzte über ein halb begrabenes Bein. Jack packte ihn plötzlich und zog ihn flach auf die Erde. Er lag auf dem Gesicht, als der Panzer auf der anderen Seite der Buhne einen Volltreffer erhielt. Wer noch konnte, rannte zurück, aber sie hörten die Männer in dem brennenden Panzer schreien.

Jack und Murray krochen zurück in das Schützenloch, das sie sich gegraben hatten. Rinso kam nicht zurück. Als es dunkel wurde, aßen sie etwas von ihren Rationen.

»Ich habe keinen Hunger«, sagte Murray, »aber mir platzt gleich der Schädel vor Kopfschmerzen.«

»Iß trotzdem«, drängte Jack, kaute gründlich und starrte in den rotgestreiften Himmel. »Manchmal hilft das bei Kopfschmerzen. Wer weiß, wann wir wieder dazu kommen, was zu essen?«

Sie rollten sich in ihrem kleinen Schützenloch hinter der Buhne zusammen, und in all dem Krach und Chaos schliefen sie. An Jack gelehnt malte sich Murray sein altes Zimmer zu Hause aus, sein Bett, seine Decke, die blau geblümten Vorhänge. Jack war auch da, im sicheren Zimmer seiner Kindheit, es war nicht mal das richtige Zimmer in dem Haus, in dem seine Eltern jetzt wohnten. Er und Jack waren in seinem alten Zimmer auf dem Land, und die Puter kollerten draußen im Hof.

Mitten in der Nacht weckte sie Maschinengewehrfeuer vom Meer her, vom Wasser her, verdammt noch mal, und beharkte die Strände. Ein paar japanische Marinesoldaten waren zu dem Wrack von einem Maru hinausgeschwommen, das in der Lagune lag, und zu den zertrümmerten Amtracs, die das Flachwasser übersäten. Aber der Angriff, mit dem Murray und Jack rechneten, kam nicht. Die Luft blieb schwer und heiß, dick vom Qualm brennenden Treibstoffs.

Der nächste Tag war noch heißer. Die elende Flut kam schließlich, und Boote schafften es an den Strand. Panzer landeten, Flammenwerfer, schwere Geschütze, Verstärkung, Munition, Wasser, Rationen. Verwundete wurden fortgebracht. Sie formierten sich und begannen, landeinwärts zu kriechen.

Er war über die Erschöpfung hinaus in jenem Alptraumzustand, wenn er sich wie gehäutet fühlte, überwach und zugleich halb betäubt. Jack und er waren auf die Überbleibsel von ihrem Zug gestoßen, auf die, die in benachbarten Amtracs gelandet waren, wenn man das so nennen konnte, abzüglich derer, deren Amtrac im Flachwasser in die Luft geflogen war. Das Kommando hatte der einzige überlebende und unversehrte Feldwebel, Zeeland, ein grauhaariger rundlicher Mann, der immer zu wissen schien, was zu tun war. Sie lagen im Buschwerk neben einer Behelfslandebahn und feuerten auf Feindstellungen, während ein Panzer die Bunker einen nach dem anderen erledigte. Die Kämpfe waren heftig und die Verluste hoch, aber sie lagen nicht mehr am Strand festgenagelt. Was sie jetzt taten, war ein kleines bißchen sinnvoller, als sich einfach hinzustellen und zu sterben.

»Armes Schwein«, sagte Murray plötzlich. Er dachte an Harvey und merkte nicht mal, daß er etwas gesagt hatte.

Doch Jack nickte und verstand sofort. »Wenigstens ging's schnell. Miller ist zwei Stunden lang gestorben.«

Na und? Tot war tot. Wenn man tot war, blieb man tot und zählte nicht mehr. Das Leben, das war vergänglich.

Die Japse hatten sich gründlich eingegraben, und so mußte jede Geschützstellung, jeder Unterstand, jeder Bunker einzeln gesprengt werden. Wenn sie sie nicht aufsprengen konnten, versuchten sie sie abzuriegeln und dann von oben Handgranaten oder TNT hineinzuwerfen oder Benzin in die Lüftungslöcher zu schütten und anzuzünden.

So lief es. Kaum noch etwas stand senkrecht, und der Gestank verbrennender Leiber hing in der Luft. Jack hörte, daß sie nur siebzehn Gefangene gemacht hatten, dazu kamen achtzig koreanische Zwangsarbeiter. Marineinfanterie gegen Marineinfanterie. Die japanischen Marinesoldaten hatten Chrysanthemen an den Helmen. Er hob einen ihrer Helme auf, aber dann warf er ihn wieder fort. Was sollte es? Jack nickte und sagte: »Nur noch ein Stück Scheiße mehr, das du rumschleppst.«

Dienstag nachmittag war Betio eingenommen und Tarawa gesichert. Wofür? In fünf Jahren, dachte er, wird hier nichts mehr sein als rostendes Kriegsgerät, ein paar Knochen und etliche Blindgänger. Diesen Ort überlebt zu haben war schon etwas. Er hatte sich in seinem Leben noch niemandem so nahe gefühlt, wie er sich Jack nahe fühlte. Harvey war weg, aber sie beide waren immer noch zusammen. Er konnte gar nicht zählen, wie oft sie sich in den vergangenen drei Tagen gegenseitig gerettet hatten. Sie würden sich gegenseitig durchbringen. Und wenn ich hundert Jahre alt werde, dachte Murray und lächelte säuerlich, denn die Chancen dafür standen nicht gut, werde ich niemandem, dem ich durch Blut oder Heirat verbunden bin, keine Mutter, keinen Sohn, nicht mal Ruthie, so kennen, wie ich Jack kenne, meinen Kamerad, mit dem ich mein Schützenloch teile.

Jeff 6

Ein Leitstern der Männer und nur allzu gern auch der Frauen

Er war vom Himmel gefallen in ein enges Netz von Menschenleben, dachte Jeff, aber in einer klapprigen Halifax ohne Druckausgleich auf Waffen- und Sprengstoffkisten zu hocken und jederzeit mit dem Abschuß zu rechnen war nicht seine Vorstellung vom Himmel. Nein, im Himmel war er gelandet, nachdem er schmerzhaft durch die Zweige und Äste eines Baumes gekracht war. Er war zu spät ausgeklinkt worden und schlecht aufgekommen. Das sorgfältig Erlernte aus seinen beiden Fallschirmkursen nach der amerikanischen und der britischen Methode hatte ihn im Stich gelassen, als die dunkle Luft an ihm vorbeistürmte. Nun wurde er umarmt wie ein siegreicher Held, verbunden, mit Ente und Bohnensuppe gefüttert, mit Wein und Marc gestärkt.

Er hatte vergessen, wie sehr er Südfrankreich liebte, obwohl dies für ihn eine neue Gegend war, da Toulouse abseits der üblichen Touristenrouten lag. Der nahegelegenste Ort, an den sie ihre Schützlinge geführt hatten, war Carcassonne mit seinen restaurierten Festungsanlagen gewesen. Sofort nahm er den Himmel über der Ziegelsteinstadt wahr, der ungeheure dramatische Wolken zu gebären schien und herrliche Lichteffekte. Nun sollte er sich programmgemäß niederlassen, ein Nachrichtennetz aufbauen und Kontakt zu einem Agenten aufnehmen, der schon vor ihm mit einem U-Boot aus Algier hergeschickt worden war.

Jeff brauchte nicht lange, um zu erfahren, was aus dem geworden war. »Die Gestapo hat ihn in der ersten Woche einkassiert«, erzählte ihm Lev. Lev hatte ein kühnes, dunkles, bärtiges Gesicht, eine Adlernase und spöttische dunkle Augen, die rasch beurteilten, was sie sahen.

Hier in Toulouse schien sich nichts von Jeffs Instruktionen mit der Realität in Einklang bringen zu lassen. »Aber er hat doch Berichte durchgegeben.«

»Er nicht.« Lev grinste, und sein schwarzer Bart reckte sich vor, als er den Kopf in stummer Belustigung in den Nacken warf. Ein Daumier, dachte Jeff.

»Lange, detaillierte Funksprüche über deutsche Truppenstellungen.«

»Aber sicher kann die Gestapo lange Funksprüche absetzen. Die ist nicht in Gefahr, beim Senden erwischt zu werden.« Lev legte den Arm um Jeffs Schulter. »Ich sage dir, der kleine Mann ist ihnen direkt in die Arme gelaufen. Ihr Burschen kommt angetanzt, und sie sacken euch schnurstracks ein. Ihr wißt nicht, wie man sich hier durchschlägt. Es ist hart.« Lev drückte Jeffs Schulter, bis der zusammenzuckte, erst dann ließ Lev los. Sie hatten Jeffs Papiere nachgebessert, er war jetzt ausgewiesen als Angestellter eines Weinhändlers, der sie mit Geld unterstützte; das deckte häufiges Umherreisen in der Gegend. »Dein Glück, daß du bei uns bist.«

Er sollte es eigentlich nicht sein. Er sollte in der Bevölkerung aufgehen, sein Agentennetz aufbauen, durch seinen Funker senden und unauffällig bleiben. Nach dem britischen Modell, an das sich auch OSS hielt, waren Fluchtringe eines, Spionage ein anderes, Sabotage noch ein anderes und die Vorbereitung zum bewaffneten Kampf wieder ein anderes. Hier konnte er diese feinen Unterschiede nicht ausmachen.

Er war in eine Gruppe jüdischer Heißsporne geraten, von denen einige seit Spanien im Krieg standen und andere nach der Kapitulation der französischen Armee nie ihre Waffen abgeliefert hatten. Das wenige an Waffen, was er mitgebracht hatte, vergrößerte ihr Arsenal um fünfzig Prozent. Sie hatten nicht einmal ein Gewehr pro Soldat. Sie hatten nicht einmal eine Waffe für jeden dritten. Das meiste davon hatten sie heimlich oder mit Gewalt Wehrmachtsoldaten oder der Miliz abgenommen, der französischen Einsatztruppe zur Bekämpfung der Résistance.

Lev war ein Rauhbein, fast von der Art eines Korsars, dachte Jeff. Er wußte nicht genau, warum er ihn so mochte. Hin und wieder versuchte Lev, ihn unter Druck zu setzen, um zu sehen, ob er sich gängeln ließ. Vielleicht war er in Sorge, Jeff könnte ihm seine Machtstellung streitig machen. Jeff, der sich noch nie als Führerpersönlichkeit begriffen hatte, fand das komisch. Doch sein Ansehen war trotz des nur langsam heilenden Fußgelenks hoch. Er hatte ihnen Waffen und *plastic*,

Sprengstoff, gebracht, verschwieg ihnen allerdings, wie es überhaupt dazu gekommen war. Da Jeff nun einmal zur Starthilfe bei einer Résistancegruppe abgesetzt werden sollte, hatte jemand bei OSS den Einfall gehabt, daß ein Geschenk von dem, wonach sie so lautstark schrie, ihm die Wege ebnen könnte, auch wenn seine weitere Zusammenarbeit mit ihr nicht vorgesehen war.

Darüber hinaus war er Amerikaner. Im großen und ganzen mißtrauten diese Widerständler den Briten. Lev hatte sogar in Palästina gegen die Briten gekämpft und war darauf gefaßt, es wieder zu tun. »Wir sollen denen sagen, das hier ist die jüdische Résistance? Du mußt wahnsinnig sein. Die würden uns höchstens bombardieren.« Lev schüttelte den Kopf über Jeffs Verblendung.

Sein Ansehen als amerikanischer Offizier, Waffenlieferant und richtiger Geheimagent bei diesem zusammengewürfelten Haufen milderte jedoch nicht die Verachtung des Mädchens Gingembre alias Jacqueline, die trotz ihrer lautstarken Proteste mit seiner Pflege beauftragt worden war. Lev hatte sie dazu bestochen, indem er ihr Schießunterricht am Gewehr und am LMG versprach.

Ihre Freundin Daniela war kleiner, rundlicher, mit dunklem lockigem Haar und strenger Mütterlichkeit. Ihre dunklen Augen wachten über Lev mit verstohlener Besorgnis. Sie behandelte Jeff, nachdem sie sein Fußgelenk gerichtet hatte, mit unpersönlicher Freundlichkeit. Es empörte ihn, als er erfuhr, daß sie nur Krankenschwester war. Sie hatte ganz offensichtlich das Zeug zur Ärztin. Sie war gescheit, aufmerksam, vorsichtig. Er hatte den Eindruck, daß sie in Lev verliebt war, aber aus irgendeinem Grunde diese Gefühle unterdrückte.

Jacquelines Haar, das sie manchmal in Zöpfen trug, manchmal zu einem französischen Knoten aufgesteckt und manchmal offen in widerspenstigen Locken, war von hellem Braun, das in der Sonne goldene und sogar grüne Glanzlichter hatte. Manchmal sah es metallisch aus. Manchmal sah es so weich wie ein Katzenfell aus. Ihre Augen waren groß und haselnußbraun, ihre Wangenknochen hoch und ihre Augenbrauen gewölbt, als erstaunte sie ständig die Narretei und Dummheit der Menschen um sie herum. Sie war hochgewachsen für eine Französin, zartknochig, langbeinig und schmächtig, aber für das wenige Fleisch am Leibe mit üppigem Busen und mit ausgeprägter Wölbung der Hüften. Sie bewegte sich gut und rasch, mit erstaunlicher Bestimmtheit, als habe sie mehr Vertrauen in ihren Körper, als für eine Frau üblich war.

Er fand sie anfangs seltsam anziehend, dann hübsch und schließlich zum Wahnsinnigwerden schön, während er gleichzeitig genau wußte, daß sie keinen Pfifferling darauf gab – weder auf ihre Schönheit noch auf ihn. Ihrer Kleidung schenkte sie keinerlei Aufmerksamkeit, zog an, was gerade zur Hand war. Sie und ihre Freundin Daniela schienen sich einen Fundus alter Sachen zu teilen – übergroße Hemden, ausgebeulte Wollpullover, unscheinbare schwarze Kleider –, die sie abwechselnd trugen und die keiner von beiden paßten. Doch wenn er sie sah, wie sie in geflicktem schwarzen Rock und schlabberigem, kastanienbraunem Pulli mit dem Emblem irgendeines Sportclubs auf dem Rücken, mit einer Mütze schief auf dem Kopf und fliegenden Zöpfen ihrem Fahrrad die Sporen gab und die gewundene, ziegelgepflasterte Straße entlangsauste, dann kam sie ihm unerhört fesch und verführerisch vor.

Wenn er auch in seinem Kopf viele Bilder vom Leben als Spion im besetzten Frankreich mitgebracht hatte, so hatte er sich doch nie vorgestellt, daß sein Hauptverkehrsmittel das Fahrrad sein würde. Oh ja, sie hatten Zugang zu zwei *gazogène*-Lastern (die mit Holzvergasern fuhren), einem altertümlichen Citroën und einem schnellen Renault mit umgebautem Motor. Aber siebzig Prozent ihrer Unternehmungen erledigten sie mit dem Fahrrad und das meiste vom Rest zu Fuß. Er erinnerte sich an den Moment, als er sah, daß die Waffen und Sprengsätze auf pferdegezogene Bauernkarren verladen wurden. Von Pferden befördertes Dynamit! Nein, hier war nichts so, wie es in London geplant worden war oder wie er es sich vorgestellt hatte.

Sie war noch ein Kind, sagte er sich, selbstgerecht, unduldsam, naiv: ein Kind, das es schick oder aufregend fand, mit Schießeisen zu spielen. Aber Kinder, merkte er, wurden hier schnell erwachsen. Der Pfadfinder Larousse, der allerhöchstens neunzehn war, hatte mindestens einhundert Kinder persönlich über die Alpen oder die Pyrenäen in Sicherheit geführt. Ein dünner, knurriger Junge mit leiser Stimme, der durch fast ganz Frankreich gelaufen war. Er kannte das Eisenbahnnetz so gut wie die *cheminots*, die Eisenbahner. Er kannte die Pässe und Pfade und Berghütten. Seine Eltern waren mit seiner Schwester, einem Kleinkind, deportiert worden. Seinen jüngeren Bruder hatte er in Le Chambon versteckt, dem protestantischen Zufluchtsdorf in den Alpen.

Larousse verblüffte ihn, als er von Jacqueline mit deutlichem Respekt sprach. »Sie bewahrt einen kühlen Kopf. Sie nennt es ihre Stielaugen. Sie hat mit Daniela seit zweiundvierzig zusammengearbeitet. Alle anderen von ihrer Pariser Zelle sind verhaftet worden. Sie hat mir einmal das Leben gerettet, als ich die Kinder in eine Falle führte, und sie hat nie ein Kind verloren. Aber die Miliz hat jetzt in allen Grenzstädten ihren Steckbrief, deshalb ist es besser, wenn sie eine Weile hierbleibt.«

Daniela war nicht nur Krankenschwester, sondern auch Fälscherin. Daniela und Jacqueline hatten beide bei Terroranschlägen mitgewirkt, darunter einem, bei dem ein Kollaborateur, der eine Reihe von Juden und *résistants* denunziert hatte, mitten auf der Place Capitole in der Altstadt von Toulouse niedergeschossen worden war, um ein Exempel zu statuieren.

Dann begann er, diese Wildheit zu sehen, die katzenartige Fähigkeit, zuzuschlagen; statt davon abgestoßen zu werden, stellte er sich ihre Umsetzung in der Sexualität vor. Hatte er den entsprechenden Mut? Das war die Frage. Er hatte seine Arbeit als Spion aufgenommen, die – wie sich herausstellte – daraus bestand, den Einwohnern zu sagen, was er brauchte, und dann darauf zu warten, daß sie es lieferten. Pläne von der Chemiefabrik? Die Flugzeugwerke? Munitionsdepots? Die Befehlsstruktur der Waffen-SS? Eisenbahnfahrpläne? Truppenzusammenziehungen? Es wurde ihm zugetragen, und sein Funker Raymond sendete es nach London. Raymond saß in den Lacaune-Bergen, nicht weit vom Ende eines Eisenbahnabzweigs. Solange Jeff in Gips lag, mußte er sich auf Kuriere verlassen, fast immer Frauen. London schien mit den Informationen von ihm zufrieden, aber er kam sich vor wie ein Betrüger. Andere Menschen nahmen das ganze Risiko auf sich.

Dann kam der Freitag, an dem Daniela verkündete, daß sein Gips herunterkonnte. Säuberlich brach sie ihn auf, und da war sein Fußgelenk, totenweiß und stark behaart, mit einer Art Schuppen auf der Haut und einem sauren Geruch. Als er versuchte, darauf zu stehen, fiel er um. Daniela verordnete ein Gymnastikprogramm, aber er war fest entschlossen, sofort wieder auf die Beine zu kommen. Jetzt konnte er Jacqueline seine Energie beweisen, denn sie behandelte ihn wie einen übergroßen und unterbelichteten Säugling.

London verstand die Situation vor Ort nicht. London wollte eine Untergrundarmee, die ohne Waffenlieferungen aufgebaut wurde, eine

Armee, die nur dann in Aktion trat, wenn sie zum Einsatz befohlen wurde, vermutlich unmittelbar vor der Invasion der Alliierten. Er wußte, die war für das Frühjahr vorgesehen, aber in mehr war er nicht eingeweiht worden. Jetzt sah er, er konnte den Rekruten nicht zumuten, mit den Händen im Schoß auf ein fernes, wundersames alliiertes Ankunftsdatum zu warten, wenn sie tagtäglich von den Deutschen und den französischen Kollaborateuren bedroht waren, wenn sie tagtäglich Leute verloren, wenn allein ihre bloße Existenz gegen die Nazi- und Vichy-Gesetze verstieß.

Oben in den Bergen hatten *maquisards* ihre Lager aufgeschlagen, wurde ihm berichtet. Jetzt war es Herbst, aber bald hielt der Winter Einzug in die Berge, und die meisten Männer waren in leichter Sommerkleidung eingetroffen, ohne Mäntel oder Stiefel gegen den Schnee, der sicher eher kam, als ihnen lieb war.

Es gab viel zu tun für die Ausrüstung und Schulung dieser Ansammlung von Heißspornen und Radikalen, Flüchtlingen und kleinen Ganoven, Lehrern und Intellektuellen und Fabrikarbeitern und einer erstaunlich großen Zahl von Frauen aus all diesen Gesellschaftsgruppen. Seine Ankunft hatte ihnen Auftrieb gegeben und sie zu Aktionen angespornt, die er überstürzt fand. Er mußte sich einmischen, egal, was London davon hielt. Er war verantwortlich, ob er nun wollte oder nicht, ein ganz neues Gefühl. Hatte er das Gefühl, in der Falle zu sitzen? Nein, erstaunlicherweise nicht. Er überwachte ständig seinen Gemütszustand, als hätte er es mit einem angeknacksten Herz zu tun, hörte aber keine Mißtöne der Unzufriedenheit. Er hatte sich in London mit Zach weit mehr in der Falle gefühlt.

Nach und nach erkannte er, auch wenn sie ihm anfangs so kunterbunt und chaotisch vorgekommen waren, so waren sie doch in eine größere Organisation eingebunden. Sie hatten enge Verbindungen zu den Eisenbahnern, den *cheminots*, so daß sie immer genau wußten, wann Züge mit Truppentransporten oder wichtigen Kriegsgütern durchfuhren. Sonntag nacht fuhr ein mit hochexplosivem Sprengstoff und Artilleriegranaten beladener Zug um Mitternacht vom Rangierbahnhof in Toulouse ab.

Er hatte ihnen Vorträge über die Anwendung von *plastic* gehalten, aber er dachte, die beste Lehrmethode war die Anwendung bei diesem Zug. Gilles, ein jüdischer *cheminot*, ließ die anderen Arbeiter wissen, daß der Zug in die Luft gesprengt wurde, nachdem die Lokomotive durch war. Gilles versprach Lev mitzuteilen, in welcher Reihenfolge die Waggons den Bahnhof verließen, damit sie auch wirklich den mit dem hochexplosiven Sprengstoff erwischten. Wegen der ungeheuren Wucht der Explosion mußten sie einen Ort wählen, wo in der Nähe der Gleise keine Häuser standen.

Jeff wußte, daß er seine Befehle überschritt, aber lange vor seiner Ausbildung zum Spion war er geschult worden, mit Guerilla- und Sabotagegruppen zu arbeiten. Und für das Sammeln von Informationen hatte er sich als unbrauchbar erwiesen. Er war nur der Koordinator der Arbeit, die von Dutzenden ganz normaler Leute mit Stellungen in empfindlichen Bereichen geleistet wurde – Kirchenmännern und Fabrikarbeitern, Wissenschaftlern, Ingenieuren, sogar von Thibaud, einem Spion in der *mairie*, und Margot, einer Sekretärin im Hauptquartier der Miliz. Er setzte sich mit Lev zusammen, und sie planten den Überfall von Sonntag nacht.

Der Zug sollte auf dem Gleis ausfahren, das nach Gaillac führte. Sie wollten bei Gemil zuschlagen, wo sie Leute hatten. Lev, sein Adjutant Roger, Gilles und Jeff wollten am Sonntag nach Gemil fahren, wo sie auf dem Lande bei einer Familie bleiben konnten, deren Söhne an dem Überfall auf den Zug teilnehmen würden. Gilles hatte an dem Tag frei. Er arbeitete auf dem Rangierbahnhof in Toulouse, wo seine normale Sabotagemethode – wie er Jeff erzählte, als sie unter einer Plane auf der Ladefläche des Lasters lagen – darin bestand, das Öl aus dem Getriebe abzulassen. Sand und Kies konnten auch sehr wirkungsvoll sein und ließen sich nicht zurückverfolgen.

Sie fuhren in einem *gazogène*-Laster, der Holz auslieferte. Ihre Fahrräder lagen unter den Scheiten versteckt, denn die letzten zwölf Kilometer mußten sie radeln. Jeffs Fußgelenk bereitete ihm bald starke Schmerzen, und er mußte sie häufig bitten, anzuhalten und Rast zu machen. Er haßte es, schwach zu erscheinen, aber Gilles hatte Mitgefühl. Er sagte, das erste, was er nach dem Krieg außer einem neuen Anzug und Schuhen mit Gummisohlen haben wollte, war ein Motorrad.

Jeff, der noch nie ein Motorrad gefahren war, geschweige denn eines besessen hatte, konnte dem hitzigen Streitgespräch nicht folgen, das nun zwischen Lev, Roger und Gilles über die Vorzüge und Nachteile der verschiedenen Marken und Modelle entbrannte. So war es, wenn Amerikaner sich über Autos stritten, ein Thema, das ihn stets aus den lebhaften Gesprächen seiner Altersgenossen ausgeschlossen hatte, denn er hatte nie eines gehabt. So skizzierte er statt dessen die Platanen, die die weiße staubige Straße säumten, dunkelgoldene Blätter gegen die gesprenkelte Rinde. Manchmal fielen die Franzosen über die wunderschönen Platanen her, hackten ihnen die Kronen ab, so daß sie verstümmelt aussahen, amputiert; dann sprossen sie zu riesigen Lutschern, mit grünem Schamhaar gesalbten Phallussen. Zum Glück waren diese hier unversehrt. In dieser Richtung war die Landschaft nicht besonders interessant, aber südlich von Toulouse lagen die Ebenen und dann die Pyrenäen. Er sehnte sich danach, jede Richtung zu erkunden, aber er war noch nicht einmal bis zu den Bergen von Lacaune gekommen oder zu denen der Montagne Noire, wo Leute vom Maquis versteckt waren.

Keiner der Männer schien sich daran zu stoßen, daß er zeichnete. Als sie wieder ihre Fahrräder bestiegen, sagte Roger: »Ich denke, du solltest dein Humpeln beibehalten. Ein Hinkebein erklärt, warum du nicht beim Arbeitsdienst bist.«

Gilles war umgänglicher als Lev, ein verheirateter Mann mit vier Kindern. Er war in Litauen geboren, aber schon früh genug nach Frankreich gekommen, um als Einheimischer zu gelten. Seine Frau war vor noch nicht so langer Zeit hierher emigriert. Roger war hochgewachsen und vornübergebeugt, mit rundem Kopf und übergroßer Brille, buschigem, vorzeitig ergrauendem Haar. Er war Lehrer gewesen, hatte aber seine Stellung verloren, als alle Juden entlassen wurden, und arbeitete seitdem in einer Gerberei. Seine Hände trugen dunkle Flekken. Er redete weniger als die anderen beiden. Obwohl er älter war, ordnete er sich Lev unter, den er offensichtlich verehrte.

Lev packte Baguettes mit Gänsepâté aus und eine Flasche Rotwein. Goldenes Oktoberlicht warf bläuliche Schatten unter die Platanen. Der Wind hatte einige der Samenbällchen abgeschlagen, und auch sie warfen kleine blaue Kommaschatten. Gras auf der Weide gegenüber war von der Farbe des Weizens, aber dauniger, luftiger. Tauben gurgelten und gurrten in der Nähe. Sie hörten hinter den Bäumen von den etwa anderthalb Kilometer entfernten Gleisen einen Zug pfeifen. Er nahm die Schmerzen in seinem Fuß ohne Groll hin. Grillen zirpten im Gras; die Luft war frisch, und das Licht war matt.

Sie beendeten ihren Imbiß jeder mit einer Birne, Frauenkörper, süß. Er dachte daran, wie ihr Haar ihn gestreift hatte, als sie seinem Fuß einen Stützverband anlegte. Zum Glück waren seine Hosen weit und ausgebeult. Ihr Haar hatte einen Geruch aus seiner Kindheit, nach frisch gewaschener, in der Sonnne getrockneter Wäsche.

Das Bauernhaus war aus grauem Stein unter einem roten Ziegeldach, im rechten Winkel dazu stand eine nach drei Seiten offene Scheune mit Wänden aus Heuballen. Die Söhne waren sechzehn und achtzehn. Nur der achtzehnjährige Theo sah seinen Eltern ähnlich. Der sechzehnjährige Alain sprach mit leichtem Akzent und war zartknochiger als die anderen. Die schwarzbebänderte Photographie eines jungen Mannes stand auf dem Kaminsims: der ältere Bruder, der in Gefangenschaft geraten und bei einem Fluchtversuch erschossen worden war. Seine Witwe lebte bei ihnen und besorgte die Küche, da Arthritis die Mutter behinderte. Sie waren Bauern, arbeiteten hart mit schweren Händen und waren außerordentlich neugierig und persönlich in ihren Fragen (Warum hast du nie geheiratet? Und deine Schwester hat auch nie geheiratet? Was sagt dein Vater dazu? Will er wieder heiraten?), sahen mit vierzig aus wie sechzig und mit fünfundzwanzig wie vierzig, deckten aber einen Tisch, der drüben ein Viersternerestaurant beschämt hätte.

Sie aßen, tranken und legten sich hin, obwohl Jeff viel zu aufgeregt war, um zu schlafen. Er saß am verglimmenden Feuer, eine Katze näherte sich langsam, schwarz mit gelben Augen, lehnte sich an sein Bein, kletterte auf seinen Schoß. Sie war trächtig und schnurrte laut, rieb ihren Kopf an seiner Hand, bis er einwilligte, sie zu streicheln. Würden sie den Zug in die Luft sprengen? Würde er heute nacht sterben? Er fühlte sich nervös auf eine fein abgestimmte Weise, wie er es auch war, wenn er zum ersten Mal mit einer Frau ins Bett ging, die er wirklich wollte, oder wenn er einen Anfall von Malwut hatte. Seine Finger wanderten in zwanghaftem, ruckweisem Streicheln über das Fell der Katze, während er die Schritte ihres einfachen Plans durchging. Er versicherte sich der 38er Browning, des Messers in der Scheide an seinem rechten Bein, der Zündkapseln.

Roger, der wahrscheinlich auch nicht geschlafen hatte, kam gerade herunter, als Jeff beschloß, daß es Zeit zum Aufbruch war. Sie gingen hinaus in das bleiche Mondlicht. Theo verschwand, um mit einem LMG weiter unten an den Gleisen Wache zu stehen. Alain wurde an der nahegelegenen Straße postiert, um Ausschau zu halten und zu warnen, falls Schwierigkeiten auftauchten. Sie bewaffneten ihn nicht, da er im Notfall nur warnen und sich dann im Gebüsch verstecken sollte. Mit einer Schrotflinte ging Gilles, um die Gleise auch vom anderen Ende her zu bewachen. Lev und Roger hockten sich hin und schauten zu, wie Jeff den Sprengstoff anbrachte und den Zünder einstellte.

Sie hatten dafür eine halbe Stunde eingerechnet, aber Jeff war lange vorher fertig und pfiff die anderen zurück. Im Gänsemarsch kehrten sie zum Gehöft um, aber dann führte Theo sie einen zerklüfteten Pfad hinauf, der allen schwerfiel, nur Theo nicht: er hüpfte voran wie eine Ziege, die im Dunkeln sehen konnte. Sie gelangten auf eine kleine Felsnase, von der aus sie die Lichter des Zuges unten und die Gleisbiegung sehen konnten. Jeff erinnerte sich an nächtliche Bahnfahrten mit Bernice, erinnerte sich, wie er aus einer abgedunkelten *couchette* auf die Nachtlandschaft Südfrankreichs nördlich von Marseille geschaut und gemerkt hatte, wie sehr sie einem Van Gogh glich. Der Zug näherte sich rasch. Die Lokomotive fuhr vorbei, die ersten Waggons mußten jetzt über die Sprengladung hinweg sein, aber nichts geschah.

Jeff machte sich schon Gedanken, ob sie ihm je wieder trauen würden, wenn der Sprengstoff versagte. Er grübelte immer noch, da wurde schlagartig der Himmel hell. Als erstes kam ein Feuerstoß, dann folgte der scharfe Knall einer Explosion, und dann ließ Explosion um Explosion den Berg erbeben und lose Felsbrocken herunterpoltern.

»Los, wir müssen zurück sein, bevor die Patrouillen kommen«, sagte Theo und führte sie überstürzt bergab, sprang vor ihnen in der wattegleichen Dunkelheit von Wurzel zu Felsblock.

»Es war so schön«, murmelte Alain. »Besser als jedes Feuerwerk. Ich habe mal in Köln ein Feuerwerk über dem Fluß gesehen –«

»Du sollst nicht davon reden«, sagte Theo scharf.

»Ich weiß. Entschuldige. Aber es war so schön. Feuerblumen und Wasserfälle«, sagte Alain verträumt. »Das würde ich gerne öfter machen.«

Ein anderer Bauer kam, um zu warnen, daß die Miliz auf den Straßen die Ausweise und die Alibis überprüfte, aber Theo führte sie vor der Morgendämmerung über staubige und unbefestigte Feldwege nach Gemil, wo sie wieder auf den Laster kletterten und nach Toulouse zurückfuhren. Jeff war zufrieden. Gilles würde bald das genaue Ausmaß des Schadens erfahren, das sicher beträchtlich war. Gilles würde pünktlich zur Arbeit kommen.

Sie lagen auf der Ladefläche unter den drückenden Holzscheiten, während der Laster voranschnaufte und -rumpelte und -schwankte. »Noch ein bißchen länger, und sie hätten dich an die Witwe verheiratet«, sagte Lev zu Jeff.

»Der jüngere ist wohl nicht ihr Sohn?«

»Deutscher Jude«, erklärte Gilles. »Larousse hat ihn da vor zwei Jahren untergebracht. Er ist aus einem Transport entflohen, nachdem seine Mutter gestorben war. Er ist Larousse aufgefallen, als er in Marseille in den Mülltonnen wühlte.«

»Du wirst bald eine Frau brauchen«, sagte Lev. »Es gibt zwei Nutten, Bibi und Paulette, am Bahnhof, die sind gut zu uns. Sie lassen uns Informationen zukommen und geben uns Geld. Paulette wird dir gefallen, die ist jung.«

»Ich werde noch eine Weile warten.«

Lev lachte gellend. »Auf das, worauf du ein Auge geworfen hast, wirst du länger warten müssen als eine Weile.«

»Ist das so offensichtlich?«

»Keine Sorge, sie hat es wahrscheinlich gar nicht gemerkt. Du müßtest schon die Hose runterlassen und damit vor ihr rumfuchteln. Dann würde sie die Nase rümpfen und dir eine Decke reichen.«

»Sie ist mit keinem zusammen?«

»Sie ist mit uns allen zusammen«, sagte Roger, »aber nicht, wie du denkst.« Er hörte sich an, als tadelte er einen besonders begriffsstutzigen Schüler.

»Sie ist ein anständiges jüdisches Mädchen«, fügte Lev hinzu. »Geh zu Paulette. Sie wird's dir besorgen.«

Er fühlte sich, als wäre er gerade gegen ein großes Betreten verboten-Schild geknallt. Er wandte nicht ein, daß es letztendlich bei Jacqueline lag, die bislang keinerlei Reaktion gezeigt hatte. Die Maniriertheiten, die kleinen Scharaden und Affektiertheiten, die andere Frauen unwiderstehlich gefunden hatten, Jacqueline ging durch alle hindurch, als wären sie nichts als weißes Rauschen. Er mußte sie wohl auf völlig neue Art umwerben.

Ganz Toulouse schwirrte von den Gerüchten über das große Zugunglück, und der Druck nahm zu. Ein Treffen, das mit einem Vertreter der landesweiten Résistanceorganisation FFI – *Forces Françaises de l'Intérieur* – anberaumt war, wurde verschoben und in einen südlichen Vorort von Toulouse verlegt, nahe der großen Schleife der Garonne, wo der Weinhändler, Jeffs angeblicher Arbeitsherr, ein Haus besaß, auf einem Hügel mit herrlichem Blick auf den Fluß, die Eisenbahn, die Straße und alle Zufahrtswege. Eine Woche später traf sich Jeff, begleitet von Lev, Roger, Jacqueline, Daniela und sechs anderen mit Capitaine Robert, dem FFI-Beauftragten. Er berichtete ihnen von einem möglichen Geschäft in Spanien, wo Basken eroberte Gewehre verkaufen wollten. Lev prägte sich die Einzelheiten ein. Sie wollten sich überlegen, wer gehen sollte und wie. Capitaine Robert war ein kleiner, beleibter, schnell sprechender Mann, der im Ersten Weltkrieg Hauptmann gewesen war und dann Renaulthändler. Er hatte den Renault beschafft, den M. Faurier umgebaut hatte in seiner Werkstatt, die jetzt Jacqueline und Daniela beherbergte. Capitaine Robert sagte, daß er auch gekommen war, um den neuen *commandant américain* kennenzulernen und viele Fragen an ihn zu richten, die Jeff abblockte, so gut er konnte. Er hatte keine Ahnung, wann OSS weitere Waffen schicken würde, und konnte nur versprechen, sie immer wieder anzufordern.

Als das Treffen zu Ende ging, führte Capitaine Robert Jeff auf die Terrasse. »Sie sollen sich mit den *maquisards* treffen. Lapin hat nach Ihnen geschickt. Und Sie will er auch sehen«, sagte er zu Jacqueline.

»Ist das mein Vater?« fragte Jacqueline schroff. Ihr Gesicht war ganz weiß und starr geworden.

Capitaine Robert schien verlegen. Er nickte. »Lev wird eine Fahrgelegenheit organisieren. Ich habe die Koordinaten für das Treffen.«

»Heißt das Zeit und Ort?« Jacquelines sonst so weiche Stimme war beißend scharf. Jeff beobachtete aufmerksam. »Er hat sich reichlich Zeit damit gelassen.«

»Die *boches* und die Vichy-Ratten haben beide einen Preis auf seinen Kopf ausgesetzt. Sie jagen ihn seit einundvierzig. Lapin, er bewegt sich schnell und er taucht geschickt unter, aber man kann nicht sagen, daß ein Treffen mit ihm leicht oder sicher ist. Wahrscheinlich wollte er Sie nicht in Gefahr bringen.«

»Er hat ja auch meine Mutter und meine Schwester so gut beschützt.« Jacqueline wandte sich ab, lehnte sich auf die niedrige Brüstung, wo die letzten vollbusigen rosa Rosen blühten, flach, mit Blütenblättern vollgepfropft, wie sie Redouté gemalt hatte. Drunten leuchtete der Fluß wie eine bronzene Sichel, voller Erde vom gestrigen Unwetter, von Stromschnellen geriffelt. Das Land war eine grüne Ebene, die sich bis zum Wall der Berge erstreckte, ein gewaltiger bewegter Himmel wie von Turner wölbte sich darüber, die Sonne ging rötlich gegenüber grün- und violettgefleckten Wolken unter. Daniela nahm ihre Hände und sagte etwas. Jacqueline schüttelte sie ab. Daniela ging ihr nach, während die Männer, ohne Jacqueline zu beachten, wieder hineinschlenderten und Möglichkeiten besprachen, die baskischen Waffen zu kaufen. Einiges von Jeffs Geld floß sicher dahinein, davon wurde ausgegangen, und er sah keinen Grund, der dagegen sprach.

Er näherte sich Jacqueline, die mit fest vor der Brust verschränkten Armen auf der Brüstung saß. »Dieser Mann, Lapin, ist dein Vater?«

»Hörst du doch.«

»Du hast ihn lange nicht gesehen?«

»Einundvierzig hat er eine meiner Schwestern zu Verwandten in Amerika geschickt. Er ist nie nach Paris zurückgekommen. Ich habe ihn seitdem nicht mehr gesehen.«

»Wenn er bei euch gewesen wäre, meinst du, er hätte deine Mutter und deine Schwester vor der Deportation bewahren könnnen?«

»Ja! Wie soll ich das wissen? Er war entflohener Kriegsgefangener. Und damals schon in der Résistance aktiv. Er hat sich in seinen Krieg gestürzt und uns unserem Schicksal überlassen.«

Daniela hatte den Arm um sie gelegt und zog Jacquelines Kopf an ihre Schulter, so daß Jacqueline schief dasaß, den Hals gereckt und die Schulter zu der kleineren Frau gesenkt. Beider Beine baumelten nebeneinander von der Mauer. Jeff setzte sich neben Jacqueline und nahm ihre kalte Hand. »Standest du deinem Vater nahe?«

»Als ich klein war. Später haben wir gestritten. Ich fand seinen Zionismus provinziell und naiv. Ich hatte unrecht. Er war vorausschauend. Aber ich bin immer noch wütend.«

»Wütend, weil er deine Mutter nicht gerettet hat, die du auch nicht retten konntest? Oder wütend, weil du vier oder fünf Monate lang in Toulouse gewartet hast und er jetzt erst nach dir geschickt hat?«

Daniela zwinkerte ihm zu seiner Überraschung zu, aber Jacqueline hatte nur finstere Blicke. Dann runzelte sie die Stirn und überlegte. »Vielleicht ist es beides«, sagte sie voller Grimm und mit fast pedantisch genauer Aussprache. »Vielleicht ist es beides, Eitelkeit und Schmerz. Aber es tut weh.«

»Ich hatte mit meinem Vater auch solch eine quälende Beziehung, ich kann es dir nachfühlen. Aber ich muß sagen, deiner klingt interessanter als meiner.«

»Interessanter! Wer braucht einen interessanten Vater?« Jacqueline fauchte verächtlich. Sie warf das Haar in den Nacken. »Natürlich gehe ich hin.«

Er hoffte auf eine lange und langsame Reise. Daniela und Jacqueline saßen umarmt, während er sich die Berührung nur vorstellte und seine Hände sich um seine Knie krampften. Er mußte den Weinhändler fragen, ob er mit seinen Farben wieder hierherkommen durfte, Farben, die man ihm ganz nach seinen Wünschen aus einem versteckten Vorrat besorgt hatte. Bis auf eines wurde er hier auf allen Gebieten gut versorgt. Über ihm kurvten und zickzackten die Schwalben und schossen wie Pfeile vor den sich zusammenballenden Wolken durch die Luft: ebenso flink wie Gingembre, ebenso ungestüm in ihrer Konzentration, ebenso schwierig zu gewinnen.

Naomi 6

Ein paar Worte in der Muttersprache

Im September kam Naomi in die Central High, gemischtrassig wie ihre Grundschule und bekannt als hartes Pflaster. Sie sah gleich am ersten Tag, hier gab es eigene Moden. Die kessen Mädchen schlurften. Sie schoben sich voran, indem sie die Hüften schwangen und die Füße kaum vom Boden hoben. Das konnte Naomi auch. Sie trugen dunkelroten oder blutroten Lippenstift, Söckchen, zweifarbige flache Schuhe, Schlabberpullover, und die, die mit Militärs ausgingen, gaben damit an. Sie gabelten auf Bus- und Bahnstationen Soldaten und Matrosen auf, mußten sich aber in acht nehmen vor den Polizistinnen, die aufpaßten, um die Mädchen wegen Sittlichkeitsvergehen zu verhaften.

Alvin war in ihrer Algebraklasse. Sie nahmen beide die Fächer, die zum College führten: Latein1, Algebra1, Englisch1, Gesellschaftskunde1, Biologie1, Sport, Erste Hilfe für sie und Werkkunde für ihn. In Algebra waren zwei Plätze an jedem Pult, und Alvin setzte sich direkt neben sie und warf finstere Blicke, ob jemand etwas zu sagen wagte. Zwei polnische Mädchen aus ihrer Abschlußklasse reichten Zettel rum und nannten sie Mrs. Sobolov, aber das sagte dem Rest der Klasse nichts, denn die kannten Naomi und Alvin noch nicht.

Naomi schaute aus den Augenwinkeln zu Alvin und versuchte sich zusammenzureimen, warum er sie auserkoren hatte. Das war außerordentlich wagemutig. Kein Junge rückte damit vor allen heraus und bekundete Interesse an einem Mädchen, es sei denn, um zu hänseln und zu höhnen. Sie war sich nicht im klaren, ob sie mit Beschlag belegt werden wollte, aber Alvin war ein großer Junge, sogar größer, als sie zu werden versprach, und breitschultrig. Seine Hände und Füße schienen nicht mehr zu jemand anders zu gehören. Sie erinnnerte sich noch, wie Tante Rose über Alvin, als der im Sommer anfing, Naomi abzuholen, gesagt hatte: »Bei jungen Hunden mußt du dir nur die Pfoten ansehen, dann weißt du, wie groß sie mal werden. Der hier, der wird ein Starker, ein Elch wie Leib.«

Und wenn die Deutschen nun doch kamen und sie weglaufen mußten? Alvin war groß genug, um welche niederzuschlagen. Sie stellte sich vor, sie müßten sich zusammen verstecken. Die Landschaft war Frankreich. Sie hatte hier nie Landschaft gesehen. Sie wußte nicht, ob es Berge gab. Die Zeitungen schrieben über Ernten und Arbeitskräftemangel in der Landwirtschaft, also mußte sie glauben, daß es hier Bauernhöfe gab, obwohl sich für sie Detroit von einem Horizont bis zum anderen erstreckte.

An Alvin schätzte sie, daß er sich nicht gern prügelte. Er tat es, wenn er mußte, denn ohne Schlägereien kam kein Junge durch die Schule, aber er suchte sie nicht. Sie beschloß, wenn Alvin so dreist sein konnte, dann konnte sie das auch, und so saß sie in Latein mit Clotilde in einer Bank, wo sie auf Französisch flüstern und Briefchen austauschen konnten.

Er saß nicht nur in Algebra neben ihr, sondern wartete noch viel unverfrorener nach der Schule auf sie, um im gleichen Bus mit ihr nach Hause zu fahren. Sie stiegen nicht zusammen aus, denn er wohnte drei

Straßen weiter und mußte sich auch zu Hause einfinden. Also stand Alvin neben ihr im Bus, und wenn sie ausstieg, holte Sandy sie ein, und sie gingen zusammen nach Hause. Sandy nannte Alvin anzüglich »deinen Freund«.

Naomi versuchte, von Alvin zu träumen, wenn sie sich ihre nächtlichen, heimlichen Geschichten ausdachte, um die Bilder abzuwehren, die ihr von ihrer Zwillingsschwester kamen. Sie hatte jetzt die Angewohnheit, im Bett zu liegen und sich eine Stunde lang oder länger aufregende Geschichten über Leib und sie selbst auszudenken. Sie waren zusammen Spione, sie waren zusammen Partisanen, sie waren zusammen im Untergrund. Sie experimentierte damit, Leib durch Alvin zu ersetzen, aber Alvin erregte in ihr keins der schauerlichen, heftigen, schuldbewußten, unbeherrschbaren Gefühle, wie es Leib tat. Alvin war ihrs, weil sie gemeinsam dem farbigen Mann Mr. Bates geholfen hatten und weil sie sich beide vernachlässigt und verlassen fühlten. Er war so anheimelnd wie der Kater, der auf ihrem Bett auf sie wartete.

Alvins Vater war auf Sizilien, was eine gelungene Erklärung abgab, wenn man nicht wußte, daß er sowieso nicht zu Hause gewesen wäre. Mr. Sobolov hatte Alvins Mutter verlassen und mit ihr um eine Scheidung gerungen, als seine Reserveeinheit eingezogen wurde. Sie hatten geheiratet, als er achtzehn war und sie siebzehn und noch nicht mit der High-School fertig. Sie sah aus wie Mitte zwanzig und benahm sich, als wäre sie noch jünger, verabredete sich ständig mit Soldaten auf Fronturlaub, während Alvin zu Hause blieb, Radio hörte, Schularbeiten und den Abwasch machte und sich leid tat, auch, wenn er mit der Gang draußen war.

Brillen-Rosovsky hatte der Gang mehrmals einen Namen gegeben, aber keiner war haften geblieben. Sie konnten sich mehr Respekt verschaffen, wenn sie einen Namen hatten, sagte Brille. Brille probierte »Die Kings von der Second« aus. Dann – wegen der Purpurgang, Kriminelle und überwiegend Juden – dachte er sich Orangegang aus. Er kam auf Orange, denn Schwarz und Rot und Gelb und Grün waren irgendwie besetzt, Rosa und Weiß hatten so ihre Probleme, und Blau hatte keinen Schmiß. Aber als die benachbarte Polengang anfing, sie die Zitronen zu nennen, ließ er den Namen rasch fallen.

Kleine Ladendiebstähle waren eins der Gruppenspiele. Sie gingen alle zusammen hinein, und Alvin und Brille lenkten durch ihr übliches lautes Benehmen die Aufmerksamkeit auf sich, während Sandy oder Naomi klauten, was gewünscht wurde. Kartoffelchips oder Schokoriegel oder Taschenlampenbatterien, aber oft gab es nicht viel in den Läden. Manchmal klauten sie eine Filmzeitschrift oder einen Comic. Naomi ließ sich nie Angst machen. Es war, als gehörten ihre Hände zu jemand anders. Einmal wurde Sandy bei Woolworth erwischt, weinte sich aber aus der Klemme.

Alle älteren Kinder in der High-School arbeiteten nebenbei, und viele von ihnen schliefen im Unterricht oder im Schularbeitenraum ein. Es lag ein Gefühl in der Luft, daß alle Geld verdienen mußten, eine Art Juckreiz, den alle verspürten. Die Straßen von Detroit wimmelten Tag und Nacht von Militärs, die sich unter die Männer und Frauen aus den Fabriken mischten; Schlangen standen vor allen Orten, an denen man essen oder tanzen oder kegeln oder einen Film sehen oder Musik hören konnte.

Naomi ging immer noch gern allein Trudi besuchen oder auch am Sonntag mit Ruthie zusammen. Naomi genoß es, sich wie eine Erwachsene zu fühlen, wenn sie ihre Freundin Trudi mit dem kleinen David besuchte. Leibs Großvater war ein David gewesen, aber Naomi dachte an Duvey und seine Fünfcentstücke, an den Kaffee, den sie ihm gemacht hatte. Wenn sie daran dachte, wie er ihr die Zunge in den Mund gesteckt hatte, zuckte sie die Achseln. Alvin küßte sie jedesmal so, wenn er die Gelegenheit bekam. Sie mochte es nicht mehr als damals, aber es war sein Recht als ihr Freund, also erhob sie keine Einwände. Sie fand, daß Ruthie damals zuviel Gesums darum gemacht hatte. Es war kindisch von ihr gewesen, es mit der Angst zu bekommen. Sie war erwachsen, keß, konnte auf sich aufpassen. Sie sah keinen großen Unterschied zwischen David und den Babys, die ihr Haus bevölkerten, aber sie tat es Ruthie nach und himmelte ihn an. Sie lernte, daß sie das tun mußte, bevor Trudi sich herbeiließ, über richtige Dinge zu reden, was Leib geschrieben hatte, in welchen skandalösen Situationen Mrs. Sobolov gesehen worden war, über Alvin, über Häuser und wie sie am schönsten hergerichtet werden konnten.

Trudi entlieh regelmäßig Leihbücher mit Hausplänen und -grundrissen, über denen sie dann brütete und ständig an dem idealen Haus herumänderte, das sie in ihrem Kopf baute. Naomi liebte es, dieses Spiel mit Trudi zu spielen. Das Haus war ihr so wichtig wie Trudi, aber nicht als reales Haus in der Zukunft. Es war ein fesselndes Spiel, das die Alpträume fernhielt. Ruthie war nicht an Häusern interessiert und neigte dazu, praktische Einwände vorzubringen, die Kosten und die Finanzierung vorzurechnen, was sie zur Spielverderberin machte. Trudis Mutter sah keinen Grund, warum Leib und Trudi nach dem Krieg nicht in Trudis altem Zimmer wohnen sollten. Nur Naomi wollte mit Trudi Hauspläne spielen. Oft vergaß sie, daß Trudi einige Jahre älter war und zudem Mutter.

Sandy redete von Kleidern wie Trudi von Häusern. Sandy konnte im Stil der Comics hübsche Mädchen zeichnen, wie die Anziehpuppen aus Karton, mit denen sie bis vor kurzem gespielt hatten, unter aufwendigen Garderobenwechseln. Sandy hatte immer noch eine Deanna Durbin-Anziehpuppe. Jetzt zeichnete sie lieber elegante Damen, eine mit dem Titel Sandy und blonden Haaren und eine mit dem Titel Naomi und braunen Lockenhaaren, und malte ihnen dann Phantasiekostüme an. Sie zeichnete Naomi so, daß sie Ritzi in den Sonntagszeitungen ähnelte.

Naomi fand Kleider weniger interessant als Häuser, aber das zeigte sie Sandy nicht. Wenn sie versuchte, die Alpträume von jenem gräßlichen, trostlosen Ort abzuwehren, stellte sie sich nicht vor, kostbare Roben an- oder auszuziehen, sondern eher, durch eines von Trudis luxuriösen und komfortablen Häusern zu schreiten. Häuser schützten irgendwie besser als Ballkleider. Wenn sie immer wieder vorgeben mußte, sich für Dinge zu interessieren, die sie eigentlich langweilten, wenn sie immer wieder Dinge, die sie erzählen wollte, für sich behalten mußte, dann geschah das, weil sie im Land anderer Leute und im Haus anderer Leute war.

Sandy teilte ihre Tagträume über Jungs immer noch mit Naomi, die daran merkte, daß Sandy keines der mächtigen Gefühle hatte, unter denen sie litt, der dunklen Faszination von Leib, den fiebrigen Phantasieprodukten. Naomi kam der Gedanke, daß sie im Gegensatz zu Ruthie wahrscheinlich einmal eine schlechte Frau werden würde. Vielleicht Juwelendiebin oder Bankräuberin. Dann starb sie im Kugelhagel der Polizei, wie Alan Ladd in *Die Narbenhand*.

Als sie am Mittwoch aus der Schule heimkam, früh, denn die überfüllte Schule hatte Schichtunterricht und sie war um halb zwei zu Hause, empfing Tante Rose sie an der Tür und winkte mit einem dünnen blauen Brief. »Ich glaube, der ist von deiner Schwester, aber sie hat Französisch geschrieben.«

Naomi war einen Augenblick lang wütend auf ihre Tante Rose, weil sie den Brief aufgemacht hatte. Wie konnte Tante Rose ihr das antun, den einzigen Brief zu öffnen, den sie seit Pearl Harbour von irgendwem aus ihrer Familie bekommen hatte! Sie schaute rasch auf den Schluß, aber sie erkannte schon an der Handschrift, daß er von Jacqueline war, nicht von Maman oder Rivka.

Anfangs konnte sie den Brief nicht lesen, konnte das Französisch nicht lesen und bekam einen panischen Schreck. Sie war keine Französin mehr. Bald würde sie nicht mehr Französisch sprechen oder verstehen können, und dann gehörte sie nirgendwohin und zu niemandem mehr. Sie rannte in ihr Zimmer und knallte die Tür zu, ließ Rose und Sharon mit offenem Mund stehen. Sie kehrte um, machte die Tür wieder auf und knallte sie ein zweites Mal zu, damit beide wußten, daß sie es auch so meinte.

Ma chère petite sœur Naomi, begann der Brief, was allein schon eine Überraschung war, da Jacqueline immer und immer darauf bestanden hatte, ihren französischen und nicht ihren jüdischen Namen zu benutzen. Die Schrift war außerordentlich winzig, als könnte Jacqueline, die immer eine zierliche Handschrift gehabt hatte, jetzt einen Brief auf einem Stecknadelkopf unterbringen. Jacqueline schrieb, daß sie oft an ihre Schwester dachte und sie vermißte und sich Gedanken machte, wie es ihr so weit fort in Amerika erging, wo noch niemand von ihnen je gewesen war. Sie waren alle so verstreut, die ganze Familie, daß sie manchmal Angst bekam, sie würden nie wieder zusammen sein. Sie hatte sich wohl früher nicht sehr gut angestellt als große Schwester, aber sie hatte Naomi sehr lieb und vermißte sie ständig und wollte es besser machen, wenn sie je die Chance dazu bekam. Maman und Rivka waren abgeholt und nach Osten deportiert worden. Papa war ein Held, und sie, Jacqueline, hielt sich auch recht wacker. Sie konnte nicht mehr schreiben, aber Naomi sollte wissen, daß alle sie lieb hatten. Sie hatte Papa noch nicht gesehen, aber vor kurzem Nachricht von ihm erhalten. Schon lange hatte sie gehofft, Papa endlich einmal zu sehen, aber es war wohl für ihn zu gefährlich.

Gefährlich? Naomi glättete das dünne Papier auf ihrem Bett und versuchte, diese Sätze zu verstehen. Papa ein Held. Jacqueline hielt sich auch recht wacker. Zu gefährlich. Maman und Rivka deportiert. Sie merkte, daß sie wieder in Französisch dachte. Deportiert hieß, daß ihre Alpträume wahr waren. Sie spürte einen Ansturm übler Gerüche und lauter Geräusche, der ständigen Angst und des ständigen Hungers, der Kälte, die ständig an den von schorfiger Haut bedeckten Knochen nagte. Der Ort schien nicht aus ihrem Unterbewußtsein zu kommen, wie Ruthie es von Alpträumen sagte, sondern war ein Ort, den es im Osten gab, wo der schwarze Rauch wie aus einem Vulkan aufstieg und fettig und übermächtig in der Luft hing.

Der Brief fuhr fort: Ich bin im Süden, aber nicht in dem Süden, den ihr, du und Rivka, so liebt. Ich hoffe, daß deine Tante und dein Onkel und ihre Familie gut zu dir sind. Was auch geschehen mag, wenigstens du wirst weiterleben und unsere Familie fortsetzen und die Erinnerung an uns alle aufbewahren. Ich liebe dich und habe vor, dich heimzuholen, sobald Frankreich wieder frei ist. Viele jüdische Kinder hier müssen bei christlichen Familien versteckt werden, um ihr Leben zu retten. Sie dürfen ihre Familien nicht sehen, obwohl sie immer noch in Frankreich sind.

Meine Liebe, auch wenn du dich dort einsam fühlst, mußt du dir sagen, daß wir nicht zusammen sein könnten, sogar wenn Papa nicht so klug gewesen wäre, dich in Sicherheit zu schicken. Du müßtest in die Schweiz oder nach Spanien geschickt oder in Frankreich bei einer christlichen Familie versteckt werden, und du müßtest dich als Christin ausgeben, um zu überleben, zur Messe gehen, ihre Gebete sprechen, dich immer verstellen. Dort, wo du bist, bist du frei, Jüdin zu sein, und darauf solltest du stolz sein. Wisse, daß du geliebt wirst und daß wir alle wieder zusammen sein werden, wenn wir überleben. Es wird nicht mehr lange dauern, und der Krieg wird gewonnen sein, und unser Volk wird aus den Schatten hervorkommen. Jemand wird diesen Brief von einem sicheren Ort aus aufgeben. *Je t'embrasse bien fort, ta sœur Jacqueline.*

Sie las den Brief wieder und wieder und wieder und wieder. Einiges verstand sie, anderes klang seltsam. Es fiel ihr schwer zu glauben, daß ihre nervige, patzige Schwester ihr so geschrieben hatte, so liebevoll, daß sie geschrieben hatte, sie sei frei, eine Jüdin zu sein, und sollte stolz darauf sein. Ihr kamen kurz Zweifel, ob Jacqueline den Brief wirklich geschrieben hatte. Vielleicht hatte Jacqueline auch Alpträume und sah den Ort, wo die Toten umgingen, die Gerippe in gestreiften Lumpen mit Augen groß wie Monde und mit knotigen Knochen.

Dann legte sie sich aufs Bett und weinte in ihr Kissen, bis sie keine Luft mehr durch die Nase bekam und die Augen vom Salz brannten und die Lider zuschwollen, und umklammerte Boston Blackie wie ein Kissen. Dann setzte sie sich auf und las den Brief noch einmal, hielt nach jedem Satz inne und versuchte zu verstehen. Was war das für eine Gefahr? Daß Papa und Jacqueline auch gefangen und weggebracht wurden an den Ort von Kälte und Schmerz und Furcht und nie endendem Hunger?

Fast wünschte sie, der Brief wäre nicht gekommen. In dem Brief stand, sie war nicht weggeschickt worden, weil sie nicht geliebt wurde, sie war nicht in die Fremde verbannt worden, sondern gerettet worden. Sie war etwas Besonderes. Nur sie allein war beschützt. Vielleicht fühlte sie sich nicht so, weil sie schlecht war.

Was sie verstand, war, daß alle voneinander getrennt waren, nicht nur sie, und vielleicht nie wieder zusammenkamen. Maman und Rivka mußten so weit nach Osten fort sein wie sie nach Westen. Irgendwo in der Mitte waren Jacqueline und Papa, aber sogar die waren getrennt und konnten einander nicht finden. Ihre Einsamkeit war nicht einzigartig, nein, ihrer Familie ging es genauso. Nur Rivka und Maman waren zusammen, am Ort des Todes.

Sie blieb in ihrem Zimmer, bis Tante Rose an die Tür klopfen kam, ganz höflich, und sie zum Abendessen bat. Sie ging ihrer Tante nach, kehrte dann aber um, faltete den Brief sorgfältig zusammen und steckte ihn in ihre Rocktasche. Als sie sich an den Tisch setzte, machte er ein leises Geräusch, als flüsterte er ihr zu.

Alle warteten gespannt darauf, was in dem Brief stand. Sie aßen rasch, und dann saßen Onkel Morris und Tante Rose da, die Ellbogen auf dem Tisch und die Hände erwartungsvoll über den Kaffeetassen verschränkt. Widerwillig zog Naomi den Brief hervor und glättete ihn auf dem Tisch. Sie war ungeheuer froh, daß er in Französisch war, so daß niemand außer ihr ihn Wort für Wort lesen konnte. Sie würde ihnen nur einiges berichten, was drinstand, und den Rest für sich behalten.

»Meine Schwester Jacqueline schreibt, daß sie im Süden von Frankreich ist, aber nicht in dem Teil der Provence, wo wir immer in den

Ferien hingefahren sind. Sie schreibt nicht, wo sie ist. Sie schreibt, daß meine Mutter und Rivka deportiert worden sind.«

Tante Rose schrie gellend auf und Onkel Morris stöhnte. Dann sagte er: »Aber wir wissen nichts Genaues über die Zustände in allen Lagern, ob sie ähnlich sind, was da vorgeht. Alles nur Gerüchte und Gegengerüchte.« Er blickte finster.

Naomi sagte nichts. Sie wußte die Zustände aus ihren Träumen.

Morris hob den Kopf. »Schreibt sie denn, wie sie es geschafft hat, noch nicht deportiert zu werden? Hält sie sich versteckt?«

»Das schreibt sie nicht. Sie schreibt, daß Papa ein Held und in Gefahr ist. Sie schreibt, daß sie sich auch recht wacker hält. Ich verstehe nicht, was sie meint.«

»Laß mich mal den Brief sehen.«

Langsam öffnete Naomi die Faust und ließ Morris den dünnen Bogen nehmen.

»Ach. Französisch. Hab' ich nicht dran gedacht.« Er gab ihn zurück. »Übersetz es mir ganz genau.«

Widerwillig tat Naomi das, nahm den Brief zurück und glättete ihn wieder und wieder, um die Spuren anderer Berührung zu tilgen.

Morris rieb sich seine beginnende Glatze. »Es muß der Widerstand sein, von dem sie redet. Sie müssen beide im Untergrund sein. So hat sie den Brief rausschaffen können. Der ist in London aufgegeben, aber sie ist ganz klar noch in Frankreich. Und hat Verbindung zu einer Gruppe außerhalb von Frankreich.«

»Das arme Mädchen«, murmelte Tante Rose, »von ihrer Familie getrennt und allein, in Gefahr. Was wird aus ihr werden? Ihr Vater hat die Pflicht, sie zu finden.«

Morris zuckte die Achseln. »Im Krieg ist die erste Pflicht: kämpfen.«

»Nu, also du würdest hingehen und uns in der Patsche sitzen lassen?«

»Ich bin ein alter Mann. Mir gibt keiner ein Gewehr und sagt: Erschieß Nazis. Aber es gibt was, was wir tun können.«

»Wir können für ihre Tochter sorgen«, sagte Tante Rose, »wie wir es tun.«

»Das Joint sammelt Geld. Und zwar als Anleihe. Du gibst jetzt Geld, und nach dem Krieg bekommst du es zurück. Warum nicht? Wir können von unseren Ersparnissen nichts kaufen. Vielleicht kann das Geld helfen.«

»Morris, sind wir Rothschild, Geld zu verschenken? Sind wir so reich?«

»Zum ersten Mal in unserem Leben geht es uns gut. Was hat es für einen Sinn, das Geld den Banken in die Hand zu drücken? Juden geben für andrer Leute Wohltätigkeiten. Ich sehe, daß du den Nonnen Silber gibst, wenn sie vorbeikommen. Aber wer gibt dem Joint außer Juden? Und jetzt ist es wichtiger denn je.« Als er das sagte, warf er einen Blick zu Naomi, und Tante Rose runzelte rasch warnend die Stirn. Etwas, was er nicht sagen sollte.

Naomi dachte darüber nach, Nazis mit einem Gewehr zu erschießen. Onkel Morris meinte, das tat Papa, und deshalb war er in Gefahr. Onkel Morris wußte, das bedeutete der Brief. Sie erinnerte sich daran, wie Papa in seiner Uniform zur Armee ging und so imposant und so ernst aussah. Er konnte auf sich aufpassen. Er würde überleben. Er würde kommen und Naomi holen, genau wie sie anfangs geträumt hatte, auf seinem Motorrad, aber in Uniform. Es würde ihm auch nichts ausmachen, daß sie kein gutes Mädchen war, sondern er würde sich freuen, denn er hatte geschossen und getötet, und deshalb war ihm nicht so wichtig, was sie getan hatte.

Vielleicht blieben sie in Detroit, und Ruthie lebte bei ihnen. Vielleicht gingen sie nach Paris. Dann entschuldigte sich Jacqueline dafür, sie jahrelang Nadine genannt zu haben. Dann klingelte es ganz laut an der Tür, und Maman und Rivka standen da, dünn und blaß, und Maman sagte, ich habe meine Schlüssel vergessen, aber hier bin ich und Hunger habe ich auch.

In den nächsten Tagen ertappte sie ihre Tante und ihren Onkel mehrere Male dabei, wie sie von den Lagern redeten. Wenn sie ins Zimmer kam, wechselten sie sofort das Thema, also griff sie zu der List, sehr leise zu sein und draußen zu warten. Onkel Morris sagte, sie würde es sowieso herausbekommen, da er immer Broschüren und jüdische Zeitungen mit nach Hause brachte. Tante Rose sagte, die meisten Zeitungen wären schließlich in Jiddisch. Onkel Morris sagte, im Haus lägen inzwischen genug englische herum. Naomi mußte lächeln, obwohl das Lächeln weh tat, als zerrisse ihr Gesicht, denn Rivka und sie konnten beide ein wenig Jiddisch lesen. Papa hatte ihnen schon vor Jahren das hebräische Alphabet beigebracht, und Maman bekam immer eine jiddische Wochenschrift. Sie konnte sich im großen und ganzen zusammenreimen, was in den Zeitungen stand, und manchmal waren Photos drin, die aus den deutsch besetzten Ländern herausgeschmuggelt worden waren, von Menschen, die in einem Graben mit Maschinengewehren erschossen wurden, und von Juden, die in Güterwaggons getrieben wurden. Sie war wütend auf ihren Onkel und ihre Tante, weil sie meinten, mehr über die Lager zu wissen als sie, und gleichzeitig war sie ihnen dankbar, denn anders als G-tt versuchten sie wenigstens, Naomi vor dem Schmerz zu bewahren. Wenigstens versuchten sie es.

Ruthie 6

Was gegeben und was genommen wird

Es war ein Herbst mit frischen, nahezu klaren Tagen und mit Tagen dahinjagender granitgrauer Wolken. Der erste Frost hatte gerade das Einwecken der Tomaten beendet, da wurde Arty eingezogen. Es geschah so rasch, daß sie fast nicht recht begriffen, was geschah. Schon hatte die Armee ihn geschluckt, und er war fort, hatte in seiner Uniform so unglücklich ausgesehen wie Murray vor anderthalb Jahren.

Ruthie hatte zu Duvey immer eine kabbelige Beziehung gehabt und zu Arty eine verträglichere. Arty war der gute Junge gewesen, nicht ehrgeizig, nicht übermäßig helle, aber beflissen. Er hatte so jung geheiratet, daß sie sich kaum an die Zeit seiner Liebeleien erinnern konnte. Er schien von jungenhaftem Zeitvertreib wie Baseball und Straßenhockey unmittelbar in die Verantwortung eines Mannes für Ehe und Familie gegangen zu sein, während Duvey der Dauerjugendliche geblieben war. Arty hatte nie sein Zuhause verlassen, war nur nach oben gezogen, und in ihrem Leben war kaum ein Tag vergangen, ohne ihn zu sehen.

Sharon lag am Tag nach seiner Abreise im Bett und wollte nicht aufstehen, obwohl ihre eigenen Kinder heulten und Rose überfordert und am Rande der Verzweiflung war. Als Ruthie um halb zwölf aus der Fabrik heimkam, war Rose noch auf, um sich über Sharon zu beklagen.

Ruthie dachte bei sich, sie sollten Sharon ein paar Tage lang zusammenklappen lassen, danach würde sie bestimmt von allein wieder aufstehen. Der Arbeitsumfang war jedoch mehr, als Rose bewältigen konnte. Noch wichtiger: Rose war wütend auf Sharon, sich wegen Artys Einberufung ins Bett zu legen, wo Rose nach Duveys Tod nicht alles Sharon allein überlassen hatte. Morris weigerte sich, sich einzumischen, und beharrte darauf, das mußten die Frauen unter sich ausmachen. Rose sagte, daß sie keinen weiteren Tag mehr schaffte, und wenn Sharon morgen nicht aufstand, konnte Naomi nicht zur Schule gehen und mußte ihr helfen.

»Aber, Mame, ich kann doch jetzt nicht raufmarschieren und mit ihr reden. Es ist Mitternacht.«

»*Die* schläft nicht. Und wer braucht schon vierundzwanzig Stunden Schlaf am Tag? Das ist keine Frau, das ist ein Möbelstück, ein Sessel, eine ausgestopfte Eule. Wer braucht eine ausgestopfte Eule zur Schwiegertochter? Oi, oi, mein Mann ist fort, also lege ich mich ins Bett wie eine Prinzessin?« Rose packte sie beim Ellbogen und führte sie ins Schlafzimmer, wo Morris leise schnarchte. »Hör mal«, flüsterte sie und knuffte Ruthie in die Rippen.

Durch die Decke kam Radiogeräusch. Glenn Millers »In the Mood«. Sharon wollte die Wirklichkeit leugnen. Ruthie konnte das verstehen. Während sie widerwillig die Treppe hinaufstieg und auf dem Absatz stehenblieb, um saure Gesichter zu üben, stellte sie sich vor, daß es wie im Himmel selbst sein mußte, sich ins Bett zu legen und eine Woche, einen Monat lang zu schlafen, den Krieg wegzuschlummern. Vielleicht sollte sie, statt Sharon wie instruiert aus dem Bett zu scheuchen, sich neben sie legen und endlich aufgeben: ihren Ehrgeiz fahrenlassen, ihre Hoffnungen, ihren irrsinnigen und mörderischen Stundenplan mit dem Studium ab frühmorgens, schon ein volles Pensum, und dann mit der Fabrik und einem weiteren vollen Arbeitstag.

Aber sie konnte nicht dulden, daß Rose Naomi aus der Schule nahm. Naomi hielt sich recht gut, aber die Sprachbarriere blieb. Im Englischen wurde sie wahrscheinlich nie die gute Schülerin, die sie im Französischen hätte sein können. Naomi brauchte mehr Unterricht, nicht weniger. Ruthie durfte nicht zulassen, daß sie Sharons selbstmitleidigem Gram geopfert wurde.

Vor langer Zeit hatte Morris an der Haustür ein stabiles Schloß angebracht, so daß die Wohnungen unten und oben keine eigenen Schlösser brauchten. Sie ging dem Klang von Jimmy Dorseys Band ins Elternschlafzimmer über dem von Rose und Morris nach. Sharon saß mit Kissen im Rücken im Bett und hatte ihre High-School-Jahrbücher, die Hochzeitsphotos, Sommerschnappschüsse und Ballprogramme um sich ausgebreitet. Ihr Gesicht war rot und verschwollen, als hätte sie Zahnweh. Verknüllte Taschentücher lagen in die Ecken geworfen. »Hier ist Ihr Ballsaal der Erinnerung und bringt Ihnen zärtliche Musik zum Tanzen, zum Träumen, zum Schwelgen in den schönsten Momenten ...«

»Sharon!« Ruthie räusperte sich und setzte sich auf den Hocker vor Sharons Frisierkommode. »Mame ist am Ende. Sie schafft die Tagesstätte nicht ohne dich. Das ist zu viel Arbeit für sie.«

»Wie konnten sie ihn holen? Einen Vater, der kriegswichtige Arbeit tut? Das ist nicht richtig. Das ist ungerecht. Tausende wertlose, nichtsnutzige Männer hätten sie holen können. Ich kann denen eine Liste von mindestens zwanzig hier aus der Nachbarschaft schicken, die keiner vermissen würde, wo viele Frauen aus tiefstem Herzen dankbar wären.«

Ich bin zu müde für so was, dachte Ruthie, ich habe keine Worte mehr. Ihr ging durch den Kopf, wieviel Platz Sharon für sich hatte und wie hübsch es sein mußte, eine richtige Frisierkommode zu haben, wenn sie sich je wieder einmal feinmachte. »Sharon, ich kann dir aus eigener Erfahrung sagen, es ist besser, was zu tun, sonst hält man's nicht aus.«

»Du redest von irgendeinem Freund. Vielleicht heiratest du ihn eines Tages, vielleicht auch nicht. Das ist nicht dasselbe, nicht für fünf Cent dasselbe!« Sharon richtete sich auf und preßte ihr Galahochzeitsphoto in dem Lederrahmen an die Brüste.

»Denk an Trudi, die Leib zwei Tage nach der Hochzeit gehen lassen mußte, und er ist seitdem noch nicht mal zu Hause gewesen, um sein Kind zu sehen. Reiß dich zusammen. Du hast das mit Mame angefangen. Und du wirst das Geld brauchen.«

Sharon legte das Photo hin. »Die Armee zahlt ihm für den ganzen Monat weniger, als er in einer Woche verdient hat! Was soll ich bloß machen? Wie soll ich von dem Unterhaltsscheck leben?«

»Du wirst überhaupt nicht zurande kommen, wenn du nicht aufstehst und Mame hilfst. Ich sage dir, sie schafft es nicht. Sie wird sich eine andere Frau aus der Nachbarschaft suchen müssen, um sich die Arbeit und das Geld zu teilen. Sie wird sich sofort jemand suchen müssen.«

Sharon stellte das Radio ab. Sie kniff den Mund zusammen. »Hör schon auf. Ich hab' verstanden. Aber es ist ungerecht!«

Ruthie lag im Bett, alle Gelenke taten ihr weh, als hätte sie einen tiefen Sturz getan. Lange nach dem Nachhausekommen spürte sie immer noch durch und durch die Erschütterungen vom Fließband. Wir tun, was wir können, eine jede von uns, sagte sie zur Zimmerdecke und zum fernen und zunehmend unwirklicheren Murray, wir tun, was wir können.

Vielleicht war sie für Murray so unwirklich, wie er es für sie geworden war. Vielleicht liebte er sie nicht mehr. Er mußte sie nicht heiraten. Vielleicht sah er ihren College-Abschluß nicht als Beitrag zur gemeinsamen Zukunft, sondern nahm es einer Frau übel, die Ausbildung erreicht zu haben, nach der beide gestrebt hatten. Vielleicht wollte er eine jüngere und reizvollere Frau. Was sollte dann aus ihr werden? Dann hatte sie ihre Jungfräulichkeit weggeworfen und würde allein bleiben. Einer ihrer Professoren an der Wayne hatte den Frauen in seinem Seminar einen Vortrag gehalten, daß sie eine verlorene Generation waren, verurteilt zu Altjüngferlichkeit. Sie hatten brav mitgeschrieben, was er als Mischung aus Mitleid und Verachtung über sie ausgoß.

Zwei dicke Tränen quollen ihr aus den Augenwinkeln. Dann sah sie sich so töricht wie Sharon alte Ballprogramme hervorzerren. Wenn Murray sie nicht mehr wollte, hatte sie immerhin ihren Abschluß. Sie hatte einen Beruf. Dann zog sie in eine eigene kleine Wohnung und nahm Naomi mit, ja, und dann sparte sie für Naomi, damit sie auch einmal an der Wayne aufs College konnte. Wenn Murray sie nicht mehr wollte, hatte sie ihr eigenes Leben. Sie war nicht ihrer Fähigkeit beraubt, für ihren Lebensunterhalt selbst zu sorgen, gute Arbeit in der Welt zu tun, gerecht und voll Mitgefühl. Wenn sie nur mit Naomi zusammenlebte, konnte sie an den Wochenenden ausschlafen. Dann konnte sie so lange schlafen, wie sie Lust hatte.

Der Wecker klingelte neben ihrem Bett und fraß sich wie eine Kreissäge in ihren Kopf, bevor sie wußte, daß sie überhaupt geschlafen hatte, und es war schon wieder Zeit, loszuhasten, sich wieder zu hetzen und zu hetzen und zu hetzen.

Sonntags ging sie gern für eine Stunde mit Morris in den Garten, als Erholungspause vom Lernen, und weil sie ihn außer zu einem hastigen Frühstück von montags bis sonnabends kaum sah. Die Siegesgärtchen für ihren Block waren auf leeren Grundstücken, wo drei Häuser im Besitz von Brüdern während der Depression der Versicherungssumme halber abgebrannt waren. Die Türstufen zu jedem Haus waren noch an ihrem Platz, aber die Fundamente waren schon vor Jahren aufgefüllt worden. Eines der Grundstücke diente als Freilufteisbahn, innerhalb eines aufgeschütteten Erdwalls wurde es jeden November unter Wasser gesetzt, wenn die Temperaturen deutlich unter Null sanken. Die anderen beiden waren in viele kleine Gemüsebeete aufgeteilt.

Morris wollte die Mohrrüben, die rote Bete, die Kohlrüben und die Pastinaken ausgraben. In der Woche zuvor hatte der November mit erstem Schnee begonnen, auch wenn das Weiß um zehn Uhr schon wieder weggetaut war. Trotzdem war es ein Zeichen, daß der Winter vor der Tür stand. Sie half ihm, und zur Belohnung kamen sie miteinander ins Gespräch.

»Wir wissen etwas über die Deportationen in die Lager, wie viele Juden dort sterben. Ich glaube nicht, daß Tante Chava oder Naomis Schwester noch am Leben sind. Wenn der Rest ihrer Familie in der Widerstandsbewegung ist, wird sie wahrscheinlich Waise. Ich glaube, Ruthele, wir haben sie unser Leben lang. Besser, wir finden uns damit ab.«

»Es tut mir leid um ihre Familie, aber ich bin mehr als gern bereit, Naomi zu behalten.«

»Ja, doch, wir werden sie behalten, keine Sorge. Sie ist ein gutes Mädchen. Wir haben Duvey verloren, wir haben sie bekommen. Gleicht sich das miteinander aus, irgendwo in G-tts Kopf? Ich weiß zwar nicht, wie, aber macht nichts.« Morris seufzte.

»Arty fehlt dir, nicht?« In seinen Briefen klang Arty unglücklich. Die meisten Rekruten waren halbe Kinder. Er sehnte sich nach seiner Familie. Die Verpflegung schlug ihm auf den Magen.

»Wir haben am Band die gleiche Arbeit getan. Wir sind in verschiedenen Ortsgruppen der gleichen Gewerkschaft. Mit Duvey hatte ich das nie, einfach reden können über das, was vorgeht. Arty und ich sprachen die gleiche Sprache.«

Sie hätte gern gesagt, daß sie auch am Fließband arbeitete. »Ich hatte auch immer Schwierigkeiten, mit Duvey zu reden.«

»Ich wünschte, sie hätten Arty nicht geholt. Ich finde, Väter sollten sie rauslassen.« Morris schüttelte den Kopf. »Wenn der Krieg noch lange dauert, holen sie noch alte Kerle wie mich. Drücken uns ein Gewehr in die Hand und richten uns auf den Feind aus.«

»Tate, du klingst so niedergeschlagen, du machst mir Angst.«

»Ich brauche etwas, worauf ich hoffen kann.« Er stützte sich auf seinen Spaten. »Die Welt ist schlechter, als ich ihr in jungen Jahren zugetraut habe. Ich dachte, uns fehlt nur ein bißchen Kultur, dann wird alles besser. Aber Deutschland ist eine Kulturnation, hat so viel Kultur wie nur eine. Jetzt muß ich immer an das Dunkle in den Menschen denken und weiß gar nicht, wie etwas Gutes zustande kommt.«

»Tate, wie immer die Welt ist, du bist ein guter Mann. Du versuchst, gerecht zu sein. Ich versuche, wie du zu sein.«

»Wie ich.« Er rieb sich seine beginnende Glatze. »*Arty* ist wie ich, der gibt keinen guten Soldaten ab. Sie hätten ihn zu Hause lassen sollen. Es ist unrecht von ihnen, einen Sohn zu nehmen und dann den letzten in Gefahr zu bringen.«

Ein Sohn, ein Sohn. Als zählte sie nicht. Es wurde Zeit für sie, sich wieder an ihre Bücher zu begeben. Morris machte sich bestimmt noch stundenlang im Garten zu schaffen. Er redete oft davon, aufs Land zu ziehen, wenn er in Rente ging, wo er Kohl und Tomaten pflanzen konnte. Ruthie glaubte ihm nicht, denn er hatte seine Verbände. Seit der Brief auf dem dünnen Papier für Naomi gekommen war, setzte er sich noch mehr dafür ein, daß die amerikanischen Juden die Rooseveltregierung unter Druck setzten, die europäischen Juden zu retten. Sie mußten die Regierung dazu bringen, mehr hereinzulassen als das winzige legale Rinnsal, das obendrein vom Außenministerium an der Quelle in Europa systematisch eingedämmt wurde. Sie mußten darauf drängen, daß die Eisenbahnlinien zu den Lagern und die Lager selbst bombardiert wurden. Morris hatte jetzt jede Woche drei Versammlungen.

Thanksgiving verlief trübselig. Tarawa im Pazifik wurde eingenommen. Arty war immer noch zur Ausbildung in Louisiana. Schwere

Kämpfe, Stadt um Stadt, Haus um Haus, fanden in Italien statt. Ein alter Atlas lag ständig auf dem Küchenbüffet, damit sie die Ortsnamen aus den Nachrichten nachschlagen konnten. Die ganze Woche über fiel eisiger Regen, Graupeln, nasser Schnee, und wieder Graupeln. Eis bildete sich auf den Bäumen, und Äste brachen. Sharon bekam als erste eine Erkältung, dann Rose, dann Naomi, dann Ruthie und Morris. Sie bescherte mittleres Fieber und Halsschmerzen.

Ruthie lag mit 38,5 und rasenden Kopfschmerzen im Bett, als Trudi mit einem Telegramm erschien. Leib war an einem Ort namens Monte Pantano verwundet worden. Er lag in Neapel im Lazarett, kam aber bald nach Hause. Trudi weinte. Sie wußte nicht, ob sie feiern oder trauern sollte. »Da steht nicht drin, ob er's überleben wird, ob er leicht verwundet ist, ob er halb tot ist. Was soll das? Da steht nicht mal drin, wann er kommt. Wie soll ich mit der Ungewißheit leben?«

Ruthie krächzte: »Sei froh, daß er lebt. Er ist verwundet genug, um den Krieg hinter sich zu haben, also sei froh. Er lebt, und er kommt nach Hause.«

Würde sie solch ein Telegramm bekommen? Nein, wenn, dann bekamen es seine Eltern. Wünschte sie sich eine Verwundung, die sein Leben rettete? Wer würde sich das nicht wünschen? Aber welchen Preis wollte sie für sein Leben zahlen: ein Bein, einen Arm, eine Querschnittslähmung? Sie konnte Trudi die Sorge nicht ausreden. Trudi hatte viel zu fürchten.

Sie schlief und träumte, alles, was von Murray heimkam, war ein Kopf in einem Käfig, ein Kopf, der nur noch sprach und ihr mit traurigen Augen zusah, wie sie im Haus hin- und herhastete. Sie wachte schweißgebadet auf. Das Fieber ließ nach. Wenn sie nicht zu schwach war, wenn sie aus dem Bett krauchen konnte, dann mußte sie am Morgen wieder in die Vorlesungen und in die Fabrik.

Louise 7

Erwägungen zur rechten Würdigung chinesischer Küche

In der tristen Mitte eines schneeverregneten Januars flog Louise dienstlich an die Westküste. Diesmal gab es keinen redseligen Urlaub in Claudes kleiner Exilwelt, und sie war von den endlosen Aufenthalten deprimiert und verärgert, in Chicago aus dem Flugzeug geschubst und dann wieder in Kansas City, um die Nacht zusammengekauert in zugigen Warteräumen zuzubringen, hungrig, frierend, übermüdet, dazu mußte sie sich der Zudringlichkeit gelangweilter und gemästeter Geschäftsleute erwehren, die an dem Krieg ausnehmend gut zu verdienen schienen. Drei Tage, um durchs Land zu kommen, waren nichts, worüber man sich lange beklagte; trotzdem fühlte sie sich schmutzig, ungepflegt, mit verstimmtem Magen und müden Augen.

Einsam und bedrängt zugleich, fand sie die Gesellschaft keines ihrer Mitreisenden verlockend, bemühte sich jedoch, eine gesellige Fassade aufrechtzuerhalten. Schließlich gab sie vor, schwer erkältet zu sein, und wurde ihrer Lektüre überlassen. Sie hatte die *Vier Quartette* von T.S.Eliot dabei. Die Gedanken schienen ihr gewollt mittelalterlich, aber die Musik der Zeilen sang in ihrem Ohr. Sie las außerdem die frühere Theaterkritikerin der *Partisan Review*, die mit einem Buch irgendwo zwischen Kurzgeschichte und Roman herausgekommen war, *Sie und die anderen*. Die Autorin, Mary McCarthy, schrieb mit einer Sachlichkeit über das Liebesleben, die Louise reizte und faszinierte als eine neue Ebene des sprachlichen Diskurses über das Leben von Frauen.

Auf dem Flughafen von Kansas City hatte sie in ihren Nerz gemummelt eine Vision von Frauen, die ebenso offen über das Geschlechtsleben schrieben wie männliche Autoren, aber ganz, ganz anders. Manche Frauen würden es ähnlich behandeln, wie Männer es taten, als Eroberung, als Abenteuer – nach Art von McCarthy. Andere Frauen würden weibliche Sexualität weitaus weniger romantisch behandeln, als Männer, die sich wie Hemingway beileibe nicht für Romantiker hielten, es zu tun pflegten. Die Erde bebte davon sicher nicht, aber dann gab es mehr Biologie und weniger Theater. Frauen hatten im Geschlechtsleben nicht solche Egoprobleme wie Männer, aber dafür stand für sie wirtschaftlich weit mehr auf dem Spiel.

Sie hatte einen kurzen Tagtraum, über ihre eigene Kindheit zu schreiben, ungeschminkt über Antisemitismus und sexuellen Mißbrauch in Pflegefamilien zu berichten, doch sie zog eine Grimasse und senkte den Kopf wieder auf ihr Buch. Das war bislang nicht gestattet. Das galt als zu deprimierend. Für Frauen gab es immer noch weitaus mehr Dinge, die nicht gesagt werden durften, als Dinge, die gesagt werden durften; und wenn sie gesagt wurden, so wurden sie nicht gehört. Da winkte der Wahnsinn. Vergiß es.

Sie kam schließlich in Portland an, wo sie ins Bentley gebracht wurde, ein ungewöhnlich kultiviertes Hotel, das trotz des Krieges einen passablen Standard aufrechterhielt. Sie genoß ein Bad, ein gutes Abendessen und eine Nacht Schlaf, gefolgt von einem reichlichen Frühstück und einem zweiten Bad. Dann wurde sie abgeholt und nach Vanport gebracht.

Vanport war die größte der Fertigstädte, die über Nacht erbaut worden waren, und lag sechs Kilometer westlich von Portland. Ein Auto der Kaiser-Werften fuhr sie, während sie die Pressemitteilungen überflog. Nichts hätte sie auf die totale Trostlosigkeit vorbereiten können. Fünfunddreißigtausend Menschen lebten im Modder, aus dem sich identische, fahle, einstöckige Holzhäuser auf Zementblöcken erhoben, die schon jetzt in den Urschlamm zurücksanken. Das Wohnungsbauamt von Portland hatte die Häuser im Jahr zuvor hingeklotzt und daraus Oregons zweitgrößte Stadt gemacht. Hingekotzt hätte noch besser gepaßt.

Vanport hatte sogar einen eigenen Vorort, East Vanport auf einem Sumpfgelände, früher ein kümmerlicher Golfplatz auf einer Halbinsel, die in den Columbia River ragte. Das war das einzige, was versöhnte: der weite, schöne Fluß. Was noch versöhnte, war die Miete: sieben Dollar die Woche für eine Einzimmerwohnung und elf Dollar fünfundfünfzig für eine Vierzimmerwohnung. Zahlreiche Verkaufsbaracken hielten alles feil, was die Händler auftreiben konnten.

Im Krankenhaus sah sie Kinder mit schlimmen Verbrennungen. Viele der Mieter waren nicht an elektrische Heizkörper gewöhnt. Sie hatten ihr ganzes Leben lang Holzöfen gehabt, und sie kamen einfach nicht auf den Gedanken, die Geräte abzustellen. So brachen Feuer aus, und die kleinen Holzhäuser gingen binnen Minuten in Flammen auf. Dennoch waren die Bewohner fröhlich. Die meisten verdienten, was sie Spitzendollars nannten, jedes Familienmitglied brachte Geld nach Hause, und alle hatten Pläne, nach dem Krieg anders zu leben. Sie arbeiteten hart, sympathische Menschen mit großen Vorstellungen, was sie sich kaufen würden und was ihnen gehören würde und wo sie wohnen würden. Etwas fiel Louise während ihrer Umfragen auf, eine Beobachtung, die sich nie in ihren Artikeln niederschlagen durfte. Sie hatte genug Flüchtlinge befragt, um zu wissen, wofür sie ihrer Ansicht nach kämpften: sie bekämpften den Faschismus oder befreiten ihr Heimatland oder kämpften für ihre Freiheit, das zu sein, was sie waren und was illegal oder gefährlich geworden war, Juden oder Freimaurer oder Kommunisten oder Sozialisten oder Adventisten vom Siebenten Tag, Avantgardemaler oder Surrealisten. Oder sie kämpften ganz einfach wie die Russen ums Überleben, weil die Deutschen vorhatten, sie zu vernichten.

Aber die Amerikaner kämpften um einen höheren Lebensstandard. Sie kämpften sich aus der Depression heraus. Sie kämpften um die Güter, die sie in der Reklame sahen und in den Filmen, die zeigten, wie der Mittelstand lebte. Was diese Leute in ihrer Zukunft sahen, das war nicht die neue Gemeinschaft aller Menschen (und schon gar nicht aller Frauen), sondern das war die Ehefrau wieder den ganzen Tag daheim, ein neues Auto in der neuen Garage des neuen Hauses auf dem Neubaugelände, aber diesmal mit Rasen. Sie sahen sich auf dem Weg in eine Werbeanzeige voll der Artikel, die sie begehrt, aber nie besessen und oft nicht einmal angefaßt hatten. Sie kämpften um das, was sie vor dem Krieg nicht gehabt hatten, eine Wunschliste von Konsumgütern, auf der noch viel Platz für weitere war.

Auf dem Rückweg machte sie in Detroit Zwischenstation, um noch eine Fertigstadt zu besuchen, Willow Run. Dichter Schnee fiel auf den liegengebliebenen Müll und den zerpflügten Schlamm. Diese Stadt war noch trostloser und machte gerade aufgrund unzureichender Kanalisation eine vertuschte Fleckfieberepidemie durch. Weiter draußen im Washtenaw County trafen die Arbeiter, die in die Willow Run-Ford-

Bomberwerke geströmt waren, auf feindselige Farmer und Kleinstädter, die sie als Besatzungsarmee ansahen. Die Schule hatte viel zu viele Schüler und viel zu wenig Lehrer. Die Frauen, die nicht arbeiteten, bekamen in ihren Wohnwagen oder winzigen Hütten regelrechte Haftpsychosen. In Willow Run war keine Fertigstadt errichtet worden, sondern – offensichtlicher noch als in Vanport – ein Fertigslum. Louise hatte die feste Absicht, das zu sagen, und zwar so deutlich sie nur konnte. Diese Menschen waren gekommen, um eine Arbeit zu tun, und wurden behandelt wie Vieh. Sie hatte im Süden deutsche Kriegsgefangene gesehen, die besser untergebracht waren als diese Familien.

Auch hier gab es Brände, aber eine Frau wurde fortgekarrt, der von einer schlecht gemachten oder selbst vorgenommenen Abtreibung das Blut zwischen den Beinen herausströmte. Louise mußte an Kay denken und rang unbewußt die Hände, während sie zusah, wie die Frau auf einer Bahre die Straße hinuntergetragen wurde. Die Krankenträger redeten über sie wie über eine Verbrecherin, derweil ihre kleinen Kinder hinterherliefen und die Nachbarn gafften.

Da sie in Detroit in einem Schneesturm festsaß und nicht weiterfliegen konnte, beschloß sie, die WASPs zu besuchen, über die sie geschrieben hatte. Vielleicht ließ sich aus dem Besuch eine Fortsetzung ihres Artikels gewinnen.

Sie fand Bernice und ihre Kameradin Flo überglücklich vor, denn sie hatten gerade die Nachricht erhalten, daß sie auf einen anderen Stützpunkt versetzt wurden, wo sie keine Übungsmaschinen, sondern Kampfflugzeuge überführen sollten, also die erste Garnitur der besten Flugzeuge, die produziert wurden. Damit waren sie unter den ersten Frauen, die Kampfmaschinen flogen; sie waren dann nach den Testpiloten die ersten, die diese Maschinen flogen. Sie hatten gehört, daß inzwischen eine wachsende Zahl von Frauen sogar als Testpilotinnen herangezogen wurde, um reparierte, aber auch neue Flugzeuge zu erproben. Sie feierten mit Ausgelassenheit und schwarz gebranntem Schnaps, und sie luden Louise zur Feier ein. Die Photos aus ihrem Artikel hingen an der Kasernenwand.

Der scharfe Whisky schockte ihren Mund, sie trank ihn trotzdem und brachte die Stimmen in ihrem Kopf zum Schweigen, die vor Erblindung durch vergällten Alkohol warnten. Man stelle sich vor, Gift in Alkohol zu tun, nur damit Leute ihn nicht benutzen konnten, um sich zu betrinken: die Gesellschaft, die das tat, hatte eine Schraube locker. Helen – das war doch die Tochter des republikanischen Zeitungsverlegers aus Nebraska? – hatte ein Grammophon in der Kaserne, das Tommy Dorsey und die Andrews Sisters spielte. Flo versuchte, Bernice den Lindy beizubringen, aber Bernice wollte offensichtlich nicht. Schließlich stand Louise auf und tanzte mit Flo. Früher hatte sie auf Wohltätigkeitsfesten getanzt. Oscar war ein guter Tänzer gewesen. Vielleicht war er es noch. Claude konnte recht gut Walzer und Foxtrott tanzen, aber nicht den Lindy. Beiläufig ging ihr durch den Kopf, ob wohl jemand Daniel das Tanzen beigebracht hatte.

Sie kam bombig an. Als sie schließlich außer Atem niederplumpste, fühlte sie sich wieder nüchtern und beeilte sich, mehr von dem weißen Blitz, wie sie ihn nannten, zu trinken. Ihre Füße waren wund von den splittrigen Dielen der Kaserne – sie hatte schon bald die Schuhe abgestreift –, und ihre Bluse war schweißnaß, aber sie hatte es genossen, etwas Körperliches zu tun. Das schien in letzter Zeit nicht mehr vorzukommen.

Sie schaute den ausgelassenen jungen Frauen zu und grübelte über ihre Tochter nach. Seit diesem Jahr galt nun Kay als mündige Person, auch wenn diese Person sich alle sechs Wochen jemand anders zum Nachahmen suchte. Im Moment war sie gerade in ihren Französischprofessor verliebt, der bestimmt fünfzig Lenze zählte und einen weißen Bart hatte wie der Weihnachtsmann. Sie gab seine Ansichten wieder wie die Heilige Schrift. Über Daniel hatte sie die Nase gerümpft: zu jung. Und das von einer Achtzehnjährigen. Daniel hatte sich allerdings auch nicht sonderlich angestrengt, zu Kay charmant zu sein. Ihr Versuch, die beiden in den Weihnachtsferien zu verkuppeln, war ein Reinfall gewesen.

»Er ist in dich verschossen, Mutter!« hatte Kay gesagt, als zeige sie einen Fall von Lepra an.

»Und wenn schon«, sagte Louise. »Er ist viel zu jung. Sei unbesorgt.«

»Du hast es gewußt!« Kay klang schockiert. Sie zog an ihren Haaren, wie sie es seit ihrer Kindheit tat, wenn sie verängstigt oder verärgert war.

»Du merkst aber auch alles, Liebling. Es hat keinerlei Bedeutung.«

»Ich finde das unmöglich ... Wird Daddy das Mädchen, das er hat, heiraten? Abra, das Pferdegesicht?«

»Ich habe keine Ahnung, Kay. Aber ich bezweifle es.«

»Abra – was ist das für ein Landpomeranzenname! Und warum hat er sie nach England mitgenommen, wenn er sie nicht heiraten will?«

»Er hat sie nicht mitgenommen, Schatz. Das OSS hat beide geschickt. Ich nehme an, sie wird gebraucht.« Dabei war sie sicher, daß Oscar hinter Abra Scotts Versetzung steckte, und warum auch nicht? Er hatte noch nie loslassen können. Er brachte es fertig, Abra festzuhalten, bis sie fünfundvierzig war, und sie nie zu heiraten und ihr nie zu gestatten, mit ihm zusammenzuziehen. Louise schauderte. »Ich glaube, ich habe dir erklärt, daß Abra ein alter Name aus ihrer Familie ist.«

»Warum machst du dich für sie stark? Das finde ich auch unmöglich.«

»Abra hat sich mit mir große Mühe gegeben, und ich weiß das zu schätzen. Sie hat mir nie etwas getan, und sie hat mir durch Zufall eine hübsche Wohnung in Washington besorgt.«

»Wovon redest du?« Kay hatte entsetzt ausgesehen.

Louise begriff sofort: sie hatte Kay nichts davon gesagt, daß Abra die Vormieterin war, und sie durfte es auch nicht. »Eine Freundin von ihr wußte von der Wohnung.«

Kay wandte sich ab. »Ich finde die Wohnung unerträglich. Warum ziehst du nicht zurück nach New York, in unser Zuhause?«

Als sie sich inmitten der jungen Frauen, die dem Alter nach zwischen ihr und Kay waren, an dieses Gespräch erinnerte, bezweifelte sie, daß Kay je zurückkam, um mit ihr zusammenzuleben. Sie hatte vielmehr den Verdacht, Kay würde jung heiraten. Sie hoffte sich zu irren, denn sie hielt Kay für viel zu unreif und viel zu unbedarft Männern gegenüber, um gut zu wählen; aber sie würde wohl kaum gefragt werden. Laß los, wie du eh mußt, sagte sie sich, dir bleibt keine andere Wahl.

Die Spielart der Romanze, die zur Zeit hoch im Kurs stand, das war die große Liebe auf den ersten Blick. Die große Liebe passierte ganz plötzlich; sie überkam die Frauen mit aller Macht. Keine echte Frau konnte ihr widerstehen. Sie wußte kaum, wer er war, aber sie sah die Uniform, und sie verstand: LIEBE JETZT. Jeder Mann in Uniform hatte ein Recht darauf. Jede Frau wurde von ihren Gefühlen übermannt und davongetragen.

Im richtigen Leben endete es damit, daß die Frau tatsächlich davongetragen wurde, blutend auf einer Bahre. Endete in den elenden

Entbindungsheimen, die sie besucht hatte, wo verstockte und aufgedunsene Sechzehnjährige behandelt wurden wie Axtmörderinnen und von scheeläugigen, verkniffenen Männern und rachsüchtigen, brettsteif gestärkten Frauen geeignete Bibelstellen vorgelesen bekamen. Für Kay hatte es sicherer, aber schmerzhaft genug in der Praxis eines Park Avenue-Arztes geendet. Ja, und ihre eigenen Geschichten waren eine weitere Methode, Frauen diese Hypnose zu verkaufen, Liebe als Droge, als Allheilmittel, als Religion.

Eines der herausragenden Dinge an diesen WASPs war, sie hatten ihre eigene Romanze. Das Land mochte wenig davon wissen und sich noch weniger darum kümmern, aber sie waren Heldinnen ihrer *eigenen* Geschichten, und sie leuchteten vor Selbstvertrauen und Energie. Hier in ihrer Kaserne brauchten sie nicht prüde zu tun. Sie erzählten sich die schlüpfrigen Witze, die Louise gewöhnlich von Männern hörte. Sie lachten, sie tranken, sie tanzten miteinander, und sie schienen zumeist mit sich zufrieden. Louise war überrascht, wie entspannt sie sich fühlte. Bernice setzte sich zu ihr. Sie waren so ziemlich die zwei am wenigsten Betrunkenen im Raum, obwohl beide den ganzen Abend über stetig geschluckt hatten.

»Gefällt Ihnen Washington?« fragte Bernice. »Ich bin nur einmal dagewesen.«

»Es ist jetzt eine jüngere Stadt. Früher schlenderten alle nach Art des Südens, das Mittagessen dauerte zwei Stunden, ein angenehmes Leben, die Diener auf einen Wink zur Stelle. Jetzt ist es eine ungeduldige Stadt, die es eilig hat. Mir wird es nie richtig gefallen. Zuviel Manieren und Machthunger, zuwenig Kunst und Intellekt.«

Helen stand vor beiden, mit erhitztem Gesicht und verwuscheltem Haar. Sie hatte mit Mary Lou getanzt. »Wenn ihr für immer in einem bestimmten Alter bleiben könntet, welches Alter würdet ihr wählen?«

»Genau jetzt plus ein paar Monate«, sagte Bernice. »Wenn wir erstmal im Cockpit dieser Jäger sitzen.«

»Fünfundzwanzig, sechsundzwanzig, glaube ich«, sagte Louise.

»Das ist traurig.« Bernice schaute ihr in die Augen. »Zurückzuwollen. Mir fällt nichts ein, zu dem ich zurückwill. Ich will voraneilen.«

»Das ist auf seine Weise genauso traurig«, sagte Louise abwehrend. »Ich hätte nicht gern das Gefühl, mein Leben, so wie ich es gelebt habe, war nicht voll und reich.«

Als sie in der stickigen Abflughalle vom Detroit City Airport wartete und dann auf der windigen Rollbahn aufs Einsteigen wartete und dann im Flugzeug auf den Start wartete, und als sie dann auf dem langen Flug nach Washington in graues Nichts starrte, dachte sie über diese Beurteilung nach. Vielleicht hatte Bernice recht, und sie ruinierte sich ihr Leben, indem sie auf das Gewesene zurückschaute. Es konnte ihr nicht genommen werden, aber es wurde ihr auch nie wiedergegeben.

Kay war erwachsen, Oscar fort und sie allein mit weiteren dreißig bis vierzig Jahren. Sie tat besser daran, zu einer Lebensführung zu finden, die nicht beinhaltete, sich über das, was vorging, zu belügen, wie sie es mit Claude getan hatte. Sie war ein Opfer der Romanzen, genau wie die Mädchen, denen es die Uniformen so antaten, daß sie sich Helden und Retter vorstellten und Männer heirateten, die sie kaum zwanzig Stunden kannten und über die sie weniger wußten als über ihren Milchmann oder ihren Zahnarzt.

Warum konnte sie Daniel nicht ernstnehmen? Er umwarb sie seit ihrem Einzug. Er war charmant, intelligent, hilfsbereit. Der Altersunterschied zwischen ihm und ihr, der fast so groß war wie der zwischen Oscar und Abra, brauchte sie ebensowenig abzuhalten, wie er Oscar abgehalten hatte. Warum konnte sie nicht eine sexuelle Freundschaft akzeptieren, ohne von LIEBE reden zu müssen? Sie war geprägt von romantischen Märchen und Erwartungen, von vorfabrizierten Träumen. Der Krieg hatte ihr eine Möglichkeit eröffnet, in dem Journalismus zu arbeiten, nach dem sie sich immer gesehnt hatte, und ihr gleichzeitig dessen Grenzen aufgezeigt, doch sie war den Grundvorstellungen ihrer Geschichten noch nicht entronnen.

Sie mußte versuchen, pragmatischer zu sein. Oscar war ihr letztens wieder viel zu oft durch den Kopf gegangen. Claude war aus ihrem Bewußtsein verschwunden, außer als Maß dafür, wie gründlich sie sich selbst etwas vormachen konnte, wenn sie wollte. Auch wenn Daniel nur die kurzfristige Lösung eines Problems darstellte, das ihr immer bleiben würde, hieß das nicht, daß sie sich weigern sollte, ihn in Betracht zu ziehen.

Pragmatismus: ein Zimmer zu schätzen, das immer bereitstand, einen bequemen Sessel, einen guten Teller Suppe, ein heißes Bad und ein sauberes Bett. Vielleicht auch einen jungen Mann, der ihr oben ein chinesisches Essen kochte. Da war etwas dran: eine Bedrohung, eine nahende Gefahr rief eine Wertschätzung der kleinen häuslichen Freuden hervor, die bis dahin selbstverständlich waren. Sie stemmte sich in ihren Sitz, während das Flugzeug wie ein viereckiger Ball eine lange Wolkentreppe hinunterhopste, und malte sich eine Kurzgeschichte aus, die solch einen Sinneswandel kartographierte.

Sie hatte auch schon den Titel: »Ein Teller Suppe«. Hühnersuppe, oder war das zu ethnisch? Ein Teller Gemüsesuppe? Buchstabensuppe? Ihre Mutter hatte immer eine köstliche Kartoffelsuppe gemacht, aber das war auch zu ethnisch. Was für Suppe aßen Amerikaner? Sinneswandelgeschichten fanden die Leute immer sehr beeindruckend. 'Wegweisend' nannten sie das, und sie hatten recht. Sie mußte ihr Leben ändern.

Jacqueline 7

Die Erwählten

8 décembre 1943

Larousse ist gefaßt worden. Ich dachte, ich wäre abgehärtet, aber ich habe die ganze Nacht lang geweint und bin unfähig, an irgend etwas anderes zu denken. Wir versuchen herauszufinden, wo er hingebracht worden ist, aber er scheint an keinem der Orte zu sein, die wir infiltriert haben. Bislang keine Auskünfte von Margot außer, daß er von der Miliz in einen Hinterhalt gelockt wurde, daß er zusammengeschlagen wurde, daß er nicht redete und daß die Gestapo kam und ihn in einem Polizeiwagen abtransportierte.

Sieben Kinder warten in Limoges, hergebracht mit dem Zug um zwei Uhr nachts, den wir benutzen. Von der ursprünglich zwanzig Kinder starken Gruppe sind sieben in Heimen untergebracht worden, in freundlich gesinnten Klöstern, auf Bauernhöfen. Sechs wurden nach Le Chambon gebracht, dem protestantischen Kinderdorf in den Bergen bei der Schweizer Grenze, von dem Larousse oft erzählt hat. Aber die sieben Verbliebenen können nicht als kleine Franzosen ausgegeben werden und sollten über Spanien hinaus. In ihrem jetzigen Versteck sind sie in Gefahr und bringen außerdem jeden um sie herum in Gefahr. Welche Ausrede gibt es für sieben jüdische Kinder?

Übermorgen werde ich aufbrechen, um sie abzuholen und den ganzen Weg zu bringen. Lev ist darauf nicht gut zu sprechen. Er sagt, mit meinem Fahndungsphoto an der gesamten Grenze ist das gefährlich, und ich muß mein Aussehen ändern. Ich sagte, ich werde mir einen Schnurrbart wachsen lassen, aber er fand das nicht komisch. Vendôme will mich begleiten, aber ich sagte, er wäre eine größere Last als jedes der Kinder.

9 décembre 1943

Was für ein Tag. Lev bestand darauf, daß ich im Morgengrauen zu einer Friseuse bei der Place Capitole ging, bevor sie den Laden aufmachte, um mein Aussehen zu ändern. Sie redete wie ein Wasserfall und hatte ständig eine Zigarette an der Unterlippe zu kleben, ihr eigenes Haar war zu einer lächerlich aufgedonnerten Pompadourfrisur hochgetürmt mit einer verwelkt aussehenden Seidenkamelie obendrauf, aber ich muß zugeben, als sie sich mein Haar ansah, wurde sie ganz vernünftig. Sie sagte, mich hellblond zu färben würde bei meinen nußbraunen Augen unnatürlich aussehen; sie entschied sich für eine Farbe, die sie aschblond nannte, und eine Fasson, die sie als Pagenschnitt bezeichnete.

Als ich in den Spiegel sah, ärgerte ich mich fürchterlich, aber dann sagte ich mir, Larousse wird jetzt wahrscheinlich gefoltert, und ich stelle mich an, weil diese Frau mir das Aussehen einer Nutte gegeben hat. Daniela meint, das ist nicht wahr, aber sie möchte nur nett sein. Ich habe mir gesagt, wenn ich Schauspielerin geworden wäre, hätte ich mein Äußeres immer wieder verwandeln und zweifellos auch mein Haar färben müssen, also was soll das Tamtam? Das ist einfach eine Rolle. Außerdem hat mir die Frau gesagt, es würde bald auswachsen.

Lev und Vendôme starrten mich an, als ich in die Werkstatt kam, wo sie sich amüsierten, während M. Faurier die Kupplung von dem Laster mit dem Holzvergaser reparierte. »Sie ist ein Problem«, sagte Lev zu Vendôme und schüttelte den Kopf, als sei ich gar nicht da und als könne man über mich reden wie über einen kaputten Motor. »Sie ist zu schön, und das erregt Aufsehen. Jetzt ist es schlimmer als vorher.«

»Nicht schlimmer«, sagte Vendôme. »Aber es bleibt sich gleich. Sie könnte in einer Papiertüte rumlaufen, und es bliebe sich gleich.«

Ich marschierte zu Mme Fauriers Pult. »Gut. Das Problem werde ich jetzt lösen.« Ich nahm ihre Schere heraus und ging zur Toilette.

Lev hielt mich am Arm fest. »Was hast du vor?«

»Ich werde mir eine nützliche Narbe verpassen.«

Er entwand mir die Schere und warf sie Vendôme zu, der mich anherrschte. »Du bist wohl von allen guten Geistern verlassen. Nichts macht die Identifizierung leichter als eine Narbe. Sie kann nicht versteckt werden. Haar schon. Und Schönheit auch. Schmier dir Dreck ins Gesicht, schmier dir Asche in die Haare, bind dir ein schmutziges Kopftuch um und zieh einen zerlumpten Mantel an, schau immer zu Boden und zieh ein mürrisches Gesicht.«

»So werde ich's machen«, sagte ich und bedankte mich bei ihm. Das waren die besten Ratschläge bisher, und ich nahm sie sofort an. Jetzt bin ich mit meinem Aussehen wesentlich zufriedener. Ich ging zwei Querstraßen weit die Rue Columbette entlang, und niemand schaute mich an. Vendôme ist nicht dumm, denn seine Gedankengänge sind weniger konventionell als die von Lev, und seine Ideen können überraschen. Ich fühle mich fast unsichtbar. Ich hätte Vendôme nach meiner Verkleidung befragen sollen, bevor ich diese Friseuse an mich heranließ.

Er wartete heute abend in der Werkstatt, als ich von meinen Erledigungen zurückkam. »Wenn du dein Äußeres noch stärker verändern mußt, stopf dir Wattebäusche zwischen Wangen und Zahnfleisch. Das verzerrt dein Gesicht. Tu dir auch ein bißchen Rouge auf die Nase. Das macht sie länger.«

»Warum bist du so angezogen?«

Er trug eine ausgebeulte, viel geflickte Hose, eine schmuddelige, ölverfleckte Baskenmütze, einen mottenzerfressenen Schal und ein schmutziges, ausgefranstes Hemd. Er ging mit stärkerem Humpeln als sonst und stützte sich auf einen derben Stock, wie ihn Schafhirten benutzen. An den Füßen hatte er nicht seine guten Stiefel, sondern *sabots*, jene Holzschuhe, die ich jetzt immer trage. Er grinste. »Ich schlafe heute nacht hier unten in der Werkstatt.« Hinten an der Wand steht ein alter Diwan, und es wäre nicht die erste Nacht, die einer unserer Leute darauf zubringt.

»Warum?«

»Warum nicht?«

Ich sagte nichts, bin aber fest entschlossen, mich morgen früh hinauszustehlen. Wenn er hier in der Absicht herumlungert, mich zu begleiten, so wird daraus nichts.

Oben saß Daniela im Nachthemd im Bett und wartete auf mich, die Kerze auf der Untertasse brannte noch. »Wenn sie Larousse fassen können, können sie jeden fassen«, sagte sie, und ihre dunklen Augen brannten in ihrem besorgten Gesicht.

»Was ist daran neu? Ich habe mir so oft vorgestellt, gefaßt zu werden, daß ich nicht ängstlicher oder vorsichtiger werden kann.«

»Es ist leichtsinnig, wenn du gehst.«

»Es ist egoistisch, wenn ich nicht gehe.«

Es gab nichts weiter zu sagen. Wir gaben uns einen Gutenachtkuß. Ich habe noch kurz geschrieben, aber jetzt werde ich die Kerze löschen.

11 décembre 1943

Vor Morgengrauen stahl ich mich die Außentreppe hinunter, aber er wartete direkt hinter dem großen Werkstattor und kam mir hinterher.

»Nein!« Ich blieb stehen.

»Doch«, sagte er fröhlich und nahm meinen Arm. »Wir sollen zusammen gehen und dann auf dem Rückweg deinen Vater besuchen.«

»Ich mag es nicht, wenn Entscheidungen über meinen Kopf hinweg getroffen werden.«

»Wir sind alle Soldaten in der gleichen Armee und gehorchen Befehlen«, sagte er, als hätte er das nicht mit Lev eingefädelt.

»*Warum* willst du mich begleiten? Sieben Kinder im Winter über die Berge zu bringen ist kein Spaß, keine erregende Männersache. Viel Nasenputzen und viel Vorantreiben und viel im Gebüsch liegen und auf die Dunkelheit warten.«

»Wenn dir etwas zustieße und ich wäre nicht da, ich würde es mir im ganzen Leben nicht verzeihen.«

»Das ganze Leben ist wahrscheinlich für beide von uns kurz und rastlos. Ich denke unaufhörlich an Larousse, aber ich möchte nicht dabeigewesen sein, als er gefaßt wurde.«

»Solange ich dich sehe, weiß ich, was dir geschieht. Hast du nie so für jemand empfunden?«

Daniela, dachte ich sofort.

Wir verließen zu Fuß in forschem Tempo die Innenstadt, um den Zug in einem Vorort zu besteigen. Außerhalb von Limoges wollen wir aussteigen und mit dem Fahrrad weiterfahren. So können wir die strengen Ausweiskontrollen umgehen. Wir fuhren dritter Klasse, in einem Waggon mit einem Öfchen am einen Ende und Holzbänken Rücken an Rücken in der Mitte. Es gab keine Sitzplätze mehr und keine Stehplätze am Ofen, also standen wir am anderen Ende.

Wenn Frauen der Résistance Ausbrecher und abgeschossene Flieger begleiten, scheint es üblich, so zu tun, als sei man ein Liebespaar, aber das war nie meine Gepflogenheit. Ich glaube, sich öffentlich als Liebespaar aufzuspielen zieht nur die Aufmerksamkeit der Leute auf sich, und sie schauen einen sorgfältiger an, als sie es sonst täten. Die Frauen schauen sich den Mann an, ob sie ihn attraktiv finden, und die Frau, um festzustellen, was er an ihr findet. Wenn man sich dagegen verhält, als sei man ein gelangweiltes und verdrossenes Paar, das sich wenig zu sagen hat, dann wird man von niemand beachtet. Das ist meine Theorie.

Deshalb redeten wir im Zug wenig. Es stank in dem Abteil. Wenn die Türen aufgingen, blies ein kalter Wind herein, aber wenigstens war die Luft frisch. Es war ermüdend, stundenlang zu stehen. Er legte seine Hand über meine auf der Haltestange, und manchmal stützte er mich mit seinem anderen Arm.

Ich hatte Hunger, da ich in der Küche nur ein Stück trockenes Brot gegessen hatte, um niemand aufzuwecken, aber ich hatte einen guten Imbiß dabei, den Mme Faurier mir eingepackt hatte. Kurz nach elf, als es einen langen Aufenthalt gab, weil die Gleise von Bomben beschädigt waren, saßen wir auf der Böschung und aßen den Käse, ein Picknick im Schnee.

»Wovon träumst du?« fragte er. »Was stellst du dir vor, wenn du alles haben könntest?«

»Meine Mutter, meine Schwestern. Daniela und ich in Sicherheit. Wir alle zusammen, und wir sitzen zu einem Festessen an unserem

Tisch. Gefülltes Brathuhn, wie es Maman immer machte. Die besondere Suppe, die sie von den Eiern ohne Schale aus dem Innern des Huhns machte. Ihre Kohlsuppe mit dem Beinknochen. Mein eigenes Bett, meine Bücher, meine alten Tagebücher, meine kleinen Schätze.« Ich stand auf und schüttelte den Schnee ab. »Aber natürlich ist keins davon möglich. Nichts wird sein, wie es war. Um die Wahrheit zu sagen, ich wußte mein Leben nicht zu schätzen, solange ich es noch hatte.«

»Vielleicht weißt du das immer noch nicht.«

»Mein Leben zu schätzen? Oh, ich habe einen ungeheuren Lebenswillen. Eisern.«

»Zu schätzen, was die Menschen um dich herum dir entgegenbringen.«

»Ich liebe Daniela mehr, als du zu glauben scheinst.«

»Ich sprach nicht für Daniela.«

Wenn er gefühlsduselig wird, wechsle ich stets das Thema. Männer scheinen sich verpflichtet zu fühlen, mit einer Frau immer ein gewisses Maß an Unsinn zu reden, obwohl ihm nicht im Traum einfallen würde, Lev oder Roger mit solchem Geschwafel zu langweilen. »Du träumst bestimmt auch von zu Hause.«

»Ich möchte nicht zu meinem bisherigen Leben zurückkehren. Nein, ich sehe hier das Leben vor mir, das ich mir wünsche.« Seine Augen funkelten. Er paßt sich den Leuten im Zug besser an, als ich dachte. Anders als der britische Agent, dem wir geeignete Sachen anzuziehen gaben, der sie aber trug, als gehörten sie jemand anders, ist Vendôme unter den Bauern und Arbeitern in der dritten Klasse zu Hause. Wie eine Frau, wie die Armen ist er es gewöhnt, es unbequem zu haben, zu stehen und zu warten, zu nehmen, was er kriegen kann. Ich hätte nie gedacht, daß Amerikaner so sind. Dabei ist er Maler und aufs College gegangen. Er sagt, das kostete nichts, weil sein Vater dort Professor war, der Vater, von dem er sich völlig entfremdet fühlt. Er steht nur seiner Schwester nahe.

»Willst du mir nicht sagen, daß ich dich an sie erinnere? Männer sagen das immer.«

»Überhaupt nicht. Meine Schwester ist eine große, kräftige Frau, die gerne Flugzeuge fliegt. Ich wünsche mir nur, du würdest mich anbeten, wie sie es tut.«

»Komm, wir sollen wieder einsteigen.« Der Zug war abfahrbereit.

»Du möchtest also angebetet werden? Warum nur? Was haben Menschen davon, wenn jemand so auf sie fixiert ist? Mir scheint, sobald man das hat, wird es langweilig.«

»Natürlich. Was ich wirklich möchte, ist Liebe von Ebenbürtigen.« Damit stieg er ein, und ich durfte nachkommen.

Ich will zugeben, es tat mir fast leid, daß das Gespräch da abbrach, denn da wurde es interessant. Ich war einen Augenblick in Sorge, daß er versuchen wird, mich zu drängen, mit ihm zu schlafen, da jedesmal, wenn Männer von Liebe geredet haben, es das war, was sie meinten. In Gegenwart von sieben Kindern dürfte es nicht schwierig sein, seinen Annäherungsversuchen aus dem Weg zu gehen, aber hinterher kann es ein Problem werden. Trotzdem ist es anregender, mit ihm zu reden als damals mit Henri. Daniela sagte mir gleich in der ersten Woche, daß er an mir interessiert sei, worauf ich erwiderte, daß mich nichts mehr langweilen könne als sein Interesse. Daniela sagte, außerdem sei er unmöglich, weil Nichtjude.

Henri war auch kein Jude. Bedeutet mir das etwas? Ich möchte mich mit niemandem auf diese Art einlassen, aber er arbeitet mit uns. Die Nazis würden ihn genau wie einen Juden behandeln, wenn sie ihn fassen. Also hätte das letztlich nichts zu bedeuten, wenn ich interessiert wäre, was ich nicht bin, überhaupt nicht. Er zeichnet mich andauernd, was ein komisches Gefühl ist. Er zeichnet sonst niemanden, nur den Friedhof, den Kanal, den Fluß, die Weinberge und Hügel. Auf einem Bild neulich hat er sich und mich in einem Weinberg gemalt, kleine Figuren, ich schaue zu den fernen Bergen und er hinter mir schaut mich an.

Jedenfalls erreichten wir Limoges bei Einbruch der Dunkelheit, und ich überließ ihn seinen Gesprächen mit der örtlichen Résistance und beeilte mich, meine Kinder auf morgen früh vorzubereiten.

16 décembre 1943

Diese Überquerung ist außerordentlich schwierig gewesen. Die Flüsse sind zugefroren, so daß ich sie tiefer in den Bergen überquere als sonst. Außerdem habe ich Angst, eine der hohen Routen zu nehmen, da der Schnee schon tief ist und täglich Schneestürme kommen.

Vendôme hat sich nützlich gemacht. Er ist einer von den Menschen, die mit Kindern fast so reden wie mit Erwachsenen, und da er im allgemeinen mit Erwachsenen sanft redet, scheint das gut anzukommen. Kinder spüren sofort, wenn Erwachsene sich verstellen.

Wir haben zwei größere Jungen von zwölf und vierzehn, ein Mädchen von vierzehn, ein Mädchen von zehn, einen Jungen von neun, einen Jungen von sieben und ein Mädchen von acht Jahren. Heute nachmittag, als wir uns im Dickicht versteckt hielten, bis wir das Eis in der Dunkelheit überqueren konnten, ließ ich sie mit einem *drejdl* spielen, das ich dabeihabe, denn bald kommt Chanukka, und außerdem weiß ich nie, wie lange die Schneestürme uns aufhalten. Aber als die Achtjährige, Rejsel, spielte und Schin bekam, wo man verliert und zahlt, begann sie zu weinen. Perl, die Vierzehnjährige, die sie bemuttert, begann sie sofort zu trösten, aber ich mache mir Sorgen um Rejsel. Sie ist gewichtslos wie ein welkes Blatt, farblos, von betäubter Traurigkeit. Perl sagt, Rejsel hat gesehen, wie ihre Familie vor ihren Augen umgebracht wurde, und ist dann für tot in einem Leichenhaufen liegengelassen worden. Sie hat eine schlimme Narbe auf der Schulter und noch eine auf ihren Rippen, die wahrhaftig leicht zu zählen sind. Sie spielt nie, also war ich ganz glücklich, als das *drejdl* sie anlockte. Pech.

Wir schlafen in Klumpen mit den Kindern, um sie warm zu halten, und bis jetzt hat mir Vendôme noch keine Schwierigkeiten gemacht. Er ist ein angenehmer Weggefährte, denn er beklagt sich nicht über das Wetter oder die knappen Rationen oder den kalten Wind, und er nimmt immer die Landschaft genauestens wahr, was wichtig ist. »Er sieht so gut aus«, sagte Perl zu mir. »Du mußt ihn doch lieben.«

»Warum muß ich? Warum soll ein Gesicht in irgend jemandes Leben so wichtig sein?«

»Weil du hübsch bist, kannst du wählerisch sein.« Perl berührte mein Haar. »Ich möchte geliebt werden, egal warum. Ich möchte nur, daß jemand mich liebt und mich bittet zu bleiben.«

Ich glaube, mit ihren vierzehn Jahren hat sie schon eine unglückliche Liebe gehabt. Der Krieg reißt alles auseinander. Mit vierzehn ist sie ein Jahrhundert älter als die beiden Jungen oder als ich es in ihrem Alter war. Niemand kann ihr ihre Kindheit wiedergeben. Aber sie hat einen ungeheuer starken Lebenswillen; wenn ich alle sicher durchbringe, wird sie es schaffen. Sie heftet sich an Vendôme, der ihre Schwärmerei taktvoll hinnimmt. Ich war beunruhigt, als ich sah, wie sie sich an ihn preßte, aber er legte einfach den Arm um sie und drehte sie so, daß er ihr einen hoch über uns kreisenden Falken zeigen konnte. Oben in den Bergen muß ich oft vorangehen, um den Weg zu erkunden, und ich muß ihn mit den Kindern alleinlassen. Er mag das überhaupt nicht, aber ich weise ihn immer wieder darauf hin, die Kinder haben Vorrang. Wir sind hier, um sie zu retten.

Er gehorcht mir, was Lev nie tun würde, und auch dafür bin ich dankbar. Außerdem weiß ich, egal, wie sein Auftrag lautet, jüdische Kinder illegal nach Spanien zu schleusen gehört bestimmt nicht dazu. Seine Regierung hat diesem Programm von Anfang an ablehnend gegenübergestanden, und deren Außenministerium wirft uns nur Knüppel in den Weg. Er tut das auf eigene Faust, das weiß ich, und er hat sich als nützlich herausgestellt. Ich lasse die Kinder nie gern allein zurück, wenn ich vorgehe. Dazu bin ich oft völlig erschöpft, weil ich Teile des Weges dreimal gehe, während alle andern genug Mühe haben, ihn einmal zurückzulegen. Manchmal fehlt mir die zusätzliche Kraft, ein großes erschöpftes Kind zu tragen, und auch da springt er ein.

17 décembre 1943

Rejsel ist tot. Wir mußten ein flaches Grab kratzen und sie hineinlegen und sie den wilden Tieren überlassen. Als ich in der Dämmerung aufwachte, war sie nicht bei uns. Sie war aufgestanden und fortgelaufen und hatte sich ganz für sich allein hingelegt, und sie war tot. Erfroren? Ich habe noch nie zuvor ein Kind verloren.

Ich finde Trauer in mir, vielleicht sogar etwas so Besudeltes wie vergällten Stolz, daß ich eines meiner Kinder verlieren mußte, und noch etwas ebenso Schlimmes: Zorn. Warum ist sie fortgelaufen? Ich klage sie in meinem Herzen an, das Leben aufgegeben und den Tod gewählt zu haben. Sich ihrer Mutter, ihrem Vater, ihrem Großvater und ihrer Großmutter, ihren Brüdern und Schwestern und dem kleinen Schwesterchen, ihrem ganzen Dorf angeschlossen zu haben. Sich abgewandt zu haben und in den Tod entschlüpft zu sein. Schin. Ich will Gimel, alles! Wenigstens He, die Hälfte, aber ich habe es auf Gimel abgesehen. Und Gimel will ich für diese Kinder, deren Welt verbrannt ist.

Es wird immer schwerer, die Kinder durchzubringen. Die Deutschen und ihre Komplizen sind einfach wahnsinnig. Wenn sie den Krieg gewinnen wollen, sollte man meinen, daß das für sie Vorrang hat, aber ihnen ist wichtiger, eine große Zahl von Männern ans Grenzgebiet zu binden, um ein paar Kinder an der Flucht zu hindern. Diese Kinder sind ohne jede militärische Bedeutung, lebendig oder tot. Bei den Rattenrouten, die abgestürzte Flieger hinausschmuggeln, da kann ich ihre Leidenschaft, sie aufzurollen, verstehen, denn es braucht Zeit und Geld, um Piloten auszubilden. Keines dieser Kinder stellt auch nur für einen Augenblick eine Gefahr für das Dritte Reich dar.

Die Spuren, die wir im Winter hinterlassen, sind gefährlich. Wir werden auf einem anderen Weg zurückkehren müssen, und wir können uns keine Rast gönnen. Die Kinder können sich nur ausruhen, während ich vorerkunde, und ich darf nicht mehr schlafen, bis wir in Spanien sind. Wir können jede Stunde fünf Minuten lang verschnaufen, aber das muß uns allen genügen.

18 décembre 1943

Die sechs Kinder sind in Sicherheit. Jeff und ich sind auf dem Rückweg von den Pyrenäen herunter und kommen wesentlich rascher voran. Beim Gehen erkunden wir sorgfältig die Gegend. Jetzt sind wir zu einem Rendezvous mit Papa unterwegs. Er ist in der Montagne Noire, einem Bergmassiv im Osten von Toulouse, weniger als halb so hoch wie dieses, aber immer noch gewaltig genug. Es ist schneidend kalt, und dies wird eine sehr kurze Eintragung, da ich kaum schreiben kann. Wir sitzen an einem winzigen Feuer. Wenn wir rasten, liegen wir umarmt, um uns warm zu halten. Mir bleibt keine Wahl. Getrennt würden wir erfrieren. Ich habe mich bei ihm bedankt, daß er die Situation nicht ausgenutzt hat, und das brachte ihn zum Lachen. »Wie könnte ich?« fragte er mich. »Ich würde mir wahrscheinlich Erfrierungen am entscheidenden Teil holen.«

Ich mochte, daß er darüber lachen konnte. Er bat mich, ihn Jeff zu nennen, was sein richtiger Name ist, und ich versprach, es zu tun, wenn wir allein sind.

Wir sind in Arfons, in der Montagne Noire, wo wir auf Papa treffen sollen, falls er je erscheint. Heute ist die längste Nacht des Jahres. Ich kann mir nicht erklären, warum mich die Aussicht, meinem Vater zu begegnen, so ungeheuer nervös macht. Vielleicht ist es einfach die Länge der Zeit. Trotzdem bin ich nervös, vielleicht, weil ich irgendwie erwarte, von ihm beurteilt zu werden. Jetzt, wo der Tag naht, bin ich froh, daß Jeff bei mir ist, denn das mildert die Wucht dieser Begegnung. Arfons ist ein kleines graues Dorf, um einen Platz herum erbaut, mit den gleichen Fischschuppenschieferdächern, die ich sehe, wenn ich die Pyrenäen überquere. Die Ortsbewohner sagen, daß die Deutschen nur selten herkommen, höchstens mal, um Nahrungsmittel zu plündern.

Wir sind in Räumen über einer Gastwirtschaft untergebracht. Zu essen gibt es jedenfalls genug, da sie hier auch Schwarzmarktgeschäfte treiben. Einige Patrioten brandmarken die Schwarzmarkthändler, aber in Wahrheit sind viele Résistanceleute beteiligt, weil es ein Wirtschaftssektor ist, den die Deutschen, die drei Viertel von dem, was hier wächst, für sich selber fortschaffen und uns hungern lassen, nicht unter ihre Kontrolle bringen können. Was an Nahrungsmitteln auf den schwarzen Markt kommt, steht ihnen nicht zur Verfügung, und das Geld, das dort verdient wird, ist unsichtbares Geld und kann direkt der Résistance zufließen.

Ich habe das Hinterzimmer mit Blick auf die verschneiten Stoppelfelder, und Jeff hat das Zimmer gleich daneben. Zwei der Kellnerinnen sind ins übernächste Zimmer zusammengezogen. Sonst wohnt eine in meinem Zimmer, und Jeffs Zimmer ist das Gästezimmer, in dem jetzt oft durchreisende Résistanceleute untergebracht werden. Beide Kellnerinnen haben sich sofort an Jeff rangeschmissen, ohne erst zu fragen, ob wir zusammen sind oder nicht. Was für Wetterfahnen!

Man ißt hier gut. Obwohl mein Magen zusammengeschrumpft ist, dehnt er sich hier ohne Schwierigkeiten wieder aus. Wir essen und essen. Wir helfen in der Küche und machen uns nützlich. Das Regiment in der Küche führt eine füllige Frau mit gepfeffertem Jähzorn und einem starken rechten Arm, und wir versuchen beide, uns auf ihrer Windschattenseite zu halten.

Vielleicht gibt es in Arfons keine Juden, doch ich weiß, selbst wenn ich jetzt in meiner alten Wohnung in der Rue du Roi de Sicile wäre, gäbe es dort heute abend keine stolzen Lichter, um von unserer Identität zu künden. Das erste Licht bleibt heute abend unangezündet. Durch diese weite, tiefdunkle Nacht denke ich an all die ausgeblasenen Lebenslichter.

22 décembre 1943

Ich weiß kaum zu beschreiben, was ich gestern nacht getan habe, aber ich werde weiterhin ehrlich sein. Ich denke, solange ich lebe, werde ich immer rätseln, ob Maman mein Tagebuch über Henri gelesen hat, ob das diesen schrecklichen Streit heraufbeschwor. Inzwischen wünschte ich mir nichts lieber, als daß sie immer noch die Möglichkeit hätte, mein Tagebuch zu lesen, aber ich schreibe ja jetzt in Geheimcode. Ich gäbe alles darum, sie zu sehen!

Ich bin die Geliebte von dem Amerikaner geworden, von Jeff. Und ich war es, die die Intiative ergriffen hat. Schamlos bin ich eine halbe Stunde, nachdem wir in unseren jeweiligen Zimmern zu Bett gegangen waren, wieder aufgestanden und auf Zehenspitzen über den Flur zu seinem Zimmer geschlichen. Unten war es laut, jemand sang und die Köchin brüllte und in der Küche klapperten Töpfe und Bestecke. Zum Glück war seine Tür nicht abgeschlossen, und obwohl seine Kerze gelöscht war, setzte er sich sofort auf, als ich leise und fluchtbereit seinen Namen sagte. Ich staunte über mich selber, als ich zu ihm ging und dabei dachte, das kann ich doch nicht in Wirklichkeit tun, und gleichzeitig genau wußte, daß seit Tagen dieser Entschluß in mir reifte.

Er stand sofort vom Bett auf. »Ist etwas?« Er zündete seine Kerze an und griff zu seiner Pistole auf dem Nachttisch.

»Nein. Die brauchst du bei mir nicht«, sagte ich und fing an zu lachen.

Ich dachte, ich müßte Erklärungen abgeben, nachdem ich ihn so lange abgewiesen hatte, doch er kam sofort zu mir und begann mich zu küssen, was mir peinliche Avancen ersparte. Ich dachte, ich müßte etwas sagen, also bemerkte ich, nachdem wir ausgezogen und im Bett waren: »Ach übrigens, ich bin nicht mehr Jungfrau.«

»Ach übrigens, gut.«

Ich war baff. »Ich dachte, das wäre alles andere als gut.«

»Fandest du dein erstes Mal die Erfüllung?«

»Natürlich nicht. Es tat weh, um das Geringste zu sagen.«

»Dieses Mal nicht«, versprach er und behielt recht. Ich vergaß sogar, wie unangenehm ich immer die Körperstellung gefunden hatte, und statt ihn gewähren zu lassen, empfand ich Verlangen. Das war neu und interessanter. Mein Körper schien ein Eigenleben anzunehmen. Ich beginne zu verstehen, wo die Gedichte und das Gestöhne und Getue herrühren. Es war, als wüchse mein Körper von innen heraus und übernähme die Herrschaft und forderte. Ich wollte ihn sogar in mich hineinführen. Er hatte ein Kondom, was praktisch war. Nachdem wir fertig waren, beschloß ich, mir nichts daraus zu machen, ob das ganze Haus erfuhr, daß wir ein Liebespaar waren, also blieb ich und schlief bei ihm. Es war kuscheliger und wärmer. Er schläft zusammengerollt wie ein Kätzchen. Manchmal kommt er mir sehr jung vor, wie Amerikaner nun mal sind, und dann wieder wie ein verhutzelter alter Mann, der das, was er einmal wollte, aufgegeben hat. Jetzt aber nicht.

Ich dachte, es könnte am Morgen verkrampft werden. Ich wachte zuerst auf und ging austreten, und das machte ihn wach. Als ich zum Bett zurückkam, saß er da und streckte die Arme nach mir aus. Da war es, als ob sich in meinem Bauch eine Faust ballte und wieder öffnete, in meinem Schoß vielleicht, wie in der Bibel steht: ihr Schoß regte sich? Jedenfalls empfand ich auch Verlangen, und wir liebten uns wieder. Dann ging ich hinunter und machte uns *café au lait* und fand in der Küche etwas Brot und Butter und Erdbeermarmelade, ohne Zucker gekocht, denn niemand hat welchen, aber trotzdem gut.

Ich brachte alles auf einem Tablett nach oben und kroch zu ihm ins Bett, und wir redeten und redeten. Wir erzählten einander unser Leben. Seine Hände sind wie die von einer Frau, nicht von einem Mann. Ich meine, sie fühlen, was sie berühren. Sie grapschen nicht, sondern liebkosen. Er sagt, er hat Augen in seinen Fingern. Er hat mit zwölf seine Mutter verloren. Im Kern ist in ihm eine Traurigkeit, Süße und dann Traurigkeit. Ich kann nicht glauben, daß ich das getan habe, aber ich habe ihn erwählt.

Andererseits möchte ich vielleicht die Situation weiter abmildern. Vielleicht möchte ich einen anderen Mann, der ein Recht auf mich hat, dastehen haben, wenn ich Papa treffe. Seit dem Streit, der mich aus Mamans Haus trieb, sehe ich mich immer mit etwas verbitterten Augen. Ich glaube auch, daß der Verlust von Larousse mich liebesbedürftiger gemacht hat. Was auch meine Motive sind, ich habe klug gewählt. Es ist nicht der Beischlaf, der mir Genuß bereitet, sondern ein Liebhaber, der sich auskennt – zumindest ist das meine Schlußfolgerung.

Das Seltsame ist, als ich mit Jeff einen Orgasmus erlebte, dachte ich im ersten Moment bei mir: ach das, ja, und ich empfand es als schrecklich vertraut. Ich empfand es als stark und zugleich völlig vertraut, obwohl ich mit Henri nie etwas Derartiges gehabt hatte, als hätte der Körper es die ganze Zeit gewußt.

Ich habe ihm gesagt, daß ich ihn nicht liebe, sondern ihn sehr mag und ihn erwählt habe. Er sagte, er habe mich auch erwählt. Er sagte, seit er fünfzehn war, haben ihm Frauen immer wieder gesagt, daß sie ihn lieben, und er ist sich nie ganz sicher gewesen, was sie meinten, außer, daß sie gewöhnlich einen Hausstand mit ihm gründen wollten. Er sagte, er möchte, daß wir zusammen sind und daß ich ihm nichts sage, was ich nicht meine. Das gefiel mir. Ich sagte ihm das gleiche.

24 décembre 1943

Alle gingen zur Mitternachtsmesse, aber wir blieben in der Küche am Herdfeuer. Die Tür sprang auf, und als erstes kam ein Junge mit einem LMG herein. Er war ungefähr sechzehn und groß wie ein aufgerichteter Polarbär und genauso zottig. Jeff sagte: »Das Gewehr kenne ich. Das ist doch eins aus der Ladung, die ich mitgebracht habe? Fuchtel nicht damit herum, sonst erschreckst du die Mäuse.«

»Lapin ist hier«, verkündete der Riesenjunge, nachdem er das Haus abgesucht hatte. So nennen sie Papa, weil er den Deutschen so oft entkommen ist. Dann pfiff der Jungbär, und Papa kam herein.

Er hat einen Bart, kraus und dunkelblond. Er sah aus wie früher und doch auch anders. Er hatte ein deutsches Gewehr über der Schulter, das er an einen Stuhl lehnte. Dann kam er, um mich zu begutachten und in die Arme zu nehmen. Er fühlte sich sehr kalt und höckerig an, in seiner Joppe mit Munitionsgurt und Kochgeschirr und allen möglichen Eisenwaren, die klirrten und mich piekten.

»Du bist gewachsen wie Unkraut, du bist ja fast so groß wie ich! Du bist erwachsen geworden, Jacqueline.«

»Rivka ist auch groß geworden«, sagte ich. »Ich habe sie gesehen, als sie in die Viehwaggons getrieben wurde, zur Deportation ins Lager.«

Er setzte sich abrupt hin. »Deine Mutter?«

»Sie auch.«

»Wenigstens haben sie dich nicht gekriegt.«

»Noch nicht.«

»Wann sind sie deportiert worden?«

»Vor einem Jahr um diese Zeit.«

Er rieb sich das Kinn und sagte eine Weile lang nichts. Jeff stand am Herd und schien sich in seiner Haut gar nicht wohl zu fühlen, also beschloß ich, die Sache noch schlimmer zu machen und ihn vorzustellen. »Papa, das ist Vendôme –«

»Der amerikanische *commandant.*« Papa sprang vom Stuhl auf, um Jeff die Hand zu schütteln. »Wir sind überglücklich, Sie bei uns zu haben, aber wir brauchen mehr Waffen. Wir brauchen sie dringendst. Sie müssen Mörser abwerfen. Wir haben nichts Schwereres als Maschinengewehre, und davon auch nur sieben. Wir haben nichts gegen Panzerfahrzeuge einzusetzen.«

»Ich kann nur Nachrichten übermitteln. Ich habe nicht die Befehlsgewalt, Waffen für Sie anzufordern, sonst würde ich es tun, glauben Sie mir. Es ist gefährlich für Sie, so leicht bewaffnet zu sein, das verstehe ich. Aber drüben in London versteht man das nicht.«

»Vendôme hat mir gerade geholfen, eine Gruppe von Kindern nach Spanien zu bringen. Papa –«

»In diesem Wetter?«

»Einer unserer besten Männer ist gefaßt worden, und die Kinder konnten nicht bleiben, wo sie waren. Sie brachten alle in Gefahr. Ich bringe schon seit Monaten Kinder über die Pyrenäen.« Ich nehme an, ich klang ziemlich gestelzt, aber in mir kochte es. »Vendôme ist außerdem mein Geliebter.«

Das wirkte wie eine Bombe, die fällt, aber nicht losgeht, und du wartest, ob sie einen Zeitzünder hat, so daß sie dich zerreißen wird, sobald du den Kopf hebst. Ich glaube, Jeff und Papa waren beide viel verlegener als ich. Jeff fing an zu plappern: »Sie sollte die Kinder wirklich nicht mehr rüberbringen, denn überall an der Grenze haben sie ihre

Beschreibung, und auf ihre Ergreifung ist eine Belohnung ausgesetzt. Aber wir hatten keine ernsten Probleme.«

Keine ernsten Probleme. Nur mein erstes totes Kind. Ich sagte nichts, da ich wußte, aus ihm sprach die Nervosität. Konnte er wissen, ob Papa zu seinem Gewehr greifen und ihn erschießen würde, um die Familienehre zu retten? Ich war mir ganz sicher, daß Papa nichts Derartiges tun würde, obwohl er offenbar selbst nicht recht wußte, wie er sich verhalten sollte.

Statt dessen sagte Papa zu mir: »Ich bin stolz auf dich, auf die Arbeit, die du tust. Du mußt beurteilen, wann es zu heiß für dich wird, um unten zu bleiben. Wenn es gefährlich wird, solltest du zu uns in die Berge kommen. Es ist ein hartes Leben, aber ich denke, du würdest gut damit fertig.«

»Sie ist zäh und abgehärtet«, sagte Jeff. »Ich sollte noch sagen, daß ich nicht verheiratet bin und es mir sehr ernst ist mit Ihrer Tochter.«

Papa lachte und wischte sich die Augen. »Sie hat einen Dickschädel. Sie sehen aber nicht jüdisch aus?«

»Die Leute sagen auch immer, daß ich nicht so aussehe, Papa, aber er ist kein Jude, und fang jetzt nicht wieder davon an.«

»Habe ich was gesagt? Nach dem Krieg werden wir alles in Ordnung bringen. Sie sind beim jüdischen Untergrund und kein Jude?« Papa wies ihn, sich an den Tisch zu setzen. Ich stand immer noch. Der Junge mit dem LMG hielt an der Tür Wache. In seiner Gegenwart zu reden war mir nicht peinlicher, als in Gegenwart eines großen Hundes zu reden.

»Ich glaube nicht, daß sie wußten, in was sie mich da schickten, aber das spielt keine Rolle. Wir kämpfen alle im gleichen Krieg.«

Ich zog mir einen dritten Stuhl heran und setzte mich. Papa öffnete das Küchenbüffet, als ob er sich auskannte, und nahm Armagnac und zwei Gläser heraus. Dann sah er mich an und holte ein drittes Glas. »Sind Sie katholisch?«

»Ich bin gar nichts. Ich bin nicht mal christlich getauft«, sagte Jeff.

»*L'chaim.*« Wir stießen an. Papa sagte: »Wenn die Mutter Jüdin ist, sind die Kinder Juden. Wie wäre das für Sie?«

»Ich habe keine Tradition, die ich an sie weitergeben möchte, außer dem Willen, frei zu sein und die Augen zu benutzen.«

Ich habe gerade zweimal mit dem Mann geschlafen, und schon

haben wir Kinder. Plötzlich hatte ich Mitleid mit den beiden, wie sie versuchten, miteinander umzugehen und außerdem noch mit mir, die ich nicht einfach bin. »Er ist Maler, Papa. Ein richtiger.«

»Was malen Sie?«

»Landschaften.« Er grinste. »Und Ihre Tochter.«

Ich wußte, nun war es gut. Papa war mit Jeff beschäftigt und nicht mit mir, und ich hatte ihm verziehen und ihn auch ein wenig bestraft, das weiß ich. Nun konnte ich von einem Gesicht ins andere schauen und eine Wärme empfinden, die nicht vom Armagnac kam, sondern aus meinem Herzen und meiner Freude. Im Schummerlicht der kleinen Lampe und des Herdfeuers sahen beide herrlich genug aus, um die Knochen einer jeden Frau zu schmelzen.

Papa ist dünn unter seiner schweren Lederjoppe und seinen klirrenden Eisenwaren. Sein Bart bewirkt, daß ihm die Augen im Gesicht brennen. Wir haben die gleiche Haar- und Hautfarbe und die gleiche Nase. Wir haben auch die gleiche Dickköpfigkeit. Ich war mir sicher, er würde Jeff mögen, einfach deshalb, weil ich ihn will. Ich dachte fast, Papa würde uns auf dem Fleck miteinander verheiraten, aber er hielt sich zurück. Vielleicht hofft er noch auf einen jüdischen Schwiegersohn. Vielleicht hofft er nur, daß wir alle überleben. Vielleicht träumt er wie ich von einer anderen Gesellschaft danach. Wenn ich ihn das nächste Mal sehe, werde ich ihn fragen. Nur allzubald klopfte ein anderer bewaffneter Mann an die Tür, ein Geheimsignal, Beethovens Fünfte, und der Junge mit dem LMG und Papa machten sich aufbruchbereit. Ich ging mit ihnen an die Tür, aber sie verschmolzen einfach mit der Nacht und waren still entschwunden, bevor ich etwas sagen konnte. Da, und erst da, begann ich zu weinen.

Bernice 6

Auf der Jagd

Die P-47 kam Bernice vor, als bestünde sie nur aus Motor. Das überdimensionierte Triebwerk mit den riesenhaften blitzenden Propellerblättern nahm ihr die Sicht nach vorn, und so mußte sie in S-Kurven die Startbahn entlangmanövrieren, um fürs Abheben etwas zu sehen. Auf ihrem ersten Flug in einer P-47, bei einem Schulungskurs für Jagdflugzeuge in Brownsville, Texas, hatte sie sich erdrückt, verängstigt gefühlt. Sie bekam keine Zeit, um sich an die Kraft des Ungeheuers zu gewöhnen, denn unter der kleinen Haube war nur Platz für eine Person. So hatte sie schon ihren ersten Flug wie alle danach allein absolviert.

Die P-47 war ein Abkömmling, eine Weiterentwicklung des Flugzeugs, mit dem Jacqueline Cochran vor dem Krieg Rennen gewonnen und Rekorde aufgestellt hatte. Die Jäger waren die schnellsten Flugzeuge von allen, die technisch am weitesten entwickelten Maschinen, und Bernice flog sie die ganze Strecke von Long Beach, Kalifornien, bis Newark, New Jersey.

Sie war froh, von Romulus fort zu sein, wo der Platzkommandant den WASPs mißtraute und zu verhindern suchte, daß sie irgend etwas anderes als Schulmaschinen flogen. Doch sogar auf Romulus flogen Lorraine und Helen inzwischen Jäger, mußten sie aber in Great Falls, Montana, an Männer übergeben. Der Kommandant dort hatte verfügt, daß Frauen nicht nach Alaska durften, weil es dort zu wenig Frauen gab und zu viele Männer, die seit Jahren keine Frau mehr gesehen hatten. Alaska war den WASPs verboten, und an der kanadischen Grenze mußten die Frauen aus den Cockpits klettern.

Bernice war froh über ihre Versetzung, obwohl ihr die enge Gruppe fehlte, die monatelang ihre Familie gewesen war. Flo war mit ihr nach Long Beach abkommandiert worden, aber oft sahen sie sich eine ganze Woche lang nicht.

Februar in Long Beach, das war immerwährender Sommer, aber auf ihrem Weg nach Osten flog sie in den Winter. Sie konnte nicht fassen, wie schnell der Flug in dem Jäger war. Zivilflüge brauchten von Küste zu Küste zwei bis drei Tage, aber sie konnte Newark in einem langen Tag erreichen, bei günstigem Wetter. Bei ungünstigem Wetter hatte sie einmal fünf Tage gebraucht. Nach und nach breitete sich Weiß über die Landschaft unter ihr aus. Nahm sie eine südlichere Route, so flog sie stundenlang über Gebiete, die weiß waren, und dann über Gebiete, die bloßlagen, Braun-, Grau- und Sepiatöne, das dunkle Grün von Kiefern. Sie verspürte ungeheure Kraft und Klarheit, wenn sie so über die Landschaft dahinschoß, die aus einem Flugzeug immer ordentlich erschien, säuberlich hergerichtet, sogar die Wildnis sorgsam geformt und gestutzt. Dann bewegten sich die Wolken in dichtgeschlossenen Reihen auf sie zu, und sie war allein in einer Welt aus Sonnenlicht, oder sie wurde zwischen hohen Säulen aus wirbelndem Grau umhergeworfen.

Als sie zum ersten Mal in das Cockpit eines Jägers geklettert war, hatte sie der Drang überkommen, sich augenblicklich wieder hinauszukatapultieren. Sie hatte ausbüchsen wollen. Sie konnte unmöglich die Benutzung und Bedeutung all der Anzeigen und Schalter, all der Hebel und Meßgeräte, all der Knöpfe und Tasten erlernen. Dann dachte sie, daß Kampfflugzeuge von Männern geflogen wurden, die in Bruchteilen von Sekunden reagieren mußten, sonst gingen sie in Flammen auf, also konnte sie, auf die nicht geschossen wurde, die augenscheinliche Vielfalt der Instrumente sicherlich auch lernen. Sie nahm sich vor, sich nicht einschüchtern zu lassen und jederzeit so zu handeln, als hätte sie völliges Vertrauen.

Bernice paßte kaum in das Cockpit. Flo hatte es da bequemer. Bernice dachte, der ideale Jägerpilot mußte von kleinem Wuchs sein: eigentlich eine Frau mit zarterem Knochenbau als sie selbst, aber sie teilte solche ketzerischen Vorstellungen nur den anderen Pilotinnen mit. Sie hatte großes Glück, auf Long Beach stationiert zu sein, denn hier schien man weniger nach den Vorschriften zu gehen und mehr nach der Befähigung.

Da in der Gegend viele verschiedene Flugzeughersteller angesiedelt waren, bekam sie hier Gelegenheit, jeden Jägertyp zu fliegen, der gebaut wurde. Manchmal kehrte sie nicht direkt zurück, sondern mußte noch eine Schulmaschine oder ein anderes Flugzeug irgendwohin ausliefern.

So flog sie oft vier oder fünf verschiedene Maschinen hintereinander an Tausende von Kilometern auseinanderliegende Bestimmungsorte, bevor sie sich auf Long Beach zurückmeldete, um den nächsten Jäger nach Newark zu überstellen, von wo aus er dann in den Krieg geschickt wurde.

Mrs. Augustine berichtete, daß der Professor seine Probleme mit einer Haushälterin gelöst hatte, die auch bei ihm wohnte. Sie war Flüchtling aus Deutschland, »keine jüdische Dame, wie ich es mitbekommen habe, sondern die Frau von einem sozialistischen Professor, der entlassen wurde und in die Vereinigten Staaten kam«. Er war an Krebs gestorben und hatte seine Witwe mittellos hinterlassen. Ihr Englisch, berichtete Mrs. Augustine, war lückenhaft. »Manchmal verstehe ich sie, manchmal nicht. Dein Vater spricht Deutsch mit ihr.«

Einige der Nachbarn weigerten sich, mit ihr zu reden, denn sie war Deutsche und könnte ja eine Spionin sein. Sie hieß Mrs. Gertrud Ansheimer, und sie war mit einem kleinen Hund eingezogen.

Bernice hatte Schwierigkeiten, sich ihren Vater mit einem Hund im Haus, ob groß oder klein, vorzustellen, denn er hatte bislang für Haustiere nichts als Verachtung übrig gehabt. Jeff und ihr hatte er sie als schmutzig und überflüssig verboten.

Bald danach erhielt Bernice Nachricht von ihrem Vater, die erste, seit sie von zu Hause fortgegangen war. Er ließ nicht verlauten, daß er ihr verzieh, aber er begann, als hätte er ihr regelmäßig geschrieben. Er beklagte sich, daß er Fächer unterrichten mußte, in denen er seinen Studenten nur um einen Schritt voraus sein konnte. Er unterrichtete alle Sprachen, von Französisch über Deutsch bis Italienisch (und du weißt, schrieb er, wie fehlerhaft mein Italienisch bleibt), Spanisch, dazu Navigation und Algebra. Er hatte kurze Lehrgänge mitgemacht, um sich diese Fächer einzupauken, aber er kam sich immer noch wie ein Hochstapler vor.

»Wir haben jetzt einen Wauwau namens Meistersinger, wegen der drolligen Geräusche, die er von sich gibt, wenn er hinausmöchte oder sein Futter verlangt oder seinen Hundeknochen. Er ist eine Art Terrier und hat im Holzhaufen Ratten gefangen. Nicht deine braunen Ratten, sondern die hiesigen Waldratten, die im Winter in die Häuser zu kommen scheinen. Sehr nützliches Tier, dieser Meistersinger.«

Bernice beeilte sich, mit einem ebenso nichtssagenden und sachlichen Brief über ihre Arbeit zu antworten. Sie legte ein Photo von sich bei, zusammen mit Flo vor einer P-38, die Flo nach Osten fliegen sollte.

»Beachte meine Sonnenbräune«, schrieb sie auf die Rückseite. »Heute sind hier 33 Grad. Mein armer Körper muß völlig konfus sein, welche Jahreszeit herrscht. Hier heute nachmittag 33 Grad, und in zwei Tagen werde ich in einem Schneesturm stecken.«

Kreuz und quer durch die Vereinigten Staaten zu fliegen schien ihren Körper auch auf andere Weise konfus zu machen. Einmal blieb ihre Regel aus. Wäre das passiert, gleich nachdem sie mit Zach geschlafen hatte, wäre sie – trotz aller Beteuerung seiner Unfruchtbarkeit – überzeugt gewesen, schwanger zu sein. So bezweifelte sie jedoch, daß sie ein Spermium monatelang in irgendeiner Ritze versteckt mit sich herumtragen konnte, und als sie das Thema schließlich zur Sprache brachte, stellte sie fest, daß die anderen Pilotinnen mit der gleichen Verzögerung zu tun hatten. »Zu dicht am Mond«, witzelte Flo.

Zach schrieb gelegentlich. Manchmal erstattete er einen amüsanten Bericht von einer Tätigkeit, die sich ohne Gefährdung der Sicherheit beschreiben ließ, so von einer Kletterpartie vermutlich im Partisanenmilieu, bei der ihn ein erboster brütender Adler angegriffen hatte. Zweimal schrieb er ihr sexuell freimütige Briefe in Französisch. Ihr Französisch war ausgezeichnet – ihre Mutter Viola hatte von früh an darauf geachtet, da das gleich nach Altgriechisch ihre Lieblingssprache gewesen war –, aber ihr fehlte das genaue Vokabular für Sexualteile und -handlungen, und sie mußte den Sinn erraten. Zach schrieb, daß er den Zensoren gern ein Konditionstraining und ein bißchen Spaß verschaffte. Er konnte sich nichts Langweiligeres denken, als die Post von Durchschnittsbürgern zu lesen, es sei denn, ihre Telefongespräche mitanhören zu müssen oder ihre Sünden in der Beichte. Er hatte sich einmal als Priester ausgeben müssen, und das schien ihm seitdem eine lausige Art, seinen Lebensunterhalt zu verdienen. Er hatte den Eindruck, daß es nur wenige phantasievolle Sünden gab, obwohl er mal schauen wollte, was sich in der Hinsicht bei ihrem nächsten Zusammensein machen ließ.

Er schrieb: »Ich höre, daß dein Bruder lebt und sich regt, das ist alles, was ich weiß. Ich würde ihn immer noch gern von hier bis Sonntag treten. Wenn er überlebt, sollten wir beide uns gegen ihn verbünden und ihn zu Brei schlagen für das, was er uns antut. Meiner Meinung nach hast du den Grips in der Familie und bringst erstaunlicherweise auch mehr Genuß beim Vögeln.«

Flo sprach von ihnen, wenn sie kamen, als Bernices Liebesbriefen. Bernice fand das ein geradezu lachhaft unzutreffendes Etikett. Manchmal waren sie komisch, manchmal griesgrämig, oft obszön, aber sie sprachen nie von Liebe, was ihr sehr recht war. Sie konnte immer noch nicht ganz glauben, was zwischen ihnen geschehen war, aber ihre Erinnerungen waren lebhaft.

Seit Jahren hatte sie onaniert, indem sie sich in gesehene Filme hineinphantasierte, was sie langsam in Erregung versetzte. Jetzt onanierte sie wirkungsvoller und entspannte sich innerhalb einer Viertelstunde in den Schlaf. Sie stellte sich eine der Szenen mit Zach vor. Sein Körper war für sie so lebendig wie die Anzeiger auf dem Armaturenbrett der Jäger, die sie flog. Zach war stets Herr der Lage geblieben, dies und sein gewisser Hang zum Sadismus hatten ihr das Gefühl gegeben, geflogen zu werden. Das war irgendwie erregend. Das war der Zündfunke. Keine vagen Ekstasen von schmelzendem Fleisch mehr.

Sie dachte nur an Zach, wenn ab und zu seine Briefe kamen oder wenn sie onanierte, sonst selten. Ihr Leben nahm sie ganz in Anspruch. Sie dachte öfter an Jeff, mit wurzelloser Besorgnis. Da sie keine Ahnung hatte, wo er war oder was er tat, war es, als sei er verschwunden. Sie ging davon aus, daß jedwede Nachricht nur eine schlechte Nachricht sein konnte und daß es besser war, ohne Information zu sein, aber sie dachte täglich an ihn und hoffte ihn in Sicherheit und wohlauf.

Sie lernte jetzt schießen. Pilotinnen war vorgeschrieben, eine 45er Handfeuerwaffe zu tragen, nicht um sich selbst zu schützen, sondern vielmehr die außerordentlich wertvollen, für den Luftkampf ausgerüsteten Flugzeuge mit einer Reihe von geheimen Vorrichtungen und Instrumenten an Bord. Neben der sicheren und pünktlichen Auslieferung war es ihre Aufgabe, unbedingt zu verhindern, daß die Maschinen gestohlen oder von Unbefugten untersucht wurden.

Helen schrieb, sie haßte das häßliche Ding und nahm immer die Kugeln heraus und verstaute die 45er am Boden ihres Koffers. Flo wußte bereits mit einem Gewehr umzugehen. Sie übte gern auf einem Schießstand in der Nähe, und Bernice begann, sie zu begleiten. Obwohl Bernice die 45er unelegant fand, war sie doch von der Waffe beeindruckt und mochte von deren Beherrschung nicht mehr ausgeschlossen sein.

Waffen waren immer Jeffs Vorrecht gewesen. Schießen zu lernen war eine der Freuden, die er sich allein vorbehielt, wie jene Ausflüge ins Freie, auf denen er die Welt der Männer erkundete und dann die Welt der Sexualität, die ihm offenstand, aber nicht ihr, wobei er gleichzeitig den Werten des Professors wortlos abschwor. Es kam Jeff nie in den Sinn, ihr das Schießen beizubringen, wie es ihr nie in den Sinn gekommen war, ihn darum zu bitten.

Wenn sie die Pistole trug, fühlte sie sich stärker. Warum war darin forscherer Gang eingebaut? War es der Mythos vom Wilden Westen? War es ein künstlicher Penis? War es der Verstoß gegen die Grundsätze ihrer Erziehung? Es kann nicht schaden, wenn ich damit umgehen kann, auch wenn ich sie nie benutzen muß, sagte sie sich, und außerdem ist sie wesentlich schneller als Gift und zuverlässiger als Schlaftabletten, wenn ich mich je für einen raschen Abgang entscheide.

Der Tod war nie weit fort. Eine der Testpilotinnen war vor zwei Wochen draufgegangen, auf einem anderen Stützpunkt in Kalifornien. Eine Frau, die im Süden Übungsziele schleppte, war abgestürzt, und zwar nicht durch einen Treffer der scharfen Munition, der sie täglich ausgesetzt war, sondern, so ging die Flüsterparole, weil einer der Männer auf dem Stützpunkt, die die WASPs haßten, ihr Zucker in den Tank geschüttet hatte. Die Männer fanden, die WASPs nahmen ihnen sichere oder halbsichere Posten weg und schickten sie nach Übersee an die Front – Gemeinheit. Manchmal fanden sie auch einfach, Frauen dürften das, was sie taten, eigentlich gar nicht tun. Jene Frau war für das Recht zu fliegen in den Flammen gestorben.

Keine Waffe konnte vor Sabotage durch Wartungspersonal schützen oder durch jemand mit einem Groll und Zugang zum Hangar, doch nur die Jägerpilotinnen trugen Waffen. Ein weiterer Punkt, in dem sie sich auserwählt, ausgezeichnet fühlten. Wenn Bernice mit zweihundert Stundenkilometern zu einer Landung nach Jagdfliegerart einflog, punktgenau aufsetzte und dann aus der Maschine kletterte, konnte sie nicht umhin, sich an dem Schock, den Pfiffen, dem Raunen zu weiden, wenn die Piloten auf dem Stützpunkt sahen, daß es eine Frau war, die so ein Flugzeug flog, das sie selber vielleicht nicht einmal berühren durften. Dann jedoch, in Texas, blieb das aus, weil sie wieder einmal für einen Mann gehalten wurde. Erwartungshaltungen waren übermächtig und diktierten oft, was die Menschen sahen.

Die Nächte in heruntergekommenen Motels und verwohnten Hotels waren nicht lustig, aber sie konnte immer lesen. Manchmal las sie zur Entspannung Krimis, denn nichts ging über ein ordentliches Rätsel nach Art des von innen abgeschlossenen Mordzimmers, um ihre Gedanken zu beschäftigen und sie eine trostlose und oft feindselige Kleinstadt vergessen zu lassen. Manchmal las sie Proust, ein dickleibiges rotes Modern Library-Buch. Ein andermal arbeitete sie an einem Fernkurs in Buchhaltung.

Mit Flo redete sie darüber, was beide nach dem Krieg vorhatten. Bernice wollte nicht nach Bentham Center zurück. »Wenn ich dahin zurückkehre, dann nur in einer Kiste aus Kiefernholz«, sagte sie zu Flo. »Und auch nur dann, wenn du meinen letzten Wunsch nicht respektierst. Ich möchte verbrannt und aus einem Flugzeug über Long Beach ausgestreut werden. Mir gefällt es hier.«

Tatsächlich langweilte sie der ewige Sommer, aber sie liebte ihre Arbeit. Beide schwatzten davon, eine Fluggesellschaft im Hinterland zu gründen, Fluglehrerinnen zu werden, einen Luftzirkus mit Schauflügen zu betreiben. Über eines waren sich beide sicher: sie wollten weiterhin fliegen. Vielleicht als Testpilotinnen, vielleicht als Pilotinnen in der zivilen Luftfahrt. Alle sagten, daß die Luftfahrtindustrie nach dem Krieg abheben würde. Ihr Platzkommandant sagte, jede Familie der Mittelklasse werde ein Flugzeug haben, wie sie jetzt ein Familienauto hatte, und statt zu fahren, nahm man dann für lange Entfernungen das Flugzeug. »Sagen wir, ihr müßt von San Diego nach San Francisco. Statt einer Autofahrt, die zwei Tage dauert, setzt ihr euch ins Familienflugzeug«, erklärte er den WASPs.

»Wie es auch kommt, wir werden von Anfang an mit dabeisein«, sagte Flo leise zu Bernice. »Wir werden weiterfliegen.«

»Komme, was wolle«, stimmte Bernice zu. »Wir bleiben zusammen dabei.«

Abra 7

Der lauteste Regen

Die Abteilung Arbeit summte vor Betriebsamkeit in dieser Zeit der Vorbereitung auf die Invasion im späten Frühjahr. Fast jeden Tag arbeiteten sie bis spät abends. Oscar war zu einer Konferenz. Abra verließ mit Wilhelm und einer der Sekretärinnen, Beverley, um neun das Büro zu einem Fest für einen gerade aus Algier zurückgekehrten R&A-Mann. Beverley war ein Mädchen aus Idaho mit flächigem Gesicht und breitgezogenen Vokalen. Wilhelm war in Köln Rohrleger gewesen, ein gebeugter, aber stämmiger Mann mit einer großen Narbe im Gesicht, von einer Schlägerei mit den Braunhemden.

Sie hatte das Fest in einer Nebenstraße von Belgravia gerade verlassen, um nach Hause zu gehen, als die Sirenen losheulten. Muß eine Luftschutzübung sein, dachte sie. Bombenangriffe auf London gehörten der Vergangenheit an, nur noch hin und wieder ein lästiger Luftalarm, den niemand beachtete. Abra war an Schutt gewöhnt, war es gewohnt, eine Straße entlangzugehen und zwischen den Häusern eine Lücke wie ein fehlender Schneidezahn zu sehen, Fassaden mit nichts als rasch emporschießendem Unkraut hinter den gähnenden Öffnungen, die einmal Fenster gewesen waren, zerbombte Häuser, in deren Zimmer der kalte Regen fiel.

Sie ging ein wenig schneller, überlegte unaufgeregt, was sie nun tun sollte, und dachte daran, wie sehr sie sich schon in London eingelebt und an warmes Bier und kalte Schlafzimmer gewöhnt hatte. Am besten ging sie wohl zur U-Bahn.

Oscar hatte nichts über die Konferenz von heute abend verlauten lassen, eine Art Kriegsrat der alliierten Geheimdienste. Er hoffte immer, etwas über seine Schwester Gloria zu erfahren. Sie schien Teil des MI9 zu sein, der zu den anderen Agentennetzen auf Distanz blieb und darauf spezialisiert war, abgestürzte Piloten und entflohene Kriegsgefangene herauszuholen. Viele Frauen arbeiteten in den MI9-Netzen und leiteten sie sogar. Die Deutschen und ihre französischen Kollaborateure setzten alles daran, sie aufzurollen. Oscar machte sich ununterbrochen Sorgen um seine Schwester, eine Art Heulton im Gemäuer seiner Gedanken wie eine nicht abgeschaltete Maschine, eine Spannung, die Abra fühlen konnte. Er sammelte nach und nach soviel Informationen, wie er nur konnte, und träumte davon, nach Frankreich zu gehen, um Gloria zu suchen, aber er war für die Tätigkeit als Spion oder V-Mann nicht ausgebildet, und OSS hatte auch nicht die Absicht, ihn dafür auszubilden. Er wurde gebraucht, wo er war. Er war zu wertvoll, um für private Odysseen aufs Spiel gesetzt zu werden.

Flugzeuge am Himmel, viele. Sie hörte einen lauten Aufschlag, und dann bebte der Bürgersteig unter ihr. Plötzlich wurde ihr klar, das war keine Luftschutzübung. London wurde bombardiert. Sie konnte es gar nicht glauben und schaute zum Himmel empor, wo Suchscheinwerfer hin- und herkreuzten und die Flak donnernd zum Leben erwachte. Sie sah den zerberstenden Granaten zu. Das war besser als Feuerwerk! Die Sperrballons drehten sich wie silberne Delphine im Licht. Eine große viermotorige Maschine wurde vom Strahl eines Suchscheinwerfers erfaßt, dann heftete sich ein zweiter darauf, so daß sie im Strahlenkreuz gefangen war. Raketengeschosse wurden abgefeuert, doch die Maschine setzte ihren Flug unversehrt fort. Sie tauchte weg, aber die Scheinwerfer blieben auf ihr. Ihr Bauch öffnete sich, und eine erstaunliche Anzahl von Dingern wie riesige Samenkörner purzelten heraus, wirbelten und fielen gemächlich. Ein Mann packte sie am Ellbogen.

»Komm, Liebchen, wir wetzen zur U-Bahn. Der Jerry treibt's wieder. Los, Tempo.«

Sie rannten zusammen die Straße entlang, während die schweren Geschütze im Hyde Park zu bellen begannen. Das Pflaster erzitterte, als führe ein Zug darunter durch. Eine Bombe fiel ganz nah. »Fast über uns«, keuchte Abra und rannte schneller.

»Nö, nö, Liebchen, glaub' ich nich. Halbe Meile vielleicht. Da wär'n wir.«

Sie stürzten in den Eingang der U-Bahnstation Bond Street und rannten die Treppen hinunter zu der Menschenmenge, die sich dort unten niedergelassen hatte. Männer, Frauen, Kinder, Hunde, Katzen, hier und da ein Vogel in einem zugedeckten Käfig, greinende Babys und eins, das zufrieden nuckelte. Der Mann, der mit ihr gerannt war, setzte sich zu Freunden, die ihm einen Platz auf einer Decke freigehalten hatten. Er winkte ihr noch einmal zu und kümmerte sich dann nicht weiter um sie. Abra war ihm dankbar. Amerikaner waren es nicht gewohnt, mit Bomben beworfen zu werden. Sie dachten, Bomben galten nur anderen.

Die Bomben kamen näher. Es war wie etwas Riesenhaftes, das über die Häuser ging und die Erde erschütterte. Der Moloch Stahl mit Füßen aus Feuer. Allmählich fühlte sie sich persönlich getroffen, daß jemand da oben versuchte, sie und alle anderen umzubringen. Wie sicher waren die U-Bahnstationen wirklich?

»Wo bleiben denn die Spitfires?« fragte nörgelnd ein Mann. »Wo bleibt die Luftverteidigung?«

»Über Deutschland und tun denen das gleiche an, wollen wir wetten?« kam es nasal und knapp von einer Frau.

»Wie lange dauert das gewöhnlich?« fragte Abra.

»Ha, Ami«, sagte die Frau. »Ist wohl neu für Sie? Ach, manchmal ist es in einer Dreiviertelstunde vorbei, und manchmal geht's die ganze Nacht durch.«

»Das Schlimmste ist«, sagte der Mann mit der Jammerstimme, »wenn Entwarnung kommt, und man geht raus, und es fängt von vorne an. Das ist das Schlimmste.«

Abra blickte sich um, sah aber niemanden, den sie kannte, bis auf ihren Friseur und den Zeitungsverkäufer aus dem Kiosk, an dem sie ihre Morgenzeitung kaufte. Er spielte Dame mit einer Frau, die wohl seine Ehefrau war. Beide hatten die lose Haut dicker Menschen, die sehr viel abgenommen haben. Es war schwer in diesen Tagen, in London richtig dick zu bleiben, dachte Abra. Sie hatte selbst abgenommen, aber es ließ sich so schwer ausrechnen, wieviel. Die Briten maßen ihr Gewicht in *stones*, und sie gab immer auf, bevor sie zu Ende gerechnet hatte. Sie wußte nur, daß ihre Röcke ihr zu weit geworden waren. Sie versuchte, an Maße und Gewichte und Röcke zu denken und an die interessanten Gesichter der Menschen, einer bunten Mischung verschiedener Gesellschaftsschichten, aber die Bomben kamen näher und näher. Sie konnte an nichts anderes mehr denken als an die Bombe, die als nächste fallen würde, hier, auf sie. Bomben erschütterten die Tunnelwände. »Westminster kriegt schwer was ab. Heute nacht macht der Jerry ein ganzes Faß von den Dicken auf.«

»Ja, heute nacht meint er's ernst. Dachte wohl, wir hätten ihn vergessen.«

»Hört sich an, als hätten die Flakjungs einen erwischt.«

»Spielt jemand Binokel?«

»Harry, setz dich sofort hin, und hör auf, deine Schwester zu piesakken. Du kriegst eins hinter die Löffel, wenn du nicht artig bist.«

»Auuuh, das war 'n Kracher.«

Der Boden verschob sich unter ihr. Die Decke würde aufplatzen, die Träger würden in einer Flut von Gesteinsbrocken und Mauerwerk herabstürzen und alle unter sich begraben, zerquetschen. Sie mußte auf die Toilette. Da stand schon eine Schlange von dreißig Menschen. Sie stellte sich hinten an. Ich möchte nicht unter Fremden sterben, dachte sie. Ich möchte bei ihm sein. Ihr kam in den Sinn, daß Oscar irgendwo draußen in London sterben konnte. Denn schließlich, wenn jener Mann sie nicht beim Arm gepackt hätte, vielleicht wäre sie auf der Straße stehengeblieben und hätte dem Feuerwerk zugeschaut, bis ihr eins davon auf den Kopf fiel. Sie versuchte, sich an das großartige Schauspiel der kreischenden Bomben in der Luft zu erinnern, aber ihre Kehle ging zu. Sie konnte ihren Speichel nicht mehr schlucken.

Ein Mann kam die Treppe heruntergestolpert, er blutete aus Schnittwunden in der Kopfhaut, der linken Wange und dem linken Arm. »Fliegende Tiger«, hörte sie jemand sagen, als sich Menschen um ihn scharten. Sie fragte und bekam zur Antwort, das waren Glassplitter, die auf einen zuflogen.

»Lassen Sie mich durch, ich bin Ärztin.« Eine Frau verließ die Schlange und bahnte sich einen Weg durch die Menge.

Der Krach war das Schlimmste, dachte sie. Der machte ihr Platzangst. Sie fühlte sich, als zerbarst ihr Kopf mit den Bomben. Wenn es doch nur für ein paar Minuten still wäre, nur still genug, damit sie zu Atem kommen und wieder denken konnte, nur still genug, damit ihr Kopf zu dröhnen aufhörte, sie sich wieder beieinander fühlte. Sie stellte sich immer wieder vor, die nächste Bombe würde direkt auf die U-Bahnstation fallen und sie alle unter Tonnen von Schutt begraben.

Eine Frau, die sich hinter Abra angestellt hatte, sagte: »Und eine der ersten Bomben fiel auf das ausverkaufte Kino in der Curzon Street, in dem gerade der neue Film mit Laurence Olivier lief, und es war schrecklich, die Decke eingestürzt, und die Menschen schrien und waren unter Trümmern eingeklemmt ...«

Sie sehnte sich nach Oscar, seiner Gegenwart, der Festigkeit und Wärme seines Körpers und der quecksilbrigen Beweglichkeit seines Geistes, sehnte sich danach, daß er mit ihr redete, sie ablenkte, sie tröstete. Sie wollte nicht getrennt von ihm sterben, ohne zu wissen, ob er in Sicherheit war. Schließlich zwängte sie sich in die überlastete Toilettenkabine, um sich zu erleichtern, und starrte auf die Tür, die mit den Namen von fünfzig verschiedenen Paaren bekritzelt war.

Es war zwei, als die Entwarnung kam, und sie folgte der Menge hinauf auf die Straße voll dichtem Rauch und all den unterschiedlichen Brandgerüchen von hundert verschiedenen Materialien und Verbundstoffen, dem Kloakengestank aus einem geplatzten Hauptrohr, dem Geheul der Feuerwehren und Krankenwagen. Flammen leckten am Himmel über dem Hyde Park, wo die Flakbatterien endlich still waren. Sie ging die Gilbert Street entlang, aber die Weighhouse Street war abgesperrt. Eine Bombe war direkt an der Ecke eingeschlagen und hatte Teile eines Hauses abrasiert. Sie gruben im Schutt nach Toten. Auf dem Pflaster lag etwas Dunkles und Klebriges, was sie nicht näher ansehen mochte. Weiter vorn war die Straße durch herabgestürztes Mauerwerk und ein brennendes Auto unpassierbar. Was für eine Schweinerei das macht, dachte sie und mußte über sich lachen. Ihr blieb nichts übrig, als zur Oxford Street zurückzugehen und einen Umweg zu nehmen.

An ihrer Ecke war der Bürgersteig mit Glasscherben übersäht, die trübe bis in die Mitte der Straße glitzerten. Sie suchte sich vorsichtig einen Weg. Bomben waren hier nicht gefallen, aber die Druckwelle eines nahen Einschlags hatte die Fensterscheiben zerstört. Erleichtert sah sie, daß ihr eigenes Haus unversehrt stand, schwarz hinter den Verdunkelungsvorhängen.

In ihrer Wohnung war eines ihrer Bilder von der Wand gefallen und das Glas zerbrochen. Sie war erschöpft, aber nicht schläfrig, ging durch die Wohnung, um nach Schäden zu schauen, und stellte die elektrische Heizung in dem zugemauerten Kamin an. Die elfenbeinfarbenen Wände sahen langsam verwohnt aus, wahrscheinlich neununddreißig zum letzten Mal gestrichen, auch der hellgeblümte Chintz auf Sesseln und Sofa verblich allmählich. Ein Kissen war mitten auf den Boden gehopst. Eine Vase, die den Wohnungseigentümern gehörte, weißes

Porzellan besetzt mit wulstigen Rosen, war zu ihrer Erleichterung zerbrochen. Mehrere Nippessachen waren heruntergefallen. Inneneinrichtungen in einer Stadt unter Bomben mußten wohl solche Probleme einkalkulieren. War es wirklich sicher, zu Bett zu gehen? Vielleicht ging alles von vorn los. Würde sie von dem Bombenangriff träumen? Sie räumte immer noch zu Boden gefallene Dinge auf und rückte schiefhängende Bilder zurecht, als ihr Telefon klingelte.

»Du bist da, dann ist ja gut. Ich war in Sorge. Ich habe im Büro angerufen und erfahren, daß du schon ein paar Stunden vor dem Angriff gegangen bist.«

Sie freute sich, daß er sich Sorgen machte. »Ich war kurz auf einem Fest und dann auf dem Heimweg. Ich war ein bißchen naiv. Ich stand auf der Straße, als die Sirenen losheulten, und begaffte das Schauspiel. Wo warst du?«

»Völlig sicher, keine Angst. Ich kann mir nicht denken, daß irgend jemand etwas dagegen hat, wenn wir morgen ein bißchen später kommen. Wie wär's mit zehn Uhr?«

Sie war einverstanden und hoffte, er würde vorschlagen, vorbeizukommen, aber schließlich war es drei Uhr morgens.

Abra fiel allmählich auf, wie ungeheuer viele Amerikaner in London, besonders in Mayfair, herumliefen und die Engländer zahlenmäßig in den Schatten stellten. Auf einmal war sie nicht mehr die Ausnahme wie gewohnt, sondern eine von einer riesigen Herde. Sogar amerikanische Frauen waren keine Seltenheit mehr, denn überall sah sie Armeehelferinnen und Krankenschwestern.

Sie hatte sich bereits britisches Benehmen angewöhnt und teilte bis zu einem gewissen Grade die Belustigung der Londoner, zum Beispiel darüber, wie oft Amerikaner einander militärisch grüßten. Auf der Straße war das nicht ungefährlich, ständig schossen Ellbogen heraus. Die Amerikaner waren lauter, strammer, besser genährt. Plötzlich gab es in London mehr zu essen. Im massiven Backsteinbau des nahegelegenen Grosvenor Hotels mit Blick auf den Hyde Park wurde eine Messe von der Größe eines Ballsaals eingerichtet, die im Kantinenstil bis zu eintausend Menschen gleichzeitig für fünfzig Cents mit einer Mahlzeit versorgte, mit amerikanischen Schweineschnitzeln und Brathühnchen und Eiscreme. Sie hatte seit Washington keine Eiscreme mehr gesehen.

Bei den Dauergästen hieß die Messe wegen der Fließbandabfertigung »Willow Run« nach der Flugzeugfabrik vor Detroit. Bald würde sie essen können, was sie wollte, denn Oscar war endlich Hauptmann geworden und ihre militärische Eingliederung lief, in ein oder zwei Wochen sollte sie ihren Dienstgrad erhalten.

In den Fluren von OSS hörte sie, wie sich Briten lauthals über die bittere Kälte in ihrem Club beklagten, seit der Jerry in jener Nacht die Fenster herausgebombt hatte. Die frischen Schäden schockierten ihre Augen. In der Brook Street, wo R&A untergebracht war, hatte ein Haus im nächsten Block einen Treffer abbekommen und war aufgeplatzt wie ein Ziegelsteinei. Sie mußte immer wieder an die Menschen denken, die in diesen Häusern ein- und ausgegangen waren. Der Schutt, an den sie sich gewöhnt hatte, war ihr so alt vorgekommen wie römische Ruinen: Teil der Landschaft, im Frühling und im Sommer von Unkraut und Wiesenblumen überwuchert, von purpurnen Weidenröschen, Heimat von hungrigen streunenden Katzen und von Ratten, denen es an Futter nie zu mangeln schien. Aber die neuen Trümmer waren gestern noch Häuser gewesen, an denen sie vorbeigegangen war, Teestuben, in denen sie gesessen hatte, ihr Gemüsehändler, der Laden, wo sie sich das Haar schneiden ließ und ein Handtuch mitbrachte, wie es jetzt in London beim Friseur üblich war. Die Ausbombung ihrer Stammläden war eine Katastrophe, denn sie konnte sich schwerlich von einem Krämer trennen, der ihr Büchlein mit den Lebensmittelmarken hatte. Den Fleischer und den Lebensmittelhändler wählte oder wechselte man nicht leichtfertig.

Oscar und sie konnten von Glück sagen, ihre Wohnungen damals gemietet zu haben, denn während der Bombenpause waren viele Londoner zurückgekehrt. Möblierte Zimmer waren knapp, Hotels überfüllt, Restaurants brechend voll. Jetzt erinnerte London eher an Washington, floß über von Tausenden von Schreibtischmilitärs, die nie eine Schlacht sehen würden, und jede leere Wohnung war ein saftiges Schmiergeld wert.

Die Menschen schienen im Gefolge des Luftangriffs griesgrämig, als könnten sie den Gedanken nicht ertragen, daß das Ganze von vorn losging; als sollte ihnen, nachdem sie das ungeheure Martyrium vom Blitz überlebt hatten, wirklich nicht zugemutet werden, nun auch noch das zu überstehen, was bereits der kleine Blitz hieß. Abra fand ganz allgemein, daß die Briten langsam am Ende ihrer Nerven waren, zorniger, verbitterter. Bei ihre Ankunft hatte sie nie eine regierungsfeindliche Parole gesehen, aber die Arbeiterklasse, die die meisten der Obdachlosen stellte, die in den U-Bahnen übernachteten, hatte Churchill und die Konservativen inzwischen satt. Gerüchte schwirrten, daß die Bergarbeiter bald streiken würden.

Am achtzehnten wurde die Stadt von einem weiteren Luftangriff getroffen, Oscar und Abra saßen noch bei der Arbeit. Sie konnten nicht aufspringen und hinunterrennen, da Schreibtische und Aktenschränke mit Geheimdokumenten übersät waren. Es gab ein fürchterliches Krachen, während sie immer noch ihre Unterlagen sicherten. Das ganze Haus wackelte, und das Licht ging aus. Abra entsann sich einer Taschenlampe und ertastete sie aus einer Schublade, dann machten sie sich zusammen mit anderen stolpernden und Witze reißenden Mitarbeitern auf den Weg zum Luftschutzkeller. »Die Telefone sind auch tot«, beklagte sich jemand, der sich im Flämmchen seines Zippo den Weg suchte. Die Treppen waren rutschig von herabgefallenem Putz. Als sie den Keller erreichten, hatte das Notaggregat eingesetzt, und das Licht ging trübe wieder an.

Oscar fand eine Sitzgelegenheit auf Tonnen und zog sie hinauf. Er beugte sich vor und schnupperte mißtrauisch. »Den Jungs von SO traue ich zu, daß sie hier unten Schießpulver lagern.«

Das Licht ging wieder aus. Alle stöhnten. Jemand machte laute Kußgeräusche, und jemand anders pfiff »Wenn das Licht wieder angeht überall auf der Welt«.

»Gestern abend habe ich mit ein paar unserer britischen Kollegen diniert«, sagte Oscar. »Schade, daß ich dich nicht mitnehmen konnte, nicht nur wegen deiner Gesellschaft, sondern wegen des Essens. Sie leben nicht schlecht. Lachs und Regenpfeifer. Es kam mir unpassend vor, einen Regenpfeifer zu essen, was immer das sein mag. Wenn mir einer begegnete, ich würde ihn nicht mal erkennen.«

»Sie sind hauptsächlich Küstenvögel«, sagte Abra. »Obwohl es auch Sandregenpfeifer gibt. Ich hätte nie gedacht, daß sie eine Mahlzeit abgeben.«

»Es wurden mehrere gereicht. Warst du mal Vogelbeobachterin?«

»Ein Freund von mir war einer. Es ist unvermeidlich, ein bißchen was zu lernen.«

»Und was hast du von mir gelernt?«

Zu viel, dachte sie. »Meinen Mund zu halten.« Sie schrak zusammen und drückte sich an ihn, als wieder eine Bombe dicht in der Nähe einschlug. Das Problem war, sie hörte nicht heraus, ob nun die schweren Flakgeschütze im Park ihre Raketen auf die Flugzeuge abfeuerten oder ob Bomben fielen. Sie klammerte sich an ihn. Er drückte sie an seine Brust, bis das Licht wieder anging. Dann hielt er sie in schicklichem Abstand, mit dem Arm um ihre Schulter.

»Letzten Endes«, sagte er in ihr Ohr, »hat es keinen Sinn, Angst zu haben. Du müßtest jedesmal zusammenschrecken, wenn du einen Automotor hörst. Deine Chancen, von einem Auto überfahren zu werden, sind wesentlich höher, als in einem Volltreffer zu sterben.« Sein Puls war ruhig.

Sie merkte, daß sie sich geirrt hatte. Es war nicht besser mit ihm. Oh, es war ein Fortschritt, ihn im Auge behalten zu können und zu wissen, daß er in Sicherheit war, aber sie konnte ihre Angst nicht zeigen. Wenn die Bomben nur nicht solchen Krach machen würden. Sie konnte nicht denken, keinen ruhigen, stillen Platz in ihrem Schädel finden, um sich zu sammeln, um sich vor den krachenden Katastrophen zu verstecken, von denen ihr die Knochen klapperten. Sie merkte, daß ihr der Mund offen stand und daß sie keuchte. Sie fühlte sich wie ein Instrument, auf dem die Bomben spielten, und sie konnte nicht entrinnen.

Angst war so langweilig, so unglaublich langweilig. Sie wußte, ihre Angst vor den Bomben verlängerte den Luftangriff bis in die Ewigkeit. Sie durchlebte schon im voraus von Augenblick zu Augenblick die Druckwelle, das Krachen, den Feuerbrand, die Erschütterung. Es war, als durchlebte sie jeden Augenblick dreimal hintereinander. Oh, wie ihre Angst sie langweilte, aber das lockerte nicht den Würgegriff um ihre Eingeweide. Wieder einmal mußte sie unter Entschuldigungen über die am Boden kampierenden Menschen hinwegsteigen und nach einer Toilette suchen. Kann ich bitte vom Krieg befreit werden: von Bomben bekomme ich Durchfall. Sie sah eine endlose Reihe von Fliegerangriffen vor sich, die sie in stumm erstickter Todesangst durchstehen mußte, mit Eingeweiden, die nur noch aus kalter, heftig wogender Flüssigkeit bestanden, mit rasendem Puls, mit naßkalten Händen. Es war schlimmer hier, viel lauter als in der U-Bahn. Staub füllte die Luft, und Gegenstände kippelten, bis sie umstürzten.

Sie durfte Oscar keinen Grund geben, sie zu verachten. Sie mußte ihre Angst verbergen und über irgend etwas parlieren, wo sie doch mit jeder Bombe, die fiel, immer stärker den Drang hatte zu schreien, sich Augen und Ohren zuzuhalten, sich in Embryostellung hinzuhocken und die Bomben anzuflehen, ihr nicht weh zu tun.

»Mir ist das Essen nicht bekommen«, sagte sie zu Oscar, der mit Wilhelm und dem rauhbeinigen, einsilbigen Feldwebel Farrell plauderte. »Jetzt geht's mir besser.«

»Was der Göring wohl vorhat, seine Bomber auf London zu vergeuden?« dachte Wilhelm laut nach.

Ein in der Nähe lagernder Mann antwortete, ein großer, muskelbepackter blonder Major aus einer anderen Abteilung. »Muß sie doch irgendwie beschäftigen, solange er auf unsere Invasion wartet. Er hat die Luftwaffe vom Balkan und der Ostfront praktisch abgezogen und nach Frankreich geworfen. Was sollen sie schon anfangen, solange wir sie warten lassen? Aber sie haben nicht mehr die Piloten wie noch vierzig.« Er sprach in dem affektiert gedehnten Tonfall, auf halbem Wege zu britischem Englisch steckengeblieben, mit dem sich viele reiche Amerikaner schmückten.

Sie erkannte ihn wieder. Er war der Wohnungsgenosse des jungen Amerikaners gewesen, den sie eines Abends, als sie auf Oscar sauer war, in der OSS-Kneipe aufgegabelt hatte. Der Major kam ihr damals wie jetzt eitel und arrogant vor, vom Schlage ihrer reichen Vettern.

Sie verspürte kein Bedürfnis, ihn daran zu erinnern, wo er sie gesehen hatte, obwohl er eine flüchtige Begrüßung in ihre Richtung nickte. Jener junge Mann hätte ihr Zwillingsbruder sein können, sie waren es beide gewohnt, mit einem minimalen Aufwand an Charme von anderen zu bekommen, was sie wollten. Abra hatte sich nie die Mühe gemacht, Oscar von ihrem Abenteuer zu erzählen, denn es hätte ihn nicht eifersüchtig gemacht. Was hatte es für einen Sinn, ihre Treue herabzusetzen, die davon nicht geschmälert worden war? Die klägliche Offenbarung jener Nacht war, wie wenig Lust sie jetzt aus den sexuellen Abenteuern gewinnen konnte, die einmal ihre Stärke gewesen waren. Jener junge Mann war ein mehr als fähiger Liebhaber gewesen, erfahren, eingestimmt auf die Reizschwellen einer Frau, doch die Lust hatte ihr wenig bedeutet. Sie hatte sich nicht dem Gefühl entziehen können, mit der falschen Person am falschen Ort zu sein.

Der egozentrische Major war mit SO in Italien gewesen; er war in Jugoslawien gewesen und hatte Titos Armee in Aktion gesehen. Er verbreitete sich über alle Themen orakelhaft, doch mit einem Unterton von Belustigung, als gefiele er sich in der Rolle des arroganten Besserwissers. Er glich zu sehr ihren Vettern, um sie zu reizen oder zu interessieren, und so blieb sie im Hintergrund und wartete ab, bis Oscar mit ihm fertig war.

Sie war wütend auf Oscar, weil er während der Luftangriffe keine Angst hatte, und sie schämte sich vor ihm. Angst war sie nicht gewohnt. Sie hatte reiten gelernt, war abgeworfen worden und wieder aufs Pferd gesprungen, bevor ihre Verletzungen ausgeheilt waren. Sie hatte mit einem betrunkenen Freund einen Autounfall gehabt und danach über ihr blaues Auge und ihr gebrochenes Handgelenk und den Zahn, der überkront werden mußte, Witze gemacht. Sie war gesegelt, seit sie alt genug war, um ein Tau zu halten, draußen bei stürmischem Wetter, und hatte den stärker werdenden Wind geliebt und die jagende Gischt und sogar das schwere Schlingern eines von Wellen gepeitschten Bootes. Sie hatte sich in Harlem Musik angehört und in Bars getanzt, die ihre Freunde aus Angst nicht betraten. Sie war in Demonstrationen mitmarschiert, wo die Polizei auf die Schädel eindrosch und Tränengasgranaten in die Menge warf, und sie hatte nie daran gedacht, ein Abenteuer auszulassen, weil es gefährlich war.

Sie schämte sich, obwohl sie überzeugt war, daß die bei weitem überwiegende Mehrheit der Menschen sich bei Bombenangriffen in der gleichen Gemütsverfassung befand. Egal, wie unverzagt oder gleichmütig die Leute in den Luftschutzräumen zu klingen versuchten, sie roch die Angst. Sie nahm übel, daß sie Oscar etwas vorlügen mußte. Warum hatte er keine Angst? Fehlte es ihm an Phantasie? Noch in der gleichen Nacht nahm sie ihren Mut zusammen und fragte ihn.

Er lag auf dem Rücken, einen Arm hinter dem Kopf angewinkelt, den anderen Arm immer noch um sie. Sie hatten gerade ausgiebig miteinander geschlafen. »Bei lebendigem Leibe begraben, das wäre sicher eine empörende Schande. Aber von der Wucht der Explosion auf der Stelle tot, so zu sterben wäre nicht der schlechteste Tod, und gestorben wird zur Zeit reichlich. Nicht, daß ich nicht genug hätte, wofür zu leben lohnt. Aber in mancher Hinsicht habe ich mein Leben verkorkst.« Damit drehte er sich zur Seite und schlief ein oder tat zumindest so.

Daniel 6

Unterm Trauerweidenbaum

Daniel hatte wieder Frühwache, stand morgens auf und kam zu vernünftiger Zeit nach Hause, von Krisenperioden abgesehen. Durch den Herzanfall eines Fregattenkapitäns, der in einer kleinen Stube für sich gearbeitet hatte, bekam Daniel einen neuen Posten. Auch einen neuen Rang. Er wurde zum Korvettenkapitän befördert. Er nahm nicht an, daß das an der Qualität seiner Arbeit lag, sondern eher daran, daß die neue Arbeit bisher von einem Fregattenkapitän getan worden war. Deshalb konnte sie nicht von einem Leutnant zur See getan werden. So dachte die Marine, und dementsprechend folgte seine Beförderung wie die Nacht dem Tage oder wie die Magenverstimmung dem Freßgelage. So erzählte er es Louise, als sie mit Krabben feierten.

Sein Vorgesetzter hatte ihn beiseitegenommen und ihm in ernstem Ton gesagt, er dürfe nicht vergessen, daß es in der Marine ohne Seeerfahrung keine Beförderung über den Grad eines Kapitäns zur See hinaus gab. Sein Vorgesetzter klang bitter, bedrückt. Er sprach offensichtlich von sich selbst; sie waren fest in Washington und in Sektion 20-G eingewachsen. Daniel, für den eine Beförderung eine nette Aufmerksamkeit, ein wenig mehr Geld und ein paar Vorrechte mehr waren, die sich bei Sektion 20-G nur selten ausüben ließen, bedeutete die Unnachgiebigkeit der Marine wenig; aber den Karriereleuten bedeutete sie viel.

Der Frühling pirschte sich an Washington heran, die schönste Zeit. Manchmal fand er ihn die einzig angenehme Jahreszeit zwischen dem Schneeregenwinter und der Dampfkammer des Sommers. Nach Neuengland war der Herbst eine Enttäuschung. Aber der Frühling kam zeitig, üppig und blumig. Hunde rammelten schon neben dem spiegelnden Teich. Die Wachsoldaten hatten verträumte Gesichter. Narzissen blühten. Sekretärinnen aßen ihr Mittagbrot im Freien, umbettelt von fetten Eichhörnchen. Er hatte Gerüchte gehört, daß in der Zeit der Fleischknappheit einige Einwohner ihnen Fallen gestellt hatten.

Plötzlich kamen die Frauen aus ihren Wintervermummungen hervor, schlank wie Weidengerten in hellgeblümten Kleidern. Blaßblaue, rosa und fliederfarbene Kostüme, unwahrscheinliche Hüte unter Seidenblumen oder Keramikkirschen blühten auf den Bürgersteigen und in den Restaurants. Was wäre ein Frühling, ohne sich zu verlieben? Ann traf sich mit jemand anders, obwohl er nicht wußte, mit wem. Dann sah er sie beim Mittagessen, ihr Gesicht war belebt von dem Wunsch, zu gefallen, und ihre Blicke hingen an einem Übersetzer, der in Berkeley Professor gewesen war und in Kalifornien Frau und Familie hatte. Daniel versuchte – reichlich spät – am nächsten Mittag ein onkelhaftes Gespräch mit ihr zu führen, doch das machte sie nur wütend. Er merkte nichts davon, bis sie aufstand und ihn am Kantinentisch sitzen ließ.

Sobald er seine neuen Pflichten gemeistert hatte, versprach Daniel sich, würde er frei sein, um Louise nachzusteigen. Seit den ersten zwei Wochen mit Ann hatte er sich nicht mehr in einem solchen Zustand erregten Entbranntseins befunden. Es war ein gutes Frühlingstonikum. Es gab ihm sogar vermehrte Energie für seine neuen Aufgaben, denn seine Verliebtheit war noch nicht real genug, um ihm dabei in die Quere zu kommen. Sie war einfach da, verborgen wie die Flasche Whisky, die einer seiner Vorgesetzten in der Schreibtischschublade hatte, zur Hand, wenn Daniel Ablenkung oder Entspannung brauchte. Er mußte so viel Neues lernen und meistern, daß er wieder einmal in seine Arbeit vernarrt war. Er fühlte sich auf der Höhe seiner Kräfte, hellwach und voll und ganz bei der Sache.

Ein Grund für seine Beförderung war bestimmt seine frühere Verbindungstätigkeit zu William Friedman vom Armeegegenstück zu Sektion 20-G. Daniel dechiffrierte jetzt nicht mehr, sondern durchforstete Berge von Informationen aus anderen kryptologischen Quellen nach Hinweisen, die für die Marine interessant waren, und leitete sie an die entsprechenden Stellen weiter.

Als er für diese Aufgabe einer Sicherheitsüberprüfung unterzogen worden war, hatte seine Mutter ihn angerufen. »Danny, was ist denn los? Bist du etwa in Schwierigkeiten? Der FBI, die kommen dauernd her und stellen einen Haufen Fragen über dich. Ich habe denen nichts von Seymour gesagt.«

Seymour war sein kommunistischer Vetter. »Nein, Mama, keine

Schwierigkeiten. Sie müssen das einfach von Zeit zu Zeit machen. Ich glaube, ich soll befördert werden.«

»Solange du dabei glücklich bist«, sagte seine Mutter mit klagender Stimme. »Wann kommst du nach Hause?«

Er seufzte und schloß die Augen, um sie rasch wieder aufzureißen, denn er sah nur allzu deutlich das unzufriedene runde Gesicht seiner Mutter. Immer wieder impften sie ihm Schuldgefühle ein, weil er so selten nach Hause kam, dabei hätten sie, wären sie ehrlich gewesen, zugeben müssen, daß seine Anwesenheit ein Ärgernis war. Seine Schwester mit ihrem Baby vernetzte sich völlig mit den Eltern. Haskel war ihr Stolz. Seine Schwester und sein älterer Bruder gingen in der düsteren Familienwohnung in der Bronx wöchentlich, ja fast täglich ein und aus. Er kam, wollte ihr Sohn sein, gehörte aber nicht dazu, interessierte sich nicht für die Berichte über Haskels Patienten oder die Vettern in New York oder die neuesten Großtaten von Judys Baby.

Er durfte seiner Mutter nicht erklären, was er tat, doch sie drängte ihn auch nicht. Das tat sie nie. Er war über den Rand der Familienkarten hinausgesegelt, als er damals nach Harvard ging, um für die Marine Japanisch zu lernen. Sie lebten aus freien Stücken in einer abgeschotteten Kapsel, und alles Fremde machte ihnen Angst.

Er selbst war süchtig nach dem Reiz des Neuen, und die Stoffmengen, die er sich für seine neue Aufgabe aneignen mußte, stachelten ihn nur an. Er genoß eine gelegentliche Begegnung mit Friedman, der jetzt einer Nachrichtenfabrik in Arlington, Virginia vorstand. Friedman sah dünner aus, kahlköpfiger, aber noch genauso adrett und penibel. Er beklagte sich über den Berg von Verwaltungsarbeit, mit dem er gestraft war. Außer den diplomatischen Purpur-Codes mußte sein Büro sich auch noch mit den hochkomplizierten Codes der japanischen Armee befassen.

Der Gewinner des unschätzbaren Purpur-Pokals war weiterhin Baron Oshima, Tokios Repräsentant in Berlin, der gerade einen detaillierten Bericht von seiner Inspektion des Atlantikwalls durchgegeben hatte. Er analysierte das deutsche Oberkommando in Frankreich, gab die Zahl der Divisionen an, den Turnus ihrer Auswechslung, und beschrieb die Verteidigungsanlagen. Oberstleutnant Nishi, der japanische Militärattaché in Berlin, folgte mit seinen unfreiwilligen Beiträgen zu den alliierten Kriegsanstrengungen dichtauf an zweiter Stelle, bemerkte Friedman. Nishi sah die deutschen Verteidigungsanlagen mit den Augen eines Berufssoldaten, besprach kritisch die Artilleriestellungen, den interessanten Einsatz von Maschinengewehrnestern, um ineinandergreifendes Kreuzfeuer zu erreichen. Er analysierte die unterschiedliche Stärke der Verteidigungsanlagen an verschiedenen Stellen der französischen Küste.

Purpur produzierte immer noch Gold. Daniel hatte eigentlich wenig mit den Erzeugnissen von Friedmans Fabrik, dem sogenannten Salzbergwerk, zu tun, auch wenn Friedman oder einer seiner direkten Untergebenen Goldklümpchen weiterreichte, die für die Dechiffrierungen und Analysen der Marine relevant waren. Um so mehr war Daniel geschmeichelt, daß Friedman sich an ihn erinnerte und ihn persönlich empfing, statt ihn einem Assistenten zu überlassen, was nähergelegen hätte. Friedman war ein Mann, dem er stets ebensoviel Ehrfurcht wie Neugier entgegenbrachte.

Daniel hatte außerdem ständig mit Meldungen der Briten aus ihren Ultra genannten, streng geheimen Dechiffrierungen der deutschen Enigma-Codes zu tun, denn die daraus gewonnenen militärischen Erkenntnisse hatten Auswirkungen auf den U-Bootkrieg und auf die Blockade der Seewege zwischen Deutschland und Japan. Nach Deutschlands Überfall auf die Sowjetunion entfielen die wesentlichen Landwege zwischen den Achsenpartnern. Waffen und andere Kriegsgüter mußten nun zu Wasser transportiert werden und waren damit amerikanischen U-Bootangriffen ausgesetzt.

Daniel arbeitete mit einem Fregattenkapitän zusammen, dem die Verbindungsarbeit auf höherer militärischer Ebene oblag, und zwei Assistenten, die alle Botengänge erledigten. Es war ein relativ ruhiges Lehnsgut innerhalb der Sektion 20-G und bot einen faszinierenden Überblick. Sobald er sich in seiner neuen Arbeit sicher fühlte, begann er, sich mehr mit Louise zu beschäftigen.

Sie hatte ihren französischen Filmregisseur nicht durch jemand anders ersetzt. Wie Daniel schien sie ihrer Familie – abgesehen von ihrer halbgaren Tochter – entfremdet und hatte sich eine Familie aus Freunden geschaffen. Davon besaß sie viele, Frauen und Männer, aber er glaubte nicht, daß welche der letzteren ihre Liebhaber waren. Oft kamen sie in Begleitung von Frauen oder Bekannten. Ihr Gesellschaftsleben kreiste immer noch um ihre New Yorker Freunde; für sie blieb Washington nur eine Zwischenstation, worin sie ihm ebenfalls ähnelte.

Obwohl Washington ihm die erste Arbeit, die sein Hirn ganz in Anspruch nahm, und eine neue Einschätzung seiner eigenen Fähigkeiten, eine neue Selbstachtung gegeben hatte, wurde es für ihn nie ganz wirklich. Seine Träume hatten China und Cambridge zum Mittelpunkt. Die Gebäude Washingtons schienen ihm kalt, öde und aus Gußformen hergestellt. Trotz des historischen Bodens kam es ihm vor, als habe Washington keine Geschichte. Es machte Geschichte, aber es schien nicht daran festzuhalten. Jemand, der sich daran erinnerte, wie ein Senator im Vorjahr gestimmt hatte, galt bereits als Historiker.

Orte interessierten auch Louise, und sie verglichen endlos ihre Eindrücke von den verschiedenen Städten, mit denen beide vertraut waren. Mitte März wurde ihm klar, daß sie ihn nicht mehr aus ihrem Leben ausschloß, sondern ihm nach und nach gestattete, mehr von ihrer Zeit zu beanspruchen. Trotzdem gelang es ihm nicht, sich durch ihre Verteidigungsanlagen aus amüsierter Distanz, Ironie und Witz einen Weg zu bahnen. Es war, als lebte man in einer Gesellschaftskomödie, dachte er, dieses Umwerben, aber wie war es Nick Charles je gelungen, Nora lange genug davon abzubringen, ihre Augenbrauen hochzuziehen und spitze Bemerkungen abzusondern, um sie ins Bett zu kriegen?

An diesem Sonntag spendierte Daniel ihr und sich ein Leihtandem zu fünfzig Cents die Stunde, und sie radelten um das Tidebecken. An den japanischen Zierkirschen rund um das Becken, die – wie Daniel wußte – nur einfach und nicht gefüllt blühten, schwollen schon die Knospen, und hier und da zeigte sich ein Spalt Rosa. Stümpfe standen, wo unmittelbar nach Pearl Harbour ein Blödmann mit einem seltsamen Sinn für Rache und einer Axt auf die Bäume losgegangen war.

Louise saß auf dem Sattel vor ihm, und ihr rotbraunes Haar flatterte aus dem blaßgoldenen Seidentuch um ihren Kopf. Der Wind wehte ihm schwach ihr würziges Parfüm zu. Wenn er sich weit genug vorbeugte, berührte manchmal eine Locke ihres Haares sein Kinn. Beim Radfahren mußte er an Sex denken; in letzter Zeit fiel ihm auf, daß fast alles diese Wirkung hatte. Wenn er sein Bett machte, mußte er an Sex denken. Beim Rasieren mußte er an Sex denken. Ebenso, wenn er sich aus- oder anzog. Blumen ähnelten Vaginas. Überall umarmten sich Paare. Es lag mehr Lust in der Luft als Smog.

Andauernd sah er knutschende Paare im Park, in Fluren, auf Türschwellen, an Bus- und Bahnhaltestellen oder einfach an einer Ecke. An manchen malvenfarbenen Abenden hatte er das Gefühl, alle anderen seien gerade im Begriff, mit jemand ins Bett zu gehen. Bald, dachte er und sah zu, wie sich die Muskeln ihrer properen Hinterbakken spannten. Louise war etwa im gleichen Alter wie seine erste Liebe in Schanghai, die Frau eines Arztes. Jetzt war er zehn Jahre älter als damals, stand jedoch unter ebensolchem sexuellem Überdruck.

Sie hielten beim Deich, wo alte Trauerweiden sich vom Frühling gelbgrün zu Boden neigten und sich im Wind vom Becken her schüttelten. Auf den nahen Golfplätzen war Betrieb, auf beiden, dem für Weiße und dem für Neger, denn sogar beim Golf herrschte in Washington Rassentrennung.

»Ich bin ein bißchen außer Puste«, sagte Louise entschuldigend. »Ich habe hier zuwenig Bewegung. Zu Hause in New York laufe ich jeden Tag meilenweit. Ich will es gar nicht, es passiert mir einfach. Hier verbringe ich meine Zeit damit, in Straßenbahnen zu stehen. Und mit sitzen, sitzen, sitzen.«

Sie saßen im Gras, das schon wuchs, auch wenn sich der Boden darunter noch kalt anfühlte, und lehnten sich an den Stamm einer mächtigen Weidengroßmutter. Wie zufällig legte er den Arm um sie. Louise sah den Kindern zu, die auf dem Deich Abschlagen spielten, war verlegen, weil ihr Atem immer noch schwer ging, sagte nichts und rückte auch nicht weg. »Wir müssen unbedingt wieder herkommen, wenn sie in voller Blüte stehen«, sagte er.

»Und die Heerscharen vermehren?«

»Ich kann dir Kirschblüten ohne Menschenmengen versprechen, wenn du dich noch ein paar Wochen geduldest.«

»Aber dann fallen schon die Blütenblätter.«

»Im East Potomac Park stehen am Weg Bäume, die gefüllt blühen – in Hellrosa und in einem tieferen, intensiveren Farbton, den ich lieber mag. Die Touristen werden wieder fort sein, bevor sie anfangen.« Er hatte ein nicht ganz reines Gewissen, Louise dieses Bukett darzureichen, denn das war eine der Freuden, die Ann an einem warmen Sonntag zu Beginn ihrer Affäre mit ihm geteilt hatte. Unter der rötlichschwarzen Politur der anmutigen Äste und dem Blütenschaum, auf den Blütenblättern, die den Boden bedeckten wie exotischer rosa Schnee, hatte sie sich bewegt wie eine Tänzerin, zart, scheu, Porzellan und Seide.

Louise schien aus festerem Stoff. Sie wußte sich vorteilhaft zu kleiden und konnte sich für ihre glanzvolleren Abende hochelegant in Nerz und Seide hüllen, aber heute ohne Make-up unter der Sonne sah sie eigentlich jünger aus, gesund, sinnlich. In letzter Zeit geschah ihm jedesmal, wenn er sie berührte, es mochte noch so flüchtig sein, daß sein Körper sich augenblicklich erhob. Er nahm oft merkwürdige Haltungen ein, um seine Erektion zu verbergen.

Er beschloß, dem Erfolg seines Armes nachzugehen und einen Kuß zu probieren, etwas, was er gelegentlich schon versucht hatte. Stets wandte sie das Gesicht ab, nahm seinen Kuß auf der Wange entgegen und entschlüpfte. Oscar mußte ein Ungeheuer an Beharrlichkeit gewesen sein. Er versuchte, sich eine Bemerkung auszudenken, die zu seinem Ziel hinführte. Ein Kompliment an ihre Schönheit? Die Worte blieben ihm im Halse stecken. Vor lauter Verzweiflung führte er die andere Hand zu ihrer Wange, so daß sie ihr Gesicht nicht abwenden konnte. Ihre Lippen waren weich und ohne Widerstand, überrascht. Er fühlte nahezu, was sie dachte. Spannungen durchzuckten die Muskeln ihres Rückens und ihrer Arme. Dann erwiderte sie seinen Kuß.

Mühsam zwang er sich, in der langsamen, bedächtigen, zentimeterweisen Art vorzugehen, die er gelernt hatte. Vielleicht spürte sie das, denn schon bald wand sie sich los. »Ich habe nicht das Temperament für öffentliche Leidenschaft.« Sie lächelte ihn an und stand auf. »Wir sollten zurückradeln.«

Während er wütend hinter ihr in die Pedale trat, hätte er nicht sagen können, ob er mehr Hoffnung oder mehr Verzweiflung empfand. In diesem Tempo konnte es Jahre dauern. Auf ihrem Sterbebett würde sie beiseite rutschen und ihn zwischen ihre Laken lassen. Er würde an übermäßigen Stauungen sterben. Sein Sperma würde überkochen und einen Schlaganfall verursachen.

Sie gaben das gemietete Fahrrad zurück und machten sich auf den Heimweg. Er hatte beabsichtigt, einen längeren Nachmittag daraus zu machen, sie dann zum Abendessen auszuführen, vielleicht so leger, wie sie war, vielleicht eleganter nach einem Kleiderwechsel. Mehrere Phantasievorstellungen hatten diese Möglichkeit umflattert. Verklemmte Reißverschlüsse. Hilf mir. Das Kleid rutschte, fiel.

Den ganzen Rückweg über plauderten sie angeregt, wie sie es immer taten. Er hatte nie Schwierigkeiten gehabt, mit ihr Gespräche zu führen, oder ihre Gespräche als eine Pflicht empfunden, als Mörtel, um den Abgrund des Schweigens zu füllen. Doch er war nervös. Im Treppenhaus erwartete er ihr übliches rasches Verschwinden in der Tür, das ihn mit der abrupten Enthauptung des gemeinsamen Tages für seine Kühnheit bestrafte.

Doch sie trat zur Seite und winkte ihn in ihre Wohnung. Sie hatte sie über die Monate hinweg mehr und mehr zu ihrer eigenen gemacht, bis sie nicht mehr der provisorischen und verwahrlosten Unterkunft glich, in der Susannah und Abra gehaust und ihre Feste gefeiert hatten. Viele Bücher hatten sich eingefunden, und Stapel von Zeitungen und Zeitschriften bedeckten den Couchtisch, den sonst nichts Schwereres als Highballs gedrückt hatten. Louise hatte die Angewohnheit, ein halbes Dutzend Bücher gleichzeitig zu lesen, sie lagen an der Stelle aufgeschlagen, an der sie ihr Interesse vorübergehend nicht mehr fesselten, und warteten darauf, daß ihre Neugier sich wiederbelebte. Romane, Lyrik, Theaterstücke, Biographien, Bücher über Politik und Wirtschaft, Wälzer über Frauenfragen, Soziologie und Geschichte lagen wartend auf jeder Lehne und jedem Beistelltischchen.

Offensichtlich mochte sie Klee und Miró. Wegen der Leichtigkeit? Wegen des Witzes? Ein paar Photographien in Lederrahmen, meistens von ihrer Tochter, aber eine vom Präsidenten an seinem Schreibtisch, umstanden von Louise, Robert Sherwood und mehreren, die Daniel nicht erkannte. Art déco-Buchstützen, silbriges Metall, wahrscheinlich Aluminium, in Gestalt startender einmotoriger Flugzeuge, die ein Podest aus gewundener Bewegung hinter sich ließen. Etwas bemaltes Bauernsteingut, das er Osteuropa zuordnen konnte, denn sein Onkel Nat hatte ähnliche Stücke.

Gewöhnlich führte sie ihn so rasch hindurch, daß ihm keine Zeit blieb, sich umzuschauen, aber nun stand sie in der Küchentür und lächelte ihm abwartend zu. »Möchtest du einen Kaffee? Oder etwas Alkoholisches?«

Vielleicht war es ihr Anschein von Unentschlossenheit. Vielleicht war es einfach, daß sie ihn hereinbat, ohne sofort Grenzen zu setzen. Vielleicht war es, daß sie ihm um vier Uhr an einem Sonntag nachmittag in ihrer Wohnung Alkohol anbot. Vielleicht war es Wunschdenken. Jedenfalls kam ihm, als er einen Bericht von Edgar Snow über China anstarrte, plötzlich die Erkenntnis, daß sie keine Frau war, die zentimeterweise nachgab.

Seit seiner Rückkehr in die Staaten hatte er sich für das Vorspiel einen Stil angewöhnt, wie er ihn bei Ann praktiziert hatte, zuerst ein Kuß, dann ein Zungenkuß, dann ein wie zufälliges Streicheln des Busens durch den Stoff und so weiter, jedes Stadium begleitet von Beteuerungen, daß eben dieses Stadium das Ziel der Wünsche sei. Nun, als er das Buch hinlegte und zu ihr ging, schwante ihm, daß Louise vielleicht ganz anders war.

Und wirklich wartete sie in der Tür, eine Hand auf dem Rahmen, bis er an sie herangetreten war und den Kopf beugte, um sie wieder zu küssen. Da ließ sie den Türsturz los und wich diesmal nicht zurück, sondern glitt in seine Arme und küßte ihn stürmisch zurück.

Sie standen im Türrahmen und küßten sich, bis er sich nicht mehr zu lassen wußte und versuchte, sie auf den Armen zu tragen. »Lieber Daniel«, sagte sie, und ihre Stimme war ganz belegt vor lautlosem Lachen, »ich bin kräftiger, als du denkst, und kann sehr gut alleine gehen. Komm.« Sie nahm seine Hand und führte ihn in ihr Schlafzimmer.

Als er hastig aus seinen Sachen schlüpfte, während sie die ihren weitaus gemächlicher ablegte, kamen ihm Zweifel, ob das für sie nicht schon beschlossene Sache gewesen war, lange bevor sie sich im Park von ihm küssen ließ, oder ob sie es erst unter der mächtigen alten Weide entschieden hatte. Seitdem jedenfalls war sie mit ihm eines Sinnes gewesen.

Ihr Körper hatte nicht die Festigkeit oder die Porzellanzartheit von Anns Körper. Ihre Brüste waren weich und füllig, keine spitzen Knospen; sie hatte ein Kind geboren, und auch ihr Bauch war füllig. Aber sie strahlte das Gefühl aus, sich in ihrem Körper wohlzufühlen, und für den seinen war das ein gewaltiges Aphrodisiakum. Sie war aktiv, leidenschaftlich, leicht zu erregen und deutlich in ihren Forderungen. Als er in sie eindrang, schloß sich ihre Vagina fest und sanft um ihn wie ihre Hand, sensibel, voll kleiner bewußter Muskelreaktionen. Prostituierte in China hatten ihre Muskeln so benutzt, jedoch keine Frau, mit der er seitdem zusammengewesen war. Er konnte sich nicht beherrschen und kam zu früh.

Es war ihm schrecklich peinlich. Er wollte ihr so gern eine Befriedigung verschaffen, die den französischen Filmregisseur und den geradezu mythologisch ausgestatteten Oscar aus ihrem Sinn tilgte. »Macht nichts«, sagte sie und koste seine Wange. »Wenn du die Hand nimmst, komme ich auch.«

Als das passiert war, sagte er: »Wir können es noch mal machen, wenn du willst.«

Sie lachte leise, mehr vor Lust als vor Belustigung, und nahm seinen wiedererstandenen Penis in ihre festen warmen Hände. »Scheint so. Warum nicht?«

Jeff 7

Wenn der Postbote mittags zweimal vorbeikommt

»*Ma mère a un gros rhume. Ma mère a un gros rhume*«, tat der BBC kund. Es war halb zehn, und immer noch wurden weitere private Mitteilungen gesendet. Jede Wochen schienen sie zahlreicher zu werden, ein Zeichen dafür, daß die Résistance sich überall in Frankreich stärker regte, nicht nur in seinem Sektor. Trotzdem ödete es Jeff an, sich Minute um Minute diesen Schwachsinn anzuhören – meine Mutter hat eine schwere Erkältung. Meine Tante hat eine fette Gans. Die Entenmuscheln werden blau. Weihnachten kommt früh, Weihnachten kommt früh.

Jacqueline saß auf einem lederbezogenen Autositz, den M. Faurier aus einer verunglückten Nobelkarosse geborgen und neben dem Kassenpult in seiner Werkstatt aufgestellt hatte. Sie flickte ihren Mantel. Die Luft in der Werkstatt war stickig von Levs Qualm, von den Zigaretten, die er sich auf dem schwarzen Markt beschaffte, aber noch mehr von den übriggebliebenen Gefühlen der vorangegangenen Stunden. Lev war übelster Laune – schließlich hatte er Gilles viel länger gekannt, als Jeff ihn gekannt hatte. Levs Wange hatte zu bluten aufgehört, tat aber bestimmt noch weh. Jeff war auch ziemlich mitgenommen. Er hatte nur fünf private Minuten mit Jacqueline einrichten können und vermochte ihrem Gesicht nichts abzulesen, da sie völlig davon in Anspruch genommen schien, den zerschlissenen, aber unersetzlichen Mantel auszubessern. Auf das Ritual, den Privatmitteilungen im BBC zu lauschen, hätte er durchaus verzichten können.

Dann merkte Jeff auf. Der BBC sprach ihn an. »*Le facteur passera à midi, deux fois. Le facteur passera à midi, deux fois.*« Der Postbote wird mittags vorbeikommen, zweimal.

Er sprang auf. »Das Zeug kommt!« rief er Lev zu.

»Das sagst du seit Monaten«, erwiderte Lev gähnend.

»Ich habe nur gesagt, daß ich drum gebeten habe, es angefordert habe. Das jetzt ist eine offizielle Mitteilung. Sie schicken beim nächsten Vollmond zwei Flugzeuge herüber. Also Dienstag. Bei günstigem Wetter. Gleiche Stelle wie letztes Mal.«

»Der letzte Abwurf warst du. Seitdem haben wir von ihnen keinen Sou bekommen, nicht eine Kugel, nicht einen Knallfrosch.« Lev tigerte umher, die Hände hinter dem Rücken verknotet.

»Es hört sich an, als wollten sie die verlorene Zeit wiedergutmachen. Zwei Flugzeugladungen müßten uns beträchtliche Feuerkraft geben.«

»Es sei denn, sie werfen bloß weitere Klugscheißer ab«, knurrte Lev. Er war nicht mehr so freundlich, seit Jacqueline Jeffs Geliebte geworden war. Alle mißbilligten das zumindest ein wenig, aber am meisten brachte sie auf, daß bis jetzt keine Waffen gekommen waren, kein Sprengstoff. Er hatte Raymond Nachricht um Nachricht funken und um Waffen bitten und betteln lassen, doch bis jetzt – nichts.

Daniela kam mit einem Arm voll Zeitungen herein. »*Quand Même* erscheint wieder«, jubelte sie. »Eine dicke neue Ausgabe. Ich meine, für eine Untergrundzeitung ... Lev!« Ihre Stimme hallte. »Was ist passiert?« Sie ließ die Bündel fallen und stürzte vor.

Seine Hand schnellte zu seinem Gesicht hoch, als erschreckte er. »Das? Wir haben es diesem Doppelagenten Gilles besorgt. Wir wissen, daß er Larousse für die SS bespitzelt hat. Er ist hin- und hergerannt, hin und her zwischen den Eisenbahnern und der Gestapo, er hat beide Seiten gegeneinander ausgespielt und uns verkauft, um sich lieb Kind zu machen.«

Daniela berührte Levs aufgeschlitzte Wange mit den Fingerspitzen, dann lief sie zu ihrer Tasche nach Verbandszeug. »Aber wie konntest du sicher sein? Gerechtigkeit läßt sich nicht austeilen wie Wasser, wo du nur den Hahn aufzudrehen brauchst.«

Jeff mischte sich ein. »Als er merkte, daß wir gekommen waren, um ihn zu erschießen, hat er gestanden. Er hat gesagt, er könnte uns Informationen beschaffen. Er hat versucht, mit uns zu handeln.«

Lev spuckte aus, dann rieb er den Fleck auf dem Boden mit seinem *sabot* weg. »Das Herz eines Wurms.«

»Selbst, als er im Sterben lag«, – er wandte sich an Jacqueline, die den Draht um die Bündel der jüdischen Untergrundzeitung aufband – »versuchte er noch zu handeln. Er dachte immer noch, wenn er nur genug bot, brauchte er nicht zu sterben, auch, als schon das Blut aus ihm heraussprudelte.«

Lev holte eine Flasche Marc aus dem Schrank und schenkte für jeden etwas in Tassen, auch für Daniela, die nie etwas Stärkeres als Wein trank. »Wenn er nicht so von Gier getrieben gewesen wäre und nicht die Bauern denunziert hätte, die den deutschen Jungen versteckt hatten, wären wir nicht auf ihn gekommen. Aber er war mit uns hingefahren, und kaum jemand sonst wußte von ihnen.« Die Schnittwunde auf seiner Wange, wo Gilles ihn mit dem Messer verletzt hatte, war bläulich angelaufen, sah aber schlimmer aus, als sie war, blutunterlaufen, aber nicht tief.

Jeff hatte Gilles dann entwaffnet, wie er es gelernt hatte, und spürte einen Ruck der Überraschung, als das Messer prompt aus Gilles gebrochener Hand fiel und zitternd in der Fußbodendiele stecken blieb. Es hatte funktioniert. Hatte er nie ernsthaft an die Methoden geglaubt, die man ihm in Washington beigebracht hatte und dann wieder in Kent und Sussex? Hatte er immer den Verdacht gehabt, das sei alles nur ein Spiel? Doch, er empfand vor allem Verblüffung, als er Gilles erst entwaffnete und dann niederschlug, mit drei präzisen Hieben von Hand und Fuß.

Jeff sah wieder die beiden Jungen, Theo, der wie eine Ziege im Dunkeln hüpfte, Alain, der sich über das Feuerwerk der Explosion freute. Tot? In einem Lager?

»Ich will das Gift nicht.« Daniela winkte ab. »Nur die *gojim* trinken das. Du wirst dir Magengeschwüre holen.«

»Trink es.« Lev schob die alte blaue Tasse über den Tisch zurück. »Hör auf mich und trink es.«

»Wieso? Was ist los?« Sie reinigte sorgfältig die Wunde in seiner Wange.

»Trink es, und ich sage es dir.«

Daniela schaute ihn fragend an und trank den Schnaps wie Medizin, mit verzogenem Gesicht. »So, und jetzt rede. Was ist los?«

»Noch einen.« Lev goß ein.

»Lev, hör auf. Sag's mir. Wer ist deportiert worden? Wer ist tot? Ich sehe dich, ich sehe meine Jacqueline. Wer fehlt?«

»Dein Bruder war ein tapferer Mann«, sagte Lev. »Wir haben heute davon erfahren.«

»Das war Danielas Bruder?« Niemand hatte sich die Mühe gemacht, Jeff das zu sagen; er kam sich vor wie ein Außenstehender.

»Nathan war auf dem Dach eines Hauses in Neuilly. Als unten eine deutsche Patrouille vorbeikam, warf er zwei Handgranaten und erwischte die Offiziere. Die Deutschen haben das Dach umstellt, und ihm ging die Munition aus. Er hatte nur noch eine Handgranate. Er hat sich selbst in die Luft gesprengt.«

Sicher, damit er unter der Folter nicht reden konnte; aus dem gleichen Grund hatte OSS Jeff eine Zyankalikapsel in einer falschen Plombe gegeben. Jeff hatte dem Kurierbericht nicht richtig zugehört. Er war in Gedanken schon ganz bei der bevorstehenden Konfrontation gewesen und bei seinem eigenen Wunsch, Gilles für unschuldig zu halten, trotz der schweren Indizienbeweise gegen ihn. Er fand Gilles sanfter, freundlicher als Lev, und er war ihm lieber gewesen. Er wollte nicht den Gilles, wie er ihn kannte, für den Gilles aufgeben, der Menschen an die Deutschen verriet, um seine eigene Haut zu retten, um seine Familie zu schützen und für ihr leibliches Wohl zu sorgen. Lev machte am meisten zu schaffen, daß ein Jude andere Juden denunzierte, daß ein Widerstandskämpfer andere Widerstandskämpfer ans Messer lieferte; für Jeff war am schlimmsten, wie sehr er Gilles gemocht hatte. Er wollte sich nicht als schlechter Menschenkenner erweisen. Deshalb hatte er kaum mit einem halben Ohr zugehört, als die Meldegängerin Lev berichtete.

Daniela saß kerzengerade auf dem Autositz neben Jacqueline, die den Arm um sie gelegt hatte. Die blaue Tasse lag zerbrochen zu ihren Füßen. Der scharfe Geruch von verschüttetem Alkohol schnitt in Benzin- und Ölausdünstungen. Daniela starrte ins Leere. Sie saß schweigend und reglos. Schließlich führte Jacqueline sie ins obere Stockwerk.

Lev hockte sich mit finsterer Miene auf das Rollpult. »Er war zwanzig. Was ist das für eine beschissene Welt, in der ein Junge von zwanzig vor eine solche Wahl gestellt wird und sterben muß, auf einem Dach in Stücke zerrissen? Der sollte seine Ausbildung im Kopf haben und sein Mädel.«

»Aber es sind immer die jungen Männer, die im Krieg das Töten besorgen.«

»Ich habe nichts gegen das Töten, wenn ich es besorge. Es ist einfach. Man muß nur vergessen, daß sie auch Menschen sind.«

»So einfach wie alles andere«, sagte Jeff. »Beim ersten Mal ist es schwer und beim nächsten Mal weniger schwer.« Er dachte nicht daran, zuzugeben, daß er noch nie jemand getötet hatte. Lev hatte Gilles aus kürzester Entfernung erschossen.

»Du warst schnell«, sagte Lev widerwillig und stand auf. Er kam und hieb Jeff auf die Schulter. »Du hast meine Haut gerettet – oder wenigstens meine Schönheit, nu? Vielleicht hat es meinen Stolz verletzt, daß ich ihm direkt ins Messer gelaufen bin, aber Stolz heilt schneller als Fleisch. Wenn ich kurz angebunden war, tut es mir leid. Ich wollte es ihr nicht sagen.«

»Lev, ich muß dich gleich wieder auf die Palme bringen. Du fühlst dich zu Daniela hingezogen, sie fühlt sich von dir angezogen. Was hält dich zurück?«

»Ich bin ein verheirateter Mann, Vendôme. Daniela ist verlobt. Da geht nichts.«

»Woher wißt ihr, daß die, auf die ihr wartet, noch am Leben sind oder euch noch wollen? Es sind Jahre vergangen.«

»Wenn Vera – das ist meine Frau – überleben kann, kann ich warten«, sagte Lev leise mit einer Würde, die Jeff Respekt abnötigte.

»Schon morgen können wir alle ebenso gräßlich sterben wie Danielas Bruder. Dann war es schade drum.«

»Hör zu, *copain*. Ich bin ich, bis ich sterbe, dann bin ich nur noch ein Fleck an der Wand. Aber bis dahin bin ich Herr über mein Verhalten. Manchmal verhalte ich mich gut, und manchmal schaffe ich es nicht, aber immer bin ich es, und ich gebe mir Mühe.« Von oben kam ein Geräusch, ein scharfer Schrei und etwas, das fiel. Lev griff nach der

Flasche und goß ihre blauen Tassen voll, genau genommen waren sie preußisch-blau. »*L'chaim.*«

Jeff erhob seine Tasse, und sie stießen mit verschränkten Ellbogen an.

»Einmal wird das zu Ende gehen«, sagte Lev. »Wir werden die Ziegelsteine unseres Lebens aufklauben und zusammenfügen müssen, so gut es geht.«

»Ich habe dich nur als Untergrundkämpfer kennengelernt. Ich kann mir dein Leben davor gar nicht vorstellen.«

»Ich bin Maurer. Ich baue. Jetzt reiße ich nur ab ... Meine Frau ist Ärztin. Manchmal denke ich, selbst diese Arschlöcher werden nicht so dumm sein, eine Ärztin umzubringen. Das ist so die Art kleine Lüge, die ich gern von Tag zu Tag glaube. Du verstehst?«

»Ich versuch's.«

Ein dünner, schauriger Schrei drang durch die Decke, anhaltend, durchdringend wie ein Geigenton. Beide Männer schauten hoch. Lev goß noch Schnaps ein.

»Du kannst mich nicht beschützen. Es ist unsinnig, daß du es versuchst. Ich war schon lange dabei, bevor ich dir begegnet bin.« Sie legte den Handrücken an sein Gesicht, eine Geste der Zärtlichkeit und zugleich des Vorwurfs.

»Es ist viel unsinniger, daß du das Risiko als Kurier eingehst. Die Miliz und die Gestapo haben deinen Steckbrief. Jeder kann Kurier sein, Rotkatze. Man braucht kein besonderes Können für Botengänge.«

»Du irrst dich.« Sie ließ sich von ihm auf den Schoß ziehen. »Man braucht geschulte Wachsamkeit. Die habe ich. Man braucht Vorsicht, wenn Vorsicht nötig ist, Kühnheit, wenn Kühnheit nötig ist, und das Gespür zur richtigen Einschätzung von Situationen.« Sie näherte ihr Gesicht dem seinen und schaute ihm in die Augen. »Warum kann ich nicht durch deine Augen in dein Gehirn sehen?«

»Du würdest es vor Angst um dich schwitzen sehen.« Oft dachte er, daß Jacqueline bessere Nerven hatte als er. Meistens handelte er, indem er sich nicht erlaubte, die Folgen zu bedenken, die Gefahren. Sie blieb sich all dessen bewußt und war letztendlich tapferer. Doch er wußte, daß ihr solch ein Vergleich nie in den Sinn kommen würde. Sie empfand sich nicht als tapfer, sondern lebte von geliehener Zeit, Zeit, die sie gestohlen hatte, Zeit, die sie weiterhin stahl, Tag für Tag.

Ihr Haar hatte die Färbung ausgewachsen, war immer noch heller an den Spitzen, besaß aber wieder seine metallischen Töne und sein schimmerndes Farbenspiel, als es durch seine Finger glitt. Eine Ader pochte an ihrer Kehle. Er dachte an Libellen, an Kolibris für das Farbenspiel, für ihre Schnelligkeit, ihr Schweben, ihr Zustoßen, ihr Ungestüm. Lilie, so nannte er sie, für ihre Haut, wie die rosagelblichen Trompetenlilien mit dem betäubenden Duft im Garten seiner Mutter. Sie nahm seine Kosenamen unsentimental, uneitel hin. Sie schien kaum vorgefaßte Meinungen über die Liebe zu haben. Ihre Liebe war kühl, kristallin, ließ ihren Verstand klar. Sie sah ihn kritisch. Sie legte an ihn fast die gleichen Maßstäbe an wie an sich selbst.

Sie war nicht zu ihm gekommen, sie hatte ihn ihrer Familie hinzugefügt, der fernen Schwester, der Mutter, sogar dem Vater, dem sie nie ganz verziehen hatte, Daniela, ihrer Adoptivschwester. Im Bett war sie überraschend direkt, ungeschamig. Sie genoß ihre Lust, sie genoß es, mit ihm zu schlafen. Wenn er zu schnell kam, schrie sie ihn an, als hätte er ihr einen Teller auf den Fuß fallen lassen. Wenn er sich mit Lev betrunken hatte und keine Erektion zustande brachte, schalt sie ihn aus wie für jede andere kleine Verfehlung. Sie schien die Sexualität nicht vom Rest ihres Lebens zu trennen, und sie schien auch nicht das Gefühl zu haben, ihn irgend besonders behandeln zu müssen. Er hätte gerne Zach gefragt, ob die Liebe mit Jungen so war, denn bisher war noch keine der Frauen, mit denen er zusammen gewesen war, so direkt in ihren Forderungen und so bar aller Schliche in ihrem Verhalten. Manchmal vermißte er es, verhätschelt zu werden, umplant, umgarnt zu werden, aber das steigerte nur sein Verlangen nach ihr. Zwanghaft malte er sie, die veränderlich war wie ein Kornfeld.

»Du bist keine Frau«, sagte er zu ihr, als sie Seite an Seite nackt unter dem Federbett in seinem Zimmer lagen. »Du bist eine vernunftbegabte Katze. Du hast menschlichen Verstand, aber keine menschliche Seele.«

»Ist das ein Kompliment oder eine Beleidigung?«

»Nur eine Feststellung.«

»*Tais-toi*«, sagte sie sanft, legte ihm die Hand auf den Mund und bestieg ihn. Er mochte das. So konnte er seine Erektion besser im Zaum halten und sehen, wie ihre Brüste hüpften, wenn sie sich aufrecht hielt, oder spüren, wie sie an seine Brust schlugen, wenn sie sich herunterbeugte. Er mochte den Luxus, sie die meiste Arbeit tun zu lassen.

Manchmal hatte er das Gefühl, sie erkundete mehr ihre Sexualität, als daß sie sich ihm hingab; manchmal fühlte er sich sogar benutzt. Aber er spürte auch ihre Liebe, leidenschaftlich, bedingungslos, treu. Sie machte ihn nie eifersüchtig; sie schaute nie mit sexuellem Interesse auf andere Männer. Sie flirtete nie, sondern schien überzeugt, daß er für sie das Geschlechtsleben verkörperte. Sie studierte seinen Körper bis in die kleinsten Einzelheiten. Sie streichelte seine Armbeugen, bis er sie zu wichtigen erogenen Zonen erklärte. Sie entdeckte ungeahnt empfindsame Stellen zwischen seinem Poloch und seinen Hoden und auf dem Innenrist seiner Füße und zwischen dem großen und dem zweiten Zeh.

Sie hamsterte Lebensmittel für ihn, sie bekochte ihn und flickte seine Sachen und stopfte seine Socken. Diese weiblichen Dinge tat sie mit einer Hingabe und einem Eifer, der ihm das Gefühl des Geliebtseins gab. Doch sie tat das gleiche für Daniela. Wenn irgend möglich, dann hatten Daniela und sie sich noch enger zusammengeschlossen. Daniela nahm ihn ohne Begeisterung hin, aber auch ohne Groll. Jacqueline teilte ihren Körper mit ihm und Teile ihrer Gedankenwelt, die ihm verschlossen blieben, mit Daniela, so zum Beispiel ihre problembeladene Beziehung zum jüdischen Glauben. Sie führte mit Daniela lange verwickelte Gespräche darüber, wie ihre Religion aufgeschlossener für Frauen gemacht werden konnte. Sie war ein so vernunftbestimmtes Geschöpf, daß sie ihm typisch französisch vorkam, ein weiblicher Voltaire, und doch trug sie ihren Glauben mit sich herum wie ein zahmes Stachelschwein, dachte er, streichelte die Stacheln und redete heftig darauf ein. Das blieb ihm ein unauflösbares Paradoxon.

Sie sah seine Kunst als eitel Selbstbefriedigung, und doch war sie eine gute Kritikerin. Sie schaute auf seine Skizzen und zeigte sofort auf eine mißlungene Linie oder auf etwas Überflüssiges oder Unwesentliches. Wenn er sie verlor, dann nicht an einen anderen Mann, denn sie schenkte ihnen als Sexualwesen keinerlei Aufmerksamkeit. Aber er konnte sie verlieren, wenn er Mist baute; er konnte sie an die Gestapo verlieren. Jedesmal, wenn sie sich ohne ihn auf eine gefährliche Mission begab, litt er unter quälenden Bildern ihres blutenden, zerrissenen, aufgespießten Körpers. Er konnte nicht schlucken. Sein Magen ballte sich zu einer eisernen Faust. Nur ihre sichere Rückkehr befreite ihn. Vor den anderen gelang ihm, nur normal besorgt zu erscheinen, aber er wußte, daß er verrückt war, solange sie fort war, und daß jede Entscheidung, die er dann traf, der Überprüfung bedurfte, sobald bei ihrer Rückkehr wieder Entspannung und Vernunft herrschten.

Der Abwurf kam am Dienstag, unweit einer Schloßruine. Es war Kriegsgerät, die kleinen Fallschirme öffneten sich, und Kisten und Kästen schwebten im Licht des Vollmondes herab, allerdings meilenweit verstreut. Der Pilot der Führungsmaschine war nervös gewesen und hatte mit dem Abwurf begonnen, bevor er sich über ihrem Dreieck aus Feuern befand, und so waren sie die ganze Nacht auf den Beinen, um noch die letzte Kiste zu bergen. In der nahegelegenen Kleinstadt Vabre, einer Textilstadt mit einer Fischzucht, öffneten sie die Müllhalde, die ein wenig in der eisigen Nachtluft dampfte, um einiges von der Munition und dem Sprengstoff im Abfall zu verstecken.

»Wir werden diese Abwurfstelle nicht wieder benutzen können«, sagte Lev. »Wir haben den Schnee im Umkreis von drei Quadratkilometern aufgewühlt. Die *boches* können gar nicht umhin, das zu sehen. Sie werden merken, daß wir einen Abwurf hatten. Sie werden Haus um Haus nach unseren Waffen absuchen. Dein Funker Raymond sollte sich morgen lieber weiter hinauf in die Berge verziehen.«

Jacqueline meldete sich freiwillig, nach nur zwei Stunden Schlaf wieder aufzustehen und in das kleine Dorf ungefähr zehn Kilometer außerhalb von Vabre aufzubrechen, wo er bei einer Witwe wohnte. Sie wollte ihn warnen und ihm gleichzeitig die letzten Berichte für London aushändigen, die Eisenbahnberichte, Berichte über die Truppenbewegungen, über Vorposten und verlagerte Wachposten in den Pyrenäen. OSS benutzte diese Route häufig für Agenten und für Geld- und Informationslieferungen.

Jeff behauptete, auch unbedingt mit Raymond sprechen zu müssen, um die Koordinaten einer neuen Abwurfstelle für die nächste Sendung durchzugeben. Sein größtes Bedürfnis war, ein Auge auf Jacqueline zu haben, aber er war auch der Meinung, Raymond fühlte sich in letzter Zeit ein bißchen zu sicher und hatte die Zügel schleifen lassen. Manchmal wurden ihre Leute oben in den Bergen unvorsichtig, da sie nicht jeden Tag die Deutschen oder die Vichy-Kollaborateure sahen und von der Landbevölkerung eine Unterstützung erhielten, die sie über die Gefahren ihrer Situation hinwegtäuschte. Er hatte einen Schreck bekommen, als er erfuhr, daß Raymond immer noch da saß, wo er schon die Woche zuvor gewesen war, im Haus einer jungen Witwe, die als erstklassige Köchin galt und noch aus einem Strohhut ein köstliches Ragout bereitete. Es war Zeit, Raymond ein wenig Feuer unter dem Hintern zu machen.

Die Luft war scharf wie Flint gegen ihre Gesichter, als sie im blaßblauen Morgenlicht durch die Schlucht der Agout radelten, wo sich die Straße zwischen grauen und roten Felsen hindurchschlängelte, der Schnee in Sonnentupfen golden lag und in den Schatten kobaltblau. Seine Nebenhöhlen schmerzten. Sein Fußgelenk tat in der Kälte weh. Er träumte vom Frühling, mit ihr auf einem Hang zu liegen, der nach Heidekraut und Ginster duftete. Sie bogen in eine schmalere Straße.

Sie radelten steil bergan neben einem Fluß, der unter seinem Eis klapperte, jeder Pedaltritt eine Qual, da stieg Jacqueline plötzlich ab und gab ihm ein Handzeichen, auch anzuhalten und von der Straße herunterzukommen. Sie ließen ihre Fahrräder im Gebüsch versteckt zurück und kletterten auf einen Felsen über dem Fluß. Eiszapfen hingen an den Vorsprüngen. Seine Füße und Hände verloren immer wieder den Halt. Vor ihm wand sie sich hoch, kroch auf den Gipfel, lag auf dem Bauch im Schnee und beobachtete das Dorf direkt unter ihnen.

»Was ist los?« flüsterte er.

»Ich weiß nicht ... Horch.«

Er horchte. »Ich höre nichts.« Das Dorf sah friedlich aus. Die überlappenden Dachschiefer in dem Bergdorf erinnerten an Fischschuppen. Hier hängten sie Schiefer an die Seitenwände, dünne Platten. Die Wirkung war nicht hübsch, sondern finster, wie Dachpappe. Die Dörfer in diesen Bergen waren klein, öde, arm. Immer gab es viele Schafe und ein paar Kühe. Die Kirchen waren klein und geduckt. Etwas an den grauen Felsen, den Schafen, den vielen Steinblöcken, den schnellen gesprenkelten Flüssen weckte den Maler in ihm. Sein Argenteuil, sein Mont-St-Victoire, sein Heiliger Berg war diese Landschaft.

»Stimmt. Es bellt nur ein Hund, und der heult, wie vorhin schon. Keine weiteren Hunde. Bist du je in die Nähe eines Dorfes gekommen, und die Hunde haben nicht gebellt? Und keine Kinder. Etwas stimmt nicht.« Sie runzelte die Stirn und schüttelte den Kopf. Dann kroch sie zu den Fahrrädern zurück. »Wir können nicht hinein.«

»Jacqueline, ich muß diese Informationen nach London durchgeben.«

»Etwas stimmt da nicht«, sagte sie. »Wir müssen zurück.«

Sie blieb starrköpfig. Das Dorf wirkte auf ihn ganz normal. Er stand vor der Wahl, allein zu gehen, aber ohne das, wofür er gekommen war, denn sie radelte Hals über Kopf nach Vabre zurück, mitsamt dem Nachrichtenbündel. Er fühlte sich unerträglich bevormundet und fuhr ihr nach, er fühlte die Kälte, seine Übermüdung, die völlige Sinnlosigkeit, morgens um sechs nach zwei Stunden Schlaf aufgestanden zu sein, zwei Stunden lang in die Pedale getreten zu haben und jetzt mit eben dem Informationspaket, das sie hinaufgetragen hatten, zurückzukehren. »Langsamer!« brüllte er ihr hinterher. »Mein Fuß bringt mich um. Du bist ein dickköpfiges, rechthaberisches kleines Miststück!«

Erst, als sie im Begriff waren, nach Toulouse zurückzukehren, hörten sie, daß das Dorf von der SS besetzt worden war. Raymond war gefangengenommen worden, die Witwe war in ihrem eigenen Hof erschossen und ihr Leichnam auf dem Marktplatz zur Schau gestellt worden. Zwanzig Dorfbewohner waren als Geiseln genommen und dann mit Maschinengewehren niedergemäht worden, als Vergeltungsmaßnahme für die Résistanceaktivitäten, die das aufgefundene Funkgerät enthüllte. Hätten sie den Marktplatz betreten, sie hätten die Leichen gesehen, aber dann hätten sie schon in der Falle gesessen. Die Hunde waren auch erschossen worden, bis auf den Spaniel der Witwe. Ein Deutscher mochte Spaniels und hatte ihn gerettet.

Jacqueline nahm ihre Vorahnung als selbstverständlich hin, wie auch Daniela und Lev. »Sie kann die *boches* riechen«, sagte Lev.

»Gott gibt mir wenigstens das«, sagte Jacqueline. »Es ist nicht das, worum ich bitten würde, aber es ist nützlich. Man muß klar bleiben, das ist alles.«

War es Schach, was sie mit den Deutschen spielten, und wenn ja, verloren denn die Deutschen und die Vichy-Kollaborateure nie Figuren? Doch, sie hatten Gilles verloren. Auf der Straße in Paris hatten sie den Hauptmann und seinen Adjutanten verloren, die Danielas Bruder getötet hatte, bevor er sich selbst in die Luft jagte. Und der Krieg. Den verloren sie. Er konnte die Invasion schon kommen riechen, während der Untergrund den Alliierten genaue und ausführliche Informationen über alle deutschen Verteidigungsstellungen durchgab, über die Bewaffnung, über ihre Pläne. Sie kam bestimmt, und zwar bald, dachte er. Wenn der Frühling kam, konnten die Armeen nicht mehr lange auf sich warten lassen.

Ich gehöre hierher, dachte er, zu diesen Menschen. Es ist richtig. Ich habe noch nie irgendwohin gehört, aber hier gehöre ich her. Das ist meine Landschaft, mein Licht, meine Frau. Hier will ich Wurzeln schlagen und gedeihen, wie eine der mächtigen Buchen. Er hatte sich den hiesigen Dialekt angewöhnt, denn er mochte sich nicht mehr anhören wie ein Pariser. Es hatte in Toulouse immer Maler gegeben, aber keine Landschaftsmaler. Corot hatte kurz hier in der Gegend gemalt. Die Berge waren in jeder Richtung anders: die Pyrenäen mächtige scharfe Gipfel, langgestreckte, von Gletschern begrenzte Täler, steilwändig und mit üppiger Vegetation auf den unteren Hängen. Die Häuser dort waren höher gebaut, mit stark geneigten Dächern. Die Berge von Lacaune waren niedrig und offen, strauchbewachsenes Schafland mit nackt zutage tretenden Felsnasen, verlassenen Steinhütten und Bauernhäusern, kleinen Dörfern, die in den Fels wuchsen. Montagne Noire war von dichten prächtigen Wäldern bestanden, Hemlocktannen und Buchen. Er merkte, daß er ständig darüber nachdachte, welches Stück Land er nach dem Krieg kaufen würde. Außerhalb von Albi stand ein Landgasthaus, über das er endlos mit Jacqueline redete. Sie würde sich um die Küche kümmern und er um das Hotel. Dann mußte sie lachen und wies darauf hin, daß sie von Speisen nichts verstand außer sie zu essen, was sie gerne bei jeder Gelegenheit tun wollte.

»Wir werden uns über die Touristen und die Fremden beklagen«, sagte er. »Wir werden von den Schwierigkeiten reden, in diesen Zeiten gutes Personal zu bekommen, und über dessen kleine Diebereien schimpfen.«

Auf all ihren Meldegängen und Eskapaden und nächtlichen Ausflügen zur Sabotage an Eisenbahnen, einem Munitionsdepot an der Garonne, den Funkverbindungen der SS, trug er sein Landgasthaus mit sich herum, das manchmal in Albi stand, manchmal bei Salvetat, richtete es ein, plante Menüs, finanzierte und bilanzierte seinen Traum. Sie arbeiteten oft zusammen, denn Jacqueline konnte von allen in der Gruppe am besten mit Sprengstoff umgehen. Bei Ausflügen aufs Land hatte er das Gefühl, heimlich nach Grundbesitz Ausschau zu halten, für nach dem Krieg. Er würde nie in sein altes Leben zurückkehren, in die Staaten, ins Versagen. Hier würde er blühen und gedeihen. Und malen. Dies war jungfräuliche Landschaft. Anders als in Taos, wo jeder Fels, den er ins Auge faßte, schon in zehn verschiedenen Stilen gemalt worden war, wer hatte je eine Staffelei auf die Felshänge der Berge von Lacaune getragen? Wessen Augen hatten die langen Flanken dieser Berge gestreichelt? Wer hatte die wilden Tulpen eingefangen? Wer hatte die von Flechten graugrünen Felsen in den Stromschnellen festgehalten? Diese Erde, dieser Himmel, sie schrien zu ihm. Sie gehörten ihm.

Naomi 7

Der Riß in den Dingen

Im Laufschritt hetzten sie durch den kalten schwarzen Morgen, ihre leeren Konservendosen klapperten dort, wo einmal ihre Taillen gewesen waren. Die Wachen standen ringsum und prügelten mit ihren Gewehren auf sie ein. Stürzte eine Frau hin, war es das Ende. Maman und sie ließen einander nicht fallen.

Dann betraten sie das Getöse des ausgehöhlten Berges, wo sie eine Fabrik erbauten und wo es durch die Maschinen wenigstens wärmer war. Unaufhörlicher Hunger, ein Heulen aus dem Innern des hungernden Körpers, der langsam starb, der sich langsam selbst auffraß, eine Empörung des Körpers über die Vergewaltigung, zwölf Stunden jeden Tag schuften zu müssen, mit Gestein beladene Loren zu ziehen, angeschirrt wie Pferde, und nichts zu bekommen als schimmeliges Sägemehlbrot und Wassersuppe aus Rüben oder Kohl.

Liebe hielt Rivka aufrecht, Liebe zu Maman wie eine glühende Kohle in ihr, Maman, die die einzige Wärme war, das einzig Gute, die einzige Milde und Kraft in dem Universum aus beißendem Eisregen. Da sie zu zweit waren, konnte die eine immer auf die wenigen Habseligkeiten der anderen aufpassen, die Büchse, in die ihnen die Wassersuppe gelöffelt wurde, das Stück Schnur, die Fußlappen, die Holzpantinen, die unersetzlich waren; wurde eines dieser Dinge gestohlen, konnte das den Tod bedeuten. Wenn sie also unter eine richtige Dusche gehen mußten oder entlaust wurden, wenn sie sich für eine Selektion ausziehen mußten, dann hielt die andere die Sachen fest und wartete.

Manchmal bestand Maman darauf, ihr tägliches Stück Brot zu brechen und die Hälfte Rivka zu geben, denn sie sagte, Rivka brauchte mehr, weil sie noch wuchs, obwohl sie es nicht tat, es nicht konnte. Ihre Knochen schmerzten. Ihre Regel hatte nie eingesetzt; ihre Brüste hatten sich nie gebildet. Sie erblickte ein hochgeschossenes, zum Skelett abgemagertes Kind, das seine Mutter überragte, wenn sie sich in stehendem Wasser oder in Metall in der Fabrik gespiegelt sah. Ihr Haar war so kurzgeschoren, daß ihr Schädel grau durchschien. Ihre Arme und Beine waren von eiternden Wunden zerfressen.

Beim Appell im Winter, wenn sie im Dunkeln in der Luft standen, die Eis in ihren Lungen war und sogar den Schmerz aus ihren Händen und Füßen und Gesichtern fortbetäubte, fielen jeden Tag Frauen um. Manchmal starben sie auf der Stelle. Wenn nicht, so wurden sie fortgeschafft, um getötet zu werden. Fall nie um. Bleib stehen, bleib in Bewegung, und bleib dicht bei Maman.

Wenn ein Gefangener Maman bedrohte, fletschte Rivka die Zähne wie eine Ratte und schlug nach ihm. Wenn einer der Wachen oder der Kapos Maman prügelte oder zu Boden schlug, mußte sie natürlich dabeistehen und den Blick gesenkt halten. Aber sie ließ niemand anders Maman berühren. Sonntags und nach dem Appellstehen am Abend sang Maman ihr manchmal jiddische Lieder, »Schlof, majn jiddele, schlof«, *wenn sie sich gegenseitig die Läuse absammelten, die Läuse, die ihnen Geschwüre verursachten und tödliches Fleckfieber brachten.* »Tumbalalaika« *mit seinen magischen Fragen. Was kann brennen, brennen und nicht verbrennen? Ein Herz. Ja. Dann kletterten die Gespensterfrauen auf die Brettergestelle und zitterten vor Kälte und versuchten zu schlafen. Am Morgen war eine tot, und eine Nachbarin brachte die Kleidung an sich, ein verstecktes Stückchen Brot und die Schuhe, rasch, denn Schuhe konnten gegen Brot eingetauscht werden.*

Naomi wachte auf und litt Schmerzen. Ihr Magen schien zu einer kalten grünen Kartoffel eingeschrumpft zu sein. Jeden Abend versuchte sie, wach zu bleiben, aber dann schlief sie doch ein, und manchmal träumte sie von der Schule oder Alvin oder Tauben oder Menschen, die aufeinander schossen, aber manchmal war sie dort, an dem Ort des Todes, eingesperrt in Rivkas Körper.

Manchmal versuchte sie, mit G-tt zu handeln. Bitte, laß sie entkommen, laß sie fort aus dem Ort des Bösen, und ich werde gut sein. Ich werde Alvin verbieten, mir die Zunge in den Mund zu stecken. Ich werde mir verbieten, nachts im Bett Geschichten über Leib zu erfinden. Ich werde nie wieder so an Leib denken, und ich werde mir nicht vorstellen, daß Trudi einen Unfall hat und plötzlich stirbt, ich werde es nie wieder tun. Ich werde Sandy nicht bei der Englischarbeit schummeln helfen, G-tt, und ich werde mich ihr nicht überlegen fühlen und denken, wie kommt es, daß ich lauter Einsen bekomme, wo es nicht mal meine Sprache ist. Ich werde nicht mehr im Billigkaufhaus stehlen, auch wenn Sandy und Alvin und Brille mich noch so drum bitten. Ich werde nicht mehr heimlich Murrays schwüle Liebesbriefe an Ruthie lesen, ich verspreche es.

Wenn du mich nur schlafen läßt und nichts mehr wissen und nichts mehr fühlen und nichts mehr sehen läßt, bitte, ich werde auch gut sein. Dann half sie mehrere Tage lang folgsam und eifrig Tante Rose, schrubbte und putzte und kaufte mit Hingabe ein, achtete besonders sorgfältig auf die roten und blauen Marken, rannte wie Tante Rose herum, um das Preiswerteste zu finden oder einen Laden, in dem es tatsächlich noch ein viertel Pfund Butter gab oder ein kleines Stückchen Hammelfleisch. Detroit litt immer wieder unter Fleischknappheit, dann gab es nichts als Innereien zu kaufen, und auch davon nicht viel.

Mehrere Nächte lang hatte sie dann nicht die Träume, und sie gab sich die ganze Zeit Mühe, wirklich gut zu sein. Sie half sogar Trudi mit dem kleinen David, als ob sie zu Hause nicht genug Babys hatte. Sie gab sich große Mühe, und dann hatte sie wieder einen Traum, und dann kam sie sich vor wie ein Dummchen. G-tt machte sich über sie lustig. G-tt war es egal, welche Lügen sie ihm erzählte. Und was war das schon, wenn sie für zwei volle Tage gut war, ein tolles Geschäft. G-tt wußte, daß sie innen drin nichts taugte, und damit hatte es sich. Zur Hölle damit war ein Satz, den sie neuerdings sagte, wenn auch nicht zu Hause. Zur Hölle damit. Sie legte sich einen frechen Stil zu und fluchte. Niemand wußte Sandy und sie in der Schule einzuordnen. Sie hatten gute Noten. Sie waren in dem Zweig, der zum College führte, gehörten aber nicht zu den Bürgerlichen. Sandy hatte mehr anzuziehen als Naomi, aber beide gingen ärmlich gekleidet in ihren verwaschenen

Rayonblusen und knappen, kürzer gemachten Röcken neben den bürgerlichen Mädchen in graublauen Pullovern und kleinen Perlenketten.

Manchmal trugen Sandy und sie übergroße Männerhemden. Naomi hatte sich letztes Jahr zwei von Duveys Hemden genommen, und neulich hatte sie Sharon überredet, ihr eins von Arty mit ausgefransten Manschetten zu geben. Das machte ihr nichts, denn sie krempelte die Ärmel sowieso auf. Sandy und Naomi hatten den schlurfenden Gang, den alle kessen Mädchen bevorzugten, und Naomi konnte mit Jungs aus dem Mundwinkel reden und blieb auch dem Schlagfertigsten keine Antwort schuldig. Beide schauten aufmerksam den Farbigen zu und übten zusammen Jitterbugschritte, damit sie beim Schultanz nach jeder Schrott- und Altpapieraktion so richtig keß wirkten. Meistens tanzten Mädchen miteinander, aber Naomi und Sandy hatten oft Tanzpartner. Die katholischen Mädchen brachten Gerüchte über sie in Umlauf, daß sie es mit allen Jungs taten, und die Tochter des jüdischen Zahnarztes weigerte sich, neben ihnen zu gehen, aus Angst, daß ihr Ruf auf sie abfärbte wie fettiger Lippenstift. Die Jungs nahmen sich Naomi gegenüber nichts heraus, auch wenn sie nicht sicher war, ob aus Respekt vor ihr oder aus Respekt vor Alvin.

Clotilde fragte sie, wie kommt es, daß du dich wie die S-Mädels aufführen willst? S-Mädels oder Siegermädels wurden die Mädchen genannt, die Soldaten nachstiegen. Naomi konnte nichts antworten. Vielleicht war das ein Stil, den sie packen konnte. Sie hatte nicht das Geld, wie die beliebtesten Mädchen auszusehen, die die Clubs in der Schule leiteten. Wenn sie – wie Clotilde – ihre Maman gehabt hätte, vielleicht hätte sie es dann nicht nötig gehabt, sich so keß zu geben.

Sandys Mutter, Mrs. Rosenthal, gefiel überhaupt nicht, wie Sandy sich jetzt, wo sie nicht mehr ihren kleinen Bruder mit sich herumschleppen mußte, benahm. Sie billigte keineswegs, wie Sandy und Naomi an der Ecke mit Jungs herumlungerten oder daß Sandy Männerhemden trug. Sie sagte, die Art, wie die Mädchen zusammen auf der Straße gingen, die Füße kaum vom Boden hoben, untergehakt, Kaugummi kauten und laut lachten, das sah billig aus. Mrs. Rosenthal sagte, daß Naomi eine arme, mutterlose Einwanderin war, die es nicht besser wußte, und leider war ja ihre Tante zu sehr damit beschäftigt, anderer Leute Kinder zu versorgen, um auf die unter ihrem eigenen Dach aufzupassen.

Mrs. Rosenthal sagte, Naomi hatte schlechten Einfluß auf Sandy, stiftete sie an, auch billig auszusehen. Mrs. Rosenthal versuchte, mit Tante Rose zu reden, aber Tante Rose lachte und fragte, ob sie sich nicht mehr erinnern konnte, wie das in dem Alter war? Tante Rose sagte, beide waren gute Mädchen und zogen sich eben nur so an. Das wuchs sich aus. Ihre eigene Mutter hatte sie für verwildert gehalten, weil sie mit Jungen und Mädchen auf politische Picknicks gegangen war, um sozialistische Reden zu hören, und sie konnte sich daran erinnern, wie Eltern es unmoralisch fanden, wenn Jungen und Mädchen miteinander tanzten und nicht getrennt. Jetzt fanden Eltern den Jitterbug wüst und nicht mehr den Walzer oder den Twostep, aber als diese Tänze aufgekommen waren, hatten Eltern sie gefährlich gefunden.

Mrs. Rosenthal wurde rot im Gesicht und sagte, daß Tante Rose der Ruf ihrer Nichte vielleicht schnurz war, weil sie zu sehr beschäftigt war, an den Frauen der Nachbarschaft zu verdienen, aber daß sie selbst ihre Mutterpflichten ernst nahm und ihre schöne Tochter nicht vor die Hunde gehen ließ, nur weil Tante Rose kein Verantwortungsbewußtsein für das Kind ihrer eigenen Schwester hatte.

Tante Rose sagte, daß sie mehr Verantwortungsbewußtsein hatte als Mrs. Rosenthal, und zwar sowohl für ihre Nachbarinnen, die Hilfe brauchten, als auch für die Tochter ihrer Schwester, die mit Verantwortungsbewußtsein erzogen und nicht verwöhnt wurde und nicht den ganzen Tag vor dem Spiegel stand. Naomi war ein gutes Mädchen und begabt genug, um ihre eigenen Hausaufgaben zu machen und Sandy bei ihren zu helfen, und Mrs. Rosenthal mußte Naomi dankbar sein, daß sie Sandy auf ihrem Rücken durch die Schule schleppte. Das war für Juden keine Zeit, sich voreinander aufzuspielen und sich gegenseitig auszustechen, wo sie von den Nazis jeden Tag umgebracht wurden und der Rest der Welt gleichgültig blieb. Sie mußten zusammenhalten und erkennen, daß sie alle Juden waren und vor solcher Bedrängnis alle gleich.

Danach war Naomi nicht mehr willkommen im Haus der Rosenthals, das nur zehn Meter von ihrem entfernt stand. Sie verbrachte trotzdem noch fast genausoviel Zeit mit Sandy, in der Gang und in der Schule und auf dem Schulweg. Sandy sagte, daß ihre Mutter sie immer noch für ein kleines Kind hielt und eifersüchtig war, weil sie eine echte beste Freundin hatte. Ihre Mutter gönnte ihr nicht den kleinsten Spaß.

Trudi machte sich Sorgen um Leib, der nach seiner Verwundung auf dem Heimweg war. Ruthie machte sich Sorgen um Murray, der von einer Insel auf die nächste kam. Alle diese Schlachten und Gefechte waren weit entfernt von den Orten, die Naomi wichtig waren; es dauerte bestimmt noch lange, bis die ihrer Familie halfen. Sie fragte sich, ob immer noch Krieg sein würde, wenn sie eines Tages groß war. Vielleicht waren ihnen bis dahin die Männer ausgegangen, und sie ließen dann wie die Sowjetunion auch die Frauen kämpfen.

Maman hustete. Sie hatte Fieber und den blutigen Durchfall. Sie konnte die Suppe nicht essen, und sie wurde immer schwächer. Auf dem Weg aus dem Berg zu den Baracken stürzte sie in den schwarzen Schnee, und der Wachmann schlug sie mit dem Gewehrkolben auf den Kopf und den Rücken. Rivka riß sie hoch und trug sie in die Baracke. Rivka hatte entsetzliche Angst. Das war anders als die Angst, die sie sowieso ständig spürte. Alle hatten sie unaufhörlich Angst, denn sie waren noch nicht tot. Sie fühlten noch etwas, und solange du an diesem Ort noch etwas fühltest, hattest du Angst.

Jetzt war jeder Augenblick der Zahn eines Sägeblattes, das in sie schnitt. Maman, du mußt gesund sein, Maman! flehte Rivka sie in ihrem Kopf an.

Am Morgen versuchte sie, Maman aufzuhelfen, sie hochzuzerren, aber Maman fiel immer wieder hin. Ihr Fieber war gestiegen. Der Kapo sagte, sie mußte ins Revier, in die Krankenstation.

An dem Morgen stand Rivka allein beim Zählappell, zwei Stunden lang, ohne Mantel, mit bloßem Kopf in der eisernen Luft, mit schartigem Eis unter den Füßen, und allein marschierte sie in den dunklen, ausgehöhlten Berg, der von Maschinenlärm dröhnte und von Sprengungen widerhallte. Allein arbeitete sie und schleppte Bruchgestein heraus. Allein stand sie an und wartete, allein aß sie die wässerige Rübensuppe.

Sie erhielt vom Kapo die Erlaubnis, zum Revier zu laufen, und nahm ihre Abendscheibe Brot mit, die sie aufgehoben hatte, um Maman etwas von dem Brot, das sie ihr von ihrer täglichen Scheibe abgegeben hatte, zurückzugeben. Als sie ins Revier kam, eine schmutzige Baracke, wo die Frauen auf dem kahlen Boden lagen, konnte sie Maman nicht finden. Eine Schwester legte den Arm um Rivka. »Kleine, sie haben sie heute fortgeschafft. Sie haben gesagt, sie war zu krank, um noch zu arbeiten. Sie haben sie fortgeschafft.«

Rivka schrie. Sie stürzte zu Boden und schrie, bis die Wachen sie traten und der Kapo sie mit einem Stuhlbein bewußtlos schlug. Dann kroch sie zurück in die Baracke. Mamans kleines Deckenhäufchen war bereits gestohlen. Rivka lag auf ihrer Bettstelle, der Hunger nagte und biß, denn während ihrer Bewußtlosigkeit hatte ihr jemand die Scheibe Brot weggenommen. Maman war fort, und nun war sie wahrhaft und für immer allein.

Naomi wachte schreiend auf. »*Maman est morte*«, schrie sie. »Meine Mutter ist tot!«

Rose sagte ihr, daß sie einen Alptraum gehabt hatte, aber Naomi wußte es besser. Rose brachte ihr warme Milch mit einem Teelöffel Honig und etwas Muskatnuß drin und trocknete ihr die Stirn und sagte ihr, daß alle Menschen Alpträume hatten. Rose saß an ihrem Bett und sang ihr ein jiddisches Lied über Gänseblümchen und dann das Lied über Rätsel, das Maman immer sang. Naomi drehte das Gesicht zur Wand. Sie schlief in Duveys Bett, und der war tot. Er war unten im kalten Salzwasser der See. Maman war tot. Und sie verdiente auch zu sterben.

Jacqueline 8

Frühlingsflut, Frühlingsblut

30 mars 1944

Der Frühling stachelt uns an, mit den ersten lauen Lüften, die sich über die aufgeweichte Erde stehlen. Die Garonne tobt durch Toulouse, angeschwollen von der Schneeschmelze. Jeden Tag wird das Licht länger und kräftiger, blutig um sechs Uhr früh auf den Ziegeln unserer Straße. Gefahr und Zustrom wachsen mit den aufplatzenden Schalen der Knospen. Jeden Tag liquidieren die *boches* und die Miliz unsere Leute, und jeden Tag schließen sich mehr der Résistance an. Eduardo, der Spanier, sagt, die Leute schließen sich an, wenn sie denken, daß du gewinnst. Er war gerade bei unserem Maquis in der Nähe von Lacaune und hat bei der Schulung neuer Kämpfer geholfen. Ihm fehlen zwei Finger, aber er ist unser bester Waffenausbilder.

Jeden Abend um neun Uhr hören wir das Orakel vom BBC und warten auf Anweisungen, die uns bestimmte Sabotageziele nennen, Eisenbahnlinien, Fabriken, natürlich alles verschlüsselt, und immer warten wir auf jene Nachricht, die uns zum unweigerlich nahenden allgemeinen Aufstand aufrufen wird. Aus London wird das Signal kommen, sich überall zu erheben und anzugreifen, während zur gleichen Zeit die Alliierten ihre Armeen landen.

Innerhalb einer solchen Gemeinschaft von Widerstandskämpfern jemanden zu lieben bringt nicht die Abkapselung, die ich befürchtet hatte. Ich fühle mich Daniela oder den anderen nicht weniger nah; ich glaube, wenn irgend, dann bin ich toleranter, verständnisvoller gegenüber Schwäche. Körperliche Befriedigung macht mich ausgeglichener, obwohl Daniela mich auslacht und sagt, daß niemand anders diese Veränderung bemerkt hat! Sie sagt, daß niemand vorhat, meinen Namen von Ingwer in Honig zu ändern.

Mehr und mehr Agenten kommen über die Pyrenäen oder springen aus Flugzeugen zu anderen Résistancegruppen ab. Papas Gruppe in der Montagne Noire hat jetzt ein britisches Jedburgh-Team, eine von diesen französisch-britisch-amerikanischen Dreiergruppen, die sie uns in letzter Zeit schicken. Lev weigert sich, sie zu treffen. »Die Briten sind meine Feinde, genau wie die Deutschen. Die Briten haben mich in ein stinkendes Loch von Gefängnis geworfen. Da, schau.« Lev riß sich das Hemd aus der Hose und zog es hinten hoch. »Das haben mir die Briten angetan, in Haifa, um mich zum Reden zu bringen.« Sein Rücken ist von Narben zerfurcht.

Jeff widersprach ihm. »Du mußt Hilfe von denen annehmen, die sie dir gewähren. Mir ist nicht aufgefallen, daß die Russen uns per Fallschirm Munition schicken.«

»Hältst du mich für so dumm, von den Russen Hilfe zu erwarten? Schau mal, bis zu einem gewissen Grade traue ich den französischen Kommunisten, denn sie wollen wie wir wirklich kämpfen. Sie warten nicht darauf, daß Gottvater de Gaulle uns die Hände auflegt und sagt, jetzt dürft ihr eure Gewehre abfeuern. Aber wirklich trauen? Hör zu, Vendôme, in Palästina änderte sich die Parteilinie, weil die Bonzen hoch droben in Mütterchen Rußland verfügten, die Partei in Palästina und Persien habe ausschließlich arabisch zu sein. Plötzlich waren wir überflüssig. Antisemitismus und Angriffe auf Juden wurden sogar zum Merkmal des proletarischen Kampfes. Du erwartest Gerechtigkeit, wo es um Juden geht?«

Für Jeff sind die Richtungskämpfe zwischen linken Parteien undurchsichtiger Fanatismus, vergleichbar den Richtungskämpfen der christlichen Sekten im zweiten Jahrhundert christlicher Zeitrechnung. Da ich mit dem Widerhall der politischen Streitgespräche zwischen Papa und seinen *copains* in den Ohren aufgewachsen bin, habe ich Schwierigkeiten mir vorzustellen, wie fremd Jeff das Koordinatensystem anmutet, das für mich selbstverständlich ist. Amerikaner scheinen ein System zu haben, wonach der Wohnort über die Parteizugehörigkeit entscheidet: wenn du in Kansas lebst, bist du Republikaner, und wenn du in Georgia lebst, Demokrat.

»Hör mir zu«, sagte Lev. »Die Kommunisten haben ihre besten jüdischen Funktionäre – Arbeiter, gute Kämpfer und Kämpferinnen – aus Palästina zurückgerufen. Sie haben sie nach Rußland verfrachtet und dort erschossen. Und da unterstellst du mir, ich erhoffe mir Hilfe von Rußland?« Lev spuckte aus. »Wir machen unser Glück selber, und ich vergesse nicht, daß alle Länder gegen uns sind. Ich vergesse es nie.«

1er avril 1944

Gestern morgen erzählte ein Bauer Roger, er habe gesehen, wie die Deutschen im Wald fünf Menschen exekutierten, nachdem sie sie gezwungen hatten, Gräben auszuheben. Im Morgengrauen gingen wir aus der Stadt nach Süden, wo er uns die Stelle zeigte und wir die Leichen ausgruben. Einer war ein Eisenbahner von der Résistance-Fer, ein Lokomotivführer aus Montauban. Einer war ein junger Mann, den niemand identifizieren konnte. Zwei von ihnen waren die Prostituierten Bibi und Paulette vom Bahnhofsviertel, die der Résistance Geld gaben und unsere Leute versteckten. Der letzte Leichnam war der von Larousse. Alle waren gefoltert worden. Ihre nackten Körper waren mit offenen Wunden übersät, mit Verbrennungen, blauen Flecken. An ihren Händen und Füßen waren Knochen gebrochen. Der jüngeren

Frau, Paulette, waren die Brustwarzen abgeschnitten worden. Larousse fehlten die Fingernägel der rechten Hand. Etwas Großes war ihm in den Anus gestopft worden, bis seine Eingeweide zerrissen.

Daniela und ich bahrten die Leichen in einer nahegelegenen Molkerei auf. Ich wusch den Leichnam von Larousse. Über Danielas Proteste hinweg photographierte Lev sie. Er sagte, wir müssen das dokumentieren, denn hinterher werden die Leute sagen, so war das eben im Krieg, und ich will nicht, daß jemand vergißt, was Paulette und Larousse angetan worden ist. Dann beerdigten wir sie wieder unter einem Steinhügel. Daniela war sehr still. Hinterher, als wir zusammen weinten, sagte sie, daß sie die Entscheidung ihres Bruders nun verstand und einsehen konnte. Es war besser, sofort zu sterben, als gefoltert zu werden.

4 avril 1944

Ich träume immer wieder davon, den Körper von Larousse zu waschen. Er war dünn und kalt wie Wasser. Seine Rippen standen hervor. Seine Körperhaare waren fein wie Maisfäden und hellbraun. Im Tod war sein Penis halb geschwollen, wie eine rosa Blume. Seine glasigen Augen wollten nicht geschlossen bleiben. Ich zerbreche mir immer wieder den Kopf. Hatte er, unter den entsetzlichen Schmerzen, die er am Ende erdulden mußte, das Gute bedauert, das wir zusammen taten? Oder hatte es ihm Kraft gegeben, oder hatten sie einander nie in einer Gleichung aufgewogen, das Gute, das Larousse tat, und das Böse, das ihm angetan wurde?

Er war der Bruder, den ich nie hatte, und nun ist er vernichtet. Nie wird die Liebe, die er in größter Fürsorge den von uns geretteten Kindern schenkte, einen persönlichen Auslaß finden. Was bedeutet das, daß ein Mensch einem andern antun kann, was ihm angetan worden ist? Empfanden sie sexuellen Kitzel, als sie ihm den Knüppel in den Darm trieben? Lachten sie? Rührte sich angesichts der Schmerzen etwas bei ihnen, wenn sie schon sonst nichts rührt? Meinen sie wirklich, sie gehören zu einer höheren Art? Sein Leichnam ist die Antwort auf Fragen, die sich unaufhörlich in mir stellen, wenn ich schlafe, wenn ich wache.

Ich denke auch an Bibi, die vielleicht fünfunddreißig war, und Paulette, nicht älter als fünfundzwanzig, die zusammenlebten und sich den Lebensunterhalt mit ihren Körpern verdienten, die wahrscheinlich ein Liebespaar waren. Bibi war arm und schwanger verlassen worden, Paulette war aus Algerien gekommen – zwei Jüdinnen mit gefärbten blonden Haaren und knallig geschminkten Gesichtern, die zu mir nie anders als sanft und höflich waren. Der Eisenbahner hinterläßt eine fünfköpfige Familie. Der junge Mann war wahrscheinlich ein britischer oder amerikanischer Agent, aber niemand weiß es. Nach dem Krieg wird er vielleicht anhand des Photos identifiziert werden. Jetzt liegt er mit den anderen begraben unter dem Steinhügel.

Lev sagte, an den Leichen kann man erkennen, daß es die Gestapo war, die sie gefoltert hat, denn die Gestapoleute haben bestimmte Vorgehensweisen, an die sie sich gerne halten. Er meint, sie müssen das Foltern aus einem Handbuch gelernt haben, weil sie oft die gleichen Quälereien auf gleiche Weise vornehmen. Natürlich, sagte er, gibt es Einzelgänger wie Klaus Barbie, der eine besondere Leidenschaft dafür zu haben scheint, aber im großen und ganzen foltern sie nach Vorschrift.

Jeff verschwand unauffällig, als wir die Leichen wuschen. Wenn man sich liebt, dann ist es, als hätte man ein zusätzliches Auge oder ein zusätzliches wärmeempfindliches Sinnesorgan, wie es Grubenottern besitzen, so daß man den Liebsten aufspüren kann. Was ich auch tue, mit einem kleinen Teil meines Bewußtseins bin ich bei Jeff. Er sagte nichts, schlüpfte nur unauffällig hinaus, aber ich wußte, daß er sich übergeben mußte. Ich wollte kein Aufhebens machen, denn wenn bekannt wird, daß Jeff sich so leicht ekelt, wäre das ein Punkt für Lev. Wenn sie auch in letzter Zeit miteinander auskommen, muß man doch die männlichen Rangordnungsempfindlichkeiten bedenken. Mir war auch schlecht, aber vor Trauer, nicht vor Brechreiz; die Schmerzen waren es, die mir vor Augen standen. Haben die unendlichen Schmerzen der Folter das Leben ausgelöscht, das dazu führte? Oder werden die Schmerzen schließlich bedeutungslos, nur die Schwäche des Körpers, der an einem Ort gefangen ist, den Körper nicht überleben können? Ich kann, scheint es, nicht aufhören, über Larousse nachzugrübeln.

15 avril 1944

Wir haben einen neuen Funker, per Fallschirm gelandet. Er ist aus Louisiana und spricht ein sonderbares, vernuscheltes Französisch. Er heißt Achille, ein frommer Katholik, der seine Distanz zu den Juden wahrt, unter denen er sich befindet. Er macht keine Schwierigkeiten, sofort das Quartier zu wechseln, sobald er eine Übertragung beendet hat. Er ist ordentlich, hält seine Sachen zusammen und ist fünf Minuten, nachdem er seine Funksprüche abgesetzt hat, bereit, die Tür hinter sich zuzumachen. Er wird wahrscheinlich wesentlich länger überleben als der geselligere und bequemlichkeitsliebendere Raymond. Jeff findet ihn tüchtig, beklagt sich aber, daß er zu ihm nicht das persönliche Verhältnis findet wie zu Raymond. Ich mag nicht, wie er mich ansieht, seitdem er weiß, daß ich Jeffs Geliebte bin. Er hält mich, glaube ich, für eine Hure. Achille hat Beklemmungen uns gegenüber und verachtet uns dafür. Es war eine große Erleichterung, ihn in Cambon unterzubringen, in den Bergen bei Lacaune, und ohne ihn nach Toulouse zurückzukehren.

18 avril 1944

Ich habe gerade darüber nachgedacht, daß es als unpassend gilt, zu sagen, Männer sind schön, und doch widerspricht das meinen tiefsten Erfahrungen, denn Jeff ist schön an Körper und Gesicht und in seinen Bewegungen und seinen kleinen Gesten. Er setzt seine Hände stärker ein als die meisten Amerikaner, die ich beobachtet habe, hat diese Angewohnheit vielleicht unbewußt von uns übernommen. Aber er hat eine große Stille, die ich sehr mag, wenn er sitzt und sitzt und schaut und schaut und mit seinen Augen die Welt verschlingt.

Wenn er diesen vertieften, verwunderten Ausdruck hat, frage ich ihn, woran er denkt. Meistens behauptet er, daß er an nichts gedacht hat, aber wenn ich dann hartnäckig bin, ergibt sich, daß er das Licht auf den Zypressennadeln oder auf den Ziegeln beobachtet hat oder die Farbe eines Wolkenschattens oder das besondere Grün des Grases am Kanal. Deshalb verfalle ich nicht in den Irrtum, den Liebende oft begehen, und sage: Wir sind gleich, wir sind eins. Jeff ist im Innern anders als ich. Licht und Farbe bewegen ihn, wie mich Worte und Ideen bewegen. Manchmal, wenn er einen mit Weingärten und Weizenfeldern gemusterten Hügel betrachtet, rühren sich seine Hände im Schoß oder in der Luft, als ob sie etwas streichelten. Er nimmt einen Apfel und dreht ihn in den Händen, als sei es eine kleine Welt; dann hört er nicht, was andere sagen.

Gewöhnlich gehe ich jeden Abend heim zu Daniela, aber wenn wir von der Sperrstunde überrascht werden oder im Einsatz draußen waren, schlafe ich in Jeffs Zimmer mit Blick auf den überfüllten Friedhof. Einer der Unterschiede zwischen uns tritt dann zutage, denn Jeff entwirft leidenschaftlich gern Pläne für die Zeit nach dem Krieg. Er möchte, daß ich »wir tun so als ob« mit ihm spiele, aber für mich ist es nichts als das, ein Spiel, um ihn zu beschwichtigen. Ich denke an den dünnen, mißhandelten Körper von Larousse, bleich wie Molke, und wenn ich mich auch noch nie heftiger danach gesehnt habe, zu leben und weiterzuleben, so kann ich doch nicht an Pläne glauben.

Jeff braucht es, sich eine Zukunft auszumalen, in der wir zusammen sein werden, hier, eine Zukunft, in der er malt und wir uns auf angenehme Art den Lebensunterhalt verdienen. Ich, wenn ich an ein Hinterher denke, ich stelle mir vor, in Sicherheit in meinem eigenen Zimmer in einem Sessel zu sitzen und ein Buch zu lesen, während Bach erklingt. Ich erinnere mich an bestimmte Gerichte: Kalbfleisch in Senfsoße, *chala*, *tarte financière* mit Mandeln, Butter auf Croissants, Butter auf grünen Bohnen, Butter auf Kartoffeln. Richtiger Kaffee dick mit sahniger Milch. Das ist alles, was ich mir vorzustellen gestatte.

Ich liebe ihn nicht weniger, als er mich liebt, aber ich kann mich Wunschvorstellungen nicht so hingeben wie er – ich glaube nicht so sehr an die Welt. Nein, ich nehme, was wir haben, und halte es wert und lebe es. Wenn wir zusammen auf der Stelle sterben sollten, ganz plötzlich, dann wäre das nicht so schlimm wie eine Reihe von wahrscheinlicheren Schicksalen. Ein Augenblick schmerzlicher Überraschung und dann Stille. Nach so viel Freude.

Wir waren nie aktiver und betreiben mehr Sabotage denn je. Wir sammeln wichtige Informationen für Jeff, der sie verschlüsselt, und Achille, der sie nach London durchgibt, vom Nationalen Stickstoffamt, von der Résistance-Fer, von Thibaut in der *mairie*, von Margot im Milizbüro. Manchmal weist uns eine BBC-Übertragung bestimmte Ziele zu – Waffentransporte, Truppentransporte, Fabriken, Brücken.

Heute nacht mußten drei verschiedene Aktionen durchgeführt werden. Lev brachte zwei Männer aus Toulouse heraus zum Maquis bei Cambon. Daniela mußte die Verteilung der neuen Ausgabe von *Quand Même*, der jüdischen Zeitung, organisieren. Jeff und ich sollten zusammen mit Roger eine *plaque tournante*, eine elektrische Drehscheibe in einem Lokomotivschuppen sprengen. In dem Schuppen werden Lokomotiven gewartet. Heute nacht standen vierundzwanzig drin. Die Lokomotive wird auf die Drehscheibe gefahren, bis sie über dem Drehzapfen im Gleichgewicht ist, dann wird sie zu den Ausfahrtgleisen gedreht. Zwei Sprengladungen direkt am Drehzapfen richten ordentlichen Schaden an, verletzen niemanden und erfordern den Austausch des Drehzapfens – eine Arbeit, die alle Lokomotiven im Schuppen für eine hübsche Weile blockiert.

Ich habe mich als recht tüchtig mit Sprengstoffen erwiesen. Kleine geschickte Hände sind dabei von Vorteil. Ich habe gelernt, die Ladungen so präzise anzubringen, daß ich dabei nur eine kleine Taschenlampe mit einem Punktstrahl brauche. Ich gehe mit dem Plastiksprengstoff jetzt fast lässig um – nie ohne Vorsicht, aber meine Hände werden nicht mehr glitschig vor Angstschweiß. Ich muß sagen, sobald ich mit dem Plastiksprengstoff zu arbeiten begann, verlor er sein Charisma. Er wurde lediglich ein Werkzeug. Die LMGs bleiben Domäne der Männer und deswegen Machtsymbole, aber Plastiksprengstoff ist durch die Berührung von einer Frau zu so etwas wie explosivem Teig herabgemindert worden. Die Männer reißen sich nicht mehr darum, damit zu hantieren.

Wenn ich mich hinknie, um die Halbstundenzeitstifte anzuklemmen – sie müssen genau gleichzeitig losgehen –, scheint die Nacht unnatürlich still. Jede Bewegung meiner Finger ist zu hören, als würde sie verstärkt. Meine Knie knacken wie Kastagnetten. Die Zeit kommt mir elastisch vor, sie dehnt und dehnt sich und scheint kurz davor, plötzlich zurückzuschnappen. Aber dann bin ich fertig und muß mich zwingen, fortzugehen. Ich möchte dableiben und zugucken, angezogen von den schweren Maschinen mit ihrem Dunst von Öl und Kraft.

In einem anderen Leben würde ich diese riesigen Maschinen meistern, die wie stumme und verblüffend starke Dinosaurier sind, und ihnen alles abverlangen. Ich wäre wie eine von den Frauen auf sowjetischen Plakaten, die Erdbewegungsmaschinen fahren und Dämme bauen. Wie Danielas Freundin im Kibbuz würde ich mir gegen die Männer das Recht erkämpfen, den Traktor zu fahren. Maschinen machen auch uns kräftig. Mit einer Maschine kann ich ein Haus lupfen. Mit einer Maschine kann ich Tonnen von Kohle fördern. Mit einer Maschine kann ich ein Loch durch einen Berg graben.

Heute nacht schlafe ich bei Jeff, der schon ungeduldig auf mich wartet, deshalb werde ich jetzt Schluß machen. Nach einer Aktion ist es schwer, sofort einzuschlafen.

21 avril 1944

Ich schlief heute morgen noch, als Lev hereinplatzte. »Sie haben gestern nacht Daniela gefaßt. Sie haben sie in der Milizkaserne, und heute vormittag bringen sie sie ins Gefängnis. Wir werden den Transport überfallen.«

Ich konnte nicht sprechen. Ich schlüpfte rasch in meine Sachen, prüfte meine gestohlene Luger, verbarg sie unter meiner alten Pferdedecke von einem Mantel und stand wartend da.

»Nicht du«, sagte Lev.

»Doch, ich«, sagte ich. »Daniela ist meine Schwester. Du kannst mich nicht aufhalten. Mir bleibt wenig genug Familie.«

Jeff war jetzt angezogen und hatte den verschlagenen Ausdruck, der ihm vor Aktionen zu eigen ist. »Hast du einen Plan? Laß hören.«

Lev beugte sich über den wackeligen Tisch am Fenster. »Das ist der Gefängniswagen.« Er bewegte einen Bleistift über den Tisch. »Das ist der Holzvergaserlaster. Er stellt sich aus einer Seitenstraße heraus dem Gefängniswagen in den Weg. *Crac!* Sie stoßen zusammen. Hier kommt der Renault hinterher. Wir eröffnen das Feuer, und dann holen wir sie. Das ist unsere einzige Chance.«

Ich sage die Wahrheit, wenn ich behaupte, daß es mir egal war, ob der Plan gut oder schlecht war. Ich mußte Daniela zurückholen oder sterben. Das war alles. Ich mußte etwas unternehmen, etwas tun. Ich hätte am liebsten Jeff geschlagen und Lev durchgeschüttelt, damit sie sich in Bewegung setzten. Jeff hatte Einwände: »Der Laster stößt mit dem gepanzerten Fahrzeug zusammen, *bon*, aber ihr wollt doch nicht, daß sie schießend herauskommen. Jacqueline ist in dem Laster, aber sie ist schwanger. Sie ist in den Wehen. Sie ist auf dem Weg ins Krankenhaus. Sie fängt an zu schreien und zu ächzen und zu stöhnen. Roger ist bei ihr, er ist der Ehemann. Du und ich, wir sind dahinter in dem Renault. Roger und Jacqueline sorgen für Ablenkung und bitten die Polizei um Hilfe.«

»Solange ich meine Waffe habe.«

»Nein«, sagte Jeff. »Du mußt schwanger aussehen.«

»Das werde ich. Schau.« Ich nahm das Kissen vom Stuhl, doch im Stillen dachte ich, *bon*, aber gebären werde ich eine Luger.

Dann auf der Straße – ich war von dem Unfall ziemlich angeschlagen und Blut lief mir aus einer Platzwunde über die Stirn – fand ich mich im Beharren, meine Waffe dabeizuhaben, bestätigt. Die Wachen hatten Roger an die dampfende Kühlerhaube geschmettert und traten ihn und durchsuchten ihn. Mich ließen sie stöhnend auf der Straße liegen, mit dem Kissen, das mir einen Walfischbauch verlieh. Einer der Polizisten trat beiläufig nach mir, aber dann ließen sie mich liegen wie einen Haufen schmutzige Wäsche und verprügelten Roger, und als er versuchte, mit ihnen zu reden, droschen sie ihm einen Pistolengriff über den Schädel. Als ich hinter dem Gefängniswagen die ersten Schüsse hörte, feuerte ich auf die Wachen, sobald sie sich mit ihren Pistolen in der Hand umdrehten.

Ich denke heute abend an die vielen Gespräche, die ich mit Daniela über Gewalt hatte, wann sie gerechtfertigt ist und ob wir in solchen Momenten töten dürfen oder nicht, und ich bin verblüfft und stolz und bestürzt zugleich, was in diesem Krieg aus mir geworden ist, so daß ich ohne zu überlegen geschossen und getroffen habe. Dabei ist es auf beiden Seiten seit langem beschlossene Sache, daß die Polizei Juden und Widerständler verhaftet und tötet und daß die Widerständler sich dagegen wehren.

Roger war von dem Schlag auf den Kopf bewußtlos. Der Holzvergaserlaster war nur noch ein Wrack. Mit herausrutschendem Kissen zerrte ich Roger am Bein zu dem Renault. Sie hatten Daniela und trugen sie ins Auto. Lev glitt hinter das Lenkrad. Ein weiterer toter Polizist hing halb aus dem Gefängniswagen, der aufgebrochen war wie eine Konservenbüchse. Lev verbeulte eine Stoßstange, als er aus der engen Straße zurücksetzte. Dann fuhren wir mit Vollgas los, ich hielt die zitternde Daniela.

»Halt mich vorsichtig«, sagte Daniela mit gebrochener Stimme. »Ich bin zusammengeschlagen worden. Hast du was zu trinken?«

Lev reichte eine Taschenflasche nach hinten. »Hier.«

Daniela schüttelte den Kopf. »Ich meine, Wasser.«

»Du trinkst das jetzt«, befahl ich ihr und fragte mich, was sie wohl sagen würde, wenn sie erfuhr, daß ich die beiden Milizionäre erschossen hatte. Ich beschloß, nichts davon zu erwähnen. »Wie haben sie dich gekriegt?«

»Sie haben die gesamte *Quand Même*-Redaktion geschnappt. Alle.« Daniela schluckte den Weinbrand und keuchte. »Wir können nicht zur Werkstatt zurück. Sie haben meine Adresse. Haben sie die Fauriers schon abgeholt?«

»Nein«, versicherte Lev ihr und fuhr, so schnell er konnte. »Als du nicht nach Hause gekommen bist, haben sie die Kinder genommen und sind zu mir gekommen. Sie müßten schon in Lacaune sein. Wir sollten alle aus Toulouse verschwinden. Ich lasse die Waffen von den Jungs wegschaffen. Wir werden uns im Gestrüpp verkriechen müssen wie Lapin. Wenigstens ist der Frühling da. Daniela ... was haben sie mit dir gemacht?«

»Sie haben mich vermöbelt. Sie wußten, sie mußten mich der Gestapo ausliefern, also haben sie sich nur einen Spaß mit mir gemacht.«

»Haben sie dich vergewaltigt?«

»Ist das alles, was Männern zu fragen einfällt? Nein. Aber ich habe ein paar gebrochene Rippen. Bei jedem Atemzug stechen sie mich in die Seite. Als die beiden Wagen zusammenstießen, dachte ich, wir sind auf eine Mine gefahren. Könnt ihr mir die Ketten abnehmen?«

»Bald«, versprach ich und hätte Daniela gern fester an mich gedrückt, hatte aber Angst, ihr noch mehr weh zu tun.

»Wenigstens haben sie dich nicht vergewaltigt«, wiederholte Lev.

»Danke für dein Interesse«, sagte Daniela. »Was ist mit Roger?«

»Er kommt zu sich«, sagte Jeff. »Wir müssen ihn verarzten lassen.«

»Wer soll ihn verarzten wenn nicht ich?« sagte Daniela. »Ich werde dir Anweisung geben, wie du meine Rippen bandagieren mußt, sobald wir sind, wo wir hinfahren. Bald. Bitte bald. Ich habe schreckliche Angst, daß die Rippen sich in die Lunge spießen.«

Ich muß sagen, daß ich mich trotz Danielas Zustand fühlte, als schäumte mein Blut vor Glück, denn Daniela war mir genommen worden, und nun hatten wir sie zurückgeholt. Sie lag an mich gelehnt, die Augen geschlossen, halb bewußtlos vor Schmerzen. Irgendwann schlug sie die Augen auf, berührte mein Gesicht und murmelte: »Du bist voller Blut.«

Ich hatte die Platzwunde auf meiner Stirn vergessen. Ich muß sagen, sie ist mir piepegal. Wenn eine Narbe zurückbleibt, kann ich einen Pony tragen. Daniela ist zurückgeholt. Ich fühle mich benommen von den Giften der Übermüdung und dem Ascherückstand der Erregung, doch trotzdem singt in mir das Glück. Sie ist dem Tod entrissen worden.

Es macht mir auch nichts aus, daß wir Toulouse so überstürzt ohne jede Vorbereitung verlassen mußten. Inzwischen habe ich keine Besitztümer außer meinem Tagebuch, das ich in einem Beutel um den Hals trage, und meiner Luger. Hier oben ist die Natur einen Monat hinter Toulouse zurück. Manchmal liegen hier im Winter dreißig Zentimeter Schnee. Diese Berge sind nicht gewaltig unter ewigem Schnee wie die Pyrenäen oder so üppig begrünt wie die Montagne Noire. Jeff sagt, es sieht hier aus wie Dartmoor in England.

Das ist richtiges Maquis-Land, struppiges Buschwerk mit riesigen Besen- und Stechginstersträuchern und vielen rings verstreuten grauen Felsen. Gutes Land für Schafhirten und die Schafe, deren Bratenduft mir von unten in die Nase steigt in diesem verlassenen, aus zusammengesuchten Felsbrocken erbauten Bauernhaus, in dem wir uns niedergelassen haben. Daniela ist in einen Schlaf der Erschöpfung gefallen, richtig verbunden – sie gab mir Anweisungen, die ich an ihr ausführte, so daß ich mir wie eine Ärztin vorkam, die eine Patientin nach mündlichen Anweisungen operiert, die bei laufender Operation erteilt werden! Vom südlichsten dieser Berge kann man übers Tal zur Montagne Noire hinüberschauen, aber wir sind hoch oben in der Bergheide. Es ist außerordentlich still. Wir können weit hören und von den Berggipfeln auch weit sehen. Hier haben wir es uns behaglich gemacht, an einem reißenden Gebirgsbach, der von Fels zu Fels stürzt, über die grauen, von Flechten gelbgrün gefleckten Steine, die im strömenden Wasser wie riesige Frösche aussehen. Von unserem Zimmer oben hören wir das Geräusch des hinabgischtenden Wassers. Obwohl wir an keinem Ort sicher sind, können wir hier mit normaler Stimme reden und als Familie zusammenbleiben, umgeben von den Schafen, dem Fluß und den Felsen.

Ruthie 7

Frauen kommen mit Sorgen auf die Welt, wie Wasser bergab fließt

Der März war bitter kalt und trübe. Die Schneehaufen schmolzen nur, um den Müll freizugeben, den Hundekot, die weggeworfenen Apfelsinenschalen des Winters, das aufgeweichte, ausgeblichene Herbstlaub. Eisregen fiel, ein Schleim der Luft. Alle waren gereizt, und die halbe Welt hatte trockenen Husten oder Grippe.

Der Krieg war weiter- und weitergegangen. Niemand mochte mehr hören, wenn Kate Smith »God Bless America« sang, und alle hatten die allmonatlichen Werbekampagnen für Kriegsanleihen satt. Viele meckerten über die Lohn- und Preisstops und die Versorgungsengpässe. Alle kannten jemand, der auf dem Schwarzmarkt dicke Geschäfte machte. Wenn Rose und Sharon genug rote Marken oder blaue Marken zusammenhatten, um Fleisch oder Konserven oder Zucker zu kaufen, gab es das Betreffende gerade nicht. Bereits im März rüsteten sich die Gewerkschaft und die Demokraten und die Republikaner für die Novemberwahl. Die Russen schlugen sich tapfer und drängten die Deutschen über die Landkarte zurück, aber in Italien schien die Front festgefahren, und die Verluste stiegen.

Morris besuchte eine Vielzahl hektisch anberaumter Versammlungen über die ungarischen Juden, die bis zu diesem Frühjahr den Krieg überlebt hatten, aber jetzt in höchster Gefahr schwebten, da die Deutschen, die ihren ungarischen Verbündeten nicht mehr trauten, die Macht übernommen hatten. Trotzdem weigerte sich das Außenministerium so menschenfeindlich wie eh und je, für die Juden auch nur zu intervenieren, und keine Regierung bekundete Interesse an Verhandlungen zur Rettung dieser Bevölkerung. Die Briten beharrten stur darauf, die Einreise nach Palästina zu verweigern. Kein Land wollte noch mehr Juden, und so wurden sie aus Gleichgültigkeit durch die Schornsteine gejagt. Morris entwarf Briefe, unterschrieb Bittschriften, sammelte Geld, schnappte sich seinen Kongreßabgeordneten. »Die Wahrheit ist«, beklagte er sich, »die demokratische Partei zeigt uns den Stinkefinger, weil sie weiß, wir sind sowieso für Roosevelt und sie braucht um unsere Stimmen nicht zu feilschen.«

Am Fließband bei Briggs hatte Mary Lou schlimme Verbrennungen erlitten, als eine Sauerstoffflasche explodierte. Vivian und Ruthie beschlossen, ihr den antisemitischen Prediger zu verzeihen und sie im Krankenhaus zu besuchen, aber sie stand zu sehr unter Betäubungsmitteln, um sie zu erkennen. Sie sagte nur immer wieder: »Ein Glück, daß mein Gesicht nicht verbrannt ist«, und lag bis zum Hals in weiße Verbände gewickelt.

Ruthie mochte das Schweißen, arbeitete gern in der Maske und den Handschuhen, so daß niemand ihr Geschlecht erraten konnte, mochte das Gefühl, von der Ausrüstung ihres neuen Handwerks eingehüllt zu sein. Sie arbeitete gut und schnell, wie Vivian auch. Wenn sie neue Tricks lernten, brachten sie sie sich gegenseitig bei.

Vivian wollte nach dem Krieg weitermachen; ihr gefiel die Arbeit, und sie verdiente gutes Geld. Ihr einziger Ehrgeiz war, zur Tagesschicht zu kommen, damit sie die gleiche Arbeitszeit hatten, wenn ihr Mann von der Armee zurück war. Sie machte sich um ihn nicht solche Sorgen wie Ruthie um Murray, denn er arbeitete beim Transportwesen. »Sie haben ihn gefragt, was er im Zivilleben gemacht hat. Er hat gesagt, Autokarosserien. Und so haben sie ihn in die Reparaturwerkstatt für Jeeps und Laster gesteckt. Wenn er nicht immer an seinem alten Nash rumgefummelt hätte« – Vivian klopfte auf das Steuerrad –, »hätte er keine blasse Ahnung gehabt. Ich denke, wenn irgendeiner durchkommt, dann er. Er ist in Palermo.«

Murray hörte sich für den Moment sicher an. Er war wieder auf

Guadalcanal im Ausbildungslager. Er schrieb, das sei ganz etwas anderes, mit Kino und Eiscreme und richtigen Baracken. Er erzählte viel von seinem Kameraden Jack. Er zeichnete ihr eine Landkrabbe auf, Viecher, die wie riesige Küchenschaben waren, in alles hineinkrabbelten und wenn sie zertreten wurden, nach verfaultem Fisch stanken. Seinen Freund Harvey erwähnte er nicht mehr, obwohl sie sich nach ihm erkundigte.

Naomi hatte so schlimme Alpträume, daß Ruthie sie einlud, wieder im oberen Etagenbett zu schlafen. Naomi benutzte weiter Duveys altes Zimmer, um ihre Hausaufgaben zu machen, hatte aber offenbar ein bißchen Angst, dort zu schlafen, und murmelte etwas vom Bett eines Toten. Ruthie verstand. Als sie noch ein Kind war, hatte sie jedesmal geweint, wenn die den Müll zur Hintergasse bringen mußte, denn sie fürchtete sich geradezu krankhaft vor den dort umherhuschenden Ratten.

Naomi schlief schon, wenn sie von der Arbeit kam, deshalb zog Ruthie sich im Badezimmer aus und schlüpfte dann in ihr Bett. Wenn sie lernen mußte oder am nächsten Morgen eine Prüfung hatte, konnte sie eine kleine Wandlampe benutzen, die an ihrem Bettpfosten angebracht war, ihr Kissen an die Wand lehnen und arbeiten, ohne Naomi zu stören. Naomi stöhnte im Schlaf und wachte manchmal weinend auf. Ruthie stand dann auf und bürstete Naomis lockiges Haar, um sie zu beruhigen, rubbelte ihr die Schultern.

Leib war zurückgeschickt worden, ins Staatliche Krankenhaus in Ann Arbor, wo man Vorbereitungen traf, ihm einen künstlichen rechten Fuß anzupassen. Trudi, die ihn jedes Wochenende besuchen fuhr, sagte, er stellte sich ungeheuer tapfer an mit seinem Fuß. Er sollte in einem Monat entlassen werden. Ihr war nicht erlaubt worden, den kleinen David mitzubringen, aber sie gab Leib zwanzig Photos: der kleine David beim Essen, der kleine David mit einer Rassel, der kleine David in den Armen sämtlicher Verwandter bis hinunter zum Vetter zweiten Grades.

»Was ist schon ein Fuß« sagte sie zu Ruthie. »Würdest du nicht jederzeit einen Fuß dafür eintauschen, Murray sicher zu Hause zu haben?«

Es war ein barbarischer Gedanke, Körperteile eines geliebten Mannes für seine Sicherheit einzutauschen. »Wird er gehen können?«

»Dann humpelt er eben. Er kann nicht mehr beim Baseball rumrennen oder Basketball spielen, aber er ist ein erwachsener Mann, wer braucht das? Er wird Invalidenrente kriegen, aber es ist nicht, als wäre er ein Krüppel. Wenn ich denke, was ihm hätte zustoßen können! Seine Mutter fährt ihn besuchen und heult. Ich finde das empörend. Ich versuche immer, mit ihm rumzualbern, damit er weiß, daß er noch mein Mann ist und ich verrückt danach bin, ihn nach Hause zu kriegen.«

Trudi arbeitete an vier Abenden in der Woche im Henry Ford-Krankenhaus. Die Krankenhäuser hatten so wenig Pflegepersonal, daß sie froh waren, sie wieder einzustellen, und wenn es nur in Teilzeit war. Sie erzog David in aller Eile dazu, sauber zu werden und auf den Topf zu gehen, wie sie es Leib versprochen hatte. Das sorgte für viel Gebrüll und Geweine, und Trudis Mutter schimpfte mit ihr, dem Sohn mit ihrer Eile Zwang anzutun.

Trudi wollte ihre Stellung aufgeben, und sie wollte aus dem Haus ihrer Eltern ausziehen, aber sie sah ein, daß sie nicht beides schaffen konnte, jedenfalls nicht, bis Leib völlig wiederhergestellt war und Arbeit hatte. Sie fragte alle, denen sie begegnete, nach Wohnungen. Detroit war prallvoll. Wohnungen waren wieder und wieder bis in winzige Einzimmerwohnungen aufgeteilt worden, und noch die kleinste davon war vermietet. Manchmal schliefen mehrere Menschen umschichtig in den gleichen Betten. Keine in einen früheren Kohlenverschlag oder unter tropfende Rohre gequetschte Kellerwohnung war zu dunkel oder zu feucht, keine auf den Dachboden geklemmte, kaum beheizbare und nicht isolierte Kammer war zu kalt oder zu zugig zum Vermieten.

Trudi bereitete sich auf Leibs Heimkehr vor. Sie hielt Diät und ließ sich eine Dauerwelle machen. Sie versuchte daran zu denken, Gummihandschuhe zu tragen, wenn sie den Abwasch machte und die Babysachen wusch, damit ihre Hände so weich wurden wie in den Illustrierten angepriesen und ihre Nägel lang wuchsen. Wenn Trudi sich anzog, um Leib in Ann Arbor zu besuchen, kam Ruthie sich neben ihr sehr unscheinbar vor, als wäre sie wie Naomi ein Mädchen, das einer Frau zusah. Sie besaß kein einziges Kleid wie die, die Trudi für Leib anzog, mit Schößchen, Falbeln und Paspeln, die Trudis Kurven betonten. Trudi benutzte sogar Parfüm.

Ruthie verspürte keinen Wunsch, sich herauszuputzen wie Trudi, und hatte auch niemanden, für den sie sich feinmachen konnte. Verabredungen mit jungen Männern waren für sie hauptsächlich eine Quelle der

Beklemmung gewesen, daher vermißte sie das nie. Ihre Vorstellung von Vergnügen war, die Füße in eine Schüssel mit heißem Wasser und Epsomer Bittersalz zu stecken und ein Buch zu lesen, das nichts mit dem Studium zu tun hatte, sich *Life* anzuschauen und heiße Schokolade zu trinken, mit Naomis Kopf an der Schulter dazusitzen und Jack Benny und Rochester zu hören, ins Kino zu gehen und zwei gute Filme zu sehen.

Wenn sich Trudi zurechtmachte, vermißte Ruthie trotzdem manchmal das Gefühl, etwas für den Mann ihrer Wahl zu tun, einen Mann zu haben, der sich auf sie freute, vermißte den angenehm ziehenden Schmerz der Vorfreude. Sie hatte so jämmerlich wenig Zeit mit Murray gehabt. Sie hatten sich dreimal innerhalb von vierundzwanzig Stunden geliebt, das war's auch schon gewesen. Trudi hatte eine Ehe, ein Baby und jetzt ihren Mann zurück; Ruthie hatte nur die verblassende Erinnerung an hastige Paarungen auf dem Rücksitz und auf einer Decke. Ihr Lieblingsphoto von Murray hatte sie am großen Springbrunnen im Zoo aufgenommen, gleich nachdem sie aus dem kleinen Zug gestiegen waren, der zwischen Stationen namens Alaska und Afrika umherzuckelte. Sie erinnerte sich an Abende in Kinos und Cafés, bevor er zur Rekrutenausbildung fort mußte. Manchmal dachte sie, sie lebte von Träumen, die zu zerbrechlich waren, um so viel Benutzung zu überstehen.

Es hatte den ganzen Montag und den ganzen Dienstag lang geregnet, ein harter, prasselnder, oft waagerechter Regen, der aus den verstopften Gullys quoll und Straßen und Unterführungen unter Wasser setzte. Ihre Galoschen waren abgetreten und undicht, konnten aber nicht ersetzt werden, da aus Gummi. Ihre Schuhe blieben vollgesogen. Ihr Mantel hatte den Geruch von nasser Wolle, und ihr Rock auch. Es gab viele Krankmeldungen bei Briggs, wegen Grippe.

Schließlich hörte am Mittwoch der Regen auf, aber der Himmel blieb wolkenverhangen. Er hing bis auf dreißig Meter herunter wie ein Schmerbauch und verhüllte die Gebäudespitzen. Sie mußte lange auf den Bus warten, denn es hatte Ausfälle gegeben. Die Busse waren verschlissen und konnten – wie so vieles andere – nicht ersetzt werden.

Als sie nach Hause kam, herrschte Chaos. Sharon weinte und Rose rang die Hände. »Was ist denn los?« Ihr Herz krampfte sich zusammen.

»Eine Frau vom Sozialamt war da.« Rose knetete ihre Schürze. »Sie sagt, wir dürfen die Kleinen nicht hierhaben, und wir kommen dafür ins Gefängnis. Es ist strafbar, Kleinkinder zu hüten, ohne eine amtliche

Erlaubnis zu haben, für die Geld verlangt und kontrolliert wird. Außerdem würden wir nie eine amtliche Erlaubnis kriegen, das hat sie selber gesagt.«

»Wie sind sie drauf gekommen?«

»Mrs. Rosenthal«, sagte Sharon. »Das blondierte Weibsbild hat uns verpfiffen. Was geht die das an? Bloß weil sie den ganzen Tag am liebsten auf dem Sofa liegt und Seifenopern hört und dann den Fußboden bohnert, wenn ihr Mann Heringe verkauft, braucht sie noch lange nicht ihre knochige Nase in unser Leben zu stecken!«

»Wir haben den Kleinen doch nie was getan«, sagte Rose. »Wie kann sie behaupten, wir wären ungeeignet? Ich habe selber drei Kinder großgezogen, und Sharon hat zwei. Ich weiß zehnmal soviel über kleine Kinder wie diese vertrocknete Backpflaume.«

Ruthies zweiter Gedanke war, ob Roses Zusammenstoß mit dem Gesetz ihr irgendwann in ihrem Beruf schaden konnte, aber den verdrängte sie. »Mame, sie können dir ein Bußgeld aufbrummen, und sie werden dir wahrscheinlich den Laden dichtmachen, aber sie können dich nicht ins Gefängnis stecken.«

»Sie hat gesagt, was wir machen, ist gegen das Gesetz, und der Staat wird gegen uns Anklage erheben.«

»Das ist nur eine Ordnungswidrigkeit, Mame. Ich werde mich kundig machen, reg dich nicht auf, mach dir keine Sorgen.«

»Aber wie sollen wir an Geld kommen?« jammerte Sharon. »Von den Unterhaltsschecks kann ich nicht leben. Das meiste geht gleich für die Miete drauf.«

»Vielleicht kann ich dich in der Fabrik unterbringen«, sagte Ruthie. »Sie stellen immer ein.«

»Wo die Kinder noch so klein sind? Arty würde mir das nie verzeihen.«

»Mame kann auf sie aufpassen. Sie hat ja viel Erfahrung.« Ruthie versuchte, sie zum Lächeln zu bringen. »Ich werde rauskriegen, was das alles zu bedeuten hat. Keine Sorge. Wenn ihr vor Gericht kommt, komme ich mit. Wir nehmen uns einen Rechtsanwalt. Wie wär's mit Mr. Untermeyer, der in Tates Einwanderungskomitee ist?«

»Gesetze, Gerichte, Polizei, das ist nicht gut.« Rose setzte sich schwer hin und rang die Hände in der Schürze. »Das bedeutet Zores und noch mehr Zores. Wenigstens haben sie Naomi nicht gesehen. Ich will nicht, daß sie sich dafür interessieren, was sie hier macht. Das hätte uns noch gefehlt.«

Ruthie hätte sich am liebsten ins Bett gelegt und eine Woche lang geschlafen und erst wieder die Augen aufgemacht, wenn alle Probleme gelöst und das Haus wieder zur Ruhe gekommen war, aber sie mußte rasch etwas essen und sich für acht Stunden Schweißarbeit bereitmachen. Morgen würde sie die Vorlesungen ausfallen lassen und auf die Behörden gehen müssen. Wieviel sie auch glätten konnte, die Tagesstätte war zu, für immer. Die arbeitenden Mütter mußten sich etwas anderes suchen, und Mame und Sharon waren arbeitslos.

Das hieß, es kam weniger Geld herein, besonders für Sharon, die sich eine Stelle suchen mußte. Ruthies Kopf jonglierte mit Ausgaben und Einkommen, rechnete hin und her, ob es sich ausging, während sie sich zur Arbeit umzog und versuchte, sich zu beruhigen. Es hatte keinen Sinn, sich jetzt den Kopf zu zerbrechen. Bei der Arbeit mußte sie sich konzentrieren, sonst endete sie halb verbrannt in einem Krankenhausbett wie Mary Lou. Sorgen prasselten hernieder wie der elende und unaufhörliche kalte Regen, weitaus reichlicher, als not tat, damit etwas wuchs.

Bernice 7

Teufelsbraten

Im April bekamen die WASPs vom Lufttransportoberkommando auf dem Stützpunkt Long Beach ihre Uniformen, wenn auch zum Leidwesen von Bernice und ihrer Staffel in Winterwolle und noch nicht in Sommerausführung. Als sie ihre Uniform zum ersten Mal anlegte, wollte sie unbedingt photographiert werden, ebenso Flo und alle anderen. Loretta, eine von den WASPs, deren Mann in Übersee stationiert war, knipste sie mit einer Brownie-Box. Bernice wartete ungeduldig die Woche ab, bis der Film entwickelt war. Alle, die nicht mit einem Flugzeug unterwegs waren, gingen mit Loretta zum Long Beach-Drugstore, um die Abzüge abzuholen.

Die Uniform war kleidsam, von Cochran selbst entworfen: nicht khaki, nicht militärisch trist oder ekelhaft grün, sondern ein tiefes, dunkles und lebhaftes Blau. Davon hob sich funkelnd das Gold der WASP-Abzeichen und der Luftwaffenflügel ab. Die Frauen mit Locken hatten Schwierigkeiten mit den Käppis, aber Bernice setzte ihres einfach in verwegenem Winkel auf. Sie hatte auch Glück, weil große Größen reichlich vorhanden waren. Die Uniform kam mit Rock und langen Hosen, ungeheuer praktisch, fand Bernice und wünschte, alle Frauenkostüme böten diese Wahl. Die Armee sträubte sich jedoch immer noch dagegen, Frauen vollständig auszustatten. Alles unter der Uniform war ihr Problem, und sie erhielten auch nicht mehr Zuteilungsmarken als Zivilisten für Schuhe, die sie sich von ihrem eigenen Geld kauften.

»Hör schon auf, zu meckern«, sagte Flo. »Stell dir nur mal vor, wie die Militärversion von einem Büstenhalter aussehen würde. Wahrscheinlich mit Reißzwecken versehen, damit er hält.«

Bernice liebte ihren Schnappschuß mit der P-51-Mustang hinter ihr. Sie ließ sich ein ganzes Bündel Abzüge machen und schickte einen an den Professor und seine Haushälterin. Seine Briefe kamen regelmäßig, wirkten aber unzusammenhängend. Bernice stellte sich vor, wie ihr Vater am Schreibtisch saß und seine Haushälterin fragte: Und was soll ich noch schreiben?, und wie sie ihm soufflierte: Erzähl ihr von der Überschwemmung im Stadtzentrum. Schreibe, daß die Osterglocken blühen. Bernice hörte ihre Stimme an den eingestreuten deutschen Worten heraus. Der Professor wußte nicht den englischen Namen der Zwiebeln, die Viola vor fast zwanzig Jahren gepflanzt hatte und die immer noch treulich durch das Immergrün hochtrieben. Nun firmierten sie für ihn, dank seiner Haushälterin, als Osterglocken.

Sie schickte die Abzüge für Jeff und für Zach an die alten Adressen in London. Von Jeff hatte sie zuletzt im August gehört. Zach schrieb gelegentlich, aber sie hatte seit Anfang März keinen Brief mehr bekommen. Sie nahm sein Schweigen nicht persönlich.

Ihre Arbeit versprach nun wesentlich leichter zu werden, wenn sie in Kleinstädten übernachten mußte, die einer Frau allein heftiges Mißtrauen entgegenbrachten, besonders einer, die mit einem Flugzeug angeflogen kam und behauptete, für die Heeresluftwaffe zu arbeiten. Eine Uniform, selbst wenn die Leute nicht wußten, was für eine es war, erteilte eine Art Lizenz. Die meisten Leute hielten gar nichts von Frauen beim Militär. Eine richtige Frau tat so etwas nicht; sie mußten Nutten oder pervers sein. Trotzdem garantierte die Uniform, daß Bernice nicht gleich nach der Landung von einem anzüglich grinsenden Sheriff wegen Herumtreiberei oder Prostitution verhaftet wurde, wie es zwei WASPs in Alabama passiert war. Eine Uniform bedeutete, daß sie in Restaurants oder Bars nicht belästigt wurde, weil sie Hosen trug und keinen Rock. Eine Uniform bedeutete ein wenig mehr Achtung von seiten der Männer auf den Flugplätzen. Für sie, wenn sie sich im Spiegel sah, bedeutete die Uniform einen weiteren Schritt auf dem Wege zur beruflichen Anerkennung.

Wenn sie erst einmal Dienstränge erhielten und in die Luftwaffe aufgenommen wurden, vielleicht blieb sie dann nach dem Krieg dabei. Ihre Staffelkommandantin meinte, die Militarisierung müßte jeden Tag kommen, und dann waren sie Berufsoffiziere. Bernice hatte keine Gewissensbisse. Sie wußte, daß sie sich selbst diente und erst in zweiter Linie ihrem Land, aber sie verweigerte sich nie einem Auftrag, sie brachte die Flugzeuge an die Bestimmungsorte, so schnell es das Wetter erlaubte, und sie flog bei jedem Wetter. Es machte ihr nichts aus, daß der blaue Wollstoff für Kalifornien lächerlich warm war, sie trug ihn und schwitzte gern.

Beim nächsten Flug nach Newark wartete eine Nachricht auf sie: eine Telefonnummer und die Initiale Z. *Raschestens* stand da, weiter nichts. Sie rief sofort aus einer Telefonzelle an und fütterte den Apparat mit Münzen, da es sich als eine Washingtoner Nummer herausstellte.

»Ah, du bist hereingeschneit!« trompetete Zach. »Primstens. Ich müßte hier bald alles unter Dach und Fach kriegen und mit dem Acht-Uhr-Zug abdampfen. Ich habe im Waldorf reserviert, trag dich bitte als Mrs. Zachary Barrington Taylor ein.«

»Du benutzt deinen eigenen Namen? Und wenn deine Frau das erfährt?«

»Wir suchen gegenseitig die Scheidung. Sie heiratet demnächst einen Du Pont, einen minderen zwar, aber immerhin noch einen Du Pont, und ich bin endlich entbehrlich. Ich versuche, den Ansprüchen der Rechtsanwälte Genüge zu tun und auch denen der Regierung, wenn ich denn schon einmal kurz in Gottes Land weile. Du kannst solange ein Nickerchen machen, aber sei darauf gefaßt, aufgescheucht zu werden.

Ach, und bestell Champagner, bevor die Zimmerkellner einpacken. Bis dann.«

Sie ging mit ihrer Seesacktasche zur Rezeption, in Uniform. Wenn das herauskam, konnte sie Ärger bekommen, aber sie rechnete nicht damit. Sie behielt die Handschuhe an, wegen des fehlenden Traurings, und wurde zu einer Suite hinaufgebracht. Sie ließ die Badewanne mit heißem Wasser volllaufen, tauchte hinein, wusch sich die Haare, las die Zeitungen und aß dabei ein vom Zimmerkellner serviertes Steak, ging dann früh zu Bett und schlief.

Sie hörte Zach nicht einmal hereinkommen. Als sie aufwachte, kniete er nackt und rosig vom Duschen auf der Bettkante, das Licht war an und ein Glas Champagner stand auf dem Nachttisch. »Wach auf, trink aus, und dann los mit uns. Hallo, wie geht's dir, zieh diesen lächerlichen Schlafanzug aus. Ist der von der Armee gestellt? Den verbiete ich.« Er öffnete ein Fenster in die milde Nacht und warf ihn hinaus.

»Hallo«, murmelte sie und rieb sich die Augen. »Ich bin um neun zu Bett gegangen. Wie spät ist es?«

»Was kümmert's dich? Nie zu spät für mich. Wirklich, meine Muschi, du hast so schöne große Titten und so schöne große Muskeln, wenn du nur wenigstens einen kleinen Pimmel hättest, ich würde kein anderes Stück Fleisch mehr anschauen. Ich hätte schon vor Jahren mit dir vögeln sollen, statt meine Zeit an deinen selbstgefälligen Bruder zu vergeuden.«

»Hast du etwas von Jeff gehört?« Teils wollte sie etwas erfahren, teils wollte sie Zeit gewinnen. Er gab ihr das Gefühl, Jagdbeute zu sein. Warum erregte er sie? Daß es kein Werben gab, keine Schmeicheleien, keine Galanterien, warum entfachte das ihr Verlangen? Die Spannung begann sich in ihren Muskeln zu sammeln, in ihrer Vagina, ein Gefühl von Stauung, von Druck, ein anschwellender Drang. Er war dünner geworden seit ihrem letzten Zusammensein, aber er blieb immer ein großgewachsener, bulliger, grobknochiger Mann. Es herrschte eine Spannung physischer Herausforderung, als stünde sie vor einem Ringkampf.

»Auf der Rückreise durch London habe ich ein bißchen Klatsch aufgeschnappt. Er ist bei Toulouse mit Leuten vom Maquis. Er ist sehr unartig, weil er eigentlich für SI arbeiten soll, reiner Nachrichtendienst, aber er bringt alles durcheinander. Er gibt Geheimmeldungen durch, und er rennt in den Bergen rum und jagt Züge in die Luft und letztens, wie ich höre, ein Munitionsdepot.«

»Das hört sich ziemlich gefährlich an, finde ich.«

»Ach, Spaß und Spiele, glaub mir. Es geht ihm blendend.«

»Wo bist du gewesen? Darfst du es mir erzählen?«

»Ich erzähle es dir doch immer. Geredet wird später, jetzt wird gebumst. Ich bin vier Tage lang so öde brav und verantwortungsbewußt und beredsam gewesen, daß ich fast platze, ich stehe kurz davor, mich in heiße Flaksplitter aufzulösen.« Er stützte sich auf einen Ellbogen, richtete sich auf und betrachtete sie von oben bis unten, dann fiel er über sie her.

Liebe war das nicht. Bumsen, dachte sie, dieses unverblümte, häßliche, plumpe Wort war besser. Sie packten einander und balgten sich. Er war grob zu ihr und tat ihr oft weh, aber sobald sie erregt war, mochte sie auch das, denn der Schmerz verstärkte ihre Erregung. Sie bissen und rissen und zwiebelten sich. Kurz danach stieß er in sie, hart, trieb sich immer wieder hinein, explodierte. Dann brachte er sie mit der Hand zum Orgasmus. Wie konnte das intensiver sein, als wenn sie sich selbst berührte? Doch so war es. Sie kam in tiefen Druckwellen, die sie ermattet zurückließen.

Beide schliefen ein. Am Morgen erwachte sie von seinem Gewicht, und er bumste sie wieder, diesmal von hinten, und befingerte sie, während er sich einrammte. Als sie zusammen duschten, sah sie, daß sie auch an ihm blaue Flecken und Kratzer hinterlassen hatte. Sie bestellten sich ein riesiges Frühstück und kannenweise Kaffee aufs Zimmer.

»Ich habe Washington die Meinung gegeigt, mit Sicherheit vergeblich. Sogar Churchill, der bereitwillig jeden dummdreisten, Dünnschiß belfernden Dinosaurierdackel unterstützt, der sich König von Transsylvanien nennt, selbst der hat begriffen, daß Tito die Deutschen bekämpft und daß unser Mann Mihailovit hauptsächlich Tito bekämpft. Ich war bei beiden Parteien, bin herumgekraxelt in den Bergen von diesem Bankert von einem Land, wo jeder seine eigene Sprache spricht. Mein Schatz, ich bin ja recht sprachbegabt, aber ein Land in der Größe von Pennsylvania mit fünf verschiedenen Zungen? Das hat deinen armen lädierten Liebhaber auf Gesten und Grimassen zurückgeworfen wie die Großfürstin, die auf dem Ameisenhaufen saß.«

»Wirst du dahin zurückgehen?«

»Da sei dein süßes Hinterteil vor. Meine Nützlichkeit dort hat sich erschöpft. Ich bekäme eine Kugel ins Genick. Ich werde ein bißchen durch Frankreich bummeln.«

»Wirst du Jeff treffen?«

»Nicht gleich. Ich werde weiter nördlich stationiert. Die Einzelheiten erfahre ich erst im Weichbild von London. Laß dir sagen, die Zeiten, als die Überquerung vom schönen grauen Atlantik eine Vergnügungsreise war, sind entschwunden. Ich erinnere mich noch an die Pan Am Clipper, schneeweiße Wäsche, frische Blumen, Speisen nach Wunsch. Dies sind grausame Zeiten. Du hockst in elenden Liberators auf Klappsitzen, tagelang, während dein Leben vor dir Revue passiert wie ein Film in Zeitlupe und du an all die Dinge denkst, die du statt dessen tun könntest und die sehr viel mehr Spaß machen würden, wie zum Beispiel alle Prüfungen wiederholen, bei denen du seit dem Kindergarten geschummelt hast. Und das Flugzeug landet überall, wo es runterrukkeln kann, und wo es nichts gibt als Stacheldraht und Stoppelköpfe, die sich besaufen und gegenseitig mit Karten und Würfeln das Geld abnehmen. Teures Herz, wenn an eckigen Knochenstückchen und zahlenbedruckten Zetteln, die man nicht ausgeben kann, irgendwas unterhaltsam sein soll, dann ist es mir entgangen.«

»Ich habe mir auch nie viel aus Spielen gemacht.«

»Nicht mal in der Schule? Hast du dich nie nach deiner Sportlehrerin verzehrt oder dich im Umkleideraum aufgegeilt?«

»Für mich war es eine Tortur. Ich war soviel größer als die anderen Mädchen, ich fand es eine Tortur, mich vor ihnen auszuziehen. Ich habe mich geschämt.«

»Ach, Muschi, das war blöde. Du bist doch zum Anbeißen, und ich bin überzeugt, verbogene Seelen dort hätten *ta beauté* bemerkt und ihr Gerechtigkeit widerfahren lassen. Aber je weniger für die, desto mehr für mich. Laß uns über die Fifth bummeln und die Konkurrenz beäugen und das Frühstück abarbeiten, ja?«

Beim Gehen stupste Zach sie immer wieder und lenkte ihren Blick auf einen Matrosen, der mit sehnsüchtiger Miene dahinschlenderte. »Gefällt er dir? Hübscher Arsch. Aber welch hündische Ergebenheit. Kein Schneid.«

Bernice genoß die Freiheit, Passanten anzugaffen, aber die Männer, mit denen er liebäugelte, rührten sie nicht. Sie schlenderte an seiner

Seite, sah in Schaufenster und freute sich an ihrer beider Spiegelbild. Neben ihm brauchte sie ihre Schritte nicht anzupassen. Ihre Uniform war die richtige Kleidung für den Tag, bewölkt, dreizehn Grad, ein Hauch von Nebel in der Luft, und die Knospen der kleinen, eingezäunten Bäume auf den Bürgersteigen brachen gerade auf. Sie hatte das Gefühl, aus jeder Pore nach Sex zu riechen, auf Urlaub zu sein, auf der Höhe ihrer Kräfte. Das ist es, dachte sie, ich muß das im Gedächtnis behalten, solange ich lebe, mit Zach über die Fifth Avenue zu schreiten, er und ich Erscheinungen mit unseren Körpern wie edle, gut gerittene Pferde, und ich bin in einem Mustangjäger gekommen, und ich lebe am Himmel, soweit das ein Mensch nur kann.

Es war, als stünde sie auf einem Berg und blickte herab auf Bentham Center und auf das Haus, in dem sie so viele einsame und öde Jahre zugebracht hatte, und sah sich selbst Professorenaufsätze und Studentenarbeiten abtippen, die Körbe mit Wäsche in den Hof zum Aufhängen schleppen, ihrem Vater die Mahlzeiten zubereiten und ihre Träume mit sich herumtragen wie einen Beutel mit Strickzeug, stets zur Hand.

Sie war gerade stehengeblieben, um die Auslagen einer Buchhandlung zu betrachten, da wurde ihr flüchtig bewußt, daß eine Frau dastand und auch die Titel las, und als sie sich zu ihr umwandte und sie unwillkürlich anstarrte, da krampfte und hüpfte ihr Herz vor Erstaunen über eine Schönheit, die sie anrührte, auf eine Art, die ihr noch nie in den Sinn gekommen war.

Die Frau war sogar noch größer als Bernice, in hochhackigen Stiefeln an die einsachtzig, aber von schmalerem Körperbau, in der Uniform einer Armeekrankenschwester, ihre Haut von tiefem, rötlichem, seidigem Schwarz. Ihre Gesichtszüge bildeten eine Reihe von fein geschwungenen, aber großen Ovalen: Mandelaugen, deren Weiß fast blau um die Mahagoniiris glitzerte, ein breiter Mund. Ihr Haar war kurzgeschoren, und ihr Hals war schlank und elegant, wie die Hände. Das Gesicht traf Bernice bis ins Innerste, die geweiteten Nasenlöcher stolz und hochmütig, die hohe Stirn, der Mund üppig und wohlgeformt wie eine Trompete.

Sie starrte immer noch, als ihr die Frau einen kurzen, eindringlichen Blick zuwarf, überhaupt nicht scheu oder schamhaft. Normalerweise wäre das Bernice zutiefst peinlich gewesen, und sie hätte sich abgewandt, aber sie war an diesem Morgen weit offen für ihre Gefühle, für die Welt. Statt sich abzuwenden, lächelte sie der Frau zu. Die Frau sah sie wieder an, betrachtete sie unverhohlen und zwinkerte ihr zu. Dann wirbelte sie hochmütig herum und schritt davon.

Zach merkte nichts davon, und Bernice, innerlich immer noch durchgerüttelt, sagte kein Wort. »Ich hätte überhaupt nichts dagegen, wieder nach Griechenland zu gehen«, sagte Zach gerade. »Ich bin Anfang einundvierzig für die Tommys in der Ägäis rumgeschippert, auf Caïques im Dodekanes. Ich werde förmlich betrunken vom mediterranen Licht. Sexuell muß es für eine Frau die Hölle sein, aber für einen Mann ist es herrlich.«

Vielleicht lag es daran, daß sie beide Uniform trugen: für eine Frau war das ein wenig wie eine Kostümierung, eine Verkleidung ins Gegenteil. Eine Uniform hielt im Zaum. Eine Uniform war eine Art Hörigkeit, aber auch eine Art Macht. Eine Uniform war eine Befugnis, Dinge zu tun, die Menschen ohne Uniform nicht gestattet waren. Eine Uniform machte zum Teil einer großen, mächtigen, bewaffneten Gruppe. Eine Uniform sprach von Gehorsam gegenüber dieser Gruppe und von Straffreiheit für das Ausführen von Befehlen. Eine richtige Frau trug keine Uniform, sondern Rüschen und Spitzen und blumigen Chiffon. Bernice war erschüttert und zugleich erregend fasziniert. Sie hatte eine Garnitur liberaler Leitsätze über Farbige im Kopf, aber sie war noch nie einer in der Wirklichkeit begegnet, von Angesicht zu Angesicht und offen. Die WASPs waren durchweg Weiße, etwas, das bisher für sie so selbstverständlich gewesen war, daß sie es nicht einmal bemerkt hatte.

»Manchmal, teures Herz, träume ich davon, mich dorthin zu einem Leben gesunden Lasters auf eine Insel zurückzuziehen, wo ich wie der ortsansässige Mylord ein Duodezkönig wäre, bei wichtigen Entscheidungen übergangen, aber von den Kupplern verwöhnt. Eine lebenslange Versorgung mit lüsternen Zwölfjährigen. Das Problem ist, daß ich mich bei solcher Diät irgendwann langweile. Das hat keine Schärfe. Nicht, daß ich mir Gespielen ersehne, die mir die Kehle durchschneiden, aber wenn ich auf weiche Schwäche anspränge, wäre ich eh ganz ein Mann der Damen, stimmt's?«

Sie hörte kaum zu, war in Gedanken immer noch bei der Frau und dem Zwinkern. Sie hatte für einen Augenblick etwas Neues, etwas nahezu Unvorstellbares miterlebt. »Frauen haben eine Menge ungenutzte körperliche Kraft und Zähigkeit.«

»Du fühlst dich ungenutzt, teures Herz? Warte, bis wir wieder im Hotel sind. Ich bin so geil wie das große Einhorn höchstselbst. In Washington bumse ich nie.«

»Warum? Gibt es da nicht die gleichen Gelegenheiten wie anderswo?« Gelegenheiten, dachte sie. Sex habe ich nur, wenn ich mit ihm zusammen bin, so häufig wie Mondfinsternisse.

»Schon, aber ich habe immer das Gefühl, das FBI schreibt mit. Sie führen über jeden Sexualakten. Nein danke. Nicht, daß man nicht damit durchkäme, aber man ist festgenagelt und alle wissen Bescheid. Ich ziehe es vor, in Washington offiziell hetero zu sein, damit ich mir nicht meine Chancen versaue.«

Diesmal nahm er sie in den Hintern, aber da er zugleich über ihre Klitoris herfiel, mochte sie es. Jedenfalls war es eine neue Art, wund zu werden. Dann ließen sie sich ein riesiges Mittagessen bringen. »Ich bin bedauernswert unterernährt«, sagte er. »Partisanen zu begleiten ist ein gesundes Leben, wenn man nicht erschossen wird. Dann wird es sehr schnell ungesund. Wenn meine Scheidung durchkommt, erwäge ich, ein weibliches Wesen aus England zu heiraten – aus zuverlässiger Quelle weiß ich, es ist das weibliche Geschlecht, das man heiraten muß, obwohl ich mir nie erklären konnte, warum eigentlich –, älteste Tochter eines Viscount ohne männliche Erben. Ein weißer Elefant von einem Landsitz aus dem Mittelalter in schauderhafter Protzarchitektur, der zweifellos so viel kostet wie der Unterhalt des Herzogtums von Luxemburg, aber auch ein paar nette Fabriken in Birmingham, die jetzt im Krieg einiges abwerfen. Eine Witwe. Den Ehemann erwischte es auf der *Prince of Wales* vor Singapur.«

Sie merkte, er beobachtete sie, während er kräftig zulangte. Warum? Dann wurde ihr klar, es ging ihm um ihre Reaktion auf seine Ankündigung, eine andere Frau heiraten zu wollen. Meinte er, sie hätte etwas dagegen? »Warum hast du es so eilig, wieder zu heiraten? Für mich wäre Heiraten etwas Gräßliches. Ich würde es für nichts auf der Welt tun.«

»Sie schafft mir die Familie vom Puckel. Sie verleiht den schönen Schein der Wohlanständigkeit, den die Gesellschaft verlangt. Und eine Engländerin erwartet von ihrem Mann geradezu, daß er sich den Butler oder den Lakai zum Analverkehr vorknöpft. Ist also wesentlich besser geschult als meine erste Frau. Die war zwar nicht so fürchterlich scharf auf Sex, dafür aber von meinen kleinen Gewohnheiten zutiefst beleidigt.« Er stand abrupt auf. »Es macht dir also nichts, wenn ich die Dame heirate? Sie heißt übrigens Sylvia. Sie sieht aus wie ein Pferd, und sie wiehert sogar, aber sie ist nicht dumm. Sie mag Pflanzen. Ich glaube gar, sie bumst mit Bäumen, und ihre eigentlichen emotionalen Bindungen ranken sich ums Gartenpersonal. Der Krieg hat sie nicht so sehr ihres Ehemannes beraubt als ihres Obergärtners. Du wirst nicht eifersüchtig sein?«

Bernice lächelte nur. Es kränkte sie ein wenig, daß er meinte, sie auf die Probe stellen zu müssen. »Zach, was in aller Welt soll es mir ausmachen, ob du nun mit deiner gegenwärtigen Frau oder mit einer anderen verheiratet bist?«

»Ganz recht. Gib mir den Wein. Ich muß um Mitternacht fort, aber ich habe für dich einen Flugschein nach Kalifornien. Vitamin B funktioniert immer noch, und ich habe ein paar Hebel in Bewegung gesetzt. Außer, sie brauchen dich in Newark.« Er brachte einen Trinkspruch auf sie aus. »Auf die größte Bettnummer der VS von A. Ich habe dir ein Geschenk mitgebracht.« Er wies mit seinem Glas zu einem Stuhl in der Ecke.

Sie stand auf und ging nachschauen. Sie fand auf dem Stuhl einen grob gewebten Wollbeutel. Darin war eine schwarze Lederscheide. Aus der zog sie einen stählernen Dolch, ungefähr zwanzig Zentimeter lang, fein gearbeitet mit Intaglioverzierungen um den Griff. Der Griff selbst war aus Hartholz gearbeitet, das mit Leder umwunden und auf jeder Seite mit zwei Edelsteinen besetzt war. »Er ist ein Prachtstück. Er sieht alt aus.«

»Ich glaube, es ist eine türkische Arbeit, achtzehntes Jahrhundert. Das sind Opale. Nicht erste Qualität, aber echt. Eine tödliche Waffe zur Verteidigung deiner Ehre, teures Herz. Ich dachte, er würde dir gefallen. Einer von Titos Burschen hatte den. Eingehandelt gegen ein Browning-Schnellfeuergewehr.«

»Du hast recht, er gefällt mir ungeheuer.« Der Dolch fühlte sich in ihrer Hand altertümlich, morbid und gefährlich an. Er fühlte sich an wie zwanzig Zentimeter Herrschaft über den Tod. Er gefiel ihr. Er schien solch ein unwahrscheinliches Besitzstück. Mein Liebhaber hat mir einen Dolch geschenkt. Behutsam strich sie über die Schneide, und schon blutete ihr Finger. Sie leckte sich das Blut ab und steckte das Messer in seine Scheide.

»Wenn du ihn je benutzen mußt, denk dran, nicht abwärts zustoßen, sondern aufwärts. Das ist schwerer abzuwehren und verletzt eher lebenswichtige Organe«, sagte er in leichtem Gesprächston und demonstrierte es mit einem Buttermesser an ihrem Bauch. »Für heute abend habe ich uns Karten für *La Traviata* mit Licia Albanese besorgt. Ich liebe Opern. Entsetzlicher Kitsch und furchtbar aufregend – wie das Leben, Muschi. Jetzt laß uns durchs Village kreuzen und Espresso schlürfen und schauen, ob noch irgendwo anständige Cannoli übrig sind.«

Louise 8

Ich liebt' dich nicht so inniglich

D-Day und »K-Day« fielen in dieselbe Woche. Beide kamen gleichermaßen als Überraschung. Ersterer war eine gute Nachricht; letzterer nicht.

»K-Day« begann mit einem Anruf von Kay am Sonnabend nachmittag. »Mutter«, Kays Stimme klang sowohl weit fort als auch ganz gegen ihre sonstige Art schüchtern. »Ich bin ja so froh, daß du zu Hause bist.«

Louise spürte ein Aufflackern schechten Gewissens, denn sie war gerade mit Daniel vom Fahrradfahren zurück, und sie hatten zusammen gebadet und sich gekuschelt wie zwei erotische Babys. Sie waren eben im Begriff gewesen, ins Bett zu gleiten. Louise zog ihren Bademantel enger um sich. »Stimmt was nicht, Kay? Lernst du für deine Abschlußprüfungen?«

»Mammi«, sagte Kay, und ihre Stimme klümpte vor – so hörte es sich an – unterdrücktem Gekicher, »ich habe heute nachmittag geheiratet.«

Sie hatte, so stellte sich heraus, einen Bombenschützen der Luftwaffe geheiratet, der kurz vor seiner Abkommandierung nach Europa stand. Er war nicht weit von Hadley ausgebildet worden, auf dem Luftwaffenstützpunkt Westover. Sie hatten das College am Donnerstag verlassen und waren nach Süden gefahren bis Alabama, wo sie ohne die Zustimmung der Eltern heiraten konnten.

»Fühl dich nicht ausgeschlossen, Mammi, aber du hättest bloß versucht, mich davon abzubringen, und das wäre sinnlos gewesen. Robby und ich hatten einfach keine Zeit für so was. Wir wußten, wir sind richtig füreinander, und morgen muß er in den Krieg!«

»Wo bist du?«

»In einer Kleinstadt in Alabama. Liebster, wie heißt die Stadt hier? Jedenfalls muß Robby sich morgen zurückmelden. Wir brechen jetzt auf und müssen die Nacht durchfahren, also telegraphiere mir bitte etwas Geld ans College, weil ich mir fünfzig Dollar geliehen habe.«

Als Louise auflegte, setzte sie sich hin und fluchte mit leiser, grimmiger Stimme, wobei Daniel sie verblüfft beobachtete. Er hatte sie nie mehr als *verdammt* sagen hören und bisher keine Gelegenheit erhalten, einige der farbigeren Schimpfwörter zu hören, die noch aus ihren Straßenkindertagen in Cleveland stammten. Hinterher betrank sie sich, und er machte schließlich Abendbrot und viel schwarzen Kaffee.

Wutschnaubend telegraphierte sie das Geld. Sie konnte sich kaum überwinden, Kays Brief zu öffnen, der drei Tage später kam, dann las sie ihn wieder und wieder, um ein Fünkchen Hoffnung zu finden. Sollte Robby wiederkommen, würden sie sich zweifelsohne scheiden lassen. Jetzt galt es, Kay davon zu überzeugen, daß ihre Heirat keinesfalls bedeutete, ihr Studium hinzuwerfen. Louises Tochter war jetzt Mrs. Robert H. Dixon. Er war nicht mal Jude. Louise hatte keine Ahnung, was er war, und bezweifelte, daß Kay etwas von ihm wußte. Sie hatte das Gefühl einer gründlichen Niederlage. Was hätte sie tun sollen? Auf Kay klucken wie auf einem Trottellummenei? Gemäß der Gesetze des aufgeklärten Staates von Alabama war ihre Tochter alt genug, um zu heiraten, und genau das hatte sie getan.

Washington langweilte Louise. Sie fand die Atmosphäre männlich auf schwerfälligste, unerschütterlichste Art, genau wie die Bundesarchitektur. Sie vermochte sich nicht einzureden, sie übe irgendeine Wirkung auf die Politik des OWI aus hinsichtlich der Frauen oder hinsichtlich der Juden in den Lagern oder zugunsten ihrer Einwanderung.

Die Männer, mit denen sie arbeitete, hielten ihr die Tür auf und boten ihr Zigaretten an, sagten ihr, wie hübsch sie aussah, baten sie,

Geburtstagsgeschenke für Frauen und Freundinnen auszusuchen, führten sie zum Essen aus und machten gelegentlich einen obligaten Annäherungsversuch. Sie mißachteten ferner alle Vorschläge, die sie machte, als hätte sie nicht gesprochen. Ihr kam manchmal der Gedanke, einfach zu kündigen und zu ihren Freunden und ihrer Wohnung und ihrer Sekretärin in New York zurückzukehren; aber das kam ihr vor, als drückte sie sich. Daniel hätte es weh getan, und er konnte nicht so einfach hinwerfen, was immer er Geheimes tat.

Sie liebte ihn, zu ihrer Überraschung: nicht auf die romantische Art, wie sie versucht hatte, Claude zu lieben, nicht auf die allumfassende Art, wie sie Oscar geliebt hatte. Anfangs dachte sie, es ähnelte der Art, wie sie Kay liebte, mit einem argwöhnischen Auge, einem Mangel an Illusionen, einer wachsamen Fürsorglichkeit, aber dann merkte sie, daß sie sich etwas vormachte. Daniel zu lieben spendete mehr Freude, als ihre Tochter ihr gegeben hatte, seit sie zwölf war. Mit ihm war sie relativ sorgenfrei. Sie würde nicht ihr Leben mit ihm verbringen, also fühlte sie sich nicht mitbetroffen von seinen Gewohnheiten, seinen Entscheidungen, seinen Tiefenstrukturen von Glaube oder Unglaube.

Wie geheim die Arbeit war, die Daniel tat, wurde ihr erst deutlich, als sie selbst überprüft wurde. Eines Tages bekam sie einen Anruf von ihrem Agenten Charley, der sie fragte, ob sie sich nicht vom OWI beurlauben lassen und als Kriegskorrespondentin für *Collier's* rübergehen wollte. Die Redaktion meinte, die Zeit sei reif, eine Frau hinüberzuschicken: Die Luce-Organe hatten mehrere, Claire Booth Luce und die Photographin Margaret Bourke-White. Die *Herald Tribune* hatte Marguerite Higgins geschickt. Angesichts einer wachsenden Zahl von Frauen in Uniform wollten sie von ihr Reportagen über den Krieg für die Angehörigen in der Heimat, mit dem Auge einer Frau für das, was ihre Männer durchmachten. Hatte sie Interesse?

An dem gewaltigen Ruck der Erleichterung, der sie auf die Beine brachte und in einem Zuckerschub von Energie durch ihr Kabuff tigern ließ, spürte sie, wie satt sie das OWI bekommen hatte. Sie war es leid, in Komitees mit Männern zu sitzen, die nicht zuhörten – kaum den anderen und ihr schon gar nicht –, die die Entscheidungen trafen, als wäre sie gar nicht da, und die der Öffentlichkeit zunehmend Propaganda andrehten. In letzter Zeit drang das Pentagon darauf, alle Versorgungsengpässe an der Front den Gewerkschaften anzulasten, obwohl sie aus

Berichten wußte, daß die Logistik der Armee, das eigene Nachschubsystem, schwere Mängel aufwies. Trotzdem schien das OWI nicht gewillt, die Wahrheit zu sagen, nein, es verbreitete die Unwahrheit, um Uneinigkeit in die Arbeiterklasse zu tragen, um die in der Armee mit denen in den Fabriken zu entzweien. Ihre Begeisterung für das OWI war versiegt.

Sie mußte vom Kriegsministerium überprüft werden, bevor sie akkreditiert werden konnte. Sie wurde über ihre Ehe befragt, ihre Reise in die Sowjetunion, ihre Verbindung zu jüdischen Organisationen und, zu ihrer Überraschung, sehr eingehend über Daniel und das, was sie von seiner Tätigkeit wußte. Da sie nichts wußte, sagte sie das den Vernehmern wiederholt. Es schien tatsächlich Daniel zu sein, der ihnen das meiste Kopfzerbrechen bereitete. Sie wollte ihn schon fast bitten, ihr zu sagen, was er wirklich für die Marine tat, doch gleichzeitig wollte sie weniger denn je informiert sein. So konnte sie sich reinen Gewissens auf ihre Unkenntnis berufen.

Endlich wurde die Genehmigung erteilt. Daniel wußte, daß sich etwas tat, denn auch er war befragt worden, doch sie hatte ihn gebeten, sich zu gedulden. Noch am gleichen Tag, an dem sie ihre Armeepapiere erhielt, kündigte sie dem OWI – wo die Neuigkeit von ihrer Abreise mit kaum verhohlener Erleichterung aufgenommen wurde –, und nahm den Zug nach New York, um dort zu besprechen, wohin genau sie gehen sollte.

New York glitzerte und stank unter der Flamme, die von der Mittjunisonne zu tropfen schien, der Asphalt war weich und teerig und klebte an den dünnen Sohlen ihrer hochhackigen Sandalen. Das erste, was *Collier's* wollte, war ein Bericht über die Verwundeten und das Sanitätskorps auf dem europäischen Kriegsschauplatz. *Collier's* meinte, die Familien daheim läsen sicher gern, wie für ihre Jungens gesorgt wurde. Die Redaktion dachte auch an ein richtiges Annette Hollander Sinclair-Dramolett über die Jungens an der Front, oder so nah der Front, wie machbar schien. Pathos, herzzerreißendes Leid, Siegesrausch, Einsamkeit, die Heiligenbildchen der Heimat. Sie sollte nach Frankreich.

Sie mußte rasch ausgestattet werden. Also zurück nach Washington. Neben seinen übrigen Aufgaben schrieb das Kriegsministerium genauestens vor, wie Kriegsberichterstatter gekleidet zu sein hatten: Offiziersfeldbluse, -schiffchen, -jacke und -hose, aber mit dem kleinen Kennzeichen KRIEGSBERICHTERSTATTER und, in ihrem Falle, einem Rock für förmlichere Anlässe. Da nun ihre Uniform in Auftrag gegeben, maßgenommen und in Arbeit war, mußte sie Daniel Bescheid sagen.

Sie wußte sich keinen Rat, wie sie ihm die Neuigkeit beibringen sollte. Obwohl er zu ihr nichts über seine Arbeit gesagt hatte, beklagte sie sich ausgiebig bei ihm über ihre. Er kannte ihre Unzufriedenheiten und war natürlich in Sorge, ob ihre Anstellung weiterlief. Im Zweifelsfalle, dachte sie, mach etwas zu essen. Sie briet ein Huhn und nahm ihr letztes Ei für die Füllung. Sie kochte selten richtig, da die winzige Küche nicht für umfangreichere zielgerichtete Betätigung ausgelegt war. Der Herd hatte nur drei Flammen und einen Backofen, kleiner als zu Hause ihr Brotkasten. Trotzdem bereitete sie ein Abendessen, auf das sie stolz war.

Er kam spät. Sie hielt das Essen warm und wanderte nervös umher. Sie hatte sogar Kerzen und eine Flasche Wein aus Maryland, nicht gut, aber rot und naß. Als er schließlich kam, geleitete sie ihn sofort zum Tisch. »Ich habe schon befürchtet, das ist einer von deinen langen Abenden und ich muß mich hinsetzen und mir selber zuprosten.«

Er zog eine dunkle Braue hoch. »Was ist der Auslöser?«

Sie dachte, seit sie ihn ins Kreuzverhör genommen haben, hat er gewartet. »Ich habe gute Neuigkeiten und schlechte Neuigkeiten.«

Er leerte sein Glas, verzog das Gesicht und schenkte nach. »Zuerst die schlechten. Du gehst weg, nicht wahr?«

»Eine Zeitlang. Ich gehe als Kriegsberichterstatterin für *Collier's* rüber und bin bei General Bradleys Erster Armee akkreditiert.«

Sein Gesicht wurde völlig ausdruckslos. Sie spürte, wie sich ihr Magen vor mitfühlendem Schmerz zusammenzog. Er sagte eine ganze Weile lang überhaupt nichts, und ihr fielen keine Worte ein, den Bruch zu mildern. Schließlich sagte er: »Du kommst an der Front zum Einsatz und ich nie.«

»Sie werden keinen Soldaten aus mir machen – und ich bleibe skeptisch, wie nah sie mich an die Front lassen werden. Daniel, ich habe kein Verlangen, von *dir* wegzugehen. Aber ich erreiche in Washington nichts. Das ist eine unglaubliche Chance. Ich muß sie ergreifen. Sie kommt nicht wieder.«

»Hast du es deiner Tochter gesagt?«

»Mrs. Robert Dixon? Ich werde ihr schreiben. Ich habe meine ehemalige Schwiegermutter angerufen. Sie springt gern in die Bresche. Sie hat gerade wieder geheiratet und hat deswegen ein schlechtes Gewissen – einen pensionierten Zahnarzt. Sie möchte Kay umhegen. Sie ist natürlich entsetzt über die Heirat, aber fest entschlossen, gute Miene zu machen.«

»Wenn Kay nicht mit diesem Bombenschützen durchgebrannt wäre, würdest du nicht das Land verlassen.«

»Ich weiß es nicht«, sagte Louise ehrlich. »Aber so, wie es jetzt steht, habe ich zu große Lust, ihr den Hals umzudrehen, um eine Hilfe zu sein.« Sie stand auf und kam um den Tisch. »Iß dein Abendbrot, Daniel, bitte. Ich wollte es heute abend hübsch machen.«

»Ist das unser letztes Abendessen?«

»Nein, ich reise erst in drei Tagen. Komm, du weißt doch, so leicht wirst du mich nicht los. Wenn ich wiederkomme, komme ich zu dir gerannt – wenn du mich noch willst. Bis dahin wirst du in eine andere verliebt sein.«

»Wirst du deinen geschiedenen Mann treffen?«

»Das nehme ich nicht an. Aber meine Wege werden nicht mehr von mir bestimmt werden.«

Er begann zu essen, wenn auch langsam, als täte er es ihr zu Gefallen. Sie strahlte ihn an. Sie stellte sich vor, wie jemand sie nach Daniel ausfragte, ob er nicht wie Oscar vor Jahren aussah. Die Augen waren ähnlich, diese fast schwarzen Augen, die Wangenknochen, das schwarze Haar; aber Oscars Haar war nur leicht gewellt und das von Daniel kraus gelockt, das Vlies eines schwarzen Lammes. Ihre Körperlichkeit unterschied sich stark. Daniel war hochgewachsen und langgliedrig, schlank, agil, ein wenig gebeugt, als wäre er zu früh in die Höhe geschossen und hätte sich geniert, so viel Platz einzunehmen. In China mußte er noch größer gewirkt haben. Er war sanfter als Oscar, verletzlicher und weniger gut geschützt. Seine Gefühle konnten ihn herumwirbeln.

Es war das erste Mal in ihrem Leben, daß sie aus einer Beziehung fortging, solange sie noch intakt war, und aus Gründen, die nicht mit der Untreue des Mannes zu tun hatten. Daniel war ihr treu gewesen, und sie würde ihn schmerzlich vermissen. Die Art ihrer Arbeit zog sie voran und fort. Sie machte sich nicht vor, daß irgend etwas sie vielleicht wieder zusammenbrachte. Sie kehrte mit Sicherheit nicht nach Washington zurück. Selbst wenn die Nachkriegsereignisse ihn nach

New York führten, so war er zu jung, um sich nicht lange davor wieder verliebt zu haben. Sie wünschte ihm nur Gutes. Sie wünschte, sie könnte aus ihrem ganzen Leben nur Daniel mitnehmen, Daniel und ihre Schreibmaschine. Aber sie war nicht bereit, einer Beziehung zu opfern, die ihrer Überzeugung nach nicht von langer Dauer sein konnte.

Zu ihrer Überraschung verkündete Daniel, ihre Wohnung übernehmen zu wollen. Das vereinfachte natürlich das Ausziehen. Am zweiten Juli saß sie schließlich im Schalensitz einer Liberator einem mißmutigen Major gegenüber, der sie finster anstarrte, murrte und an seinem Schurrbart kaute, und das die ganzen vier Tage lang, die sie brauchten, um Casablanca zu erreichen. Dort bestieg sie zwei Tage später ein Flugzeug nach Schottland und dann endlich eines nach London, wo sie sich melden und ihre weiteren Reisebefehle erhalten sollte.

Abra 8

Der große Kreuzzug

Am 30. Mai erhielt Abra einen deprimierenden Brief von ihrem Bruder Ready.

Vor Marcus Island bekamen wir eine Bombe ab. Ich fing mir einen Granatsplitter ein. Verletzte nur ein paar Muskeln und legte mich lahm, eine Unterligaverwundung. Wurde zum Fregattenkapitän befördert als Trostpreis für die entgangenen Kampfhandlungen. Jetzt bin ich wieder auf dem Damm.

Er hatte ein Photo beigelegt. Dieser ledergesichtige Offizier mit den Kapitänstressen war nun ihr Lieblingsbruder. Seine Augen, die aus einem vorzeitig verrunzelten Gesicht blinzelten, waren ihre Augen. Sommers hatten sie sich immer miteinander verschworen, doch jetzt war es, als übersetzten beide aus einer anderen inneren Sprache. Sie war nicht die beste Briefschreiberin der Welt und er nahezu der schlechteste. Dann kam der Brief auf das zu sprechen, worauf er eigentlich abzielte:

Mutter ist sehr bestürzt über Deinen Englandaufenthalt. Angesichts der neuerlichen Bombardierungen ist sie der Verzweiflung nahe. Mutter glaubt, Du hast etwas mit dem Mann, für den Du arbeitest, irgendein Professor, den sie als deutschen Juden beschreibt. Was zum Teufel treibst Du eigentlich da drüben? Es hört sich mehr als nur ein bißchen degoutant an. Ich meine, Du solltest Dich ins nächstbeste Flugzeug in die Staaten setzen und vor Mutter treten, damit sie aufhört, Anfälle zu bekommen.

Abra, Du weißt, daß ich im großen und ganzen auf Deiner Seite bin. Du hast Dich schon so manches Mal in Deinem Leben in blödsinnige Schwierigkeiten gebracht, aber einem Judenprofessor ins Kriegs-London zu folgen schießt den Vogel ab.

Wenn Du nicht werden willst wie Deine Großtante Josephine und Dir Kanarienvögel halten und den ganzen Tag damit in Kleinkindersprache gurren willst, dann wird es Zeit, daß Du Dich dem Leben stellst und dahin zurückkommst, wo Du hingehörst, und Dich am Riemen reißt. Ich sage das nur zu Deinem Besten.

Dein Dich liebender Bruder Ready

Abra fing an, den Brief zu zerreißen, doch dann hörte sie auf. Ready war verwundet worden. Ganz egal, wie groß ihre Wut auf ihn war, die Lebensgefahr war zu allgegenwärtig, als daß sie selbst eine so dünkelhafte und vorurteilsbefrachtete Handreichung zerstören durfte. Die Briefe ihrer Mutter hatten seit einiger Zeit diesen Ton angeschlagen, aber Abra las sie nicht durch, und so hatten ihr die vorwurfsvollen Klagen wenig Eindruck gemacht. Seit ihrer College-Zeit hatte sie immer die sogenannten lästigen Passagen übersprungen und einfach nur die Abschnitte mit den Familienneuigkeiten gelesen. Sie hatte gelernt, das machte sie ihrer Mutter gegenüber weniger feindselig und eher dazu aufgelegt, unbeschwerte, geschwätzige Briefe nach Hause zu schreiben.

Sie achtete darauf, ihren Dienstrang auf dem Antwortbrief zu vermerken. Wenn sie auch nur Leutnant war, aber den rieb sie ihm unter die Nase, um derartige Familienerpressungen zu beenden. Sie dachte nicht daran, ihm zu erzählen, daß nur Oscars Winkelzüge ihr ein Offizierspatent verschafft hatten statt eines Mannschaftsgrades, wie ihn die meisten anderen weiblichen R&A-Kräfte erhielten, denen OSS Militärstatus verlieh. Oscar wollte sichergehen, daß sie zusammen essen konnten, und sein Vorgesetzter hielt das für einen hinreichenden Grund. Ihr war jedoch klar, der frivole Umgang ihrer Sektion mit der Militarisierung war für Ready in seiner gegenwärtigen Selbstgerechtigkeit keine Empfehlung. Bei OSS sprachen sie von Offizierspatenten aus Zellophan: man konnte hindurchschauen, aber sie bewahrten vor der Einberufung an die Front. Oscar haßte das Grüßen und fand militärische Vorschriften faschistisch. Aber er sagte selbst, ohne ihre Integrierung in die Armee war an ihre Kanalüberquerung überhaupt nicht zu denken. Unermüdlich plante Oscar darauf hin, nach Frankreich zu kommen.

Sie saß über ihrem Brief an Ready, schrieb jeden Satz zögerlich hin und schmeckte die Müdigkeit, denn letzte Nacht hatte sie Feuerwache gehabt – alle zwei Wochen mußte sie Wache halten –, und schmeckte auch den Essig der Enttäuschung. Sie war sich nicht sicher, ob sie Ready verzeihen konnte, aber Männer, die in eine Schlacht gingen, waren seltsam. Sie hatte einige sonderbare Begegnungen mit Männern von der Luftwaffe gehabt, der englischen wie der amerikanischen, und hielt für möglich, daß der Krieg sie alle in den Wahnsinn trieb. Sie schrieb schließlich einen kurzen, eisigen Brief, er sei zwar in der Marine, aber vielleicht könne er davon Notiz nehmen, daß sie in der Armee sei, die vor der Versetzung von Offizieren nicht den Rat der Familie einholte. Der fragliche Hauptmann sei in Pittsburgh geboren. Er komme aus einer jüdischen Familie, allerdings nicht aus Deutschland. Ihres Wissens käme seine Familie ursprünglich aus Rußland, doch sei er weitaus weniger russisch als ihre Familie schottisch, und sie vermöchte nicht einzusehen, weshalb das irgend von Belang sei. Sie fuhr fort, sie sei in London genauso am Krieg beteiligt wie er im Pazifik, und obwohl sie bei ihrer Mutter mit törichten Vorhaltungen rechne, sei es deprimierend, diese nun von ihm zu bekommen. Sie ließ sich aber nicht dazu hinreißen, ihrem plötzlich so christlichen Bruder darzulegen, daß ein halber Laib von Oscar sie weit mehr nährte als ein ganzer Laib von dem wattigen Weißbrot, das sie bislang gespeist hatte.

Sie teilte Oscars Meinung, daß die Invasion Frankreichs unmittelbar bevorstand. Sie hatten beide nicht die Geheimhaltungsstufe, um zu wissen, wann oder wo, aber in jener Woche hallte die Stadt wider vom Geräusch der schweren Geschütze und der Bomber, die den Pas de Calais ins Visier nahmen. Es fühlte sich an, als gingen die Geschütze tief im Innern der Erde los und als explodierten die Bomben Meilen tief unter ihren Füßen und vibrierten in ihren kleinen Knochen. Eisenhowers Hauptquartier am Grosvenor Square pulsierte von Geschäftigkeit, doch die hohen Tiere hatten sich woandershin verfügt. Die Londoner Geheimdienstgemeinde war nervös und zappelig. Je näher sie auf ihren Botengängen den Zentren der Macht kam, desto angespannter wurde alles. Auf den Straßen kursierten Gerüchte über deutsche Wunderwaffen, die die Wehrmacht in Europa unbesiegbar machen würden: düsengetriebene Flugzeuge, bakteriologische Waffen, Todesstrahlen, Segelflugbomben und -geschosse, Raketen, Bomben, die die Luft selbst in Feuer verwandelten. Festung Europa. Etwas schien unmittelbar bevorzustehen, doch dann kam stürmisches Wetter. Männer in großer Eile und mit grimmigen Gesichtern strebten über den Platz. Männer verschwanden. Plötzlich saßen weniger in der großen Messe.

General Donovan war in London, überall zugleich. Sie hörte, daß zahlreiche weitere der Sussex-Teams – angloamerikanische Agentengruppen – nach Frankreich aufbrachen; auf jeden Fall reisten weitere Jedburgh-Teams ab. Der laute, arrogante Major, der ehemalige Mitbewohner jenes Liebhabers für eine Nacht, fegte herein, um Karten zu studieren, und ward dann nicht mehr gesehen. Er grüßte sie immer mit etwas glasigem Blick, als könnte er nicht einordnen, wo er ihr schon einmal begegnet war. Überall kamen die Vorbereitungen für Einsätze in Frankreich auf Hochtouren. Eines Nachmittags betrat sie auf einem ihrer Botengänge einen Raum, dessen Boden vollständig mit französischen Franc-Noten bedeckt war, mehrere Zentimeter tief wie gefallenes Laub. Alle gingen über die Scheine, damit sie benutzt aussahen, erklärte ein Stabsunteroffizier.

Leute fingen Gespräche an und brachen sie ab. General Donovan verschwand so plötzlich, wie er aus Washington aufgetaucht war, aber diesmal munkelte man, der Leiter von OSS-London, David Bruce, sei mit ihm verschwunden. Das Wetter blieb weiter stürmisch, der Wind riß die frischen Blätter von den Bäumen. Auf dem alten Schutt blühten Weidenröschen, und Frösche quakten aus behelfsmäßigen Wasserreservoirs zur Brandbekämpfung, Tanks, in denen die blassen Londoner Kinder manchmal ertranken.

Sie erwähnte Oscar gegenüber kurz Readys Brief, während sie in einem französischen Restaurant in Soho aßen. Es versprach ein langer Abend zu werden. Nach dem Essen wollten sie wieder an die Arbeit gehen. Sie tat den Brief leichthin ab, beobachtete ihn aber.

»Zu schade, daß er nicht in der Nähe ist«, sagte Oscar. »Ich denke, mich kennenzulernen würde aus dem Familienbild von Gefährlichkeit und Verschlagenheit etwas die Luft herauslassen.«

»Du wärst bereit, dich mit ihm zu treffen?«

»Warum nicht?« Oscar winkte dem Kellner, noch Teeersatz zu bringen. Wenigstens war das Gebräu heiß.

Oscar war ein Familienmensch; es würde ihm also nicht peinlich sein. Sie verspürte Erleichterung, obwohl diese Begegnung auf Kriegsdauer hypothetisch blieb. Oscar lag wirklich etwas an ihr. Er würde sich nicht mit ihrem Bruder treffen, wenn er sie nicht liebte; seine Bereitschaft bewies seine Liebe. Zum ersten Mal seit Eintreffen des Briefes fühlte sie sich wohl.

»Hast du in letzter Zeit etwas von deinem Freund aus der Marine gehört?« Oscar tunkte den Rest der fast echten Soße mit einem Stückchen trockenem Brot auf. »Der aus deinem früheren Haus?«

»Vor ein paar Tagen bekam ich einen Brief.«

»Was hat er von Louise berichtet?«

»Überhaupt nichts, obwohl ich sogar gefragt habe.« Daniels Briefe waren immer voll vom neuesten Klatsch und den neuesten Witzen aus Washington. Die Post zwischen London und Washington war beschleunigt worden, so daß sie Daniels Briefe manchmal innerhalb von fünf Tagen hatte statt der bisherigen zwei bis drei Wochen.

»Merkwürdig, daß er dir nicht antwortet«, sagte Oscar. »Findest du nicht?«

»Wenn sie ausgezogen wäre, hätte er das bestimmt erwähnt. Schließlich war es meine Wohnung, die sie beschlagnahmt hat.« Vielleicht wollte Daniel vermeiden, sie durch die Erwähnung von Louise zu kränken. Unwahrscheinlich. Er neckte sie nur allzu gern. Er schützte Louise. Vor was? Vor ihrem Wissen und so vor dem von Oscar über das, was sich da drüben tat. Litt sie unter Verfolgungswahn, oder war da wirklich etwas los?

Oscar beobachtete sie aus verengten Augen. »Meinst du, sein Schweigen hat etwas zu bedeuten?«

»Vielleicht.« Sie war keineswegs erfreut über Oscars Hartnäckigkeit, aber schließlich wollte jeder wissen, was mit der ehemaligen Gefährtin war. Je länger sie über Daniels Vermeidung des Themas nachdachte, desto fester war sie überzeugt, daß Daniel etwas mit Louise hatte.

Manchmal dachte sie, daß sie Daniel wesentlich besser verstand als Oscar. Hatte er sich wirklich mit Oscars geschiedener Frau eingelassen, die fünfzehn Jahre älter sein mußte als Daniel? Ja, sie hielt es durchaus für möglich, daß ein junger Mann, der sich im Krieg mit einer Nisei einließ, die Unabhängigkeit des Geschmacks besaß, Louise Kahan zu verführen.

Abra wurde von einem außerordentlich lebhaften Bild von Louise in jenem Restaurant heimgesucht, als sie ein hinreißendes grünes Kleid und das rotbraune Haar in offenen Locken getragen hatte. An ihren seltsam stummeligen, kräftigen Händen hatte ein Smaragdring geblitzt. Anders als Oscar, der an Kleidung keine Gedanken verschwendete und im Laufe des Krieges immer mehr verschlunzte, hatte Louise eine elegante Fassade. Abra wurde plötzlich klar, daß Louise immer Oscars Sachen ausgesucht hatte; jetzt war Abra Augenzeugin des Verfalls einer einstmals guten Garderobe. Sie war überzeugt, daß er sich seit Jahren nichts mehr für sich selbst gekauft hatte. Nicht, daß es groß von Bedeutung war, denn ihre Freunde waren gleichermaßen schäbig gekleidet. Dennoch stellte Abra fest, daß sie sich bei Oscars Instandhaltung als weniger tüchtig erwies und daß Louise durchaus Anlaß hatte, ihren geschiedenen Mann mit recht kritischen Augen für Abras Unzulänglichkeiten zu betrachten.

Oscar runzelte die Stirn. Sie dachte, daß er zum gleichen Schluß über Louise und Daniel gekommen war wie sie. Falls es so war, dann kam er später bestimmt auf das Thema zurück. Bis dahin mußten sie wieder an die Arbeit gehen.

Am nächsten Morgen war sie im Keller, um für vorbereitende Besprechungen einen Bericht abzuziehen, die Seiten zusammenzulegen und zu heften. Die Maschine ratterte vor sich hin und brauchte ständige Bedienung, um nicht stehenzubleiben. Als Abra einen säuberlichen Stapel des Berichts über die deutsche Kugellagerindustrie fertig hatte, trug sie ihn nach oben zu Oscar zur endgültigen Durchsicht und Weiterleitung.

Niemand war in den Vorzimmern, und während sie die Treppen hinaufstieg, drang aus Büro um Büro ein Gemurmel an ihr Ohr, das sie an die Zeiten in den Staaten erinnerte, wenn alles bei den Endspielen am Radio hing. Ja, das war es, sie hörten alle BBC. Abra schaute auf ihre

Uhr, aber es schien nicht die richtige Zeit für Nachrichten. Allmählich erkannte sie die Stimme als die des britischen Generals Montgomery, in hoher rhetorischer Stimmlage und gewundener Langatmigkeit. Verdammt und zugenäht, was hatte der denn nun wieder?

In Oscars Büro ertönte auch das Radio, alle hockten auf Schreibtischen oder standen und lauschten, sogar die alten Radikalen, die die deutschsprachigen Zeitungen für sie analysierten. Montgomery sprach immer noch: »Wir kämpfen für eine große und gerechte Sache.«

»Davon bin ich überzeugt«, sagte Abra. »Warum stellen sich mir die Stacheln auf, wenn ich den das sagen höre?«

»Schschsch!« sagte Oscar.

Montgomery dröhnte weiter: »Laßt uns beten, daß der allmächtige Herr der Schlachten mit unseren Armeen sei und daß seine höhere Macht uns in unserem Kampfe beistehe. Laßt uns unerschrockenen Herzens und streitlustigen Mutes dem Sieg entgegengehen. Und während wir uns in die Schlacht begeben, laßt uns der uralten Worte aus dem Munde eine berühmten Soldaten gedenken. 'Der fürchtet ängstlich um sein Los wie um zu schmale Beute, der nicht sein Alles setzt und wagt, ohn' daß es ihn gereute.' Viel Glück für einen jeden von euch und reiche Jagdgründe auf dem Festland Europas.«

»Was soll das?« flüsterte Abra, verärgert über die Feierlichkeit im Raum. Wenn Generäle Götter anriefen, bekam sie Hautjucken.

»Es hat angefangen«, sagte Oscar. »Jetzt brauchen wir Champagner.«

»Ein bißchen verfrüht, um Siege zu feiern«, sagte Wilhelm, der Rohrleger. Seine Narbe glühte, denn wenn er aufgeregt war, wurde sie rot. »Erinnert euch daran, was den britischen und kanadischen Jungs bei Dieppe passiert ist«, sagte er mit seinem starken Akzent, der die Leute in der U-Bahn und den Läden zu finsteren Blicken veranlaßte. Er hielt seine Zigarette zwischen Daumen und Zeigefinger und nickte ihnen zu. Oscar und Abra gaben ihm regelmäßig ihre Zigarettenration.

Das Radio sprach wieder. »Wir wiederholen nun das historische Kommuniqué Nummer Eins aus dem Hauptquartier des Alliierten Oberkommandos. Es wurde heute morgen um neun Uhr zweiunddreißig herausgegeben, das erste Bulletin über die größte Invasion der Weltgeschichte: »Unter dem Kommando von General Eisenhower haben heute morgen alliierte Marinestreitkräfte mit starker Unterstützung von Luftstreitkräften begonnen, alliierte Armeen an der

Nordküste Frankreichs an Land zu setzen. Die Alliierten sind an zwei Orten der Küste der Normandie zwischen Cherbourg und Le Havre gelandet ...«

Menschen rannten laut rufend die Treppen hinauf und hinunter. Sie folgte Oscar, Wilhelm und Beverly in die Amtsstube der Frankreich-Abteilung, wo eine große Karte schon einen Menschenmenge angezogen hatte, die herausbekommen wollte, wo die Landungen stattgefunden hatten. Aus allen Radios erschallte der BBC. Gestern erst war die Befreiung Roms verkündet worden, doch die kam für sie wenig überraschend, denn OSS-Italien war schon seit Monaten in Rom aktiv.

»Ich wette, Wild Bill Donovan und Bruce sind in die Normandie entschwunden«, murmelte einer der Frankreichexperten. »Wie ich den General kenne, wühlt er sich durch den Schlamm an den Feind heran«, zitierte er sarkastisch. R&A war von Donovans drastischer Beschreibung seiner Aufgabe nicht rundum begeistert gewesen.

Jemand brachte den Frankreichexperten zum Schweigen. Abra war froh, daß noch jemand außer ihr respektlos blieb und den Mund verboten bekam. Oscar sagte: »Sie haben gerade etwas über die Résistance gesagt.«

Alle warteten. »Wie die Amerikanische Transozeanische Nachrichtenagentur meldet, sind die 28. und die 101. amerikanische Fallschirmspringerdivision über der Halbinsel der Normandie in Frankreich abgesprungen. Eine Frage wird jetzt viel Beachtung finden: Welche Rolle kann der französische Untergrund, können die französischen Patrioten übernehmen, um diesen Fallschirmjägern zu helfen?

Marschall Pétain hat heute an das französische Volk appelliert, sein Los nicht noch zu verschlimmern, indem es tragische Vergeltungsmaßnahmen heraufbeschwört, doch es lauscht der Stimme von General Eisenhower. Wie der deutsche Rundfunk berichtet, ist im Mündungsgebiet der Seine zur Zeit eine Seeschlacht im Gange.«

Wilhelm neigte den Kopf, sah den vorlauten Frankreichexperten an und sagte: »Es soll einen Heidenkrach gegeben haben, als General de Gaulle erfahren hat, Eisenhower und der BBC lassen ihn nicht zum französischen Volk sprechen, erst als Anhängsel.«

»Meinen Sie etwa, wir können ihn raushalten? Die Berichte aus Frankreich sind anderer Ansicht.«

Oscar hörte nicht zu, sondern starrte auf der Karte Paris an. »Frankreich«, murmelte er gedankenverloren. »Wann werden wir wohl rübergehen?«

MI9, der britische Geheimdienstzweig, der die Fluchtrouten für abgeschossene Piloten und entflohene Militärangehörige organisierte, wahrte Distanz sowohl zu OSS als auch zu MI6 und SOE, dem älteren britischen Äquivalent der OSS-Abteilung SO, Sonderoperationen. MI9 bestand ausschließlich aus Militärs, die ihre eigenen Sicherheitsvorkehrungen für untadelig hielten und die aller anderen für dürftig. Sie schienen Verbindungen zu anderer Untergrundarbeit lediglich als möglichen Störfaktor für ihre weitaus wichtigeren Bemühungen zu betrachten.

Alle in der Londoner Geheimdienstgemeinde, wie sie sich selber nannte, liebten jedoch R&A, stellte Abra fest. Jeder ließ es sich angelegentlich sein, R&A als das niedliche, unschuldige Butterblümchen unter den Geheimdiensten gönnerhaft zu behandeln, aber alle wollten die R&A-Berichte. R&A gab mehr, als es bekam, und so umgab eine Aura der Heiligkeit seine Anstrengungen. Obwohl die internen Rangeleien, die Fehden der gekränkten Eitelkeiten, die Komplotte in den Toilettenkabinen, die Brüskierungen auf den Treppen ein Merkmal von R&A waren, so brauchte es doch nicht ums Überleben innerhalb der übrigen Geheimdienstorganisationen zu kämpfen, die ständig nachzuweisen suchten, daß alle anderen entweder geschluckt oder aufgelöst werden sollten.

Endlich wurde Oscars Geduld belohnt. Er hatte Verbindungen zu einem Hauptmann von MI9 gepflegt, der gerne Berichte über die deutsche Wirtschaft bekam und wußte, daß Oscar für Nachricht von Gloria dankbar war. Nun kam Mitte Juni ins schwüle und drückende London diese Nachricht. Der SD (die Spionageabwehr der Nazis) hatte mit Hilfe eines Doppelagenten in Glorias Rattenroute mit Codenamen Ivoire eine Wendeschleife eingebaut. Abgeschossene Piloten waren in eine Falle umgeleitet worden, die dem äußeren Anschein nach den anderen Stationen der Rattenroute glich, waren dort – wie um sich der Richtigkeit ihrer Geschichten zu vergewissern – ausgefragt worden, und so hatte der SD sich die einzelnen Teile der Rattenroute zusammengesetzt.

Die Résistance hatte das spitzbekommen, aber gerade, als Warnungen herausgingen, hatte der SD zugeschlagen. Die Rattenroute war außer Gefecht gesetzt. Die meisten Mitglieder des Netzes waren von der Gestapo abgeholt worden, doch ein paar konnten entkommen. Das war alles, was MI9 wußte. Oscar redete nicht viel und hatte es wohl auch aufgegeben zu schlafen. Er sah abgezehrt aus.

Am 18. Juni ging Abra nachschauen, was mit Wilhelm war, der seit zwei Tagen nicht mehr zur Arbeit erschien. Er hatte kein Telefon. Als feindlicher Ausländer des Typs C, mithin gutartig, durfte er auf freiem Fuße bleiben, aber kein Fahrrad und keine Taschenlampe besitzen. Abra war immer bereit, Botengänge zu erledigen, weil sie es genoß, aus dem Büro herauszukommen und London zu sehen. Wilhelm wohnte in einem Reihenhäuschen in einer überwiegend jüdischen Arbeitergegend und hatte bei der Familie eines Lederarbeiters ein Zimmer gemietet. Sie war schon einmal da gewesen, denn der Umgang mit den nahezu mittellosen Emigranten, die OSS behilflich waren, brachte ein gewisses Maß an Sozialarbeit mit sich.

Als sie in Whitechapel aus der U-Bahn kam, war die Straße von Lastwagen blockiert, so plattgedrückt wie Konservendosen, und von einem reißenden Strom, der sich aus einer geborstenen Wasserleitung ergoß, doch ein Bobby dirigierte den Verkehr mühsam daran vorbei. Auch der Markt auf dem Bürgersteig ging weiter, und sie nahm sich vor, einen kurzen Streifzug nach etwas Anziehbarem oder Eßbarem zu unternehmen, sobald sie sich vergewissert hatte, was mit Wilhelm war.

In Wilhelms schmaler Straße torkelten die heruntergekommenen, windschiefen Häuschen vor sich hin wie immer. Nur in der Mitte des Blocks, wo mehrere Häuser, darunter auch das des Lederarbeiters mit Wilhelm als Untermieter, gestanden hatten, gähnte ein Krater so groß wie ein Teich. In der Umgebung waren die Fenster zu Bruch gegangen, Haustürstufen zerborsten, Simse herabgestürzt und anderes, nicht mehr Identifizierbares pulverisiert. Auf ihrem Weg zu der Lücke watete Abra durch zerstoßenes und zerbrochenes Glas, das sich durch die dünnen Sohlen ihrer abgetragenen Schuhe bohrte. Der Gestank nach Kloake war allgegenwärtig. Sie stand nun in der Mitte des Blocks, dort, wo an die zwanzig Häuser gestanden hatten, und konnte über die neu entstandene Ebene hinweg deutlich eine verkohlte, immer noch schwelende Gießerei zwei Querstraßen weiter sehen. Ein paar verlorene

Hühner pickten auf dem Gelände. Jeder hier mit einem Hinterhof hielt sich zumindest Hühner und Kaninchen. Was für eine Bombe konnte solchen Schaden angerichtet haben? Sie hatte Gerüchte über *doodlebugs* gehört, die sogenannten Maikäfer.

Sie sah Wilhelm vor sich, wie er an einem Tisch voller deutschsprachiger Zeitungen saß und seine Kommentare zu den relevanten Artikeln halb in Englisch, halb in Deutsch Beverly diktierte und vorgab, er könnte alles, wirklich alles außer schreiben, und dabei mit der Zigarette zwischen Daumen und Zeigefinger gestikulierte.

Sie rief einer Frau zu, die vergeblich im Schutt der nächsten Straße wühlte: »Ich suche einen Freund. Er hat hier in Nummer vierundachtzig gewohnt.«

»Alle doht«, sagte die Frau, ohne aufzuschauen. »Dreienzwanzich, wo hier in der Straße jewohnt ham, zwei noch vermißt. Meine Mutter mit. Alle Hackfleisch.«

Ihr fiel ein Satz aus dem Leitfaden zur Agentenanwerbung ein, offizielle OSS-Politik: »Kein Agent sollte angeworben werden, ohne daß gründlich bedacht worden ist, wie man sich seiner entledigen kann, sobald sich seine Nützlichkeit erschöpft hat.« Nun brauchte sich OSS um den Rohrleger Wilhelm, Jude, Mitglied einer kommunistischen Splittergruppe, Verehrer der lange toten Rosa Luxemburg, nicht mehr zu sorgen. Er war zerstückelt worden. Sie stapfte hin und her in den Trümmerresten, die Gehweg und Fahrdamm zwanzig Zentimeter tief bedeckten, und starrte in den Krater. Weg. Vermutlich mußten Oscar oder sie die Leiche identifizieren, falls eine gefunden wurde. Was konnte solch ein Loch geschlagen haben? Waren das die vielgepriesenen Wunderwaffen?

In den folgenden Tagen beantworteten Gerüchte diese Frage lange, bevor die Regierung schließlich verlauten ließ, daß Raketen auf England fielen. Bald darauf erfuhren sie, die *doodlebugs* waren von einem Staudruckrohr getriebene, mit einer Selbststeuerungsanlage versehene Flugkörper, die bei einer Höchstgeschwindigkeit von sechshundertvierzig Stundenkilometern fast eine Tonne hochexplosiven Sprengstoff tragen konnten. Diese Explosivkraft war etwas Neues. Das betuchte London begann wieder auf seine Landsitze zu retirieren; aber das ärmere London hockte enger aufeinander denn je, und billiger Wohnraum wurde so rasch zerstört, daß viele Familien wieder in der Untergrundbahn übernachteten und in den kaum erträglichen Luftschutzbunkern.

Die Menschen schienen es als ihre Pflicht zu empfinden, fröhlich zu bleiben, aber ihr Mut ging zur Neige, wie so vieles andere. Die Mundpropaganda über die Raketen war, daß sie sich wie Lokomotiven anhörten, wenn sie über dir durch die Luft sausten, aber wenn sie aussetzten, mit einem unheimlichen grünen Blitz, dann warst du dran.

In Abras Wohnung waren alle Fenster zur Straße entzwei. Sie ließ sie mit Brettern vernageln. Es wohnte sich wie in einer Höhle. Ihr Bett brach plötzlich eines Nachts zusammen, die Zapfen hatten sich gelokkert. Keine Tür hing mehr gerade, und keine Schublade ließ sich völlig hineinschieben. Die Möbel hatten sich von den Detonationen verzogen. Sie machte sich nicht mehr die Mühe, einen Schutzraum aufzusuchen. Fiel ein *doodlebug* auf einen Bunker, dann waren sowieso alle Insassen tot. Besser, zu Hause im Bett zu bleiben. Es gab keine Vorwarnung, daß sie kamen, und sie kamen tagsüber genausooft wie nachts.

Die Nachrichten aus der Normandie waren erträglich, denn die Alliierten hielten ihre Landeköpfe, auch wenn sie nicht viel Boden gewannen. Dann bekam Oscar einen Brief von Louise, in dem stand, daß seine Tochter mit einem Bombenschützen durchgebrannt war. Er explodierte und setzte Himmel und Hölle in Bewegung, um ein Telefongespräch in die Vereinigten Staaten zu bekommen. Eine Woche verging, und er versuchte immer noch vergeblich, Louise in Washington zu erreichen.

Am Montag, als sie an der endgültigen Fassung ihres Kugellagerberichts arbeiteten, klingelte Oscars Telefon. »Louise!« bellte er in den Hörer. »Ich habe jeden Tag versucht, dich anzurufen. Was unternimmst du wegen Kay?« Er lauschte, dann sprang er auf und wies sie heftig aus dem Zimmer.

Wütend schloß sie die Tür und schmollte im Vorzimmer, bis er einige Zeit später erschien. »Louise ist in der Stadt«, sagte er sanft. »Wir essen mit ihr zu Abend. Sie läßt dich ausdrücklich bitten.«

»Hier? Was macht sie hier?« Abra war unwirsch.

»Sie ist Kriegskorrespondentin und wartet darauf, nach Frankreich zu gehen.«

»Die und Kriegskorrespondentin? Was qualifiziert sie dafür? Will man aus der zweiten Front eine Liebesgeschichte machen?«

Oscar warf ihr einen Blick zu, der vernichtend sein sollte. »Louise schreibt seit zehn Jahren ernstzunehmende Artikel. Natürlich wird sie nicht ins Kampfgebiet geschickt, aber es gibt in London und hinter den Linien viel vom Krieg, das sie aufgreifen kann.«

Ihr wurde nie gestattet, Louise zu kritisieren, die offenbar auf einer anderen Ebene als sie selbst stand. Das wurmte sie. Wo blieb die Redefreiheit? Fielen Louises Aktien durch ihre Affäre mit Daniel denn überhaupt nicht?

Sie aßen in der Grosvenor Hotel-Messe. Louise hatte auch Offiziersrang. Oscar war ihr im Dienstrang nicht überlegen. Louise hatte, wie sie spöttisch sagte, den theoretischen Rang eines Hauptmanns, für den Fall, daß sie in Gefangenschaft geriet. Abra war froh, zumindest Leutnant zu sein. Louise sah strahlend aus, fand Abra und fragte boshaft: »Wie geht es Daniel? Hatte er nichts dagegen, daß Sie hier rübergekommen sind?«

»Niemand freut sich über diese Kriegsabschiede, hab' ich recht?« fragte Louise glattzüngig zurück. Oscar wandte nicht den Blick von ihr und stellte ihr weitaus mehr Fragen über sie selbst als über Kay, die doch der Vorwand für diese Zusammenkunft war. Abra fand das Essen keinen großen Erfolg.

Jeff 8

Die Würfel sind gefallen

»Ich habe mich immer ablenken lassen«, erklärte Jeff Jacqueline, als sie ineinandergerollt wie zwei nistende S in dem alten Bett lagen, oben in einem Bauernhaus in den Bergen von Lacaune. »Ich bin immer wieder in Affären geraten, die ich eigentlich nicht wollte, weil ich etwas wollte. Verstehst du?« Das Bauernhaus hatte verlassen gestanden, seit eine alte Frau im Jahr zuvor gestorben war, ihre Söhne fort in Nordafrika. Sie hatten das Dach repariert und Tierkot entfernt. In ihrem Zimmer konnten sie immer die Agout hören, einen Wildwasserfluß, der sich über die Felsen draußen stürzte.

»Halb und halb.« Ihre Wange lag in seiner Hand, so daß er ihre

Stimme hören und zugleich fühlen konnte. Rosenduft schwebte durch die offenen Fenster. Schwalben, die in der Scheune nisteten, schossen zwitschernd vorbei. Jetzt, wo der Juni gekommen war, machten fast alle nach dem Mittagessen eine Siesta, aber man hielt ihn und Jacqueline für aufdringlich, ungehörig, weil er sich weigerte, sich mit den schweren Holzläden von der Welt abzuriegeln. Im Süden sahen tagsüber die Häuser für ihn erblindet aus, unheimlich, in der Trauer ihrer inneren Dunkelheit, obwohl er wußte, daß diese Sitte ihnen ermöglichte, in Toulouse auch tagsüber ungefährdete Treffs hinter geschlossenen Fensterläden abzuhalten. Sie hob den Kopf, um zu sagen: »Ich erkenne das Phänomen wieder. Meine Freundin Céleste hat sich so immer mit Männern eingelassen ...« Sie verstummte, und er fühlte, wie ihre Muskeln sich zusammenzogen.

»Was ist? Hast du was vergessen?«

»Ich habe so viele Freundinnen und Freunde, die vielleicht deportiert worden sind, die vielleicht schon tot sind, und ich weiß es nicht einmal.« Sie schüttelte sich und schmiegte sich enger an ihn. »Jedenfalls, das Phänomen ist mir bekannt, wenn auch nicht persönlich. Ich habe Beziehungen mehr widerstanden als gesucht. Ich hatte Angst, mich zu verlieren.«

»Dein Ich ist das einzige, was du nie verlieren kannst, selbst wenn du willst.«

»Schau dir doch verheiratete Frauen an!« Sie ahmte eine affektierte Sprechweise nach. »Oh, *mon mari*, mein Mann würde mir nie *erlauben* zu arbeiten. Mein Mann würde mich nie allein auf eine Reise lassen. Ach, früher waren wir Freunde, aber das war, bevor ich geheiratet habe ... eine Mutter war nie so.«

»Frauen geben weniger leicht auf, als du denkst. Ich fand, sie arbeiteten immer schwer daran, mich zu dem Ehemann zu machen, den sie wollten.«

»Du redest immer, als hättest du Tausende von Frauen gehabt.« Sie stieß ihn in den Bauch. »Wie Don Juan in der Oper, mit den Listen von seinem Diener, die der natürlich führt, um dem Don zu schmeicheln.«

»Tausende nicht, aber ein gutes Hundert wohl schon.«

»Ähh. Und du hast alle geliebt?« Ihre Stimme war weich vor Verachtung.

»Ich habe keine von ihnen geliebt.« Er hielt sie fester. »Ich habe einige ein bißchen geliebt, aber nicht genug. Es war eine riesige Zeitverschwendung, all die Energie, um eine Frau zu finden, sie dazu zu bringen, mich zu lieben, und sie dann loszuwerden.«

»Ah, du willst mich loswerden? Ich kann in fünfzehn Sekunden verschwinden.« Sie regte sich, als wollte sie aufstehen, nackt wie sie war. Sie hatten sich nicht einmal mit einem Laken zugedeckt, da der Nachmittag warm war. Sie waren den größten Teil der Nacht aufgewesen. Bald mußte er sich aus dem gemütlichen Bett losreißen und die Informationen durchgehen, die er in dieser Woche von seinen Agenten erhalten hatte, sie abgleichen, verknappen und zum Funken verschlüsseln, eine öde Aufgabe, die fast den ganzen Tag in Anspruch nahm. Morgen mußte er nach Toulouse und neue Berichte einholen. London setzte ihm arg zu, frische Informationen zu liefern.

»Ich möchte festhalten und festhalten. Ich erkläre dir gerade, warum ich nach dem Ende dieses Krieges ein besserer Maler sein werde als je zuvor. Ich habe zu viel Energie darauf verschwendet, mich zu langweilen. Alle paar Monate bin ich weitergezogen. Jetzt möchte ich Wurzeln schlagen und mich nie fortrühren, außer vielleicht, um hin und wieder in Paris die Ausstellungen zu sehen und einer meiner eigenen auf einer schicken Vernissage beizuwohnen.«

»Bah, du wirst dich eine Weile mit Paris abfinden müssen. Ich muß einen Abschluß machen. Es sei denn, ich sprenge einfach weiter Sachen in die Luft. Dafür zeige ich Begabung.«

»Leider sind da die Beförderungsmöglichkeiten begrenzt.« Er seufzte und setzte sich auf die Bettkante, um sich aus dem Fenster zu beugen. »Da ist Lev und bringt dem älteren Faurier-Mädchen das Schießen bei. Ist sie nicht ein bißchen jung?«

»Sie deportieren jüngere und töten jüngere.«

Das Sonnenlicht fiel auf ihr Haar, das wieder zu seiner eigenen Farbe ausgewachsen war und lebendig auf ihren Schultern lag wie eine Wolke feines, um ihr Gesicht gesponnenes Garn. Ihre Schultern waren zierlich, doch konturiert, mit kleinen Einbuchtungen gleich neben ihren vollen Brüsten mit den bläulichroten Brustwarzen. Oh, sie war dünn, zartknochig, aber drahtig, erstaunlich kräftig für ihre Größe. Jeden Tag lief oder radelte sie etliche Kilometer, schleppte schwere Lasten auf ihrem Rücken. Nach dem Krieg würde sie diese Katzenwachsamkeit verlieren, diese ständige Bereitschaft, zum Sprung anzusetzen oder mitten in der Luft bei einem fremden Geräusch die Richtung zu wechseln. Er fand diese Reaktionsschnelligkeit anziehend, doch er konnte auch darauf verzichten.

Sie hatten hier oben einen ausgedehnten Garten. Mehrere der Männer gingen auf die Jagd, darunter Lev, der sich als guter Fährtenleser erwies. Forellen standen bei den Felsen im Fluß, wo Daniela fast jeden Tag angelte, denn sie sagte, das Wasser beruhigte sie. Sie hatten zwei kleine, aber ergiebige Kühe erworben, zwei Ziegen und eine Schar dunkel brünierter Hühner. Sie waren gesünder. Sie lebten weniger in Angst. Sie schliefen besser, und sie waren alle in guter Verfassung und bester Laune: eine gute kleine Maquis-Gruppe mit siebzehn über die Gegend verstreuten Mitgliedern, darunter sechs Jungen in einem Waldlager, wo viel von ihrem Arsenal vergraben lag. Für Sabotage waren sie eine hochwertige Waffe. Er zählte das ältere Faurier-Mädchen, Sophie, nicht mit, obwohl Lev sie ausbildete. Von den siebzehn waren dreizehn Männer und vier Frauen, die bis auf Mme Faurier alle so einsatzfähig waren wie die Männer.

Mme Faurier hatte ebenfalls ihre nützlichen Seiten: sie kochte und organisierte Lebensmittel. Da sie sich als unfähig erwiesen hatte, das Zusammenzucken beim Abfeuern zu unterdrücken, und so bei jedem Schuß verfehlte, war das Vorhaben, aus ihr einen Heckenschützen zu machen, schließlich sogar von Lev fallengelassen worden. Sie erledigte für alle das Geschäftliche, und sie lernte, Agentenmeldungen zu bearbeiten. Wieder tat Jeff etwas Unorthodoxes, der Verfahrensweise Widersprechendes, aber er sah nicht ein, warum er der einzige in der Gruppe bleiben sollte, der Funksprüche ver- und entschlüsseln konnte. Wenn er außer Gefecht gesetzt wurde, wie sollten sie dann nach London oder Algier senden? Londoner Sicherheitsmaßstäbe bewiesen sich vor Ort nicht immer. Er hatte das Gefühl, er brauchte in seiner Fachkenntnis Unterstützung.

Sie trug das Haar in Zöpfen um den Kopf gewickelt, ein Nest auf einem kurzen Hals über einem Körper, der mit einem Stapel von Kreisen wiedergegeben werden konnte. Sie hatte Zahnlücken und ließ sich leicht zum Lachen bringen, war aber immer auf der Hut, hatte immer ein wachsames Ohr oder Auge auf ihre Mädchen. Selbst wenn Lev ihre Töchter ausbildete und nach Flaschen auf einem Baumstumpf schießen ließ, saß Mme Faurier in Sichtweite und pulte Erbsen.

Früher hatte er sie nicht gemocht, aus keinem anderen Grunde, als daß sie Jacqueline vor ihm zu schützen schien; jetzt mochte er sie sehr, auch ihren Mann, den unersetzlichen Schlosser der Gruppe, der alle Maschinen reparierte, die sich überhaupt noch reparieren ließen, und ausweidete, was hoffnungslos zertrümmert war.

Ihm wurde bewußt, daß Jacqueline etwas sagte. Sie saß im Schneidersitz mitten auf dem Bett, hielt die Hände verschränkt, schaute verträumt in das blendende Sonnenlicht hinaus und redete über das Anbringen von Sprengladungen. »Ich benutze gern die kleinste nötige Menge und bringe sie an dem Punkt an, wo sie den größten Schaden anrichtet. Manchmal ist das nur eine Sache der genauen Zeitabstimmung, so daß wir die Waggons sieben und acht treffen, aber die Waggons davor sicher durchlassen, da Zivilisten drinsitzen. Aber bei einer Drehscheibe oder eine Brücke ist die Placierung alles ... Manchmal denke ich daran, Architektin zu werden oder Ingenieurin.«

Er war nicht davon begeistert, daß sie studieren wollte. Es war jedoch müßig, sich jetzt darüber auseinanderzusetzen. Er sagte nur: »Wenn du dich für eins davon entscheidest, geht das auch gut in Montpellier oder Toulouse. Kein Grund, nach Paris zurückzukehren.« Er hockte auf dem Fensterbrett. Direkt davor hatte der vorige Besitzer eine rosa blühende Roßkastanie gepflanzt, deren Blütenfackeln von Bienen schwirrten. Die Kastanien blühten hier später als in London.

»Aber ich muß nach Paris zurück, wenigstens für eine Weile.« Ihre Pupillen waren winzig und starrten in das weiße Licht draußen. Ihre Augen waren blaßgrüne Knospen, deren Braun im Moment übertönt war.

»Um deine Familie ausfindig zu machen?«

»Um es zu versuchen.«

Manchmal spürte er hinter ihren Worten eine ungeheure Kraft des Unausgesprochenen, als teilten sie, obwohl sie die Körper und die Gefahr teilten, nicht die gleiche Welt. Sich in eine Frau aus einem anderen Land zu verlieben bedeutete eben, daß er nur allmählich verstehen würde, was sie geformt hatte. Seine Vorstellungen von Studium oder von Ferien würden im Widerspruch zu ihren stehen. Das Zusammenleben würde ihnen eine Familiengeschichte geben und eine Kultur, in der sich beide Nebenflüsse mischten. Ihre Kinder würden zweisprachig aufwachsen.

Er griff nach seiner Hose. Zeit, an den Entdeckungen seiner Agenten zu arbeiten. Inzwischen schickte ihm London lange Einkaufslisten, und seine Agenten riskierten ihr Leben, um zu besorgen, was gefordert wurde. Alle paar Wochen verschwand einer, und er mußte jemand anders anwerben und die toten Briefkästen ändern.

Am Abend, dem fünften Juni, hörten sie wie immer BBC. Die Sendung war lang, nichts Spezielles für sie, und Jeff erwischte sich beim Tagträumen, während die entnervend ausdruckslose Stimme jede Durchsage wiederholte: »Die Bären haben ein dickes Fell. Die Bären haben ein dickes Fell. Ich küsse dich, Liebling, dreimal. Ich küsse dich, Liebling, dreimal. Urlaubsgrüße an Papa Noël. Urlaubsgrüße an Papa Noël.«

Da wachte er jählings auf, als wäre ihm kaltes Wasser über den Rücken gelaufen. Bestimmt hatte er sich verhört. »Schsch!« zischte er, obwohl niemand im Raum etwas gesagt hatte. Mme Faurier schaute auch entgeistert: sie hatte ihre Codes gut gelernt. *»Il fait chaud dans le Suez«*, wiederholte die farblose Stimme.

»Merde«, knurrte er, so daran gewöhnt, sich in Französisch auszudrücken, daß er gar nicht merkte, wie er jetzt auch darin fluchte.

Weitere Durchsagen. Vielleicht stimmte es nicht. Dann sagte das Radio klar und deutlich: »Die Würfel sind gefallen.« Ein Rest von seinem Schullatein kam ihm in Erinnerung. Alea iacta est. Caesars Satz. Er selbst war allerdings nur ein Hühnerhofgeneral. Das war das zweite Kennwort: der Aufruf zur allgemeinen Erhebung. Es war das Signal, die Waffen auszugraben und alles zu geben, was sie hatten. Er ging in Gedanken durch, wieviel das war, und es war kümmerlich. Gut für Guerillahinterhalte, aber absurd für offenen Krieg. Monatelang hatte er Granatwerfer angefordert, schwerere Geschütze, Panzerabwehrwaffen, aber nur leichte Waffen waren abgeworfen worden.

Er grübelte immer noch darüber nach, als ein weiterer Satz kam: »Der Pfeil wird nicht durchschlagen.« Dann kurz danach: »Schilf muß wachsen, Blätter müssen rascheln«, wiederholt von dieser entnervend gemächlichen Stimme.

Nachdem die Durchsagen beendet waren, stand Jeff langsam auf. »Sie haben uns befohlen, uns zu erheben! Sie setzen *Plan Vert* in Kraft: die Sabotage der Eisenbahnlinien. Wir kennen unsere Ziele. *Plan Bleu* tritt auch in Kraft: das sind die Wasserkraftwerke. *Plan Violet*: Unterbrechung des unterirdischen Telegraphennetzes. Unser Ziel sind die Leitungen, die nach Castres führen. Schließlich *Plan Bibendum*. Wir sollen die deutschen Truppenbewegungen zum Schlachtfeld verlangsamen und möglichst verhindern.«

»Zu welchem Schlachtfeld?« fragte Lev. »Landen denn die Alliierten?«

»Wenn nicht, dann würden sie nicht alle Hebel in Bewegung setzen. Jetzt kommen sie bestimmt. Das Signal zur allgemeinen Erhebung ist endlich da.«

Lev, der Informationen von den *cheminots* bekommen hatte, sagte: »Sie haben den Pas de Calais mit Bomben eingedeckt. Meinst du, das ist es?«

Alle sahen Jeff an, der die Achseln zuckte. »Sicher, die Vereinigten Stabschefs rufen mich jeden Abend an und plaudern mit mir über ihre Pläne. Ich weiß nur, sie kommen und sie wollen, daß wir losschlagen.«

»Wird auch Zeit«, sagte Lev. »Los, zermalmen wir die *boches!*«

Das Hauptquartier der Sondereinheiten hatte ihnen schon vor zwei Monaten bestimmte Ziele zugewiesen, so daß sie die Invasion im Mai erwartet hatten. Das Hauptziel war, die Deutschen daran zu hindern, ihre im Süden stationierten Truppen rechtzeitig nach Norden zu werfen, damit sie den Landekopf nicht einkesselten und die alliierten Truppen vernichteten, wie sie die Briten und Kanadier bei Dieppe umzingelt und niedergemetzelt hatten. Besonders wichtig waren die deutschen Panzereinheiten, aber die Résistance hatte keine guten Panzerabwehrwaffen erhalten.

»Die Eisenbahnleute müssen das auch gehört haben«, sagte Lev mit Genugtuung. »Die sind vorbereitet. Sie haben vor, die Gleise an fünfunddreißig Stellen zu unterbrechen. Morgen wird ein arbeitsreicher Tag. Ich schlage vor, daß wir jetzt zu Bett gehen, zu schlafen versuchen und uns um eins versammeln. Haben wir nicht auch ein paar Brükken?«

»Eine Eisenbahnbrücke über die Agout und eine Straßenbrücke bei Castres. Das sind unsere.«

»Haben wir genug Sprengstoff für alle unsere Ziele?« Lev wandte sich an Jacqueline.

»Wir haben genug, wenn wir elegant sind, wenn wir schlampig sind, nicht.«

»Besser, du machst als erstes heute nacht die Castres-Brücke«, sagte Lev zu Jacqueline.

Jacqueline aalte sich, eine rote Katze, die sich in der Anerkennung ihrer Fertigkeiten sonnte. Jeff sah ein Bild vor sich: er selber im Eßzimmer zu Hause, im Büffet nach Jahren kindlicher Abwaschtätigkeit die Überbleibsel von Violas gutem Porzellan, der Professor am Kopfende des Tisches unter dem elektrischen Kronleuchter in seinem Sessel thronend. Jeff stellte Jacqueline vor. »Das ist meine Verlobte. Sie kann ein perfektes Omelett machen und sie kann mit Plastiksprengstoff und Dynamit virtuos umgehen.« Er lächelte.

Lev bemerkte es. »Ja, Vendôme, tut es nicht gut, nu, endlich von der Leine zu sein und die Schweine zu beißen, wo wir können? Jetzt, wo es losgeht, wissen wir, es wird ein Ende geben. Wir sind jetzt nur noch dafür verantwortlich, wie gut wir zuschlagen und wie gut wir kämpfen, *hein?*«

»Können wir den Renault nehmen?« fragte Jacqueline. »Wir kriegen mehr getan, wenn wir die Entfernungen heute nacht rasch zurücklegen.«

»Wir werden es riskieren«, entschied Lev. »Unsere Liste von Zielen ist so lang, wir können von Glück sagen, wenn wir die Hälfte erwischen.«

»Warum dann nicht gleich anfangen?« fragte M. Faurier. Er sah krank aus vor Nervosität.

»Zu früh. Na gut, wie wär's, wenn wir um Mitternacht aufbrechen?« Lev rieb sich munter die Hände. »Jetzt macht ein Nickerchen. *A scho in gan ejden is ojch gut.*«

Worauf Mme Faurier mit einem Kleinmädchenlächeln zurückgab: »*As me hot a sach zu ton, lejgt men sich schlofn.*«

Daniela schaute zu Jacqueline und Jeff und lächelte sanft, während sie übersetzte: »Selbst eine kurze Zeit im Garten Eden ist gut. Und wenn man viel Arbeit zu tun hat, soll man sich erst mal schlafen legen.«

»Mme Faurier, Sie müssen hierbleiben und als Nachrichtenzentrale fungieren«, sagte Jeff. Sie ließ den Kopf hängen. Lev jedoch zwinkerte ihm zu. Offenbar meinte auch er, Mme Faurier könnte ihnen gefährlicher werden als die Deutschen. »Sophie muß zu den Jungens von der Jugend und ihnen sagen, daß die Durchsagen gekommen sind und sie sich für den Kampf zum Montagne Noire-Maquis aufmachen sollen. Dann sollten beide Kinder an einen sicheren Ort geschickt werden, falls eine der Familien hier herum bereit ist, sie zu verstecken, solange der Boden heiß ist.«

»Wenn ich hier bin und ihr alle fort seid, sind sie bei mir sicherer.«

Die Jungen von der Jüdischen Jugend hatten sich vor einigen Monaten dem Maquis angeschlossen, und jetzt waren alle Gruppen eng miteinander vernetzt und standen unter dem Kommando der *Armée secrète*, dem militärischen Arm der Résistance. Anfangs hatten die Jungen mit Stöcken geübt, aber endlich waren sie aus Abwürfen ausgerüstet worden. Einige von Levs Leuten machten sich freitags abends immer zum Gottesdienst auf den Weg in ihr Lager, denn sie hatten einen Rabbi bei sich.

In dieser langen Nacht sprengten sie die ihnen zugewiesenen Brükken in die Luft, durchtrennten Erdkabel und sprengten an zwei Stellen die Gleise, ohne Verluste. Die Nacht erinnerte Jeff an Halloween in Bentham Center, wenn er mit Freunden Unfug getrieben hatte, Freudenfeuer angesteckt, Fensterscheiben eingeschlagen, Pferde aus dem Stall gelassen, immer mit Bernice im Gefolge, in Sachen von ihm, die sämtlich auch ihr paßten. Er dachte auch an die Eskapaden mit Zach, im Tiefflug über die Stadt donnern, auf einem zugefrorenen See landen, die Prüfungsunterlagen klauen. Er kostete den gleichen scharfen, die Nerven aufreizenden Geschmack der Erregung, die gleiche Kameraderie, das gleiche Vergnügen an gemeinsamer und einzelner Kühnheit. Er schämte sich, es zuzugeben, aber es machte Spaß. Sein Leben war zu viele Jahre lang eine endlose schnurgerade Straße durch Stoppelfelder gewesen, auf der er sich hinschleppte, während Staubstürme den gewaltigen Himmel verdunkelten.

Er dachte, hierher werden wir in zehn Jahren unsere Kinder zurückbringen, an diese Brücke über die Agout, und sagen, schaut mal, Kinder, deine Mutter und ich, wir haben diese Brücke in die Luft gesprengt in der Nacht, als die Truppen in Frankreich gelandet sind, um die Deutschen hinauszutreiben. Die Kinder – er stellte sich einen Jungen und ein Mädchen fast im gleichen Alter vor, wie er und Bernice es gewesen waren – würden gehorsam die Brücke betrachten, die schon lange größer und moderner wiedererbaut war, und ihnen nicht glauben.

Bei Morgengrauen standen sie auf einem baumlosen Berg mit meilenweitem Rundblick in die blaue Ferne, über die langen, niedrigen, von Steilhängen unterbrochenen Kämme. Die bestellten Felder waren rotgelb, die Felsen grau, Baumgruppen dunkelgrün. Natternkraut und Akelei leuchteten violett am Wegrand. Neben dem Pfad, den sie aufstiegen, nachdem sie das Auto unter einer Heumiete versteckt hatten, krochen Eidechsen auf die Felsen, um sich zu sonnen. Wildrosen blühten, und im Gras fand er letzte gestreifte Wildtulpen und wilde Stiefmütterchen. Ich befreie dieses Land, und es wird mir gehören, dachte er: verdient.

Sie kamen schließlich um zehn Uhr morgens ins Bett. Als sie aufwachten, hatte Mme Faurier Neuigkeiten. Die Alliierten waren in der Normandie gelandet: darin stimmten der Vichy-Rundfunk und der BBC überein. »Die Normandie«, sagte Jacqueline traurig und verschränkte die Arme vor der Brust. »Das ist so weit weg. Ich hatte gehofft, sie würden im Süden landen.«

Sie hatten noch Ziele für den Tag, obwohl sie sich behutsamer bewegen mußten und unter jeder nur erdenklichen Deckung. Sie mußten noch einen Zug zum Entgleisen bringen und eine Fernstraße unpassierbar machen. Als sie zurückkehrten, erwartete sie Capitaine Robert, ihr Verbindungsoffizier von den FFI. »Wir brauchen eure Truppen in der Montagne Noire, wo wir die SS-Kolonnen angreifen wollen, wenn sie versuchen, zur Normandie zur gelangen. Holt eure Leute und Waffen zusammen und rückt aus. Das ist die allgemeine Erhebung. Das Signal ist gekommen. Wir müssen zuschlagen und Frankreich befreien.«

Jeff runzelte die Stirn. »Gut, wir werden uns zum Aufbruch bereitmachen. Ich meine trotzdem, Mme Faurier sollte hierbleiben. Sie kann für die Nachrichtenvermittlung sorgen und sie für Achille verschlüsseln und sich auf dem laufenden halten, wo er sich jeweils versteckt. Aber bevor ich den Ort wechsle, muß ich neue Verabredungen mit meinen Informanten treffen.«

»Ihr Ortswechsel ist nur eine Sache von sechzig Kilometern, Vendôme. Wir haben Befehl, zuzuschlagen. Ihre Soldaten sollten ausrükken.«

»Ich habe morgen ein Treffen mit einem meiner Leute, und das ist wichtig.«

Lev sagte: »Kein Problem. Wir werden abmarschieren, und Vendôme kann nachkommen, sobald er seine Kontaktleute getroffen hat.«

Capitaine Robert stöhnte. »Sie tragen zu viele Hüte, Vendôme. Das schafft noch Ärger.«

»Lev kennt diese Berge besser als ich. Ich stoße einen Tag später dazu. Wo ist der Treffpunkt?«

»Gingembre hat Sie mal zu einem nahegelegenen Dorf geführt, als Sie Lapin trafen. Ich werde Ihnen jetzt eine Karte zeichnen. Lernen Sie sie auswendig, und dann verbrennen Sie sie sofort.«

Als Capitaine Robert sie verlassen hatte, verkündete Jacqueline: »Wenn du riskierst, nach Toulouse reinzugehen, komme ich mit. Wenn ich nicht dagewesen wäre, wärst du in die Falle gegangen, die sie dir nach Raymonds Verhaftung gestellt hatten. Mit wem triffst du dich?«

»Mit Thibaut von der *mairie* und, am allerwichtigsten, mit Margot, die für die Miliz arbeitet. Persönlich treffe ich mich nur mit Thibaut, Margot und ich verkehren durch einen toten Briefkasten. Sicherer für sie und für uns. Ich muß noch einen weiteren toten Briefkasten aufsuchen, wo ich Informationen über die Wachposten am Munitionsdepot erwarte.«

Das Treffen mit Thibaut war einfach genug. Jeff und Thibaut benutzten beide eine Bistrotoilette, und das Päckchen wechselte die Hände. Dann gingen sie in Jeffs altes Viertel, wo er einen toten Briefkasten auf einem großen Friedhof hatte, in einem Füllhorn voller Keramikrosen auf einem Grabstein. Unter den Blumen war das Füllhorn hohl. Es war auch leer. Jeff runzelte die Stirn. Was war schiefgegangen? Er mußte herauszufinden versuchen, was mit Guy war, seinem Spion am Depot.

Dummerweise mußten sie ein paar Stunden totschlagen, bevor sie irgend etwas von Margot im nächsten Briefkasten erwarten konnten, bei der Kathedrale St-Étienne. Sie gingen ins Kino und sahen einen Film, der zur Sicherheit in den Tagen von Louis XIV spielte, den der kriecherische Regisseur, um sich anzubiedern, mit Hitler in Verbindung brachte.

Sie kamen heraus und stritten sich wegen des Mittagessens. Jeff wollte in einem Restaurant essen; Jacqueline fand das Risiko, erkannt zu werden, wenn sie zwei Stunden lang dasaßen, zu groß. Jeff ging rasch in eine *charcuterie* und kaufte etwas Schinken, den Jacqueline nicht essen mochte. Er setzte sich auf eine Bank und aß ihn sehr langsam, während sie nervös hin- und herrutschte. »Das ist lächerlich«, sagte er. »Viele Juden essen Schinken.«

»Ich mag Schinken nicht.« Sie verzog den Mund.

»Was bedeutet es eigentlich für dich, vernünftig, wie du ansonsten bist, einer Religion anzuhängen, die für ein Wüstenvolk vor viertausend Jahren gemacht war?«

»Ich wußte, das kommt eines Tages zum Vorschein, ich wußte es!«

»Was kommt zum Vorschein? Ich bin Antisemit, wenn ich die Weigerung, Hummer oder Schinken zu essen, nicht sonderlich intelligent finde? Außerdem ißt du Hummer – ich habe es gesehen.«

»Das waren Flußkrebse«, redete sie sich heraus. »Und wenn schon, da kann ich nicht widerstehen. Aber ich esse keinen Schinken. Das ist symbolisch.«

»Für was? Was hat das, was du ißt, mit deiner Religion zu tun? Oder mit einem Glauben an Gott, den du vielleicht hast oder vielleicht auch nicht, soweit ich das beurteilen kann.« Warum stritten sie sich? Vielleicht aus Nervosität. Wahrscheinlich war er zusätzlich gereizt, weil appetitliche Düfte der Toulouser Küche, die er sehr schätzte, von einem nahegelegenen Restaurant die Luft erfüllten. Jacqueline aß so wenig, daß sie nicht verstand, er brauchte eben eine richtige Mahlzeit. Außerdem zeigte sie keinerlei Mitgefühl, daß er die jüdische Küche des Lagers langsam satt hatte. Er sehnte sich nach *cassoulet*, nach Schinken, nach Würstchen, deren Nähe der würzige Wind aus dem Resturant verkündete.

Sie schauten sich argwöhnisch an, wollten beide keinen Streit, obwohl sie kurz davor waren. Schließlich gestattete Jacqueline ihm, den Arm um sie zu legen, als sie zur Kathedrale gingen. »Wahrscheinlich bin ich da so empfindlich, weil ich inkonsequent bin. Mme Faurier ist nicht empfindlich. Sie ißt streng koscher.«

»Du glaubst doch wohl nicht, daß dein Vater es tut, oben auf der Montagne Noire.«

»Oh je, wir werden ihn heute abend sehen.« Jacqueline rückte näher und schaute ihm ins Gesicht. Sie saßen auf dem Rand des Brunnens, der vor St-Étienne auf dem kopfsteingepflasterten Platz stand. »Hat er dir Angst gemacht?«

»Anfangs schon, wie er vor Waffen starrte, mit diesem riesigen Leibwächter.« Jeff schaute hoch. Dies war nicht die Kirche, die er mochte, St-Sernin mit dem rosenroten und milchigen, schlichten, emporstrebenden Innenraum. St-Étienne war aus den gleichen Ziegelsteinen gemauert, aber in einer sonderbaren Stilmischung, mit einem

Wehrturm, der massiv neben einer Fensterrosette aufragte. Sein Briefkasten war im Kirchgarten. »Wenn Lev wie ein Korsar ausschaut, dann ist dein Vater das Inbild von einem *maquisard*. Er macht den Eindruck, ein großer Mann zu sein. Erst, als er dich umarmte, sah ich, daß er nur wenig größer ist als du.«

»Ihr zwei scheint euch zu mögen.«

»Ich glaube schon. Aber das war nur die allererste Besichtigung. Ganz egal, wie erbittert der Krieg wird, in den wir gehen, ich bin sicher, dein Vater wird trotzdem mit einem Auge über uns wachen.«

»Dann darfst du mich nicht wegen Schinken hänseln.«

»Das gelobe ich feierlich.« Er hielt sie fest. »Hier hinein.«

»Schon?« Jacqueline schrak zusammen und warf rasch einen Blick über den Platz.

Jeff schlüpfte in den Kirchhof und setzte sich auf eine Bank. Direkt unter der Bank war ein Ziegelstein lose. Ja, Margot hatte zwei Blätter dagelassen. Zwischen ihnen, zusammengefaltet und an das obere Blatt geklebt, war ein auf sehr dünnem Papier geschriebener Bericht. Jeff hatte ihn gerade von dem Blatt gelöst und steckte ihn in die Tasche, da befahl ihm eine Stimme auf Französisch, sich zu ergeben und die Hände hochzunehmen, sonst werde er auf der Stelle erschossen.

Mit einem Blick erfaßte er einen Scharfschützen im Kirchturm und zwei Milizionäre auf jeder Seite. Er hörte Jacqueline aufschreien. Jemand schlug ihn auf den Hinterkopf und warf ihn zur Durchsuchung zu Boden. Sie nahmen seine 38er, gingen seine Taschen durch und fanden das winzige Briefchen. Sie fanden auch sein Messer und den Bericht von Thibaut. Er war froh, Capitaine Roberts Anweisungen befolgt und die Karte verbrannt zu haben, sobald er und Jacqueline sie auswendig gelernt hatten. Als sie ihn vor sich herstießen, sah er, daß schon eine ihrer schwarzen Limousinen die Straße entlangkam. Jacqueline stand an die Mauer der Kathedrale gepreßt und wurde von zwei Rohlingen der Politischen Polizei festgehalten. Es war so schnell passiert, daß er es nicht glauben konnte. Ihm war nicht einmal Zeit geblieben, das Briefchen zu verschlucken.

Sie hatten ihm die Hände auf dem Rücken in Handschellen gelegt, so daß er nicht auf die Uhr schauen konnte, aber als sie auf dem Kommissariat der Miliz ankamen, tickte an der Wand eine große alte Uhr mit römischen Ziffern. Halb fünf. Warum hatten sie ihn nicht direkt ins

Hauptquartier der Gestapo in der Rue Alexandre Fourtanier gebracht? Es gab eine undichte Stelle bei der Miliz; wahrscheinlich würden sie ihn erst der Gestapo überstellen, nachdem sie ihn verhört hatten, um das Ausmaß ihrer Unterwanderung festzustellen; wenn er Glück hatte, wurde er vielleicht gar nicht überstellt, sondern landete in einem französischen Gefängnis. Als ein Warnzeichen ausgetauscht wurde, zwei Offiziere hinausmarschierten und mit Margot zurückkamen, wurde ihm klar, daß sie eben erst verhaftet worden war. Sie hatten gewartet, bis der tote Briefkasten geleert wurde. Offenbar war sie seit einiger Zeit beschattet worden.

Er mußte rasch denken. Sie hatten Margot. Sie wußten wahrscheinlich nichts über ihn. Er würde behaupten, ein entflohener amerikanischer Kriegsgefangener zu sein. Er hatte Margot erst vor kurzem kennengelernt und sie um Hilfe gebeten, um nach England oder Afrika zu gelangen. Was würde Margot sagen? Die Miliz hatte keinen Grund anzunehmen, daß er Verbindung zum Maquis hatte. Konnte er sie überzeugen, daß Jacqueline nicht weiter mit ihm zusammenarbeitete, daß sie ihm nur zur Tarnung diente? Aber sie hatten ihren Steckbrief, und ihre neue Papiere waren nicht von der besten Sorte.

Alle drei wurden ein Stockwerk höher in Zellen geworfen, im Hinterflügel eines alten Gebäudes. In der Zelle gab es nichts außer einer Pritsche mit einer kaum fingerdicken Matratze, einem hohen vergitterten Fenster und einer Konservendose zum Pinkeln. Da ließen sie ihn ungefähr eine Stunde lang. Sie hatten ihm die Uhr abgenommen, also konnte er die Zeit nur erraten. Die Frauen waren in entfernte Zellen gesperrt worden, so daß er sich nicht mit ihnen verständigen konnte.

Nach langer Zeit hörte er die Wachen auf dem Gang eine Zellentür öffnen. Margot oder Jacqueline? Warum nicht er? Er verfluchte sich dafür, daß er sich von ihr hatte begleiten lassen. Er verfluchte sich dafür, daß er versucht hatte, ein Agentennetz zu leiten und gleichzeitig mit dem Maquis zu arbeiten. Eitle Ruhmsucht. OSS hatte recht. Eines kam dem anderen ins Gehege. Wenn er nicht beides versucht hätte, wären sie jetzt wohlbehalten bei Jacquelines Vater.

Er hörte die Wachen noch ein weiteres Mal kommen und gehen, bevor sie ihn holten. Warum war er der letzte? Während sie ihn den Gang entlangstießen, rief er: »Katze. Alles in Ordnung?«

Aus einer der Zellen stöhnte jemand. Sein Magen krampfte sich zusammen. Er sah sie vergewaltigt, verstümmelt. Er sah sie bluten, aufgerissen. Zorn loderte auf, daß ihm rot vor Augen wurde, und legte sich zu kalter Wut.

Sie warfen ihn in einen Verhörraum, wo er auf dem Fußboden lag. Jeder der Wachen versetzte ihm Fußtritte in die Rippen, fast spielerisch. Die Tür tat sich auf, und Stiefel kamen herein. »Das ist doch keine Art, einen Gefangenen zu behandeln, gemäß den Gesetzen und der Ehre von Maréchal Pétain«, sagten die Stiefel sanft tadelnd. »Heben Sie den Gefangenen auf und setzen Sie ihn ordnungsgemäß auf einen Stuhl.«

Die beiden Wachen murmelten Entschuldigungen und taten wie geheißen. »Jetzt nehmen Sie ihm die Handschellen ab. Wie soll ich denn sonst mit dem Gefangenen reden?« Die Stimme der süßen Vernunft gehörte einem Mann in mittleren Jahren mit Augenbrauen, dic dunkler waren als sein ergrauendes Haar und die gleiche Farbe hatten wie das säuberliche Menjoubärtchen unter seiner Hakennase. Er bot Jeff sein Zigarettenetui an. »Nun, Sie scheinen recht interessiert an der Arbeit meiner Abteilung, M.Corrèze, obwohl das natürlich nicht Ihr Name ist. Ich vermute mal, Sie sind auch gar nicht Franzose?«

»Sie haben meine Papiere.« Er lehnte die Zigarette mit einem Kopfschütteln ab.

»In Toulouse sitzt eine kleine Jüdin, wir hatten sie schon, aber dann ist sie uns wieder entwischt, obwohl wir sie bestimmt bald wieder aufgreifen werden, die fertigt sehr hübsche Ausweispapiere an.«

»Ich bin kein Jude«, sagte Jeff kalt.

»Sie sind auch kein Franzose, hab' ich recht?«

»Sind Sie Deutscher?« fragte Jeff.

Sein Vernehmer nickte dem Portrait von Maréchal Pétain an der Wand zu. »Ich bin natürlich Franzose, Veteran und Patriot.«

»Warum nehmen Sie dann den Deutschen die Arbeit ab?«

»Wir sind hier Anhänger vom Maréchal, und unsere Arbeit dient dem Neuen Frankreich. Ihr Juden, die ihr nur hinter dem Geld her seid, werdet das nie verstehen.« Er mußte auf einen Klingelknopf gedrückt haben, denn die beiden Wachen kamen herein und zerrten Jeff vom Stuhl hoch. »Unser junger Freund sagt, er ist kein Jude. Zieht ihm die Hosen runter.«

Einer der Gendarmen zog ihm die Hosen runter, während der andere hart seinen Schwanz packte und verdrehte, dann seine Hoden packte und mit einem Ruck so herumriß, daß Jeff zu Boden fiel und sich krümmte, ohne ein Wort hervorbringen zu können. »Ein Itzig«, sagte der Gendarm, nickte seinem Vorgesetzten zu und ging mit dem anderen hinaus.

Sein Vernehmer zog an seiner Zigarette und schaute zu, wie ein perfekter Rauchring zur Decke emporschwebte. Als Jeff sich schließlich auf den Stuhl hochgezogen und seine Hose zugemacht hatte, sprach sein Vernehmer wieder, mit sanftem Tadel: »Lügen sind solch eine Zeitverschwendung.«

Er hatte Mühe, seinen Atem zum Sprechen unter Kontrolle zu bringen. Er krümmte sich immer noch vor Schmerzen. Er mußte deutlich sprechen, mußte allen Reserven einen Anschein von Kraft abverlangen. »Ich lüge nicht. In den Vereinigten Staaten werden alle im Krankenhaus geborenen männlichen Säuglinge beschnitten. Das gilt als hygienischer.«

Sein Vernehmer verzog angewidert das Gesicht. »Erstens glaube ich Ihnen nicht. Kein Volk, wie barbarisch auch immer, würde kleinen Kindern das antun, außer den Juden. Und den Moslems natürlich. Wollen Sie mir erzählen, Sie sind Mohammedaner?«

»Jeder Arzt, der die Vereinigten Staaten kennt, wird Ihnen meine Aussage bestätigen. Oder jeder, der dort lange genug gelebt hat, um es zu wissen.«

»Jetzt sagen Sie also, daß Sie ein amerikanischer Spion sind?«

»Ich bin ein amerikanischer Offizier. Ich kann Ihnen meinen Dienstgrad und meine Nummer nennen. Das ist alles.«

»Ach kommen Sie, selbst wenn Sie ein amerikanischer Offizier sein sollten, so sind Sie nicht in Uniform und damit ein Spion, also gilt die Genfer Konvention für Sie nicht.«

»Ich bin aus einem Lager entflohen.«

»Aus was für einem Lager?«

»Einem Kriegsgefangenenlager.«

»Und wo befindet sich dieses Märchenlager?«

Er versuchte, sich an eines zu erinnern, von dem er gehört hatte. »Ich will nicht dahin zurück«, sagte er, um Zeit zu gewinnen. Er hatte Schmerzen, und unwillkürlich tränten seine Augen. Er konnte keine Stellung finden, die seinen Hoden nicht weh tat. Der Schmerz reichte tief hinein in den Bauch. Er fragte sich, ob sie etwas zerrissen hatten.

»Und genau wo ist das, wohin Sie nicht zurückwollen, amerikanischer Phantasieoffizier?«

»Chieti, in Italien«, sagte er und hoffte, selbst wenn der Vernehmer zufällig etwas über italienische Kriegsgefangenenlager wußte, daß dieses schon von den Alliierten überrannt worden war und die Lagerlisten sich nicht mehr überprüfen ließen.

»Ach, und Sie sind auf den Flügeln einer kleinen Taube hierhergeflogen.«

»Ich bin gelaufen. Ich habe mich von Lastwagen mitnehmen lassen. Ich bin ein Stück mit dem Zug gefahren. Meistens habe ich mir ein Fahrrad geliehen und bin geradelt.«

»Warum sind Sie dann hiergeblieben? Diese Geschichte wird immer origineller.«

»Ich habe niemanden gefunden, der mir bei der Flucht entweder übers Meer oder über die Berge nach Spanien helfen konnte.«

»Aha, Sie haben unsere Sekretärin gerade erst zufällig getroffen und sie für Sie und Ihre Freundin arbeiten lassen.«

»Das ist ein Mädchen, das ich heute in Toulouse aufgegabelt und ins Kino mitgenommen habe. Ich fühle mich mit einer Frau auf der Straße sicherer. Hat sie Ihnen nicht erklärt, daß sie nichts von mir weiß?«

»Genug davon.« Wieder mußte er geklingelt haben, denn die zwei Männer kamen zurück. Sie verloren wenig Zeit, sondern begannen, ihn zusammenzuschlagen, erst prügelten sie ihn zu Boden, und dann machten sie sich daran, seine Magengrube und seinen Bauch zu bearbeiten. Irgendwann erbrach er die Reste von dem Schinkenbaguette, und sie rieben sein Gesicht darin, bis er fast erstickte. Irgendwann machte er sich die Hose naß, nachdem einer oder beide ihn immer wieder in die Nieren getreten hatten. Er verlor das Bewußtsein.

Als er zu sich kam, lag er in einem Vorraum auf dem Fußboden. Einer von den Wachen, die ihn geschlagen hatten, sah seine Augenlider flattern und ging hinaus, um zu melden, daß es weitergehen konnte. Sie warfen ihn wieder in den Verhörraum. Draußen war es dunkel. »Wir hatten unseren Spaß mit deiner Freundin«, sagte einer der Wachen zu ihm. »Nettes Fötzchen. Wir werden uns noch mal daran bedienen müssen.«

Der Vernehmer saß hinter seinem Schreibtisch und hatte Krümel im Schnurrbart, die vorher nicht dagewesen waren. Er strich ihn sich und entfernte sie sorgfältig. Dann seufzte er. »Jetzt sind Sie nicht mehr solch ein flotter Bursch, das steht fest. Sollen wir jetzt ein ehrliches Gespräch führen? Wo sind Sie her?«

»Aus den Vereinigten Staaten.«

»OSS oder M-2?«

»Ich bin Leutnant der amerikanischen Armee. Ich geriet in Tunesien in Gefangenschaft und wurde in das Lager bei Chieti gebracht. Ich bin geflohen, als die Deutschen die Gefangenen nach Deutschland transportierten.«

»Leutnant, wenn Sie das denn sind, wir wollen alle Einzelheiten über den Spionagering, den Sie geleitet haben. Welche Art Informationen hat Ihnen unsere kleine Sekretärin geliefert?«

»Ich habe sie erst letzten Monat kennengelernt. Was sie mir geben wollte, waren Informationen, wie ich nach Spanien komme. Was dringestanden hat, weiß ich nicht, denn Sie haben den Zettel gelesen, ich nicht.«

Sein Vernehmer nickte, und die Wachen fingen wieder an, schlugen ihn ein ums andere Mal ins Gesicht, bis er nicht anders konnte und schrie. Einer hämmerte ihm mit der Faust aufs Ohr, bis er dachte, daß ihm das Trommelfell geplatzt war. Er konnte auf dieser Seite nichts mehr hören. »Ich bin taub, ich bin taub«, stöhnte er und spuckte Blut und Zahnsplitter. Sein Mund tat viel zu weh und seine Zunge war zu verletzt, als daß er merken konnte, welche Zähne herausgebrochen waren. Er hätte am liebsten wieder das Bewußtsein verloren, aber er tat es nicht. Wie lange muß ich das noch aushalten, fragte er sich, wie lange noch? Schmerzen und Schmerzen und Schmerzen und Schmerzen. Ich gewöhne mich nicht daran. Sie sind größer als die Welt. Sie sind ein Meer drinnen und draußen. Sie sind überall. Ich möchte sterben. Ich möchte, daß sie aufhören.

»Wo, sagten Sie, sind Sie her? Wo sind Ihre anderen Spione? Wir wollen alles darüber hören, wie Sie Ihre Meldungen durchgegeben haben. Wo ist Ihr Funkgerät?«

Sie hielten ihn am Boden fest, der eine bohrte ihm den Stiefel in den Bauch und dann in die Hoden, der andere zertrampelte ihm die rechte Hand.

Das Telefon klingelte. Sein Vernehmer nahm ab. »Ich sagte, keine Anrufe ... Bah. Also schön ... Guten Abend, Herr Sturmbannführer. Ja, ich bin gerade beim Verhör ... Er sagt, er ist ein amerikanischer Leutnant ... Das haben wir nicht bedacht. Ja, Herr Sturmbannführer, gleich morgen früh. Natürlich. Vielen Dank, Herr Sturmbannführer, vielen Dank. Wir würden uns sehr freuen, vielen Dank.« Er legte den Hörer auf die Gabel und fluchte mehrere Minuten lang. »Also schön, packt ihn wieder in die Zelle. Die SS will ihn für sich und hübsch eingewickelt, nachdem wir die ganze Arbeit getan haben. Sie will morgen früh *alle* haben ... Legt ihn auf Eis und bringt mir Margot Foulac. Wir machen noch eine Sitzung mit ihr, und dann gebe ich weitere Anweisungen.«

Als Jeff den Gang entlanggezerrt wurde, wobei sein Kopf immer wieder auf den Boden schlug, schrie er auf, als er an den Zellen der Frauen vorbeikam und rief Jacqueline bei Namen, obwohl er nicht deutlich sprechen konnte. Von drinnen kam keine Antwort. Nachdem sie ihn in seine Zelle geworfen hatten, hörte er, wie eine Zellentür weiter unten im Gang aufgeschlossen wurde, und dann hörte er den Aufschrei einer Frau, die geschlagen wurde.

Er lag auf dem Boden, wie er hingestürzt war. Sie hatten sich nicht die Mühe gemacht, ihm wieder Handschellen anzulegen. Morgen früh die Gestapo. Er erinnerte sich mit außerordentlicher Klarheit an die Leichen von Paulette und von Larousse, wie eine Grünewald-Kreuzigung. Konnte er durchhalten? Wie lange, bis er ihnen alles über Jacqueline sagte? Über Lev? Über die in den Bergen versteckten Kinder? Über den Ort, wo der Maquis sich in der Montagne Noire verschanzt hatte? Wie lange? Wenn sie ihm die Nägel einen nach dem anderen ausrissen? Wenn sie Drähte um seine Genitalien legten und sie abbrannten? Wenn sie ihn unter Wasser hielten, bis er fast ertrank, immer wieder? Wenn sie ihm einen Stock oder Besenstiel in den Hintern trieben und seine Gedärme zerfleischten? Wann würde er anfangen, alles zu sagen, alles, damit die Schmerzen aufhörten?

Sie würden alle sterben. Margot und Jacqueline und er und wer weiß noch wie viele andere, die sie gefaßt hatten, sie würden alle an die Wand gestellt werden. Aber warum warten, warum ihr Durchhaltespiel mitspielen?

Er hat nicht geredet, sagte die Résistance voller Stolz von Jean Moulin und zahllosen anderen. Nein, sie ließen sich zu Tode foltern. Wenn sie großes Glück hatten, wurden sie schließlich erschossen, nachdem sie ihre eigenen Gräber ausgehoben hatten. Diese Rolle wollte er nicht spielen. Solche Männerspiele hatte er immer gehaßt, wo es darauf ankam, wer männlicher war, wer ein ganzer Kerl war. Zach spielte solche Spiele. Jeff nicht.

Er hatte seinen eigenen Ausweg aus den Schmerzen, die keinen Augenblick nachließen, von den zerquetschten Nieren, von den ausgebrochenen Zähnen in seinem Mund, von einem unbekannten, im Oberbauch gerissenen Organ, von der Platzwunde am Hinterkopf, von der zerbissenen Zunge, an deren Blut er fast erstickte. OSS hatte ihm ein Ausreisevisum gegeben.

Irgendwann hatten sie ihm zwei Finger gebrochen, als sie ihm auf die Hand trampelten, aber nur die beiden mittleren. Ihm kam der flüchtige – und von ihm selbst sofort als belanglos verworfene – Gedanke, daß er, wenn die Finger nicht bald gerichtet wurden, nie mehr einen Pinsel halten konnte. Aber er konnte immer noch in seinen Mund greifen und die Überkronung auf dem Backenzahn lockern. Schließlich hielt er sie in Händen, die T-Pille, mit der er ausgestattet war. Zach und er hatten immer Witze darüber gerissen, über die Kapsel mit Zyankali. Sie nannten sie den Höllen-Cocktail, die kleine Pille – mein letzter Wille. Er wartete nicht ab, länger nachzudenken. Wenn er es noch einmal bedachte, würde er es nicht tun; aber dann gingen die Schmerzen weiter und weiter und weiter. Er biß auf die Kapsel und setzte den bitteren metallischen Geschmack frei. Eine Welle von Übelkeit erstickte ihn, aber er verschluckte die Kapsel zusammen mit einem Mundvoll Speichel und Blut. Sie wirkte rasch, hatte man ihm in London versichert.

Sie wirkte rasch.

Ruthie 8

Fast Mischpoche

Das Leben war enger zu Hause ohne das Einkommen von Rose und Sharon. Die Stadt hatte ihnen die Tagesstätte zugemacht, obwohl zwei Nachbarinnen, die kleine Mrs. Entemann und Mrs. Rogovin, vor Gericht erschienen waren, um zu schwören, daß sie nur Geld gegeben hatten, um die Kosten für die Ernährung der Babys zu decken. Schließlich hatte der Richter ein Bußgeld verhängt und eine Verwarnung. Für die Nachbarschaft war das sehr mißlich. Mrs. Entemann mußte um fünf Uhr früh aufstehen, um ihre Kinder mit der Straßenbahn zu ihrer Mutter zu bringen und dann zur Arbeit zu hasten. Mrs. Rogovin gab ihre Arbeit auf; entweder das oder das Baby alleinlassen.

Ruthie, immer eingestimmt auf ihre Mutter und ihren Vater, fiel auf, daß Rose in ihrer Beziehung an Terrain verloren hatte. Da sie nun kein Geld mehr mit einbrachte, umsorgte sie Morris stärker. Sie war tief gedemütigt, vor Gericht gestanden zu haben. Obwohl Morris immer wieder verkündete, die Gesetze seien von den Wohlhabenden gemacht, um die Arbeiterklasse zu gängeln, und deshalb sei der Versuch, sie zu umgehen, keine Schande, hatte Rose Angst. Sie war vorbestraft. Sie stürzte sich in heldenhafte Anstrengungen sparsamen Wirtschaftens. Sie machte Seife aus Fett und Natronlauge, lief meilenweit, um aufzutreiben, was ihre Familie brauchte oder wollte, wartete in Schlange um Schlange.

Sharon konnte die Miete für die obere Wohnung nicht mehr aufbringen. Sie hatte noch nie außerhalb ihrer vier Wände gearbeitet und schien davor Angst zu haben, fand die Vorstellung teils aufregend und teils beleidigend. Ruthie, die Geld nach Hause gebracht hatte, seit sie zwölf geworden war und auf anderer Leute Babys aufpassen konnte, fand Sharons Haltung exotisch. Verkäuferin in einem Billigkaufhaus oder Arbeiterin in einer Fabrik, das schien Sharon so zu sehen, wie eine andere Frau die Möglichkeit sehen mochte, Prostituierte zu werden. In seinen Briefen nahm Arty einen ähnlichen Standpunkt ein.

Rose machte verächtliche Geräusche. »Meine Mutter hat gearbeitet, ich habe gearbeitet, als ich jünger war, meine Bobe war Knopfmacherin. Was bildet Arty sich eigentlich ein, ist seine Frau ein Teepüppchen? Sharon soll ihren *toches* hochkriegen. Sie tut sich zu sehr leid, wenn du mich fragst.«

»Ich kann die Miete nicht bezahlen«, jammerte Sharon beim Sonntagsessen und schlug die Hände vors Gesicht. Sofort brach Clark in Geheul aus. Sharon riß ihn an ihren Busen und mimte, fand Ruthie, recht angestrengt die Hilflose. »Was soll ich bloß machen?«

Ruthie sagte: »Bei Briggs wird noch eingestellt, für die Nachtschicht.«

»Du weißt, daß ich das nicht kann, mit meinen beiden Kleinen, und Arty wäre außer sich. Er sagt, er riskiert nicht sein Leben im Krieg, damit ich raus und arbeiten gehe wie ein Mann.«

Nur Morris lächelte ihr zu und kniff ihr in die Wange. »Mach dir keine Sorgen, Sharonke, du kannst immer zu uns runterziehen. Wir haben viel Platz.«

Rose schaute Ruthie an, und Ruthie erwiderte den Blick ihrer Mutter. Sie fanden nicht, daß sie viel Platz hatten. Sie genossen in diesen Tagen die Ruhe im Haus. Naomi lernte eifriger, und ihre Zensuren hatten sich in letzter Zeit verbessert. Roses Kraft, die sich nicht mehr über ein Haus voll kleiner Nachbarskinder ergoß, konzentrierte sich jetzt auf Naomi. Sie wurde gefüttert wie eine Färse für den Viehmarkt. Sie wurde überwacht im Hinblick auf Löcher in ihren Sachen, Flekken, und ob sie anständig angezogen ging. Ihre Hausaufgaben wurden beaufsichtigt. Ihre Fingernägel wurden auf Sauberkeit untersucht.

»Vielleicht können wir die Wohnung untervermieten, nur, bis Arty heimkommt.«

Naomi meldete sich plötzlich. Ruthie hatte gedacht, sie hörte gar nicht zu, die Augen auf ihren Teller gesenkt. »Trudi braucht eine Wohnung. Jetzt, wo Leib zurück ist, haben sie es mit dem Baby wirklich zu eng in dem kleinen Zimmer. Trudi hat jeden Tag Krach mit ihrer Mutter.«

»Ich rede mit ihr«, sagte Sharon. »Mal sehen, ob sie einverstanden sind, wieder auszuziehen, wenn Arty heimkommt. Es heißt, die Gewerkschaft sorgt bestimmt dafür, daß er seine alte Arbeit am Fließband zurückkriegt.«

Ruthie krampfte in ihrem Schoß die plötzlich kalten Hände zusammen. »Meinst du nicht, es wird sich komisch anfühlen, wenn jemand anders eure Sachen benutzt und die Hälfte davon kaputtmacht?« Sie beschloß, ehrlich zu sein. »Ich bin nicht sonderlich erpicht darauf, Leib oben wohnen zu haben.«

»Scht«, sagte Rose. »Du hast deine Chance mit ihm gehabt, und jetzt ist er mit deiner Freundin verheiratet, und du hast deinen eigenen jungen Mann. Was vorbei ist, ist vorbei. Trudi braucht auch eine eigene Wohnung, eine Mame mit einem kleinen Kind, und der Mann mit einem abben Fuß heimgekehrt, der arme Junge.«

Morris sah sie stirnrunzelnd an. »Es sieht dir gar nicht ähnlich, Ruthie, zu Freunden in Not so kaltherzig zu sein. Im Unglück erweist sich, wer unsere wahren Freunde sind.«

Ruthie wurde rot und rang in ihrem Schoß unsichtbar die Hände. Wie konnte sie erklären, daß sie Leib nicht traute, daß sie ihn nicht in ihrer Nähe haben wollte? Vermutlich hatten ja ihr Vater und ihre Mutter recht, und es war kleinlich von ihr. Vielleicht beneidete sie Trudi um ihren Mann und ihr Baby. Vielleicht mochte sie das Glück ihrer Freundin nicht vor Augen haben und so die eigene Einsamkeit noch bitterer schmecken. Vielleicht weigerte sie sich, mit Leib Mitleid zu haben. Sie fühlte, sie konnte nichts weiter sagen, nur, daß von ihr immer erwartet wurde, ein Opfer zu bringen, wenn eines erforderlich war. Daß sie stets andere an die erste Stelle setzte, war inzwischen vollkommen selbstverständlich, zu aller Nutzen, nur nicht zu ihrem eigenen.

Rose sagte: »Auf die Art können wir Sharons Unterhaltsscheck für die Familie nehmen und an der Wohnung festhalten. Sharon, du läßt dir von Leib einen Scheck geben, und dann stellst du dem Hausbesitzer einen Scheck aus. Wenn er am Monatsende vorbeikommt, bist du oben. So kann er die Miete nicht erhöhen, und wenn Arty zurückkommt, könnt ihr gleich wieder einziehen. Wie könnten wir mit Fremden eine so günstige Absprache für unseren Jungen treffen?«

»Vielleicht wollen sie gar nicht«, sagte Ruthie leise, aber das glaubte sie nicht. Trudi stritt sich ständig mit ihrer Mutter, und Leib stachelte sie auf, da er es verachtete, im Haus ihrer Eltern zu wohnen. Trudi arbeitete immer noch halbtags im Krankenhaus, und Leib hatte seine Invalidenrente.

Bis zum ersten Juli war alles geregelt. Sharon zog hinunter in Duveys altes Zimmer, und Naomi wurde wieder zu Ruthie gestopft. Die Kinder sollten Duveys Doppelbett mit ihrer Mutter teilen, wie Arty und Duvey es einst geteilt hatten.

Am ersten Sonntag im Juli halfen Ruthie, Naomi und Morris ihnen beim Einziehen. Leib humpelte stark und bewegte sich langsam, ungeschickt. Von dem Laster, geliehen von einem Mann, der mit Leibs Vater, Mischa dem Bär, Möbelpacker gewesen war, hob er die Kisten mit Leichtigkeit herunter, konnte sie dann aber nicht die Treppe hinauftragen. Ruthie wußte, wie stark, wie sicher, wie beweglich er einmal gewesen war, und ihr ging das Herz für ihn auf. Ein Fuß war ab. Langsam konnte sie sich vorstellen, wie es sein mußte, wenn ein Stück des eigenen Körpers für immer weggenommen und dort ein Metallklumpen angebracht war, ohne Gefühl, ohne präzise Beherrschung.

Der Tag war heiß und schwül, bewölkt. Aus Angst vor Regen arbeiteten sie so schnell sie konnten. Naomi war oben auf der Ladefläche und schob Leib die Kisten zu. Wenn sie auf etwas Leichtes stieß, lief sie damit hinauf. Sie gab sich größte Mühe, sich nützlich zu machen, fiel Ruthie auf. Naomi sagte zu Leib: »Ich kann für dich auf den kleinen David aufpassen, wenn ihr Männer mal ausgehen wollt. Ich meine, wenn du ihn nicht zu deiner Mutter oder zu Trudis Mutter bringen willst. Ich komme gut mit David zurecht, frag Trudi.«

»Meine Mutter ist zu meiner Schwester nach Flint gezogen. Sie konnte die Miete nicht mehr aufbringen«, sagte Leib zu Naomi. Er war mit Naomi entspannt, redete zu ihr nicht wie zu einem dummen Kind. Vielleicht hatte der Krieg ihn geändert; vielleicht hatte die Verwundung ihn geändert. Dann redete er unvermittelt wie der alte Leib weiter: »Und die Hexe, zu der Trudi Mutter sagt, der würde ich nicht erlauben, einem Sohn von mir den Hintern zu windeln, und wenn sie verspräche, ihn sauberzulecken.«

Naomi kicherte. Sie griff nach einer weiteren Kiste. Die war leicht, so schlüpfte Naomi vorbei und trug sie hinauf.

Leib beugte sich zu Ruthie. »Also sind wir jetzt Nachbarn, praktisch Mischpoche. Wer hätte das gedacht?«

»Ich glaube, das haben sich Trudi und Naomi zusammen ausgeheckt, um Trudis Mutter zu entkommen. Sie haben sich viel gestritten, wie?«

»Viel ist gar kein Ausdruck. Ich hab' mich nicht mit ihr gestritten – für so was bin ich mir zu schade. Das ist ja eine ziemliche Klabache.« Er ließ seinen Blick über das altersschwache Holzhaus schweifen. »Obwohl ich schon gesehen habe, wie Menschen in Höhlen hausen, in Erdlöchern, in Verschlägen, in die wir nicht mal Kaninchen stecken würden. Ich werd' dir alles davon erzählen«, versprach er und legte ihr die Hand auf die Schulter.

Sie entwand sich sofort, hatte dann das Gefühl, überreagiert zu haben. Vielleicht brauchte er es einfach manchmal, sich auf andere zu stützen. Von Frauen in der Fabrik hatte sie gehört, wenn die Männer aus dem Krieg zurückkamen, konnten sie nicht darüber reden. Manchmal, sagten die Frauen, waren sie wie verrückt. Sie wachten schreiend auf. Sie konnten nichts mehr im Bett. Sie waren bösartig und schlugen Sachen kaputt und brüllten die Kinder an. Sie kamen verblödet oder als Ungeheuer zurück. Aber das, was sie so gemacht hatte, darüber wollten sie nie reden. Doch Leib klang ganz gesprächig. Vielleicht würde Murray, wenn er zurückkam, sich ihr auch anvertrauen, seine Erlebnisse teilen wollen.

Sie wuchtete eine Kiste mit der Aufschrift VORSICHT, ZERBRECHLICH! Oben krakeelte das Baby aus vollem Hals, und etwas polterte zu Boden. Ruthie beeilte sich. Trudi dirigierte, wo die Kartons abzusetzen waren, und überlegte es sich alle paar Minuten anders. Der Schweiß lief Ruthie den Rücken hinunter. Sie schaute immer wieder auf die Uhr. Sie hatte noch sehr viel Hausaufgaben. Das Sommersemester hatte gerade begonnen, und sie hatte zwar weniger Kurse belegt, aber die waren dafür konzentrierter. Sie konnte nicht viel länger helfen. Sie fragte sich verwundert, was bloß in all den Kisten und Kästen sein mochte, und warum nicht ein paar bei Trudis Eltern bleiben konnten.

Leib und Trudi brauchten eine ganze Woche, um auszupacken und sich einzurichten. Als Rose und Ruthie einmal allein waren, sagte Rose: »Wie diese beiden jungen Leute es miteinander treiben! Erst brüllen sie sich an und schmeißen sich Sachen an den Kopf. Und eine halbe Stunde später sind sie wie die Turteltauben.«

»Wart ihr je so, du und Tate?«

»Nie«, sagte Rose kopfschüttelnd. »Wir haben die Bosse angebrüllt, nicht uns gegenseitig. Weswegen sollten wir uns gegenseitig anbrüllen?«

»Worüber streiten sie sich denn?« Ruthie schämte sich ihrer Neugier, aber es war, als hätte sie ein Fenster in eine andere Ehe. Es war eine besondere Wißbegier auf Leib, gespeist aus der Möglichkeit, daß sie ihn in einem anderen Leben selbst hätte heiraten können.

»Ich versuche, nicht hinzuhören. Ich meine, soll ich ihnen nachspionieren, damit ich auf dem Hof schwatzen kann wie eine *jente?* Sie streiten sich ums Geld. Sie streiten sich darum, wo das Sofa stehen soll. Sie streiten sich darum, ob sie Huhn oder Fisch essen sollen. Sie streiten sich darum, wer gebrüllt und das Baby zum Weinen gebracht hat.«

Ruthie lächelte. »Na, das klingt nicht ernsthaft. Das ist wohl einfach ihre Art. Manche Menschen begreifen erst, daß andere wirklich da sind, wenn sie auf ihnen rumhacken.«

»Das wird's sein.« Rose machte eine Geste des Händewaschens. »Aber ich selbst könnte so viel Krach nicht haben, nicht in meinem Schlafzimmer, nicht in meiner Küche. Von draußen kommt genug Ärger rein und auf der Straße angetobt.«

Der Rest des Monats verlief relativ ungetrübt. Alle gewöhnten sich daran, sich auf der Pelle zu hocken. Ruthie träumte von einer kleinen Wohnung, in der sie manchmal mit Murray und manchmal, wenn er ihr zu weit fort vorkam, nur mit Naomi leben würde. Dort würde gesegnete Stille herrschen. Wenn Leib und Trudi am Fließband stünden, dann hätten sie kein Bedürfnis nach der Aufregung und dem Krach gegenseitiger Anbrüllerei. Sie hätten das Bedürfnis, sich Stille in die Ohren zu gießen, so sanft und heilkräftig wie das warme Öl, das Bobe bei Ohrenschmerzen benutzte. In ihrer Wohnung würde es Platz, Licht und Stille geben. Da konnte sie lesen, ohne fünfzig Unterbrechungen abwehren zu müssen, ohne den Krach und das Gepolter und die kindischen Wutausbrüche ausblenden zu müssen.

Clark wurde zu sehr verwöhnt, fand sie; Sharon zog ihn vor und machte manchmal Marilyn, die Ältere, zum Sündenbock. Clark hatte die Angewohnheit, alles zu wollen, was Marilyn gerade hatte, und Sharon reagierte darauf meistens mit dem Befehl, es ihrem kleinen Bruder zu geben. Zum Glück kam Marilyn im Herbst in den Kindergarten. Besonders, seit Arty bei der Armee war, machte Sharon ein Hätschelkind aus Clark und trug ihn ständig herum, obwohl er vier und groß für sein Alter war.

In der zweiten Juliwoche bekam sie den ersten Brief von Murray nach einer Lücke von drei Wochen. Er war verwundet worden und schrieb aus dem Lazarett, aber er wurde in etwa einer Woche entlassen, keine Sorge. Bis dahin hatte er gar nichts dagegen, sich auszuruhen und eine Invasion zu versäumen. Der Brief bestürzte sie. Murray war verwundet worden, und sie hatte es nicht einmal gewußt. Mehrere Frauen in der Fabrik erzählten ihr, daß sie sofort wußten, wenn ihren Männern etwas zustieß, aber sie war völlig mit ihren Seminaren, ihrer Arbeit und ihrer Familie beschäftigt gewesen, während er am anderen Ende der Welt beinahe gestorben wäre.

Ruthie beschloß, daß es albern von ihr gewesen war, sich wegen Leib oben Sorgen zu machen; abgesehen von der Enge im Haus sorgten Leib und Trudi mit ihren lautstarken Auseinandersetzungen für die Unterhaltung der Familie, und sie gaben Naomi Geld, die regelmäßig auf das Baby aufpaßte. Ruthie vermißte es, am Sonntag Trudi zu besuchen und mit ihr zu plaudern und zu stricken. Leib war meistens zu Hause. Außer seiner Invalidenrente bekam er ein Jahr lang Arbeitslosenunterstützung. Die Ballonfirma, für die er gearbeitet hatte, war immer noch geschlossen, also konnte er nicht an seinen alten Arbeitsplatz zurückkehren, und Ruthie fand es taktlos, danach zu fragen, ob er überhaupt noch die Arbeit an einem Montageband leisten konnte.

Einmal in der Woche mußte Leib ins Krankenhaus, um seine Prothese nachsehen zu lassen. Im großen und ganzen schien er nicht am Boden zerstört. Er war immer noch ein gutaussehender Mann, und wenn er in seinen Militärsachen an einem Stock durch die Straßen humpelte, zog er immer noch die Blicke der Frauen auf sich.

So hatte Ruthie an einem Sonntag ihre Besorgnis nahezu vergessen, als die ganze Familie zu einem Gewerkschaftspicknick auf Belle Isle aufbrach: alle außer Ruthie, die lernen mußte, und Leib, der nicht mit wollte, aber Trudi drängte, das Baby mitzunehmen und diese Erholungspause von der Hitze zu genießen. Ruthie entdeckte das, als Leib in der Tür ihres Zimmers erschien, wo sie in einem Strandkleid auf dem Bett lag, den Ventilator auf sich gerichtet, und einen Regierungsbericht über Wohnraumprobleme las, den sie für ein Referat brauchte.

Ihr erster Gedanke war Erleichterung, daß sie nicht das Kleid ausgezogen hatte. Nur Trägheit hatte sie davor bewahrt, sich weiter auszuziehen, denn dann hätte sie von Naomis oberem Bett herunterklettern müssen, wo sie meinte, ein wenig mehr Luft zu haben. Jetzt landete sie innerhalb von drei Sekunden auf ihren Füßen. Es war ihr peinlich, auf dem Bett liegend erwischt worden zu sein. »Leib, ist was?« Sie stand barfuß vor ihm und umklammerte den Wälzer der Regierungsdruckerei, während er vor ihr aufgetürmt stand. Wie riesig er war; sie hatte dieses Gefühl nie gemocht, eine Wand aus Männerfleisch, die sie einkesselte.

»Was soll schon sein, kleine Ruthie?« Seine Stimme war so zärtlich wie früher, wenn er etwas von ihr wollte. Er verstellte ihr weiter den Weg. »Wir haben überhaupt keine Gelgenheit gehabt, miteinander zu reden. Du hast mich nie im Krankenhaus besucht.«

»Wieso, Trudi hat uns doch alles von dir erzählt. Ich arbeite bei Briggs, wie du weißt.«

»Warum bist du nicht wenigstens einmal gekommen?«

Sie hätte durchaus ehrlich sagen können, daß zwischen Arbeit und Studium Ann Arbor überhaupt nicht in Frage kam, aber es war ihr auch nie in den Sinn gekommen, hinzufahren. »Das war Trudis Sache.«

»Weil du deinen eigenen Freund hast. Jetzt denkst du überhaupt nicht mehr an mich, ist es das?«

»Ich denke an dich als den Mann meiner Freundin und unseren Nachbarn, Leib. Wie soll ich sonst an dich denken?«

Er packte sie fest bei den Schultern. »So, wie ich an dich denke. Immerzu. Tag und Nacht. Ich habe dich nie vergessen.«

»Das hättest du aber tun sollen.« Sie riß sich los. Sie hätte sich gern den Weg aus dem Zimmer erzwungen, aber sie mochte nicht versuchen, sich an ihm vorbeizudrängen. »Wieso führen wir dieses Gespräch? Es gefällt mir nicht. Ich brauche es nicht.«

»Ich aber, ich brauche es. Ich brauche dich.« Er versuchte, sie fester an sich zu ziehen, aber sie hielt das Buch dazwischen.

»Leib, diese Taktik hat schon nicht funktioniert, als wir noch miteinander gingen. Was bringt dich auf den Gedanken, daß du mich jetzt mit Gewalt zwingen kannst? Ich will dich nicht in meinem Schlafzimmer haben.« Sie benutzte das Buch als Keil und versuchte, an ihm vorbeizuschlüpfen.

»Aber ihn wolltest du. Diesen kleinen Saftsack.«

»Du hast deine Frau, und ich habe meinen Verlobten.«

»Er ist nicht dein Verlobter, er ist dein Liebhaber. Trudi hat's mir erzählt. Ihn hast du rangelassen, wie du mich nie rangelassen hast.« Seine Stimme schwoll vor echtem Zorn. »Wenn du mir gegeben hättest, was du ihm gegeben hast, dann wäre ich nicht mit Trudi verheiratet. Ich wäre mit dir verheiratet!«

»Ich will nicht mit dir verheiratet sein! Was ich mit mir tue, geht dich nichts an! Laß mich in Ruhe, Leib. Wenn du mich weiter belästigst, sage ich es der ganzen Familie. Das kannst du mir glauben.«

»Dann sage ich ihnen, wie du für deinen College-Bengel die Beine breit gemacht hast.«

»Sag's ihnen. Das geht dich nichts an. Du kannst mich nicht schikanieren.«

»Wenn du mir das gegeben hättest, ich hätte dich geheiratet. Er hat dich nicht geheiratet, er wollte nicht.« Sein Gesicht verzerrte sich vor Verbitterung, seine Hände schlossen sich fest um ihren Rücken und ihre Hüften. Die Hitze seines Körpers brannte ihr entgegen. »Wie kommst du auf die Idee, daß er sich nach dem Krieg herbeilassen wird?«

»Ich vertraue ihm. Darum konnte ich es mit ihm tun. Weil ich ihm vertraue. Dir habe ich nie vertraut, und du weißt, warum. Weil du versuchst, die beste Freundin deiner Frau zu vergewaltigen, wenn deine Frau aus dem Haus ist.«

Er trat zurück und hob ostentativ die Hände. »Dich vergewaltigen? So ein Quatsch. Ich dachte, ich zeige dir mal, wie es wirklich ist. Ich muß keine vergewaltigen, und ich muß auch nicht darum betteln.«

»Gut.« Sie marschierte an ihm vorbei aus dem Zimmer und weiter durchs Haus und hielt das Buch umklammert. Sie beschloß, auf die vordere Veranda zu gehen und dort zu sitzen, unter den Augen der Nachbarn, wo er sie nicht belästigen konnte. »Du halt dich an das, was deins ist. Ich gehöre nicht dazu.«

»Wenn du es Trudi sagst, wird sie dir nicht glauben. Sie wird mir glauben«, sagte er grinsend, aber immer noch wütend, und humpelte ihr schwerfällig hinterher.

»Ich habe nicht die Absicht, es Trudi zu sagen, weil es nichts zu sagen gibt außer, daß du versucht hast, aus dir ein Schwein und aus mir eine Hure zu machen.« Sie marschierte weiter, erreichte das Wohnzimmer. Wenn er mich packt, schreie ich, aber wer wird mich hören?

Er verfolgte sie nicht, humpelte langsam und dramatisch hinterher. »Dazu hast du dich selber für den College-Bengel gemacht. Ich sage dir, ich hätte dich geheiratet. Hab' ich nicht Trudi geheiratet? Auf mich kann man sich verlassen. *Mir* hättest du vertrauen sollen. Du wirst zu mir kommen, Ruthie. Der Fuß hat mich nicht erledigt. Ich werde das große Geld machen. Ich gehe nicht zurück ans Fließband. Ich mache mich nicht zur lumpigen Arbeitsleiche, zum Verlierer. Am Ende wirst du zu mir kommen, weil du mußt.«

Sie saß auf der Veranda und starrte auf die wogenden Zeilen ihres Textes, ihr Herz pochte immer noch zu schnell in ihrer Kehle, und sie fragte sich fassungslos, woher er die Vorstellung nahm, daß sie je zu ihm kommen würde. Sollte er sich doch soviel Unsinn einreden, wie er wollte, sie nahm sich jedenfalls vor, nie wieder allein mit ihm im Haus zu sein.

Murray 3

Rückkehr in die Zivilisation

Saipan war wieder eine andere Art Insel, als Murray sie bisher im Pazifik gesehen hatte. Es war kein platt gequetschter *bejgel* wie das Atoll Tarawa. Es war kein Dschungel wie Guadalcanal. Es war mehr ein kleines Land, eine Insel von beträchtlichem Ausmaß mit einer Stadt und anheimelnden Dörfern. Sie landeten an kokospalmengesäumten Postkartenstränden, hinter denen terrassierte Zuckerrohrfelder anstiegen, aber die kultivierte Schönheit der Insel nahm seine Aufmerksamkeit nicht lange in Anspruch. In dieser ersten Nacht wurden sie von Artillerie beschossen, die ihren schmalen Landekopf mit einer Treffsicherheit beherrschte, daß es zum Verrücktwerden war. Die ganze Nacht lang schlugen Granaten zwischen ihnen ein, während er aus der Eigenart der Schreie zu erraten versuchte, wen die letzte Granate verwundet, aber nicht völlig zerfetzt hatte.

Nichts, dachte er, während er in Embryostellung in seinem kleinen Schützenloch kauerte, nichts gab einem ein derartiges Gefühl der Hilflosigkeit, wie unter Sperrfeuer zu liegen. Als sie das Riff überquerten, fühlte er sich nackt, entblößt, eine Zielscheibe in dem langsamen

Amtrac, der voranrumpelte, während Granaten und MG-Kugeln sie niedermachten. Aber sobald er herausgeklettert war, konnte er sich bewegen, hatte eine Chance, sich zu wehren oder Deckung zu erreichen.

Doch unter Artilleriefeuer war alles reine Glückssache, eine Ameise, die versuchte, den Küchenfußboden zu überqueren, bevor sie von seiner Mutter mit einer Verwünschung zertreten wurde. Er lag und hörte das Wummern abgeschickter Feindpost und betete, daß sie nicht an ihn gerichtet war. Laß mich leben, flehte er und wunderte sich manchmal, warum. Vielleicht, weil ihm die zerstückelten Fetzen der Männer, die er gekannt hatte, den Magen umdrehten. Er und Jack sollten sich eigentlich an die Methode halten, daß jeder die halbe Nacht lang schlief und die halbe Nacht lang wachte, während der andere schlief, aber von dem Granatenhagel wackelte der Boden, und so schlief keiner in ihrem Schützenloch. Phosphorgranaten zischten herüber, und dann schrie jemand. Diese Dinger brieten Männer knusprig. Haubitzen mit ihrem an- und abschwellenden Stöhnen. Dann tuckerte größere Post durch die Luft.

Aus irgendeinem Grund hatte sich die Führung nicht überlegt, daß sie auf dieser Insel Zivilpersonen gefangennehmen würden, obwohl bekannt war, daß hier neben der Eingeborenenbevölkerung ungefähr zwanzigtausend Japaner lebten, darunter Familien, die seit 1919 auf der Insel waren, als Japan sie in Besitz genommen hatte. Vom ersten Tag an stießen sie auf japanische Zivilisten, die dann in palisadenumzäunte Notlager wanderten, in denen es nicht genug Wasser und Nahrung gab.

In der Stadt fanden schwere Häuserkämpfe statt, dann nahmen sie die Dörfer ein und wandten sich nach Norden. Wo zum Teufel blieben die Flugzeuge? Sie bekamen keine Luftunterstützung. Es schien, als wären die gesamten Fliegerhunde abgehauen und hätten sie ihrem Schicksal überlassen. Am vierten Tag schwerer Kämpfe war die Insel zweigeteilt, und sie bekamen neue Befehle: Das 8. Marineinfanterieregiment, zusammen mit einem verwaisten Bataillon, das ihnen zugeteilt worden war, bis ihre Verluste aus der Heimat aufgefüllt werden konnten, sollte den verdammten, mit Steilhängen gespickten Berg einnehmen, der die Landschaft beherrschte, eine Vulkansäule mit Namen Tapotchau. Einnehmen? Murray glaubte nicht mal, daß sie ihn besteigen konnten. »Wie sollen wir denn da raufkommen?« fragte Jack. »Mit Leitern?«

Sogar die Vorberge waren steil, zerklüftet und voller Gestrüpp, mit Spalten, die sich plötzlich unter den Füßen auftaten, und Höhlen, die den Japanern perfekte Deckung boten.

Oberfeldwebel Reardon, der sich von seiner Verwundung auf Tarawa erholt hatte, stupste Jack mit dem Ellbogen. »Die Schlitzaugen sind raufgekommen, also kommen sie auch runter, was? Aufsatteln!«

Das war einer von den Marineausdrücken, wie Decks für Stockwerke, bei denen Murray immer zusammenzuckte. Aufsatteln auf was? Auf eine der bösartig aussehenden Landkrabben? Die hatte er hinter sich gelassen, ebenso wie die Blütenbäume des wogenden Südens von Saipan. Er mußte Hand über Hand klettern. Am Nachmittag wurde ihm immer wieder schwarz vor Augen, denn seinem alten Fieber gefiel es, wieder hochzukochen. Dann mußte Jack ihm weiterhelfen.

Sie hörten, zwischen den japanischen Flugzeugen und den Amerikanern hatte auf See ein großes Gefecht stattgefunden, und die Marinepiloten nannten es ein Truthahnschießen. Auf alle Fälle schien nur noch eine Handvoll japanischer Bomber übrig zu sein, die kaum lästig fielen. Schwere Küstenartillerie von der Nachbarinsel Tinian schmiß aufs Geratewohl Granaten, zerbombte damit Gebäude, die nach den schweren Kämpfen unten zufällig noch standen, riß Krater in die Zukkerrohrfelder oder zersplitterte ein paar Kokospalmen. Sie bissen sich Zentimeter um Zentimeter den Berg hinauf, von Griff zu Griff und Halt zu Halt. Manchmal beruhigte ihn die Schönheit der Landschaft unter ihm wie ein eisgekühltes Tuch auf seiner Stirn. Manchmal lösten die grünwogenden Hügel und das kobaltblaue Meer und die milchig grauen Schiffe draußen vor dem Riff Entsetzen bei ihm aus. Das heitere Licht, die flammend blühenden Flaschenbäume, die leuchtende See kamen ihm geradezu obszön vor.

»Klar«, sagte Jack. »Einer von den Chamorros hat mir erzählt, daß japanische Hochzeitspaare hier immer ihre Flitterwochen verbracht haben. Wie die Niagarafälle. Paß auf!«

Eine MG-Salve beharkte den Abhang und nagelte sie unter einer Felsnase fest. Sie schauten sich an und beschlossen stumm, sich nicht vom Fleck zu rühren. »Japs in Höhle«, sagte Jack und riskierte einen raschen Spähblick. »Wir warten, bis der Kleine mit dem Flammenwerfer da ist.«

»Den hat's schon erwischt.«

Sie hatten hohe Verluste, aber Murray nahm das nicht mehr so schwer wie auf Tarawa. Teilweise, weil es oft die Neuen waren, die gleich in ihren ersten Tagen an der Front dran glauben mußten. Irgendwie hatte er das Gefühl, es hatte keinen Sinn, sich mit den Nachrükkern anzufreunden, bis sie eine Weile unter Feuer gestanden hatten. Es schien reine Zeitverschwendung, sich für jemand zu interessieren, der bis Einbruch der Dunkelheit schon wieder tot war. So hatten weder Jack noch er sich die Mühe gemacht, sich den Namen von dem Neuen zu merken, der den Flammenwerfer schleppte. Die Japse nahmen gerne welche mit Sonderausrüstung aufs Korn. Einige der Männer mit Sonderausrüstung waren nach einem Weilchen schlau geworden, aber Neulinge liefen meistens ins Messer.

»Wer hat ihn jetzt?« fragte Jack. Er nahm einen Schluck aus seiner Feldflasche. »Ist dir schon aufgefallen, daß uns das Wasser ausgeht?«

»Glaubst du, ich hab' 'n eigenen Wasserhahn? Klar ist mir das aufgefallen.«

Im Schutz der Dunkelheit brachten ihnen Marinepioniere Wasser und Futter rauf und saßen dann in den obligaten Nachtangriffen fest. Am nächsten Tag schwenkte das 29. Marineinfanterieregiment unter der Deckung eines Rauchschleiers zur anderen Seite des Berges, während Murrays Truppe frontal angriff.

Sie gingen durch eine kleine Senke in der ansonsten stetigen Steigung des Berges, Murray in tief geduckter Haltung, da stolperte er plötzlich und stürzte. Als er sah, worauf er ausgerutscht war – den blutigen Eingeweiden eines an beiden Beinen verwundeten japanischen Soldaten, der Harakiri begangen hatte und in dessen Blut und Kot er nun lag –, kotzte er.

Als Jack zurückkroch, um ihm zu helfen, schlug eine Granate ein und versprühte zumeist harmlos Splitter über die Senke hinweg. Murray warf es auf den Boden und nahm es den Atem. Ein paar Minuten lang dachte er, alles wäre in Ordnung, doch dann begann er die Schmerzen in seiner linken Schulter zu spüren. Ein Granatsplitter hatte sich hineingebohrt. »Ich bin getroffen.« Er fühlte das Blut aussickern.

Nach einer Weile kam ein Sanitäter, um ihn zu bearbeiten. Jack wartete bei ihm. Der Sani sagte: »Ist überhaupt nicht schlimm. Die Blutung kriegen wir gleich zum Stillstand, und dann pudere ich das noch mit Sulfonamid ein. Aber ich kann Sie deswegen nicht von der Front abziehen.« Innerhalb von zehn Minuten hatte der Sani ihn verbunden und zog weiter.

Er fühlte sich schwach und hätte sich am liebsten schlafen gelegt, aber der Oberfeldwebel beugte sich über ihn. »Bewegung!«

Sie nahmen den Gipfel. Dann standen sie auf der Spitze der gesamten Insel und blickten auf die Kämpfe unten herab. Aus denen waren sie jetzt raus. Der Rest vom 2. und 4. Regiment mit einem Armeebataillon dazwischen war vorgestoßen und wurde aus der Frontlinie herausgequetscht. »Pech gehabt«, waren sich alle einig und ließen sich nieder. Der größte Teil vom 8. und vom 29. retirierte hinter die Front, aber seine und einige andere Kompanien, dazu noch Artilleriebeobachter, blieben, um den Gipfel zu halten. Murrays Schulter war steif und schmerzte, hatte sich aber nicht entzündet, was er ein Wunder fand. Auf Guadalcanal hätten sich da inzwischen schon acht verschiedene Sorten Pilze angesiedelt.

Sie stanken, und zwar alle. Wie sie da auf dem Berg kampierten, sahen sie aus wie die schlimmsten Tippelbrüder, die er im Tiefstand der Depression von den Güterbahnhöfen kommen und um Almosen hatte betteln sehen, abstoßende ausgemergelte, dreckverkrustete Männer, mit denen er kein Wort sprechen durfte, hatte seine Mutter ihm eingeschärft. Ihr Herz verweigerte ihnen nicht einen Happen zu essen, aber die nackte Not und das grindige Aussehen dieser Männer machten ihr Angst. Wenn sie ihren Sohn jetzt sehen könnte, würde sie entsetzt zurückweichen. Und schreien.

Seine Schulter pochte, und es fiel schwer, sich im Schlaf nicht auf diese Seite zu drehen und prompt davon aufzuwachen. Jack schrieb Briefe nach Hause, aber Murray konnte sich nicht dazu aufraffen. Er lag in der Sonne auf dem schwarzen Fels, der seinem Körper angepaßt schien. Die Geräusche eines Gefechtes drangen hoch, das scharfe Prasseln von Gewehrfeuer, das Brüllen der Browning-Schnellfeuergewehre, die kleinen Aufschläge von Handgranaten, das Krawumm der Granaten. Sie hatten ihren Berg erobert, und jetzt ruhten sie sich darauf aus, und er war froh und ganz auf seinen Körper zurückgeworfen, zu zerschlagen, um zu denken, zu grübeln. Sie schwatzten, schwelgten in Erinnerungen.

»Ich fahre Kanu auf dem Fluß, ein tolles Gefühl. Kein Krach von einem Motor, ich gleite sacht wie eine Ente durch das Wasser, wie mit eingefettetem Kiel. Dann suche ich mir einen Platz am Ufer und ziehe das Boot rauf, und dann sitze ich da, glücklich wie eine Schildkröte, und ich angle. Ich rauche und angle«, sagte Jack.

Wie konnte Murray zur Erwiderung seine glücklichen Momente im Magazin der Bibliothek an der Wayne mit ihm teilen? Er grub in seiner Kindheit und förderte schließlich einen eigenen Fluß zutage. Sie kamen gemeinsam zu dem Schluß, daß Gisele und Ruthie ganz außerordentliche Frauen waren, treuer, sanfter, arbeitsamer als alle anderen. Jack bestätigte Murray in seinem Bedauern, nicht geheiratet zu haben, solange er Gelegenheit dazu hatte.

Bei seiner Verwundung hatte er irgendwie sein Zippo-Feuerzeug verloren, nicht so ein glänzendes, wie es sie vor dem Krieg gab, als er noch nicht geraucht hatte, sondern so ein dunkles, unpoliertes aus Metall, wie sie hier ausgegeben wurden. Er mußte sich ein neues besorgen, bis dahin benutzte er das von Jack mit. Das einzig Schlechte oben auf dem Berg war, daß es wenig Schatten gab und kaum Wasser, aber er hatte es lieber warm und trocken und sah vom Spielfeldrand zu, ein erstklassiger Platz im zweiten Rang.

Sie hörten, daß die Armee und die Marineinfanterie da unten fast miteinander im Krieg lagen. Die Armee war nicht mit den Marinesoldaten vorgerückt, sondern hatte sich eingegraben und wartete darauf, daß die Marineinfanterie alle Arbeit tat, wobei die vorderen Flanken in der Mitte, wo die Armee hätte sein sollen, entblößt waren. Marinesoldaten nannten Armeesoldaten Wauwaus und straften sie mit Verachtung, so wie die Armee die Marinesoldaten für Gesocks hielt. Bei diesem Einsatz hatten die Armeesoldaten jedoch Pech, denn sie standen ausnahmsweise einmal unter dem Befehl eines Marinegenerals, Holland Smith.

In der Nacht brach unten ein großer Bansai los, ein selbstmörderischer Massenangriff. Tausende und abertausende Japse strömten durch die Linien. General Smith hatte gewarnt, daß ein Bansai bevorstand, aber die Wauwaus hatten ihre Linien nicht geschlossen, und die Japse stürmten einfach durch und zerschnitten sie in schmale Streifen, so daß Versprengte die Hügel hinaufflohen. Oben auf dem Tapotchau war ihnen klar, daß die Japse die Front durchbrochen hatten, auch wenn sie nichts weiter sahen als explodierende Granaten. Jack murmelte: »Hört sich an, als wären die Japse bis zum 10. Artillerieregiment vorgedrungen – muß ein Hexenkessel sein da unten.«

Im Morgengrauen schauten sie durch ein Fernglas und versuchten, sich ein Bild von dem zu machen, was unten vorging. Ihr Alptraum war, daß die Japse über wesentlich mehr Truppen verfügten als bisher angenommen und eine größere Offensive eingeleitet hatten. Sogar Feldwebel Zeeland war gereizt und bemerkte, wie wenig Tote sie in den ersten Tagen ihres Vormarschs gefunden hatten. Das Fernglas ging von Hand zu Hand. Zeeland grummelte plötzlich: »Sagt mir, was ich da sehe. Ich fange an zu spinnen!«

Jack schien verblüfft, daß der Feldwebel zugab, da war etwas, was er nicht auswendig kannte. Er hob das Fernglas und suchte in der von Zeeland angezeigten Richtung. »*Marie nous sauve*«, rief er. »Die Attacke der Krüppel!«

Als Murray das Fernglas scharf stellte, sah auch er, was alle anstarrten. Eine Reihe von Verwundeten, von Amputierten auf Krücken, von Männern mit einem Arm in der Schlinge, in zerlumpten Verbänden, mit völlig einbandagierten Köpfen, so daß sie blind waren und an der Hand geführt werden mußten, schleppten sich zum Angriff, einige bewaffnet, andere hielten Bajonette an Stöcken, einige trugen Handgranaten in der Beuge eingegipster Arme. Sie rückten vor, so gut sie konnten, um sich dem Bansai-Angriff anzuschließen, der endlich, wie Murray sah, tief in den alliierten Linien zum Stillstand kam.

Er hatte keine Zeit, um die Aussicht zu genießen, denn sie erhielten Befehl, im Eiltempo hinunterzumarschieren und sich an den Säuberungsaktionen zu beteiligen, die Verluste des Angriffs zu ersetzen, der die Kompanien dezimiert hatte. Als sie den Abstieg geschafft hatten, eine Sache von vier Stunden und nicht von drei Tagen, die sie hinauf gebraucht hatten, sah Murray sich um und traute kaum seinen Augen. Das Feld vor den Geschützstellungen des 10. Marineartillerieregiments sah aus wie eine rohe Frikadelle. Erschöpfte Marinesoldaten waren auf Leichenbergen eingeschlafen, denn kein Stück Boden war frei von verstümmeltem Fleisch und blutigem Schleim. Zerfetzte Leiber lagen übereinandergehäuft. Nur wenige waren durch Kugeln gefallen. Die meisten waren von Granaten getroffen worden, die wie MG-Feuer flach den Boden bestrichen hatten, als die Männer von der Artillerie um ihr Leben kämpften. Er dachte, nicht mal auf Tarawa hatte er so viele Tote gesehen. Dort hatten die Gefallenen in der Brandung getrieben, und er dachte rückschauend, was für ein sauberer Tod das gewesen war, ausgeblutet, vom Meerwasser gewaschen. Hier mischten sich Schlamm und Blut und zermalmte Muskeln und Organe zu einer höllisch stinkenden Jauche, die von Fliegen wimmelte. Er schloß einen Moment die Augen und versuchte, sich Schnee vorzustellen, nichts als Schnee. Dann hörte er in der Nähe ein Gewehr aufbellen und warf sich der Länge nach in die blutige Jauche.

Zwei Tage lang räucherten sie Widerstandsnester von Versprengten des großen Bansai-Angriffs aus. Nach und nach wurde klar, die Berge verwesenden Fleisches, die Planierraupen in Gräben räumten, waren die Armee von General Saito gewesen. Truppen, die die wenigen überlebenden japanischen Soldaten in den äußersten Norden der Insel abdrängten, fanden seinen Leichnam in der Nähe einer Höhle, die sein Hauptquartier gewesen war. Nachdem er den Selbstmord seiner Armee befohlen hatte, hatte General Saito Harakiri begangen und dann von einem Adjutanten den Gnadenschuß erhalten.

Sie rückten aus, um bei den letzten Säuberungen im Norden zu helfen. Dieser Teil der Insel war zerklüftetes Gelände. Jetzt, wo der Bansai vorüber war, sagten die Marinesoldaten, was für Schwein sie gehabt hatten, daß er passiert war, denn die Japse hätten auch Widerstand leisten und weiterkämpfen können, von Hohlweg zu Höhle zu schrundigen Felsen bis hinauf zu den Klippen, die steil aus dem Meer aufragten, Klippen aus Kalkstein und Korallen, scharfkantig und senkrecht: Kap Marpi. Während die Marinesoldaten ringsum vorrückten, kam es Murray vor, als gäbe es kaum noch japanische Soldaten, nur noch Zivilbevölkerung. Es waren jedenfalls überwiegend Zivilisten, die ziellos durcheinanderliefen, viele davon Frauen mit Kindern und Babys auf dem Arm. Die Marinesoldaten gingen am Rande des Plateaus in Stellung.

Einige ihrer Nisei kamen mit Megaphonen und forderten die Zivilbevölkerung in Japanisch auf, sich zu ergeben, es werde ihnen nichts geschehen. Aus den Höhlen, in die sie sich verkrochen hatten, brüllten die japanischen Soldaten ebenfalls auf sie ein. Doch die Bevölkerung sah nicht verängstigt aus. Kinder spielten in einem Kreis Ballwerfen. Aus dem Gebüsch sah er ihnen einen Augenblick zu, da auf den Klippen, der Wind riß an den schwarzen Haaren der Mädchen, am Horizont leuchtete das Meer so blau, daß es seinen Augen weh tat, und dann fehlte plötzlich eines der Kinder. Als die Handgranate explodierte und die Kinder zerfetzt wurden und ihre blutigen Körper durch die Luft flogen, stöhnten die Männer um ihn alle im gleichen Atemzug auf, und Murray verstand, welches Spiel die Kinder spielten.

Eine mit einem meergrünen Kimono bekleidete Frau, die aussah wie ein großer, leuchtender Schmetterling, rannte mit ihrem Baby in den Armen zur Klippe, rief etwas und warf sich in die Tiefe. Eine Familie, Vater, Mutter und zwei kleine Jungen, hielt sich bei den Händen, ging vor und sprang hinunter. Murray hörte weitere Megaphone aus dem Wasser unterhalb der Klippen, wo Kanonenboote im Kreis fuhren. Mehr und mehr Menschen rannten vor. Er sah einen Mann ein Kleinkind durch die Luft schwingen und seinen Kopf gegen einen Fels zerschmettern. Dann nahm eine Frau die Kindsleiche, ging mit kleinen Schrittchen auf die Klippe zu, ins Leere hinein, und fiel.

Eine ältere Frau band sich das lange, eisengraue Haar auf, als bereitete sie sich auf das Zubettgehen vor, trat einen Schritt von der Klippe und hielt züchtig ihre Röcke zusammen, während sie senkrecht hinunterstürzte. Ein Mann packte ein Baby und rannte los, seine Beine liefen in der Luft weiter, einen Augenblick schien er zu schweben, dann verschwand er. Der Fall der Frauen wurde von den Kimonos verlangsamt, die sich um sie bauschten, so daß ihr Sturz eine widersinnige, gespenstische Anmut bekam, als wären sie große Blüten, die lavendelblau, kastanienbraun, blaßgold und himmelblau hinabschwebten.

Während er noch stierte, lief eine Frau mit einem kleinen Mädchen auf dem Arm vor und zurück, vor und zurück, panisch wie ein gefangenes Tier, ihr elfenbeinweißer Kimono leuchtete in der Sonne. Sie lief zum Rand der Klippe, dann drückte sie das kleine Mädchen an sich und wandte sich ab. Sie tat das ein ums andere Mal, bis sie schließlich von der Klippe zurückwich, sich umdrehte und direkt auf das Unterholz zulief, wo Murrays Kompanie sich eingegaben hatte. »Ja, komm«, schrien sie ihr zu, »gut so, weiter so!«

Ein Maschinengewehr ratterte aus den Höhlen. Die Frau zuckte, als die Kugeln sie durchbohrten und fast in zwei Hälften zerschnitten. Sie stürzte und lag verkrümmt, Blut durchnäßte das Elfenbein des Kimonos. Weder sie noch das Kind regten sich mehr.

»Schweine«, sagte Reardon. »Töten ihre eigenen Frauen. Das sind einfach keine Menschen. Wir müssen die gelben Bäuche da rausputzen.«

Es gelang ihnen schließlich, die Soldaten aus den Höhlen rauszuputzen, aber zu spät. Hunderte von Frauen, Männern und Kindern waren von den Klippen gesprungen. Das Wasser unten war so verstopft, daß die Schrauben der Kanonenboote von Fleisch blockiert wurden. Murray war wie betäubt. Er stand zwischen den Toten, die das Gras auf den Klippen übersäten, und er starrte auf das Meer aus Toten hinunter, und wieder mußte er kotzen. Wie können wir das alles sehen und weiterleben?

Einen Augenblick später folgte er Jack bergauf, wo einer der Neuen mit Spitznamen Tiny, weil er einsfünfundneunzig und breitschultrig war, rief, daß er in einer der Höhlen ein Schnapslager gefunden hatte. Mehr als alles andere wollten die Männer sich sinnlos besaufen, und Murray fühlte sich eins mit ihnen. Das war ihm noch nie in seinem Leben passiert. Immer war er der Außenseiter gewesen, der Intellektuelle, der Empfindsame, der Jude; aber jetzt hatte er das Gefühl, Teil eines Tieres zu sein, das größer war als er selbst, eine Ameise in einer Kolonie, die den gleichen chemischen Signalen gehorchte wie die Ameisen neben ihm und die Ameisen vor und hinter ihm. Der Sake rief sie. Der Sake versprach Betäubung. Auch wenn er nie den Anblick von jenem glänzenden elfenbeinweißen Kimono vergaß, als die Frau mit ihrer Tochter auf sie zurannte und dann die Kugeln ihr Fleisch durchschlugen, auch wenn er nie vergaß, wie der grüne Kimono schwebte wie die Flügel eines Einaugenfalters, als die Frau sich in der Luft drehte und drehte und auf das Meer und die Felsen zustürzte, auch wenn er nie vergaß, wie die Kinder sich im Sonnenlicht einen dunklen Ball zuwarfen, bis sie alle zu Feuer und brennendem Fleisch erblühten, versprach doch der Sake, daß er bald, bald sich nur noch erinnern, aber nichts mehr fühlen würde.

Sie wußten, daß sie gegen die Dienstvorschriften verstießen, und das war ihnen piepegal, als sie die Flaschen entkorkten und in der Höhle hockten, wo noch die Leichen in Blutpfützen um ihre Waffen lagen. Sie wußten, im Busch lauerten noch Hunderte versprengter japanischer Heckenschützen. Das war ihnen völlig schnurz. Ich bin einer von ihnen, dachte Murray, schüttete den Sake hinunter und spürte, wie er in seinem Bauch Wärme verbreitete. Ich bin nicht mehr, nicht weniger. Am besten ist es, überhaupt nichts zu fühlen.

Ermattet zwinkerte Jack ihm zu – das war weniger anstrengend, als etwas zu sagen –, und er zwinkerte zurück. Einige Männer gingen die Taschen der Toten durch und suchten nach Souvenirs. Der Oberfeldwebel, Reardon, beugte sich in die Höhle und schüttelte über sie den Kopf. Und dann, statt ihnen den Marsch zu blasen, griff er sich eine Flasche und ließ sich mit dem Rücken zur Wand nieder, stieß die Überreste von einem Jungen, dem es die Beine abgerissen hatte, mit dem Stiefel beiseite. »Scheiße«, sagte er. »Ein Arschloch von einer Insel.«

Jacqueline 9

Ein ehrenvoller Tod

9 juin 1944

Ich kann kaum schreiben, denn zwei meiner Finger sind gebrochen und geschient und mein linker Arm ist in einer Schlinge, aber hier bin ich, auf der Montagne Noire. Manchmal denke ich, Überleben ist Pflicht; manchmal, Schicksal. Jeff ist noch nicht eingetroffen. Ich warte auf Nachricht. Es ist äußerst mißlich, in einer so aktiven und kritischen Zeit kampfunfähig zu sein, wo überall die Schlacht um Frankreich ausgefochten wird!

Zwei der Wachen haben mich vergewaltigt. Der dritte nicht. Die anderen behaupteten, er wäre schwul, aber er sagte, er hätte Angst, sich was zu holen, denn ich wäre wahrscheinlich eine von dem Amerikaner aufgegabelte Nutte. Ich nahm ihm seinen Grund nicht ab, die andern beiden ebensowenig, sie lachten ihn aus. Als sie mich in die Zelle zurückbrachten, machten sie immer noch Witze, während er eine andere Zelle aufschloß. Ich entnahm seinen Äußerungen, sie wissen inzwischen, daß Jeff Amerikaner ist, was ihn in Gefahr bringt, als Spion erschossen zu werden.

Ich wußte, es war eine andere Zelle, erstens, weil ich die Türen gezählt hatte, und zweitens, weil die neue Zelle auf der rechten Seite war, nicht auf der linken. Ich lag auf dem Fußboden, wie sie mich hingeschleudert hatten. Dann kroch ich auf die Strohmatratze. Durchs Fenster sah ich nur lavendelblauen Himmel. Ich muß zugeben, ich war vor Verzweiflung und Grauen am Boden zerstört und weinte lange Zeit, bis meine Augen wund und meine Nebenhöhlen verstopft waren. Ich hatte nichts als mein Kleid, um mir die Nase zu putzen, und das war schon mit Blut und ihrem widerwärtigen Sperma und meinem Urin durchtränkt, denn ich habe mich naß gemacht, als sie mich das erste Mal vergewaltigten.

Ich lag lange Zeit auf der Pritsche wie eine zertretene Wanze und gab mir die Schuld daran, in ihre Falle gelaufen zu sein. Ich hätte es wissen müssen. Ich schalt mich bitterlich, daß ich mich durch unseren Streit, durch seine Gegenwart ablenken ließ. Die Gegenwart des geliebten Mannes ist eine ständige Forderung nach Beachtung, auch wenn diese Beachtung gefährlich und unangebracht ist, und ich bin nicht fähiger, dieser Forderung zu widerstehen, als jede andere Frau. Ich hörte, wie sie jemand herausholten. Sie konnten jeden Augenblick zurückkommen und mich noch einmal holen. Ich sah Maman und Rivka Hand in Hand zum Deportationszug gehen, und ich mußte handeln. Ich richtete mich auf und betastete mich. Mein Gesicht war voller Blut aus meiner Nase. Sie tat weh und war geschwollen, aber wohl nicht gebrochen. Hauptsächlich hatte ich Prellungen. Meine Scheide blutete. Ich wünschte, sie hätten mir meine Unterhose gelassen. Sie waren so damit beschäftigt, mich zu vergewaltigen, daß sie mich noch nicht schlimm geschlagen hatten, obwohl ich sicher war, daß das kommen würde. Ich begann, meine Zelle zu untersuchen.

Die Tür war fest verschlossen, massives Holz in einem Metallrahmen. Die Außenwand des alten Gebäudes war aus Stein. Ich krabbelte zum Fenster hoch, hing an den Gitterstäben und spähte hinaus. Meine Zelle lag im ersten Stock und ging auf eine Seitenstraße. Vom Fenster meiner vorigen Zelle aus hatte ich in einen Innenhof geschaut. Ich begann mich zu fragen, ob der Wachmann, der sich nicht an der Vergewaltigung beteiligt hatte, mir vielleicht einen kleinen Gefallen tun wollte, denn die Seitenstraße war viel besser als der Hof, wenn es mir gelang, hinauszukommen. Es war ein weiter Sprung, aber nicht mörderisch. Den konnte ich überleben, das wußte ich.

Ich schaffte es, hochzuklettern und auf dem schmalen Fenstersims zu hocken. Ein Wachposten ging unten alle zehn Minuten vorbei, aber nicht regelmäßig. Schließlich entdeckte ich, daß er manchmal nur bis zur Ecke kam und nachsah und sich nicht die Mühe machte, die ganze Front abzugehen. Mehrere Male blieb er direkt um die Ecke an meiner Seite stehen und rauchte. Ich konnte seine Zigarette riechen.

Das Glas der Fensterscheibe war längst herausgebrochen, sicher in einem der vielen Luftangriffe, die die ganze Stadt glaslos gemacht haben. Ich zwängte meinen Kopf vorsichtig in jeden Zwischenraum der Gitterstäbe und merkte, daß sich zwischen dem Stab ganz rechts und dem Mauerwerk die größte Lücke befand, als wäre er etwas zur Seite gedrückt worden, solange der Zement noch feucht war. Er war auch nicht völlig parallel, oben war die Lücke noch größer. Sie sah nicht breit genug aus, um einer großen Katze Durchschlupf zu gewähren, aber ich dachte an die Enge, durch die ein Kind geboren wird, und ich dachte, es war den Versuch wert. Aber noch nicht, es herrschte immer noch das anhaltende blasse malvenfarbene Dämmerlicht. Die ganze Zeit lang betrieb ich das Spiel, vollkommen still zu sein, wenn der Posten in der Nähe war, und dann fieberhaft an den Stäben zu arbeiten, sobald er um die Ecke war.

Ich hörte die Gittertür am Ende des Ganges aufkrachen und sprang hinunter und rannte zu meiner Pritsche. Mein Herz begann so laut zu pochen, daß mein Körper schütterte. Diesmal horchte ich, wohin sie gingen. Es war Margot, die sie zurückbrachten, und dann holten sie Jeff. Er rief mir etwas zu, als er den Korridor entlanggebracht wurde, aber ich wollte die Wachen nicht darauf aufmerksam machen, daß ich in einer anderen Zelle als anfangs war, und antwortete nicht. Vielleicht würde der Wachmann, der mich verlegt hatte, auch Jeff helfen. Es ging mir schlecht damit, Jeff nicht geantwortet zu haben, aber ich hatte Angst, vernunftwidrig, doch mächtig, wenn ich sprach und er meine Stimme hörte, würde er sofort wissen, daß ich vergewaltigt worden war.

Ich nahm meinen Gürtel mit der Messingschnalle ab. Ich kletterte wieder auf den schmalen Sims und arbeitete an der Öffnung, achtete darauf, daß kein Staub von meinem Geschabe aus dem Fenster fiel. Immer wenn ich den Posten kommen sah oder hörte, hielt ich inne. Ich wußte, daß er in der Dunkelheit nicht sehen konnte, wie ich da kauerte, aber wenn er in der Nähe war, hatte ich trotzdem Angst, mich zu rühren, ja sogar zu atmen. Ich verbot mir, darüber nachzudenken, was aus uns werden würde, und konzentrierte einfach all meine Energie, all meine Kraft auf meine Flucht. Ich versuchte es zumindest. Der Posten schien so nah, wenn er vorbeiging, sein Kopf nur drei Meter unter mir, daß er meine Furcht riechen konnte, hatte ich das Gefühl. Ich dachte, Furcht schmeckt so wie mein ausgetrockneter Mund, nach altem Blut und etwas Blechernem. Ich hatte Zweifel, ob ich erstens überhaupt durch den schmalen Spalt zwischen Mauer und Stab hindurchkommen konnte und ob ich es zweitens in weniger als zehn Minuten tun konnte. Denn sonst sah er mich unweigerlich über seinem Kopf hängen.

Den Steinen konnte ich natürlich nichts anhaben, aber der Mörtel war weicher. Ich nehme an, daß ich ingesamt 7 Millimeter abkratzte. Doch selbst das kleinste bißchen Raumgewinn gab mir mehr Zuversicht, daß ich es schaffen würde, mich durchzuwinden. Inzwischen bluteten meine Finger, und ich hatte immer noch keine Ahnung, ob wenigstens mein Kopf durch die Enge paßte.

Es war schon dunkel, als sie mit Jeff zurückkamen. Ich hörte ihn im Gang etwas schreien, konnte die Worte aber nicht verstehen. Sie holten Margot wieder ab. Ich war sicher, daß ich als nächste drankam, bevor ich noch die Chance hatte, meinen Plan auszuprobieren. Es schien nicht gerade ein großartiger Plan, aber es war alles, was mir einfiel, und ich mußte etwas unternehmen, ich mußte. Ich kroch wieder auf den Sims. Ich erkannte, daß mir meine Sachen nur im Weg sein würden.

Ich sprang wieder herunter und zog mich aus, ich kam mir nackter vor als je in meinem Leben. Ich knüpfte mein Kleid, meinen Unterrock und meine *sabots* zu einem Bündel, das ich sorgfältig auf den Sims legte, damit es nicht hinunterfiel. Ich begann meinen Kopf durch die Lücke zu zwängen, sobald der Posten vorbei war. Dann rief er einem anderen etwas zu. Ich hörte Schüsse und erstarrte, aber es geschah weiter nichts.

Dann kam ein wunderbarer Glücksfall. Flugzeuge erschienen über Toulouse, um die Gleisanlagen und die Gießereien zu bombardieren. Der Boden erzitterte, und Staub stieg auf. Der Posten verschwand. Ich zwängte mit Gewalt meinen Kopf durch. Es fühlte sich an, als hätte ich mir die Haut abgezogen und den Kiefer gebrochen, aber da hing ich über der Straße, der Kopf durch die Gitterstäbe und mein Sachenbündel auf dem Sims. Ich zog es durch die Stäbe nach draußen. Ich zwängte mich weiter hindurch und wünschte mir sehr, magerer zu sein, als ich bin. Ich wand mich und wand mich. Sowie ich in Panik geriet, blieb ich stecken. Mein Schweiß machte mich gleitfähiger. Ich schwitzte heftig, auch vor Anstrengung, denn noch nie habe ich mich so schwer abgemüht. Meine Brüste schmerzten. Sie hatten von den Wachen schon Prellungen. Ich dachte, meine Arme würden aus den Gelenkpfannen reißen, aber der schwerste Teil waren meine Hüften. Schließlich warf ich mich vor und fiel mit dem Bündel in der Hand. So brach ich mir den Arm. Ich lag halb betäubt auf der Straße, während am Himmel riesige Flammenzinnien blühten, rote und goldene und strahlend weiße, Raketenschwärme aus den Flakbatterien, das Kreuz und Quer der Suchscheinwerfer, der rosarote Absturz eines Bombers und dann der Flammenturm, wo er in der Stadt herunterging. Ich war wie geblendet. Meine Hüfte tat so weh, daß ich dachte, sie wäre auch gebrochen.

Wie ich da in dem Dreck und in meinem Blut lag, nackt und schmutzig und wund, fühlte ich mich wie ein kleines Raubtier der Nacht, ein Wiesel, ein Hermelin, etwas Winziges und Geschmeidiges dicht am Boden mit scharfen Zähnen und ungeheurem Lebenswillen. Ich mußte aufstehen, trotz der Schmerzen. Ich wußte nicht, wie viele Knochen gebrochen waren, aber darauf durfte ich keine Rücksicht nehmen, ich durfte einfach nicht. Ich zog irgendwie das Kleid an, schlüpfte in meine *sabots* und schlich am Gebäude entlang nach vorn zur Straße. Ich hatte Angst, zur Rückseite zu gehen, denn das war die Richtung, in die der Posten bei Beginn des Alarms gerannt war. Ich humpelte die Straße entlang, aber es war niemand zu sehen, nur ein vorbeifahrender Feuerwehrwagen.

Ich ging direkt zu dem Haus von einem *cheminot* in der Nähe. Mir fiel kein anderer Ort ein, und ich wußte, sobald der Alarm vorbei war, hatte ich kaum noch eine Chance, in meinem blutverschmierten Kleid zu entkommen. Ich schämte mich, als könnte mir jeder die Vergewaltigung ansehen. Ich konnte riechen, wie ich stank, nach ihrem Sperma, nach Blut, nach Schweiß, nach Urin. Ich klopfte an die Tür, wollte aber keinen zu großen Lärm machen, damit die Nachbarn mich nicht hörten. Dann wurde mir klar, daß mich wegen der Bomben niemand hören konnte, gleichgültig, was ich tat. Sie wohnen unweit des Güterbahnhofes, alle Fenster sind längst entzwei, und die Mauern des Hauses haben Risse. Schließlich drückte ich die alte Lattenkiste ein, die ihnen als Vorhang dient, und stürzte mit großem Gepolter in ihre Küche, was sogleich die Frau herbeirief.

Jetzt bin ich in dem Feldlager in der Montagne Noire, wieder bei meinen Leuten. Wir warten auf Nachricht. Weder Jeff noch Margot scheinen entkommen zu sein, und ich möchte wissen, wo sie festgehalten werden – in der Milizkaserne oder im Gestapohauptquartier in der Rue Alexandre Fourtanier. Daniela hat meinen Arm gerichtet und meine Finger geschient. Ich tauge zu nichts. Ich könnte nicht mal ein Gewehr abfeuern, um mein Leben zu retten, obwohl es bald dazu kommen kann. Ich bin voller scheußlicher Prellungen und Schürfwunden. Meine Nase ist blaurot geschwollen wie ein Radieschen. Aber ich bin stolz, daß ich entkommen bin. Hier in den hohen, reinen Buchenwäldern erhole ich mich langsam.

Ich wünsche mir sehnlich, etwas von Jeff zu hören. Ich habe Angst um ihn. Ich habe Angst, sie werden ihn schlagen und foltern. Ich habe Alpträume, in denen ich seinen Leichnam aufbahre wie bei Larousse, und jedesmal wache ich weinend auf. Sogar in wachem Zustand verfolgen mich Bilder von gefoltertem Fleisch. Ich mache mir auch Sorgen um Margot, aber ich kann nicht heucheln, ihre Gefahr ebenso bedrängend zu empfinden. Ich sage mir, daß Jeff gut geschult ist, und wenn eine Zivilistin, eine Frau, ausbrechen konnte, dann kann er es sicher auch; nicht auf die gleiche Weise natürlich, denn er könnte sich nie da durchwinden, aber vielleicht, wenn er verlegt wird. Mir graut davor, ihm etwas von der Vergewaltigung zu sagen, wie er das aufnehmen wird.

10 juin 1944

Die Miliz hat Margot erschossen. Das war die Salve, die ich aus meiner Zelle hörte. Sie wollten nicht, daß die Gestapo von ihrer undichten Stelle erfuhr und Margot über das Milizhauptquartier ausquetschte, also haben sie sie, nachdem sie sie mehrere Stunden lang verhört und geschlagen hatten, im Gefängnishof erschossen. Wir meinen, daß die Gestapo Jeff hat. Wir müssen es herausbekommen.

Sie wußten nicht, wer ich war, als sie mich vergewaltigten, aber jetzt wissen sie, ich bin die gleiche Fluchtführerin über die Pyrenäen, nach der sie schon früher gefahndet haben. Mein Fahndungsplakat ist überall angeschlagen, aber ich höre, daß die Plakate ebenso schnell wieder heruntergerissen werden. Wie bei Papa ist eine Belohnung auf meinen Kopf ausgesetzt. Papa versucht herauszubekommen, wo Jeff gefangengehalten wird. Ich bin sehr ungeduldig, es zu erfahren, damit wir Pläne für seinen Ausbruch machen können. Ach, Eduardo hat mir einen neuen Rekruten gebracht, einen Bauarbeiter, der mir erzählte, daß mein Fluchtweg der Gitterstab der Freiheit heißt und überall angelegt worden ist, wo sie damit durchkamen, als die Gefängnisse nach dem Einmarsch der Nazis aufgemöbelt wurden. Die Arbeiter verrückten einen Gitterstab nach der Inspektion, aber bevor der Zement härtete.

11 juin 1944

Papa kam in unser Zelt, um es mir zu sagen, gerade als Daniela den Verband auf meiner Hüfte wechselte. Er ist tot. Die Miliz hat ihn umgebracht. Es gibt nichts weiter zu sagen, nichts. Ich kann nicht glauben, daß er tot ist, aber es ist so, sagt Papa. Wir können nicht einmal seinen Leichnam bestatten.

2 juin 1944

Papa und Daniela haben mir beide eine Gardinenpredigt gehalten, daß ich mich zusammennehmen und ein Beispiel geben muß, daß ich meinen Gefühlen nicht länger nachgeben darf. Trauer, sagt Daniela, ist Luxus. Habe ich sie nicht gedrängt, an die Lebenden zu denken, als ihr Bruder sich mit seiner eigenen Handgranate umbrachte? Mir scheint, daß ich damals nicht mitfühlend genug war, aber Daniela bestreitet das. Papa predigt etwas mehr. Er sagt, wir sind im Krieg, und bis wir gewonnen haben, können wir keine Pause machen, um unsere Toten zu betrauern und ihrer zu gedenken. Er fragt mich, ob ich mir gewünscht hätte, daß Jeff zusammenbricht, wenn ich mit Margot erschossen worden wäre.

Papa sagte, eins ist sicher: Jeff hat nicht geredet, bevor sie ihn umgebracht haben. Keine weiteren Verhaftungen sind erfolgt. Mme Faurier hat übernommen, seine Agenten von Lacaune aus zu führen, und die beiden Operationen laufen jetzt getrennt, was diesen Besserwisser, den britischen Funker, freut, der immer wieder sagt, das hätten wir von Anfang an tun sollen. Mme Faurier wird durch Achille weitersenden. Wir werden ihn in den Bergen von Lacaune versteckt lassen. Hier hat der Maquis diesen britischen Funker, der für sie mit London spricht.

Viele einzelne Maquisgruppen haben sich hier gesammelt, um gegen die Deutschen zu kämpfen, nicht nur die Jüdische Armee und ihre Kundschafter, sondern auch viele Gruppen aus der Gegend. Es gibt einige Spannungen, aber meistens kommen wir alle miteinander aus. Das jüdische Bataillon wird sogar für seine Disziplin und seine Ausbildung bewundert: Lev ist dafür verantwortlich. Jeden Tag sagt mir einer unserer Leute, wie sehr sie Jeffs Stil und seine Energie vermissen. Die Leute haben mir auch Skizzen gegeben, die er an verschiedenen Orten gelassen hat. Ich habe sie zu viel angesehen und bin zu dem Entschluß gekommen, daß ich sie wegstecken muß. Ich weiß, ich versage in meiner Arbeit. Wenn ich nur entflohen bin, um zu weinen und in meinem Zelt zu liegen und allein in die Berge zu gehen und mir vorzustellen, wie er diese Landschaft gesehen hätte, dann hätte auch ich unter den Kugeln der Miliz sterben können, wie er es tat, wie Margot es tat. Sein Tod läßt mich nur dann ein wenig los, wenn ich einen der alten Holzfällerpfade hinaufgehe, die steil zwischen den Buchen und dem Ilex aufsteigen. Purpurrote Akelei wächst auf den Wegen. Riesige feuchtglänzende, rautengemusterte schwarze Wegschnecken gleiten überall und verschlingen die Wildblumen. Die Welt ist nirgendwo friedlich, aber hier ist sie unversehrt. Der Kuckuck ruft unablässig. Ich klettere bis zur Erschöpfung.

Ich werde versuchen, nur die Arbeit zu sehen, die vor mir liegt. Diese Arbeit fällt mir schwer, da ich offengestanden zu nicht viel nutze bin, mit einem Arm in der Schlinge und der anderen Hand teilweise geschient. Unsere Gruppen haben deutsche Verpflegungs- und Munitionstransporte überfallen, die zur Normandie unterwegs sind, und haben auch Truppen angegriffen, die in diese Richtung zusammengezogen werden. Wir haben einen weiten Weg zurückgelegt seit unseren Wehrübungen mit Stöcken.

In meinem privaten Wahn vergaß ich ganz zu erwähnen, daß London den Befehl zum allgemeinen Aufstand zurückgenommen hat. Marsch, marsch, zurück, Leute, wie haben's uns anders überlegt. Tut uns leid. Indessen ist der Maquis in ganz Frankreich zum Angriff übergegangen, in Erwartung jener legendären Force C, die mit Flugzeugen zu unserer Verstärkung landen sollte, und die *boches* haben mit Panzern, Flugzeugen, der vollen Ladung geantwortet und sie ausradiert. Sie haben zur Bestrafung auch sämtliche Bewohner mehrerer Dörfer umgebracht. Eine Frau kam an, die vielleicht die einzige Überlebende eines kleinen Dorfes in der Dordogne ist. Ich habe mehrere Tage mit ihr verbracht, da wir uns beide im gleichen Zustand zerfleischten, entäußerten Trauerns befinden.

Ich arbeite mit Daniela in unserem behelfsmäßigen Feldlazarett, in das jeder Tag mehr Verwundete liefert. Wir haben immer noch keinen Arzt, aber wir haben neben Daniela noch eine Krankenschwester und mich mit meiner begrenzten Krankenhauserfahrung. Wir hatten einen Abwurf von Verbandszeug und Medikamenten und Unmengen von Waffen, Verpflegung, Ausrüstung. Nach all diesen Jahren der Knappheit überschütten sie uns jede Woche mit Tonnen von Material. Jetzt hat jeder mindestens eine Waffe. Wir fühlen uns reich.

26 juin 1944

Ich arbeite im Lazarett. Meine Hand ist aus der Schiene heraus, und ich mache Übungen, die Daniela mir beigebracht hat, damit ich die Hand wieder richtig bewegen kann. Mein Arm in dem Gips juckt fürchterlich. Ich schlafe schlecht und kann nie vorhersagen, wann ich zu weinen anfange, ganz plötzlich. Die Tränen laufen mir einfach aus den Augen, als wäre ein Hahn aufgedreht worden. Das entzieht sich völlig meiner Kontrolle, meistens nehme ich keine Notiz davon und versuche bei allen anderen zu erreichen, daß sie es auch so halten. Ich habe mich gefreut, als meine Periode einsetzte. Das Letzte, was ich ertragen könnte, wäre, von einem der Schläger schwanger zu sein. Sie hatte sich eine Woche verspätet, aber sie kam endlich.

Papa ist ein guter Führer und wird von seinen Kameraden angebetet. Er und Lev kommen nach einem turbulenten Beginn gut miteinander aus, aber Papa mag Daniela besonders gern. Es kommen bei uns zahlreiche OSS- und SOE-Männer durch, als lagerten wir auf einer großen Fernstraße für den Geheimdienst- und Guerillakrieg: die ersteren sind Amerikaner, die letzteren Briten. Ich neige dazu, freundlicher zu den

OSS-Männern zu sein. Ich frage sie, ob sie Jeff kannten. Einer war ihm in der Ausbildung begegnet, aber keiner von ihnen war mit ihm befreundet. Im großen und ganzen sind die Amerikaner herzlicher als die Briten, aber sie haben schreckliche oder dümmliche politische Ansichten. Ich spreche jetzt sehr gut Englisch, aber die Briten sagen mir, ich hätte eine amerikanische Aussprache.

Wir bekamen entsetzliche Nachrichten aus Vercors, dem größten Maquis-Stützpunkt in Frankreich. Nachdem sie sich auf Befehl gegen die Deutschen erhoben hatten, schickten die Deutschen eine ganze Armee dorthin und haben sie ausradiert. Einige der *maquisards* konnten über die Berge entkommen, aber ganze Dörfer sind dem Erdboden gleichgemacht worden, sie haben alle Bewohner bis hinunter zu den Säuglingen, ja sogar den Haustieren, niedergemetzelt, ihre Leichen auf Fleischerhaken in die Schlachterläden gehängt. Es ist entsetzlich und macht uns unfähig, uns über die Nachrichten zu freuen, die wir über den alliierten Vormarsch in der Normandie hören. Es scheint, sie haben sich jetzt wirklich festgesetzt. Die Résistance hat gute Arbeit geleistet, die deutschen Truppen zu binden und zu verhindern, daß ihre Marschkolonnen zum Einsatz in die Normandie gelangen. Das ist ein Grund, warum die Deutschen mit noch größerer Härte als sonst versuchen, uns alle auszuradieren.

5 juillet 1944

Mme Faurier hat nach mir geschickt, sie habe mir etwas zu sagen. Es brach mir das Herz, das Bauernhaus wiederzusehen, mit dem Zimmer oben unter dem steilen Schieferdach, wo wir schliefen, er und ich, beim immerwährenden Geräusch des über die Froschbuckel herabstürzenden Wassers. Manchmal steckt die Erinnerung an Glück in der Brust wie ein Messer. Alles, was ich ansah – Schaukelstuhl, Krug, Teller, Standuhr – ging los wie kleine Zeitbomben und setzte Erinnerungen frei, sein Gesicht, seine Stimme, seine Hände, die Haut auf seinem Rücken, die Art, wie er über einer Landschaft brütete, als sagte und bedeutete sie ihm etwas völlig anderes als allen übrigen.

Mme Faurier nahm meine Hände in die ihren, die so schwielig sind und immer das Gefühl von Wärme, aber Abgearbeitetheit geben. »Wir haben mehrere Dinge erfahren. Es hat bei der Miliz dramatische Veränderungen gegeben. Die Wachen, die über dich hergefallen sind, und der eine, der dir deiner Meinung nach geholfen hat, sind alle zur Zwangsarbeit nach Deutschland geschickt worden, und der Capitaine ist degradiert und nach Pau geschickt worden. Verstehst du, die Gestapo hat niemand bekommen, und die Miliz mußte bestraft werden. In der allgemeinen Umwälzung haben wir jetzt wieder jemand drinnen.«

»Was erzählst du mir nicht?« fragte ich nicht allzu höflich, denn ich hatte das Gefühl, sie hielt etwas zurück.

»Die Miliz hat Vendôme nicht umgebracht. Er hat sich nach der Folter selbst das Leben genommen.«

Ich muß geschrien haben, denn sie sprang auf und legte die Arme um mich, drückte mich an ihren weichen Körper. Sie ist kleiner als ich, aber fülliger, molliger. Normalerweise mag ich es, mich an sie zu schmiegen, wie es ihre Töchter tun, aber da konnte ich es nicht ertragen und riß mich los.

»Jacqueline, er ist ein Held, wie Danielas Bruder. Er wußte zu viel. Deshalb gibt OSS ihnen Giftkapseln, so daß sie einen Ausweg haben, wenn sie die Folter nicht mehr meinen ertragen zu können. Sein Tod ist ein ehrenvoller Tod.«

Ich schüttelte den Kopf, antwortete aber nicht. Ich konnte nicht sprechen.

»Jacqueline, sie hatten ihn bereits gefoltert, verstehst du denn nicht? Sie haben ihn viel sorgfältiger bewacht als dich. Sie waren noch nicht drauf gekommen, daß du beteiligt warst. Sie wußten, daß er ein Spion war. Am Morgen sollte er zur Gestapo kommen.«

Wie Larousse, dachte ich. Ich ging sofort – floh eher, und nahm den Weg nach Murat, wo die Eisenbahn endet, denn die *cheminots* hatten mir versprochen, mich nach Castres zu bringen, von wo ich mit einem Bauholzgüterwagen weitertransportiert werden sollte. Ich kenne diese Berge recht gut aus der Zeit, die wir hier verbracht haben, aber zweimal verlief ich mich beinahe. Ich mußte mich zwingen, mich zu konzentrieren, denn meine Gedanken und Gefühle kreisten so heftig in mir, bis ich das Gefühl hatte, von der Fliehkraft zerrissen zu werden. Wenn ich den Weg verfehlte, brauchte ich aber nur hochzusteigen, denn diese Berge sind kahl bis auf duftenden, tiefgoldenen Besenginster und Heidekraut und hier und da eine Buche, und man kann sehr weit sehen.

Die Menschen der Vorzeit lebten hier, die Bergheide steht voller Monolithe, Dolmen und Hühnengräber, die Steine so grau wie die hiesigen Schafe.

Ich muß mir eingestehen, daß ich wütend war auf Jeff. Ich konnte ihm nicht verzeihen, den Tod gewählt zu haben. Mein Gefühl war, er hätte um jeden Preis, auch den fürchterlichster Schmerzen, das Leben wählen müssen, denn im Leben hatten wir eine Chance, zusammenzusein. Mein Gefühl war, er hatte mich verlassen, und das konnte ich nicht verzeihen. Mir wurde bewußt, daß ich das niemandem sagen durfte, am wenigstens Daniela, deren Bruder sich umgebracht hat.

Ich bin nicht der Ansicht, daß meine Reaktion auf seinen Selbstmord gerechtfertigt oder moralisch einwandfrei war, aber ich wollte mich nicht belügen. Als ich durch den bienenumschwärmten Besenginster ging, beschimpfte ich ihn. Ich verfluchte ihn dafür, den Tod gewählt zu haben. Ich verfluchte ihn dafür, sein Gesicht von mir abgewandt zu haben.

Schließlich warf ich mich zu Boden im Schatten einer lange verlassenen Steinhütte, von der nur noch die Mauern standen, und weinte, bis ich einschlief. Ich erwachte leicht fiebernd in der Sonne. Als ich die Augen aufschlug, kreiste über mir ein Adler. Er war so nah, daß ich das feurige Blitzen seiner bernsteinbraunen Augen sehen konnte. Als ich mich bewegte, ruderte er mit heftigen Schlägen davon und stieg dann auf seinen mächtigen Schwingen in die Höhe, bis er in der strahlend hellen Luft nicht mehr zu sehen war. Ich blieb liegen. Mir wurde bewußt, daß ich mich schämte, hin und wieder einen Stich sexuellen Verlangens zu spüren, als hätte all das mit ihm sterben müssen. Das sexuelle Erwachen, das mir durch ihn widerfuhr, war tief und schön, aber höchst gefährlich, solange wir um unser Leben kämpfen und um den Sieg. Wenn wir nur Freunde gewesen wären, Kameraden, hätte er mich nicht so ablenken können, daß wir in die von der Miliz gestellte Falle liefen. Ich war nicht auf der Hut. Es war meine Schuld. Ich war nicht aufmerksam genug; es fehlte mir an Klarheit.

Darum hätte mein sexuelles Verlangen mit ihm sterben sollen. Nun muß ich es tief in meine Knochen einsperren, vielleicht für die gesamte kurze Lebensspanne, die mir noch verbleibt, vielleicht, bis wir in eine andere Welt durchbrechen. Wie ich so dalag, schwor ich mir, das alles zu unterdrücken. Um mich herum stand die Bergarnika in Blüte. Mme Faurier benutzt sie zu Kompressen bei Prellungen und Zerrungen. Ich stand seltsam erleichtert, wenn auch benommen auf, als hätte ich weit länger geschlafen, als die immer noch hochstehende Sonne anzeigte. Mein Zorn war stumm wie ein Stein.

Als ich den nächsten Grat erklomm, fühlte ich mich für einen Augenblick, als sei ich in einem seiner Bilder, eine Gestalt auf einem jener langen, graubraunen oder lavendelfarbenen Hügel, die er so gerne malte. Dann konzentrierte ich mich einfach darauf, beständig höher hinaufzusteigen. Ich habe den größten Teil meines Lebens ohne ihn gelebt, und ich werde den Rest davon, ob es nun morgen endet oder in vierzig Jahren, ohne ihn führen. Das steht fest. Das und mein Bedürfnis, mich nützlich zu machen.

Louise 9

Marschverpflegung

Der Umschlag verkündete in großen roten Lettern: USA VERTRAULICH. Darin ruhte Louises Marschbefehl in siebenfacher Ausfertigung. Er lautete:

> BETREFF: Marschbefehl
> AN: Alle Zuständigen
> 1. Folgend Genannter wird sich mit der ersten verfügbaren Transportgelegenheit von London zum Hauptquartier der Ersten Armee begeben, danach zu den Orten innerhalb des Schauplatzes, wie es zur Ausführung seines Auftrags erforderlich ist einschließlich des Zugangs zum eigentlichen Kriegsschauplatz.
> 2. Das Reisen in Militärflugzeugen ist genehmigt. Marschverpflegung wird zugeteilt.
> Mrs. Louise Kahan, Korrespondent.
> Auf Befehl von General Dwight D. Eisenhower.

So lautete der Befehl, aber das hieß nicht, daß sofort etwas geschah. Sie wartete auf den Transport nach Frankreich. Bis dahin arbeitete sie an einem Artikel über Familien, die in der Untergrundbahn hausten. Eine Dame vom Freiwilligen Dienst führte sie herum, ein wenig zu vornehm für Louises Geschmack. Sie fand eine Feuerwehrhelferin, die ihr bessere Dienste leistete.

Die Männer, mit denen sie im OWI gearbeitet hatte, waren skeptisch gewesen, daß sie überhaupt nach Frankreich gelangen würde. »Louise dicht an der kämpfenden Front? Keine Chance.«

Auch wenn sie recht behalten sollten, fand sie im London der Kriegsjahre viel Berichtenswertes. Sie verspürte immer noch den Schock des abrupten Aufbruchs und der völlig veränderten Lebensumstände, aber sie war noch ebenso froh wie im allerersten Moment, daß sie die Gelegenheit beim Schopf ergriffen hatte. Sie sprühte vor Energie und Gesundheit und Neugier.

Die einfachen Leute hier beklagten sich nicht über die Lebensmittelrationierung wie drüben zu Hause, sondern schienen zu meinen, daß es nur recht und billig war, wenn jeder von knappen Dingen nichts als eine Kostprobe abbekam. Auf die Trümmer allerdings war sie überhaupt nicht vorbereitet. St. Paul stand in klassischer Pracht, ganz allein, nur von Schutt umgeben. Sie erfuhr, daß die schlimmsten Bombenangriffe schon vor Jahren stattgefunden, aber nie ganz aufgehört hatten, und neuerdings schlugen Raketen ein. An ihrem zweiten Tag sah sie eine in der Luft, tödlich und insektenartig, ein donnernder, stotternder, stummelflügeliger Flugkörper, schräg nach unten geneigt. Eine gewaltige Explosion erschütterte die Erde. Obwohl Louise über einen Kilometer davon entfernt war, spürte sie die Druckwelle.

Die Menschen sahen elend und blaß aus, ärmlich im Vergleich zu Amerikanern. Louises Kleidung stach hervor, sogar in besser gestellten Kreisen. Sie gewöhnte sich an, meistens Uniform zu tragen. In den Läden gab es so gut wie nichts, aber die PX-Märkte und die amerikanischen Messen wurden reichlich versorgt. Wie auch die Restaurants, in denen die Begüterten speisten.

Claude rief sie an, und aus einer Mischung aus Neugier und Sehnsucht nach einer Art Coda zu ihrer jäh durchtrennten Nähe ging sie mit ihm essen. »Wie geht's dem Marschall Schukow-Epos? Bist du auf dem Weg in die Sowjetunion?«

Alles in seinem hübschen Gesicht verzog sich ein wenig. »Der Film konzentriert sich eigentlich nicht direkt auf Schukow. Inmitten der Kriegsverwüstungen in der Sowjetunion zu drehen kommt nicht in Frage. Wir haben ihn auf dem Studiogelände und in Idaho gedreht – phantastische Landschaft, viel zuwenig genutzt.«

»Ich dachte, Kursk liegt in ziemlich karger Gegend, sandig, sumpfig, dichte Wälder.«

»Der Film ist nicht direkt über Kursk. Wir haben entschieden, uns auf die Partisanen zu konzentrieren. Wir haben Tyrone Power als amerikanischen Flieger und Hedy Lamarr als russische Krankenschwester.«

Louise merkte, es war besser, das Thema zu wechseln, wie es der Film offensichtlich getan hatte. »Wie lange wirst du in London bleiben?« Sie empfand nur lose Freundlichkeit für Claude. Hollywood fraß ihn auf, während sie Washington entronnen war.

Sie verbrachte ihren dritten Tag damit, von einem Kindergarten zum anderen zu laufen. Am Abend aß sie in der riesigen Grosvenor-Messe mit Oscar und seiner Freundin Abra, auf deren Kommen sie bestanden hatte.

Es gefiel ihr, daß er immer noch mit derselben Frau zusammen war; das war seit ihrer Scheidung nicht passiert. Vielleicht heiratete er Abra, wenn sie sich lange genug an ihn hängte, und sie hing wirklich schon sichtlich, dünner, im Aussehen irgendwo zwischen der strahlenden amerikanischen Jungmädchenschönheit ihrer letzten Begegnung und den erschöpften, ausgebluteten Londonern.

Oscar sah man langsam sein Alter an, dachte sie seltsam gerührt. Er war ebenfalls schäbiger und deutlich dünner. Über den Ohren sproß ihm das eine oder andere glitzernde weiße Haar. Um die Augen hatte er eine Schlaffheit, als schliefe er nicht genug.

Sie leerten eine Flasche Bordeaux. »Als Eltern waren wir eine Katastrophe«, sagte sie. »Ich habe mir Mühe gegen, aber vielleicht fehlte mir das Talent.«

»Das sind die Zeiten«, sagte er. Sie fand, daß er sie viel zu oft ansah und häufiger Abra ansehen sollte. Abra war deprimiert und eingeschnappt. »Familien werden überall auseinandergerissen. Wenn das Schlimmste, was unserer Tochter passiert, der Gang durchs Scheidungsgericht ist, dann kommt sie billig davon.«

»Vielleicht sehe ich eine Scheidung traumatischer als du«, sagte Louise scharf. »Ich denke jedoch, daß sie Tausende von Leidensgenossinnen haben wird. Ehen zwischen Fremden, die in einer aus Filmen und Schlagern gespeisten Romanze leben, zerbrechen zwangsläufig rasch.«

»Man muß auch bedenken«, sagte Oscar voll absichtlicher Bosheit, »sein Beruf bringt ein hohes Risiko mit sich.«

»Und man muß bedenken«, erwiderte Louise, »vielleicht überstehen die beiden den Krieg gut, und aus uns werden Aschehäufchen. Unserer Mißgunst ledig, werden sie dann glücklich und zufrieden sein bis an ihr Lebensende.«

»Ich dachte, du wärst viel verzweifelter um Kay besorgt«, sagte Oscar und beobachtete sie sorgfältig.

»Ich habe resigniert, in jedem Sinne. Ich bin resigniert, und ich habe resigniert. Kay wird tun, was Kay tun muß. Ich habe mich eingemischt und mir den Kopf zerbrochen und mich eingeschaltet, und was ist daraus geworden? Vielleicht gelingt ihr, zu einer eigenen Persönlichkeit zu finden, wenn sie sich frei von mir fühlt.«

Oscar schien noch etwas dazu sagen zu wollen, aber als sie Abras gesenktes Gesicht bemerkte, wechselte sie das Thema. »Wenigstens würde ich sagen, daß bei den Mitgliedern der Arbeiterklasse, mit denen ich hier gesprochen habe, die Aktien der Sowjetunion höher stehen als unsere.«

»Denk dran, du hast hier eine Arbeiterklasse mit weniger falschem Bewußtsein über ihre Klassenposition, aber einer Menge Illusionen über Stalin und die Sowjetunion – unseren Illusionen vergleichbar, bevor wir hinfuhren. Außerdem wimmeln nicht mehrere hunderttausend sowjetische Militärs in England herum. Über uns sagen sie: zu viel Essen, zu viel Geld, zu viel Sex und zu viel hier. Sie nehmen uns übel, wie lange wir gebraucht haben, um in den Krieg einzutreten. Die Sowjets brauchten fast genauso lange, aber sie haben sogar noch mehr gelitten als die Briten.«

»Die Leute sagen mir auch, daß die Dinge hier demokratischer geworden sind. Daß es eine Nivellierung gegeben hat, dank der Rationierung und der Knappheit.«

»Der Arbeiterklasse geht es besser, außer, sie sind zu den Streitkräften eingezogen, dann müssen ihre Familien von Luft leben. Bevin hat gute Arbeit geleistet, die Gewerkschaften gestärkt und die Bedingungen in den Fabriken weniger ausbeuterisch gemacht – aber grundsätzlich gilt, die Reichen bleiben reich. Viele der Betuchten haben sich auf ihre Landsitze zurückgezogen, bevor die erste Bombe auf Stepney fiel.«

»Zu Hause geht es allen gut, aber den Reichen ganz besonders. Die größeren Firmen grapschen sich alle Aufträge. Nach dem Krieg wird es eine Kaufexplosion geben: Häuser, Autos, Kühlschränke, alle Geräte, die je erfunden worden sind. Es wird vermutlich ein sehr anderes Land werden.«

Sie genoß den Abend, obwohl sie ein schlechtes Gewissen hatte, wenn ihr Blick auf Abra fiel, die offensichtlich litt. Trotzdem entschuldigte sie sich nach dem Kaffee und dem Nachtisch und machte sich auf den Weg ins Claridge's. Sie war jedoch nicht ungeheuer überrascht, als Oscar dort am nächsten Morgen um acht auftauchte. Sie frühstückte gerade auf ihrem Zimmer, und da sie den gleichen Namen trugen, kündigte das Hotel ihn ihr als ihren Mann an und schickte ihn hinauf. Sie beschwerte sich nicht, sondern eilte ins Badezimmer, um ihr Gesicht zurechtzumachen und sich die Haare zu kämmen. Ein Glück, daß die Bombenangriffe den Fahrstuhl außer Funktion gesetzt hatten und er die vier Treppen laufen mußte.

Sie hätte fast Zeit gehabt, sich anzuziehen. Tat es aber nicht. Louise! ermahnte sie sich vor dem Spiegel, doch die Wahrheit war, sie liebte den moosgrünen Morgenmantel, der ihr Haar betonte und ihren Teint, liebte den Schimmer blasserer grüner Seide darunter, und ihr vorderster Gedanke war: Er soll sehen, was er aufgegeben hat. Außerdem mußten Morgenmantel und Nachtgewand bei ihrem überzähligen Gepäck in London bleiben. Sie konnte genausogut noch etwas Nutzen daraus ziehen, sie über den Ozean geschleppt zu haben. Und wenn Oscar meinte, sie überrumpeln zu können, indem er ohne Voranmeldung um acht Uhr früh auftauchte, dann sollte er sie ruhig mit offenem Haar um ihr nicht allzu üppiges, aber anziehendes Dekolleté vorfinden. Pech gehabt, Oscar. Sie öffnete die Tür mit vollendeter Überraschung. »Oscar, du meine Güte! Um diese Zeit. Ist was?« Das glaubte sie jedoch keineswegs. Bei schlechten Nachrichten hätte er angerufen.

»Nein, nur mit uns. Ich weiß nicht, warum du darauf bestehst, bei unseren Verabredungen Abra als Anstandsdame dabeizuhaben, aber für sie ist das gar nicht lustig.«

Sie wies ihn zum Sofa und setzte sich in den Sessel. »Es gibt hier richtigen Tee. Möchtest du eine Tasse? Warum heiratest du das Mädchen nicht, Oscar?«

»Wozu denn nur?« Er sah erschreckt aus, nahm den Tee.

»Du verbrauchst Jahre ihres Lebens. Ich nehme an, sie hätte gern Kinder, und zwar ziemlich bald.«

Oscar schüttelte müde den Kopf. »Sie ist eine ausgezeichnete Assistentin. Ja, wirklich. Rasche Auffassungsgabe, interessiert, fleißig, aber ohne Ehrgeiz für sich selbst. So hat alles angefangen. Das war's, was ich eigentlich wollte.«

»Mein Lieber, das ist niemals alles, was du von einer Frau willst, jedenfalls nicht für lange.«

»Darüber hinaus stecken wir gemeinsam drin, OSS, der Krieg.« Er trank seinen Tee aus und seufzte. »Ich nehme an, du hast nicht vor, deinen sehr jungen Mann zu heiraten.«

Sie erschrak. Seine schmalen Augen waren scharf wie Obsidian, lauernd. »Was für Spiele wir spielen. Vermutlich weißt du es, weil jemand in Washington es dir erzählt hat, oder noch wahrscheinlicher, weil Daniel Abra geschrieben hat. Er schreibt ihr nämlich. Sie haben einen langen und dauerhaften Flirt miteinander.«

Oscar griente, aber seine Zähne sahen aus, als wollten sie etwas beißen, sie vielleicht. »Das muß man dem sehr jungen Mann lassen, er hat nichts gesagt, aber gerade das machte Abra mißtrauisch. Was ist aus deinem französischen Regisseur geworden?«

»Daniel gefällt mir besser. Er ist liebevoller veranlagt. Wie kannst du rechtfertigen, ihn als meinen sehr jungen Mann zu bezeichnen? Ich dächte, Abra ist im gleichen Alter.«

»Ich würde nie bestreiten, daß sie zu jung für mich ist. Es ist ein bißchen anstrengend.«

»Und ich dachte, alles ist eitel Entbehrung und Kriegsanstrengung!«

»Louise, du bist kein Biest. Versuche nicht, wie eins zu klingen.«

»Ich habe auch diese Seite, Oscar. Ich habe viele Seiten.«

Oscar erhob sich behende und blieb direkt vor ihr stehen. Seine Knie berührten ihre. Sie merkte, daß sie den Atem anhielt. »Laß uns ins

Bett gehen, Louise.« Er nahm ihre Hände. »Laß uns etwas Hübsches machen aus der Gelegenheit, zusammenzusein, hier, jetzt.«

Ihr verflixter Körper leckte wie Feuerflammen an der Unterseite ihrer Haut. »Oscar, das geht nicht. Ich kann Abra nicht so weh tun.«

»Ach, diesmal bist du nicht damit beschäftigt, jemand anders treu zu sein?«

»Die Situation ist eine andere. Aber ich kann Abra nicht weh tun.«

»Abra und ich haben keine ausschließliche Beziehung. Sie hat nicht darum gebeten oder es erwartet, und ich auch nicht.« Er zog sie auf die Füße. »Louie, Louie, komm zu mir, sei bei mir.«

»Ach? Macht sie Gebrauch von ihrer Freiheit? Oscar, diese Situation ist auf zu deprimierende Weise vertraut. Ich kann Abras Leid nicht noch mehren.« Sie preßte die Hände gegen seine Brust, hielt ihn sich mit durchgedrückten Ellbogen vom Leib. »Ich mag keine Affären für eine Nacht, nicht mal mit meinem geschiedenen Mann.«

Er ließ sie los und schlenderte zu dem kleinen Tisch, spielte mit den Überbleibseln von ihrem Toast. »Nicht einmal Krümel fallen für mich ab«, sagte er, klang aber belustigt. »Ach, Louie, wir werfen jedesmal wenigstens eine Schicht Unsinn ab, nicht wahr? Bleib in London. Du kannst hier über so vieles schreiben.«

»Sobald meine Abreise genehmigt wird, mache ich mich auf den Weg.«

»Hmmm. Übrigens wird von uns immer noch erwartet, daß wir den Unterhalt für Mrs. wie heißt sie noch aufbringen? Oder übernimmt jetzt der fliegende *goj* die Rechnung?«

»Wir zahlen immer noch ihren Unterhalt, wie du unschwer erraten kannst.«

»Wenn sie wenigstens Geld geheiratet hätte«, sagte Oscar und fuhr sich durchs Haar. »Ich verdiene auf dem Papier gerade mein Gehalt, aber ohne Vorträge und Beratungen und Tantiemen bin ich an der Schmerzgrenze. Ist wahrscheinlich jeder während des Krieges.«

»Darauf würde ich nicht wetten. Vielen Leuten geht es bestens.«

»Bei der Papierknappheit wird nur noch ein einziges meiner Bücher nachgedruckt, die anderen sind vergriffen.«

»Oscar, mir geht es finanziell gut. Warum übernehme ich nicht zwei Drittel ihrer Kosten, und du schießt ein Drittel dazu?«

»Kannst du das?«

Sie nickte. Der Umfang von Druckerzeugnissen war streng begrenzt, was ihrem letzten Band mit Kurzgeschichten weh getan hatte, aber ihr Sachbuch über Frauen an der Heimatfront war für wichtig und eine Auflage wert befunden worden, die es zum Bestseller gemacht hatte. Bestseller sprossen wie Radieschen. Die Leute lasen fast alles. Als Korrespondentin wurde sie gut bezahlt. Ihre Publikationen während des Krieges hatten ihre Leserschaft erweitert. Sie hatte den gleichen Leserkreis für ihre Erzählungen und eine neue Lesergruppe für ihre Reportagen. In England war sie immer noch fast ausschließlich als Autorin romantischer Frauenromane bekannt, die sich auch hier recht gut verkauften, und ihre britischen Kollegen schienen erstaunt, daß sie plötzlich das Käppi einer Kriegsberichterstatterin trug. Trotzdem hatte sie an dem Nachmittag einen Termin im BBC, wo sie ein Interview über die Mitwirkung von Frauen bei den amerikanischen Kriegsanstrengungen geben sollte, ihrem – so hieß es – Spezialgebiet.

Das Gespräch über Finanzen löschte Oscars Glut, wie sie gehofft hatte, und er ging bald, nicht ohne zu sagen, daß er am Abend gegen neun vorbeikäme.

»Unmöglich«, sagte sie. »Ich werde in der U-Bahn sein. Ich mache Interviews mit Leuten, die da schon seit Jahren leben. Stell dir vor, einen Haushalt in einem U-Bahnhof führen für deine ganze Familie, auf dem Bahnsteig. Ich soll auch einen von diesen neuen supertiefen Luftschutzbunkern besichtigen.«

»Dann morgen«, sagte er fest und lächelte ihr zu.

»Ruf vorher an«, sagte sie und brachte ihn zur Tür, wo er sich umdrehte und sie rasch küßte.

Sie schrieb ihre Sachen immer sofort zum Telegraphieren nieder. Es mußte alles die britische Zensur passieren und darauf die amerikanische, aber wenigstens wollte sie soviel wie möglich auf den Weg schikken und nicht in Verzug mit der Auswertung ihrer Interviews geraten, damit sie, wenn der Marschbefehl kam, keine der Geschichten verlor, denen sie in London nachgegangen war. In Wahrheit wäre sie, hätte man ihr nicht Frankreich und die Armee versprochen, ganz glücklich damit gewesen, über die Lage in England zu berichten. Jeden Tag entdeckte sie neues Material. Sie wollte etwas über weibliche Luftschutzwarte machen. In London Luftschutzwart zu sein, das war himmelweit entfernt von dem gemütlichen Posten in den Staaten. Es hieß, während der Angriffe draußen zu sein und jedes Vorkommnis zu untersuchen, mit den Rettungsarbeiten zu beginnen, die Toten und Verletzten zu bergen und das Feuer zu bekämpfen. Sie mochte die Feuerwehrhelferin, die sie herumgeführt hatte, und wollte derart couragierte Frauen in den Mittelpunkt stellen.

Ihr Telefon klingelte ununterbrochen, denn wie es schien, kamen ungefähr alle Journalisten, die sie kannte, und die Hälfte ihrer alten Freunde aus New York durch London, wenn sie nach Frankreich oder nach Nordafrika mußten oder aus Italien zurückkehrten. Jedesmal, wenn sie das Hotel verließ, hörte sie eine Männerstimme ihren Namen rufen. Wäre sie in der Stimmung gewesen, sich einen Liebhaber zu nehmen, sie hätte eine reiche Auswahl gehabt, doch sie wollte so rasch wie möglich ihre Manuskripte durchgeben.

Sie kam nie dazu, ihre Geschichte über die weiblichen Luftschutzwarte zu schreiben, denn sie wurde angewiesen, sich auf einem Flugfeld nördlich von London einzufinden. Dort wurde sie nach nur vierzehn Stunden Wartezeit in einer Transportmaschine zwischen Kisten mit Medikamenten und Verbandszeug untergebracht und nach Frankreich verfrachtet, mit ihrem Marschgepäck als Sitzgelegenheit und ihrer Schreibmaschine unter den Füßen.

Die Luft über dem Kanal war stürmisch, und an einer Stelle ging die Maschine in den Sturzflug über und raste senkrecht in die Tiefe, um einer Gefahr auszuweichen, die für die fensterlose Kabine unsichtbar blieb. Sogar im Juli war es kalt in einem Frachtflugzeug ohne Druckausgleich, einer Abart der Liberator namens C-87. Louise hatte Angst und fragte sich scharf, was sie da trieb, sich mit Fässern voller Sulfonamidstaub und Kisten voller Mullbinden an den Ort transportieren zu lassen, wo Menschen einander umbrachten. Sie stellte sich vor, wieder in Washington zu sein, mit Daniel im Bett zusammengerollt. Sie kam sich wahnsinnig vor, hier zu sein und nicht dort. Sie bedauerte sogar, nicht in Oscars Arme gefallen zu sein. Er hatte recht gehabt, als er sagte, das hätte ihnen etwas gegeben, um es mitzunehmen. Er hatte recht gehabt, dachte sie, stemmte die Füße auf die Schreibmaschine, damit sie ihr nicht ans Kinn flog, und versuchte, sich die rollenden Sulfonamidfässer vom Leib zu halten.

Louise kauerte im Schutz einer halb zerschossenen Mauer, sie war bis zum Schritt ihrer ausgebeulten Armeehosen mit dem lehmigen Schlamm der Normandie bedeckt. Sie befand sich praktisch an der Front, denn nahezu das gesamte eingenommene Gebiet war dazu erklärt, aber sie war noch nicht an die eigentliche Kampffront gekommen. Sie verbrachte mehrere Tage beim Sanitätskorps und berichtete über dessen Einsatz. Sie schlief mit Krankenschwestern in einem Zelt, doch jetzt war sie aus dem Feldlazarett zu einem Truppenverbandsplatz vorgedrungen.

Die hier stationierten Sanitäter reagierten auf Anrufe über die Feldtelefone, um die Verwundeten auf Tragbahren und gelegentlich im Jeep hereinzuholen. Von diesem zerschossenen Bauernhof wurden die Verwundeten zu einer Sammelstelle gebracht und von dort per Krankenwagen ins Feldlazarett transportiert. Wenn die Verwundeten nicht unter Schock standen oder schrien, stellte sie ihnen Fragen. Zuerst nach Name und Rang, dann nach der Heimatstadt. So hielten es in der Armee zumeist auch die Offiziere. Wo kommst du her, Soldat? Dann fragte sie, ob sie verheiratet waren, und wenn nicht, ob sie zu Hause ein Mädchen hatten.

Manche waren überrascht, eine Frau auf dem Truppenverbandsplatz zu sehen, aber viele waren zu benommen, um es zu bemerken, und einige hielten sie für eine Krankenschwester. Gewöhnlich merkten sie gar nicht, daß sie eine Frau war, bis sie sie ansprach. In ihren schlammverkrusteten Stiefeln, Gamaschen und Armeehosen, in dem durchnäßten Armeemantel unter dem Helm sah sie aus wie jeder andere GI.

Vor den Krankenschwestern bekam sie große Hochachtung. Sie lebten im Schlamm und arbeiteten rund um die Uhr. Sie wurden zwar Offiziere genannt, aber oft wie Putzlumpen behandelt, und zu Hause wurden ihnen lose Sitten unterstellt. Wenn sie ihren Artikel über die medizinische Versorgung und darüber, wie ein typischer Soldat sie durchlief, fertiggestellt hatte, plante sie, über die Krankenschwestern zu schreiben. Bis dahin war sie damit beschäftigt, aus ihren Fahrten an die Front ein paar Soldaten auszuwählen und ihren Weg von der Verwundung bis zur endgültigen Unterbringung zu verfolgen, für die Art Bericht über Einzelschicksale, für die sie herübergeschickt worden war.

Ihre Nase lief ständig, und ihr Hals war entzündet. Es war kalt und naß hier. Sie hatte bei der ersten Gelegenheit zum Umziehen ihre lange

Unterwäsche angelegt, auch wenn das erst war, als sie das Feldlazarett erreicht hatte. Dort hatten ihr die Schwestern beigebracht, wie sie sich in ihrem Helm waschen konnte. Die wichtigsten Körperteile, die sie waschen und wenn irgend möglich abtrocknen mußte, waren die Füße. Hinten im Feldlazarett hatte sie ein Feldbett, aber hier hatte sie nur ihre Felddecke. Die ganze Nacht feuerten die Flakgeschütze, unablässig dröhnten die deutschen Flugzeuge heran, nie ließ der Granatbeschuß nach, kein Ort bot Ruhe für längeren Schlaf. Nach acht Tagen in der Normandie glich sie den GIs. Ihr erster Wunsch war Schlaf, und sei es nur für eine Stunde zusammengerollt im Schützengraben oder wie jetzt im Schutz einer Mauer beim Warten auf die Verwundeten, ihr zweiter Wunsch waren trockene Sachen am trockenen Leib und ihr dritter war eine warme Mahlzeit. Denn auch ihre Verpflegung bestand nur aus den K- oder C-Rationen.

Die Landschaft, das waren dunkelgrün wogende Hügel, jetzt von toten, verwesenden Kühen übersät, hohe buschige Hecken aus Weißdorn und Sumach, in denen gerne Heckenschützen lauerten, Obstgärten mit Apfel- und Kirschbäumen, dazwischen kurvenreiche enge Straßen mit hohen, dichten, undurchdringlichen Hecken auf beiden Seiten, die wichtigeren asphaltiert, die übrigen Schotterwege. Überall lagen unbegrabene Leichen von Menschen und Tieren oder hastige Hügel, wo man mehrere Leichname unter eine Decke aus Schlamm oder Grassoden geworfen hatte. Auf jeder Seite standen Häuser ohne Dächer und zerstörtes Gerät und gaben ihr verkohltes Inneres preis.

Eine ihrer nützlichen Eigenschaften für die Amerikaner war, daß sie einigermaßen Französisch sprach. Eine alte Frau, die sich geweigert hatte, ihre Heimstatt zu verlassen, gab Louise an dem Nachmittag einen ganzen Camembert und erklärte ihr, daß die *boches* die Felder nicht so vermint hatten, wie sie eigentlich sollten. Die Ortskommandanten, die vor der Invasion einen außerordentlich gemütlichen Krieg in der Normandie gehabt hatten, waren von den Bauern überredet worden: Wenn sie sich an Rommels Befehle zur Verminung der Felder hielten, dann konnten die Kühe nicht auf die Weide, und dann gab es keinen köstlichen Camembert für die Deutschen. Die Deutschen hatten im großen und ganzen genug vermint, dachte Louise und bedankte sich bei den Ortskühen persönlich, obwohl die meisten von ihnen inzwischen tot waren. Sie brachte den Käse zum Truppenverbandsplatz, wo sie ihn auf den harten Crackern aßen, die zu den K-Rationen gehörten. Zwei der Mediziner verzogen das Gesicht und sagten, der Käse stänke. Louise hob ihren Anteil für die Krankenschwestern auf.

In der ersten Nacht, in der sie mit den Männern an der Front in einem Unterstand schlief, hatte sie Angst. Sie war besorgt, einladend zu wirken und achtete darauf, wo sie ihre Decke hinlegte. Inzwischen machte sie sich keine Gedanken mehr. Die Männer waren zu erschöpft, zu angstgeplagt, zu sehr vom Krieg mitgenommen, um an Sex zu denken. Sie schätzten ihre Anwesenheit. Sie wollten aufgeschrieben werden. Sie wollten, daß die Menschen daheim soviel erfuhren, wie sie irgend berichten konnte. Ihnen gefiel, daß sie sich bis zu den Kampfhandlungen vorwagte, und sie gaben ihr den trockensten Schlafplatz. Sie entwickelte eine patente, mütterliche Art mit ihnen, denn viele waren in Kays Alter oder jünger. Anträge bekam sie nur zweimal: von einem Korrespondenten und von einem Offizier im Hauptquartier. Je weiter sie nach vorn ging, desto einfacher wurden die Gedanken und Gefühle: Todesfurcht und Überleben und manchmal Zorn. Ein hartnäckiger Heckenschütze konnte einen Haß hervorrufen, den Louise verstand, nachdem sie zum ersten Mal gesehen hatte, wie ein Soldat aus einer Hecke heraus erschossen wurde, als er eine Reifenpanne an einem Jeep behob.

Es war ein langsamer und schleichender Krieg zwischen diesen Hekken. Sie glaubte nicht, daß das gesamte Gebiet in alliierter Hand mehr als dreißig Kilometer tief reichte. Ihr kam es vor, als wäre sie seit Monaten da. Sie war ständig durchgefroren und durchnäßt, sie war ständig schnupfengeplagt, sie freute sich jedesmal, wenn die Sonne alle trocknete und die Luft lind war und das Gras gute Lagerstatt bot, sie litt ständig unter solchem Schlafmangel, daß jeder ruhige Augenblick sie hinunterzog, sie träumte ständig von Betten und heißem Wasser als höchstem Genuß. Daniel? Oscar? Die waren in einem anderen Universum. Sie stand den Männern näher, die mit glasigen Augen und verfaulenden Füßen von der Front kamen. Sie stand den Krankenträgern näher, die sich in den Schlamm legten und schnarchten wie streunende Hunde. Sie stand den Krankenschwestern näher und stolperte mit einer von ihnen in dieser Nacht zur Latrine, während Granaten den Himmel bernsteingelb aufhellten und jiiiau, jiiiiau über sie hinwegheulten. Unter ihren Füßen bebte der Boden von den Granaten, die immer näher landeten. Sie hörten das zweitönige Gemurmel einer Haubitze auf sich zukommen. Sie tauchten in Deckung und landeten in einem Haufen Küchenabfälle, untermischt mit menschlichen Überresten aus dem Operationsraum. Gestank von Cordit und verwesendem Fleisch füllte ihren Kopf. Louise erbrach sich. Sie gingen zusammen zu ihrem Zelt zurück, und die Schwester gab Louise ein feuchtes Handtuch, um sich das Gesicht abzuwischen.

Naomi 8

Die Stimme der Turteltaube

Rivka war unter der Erde. Sie war eine Sklavin in der Höhle des Trollkönigs. Rivka war in den Berg gebracht worden, wo sie im Dunkeln arbeitete und böse Dinge anfertigte, die sie sooft, wie sie nur wagte, verdarb. Das waren riesige stählerne Insekten, die flogen, aber Rivka hatte nur ein winziges Teil mit einem Mikrometer zu überprüfen. Naomi fürchtete die Nacht, wenn sie in Rivkas Körper schlüpfte in dem dröhnenden schmutzigen Schacht im Berg und arbeitete, während der Hunger an ihr fraß und ihre Finger und Zehen bluteten. Rivka sah nie die Sonne oder den Himmel oder Bäume. Die Wände des Stollens waren braun und weinten. Sie sah sich gefangen in den gigantischen Eingeweiden eines Reptils. Maman war tot, aber Naomi war immer noch mit ihrer Zwillingsschwester verbunden, die wie ein Wurm in der kalten dunklen Erde lebte, immer von Hunger ausgeweidet, von Kälte geschüttelt, hohl vor Erschöpfung, bis ihr manchmal der Tod, der vor ihren Füßen lag, wie ein weiches, warmes Bett vorkam.

»Überall Schlamm«, sagte Leib. »Dicker Schlamm, dunkel wie Schokoladenpudding. Der geriet dir in alles, in dein Bettzeug und dein Essen und deine Zähne und dein Eßgeschirr und deine Stiefel und dein Gewehr. Ständig kämpftest du dagegen an. Alles nahm die Farbe von Kacke an.«

Manchmal redete Leib zwanghaft auf sie ein. Der Arzt hatte ihm verordnet, jeden Tag spazierenzugehen, und wenn sie konnte, begleitete sie ihn. Er sollte seine Muskeln stärken, um den neuen Fuß regieren zu können, aber es tat weh. Wenn die Schmerzen einsetzten, redete er. Wenn sie zu schlimm wurden, schwieg er. Sein neuer künstlicher Fuß war schwer und ungelenk, so daß er sich nicht natürlich bewegen konnte. Sie gingen durch Detroit, durch Straße um Straße, unter schweren, vollbusigen Ulmen, die sich über dem Asphalt trafen, vorbei an Rosen, die in Vorgärten blühten, vorbei an den kleinen, »Siegesgärtchen« genannten Gemüsebeeten zur Ergänzung der knappen Nahrungsmittel um jedes Haus herum, wo sonst die Rasengevierte gewesen waren. Wenn Leib sich in Schweigen hüllte, schaute sie auf die Beete, um zu sehen, was die Leute anpflanzten. Sobald Leib wieder redete, wandte sie sich ihm zu.

Er mochte ihre Gesellschaft. Alle sagten, sie sei sein Liebling. Sie paßte oft auf David auf, aber Trudi verbrachte jetzt wenig Zeit mit ihr. Um auf ein Haus zu sparen, drängte Leib Trudi, ganztags im Krankenhaus zu arbeiten, bis es ihm besser ging und er sich Arbeit besorgen konnte.

»Ich gehe nicht ans Fließband zurück«, erzählte Leib ihr, als sie durch den heißen Nachmittag spazierten. Jedesmal, wenn sie an einem Rasensprenger vorbeikamen, lief sie unter das Wasser, damit die flüchtigen Tropfen sie kühlten, bevor sie verdunsteten. »Es geht noch, wenn du viel Überstunden machst, aber dann? Du wirst nie reich am Fließband. Nur alt.«

Naomi dachte, wie müde Onkel Morris war, wenn er heimkam, wie erschöpft Ruthie war. »Es ist schwer«, sagte sie. »Aber ich würd's nehmen, wenn ich's kriegen könnte, denn es bringt gutes Geld.«

»Gutes Geld, was für den Arsch«, sagte Leib. Er achtete nicht auf seine Wortwahl, wenn er mit ihr allein war, sondern redete, wie die Jugendlichen untereinander redeten. Sie fühlte sich, als behandelte Leib als einziger unter den Erwachsenen sie wie eine Gleichrangige. Natürlich waren sie nicht wirklich gleich, denn er war einige Jahre älter, und er war im Krieg gewesen und hatte das Verwundetenabzeichen und den Bronzestern. Er erzählte ihr sogar, wie er verwundet worden war, als er auf eine Mine trat. Sie fühlte sich ungeheuer stolz, wenn sie zusammen durch die Straßen der Nachbarschaft schlenderten und weit darüber hinaus. Er hatte sie zur Freundin gewählt, Leib, der schönste Mann im ganzen Viertel trotz seines Fußes, und wem lag schon was an seinem Fuß? Er war ein Held, und er hatte sie gewählt. Sie wollte ihm so leidenschaftlich gefallen, daß sie sich manchmal fühlte, als brennte sie von diesem Wunsch, die Haut kribbelte, die Ellbogen und die Knie standen wie Stacheln hervor in dem einzigen Wunsch, ihm zu gefallen.

Wenn sie zusammen durch die grünen Wohnstraßen und die lärmenden Geschäftsstraßen gingen, genoß sie es, wie er sie überragte, seine Statur, sein Aussehen. Alles strahlte auf sie ab. Das war ein völlig anderes Gefühl, als mit Alvin zu bummeln. Die von der Gang schlurften durch die Gegend, sie knufften sie, und die Jungs warfen sich in die Brust, um stark zu wirken. Sie taten nur so, aber Leib war echt. Mit ihm zusammen war auch sie fast echt.

»Wir sind nach Neapel gekommen wie die Könige. Die kleinen Wichser da waren alle am Verhungern. Du hast noch nie so viel hungrige Menschen gesehen. Ich dachte immer, Detroit, als Ruthie und ich zur Schule gingen, war ein elendes Pflaster, aber den Leuten da wären wir reich vorgekommen. Die hatten nicht mal mehr Löcher, in die sie kriechen konnten, nur noch die dreckigen Lumpen am Leib. Kein Wasser, kein Strom, kein Gas, nichts zu essen, keine zwei Mauern, die noch aneinanderstanden. Und trotzdem wurde keine drei Wochen später auf dem schwarzen Markt spielend klotziges Geld verdient.« Leib sprach hastig, schüttete sich aus. »Da konntest du alles kaufen und verkaufen, Zigaretten, Fleisch, Frauen, Schnaps, Jeeps, Lkws, Koks, was du willst.«

Manchmal wünschte sie sich, seine Zeit anhalten zu können. Sie fühlte sich zu jung, zu naiv, um ihm so helfen zu können, wie sie es wollte. Er war verletzt und verwundet worden, und ihm war übel mitgespielt worden. Niemand außer ihr sah, was er durchgemacht hatte. Trudi war zu sehr mit Plänen beschäftigt, mit dem kleinen David und dem Haus, das sie eines Tages haben würden. Ruthie war abweisend zu Leib und würdigte ihn kaum eines Blickes. Naomi hätte ihn am liebsten immerzu angeschaut, sein Löwenhaupt vor dem brennenden, schwefelgelben Sommerhimmel, sein Haar, das wuchs und die Narbe in seiner Kopfhaut verdeckte, denn er hatte auch eine Kopfverletzung gehabt. Sie hätte ihn am liebsten unverwandt angeschaut, und dabei schwoll ihr das Herz, als füllte es bald ihren ganzen Körper. Sie hätte am liebsten jedes seiner Worte behalten, um sie sich später zu wiederholen und zu verstehen, nur sie allein, und ihm zu helfen.

»Nach Afrika dachten wir, wir würden nach Hause geschickt. Wir hatten schwere Kämpfe gehabt. Keiner hier weiß, wie schlimm Tunis war. Anfangs wußten wir überhaupt nicht, wie uns geschah. Sie schlachteten uns ab, überrollten uns mit ihren Panzern. Dann lernten wir was oder kamen um. Als wir schließlich Tunis nahmen, dachten wir, jetzt bringen sie andere arme Schweine rüber oder holen die Burschen vor, die es hinter der Front bequem hatten. Wir konnten's einfach nicht fassen, als sie uns auf das verdammte Landungsboot verfrachteten und wir Sizilien nehmen mußten. Jetzt glaube ich, sie werden dieselben armen Schweine bis nach Berlin im Einsatz lassen. Schön, ich habe meine Kameraden gerettet, als ich auf die Mine gelatscht bin, aber ich habe auch mich selber gerettet. Besser keinen Fuß als keinen Körper.«

Sie haßte es, wenn es regnete und sie nicht gehen konnten. Jeden Vormittag paßte sie auf Mrs. Entemanns Kinder auf, von sieben bis halb vier. Sie verdiente Geld. Die Hälfte gab sie Tante Rose, die andere Hälfte behielt sie. Onkel Morris ging mit ihr zur Bank, um ein Konto zu eröffnen. Sie hatte ein Sparbuch, und da wurde abgestempelt, was sie jede Woche einzahlte. Sie bekam einen Vierteldollar die Stunde, wenn sie die Kleinen hütete, denn sie waren noch nicht sauber und mußten andauernd gewindelt werden. Naomi nahm ihre kostbaren Münzen aus dem Versteck und trug sie auf die Bank. Amerika schien reich genug zu sein, um zu überleben. Nach dieser Entscheidung kam sie sich weniger wie eine Landesfremde vor. Sie wurde sehr amerikanisch. Oft merkten die Leute nicht mehr, daß sie Immigrantin war.

Wenn sie von der Arbeit kam, lief sie, um zu sehen, ob Leib mit ihr spazierengehen wollte. Wenn er keine Lust hatte, ging sie ihre Freunde suchen, aber wenn er Lust hatte, dann krönte das ihren Tag. Sie hatte Angst, daß er, wenn sie im Herbst wieder zur Schule ging, nicht warten würde, bis sie nach Hause kam. Es war Juli, aber mindestens einmal am Tag bekam sie Angst, was im September sein würde. Sie wollte nicht, daß ihre Zeit zusammen, ihre kostbare, vertrauliche Zeit auslief.

»Italien, das ist ein Scheißberg nach dem andern, und die Blonden – so haben wir zu den Deutschen gesagt – waren immer über uns auf dem nächsten Berg und haben uns abgeknallt. Ein mörderisches Hindernis nach dem andern, immer noch ein reißender, schlammiger Fluß und alle Brücken gesprengt, immer noch ein Berg, so steil, daß sie Maultiere raufschicken mußten, um uns mit Proviant und Munition zu versorgen, weißt du das? Zu unserem Bataillon gehörte eine ganze Horde Maultiertreiber, und ich will verdammt sein, wenn die Maultiere nicht besser verpflegt und untergebracht waren als wir.«

Er nahm oft ihren Arm, drückte ihn an seinen warmen Körper, so daß sie seine Rippen, sein Fleisch spüren konnte. Manchmal, wenn er müde war, stützte er sich auf sie, und obwohl er schwer war, machte es sie stolz, ihm zu helfen. Er fragte sie nicht, ob sie ihm helfen würde. Er wußte, sie würde es tun. Er braucht mich, sagte sie sich, stramm vor Stolz.

Manchmal schien seine Stimme ein Adler, der mit den Flügeln gegen den Deckel auf seiner Welt schlug. Es drängte ihn heftig, aber bislang ziellos. Er wußte noch nicht, was er wollte, obwohl er wußte, was er nicht wollte, nämlich leben und arbeiten wie die Leute um ihn herum. Er sprach vage von Projekten, aber sie hatte keine Zweifel, daß er bald etwas Großartiges tun würde.

»Meine ganzen Freunde sind bei der Armee, aber Fatty Windsor ist d.u. gestellt. Ich könnte ihn mal fragen, ob er mich an der Bar arbeiten läßt. In der Bar von seinem Alten hängen massenweise Scheiche mit guten Beziehungen rum.«

Sie lauschte leidenschaftlich, jede Pore ihres Körpers sog seine Worte ein.

»Jetzt bin ich endlich volljährig, vielleicht läßt er mich ran. Als ich eingezogen wurde, war ich zu jung, um mich in einer Bar besaufen zu dürfen, weißt du das? Jetzt bin ich zweiundzwanzig, und sie haben mir schon meinen Fuß weggenommen und mir das Stück Blech gegeben, und ich habe schon eine Familie um den Hals hängen wie einen Mühlstein, wer braucht jetzt sowas, und dabei kann ich nichts, was sich lohnt, auf ein Stück Klopapier zu schreiben.«

Oft war sie es leid, wegen ihrer Alpträume andauernd ein schlechtes Gewissen zu haben, wegen ihres heimlichen Wissens, daß Maman tot war und nie wieder zu ihr kam und sie heimholte, daß ihre Zwillingsschwester unter der Erde gefangen war und sich quälte und immer kälter wurde und sich immer weiter entfernte. Die Träume kamen jetzt weniger lebhaft. Sie hatte auch ein schlechtes Gewissen, weil sie wollte, daß sie verblaßten. Sie wollte es nicht wissen. Sie wollte nicht mehr in Rivkas Körper sein.

Es war Ende Juli und so heiß, daß Detroit wie versengt war, wie eine Pfütze voll ranzigem Öl. Es hatte seit zehn Tagen nicht geregnet, und die Luft war dick und verbraucht. Das Gras verdorrte braun im Palmer Park. Sie hatten heute den Bus genommen und gingen im Park spazieren, weil Leib hoffte, da würde es kühler sein. Er hatte Bier getrunken, sagte aber, daß ihm davon nur noch heißer war. »Unter den Bäumen wird es kühler sein«, sagte er und ging voran ins Dickicht. Er humpelte stärker. »Ich bin die Hitze leid. Ich kann nachts nicht schlafen. Hast du geschlafen?«

»Gestern abend haben Ruthie und ich unsere Nachthemden ausgezogen und wir haben beide nur in den Höschen geschlafen, so heiß war es.« Sie wußte, sie hätte das nicht sagen sollen.

»Muß ja ein toller Anblick gewesen sein. Da wär' ich gern dabeigewesen.« Er führte sie unter eine Fichte und ließ sich nieder. »Ah, hier ist es halbwegs kühl.«

Die Fichte breitete ein dunkles Zelt über sie, als hätten sie ein geheimes grünes Zimmer betreten. Sie wußte, sie sollte hier nicht mit ihm sein. Aber warum nicht? Niemand hatte gesagt, daß sie nicht mit ihm spazierengehen durfte. Trudi fand das gut. Wenn er nicht soviel lief, wie er sollte, schimpfte Trudi mit ihm. Alle Welt hatte Mitleid mit ihm, dem Krüppel, aber Naomi empfand ihn nicht als Krüppel. Der Atem blieb ihr in der Kehle stecken, als wäre er aus den dünnen Nadeln unter ihnen.

Steif setzte sie sich neben ihn. Er schlug die Augen auf, sah sie an und lächelte. »Komm her, Naomi, meine Naomi. Komm her.« Er legte ihr die Hände auf die Schultern und seinen Mund auf ihren. Es war nicht, wie von Alvin geküßt zu werden, obwohl Leib ihr auch die Zunge in den Mund steckte. Er drückte sie auf die Nadeln herunter beim Küssen und schlang die Arme um sie. Sie liebte ihn, sie liebte ihn mit ihrem ganzen Leben. Die Welt toste durch sie und wollte sich in Liebe Leib darbieten, dessen Name Liebe war, dessen Arme sie umschlossen, dessen Körper auf ihr lastete wie die Welt selbst, schwer und unausweichlich.

Er glitt ein wenig von ihr herunter, schob ihr die Hand unter die Baumwollbluse und umfaßte ihre Brust. »Ich war mal in deine Tante Ruth verliebt, weißt du das?«

»Ja«, sagte Naomi. Sie konnte kaum sprechen. Ihre Stimme klang, als würde sie in ihrer Kehle zerdrückt.

»Du siehst langsam aus wie sie, wie sie aussah, als sie jünger war. Du wirst immer hübscher.«

»Ich sehe nicht wie Ruthie aus.«

»Du siehst wie du aus. Früher habe ich Ruthie geliebt. Jetzt werde ich dich lieben. Willst du, daß ich dich liebe?«

»Ich liebe dich«, sagte sie, und ihre Kehle ließ kaum zu, daß sich die Worte hindurchquetschten.

»Ja, mein Täubchen, mein Liebchen, mein Schatz. Laß mal sehen.« Er steckte ihr die Hand in das Höschen, zwischen die Beine. Unwillkürlich schrie sie auf. »Du bist noch Jungfrau, wie, Kleine? Du hast die Jungs noch nicht reingelassen.«

»Nein.« Sie konnte ihn nicht abhalten. Sie konnte sich nicht rühren. Sie schwitzte vor panischer Angst. Es tat weh da, wo er seinen Finger in sie hineinsteckte.

»Hast du Angst? Dein Herz rast. Ich werde dir nicht weh tun. Ich würde dich hier nicht nehmen. Aber du wirst mich lieben, nicht wahr?«

»Ich liebe dich«, sagte sie mit der erstickten Stimme. Sie war froh, als er seine Hand wegnahm. Er legte sie wieder auf ihre Brust, wo sie sich besser anfühlte.

»Wie alt bist du genau?«

»Fast fünfzehn.«

»Jammerschade«, sagte Leib. »Du bist zu jung, Naomi, aber du wirst groß werden, und dann wird es sogar noch besser sein. Du wirst für mich groß werden, nur für mich, ja?«

Sie wußte nicht, was er meinte, aber sie sagte: »Ich bin schon groß. Ich bin groß für mein Alter.«

»Du wirst groß werden und zu meiner Frau. Du wirst genau das werden, was ich will, ja?«

»Du bist doch mit Trudi verheiratet.«

»Ich mußte eine heiraten. Ich wußte, mir würde was passieren. Ich habe meinen Fuß verloren, aber ich hätte mein Leben verlieren können. Ich mußte einen Sohn machen. Das geht schon in Ordnung, Naomi, ich werde mit dir andere machen. Trudi ist eine blöde Ziege. Wenn sie die ganze Zeit zu Hause wäre, würde ich sie erwürgen.«

Sie mochte nicht, was er sagte, denn es machte ihr Angst. Es öffnete einen Abgrund, in den sie fiel. Sie konnte keine Einwände machen, solange seine Hand auf ihrer brennenden Brust lag, sein Bein über ihrem, sein Mund auf ihrem. Bestimmt hatte sie das herbeigeführt, weil sie so oft davon geträumt hatte, und darum war sie ganz allein daran schuld. Sie hatte durch den Zauber, es zu oft zu wünschen, dieses Schlimme und Gefährliche herbeigeführt.

»Zieh dein Höschen aus«, sagte er und rutschte von ihr herunter.

Sie regte sich nicht. »Du hast gesagt, du tust es nicht«, flehte sie.

»Mein Täubchen, ich werde dich nicht bumsen. Das letzte, was ich brauchen kann, ist, dich mit fünfzehn schwanger zu machen. In Neapel hatte ich Mädchen in deinem Alter, weißt du das? Ich bewahre dich für die richtige Zeit auf, denn du wirst nur für mich reifen.« Er legte ihre Hand auf etwas Stummeliges, und sie wußte sofort, das war, was Sandy das Ding vom Mann nannte. Er zog ihr den Schlüpfer aus und bestieg sie, und sie merkte, sie weinte vor Angst und die Tränen liefen ihr übers Gesicht. »Jetzt preß deine Beine fest zusammen, so ist's gut.« Er begann, zwischen ihren Schenkeln vor- und zurückzustoßen, und rieb sich an ihr, doch er zerriß sie nicht, drang nicht ein. »Da, nimm deinen Rock aus dem Weg.«

Sie hörte auf zu weinen. »Vertrau mir«, murmelte er in ihr Ohr, und sie hielt ihn und wartete. Er würde sie nicht zerreißen. Er rieb sich nur an ihr. Nach einer Weile fing es an, sich gut anzufühlen, auf beängstigende, atemlose Art. Leib liebte sie. Sie war ein schlechtes Mädchen, das zu einer schlechten Frau werden würde, aber er liebte sie. Nachdem er fertig und zwischen ihren Schenkeln alles klebrig war, schob er ihre Beine auseinander und wischte sie mit seinem Taschentuch ab. »Wenn du nach Hause kommst, wasch dich immer sorgfältig.« Er lächelte. »Ich dachte mir, daß du alles tust, was ich will, aber ich war mir nicht sicher.«

Sie zog ihr Höschen an und glättete ihren Rock. Sie wußte nicht, wo sie hinschauen sollte, aber schließlich konnte sie nicht anders, sie wandte sich ihm wieder zu, der dunklen, schönen Sonne, die über ihrer Welt aufging.

»Sag nichts davon, weder zu Ruthie noch zu Rose. Ruthie ist deine Vertraute, nicht? Wenn du ihr was sagst, werden alle dir die Schuld geben und dich ein schlechtes Mädchen nennen, und ich werde ausziehen müssen. Keine Spaziergänge mehr. Du wirst nie wieder mein Täubchen sein.«

»Ich werde nichts sagen, ich verspreche es.«

»Auch nicht deiner besten Freundin. Wer ist deine beste Freundin?«

»Sandy, aber Tante Rose und Mrs. Rosenthal reden nicht miteinander.«

»Du sagst ihr nichts. Nichts von dem, was du jetzt über Männer weißt, nichts. Versprochen?«

»Nichts«, wiederholte Naomi feierlich. »Ich verspreche es.« Es war wie eine Zeremonie, ein Gelübde unter dem dunklen Baum, der seine grünen Zweige bis zum Boden breitete und über ihnen brütete.

Daniel 7

Herzschmerzen

Es war ein stiller Schock, den Daniel verspürte, und doch hallte sein Leben wochenlang davon wieder. Ein kalter Hauch von Depression drückte ihn in der brütenden Augusthitze, während grüne, langbeinige Fliegen mit irisierenden Flügeln und schwarze Fliegen und Fliegen mit Köpfen wie Juwelen, die Blut saugten, wenn sie stachen, und Moskitos und gelbe Motten und Motten wie Fetzen von Papiertüten zu den offenen Fenstern hereinwirbelten und ihn bei der Arbeit umschwirrten. Er war bereit, sich bei Sektion 20-G bis zur Erschöpfung zu verausgaben. Er war bereit, hinterher mit den Jungs auszugehen. Er war nicht bereit, nach Hause zu gehen.

Er hatte nie zuvor mit einer Frau zusammengelebt, und deshalb, so schloß er, hatte er noch nie eine Frau so vermißt, wie er Louise vermißte. Er hatte ein körperliches Empfinden, amputiert zu sein. Darüber hinaus setzte jeder Gegenstand Einnerungen frei wie kleine Stromschläge. Sie war in solcher Eile abgereist, daß er andauernd ihre Haarnadeln fand, ihre Bücher, ihre spitzengesäumten Taschentücher, ihren Duft, der eine Zeitlang an Stühlen haftete, an Kopfkissenbezügen, an Kommodenschubladen. Er hätte nicht hinunterziehen sollen, er wußte es, aber er konnte Rodney nicht mehr ertragen. Er konnte von dem Zusammensein mit Louise, von einem Leben täglicher sinnlicher Eleganz, nicht einfach dazu übergehen, wieder im Wohnzimmer auf seiner Matratze zu schlafen, inmitten von Rodneys hinterlassenen Boxershorts, leeren Bierflaschen und leeren Chilidosen.

In der Wohnung unten geisterte Louise. War er zornig auf sie? Ja. Er konnte ihr nicht verzeihen, daß sie ihn verlassen hatte. Es war für ihn ungewohnt, daß Frauen sich von ihm zurückzogen, doch das Gefühl des Verlassenseins war ihm vertraut. Es erinnerte ihn daran, wie es ihm ergangen war, als sein Vater sie in der Bronx zurückgelassen hatte und nach China verschwunden war, an Mahlzeiten aus Bohnen oder Hafergrütze, ans Lernen bei Kerzenlicht, weil der Strom wegen der unbezahlten Rechnung abgestellt war, an ewig schmerzende Füße, weil seine Socken vor lauter Stopfstellen nur noch aus harten Wülsten bestanden. Die anderen Kinder hatten ihn gehänselt, weil sein Vater ausgerissen war, nach China.

In dem Sommer hatte seine Mutter sich als Küchenhilfe in den Catskills verdingt, und sein älterer Bruder Haskel hatte dort beim Bedienen ausgeholfen. Er und Judy waren zu einer Nachbarin gegeben worden. Er hatte nie mit Judy über jenen Sommer geredet, aber er hatte sich verlassen gefühlt. Er hatte geweint, wenn er allein war, und war zu dem Schluß gekommen, daß niemand in seiner Familie ihn lieb hatte, niemand, und daß sie ihn als einen Unfall betrachteten, der ihnen zugestoßen war.

Er war immer noch niedergeschmettert, daß Louise ihn verlassen hatte. Natürlich hatte er gewußt, wie sehr ihr der Posten beim OWI zuwider war und wie frustriert sie sich fühlte. Doch sie schrieb interessante Artikel, nach wie vor, und das hätte sie auch weiterhin tun können. Manchmal gab er Kay die Schuld. Louise hatte immer das Gefühl, jeder Blödsinn, den Kay anstellte, war ihre, Louises Schuld und entsprang unmittelbar einem Erziehungsfehler. Daniel war der Meinung, Kinder taten von einem frühen Zeitpunkt an das, wonach ihnen der Kopf stand. Die Welt, in der die neue Generation lebte, unterschied sich sehr von der Welt der Elterngeneration, in den Zwängen, den Phantasievorstellungen und den Maßstäben, bis hinunter zu den Witzen und Schlagwörtern. Kay erlebte ihren Krieg, und Louise lebte den ihren.

Warum hatte sie ihn verlassen? Manchmal war er überzeugt, sie hatte es getan, um zu ihrem geschiedenen Mann zurückzukehren, der stets am Rande von Louises Seelenlandschaft dräute. Oscar war immer noch ihr innerer Maßstab für einen Mann. Sie hatte ihm nicht genug Zeit gegeben, um Oscar zu ersetzen, aber warum nicht? Das war die Wunde, zu der er immer wieder zurückkehrte und an der er leckte, bis sie sich entzündete.

Seit seinem fünfzehnten Lebensjahr war er ständig verliebt gewesen. Sogar während der keuschen Monate in Harvard war er in seine anspruchsvolle Gebieterin verliebt, die japanische Sprache, die er sich als eine Kurtisane mit emailliertem Gesicht nach Art von Hokusai vorstellte, sie machte sich hinter einem Fächer über ihn lustig, ihr Körper schütterte vor Kichern unter einem seidenen Kimono. Jetzt hatte er Alpträume. Oft träumte er von Louise, die ihn wieder und wieder verließ.

Er hatte zwei Briefe von ihr erhalten, aus London, aber er hatte den ersten nicht geöffnet, bis der zweite gekommen war. Es hatte ihm großen Genuß bereitet, ihn jeden Tag, wenn er von der Arbeit kam, zur Hand zu nehmen und dann wieder hinzuwerfen, ihn zu zwingen, stumm zu bleiben, abgewiesen. Nun, wo es zwei gab, nebeneinander, überwältigte ihn die Neugier.

Sie schrieb ihm, das einzige, was sie von Washington vermisse, sei er. Die Formulierung ärgerte ihn. Sie war doch angeblich Schriftstellerin, mit einem Gespür für Sprache, trotzdem bezeichnete sie ihn mit »das«. So dachte sie also von ihm: ein Ding, ein Körper, eine Annehmlichkeit, ein kleines Vergnügen, was seine Zeit hatte und danach weggepackt wurde. Ich bin Madame Butterfly, sagte Daniel zu sich. Er verachtete sich für sein Herzeleid, aber die Welt schien ihm voll schriller und stiller Schmerzensschreie.

Der Fregattenkapitän, den er ersetzt hatte, war aus dem Krankenhaus zurückgekehrt und nahm seinen alten Posten wieder ein, also entschlüsselte und übersetzte Daniel wieder Funksprüche. Teil der amerikanischen Strategie war es, viele der Inseln mit starker japanischer Besatzung zu umgehen und zu isolieren. So blieben sie zwar unerobert, waren jedoch nutzlos, vom Krieg abgeschnitten. Diese Häfen und Inseln sendeten und empfingen Funksprüche, die Sektion 20-G zu überwachen hatte. Das Pathos dieser kleinen Garnisonen rührte Daniel. Sie konnten weder versorgt noch evakuiert werden, doch sie hielten sich Hunderte von Seemeilen hinter den feindlichen Linien mit ihren schwindenden Rationen und ihrer sinkenden Moral, funkten leidenschaftliche Ergebenheitsadressen an den Kaiser und Samuraisentenzen an ihre Oberen, die sie längst als totes Kapital abgeschrieben hatten. Dann und wann wurden sie bombardiert, mehr zu Übungs- als zu sonstigen militärischen Zwecken, und manchmal regneten Flugblätter mit Kapitulationsaufrufen auf sie herab, wenn der entsprechende Offizier gerade Zeit fand, das anzuordnen.

Obwohl er nur wenige förmliche Zeilen schrieb, erhielt er weiterhin ab und an Briefe von Louise. Dann sah er ihre Artikel. Das heißt, er begann, jede Woche *Collier's* zu kaufen, denn gewöhnlich war etwas von ihr drin. Es war masochistisch, trotzdem tat er es.

Als die Reportagen über Kinder, die in U-Bahnhöfen aufwuchsen, den Geschichten über den Alltag von Artillerieeinheiten und Panzerbesatzungen Platz machten, wurde ihm klar, daß sie umkommen konnte. Korrespondenten wurden erschossen, torpediert, von Landminen oder Artilleriegranaten oder Bomben zerfetzt, die auf sie nicht anders als auf die Truppen fielen. Er saß sicher in Washington und las anderer Leute Post, während sie ihre Nase in Schützenlöcher in Frankreich steckte. Warum? Er konnte die Louise, die in der Küche *gefilte fisch* oder *kasche warenikeß* bereitete, mit der Louise auf dem Begleitphoto nicht recht zusammensetzen. Da kauerte sie hinter einer niedrigen Mauer, das vertraute Gesicht dreckverschmiert, der Rest von ihr in unförmigem Khaki nicht von dem GI neben ihr zu unterscheiden. Den ganzen Abend über betrachtete er immer wieder das Photo. Warum? fragte er sich und konnte nicht antworten.

Abra war mit dem Mann ihres Herzens nach London gegangen, auf der vergeblichen Suche nach Oscars unsterblicher Liebe. Wenn eine Frau einen Mann liebte und dieser Mann in den Krieg zog, dann ging sie, wenn sie konnte und keine Kinder sie zurückhielten, mit. Aber Louise war aus keinen anderen Beweggründen als jeder andere Korrespondent in den Krieg gezogen, aus Ruhmsucht, aus vagem Patriotismus, aus klarer Antinazihaltung, aber auch aus taktischen Karriereerwägungen. Und gerade damit hatte er Schwierigkeiten. Er konnte diesen Ehrgeiz nicht recht mit dem hingebungsvollen Körper zusammensetzen, mit den weichen warmen Brüsten, dem weichen warmen Bauch, den gierig drängenden, empfangsbereiten Hüften. Warum sollten diese warmen Lippen und diese umfangenden Arme und dieser

Körper, der nach sorgfältig dosiertem französischem Parfüm duftete, nur einen Tropfen hinter jedes Ohr und in jede Kniekehle, warum sollte dieser Körper, dem seinen unter- und über- und nebeneinander so vertraut, sich freiwillig Gefahren und Entbehrungen aussetzen? Er warf Louise vor, in sich etwas Hartes und Unweibliches zu verbergen, einen Ehrgeiz mit einem so zielgerichteten Mechanismus wie eins der Gewehre, deren Handhabung er nie erlernt hatte.

Im Juni hatte Abra noch stichelnd geschrieben, sie habe sich aus seiner Schweigsamkeit seine Affäre mit Louise zusammengereimt, und hatte ihn als den letzten Gentleman, den edelsten Viktorianer ihrer Bekanntschaft gelobt, aber als der Brief ankam, war Louise schon verschwunden. Als Abra dann seine Antwort erhielt, tummelte Louise sich bereits in London und Oscar hechelte ihr hinterher. Abras nächster Brief war vielleicht der nackteste, den sie ihm je geschrieben hatte.

Ich weiß nicht, ob ich in diesem Krieg etwas Nützlicheres hätte tun können als das, was ich tue, bezweifle aber ganz ehrlich, daß es da viel gäbe. Das muß genügen, auch wenn es im Augenblick ein kalter Trost ist. Einer der Fehler, die ich gemacht habe, war, Oscar zu meinem Leben werden zu lassen. Ich sehe deutlich, wie es passiert ist und warum es passiert ist, aber es hat mit sich gebracht, daß ich – ganz anders als in New York und selbst noch in Washington, wo ich in einem Schwarm von Freunden schwamm und die Gedanken und Wahrnehmungen anderer sich unvermeidlich an meinen eigenen rieben und sie veränderten – seit unserer Abreise aus den Staaten in einer künstlichen Halbehe mit Oscar allein bin. Ich habe hier keine Freundschaften geschlossen. Ich habe mir angewöhnt, mich niemandem mehr anzuvertrauen, nur noch Dir; und Du warst bis auf Deinen letzten Brief nicht sonderlich offen zu mir.

Ich empfinde sehr deutlich, wie teuer mich dieser Fehler zu stehen kommt, und vielleicht habe ich Freundschaften gescheut aus Furcht, deren Sicht könnte meine Beziehung zu Oscar in ein Licht tauchen, das ich mit aller Macht gemieden habe. In gewissem Sinn bin ich für Oscar immer noch, was ich war: seine geschätzte und arbeitsame Forschungsassistentin. Ich fühle mich, als erwachte ich langsam aus einer langen Lähmung, aber zu was außer Verzweiflung vermag ich mir nicht vorzustellen.

Du hast mir zu sagen versucht, was ich nicht hören wollte. Wenn andere Menschen klüger als wir gewesen sind, macht uns das manchmal zornig, aber ich empfinde keinen Zorn auf dich. Nein, ich empfinde eine liebevolle Dankbarkeit dafür, welche Mühe Du Dir gabst, ehrliche Worte für meine törichte Verranntheit zu finden, damals in Washington, als wir Nachbarn waren in dem komischen kleinen Haus.

Sie unterschrieb den Brief *In Liebe*. Das war neu. Sie hatte sonst immer witzig unterschrieben – Deine minnegetriebene Maid, Dein lila Luder der Liebe, Deine demütige donna serviente und so weiter. Jetzt: In Liebe. Vielleicht war ihr nur der Witz ausgegangen. Und doch konnte er sich nicht vorstellen, daß Abra einen Brief unbedachtsam unterschrieb.

Wenn sie in Washington wäre, dachte er, als er den Brief in ihrer schräggeneigten Handschrift mit den Unterschleifen wie Paddel gegen den Strom betrachtete, dann könnte er zu ihr gehen und endlich ihren Flirt zu einem Schluß bringen. Ich könnte sie haben, dachte er, und mußte über sich lachen, denn diese Behauptung blieb notgedrungen unbewiesen. Ihr Flirt erhitzte sich, weil sie beide etwas brauchten, was ihre Niedergeschlagenheit aufhellte, aber er gab sich beträchtliche Mühe mit seiner Antwort.

Im Büro hatten sie den Funkverkehr von Saipan bis zum letzten Verzweiflungsschrei des Kommandanten überwacht, dann die Übertragungen aus Guam, wo heftige Kämpfe stattfanden, immer näher vor Japan. Warum gaben die Japaner nicht auf, nach Niederlage um Niederlage, eine kostspieliger als die andere? In den Gefechten, die amerikanische Flieger das Große Marianen-Truthahnschießen nannten, hatten die Japaner ungeheuer viele Piloten und Schiffe verloren. Wovon erwarteten sie sich noch Rettung? Die Japaner waren noch nie besiegt worden. In letzter Zeit gebrauchten sie immer häufiger einen Ausdruck, *Kamikaze*, das war der göttliche Taifun, der große strafende Wind, den schickte die große Göttin Amaterasu, die Sonne, die einen der Vorfahren des Kaisers geboren hatte und ihn deshalb immerwährend beschützte. Als Kublai Khan das übrige Asien erobert hatte und seine Flotte gegen Japan aussandte, da hatte Amaterasu den göttlichen Wind erhoben, den Kamikaze, und die Invasionsmacht ausgelöscht. Solch ein Wunder mußte wiederkommen, glaubten sie. Der Krieg mußte weitergehen.

Manchmal fragte er sich, ob er je die Schauplätze sehen würde, die ihm aus den japanischen Codes so vertraut waren: Hollandia, dessen verschlüsselte Botschaften er täglich übersetzte, bis MacArthurs Verbände es im April einnahmen; Aitape; Biak, wo die Invasion böse schiefgegangen war. MacArthur, so wurde gemunkelt, ließ die Informationen aus den *Magic*-Entschlüsselungen oft außer acht und vertraute nur seinen alten Nachrichtendienstkameraden von den Philippinen, der Bataan-Gang. *Magic* war der Arbeitsname für Nachrichten aus den Dechiffrierungen der Sektion 20-G.

Trotzdem gingen ihre Meldungen hinaus und wurden oft genutzt. Am 25. Juni entschlüsselten sie einen Funkspruch von General Adachi, dem Befehlshaber der 18. Armee, der besagte, daß Adachi in der Nähe von Aitape um den 10. Juli einen größeren Angriff plante. Adachi funkte Einzelheiten über die beteiligten Divisionen, seine Schlachtpläne und sogar Angaben darüber, wo er seinen Befehlsstand errichten wollte. Diese Informationen wurden den Nachrichtenoffizieren übermittelt, die ihrerseits damit die Kommandanten versorgten, die die amerikanischen Stellungen um Aitape verteidigten. Was er zur Zeit an Freude aus seinem Leben sog, rührte aus seinem Bewußtsein von der Genauigkeit und der Wichtigkeit seiner Arbeit.

Seit er seine stets knapp bemessene Freizeit mit seinen Arbeitskollegen verbrachte, setzte er sich langsam ein Bild davon zusammen, welchen Eindruck er auf sie machte. Die meisten schienen eine hohe Meinung von seiner Arbeit und seinem Naturell zu haben. Er galt als verträglich, ein Bild, das so gar nicht zu seiner eigenen Vorstellung von sich passen wollte. Er sah sich als hitzköpfig, ungestüm, abenteuerlustig, was sich mehr aus seinen Stromereien durch die Straßen Schanghais speiste als aus seinem Lebenswandel seitdem. Er betrachtete sich aufs neue. Was er sich am meisten wünschte, war eine Mischung aus Abenteuer und Festigkeit. Er dachte kurz daran, sich wieder mit Ann einzulassen, aber als er sich mit ihr traf, sendete sie einen hohen Angstschwington wie das Sirren eines hungrigen Moskitos.

Seine romantischen Vorstellungen von ihr vermochten dieses gemeinsame Mittagessen nicht zu überleben. Er erinnerte sich wieder an ihre Oberflächlichkeit, dieses Zusammengestutzte an ihr, die Verkümmerung zu Passivität. Wenn Louise letztlich zu ehrgeizig war, als daß er sie halten konnte, so fehlte Ann der Wille, ihn zu halten. Er berührte ihre Finger und war froh zu spüren, daß sie ihm wohl wollte, auch wenn sie ihm, bis endlich die Rechnung kam, kaum in die Augen schauen konnte.

Er hatte zu Louise gesagt, es sei unvermeidlich, daß sie sich nahekämen, erinnerte er sich, und vielleicht war es das auch gewesen – zu bequem für sie, um lange zu widerstehen; doch sie hatte ihn nie als ihr oder ihrem geschiedenen Mann ebenbürtig betrachtet. Das war ihr Irrtum, knurrte er und tigerte durch die Wohnung, die ihm weitaus prächtiger vorgekommen war, solange Louise darin wohnte, obschon sie ihm fast alle ihre Sachen gelassen hatte.

Er begann sich zu fragen, was nach dem Krieg aus ihm werden sollte, obwohl niemand bei Sektion 20-G glaubte, daß Japan demnächst zusammenbrach oder das Ende bald kam. Bevor die Marine ihn zu dieser exotischen Tätigkeit entführte, hatte er kleinen Gaunern Gerichtsvorladungen zugestellt. Für welchen Beruf war er in einer Nachkriegswelt gerüstet? Was konnte er? Kryptologie und Japanisch. Das klang nicht vielversprechend. Vielleicht sollte er nach dem Krieg an die Universität zurückkehren und Professor für Japanisch werden, aber bestand dafür dann auch Nachfrage? Er bezweifelte, daß es vor dem Krieg an amerikanischen Hochschulen mehr als eine Handvoll Dozenten gegeben hatte.

Der Kryptologiezweig wurde mit Sicherheit aufgelöst, denn wessen Post, wessen verschlüsselte Funksprüche mußte Amerika dann noch mitlesen? Vielleicht konnte er sein Geld verdienen, indem er sich für Kinder- und Hobbyzeitschriften Rätsel ausdachte?

Vielleicht sollte er nach China zu seinem Onkel Nat zurückkehren, an dessen Überleben er keinen Augenblick zweifelte. Sein Chinesisch war eingerostet, aber das konnte er auffrischen. Oder vielleicht, dachte er mit einem Gefühl von verstohlenem und verschämtem Ehrgeiz, vielleicht sollte er nach Japan gehen. Wenigstens waren da Japanischkenntnisse nützlich.

Jacqueline 10

Auf dem schwarzen Berge

15 juillet 1944

Gestern warfen uns die Amerikaner am hellichten Tag – ist das zu glauben – ungeheure Mengen an Munition, Gewehren und Verpflegung herunter, alles mit kleinen Trikoloren geschmückt. Es waren B-17-Bomber, begleitet von Mustangs P-51, den Langstreckenjägern, die die Amerikaner und manchmal auch die Briten zum Schutz ihrer Bomber einsetzen. Wir haben viele davon über uns hinwegfliegen sehen, aber diesmal kamen sie unseretwegen. Sie warfen uns zwölf Behälter herunter, darin vier MGs mit 17000 Schuß, 44 Gewehre mit über 60000 Schuß, 50 Maschinenpistolen mit 16000 Schuß, 140 Handgranaten, 100 Kilo Plastiksprengstoff mit Zündschnüren und Zeitzündern, 200 Verbandskästen, 40 Kilo Verpflegungsrationen und 40 Kilo Kleidung, Decken und Schuhe. Nicht ein Paar der Schuhe sind für Frauen, und sie sind mir alle viel zu groß.

Wir freuen uns über die Freigebigkeit, endlich doch noch, aber in letzter Zeit haben sie sogar zu viele Abwürfe gemacht. Diesmal sprangen auch weitere vier ihrer Agenten ab. Solch ein großer Abwurf bei Tage so bald nach dem letzten muß zwangsläufig die Deutschen auf uns aufmerksam machen, so daß wir trotz aller Freude über die Ausrüstung ein bißchen ängstlich sind, wie es sich für Juden gehört, deren Glück oft den Neid und Zorn anderer auf sich zieht, die sich sowas mit Vorliebe merken. Außerdem waren keine Granatwerfer dabei, die wir verzweifelt brauchen, und keinerlei schwere Waffen zum Einsatz gegen deutsche Panzerfahrzeuge.

Natürlich waren wir nicht die einzigen Nutznießer dieser großzügigen Gabe, da sie unter alle in der Montagne Noire-Region versammelten Maquisgruppen aufgeteilt worden ist – die Jüdische Armee, den Jüdischen Jugendmaquis, Bauern aus der Gegend und Kommunisten und Männer aus Toulouse, Mazamet, Castres und Carcassonne, die nicht zur Zwangsarbeit nach Deutschland wollten, und Eduardos Katalanier, die die Faschisten seit 1936 bekämpfen. Die anderen Gruppen sind uns zahlenmäßig überlegen. Aus diesem Gelände der Felsen und Bäume heraus haben wir die Deutschen nachts und manchmal auch tags immer wieder überfallen. *Wir* hat mich diese Woche nicht mit eingeschlossen, aber ich habe Daniela so lange in den Ohren gelegen, bis sie mir schließlich den Gips abgenommen hat. Jetzt versuche ich, die volle Kraft und Beweglichkeit meines Armes wiederzugewinnen. Ich habe schießen geübt – mit scharfer Munition, wir sind ja jetzt so reich. Als ich schießen lernte, mußte ich ohne Kugeln üben, denn wir durften keine verschwenden. Eduardo hat mir einige Tricks beim Laden der Marlin-Maschinenpistole und beim Gebrauch der Parabellum gezeigt.

Ich war dran mit der Wache im Außenposten an der Labrugières-Straße bei Fontbruno, einem winzigen Dorf am Berghang. Gestern abend erschien Papa, um mit mir Wache zu halten. Er verschwendet seine Kräfte normalerweise nicht auf diese Außenposten, deshalb dachte ich mir sofort, daß er mit mir reden wollte.

»Was macht dein Arm?« begann er, als hätte er mich nicht am Nachmittag einwandfrei schießen gesehen und mich, seit der Gips ab ist, nicht sowieso schon fünfmal danach gefragt.

»Gut. Was ist, Papa? Was hast du auf dem Herzen?«

»Du solltest mal mit den Amerikanern reden, die gekommen sind. Einer davon ist ein Major. Er nennt sich La Mangouste, der Mungo. Noch ein Tier, sagte ich, ich bin das Kaninchen. Er sagte, er wäre erfreut, denn er hätte von mir gehört. Wir haben noch nie einen Major hiergehabt. Ich denke, es bahnt sich etwas an – all die Vorräte, ein Festessen nach Hungersnot.«

»Lev spricht auch Englisch. Er kann sie auch befragen. Er haßt die Amerikaner nicht so wie die Briten.«

»Du bringst immer mehr aus ihnen heraus. Du sprichst im Lager das beste Englisch.«

»Ich habe es satt, mit Amerikanern zu reden.« Ich setzte mich auf einen Stein und schaute die Straße entlang in die Dunkelheit. Mir war nicht danach, zu erklären, daß die amerikanischen Offiziere mich ein wenig an Jeff erinnern – genug, um weh zu tun, aber sie sind in nichts wie er, und auch das ist eine Enttäuschung.

»Der hier ist nicht naiv. Er war beim Maquis in der Bretagne und lange davor bei den griechischen Partisanen. Er ist älter als die Kinder, die sie geschickt haben, und nützlicher. Er weiß was vom Kampf. Er ist vor ihrer Invasion in der Normandie mit dem Fallschirm über Frankreich abgesprungen. Als die Front ihn überrannte, kehrte er nach London zurück, und jetzt ist er hier. Ich möchte, daß du soviel herausfindest, wie du nur kannst. Er stellt viele Fragen, aber ich merke nichts davon, daß er welche beantwortet.«

»Morgen werde ich mit ihm reden. Aber Papa, wenn ihm nicht nach Reden zumute ist, kann ich ihn nicht umkrempeln und die Worte aus ihm herausschütteln.«

»Aber wie der redet. Der redet, wie die Vögel den ganzen Tag lang singen, zwitscher zwitscher.«

»Also deshalb tust du heute nacht Wachdienst, weil ich zusehen soll, was ich deinem amerikanischen Major entlocken kann?«

»Es könnte wichtig sein...Nein. Es scheint, wir können uns nie hinsetzen und miteinander reden. Ich kann dich als meine Tochter nicht allzu sehr vorziehen, aber irgendwie kommt es nie zustande, daß wir uns richtig miteinander austauschen, außer über Munition und Sprengstoff und Kuriere. Übrigens wollen die Männer wissen, ob du meinst, daß du wieder deine alte Geschicklichkeit mit dem Sprengstoff hast.«

»Noch nicht. Meine Finger sind immer noch steif. Ich mache die von Daniela verordneten Übungen, und es wird langsam besser. Aber so eine kitzlige Sache traue ich mir nicht zu.« Ich möchte es noch nicht probieren. Erstens mißtraue ich meiner Fingerfertigkeit, und zweitens möchte ich nicht auf nächtliche Abenteuer gehen wie früher mit Jeff, und alles wird genauso sein, nur daß er nicht mehr da ist. »Ich bleibe besser eine Weile lang einfache Soldatin. Mit Gewehr und MG kann ich gut umgehen.«

»Bigon ist nicht so gut, wie du warst. Er erwischt nicht den richtigen Zeitpunkt für den größtmöglichen Schaden.«

»Eduardo ist gut, sogar ohne die zwei fehlenden Finger. Papa, ich dachte, du wolltest mit mir über etwas anderes reden als Sprengstoff. Hast du gesagt.«

Er schirmte die Flamme sorgfältig mit den Händen ab und zündete sich eine Zigarette an. Dann hörten wir auf der Straße ein fernes

Geräusch, und er drückte sie sofort aus und verstaute sie in seiner Baskenmütze. Wir glitten in den Graben und warteten ab, was da kam. Es war ein Pferdewagen, also richteten wir unsere Lampe darauf und hielten ihn an. Wie sich herausstellte, war es ein Bauer, der sein krankes Kind zum Arzt brachte und sich nicht um die deutsche Sperrstunde scherte. Wir wünschten ihm Glück und ließen ihn passieren.

Papa zupfte an seinem Bart und tigerte mindestens eine halbe Stunde herum, bevor er sich endlich dazu durchrang, das Gespräch zu beginnen, um dessentwillen er vermutlich die Wache übernommen hatte. »Yakova, es tut mir sehr leid, was deinem jungen Mann, dem amerikanischen *commandant*, zugestoßen ist.«

»Darüber möchte ich nicht mehr reden, Papa. Du und Daniela, ihr habt mich gedrängt, daß ich mich fangen und mitmachen soll. Das habe ich getan. Öffne die Wunden wieder, und ich blute von neuem.«

»Ich bin stolz auf dich, daß dir die Flucht gelungen ist.«

»Wenn ich die beiden hätte mitnehmen können, wäre ich stolzer.«

»Unsinn. Ich hätte früher mit dir in Verbindung treten sollen, Yakova.« Wieder gebrauchte er meinen hebräischen Namen. Beim ersten Mal dachte ich noch, es geschah unabsichtlich. Beim zweiten Mal dachte ich das nicht mehr und wartete ab, was da im Anmarsch war, denn da *war* was im Anmarsch. »Nach allgemeinem Dafürhalten kann eine Tochter nicht das, was ein Sohn kann, aber meine Tochter hat mindestens so gut gekämpft wie irgendein Sohn.«

Ich ging auf und ab. Die eine Hälfte von mir freute und rührte sein Lob, die andere Hälfte packte der Zorn. Schließlich sagte ich: »Du hast eine Tochter gerettet, und eine deiner Töchter hat sich bisher selbst gerettet. Aber du hattest auch eine Frau und noch eine Tochter, Rivka. Was ist mit denen? Sie hätten vielleicht auch kämpfen können.«

Er ließ sich schwer auf den Stein sinken, auf dem ich vorher gesessen hatte. Aus dem Tal hörten wir den Jagdruf einer Eule, diesen hungrigen, traurigen Schrei, den ich vor meinem Leben beim Maquis nie gehört hatte und mit dem ich jetzt so vertraut bin, daß ich einen Waldkauz von einer Schleiereule unterscheiden kann. In der Ferne kläfften zwei Hunde sich an. Er sagte: »Du machst mich verantwortlich für das, was die Deutschen getan haben. Ist das gerecht? Ich sah meine Pflicht im Kampf. Ich bin zum Kampf ausgebildet worden, und ich hatte den Mumm für den Kampf gegen sie.«

»Nahezu achtzig jüdische Kinder habe ich über die Berge geführt, aber nicht meine eigene Schwester. Für sie kam ich zu spät.«

»Sind sie nicht alle deine Schwestern? Warum sonst dein Leben für ihre Rettung einsetzen?«

»Touché. Und ja, ich bin jetzt Jüdin.«

»Hättest du denn deinen Amerikaner geheiratet?«

»Was weiß ich. Ich glaube schon. Meine Kinder wären trotzdem Juden. Wären Juden gewesen.«

»Lev ist ein guter Mann. Ich glaube nicht, daß seine Frau Vera überleben kann.«

»Deine auch nicht?«

»Vera war bei der Résistance, und sie wurde schon einmal gefaßt. Bei deiner Mutter besteht mehr Hoffnung.«

»Lev steht mir nicht nahe und ich ihm auch nicht. Daniela mag ihn sehr. Aber sie wartet auf ihren Verlobten Ari und Lev auf seine Frau.«

»Das ist keine Zeit zum Heiraten«, sagte er. »Trotzdem sähe ich dich tief in meinem Innern gerne untergebracht.«

»Willst du, daß ich auf dem Schwarzen Berge einen Hausstand gründe und auf Eiern brüte wie eine Krähe? Ich mißtraue Träumen.«

»Ich habe einen Traum. Ich will die Deutschen schlagen, und dann will ich die guten Kameraden, mit denen ich gekämpft habe, nehmen und mit ihnen in unserem eigenen Land leben. Erez Israel. Wir hatten hier einen *ßejder*, hah, einen *ßejder*. Nächstes Jahr in Jerusalem. Es kommt die Zeit. Europa stinkt von unserem Blut, es stinkt mir in der Nase.«

»Papa, du bist Franzose. Du bist hier geboren, du bist durch und durch französisch, so wie ich. Du denkst in Französisch, du träumst in Französisch.«

»Seit den Tagen, als die Vichy-Regierung die Gesetze erließ, die uns Juden unserer Rechte berauben, freiwillig diese Gesetze erließ, sich überschlug, sie zu erlassen, seit diesen Tagen habe ich mich nicht mehr als Franzose gefühlt. Ich habe mich wie ein Fremder gefühlt, der immer ein Fremder war und der dumm genug war zu glauben, er gehörte hierher, wie ein Baum aus der Erde wächst.«

»Du kämpfst Seite an Seite mit denen, die keine Juden sind. Wir sind alle auf demselben Berg und versuchen, den gleichen Gegner zu schlagen.«

»Ich habe nicht gesagt, daß ich die hasse, die keine Juden sind. In einer gerechten Welt kann ein Mann in seinem Glauben und seinen Freunden und seiner politischen Richtung alles sein, was ihm beliebt, und andere können tun, was ihnen beliebt, solange sie ihn in Frieden lassen. Aber wenn ich überlebe, dann möchte ich mein Leben in einer Welt verbringen, in der ich, wenn jemand mich auf der Straße anspricht oder mich bei der Stellungssuche ablehnt, nicht fragen muß, ob er Antisemit ist.«

»Die Briten wollen Palästina nicht den Juden öffnen.«

Papa näherte sein Gesicht dem meinen. Seine Zähne leuchteten wieder aus seinem Bart. »Dann werden wir gegen sie kämpfen. Wir sind doch das Kämpfen inzwischen gewohnt. Ich möchte gern Naomi zurückholen und Rivka und Chava finden und möchte, daß du auch kommst. Ich hätte gern, daß wir alle zusammen gehen.«

»Wenn Rivka und Maman von den Toten zurückkehren, werde ich die Familie nicht auseinanderreißen. Dann werde ich mit dir gehen.«

»Gut.« Er nahm meine Hand. »Das ist für jetzt genug.«

20 juillet 1944

Heute habe ich wie versprochen den großen blonden amerikanischen Major aufgesucht, der sich der Mungo nennt. Er war zu einem Überfall auf eine Militärkolonne fortgewesen und kehrte mit den Männern in Hochstimmung zurück, einer Maquisgruppe aus der Nähe von Vabres, von der ich wenig weiß, hauptsächlich protestantische Bauern. Eduardo hatte sich auch an dem Überfall beteiligt, wohl aus dem gleichen Grunde, aus dem Papa mich auf den Major angesetzt hat: um ihn abzuklopfen, nach den Aktiva und Passiva und wie sie sich auf uns auswirken, denn wahrscheinlich ist er gekommen, um uns zu führen.

Eduardo schien nicht überrascht, mich auf der Lauer zu sehen. Er bedachte mich mit seinem schiefen Lächeln. »Willst du vor Lapin einen Bericht? Er ist gut. Er kann seine Sache. Im Krieg gibt es Feiglinge, die zu nichts taugen, und Männer, die kämpfen, weil sie müssen, und Männer, die gerne kämpfen. Ich zum Beispiel, ich bin schon seit acht Jahren im Krieg, aber der Krieg ist eine Sache für tollwütige Hunde.

Das gute Leben, das ist ein Leben, wo du unter einem Baum einschlafen kannst, ohne daß jemand eine Bombe auf dich schmeißt.«

»Und der Mungo?«

»Er kämpft gern. Er wird sehr hell, er leuchtet in der Schlacht. In Spanien hatte ich einen Freund wie ihn. Wir sterben sowieso alle.« Eduardo ging Papa berichten, und ich ging den Major suchen, der ganz und gar nicht abgeneigt schien, zu reden.

»Die Jungs sagen mir, es gab hier noch einen Amerikaner, Vendôme, und Sie können mir sagen, was aus ihm geworden ist. Er ist allerdings nicht beim Maquis. Er ist Kopf eines Informantennetzes. Wo ist er?«

»Er war beides. Es ergab sich so. Er starb in der Milizkaserne, in deren Gefängnis, an Ihrem D-Day. Wie ich hörte, wurde er gefoltert, hat aber nicht geredet.«

Er beobachtete mich genauestens. »Sie sagen, er war Ihr Geliebter.«

»Was spielt das für eine Rolle?«

»Hat er Ihnen seinen Namen genannt? Seinen richtigen Namen?«

»Natürlich. Jeffrey Coates. Er kam aus Amerika, Massachusetts, Bentham Center.« Ich schwieg, denn der Major fluchte. Er wandte sich ab, nahm einen Schemel, auf dem ich gesessen hatte, um ein Huhn zu rupfen, und schlug ihn gegen den Fels, bis nur noch Splitter übrig waren. Dalia, unsere Scharfschützin, entfloh mit einem Aufschrei in ihr Zelt und gab mir Zeichen, ihr zu folgen und den verrückten Amerikaner stehen zu lassen, aber ich verstand Zorn angesichts von Tod. Ich wartete und fragte: »Sie kannten ihn?«

»Ich habe ihn in dieses Scheißgeschäft gebracht.«

»Sie waren nicht sein Hüter, ebensowenig, wie ich es sein konnte. Er wählte, was er wählte.«

Er faßte meinen Arm in einem Griff, der weh tat. »Was haben Sie mir nicht erzählt?«

»Viel.«

»Wie ist er gestorben? Wurde er erschossen? Wie?«

»Er nahm die Giftkapsel, die Sie vermutlich auch im Zahn parat haben.«

Ich dachte, er würde mir den Arm brechen. Dann sah er mir in die Augen, seine waren so grau wie Flußeis. Er hat etwas in sich, was ich nicht mag, kalt und hart, aber in dem Moment verstanden wir uns. »Gott verdamme ihn. Er muß von mir gesprochen haben, von Zach.«

»Er hat von seiner Schwester gesprochen, die er liebte. Er hat von seinem Vater gesprochen, den er nicht liebte.« Ich sah, ich würde ihn belügen müssen. »Und natürlich hat er mit Zuneigung von Ihnen gesprochen, von Zach.«

»Er hat nie für irgend jemand auf der Welt wahre Zuneigung empfunden. Er war liebenswert, unser Jeff, nicht wahr? Er hat sich lieben lassen, aber das war auch alles. Sogar das hat ihn schnell genug gelangweilt, nicht wahr?«

Ich antwortete nicht, denn das schien mir Unsinn. Dieser Mann ist kalt, Jeff war es nicht. Wir alle waren ihm bessere Freunde, und deshalb wollte er bei uns bleiben. Schließlich fiel mir etwas zu sagen ein. »Er liebte diese Landschaft, besonders die um Lacaune. Er hatte vor, sich hier nach dem Krieg niederzulassen.«

»Wäre ich hier gewesen, ich hätte seinen Hintern decken können. Er hat sich offensichtlich nicht an die Vorschriften gehalten. Er ist ein selbstmörderisches Risiko eingegangen.«

»Sie haben uns nur gefaßt, weil sie einen seiner Agenten beschatteten und uns am toten Briefkasten auflauerten.«

Seine Augen waren kalt und still. »Aber Sie hat man gehen lassen.«

»Ich bin ausgebrochen.« Ich wandte mich ab. Plötzlich hatte ich seine Verdächtigungen und sein Ego satt. Er packte wieder meinen Arm. Ich sagte: »Lassen Sie mich los. Wenn Sie nicht loslassen, werde ich mich verteidigen.«

»Bilden Sie sich bloß nicht ein, Sie könnten es«, sagte er höhnisch, aber er ließ meinen Arm fallen, als täte er mir einen Gefallen. Ich ging sofort in Dalias Zelt, wo er mich wohl nicht belästigen würde.

Als ich mich vergewissert hatte, daß er fort war, ging ich zu dem Zelt, das ich mit Daniela teile. Auf meinem Weg dahin kam eine Messerschmitt angeflogen, die zweite heute. Die Männer beschossen sie, doch sie zog einfach höher und kurvte davon. Ich hoffte, Daniela würde da sein, so daß ich mit ihr über den arroganten Amerikaner reden konnte, aber sie war bei unseren Verwundeten. Ich werde gleich helfen gehen, aber erst will ich die Eintragung in mein Tagebuch machen, um mich zu beruhigen. Ich merke, ich bin wütend und gereizt. Ich bedaure, ihn aus Rücksicht belogen zu haben. Jeff hat tatsächlich einen reichen Freund erwähnt, der ständig versuchte, ihn zu gängeln, und ich bin überzeugt, das ist jener Meistermanipulant in kalter Person.

Er spricht korrektes Französisch, aber seine Aussprache ist grauenhaft und – es hat fürchterlich gekracht, schreibe später weiter.

So endet das von Lev Abel gefundene Tagebuch.

Aus dem *Journal de Marche*, Feldwebel Lev Abel, Zugführer, 1. Zug, 4. Bataillon, Montagne Noire *Corps Franc*:

> Am 20. Juli 1944 um 10.30 Uhr wurden wir von starken deutschen Streitkräften angegriffen. Später wurde geschätzt, es waren fünf Pantherpanzer, vier Panzerabwehrgeschütze, 1500 Infanteristen in vier Divisionen, diverse Artillerie und Panzerfahrzeuge, dazu Luftunterstützung. Nachdem wir von sechs Messerschmitts im Tiefflug beschossen worden waren, berichtete ein Meldegänger, daß eine deutsche Marschkolonne auf der Arfons-Straße anrückte.
> Beim ersten Luftangriff wurde unser Kommandant getötet. Lieutenant Martin Lévy-Monot, auch bekannt als Lapin, übernahm das Kommando, führte eine Gruppe zu einer Barrikade und befahl uns übrigen, den Gipfel nicht zu halten, sondern durch die deutschen Linien zu sickern und uns an einem Sammelpunkt bei Agoudet, 70 km entfernt, neu zu formieren. Er wollte versuchen, den Vormarsch lange genug aufzuhalten, um die sichere Evakuierung der Verwundeten zu ermöglichen und ferner den Rückzug und die Neuformierung unserer an Bewaffnung stark unterlegenen Kräfte. Wir hatten keine Panzerabwehrgeschütze, keine Artillerie, nichts, womit wir Panzerfahrzeuge aufhalten konnten. Er nahm zwanzig Männer mit, die mit Handgranaten, MGs, LMGs und Gewehren bewaffnet waren.
> Ich habe nur einen Überlebenden dieser Truppe gefunden. Durch ihren heroischen Widerstand hat sie den deutschen Vormarsch so lange aufgehalten, daß viele unserer Männer fortgelangen konnten, aber durch deutsche Straßensperren um Albino und Fontbruno haben wir Unzählige verloren. Wir können unsere Verluste noch nicht abschätzen. Wir werden vielleicht nie erfahren, was bei dem überstürzten Rückzug aus einigen unserer Leute wurde ...

30 juillet 1944

Der Kampfgeist ist auf einem Tiefpunkt, aber ich bemühe mich, unsere Kräfte am Sammelpunkt zu vereinen. Wir sind vom Funkverkehr mit London abgeschnitten, aber heute ist ein Funker zusammen mit dem amerikanischen Major aufgetaucht, der sich La Mangouste nennt. Er kann uns neue Waffen beschaffen, sagt er, aber wir müssen dann auch einsatzbereit sein. Ich habe wieder mit intensiver Ausbildung begonnen. Er sagt, eine alliierte Landung im Süden steht unmittelbar bevor, und wir müssen unsere Truppen schnellstens auf Vordermann bringen, um die Deutschen anzugreifen. Ich habe ihm klargemacht, wenn sie uns keine Panzerabwehrwaffen geben, greifen wir nicht frontal an. Er sagt, Anschläge und Sabotageakte genügen.

Jeden Tag trudeln weitere Männer ein, aber wir werden diesmal nicht alle am gleichen Ort versammeln, wie wir es auf der Montagne Noire taten.

8 août 1944

Als wir heute den BBC abhörten, bekamen wir die Nachricht, daß eine weitere Invasion bevorsteht, diesmal im Süden. La Mangouste bestätigt das. Wir haben noch eine Woche bis zum *15 août*, an dem die Invasion erfolgen soll. »Diesmal haben sie uns rechtzeitig Bescheid gegeben«, sagte ich zu La Mangouste.

»Sie vertrauen euch mehr, und sie brauchen euch. Ihr begreift nicht, wie lange wir, die wir etwas vom Partisanenkrieg verstehen, gebraucht haben, um den Militärs die Wichtigkeit der Résistance in die Quadratschädel einzuremsen. Wenn sie irgendwas hassen, dann Zivilisten mit Gewehren.«

Unsere Männer haben kaum noch Kampfmoral nach dem Massaker auf der Montagne Noire und dem Verlust so vieler guter Leute, darunter Lapin, Dalia, unsere Krankenschwester, Eduardo und Gingembre, aber wir werden sie wieder auf Vordermann bringen. La Mangouste kennt sich mit seinen Waffen aus und gibt den Männern Schwung. Ich habe zu ihm gesagt: »Sie sind gute Soldaten und verlangen nur, nicht gegen Panzer des zwanzigsten Jahrhunderts mit Handfeuerwaffen des neunzehnten Jahrhunderts kämpfen zu müssen.«

»Ich habe Granatwerfer für euch angefordert, wie es bestimmt auch Vendôme getan hat. Aber sie schicken der Résistance keine schweren Waffen.«

»Es gibt eine Grenze, wie weit sie uns trauen, was? Juden, Exilspanier, entflohene russische Gefangene, Kommunisten und Bauern.«

La Mangouste gab es ganz offen zu. »Aber bedenken Sie auch, das, was wir euch schicken, nehmen wir unseren Truppen weg, und die kämpfen jetzt in der Normandie, in der Bretagne, in Italien und bald auch hier in einer großen Invasion. Versuchen Sie mal, einem General Waffen wegzunehmen. Vermutlich wird von uns erwartet, daß wir uns die Wehrmacht in Castres, Mazamet und Carcassonne vorknöpfen. Was mir Ihre Jungs berichten, können wir damit rechnen, daß die auf Routes 112, 113 und 118 abrücken will. Nicht zu vergessen die Eisenbahnen und Brücken. Wir werden binnen kurzem so rastlos sein wie Ameisen auf einem Picknick, also Kopf hoch. Machen Sie sich keine Gedanken um die Waffen auf dem Schwarzen Berg, wir bekommen frischen Vorrat.«

Die Sendung um halb zwölf enthielt Anweisungen für den Abwurf, wie La Mangouste prophezeit hatte, und auch eine Liste von Angriffszielen. Wir sind wieder in Aktion.

Bernice 8

Von der einen und von den vielen

Die Feindseligkeit gegenüber den WASPs, die in der Presse und bei der Bevölkerung zugenommen hatte, traf nun auch Bernice und Flo in Long Beach, wo Männer begannen, sie auf der Straße zu beschimpfen. Bernice wußte, sie waren von den Zeitungen mit allen möglichen Schimpfwörtern und Anzüglichkeiten belegt worden, Müßiggängerinnen, Drückebergerinnen, Frauen, die auf großem Fuße leben oder sich einfach Piloten angeln wollten. Jacqueline Cochran hatte mit dem Kongreß an einer Gesetzesvorlage zu ihrer Militarisierung gearbeitet, damit ihnen die gleichen Vorteile zuteil würden wie allen anderen Militärangehörigen, die in der Etappe Dienst taten, aber die Vorlage war nicht nur bei der American Legion, dem Frontkämpferverband, auf schweren Widerstand gestoßen, sondern auch bei den zivilen Fluglehrern, die nicht mehr gebraucht wurden, und bei der gesamten zivilen Luftfahrt.

Das erste Mal, daß Bernice und Flo sich von einer Gruppe aufgebrachter Männer umzingelt fanden und angerempelt und als Mistweiber und Flittchen und Nutten beschimpft, war sogar auf dem Stützpunkt selbst, wo viele der zivilen Fluglehrer aus den Fliegerschulen, die ihre Regierungsaufträge verloren hatten, sich nun als Überführungspiloten bewarben. Etliche von ihnen fielen durch die Tests und haßten die WASPs. Wenn sie früher unsichtbar geblieben waren, so standen sie jetzt nur allzu sichtbar im Licht der Öffentlichkeit. Im Kongreß wurden Reden geschwungen, was für verwöhnte Weiber sie waren, die arbeitssuchenden Männern das Brot aus dem Munde stahlen.

Der Kongreß war konservativ, ein Ergebnis der Nachwahl von 1942, bei der strikte Wahlgesetze verhindert hatten, daß sich die Angehörigen der Streitkräfte und die Arbeiter, die den Wohnsitz gewechselt hatten, um in den Rüstungsfabriken zu arbeiten, in die Wahllisten eintragen konnten. Der Kongreßausschuß für den öffentlichen Dienst verkündete, daß es bereits jetzt zu viele ausgebildete Piloten gab, die sich um die wenigen Posten rangeln würden, sobald der Frieden kam und damit unweigerlich die Rückkehr der Depression. Die WASPs sollten besser Krankenschwestern werden oder Verteidigungsarbeiten leisten oder zu Hause bei ihren Familien sein wie anständige Mädchen. Allgemein schien die Ansicht zu herrschen, was die WASPs auch sein mochten, es war nichts Gutes.

Bernice zog sich zurück. Am wohlsten fühlte sie sich, wenn sie unter ihresgleichen in der Baracke blieb. Sie ging nicht mehr in die Bar, in der die Piloten Stammgäste waren. Der Druck der Arbeit ließ keineswegs nach, denn es gab mehr und mehr Flugzeuge auszuliefern. Um das Long Beach-Überführungsgeschwader herum spuckten Douglas, Lockheed, North American und Vultee Flugzeuge aus. Weit davon entfernt wurde in einem Krieg der Worte, an dem sie sich nicht beteiligen durften, nicht einmal durch Briefe an ihre Kongreßabgeordneten, ihr Schicksal entschieden. Bernice fühlte sich machtlos – sie, die in sich so ungeheure Kräfte gespürt hatte.

An den Instrumenten eines Jägers jedoch kannte sie ihre Fähigkeiten, ihr Können, und sie kostete den Reiz aus, schnell und gut zu fliegen. Das blieb ihr, das und die Gesellschaft der anderen WASPs, besonders Flo.

Flo hatte hin und wieder Techtelmechtel, aber ohne romantische Gefühle, und vielleicht war es das wachsende gegenseitige Verständnis dafür, das sie zueinander hinzog. Bernice erwartete von Zach weder Liebe noch Rückhalt. Auch wenn sie nie wieder mit ihm ins Bett ging, blieb sie die gleiche Person, obwohl sie mit ihm Räume in sich entdeckt hatte, die sonst wohl verschlossen geblieben wären. Sie machte sich nicht vor, daß es viele Männer gab, die sich nach ihr als einer Sexualität verströmenden weiblichen Erscheinung umdrehten. Männer schienen selten von ihr angezogen, ausgenommen Betrunkene in Kneipen oder Wölfe, die allem nachjagten, was noch atmete.

Flo hatte geliebt und davon das Gebrannte einer Frau zurückbehalten, die alles in einen Mann gelegt und verloren hat. Wie sie Bernice erzählte, war der Wunsch nach Liebe für sie wie der Wunsch, wieder Diphtherie zu kriegen – die sie als Kind gehabt hatte. Es war der Wunsch nach einer Krankheit bis fast auf den Tod.

Sie tranken in der Baracke, denn die Stimmung in der WUSU-Bar (Pilotenjargon für Wolkenhöhe und Sicht unbegrenzt) stand ihnen in letzter Zeit zu sehr auf Sturm. Um den Stützpunkt herum gab es immer irgendwo Schnaps zu kaufen. Manchmal holten sie sich Eis aus der Messe, manchmal ließen sie es, trotz der Hitze. Sie hatten den Ventilator direkt auf sich gerichtet, damit er die schwüle Luft umrührte. »Warum solltest du diesem Zach gegenüber Dankbarkeit empfinden?« fragte Flo, die auf ihrer Pritsche lag.

»Weil er mir das Fliegen beigebracht hat. Er hat mir diese Chance eröffnet. Und weil er mir auf eine neue Art meinen Körper gegeben hat. Weil er nicht von mir verlangt, daß ich mich wie ein Püppchen anziehe und ziere.«

»Igitt, ich glaube, wenn ich's mit jemand zu tun kriegte, der sich auf die schmierige Art ranschmeißt, wie es Frauen bei Männern tun müssen, ich würde kotzen.«

»Ach, ich weiß nicht.« Bernice griente. »Würde es dir nicht ein Gefühl von Wichtigkeit geben, wenn jemand dir so um den Bart geht? Je tiefer sie sich erniedrigt, desto höher thronst du.«

»Meinst du, du heiratest ihn, wenn das alles vorbei ist?«

»Flo, halte mich bitte nicht für eine blöde Ziege. Reiche Erben heiraten keine Frauen wie uns. Er hat es schon auf eine abgesehen, hat er mir erzählt. Ich glaube, er wollte schauen, ob ich eine Szene mache.«

»Hast du geheult und gekreischt?«

»Weswegen? Ich würde nicht gern mit ihm leben, geschweige denn ein Haus führen, wie er es will. Ein Haus? Einen Herrensitz. Ich träume von einer Hütte, wo noch nicht alles zugebaut ist, bei einem Flughafen.«

»Die Wüste ist für Piloten besser als die Berge. Jedesmal, wenn ich nach Osten fliege, schaue ich auf all das leere Land. Da sollte Platz genug sein für zwei lädierte Fliegerinnen. Denkst du je an sowas? Vielleicht unsere eigene kleine Linie betreiben. Postflüge über dünn besiedeltes Gebiet. Flugstunden geben.«

»Seit der Zeit, als sie uns die Maschinen von Romulus aus nicht über Kanada nach Alaska fliegen ließen, will ich nach Norden gehen ... Hast du Lust, dich mal in Alaska umzusehen, nach dem Krieg?«

»Ich dachte eigentlich mehr an die Wüste, aber da oben ist bestimmt alles völlig offen. Man sagt, da wird alles mit Hundeschlitten gemacht oder mit Flugzeugen. Wenn du den Arzt rufst, kommt er im Flugzeug.«

Bernice setzte sich auf und langte nach der Flasche. Sie hatten beide an die Decke geguckt, doch jetzt sah sie Flo an. »Versprichst du mir das? Schließen wir einen Pakt? Daß wir, sobald wir können, sobald der Krieg vorbei ist, nach Alaska gehen und uns umschauen. Wenn es uns nicht gefällt, kommen wir beide hierher zurück und probieren die Wüste.«

Flo setzte sich auf, und sie saßen sich gegenüber, Knie an Knie auf ihren Pritschen. »Wie besiegeln wir so ein Versprechen?«

Bernice merkte, daß sie beide ein wenig betrunken waren. Mit der griffbereiten Flasche hatten sie doppelt soviel getrunken, wie sie es in der Bar getan hätte. Es war heiß, und beide hatten Durst, und so war der Pegel in der Flasche gesunken. »Als ich klein war, haben mein Bruder und ich einen Schwur mit Blut besiegelt, aber es ist abgeblättert, sobald es trocken war.«

»Wir könnten auf die Bibel schwören, wenn wir eine hätten.«

»Emma hat eine Bibel, aber ich glaube nicht daran. Ich bin agnostisch.«

»Das ist doch so was wie protestantisch? Ich bin adventistisch erzogen. Aber ich glaube nicht mehr daran. An den Himmel hab' ich schon lange nicht mehr geglaubt, nur noch an die Hölle. Die kam mir vor wie ein dreckiger Witz, typisch für den Mistkerl, der Frauenkörper so gemacht hat, daß du ewig schwanger bist oder vierzig Jahre lang an der Binde hängst, kapierst du?«

»Ich glaube, hier – das ist es. Das ist das einzige Leben und die einzige Chance, die wir bekommen. Was wir nicht tun, ist unsere eigene Schuld.«

»An was glaube ich?« Flo verzog das Gesicht und dachte nach. »Ich glaube an meinen Körper, denn wenn ich draufhaue, tut er weh. Ja, wahrscheinlich glaube ich an das, was weh tut, weil es dir bewußt macht, daß du da bist.«

»Wenn du an den Schmerz glaubst, mußt du auch an die Freude glauben. Du mußt an das glauben, wovon du dich gut und stark und lebendig fühlst.«

Dicke Tränen begannen Flo aus den Augen zu laufen. Sie saß zitternd da, und Tränen liefen ihr über die Wangen und zu den Grübchen um ihren Mund hinunter.

»Flo, was hast du?« Bernice ging und setzte sich neben sie und legte den Arm um Flos Schulter.

»Ich weiß nicht!« schluchzte Flo. »Was du gesagt hast, da mußte ich einfach weinen. Ich kenne nichts, wovon ich mich gut und stark fühle, außer fliegen und manchmal mit dir zusammen sein und einfach bloß reden und das Gefühl haben, daß wir echte Freundinnen sind. Seit du mich damals für den Instrumentenflug ausgewählt hast, habe ich das Gefühl, du hast mehr Achtung vor mir, als alle anderen je gehabt haben. Lang war die Liste sowieso nie.«

»Ich mag dich wirklich. Du bist meine beste Freundin.«

»Ehrlich?« Flo hörte auf zu weinen.

»Warum denn nicht? Mein Bruder war immer mein bester Freund, aber Gleichheit hat es nie gegeben. Ich saß fest und mußte unseren Vater versorgen, während er malte und Abenteuer hatte und Liebesgeschichten. Ich habe ihn ebenso sehr beneidet, wie ich ihn geliebt habe.«

»Du gehst nach dem Krieg nicht dahin zurück?«

»Nein!« sagte Bernice heftig. »Ich würde nicht mehr in das Haus reinpassen. Ich kann nicht mehr meines Vaters Magd sein. Außerdem hat er jetzt eine Haushälterin.«

»Ich kann nicht nach Hause. Meine Familie hat mit gesagt, ich soll nie wiederkommen. Für die bin ich ein gefallenes Mädchen. Ich habe gesagt, im Gegenteil, Mama, ich bin auferstanden, und sie hat erwidert, du bist verdammt.«

Bernice schloß den Arm enger um Flos feste Schulter. Keine von beiden war dick, aber an beiden saß Fleisch. Flo war kleiner und leichtknochiger, aber immer noch groß für eine Frau, stämmig, robust, aber auch weich und warm unter dem Griff ihrer Hand. »Warum sollen wir nicht zusammen Pläne machen, richtige Pläne? Wir schulden doch niemand was.«

»Wo sollen wir das Geld herbekommen, um ein Flugzeug zu kaufen?«

»Mir gehört zu Hause ein halbes Flugzeug. Es ist nur eine Piper Cub mit 60PS, aber zur Hälfte meine. Und ich habe von meinem Gehalt was gespart.«

»Ich auch. Aber wir brauchen ein besseres Flugzeug.«

»Wir kriegen das Geld schon. Vielleicht wird uns Zach etwas leihen. Er wird sich wie ein knallharter Geschäftsmann verhalten und überzeugt werden wollen, daß wir damit Erfolg haben können.«

»Zwei Frauen? Wer würde uns lassen?«

»Wir. Wir selber.« Bernice drückte Flo an sich, voller Vertrauen, ein Schwall von Kraft. Sie spürte Flos warme Brust an ihrer eigenen und erstarrte augenblicklich, der Atem stockte ihr, sie merkte, daß Flo auch sie jäh spürte. Keine regte sich. Flo wandte ihr langsam das Gesicht zu und schaute unverwandt, nicht mit Entsetzen, wie sie sah, als sie endlich Flos Blick begegnen konnte, sondern mit einer langsam heraufdämmernden Frage, einer vagen Vermutung von etwas Unwahrscheinlichem. Sie schauten einander unverwandt in die Augen. Flos Augen hatten das helle Grau von Wolken, die sich an einer Bergschulter verfangen hatten, das helle Grau von Taubenfedern. Keine von beiden sprach, keine atmete, keine rührte sich.

Dann schrak Flo zusammen. Bernice hörte es auch, das Gelächter der Frauen, die von ihrem Abendvergnügen zurückkamen. Sofort schoß sie von Flos Pritsche zu ihrer eigenen hinüber. Als sie sich setzte, streckte Flo die Hand aus und berührte ganz sacht ihr Knie. »Das machen wir«, sagte Flo. »Wir gehen nach Alaska und leben bei den Polarbären. Das bleibt unser Geheimnis.«

Bernice saß benommen auf ihrem Bett, als die Frauen lachend hereintrudelten und Fetzen von frechen WASP-Liedern sangen. Emma setzte sich ans Fußende von Flos Bett. »Ach, ihr hättet mitkommen sollen. Wir haben den neuen Film mit Tyrone Power gesehen. Er ist amerikanischer Flieger, und er stürzt über deutsch besetztem Gebiet ab, wo es russische Partisanen gibt, und Hedy Lamarr ist da Krankenschwester. Und Tyrone Power hat eine Schußwunde in der Schulter, und sie pflegt ihn. Also verliebt sie sich in ihn. Dann wird sie von den Deutschen erschossen, aber sie verrät ihn nicht, und wir haben alle geweint. Und dann klaut er eine Focke-Wulf 190 und kann fliehen.«

Bernice konnte nur schwach nicken, eifersüchtig, daß Emma sich ungeniert auf Flos Pritsche niederlassen konnte, während sie sich jetzt in acht nehmen mußte. Es war wieder die Frau auf der Straße in New York, aber schlimmer. Es hatte sie nicht schockiert, als Zach ihr erzählte, daß er und Jeff ein Liebespaar gewesen waren. Vielleicht dachte sie an Sex als das Eigentum und den Herrschaftsbereich von Männern, und so war es ganz natürlich, daß sie es nicht nur mit Frauen, sondern auch miteinander taten. Aber eine andere Frau zu begehren, dafür wußte sie nicht mal einen Namen. Lorraine hatte sie auf Romulus dessen verdächtigt, deshalb hatten sich alle so gefreut, als Zach erschien und anfing, mit ihr zu schlafen. Das hatte für die anderen Frauen bedeutet, daß sie normal war. Sie hatten sich geirrt.

In den nächsten Wochen gingen Bernice und Flo miteinander um wie bisher, doch sie achteten mehr aufeinander, hielten nach einander Ausschau. Bernice beobachtete eindringlich alle anderen Frauen. Etliche waren verheiratet und ihre Männer beim Militär. Loretta lebte von Brief zu Brief. Manche hatten Verlobte in Übersee. Eine war Witwe, ihr Mann war in Pearl Harbour gefallen. Emmas Freund, ein Bordmechaniker in Newark, sparte, um ihr einen Ring zu kaufen. Nein, die anderen Frauen dachten alle an Männer, sahen sich nach einem Mann um, waren mit einem Mann verlobt oder verheiratet oder erholten sich vom Verlust eines Mannes. Unter den alleinstehenden Frauen auf dem Stützpunkt blühten nur Flo und Bernice nicht auf, wenn irgendein herumlümmelnder Idiot pfiff oder wenn ein Luftwaffenleutnant auf der Durchreise einen Annäherungsversuch machte. Sie waren beide ausgestiegen.

Bernice fühlte sich in keiner Weise überlegen. Sie war keine bessere Pilotin, nicht treuer oder liebevoller oder verständnisvoller, nicht tapferer als alle übrigen Frauen, nur anders auf diese verborgene Weise. Zach hatte diese Andersartigkeit gespürt, und nun spürte Flo sie, aber weder Zach noch Flo waren davor davongelaufen.

Die nächsten Wochen über fragte sie sich, was wohl passiert wäre, wenn die drei Frauen nicht vom Stadtbummel hereinspaziert wären, doch sie wußte sehr wohl, es hätte nichts passieren können. Denn sie wußte gar nicht, wie sie sich einer anderen Frau nähern sollte. Sie war nie sexueller Aggressor gewesen. Ihre Erfahrung beschränkte sich auf Zach, der genug Aggression besaß, um damit ein ganzes Geschwader auszustatten. Wie konnte eine Frau plötzlich eine andere packen und an sich reißen? Es kam ihr unhöflich vor. Falls es andere Frauen wie sie gab, wie kamen sie zueinander? Das heftige Gerangel und das anstrengende Wuchten und Ächzen mit Zach hatte nichts mit dem gemein, was sie für Flo empfand, außer dem Brennen tief in ihrem Bauch, dem Verlangen.

Die WASPs standen unter Beschuß. Sie mußten sich einwandfrei verhalten. Sie waren Dienstvorschriften unterworfen. Bernice befahl sich, solange sie eine WASP in Uniform war, durfte sie nicht mehr an Flo denken und an das, was sein könnte und wie es sein könnte. Sie fand die Einhaltung dieses Gelübdes undurchführbar. Nun gut, sie gestattete sich, gelegentlich zu rätseln, zu phantasieren, zu träumen, aber niemals etwas zu tun. So ging ihr Leben weiter, während sie auf den einen Meter voneinander entfernten Pritschen mit der Ablage dazwischen schliefen. Die meiste Zeit waren sie getrennt in Jägern unterwegs, die für den Krieg ausgeliefert werden mußten.

Waren sie jedoch zusammen, wurde Bernice bewußt, daß Flo sie wesentlich öfter und wesentlich aufmerksamer anschaute als früher. Bernice fielen Dinge auf, die ihr entgangen waren, die vollkommene Rundung von Flos Ohr an ihrem Haar, das gemeinhin rötlichblond hieß, aber eigentlich eher die Farbe von Aprikosen hatte, und dann die unvermittelte Fleischigkeit des Ohrläppchens mit dem kleinen Punkt, der ein Loch war, denn Flos Ohrläppchen waren durchstochen und sie trug winzige Granatstecker.

Flos Hände waren kräftig und fest, aber kleiner als ihre eigenen. Manchmal hatte sie so große Sehnsucht, Flos Hände zu nehmen und nur einfach zu halten, die Knöchelchen zu spüren, daß sie ihre Hände hinter dem Rücken verklammern mußte, um sie zu beherrschen. Ihr fiel auch auf, daß Flo sie oft ansah. Ich bin verliebt, dachte Bernice voll Erschrekken, endlich zum ersten Mal in meinem Leben verliebt, aber in eine Frau. Was soll aus uns werden? Was kann aus uns werden? Schließlich vermißte sie doch etwas von zu Hause: die Bibliothek von St. Thomas, wo sie immer die Bücher für ihren Vater entliehen oder auch etwas nachgeschlagen hatte, wenn es ihre Neugier geweckt hatte, über Delphine oder Patagonien oder Katharina die Große. Bestimmt war in der Bibliothek Information über das verborgen, was sie insgeheim geworden war.

Sie beobachtete sich mit anderen Frauen, aber weder verspürte sie das gleiche Verlangen, sie anzuschauen, noch besaßen ihre Körper diese magnetische Aufladung, die ihr manchmal in Flos Nähe die Haare auf den Armen zu Berge stehen ließ. Nein, ergab ihre Selbstbeobachtung, sie sehnte sich nicht nach Frauen, sie sehnte sich nach einer Frau. Vielleicht war das besser; vielleicht war das schlimmer. Liebe war angeblich ein Wunder und war nun doch noch und spät zu ihr gekommen, aber nicht so sehr als große Erfüllung, sondern als großes Geheimnis und großes Rätsel, dessen Lösung, so spürte Bernice, Flo für sie beide von ihr erwartete. Manchmal fragte sie sich, warum sie sich nicht einfach damit zufriedengeben konnte, mit Flo befreundet zu sein. War Freundschaft nicht wunderbar genug? Nein, etwas Hungriges in ihr sagte, nein, nicht genug. Nur alles ist genug.

Louise 10

Das größte Fest des Jahres

Es war Panzerwetter – klar und trocken – und warm genug, um Louise daran zu erinnern, daß man August schrieb. Mehrere Tage lang war sie mit der Artillerie gefahren, deren Vormarsch in einem Tempo erfolgte, daß sie den Feind nicht unter Feuer nahm, um nicht die eigenen Truppen zu treffen. Die Deutschen waren auf der Flucht.

Als zweifellos gut ausgerüstete Armee hatte die amerikanische unter anderem auch einen Überschuß an Berichterstattern. Wo Louise auch hinging, stolperte sie über dreißig ihrer Kollegen. Aber sie war ja nicht als Militärreporterin hier. Die menschliche Seite und die Sicht einer Frau, das wollte man von ihr, und bislang war man von ihr begeistert. Es gab Interesse von United Artists an ihrem Artikel über die Krankenschwestern als Stoff mit einer Paraderolle für June Allyson, schrieb ihr Agent Charley. Die Armee war hochzufrieden, *Collier's* war hochzufrieden, Charley war hochzufrieden, ihr Verleger war hochzufrieden und erwog einen Sammelband mit ihren Kriegsreportagen.

Sie kannte sich selbst kaum wieder. Ich stamme aus einer langen, zerlumpten Ahnenreihe anpassungsfähiger Menschen, dachte sie, und nun fuhr sie auf einem Panzerabwehrgeschütz oder stapfte eine Straße entlang, an der Schilder kundtaten, ob die Seitenstreifen bereits entmint oder noch vermint waren. Meine Vorfahren mußten ständig ein Land gegen ein anderes tauschen, ein Leben gegen ein anderes. Manchmal durften sie nur Bauern sein, und manchmal durften sie nur Kaufleute sein, und manchmal durften sie nur Geldverleiher sein, und manchmal durften sie nur in Fabriken arbeiten, bei Leuteschindern und in Gerbereien. Trotzdem war Louise von ihrer Anpassungsfähigkeit schockiert, denn in ihrem Selbstbild war sie verheiratet, lebte komfortabel in einer New Yorker Wohnung mit Mann und Tochter, plante Abendgesellschaften, besuchte politische Versammlungen und ging ins Theater. Jetzt war Oscar mit einer jüngeren Frau zusammen, ihre Tochter mit einem Bombenschützen verheiratet und sie schon fast daran gewöhnt, in Gräben und Scheunen zu schlafen.

Sie sprach mit den Krankenschwestern und den WACs, den Frauen vom Women's Army Corps, sie sprach mit den jungen Soldaten. Überall wurden sie willkommen geheißen und gefeiert. In zerbombten Dörfern brachten ihnen die Menschen Blumen. Die Kämpfe von Hecke zu Hecke und von Haus zu Haus hatten dem rasenden Vormarsch Platz gemacht. Statt sich häuslich im Schlamm einzurichten, wie es Soldaten taten, hatten sie jede Nacht ein anderes Quartier. Mal gruben sie sich Schützenlöcher in einem Obstgarten, mal wurden sie in einer Schule untergebracht, aber bevor ihnen Zeit blieb, sich umzuschauen, waren sie schon wieder fort.

Körperliche Strapazen ertragen, etwas Eßbares ergattern, wann immer sie konnte, und es im Stehen vertilgen, in ihren Sachen auf dem Boden schlafen, sich in einem Helm waschen, sie merkte, wie sie sich abhärtete. Sie war wieder in ihrer Kindheit: Wohnungen nur mit kaltem Wasser und ohne Fahrstuhl, die Toilette auf der Treppe. All die Jahre im Komfort, im Luxus, mit fließend warmem Wasser und weichen Polstermöbeln und sauberer, duftiger Bettwäsche und Mahlzeiten auf Porzellan an einem Tisch, ihre Sekretärin, ihr Nerz, ihre pastellfarbenen Kostüme, all das war ihr nur geliehen worden, und darunter steckte immer noch die Straßengöre, die mit dem Wind spuckte und sich die Nase am Ärmel abwischte. Unter allen Manieren und der Liebe und den Männern und dem Parfüm war dieser robuste Körper, der den ganzen Tag lang durch den Schlamm laufen konnte. Sie hatte Schmerzen. Ständig tat ihr irgend etwas weh, doch sie blieb auf den Beinen.

Sie dachte manchmal an ihren Vater, jenen stämmigen, sehnigen ungarischen Juden, der auf einem Kohlenplatz gearbeitet hatte und bei einem Straßenbahnunfall ums Leben gekommen war. Zum Glück hatte sie etwas von seiner Kraft und seinem Stehvermögen geerbt. Das brauchte Louise jeden Tag. Sie fühlte sich alterslos, geschlechtslos. Ihr zwölfjähriges Ich kam ihr näher vor als die Frau, die Daniel geliebt hatte.

Die GIs brauchten sich keinerlei Sorgen um Tieffliegerangriffe zu machen, denn die deutsche Luftwaffe war geflohen. Das größte Problem waren Heckenschützen, die in Bäumen lauerten, in Obstgärten, hinter Mauern. Sie ging neben einem Obergefreiten aus Milwaukee und stellte ihm Fragen, da fiel er plötzlich, bevor sie auch nur den Knall und das Pfeifen registrierte. Als sie ihn instinktiv halten wollte, schrammte eine Kugel ihren Helm und riß sie zu Boden.

Das machte ihr jedoch wenig Eindruck, denn sie fand, auf sie zu schießen war ein dummer Fehler. Was sie bestürzte, war der Gedanke, daß ihre Fragen den Soldaten vielleicht davon abgehalten hatten, sich vor dem Heckenschützen in acht zu nehmen. Schließlich verwarf sie den Gedanken. Niemand blieb rund um die Uhr wachsam, außerdem waren alle in Siegerlaune und pfiffen auf die Vorsichtsmaßnahmen.

Sie standen unmittelbar vor Chartres und ließen sich für die Nacht neben einer Verkehrsverstopfung aus den verschiedensten Fahrzeugen nieder, am Rande eines noch nicht abgeernteten Feldes mit überreifem Weizen. Einer der Bauernsöhne bei der Artillerie war empört, aber ein französisches Mädchen erzählte Louise, daß die FFI – die Armee der Résistance – befohlen hatten, nicht zu ernten, bis die Deutschen fort waren. Louise hatte gerade ihre C-Ration bekommen und hockte auf der Motorhaube eines ausgebrannten Lasters, um sie zu verspeisen. Es gab Fleischbällchen, Dörrkartoffeln, Dosenerbsen und Birnenkompott, alles zusammen ins Eßgeschirr geschüttet. Wäre Louise nicht zu hungrig gewesen, um irgend etwas zu verschmähen, sie hätte den Pamps nicht essen können. Sie dachte an den Weizen und seufzte.

»Es kann nicht sein. Es kann nicht sein, aber es ist wahr. Ich habe gehört, du wärst in der Gegend!« Claude stand vor ihr und starrte sie entgeistert an. »Ich kann nicht glauben, daß sie dich tatsächlich rübergelassen haben!«

»Ich bin schon drei Wochen hier, fast vier. Ich bin nicht die einzige Berichterstatterin.« Sie hatte ihn seit London nicht mehr gesehen.

»Möchtest du etwas *vin du pays* zu dem Schweinefraß?« Er zog eine Flasche aus seiner Trenchcoattasche.

»Liebend gern! Möchtest du etwas abhaben? Vielleicht ist noch was übrig. Wir hatten heute morgen einige Verluste.«

»Wir haben Proviant requiriert.« Er wies hinter sich. Er hatte einen hochbeladenen Jeep und einen Fahrer, der zwar Uniform trug, aber nicht sehr militärisch aussah, lässig am Lenkrad saß und ein mit Käse belegtes Baguette aß. »Das ist sehr ungewöhnlich, was du da ißt.«

Sie nahm noch einen Schluck Wein. »Immer noch besser als K-Rationen. Ich frage mich, ob diese Generation heimkehrt und davon ausgeht, daß der Kirschkuchen mit dem Heilbutt verrührt wird.«

»Das Militärleben scheint dir gut zu bekommen, wirklich, und wenn du dein Haar nicht gelöst hättest, ich hätte dich nie erkannt. Wenn du mir verzeihst, daß ich das sage, aber du siehst aus wie jeder andere GI.« Claude schien leicht schockiert und beleidigt, als hätte sie ihn betrogen oder zum Narren gehalten.

»Was machst du mit einem Jeep voller Filmausrüstung?«

»Eine Doku für *Time-Life*. Willst du wissen, wohin wir jetzt fahren?«

»Wohin?«

Er kam näher und beugte sich zu ihrem Ohr. »Nach Paris«, flüsterte er.

»Ach ja. Wie wir alle.«

»Nein, ich meine *jetzt*. Ich werde mein eigener Kameramann sein müssen, aber so habe ich ja mal angefangen.«

»Ah, verstehe, du hast eine Sondereinladung von General Heinrich von Stülpnagel, dem Militärgouverneur.«

»Du bist nicht auf dem laufenden, Lulu. Stülpnagel sitzt im Gefängnis, weil er in das hirnverbrannte Komplott verwickelt war, Hitler umzulegen, um einen Gangsterausdruck zu benutzen. Nein, das ist jetzt von Choltitz.«

»Der Schlächter von Sewastopol?«

»Die FFI versichern mir, ich komme hinein. Die Deutschen haben die Kontrolle verloren. Die ganze letzte Woche, seit dem zehnten August, streiken die Eisenbahner. Am dreizehnten hat von Choltitz versucht, die französische Polizei zu entwaffnen – er hat ihr nicht mehr getraut. Aber als die Deutschen kamen, waren die Waffen einfach verschwunden.«

»Woher weißt du das alles?«

»Lulu, Paris ist ein großer Schwamm. Die Deutschen können es nicht mehr kontrollieren. Paris erhebt sich, wie Paris sich immer erhoben hat. Und ich werde es filmen.«

»Darf ich mitkommen?« fragte Louise höflich, aber sie war bereits fest entschlossen, diese Gelegenheit zu ergreifen. Die anderen Berichterstatter behandelten sie herablassend, aber wenn sie vor allen anderen nach Paris gelangte, dann war damit Schluß.

»Es wird geschossen werden. Es wird hochgefährlich. Es wäre eine schreckliche Idee, wenn du mitkämst.«

»Claude, was meinst du, wo ich den letzten Monat über war? Ich kann in Paris nicht in größerer Gefahr sein als in der Normandie, und ich will unbedingt hin. Du willst deinen Film, ich will meine Geschichte.«

»Kuriere fahren jeden Tag zu Leclerc, de Gaulles General, und zu den FFI in der Nähe von Paris. Sie wissen, daß Eisenhower vorhat, Paris zu umgehen, und die Résistance in Paris hat vom Alliierten Hauptquartier den Befehl, sich nicht zu erheben. Aber meine Freunde sagen mir, es gibt keinen Weg, den Brotteig daran zu hindern, sich zu erheben. Das ist ein alter Spruch der Commune, hast du ihn je gehört?«

Sie besah ihn sich. Er sprudelte, moussierte vor Erregung. Er war auf dem Weg nach Hause, am liebsten schon da. »Ich gehe mit dir«, verkündete sie. »Das ist der Preis für mein Schweigen.« Sie sprach mit bewußter Koketterie, aber sie meinte es ernst und hoffte, er würde das spüren, ohne daß sie es zu beweisen brauchte. Schließlich mußte ihre frühere Beziehung mit Claude zu irgend etwas gut sein, auch wenn sie sich vollkommen sicher war, daß er kein Interesse hatte, die Affäre wiederzubeleben. Wie sie wollte er nur vor allen anderen nach Paris gelangen.

Sie verabschiedete sich von ihren Artilleristen und kletterte in den Jeep, ihr Marschgepäck, ihre Reiseschreibmaschine und ihre Deckenrolle waren aufgeladen. Der Fahrer, der sie mit Pariser Akzent begrüßte, richtete sich auf, und sie holperten davon. Louise nahm nicht an, daß sie ernsthaft vorhatten, in einem Jeep durch die Fronten zu fahren, doch sie irrte sich. Sie hielten in jedem zweiten Dorf, wo einer oder der andere etliche Telefongespräche führte; worauf sie einem scheinbar ziellosen Kurs folgten. Aber nachdem sie die Amerikaner hinter sich gelassen hatten, begegneten sie keinen Deutschen.

»Die Post streikt«, erzählte ihr Claude. »Die Behörden streiken. Die Polizei streikt. Überall in Paris gibt es Plakatanschläge, die zum Aufstand aufrufen. Hoffentlich kommen wir rechtzeitig hin.«

Es regnete, aber sie fuhren mit offenem Verdeck, damit sie sich schneller abrollen konnten, falls sie angegriffen wurden. Louise hatte keine Ahnung, wann sie die eigentliche Front passierten. Sie waren im Prinzip darum herumgefahren, und die Deutschen flohen irgendwo anders. Die Szenerie ähnelte dem normalen Leben weitaus mehr als die Front, die sie bisher gesehen hatte. Als die Armee an der Küste festgenagelt war, hatten sich die Kompanien buchstäblich eingegraben. Nahe der Front nahm jede Einzelheit der Topographie große Bedeutung an, jede kleine Unregelmäßigkeit stellte entweder möglichen Schutz dar oder mögliche Gefahr: ein offenes Feld exponierte für feindliches Feuer, einen Abwasserkanal konnte der Gegner als Hinterhalt nutzen oder zur Infiltration. Jeder Strauch, jeder zerschossene Baum, jeder Graben und jede kleine Wiese war wohlbekannt und trug manchmal sogar einen Namen, wie in der Welt der Kindheit.

Die Front in der Normandie war mit Soldaten vollgestopft gewesen. Jede Hecke, jeder Steinhaufen, jeder Obstgarten, jede Bodenmulde barg jemanden. Jeeps oder Halbkettenfahrzeuge versteckten sich, wo immer sie konnten. Geschütze wurden überall aufgestellt, wo sich eine Schußlinie bot. Dazwischen bauten sich Flakgeschütze auf. Die Erde war pokkennarbig von Granattrichtern. Zwischen jedem kleinen Knotenpunkt der Front verliefen Drähte und verbanden die Schützen mit ihren Befehlsständen und die Beobachter mit den Geschützen. Die gesamte

Front war durch lange Telefondrähte verknüpft. Zerschmetterte und ausgebrannte Fahrzeuge, abgedeckte Häuser, Felder mit großen Kratern im verdorbenen Getreide: das war die Front.

Hier hielten sie in friedlichen Dörfern, und der Fahrer Ari schwatzte mit jemand aus dem Ort. »Ari«, verkündete Claude wie ein stolzer Vater, »ist bei General Leclerc, aber mit den FFI in Verbindung. In Paris und draußen in Neuilly wird schon gekämpft. Ein Generalstreik läuft, also bringen wir besser soviel Nahrung mit, wie wir kaufen können, was Ari gerade tut.«

Als Ari zurückkam, brachte er einen jungen Mann namens Émile mit. Émile trug lässig ein Gewehr über der Schulter und ein Einkaufsnetz, in dem sie einen Schinken ausmachte und ein paar Kohlköpfe und Kartoffeln. »Wir werden noch das Vergnügen verpassen, meine Kinder«, sagte Émile auf Französisch, in dem alle Gespräche von nun an geführt wurden. Er stieg neben Louise ein, legte einen Arm um sie und gab ihr einen Kuß. »Eine echte amerikanische Frau, der Frieden muß da sein, wir bekommen schon Touristen.«

Louise glitt unter seinem Arm durch und packte ihren Tornister und ihre Schreibmaschine zwischen sich und ihn, während sie dahinrumpelten. »Ich bin Kriegsberichterstatterin für *Collier's.*«

»Gut, dann wirst du der ganzen Welt sagen, wie Paris sich selbst befreit. Kommen die Alliierten nun oder nicht?« Er stupste Claude über die Lehne hinweg. »He, wo ist de Gaulle? Wartet er, bis wir alle Arbeit getan haben?«

Claude grinste über den Sitz. »Ich höre, er ist in Frankreich. Die Amerikaner wollen ihn nicht hierhaben, die Engländer wollen ihn nicht hierhaben. Wißt ihr genau, daß ihr ihn hierhaben wollt?«

»Ach, was soll man sagen? Er ist der einzige, den alle akzeptieren werden. Solange er sich nur zum Premier und nicht zum Diktator macht, solange er das Programm der Résistance respektiert. Besser er, als die Amerikaner setzen Pétain wieder ein, sobald wir ihn zu Boden geschlagen haben. Die Amerikaner versuchen womöglich sogar, die Bourbonen zurückzuholen, wie sie versucht haben, in Italien den König wieder auf den Thron zu setzen. Wir haben nicht all die Jahre für das gleiche in Grün gekämpft.«

Sie begannen ein erbittertes Streitgespräch über die Machtverhältnisse innerhalb der verschiedenen Kräfte der Pariser Résistance, wer versuchen würde, die Macht zu ergreifen, wer die beste Organisation und die besten Soldaten hatte. Louise, die sich hinter ihrer Schreibmaschine und ihrem Tornister verschanzt hatte, blieb still und hörte zu, machte sich diskret ein paar Notizen. Neben dem, was sie *Collier's* schickte, war vielleicht *The Nation* an einem Überblick der politischen Situation in Paris interessiert, auch wenn das Aufschreiben warten mußte, bis sie aus der Kampfzone heraus war.

Sie erfuhr, daß es einen Waffenstillstand zwischen der Résistance und den Deutschen gab, der am nächsten Nachmittag auslaufen sollte. Sie beeilten sich, nach Paris zu kommen, bevor er endete. Sie erreichten einen Vorort, wo die örtliche Résistance den Jeep übernahm und ihnen Fahrräder aushändigte. Sie verbrachten die Nacht vor der Weiterfahrt in einer geschlossenen und geplünderten Fabrik. Émile fuhr in dem Jeep davon.

Ari brachte etwas zu essen und setzte sich neben sie. Er war drahtig und braungebrannt, mit zotteligem braunem Haar, dunklen, blitzenden Augen, einem vollen Mund und wohlgeformten Gesichtszügen. Er vermittelte ihr den Eindruck, daß sein gutes Aussehen ihm wenig bedeutete.

Sie begann mit ihrer Befragung. »Wie heißt du? Wo kommst du her?«

Er war, wie sie vermutet hatte, aus Paris, obwohl in Berlin geboren. Seine Eltern waren sofort nach Hitlers Machtergreifung geflohen. Beide waren Ärzte, konnten aber in Frankreich nicht praktizieren und führten ein kleines Lebensmittelgeschäft im jüdischen Viertel. Er wollte unbedingt seine Eltern und seinen jüngeren Bruder finden, von denen er seit einundvierzig nichts mehr gehört hatte. Er hoffte auch, seine Freundin zu finden, eine Krankenschwester, Daniela Rubin. Er sagte, sie sei gewitzt, und er war überzeugt, sie finden zu können.

Er war über die Pyrenäen nach Spanien gegangen, wo man ihn in ein Gefangenenlager gesteckt hatte. Er war entflohen, hatte es geschafft – wie, darüber wollte er nicht reden –, per Schiff Nordafrika zu erreichen und hatte sich den Freien Franzosen angeschlossen, obwohl er eigentlich vorgehabt hatte, sich nach Palästina durchzuschlagen und zur Jüdischen Brigade zu stoßen.

Während sie redeten, sie ihn ausfragte und er sie genauso zielstrebig, wenn auch verdeckter aushorchte, bekamen sie langsam ein Gefühl füreinander. Er war intelligent, dieser junge Mann, obwohl sie bezweifelte, daß er viel Schulbildung besaß. Mit sechzehn war er nach Spanien gegangen, mit zwei Freunden hatte er sich einfach über die Berge geschlichen, um dort gegen die Deutschen zu kämpfen. Dann war er bei der französischen Armee an der Maginot-Linie gewesen. Keine besonders zähe Armee, da waren die FFI etwas anderes.

Beide wollten sich nicht schlafen legen. Sie teilten sich eine Flasche Wein und etwas Brot und Käse. »Es war vor ein paar Tagen in der Normandie. De Gaulle kam uns inspizieren. Aus irgendeinem Grund blieb er vor mir stehen. 'Und wie lange hast du schon gekämpft, mein Sohn?' Vielleicht war es seine Art, vielleicht, weil er mich seinen Sohn nannte. Ich habe gesagt: 'Länger als Sie, mon Général.' Was stimmt, denn ich bin seit 1937 dabei. Ich will meine Leute finden! Daniela, meinen Bruder, meine Mutter, meinen Vater, irgend jemand. Ich fühle es: Daniela ist hier, in Paris. Ich weiß es. Sobald ich sie finde, ist der Kampf für mich vorbei. Die Jungs mit den tollen Panzern und den teuren Flugzeugen sollen die Geschichte beenden. Ich habe seit meiner Kindheit nicht mehr mit einem Dach über dem Kopf, einem Tisch, einem Stuhl, einem Bett gelebt.«

Er war dreiundzwanzig. Manchmal sah er so aus und hörte sich so an; manchmal hörte er sich an wie ein Mann in den Vierzigern. Sie dachte, wenn Claude sich Ari als Leibwächter und Fahrer ausgesucht hat, so hätte er einen wesentlich schlechteren Griff tun können. Sie hatte den Verdacht, daß Ari weit mehr konnte, als nur auf sich selber aufzupassen.

In aller Frühe schwangen sie sich auf ihre Fahrräder. Die öffentlichen Verkehrsmittel streikten, und nichts funktionierte, weder die Elektrizität noch die Züge noch der Apparat, der Nahrungsmittel heran- und Müll wegschaffte. Schließlich gaben sogar die überlasteten Telefonleitungen den Geist auf. Wollte man wissen, was los war, so mußte man sich zu Fuß oder mit dem Fahrrad auf den Weg machen.

Louise war froh, daß sie an all den Sonntagen mit Daniel Fahrrad gefahren war, denn sie hielt mit Ari weitaus besser mit als Claude, der einen wackeligen Start hatte und völlig außer Puste hinterherschnaufte, bevor sie zehn Querstraßen weit gekommen waren. Natürlich fuhren sie alle mit zusätzlichen Lasten. Louise hatte ihren Tornister und ihre Schreibmaschine. Ihre Deckenrolle mußte sie zurücklassen, sonst wäre alles ins Rutschen gekommen. Ari und Claude teilten sich die Kameraausrüstung.

Die Straßen waren sehr belebt. Einige Geschäfte blieben geschlossen, aber ebenso viele standen offen. Der Tag heizte sich bereits auf. Sie war zu warm angezogen. Sie fühlte sich auffällig, in ihrer amerikanischen Uniform durch Pariser Straßen zu radeln; es kam ihr gefährlich vor. Am Boden ihres Tornisters war ein Sommerkleid zusammengerollt und ein dickeres mit Gummibändern zusammengebunden. Ihre Kleidung erregte zu viel Aufsehen. Sie bremste und wartete, bis Claude neben ihr war. »Ich sollte mich besser umziehen.«

»Wenn wir da sind«, keuchte Claude mit rotem Gesicht. Er trat verbissen in die Pedale, aber Ari mußte mehrere Male halten, um auf ihn zu warten.

Offensichtlich war Ari derjenige, der wußte, wo sie hinfuhren, und Claude folgte ihm nur. Als sie zur ersten der Barrikaden kamen, die in den Arbeitervierteln errichtet worden waren, rief Claude Ari zu, anzuhalten, bis er sie gefilmt hatte. Während er beschäftigt war, ging Louise in ein Café und zog sich auf der Toilette um. Die alte Dame, die dort saß, fragte, was das für eine Uniform sei, und als Louise erzählte, sie sei Amerikanerin, sagte die Dame, sie brauche für die Toilette nichts zu bezahlen. Das war gut, da Louise nur sehr wenige Francs hatte, gegen Seife und Zigaretten getauscht. Als sie der Frau ein Stück Schokolade gab, starrte die Frau sie mit einem Gesicht an, daß Louise fürchtete, sie würde gleich in Tränen ausbrechen. Sie hatte immer gedacht, für die Arbeit einer Toilettenfrau in Frankreich sei es erforderlich, bis auf eine Aura der Mißbilligung unbewegt zu bleiben. Dann teilte die alte Dame die Schokolade sehr sorgfältig in drei Stücke, jedes vielleicht zwei Zentimeter breit. »Für meine Enkelkinder«, sagte sie. »Wie werden die begeistert sein!«

Als Louise wieder herauskam, drehte Claude immer noch, um sich herum eine Gruppe von Kindern und Erwachsenen vor der Barrikade aus einem ausgebrannten Auto, Pflastersteinen, alten Straßenschildern, Matratzen und einem Klavier. Alle wollten mit dem Dutzend Gewehre posieren, den zwei altertümlichen Schrotflinten und dem Häufchen Molotowcocktails. Niemand ging davon aus, daß der Waffenstillstand hielt. Zerlumpte, improvisierte Trikoloren hingen von den Balkonen und aus den Fenstern, neben roten Fahnen und gelegentlich der schwarzen Fahne der Anarchie.

»Komm, es gibt noch viel zu drehen«, drängte Ari. »Wir müssen los. Du hast die Belagerung der Préfecture mit Panzern verpaßt. Die Deutschen rücken immer noch über die äußeren Boulevards ab. Aber die SS bleibt und sagt, sie wird bis in den Tod kämpfen. Rol, der Chef der Kommunisten, ist unten in den Katakomben, wo die Telefone noch funktionieren.«

Sie radelten weiter. Claude und Ari beschlossen, sie beim *Paris Soir* abzusetzen, bei den Büros einer Zeitung der Kollaboration, die am Sonntag von der Untergrundzeitung *Combat* übernommen worden waren. Ari sagte, daß alle Untergrundzeitungen zum Wochenende aufgetaucht waren und Büros und Druckereien besetzt hatten. Die meisten Schreiber und Verleger, die die Nazis ausgiebig gepriesen hatten, waren mit ihren Meistern auf dem Rückzug oder hatten sich plötzlich aufs Land verkrümelt. Die Büros waren in der Rue Réaumur unweit von Les Halles, die die Résistance übernommen hatte, um Suppenküchen einzurichten.

Louise hatte einige Schwierigkeiten, die Skepsis der *Combat*-Redaktion zu überwinden, schließlich zerrte sie ihre müffelnde Uniform heraus und drohte, sie wieder anzulegen. Sie zeigte allen ihre Ausweispapiere, bis jemand erschien, der sie lesen konnte. Dann wurde ihr ein Schreibtisch überlassen. Sie machte sich sofort an die Arbeit. Zum Glück beantworteten die Journalisten aus dem Untergrund bereitwillig ihre Fragen. Choltitz hatte von Hitler den Befehl erhalten, Paris in die Luft zu jagen, verhandelte aber über den schwedischen Konsul mit der Résistance.

Ein Kurier traf ein und berichtete, daß am Buttes Chaumont-Eisenbahntunnel schwere Kämpfe ausgebrochen waren, auch an der Prince Eugène-Kaserne bei der Place de la République. Louise schwankte, was sie tun sollte, dann entschied sie sich, mit zu den Buttes Chaumont zu gehen. Überall wuchsen Barrikaden aus Sandsäcken, Kaffeehausstühlen, zerbrochenen Möbeln, Kanalisationsdeckeln, abgeschraubten Schildern. Vereinzelt war Geschützfeuer zu hören. Die Pariser dachten gar nicht daran, den Straßen fernzubleiben, alle schienen auf den Bürgersteigen zu sein oder aus den Fenstern zu hängen. Die gesamte Bevölkerung war zu erregt, um zu Hause zu bleiben. Pflastersteine waren ausgegraben worden, die Pissoirs auseinandergenommen, einige schwarze Citroëns in Brand gesteckt. Einer der Männer erklärte, daß schwarze

Citroëns das bevorzugte Auto der Gestapo waren und daß niemand, der nicht mit den Nazis im Bett lag, noch ein Auto hatte.

Sie folgte dem Trupp auf ihrem Fahrrad. Mehrere Male wurden sie an Barrikaden aufgehalten. An einer wurden nach einer Schießerei mit bewaffneten Kollaborateuren Verwundete behandelt. Louise stellte so viele Fragen, wie sie nur konnte, kritzelte Notizen und strampelte mit aller Kraft dem Trupp hinterher. Als sie schließlich gegen sechs den Park erreichten, unter dem der Eisenbahntunnel verlief, flauten die Kämpfe bereits ab. Die Résistance hatte die dort abgestellten Züge erbeutet und aus dem Tunnel eine Waggonladung Munition. Außer Leichen und brennenden Autos gab es wenig zu sehen.

Die Reporter luden sie ein, mit ihnen zu Abend zu essen. In der Nähe hatte ein Restaurant noch geöffnet, und sie strömten alle hinein. Louise fiel ein, daß sie immer noch kein Geld hatte, also tauschte sie bei den Reportern ein Päckchen amerikanische Zigaretten gegen die Bezahlung für ihre Mahlzeit. Sie begannen, ein wenig freundlicher zu werden, voller Fragen danach, wann die Amerikaner denn nun kamen und wie die Dinge in den Vereinigten Staaten und in England standen. Der Kaffee war ein scheußliches Gebräu aus gerösteten Eicheln, der Wein sauer und noch nicht ausgegärt, ihr Essen bestand aus einem Spiegelei und Kohlrübensuppe. Während sie aßen, verkündete der Wirt, daß weiter niemand bedient werden konnte, denn alles war alle.

Sie stellten gerade ihre Zeitung zusammen, da erschien gegen zehn Ari. »Wir gehen zu Claude«, verkündete er. »Wir übernachten zu mehreren da.«

»Claude hat immer noch eine Wohnung?«

»Seine Mutter ist Rumänin, und das waren Hitlers Verbündete. Sie hat es geschafft, sich einen Arierausweis zu besorgen, also hat sie den Krieg über da gehaust und seine Söhne bei sich behalten. Simone, seine Frau, haben sie am Donnerstag rausgelassen, als die *boches* die politischen Gefangenen entlassen haben – jedenfalls die, die sie vor ihrem Abzug nicht noch ermordet haben.« Er fuhr sich mit dem Finger über die Kehle und grinste ohne Heiterkeit. »Sogar, als die *boches* am Donnerstag in Massen abgehauen sind, haben sie eine letzte Ladung aus dem Konzentrationslager Drancy nach Osten verfrachtet. Vor wenigen Tagen! Sogar am Schluß, wo schon die Mauern über ihnen zusammenstürzen, ermorden sie noch Juden. Die Gestapo hat auch Hausputz gemacht, und jetzt sind auf allen Friedhöfen frische Erdhügel und darunter ungelöschter Kalk und Tote ohne Personalien. Die Leute graben sie aus und versuchen, ihre Männer zu finden, ihre Frauen, ihre Kinder. Werden wir je mit Sicherheit wissen, wer überlebt hat und wer gestorben ist?«

Etwas in seiner Stimme veranlaßte sie zu fragen: »Hast du deine Familie oder deine Freundin gefunden?«

»Ich habe jemanden gefunden, der gesehen hat, wie meine Familie deportiert wurde. Laß uns gehen.«

»Möchte Claude wirklich, daß wir kommen? Er hat seine Frau seit Jahren nicht gesehen.«

»Sie haben Platz.« Ari zwinkerte. »Claude hat gesagt, du warst in Amerika seine Freundin, also habe ich Simone gesagt, daß du jetzt meine Freundin bist. Ich bringe dich hin, und dann schaue ich mich nach Daniela um. Die Résistance hat schon das Hôtel de Ville eingenommen, das Rathaus. Ich hoffe, jemand da weiß etwas.«

»Ich danke dir, daß du zurückgekommen bist, um mich zu holen.«

»Das ist nichts. Morgen wird der Teufel los sein. Ich hoffe nur, wir enden nicht in einem Blutbad wie Oradour oder der Vercors. Aber je mehr Leute sich auf der Straße tummeln, desto besser. Sie können nicht fünfhunderttausend Menschen niederschießen, habe ich recht?«

Die Wohnung von Claudes Mutter war im Sechzehnten Arrondissement, voll schwerer, überladener Möbel, die ihren Wert in Tonnen kundtaten, zum Kontrast stand hier und da eine spindeldürre Antiquität, die mehr Kurven als Komfort bot. Glasetageren stellten Sammlungen von Schnupftabakdosen und Spieluhren zur Schau. Die Mutter war eine Frau wie ein Vögelchen, ganz in Schwarz, sie maß einsfünfzig, wog vielleicht achtzig Pfund und trug um den Hals ein Lorgnon, das erste, das Louise außerhalb von Karikaturen sah. Sie nahm die Invasion gutgelaunt hin und war froh, ihren Sohn und ihre Schwiegertochter wiederzuhaben. Inmitten all der Pracht aß man wässerige Kohlsuppe und Ersatzbrot, eine Scheibe pro Person, in einem Salon, den ganze drei Kerzen beleuchteten, denn in Paris herrschte Kerzenmangel und es war Stromsperre.

Louise fühlte sich wie ein Eindringling, doch sie war nicht die einzige Einquartierung für die Nacht. Claudes Frau, gestreift, als wären ihre schwarzen Haare mit einem weißen Pinsel gestrichen worden, die

Augen übergroß in dem abgemagerten Gesicht, die Hände mit Brandwunden bedeckt, hatte aus dem Gefängnis vier gleichermaßen ausgemergelte und halbverhungerte Frauen mitgebracht. Zwischen den ausladenden Mahagonimöbeln welkten sie dahin, als hätte eine mächtige Woge sie leblos dort angespült. Claude schien zur Ruhe zu kommen. Er sprach hier anders, leise und schüchtern, fast gurrend. Seine zwei halbwüchsigen Söhne sahen ihn an und wieder fort. Anscheinend wußten sie nicht, was sie sagen sollten.

Warum hat er mich kommen lassen? fragte sie sich, machte sich aber auch klar, daß er bis zu seiner Ankunft in Paris keine Ahnung gehabt hatte, wo seine Frau war und ob sie noch lebte; ob seine Mutter in ein Lager deportiert worden war. Vielleicht hatte sie eine Wattierung vor den häßlichen Realitäten abgeben sollen. Morgen würde sie sich einen anderen Schlafplatz suchen. Claude schien ihre Anwesenheit fast gar nicht wahrzunehmen, ebensowenig wie die der vier entlassenen Frauen. Seine beiden Söhne musterten ihn und er sie. Der jüngere, Roland, war vierzehn und der ältere, Jules, sechzehn. Sie schienen unsicher, welche Haltung sie gegenüber ihrem Vater einnehmen sollten. Bei ihrer Mutter waren sie überglücklich, aber scheu. Sie hatte zwei Jahre lang im Gefängnis gesessen.

Claude war entsetzt, als er entdeckte, daß beide Söhnen bewaffnet waren und schon an Schießereien teilgenommen hatten. Der ältere Junge, Jules, schenkte den Argumenten seines Vaters keinerlei Beachtung, nahm einfach sein Gewehr, seine Handgranaten, etwas Brot und eine halbe Flasche Rotwein und ging fort, um für die Nacht seinen Dienst an einer Barrikade anzutreten. Roland beschrieb, wie Schüler an seinem *lycée* aus Schwefelsäure und Kaliumchlorat aus dem Chemiesaal Molotowcocktails hergestellt hatten, und erschreckte seinen Vater damit mehr, als er ihn unterhielt. Simone schien die Aktivitäten ihrer Söhne nicht ungewöhnlich zu finden und beschränkte sich darauf, ihnen aufzutragen, sich vorzusehen. Claude würde es nicht leicht haben, sich auf seine Familie einzustellen. Sie blieb an der Wand sitzen, unsichtbar in dem Familientumult, neben sich eine der Entlassenen, auf deren Wangen sich Tränen bildeten wie Kondenswasser auf einer Mauer, obwohl sie die Augen geschlossen hielt.

Am nächsten Tag war Louise gerade im Hôtel de Ville und befragte Résistanceleute, als die Deutschen angriffen. Das Telefon ging wieder, funktionierte sogar bis in die amerikanische Zone und darüber hinaus. Sie konnte einen Bericht durchgeben. Sie war gerade fertig, als die erste Granate einschlug. Vorsichtig spähte sie hinaus. Vier Panzer vom Typ Panther standen auf dem riesigen Platz, der sich von der Rue de Rivoli bis zur Seine erstreckte. Sie hatten gerade eine Granate abgefeuert, um das eiserne Tor zu sprengen. Aus nahegelegenen Fenstern schossen Männer auf den Panzer, ohne Schaden anzurichten. Eine weitere Granate traf die reichverzierte Fassade, und eine Tonne Bildhauerkunst polterte auf den Platz. Unter sich hörte Louise Schreie und das Geräusch von herabfallendem Putz und Mauerwerk. Der Boden schwankte unter ihren Füßen. War das Gebäude umstellt? Überall im Umkreis wurde geschossen, aber sie vermochte nicht zu sagen, wer schoß.

Während sie hinunterspähte, rannte eine Frau auf die Panzer zu. Ihr schnurgerader, verzweifelter Lauf war faszinierend, als hätte sie vor, sich niederzuwerfen und an ihre Barmherzigkeit zu appellieren oder sich ihnen in den Weg zu werfen. Von oben sah ihr weiter, scharlachroter Rock wie eine Blume aus. Sie hetzte so schnell sie konnte auf den Panzer zu, der gefeuert hatte, und schleuderte einen Molotowcocktail gegen den Turm, während sie vom Maschinengewehrfeuer der anderen niedergemäht wurde. Der Panzer ging in Flammen auf. Plötzlich wendeten die anderen drei Panther und rasselten vom Platz. Louise konnte nicht glauben, daß eine einzige Frau, die jetzt in einer Lache ihres eigenen Blutes auf dem Pflaster lag, das Hôtel de Ville gerettet hatte, dazu eine beachtliche Anzahl von Résistancefunktionären und Louise selbst, doch die Panzer zogen sich weiter zurück. Das Haar der Frau war braun, ihr Alter vielleicht siebzehn oder achtzehn. Ihr Gesicht war heil, doch ihr Körper war zerrissen wie eine Papiertüte. Eine andere Frau kniete weinend über ihr. Ein Leben verbrannt in einer einzigen tapferen Tat.

Gerade so, als wäre sie eine in Paris ankommende Touristin, ging Louise zu dem Hotel auf der Rive Gauche, in dem Oscar und sie immer gewohnt hatten. All die Sträßchen der Rive Gauche, die zu schmal für Panzer waren, wurden von der Résistance gehalten. Jedesmal, wenn deutsche Panzer oder Truppenfahrzeuge auf dem Quai vorbeifuhren, bestreuten sie die Straßen mit Maschinengewehrfeuer. In jedem Block waren Sanitätsposten eingerichtet, und Leute von der Résistance regelten den Fußgängerverkehr in den Feuerpausen. Vom Hotel aus rief sie den Baron an in der Hoffnung herauszufinden, wo Gloria war. Sie fragte nach dem Baron, nannte ihren Namen, und hörte deutlich durchs Telefon den Ausruf: »*Impossible. C'est une espèce de tromperie.*«

Das Mädchen meldete, der Baron habe sich auf eine längere Reise begeben.

»Eigentlich ist es die Baronin, die ich sprechen möchte. Sie ist meine Schwägerin.«

Wiederum wiederholte das Mädchen laut und deutlich, was Louise gesagt hatte. Ganz offenkundig hielt das Mädchen nicht die Sprechmuschel zu, so daß Louise vermutete, sie profitierte von einer Miniaturrebellion im Haushalt des Barons. Und wirklich sagte das Mädchen schlicht: »Entschuldigen Sie, Madame, aber er sagt, ich soll aufhängen.«

Gloria hatte ein Haus in Maisons-Laffitte. Louise rief dort an und erreichte die Köchin. »Ah, Madame ich erinnere mich an Sie und Ihren charmanten Gatten und an Ihr kleines Mädchen, das geweint hat, weil sie so gerne reiten wollte. Das Haus ist geschlossen bis auf mich und die Stallburschen ... Ach, Madame, sie haben sie fortgebracht, die *boches* ... Die Gestapo, Madame, sie haben sie im März geholt. Kein Wort von ihr seitdem. Aber ich bete für sie.«

Louise benutzte weiterhin die *Combat*-Büros. Sie war das amerikanische Maskottchen der Redakteure, der Beweis dafür, daß die Truppen eintreffen würden. Um halb zehn abends kam ein Telefonanruf, daß die ersten Panzer der französischen Verbände durch die Porte d'Orléans in die Stadt eingefahren waren. Die Stadt hallte wider von Gewehr- und Pistolenschüssen, platzenden Granaten, dröhnenden Detonationen und dem knirschenden Getöse der Panzer und Panzerwagen und Lastwagen. Wohl kaum jemand in Paris schlief, trotz der kleineren und an manchen Stellen schweren Gefechte ergoß sich die Stadt auf die Straßen.

Louise schaffte es nicht bis zur Porte d'Orléans, doch bald näherten sich die Panzer. Sie stand in einer Menschenmenge, und alle schrien sich die Stimmen aus dem Hals für die schönste Parade, die sie je gesehen hatte, bestehend aus ganzen drei Sherman-Panzern, mit Blumen und Trikoloren bedeckt, mit Frauen und Kindern beladen, die an den

Türmen hingen. Die Menschen sangen die Marseillaise und umarmten einander, wenn sie nicht an die Männer der Panzerbesatzungen herankamen. Keine weiteren Panzer erschienen, aber die Soldaten versicherten der Menge, daß noch etliche auf dem Weg und sie nur die Vorhut waren. Sie rollten zum Hôtel de Ville, und Tausende folgten ihnen durch die warme und rauchige Nacht.

Die übrigen Panzer trafen nicht vor dem nächsten Morgen ein, aus drei verschiedenen Richtungen fuhren sie nach Paris hinein. Die Straßen waren sehr belebt gewesen, seit sie in dieser Stadt angekommen war, aber jetzt herrschte Gedränge. Sogar in den Krankenhäusern waren die Menschen an den Fenstern und auf den Dächern. Bewaffnete Widerstandskämpfer mischten sich unter Mütter, die Kinderwagen schoben, und Paare, die Arm in Arm schlenderten. Überall regneten Blumen herab und wurden auf dem Pflaster zertreten.

Die französischen Panzerverbände hatten ihre Kolonnen aufgespalten, und überall in der Stadt rumpelten Panzer durch die Straßen, auf dem Weg zur Eroberung der wichtigen Bahnhöfe und der Ministerien, die sie oft schon von der Résistance besetzt fanden. Louise folgte einer Halbbrigade, die mit mehreren tausend Menschen im Geleit vom Petit Palais über die Seine zum Quai d'Orsay rollte. Das Grand Palais war vor kurzem von Panzern beschossen worden und lag in Trümmern. Unterwegs sah sie Claudes älteren Sohn Jules und seinen Trupp neben einer Gruppe deutscher Kriegsgefangener hermarschieren. Die französischen Verbände eroberten die deutsche Kaserne an der Avenue de la Tour-Maubourg ohne Gegenwehr und hatten dann ein kurzes, heftiges Gefecht vor dem Außenministerium am Quai d'Orsay. Wenn die Panzer auf die Ministerien zurumpelten, errichteten die Pariser Barrikaden, um Gegenangriffe zu verhindern, und stürmten dann die Gebäude.

Nach dem Gefecht am Außenministerium dachten alle, der Weg sei frei, und strömten hinein. Schüsse fielen, erst vereinzelt, und dann feuerten Maschinengewehre in die Menge. Ein Selbstmordkommando der Deutschen lag auf der Lauer und eröffnete das Feuer auf alle, die die Treppen emporstürmten. Um Louise herum fielen Menschen. Sie ließ sich die Treppe hinunterrollen und suchte Schutz hinter einem Baum. Dann kroch und rannte sie durch den Park zurück, Kugeln pfiffen um sie herum. Neben ihr stürzte eine alte Frau auf die Trikolore, die sie trug. Louise beugte sich über sie. Kopfschuß. Grauer Brei quoll mit Blut aus dem Loch, das die Kugel gerissen hatte. Sie hastete von Deckung zu Deckung und suchte hinter einer Mauer Schutz, die zwischen dem Park vor dem Außenministerium und der Straße verlief, dem Quai entlang der Seine.

Sie wurde von Dauerfeuer festgenagelt und lag wie betäubt, merkte, wie erschöpft ihr Körper war, während ihre Gedanken immer noch rasten. Sie kam sich blöde und nackt vor, hinter der Mauer bäuchlings auf dem Pflaster in dem Sommerkleid, das sie angezogen hatte, um in Paris nicht aufzufallen. Um sie herum gähnten Freiflächen, Les Invalides lag zu ihrer rechten, hinter ihr die Seine und am anderen Ufer erstreckten sich wieder Freiflächen bis zum entfernten Louvre. Sie lag geschützt, es sei denn, daß eine Granate landete, und sie sah, wie Résistancekämpfer das Gebäude zu stürmen versuchten, bis die Straße und der Park mit Leichen übersät waren, die niedergestreckt in ihrem Blut lagen.

Schließlich begannen Panzer, das Gebäude zu beschießen. Einer von ihnen wurde von einer Mörsergranate getroffen und brach in Flammen aus, die Männer im Inneren schrien, während sie verbrannten. Von der Hinterfront des Ministeriums zur Rue de L'Université hörte Louise ebenso heftige Kämpfe. Sie war einer Parade gefolgt und in eine Schlacht geraten. Mauerwerkteile fielen um sie herum nieder und eines traf ihre Schulter. Anfangs dachte sie, ihr Arm sei gebrochen, aber es war nur eine starke Prellung. Sie kroch von den Detonationen weg und spürte auf ihrem Rücken die Hitze des Feuers. Hinter ihrer Mauer hatten mehrere verwundete Männer und Frauen Schutz gesucht. Louise robbte hinüber und half eine Aderpresse anlegen.

Als das Gebäude endlich eingenommen war, stand sie auf und überquerte die Seine, fühlte sich dabei entsetzlich ungeschützt und hastete gebückt im Schutz des Brückengeländers wie alle übrigen Fußgänger. Die Place de la Concorde steckte voller spanischer Reiter. Louise merkte, daß sie dringend eine Toilette brauchte. Sie kümmerte sich nicht um die Kugeln, die über den Platz schwirrten, und rannte weiter. In der Rue Royale hatte ein Gastwirt ein Fäßchen Wein geöffnet und schenkte an alle aus. Dem Café war das Essen ausgegangen, aber die Toiletten funktionierten, und sie konnte sich von ihrem langen Kriechweg säubern. Dann nahm sie an einem Tisch unter lauter wildfremden

Menschen Platz, die sich alle von Herzen lieb hatten. Sie fühlte sich benommen und verwirrt. Es war, als wohnte sie einem großen, ausgelassenen Fest bei, auf dem vorne gefeiert wurde und in gewissen Hinterzimmern Menschen einander umbrachten. Ihr linker Arm pochte vor Schmerz, wo ein Stück des Außenministeriums auf sie gefallen war. Sie fühlte sich, als sei der vordere Teil ihres Bewußtseins, ihrer Augen, ihrer Sinne bis zum Bersten von Bildern und Geräuschen überwältigt, aber als hätte ihr Ich sich verflüchtigt. Betäubt und zugleich übererregt fiel ihr das Sprechen schwer, doch der Geräuschpegel war so hoch, daß sie ohnehin niemand gehört hätte.

»De Gaulle ist in Paris!« rief der Besitzer und kletterte auf einen seiner Tische. »Er fährt zum Gare Montparnasse, um die Kapitulation der Deutschen entgegenzunehmen. Paris ist frei!«

Alle schrien und umarmten sich und tranken oder verschütteten, was noch an Wein da war. Wieder wurde die Marseillaise gesungen und zu einem Akkordeon getanzt. Erschöpft begann sie sich durch die Menge auf die Straße zu schlängeln. Sie war auf diesem gigantischen, gefährlichen Fest, um eine Arbeit zu verrichten, und die schloß ein, zum Gare Montparnasse zu gelangen und de Gaulle zu hören. Fremde Männer packten sie und schmatzten ihr nasse Küsse auf. Sie konnte weder entfliehen noch sich entwinden, mußte aushalten, bis es gut war. Ihr Arm erhielt so viele wohlgemeinte Klapse, bis sie meinte, in Tränen ausbrechen oder sich übergeben zu müssen. Sie zwängte sich weiter und duldete die Hände von Fremden, unter den Arkaden die Rue de Rivoli entlang.

Draußen auf dem Fahrdamm loderte ein Freudenfeuer aus deutschen Schildern und faschistischen Zeitungen, wurde von singenden Menschen umtanzt. Ein Blinder sägte auf einer Violine, eine Frau stand auf einer Barrikade und schmetterte ein Lied. Kinder tollten durchs Gedränge und spielten Soldaten. Überall küßten sich Menschen oder wirbelten herum, paarweise oder in großen Kreisen bei den Händen gefaßt. In einer Straße hörte sie ein Lied aus dem spanischen Bürgerkrieg, das sie kannte, »Los Cuatros Generales«. Ein Sherman-Panzer schwelte neben einem deutschen Tiger II.

Bis morgen würde sich zweifellos eine Regierung konstituiert haben, würden Hunderte von anderen Korrespondenten in der Stadt sein und sich alle um die gleichen Geschichten reißen. Ihr war das nicht einmal unlieb. Sie hatte ihre Story, und in Gesellschaft von anderen Amerikanern konnte sie vielleicht ihr Gefühl für sich selbst wiedererlangen. Sie fühlte sich, als bewohnte sie eine ewige, überwältigende Gegenwart, die alles Persönliche aus ihr herauspreßte. Sie nahm auf wie eine Maschine. Sie fragte sich unter den Arkaden, ob Ari wohl seine Daniela gefunden hatte. In den Tuilerien auf der anderen Straßenseite wurde auf dem Rasen getanzt.

Sie kam am Hotel Meurice vorbei, wo der deutsche Militärbefehlshaber von Choltitz am Nachmittag nach einem kurzen, heftigen Feuerwechsel kapituliert hatte. Die Leichen lagen immer noch auf der Straße. Weiter vorn bemühten sich Sanitäter um die Verwundeten und trugen sie in das ehemalige Hauptquartier. Zwei junge Kämpfer mit FFI-Armbinden lagen, wo sie gefallen waren, mit offenen, starren Augen. Einer davon war Claudes vierzehn Jahre alter Sohn Roland.

Abra 9

Die graue Frau

Abra war erleichtert, daß die regelmäßigen Luftangriffe aufgehört hatten, doch es gab etwas Neues. In letzter Zeit waren zwar weniger Flugbomben durchgekommen, denn die Flugabwehr hatte recht gut gelernt, sie am Kanal abzuschießen. Aber bei dieser neuen Plage waren keine Abfangjäger zu hören. Keine Sirene heulte auf. Es gab keinerlei Vorwarnung, bis eine ungeheure Explosion krachte, eine Druckwelle sich ausbreitete, Fenster zertrümmerte und Gegenstände im Umkreis einer Meile umriß, bis eine Säule aus Rauch und Flammen aufschoß.

Die Regierung verlautbarte, es sei wieder eine Gasleitung explodiert, bis die Leute Witze über die fliegenden Gasrohre rissen. Schließlich sprach Churchill. Offiziell hießen die Dinger V2. Abra hatte sich seit langem nicht mehr die Mühe gemacht, die Luftschutzbunker aufzusuchen, und bei den V2-Raketen hatte das auch wenig Sinn. Wenn sie die

Explosion hörte, war sie noch am Leben und die Rakete hatte sie verfehlt.

Häufig hielten frisch herübergekommene Amerikaner Abra irrtümlich für eine Engländerin. Sie sagten, sie sähe aus wie eine Londonerin. Sie verstand, was sie meinten, wenn sie denn einmal ihr Spiegelbild neben einem der Neuankömmlinge sah. In ihrer Wohnung besaß sie keinen Spiegel mehr, denn die hatten den Erschütterungen nicht standgehalten. Es gab keine Schaufenster mehr, in denen sie ihr Bild erhaschen konnte, schon seit Jahren nicht. Abra war auf den noch heilen Spiegel in der Damentoilette des OSS-Hauses angewiesen, um sich in etwas Größerem zu sehen als einer uderdose. Wenn sie sagten, sie sähe wie eine Londonerin aus, dann meinten sie, Abra hatte nicht die leiseste Bräune, sah bleich und mager aus. Sie trug fast immer Uniform, denn ihre anderen Sachen waren abgetragen und Ersatz gab es nicht.

Arbeit hatten sie mehr denn je. Die meisten der von SO oder SI ausgesandten Agenten waren von den raschen Vorstößen der alliierten Streitkräfte überrannt worden. In Deutschland hatten die Briten eingestandenermaßen keine Agenten, und obwohl Allen Dulles von OSS-Bern aus angeblich einige führte, waren die Geheimdienste mit ihrer Weisheit am Ende. Jemand hatte den lan ausgebrütet, Agenten durch die Abteilung Arbeit anzuwerben, dem einzigen Organ, das Verbindungen zu den nicht internierten Mitgliedern der deutschen Exilgemeinde unterhielt. Die so lange verachteten Kesselschmiede und Transportarbeiter sollten nun im Hinblick auf ihre Agententauglichkeit für einen Einsatz in Deutschland überprüft werden.

Da Oscar und Abra zu den Londoner Experten für die deutsche Arbeiterschaft zählten, wurden sie eingespannt. Manchmal brachte Abra die Emigranten in die große unterirdische Lagerhalle in der Brook Street, damit sie ausgestattet wurden. Dort hatte OSS Kleidungsstücke und Alltagsgegenstände gehortet, die in Kriegsgefangenenlagern eingetauscht, in Schweden gekauft und alt gewaschen und unter den Emigranten gesammelt worden waren: Unterwäsche, Gürtel, Hosen, Hemden, Mützen, Uniformen, Kleider, Brieftaschen, Büstenhalter, Zigarettenetuis, Manschettenknöpfe. Abra meinte, ein Jackett und einen Mantel wiederzuerkennen, die sie in New York eingesammelt hatte.

Dreimal ging sie mit Frauen hin, um sie einzukleiden. Eine war die Krankenschwester Helga, vier Jahre älter als Abra und mit einem Juden verheiratet, der in Köln zu Tode geprügelt worden war. Man hatte sie nach den Nürnberger Gesetzen verurteilt und ein Jahr eingesperrt, doch dann freigelassen, da Mangel an Krankenschwestern herrschte. Helga war eine große, weich wirkende Frau mit runden Zügen, die lauter kleine Kreise in ihr rundes Gesicht zeichneten, aber sie war nicht nur robust, sondern auch pfiffig. Sie hatte vor kurzem den Klempner im Projekt geheiratet, Reiner, und sie sollten zusammenarbeiten.

Die zweite Frau war eine junge kommunistische Wäschereiarbeiterin, Frieda. Die dritte war Marlitt Becker-Speyer, sie wirkte gesund und einsatzfreudig und so elegant wie immer. Abra erkannte sie sofort, und ihr Herz machte einen Satz; Marlitt erinnerte sich an sie, nachdem sie ein paar Minuten miteinander geredet hatten.

Abra begleitete die Emigranten durch die Prozeduren der Operation *BACH*, für die sie mit neuen Lebensläufen und gefälschten Papieren ausgestattet wurden. Meistens arbeitete ihr Ausbilder mit ihnen, aber Abra sprang hin und wieder ein. Außer Personalausweis und polizeilicher Anmeldung wurde von deutschen Bürgern erwartet, daß sie ein Arbeitsbuch hatten, Lebensmittel- und Kleiderkarten, Reisegenehmigungen, gegebenenfalls einen Fliegerschadenschein, Wehrpflichtige dazu ein Soldbuch oder eine Bescheinigung entweder über Dienstuntauglichkeit oder Unabkömmlichkeit. Der neue Lebenslauf mußte der Wahrheit so nahe wie möglich kommen, um Rohrkrepierer, wie es im Jargon hieß, zu vermeiden.

Da Tabak in Deutschland knapp war, mußte sich der Kettenraucher Reiner die Nikotinflecke mit Bimsstein von den Fingern scheuern. Marlitt ließ die in New York angefertigten Zahnkronen durch Kronen deutscher Art ersetzen. Alle wurden unablässig nach ihren neuen Lebensläufen abgefragt. Oscar wies die Gruppe in die wirtschaftliche Lage in Deutschland ein, soweit sie ermittelt worden war, und in das, was deutsche Bürger aus den Zeitungen und den Volksempfängern über den Krieg wußten.

Das Wetter war naßkalt. Zwei Wochen lang regnete es Tag für Tag. Die Tümpel in den Bombenkratern und den Gruben, die überall in den Ruinen der Stadt als Löschwasserreservoire gegen die Brandbomben ausgehoben worden waren, traten über ihre Ufer. Manchmal kam Abra zu einer Einschlagstelle der Flüssigtreibstoffraketen. Dann gähnte in London ein Loch so groß wie ein Fußballfeld.

Der Krieg in Frankreich galoppierte voran, während er in Italien dahinkroch. Ihr eigener innerer Krieg war ein Zermürbungskrieg unvollkommener Reue. Seit Louises Besuch spürte Abra, sie konnte sich nichts mehr vormachen. Den ganzen Abend lang hatte sie notgedrungen Vergleiche anstellen müssen, wie Oscar sich ihr gegenüber verhielt und wie er sich Louise gegenüber verhielt. Zu ihr war er liebevoll, Louise liebte er. Nun arbeitete sie an einem schrittweisen Rückzug wie an dem Entzug von einer Droge. Heute abend, gebot sie sich, heute abend wirst du ihn nicht sehen. Du darfst ihn am Sonnabend sehen, aber nicht am Freitag, nicht am Donnerstag. Hatte er etwas gemerkt? Sie meinte ja, aber sie war sich nicht einmal dessen sicher.

OSS etablierte sich in Paris im Couvent de Ste-Anne, einem von den Schwestern der Agonie unterhaltenen Siechen- und Sterbehaus für die Armen, und R&A-Trupps enteilten in die Balkanländer, sowie die, von Sowjetarmeen überrannt, aus dem Krieg ausscherten und die Seiten wechselten. Daheim in Washington schien die Haupttriebfeder der Krieg der Chefetagen darum zu sein, den Frieden zu überleben und als Organisation fortzubestehen. R&A untersuchte fieberhaft die möglichen Auswirkungen des Sieges auf Deutschland und fertigte Studien darüber an, was bei der Besetzung getan werden mußte, getan werden sollte und nicht getan werden durfte. All das schien in London voreilig, wo die V2-Raketen ganze Straßengevierte auslöschten und wo in jedem Luftschutzbunker achttausend Menschen hausten.

Amerikaner, die Loblieder anstimmten auf den gutmütigen, geduldigen Charakter der britischen Arbeiterklasse, der Ausgebombten in den U-Bahnhöfen und Luftschutzbunkern, verursachten Abra Bauchschmerzen. Was erwarteten die denn? Den totalen Zusammenbruch? Und was wurde dann aus den Familien? Amerikaner kamen zu der Feststellung, daß die, die erduldeten, geduldig waren, eine höhere Einsicht, wie Abra sie Louise zutraute. Sie sahen nicht, wie es war, wenn man ausgebombt wurde: Es blieb einem nichts übrig, als am nächsten Tag zur Arbeit zu gehen und sich ansonsten zu behelfen, so gut es ging.

Fast jeden Tag sah sie ihn im Büro. Wenn sie zusammen arbeiteten, fielen ihr all die Gründe ein, aus denen sie sich in ihn verliebt hatte. Ihre Abstinenz kam ihr oft absurd und abstrus vor. Warum sich verkneifen, mit ihm nach Hause zu gehen, warum sich enthalten, mit ihm ins Bett zu gehen? Schließlich war er da und bereit, und hier war sie und hatte Verlangen nach ihm. Sie hielt sich nicht immer an ihren Entschluß. Häufig verschleierte spontane Hoffnung ihre bittere Gewißheit. Wie leicht war es, ihm zu folgen. Wie leicht war es, einfach weiterzumachen. Wie schneidend schwer fiel es, sich immer wieder ins Gedächtnis zu rufen, warum sie widerstand: allein für ihren Stolz. Allein, um sich selbst wiederzufinden.

Dachte sie insgeheim, sie weiche zurück, *pour mieux sauter?* Sie inspizierte ihre seelische Bewaffnung. Bitte, flehte sie sich an, laß ab von der Hoffnung. Die Hoffnung hat dich immer wieder aufs Glatteis geführt. Es ist, wie es in der ersten Nacht war, freundlicher Geschlechtsverkehr ist alles, was du ihm abringen kannst. In manchen Nächten jedoch schien das mehr als genug.

Oscar arbeitete nicht mehr darauf hin, nach Frankreich zu gelangen, denn Louise hatte ihm aus Paris geschrieben, daß Gloria in Deutschland sei, in einem Konzentrationslager für politische Gefangene. Die Arbeit, die Oscar und sie taten, war weitaus wichtiger für den Krieg als alles, was Louise irgend aufgreifen konnte. Louise war eine in einem Schwarm von Reportern, die den Krieg vermenschlichten. Abra war sich nicht sicher, ob der Krieg vermenschlicht werden sollte. Die Seite des Krieges, die sie in den vergangenen anderthalb Jahren zu Gesicht bekommen hatte, bestand weitgehend aus armen Leuten, die in ihren Häusern verbrannten oder von herabstürzenden Decken zermalmt wurden, schlaffen Kinderkörpern, die aus dem Schutt geborgen wurden, einer Frau ohne Kopf auf der Straße, von Nachbarn umstanden, die anhand der verbliebenen Hinweise rätselten, wer sie war.

Oscar schien Louise gegenüber inzwischen Schuldgefühle zu hegen, eine masochistische Schwellung, die er liebevoll pflegte wie einen seltenen Kaktus der Sorte, die Professor Blumenthal in den Südfenstern seiner Wohnung in Columbia stehen hatte, stummelige, stachelige Dinger, die hin und wieder eine unwahrscheinliche Blüte ausstülpten. Weswegen fühlte Oscar sich schuldig? Einst hatte er mit Abra über alles geredet, so meinte sie jedenfalls, doch jetzt standen Bände aus Schweigen zwischen ihnen. Oscar sah nicht ausgezehrter aus als die übrigen überarbeiteten Insassen der Abteilung Arbeit, doch sie ärgerte sich über diese verborgene Entsaftung durch ein inneres, ihr verschlossenes Leben.

Es erboste sie bis aufs Blut, daß er sich Louise gegenüber schuldig fühlte. Louise konnte ihn wahrscheinlich zurückhaben, schien darauf aber keinen Wert zu legen. Das Ganze war eine schlechte Farce, und sie nahm sich vor, die ihr zugedachte Rolle der willfährigen Geliebten, die immer verfügbar war und stets an letzter Stelle kam, einfach hinzuwerfen. Sie verdiente mehr, sagte sie sich. Ihre Familie würde über diesen Vorsatz jubeln, falls sie davon erführe. Abra dachte nicht daran, ihr dieses Vergnügen zu bereiten.

Dennoch hielt sich am Grunde ihres Hirns eine Nische der Hoffnung, ihn könnte eines Tages schlagartig die Erkenntnis treffen und er könnte sich ihr zuwenden und sie sehen. Sie hörte Ready, wie er sie für ihr vertanes Leben ausschalt, doch das wies sie von sich. Selbst in ihren bittersten Momenten bedauerte sie nicht, an Oscar geraten zu sein. Ebensowenig bedauerte sie, nach London gekommen zu sein.

Auf Festen, in Kneipen, in denen OSS-Personal verkehrte, befahl sie sich, zu flirten, doch sie brachte es kaum noch zustande. Sie schien die Regeln vergessen zu haben. Männer nahmen das Spiel mit ihr auf, aber dann entwickelte sich nichts. Vielleicht führte der Versuch, Oscar aufzugeben, zum Abschied von ihrer Sexualität. Welch ein Witz, wenn Ready und ihre Mutter mit ihrem Donnerwetter, sie gehe den Weg in die Altjüngferlichkeit, am Ende recht behalten sollten. Sie sah sich selbst ihre Promotion in Columbia abschließen und dann irgendwo im Mittelwesten an einem College auf der grünen Wiese Politologie unterrichten. Sie sah sich in praktischen Tweedsachen durch die Klassen marschieren und eine abgewetzte britische Mappe schleppen, die gleiche, die sie jetzt umhertrug. Allgemein beliebt, aber exzentrisch, ein Original. Die alte Scotty. Hat ihren Verlobten im Krieg verloren. So die Legende.

Mit dem Geschlechtsleben hatte sie abgeschlossen, ein hoffnungsloser Fall. Wenn sie Oscar nicht haben konnte, dann kam auch kein anderer Mann in Frage. Das Ärgerliche daran war, sie *konnte* Oscar haben, allerdings nur auf der gleichen alten Grundlage. Während sie ihren Tagträumen von einem Leben als burschikoser Professorin nachhing, warf wahrscheinlich eine andere Frau bereits ein Auge auf Oscar und bereitete sich vor, das Terrain zu besetzen, das sie freigab.

Eines Nachts erwachte sie von einer Detonation, die ganze Wohnung wackelte, und riesige Putzbrocken kamen herunter. Offenbar war eine halbe Meile entfernt eine V2 niedergegangen. Sie dachte nicht mehr daran, bis zum nächsten Morgen, als Oscar nicht zur Arbeit erschien. Sie versuchte anzurufen, aber die Telefone waren gestört. Niemand schien zu wissen, wo er war. Dann hörte sie jemanden von der V2 reden, die gestern nacht ein paar Blocks weiter eingeschlagen war.

Sie rannte zu seiner Straße, steigerte sich in panische Angst. Seine Seite stand noch, wenn auch beschädigt, doch die andere Seite der Straße gab es nicht mehr. Seine Haustür war weggesprengt, Putzbrokken übersäten den Flur.

»Ach, Hauptmann Kahan.« Eine Frau mit bandagiertem Kopf klaubte in zerbrochenem Geschirr, sie war vom Treppenflur aus durch ein klaffendes Loch in der Wand zu sehen. »Er ist heute früh ins Krankenhaus gebracht worden. Ich weiß auch nicht mehr, ich mußte selber los und meinen Kopf versorgen lassen.«

Sie saß wieder an ihrem Schreibtisch und rief verzweifelt die Krankenhäuser an, als Oscar mit steifen Bewegungen zur Tür hereinkam. »Ich habe mir zwei Rippen gebrochen. Diese verdammte Uhr ist auf mich gefallen, als ich einen Kabelbrand im Flur löschen wollte. Hat mich eine verbrannte Hand und zwei Rippen gekostet.« Er hatte drei Stunden lang unter der Uhr gelegen. »Die Zeit stand still, und das auf meinem Rücken«, sagte er und trat damit im Büro eine Lawine von Wortspielen los, an denen Abra sich nicht beteiligen mochte. Es fiel ihr schwer, ihn nicht zu berühren und sich seiner Gegenwart zu versichern. Sie hatte entsetzliche Angst ausgestanden; gleichzeitig war sie sich einer Neugier bewußt, wie ihr Leben wohl weiterginge, wenn Oscar plötzlich umkäme. Sie würde natürlich weiterarbeiten. Schließlich wußte auch sie sehr viel über ihre Agenten. Sie würde weiterhin tun, was sie tat, denn darin war sie geschult; diese Erkenntnis beruhigte sie etwas.

Sie nahm ihn an dem Abend und für den Rest der Woche mit zu sich nach Hause. Der Verband um seine Hand mußte gewechselt werden und einer auf einer Schnittwunde im Kreuz. Er legte über seinen Unfall Heiterkeit an den Tag. »Es war, könnte man sagen, eine das Nachdenken fördernde Erfahrung«, sagte er. »Hilflos und darauf angewiesen, daß jemand auftauchte und mich von diesem Ding befreite. Meine Charaktermängel kamen mir größer vor, als ich sie je gesehen habe. Meinst du, zu gutem Verhalten braucht man gelegentlich einen Schreck?« Er wollte trotzdem mit ihr schlafen, aber sie mußte ihn besteigen, sanft und langsam schaukelnd.

Abra hielt sich für so erfahren im Umgang mit der Verdunkelung wie alle übrigen Londoner. Immer mal wieder begegnete ihr ein Kollege mit einem blauen Auge oder einem verstauchten Fuß von einem Treppensturz. Ein Dechiffrierer war im September beim Überqueren der dunklen Straßen auf seinem Heimweg überfahren worden. Nie war sie sich so des Mondes und seiner Phasen bewußt gewesen. Wenn der volle Mond herunterschimmerte, dann waren die Ruinen, die ausgebrannten Dachstühle, die Kuppel von St. Paul und die Paläste verzaubertes Silber und schaurig schön.

Trotzdem war sie nicht auf die Verdunkelung auf dem Lande vorbereitet. »Dies ist die Welt vor der Erfindung des elektrischen Lichts«, sagte Oscar. »Wir stehen in der Vergangenheit.«

Sie befanden sich auf einem Hügel in Dartmoor, und rundherum erblickten sie nicht den kleinsten Lichtschein. Der zunehmende Mond war noch nicht aufgegangen. Der Himmel war klar bis auf ein paar tief treibende Wolkenfetzen, über deren wilder Jagd die Sterne einschüchterten. Oscar hatte den Arm freundschaftlich um ihre Schulter gelegt. Dies war das letzte Wochenende auf englischem Boden für die ersten sechs Agenten, darunter das Ehepaar Reiner und Helga, darunter Marlitt. Am Montag sollten sie nach Paris geflogen und dann in kleine Flugzeuge gesetzt werden und nachts über Deutschland abspringen.

»Die Briten finden das Ganze lächerlich«, sagte Oscar, er hatte den Kopf in den Nacken gelegt und schaute zu den Sternen empor. »Sie behaupten, man kann keine Agenten in Feindesland absetzen, wo es keine Résistance gibt, um sie in Empfang zu nehmen und ihnen bei den Anfangsschritten zu helfen. Hoffentlich landen sie nicht gleich vor einem Exekutionskommando.«

»Manchmal frage ich mich, warum sie es tun«, sagte sie und fröstelte, als der Wind ihren Mantel prüfte.

»Sie liegen mit den Nazis seit zweiunddreißig oder dreiunddreißig im Krieg, jedenfalls einige von ihnen. Und sie haben das Exil satt. Ich hoffe nur, der Wunsch, in Erfahrung zu bringen, was aus ihren Bekannten geworden ist, verrät sie nicht.«

»Oscar, wir haben uns diesen Plan nicht ausgedacht, und wir haben die, die rübergehen müssen, nicht ausgesucht. Es haben sich sogar weit mehr gemeldet, als genommen worden sind.«

Oscar schwieg eine Zeit. Die Wind umpeitschte sie, Abra sah aus dem Augenwinkel ein kleines Nachttier über einen Stein huschen und verschwinden. »Ich habe mich gemeldet, weißt du«, sagte er schließlich und wußte recht wohl, daß sie es nicht gewußt hatte.

Ihr wurde übel. Sie sagte nichts.

»Schließlich spreche ich Deutsch und habe es fast täglich angewandt. Ich habe achtundzwanzig ein Jahr in Frankfurt verbracht. Aber sie haben mich sofort ausgesiebt. Niemand, der nicht in Deutschland geboren ist, niemand außer Emigranten. Sie haben angefangen, weitere Agenten aus den Kriegsgefangenenlagern herauszukämmen.«

»Ich finde, dich freiwillig zu melden war eine deiner Gipfelleistungen in Sachen Dummheit«, sagte sie schließlich. »Du besitzt unentbehrliche Fähigkeiten. Ich bezweifle, ob eine davon ist, in Deutschland herumzuschleichen und dich als Nazi auszugeben.«

»Wie kann ich das wissen, bevor ich es versucht habe?« Er drückte sie fester an sich. »Macht ja nichts, sie haben mich abgelehnt. Also schikken wir unsere Deutschen vor und bleiben hier.«

»Oscar, sie *wollen* gehen. Mehr als die meisten Soldaten.«

»Das bezweifle ich nicht.« Er ging voran, hinunter zu dem weitläufigen, aus einheimischem Granit erbauten Herrenhaus, in dem sie einquartiert waren. Sie erzählte ihm nicht, daß sie am Tag zuvor ein ähnliches Gespräch mit Marlitt geführt und gesagt hatte: »Aber Sie haben geschworen, nie nach Deutschland zurückzukehren. Niemals.«

»Dafür nehme ich gerne einen Meineid auf mich.« Unter einer Deckschicht der Gelassenheit siedete Marlitt vor Erregung. Sie war die Älteste unter den Agenten und die Gebildetste, war den anderen gegenüber immer ein wenig distanziert, obschon freundlich zu Abra. »Mein Mann wäre stolz gewesen.« Damit meinte sie nicht Mr. Speyer.

Oscar und sie hatten benachbarte Zimmer bekommen. Ihre Liaison war inzwischen so selbstverständlich, daß sie als Paar behandelt wurden. Was brauchte es, um sie davon zu befreien? Vielleicht mehr Kraft, als sie besaß. Oscar folgte ihr in ihr Zimmer, nicht – so dachte sie – aus irgendeiner starken Absicht, sondern automatisch, in Gedanken immer noch bei den Emigranten, die früh ins Bett gesteckt worden waren, aber in unregelmäßigen Abständen heute nacht von ihrem Ausbilder mit gebellten Fragen geweckt werden würden. »Name? Anschrift? Geburtsort? Welche Farbe haben hier die Straßenbahnen? Wo sind Ihre Eltern begraben?«

Sie spürte zärtliche Erleichterung aufblühen, daß sie ihn nicht genommen hatten, obwohl ihnen das durchaus zuzutrauen war. Sie schickten wesentlich weniger geeignete Personen als V-Männer zu den Partisanen. Der junge Mann, mit dem sie in Chelsea eine Nacht verbracht hatte, war in Frankreich bei den *maquisards* gefallen. Sein Mitbewohner, der arrogante Major, galt als Experte für Widerstandsbewegungen.

Nimm hin, was dir gegeben wird, dachte sie und ging ohne ein Wort mit ihm ins Bett. Sie liebten sich heftiger, leidenschaftlicher, als seit einiger Zeit üblich war. Gleichgültig, wie ihr Kopf entscheiden mochte, ihr Körper öffnete sich ihm und implodierte.

Hinterher jedoch weinte sie, lag schlaflos neben ihm und lauschte, wie der Wind an den Fenstern rüttelte und an den Verdunkelungsvorhängen zerrte. Sie nahm an, daß Oscar schlief, aber nach einer Weile sagte er: »Jetzt macht es dich unglücklich. Du brauchst jemanden in deinem Alter, Abra. Ich bin nicht das, was du wirklich willst.«

»Oh doch, das bist du«, sagte sie und versuchte, den Tränenstrom zum Stillstand zu bringen. »Es ist gerade anders herum.«

Er schwieg lange Zeit. »Ich will dir nicht weh tun, Abra. Louise hat gesagt, ich soll dich heiraten. Willst du das?«

»Ob ich dich heiraten will, weil Louise sagt, du sollst? Du bist wohl nicht ganz bei Trost!«

»Aber hat sie recht? Würde dich das glücklicher machen?«

»Was willst du?« murmelte sie, das Gesicht halb in den Kissen vergraben.

»Ich will, daß der Krieg aus ist. Ich will Gloria finden. Ich stelle mir vor, zu Hause zu sein, aber an welches Zuhause denke ich dann? Nicht an die kleine Wohnung, die ich im Village in der Vierten Straße West hatte.«

»Was dann? Was willst du?« insistierte sie, von Kissen gedämpft.

»Alles ist entzwei gegangen, ist es nicht so, für alle von uns? Meine Mutter hat wiedergeheiratet, meine Tochter hat geheiratet, meine Frau ist auf halbem Wege nach Berlin und meine Schwester ist in einem Konzentrationslager.«

Er sagte nicht: seine geschiedene Frau; er sagte: seine Frau. Aber er hatte nie eine andere gehabt. Bislang. Öffnete er sich endlich? War das das Wunder?

»Vielleicht sollten wir heiraten. Würde dir das gefallen, wenn auch nicht deiner Familie? Ich habe gesehen, wie du immer trauriger und verbitterter geworden bist. Würde das helfen?«

Sie konnte nicht antworten. Sechs Männer hatten ihr bisher einen Heiratsantrag gemacht, und nie war sie mehr als nur geschmeichelt gewesen, und nie hatte sie mit der Ablehnung gezögert. Sie bezweifelte, ob er das nur zur Sprache gebracht hatte, weil Louise es ihm sarkastisch nahegelegt hatte. Vielleicht spürte er, daß er älter wurde, und vielleicht wollte er den Krieg nicht alleine beenden. Vielleicht wollte er nicht nach New York und in eine kleine Junggesellenwohnung zurückkehren und ganz von vorn anfangen. Seine Familie hatte sich aufgelöst, und er war vor allem anderen ein Familienmensch. Vielleicht bat er sie, um diese Leere zu füllen.

»Ich denke darüber nach«, sagte sie und setzte sich auf. Ihre Tränen hatten aufgehört. »Tut mir leid, daß ich geweint habe. Das habe ich noch nie getan.«

»Du brauchst dich nicht zu schämen. Das ist eine kräftezehrende Zeit.« Er legte sich behutsam hin und polsterte seine bandagierten Rippen mit einem Kissen ab. »Meine Rippen tun immer noch weh, obwohl sie heilen, und es ist schwer, eine bequeme Lage zu finden. Trotzdem schlafe ich immer besser, wenn du da bist.«

Als sie aufstand, war der Tag gekommen, an dem alle Dinge ein letztes Mal durchgegangen werden mußten, Taschen und Brieftaschen wurden ausgeleert, die Kleidungsstücke umgekrempelt, die Nähte geprüft: die falschen Knöpfe, Streichhölzer, Schlüssel, Münzen, Quittungen oder Wäschereizeichen, die zu Verdacht und Verhaftung führen konnten, alles wurde einer letzten gründlichen Prüfung unterzogen. Mittags fiel es ihr schwer, etwas zu essen, so groß war die Spannung im Raum. Je näher die Zeit rückte, diese armen Teufel in Deutschland auszusetzen, desto wahnsinniger kam es ihr vor. Sie lieferten sie in der Hölle ab.

Helga war gesprächiger Laune und schlug einen Trinkspruch nach dem anderen vor. Ihr Mann saß in sich gekehrt, wie auch Marlitt, die am Tischende an einem blauen Schal strickte. Mehrere Monate lang hatte das gesamte OSS-Personal im Raum sich über die Deutschen gebeugt, sie eingewiesen, sie verbessert, sie ausgefragt, ihnen eine Umgebung geschaffen, sie gekleidet. Sie hatten Elternstelle an ihnen vertreten, und nun schickten sie ihre kleine Familie hinaus in den wahrscheinlichen Untergang.

Ein gesamter neuer Apparat war erschaffen worden, genannt das Joan Eleanor-System, dank dessen die Agenten in Deutschland mit einem neuartigen Gerät Funksprüche in einem schmalen Richtstrahl hochsenden konnten, der – so hoffte man – unmöglich auszumachen war. Darüber sollte ein kleines Flugzeug mit entsprechender Empfangsausrüstung kreisen, so daß lange Übertragungen möglich wurden. Nun war das kein Spiel mehr, sondern etwas, das wirklich bald in Feindesland passieren sollte, und Abra bekam das Gefühl, aufspringen und gegen die offenkundige Absurdität protestieren zu müssen. Sie schwieg still und trank noch mehr von dem Apfelwein.

Es war später Nachmittag, bevor sie Zeit für sich selber fand. Seit ihrer Ankunft hatte sie einen Ausflug aufs Moor unternehmen wollen. Sie war noch nie im Moor gewesen und verband damit die Brontë-Schwestern, doch die hatten in Yorkshire gelebt. In den Stallungen waren Pferde verblieben, und sie fragte, ob sie eines reiten durfte. Der Stallbursche zögerte, doch dann sah er an der Art, wie sie auf die Pferde zuging, daß sie wußte, was sie tat, und schlug ihr vor, den grauen Wallach zu nehmen, ein sanft aussehendes Reitpferd mittleren Alters. Abra ritt los.

Sie war vor dem Morast gewarnt worden, vor Nebel, davor, sich zu weit hinauszuwagen, eigentlich vor allem bis auf den Hund von Baskerville. Der Wallach kannte seinen Weg über das Moor, also ließ sie sich von ihm dorthin tragen, wo sie seiner Meinung nach hinsollte. Offenbar war das jemandes gewohnter Ausritt, an den sich das Pferd nach wer weiß wie vielen Monaten oder sogar Jahren erinnerte. Wo waren die Bewohner des weitläufigen Hauses mit seinen verwilderten Gärten, in denen letzte zerzauste Rosen blühten? Ihre Möbel waren geblieben, unerschütterlich und unauffällig wie ihre Familienporträts. Jemand war ein begeisterter Angler gewesen. Jemand hatte gerne über Seeschlachten nachgelesen und Modellschiffe gesammelt.

Sie fand Dartmoor in seiner Kargheit wunderschön. Es gab keinen Übergang zwischen dem Herrenhaus und dem Moor. Die dicht bepflanzten Gärten mit reichem Baumbestand drängten sich um das steinerne Herrenhaus, seine Gesindehäuschen, seine Ställe und Verschläge, seine herrschaftliche Allee, und dann begann hinter der steinernen Umgrenzung sofort das weite Moor und erstreckte sich bis an den Horizont. Niemand begegnete ihr, obwohl es Pfade gab, hellgrün gegen die dunkle Heide. In der Ferne sah sie Schafe mit schwarzen Gesichtern. Einmal wieherten zwei zottige Ponys auf und trabten davon. Ein Bussard auf Jagd kreiste hoch über ihr. Die baumlosen Hügel waren dunkelbraun, oliv und purpur, scharlachrot, dick bepelzt mit Heidekraut und Farngestrüpp, hier und da unterbrochen von zutage tretendem Granit, der oft auf Hügelkuppen zu unbehauenen Steinhaufen, die man hier Tors nannte, zusammengetragen war. Sie kam dann und wann an einem leuchtend grellgrünen Morast vorbei, blieb jedoch draußen, wie man ihr geraten hatte. Ein Turmfalke stand in der Luft und rüttelte mit schwirrenden Flügeln, wie sie es in lange vergangenen Sommern in Maine gesehen hatte. Jeder im Haus hatte ihr geraten, sich nicht alleine aufs Moor hinauszuwagen, doch sie war seit ihrem elften Lebensjahr allein ausgeritten. Ihr Onkel Woolrich hielt Pferde. Der Himmel hing grau und tief und drohte, bald zu regnen, tat es aber nicht.

Das Pferd brachte sie schließlich zu einer Reihe aufrecht stehender Steine unterhalb eines dieser Tors und blieb da stehen und begann zu grasen. Sie glitt aus dem Sattel, ließ probeweise die Zügel los und wartete ab, doch das Pferd ging nicht fort. Die Zeit unter der Uhr, sie hatte Oscar stärker erschüttert, als er zugeben mochte. Er hatte über sein Leben nachgedacht und gemerkt, was für einen Fehler er beging. Das war das Wunder, auf das sie gehofft hatte und das ihr jetzt geschenkt wurde. Er hatte sich zu ihr umgewandt.

Sie wanderte durch die Doppelreihe der Steine und berührte jeden im Vorbeigehen. Alt, uralt. Die Zeit hatte sie abgewetzt wie Pferdezähne. Wie zuversichtlich sie gewesen war, mit zwölf wie mit zweiundzwanzig. Die Welt war ihr Geburtstagsgeschenk, und es gab nicht einen sehnlichen Wunsch, der unerfüllt bleiben mußte. Die Steinreihe verlief den Hügel empor, und als sie ihr langsam folgte, beschlich sie ein Gefühl fast von Furcht, ein Gefühl von Fremdheit, von Kraft. Dies war nicht das Weideland von New England, dies waren nicht die Steine von Fort Popham, wo schon als historisch galt, was noch nicht einmal zweihundert Jahre alt war. Vom Gipfel des Hügels sah sie Steinkreise, Gruben und Grenzen von etwas Uraltem. Niemand bewegte sich in der Landschaft, doch überall standen Überreste menschlichen Willens und Verlangens.

Über den Kamm des Hügels hinaus wanderte sie die Reihe hinunter zu einem mächtigen Stein, der den abschließenden Höhepunkt bildete, graugrün und grob geformt wie ein Diamant mit einem Loch in der Mitte. Als sie näherkam, sah das Loch nahezu poliert aus, als hätten viele Hände es blankgescheuert. Es war groß genug, um ein Bündel durchzureichen oder ein Neugeborenes oder einen Kopf. Sie dachte daran, aus der Reihe auszuscheren, bevor sie zu dem gedrungen dakauernden Stein gelangte, doch sie tat es nicht.

Sie warf sich auf die Heide nieder und starrte empor, bis die aufrechten Steine am Himmel dahinzusegeln schienen, sie vorantrugen, die Erde unter ihr sich rascher drehte und sie zur Nacht trug. Ich möchte ihn heiraten. Ich will es. Sobald ich ihn geheiratet habe, werde *ich* die Frau sein. Der Mittelpunkt. Ich werde ihm ein Heim bereiten. Ich werde ihn glücklich machen.

Der Stein kauerte über ihr, gedrungen, weiblich, eine weise Frau, die ihre Torheit verspottete. Das Gefühl einer Anwesenheit war stark. Sie fühlte sich nicht allein, eher in der Minderzahl. Du wirst niemals die Frau sein, sagte der Stein, du wirst immer die zweite Frau sein, der Abklatsch. Auch wenn er es nicht sagt, wird er immer denken, Louise hat es anders gemacht.

Aber ich bin Fleisch, sagte sie zu dem Stein. Fleisch ist stärker als Erinnerung.

Ist es das? fragte der Stein. Ist Fleisch stärker als Vorstellung?

Warum kann ich ihn nicht haben, warum? fragte sie den Stein, halb flehend, halb fordernd.

Du kannst ihn jetzt haben, wenn du willst, aber nur das von ihm, was du schon hast.

Tränen begannen ihr wieder übers Gesicht zu rinnen, in den Schoß des großen weiblichen Steins. Es war, wie es war, ihr Leben, hart wie Stein, und es würde mehr Tränen brauchen, um es zu erweichen, als sie aufbieten konnte. Sie würde in Oscars Bett zurückkehren, denn sie würde das Gute nehmen, das ihr geboten wurde, ohne sich vorzuspiegeln, es sei das Gute, nach dem sie sich eigentlich sehnte. Sie lag, und ihr Kopf ruhte an dem Stein, und seltsamerweise mußte sie, als ihre Tränen trockneten, lächeln. Oscar war durch und durch Rationalist und würde das mit dem Moor und dem Stein nie verstehen; doch sie hatte gerade entdeckt, daß sie heidnisch war. Verlegen, aber mit einer angenehmen Gefühlsmischung aus Schabernack und frommer Scheu küßte sie den Stein und steckte ihren Kopf kurz durch das Loch.

Das Pferd wieherte leise, kam über den Hügel und zog die Zügel nach. Sie hätte es nicht so zurücklassen dürfen. Sie schwang sich auf die Füße und pfiff nach dem Pferd. Dann drehte sie sich um und grüßte den Stein. Sie fing das Pferd ein, stieg auf und floh. Als sie das Herrenhaus am Rande des Moores erreichte, wurde gerade das letzte Mahl zubereitet, und Marlitt schenkte ihr einen wunderschönen Wollschal in Blautönen.

Ruthie 9

Ein paar Photoanlässe und eine Gans

Ruthie erhielt ihren B.A. in einer hastigen und wenig eindrucksvollen Feier Ende August. Nun war sie an der Hochschule für Sozialarbeit immatrikuliert. Obwohl jeden Monat in Detroit Entlassungsgerüchte kursierten, hatte sich für sie nur geändert, daß sie jetzt fünfundvierzig und nicht mehr achtundvierzig Stunden in der Woche arbeitete. Nur die Frauen, deren Männer in Europa waren, brachten Optimismus auf. Keine, die sich eine Karte vom Pazifik anschaute, erwartete die Männer bald zurück.

Im ganzen fand sie die Hochschule leichter. Sie hatte nur drei Seminare. Verglichen mit dem, was sie sich vorher aufgebürdet hatte, schien ihr Leben weniger gehetzt. Sie brauchte erst um acht aufzustehen, was bedeutete, daß sie fast ihren vollen Nachtschlaf bekam. Oft aß sie mit Kommilitonen und ersparte ihrer Mutter, die knappen Fleisch- und Käsezuteilungen in die Länge ziehen zu müssen. Sie hatte das Gefühl, sich jahrelang krummgelegt zu haben und sich nun aufrichten zu können. Ganz gleich, was ihre Kommilitonen sagten, die Hochschule war leichter, und sie konnte sich mehr Zeit nehmen und intensiver an ihren Referaten arbeiten. Ihr gefielen die kleinen Projekte, für ihre Semesterarbeit Frauen aus der Nachbarschaft nach ihren Erfahrungen mit den Sozialämtern zu befragen.

Die Hochschulmensa erinnerte sie an Murray, wie es gewesen war, mit ihm zu sitzen und einander unverwandt in die Augen zu schauen, bevor er zu den Marinesoldaten gegangen war. Das brachte ihn ihr zurück, seine Sanftheit, seine Wärme. Sie begann, ihm längere Briefe zu schreiben, ergänzte ihre automatischen Mitteilungen, die sie pflichtschuldigst vorm Zubettgehen abgesondert hatte. (Ich liebe dich, Du fehlst mir, in der Fabrik ist am Dienstag ein Unfall passiert, aber wir haben wieder eine Auszeichnung für hervorragende Produktion bekommen, es hat die ganze Woche lang geregnet, Marilyn ist die Treppe runtergefallen und hat sich den Kopf aufgeschlagen.)

Ein Brief kam von Murray, voller Klage, daß er sein einziges Photo von ihr verloren hatte. Er schrieb, daß er seine gesamte Ausrüstung eingebüßt hatte, als er vor Tinian verwundet worden war, würde sie ihm also bitte sofort ein neues Photo schicken oder am liebsten einen ganzen Stapel, soviel sie nur hatte. Wie viele Schlachten würde er wohl noch ausfechten müssen? Murray war einmal krank und zweimal verwundet gewesen, und trotzdem kam er nicht nach Hause. Gab es keinen Punkt, von dem ab ein einzelner Marinesoldat in genug Schlachten gewesen war, um verschont zu werden? Er erzählte immer noch von Jack und jetzt auch von Tiny und Slo Mo, aber sie fand, er klang einsam und traurig.

Leib hatte sich eigentlich überhaupt nicht verändert, also veränderte Murray sich vielleicht auch nicht. Vielleicht kehrte er älter zurück, ein wenig trauriger, aber der gleiche sanfte und intelligente und auf stille Art starke Mann, in den sie sich verliebt hatte. Das mußte sie glauben. Wenn sie nur beide besser im Briefeschreiben wären, um einander auf dem Papier heraufzubeschwören.

Am Sonntag fuhren Rose und Morris mit Naomi in dem alten Hudson los, der Trudis Eltern gehörte, zu fünft hineingezwängt, um einen Farmer zu suchen, der vielleicht eine Pute oder eine Gans hatte. Zu Thanksgiving hatte Rose immer eine Gans gebraten, aber in diesem Jahr war sie bereit, sich mit allem zufriedenzugeben, was sie kriegen konnte, lebendig, tot oder dazwischen, Hauptsache, es hatte Federn.

Eine Krähe vielleicht, war ihre Abschiedsbemerkung, als sie Naomi vor sich her zu dem verrosteten Auto schob.

Ruthie beschloß, daß es Zeit war, die neuen Photos für Murray in Angriff zu nehmen. Sie setzte sich mit einem Handtuch um die Schultern auf einen Küchenstuhl, und Sharon schnitt ihr die Haare. »Ruthie, ich weiß einfach nicht, was ich noch mit dir anfangen soll. Ich würde dir eine hübsche Dauerwelle machen, aber dein Haar ist so kraus. Ich frage mich manchmal, ob du dir nicht dieses Zeug, das die Farbigen benutzen, besorgen und dein Haar glätten solltest.«

»Ich soll mich beklagen? Ich brauche es nicht zu legen, ich brauche es nicht zu locken.«

Hinterher breiteten Sharon und Trudi Ruthies beste Kleider auf dem Bett aus. Sie waren nicht beeindruckt. »Diese rote Taftnummer hast du getragen, seit wir in der High-School waren«, sagte Trudi. »Wir müssen mit dir einkaufen gehen.«

Ruthie bestand auf ihrem rosa Chiffonkleid. »Nur ein paar Photos, bitte. Ich möchte ihm eine Aufnahme von mir in diesem Kleid schikken.«

»Ein Sommerkleid bei vier Grad über Null? Er wird dich für verrückt halten.«

»Nein, das wird er nicht, das weiß ich genau. Das ist sein Lieblingskleid«, stammelte sie. »Bitte, nur ein paar Aufnahmen in dem Kleid, und dann ziehe ich alles an, was ihr mir sagt. Einverstanden?«

Trudi hatte eine Brownie-Boxkamera, die einmal Leib gehört hatte. Damit hatte er ein Dutzend Photos von Ruthie gemacht, die sie gerne zurückverlangt hätte, falls er sie noch besaß. Sie wagte das Trudi gegenüber nicht auszusprechen, die immer noch empfindlich darauf reagierte, daß Ruthie einmal mit Leib gegangen war.

»Wo ist Leib?« fragte sie vorsichtig, als Sharon ihr den Reißverschluß von dem rosa Chiffonkleid zuzog. Es war etwas zu weit. Ruthie hoffte, sie hatte nicht am Busen abgenommen. Plötzlich wollte sie sich für Murray liebenswert machen, denn sie war sicher, daß er ebenso nahe dran gewesen war, sie zu vergessen, wie sie ihn fast vergessen hatte.

Trudi stieß den Atem aus. »Bei einem Footballspiel. Fatty hat ihm zwei Karten für die *Lions* besorgt, und er hat diesen Moose mitgenommen, den er in Fattys Bar kennengelernt hat. Er hat mich nicht mal gefragt, ob ich hin wollte.«

»Magst du denn Football?«

»Ich hasse Football, und ich würde mich auf der Tribüne totfrieren. Aber ich finde, er hätte mich fragen sollen, ob ich hin will, statt einfach loszuziehen und Moose zu fragen und mir keinen Ton zu sagen.«

»Ist Moose Jude?« fragte Sharon.

»Sicher. Aber er ist ein Gauner.« Trudi seufzte tief. »Der Arzt sagt, Leib kann nicht den ganzen Tag am Fließband stehen. Ich wünschte, er würde studieren wie du, Ruthie. Die Regierung hat ein neues Gesetz erlassen und würde es ihm bezahlen.«

»Ist wahr?« Ruthie glättete die Falten, die das Chiffonkleid im Schrank angesetzt hatte, in dem es seit damals mit Murray unberührt gehangen hatte. »Ob Murray das weiß? Ich werde es ihm schreiben.«

»Ich zeige dir die Broschüre, die Leib von der Regierung bekommen hat.«

Auf der Veranda posierte Ruthie mit offenem Mantel und versuchte, in die Kamera zu lächeln, als sei es Murray. Sie rief sich das tiefe, warme Braun seiner Augen mit den kleinen Goldtupfen in der Iris ins Gedächtnis. War sie gealtert? War sie dünn und knochig geworden? Es war, als hätte ihr Körper vor langer Zeit aufgehört zu existieren, und nun versuchte sie, ihn vorteilhaft zur Schau zu stellen.

Sie wußte nicht, ob sie noch attraktiv war. Die Männer in der Fabrik hatten sich daran gewöhnt, mit Frauen zu arbeiten, und wußten, welche interessiert war und welche nicht. Es war lange her, daß sie mehr als nur der Form halber belästigt worden war. In ihren Seminaren waren neunzig Prozent Frauen. Ob Murray wohl fand, daß sie zur alten Jungfer verwelkt war? Das behauptete Leib immer von ihr. Warum sollte sie Leib glauben? Sie ging ihm aus dem Weg. Sie verbrachte viel Zeit an der Wayne, teils, weil in dem überfüllten Haus das Lernen schwerfiel, teils, weil sie nicht in Leibs Nähe sein mochte, und sie wußte nie, wann er plötzlich auftauchte. Doch alle anderen schienen zu meinen, sie seien eine glückliche Familie.

Naomi verbrachte viel Zeit oben und paßte auf das Baby auf. Trotzdem sah sich Ruthie nach besserer Arbeit für sie um. Die Gesetze über Kinderarbeit waren auf Kriegsdauer außer Kraft gesetzt, und so verließen Halbwüchsige die Schule für Fabrikarbeit. Sie wollte sichergehen, daß Naomi auf der Schule blieb, aber sie fand auch, daß es besser wäre, wenn Naomi andere Arbeit hätte.

Jetzt bot sich Naomi die Chance, in der Bäckerei auszuhelfen, wo den Fennimans Verkäuferinnen fehlten, und zwar nach der Schule und an Sonntagen. Sie würde doppelt soviel verdienen und übriggebliebenes Brot mit nach Hause bringen, sollte je welches übrigbleiben. Ruthie fand aber nicht nur, daß es Naomi gut tat, aus dem Haus zu kommen, ihr Hauptziel war, sie von Leib zu entfernen. Leib band das Mädchen, das ihn offensichtlich anbetete, viel zu eng an sich.

Sie hegte keinen konkreten Verdacht gegen Leib; schließlich hatte er Trudi, und sie trieben es häufig genug, wie alle darunter bezeugen konnten. Sie fand, er nutzte Naomis Schwärmerei aus und entzog sie den Freunden in ihrem Alter. Naomi wuchs rasch heran, rundete sich, schoß empor. Eines Tages fiel Ruthie auf, daß Naomi größer war als alle anderen im Haus außer Leib.

Naomis Freund Alvin war verrückt nach ihr. Naomi mochte ihn, aber damit hatte es sich auch schon. Ruthie konnte sich deutlich an das Stadium erinnern, wenn ein Mädchen einen Freund haben wollte, aber beim besten Willen nicht verstand, was all das Getue und schwere Atmen sollte. Alvin bestand vor Ruthie; sie glaubte nicht, daß er Naomi zu sehr zusetzen würde, und sie war zuversichtlich, daß Naomi mit ihm fertig würde. Natürlich konnte sie verstehen, daß Naomi in Leib verschossen war, denn es war leichter – und weitaus ungefährlicher –, romantische Gefühle für einen Mann zu pflegen, der nicht zu haben war, als romantische Gefühle für Alvin zu entwickeln, der schließlich nur ein ungeschlachter, übergroßer Junge war mit weniger Grips als Naomi. Im Grunde hielt sie es für unklug, Leib in Versuchung zu führen. Wenn sie mit dem Knipsen fertig waren, wollte sie in die Bäkkerei gehen und nachhören, ob die Fennimans sich entschieden hatten. Besonders Mrs. Fenniman mochte Naomi und beschrieb sie als tapferes Mädchen, obwohl Ruthie sich nicht vorstellen konnte, weshalb.

Sie probierte das Taftkleid an, aber – wie Sharon und Trudi beide betonten – es hatte bessere Tage gesehen. Schließlich zog sie das grüne Samtkleid über, das sie sich in ihrem letzten Winter bei Sam's zusammengespart hatte. Es mußte ausgebürstet werden, nachdem es so lange gehangen hatte, aber es sah immer noch hübsch aus. Trudi bugsierte sie wieder auf die Veranda. »So ist gut. Und jetzt lächeln. Nicht so melanklütrig.«

»Warte, ich möchte die Ohrringe anstecken, die er mir geschenkt hat. So.«

»Denk an Rose und die dicke fette Gans, mit der sie heimkommt«, murmelte Sharon verführerisch. »Denk an das ausgelassene Gänsefett und wie das ganze Haus davon duftet. Denk an die Füllung aus Äpfeln und getrockneten Aprikosen. Denk daran, wie sie die Haut braun und knusprig brät.«

Boston Blackie, der das grüne Kleid liebte, sprang, als sie auf dem Verandageländer hockte, auf ihren Schoß und klammerte sich fest.

Rose kam wirklich mit einer Gans zurück. Ein bißchen bejahrt, ein bißchen zäh, aber eine richtige Gans. Als Ruthie von der Spätschicht nach Hause kam, war die Gans für die Nacht aufgehängt und Boston Blackie in Ungnade gefallen. Er war an der Speisekammertür hochgeklettert und hatte sich ein Maul voll Federn herausgezwackt. Jetzt saß er in den Keller verbannt. Als alle anderen zu Bett waren, rief ihn Ruthie in ihr Zimmer, wo er zu Naomi ins Bett kletterte, die im Schlaf stöhnte. Sie hat zu viele Alpträume, dachte Ruthie und beobachtete sie besorgt, unsicher, ob sie sie aufwecken oder schlafen lassen sollte. Schlaf war in den letzten Jahren ständigen Mangels für Ruthie etwas so Kostbares geworden, daß sie Naomi in Ruhe ließ.

Zu Thanksgiving gab es die Gans und dazu noch ein Huhn, letzteres für die Kinder, für die Gans als zu fett galt, und für Trudi, die nur weißes Fleisch mochte. An Thanksgiving 1944 schien es, daß die Demokratien überlebten und die Faschisten endgültig geschlagen wurden. Am nächsten Thanksgiving, war da schon Murray bei ihr? War sie dann verheiratet?

Naomi hatte ihrer Mutter an die alte Adresse geschrieben, aber der Brief war zwei Monate später zurückgekommen. Morris sagte, er wollte durch die jüdischen Institutionen jetzt, wo Frankreich fast gänzlich befreit war, Nachforschungen anstellen lassen. Die Deutschen hielten nur noch Kessel an der belgischen und der Schweizer Grenze. Morris ging zum Joint und zum Notstandskomitee und kehrte mit mehreren Pariser Adressen zurück. Er schrieb Briefe in Jiddisch und Naomi schrieb in Französisch. Wenn Naomi aus der Schule nach Hause kam, war das erste, was sie jeden Tag tat, so erzählte Rose, die Post durchzuschauen und dann im Briefkasten noch einmal gründlich nachzuschauen. Briefe aus Europa, sagte sie immer, waren sehr dünn. Sie konnten leicht verlorengehen.

Morris gestand Ruthie im stillen seine Überzeugung, daß wahrscheinlich alle Mitglieder der Familie Lévy-Monot umgebracht worden waren. Nach Frankreichs Befreiung wäre ein Brief gekommen, wenn noch jemand da wäre, um ihn zu schreiben. Ruthie war auch der Meinung.

Ruthie stellte fest, daß sich ihr Interesse für die Post auch belebt hatte. Murray hatte die ersten ihrer von neuer Hoffnung beflügelten Briefe erhalten und antwortete entsprechend. Seine Briefe begannen so zu klingen, als kamen sie von der Person, die sie erinnerte. Sie waren länger, voller Anekdoten. Er hatte *Eine Welt* gelesen und mit Slo Mo ein interessantes Gespräch über eine Weltregierung geführt. Was hielt sie von dem Gedanken?

Er hatte auch *Wem die Stunde schlägt* gelesen.

> Du kämst wahrscheinlich nicht auf die Idee, daß ich einen Kriegsroman lese, aber ich lese alles, was ich in die Finger bekomme. Es ist ein großartiges Gefühl, wieder zu lesen. Mein Gehirn erwacht. Durch den Roman habe ich darüber nachgedacht, was es für ein Unterschied ist, in einem Krieg im eigenen Land zu kämpfen oder in einem fremden. Ich wäre längst nicht so einsam, und ich könnte dich oft sehen. Und meine Familie auch. Aber dann sind es der eigene Grund und Boden, die eigenen Bürger und letztlich die eigene Familie, die alles abbekommen.

Dann erhielt er die Photos. Er schrieb, er erinnerte sich an das Kleid, aber sie sollte nicht so traurig dreinschauen, wenn sie es trug. Sie sollte glücklich ausschauen und sich an ihn erinnern und daran denken, wie es sein würde, wenn sie wieder zusammen waren. Er schrieb, am besten gefiel ihm das, wo sie mit der Katze auf dem Verandageländer saß, denn da sah sie aus, als ob sie an ihn dachte und ihn küssen wollte, und wenn er es nur ansah, dann wollte er am liebsten durchs Barackendach fliegen und durch die Luft sausen wie Supermann, nur um fünf Minuten lang bei ihr zu sein. Ich weiß, woran du auf dem Bild gedacht hast. Ruthie lächelte.

Er schrieb, die neue Gesetzgebung war gut, und er wollte mit deren Hilfe studieren, sobald der Krieg vorbei war. Nein, er wollte nicht in einer Wohnung leben. Es machte ihm nichts aus, wenn er pendeln mußte. Er wollte ein Haus, ein richtiges Haus mit kleinem Garten und nur sie beide, niemand sonst.

Darüber runzelte Ruthie die Stirn, denn sie plante, Naomi mitzunehmen. Sie glaubte nicht, daß von Naomis Familie noch jemand am Leben war, um sie zu holen. Sie mochte sich aber mit Murray nicht per Post auseinandersetzen. Das sollte erst ihre Sorge sein, wenn er wieder zu Hause war.

Er kannte Naomi kaum, und Naomi kannte ihn kaum. Das würde sich schon finden. Wenn Naomi sprach, hörte sie sich meistens an wie alle anderen amerikanischen Teenager – ein neues Wort, das alle benutzten und das Ruthie sich nun auch zu eigen machte. Naomi hatte sich von ihrer Gang ein wenig zurückgezogen, obwohl sie sich immer noch mit denen herumtrieb. Sie kamen Ruthie inzwischen nicht mehr so keß und bedrohlich vor wie früher. Angesichts von Naomis verbesserten Leistungen in der Schule begann Ruthie mit ihr übers College zu reden. Sie traf bei Naomi auf Widerwillen, ja fast Furcht, die Zukunft zu besprechen.

»Ich weiß nicht!« sagte Naomi dann immer, wandte das Gesicht ab und zog die Schultern hoch. »Warum jetzt darüber reden? Was soll's?«

Ruthie versuchte, zwischen den Zeilen der Zeitungsberichte zu lesen, die Woche um Woche behaupteten, Peleliu sei so gut wie erobert, und doch wurden dann am nächsten Tag weitere Kämpfe gemeldet. Sie betete, das nächste Inselchen in der Kette möge nicht ganz so blutig oder so schwer werden. Murray schrieb von einem Ausbildungslager, und sie fragte sich, was die Marineinfanterie als nächstes mit ihm vorhatte. Seine Briefe waren in letzter Zeit gefühlsbetonter geworden, verzweifelter. Eines Nachts träumte sie, er weinte ganz allein in einem Wald hoher dunkler Bäume. Er rief nach ihr, aber sie konnte ihn nicht erreichen. Sie konnte ihn ganz deutlich sehen, wie er mit dem Kopf in den Händen dasaß und weinte, wie eigentlich nur eine Frau weint, aber sie konnte nicht zu ihm gelangen, obwohl sie rannte und rannte.

Jacqueline 11

Arbeitsjuden zum Verbrauch

Sie waren immer noch zusammen, Daniela und sie, und darüber, nur darüber, konnte Jacqueline froh sein. Sie war sich noch nicht sicher, jetzt, wo sie die Witze des Kapos über 'durch den Schornstein' verstand, ob sie sich freuen sollte, daß Daniela und sie bei der Selektion für kräftige, gesunde Exemplare befunden worden waren. Zwei Drittel ihres Transports – das heißt, zwei Drittel von denen, die unterwegs nicht erschossen oder erschlagen worden waren und die sich am Ende des vierten Tages ohne Nahrung und Wasser immer noch lebend aus den Waggons geschleppt hatten – zwei Drittel waren von Dr. Mengele nach links geschickt worden. Alle Kinder, Personen über fünfunddreißig, alle Frauen mit kleinen Kindern, die meisten der Brillenträger oder Hinkenden, sie waren nach links geschickt worden. In den ersten drei Wochen, als sie in Quarantänebaracken waren, wo sie auf schmutzigem Stroh lagen, ohne Platz, ein Bein oder einen Arm auszustrecken, hatten Daniela und sie gemeint, daß es jenen, denen erspart blieb, was ihnen hier angetan wurde, besser gehen mußte. »Warum haben die *cheminots* nicht die Züge zum Entgleisen gebracht?« fragte Daniela immer wieder. »Warum? Sie wissen doch, welche Züge voller Juden und Widerständler sind. Warum greifen sie nicht an?«

In Herden von ausgepeitschten und geprügelten Frauen wurde sie nackt ausgezogen, tätowiert und an Kopf und Körper kahlgeschoren. In ihrem Innern fand sie einen Gleichmut, an dem sie sog wie eine Verdurstende an einem Stein, und außerhalb von sich fand sie Daniela. Sie machte sich zur Aufgabe, Daniela nie aus den Augen zu lassen. Was ihr angetan wird, kann ich auch aushalten. Sie fand in sich Schläue, so scharf wie ein gewetztes Messer. Warum tun sie uns das an? Vor allem wollen sie uns wie Tiere behandeln, also versuchen sie, uns zu Tieren zu machen. Wir haben keine Namen, keine Kleidung, nichts Persönliches. Wir werden gezwungen, in Angst und Schrecken zu leben, als sei das die Luft, die wir in unsere Lungen einatmen. Je ausgemergelter, je häßlicher, je grindiger, je schmutziger wir sind, desto überlegener können sie sich fühlen. Sie stuken unsere Gesichter in unseren Kot, damit wir für sie stinken, und für uns selbst.

Jetzt waren sie aus der Quarantäne heraus. Die, die überlebt hatten, wurden zum Morgenappell hinausgetrieben, wo sie in dünnen grauen Kitteln und übergroßen Holzpantinen für zwei bis drei Stunden im Regen standen oder in der Sonne, die auf ihre frisch geschorenen Schädel herunterbrannte, und dann zum Abendappell wieder. Manchmal wurden sie zu Sklavenversteigerungen abgeführt, damit Unternehmer und Geschäftsleute sich Arbeitskräfte aussuchen konnten. Gerüchte gingen durch die Baracken, wo Schlaf in dem Gestank und der Überfüllung und dem Krach immer schwierig war, Gerüchte von Freiheit, von Bestrafung, davon, was mit ihnen oder anderen werden oder nicht werden würde. Riesige fette Ratten watschelten herum, fraßen an den Leichen und griffen die Lebenden an. Mäuse wimmelten im Stroh. Manchmal wurden sie hinausgetrieben, um von einem Ende des Lagers zum anderen große Steine zu schleppen, die sie kaum hochzuheben vermochten, Arbeit ohne Zweck oder Ziel, nur ersonnen, um zu entkräften und zu bestrafen und schließlich zu töten. In den Schlamm hinzustürzen wäre das Ende, wäre Ersticken im Schlamm.

Tod umgab sie, Frauen wurden aus der Reihe geholt und zu Tode geprügelt, für nichts als einen angeblichen bestimmten Tonfall oder Blick, Frauen wurden erschossen, weil sie gestolpert waren, weil sie sich gebückt hatten, um eine Kartoffelschale aufzuheben. An jedem Morgen lagen mit den Lebenden Tote in den beengten Schlafstellen, Frauen, die in der Nacht an Unterernährung gestorben waren, an den Strapazen, an schweren Schlägen, die innere Verletzungen hinterlassen hatten. Ihre Leichen wurden hinausgerollt wie Baumstämme und gestapelt. Bei jedem Morgen- und jedem Abendappell brachen weitere Frauen zusammen und wurden weggeschafft, um verbrannt zu werden.

Anfangs versuchte sie, sich jeden Schlag, jeden Tritt, jeden Mord ins Gedächtnis einzuprägen, aber was sollte sie mit der Wut tun, die sie überflutete? Empörung kostete Kraft. Daniela mußte überleben, und sie mußte überleben. Die SS-Männer, die SS-Frauen, schmuck in ihren Uniformen, gut genährt, rasiert, parfümiert, dräuten über ihnen wie Götter. Wie Dämonen hatten sie nicht nur Namen, sondern besondere

Geheimnamen. Der Treter. Der Hammerkopf. Der *Chaser*. Daniela und sie mußten trachten, deren Tücke zu überlisten. Wenn der Hammerkopf auf gewisse Art mit dem Blick auswich, stand er im Begriff, zuzuschlagen. Wenn die SS-Frau mit Namen Der Vampir mit geschürzten Lippen lächelte, stand sie im Begriff, mit ihrer Peitsche Blut zu lecken. Der Chaser legte Wert darauf, daß die Frauen den Blick stets gesenkt hielten. Der Treter wiederum sparte schon mal eine aus, wenn sie ihm in die Augen schaute. Sie haßte es, die Eigenarten dieser Scheusale studieren zu müssen, als seien es Naturgesetze, aber wenn der Hammerkopf sich eins pfiff, konnte sie unbesorgt sein, doch wenn er still war, dann starb bald jemand.

»Erinnerst du dich, wie wir in der Schule Sueton gelesen haben?« fragte sie Daniela. Im französischen Schulsystem hatten sie alle zur gleichen Zeit die gleichen Bücher gelesen. »Ich dachte, die römischen Kaiser waren alle Ungeheuer, denen die Macht ermöglichte, sich zu unverwechselbaren Scheusalen zu profilieren. Hier ist jeder SS-Mann sein eigener römischer Kaiser. Jeder trunken von Macht.«

Nie Stille zu haben, nie zu ruhen, nie sauber zu sein, nie tief zu schlafen, nie satt zu sein oder genug trinken zu können, so daß die Kehle nicht mehr brannte und der Bauch schwieg. Niemals frei von Todesangst. Niemals allein. Niemals ohne die Nähe der Sterbenden und Toten.

Was sind das für Geschöpfe, die ihre Egos davon nähren, andere in ein Häufchen Dreck zu verwandeln? Ganz gewöhnliche, nur allzu gewöhnliche. Ist es das? Gewöhnlicher Haß auf den Nachbarn, gewöhnlicher Antisemitismus, gewöhnliche Verachtung von Frauen, gewöhnliche Gewalt zu Hause und auf der Straße, Mißhandlungen, Prügel, Einschüchterungen, gewöhnliche in Brutalität übergehende Gefühlskälte, doch jetzt mit amtlicher Genehmigung, mit einer Belohnung, einer Bühne, einer Uniform, einem Kredo. Ich töte, also bin ich. Ich töte dich und erweise mich so als überlegen.

Eines Sonntag nachmittags, als sie sich gegenseitig die Läuse aus den Hautfalten lasen, sah Jacqueline eine Frau, die ein wenig gesünder als die übrigen aussah und deren Haar ein paar Zentimeter ausgewachsen war, schwarz mit grauen Strähnen, obwohl ihr Gesicht faltenlos war. Sie konnte keine Gefangene sein, denn sie trug einen richtigen Pullover über dem grauen Kittel und richtige Schuhe an den Füßen. Die

Frau bellte einige Fragen, dann kam sie auf die beiden zu. Jacqueline versuchte, in der Menge zu verschwinden, die sich in dem stinkenden Raum drängte. Sie hatte schon gelernt, in irgendeiner Weise hervorzustechen hieß sterben. Bemühe dich ständig, nicht aufzufallen. Das war nicht leicht, da sie eine der hochgewachsensten Frauen im Raum war, aber sie begann schon, sich krumm zu halten.

Die Frau musterte erst Daniela und dann sie. »Wer von euch ist Yakova Lévy-Monot?« fragte sie in Jiddisch.

Jacqueline erschrak zu Tode. Vor allem war ihr eingeprügelt worden, daß sie keinen Namen hatte, nur ihre Nummer. Sie war ein Häftling, nichts als ein Stück. Niemand hatte hier Namen. Festgenommen worden war sie unter ihrem eigenen Namen, denn in letzter Minute hatte sie die falschen Personalpapiere mit dem Namen, unter dem sie gesucht wurde, vernichtet.

Alle Frauen schauten weg, ebenso verängstigt wie sie. Aber die Frau, die eingetreten war, hielt ihren Arm mit der Tätowierung hoch. »Ich bin nur eine Jüdin wie du, hab keine Angst. Bist du Yakova?« Sie mußte ihre Frage wiederholen, da Jacqueline nur wenig Jiddisch konnte.

Jacqueline nickte, wartete auf den Schlag, den Peitschenhieb, den Tritt.

»Ich bin deine Tante Esther – die jüngste Schwester deiner Mutter. Komm nach draußen.«

Beide wollten ihr folgen, doch sie fuhr herum. »Wer bist du?«

»Das ist Daniela. Wo ich hingehe, geht sie auch hin, oder ich gehe nicht«, sagte Jacqueline in einem Gemisch aus Jiddisch und Französisch. »Wir sind Schwestern.«

»Was bist du sonst noch?« fragte die Frau.

Jacqueline verstand nicht und schaute sie ratlos an. Die Frau erwiderte ihren Blick, kam dann zu einem Entschluß und winkte beiden, ihr zu folgen. Sie hockten sich alle draußen an die Wand, wo ein vom Rauch der Verbrennungsöfen geschwärzter Nieselregen ihre Haut mit einer Ascheschicht beklebte.

Unter ihrem Pullover holte die Frau, die behauptete, Tante Esther zu sein, ein Paar abgetragene, aber immer noch gute Stiefel hervor. »Schau, ob die passen. Ihr könnt sie euch teilen, wenn ihr wollt, pro Nase einen, aber das wird euch nicht viel nützen«, sagte sie sarkastisch.

Sie waren groß, aber das machte Jacqueline nichts aus. Richtige Stiefel. »Vielleicht kannst du auch welche für Daniela besorgen?«

»Weißt du, was sie mit uns machen, wenn sie uns dabei erwischen, daß wir uns Sachen nehmen?« Sie zeigte auf die Schornsteine. »Sieh dich vor, daß dir die Stiefel nicht gestohlen werden. Hör auf mich, ich bin eine alte Nummer, ich weiß Bescheid. Ihr habt Glück, wenn ihr zusammenbleiben könnt, denn dann könnt ihr aufeinander aufpassen. Alles, was ihr liegenlaßt, wird immer organisiert, gestohlen, denn es bedeutet Tod oder Leben, ein Bröckchen Sägemehlbrot, eine Scheibe verfaulte Steckrübe, ein Stück Stoff, um sich die Beine zu binden.« Während Esther sprach, übersetzte Daniela. »Ich arbeite in der Schreibstube, weil sie entdeckt haben, daß ich eine gute Buchhalterin bin und kopfrechnen kann. Deshalb habe ich manchmal etwas, was ich bei den Frauen eintauschen kann, die in Kanada arbeiten. Da sortieren sie Kleidungsstücke von den neuen Transporten. Wenn du krank wirst, stell dich gesund. Geh nicht in den Krankenbau, da schneidet dich Dr. Mengele bei lebendigem Leib in Stücke. Er spielt auf den Sterbenden, das sind für ihn Geigen aus Schmerz.«

»Esther, meine Mutter Chava, meine Schwester Rivka, sie kamen im Dezember 1942 auf den Transport. Sind sie hier?«

»Es gibt schlimmere Lager als dieses, habe ich gehört, da werden alle umgebracht, alle, auf der Stelle. Es gibt Hunderte von Lagern. Die meisten Menschen machen es nicht so lange. Ich war vorher in einer Fabrik in Lodz. Hört mir zu, schaut, daß ihr in eine Fabrik kommt. Gebt euch munter. Haltet den Rücken gerade und seht groß und stark aus, wenn sie aussuchen kommen. Kneift euch in die Wangen. Sonst kommt ihr zur Selektion. Sagt ihnen, ihr habt in Frankreich in einer Fabrik gearbeitet.«

»Werden sie nicht merken, daß wir gelogen haben?« wandte Daniela ein.

»Der Leiter, der euch aussucht, wird nicht da sein, wenn sie euch an die Maschinen stellen. Und schlagen werden sie euch sowieso.«

»Esther, bitte schau, ob du etwas über Maman und Rivka herausbekommen kannst, bitte.«

Esther schüttelte den Kopf. »Was du nicht weißt, ist besser. Denk sie dir am Leben. Besser, nicht die Wahrheit zu wissen. Als ich kam, haben sie mir meinen Sohn und meine Tochter genommen. Die ersten drei Monate habe ich in dem Gedanken überlebt, daß sie in einem anderen Lager sind, einem Kinderlager. Ich habe nur gelebt, um sie wiederzubekommen.« Sie machte eine Pause, damit Daniela übersetzen konnte.

»Wie alt waren sie?« fragte Daniela.

»Vier und sechs. Als ich schließlich erfahren habe, was mit den Kindern geschehen war, hatte ich mich schon in ein Tier verwandelt, eine Kreatur, die lebt, um zu leben. Man härtet ab. Eine der Frauen in Kanada, die hat das Kleidchen ihres eigenen kleinen Mädchens gefunden. Sie hat sich umgebracht, ist in den elektrischen Zaun gegangen. Wenn wir das tun, lachen die Wachen. Denk immer daran, wenn du stirbst, gewinnen sie.«

»Frag sie, hat irgendwer von hier entfliehen können?«

»Es fliehen welche, aber sie bringen sie zurück. Ein paar jugoslawische Partisanenfrauen konnten entkommen. Aber als Jüdin will dir da draußen niemand helfen. Du mußt dich ganz allein durchschlagen. Sie peitschen dich aus und hängen dich, wenn sie dich fassen, aber es ist das Risiko wert.« Sie beugte sich zu ihnen. »Wie steht der Krieg? Was wißt ihr?«

Esther hatte von den Landungen in der Normandie gehört, aber noch nicht von den Augustlandungen in Südfrankreich. Im Lager Gurs hatten Daniela und Jacqueline am Tag vor ihrer Deportation gehört, daß französische Truppen in Toulon gelandet waren. Da hörte Jacqueline auch, wie ihr Vater an der Barrikade gestorben war.

»Als wir durch Deutschland transportiert worden sind, haben wir Bomben fallen hören. Deutschland liegt unter schweren Fliegerangriffen«, sagte Jacqueline und übersetzte Daniela.

»Warum werfen sie hier keine Bomben? Warum zerbomben sie nicht die Gaskammern? Warum zerbomben sie nicht die Eisenbahngleise hierher? Warum?« Esther stand auf. »Laßt euch aussuchen. Ihr müßt.«

»Tante Esther, wo sind wir genau? Wir wissen nur, wir sind in Polen. Wenn wir die Kapos irgendwas fragen, bekommen wir nur Faustschläge.«

»Es heißt Oœwiêcim, eine alte Kavalleriekaserne, aber jetzt ist es eine Stadt, die bei den Deutschen Auschwitz heißt. Frauen haben sie erbaut, im Winter. Sie haben ihnen Abendkleider gegeben, in denen mußten sie arbeiten. Keine hat überlebt. Dieser Teil ist Brzezinka, was bei den Deutschen Birkenau heißt, wie ein Kurort.« Esther verzog zum ersten Mal den Mund zu einem Lächeln. Sie sahen, wie schlecht und angefault ihre Zähne waren, zwei Schneidezähne fehlten, waren ausgebrochen. »Für wie alt hältst du mich?«

Jacqueline war etwas verlegen. Ihr war immer gesagt worden, daß ihre Tante Esther, die Jüngste der Geschwister, nur sieben Jahre älter als sie selbst war, aber das konnte nicht sein. Sie zuckte die Achseln.

»Ich bin dreißig. Und sie haben mich sterilisiert. Mir sind alle Haare ausgefallen. Das Haar ist nachgewachsen, anders als die Gebärmutter. Hat eure Menstruation schon aufgehört?«

Daniela und Jacqueline nickten.

»Alle sagen, das kommt von Drogen, von Bromtabletten, aber vielleicht ist es nur, weil ihr am Verhungern seid.« Esther schickte sie mit einer Geste in die Baracke zurück und stahl sich davon in den Regen, der auf dem Boden ölige Pfützen bildete.

Jacqueline zog sofort die Stiefel an. Sie würde die Holzschuhe gegen Brot eintauschen bei einer, der die Holzschuhe gestohlen worden waren. Vielleicht kam Tante Esther nächsten Sonntag mit Stiefeln für Daniela wieder.

Zwei Tage später – zu der Zeit achteten sie noch darauf, welcher Tag war – befanden sie sich in einer Gruppe von Frauen, die sich auf Befehl nackt ausziehen und vor einer Korona witzereißender SS-Offiziere und Männern in Straßenanzügen antreten mußten. Jacqueline hatte sich schon eine Technik zugelegt, um das Ausziehen und das Stoßen und das Prügeln und das Peitschen zu überstehen. Sie stellte sich vor, ihr Körper sei im Innern eines künstlichen Körpers versteckt. Die Männer konnten nur den künstlichen Gummikörper sehen, aber sie war in den drinnen verborgenen Knochen, die sie nicht sehen oder anfassen konnten. Nachts hatte sie das Daniela zugeflüstert, aber eine der anderen Frauen von den sechs, die Fleisch an Fleisch auf den Brettern in dem engen Fach lagen, hatte es gehört und sagte: »Deine Knochen? Ha, die brechen sie dir. Und wenn sie das Fleisch weggebrannt haben, zermahlen sie deine Knochen zu Düngemehl.« Jacqueline befahl der Frau, den Mund zu halten, sonst flöge sie aus dem Fach. Erst mehrere Wochen später erfuhr sie, daß die Geschichte stimmte.

Zu der Zeit arbeiteten sie als Sklaven für Krupp und fertigten Granaten. Jeden Morgen wurden sie um vier Uhr früh geweckt und traten zum Appell an, und jeden Morgen brachen einige Frauen zusammen und wurden zu Tode getreten oder einfach liegengelassen, bis die Karren kamen, die täglich die Toten, die Sterbenden zu den Verbrennungsöfen schafften. Wirklich trugen sie zum Appell jede einen Stiefel. Daniela konnte ihren Fuß nicht ganz in den Stiefel zwängen, aber weit genug, um darauf zu stehen, einen Fuß warmzuhalten.

Jeden Tag und jede Nacht war der Himmel rot von Flammen, und schwere Asche rieselte auf sie herunter. Die Muffelöfen der Krematorien konnten nicht mehr alle Vergasten aufnehmen, denn die Deutschen hatten die Juden aus Ungarn zusammengetrieben und zu Hunderttausenden in die Gaskammern geschickt. Jede Nacht wurden in gigantischen Scheiterhaufen Leichenberge verbrannt. Asche fiel vom Himmel wie öliger schwarzer Schnee. Der Gestank nach verbranntem Fleisch hing mit dem Gestank nach Verwesung in der Luft. Manchmal lag ein Zentimeter Asche auf allem.

In den neuen Baracken schliefen sie nur zu viert in einem Fach, Daniela und Jacqueline und zwei ungarische Jüdinnen, ein junges Mädchen namens Rysia, die etwas Französisch sprach, und eine junge verheiratete Frau, Tovah, die nur Ungarisch und Jiddisch sprach. In der Stunde zwischen dem Abendappell, dem stundenlangen Stehen auf dem Platz, und dem Abpfeifen, in der die Frauen einander die Läuse ablasen, sagte jede, die ein Gedicht auswendig wußte, es auf, oder sie redeten vom Essen. Es kam nicht darauf an, in welcher Sprache die Gedichte waren, die Frauen wollten sie wieder und wieder hören. Diejenigen, die die meisten Rezepte kannten und sie am besten beschreiben konnten, waren sehr gefragt. Rysia, die ihrer Mutter beim Kochen für die Gastwirtschaft und für die große Familie – von der nur noch sie am Leben war – geholfen hatte, wurde besonders geschätzt für ihren Kalbspaprikasch und ihren Kirschstrudel.

Sie schafft, daß man es schmeckt, sagten die Frauen. Misch nochmal den Teig, Rysikele. Beschreib, wie die Kirschen riechen. Rysia, die den ganzen Tag die gleiche schwere Arbeit getan hatte wie die übrigen und die sieben Kilometer zur Fabrik durch die zunehmende Kälte im Laufschritt hin- und zurückgetrabt war, die für einen zwölfstündigen Arbeitstag nur die gleiche Scheibe gestrecktes Brot und den Becher Ersatzkaffee in den Magen bekommen hatte, die am Morgen zwei Stunden auf dem Appellplatz gestanden hatte und wieder zwei Stunden am Abend nach den Schlägen mit dem Gewehrkolben auf dem Rückweg, die zum Abendbrot nur den kleinen Napf wässerige Rübensuppe bekommen hatte, nahm ihre letzte Kraft zusammen, um den anderen Gaumenträume vorzugaukeln. Rysia war erst fünfzehn, aber sie hatte die Kraft und die Zähigkeit einer Frau. Tovah war gerade einundzwanzig geworden. Ihre Familie hatte einen Weinberg besessen und süßen, koscheren Wein gekeltert. Ihr Mann war ins Geschäft eingetreten und hatte gerade gelernt, wie man Reben veredelt. Als sie ankam, war sie eine mollige Frau mit dunklem Teint. Jetzt war sie dürr und fahl.

Rysia sah wie alle übrigen aus: ausgezehrt und ausgemergelt, mit kahlgeschorenem Kopf und übergroßen flehenden Augen, ein räudiges Gespenst. Ihr Haar war rot gewesen, erzählte sie ihnen. Ihre Mutter hatte einen Landgasthof geführt, eine Restauration mit ein paar Gästezimmern darüber, und ihr Vater hatte eine Mühle betrieben. Rysia sprach Deutsch, Französisch und ein wenig Russisch, dazu Ungarisch und Jiddisch. Sie fand sich selber ungebildet, besaß aber eine rasche Auffassungsgabe. Daniela und Jacqueline hatten begonnen, Unterricht zu geben, Daniela in Hebräisch und Jacqueline in Englisch. Das war verboten und hätte sie das Leben gekostet, wenn irgendeine sie verraten hätte, aber die Frauen liebten den Unterricht. Er lenkte sie ab von dem Hunger, von dem Schrecken, von den Schmerzen. »Lernen«, sagte eine große, grobknochige Frau, die Labortechnikerin gewesen war, »da fühlt man sich für kurze Zeit wieder als Mensch.« Die meisten der Frauen entschieden sich, entweder Englisch oder Hebräisch zu lernen, aber manche bestanden darauf, beides zu lernen. Freitags abends versuchten sie, Kerzen aus Lumpen oder aus Resten, in der Fabrik unter Todesstrafe gestohlen, anzustecken. Eine Frau betete in Jiddisch vor, das Jacqueline von Tag zu Tag besser konnte. Manchmal betete Daniela in Hebräisch, während sie die Ersatzkerzen anzündete und die Augen bedeckte. Manchmal hatten sie überhaupt kein Licht, um es anzuzünden, kein Flämmchen gegen den Tod.

Inzwischen wußten die Frauen, daß Tovah schwanger war. Mengele hatte sie bei der Ankunft nicht erwischt. Sie wäre sonst gleich ins Gas gegangen oder in seine Experimente gekommen. Er schnitt gern schwangere Frauen auf oder experimentierte mit den Auswirkungen des Hungers auf den Fetus oder das Neugeborene. Es konnte ziemlich lange dauern, bis sie starben, bei den Müttern sogar noch länger.

Fleckfieber, Diphtherie und Cholera grassierten im Lager und rafften täglich Hunderte dahin. Manchmal sahen sie auf dem Marsch zur Arbeit die Männer, die wie sie aussahen, nur daß sie statt der Kittel schlafanzugartige Jacken und Hosen trugen. Halb verhungert und mit kahlgeschorenen Köpfen sahen sie alle gleich aus, wurden gezwungen, im SS-Laufschritt zu traben, schleppten dabei schwere Lasten, Zentnersäcke mit Zement. In der Fabrik vermochte sie keinen Unterschied zwischen den Krupp-Aufsehern und den SS-Leuten zu entdecken. Wenn die Frauen einmal am Tag zu den Latrinen gingen, wurden sie gezwungen, über den Hof zu rennen, und wenn sie sich zu langsam bewegten, drehten die Fabrikaufseher die Schläuche auf und scheuchten sie mit eisigem Wasser. Trotzdem konnten sie einander zumurmeln. Die Sklavinnen brachten einander bei, die Zündköpfe der Granaten so zu verdrehen, daß sie fehlzündeten, und dann die guten obenauf zu legen. Zehntausende von Frauen und Männern schufteten als Arbeitssklaven für Industriefirmen, die sich um die Lager ansiedelten, um diesen Vorrat an Arbeitskräften auszubeuten, Arbeitskräfte, für die sie nichts bezahlten, die sie ausnutzten bis in den Tod.

Eines Nachts gebar Tovah. Daniela half ihr. Daniela hielt ihr die Hand über den Mund. Wenn man ihnen darauf kam, wanderten sie alle in die Gaskammer. Es war eine lange Geburt. Alle Frauen, die es aushielten, waren dabei, hielten ihr die Hand, wischten ihr mit ihren schmutzigen Kitteln die Stirn. Endlich wurde es geboren, das kleine Wesen, winzig, aber zappelnd am Leben. Der Kapo, der mitmachte, sagte: »Gebt ihn ihr nicht, sonst läßt sie nie los.« Denn das bedeutete den Tod für beide.

Daniela wickelte das Neugeborene in die Lumpen einer Gestorbenen, und der Kapo legte den kleinen Jungen nach draußen zum Sterben. Überfrierender Regen fiel. Es konnte nicht lange dauern. Sie umsorgten Tovah, so gut sie auf dem gestampften Boden konnten. Daniela schlich sich ins Dunkel hinaus, wo sie ohne Anruf erschossen werden konnte, und kam dreckbeschmiert zurück. Jacqueline verstand und umarmte sie. Daniela zitterte am ganzen Körper, konnte aber nicht weinen. Sie bekamen so wenig zu trinken, daß sie rasend vor Durst waren und keine Tränen hatten. Ihre Tränenwege waren entzündet und ausgetrocknet.

Bei der nächsten Selektion kam Tovah dran. Die SS-Frau sagte, sie sähe ungesund aus. Sie ging mit den anderen selektierten Frauen in den Tod, ohne ein Wort zu sagen, ohne Abschied.

Gerüchte liefen durchs Lager wie Krankheiten. Wie können wir weitermachen? zermarterte sich Jacqueline den Kopf, während sie durch den Eisregen trottete. Kälte und Feuchtigkeit durchdrangen alles und brüteten Fieber und Grippe aus, aber wer nicht arbeiten konnte, wurde selektiert, um sofort zu sterben. Sie sah sich vorsichtig um, als sie in zerrissenen schmutzigen Lumpen die Straße entlangtrabten, immer zu Eile angepeitscht, schneller, schneller, ihr Schweinehunde. Willkürliche Schläge. Manche Tage begannen damit, daß die eine oder andere von ihnen Schläge auf den Kopf oder auf den Rücken oder über die Brüste bekam, wenn sie aus den Baracken hinausmarschierten, wenn sie sich zum Appell aufstellten, wenn sie für ihre maximal drei Minuten in der Suhle der Latrine anstanden, wenn sie durch den Nebel, der meilenweit nach verbranntem Fleisch stank, zur Fabrik getrieben wurden. Der rußige graue Eisregen war wie weltweite Lungenentzündung, eine schleimige Absonderung der Atmosphäre.

Daniela war zu einer knochigen Hexe mit riesigen Augen unter einem grau geschorenen Schädel geworden, Nase und Kinn stachen hervor wie bei einer alten Frau. Jacqueline konnte sich vorstellen, wie sie selbst aussah. Geschwüre und offene Wunden bedeckten ihre Arme und Beine. Sie stanken von Durchfall, denn alle hatten die Ruhr. Die Gerüche, an die niemand sich gewöhnte, der fürchterliche Gestank kranker, ungewaschener, verhungernder Leiber und verfaulender Abfälle, von Kot und Blut und Furcht.

Sie konnte sich noch an ihre Ankunft in diesem Ort entsinnen, in dieser gigantischen Todesstadt, die die deutschen SS-Männer und -Frauen Birkenau nannten, und daran, wie sie und Daniela die Muselmänner angestarrt hatten, die reglosen Schreckensgestalten, an denen kein Fleisch mehr war, nur noch fadendünne Sehnenstränge und Knochen unter fahler, grünlicher Haut. Sie hatten Abscheu empfunden. Wie konnten Menschen das aus sich werden lassen? Jetzt wußte sie es. Daniela und Rysia und sie regten und bewegten sich noch, aber sie waren so abscheulich geworden wie jene Vogelscheuchen, von denen sie sich anfangs abgewendet hatten.

Wie lange konnten sie überleben? Sie befragte sich kalt danach, während sie an ihrer Maschine arbeitete. Wie lange konnten sie verhungernd weiterarbeiten? Wie lange? Eines Tages, als Daniela von vier Esten, die für die SS arbeiteten, von ihrer Maschine weggezerrt und verprügelt worden war, weil die Maschine blockiert und sie nicht ihre Quote erfüllt hatte, brach sie auf dem Rückmarsch zusammen. Jacqueline sah sie niedersinken, trat ihr zur Seite und zischte Rysia zu, die Danielas Fall mit der Schulter auffing, während sie in Fünferreihen dahintrabten. Der Aufseher, den sie Schlitzer nannten, vergnügte sich gerade damit, ein hingestürztes Kind zu treten, und hatte Danielas Straucheln übersehen. Sie schulterten Daniela unter und schleppten sie weiter, bis sie in der Baracke waren.

In der Nacht weinte Rysia. Als Jacqueline, die versucht hatte, Danielas Striemen und offene Wunden zu lindern, sie nach dem Grund fragte, sagte Rysia: »Ihr habt euch so lieb. Jetzt, wo meine Mutter tot ist, wird mich niemand mehr so lieb haben.«

Daniela hob den geschundenen Kopf mit den blutverkrusteten Nasenlöchern, die sie ihr nicht abwischen konnten, weil ihnen jegliches Wasser fehlte. »Rysia, wir werden dich zu unserer Schwester machen. Ja, das werden wir.«

Jacqueline legte die Hände um den hochgewölbten Schädel des Mädchens, schrundig wie bei ihnen allen von eiternden Wundstellen, und streichelte, was ihr Haar gewesen war. »Wir werden eine Familie sein.«

»Nach dem Krieg, meine Herzen, meine Lieben, nach dem Krieg«, sang Daniela leise durch verschwollene Lippen.

»Wenn wir befreit sind«, sagte Jacqueline. »Wenn wir entfliehen.«

»Dann werden wir uns satt essen, wir werden Brathuhn essen und *gedempte flaisch* und so viel wie wir wollen, bis wir genug haben«, flüsterte Rysia. »Wir werden ein heißes Bad nehmen und saubere Sachen anziehen und Unterwäsche und richtige Schuhe und Strümpfe. Wir werden auf sauberen Laken unter Federbetten schlafen.«

»Nach dem Krieg«, sang Daniela tonlos, »werden wir nach Erez Israel gehen und in einem Haus zusammenleben und Aprikosen ernten, dort, wo die Sonne scheint und wo es warm ist. Wir werden Hühner haben und Schafe und einen Rosenstrauch mit roten Rosen und einen mit gelben Rosen. Und niemand wird uns je wieder schmutzige Juden nennen. Und niemand wird je wieder Gesetze gegen uns erlassen.«

»Hühner! Eier ... Echte Eier ...« summte Rysia und schmiegte sich an Daniela, so sanft sie in dem schmalen Bretterfach nur konnte.

»Lammbraten«, flüsterte Jacqueline, »und sauberes warmes Wasser und Rosen auf dem Tisch.« Warum sollte sie Daniela immer noch etwas anderes entgegenhalten? Sie hatte nichts mehr, zu dem sie zurückkehren konnte. Sie hatte nur noch Daniela und Rysia. Sie stimmte ein in den Traum von Palästina. Wenigstens war es da warm.

Jeden Tag schleppte sie sich aus dem überfüllten Käfig der Bretterschlafstelle, alles tat ihr weh und sie fieberte und sie meinte, den Gestank nicht mehr aushalten, ihren eigenen von stinkenden, schorfigen Hautlumpen umhüllten Knochensack nicht mehr ertragen zu können, die Schmerzen in ihren Eingeweiden, die Schufterei bis über den Punkt des Zusammenbruchs hinaus, das Gift permanenter Erschöpfung, das noch die Mineralien aus den Knochen laugte, die Furcht, die ihnen in die Leiber stach, den Haß, den nicht enden wollenden, tückischen, kleinlichen und horizontweiten Haß.

Sie flüsterte Daniela und Rysia zu: »Ich werde mich selbst nicht hassen, weil ich stinke. Ich werde mich selbst nicht hassen, weil ich keine Haare habe. Ich werde mich selbst nicht hassen, weil sie mich zwingen, nackt über einen Platz zu laufen. Ich werde mich selbst nicht hassen, weil mir der Durchfall die Beine hinunterläuft und wir uns nicht waschen dürfen. Ich werde leben und der Welt davon berichten. Ich werde leben und sie zwingen, dafür zu bezahlen.«

»Hast du je einen Menschen getötet?« wisperte Rysia zurück.

»Ja.« Sie erzählte ihr, wie sie Daniela befreit hatte, während Daniela ihrerseits mit Entsetzen und Bestürzung zuhörte.

»Du darfst hier nicht davon reden«, flüsterte Daniela tief verstört.

»Genau hier muß ich davon reden. Und mich daran erinnern.«

»Ich werde den ganzen Tag daran denken«, flüsterte Rysia. »Besser als etwas zu essen.«

Am 7. Oktober erschütterte eine Explosion das Lager, dann fielen Schüsse. Am Morgen mußten sie stundenlang Appell stehen. Nachricht kam über den Mundfunk, gemurmelt, ohne die Lippen zu bewegen. Das Sonderkommando hatte revoltiert: die Männer, die die Leichen aus den Gaskammern schaufelten und in die Verbrennungsöfen luden. Sie sollten vergast werden, wie es schließlich mit jedem dieser Trupps geschah, aber diese Gruppe hatte revoltiert. Frauen aus der Krupp-Munitionsfabrik hatten ihnen Pulver zugeschmuggelt, und sie hatten Bomben gebaut. Es war ihnen gelungen, einige SS-Leute zu töten, niemand wußte, wie viele, aber als sie Appell standen, schaute Jacqueline aus dem Augenwinkel zu Daniela und zwinkerte ihr Genugtuung zu und Daniela blinzelte zurück. Sie mußten besonders auf der Hut sein, denn an dem Morgen belauerte sie der Schlitzer, und die SS-Lagerführerin ging durch die Reihen, zerrte Opfer heraus, um sie zu töten. Sie hatte eine Art, sich die Lippen zu lecken, wenn sie im Begriff stand, ein Opfer zu packen, als schmeckte sie es. Alle Frauen aus der Krupp-Fabrik wurden bestraft, mit willkürlichen Schlägen, mit Essensentzug, vier wurden fortgeschafft zur Folter.

Sie hörten, daß das Modell-Ghetto Terezín in der Tschechoslowakei, oft dem Roten Kreuz vorgeführt (das behauptete, Juden seien einfache Strafgefangene und keine Kriegsgefangenen, und deshalb jede Hilfe verweigerte), zum größten Teil geleert worden war. Nun kamen die Insassen an, aber niemand gelang es, zu ihnen Kontakt aufzunehmen, denn am 28. Oktober, der tschechischen Entsprechung vom *14 juillet*, wurden sie alle vergast. Die Wachen rissen Witze. Eine Hinrichtung zur Feier des tschechischen Unabhängigkeitstages.

Die gefolterten Frauen aus ihrer Fabrik hatten sich nicht brechen lassen und keine Namen preisgegeben. Eines Morgens mußten sie alle so lange stehen – wobei sie nach fünf Stunden nicht anders konnten, als sich einzusudeln –, bis die Frauen aus der Munitionsfabrik auf den Platz getrieben wurden, blutig entstellt, um vor ihren Augen erhängt zu werden. Keine rief ihnen eine Ermutigung zu, denn so etwas war einmal passiert, und danach war der ganze Block mit einem Maschinengewehr niedergemäht worden. Hängen ist nicht schlimmer als vergast zu werden, sagte sie sich. Wir werden ihre Namen in Erfahrung bringen und nicht vergessen.

Am nächsten Tag schneite es beim Appell, und sie standen, viele von ihnen barfuß, auf dem gefrorenen Boden. Der Winter kam. Langsam erkannte sie: Trotz allem, was sie durchgemacht hatten, stand das Schlimmste noch bevor. Am Abend fragte sie die Frau, die am längsten überlebt hatte, eine Frau, die anfangs in den Bergwerken geschuftet hatte und seit November 1943 für Krupp: »Wenn jetzt der Winter kommt, werden sie uns dann Mäntel geben? Oder Strümpfe? Oder Decken?« Inzwischen konnte sie sich in Jiddisch verständigen.

Die Frau, die, wie sie sagte, erst vierundzwanzig war, lachte nur. Sie riß den braunschwarzen, zahnlosen Mund auf und lachte.

Murray 4

Ein entscheidender Kampf

Bei der Landung auf Tinian traf Murray eine 38er-Kugel, die ihm die Schulter aufriß und die Arterie verletzte. Es war die gleiche Schulter, die sich auf Saipan einen Granatsplitter eingefangen hatte. Die Führungsschulter. Er versäumte die Kämpfe auf Tinian, aber dann stieß er auf Saipan wieder zu seinem Regiment.

Das 8. Marineinfanterieregiment wurde wieder auf Sollstärke gebracht, mit frisch Eingezogenen, Kindern von achtzehn Jahren. Sie bekamen auch neue Offiziere und Unteroffiziere, um die Gefallenen oder Schwerverwundeten zu ersetzen. Jack und Murray waren beide zu Obergefreiten ernannt worden, und Reardon, inzwischen Hauptfeldwebel, ermutigte sie, um ihre Beförderung zu Feldwebeln einzukommen. Er mochte sie beide, und wenn es nur war, weil sie so viel zusammen durchgemacht hatten. Sie waren keine Berufssoldaten, aber nach herrschenden Maßstäben altgediente Soldaten, auf die Verlaß war, um die Kinder einzuweisen. Zeeland war jetzt Oberfeldwebel.

Die Kompanie Fuchs bekam einen neuen Leutnant und einen neuen Feldwebel. Feldwebel Hickock war auf Guadalcanal dabeigewesen, und es hatte ihn im Bein erwischt, bevor Murray dahin abkommandiert worden war. Dann hatte er bei der Kompanie Bäcker Dienst getan, die auf Tinian schlimme Verluste erlitt. Murray war Feldwebel Hickock ein- oder zweimal begegnet, ohne sich groß an ihn erinnern zu können, außer, daß er Berufssoldat war, um die Dreißig und Südstaatler, ansehnlich, blond und mit ausladendem Kinn. Er hatte daheim in Columbia, Süd-Carolina eine Frau und zwei Jungen, Lee und Jefferson.

Murray erfuhr bald noch etwas über Feldwebel Hickock. »Feldstein. Was ist das denn für ein Name?«

»Der Name meines Vaters, Sir.«

»Ein Judenname ist das.« Der Mann lächelte dünn und schaute

sich beifallheischend um. Doch er stieß überwiegend auf Gleichmut. »Stimmt's nicht? Du bist ein Judenjunge.«

»Wie Sie an meiner Hundemarke sehen können. Das ist kein Geheimnis, Sir.« Murray fühlte Hitze in sich aufsteigen, Scham, Wut, Hilflosigkeit.

»Ich dachte, Juden und Nigger kommen nicht zu den Marinesoldaten. Wie hast du dich denn reingeschlichen?« Er schien keine Antwort zu erwarten, aber offenbar doch. Er wiederholte seine Frage.

»Ich habe mich freiwillig gemeldet.«

»Vielleicht brauchten sie einen zum Latrinenputzen, zum Sauberlekken. Wir wissen ja alle, wer diesen Krieg angefangen hat und wer jetzt zuviel Schiß hat, um ihn auszufechten.«

Murray dachte, vielleicht gab sich Hickock ja damit zufrieden, daß er die Neuen dazu aufgehetzt hatte, ihn zu hänseln, wie es Rostrovitz tat, ein Pole aus Chicago, mit dem er sich nie verstanden hatte. Immer mal wieder vergingen zwei Tage, an denen er schon dachte, Hickock hätte ihn endlich losgelassen. Jack hielt zu ihm und genauso Tiny und Slo Mo Mazzini, ein großer Junge, der vor Saipan dazugekommen war, und er wußte, daß Reardon und Oberfeldwebel Zeeland ihn mochten. Aber bei den Marinesoldaten konnte ein Unteroffizier jeden religiösen oder ethnischen oder rassischen Makel ausnutzen. So war das eben bei der Marineinfanterie.

Er versuchte, sich zusammenzunehmen. Aus der Familie seines Vaters hatte er eine schwerhörige Großtante, die ein Hörgerät trug. Wenn sie die Gespräche langweilig oder lästig fand, stellte sie es ab. Murray versuchte sich einzureden, er habe ein Hörgerät, das sich abstellen ließ. Er versuchte so zu tun, als ob er nicht verstünde, als ob der schmallippige Mund in einer fremden, unverständlichen Zunge redete. Aber er hörte jedes Wort.

Es gab viel Schnaps auf Saipan. Das durfte eigentlich nicht sein, aber die Marinesoldaten verscherbelten Fahnen und Feldzeichen dafür. Jack saß oft da und nähte aus Fallschirmseide japanische Fahnen zusammen und tunkte sie in Jodtinktur, damit es wie Blut aussah, und dann handelten sie den Matrosen oder den Fliegern dafür Schnaps ab. Es gab auch einen heißen Markt für Japs-Souvenirs, über Feldflaschen und Schwerter bis zu Helmen und sogar Totenschädeln. Außerdem hatte jeder Zug heimlich einen Destillierapparat. Murray trank erst, seitdem er sich zum ersten Mal betrunken hatte. Sein Fieber war zurückgekehrt, und der Schnaps half, sonst schlotterte er manchmal am ganzen Körper. Es war ohnehin besser, sich in keiner Weise von den Männern abzuheben. Tiny trank auch, ganz gegen seine Erziehung, obwohl er weder Karten spielte noch würfelte noch zu Nutten ging.

Eine Liga von Baseballteams wurde aufgestellt, Unteroffiziere und Mannschaften gegen Offiziere verschiedener Einheiten. Das vertrieb die Zeit. Murray hatte in seinem High-School-Team als Fänger gespielt, also tat er das auch hier. Bücher in besonderen Ausgaben der Streitkräfte wurden verteilt. Alle rissen sich um *Amber*, denn das war angeblich scharf. Er las *Eine Glocke für Adano*. Sie sahen regelmäßig Filme auf Saipan und alle paar Wochen eine Show. Im Januar hatten sie die Andrews Sisters da; im Februar Joe E. Brown und Carmen Miranda.

Er wußte, daß er noch Glück im Unglück hatte, denn wäre er jetzt als Neuer dazugekommen, hätte Hickock alle gegen ihn aufbringen können. Sie hätten ihn zur Verzweiflung und vielleicht sogar in den Selbstmord treiben können, wie es einem Obergefreiten geschehen war, der nach Meinung seines Feldwebels eine Schwuchtel war.

So aber war er öfter mit seiner Kompanie zusammen als Hickock, und er hatte seine Kameraden. Hickock riß Schwulenwitze über Jack und ihn und versuchte, ihn in die Vereinzelung zu treiben, aber das verfing nicht genug, um ihm das Leben gänzlich unerträglich zu machen. Slo Mo hielt zu ihnen, denn er war überzeugt, daß Murray ihm auf Saipan das Leben gerettet hatte, was fraglich war, und wenn es stimmte, dann stimmte es für jeden von ihnen. Er war ein großer, schlaksiger Junge von achtzehn Jahren und bedächtig in seinen Bewegungen, seinen Gedanken, seinen Worten. Man sagte etwas zu ihm, und vielleicht zwanzig Minuten später, wenn man längst über ganz was anderes redete, antworte er auf das, was man bis dahin schon vergessen hatte. Das gab ihm seinen Spitznamen, die Kurzform von Zeitlupe. Murray kam zu der Ansicht, daß er nicht begriffsstutzig war, sondern nachdenklich, ein anständiger Junge, der zu verstehen versuchte, was man zu ihm sagte. Tiny hielt auch zu ihnen. Er mochte sie, so vermutete Murray, weil sie sich nicht andauernd mit Sexhöchstleistungen dicketaten und nicht ständig Würfel spielten. Tiny kam aus einem streng protestantischen Elternhaus, das ihm heilige Furcht vor der Sünde eingeflößt, ihn erstaunlicherweise aber nicht intolerant gemacht hatte. Er hängte sich an sie, weil sie friedlich waren, dachte Murray, und ihm keine Angst machten.

Murray war der älteste und spielte gelegentlich den Vater für Tiny und Slo Mo. Sie kamen mit ihren Fragen zu ihm und mit ihren Blessuren, und er erteilte Ratschläge, gratis und franko. Die Beschützerrolle fiel ihm leicht, aber sich selbst konnte er nicht schützen. Hickock war ständig hinter ihm her, lauerte nur darauf, ihn bei irgendeiner Ordnungswidrigkeit zu erwischen, damit er ihn zum Latrinendienst einteilen oder verdonnern konnte, eine Woche lang jeden Tag die Gulaschkanone zu schrubben. Er wußte, die Dienstvorschriften verboten das, aber er wußte ebenfalls, niemand kümmerte sich um die Dienstvorschriften, wenn es ein Feldwebel war, der das einem Obergefreiten antat. Auch wenn Hauptfeldwebel Reardon Murray mochte, so würde er Feldwebel Hickock, Berufssodat wie er selbst, nie in den Arm fallen, wenn dem danach war, so mit einem der Männer umzuspringen.

Eines Samstags kam er vom Wachdienst, und Rostrovitz lungerte grienend herum. Auf seinem Feldbett lag ein Aktphoto einer dicken Frau, deren Körper mit Ruthies Gesicht versehen war. Rostrovitz oder ein anderer Krummstiefel hatte sein Photo zerschnitten, was ihn wütender machte als das Pornobild. Er zerriß es und steckte es mit seinem neuen Zippo an.

»He, Schwanzstein, Judenjunge. Deine Freundin hat mir das Bild geschickt. Gefällt's dir nicht besser als das, das sie dir geschickt hat?«

Murray trat das brennende Papier aus und fegte die Asche weg. Er hätte Rostrovitz am liebsten die Zähne eingeschlagen. Er hätte ihm am liebsten den dreckigen Hals zugedrückt, bis der Kehlkopf zerquetscht war. Er setzte sich auf sein Feldbett und zwang sich zu sagen: »Arschloch, Photos von hübschen Mädchen zerschneiden ist alles, was du kannst, denn näher kommst du an die nicht ran. Ihr Gesicht einer alten Nutte aufzukleben, wie du sie gewohnt bist, da mußt du dich doch richtig zu Hause gefühlt haben.«

»Die ist auch eine Nutte, sonst würde die sich nicht von dir pudern lassen. Alle Judenweiber sind Nutten. Die machen's für 'n halben Dollar.«

Murray schrieb Ruthie um neue Photos und erzählte ihr eine Geschichte, er hätte die alten im Gefecht verloren. Dem 8. Marineinfanterieregiment blieb nicht verborgen, daß es bald wieder an die

Front ging. Flüsterparolen über Iwo Jima machten die Runde, konnte also gut sein, daß auch sie in dieses Blutbad geschmissen wurden. Einige dachten, es ging nach Formosa. Erfahren würden sie es sowieso erst an Bord.

Es war wieder wie in der Grundschule, dachte er. Immer darauf warten, daß der Klassentyrann dich erwischt, der Fläz, zwei Jahre älter und zwanzig Pfund schwerer als du, der dich auf dem Kieker hat, den Christusmörder. Die Polenbande, die dir auf dem Heimweg auflauert, wenn du durch die Hintergasse mußt. Falls sie es tatsächlich auskämpften wie in einer Kneipenprügelei im Film, wußte er nicht, was passieren würde. Hickock maß zehn Zentimeter mehr als er und hatte eine längere Reichweite, war aber ein Leichtgewicht, nicht besonders kräftig. Murray hatte ihn auf dem Spielfeld beobachtet und beim Heben schwerer Lasten. Wie man unfair kämpfte, wußten inzwischen beide recht gut. Die Marineinfanterie machte einen Mann aus dir: jedenfalls, wenn ein Mann stank wie ein Schwein und sich benahm wie ein Hund. Er konnte keine Sekunde lang vergessen, da war einer, der es auf ihn abgesehen hatte, einer, der die Macht hatte, über Leben oder Tod zu entscheiden.

Gab es etwas besonders Fieses zu tun, wurde Murray mit Sicherheit dazu eingeteilt: etwas Schweres zu schleppen, etwas Ekliges zu reinigen, etwas aus dem Schlamm zu ziehen. Er war Aschenputtel, aber wo blieb die gute Fee und rief die Täubchen, daß sie halfen, die Linsen aus der Asche zu lesen? Oder vielmehr, wo blieben die Elefanten, die ihm halfen, die Kisten mit Mörsergranaten zu schleppen, die er kaum von der Stelle brachte? Es ging weiter und weiter. Es roch immer mehr nach Blut. Wieviel konnte einer einstecken? Wie oft noch konnte er den Kopf senken und so tun, als hörte er nicht, so tun, als verstünde er kein Englisch, so tun, als stünde er in einem Schneesturm auf dem Campus Martius, dem großen Platz in Detroit, auf dem Kundgebungen abgehalten wurden?

Der auslösende Zwischenfall unterschied sich nicht von zwanzig anderen. Vielleicht hatte sich zu viel Gift angehäuft. Er hatte seinen Zorn runtergeschluckt, ihn im Bauch behalten und gespürt, wie er sich in Schmerz und kalte Wut verwandelte, und er hatte den Kopf gesenkt und blindlings weitergemacht. Es war ein Samstag abend, an dem der Schnaps reichlich floß. Er ging mit Jack und Slo Mo ins Kino. Tiny billigte die meisten Filme nicht und kam nicht mit. Als sie in ihre behelfsmäßigen Baracken zurückkehrten, die seit Monaten ihr Zuhause waren, saß Tiny draußen und wartete auf sie.

»Murray, sie haben in deinen Sachen gewühlt und deine Briefe rausgeholt. Sie lesen sie und lachen.«

Jack versuchte, ihn am Arm festzuhalten, aber Murray drängte sich an ihm vorbei und stieß die Gittertür zur Baracke auf. Feldwebel Hickock las laut vor, Rostrovitz und etwa sechs von den Neuen, alle lachten und waren zu betrunken, um ihn gleich zu bemerken. Hickock bemerkte ihn sofort und las noch lauter, imitierte mit Falsettstimme Molly Goldberg.

»Naomi arbeitet jeden Tag nach der Schule und sonntags den ganzen Tag in der Bäckerei von den Fennimans, und der Bäcker pimpert sie mit seiner koscheren Salami und mich auch, wenn ich hinkomme, gleich auf dem Ladentisch in meinen großen heißen koscheren Backofen.«

Er hatte das Gefühl, aufgerissen zu werden. Er fühlte sich von oben bis unten verbrüht. Daß sie sogar seine Briefe anfaßten, konnte er nicht ertragen, daß ihre fetten, dreckigen Finger diese Briefe anfaßten, machte ihn wahnsinnig, daß sie sie lasen und sich darüber lustig machten, über ihr einfaches, arbeitsames Leben und ihr sanftes, liebevolles Gemüt, ihre Uneigennützigkeit. Er hatte Hickock einen Fausthieb ins Gesicht versetzt, noch bevor er wußte, daß er zugeschlagen hatte. Von der Wucht des Schlages flog der Feldwebel hintenüber und landete krachend hinter dem Feldbett auf dem Boden. Einen Augenblick lang herrschte völlige Stille. Dann brach eine wüste Rauferei los. Jack und Tiny stürzten herein, um Rostrovitz von Murray wegzuzerren.

Hickock stand auf. »Beruhigt euch, Jungs«, sagte er und wischte sich das Blut vom Mund. »Deinen Vorgesetzten zu schlagen bringt dich hübsch lange in den Bau, Judenjunge. Der Bau wird dir behagen, und mir wird behagen, daß du jede Menge Dreck frißt.«

Hauptfeldwebel Reardon griff ein, und schließlich kam Murray nicht vors Kriegsgericht und nicht in den Bau. Er bekam Strafeinsätze aufgebrummt, Arbeiten, zu denen Hickock ihn auch bisher schon verdonnert hatte. Reardon hatte Hickock überredet, daß es besser war, Murray nicht ins Gefängnis zu stecken, da sie in zwei Tagen in See stachen. Murray war sich nicht sicher, ob Reardon ihm einen Gefallen getan hatte. Der Bau war die Hölle, aber Hickock würde ihm nie verzeihen, daß er ihn vor allen niedergeschlagen hatte.

Er wurde degradiert und verlor seinen Streifen, aber das störte ihn nicht weiter. Schlimm war, daß er unter Hickocks Befehl an die Front ging. Seine heftige Reaktion hatte nichts verbessert. Hickock haßte ihn wenn irgend möglich noch mehr, und das kleine Steinchen, das er bei Reardon im Brett gehabt hatte, war nun auch verspielt. Reardon sagte ihm, daß er statt Hirn einen Haufen Hundescheiße im Kopf hatte, und wenn sie nicht gerade an die Front müßten, dann hätte er den Rest des Krieges im Bau verbracht und wäre unehrenhaft entlassen worden.

Unehrenhafte Entlassung hieß, nur schwer eine Stellung zu bekommen. Hieß, kein Veteranenstipendium fürs College zu bekommen. Er verachtete sich dafür, Hickock geschlagen zu haben. Genau dazu hatte Hickock ihn aufstacheln wollen, und er war ihm in die Falle gegangen. Er säße jetzt im Bau, wenn Reardon sich nicht für ihn stark gemacht hätte und der neue Leutnant Reardon nicht unterstützt hätte. Der Marineinfanterie fehlte es an Männern, und die bevorstehende Invasion versprach hart zu werden. Reardon wollte unmittelbar vor der Schlacht keinen seiner erfahrenen Soldaten verlieren.

Er verachtete sich vor allem dafür, Hickock geschlagen zu haben, weil das nichts war als eine Art John Wayne-Keilerei, ein reiner Schaukampf, nach dem er schlechter dran war als zuvor. Er hatte nicht aus Stärke zugeschlagen, sondern aus Schwäche. Jetzt hatte Hickock ihn genau da, wo er ihn haben wollte. Er war ein Gezeichneter, der nicht nur notfalls dem Feind geopfert werden konnte, nein, der dazu ausersehen war, auf irgendeiner stinkenden Insel zu sterben. Jack und Tiny und Slo Mo sagten immer wieder, was er für Schwein gehabt hatte, aber er wußte, mit diesem saudummen *gojischen* Faustschlag hatte er sein Todesurteil unterschrieben.

Bernice 9

Zapfenstreich

Die Streitigkeiten um das WASP-Programm, die im Frühjahr zugenommen hatten, setzten sich durch den Sommer bis in den Herbst hinein fort. Der Kongreß billigte ihre Militarisierung nicht; sie unterlagen im Repräsentantenhaus um neunzehn Stimmen. Als der Kongreß nach der Sommerpause wieder zusammentrat, schien er noch abgeneigter, den WASPs Militärstatus zu verleihen, doch sie warteten weiter. Jede amtliche Anweisung über Logbücher oder Kleidung wurde mit brodelnder Hoffnung und Angst entgegengenommen, es könnte die Neuregelung sein, die ihren Status endgültig klärte.

Ende August fand Bernice bei ihrer Rückkehr nach Long Beach ein Telegramm vor. Am Freitag abend war der Lärmpegel in der Baracke hoch. »Hat sonst noch eine so eins bekommen?«

Nein, keine. Bernice war zur Offiziersausbildung vorgesehen, falls das Gesetz zur Militarisierung von WASP durchkam. Hoffentlich war das die entsprechende Benachrichtigung.

Sie war es nicht. Die Armee bedauert, Ihnen mitteilen zu müssen. Jeff war tot. Kein Datum war angegeben, keine Einzelheit, nur, daß er in Frankreich gefallen war.

Sie saß auf ihrer Pritsche mit dem Telegramm auf dem Schoß. Sie mußte ihren Vater anrufen, denn Jeff hatte sie als nächste, zu benachrichtigende Verwandte angegeben. Ihr Vater wußte es also noch gar nicht. Es mußte ein Irrtum sein. Es war so nichtssagend. So starben Menschen nicht, auf einem Stück gelbem Papier, und verschwanden einfach. Selbst bei ihrer Mutter hatte es eine Leiche gegeben. Wo war die Leiche?

Sie sehnte sich so heftig nach Flo, daß sie aufsprang, mit einem Schritt bei Flos Pritsche war und sich dort hinlegte. Flo war fort und überführte eine P-51 nach Osten. Sie konnte frühestens in drei Tagen zurücksein, und bis dahin war Bernice lange fort. Sie mußte ihren Vater anrufen. Als es so weit war, konnte sie es nicht. Ihre Hand weigerte sich, den Hörer abzunehmen. Sie konnte nicht mit der Vermittlung sprechen. Nein.

Schließlich schickte sie ihm ein Telegramm, dann trieb es sie, zu laufen, zu laufen, immer weiter durch die heiße Nacht, und sie versuchte, ihren Verlust zu begreifen. Jeff war immer der männliche Teil von ihr gewesen. In all den Jahren nach Violas Tod war seine Zuneigung bis vor kurzem die einzige in ihrem Leben gewesen. Er war ihr Standbein in der Welt gewesen, ihr Fenster zum Abenteuer. In jenen Jahren ihres Hausarrests, in denen Jeff unzufrieden und unbeschwert umherwanderte, waren beide keine anderen dauerhaften Bindungen eingegangen, zwei Hälften eines unvereinbaren Ganzen.

Der Krieg hatte sie auseinandergerissen. Sie hatte ihn seit dem Sommerwochenende in Bentham Center nicht mehr gesehen ... Wußte es Zach? Er war auch in Frankreich. Sie brachte es nicht über sich, ihm von Jeff an die Londoner Deckadresse zu schreiben.

Flo wird Jeff nie kennenlernen, dachte sie, und er wird sie nie kennenlernen. Das kam ihr wie ein entsetzlicher Fehler vor, eine Panne im Universum. Sie würde ihn für den Rest ihres Lebens vermissen. Nun war nur noch Flo da. Sie mußte den Mut aufbringen, Flo an sich zu nehmen und festzuhalten. Ihre Liebe zu verwirklichen. Wenn sie Flo verlor, würde sie sich umbringen. Flo an sich zu binden war jedes Risiko wert.

Anfang Oktober erhielten Flo und Bernice und alle übrigen auf Long Beach stationierten WASPs einen amtlichen Brief vom Armee- und Luftwaffenhauptquartier in Washington. Keine schien es eilig zu haben, den Brief zu lesen. Entweder bekamen sie nun ihre Dienstränge, oder sie standen davor, in die Wüste geschickt zu werden. Bernice konnte ihren Briefumschlag nicht öffnen. Die anderen Frauen standen ähnlich gelähmt herum. Schließlich riß Flo ihren Umschlag auf und las laut vor:

> An alle WASP:
> General Arnold hat angeordnet, daß das WASP-Programm am 20. Dezember 1944 eingestellt wird. Beigefügt ist ein Brief von ihm an jede von Ihnen ...

Flo hörte auf zu lesen.

Alle öffneten die verdammten Umschläge und rissen die vervielfältigten Briefe heraus. Es stimmte, sie wurden an die Luft gesetzt. Ihnen wurde kurz von Cochran gedankt und überschwenglich von Arnold, und ihnen wurde der Stuhl vor die Tür gestellt. Sie konnten bei der zivilen Luftfahrtbehörde um einen zivilen Dienstgrad entsprechend ihrem militärischen Rang einkommen und viel Glück für die Zukunft.

Sie lieferten immer noch Flugzeuge aus. Bernice versuchte sich zu sagen, der Kongreß oder General Arnold würde erkennen, daß es ein riesiger Fehler war und daß sie nicht vor Kriegsende weggeworfen werden konnten, zu Untätigkeit verdammt. Wie die meisten anderen Frauen rannnten Flo und Bernice zu jedem Flugzeughersteller in Südkalifornien und bewarben sich als Testpilotinnen, aber keine Firma stellte zur Zeit ein. Sie schickten ihre Unterlagen an Fluggesellschaften. Die Fluggesellschaften antworteten nicht einmal.

Ein Leichentuch der Niedergeschlagenheit lag über der Baracke. Ein paar der Frauen waren nicht betroffen, die, die andere Pläne hatten und wußten, sie hätten ohnehin nicht unbegrenzt fliegen können. Die verheirateten Frauen, deren Männer in Übersee stationiert waren, nahmen es am besten auf. Eine plante, mit ihrem Mann im Central Valley von Kalifornien Schädlingsbekämpfung vom Flugzeug aus zu betreiben. Beide hatten sich seit zwei Jahren in Briefen über ihre Pläne ausgetauscht. Nun beantragte sie die vorzeitige Entlassung und fuhr los, um die Vorbereitungen zu treffen, überzeugt, daß der Krieg bis Weihnachten aus sein mußte, wo dann alle Zeitungen die gute Nachricht verbreiteten und die WASPs in jedem Fall nach Hause geschickt wurden.

Bernice hörte Flo nachts weinen, wußte aber nicht, was sie tun sollte. Sie fühlte sich hilflos. Sie bekamen nicht einmal die Veteranenzuwendungen, von denen alle redeten, weder wurden sie bei der Stellensuche bevorzugt, noch erhielten sie Beihilfen bei Unternehmensgründungen oder Stipendien für eine Ausbildung. Sie hatten nur das Geld, das sie von ihrem Gehalt gespart hatten. Die Frauen auf Long Beach unterzeichneten eine Bittschrift und boten an, umsonst weiterzufliegen, für ein symbolisches Gehalt, denn es gab immer noch höllisch viel zu tun. Darauf hoffte auch Bernice, denn Jagdflugzeuge fielen weiterhin an, und außer den WASPs besaßen nur wenige Piloten dafür die notwendige Eignung.

Sie wußten, daß der Kommandant der Überführungsdivision an der Westküste ihretwegen ein Sondergesuch an General Arnold gerichtet hatte, da er die WASP-Jägerpilotinnen einfach nicht entbehren konnte. Dann sickerte die Nachricht durch: Arnold weigerte sich strikt, einen Aufschub zu gewähren. Gerade die Jägerpilotinnen hatten die American Legion und den Kongreß besonders erbost, denn das galt als eine viel zu verwegene Tätigkeit für Frauen. Nach dem zwanzigsten Dezember durften der Heeresluftwaffe keine Pilotinnen mehr angehören.

Ein WASP-Rundschreiben erschien mit Tips zur Stellensuche, doch den größten Teil nahmen die Meldungen ein, was alles nicht offenstand. TWA schickte jemand von der Personalabteilung und bot an, WASPs als Stewardessen einzustellen. Schulen boten Beraterstellen an. Ein paar der Frauen bewarben sich als Fluglotsen und wurden eingestellt.

Eines Abends, als der Nebel sie an der Ostküste festhielt, nachdem sie eine Mustang auf Newark ausgeliefert hatte, durchpirschte sie die Straßen von Greenwich Village und suchte etwas, was es, so fürchtete sie, vielleicht gar nicht gab. Doch hin und wieder sah sie Frauen auf der Straße, die sie so unverhohlen musterten, wie die farbige Krankenschwester es vor langer Zeit getan hatte, Frauen, die ihren Blick geradenwegs erwiderten.

Es war elf Uhr an dem Abend, als sie eine Bar voller Frauen fand, obwohl sie sich anfangs gar nicht sicher war, ob wirklich alle in der Bar weiblichen Geschlechts waren. Doch sie waren es, sie waren es. Sie bewunderte den Habitus von einigen: burschikos, rauhbeinig. Sie konnte so aussehen, wenn sie sich Mühe gab. Sie hatte eine halbe Stunde an der Bar gehockt und sich an einem Bier festgehalten, als eine Frau ihrer Größe, aber ein wenig dünner, in schwarzem Rollkragenpullover und einem Overall, sich neben ihr an die Bar lehnte und mit tiefer Stimme fragte: »Einsam, Schatz? Ich hab' dich hier noch nie gesehen. Was ist das für eine Uniform? Ach, du fliegst Flugzeuge? Aufregend. Ich hab' ein Liebchen, die ist Armeehelferin, aber sie ist in Übersee ... Du kannst Frankie zu mir sagen.«

Bernice ging mit Frankie nach Hause, nicht aufgrund irgendeiner spontanen Anziehung, sondern weil sie lernen mußte, was sie selber war und wie sie Flo lieben sollte. Sie hatte panische Angst, einen Fehler zu machen, Flo weh zu tun. Wie sich herausstellte, war die Liebe mit einer Frau einfach. Diese Leichtigkeit erstaunte sie. Sie hätte längst selbst darauf kommen können, wenn sie nicht solche Angst gehabt hätte, aber vielleicht brauchte sie von anderen Frauen wie ihr die Erlaubnis dazu, das zu sein, was sie war, brauchte das Wissen, daß Frauen, die Frauen liebten, ein Leben und Berufe und Wohnungen hatten. Daß sie weiterlebten und nicht vor lauter Sinnentaumel in Flammen aufgingen. Sie lernte auch die Bezeichnung für sich: sie war eine Lesbierin.

»Die armen Schweine«, sagte Flo. Sie sprach von der letzten Klasse auf Avenger Field, die ihre Flügel am 7. Dezember erhielt und ihre Abschlußprüfung ins Nichts machte. »Wenigstens haben wir das Leben ein Weilchen genossen. Sie haben sich die Beine ausgerissen, um die Ausbildung durchzustehen, und wofür?«

»Wenigstens wissen sie nicht, was ihnen entgeht«, sagte Bernice. »Wir sind die armen Schweine. Wir hatten alles, und jetzt haben wir nichts.«

Flo sah sie vorwurfsvoll an und schwieg vielsagend.

Bernice beeilte sich hinzuzufügen: »Außer unserer Freundschaft. Wenn wir schon ohne Zukunft sind, dann sind wir es wenigstens gemeinsam.« Sie hatte Flo nichts von ihrem Abenteuer in New York erzählt. Es war nicht leicht, in der Baracke ein vertrauliches Gespräch zu führen, und sie konnte Flo schlecht in ein Motel zerren.

Sie wollte immer noch nicht glauben, daß es mit den WASPs zu Ende ging. Schließlich hatte sie einen Terminplan, der ihr kaum einen freien Tag ließ, um eine P-51 auszuliefern, sich schnellstens zurückzuverfügen und in die nächste zu setzen. Während der Dezember sich Weihnachten entgegenquälte, sah es so aus, als ob der Krieg sich festgefressen hatte. Die Linien auf den Karten, die den alliierten Vormarsch darstellten, kamen zum Stillstand. Die Armee konnte nicht so wahnwitzig sein, all die Zeit, all das Geld, das in ihre Ausbildung gesteckt worden war, einfach wegzuwerfen. Die Männer, die lauthals nach ihrem Pilotensitz schrien, waren dafür noch nicht geschult. Wenn die gut genug wären, hätten sie es zu Piloten gebracht und wären längst in Übersee. Die rangierten unter ferner liefen, und nun nahmen sie ihr diese schnellen und schönen Maschinen weg.

Das konnte nicht sein. Die WASPs hatten gute Arbeit geleistet. Sie hatten sich hervorgetan. Sie waren tüchtig, sie wiesen bei der Flugzeugauslieferung bessere Leistungen vor als die Männer. Sie durften nicht so bestraft werden. Sie durften nicht entlassen werden, wenn sie dringend gebraucht wurden. Präsident Roosevelt mußte ein Machtwort sprechen. Wenn General Arnold sich weiterhin weigerte, dem Druck nachzugeben, dann mußte General Marshall eingreifen. Irgendwer mußte den Weg zu einer vernünftigen Entscheidung finden, und zwar jetzt, denn sonst war Schluß.

Als sie das nächste Mal zum Stützpunkt zurückkehrte, erwartete sie ein Brief in der vertrauten Handschrift des Professors. Bernice zögerte, ihn zu öffnen. Die Auflösung hatte in allen Zeitungen gestanden, und obwohl sie nichts davon geschrieben hatte, mußte er inzwischen davon wissen. Gewiß erwartete er sie zurück an ihrem alten Platz in ihren alten Aufgaben. »Nein«, sagte sie laut und starrte wütend den Brief an. Niemand beachtete sie. Alle erhielten jeden Tag mit der Post schlechte Nachrichten, und keine der Frauen fand es ungewöhnlich oder auffällig, daß sie mit einem Brief in der geballten Fast dastand und darauf einredete.

Los, bring es hinter dich. Sie ging hinaus. Es war warm, und die Sonne schlug ihr ins Gesicht. Bei ihren zahllosen Flügen kreuz und quer durch das Land war sie nie an den Winter im Osten gewöhnt oder den Sommer im Westen. Sie hatte eine Erkältung nach der anderen, und manchmal war es eine Qual, mit entzündeten Nebenhöhlen das Flugzeug hochzuziehen. Ein kleineres Ärgernis.

Sie setzte sich auf eine Kiste und machte den Brief auf, ermahnte sich, Ruhe zu bewahren, wenn der Professor in seinen Zeilen gleich mit empörender Selbstverständlichkeit davon ausging, daß sie als sein Dienstmädchen nach Bentham Center zurückkehrte.

Liebe Tochter Bernice,
ich weiß, daß Du dort viel zu tun hast, und so hielten Gertrud und ich es für unpassend, Dich im vorhinein zu behelligen, zumal die Regierung uns dringend nahelegt, in diesen Zeiten keine unnötigen Reisen anzutreten.
Trotzdem möchten Gertrud und ich, daß Du unsere gute Neuigkeit vernimmst und mit uns Deine Freude daran hast. Wir haben am letzten Sonnabend in der Kapelle von St. Thomas geheiratet. Es war eine schlichte Feier, denn so geziemt es sich

für zwei Menschen in fortgeschrittenen Jahren, wie wir es sind, Witwer und Witwe.

Gertrud ist im lutherischen Glauben erzogen, doch sie hatte keine Einwände gegen eine Feier nach episkopalischem Ritus, auch wenn St. Thomas für meinen eher schlichten Geschmack schon immer ein wenig zu zeremoniös war. Die Heirat müßte Gertruds Visaprobleme beheben und unsere Schwierigkeiten mit den Nachbarn.

Gertrud ist eine prächtige Frau, und ich weiß, wenn Du ihr begegnest, wirst Du Deine Freude an unserem Gück haben. Sie fragt, ob Du vorhast, über Weihnachten nach Hause zu kommen? Ich habe ihr gesagt, ich könne mir nicht denken, daß es Dir möglich ist, eine so weite Reise zu unternehmen, doch wenn Du es vorhast, so laß es uns wissen, und Gertrud wird Dir Dein Zimmer herrichten. Sie ist eine ausgezeichnete Hauswalterin und eine vorzügliche Köchin. Ich weiß, Dein Bruder hätte sie auch gemocht.

Dem Brief beigefügt war eine geprägte Heiratsanzeige.

Bernice kehrte langsam zur Baracke zurück, mußte über sich lächeln und auch über den Professor. Sie war völlig überrascht von seiner Wiederheirat, fast zwanzig Jahre nach Violas Tod; aber daß er seine Haushälterin geheiratet hatte, paßte zu ihm. Was sie überhaupt nicht vorausgeahnt hatte, war: Nicht nur, daß sie nicht nach Hause fahren wollte, nein, sie konnte es auch gar nicht. Der Professor hatte sie ersetzt, wie die Luftstreitkräfte sie entlassen hatten.

Das einzige in dem Brief, was ihren Widerwillen erregte, war die sentimentale Erwähnung von Jeff. Sie konnte sich nicht vorstellen, daß Jeff an der Heirat des Professors seine Freude gehabt hätte. Es war ihr nicht möglich, sich mit ihrem Vater über Jeff auszutauschen, nach seinem Tod ebensowenig wie zu seinen Lebzeiten. Er gehörte ihr, ganz ihr, nicht ihrem Vater.

Von Zach hörte sie nichts. Oft gab es monatelange Lücken in ihrem Briefwechsel. Er war an der Front, und wenn er zwischen Einsätzen genug Zeit hatte, schrieb er ihr gewöhnlich. Sie ging davon aus, wenn er von Jeffs Tod gehört hätte, dann hätte er ihr geschrieben.

Am neunzehnten Dezember flog Bernice ihren letzten Jäger aus Long

Beach aus. Flugzeuge standen gestaffelt an der Startbahn und warteten, daß jemand sie auslieferte, aber ab morgen früh würden sie so lange da stehen, bis neue Jagdflieger aus dem Boden gewachsen waren. In Newark lieferte sie ihre Maschine ab. Dann händigte sie ihre Pistole aus, ihren Fallschirm und ihre Fliegerjacke. Mit dem Koffer in der Hand ging sie zum Tor hinaus und winkte vorbeifahrenden Autos, um zum Bahnhof zu gelangen.

Flo und sie hatten Glück: Sie fanden vorübergehend eine Anstellung in der Nähe von Columbus, Ohio, und lieferten überzählige Schulmaschinen, die die Armee abstieß, an Käufer überall in den Staaten aus. Es war ein Notbehelf, aber zu anständiger Bezahlung, und sie konnten weiterhin fliegen.

Als Bernice zum ersten Mal die klapprige kleine Fairchild PT-19 mit der offenen Pilotenkanzel und dem winzigen 175 PS-Motor flog, war ihr nach Weinen zumute. Sie kam sich vor wie auf einem Fahrrad, nachdem sie am Steuer eines Ferrari gesessen hatte. Das arme kleine Ding war den Elementen ebenso ausgeliefert wie ein Zweirad und schien ähnlich schneckengleich. Es war in mittelprächtigem Zustand, bei großzügiger Einschätzung. Sie fragte sich, wie billig diese Flugzeuge wohl weggingen. Wenn alles mit rechten Dingen zuging, spottbillig.

Das brachte sie auf die Frage, ob die Armee nicht vielleicht auch etwas Nützlicheres abstieß, wie zum Beispiel die C-87 Skytrain, eine Militärversion der DC-3. In den letzten paar Monaten war den WASPs auf ihrem Stützpunkt gestattet worden, Flugzeuge aller Typen fliegen zu lernen, um ihnen bessere Berufsaussichten zu geben, und sowohl Flo als auch sie hatten alle verfügbaren zwei- und viermotorigen Maschinen ausprobiert.

Die schlotternde kleine Schulmaschine zu fliegen war ein herber und schmerzlicher Abstieg. Gleichzeitig war ihr bewußt, daß Flo und sie zu der Handvoll ehemaliger WASPs gehörten, die immer noch irgend etwas flogen. Sogar Jacqueline Cochran war ein Schreibtischposten bei einer Luftverkehrsgesellschaft angeboten worden. Danach was?

Die Schulmaschinen waren Zweisitzer, aber sie flogen sie allein. Die meisten Flugzeuge waren arg strapaziert worden. Sie wurden flüchtig von einem Mechaniker durchgesehen und ihr zur Auslieferung übergeben.

Die ersten anderthalb Wochen blieben sie in einem Motel, bevor sie eine Pension fanden, die sie aufnahm. Dort teilten sie sich im zweiten Stock direkt unter dem Dach ein Zweibett-Mansardenzimmer. Es war kalt, zugig und nur in der Mitte ausreichend hoch. Bernice mußte gebückt zu ihrem Bett gehen; wenn sie plötzlich aufwachte und sich aufrichtete, stieß sie sich an den Dachbalken den Kopf. Wäre es in Columbus möglich gewesen, die Bettwäsche waschen zu lassen, sie hätten ihre eigene benutzt, denn die von der Wirtin zur Verfügung gestellte bestand aus grauen, löcherigen Leichentüchern und aus Handtüchern, die dünn genug waren, um als Moskitonetze zu dienen, sollte die Eiszeit je ein Ende nehmen. Doch der Krieg quälte sich knirschend voran, und die paar Wäschereien, die es noch gab, nahmen keine neuen Kunden mehr an.

Mit einiger Scheu richteten sie ihren vorläufigen Hausstand ein, jede bekam eine der wackeligen, nicht zueinander passenden Kommoden, beide nicht mit Kleidungsstücken überladen. Wie rasch hatte Bernice sich daran gewöhnt, die kleidsame blaue Uniform zu tragen, und wie unbequem und umständlich fand sie im Vergleich dazu Frauenkleider. Am wohlsten fühlte sie sich in ihrer Fliegermontur mit dem geräumigen Overall. Sie besaß wenig Kleider oder Röcke, und ihr widerstrebte der Gedanke, ihr Gehalt dafür auszugeben.

Am ersten Samstag abend kaufte Bernice eine Flasche Bourbon unbekannter Marke, der sich als so kratzig erwies, wie sie vermutet hatte. Im Radio hatten sie Tanzmusik eingestellt, und sie saßen auf Flos Bett und tranken. Wie mache ich einen Annäherungsversuch bei einer Frau? Die Erinnerungen an die Frau in der Bar halfen nicht. Sie konnte Flo schwerlich fragen, ob sie einsam sei. So legte sie statt dessen den Arm um Flos Schulter. »Müde?«

»Erschöpft«, sagte Flo. »Ich möchte zurück nach Westen, wenn wir entlassen werden.«

»Betrachte es als ausgemacht ... Was macht dein Rücken? Möchtest du massiert werden?«

»Liebend gern.« Flo drehte sich von ihr weg, zog die Sachen bis auf ihr Höschen aus und legte sich mit dem Gesicht nach unten aufs Bett. Bernice begann, ihre Schultern zu massieren, ihren Rücken. Sie tat das lange Zeit, saß dabei rittlings auf Flos Hüfte. Ihr eigener Atem klang ihr laut wie eine Dampflokomotive. Sie konnte nicht die ganze Nacht lang Flos Rücken massieren, aber hier war ihre Chance, wenn sie es denn war. War sie es?

Schließlich wagte sie, die Hände zu Flos Po zu bewegen, ihn zu kneten, aber auch zu streicheln. Flos Kehle gab einen kleinen Laut von sich. Bernice ließ die Hand über die weiche, seidige Hüfte streichen. Flo sagte nichts. Bernice starrte auf die krausen rotbraunen Schamhaare, die aus Flos Höschen hervorlugten. Sie merkte, daß auch Flo schwer atmete. Die Hand kreiste langsam und kreiste und strich die Innenseite entlang. Bernice schmolz dahin. Flo mußte doch inzwischen wissen, daß sie über die Massage hinaus etwas anderes tat, hoffte sie und starrte auf den Rücken, der glatt und seidig und stumm und ohne Ausdruck dalag. Schließlich ließ Bernice die Hand zu dem Kraushaar gleiten. Da bewegte sich Flo. Sie öffnete die Schenkel. Sie ließ Bernice zu sich.

Es war ein schlimmer Flug gewesen. Ende Februar war das Wetter rauh. Als sie in Cairo, Illinois landete, zog der Bodenmechaniker sie auf, daß sie ein Eis am Stiel flog, wegen der vereisten Flügel. Sie bat ihn, den Motor zu überprüfen, denn sie hatte den Eindruck, daß er heißlief. Ihr hatte gar nicht gefallen, wie der Motor während des Fluges reagiert hatte. Der Mechaniker versprach, ihn sich anzuschauen. Aber es half alles nichts, sie mußte weiter. Sie lieferte so rasch aus, wie sie konnte, denn sie wußte, wie leicht Flo und sie zu ersetzen waren. Wenn es jetzt schon so schwer war, Arbeit zu finden, wie würde es dann erst aussehen, wenn Tausende von Überseepiloten heimkehrten? Wie viele von ihnen würden Arbeit bei der Luftfahrt suchen? Diese Klapperkisten waren vielleicht die letzten Flugzeuge, die sie gegen Bezahlung flog. Doch sie konnte nicht ertragen, das zu glauben.

Bis dahin liefere ich die Ware aus und liefere sie pünktlich aus. Das hielt sie in der Luft, als einziges.

Am nächsten Nachmittag setzte sie unter einem schwarz dräuenden Himmel bei empfindlichem Seitenwind zu einem langsamen Vollgassinkflug auf Lawrence, Kansas an – wo das Flugzeug dem neuen Besitzer übergeben werden sollte –, da verabschiedete sich plötzlich der Motor. Ihre Flughöhe betrug noch etwa einhundertfünfzig Meter, ihr blieb also weder Zeit noch Raum, um zweimal zu überlegen. Sie schaute verzweifelt über die Seite hinunter, der Wind riß ihr fast die Haut vom Gesicht, und sie verfluchte den Motor. Er war nicht einwandfrei gelaufen. Kurz nach dem Start hatte sie noch gedacht, daß der Mechaniker in Cairo offenbar nichts getan hatte, um das Problem zu beheben, das ihr am Tag zuvor aufgefallen war, doch sie war weitergeflogen. Warum war sie ihrer Beanstandung nicht nachgegangen? Warum war sie nicht umgekehrt, als sie merkte, das Flugzeug reagierte nicht einwandfrei?

Sie kam über kleinen, eingezäunten Feldern herunter und hielt verzweifelt Ausschau nach einem freien Stück, lang genug zum Landen. Überall Zäune. Viehpferche. Häuser. Ihr blieben nur noch neunzig Meter Höhe. Sie mußte die Maschine über den Zaun direkt auf das Feld vor ihr herunterziehen, keine andere Wahl, keine Zeit. Was kann ich tun, dachte sie, schlippen und mit den Seitenrudern abbremsen? Kann mich das retten? Sie war fast am Ende des Feldes, und die Räder hatten den Boden immer noch nicht berührt. Bäume voraus. Ich schaffe es nicht. Nicht genug Platz.

Sie spürte einen rüttelnden Riß durch ihren Körper fahren, als das Heck durch die Baumwipfel brach. Dann ein ohrenbetäubendes, splitterndes Krachen, und die Maschine traf mit der Nase voran auf den Boden. Ihr schwanden kurz die Sinne, und dann fühlte sie die Stille mehr, als sie sie hörte. Sie war sich bewußt, daß sie lebte. Aber etwas stimmte überhaupt nicht. Sie fühlte sich zerbrochen. Automatisch ging ihre Hand zu den Instrumenten, um den Motor abzustellen. Heißes Öl tränkte ihre Füße. Brennend heißes Öl. Sie spürte Schmerzen, scharf und dumpf zugleich. Benzin strömte aus der gerissenen Treibstoffleitung, ein penetranter, beißender Gestank in ihrem Kopf, in ihrem Mund.

Ihre Beine wollten sich nicht bewegen. Sie mußte den Sicherheitsgurt lösen. Sie mußte ihre Hände benutzen und sich hinausstemmen, auf die Tragfläche. Obwohl der Motor sich im Flug von allein ausgeschaltet hatte, konnten die heißen Auspuffrohre die Benzindämpfe immer noch zur Explosion bringen, immer noch alles in Brand setzen. Beweg dich. Sie brachte die Taubheit in ihren Beinen und die Art, wie sie nicht gehorchten, mit dem brennend heißen Öl in Verbindung, das sie spüren konnte. Mit Armen und Schultern zog sie sich hinaus auf die Tragfläche. Sie konnte sich nicht bewegen, halb lag sie, halb hing sie. Ihr Gesicht war von Blut aus einer Kopfwunde überströmt. Blut blendete ein Auge.

Jemand rannte über das Feld, das sie aus dem klaren Auge sah. Sie wollte rufen und brachte keinen Laut heraus. Flo wird wütend auf mich sein, dachte sie, aber ich habe versucht, die Maschine sicher herunterzubringen, ich hab's versucht. Ich habe alles getan, was ich konnte. Mir fällt auch jetzt nichts ein, was ich noch hätte versuchen können.

Alles wurde schwarz. Sie hörte noch kurz einen Jungen schreien. Dann verschwand auch das.

Als sie erwachte, waren zwei Tage vergangen, und sie lag in einem Krankenhausbett in Lawrence, Kansas mit gebrochenem Rücken, zahllosen Schnittwunden, zehn Stichen in der Kopfhaut, vier gebrochenen Rippen und Verbrennungen dritten Grades am linken Fuß. Sie lebte. Das war das Ende vom Ausliefern der ausgedienten Schulmaschinen. Sie lag in ihren Gipsverbänden und machte sich Gedanken über die Zukunft. Nach Alaska, irgendwie, mit Flo. Ihrer Frau.

Daniel 8

Weiß für Flugzeugträger, schwarz für Schlachtschiffe

Was Daniel mit Louise verloren hatte, war die Fähigkeit, sich eine Liebesgeschichte zurechtzuschneidern, sich ein echtes und leidenschaftliches Interesse für eine Frau einzureden, die ihn nur körperlich erregte. Er arbeitete hart, in den fieberhaften, langen Tagen hermetischer Disziplin bei Sektion 20-G. In seiner Freizeit kochte er sich etwas, er las, meistens in Japanisch, denn er war ständig bemüht, seine Kenntnis der Sprache zu vervollkommnen, seine Vokabeln und sein Verständnis für Feinheiten zu erweitern, und als Ausgleichssport fuhr er Fahrrad.

Wenn er sah, wie ihre Geschichten in den Zeitschriften ihm wie jedem zufälligen Passanten angeboten wurden, dann spürte er schmerzlich ihre Treulosigkeit. Es war fast, als läse er Liebesbriefe, die einem anderen galten. Das tat sie also, statt mit ihm zusammenzusein; dafür hatte sie ihn verlassen. Ihr Bericht über die Befreiung von Paris hatte erhebliches Furore gemacht, und seitdem hatte sie weniger Hinter-der-Front-Kolorit geschrieben und mehr richtige Kriegsreportagen.

Die Zeitungen zeigten General MacArthur, wie er am Red Beach der Insel Leyte in den Philippinen an Land watete, durch knöcheltiefes Wasser. Über das Netz ihrer Feindnachrichtenabteilungen erfuhren sie von einer größeren Seeoffensive der Japaner, ein kühner, aber verschnörkelter Plan eines Angriffs von drei Seiten gleichzeitig in den Gewässern um die Landungstruppen auf Leyte.

Die Schlacht begann um 0300 Uhr Philippinenzeit. Als er ins Büro kam, fluteten die Funksprüche herein. Der Plan, wie sie ihn aus japanischen Dechiffrierungen erschlossen hatten, sah vor, Admiral Ozawas ramponierte und getürkte Flugzeugträger als Opfer einzusetzen, um die amerikanischen Marineverbände nach Norden zu locken, fort von ihrer Position zur Deckung der Landungstruppen und zur Bewachung der Meerenge von San Bernardino, dem nördlichsten Nadelöhr. Inzwischen sollte eine Kneifzangenoperation (ein Arm von Kurita geführt, der andere von Nishimura) die hilflosen Invasionskräfte umklammern und auslöschen.

Auf der großen Wandkarte steckten zwei Maate bunte Nadeln um, die die japanischen Schiffe darstellten, und entfernten die versenkten, weiß für Flugzeugträger, schwarz für Schlachtschiffe, rot für Kreuzer, grün für Zerstörer und gelb für U-Boote. Von seinem langen Arbeitstisch starrte Daniel auf die Stecknadeln. Eine ungeheure Anzahl von Schiffen war beteiligt. Alles gestaltete sich zu einer gewaltigen und kritischen Konfrontation. Wie üblich sahen sie die Schlacht nicht wie jeder andere beteiligte Amerikaner, sondern umgekehrt, denn sie entschlüsselten nur japanische Durchsagen.

Etwas Sonderbares passierte, als der vierundzwanzigste Oktober endete und der fünfundzwanzigste begann. Kuritas japanische Flotte dampfte durch die Meerenge von San Bernardino, und nichts und niemand hinderte sie daran. Die Angriffe auf sie vertröpfelten und hörten auf. Wo war Halseys Dritte Flotte? Dann gingen Berichte ein, aus Hunderte von Meilen entfernten nördlichen Peilungen, über heftigen Beschuß auf Ozawas Köderflotte. Die setzte sich aus Schlachtschiffen zusammen, die mit Hilfe neuer Decks vorgaben, Flugzeugträger zu sein, und aus Flugzeugträgern ohne Flugzeuge. Trotz aller nachrichtendienstlichen Warnungen vor dem Plan hatte Halsey sich offenbar an die Verfolgung gemacht.

Zum Glück meldete sich Kurita bei der Annäherung an die Landestrände wieder unter Beschuß. Aber wer verteidigte da die amerikanischen Landungstruppen? Daniel bekam es nicht mehr zusammen. Die Japaner unter Kurita meinten, gegen die Dritte Flotte zu kämpfen, doch die Dritte Flotte war Hunderte von Seemeilen entfernt, laut Ozawa, dessen Opferschiffe eins nach dem anderen abgeschossen und versenkt wurden.

Der einzige amerikanische Verband, der übrig schien, um Kurita in einer immer hitziger werdenden Schlacht abzuwehren, konnte den Japanern keine Probleme bereiten – nichts als eine Handvoll Geleitflugzeugträger, Zerstörer und Zerstörergeleitschiffe. Sie waren nicht einmal gepanzert. Sie hatten den großen Schlachtschiffen außer ein paar Torpedos nichts entgegenzuwerfen. Sie hatten nur Waffen, die zum Einsatz gegen menschliche Körper und kleinere Schiffe taugten. Sie konnten es nicht sein, die da kämpften.

Halsey hatte sechs neue Schlachtschiffe. Als er den Ködern hinterherjagte, mußte er seinen Verband geteilt und die Hälfte zurückgelassen haben, aber warum waren sie nicht in der Meerenge gewesen, wo sie sein sollten, sondern direkt vor den Landungsstränden? Die Schlacht ergab keinen Sinn mehr.

Die Japaner berichteten von etlichen Versenkungen amerikanischer Schiffe, doch auch sie wurden getroffen. Daniel hatte das Gefühl des Scheiterns, wie alle um ihn herum, denn sie konnten nicht begreifen, was da geschah. Die Verluste auf beiden Seiten stiegen weiterhin, aber die durchgegebenen Namen entsprachen nicht den Namen der Schlachtschiffe oder Flugzeugträger in Halseys Gruppe. Wen bekämpften die Japaner? Wer verteidigte die Armee- und Marinesoldaten auf den Stränden, die Angriffen vom Wasser her völlig offen und ungeschützt ausgesetzt waren?

Schließlich gab Kurita durch, daß er sich zurückzog. Die Leute von Sektion 20-G standen Kurita kritisch gegenüber, und mit der unvermeidlichen Verwirrung ihrer Standpunkte murrten sie: Der müßte entlassen werden. Yamamoto, der bei einem von ihnen ermittelten Treffen erschossen worden war, hätte einen Rückzug zu einem so kritischen Zeitpunkt nie gestattet, hätte in der Verfolgung seines Operationszieles nie gezaudert. Sicher, Kurita erholte sich immer noch vom Denguefieber, aber trotzdem waren alle dafür, ihn rauszuschmeißen.

Die Schlacht ergab noch weniger Sinn, als sie vorbei war und der wahre Sachverhalt sich langsam herausschälte. Halsey hatte seine gesamte Flotte mitgenommen. Der Einsatzverband unter Kurita war von dieser unwahrscheinlichen Handvoll leichter Schiffe unter Konteradmiral Sprague abgewehrt worden. Sie hatten Verlust auf Verlust hingenommen, und die Flugzeuge von den Geleitträgern waren selbst dann noch vorgetäuschte Bombeneinsätze geflogen, als ihnen schon längst alle Bomben ausgegangen waren.

Erst hinterher fiel Daniel auf, daß sich gegen Ende des Gefechts kleine Zeke-Flugzeuge mit unter den Tragflächen angeschnallten Bomben im Sturzflug direkt in die *Santee* und die *St. Lo* gebohrt hatten. Nach und nach begriff er, das war die Geheimwaffe, auf die sich die Japaner in ihren Funksprüchen bezogen hatten. Sektion 20-G-Mutmaßungen hatten auf neuartige Bomben getippt, auf japanische Versionen der deutschen Erfindungen des späten Krieges, Düsenjäger, Raketen, Schnorchelunterseeboote.

Nun wußte er es: die Geheimwaffe war die Bereitschaft junger Piloten, in den Tod zu gehen, wenn sie dabei ein Schiff mitnehmen konnten. Sie brauchten nicht gut ausgebildet zu werden: einmal fliegen und einmal abstürzen war alles, was sie tun mußten. Die Flugzeuge konnten primitiv sein: sie waren auf einen Einsatz ohne Wiederkehr zugeschnitten. Das war höchst wirtschaftlich und leider wirkungsvoll. Sie flogen unter dem Radar heran und stiegen dann kurz auf, um sich auf das Schiff ihrer Wahl zu stürzen. Die amerikanischen Schiffe mit ihren hölzernen Decks erwiesen sich als besonders verwundbar. Sie hatten einen Namen, diese Selbstmordpiloten. Natürlich, dachte Daniel, Kamikaze: der göttliche Wind, der Japan vor Kublai Khans Invasionsflotte gerettet hatte. Im Verlaufe des Winters hörten sie noch mehr von den glorreichen Selbstmorden.

Die Jahreswende kam und ging in einer Woge von Schneematsch, während Bing Crosby von einer weißen Weihnacht schmachtete und die Zeitungen von der deutschen Ardennenoffensive voll waren, die sie die Buckelschlacht nannten. Abra und er schrieben sich regelmäßig. Sie dienten einander als sichere Beichtpartner, denn nicht nur befanden sie sich in verschiedenen Ländern, sie kannten auch die Hauptfiguren in ihren wechselseitigen Dramen. Abra behauptete, mit Oscar fertig zu sein, aber das hatte sie schon einmal geschrieben und dann die Affäre wiederaufgenommen.

Zwanghaft las er Louises Artikel. Oft erfuhr er daraus mehr als aus ihren Briefen. Sie schrieb ebenso häufig wie Abra, aber weniger ehrlich, fand er. Es waren kurze, eilige, oft atemlose Briefe.

> Heute morgen habe ich ein Bad genommen, ein richtiges, ganzes, sogar fast lauwarmes Bad. Ich kann mich gar nicht mehr an mein letztes Bad erinnern. Oh, doch. Das war in Reims, wo ich mir mit meinen Mit-Schreiberlingen eine wunderbare Flasche Champagner teilte. Der Champagner war kalt, das Bad war heiß, das Essen echt und kein Ersatz, und ich schlief in einem richtigen Bett. Das ist, versteht sich, seitdem kaum der Fall gewesen. Im Normalfall ist das Essen kalt, das Bett der nasse Erdboden und der Wecker eine Granate.
> Die Seite ist gerade verknittert worden, weil Trauerkloß, der Kompaniehund, sich draufgesetzt hat, damit ich ihn beachte. So viele GIs legen sich Viecher zu, Du würdest staunen. Tiere kriegen das Schlimmste vom Krieg ab. Weitaus mehr Tiere als Menschen kommen auf grauenhafte Weise um ...

Aus *Collier's* erfuhr er, daß sie in der Ardennenschlacht mit ihrer Truppe fünf Tage lang von den Deutschen eingekesselt war. Wäre sie in Gefangenschaft geraten, was hätten die Deutschen mit ihr angestellt? Sie vergewaltigt? Sie erschossen? Wäre sie als Jüdin in ein Lager gekommen? Warum mußte sie sich so in Gefahr bringen? Seiner Überzeugung nach hatten die Enttäuschungen, die sie beim OWI hinnehmen mußte, zu dieser Feuerprobe geführt, aber was, wenn sie zu Tode kam?

Wenn er an sie dachte, dann im Bett, ihre seidige Haut an der seinen, hitzig und weich. In letzter Zeit drängten sich andere Bilder dazwischen, von den Begleitphotos zu ihren Berichten: Louise, ihr Körper verloren in weiten Männersachen, mit warmem, aber ein wenig eingeschüchtertem Lächeln unter dem Rohr eines riesigen Artilleriegeschützes, auf einer halb zerschossenen Mauer oder im Gefechtsturm eines Panzers. Er betrachtete diese abstrusen Bilder und dachte, sie wird nie zurückkommen. Sein Gefühl war, der Krieg verwandelte sie in etwas anderes, wenn nicht in einen Leichnam, dann in ein Wesen, das er nicht kannte, vielleicht auch nicht kennen wollte.

Abra bekannte freimütig ihre panische Angst vor den Raketen. Vielleicht war die zunehmende Reife, die er in ihren Briefen wahrgenommen hatte, ein Grund, warum Oscar sie bat, ihn zu heiraten. Daniel wunderte sich, warum sie nach so langer Wartezeit nicht sofort annahm.

Sie erwiderte:

> Was so widerwillig nach so langer Zeit dargereicht wird, ist nicht, was ursprünglich aus freier Hand hätte kommen können, frisch und aufregend und warm. Sagen wir, das Angebot ist inzwischen ein wenig altbacken, und ich habe andere Vorstellungen. Ich arbeite daran, meine Freiheit zu errichten und sie dann zu genießen.

Einst hatten ihre Briefe zur Gänze aus oberflächlichen Witzeleien und Neckereien bestanden, aber inzwischen, so fand er, war für beide wertvoll geworden, sich einander anzuvertrauen.

Daniel bemerkte einen deutlichen Unterschied zwischen den Mannschaften, die hauptsächlich mit den Enigma-Verschlüsselungen der deutschen Wehrmacht zu tun hatten, und denen, die die japanischen Codes bearbeiteten. Er sah die unterschiedlichen Haltungen der hauptsächlich westwärts eingesetzten Marine und der hauptsächlich ostwärts eingesetzten Armee darin widergespiegelt. Die Hochstimmung jener, die mit dem Konflikt in Europa beschäftigt waren, hatte von der deutschen Offensive im Dezember einen Dämpfer erhalten, war aber schon wieder im Steigen begriffen. Sie schauten über den Krieg hinaus, machten sich Gedanken, schmiedeten Pläne, politisierten. Sie belebten alte Ziele wieder und ersannen neue.

Jene, die im Pazifik-Krieg eingesetzt waren, beobachteten eine steigende Kurve von Widerstand und von Verlusten, von immer längeren Gefechten und immer erbitterteren, zerfleischenderen Weigerungen, auch nur einen Zentimeter Boden preiszugeben. Es gab keine Massenkapitulationen. Während der Krieg sich immer weiter auf Japan zubewegte, wurde er in jedem Bereich kostspieliger, und der Blutzoll stieg. Niemand, der zum Pazifik schaute, dachte an baldige Demobilisierung. Daniel beeilte sich nicht, neue Pläne zu machen oder alte umzuändern. Er sah den Krieg andauern, ein Jahr, anderthalb Jahre, zwei Jahre. Bis dahin war Japan vielleicht nur noch ein Häufchen aus kahlen Bergen und verbrannten Städten, und Amerika um eine Million junge Männer ärmer. Er vermochte die fröhliche Zuversicht der nach Europa Orientierten nicht zu teilen. Für ihn waren die Aussichten fürwahr finster.

Naomi 9

Zugehörig

Im Laufe dieses Winters wurden die Träume langsam schwächer. Nur noch hin und wieder betrat sie den Ort unter dem Berg, wo die fliegenden Bomben gemacht wurden, wo der Hunger nie aufhörte, wo die Kälte bis in die von loser, papierener Haut umhüllten Knochen drang. Selten sah sie jetzt durch Rivkas Augen auf die böse glitzernden Höhlenwände, die sie erdrückten.

Sie arbeitete in Fenniman's Bäckerei. Sie warf zu Hause ihre Bücher hin, nahm sich rasch einen Happen zu essen und eilte zur Bäckerei, wo sie einen weißen Kittel über ihre Schulsachen zog. Es roch den ganzen Winter durch süß und heiß und hefig, wo es zu Hause immer kalt und zugig war und nicht genug Kohlen da waren, um das ganze Haus zu heizen. Immer gab es Brotkanten oder abgebrochene Teigstücke zu essen oder nach Hause mitzunehmen.

Sie kam sich wichtig vor. Sie hatte Arbeit, wie eine Erwachsene. Jeden Donnerstag bekam sie einen Lohnscheck. Sie brachte ihn sofort auf die Bank und ließ ihn ihrem eigenen Konto gutschreiben. Dann hob sie ihr Taschengeld für die Woche ab und die vier Dollar, die sie Tante Rose zahlte. Sie hatte bei der gleichen Bank wie Ruthie und Onkel Morris und Tante Rose ein Konto.

Meistens verkaufte sie hinter dem Ladentisch, aber sonntags, wenn sie früh kommen konnte, half sie beim Backen. Das war ihr Lieblingstag. Beim Backen fühlte sie sich, als sei sie eine gute Person. Ruthie hatte ihr die Arbeit besorgt, und anfangs hatte sie nicht gewußt, was sie davon halten sollte. Dann entschied sie, es war gut, daß sie nicht die ganze Zeit mit Leib und dem herumkrabbelnden David oben in der Wohnung war. Die Fennimans hatten sie immer gemocht, seit dem heißen Juni, als Mrs. Fenniman, Alvin und sie Mr. Bates geholfen hatten.

Trudi war wieder schwanger. Leib sagte, das spielte keine Rolle und hatte nichts mit dem zu tun, was er für Naomi fühlte. In der Bibel, sagte er, hatten alle wichtigen Männer mehr als eine Frau, und er brauchte beide, Trudi und Naomi. Seit es draußen kalt geworden war, tat er die Dinge mit ihr oben, was Naomi Angst machte.

Sie liebte Leib, sie konnte nicht anders, denn ihr kam er so groß vor wie der Himmel. Die Liebe zu ihm war etwas, unter dem sie lag, während Rivka sich unter dem Berg abschindete. Vielleicht hatte sie nach und nach aufgehört, von Rivka zu träumen, weil sie jetzt zu Leib gehörte und nicht mehr zu Rivka. Doch wenn sie auch die Träume haßte, sie fehlten ihr. Sie fühlte sich abgetrennt. Vielleicht versuchte Rivka immer noch, zu ihr zu sprechen. Vielleicht war Rivka tot. Vor einem Jahr noch hätte sie es gewußt, sofort, aber jetzt nicht mehr. Sie hatte Leib zwischen sich und Rivka gelegt.

Sein Körper umschloß sie wie eine Faust und hielt sie heiß und fest. Er hatte Wort gehalten und war noch nicht in sie eingedrungen, aber das war auch alles, was er nicht getan hatte. Jedesmal stellte sie sich vor, nein zu sagen, aber wenn er sie dann zu sich zog, brachte sie kein Wort heraus. Sie war schlecht, das war alles.

Manchmal stellte sie sich vor, wie er sie davontrug, um schließlich anderswo mit ihr zusammenzuleben, irgendwo anders. Dennoch mochte sie Trudi. Trudi war freundlich zu ihr, während sie Trudi betrog. Sie war Trudis heimliche Feindin. Ruthie hatte ihr die Flucht leichter gemacht, indem sie ihr die Arbeit in der Bäckerei besorgt hatte. Jetzt hatte sie keinen Grund mehr, oben zu sein, und hielt sich von Leib fern, sooft sie konnte. Doch von Zeit zu Zeit waren sie allein im Haus, und dann rief er sie, und sie ging zu ihm.

Alvin hatte auch Arbeit und belud Laster bei der *Detroit News*. Weder er noch sie hatten viel Zeit, sich mit der Gang herumzutreiben. Sogar Brille hatte Arbeit, schwarz für eine illegale Lotterie. Nur Sandy arbeitete nicht; ihre Mutter fand das undamenhaft. Sie langweilte sich so sehr, daß sie sich in Naomis Haus herumdrückte, wann immer sie der Überwachung ihrer Mutter entkommen konnte. Manchmal sorgte sich

Naomi, ob Leib Sandy nachstieg, während sie arbeitete, aber er behauptete, sie nicht attraktiv zu finden. Leib hatte auch zu tun und lernte für seine Maklerlizenz. Leib und sein Freund Fats sagten, die Grundstückspreise würden explodieren, sobald die Truppen nach Hause kamen.

Alvin und Naomi gingen samstags abends ins Kino, und manchmal auch sonntags abends, denn Alvin hatte Geld in der Tasche.

»Manchmal denke ich, ich sollte die Schule schmeißen«, sagte Alvin. »Warum die Schulbank drücken für ein Diplom, auf das keiner was gibt? Mein Onkel Barney ist aufs College gegangen und dann in einem Schuhgeschäft gelandet, und er fand noch, er hatte Dusel. Jetzt ist er Buchhalter in einem Quartiermeisterkorps. Ich könnte mehr Geld verdienen, als er je gesehen hat, sofort, morgen, wenn ich die Schule hinschmeiße.«

»Was sagt deine Mutter?«

»Was soll sie schon sagen? Geh aufs College. Lern was. Sei kein *gojischer* Kopf. Sie sieht nicht, was für Möglichkeiten es gibt.«

»Du hättest keine Zeit mehr für mich.«

»Mal angenommen, ich schmeiße und kriege gute Arbeit, wo ich jede Woche sechzig Grüne einsacke. Sobald wir sechzehn sind, könnten wir mit elterlicher Einwilligung heiraten. Meine Mutter wird kreischen und die Hände überm Kopf zusammenschlagen, aber ich krieg' sie schon dazu, daß die ja sagt. Und du hast keine Eltern.«

»Ich habe Eltern. Sie sind bloß nicht hier.«

»Wahrscheinlich müssen deine Tante und dein Onkel für dich unterschreiben, aber warum sollten sie nicht? Du bist nicht ihre Tochter. Kann gut sein, daß sie froh sind, wenn jemand anders für dich aufkommt.«

»Wieso willst du eigentlich auf einmal heiraten? Hast du dich mit deiner Mutter gestritten oder was?«

»Wir könnten unsere eigene Wohnung haben. Wär das nicht schön? Ich würde zur Arbeit gehen, und du würdest auf mich warten.«

»Ich hör' nicht in der Bäckerei auf, Alvin. Ich mag die Fennimans. Sie mögen uns auch beide, und du weißt, wieso.«

Alvin sah verlegen aus. »Ach, daran erinnern die sich doch nicht mehr. Das ist fast zwei Jahre her.«

»Aber klar erinnern sie sich. Deswegen haben sie mir die Arbeit gegeben, obwohl ich minderjährig bin.«

»Alle stellen Kinder ein, das ist doch das Tolle für uns.«

»Außerdem, wie kommst du drauf, daß wir eine eigene Wohnung finden? Wir müßten wahrscheinlich bei meiner Tante und meinem Onkel oder bei deiner Mutter wohnen.«

»Der Krieg ist bald vorbei. In Willow Run entlassen sie schon Leute, und die ganzen Provinzler gehen dahin zurück, wo sie hergekommen sind, und dann wird hier Platz frei.«

»Wenn sie in Willow Run schon Leute entlassen, und wenn dann die Soldaten alle zurückkommen und ihre alten Arbeitsplätze wiederhaben wollen, wo wirst du dann in einem halben Jahr arbeiten, Alvin?«

Er zog ein Gesicht und fuhr sich heftig durch seinen neuen Bürstenschnitt. Das hatte gesessen. Sie war enttäuscht. Sie hatte gehofft, er wüßte darauf eine Antwort. Leib bestimmt. Der würde sagen, daß man sich an den Kriegsheimkehrern eine goldene Nase verdienen konnte. Manchmal kam ihr Alvin vor wie einer, der gegen einen Riesen angetreten ist, ohne sich überhaupt bewußt zu sein, mit jemandem im Kampf zu stehen. Hätte er sich bloß nicht die Haare nach neuester Mode bis auf die Wurzeln abmähen lassen, er sah gräßlich aus, wie ein armes Opfer. Leib hatte seine Haare wieder wachsen lassen und kämmte sie nach hinten. Naomi konnte die Bürstenschnitte nicht ausstehen, die Männer sahen grausam damit aus, wie Frankensteinmonster. Manchmal, wenn sie mit Sandy auf der Straße ging und den Männern nachgaffte, mußten beide kichern, denn die aus dem stoppelkurzen Haar hervorstehenden Männerohren sahen aus wie die Henkel einer Zuckerdose. Sie flehte Alvin an, sich die Haare wachsen zu lassen, aber er wollte ganz auf der Höhe sein. Er wollte nicht glauben, daß ihr das nicht gefiel.

Sie nahm immer Rücksicht auf seine Gefühle, denn sie sah Alvin ähnlich wie sich selbst, verletzlich, halb erwachsen, nirgendwo recht hingehörend. Aber es waren gerade seine Tugenden, die ihn daran hinderten, sie zu beschützen, vor Leib zu bewahren. Vom Aussehen her war er groß und stark. Die Burschen auf der Straße schauten ihn an und schauten weg. Niemand trat ihr zu nahe, wenn Alvin dabei war. Unter dem kurzgeschorenen Haar und den ungeschlachten Knochen war er empfindsam, mitfühlend, rücksichtsvoll. Er bedrängte sie sexuell nie zu sehr. Er hatte Angst, ihr weh zu tun, hatte Angst vor schlimmen Folgen. Wahrscheinlich wollte er sie heiraten, um mit ihr ohne schlechtes Gewissen ins Bett gehen zu können.

Ein- oder zweimal erwog sie, es mit Alvin zu tun, um Leib abzuwehren; dann konnte sie ihm sagen: ich gehöre zu Alvin. Aber der Gedanke, zu Alvin zu gehören, hatte etwas Lächerliches. Sie waren befreundet und knutschten. Er streichelte sanft, ganz sanft ihre Brust wie einen Vogel, den er zu zerdrücken fürchtete. Sie küßten sich zwanzig Minuten hintereinander, aber nie schmolz sie zu der heißen, flüssigen Schokolade, zu der sie mit Leib wurde. Nein, Alvin war ihr zu ähnlich, um sie erregen oder einschüchtern zu können.

Alvin meinte, im Geld zu schwimmen. Im März kam der Geburtstag seiner Mutter, und er kaufte ihr einen Pullover. Gleichzeitig besorgte er ein Geschenk für Naomi. Am Sonntag abend schenkte Alvin ihr ein silbernes Armband, ein blauer Stein namens Türkis war darin gefaßt und steckte in dem Silber wie ein Stückchen Mittelmeerhimmel. Sie legte es an und trug es ins Haus, um es allen zu zeigen, mit Alvin im Gefolge. Die ganze Familie und dazu Leib und Trudi waren unten und hörten sich Edgar Bergen und Charlie McCarthy an. Das Radio oben ging nicht mehr, und nirgendwo gab es Ersatzteile, deshalb kamen Trudi und Leib nach unten, um ihre Lieblingsprogramme zu hören.

Alle bewunderten das Armband. Trudi sagte, es paßte in der Farbe wunderbar zu Naomis Teint, und Alvin war eine Ausnahme, wenn er solche Geschenke aussuchen konnte. Ihr Vater hatte ihrer Mutter zum Geburtstag immer einen Zwanzigdollarschein in die Hand gedrückt und gesagt: Kauf dir was Hübsches.

Leib packte Naomis Arm mit festem Griff. »Laß mal sehen. Was hast du dafür bezahlt, Alvin?«

Trudi schüttelte den Kopf. »Was für eine Frage, Liebling. Das kannst du ihn doch nicht vor seiner Freundin fragen.«

»Hoffentlich nicht viel«, sagte Leib, »denn siehst du, da hat es einen Fehler. Jammerschade.«

Wütend riß Naomi ihren Arm los. Wie konnte er es wagen, auf Alvin rumzuhacken? Was hatte er ihr je geschenkt? Alvin schaute zu Boden, und sie wußte, daß er am liebsten geheult hätte.

»Ich bin kein Juwelier«, sagte sie. »Also was macht mir das schon? Es ist hübsch, und Alvin hat es mir geschenkt, und das ist die Hauptsache«, sagte sie laut und schwenkte ihr Handgelenk herum.

Als Leib sie das nächste Mal allein erwischte, was erst Donnerstag abend geschah, sagte er: »Was treibst du eigentlich neuerdings mit dem Bengel, daß er dir Armbänder vom Juwelier schenkt?«

»Er ist nett zu mir, weiter nichts. Er will mich heiraten.«

Leib lachte. »Du wirst bald sechzehn, dann bist du ja alt genug. Aber es wäre dumm von dir, dieses Kalb zu heiraten. Ich werde bestens für dich sorgen, dann kriegst du Türkise groß wie Kegelkugeln.«

»Leib, ich will heute abend nicht. Trudi ist schwanger. Ich habe ein ganz schlechtes Gefühl deswegen. Bitte, Leib. Es ist nicht richtig.«

»Für mein Gefühl ist es prima.« Er zog sie ins Schlafzimmer. »Aber in einem hast du recht. Ich mache keine Mätzchen mehr mit dir.«

»Dann laß mich gehen. Bitte, Leib. Laß mich runtergehen.«

»Wenn du unten sein willst, warum bist du dann hochgekommen?« Lachend warf er sie aufs Bett.

»Du hast mich gerufen.«

»Stimmt genau. Und besser, du kommst, wenn ich rufe. Wenn du nicht raufgekommen wärst, wäre ich zu dir runtergekommen. Oben oder unten, mir doch egal!«

Er zog sich völlig aus. Das hatte er noch nie getan. Sie überlegte fieberhaft, ob irgendwer hereinkommen konnte. Trudi und Ruthie waren zur Arbeit. Onkel Morris, Tante Rose und Sharon waren zu einer Kundgebung über die Lager und die Flüchtlinge, um die Regierung dazu zu bewegen, die Überlebenden in die Staaten kommen zu lassen. Onkel Morris hatte gezögert, sie mitzunehmen, denn er fand, sie sollte die Photos nicht sehen. Angeblich saß sie und lernte. Sie hatte nicht gewußt, daß Leib zu Hause blieb; in letzter Zeit war er so oft weg, daß Trudi sich beschwerte. Naomi hatte Angst vor der Versammlung gehabt, Angst zu sehen, was sie in ihren Träumen gesehen hatte.

Jetzt kniete Leib über ihr und zog sie aus, drehte sie auf dem Bett hin und her, um ihr die Sachen vom Körper zu reißen und auf den Boden zu werfen. Die Luft fühlte sich kalt an. Sie begann, leise zu weinen.

»Vorher wird geweint, hinterher wird geweint. Es ist Zeit, mein Püppchen. Ich wäre blöd, es noch länger aufzuschieben, damit ein dummer Bengel dir das Blümchen raubt, auf das ich warte. Du weißt, es ist richtig so, ganz egal, was alle andern sagen. Du gehörst mir. Ich habe dich ausgewählt, und ich werde dich mitnehmen, wohin ich auch gehe.« Er hob ihren Po hoch und legte ein Handtuch darunter. »Mach die Beine breit. Ich sagte, mach die Beine breit, Naomi.«

Obwohl er seit dem Sommer immer die Finger in sie gesteckt hatte, brannte es und zerriß sie, als er sein Ding hineinstieß. Sie schrie auf und biß dann ins Kissen, um leise zu sein. Jeder Stoß fühlte sich an, als zerrisse er sie aufs neue. Sie war froh, als er fertig war, und bat ihn, als er dann anfing, sie zu berühren, es nicht zu tun. Sie war zu wund, um zu kommen.

Er holte sich Zigaretten ans Bett und ließ sie an seiner ziehen, was ihr sonst immer geschmeichelt hatte. Sie weinte immer noch, aber er war bester Laune. Er saß an die Kopfleiste gelehnt und rauchte und redete, während er ihr die Schultern und das Haar streichelte. »Ich brauche nur Startkapital, weiter nichts. Fats kann seinem Alten was aus dem Kreuz leiern, aber nicht genug. Jetzt ist die Zeit, um Land zu kaufen, genau jetzt, wo's keiner haben will. In einem halben Jahr werden sie so schnell Häuschen für Veteranen hochziehen, daß sich die ganze Landschaft ändern wird. Ich sehe es kommen, aber wenn ich kein Geld in die Hände kriege, nutzt mir das einen Scheißdreck.«

Naomi lag bedrückt neben ihm, sie fröstelte und blutete leicht. Ihre Scheide schmerzte stechend. Sie fühlte sich klebrig, schmutzig. Immer noch liefen ihr Tränen aus den Augen. Jetzt gehörte sie zu Leib, ganz und gar. Aber seine Frau war schwanger, und sie wollte Trudi nicht weh tun, und was bedeutete das alles? Sie konnte niemanden fragen. Mit niemandem reden. Für sie gab es nur Schweigen und Angst. »Bitte, ich friere. Kann ich mich wieder anziehen?«

Ein Brief kam für sie, von einem französischen Adjutanten Lev Abel. In Französisch informierte sie der Brief, daß ihr Vater ein sehr tapferer Mann und ein Anführer im Maquis gewesen war. Er hatte gegen die Deutschen gekämpft und viele von ihnen getötet, stand in dem Brief, bevor sie ihn schließlich am *20 juillet* 1944 in der Montagne Noire erschossen hatten. Ihr Vater war mit einer Handvoll Kämpfern zurückgeblieben, um die Deutschen aufzuhalten, so daß der Rest ihrer Truppen entkommen und sich neu formieren konnte. Er selbst war durch ihren Vater noch am Leben.

Er schrieb, daß es ihm sehr leid tat, ihr den Tod ihres Vaters mitteilen zu müssen, und das so lange danach, aber er hatte gerade erst ihre

Adresse gefunden. Ein von ihrer Schwester Jacqueline geschriebenes Tagebuch war nach der Schlacht unter Umständen aufgefunden worden, die ihn annehmen ließen, daß ihre Schwester von den Deutschen erschossen worden war, aber eine genaue Identifizierung war wegen des Zustands der Leiche nicht möglich gewesen. Er hätte lieber bessere Nachrichten für sie, aber er schickte ihr das Tagebuch. Da er nicht wußte, ob Jacqueline lebte oder tot war, hatte er sich erlaubt, das Tagebuch zu lesen, soweit er konnte. Er erklärte, daß sie 1943 begonnen hatte, in Code zu schreiben, und er es daher nur bis zu diesem Punkt lesen konnte. Sie hatte jedoch schon weit vorher die Adresse ihrer Schwester in den Vereinigten Staaten eingetragen.

Er hoffte, sie werde vom Rest ihrer Familie gute Nachrichten erhalten. Er bedauerte noch einmal, ihr den Tod ihres Vaters mitzuteilen, doch ihr Vater war ein großer Kämpfer in der jüdischen Résistance gewesen, und es hatte einen Panzer gebraucht, um ihn zu Fall zu bringen. Sie sollte stolz auf ihren Vater sein und sein Andenken ehren. Er hatte die Freude gehabt, unter seinem Befehl zu dienen. Außerdem hatte er mit Jacqueline gearbeitet, und ihre Tapferkeit und Intelligenz in kniffligen Situationen werde schmerzlich vermißt. Sie hatte mindestens achtzig jüdischen Kindern das Leben gerettet.

Zum Schluß schrieb er, daß er hoffte, ihr nach dem Krieg eines Tages zu begegnen, und daß er ein Photo von ihrem Vater im Maquis dem Päckchen mit dem Tagebuch beifügte, denn sie hätte das Photo doch sicher gerne zur Erinnerung an ihren Vater.

Als sie den Brief durchgelesen hatte, stand sie auf, und dann fiel sie in Ohnmacht.

Als sie zu sich kam, lag sie auf dem Wohnzimmerfußboden und blutete am Kopf, wo sie auf die Heißluftklappe geschlagen war. Tante Rose kniete mit einem in kaltem Essigwasser getränkten Waschlappen über ihr. Naomi lag auf dem Fußboden und fing an zu weinen und wollte nicht aufstehen.

Stets hatte sie gehofft, daß am Ende – auch wenn Maman tot war, auch wenn Rivka gestorben war, ganz allein, ohne daß Naomi noch zuhörte – doch noch Papa auf seinem Motorrad kam und sie dorthin zurückbrachte, wo sie hingehörte. Jetzt gab es diesen Ort nicht mehr. Da war nur noch Jacqueline, weit, weit fort, vielleicht auch tot, niedergeschossen wie Papa. Auch, wenn sie nicht erschossen war, so war sie nur eine ältere Schwester und konnte nicht helfen. Jacqueline war ebenso schwach wie sie.

Naomi gehörte jetzt zu niemandem, nur noch zu Leib. Nicht einmal Ruthie war da, um ihre Tränen zu trocknen, denn Ruthie war bei der Arbeit. Jetzt war sie wirklich eine Waise und gehörte nirgendwo hin.

Jacqueline 12

Wo du hingehst

Am achtzehnten Januar waren Jacqueline und Daniela mit fünfzigtausend anderen Häftlingen noch am Leben, um zum Appell anzutreten. Dieser Tag unterschied sich von allen anderen. Sie konnten die sowjetische Artillerie hören, wie seit zwei Wochen, jeden Tag lauter, ein Geräusch, das aus der Erde in ihre Knochen fuhr. Hoffnungsvoll erwarteten sie die sowjetischen Granaten, sehnten sich danach, wie sie sich früher nach den alliierten Bomben gesehnt hatten. Die Verbrennungsöfen waren gesprengt worden, und die schwarze fettige Asche rieselte nicht mehr. Die Todesmaschinerie hatte zwar aufgehört, aber ohne daß der Tod aufhörte. Die Sterbenden wurden zu Haufen zusammengetragen oder in Baracken gestopft und darin eingeschlossen. Die ganze Woche hatten die SS-Leute Papiere verbrannt und Insassen, die zu viel wußten, erschossen.

Zur Begleitmusik des üblichen SS-Chores aus Beschimpfungen, Schlägen mit dem Gewehrkolben, Tritten und wahllosen Erschießungen wurden sie aus dem Lager getrieben und in geschlossene Güterwagen verladen gleich denen, die sie nach Auschwitz gebracht hatten. Rysia war direkt hinter ihnen, aber mit der willkürlichen Brutalität, die ihr Leben kennzeichnete, zerrte der Schlitzer Rysia von ihnen fort und warf sie in den nächsten Waggon. Ihr Wagen war so überfüllt und verdreckt wie auf der vorigen Reise, aber sie waren alle in schlechterem Zustand und begannen rascher zu sterben. Auf dieser Fahrt waren keine Kinder unter ihnen, keine alten Leute, keine Säuglinge.

Wie beim letzten Mal hatten sie kein Wasser, nichts zu essen außer den winzigen Stückchen Brot, die Daniela und sie unter ihren zerlumpten grauen Kitteln versteckt hatten. Es gab weniger Spannungen, mußte sie denken, denn alles war nur noch Tod.

Sie hatte sich auf ihrem Weg ins Lager vor Vergewaltigung geängstigt, unnötig. Als die SS-Verbände in Polen einmarschiert waren, hatten sie viele Frauen vergewaltigt und sofort umgebracht. Aber warum sollten sich die SS-Männer hier mit den stinkenden, halb verhungerten Häftlingen abgeben, wenn ihnen die übersättigten und übererregten SS-Frauen und ihre eigenen Bordelle zur Verfügung standen? Nein, sexueller Mißbrauch war zu totaler Gewalt gesintert worden. Die SS-Männer und -Frauen befahlen ihnen ständig unter irgendeinem Vorwand oder auch keinem, sich nackt auszuziehen, schlugen ihnen immer über die Brüste. Sie hatten es nicht nötig, die Frauen zu vergewaltigen, um sich ihre Macht zu beweisen, denn sie hatten ihre Gewehre, ihre Pistolen, ihre Schlagstöcke, ihre Maschinengewehre, ihre Hunde, die sie auf die Frauen hetzten, sie zu zerfleischen. Vergewaltigung mußte ihnen im Vergleich dazu farblos vorkommen, dachte sie.

»So weit sind wir zusammen gegangen, Daniela«, murmelte sie. »Was auch geschieht, wir müssen zusammenbleiben.«

»Ich werde dich nie aus den Augen lassen.« Daniela war eng an sie gedrängt, beide standen an die Wand des unbeheizten Waggons gezwängt.

»Hör mir zu: 'Wo du hin gehst, da will ich auch hin gehen; wo du bleibst, da bleibe ich auch. Dein Volk ist mein Volk, und dein Gott ist mein Gott. Wo du stirbst, da sterbe ich auch, da will ich auch begraben werden. Der Herr tue mir dies und das, nur der Tod wird mich und dich scheiden.'«

»Überall hin?« Daniela gelang das Skelett eines Lächelns.

»Sogar dorthin.« Ja. Nach Palästina oder in den Tod.

Sie konnte vor Hunger, vor Durst nicht denken. Sie war in einen Zustand zwischen Schlafen und Wachen gesunken, fürchtete sich, voll in den Schlaf einzutreten aus Angst, in den wohltuenden Tod hinabzugleiten. Ihre Wange war an die rauhen Planken des Waggons gepreßt. Durch die Spalten beobachtete sie das Land. Seit Monaten hatte sie nichts als Schwarz, Weiß und Grauschattierungen gesehen: der graue Lehm unter den Füßen, der graue Himmel über dem Kopf, das Grau ihrer Kittel, das Grau des Brotes und der Suppe, die schwarzen SS-Uniformen, die schwarzen Flocken menschlichen Rußes, die herniederrieselten, das Elfenbeinweiß von Knochen. In ihren Träumen erstickte sie ein weißer Nebel.

Jedesmal, wenn sie aus ihrem Kokonzustand hervorkam, drückte sie ihr Gesicht an die Spalten und spähte in den Himmel, in glitzerndes Kobaltblau, so leuchtend, daß sie sah, sie hatte vergessen, daß es solche Farben wirklich gab. Sie spähte zu dem dunklen, heilsamen Grün der Fichten, dem Blau der Schatten auf dem Schnee, dem Zinnoberrot der schrägen Strahlen der tiefstehenden, fuchsroten Sonne. Krähen schwangen sich fort von dem Zug, während ihre Augen an ihren glänzenden Flügeln hingen. Wie wunderbar, zu fliegen. Warum hatte sie nie aufgehört, Vögel zu bestaunen, wie vollkommen in ihren Federn mit den blanken Augen und Schnäbeln, fähig, sich in die Luft zu erheben und auf dem Wind zu segeln? Gesegnete Vögel.

Daniela kämpfte auch an gegen den Abhang zum Tode, stupste sie mit ihrem knochigen Ellbogen und gab ihr hebräische Verben zu konjugieren. Jacqueline erwiderte mit englischen Verben. Do, does, did, done. Sie standen aneinandergelehnt, umklammert. Das war nicht mehr wie die Umarmung von zwei Frauen, denn keine hatte Brüste oder Bauch oder Hüften, nur hervorstehende Knochen, die schmerzhaft an die scharfen Kanten der anderen stießen, in dieser geschlechtslosen Umarmung fleischloser Gerippe.

Sie steckten ihre Finger durch die Spalten und kratzten den Rauhreif von der Außenwand des Waggons. Er schmeckte nach Harz und verdunstete sofort im Mund, milderte für einen Augenblick den Schmerz. Hin und wieder hielt der Zug, und schließlich öffneten die Wachen die Tür und brüllten ihnen zu, die Toten hinauszuwerfen. Am Ende des dritten Tages hatte sich jede zweite der Frauen in eine Leiche verwandelt, die im Schnee zurückgelassen wurde. Als das erste Mal die Toten hinausgerollt wurden, hatte sie erwartet, die SS-Männer würden Frauen herausholen und dazu abkommandieren, die Toten zu begraben, gemäß ihrer akribischen Art, die Toten sofort zu beseitigen, aber sie schienen sich nicht mehr damit aufzuhalten. Überall entlang der Gleise lagen Leichen verstreut. Jetzt gab es Platz, sich hinzusetzen, auf den Boden zu koten.

Draußen schneite es, und sie steckten immer wieder die Finger durch die Spalten, um Schneeflocken einzufangen und zu essen. Sie wußten nicht mehr, was schlimmer war, ihre Fahrt in der Sommerglut in dem ersten überfüllten Viehwaggon nach Auschwitz oder diese in dem ungeheizten Wagen im eisigen Winter. Damals war ihr Kopf voller besorgter Bilder gewesen, was ihnen wohl bevorstand. Keine Vorstellungskraft reichte dafür aus. Ihre Ängste erschienen jetzt nichtig. Ob sie Maman oder Rivka jemals wiedersah? Sie hatte sechs Monate Auschwitz überlebt. Konnten sie zwei Jahre Lagerleben überlebt haben? Trotz allem, ihre Tante hatte es geschafft, und Maman schaffte es vielleicht auch. Sie besaß diese grenzenlose Kraft, sich durchzuwursteln, irgendwie zurechtzukommen. Wenn irgend jemand ein klitzekleines Überleben zuwege bringen konnte, dann sie.

In der bitteren, durchdringenden Kälte schmerzte ihr Arm an der Bruchstelle, aber das war sie gewohnt. Sie starrte auf die Bäume, deren Äste sich unter dem Schnee neigten, deren Wurzeln sich tief ins Erdreich in den Fels der Hügel gruben und das klare, kalte, tiefe, süße Wasser tranken, die von der Sonne beschienen wurden, bis sich in ihren Fasern Zucker bildete und ihre Säfte sangen. Könnte sie doch ein Baum werden, welch herrliches Leben. Eine schlanke Fichte auf einem Berggipfel sein, frei, rein.

»Wenn ich genug zu essen hätte«, murmelte sie zu Daniela. Sie saßen jetzt beide mit hochgezogenen Knien und aufgestützten Köpfen. Ihre Füße stießen gegen Frauenleichen, die in der Mitte übereinanderlagen. »Dann würde ich mich nie wieder über irgend etwas beklagen. Wennn ich daran denke, daß es mir Kummer gemacht hat, wenn andere mich böse anschauten und nicht schnell genug in ihrem Lob waren.«

»Und mein Kummer war immer, daß ich zu dick war. Jetzt wäre ich gern die dickste Frau auf der Welt. Ich habe immer in den Spiegel gegafft und an meiner Nase herumgezupft. Ich lag immer wach und grübelte, ob Ari mir wohl treu war. Was kümmert's mich?«

Es fiel schwer, Bindungen zu irgend jemand draußen in der Welt zu empfinden, zu irgend jemand, der frei und noch menschlich war. Es fiel schwer, sich sogar um Rysia im nächsten Waggon zu sorgen. Das war ein anderes Universum, wo andere Menschen ebenso langsam oder rasch starben wie hier. Wenn sie wie Jeff eine Zyankalikapsel im Zahn hätte, würde sie sie nehmen? Wann? Nein. Denn sie konnte Daniela nicht verlassen. Sie würde sie nie verlassen.

Es war der fünfte Tag, als die Waggons anhielten, die letzten Toten hinausgeworfen wurden und ihnen befohlen wurde, auszusteigen. Sie waren inmitten hoher, schöner Wälder. »Sie werden uns alle erschießen«, murmelte Daniela und spähte aus den Augenwinkeln nach Dekkung. Doch sie wurden in Fünferreihen im Laufschritt auf einem Waldweg von den stinkenden Waggons fortgetrieben. Die Luft war kristallisch und drang in ihre Lunge wie Eissplitter, aber ihr Kopf wurde klar. Weiter vorn und weiter hinten hörten sie Schußsalven, und seitlich des Wegs lagen dann Leichen von Frauen, die aus der Reihe geraten, zu langsam gegangen, gestolpert, gestürzt waren. Sie war steif nach der langen Zeit im Waggon. Zweimal wagte sie, sich nach einer Handvoll Schnee zu bücken. Daniela tat es ihr gleich. Schließlich sahen sie weiter vorn Rysia. Sie hatte überlebt. Bislang.

Dann marschierten sie zwischen Stoppelfeldern. In der Ferne sahen sie durch eine verkümmerte Baumreihe viele Baracken, die bekannten elektrischen Stacheldrahtverhaue und Wachtürme, die SS-Männer, die Hunde, den Geruch von verbranntem Fleisch. Auf einem kleinen Schild stand Bergen-Belsen. Sie waren angekommen.

Sie trabten hinein zwischen riesigen, schneeverwehten Holzstapeln. Als sie von Gebäude zu Gebäude getrieben wurden, unter eiskalte Duschen, nackt ausgezogen und kahl geschoren wurden, stolperte sie immer wieder über Holzstämme auf dem Weg. »Sie müssen hier viel Holzwirtschaft haben. Meinst du, wir können zu einem Arbeitstrupp kommen?«

»Holzwirtschaft?« wiederholte Daniela und folgte mit den Augen Jacquelines Blick. »Das sind Leichen.«

Dieses Lager, so fanden sie heraus, betrieb eine andere Art von Terror und Tod. Hier regierte nicht die wahnsinnige Logik von Auschwitz, wo alles verwertet wurde, das letzte Quentchen Kraft der Sklaven, der Frauen und der Männer, um Gummi zu produzieren, Munition, Zündkapseln, um Kleidung zu sortieren, zu ändern, aus alten Sachen schicke Kleidungsstücke für Berlin zurechtzuschneidern, wo jeder Tod akribisch in Listen vermerkt wurde und jeder wiederverwertbare Teil von der Leiche entfernt wurde, die Goldzähne, das Haar, das Fett, die Knochen.

Hier gab es auch die Schläge, die Erschießungen, den Tod im Draht, die Hunde, die zerfleischten, die Hinrichtungen durch den Strang, aber noch weitaus mehr starben an Fleckfieber, an Hunger. Es schien keine Gaskammern zu geben. Die Leichen wurden zur Verbrennung aufgestapelt, aber das System war zusammengebrochen. An einigen Tagen wurde überhaupt nichts zu essen ausgeteilt. Kinder rannten durchs Lager, die ersten, die sie sah seit den Kindern, die Dr. Mengele in Auschwitz ins Giftgas geschickt hatte. Sie war zu Tränen gerührt, nur, daß sie nicht mehr weinen konnte, als sie die Kleinen schlimmer als die Erwachsenen mit Läusen und Flöhen bedeckt sah, wie sie in Horden zwischen den Zelten herumrannten, in denen sie auf Stroh zusammen schliefen, verlorene Rattenkinder, die Appell spielten, zu Skeletten abgemagerte, kahle kleine Elendsgestalten.

Sie wurden zum Bau von Baracken eingeteilt. Nach zwölf Stunden Arbeit bekamen sie manchmal Suppe und manchmal keine. Sogar Rysia sah jetzt wie eine alte Vettel aus. Fleckfieber und Diphtherie verliefen tödlich.

Als zwei SS-Wachen mit der Blockältesten hereinkamen und mit einem Mann im Straßenanzug, der sich ein Taschentuch vor die Nase hielt, wurden sie gefragt, wie viele sich freiwillig zur Arbeit in einer Fabrik meldeten. Sie schauten sich an. Die SS-Leute fragten immer nach Freiwilligen, und häufig genug waren das dann diejenigen, die in die Gaskammern getrieben oder erschossen wurden. Aber manchmal war es Arbeit und die Aussicht auf etwas zu essen. »Hier werden wir sterben«, murmelte Daniela. Alle drei traten vor.

Die Fabrik, so stellte sich heraus, war eine der vielen in Magdeburg. Sie schliefen in einer Kaserne, in der dreihundert jüdische Frauen untergebracht waren. Jeden Morgen marschierten sie von der Kaserne durch die Straßen der Stadt zur Fabrik, während die Bürger zusahen, wegschauten, ausspuckten. Normale deutsche Arbeiter waren neben ihnen beschäftigt, doch viele waren vor kurzem zum Volkssturm eingezogen worden, und die sollten sie ersetzen. Mit ihnen arbeiteten jüdische Männer, die ersten, in deren Nähe sie kamen. Ein Mann und zwei Frauen wurden an jede Maschine gestellt, um Granathülsen zu fertigen. Was sie wagten, fertigten sie schadhaft.

Der Mann an ihrer Maschine sah mit seinen gelben Zähnen uralt aus, verhutzelt. Sie konnten sich kaum mit ihm verständigen, denn er war ein italienischer Jude, der nur Italienisch und Ladino sprach, aber schließlich gelang es, indem Jacqueline ihr bißchen Spanisch langsam sprach, und der Mann, der Paolo hieß, langsam in Italienisch antwortete. Er war sechsundzwanzig. Er war in Mailand Bauingenieur gewesen, hatte auch ein wenig im Widerstand mitgearbeitet und verbotene Schriften weiterverteilt. Er war mit den anderen Juden Mailands abgeholt worden, als die Deutschen die Macht übernahmen. Er wußte nicht einmal, ob seine Frau, sein Kind, seine Familie verhaftet worden waren.

Er redete nicht viel. Die Lager schienen ihn einfältig gemacht zu haben. Manchmal lächelte er ihnen mit seinen wackelnden gelben Zähnen zu, aber meistens arbeitete er wie sie alle so langsam, wie sie nur wagten, so schlecht, wie sie nur wagten. Sie glaubten nicht mehr daran, daß sie verschont würden, wenn sie gut arbeiteten. In der Kaserne bekamen sie wenigstens am Morgen Ersatzkaffee und ein Stück Brot; am Abend Rübensuppe und ein Stück Brot; am Sonntag eine Scheibe verdorbene Wurst.

In der Fabrik waren auch französische Arbeiter, Schlosser, die die Maschinen reparierten, wenn sie defekt stehenblieben, was sie ständig taten. Die Schlosser waren geschützter und aufmüpfiger als die anderen Sklaven. Einer von ihnen sagte immer »*Bonjour*«, wenn er an Daniela und Jacqueline vorbeikam. Sie wagten nicht zu antworten, höchstens, wenn sie die Worte ungesehen und lautlos flüstern konnten, aber Jacqueline sah ihm immer in die Augen.

Eines Nachmittags ersetzte er einen Flansch an der nächsten Maschine. Als er ging, ließ er etwas Hartes in ihren Schoß fallen. Sie sah hinunter. Es war ein Apfel. Sie fiel fast in Ohnmacht. Sie konnte ihn kaum rasch genug verstecken. Ihr war, als füllte der köstliche Duft die ganze Fabrik, aber es gelang ihr, ihn in die Kaserne zu schmuggeln, und mit dem Messer, das sie sich aus einem Geschoßhülsensplitter gebastelt hatten, teilte Daniela ihn in drei gleiche Teile. Rysia, Daniela und Jacqueline aßen jede ein Drittel des Apfels. Er schmeckte wie warmes Wetter, wie Blumen, wie Sonnenschein, wie Verheißungen. Sie schnitt ihr Teil in immer kleinere Stückchen und rechnete sich das kleinste Stück aus, das sie essen konnte, ohne daß der Geschmack verloren ging. Als alles alle war, leckte sie sich wieder und wieder die Finger nach dem letzten bißchen Aroma.

In der Fabrik war es weniger kalt, und es gab keine Flöhe, keine Läuse, und in den Abtritten ging zu den Zeiten, wenn sie hin durften, das Wasser. Sie konnten Wasser trinken, bis sie ein Völlegefühl hatten. Sie konnten sich in aller Eile waschen. In der Kaserne gab es kein fließendes Wasser und nur einen Eimer, der jede Nacht überfloß von dem quälenden Durchfall, der ihnen die Kraft raubte. Etwas im Essen verursachte ihn, aber wenn sie nicht aßen, verhungerten sie. Mit dem Essen verhungerten sie langsamer.

Im März begannen Bomben auf die Fabrik zu fallen. Geschah das tagsüber, dann rannten die Deutschen in die Bunker, und sie wurden eingeschlossen. Nach einem dieser Bombenangriffe sah sie den zermalmten Körper des französischen Maschinenschlossers, der ihr den Apfel gegeben hatte. Sie suchten Schutz unter den Maschinen. Meistens stürzte die Decke ein, und die Sklaven kamen um, während die eisernen Maschinen unter Schuttbergen standen, aber unbeschädigt blieben. Dann wurden sie gezwungen, die Maschinen freizuschaufeln.

Am 28. März feierten die Frauen in der Kaserne Pessach, ohne etwas zu essen zu haben. Rysia, als die jüngste Frau, die noch am Leben war, stellte die vier Fragen. Sklaven, die die Geschichte von Sklaven erzählten, die sich erhoben hatten, die entkommen waren. Am Schluß, bei den Worten *nächstes Jahr in Jerusalem*, dachte Jacqueline an Papa. Ihr war nicht die Zeit geblieben, ihn zu betrauern, aber Daniela nahm ihre und Rysias Hand in einen festen Griff der Verheißung. Teile das Meer aus Eisen und Blut für uns! Laß uns gehen.

Sie freute sich über die Bomben, denn die Zerstörung bereitete ihr Genugtuung, aber sie bedeutete, daß nicht die Deutschen umkamen, sondern sie, und daß die Maschinen trotzdem überlebten. Dann hämmerte eines Nachts ein ungeheurer Luftangriff auf die Stadt ein, so daß der Boden unter der Kaserne schütterte. Die Fabrik wurde endgültig zerstört. Am Tag danach mußten sie nicht aus der Kaserne ausrücken. Am Abend kam ihre Suppe, aber ansonsten wurden sie in Ruhe gelassen. Einige der Wachmänner verschwanden. Daniela, Rysia und Jacqueline redeten den ganzen Tag lang von Flucht, obwohl sie in ihren Lagerkitteln unter der feindseligen Bevölkerung nicht weit kommen konnten. Sie saßen eingesperrt in Deutschland und wußten nicht, welche Richtung sie einschlagen sollten. Trotzdem waren sie fest entschlossen zu fliehen, wenn sich ihnen eine Gelegenheit bot.

Am nächsten Morgen kamen die SS-Männer, holten sie aus der Kaserne, reihten sie zur Selektion auf. Sie mußten in dem kalten Wind ihre Kittel ausziehen, damit sie begutachtet werden konnten. Ungefähr die Hälfte von ihnen wurde zur Seite gestoßen und an der Mauer mit Maschinengewehren niedergeschossen, während die übrigen unter dem üblichen SS-Maß an Schlägen und Beschimpfungen hastig wieder in ihre Kittel fuhren.

Nachdem die übriggebliebenen Frauen die noch warmen und blutenden nackten Leichen zusammen mit den Verwundeten aufgestapelt hatten, gossen die SS-Männer Benzin darüber und zündeten sie an. Den Frauen trieb der beißende schwarze Rauch in die Lungen, als sie hinausmarschierten auf die Straßen der Stadt. Sie wurden zur Eisenbahn getrieben, aber die war von Bomben getroffen. Zerstörte Lokomotiven lagen umgekippt. Die Schienen waren geborsten und ragten verbogen über Bombentrichtern. Sie mußten stundenlang dort stehen und auf irgendein SS-Wunder warten. Dann wurden sie zurückgetrieben, schneller als zuvor unter dem Gebrüll der Wachen, durch die ganze Stadt hindurch, so daß sie am Abend die Vororte erreicht hatten.

Dort wurden sie in ein verlassenes Lagerhaus eingesperrt. Zu essen gab es nichts. In der Nacht regnete es, und sie konnten durch die zahllosen Löcher in dem zerfallenden Dach das rostige Wasser in den Behelfsnäpfen auffangen, die sie immer bei sich trugen. Sie waren naß bis auf die fleischlosen Knochen und froren und hungerten, aber wenigstens waren sie für ein paar Stunden von ihrem rasenden Durst erlöst. Am Morgen wurden sie im Laufschritt hinausgetrieben.

Die Tage begannen zu verschwimmen, denn ihr Marsch war sinnlos, betäubt, blutig. Den ganzen Tag lang marschierten sie. Frauen fielen zu Boden und wurden erschossen. Frauen rannten in den Wald und wurden erschossen. Frauen stolperten und wurden zu Tode geknüppelt. Jeden zweiten Tag bekamen sie Suppe, nie genug. Nachts wurden sie in Scheunen gesperrt. Danielas Füße bluteten von aufgeplatzten, entzündeten Blasen. Rysia hatte ihre Schuhe verloren und lief barfuß und hinterließ blutige Stapfen. Jacqueline hatte die Stiefel, die ihre Tante ihr gegeben hatte. Sie versuchte, einer Toten ein Paar Stiefel für Daniela oder Rysia auszuziehen, aber der SS-Mann, den sie Wiesel nannten, schlug sie nieder.

Sie marschierten nach Osten, dann nach Westen, dann wieder nach Osten, dann nach Norden, wie sie an der Sonne ablas. Gerüchte besagten, daß sie auf dem Marsch zu dem Hunderte von Kilometern entfernten Mauthausen waren, wo alle noch lebenden Lagerinsassen gesammelt und dann auf einen Schlag vernichtet werden sollten. Daniela meinte, daß Mauthausen in Österreich war, bei Linz. Das läge südöstlich, doch sie konnten sich in nichts sicher sein. Sie setzten einen blutenden Fuß vor den anderen.

Jeden Tag wurden sie weniger. Nachts schlief sie in ihren Stiefeln, damit sie ihr nicht gestohlen wurden, und Daniela schlief auf den groben Holzschuhen, die ihre Füße blutig schunden, aber besser waren als nichts. Eines Nachts, als sie in eine ausgebombte Kirche eingesperrt waren, schlug sich Rysia mit einer anderen um die Schuhe einer Sterbenden. Sie waren groß, aber Rysia riß den Kittel einer Toten in Streifen und wickelte sie um ihre Füße. Keine von ihnen hatte Hemmungen, die Brotbröckchen oder die Kleidungsstücke der Sterbenden anzurühren, denn sie waren alle Sterbende. Alle hatten sie Fieber und Durchfall. Was es zu nehmen gab, nahmen sie. Die Gestorbenen fielen auf die Erde, die nicht mehr schneebedeckt war, die nicht mehr gefroren war, sondern frisch und grün. Kleine weiße Blumen zwinkerten im Gras. Das Gras wuchs weich, und manchmal rupften sie rasch eine Handvoll ab und kauten es. Blütenblätter schwebten und legten sich weich, weich auf die Erde.

Nachts in den Scheunen weinte stets eine. Den ganzen Tag lang marschierten sie, mit einer Mittagspause, damit die Wachen essen konnten. Sie begann, Baumknospen zu knabbern, abgebrochene Rindenstücke zu kauen. Sie aß Blüten und Blätter. Ihr lief von etwas, das sie gegessen hatte, dünner Wasserstuhl die Schenkel hinunter, aber sie aß weiter, was sie an frischem Grün erhaschen konnte. Eines Tages gab es kein Brot mehr. Jeden Tag wurden weitere Frauen erschossen, wo sie gerade hinstürzten. Sie waren jetzt eine kurze Kolonne und nur noch zu viert in einer Reihe. Sie wurden nicht mehr morgens und abends gezählt.

Daniela konnte nicht mehr ohne Hilfe gehen. Sie verbrannte vor Fieber, ihre Haut dunkel blaurot, ihr Mund offen, ihre Zunge schwarz. Sie verlor immer wieder das Bewußtsein. Sie bat immer wieder darum, ausruhen und schlafen zu dürfen, nicht mehr weiter zu müssen. »Mein Kopf tut so weh, ich möchte nur noch, daß die Schmerzen aufhören. Ich verbrenne. Ich muß mich hinlegen. Nur für eine Minute. Ich muß.«

»Mein Herzlieb, du mußt gehen. Du mußt weitergehen. Hör die Kanonen«, flehte Jacqueline. »Der Krieg kommt zu uns. Der Krieg wird uns befreien. Lebe noch ein bißchen länger. Nur ein kleines bißchen, mein Liebstes, meine Daniela.« Es ging weiter und weiter. Frauen fielen zu Boden. Frauen wurden erschossen. Frauen sanken nieder und starben an Fieber, an Hunger, an Erschöpfung, an alten Verletzungen.

»Ich bin zu müde. Es hat keinen Sinn mehr.«

»Wir können fliehen«, murmelte sie Daniela zu, aber Daniela stürzte. Rasch hob Jacqueline sie auf, zischte Rysia zu, sie gemeinsam zu tragen. Danielas Füße waren vereitert und gräßlich geschwollen. Sie war jetzt im Fieberwahn. »Daniela, Daniela«, flehte Jacqueline sie an, rieb ihr die Hände. »Hörst du, die Artillerie. Halt aus, Daniela.«

Gemeinsam schafften sie es, Daniela ans Ende des Tages zu bringen. Sie waren erschöpft, und Daniela war bewußtlos. Jacqueline lag mit den Armen um Daniela, die am ganzen Körper heiß war, zu heiß. Ihre Haut fühlte sich an wie klebriges Leder.

Der Morgen graute. Danielas Lider flatterten einmal. »Ich kann nicht mehr. Arme Kinder. *Schma jisroel, adonai elohenu, adonai echod.*« Ihr Atem verröchelte und war still.

Jacqueline stieß einen großen Schrei aus, der sie zerriß. Sie warf sich über Danielas Leichnam. Sie blieb dort weinend liegen, bis Rysia sie hochzerrte. Sie wurden wieder hinaus auf die Straße getrieben.

Sie waren seit mindestens drei Wochen auf dem Todesmarsch unterwegs, vielleicht seit vier Wochen, vielleicht seit einer Ewigkeit. Das Geräusch von Artilleriefeuer wurde immer lauter. Am Abend verschwanden mehrere SS-Wachfrauen. Am nächsten Morgen waren die verbliebenen Wachen noch wütender und knüppelten zwei Frauen zu Tode. Jacqueline sagte zu Rysia: »Ich werde wegrennen, wenn ich kann. Bleib bei mir, beobachte mich. Lauf los, wenn ich laufe. Sie werden uns alle umbringen.«

Sie paßte den ganzen Vormittag über auf und pries bei jedem Schritt die guten Stiefel und ihre Tante, die sie seit Auschwitz nicht mehr gesehen hatte. Die Wachen waren bösartiger als gewöhnlich. Frauen verschwanden in den Wald, aber die Wachen liefen ihnen nach und brachten sie zurück, um sie zu erschießen. Detonationen waren vor ihnen auf der Straße und auch zu ihrer Rechten zu hören. Die SS-Leute versammelten sich und berieten. Die Kolonne der gespenstischen, sterbenden Frauen torkelte aus dem Wald heraus, vorbei an einem Bauernhaus, das von einer Bombe oder Granate getroffen worden war. Es stand mit seiner Scheune hinter einem brusthohen Zaun. Auf der Straße brannte immer noch ein umgestürzter Armeelastwagen. Im Straßengraben lag ein Toter in Uniform auf dem Rücken. Als alle zu dem toten Soldaten drängten, drehte Jacqueline um, griff in den Zaun, zog sich hoch, wobei sie sich das Knie aufschnitt, und warf sich hinüber. Sie schaute sich nicht einmal um. Sie fiel mit hartem, schmerzendem Aufprall zu Boden und lief gebückt los. Sie rannte in die Scheune und wühlte sich ins Heu. Sie meinte, ersticken zu müssen. Das Blut dröhnte in ihren Ohren.

Rysia war ihr nicht nachgekommen. Kurz packte sie die Wut. Dann glitt sie in eine Ohnmacht. Als sie wieder zu sich kam, hörte sie die barschen Stimmen der suchenden SS-Männer. Einer mußte sie hinüberklettern gesehen haben. Sie schossen in den Heuhaufen, und eine Kugel fetzte durch ihren Arm. Sie biß sich die Lippen durch, aber sie gab keinen Laut von sich. Hoffentlich sog das Heu das Blut auf. Sie hörte, wie sie gingen. Wieder verlor sie das Bewußtsein.

Als sie zu sich kam, war sie blutverklebt, in ihren Ohren war ein hoher, gefährlicher Heulton. Langsam bahnte sie sich einen Weg aus dem Heu, kroch voran. Lange Schatten fielen nach Westen. Die Sonne ging gerade auf. Sie war seit dem Vortag bewußtlos gewesen. Sie untersuchte ihren Arm. Die Kugel war durchgeschlagen. Der rot angelaufene Arm pochte, aber das durfte sie nicht beachten. Sie kroch zum Scheunentor und lauschte. Auf der Straße war starker Verkehr. Sie mußte sich über Land auf den Weg machen. Sie hatte so viel Blut verloren, daß sie nicht stehen konnte. Sie beobachtete das Haus. Niemand schien drin zu sein. Sie beobachtete es, bis die Sonne einen halben Meter über den Horizont gestiegen war. Sie war halb wahnsinnig vor Durst. Sie mußte sich bewegen oder sterben, wo sie lag.

Sie wollte sich zwingen, sich zu rühren, aber es ging nicht. Kein schlechter Ort zum Sterben, still und allein und für einen Augenblick frei von Schmerzen, in der Frühlingssonne, die den Boden schmolz und die Knospen wärmte. Die Hühner waren wohl alle schon gestohlen worden, aber vielleicht gab es im Haus noch etwas zu essen. Sie mußte sich zwingen und in das zerbombte Haus kriechen.

Dann hörte sie jemanden ihren Namen rufen, nur einmal, heiser, und die Haustür öffnete sich einen Spalt. Sie begann, voranzukriechen, sich voranzuschleppen. Rysia krabbelte auf allen vieren wie ein Hund und zerrte sie hinein. Rysia hatte sich den Lagerkittel ausgezogen, ein

Männerhemd angelegt und sich eine Schürze umgewickelt. Sie war so dünn, daß die Schürze einen herumreichenden Rock abgab. Sie hatte ein Glas Marmelade gegessen, das sie gefunden hatte, ihr Mund war hellrot von Hagebutten. Sie schob das Glas rasch Jacqueline zu und erschrak beim Anblick ihres Arms.

Alles im Haus war zu Boden geworfen und staubig, bereits geplündert. Unterwäsche und Geschirr lagen um den ausgebrannten Teil, wo die Bombe eingeschlagen war. Rysia pumpte Wasser, damit sie trinken konnten, und wusch dann Jacquelines Wunde.

»Ich dachte, du wärst tot, meine Jacqueline, ich dachte, du wärst tot und ich wäre ganz allein auf der Welt, um zu sterben wie eine Maus. Ich konnte dich nicht finden. Ich habe überall gesucht. Wo warst du? Ich wußte nicht, was ich tun sollte. Ich habe einfach hier gehockt und etwas zu essen gesucht. Da war ein Kohlkopf, aber ich habe ihn aufgegessen, es war nur ein kleiner, tut mir leid. Aber hier sind ein paar Kartoffeln.« Rysia begann, sie mit einem gefundenen Messer in Scheibchen zu schneiden. »Ein richtiges Messer«, betonte sie.

»Such mir auch eins. Doch nein, wir essen sie nicht roh. Wir essen sie gekocht. Wer ist das da auf der Straße?«

»Leute auf der Flucht. Familien mit Karren und Pferden und manchmal einem Lastwagen, alle fliehen. Muß etwas Gutes sein, wenn die *boches* davor davonlaufen.«

»Wir werden ein kleines Feuer machen und die Kartoffeln kochen und mit Gabeln essen wie Menschen. Wir werden Wasser abkochen, und ich kann meine Wunde reinigen.«

»Jacqueline, ich will leben. Wenn nur endlich die Russen oder die Amerikaner kämen!«

»Wenn sie nicht zu uns kommen, müssen wir zu ihnen gehen. Wir müssen vorsichtig an der Straße entlanglaufen und ihnen entgegengehen. Steck ein Messer für jede von uns ein, damit wir etwas haben, womit wir uns schützen können, und soviel zu essen wie möglich und Wasserbehälter, und dann brechen wir auf.«

»Kannst du denn weiter?«

»Solange Leben in mir ist, kann ich auf die Freiheit zugehen.«

Um die Mittagszeit machten sie sich durch die Felder links von der Straße auf den Weg. Sie trugen die letzten vier Kartoffeln bei sich, die sie im Bauernhaus gefunden hatten, mit ein wenig Salz gebacken. Rysia kniete immer wieder nieder, um den Boden zu berühren. Sie pflückte eine Butterblume und steckte sie hinters Ohr. Jacqueline mußte lächeln. Sie sahen wie Gerippe aus, die sich über die gepflügten Felder schleppten, beide mit kurzgeschorenem grauem Haar auf den Schädeln und riesigen Augen und offenen Wunden, Jacqueline hatte ihren Arm in ein blutgetränktes Hemd gewickelt und ein Tischtuch als Dreieckstuch um die Schultern, darunter trug sie immer noch den grauen Kittel, und auf den Kopf hatte sie sich eine wollene Männermütze gestülpt.

Ein Flüchtlingsstrom wälzte sich auf der Straße, und nach einer Weile gingen sie näher an der Straße entlang, weil sie keine SS-Männer sahen und niemand sie beachtete. Neben der Straße lagen die Leichen der Frauen aus ihrer Gruppe, und Krähen fraßen an ihnen. Am Straßenrand lagen auch Dinge verstreut, die die flüchtenden Deutschen fortgeworfen hatten, noch ein Glas Marmelade, eine Flasche Kirsch und ein Rucksack voller Silberlöffel. Sie behielten jede einen Löffel, warfen den Rest fort und steckten das Glas Marmelade und den Kirsch in den Rucksack, den Rysia trug. Jacqueline trank etwas Kirsch. Er brannte bis in den Magen hinunter, danach fühlte sie sich besser. Sie wusch mit dem Kirsch ihre Schußwunde.

Nun lagen Leichen von deutschen Soldaten und manchmal auch Zivilisten umher. Rysia nahm sich das Gewehr eines toten Soldaten, aber da sie nicht damit umgehen und Jacqueline ihren Arm nicht gebrauchen konnte, warfen sie es wieder fort. Doch sie behielten eine Handgranate, um SS-Männer umzubringen, falls die zurückkamen.

Sie hörten das Geräusch von Motoren, also versteckten sie sich hinter einer Mauer. Jacqueline legte sich hin und ließ sich zu einem Teil in den schwarzroten Sumpf des Nichts gleiten. Hoffentlich tauchte die SS nicht wieder auf. Vielleicht brachte sie sich dann mit dem Messer um, nachdem sie die Handgranate abgezogen hatte, damit Rysia sie werfen konnte. Sie durfte nicht in Ohnmacht fallen.

»Es sind nicht die *boches*«, sagte Rysia. »Sind das Russen?«

Jacqueline richtete sich auf. Ein Mann kam über das Feld auf sie zu und hob sein Gewehr. »*Non, non*«, schrie sie und versuchte, aufzustehen.

»Es sind zwei alte Frauen«, sagte der Soldat zu dem hinter ihm. Er sprach Englisch.

»Wir sind nicht alt, wir sind Häftlinge, Gefangene, Juden. Sie ist sechzehn.«

Die Männer starrten sie an, als wären sie Ungeheuer. »Du sprichst Englisch«, sagte der erste. »Du hörst dich an wie eine Amerikanerin.«

»Ich bin Französin. Sie ist Ungarin. Ich bin angeschossen worden.« Sie setzte sich abrupt hin.

»Haben wir auf dich geschossen?«

»Nein, die SS.«

»Ich spreche auch Englisch«, sagte Rysia und begann abrupt zu weinen. Der Soldat gab ihr einen Schokoladenriegel.

»Ihr wart Gefangene? Was habt ihr gemacht?« fragte der zweite. Stirnrunzelnd nahm er Abstand von ihnen. Vielleicht mochte er nicht, wie sie rochen.

»Wir waren Juden. Das reichte. Ich war in Frankreich in der Résistance.«

»Bleibt, wo ihr seid. Hey, Sarge, wir haben da zwei alte Frauen gefunden, die eine sagt, sie ist sechzehn, und sie sprechen Englisch und sind aus einem der Lager entkommen. Eine hat eine Schußverletzung. Was sollen wir mit ihnen machen?«

»Laßt sie erst mal da. Es wird schon wer kommen. Die Sanitäter können sich um sie kümmern. Los, weiter.«

»Hast du Brot?« fragte Jacqueline den ersten, als er sich zum Gehen wandte. »Irgendwas, bitte! Nur einen Bissen!«

Er gab ihr ein Stück Schiffszwieback, und dann waren sie fort. Jacqueline lag an die Mauer gelehnt wie eine kaputte Lumpenpuppe. Beide kauten langsam den Schiffszwieback. Ihr war nach Lachen zumute, denn ihre Befreier schienen nicht von ihnen angetan gewesen zu sein. Sie waren frei und hilflos. Sie glitt in Bewußtlosigkeit. Als sie zu sich kam, wurde sie auf einen Laster voller Frauen gehoben, die aussahen wie sie.

»Wer hat uns?« murmelte sie aufs Geratewohl in verschiedenen Sprachen.

»Die Amerikaner bringen uns ins Krankenhaus«, antwortete eine Stimme auf Jiddisch. Während sie wieder das Bewußtsein verlor, dachte Jacqueline noch, daß sich ihr Jiddisch deutlich verbessert hatte. Jemand hielt ihre Hand fest umklammert, also nahm sie an, daß Rysia noch bei ihr war. Ach, Daniela, dachte sie, ich bin dir nicht in den Tod gefolgt, nicht in jenes Land, obwohl ich es dir versprochen hatte. Aber vielleicht komme ich nach: Langsam folge ich dir auf der roten Straße meines ausströmenden Blutes.

Abra 10

Wenn das Licht wieder angeht

Abra hatte sich angewöhnt, nachts Mantel und Taschenlampe direkt neben dem Bett zu haben, für den Fall, daß eine Raketenbombe in der Nähe einschlug und die Stromversorgung unterbrach, einen Brand entfachte oder die Decke zum Einsturz brachte. Feldwebel Farrell aus dem Büro hatte achtzehn Stunden lang eingeklemmt unter einer Treppe gelegen – zu seinem Glück, denn alles andere war zertrümmert worden. Er erzählte ihr, die Dunkelheit sei das Schlimmste daran gewesen, nicht zu wissen, ob er das Augenlicht verloren hatte. Das veranlaßte sie, die Taschenlampe stets griffbereit zu haben. Im allgemeinen hatten die V1 den Strom nicht außer Gefecht gesetzt, die V2 hingegen schafften das.

Sie bekam amerikanische Rationen und aß daher gut, aber in ihren Zimmern fror sie wie alle anderen, und sie wusch sich im Stehen in ihrer kleinen Küche. Dies war kein strenger Winter, trotzdem eine üble, entmutigende Jahreszeit, Eis, Graupeln, Nebel von der Farbe alter Zeitungen, er sickerte durch ihre Pappkarton- und Kistenbretterfenster, die ihr Glas schon im letzten Frühjahr durch Bombenexplosionen eingebüßt hatten.

Aber trotz allem war London nach Einbruch der Dunkelheit kein schwarzes Loch mehr. Es gab nur noch Eindunkelung, nicht mehr Verdunkelung. Die Leute hatten keine grotesken Unfälle mehr, bei denen sie in Kellerschächte stürzten und sich das Genick brachen. Schutt gab es mehr als genug. Abra lebte in einer teilweise zerstörten Stadt, die jeden Tag neue Ruinen dazu erhielt. Dennoch waren viele der Einschlagstellen inzwischen überwuchert, und in letzter Zeit fielen weniger V2.

Im teilweise wieder angestellten Licht sah London heruntergekommen aus, aber es hatte überlebt – wie sie auch. Den ganzen Winter über hatte sie ihre Netze ausgeworfen, sich politisch betätigt, mit neuen

Freunden getroffen, Bekanntschaften gepflegt, sich Zeit für Kneipen und Feste genommen. Sie hatte nie in aller Form mit Oscar gebrochen; manchmal schlief sie noch mit ihm. Vielmehr hatte sie sich wieder auf den Markt begeben. Sie gabelte einen RAF-Piloten auf; sie gestattete einem australischen Panzerfahrer, sie zu verführen. Sie verbrachte eine Samstagnacht und einen Sonntag mit einem Quartiermeister aus Harlem, mit dem sie in Erinnerungen an die Vorkriegsjazzszene schwelgte.

Was erfuhr sie dabei? Daß sie in Wahrheit den Geschmack an zufälligen Abenteuern etwas verloren hatte, wenn ihr auch genug davon geblieben war, um solche Stunden mit Männern zu versüßen. Jeder einzelne war ein Baumstamm auf dem Weg zurück, der ihren Füßen Halt bot. Jeder einzelne brachte sie weiter weg von Oscar und ihrer langen Treue. Da sie mehr gehabt hatte, verwechselte sie Geplauder und eine gelegentliche Beichte nicht mehr mit guten Gesprächen, doch sie verschmähte nicht die Freuden von Gelegenheitssex ohne Komplikationen. Sie mochte es, sich zu holen, was sie wollte, ohne sich groß Gedanken machen zu müssen, was jeder einzelne von ihr dachte.

Sie zog sich an und steckte Münzen in die Gasuhr, um Wasser für den echten Kaffee heißzumachen, den die Amerikaner bekamen, wenn auch nie genug, um damit auszukommen. Sie erwartete ihre Freundin Beverly, OSS-Imitat eines Unteroffiziers, wie sie OSS-Imitat eines Leutnants war. Innerhalb der Organisation gab niemand etwas auf diese willkürlichen Ränge. Ihre Türklingel hatte den Geist in einem Bombenangriff aufgegeben, der einen großen Teil der Decke heruntergeholt hatte. Wenn Beverly kam, mußte sie sich draußen aufstellen und brüllen, etwas, was sie in ihrem gequetschten Weststaatentonfall sehr gerne tat. Beverly kam aus Moscow, Idaho.

An diesem Morgen nahm Beverly ausnahmsweise einmal Rücksicht auf britische Empfindlichkeiten und beschränkte sich darauf, Schuttbröckchen an die brettervernagelten Fenster zu werfen. Abra lief hinunter, um sie einzulassen. Beverly hockte rauchend auf den Eingangsstufen. »Mein Daddy hat mir immer gesagt, nur leichte Mädchen rauchen in der Öffentlichkeit, und nur Nutten rauchen auf der Straße. Aber dieser Krieg hat das alles zugekleistert. Alle Mädchen tun es, dazu tragen sie Hosen und gehen mit Männern in Hotels. Was wird man daheim in Idaho mit uns anstellen?«

»Meinst du nicht, das gleiche ist auch zu Hause passiert? Kaffee ist fertig. Ich habe gestern abend nach dir Ausschau gehalten, dich aber nicht gesehen.«

»Wir haben bis Mitternacht geackert.« Beverly gähnte laut. »Von den zahmen Jerrys, die ihr rübergeschickt habt, kommen reichlich Bonbons rein. Aber wir meinen, sie haben wohl eine der Frauen erwischt.«

»Helga?« Abras Hand schloß sich fest um die Tasse.

»Nein. Die andere. Marlitt.«

Der Henkel brach unter ihrer Hand ab. »Verflucht. Jetzt ist mir die blöde Tasse kaputtgegangen.« Tassen mit Henkeln wurden in England seit Jahren nicht mehr hergestellt. Sie hatte plötzlich Magenschmerzen. Ihr war eigentlich nicht danach, weiterzufragen, aber sie konnte nicht anders. »Wieso nehmt ihr an, daß sie erwischt worden ist?«

»Sie hat uns prima Sachen geliefert, und jetzt nichts mehr, die ganze Woche.« Beverly zuckte zur Beileidsbezeugung die Achseln. Sie war großgewachsen, grobknochig und hellhäutig, mit flächigen, etwas gewöhnlichen Gesichtszügen und flachsblondem schulterlangem Haar, einem breiten Lächeln voller Zahnlücken und dem Gehabe einer patenten jungen Frau, die Männer mag und fest davon ausgeht, von ihnen gemocht zu werden. Sie war Witwe, hatte sie Abra in ihrem ersten vertraulichen Gespräch gestanden, ohne je eine Ehefrau gewesen zu sein. Sie war mit einem Piloten verlobt gewesen, der dreiundvierzig nach einem Einsatz seines Bomberverbandes vermißt worden war. Ein Drittel der Flugzeuge waren nicht davon zurückgekehrt. Seitdem hatte sie sich geweigert, enge Bindungen zu Männern einzugehen. »Wenn der Frieden da ist, werde ich häuslich«, sagte sie voraus. »Hat keinen Sinn, es vorher zu versuchen. Du kriegst nur einen Tritt in den Hintern.«

Abra dachte, daß sie in ihren ersten Londoner Jahren keine engen Freundschaften zu Frauen geknüpft hatte, weil sie ihre lange Verfolgungsjagd auf Oscar nicht einem weiblich-kühlen Blick aussetzen mochte. Sie hatte sich nicht anhören wollen wie Djika, die sich unermüdlich in eine Sackgasse verrannte. Jetzt, wo sie frei war – oder fast –, wollte sie diesen anderen Blick, wollte sie, daß eine Frau ihre Entscheidungen gegenprüfte und sie davon abhielt, sich etwas vorzumachen.

Für beide war es ein Gewinn, zusammen durch Kneipen zu bummeln, denn jede fühlte sich in der Gesellschaft der anderen wohl, gab ihr aber stets genug Freiraum, davonzuziehen, wenn sie anderem nachgehen wollte. Abra fühlte, sie kam wieder in Form. Beverly und sie gingen ins Kino und Theater, stürzten sich in die Feste, die Oscar langweilig fand. Oscar machte sich nichts aus solchen Menschenansammlungen. Er zog das Du-zu-Du vor oder Abendgesellschaften, wo Gespräche möglich waren. Beverly konnte Jitterbug und hatte die ungehobelteren englischen Tänze gelernt; sie übten zusammen und zogen bei jeder Gelegenheit los. Abra fühlte sich, als hätte sie fünf Jahre abgeschüttelt. Sie schrieb ihrer Mutter und bat sie, ihr ein Kleid zu schicken, in dem sie tanzen gehen konnte, bezweifelte aber, daß ihre Mutteer mit etwas Brauchbarem aufwarten würde. Sie schrieb den gleichen Brief an Karen Sue, mit mehr Hoffnung.

Mehrere, die an dem Projekt mit den deutschen Agenten gearbeitet hatten, waren gefragt worden, ob sie zur US-Erfassungsstelle für den strategischen Bombenkrieg wechseln wollten. Vorbereitungsarbeiten hatten schon vor Monaten in New York begonnen, aber da das Ende des Krieges abzusehen war, richtete die Erfassungsstelle ein Büro in London ein und warb OSS-Leute an. Oscar war auch angesprochen worden, schon vor ihr. Er sann darüber nach und sagte nein. Es war geplant, daß er nach Paris gehen sollte und, wenn es sich ergab, nach Deutschland. Er war damit beschäftigt, das Material der deutschen Agenten auszuwerten.

Zu Abra sagte er: »Ich habe eine ziemlich genaue Vorstellung, was an der Bomberei wirklich dran ist. Als unsere Agenten ins Ruhrgebiet und nach Berlin kamen, stellten sie fest, daß alle gut aßen und die Versorgung kaum beeinträchtigt war. Sie beklagten sich, daß wir ihnen im Vergleich zum Durchschnitt zu schäbige Kleidung gegeben hatten. Gut, jetzt werden die Städte dem Erdboden gleichgemacht, aber ich bezweifle, daß diese Erhebung darüber reden darf, wie wirkungslos der strategische Bombenkrieg in Wahrheit geblieben ist. Ich möchte mich nicht an einer Mohrenwäsche beteiligen.«

Jetzt seufzte Abra und dachte an Marlitt. »Ich werde denen sagen, daß ich interessiert bin ... Meinst du, sie nehmen mich ohne Oscar?«

»Sie nehmen ja sogar mich. Ich wette, wir kommen endlich aufs Festland.« Beverly schob die Unterlippe vor. »Jetzt sag mir, gehst du an Bord, oder willst du herumtrödeln, bis alle Kojen voll sind?«

»Ich gehe heute hin. Wirklich.«

Nicht einmal, nachdem sie es getan hatte, glaubte sie es. Niemand konnte an ihr ohne Oscar interessiert sein. Was war sie denn, außer

Oscars Assistentin? Dann hörte sie inoffiziell, daß sie genommen worden war. Ihr Hintergrund hatte gefallen. Sie fühlte, wie Stolz ihr den Rücken stärkte. Sie konnte es in dieser Welt allein schaffen, erstaunlicherweise.

Als ihr neuer Einsatzbefehl endlich kam, reichte Oscar ihr die Papiere ohne Kommentar.

»Ich werde nicht mit dir nach Paris gehen«, sagte sie lahm. Selbst zu diesem späten Zeitpunkt sehnte sich ein Teil von ihr danach, daß er sie darum bat.

Doch er nickte. »Für mich wird es ein Verlust sein, aber für dich wohl ein Gewinn.«

»Deine Einschätzung ist unzulänglich. Das wird auch für mich ein großer Verlust sein.« Gehen wir wirklich so förmlich auseinander? Sie konnte es nicht glauben. Sie fühlte sich wie eine Figur in einem Bühnenstück. Bestimmt fiel gleich der Vorhang, und dann gingen sie zusammen fort, wie sie es so lange getan hatten.

Sie saß mit Beverly bei einem sparsam eingeschenkten Glas des dünnen Kriegsbieres und versuchte zu erklären, warum diese kurze Unterredung sie so enttäuscht hatte. Beverly sagte: »Aber was willst du denn? Daß er auf die Knie fällt? Geliebte, komm zu mir zurück. Daß ihm die Eier abfallen, wenn du zur Tür rausgehst, und er sich hingreift und sagt: Donnerwetter, hab' ich gar nicht gewußt?«

Der Major, der jetzt Oberstleutnant war, kam auf seinem Weg zum Ausgang an ihnen vorbei, mit einem jungen britischen Soldaten im Schlepptau. Er blieb kurz stehen, nickte Abra zu und raunzte ein Hallo mit dem leicht irritierten Gesichtsausdruck, den er stets trug, wenn er sie erkannte, aber nicht unterbringen konnte.

»Woher kennst du denn Unseren Herrgott Zachary Barrington Taylor?« fragte Beverly, pflanzte die Ellbogen auf den Tisch und beugte sich vor.

»Ich habe mal eine Nacht mit seinem Mitbewohner verbracht. Was ist denn der Kerl, außer von sich selbst überzeugt?«

»Das ist ein waschechter Held. Er ist bei vier Widerstandsbewegungen ein- und ausgegangen. Eine Ein-Mann-Armee. Bei SO beten sie ihn an und erzählen Geschichten, die gut genug wären für ein ganzes Supermannheft. Außerdem ist er stockschwul.«

Sie war froh, daß die Erfassungsstelle in einem anderen Gebäude untergebracht war, in Eisenhowers altem Hauptquartier, auch wenn die Abteilung Arbeit nur zwei Querstraßen weiter logierte. Sie nahm ihre Tätigkeit dort Ende März auf, die meisten der in den Staaten dafür Angeworbenen sollten im April eintreffen. Sie wurde einer Abteilung überstellt, die sich mit den Auswirkungen des Bombenkrieges auf den Kampfgeist der deutschen Bevölkerung beschäftigte. Daheim in den Staaten tobte indessen ein Krieg über die Zukunft von OSS, und die Flure ihrer alten Abteilung hallten wider von den Siegen und Niederlagen. Ein Großteil der Schlacht schien in den Zeitungen und im Kongreß ausgefochten zu werden. Abra fiel auf, daß einige ihrer Kollegen das nahende Kriegsende als eine persönliche Katastrophe ansahen. Sie wünschten sich sehnlichst, im Geheimdienst weiterzuarbeiten, und blickten mit Schaudern auf ihre Universitäts- und Firmenkarrieren zurück.

»Denkst du je daran, beim Geheimdienst zu bleiben?« fragte sie Beverly.

»Nein, bis ich wohlbehalten zu Hause bin, werde ich die Nase voll haben von Kneipenbummeln und Arbeitszeiten von neun Uhr früh bis Mitternacht. Ich will die Berge sehen und die weite Hügellandschaft. Ich will früh am Morgen ausreiten, wenn der Nebel noch in den Felsspalten sitzt. Ich will meine Pferde und meine Bewegungsfreiheit.«

»Ich weiß nicht, was ich will. Ich gebe zu, irgendwann an die Columbia zurückzugehen und meinen Doktor zu machen klingt entsetzlich langweilig. Aber mir fällt auf, daß wir in letzter Zeit weniger über unsere faschistischen Feinde reden und mehr über die gefährlichen Kommunisten, dabei ist dieser Krieg noch nicht einmal aus. Das gibt mir zu denken.«

»Weißt du, es sind Burschen wie dein Oberstleutnant Taylor, die durchdrehen werden. Wie ich höre, war er vor dem Krieg in der Versicherungsbranche. Dann ist er überall in der Gegend rumgeprescht und kam sich vor wie ein Teufelskerl. Und jetzt soll er am Schreibtisch sitzen und sich den Kopf über Versicherungsstatistiken zerbrechen?«

»Vielleicht hätte er fallen sollen, und nicht sein Freund. Sein Freund war kein so kampfbegeisterter Krieger. Er war Maler oder sowas.«

»Taylor ist für meine Begriffe nicht der Typ, der fällt. Die andern um ihn herum mögen sterben wie die Fliegen, aber er schreitet durch den

Kugelhagel. Der Krieg ist für die meisten Menschen die Hölle, aber für einige Verquere ist er der Himmel auf Rädern, hast du das noch nicht gemerkt?«

Abra trank ihr dünnes Bier aus. »Ich würde mir so gern darüber klar werden, ob ich auch zu den Verqueren gehöre. Ob ich mich nicht an dieses Leben gewöhnt habe, an die Dienstverpflichtung.«

»Daran haben wir uns alle gewöhnt, Mädchen. Wir müssen's uns wieder abgewöhnen.«

Oscar war schon lange aus London fort und befand sich auf dem Kontinent. Roosevelt starb, und die Zukunft gähnte plötzlich ungewisser. Abra hatte nie für jemand anders als Präsident gestimmt; sie konnte sich gar nicht vorstellen, wie die Regierung ohne Mittelpunkt weitermachen sollte. Zu ihrem Erstaunen erhielt sie die Beförderung zum Oberleutnant und arbeitete in der üblichen Sechstagewoche an der Auswertung des Bombenkrieges. Es gingen Gerüchte, daß die Erfassungsstelle nach Deutschland umziehen sollte. Raketen fielen keine mehr. Weitere Lichter gingen an. Alle zwei Wochen schrieb ihr Oscar und plauderte liebevoll. Sie antwortete im gleichen Stil, denn ihr Formgefühl verlangte höfliche Umgangsformen. Ein Kurier brachte neben Geheimdienstberichten eine Flasche Chanel Nummer Fünf.

Am ersten Mai kam die Nachricht, daß Hitler sich umgebracht hatte. Es gab eine improvisierte Feier in ihrem Büro. Am nächsten Abend, als sie vom Abendessen in der großen Messe im Grosvenor House zurückkamen, hörten sie, daß die BBC gerade die Kapitulation der deutschen Wehrmacht in Italien bekanntgegeben hatte. Gerüchte davon waren schon tagelang durch OSS geschwirrt. Es hieß, daß Allen Dulles von OSS/Schweiz bei der Kapitulation seine Hand im Spiel gehabt hatte.

Das Radio blieb an diesem Abend an. Es war eine Sucht, immer wieder die guten Nachrichten zu hören und auf weitere zu hoffen. Um zehn Uhr dreißig, bei Sendeschluß, ertönte die Stimme von Stuart Hibberd und verkündete den Fall von Berlin.

»Es ist aus!« hörte Abra sich schreien. »Es ist aus!«

»Das hängt davon ab«, sagte Beverly.

»Von was?«

»Erstens, ob es die Alpenfestung wirklich gibt, und wie gut sie verteidigt ist. Wenn sie auch nur annähernd so ist, wie wir gehört haben, kann es Monate oder ein Jahr dauern, bis wir sie einnehmen. Zweitens, wir wissen, daß Himmler den Werwolf eingesetzt hat, eine Untergrundorganisation für Sabotage und Partisanenkrieg.« Beverly wollte sich nicht zum Feiern verleiten lassen, ehe sie nicht mit absoluter Sicherheit wußte, daß keine schlechten Nachrichten mehr hereintröpfeln konnten. Abra hatte das Gefühl, mehr wie die allgemeine Bevölkerung zu sein, begierig auf alles, worüber man sich freuen konnte. Die Spannung des Wartens stieg noch über das Wochenende. Alle Gespräche drehten sich nur noch um eines. Ist der Krieg aus? Ist der Krieg endlich aus?

Am Montag schien alle Welt auf den Straßen herumzuwimmeln, vor dem Buckinghampalast herumzustehen. Als sie ins Büro kam, hörte sie, daß Großadmiral Dönitz, das mutmaßliche Oberhaupt eines offenbar nicht mehr existierenden Staates, schließlich die Kapitulationsbedingungen angenommen hatte, doch es kam immer noch keine Verlautbarung. Sie beschlich das üble Gefühl, daß etwas nicht stimmte. Vielleicht hatte sich die SS in der Alpenfestung verschanzt, mit Raketen und neuen Wunderwaffen. Niemand unternahm den Versuch, zu arbeiten. Alle wanderten von Büro zu Büro und Gebäude zu Gebäude und tauschten ein Gemisch aus Nachrichten und Gerüchten aus.

Warum sprach das Radio nicht, warum? Um sechs kam die Durchsage: der morgige Tag wird als der Tag des Sieges in Europa gefeiert werden und Nationalfeiertag sein wie auch der neunte Mai. Also war Frieden? Was für eine lächerliche, armselige Art, einen Krieg zu beenden.

Am Morgen erwachte sie in ihrem dumpfigen Schlafzimmer und tastete nach ihrem Mantel und der Taschenlampe, da die vertrauten Geräusche eines neuerlichen Luftangriffs über sie hereinbrachen. Sie war vor Enttäuschung wütend. Warum geht der Scheißkrieg nicht endlich zu Ende? Genug, zuviel, viel zuviel. Ich will mein Leben! Sie war auf den Beinen, schon in ihrer Uniform und halb in den Schuhen, bevor ihr klar wurde, daß das kein Bombenangriff war, sondern Gewitterdonner. Sie machte sich Kaffee mit Milchpulver und Süßstoff und trug ihn zu ihrem Bett.

Sie lag in der höhlenartigen Dunkelheit ihres Zimmers und stellte sich die Straßen von New York vor. Zu Hause feierten sie jetzt bestimmt, dicht gedrängt auf dem Times Square. Manchmal vermißte sie New York, aber London war auch ihre Stadt geworden – und sie fand die

Arbeit der Erfassungsstelle faszinierend. Erst vor kurzem war ihr mehr Verantwortung übertragen worden; einer ihrer Vorgesetzten hatte ihre Berichte zu Schriftsprache erklärt, das höchste Lob. Sie hatte einen Mitarbeiterstab unter sich. Bald sollten sie nach Deutschland hinübergehen, was bestimmt interessant war. In mancher Hinsicht war es für ihre Karriere ein Nachteil gewesen, mit Oscar zu arbeiten, denn was sie getan hatte, war alles zu seinem Werk geworden. Jetzt stand sie auf eigenen Füßen. Ihre Arbeit war sichtbar.

Das Gewitter war vorüber und der Tag warm und sonnig, als Beverly am späten Vormittag erschien, nicht in Uniform, sondern in einem sorgsam aufgesparten Leinenkleid, zerknautscht, aber sommerlich. Beverly hatte Sandwiches und eine Thermosflasche und eine Flasche St. Émilion, die sie einem Frankreichheimkehrer abgeschwatzt hatte. »Ich dachte, wir gehen durch die Straßen, die sind so voller Menschen, ich hätte nie geglaubt, daß es derartig viele gibt, und wir machen uns ein Picknick. Es ist Feiertag.«

Die Menschenmengen waren fröhlich und friedlich, Leute mit Kindern und Babys und sogar Hunden, alle geschmückt mit roten, weißen und blauen Bändern und Rosetten und Luftschlangen, mit Papierhüten schief auf den Köpfen, mit Fähnchen an den Kinderwagen und in vergnügt winkenden Händen. Fahnen hingen von den Gebäuden. Es gab Straßenmusikanten mit Geigen und Quetschkommoden und Leute, die eine Trompete oder eine Trommel oder eine Mundharmonika hatten, um fidelen Krach zu machen. Andere wummerten auf Mülltonnendeckel oder alte Benzinfässer ein. Spontane Chöre sangen oder juchhuten.

Abra und Beverly schlenderten umher und flanierten mit allen anderen langsam zum Palast, wo eine Bekanntmachung erwartet wurde. Dann ließen sie sich forttreiben. Als ihre Füße müde waren, suchten sie sich ein freies Plätzchen im St. James-Park und setzten sich zu ihrem Picknick. Von allen Kirchen läuteten die Glocken. Sie sahen wenig Betrunkene und keine Schlägereien. Nicht zuletzt, weil die Kneipen schon zu hatten, denn das Bier war ihnen ausgegangen. Es gab nicht genug Alkohol, um sich zu betrinken.

Ganz London schien sich im Laufe des Tages in einen gelungenen Kinderfasching zu verwandeln. Leute hatten Kostüme an oder komische Hüte auf. In einer kleinen Straße in Chelsea war ein Klavier hinausbugsiert worden, und ein Singekreis hatte sich gebildet, im Moment schmetterten sie »Knees up, Mother Brown«.

Die Bobbys sahen mit höflichem Gleichmut zu, wie die Leute Plakate herunterrissen, um Freudenfeuer lodern zu lassen. Jede Straße hatte eines. In einer Straße tanzten sie den Lambeth Walk zu einem Grammophon, das auf einer Türschwelle stand. In einer anderen führten Kinder eine Siegesparade mit Trommeln und Pfeifen an. Auf der Themse tuteten Schleppdampfer das Siegessignal. In der Nähe von Piccadilly trafen sie auf eine Schar anderer Amerikaner in einer Conga-Schlange und schlossen sich ihnen an, stampften und schwänzelten durch die Straßen, was Abra daran erinnerte, wie sie sich in dem Ringelwurm der Polonaisen ihrer Kindheit festgehalten hatte.

Sie war glücklich, und sie war traurig. Sie hätte das Ende des Krieges eigentlich mit Oscar zusammen sehen sollen, an dessen Seite sie durch so viel davon gegangen war. Wo steckte er? Dachte er jetzt an sie? Aller Wahrscheinlichkeit nach befand er sich bereits in Deutschland, wo bestimmt nicht gefeiert wurde. Ihre Rettung konnte nur sein, ihm nicht nachzutrauern und in der Gegenwart zu leben.

Als die Scheinwerfer auf den Buckinghampalast, auf die Nationalgalerie, auf Whitehall und Big Ben angingen, brachen die Menschen in Jubel aus, und kleine Kinder oohten und aahten, denn sie hatten die Lichter der Großstadt noch nie gesehen. Als Beverly und Abra auf der Brücke bei Big Ben standen und zusahen, wie er plötzlich erstrahlte, begann ein kleines Mädchen neben ihnen vor Angst zu weinen. »Er brennt«, jammerte sie in die Schulter ihrer Mutter. »Er brennt.«

Sie ruhten sich auf der Uferpromenade aus und ließen die Menge vorbeiströmen, in wohlgelaunten Wirbeln und lustigen Sturzbächen. Alle zeigten ihre Flaggen her, die paar verbliebenen Franzosen, die Belgier, die Polen, die Tschechen, die Amerikaner, die Australier, die Kanadier. Eine Frau in langem Tweedkostüm, in dem sie in der sommerlichen Luft schmoren mußte, blieb stehen, um sich ihre Halbschuhe zuzubinden, stapfte dann davon und schwenkte ihren kleinen Union Jack. Paare küßten sich, standen eng umschlungen da, als wollten sie sich durch ihre Sachen hindurch vereinigen.

Abra mußte daran denken, wie sie sich im Herbst eingebildet hatte, sexuell ausgetrocknet zu sein. Den ganzen Tag lang hatte sie sich in einem vagen Zustand sexueller Erregung befunden, nicht konkret daran interessiert, jemand aufzugabeln, denn gut aufgehoben in Beverlys Gesellschaft, aber strotzend von Gesundheit, von Reife, von der Kraft und Jugend ihres Körpers. Ihr Leben kam ihr vor wie ein großes technisches Bauwerk, mit dessen Errichtung sie kaum begonnen hatte. In letzter Zeit hatten mehr Ausschachtungs- als Bauarbeiten stattgefunden. Das Gefühl ihrer eigenen Unbesiegbarkeit war ihr verlorengegangen. In dieser Hinsicht war sie nicht mehr archetypisch amerikanisch.

»Schau mal!« schrie Beverly und packte ihren Arm.

Das Feuerwerk begann, das erste, das sie seit Jahren gesehen hatte, wenn sie die gelegentliche schaurige Schönheit des echten nicht mitzählte. Wie Rosette um Rosette aus Funken und Leuchtspuren an dem Nachthimmel zerplatzte, der nun viel weniger schwarz war als bisher, schwellte Freude ihr die Brust, die Freude, jung zu sein und das eigene Ich zu spüren.

Ruthie 10

Tödlicher Frost

Der zwölfte April war ein Donnerstag. In ihrem Seminar über Familienprobleme hielt Ruthie ein Referat, das sich mit den Veränderungen in den Strukturen der Kindererziehung in der ersten und zweiten Generation von Einwandererfamilien beschäftigte und eine weitaus heftigere Kontroverse auslöste, als sie erwartet hatte. Ihr schien evident, daß etwas verlorenging und gleichermaßen etwas gewonnen wurde, wenn alte Strukturen neuen Platz machten. Daher fand sie es überraschend, daß die meisten ihrer Kommilitonen und ihr Professor von der Prämisse ausgingen, solche Veränderungen seien immer zum Positiven.

Sie verteidigte ihre Ergebnisse und griff diese Prämisse an, aber als sie dann am Fließband stand, zitterte sie innerlich immer noch von dem Streitgespräch. Wie wagten diese Leute zu denken, daß alles, was auf ihre Art getan wurde, überlegen war? Daß fremde Strukturen gleichbedeutend waren mit Dummheit? Daß alle anderen auf der Welt immer unrecht hatten? Daß die, die schäbig gekleidet waren und in Armut lebten, notwendig auch ungebildet waren? Daß die Italiener nur deshalb deutlich italienisch blieben und nicht zu ordentlichen weißen Protestanten mit Smith- und Jones-Namen wurden, weil sie es nicht besser wußten?

Diese Leute hielten sich für überlegen, und zwar so weit, daß irgend jemandes ausbleibende Zustimmung sie in Erstaunen versetzte. Oh ja, heute hatte sie etwas über Vorurteile gelernt. Vielleicht hatte sie erwartet, die vielgerühmte Neutralität der Sozialwissenschaften werde sich schon erweisen. Doch die anderen waren davon ausgegangen, sie sei diejenige, deren Sicht von Vorurteilen getrübt war, die in Parteilichkeit befangen war. Hoch droben in ihrem Hinterkopf verkündete eine sarkastische Stimme, wie wenig überraschend und wie bitter komisch das war, aber vor allem war sie entrüstet, enttäuscht. Sie wollte an den Willen zum Guten glauben – warum? fragte sie sich und zog die Stirn kraus hinter der Schweißerschutzmaske. Sie liebte diese Maske, weil sie ihr Gesicht nicht nur vor Funken und heißen Metallspänen schützte, sondern auch vor den Blicken anderer. Brauchte sie den Glauben an den Willen zum Guten, weil sie ein guter Mensch war, oder weil sie ein träger Mensch war und es weniger Anstrengung bereitete, davon auszugehen, daß die anderen es gut meinten?

Die sahen in Familiengeschichten nichts als Aberglaube – *bobe-majßes*. Die Vergangenheit sollte weggewischt werden wie Schmutz. Kinder sollten keine Ahnung haben, woher sie kamen, welche Geschichten zu ihnen führten, welche Menschen gelebt hatten und gestorben waren, um sie hervorzubringen.

Als die Lautsprecheranlage eine wichtige Durchsage ankündigte, hielten alle inne und lauschten. Für einen Augenblick hoffte sie, daß der Krieg in Europa endlich aus war. Die Truppen waren schon nach Deutschland vorgedrungen. Die Wochenschauen waren voller rascher Vormärsche. Vielleicht hatten die Nazis kapituliert?

»Wer ist tot? Was hat er gesagt?« Vivian schob stirnrunzelnd die Maske zurück.

»Er sagt, der Präsident ist tot«, wiederholte Ruthie und schaute blind umher. »Der Präsident?« wiederholte sie und merkte, was sie gerade gesagt hatte.

»Soll das ein Witz sein?« fauchte Vivian. »Welcher Präsident?«

Aber es gab nur einen.

Es war fast still in der Werkhalle. Das Fließband hatte angehalten. Irgendwo rappelte immer noch eine Alarmklingel, und etwas bewegte sich noch, wahrscheinlich ein Aufzug. Stimmengewirr erhob und senkte sich, als die Lautsprecher knatterten und dann die Nachricht wiederholten. »Laut *Associated Press* ist Präsident Roosevelt heute nachmittag um fünfzehn Uhr fünfundfünfzig östlicher Kriegszeit an einer Gehirnblutung gestorben. Ich wiederhole, der Präsident ist gestorben, an einer Gehirnblutung. Wir haben die Nachricht vor wenigen Augenblicken im Radio gehört und WJR angerufen, aber wir sind nicht durchgekommen. Dann haben wir *Free Press* angerufen. Es ist wahr.« Die Stimme vertröpfelte.

Vivian hielt sich den Mund zu, die Hand weiß vor Druck. Ruthie verspürte den absurden Drang, zu lächeln, der sie manchmal inmitten einer Katastrophe überkam, als wollte sie weitere Schläge abwenden, eine Grimasse der Beschwichtigung. Was sollte jetzt werden? Ging der Krieg weiter? Kam alles zum Stillstand?

Vom Verstand her wußte sie, daß solche Fragen lächerlich waren. Natürlich ging der Krieg weiter. Natürlich machte die Regierung weiter. Wer wurde jetzt Präsident? Sie brauchte einen Moment, bis ihr der Name des Vizepräsidenten einfiel. Wallace war das gewesen, aber Roosevelt hatte ihn fallengelassen und einen Senator aus Missouri genommen, um die Südstaatler zu besänftigen, denen Wallace zu radikal, zu aufsässig war. »Präsident Truman«, sagte sie laut. Es klang absurd. Der Präsident, das war Roosevelt. Der Präsident, das war immer Roosevelt gewesen, außer vor langer Zeit, als sie noch klein war und ständig Hunger hatte. Seine Stimme war die der Regierung, diese tiefe warme Kakaostimme, die aus dem Radio kam und erklärte, wie alles werden würde und wie alles sein sollte. Ungerechtigkeit hieß, daß der Präsident nichts davon wußte, nicht mit den Einzelheiten vertraut war, aber immer auf deiner Seite. Wenn er davon wüßte, würde er sich darum kümmern und versuchen, alles zum Guten zu wenden.

Sie mußte daran denken, wie Sharon entdeckt hatte, daß Marilyn überzeugt war, die Stimme, die wie Hitze aus dem Radio strömte, war G-tt, der da sprach. Sharon und sie hatten versucht, den Unterschied zwischen Präsident Roosevelt und G-tt zu erklären, aber sie bezweifelte, daß es ihnen gelungen war.

Sie sah sich in der Werkhalle um, wo Männer und Frauen offen weinten und andere lächelten, jenes verkniffene Lächeln stiller Genugtuung. Mit mächtigem Ruck setzte sich das Fließband wieder in Bewegung, und alle eilten an ihre Plätze zurück. Schließlich war immer noch Krieg.

Am letzten Samstag im April gingen sie alle ins Kino, um *Als Du Abschied nahmst* mit Robert Walker und Jennifer Jones zu sehen. Naomi war mit ihrem Freund Alvin da und saß ganz an der Seite. Nach dem Donald Duck-Zeichentrickfilm über das Hamstern kam die Wochenschau. Sie zeigte die Befreiung von Bergen-Belsen, einem jener Lager, von denen Ruthie gelesen hatte. Ein schreckliches Schweigen senkte sich über den Kinosaal. Lebende Skelette starrten aus Augen, die in ihren ausgemergelten Köpfen so groß waren wie die von Nachtaffen, von Lemuren. Geschöpfe aus Hunger und Elend umklammerten ihre Knochen und starrten ohne Hoffnung oder Erkennen. Berge von Leichen. Leichen, wie Abfall in eine große Müllkippe geworfen. Gräber, von Planierraupen ausgehoben. Berge von getragenen Schuhen.

Der Metro-Löwe brüllte gerade, da sah Ruthie aus dem Augenwinkel, daß Naomi den Gang entlang verschwand. Alvin sah ihr unsicher nach. Wie Ruthie geahnt hatte, wollte Naomi nicht auf die Toilette. Sie taumelte aus dem Kino und stand benommen auf der Straße. Ruthie nahm ihren schlaffen Arm.

»Ich wußte, sie sind tot«, sagte Naomi mit tränenüberströmtem Gesicht. Sie stolperte und stürzte gegen ein parkendes Auto. Zwei Männer fingen an, über sie zu lachen, hielten Naomi für betrunken. »Es ist meine Schuld. Ich habe sie losgelassen.«

Naomi redete Unsinn, aber Ruthie konnte ihr Schuldbewußtsein riechen. »Es ist nicht deine Schuld. Die Deutschen, die haben es getan, und sie hätten es dir auch angetan, wenn sie dich gekriegt hätten. Wenn deine Mutter an einem solchen Ort gestorben ist, dann muß ihr letzter Gedanke gewesen sein, wenigstens ist eine meiner Töchter in Sicherheit, gelobt sei Der Name.«

Naomi setzte sich auf den Bordstein und hängte den Kopf über den

Gully. Mit erstickter Stimme fragte sie: »Warum ich? Ich bin die Falsche. Ich verdiene es nicht!«

»Wir alle verdienen das Leben. Laß uns nach Hause gehen.«

Alvin stand verlegen hinter ihnen. »Was fehlt ihr? Warum ist sie rausgelaufen?«

»Ihre Mutter und ihre Schwester sind in solch ein Lager gebracht worden.«

Alvin pfiff. »Heiliger Strohsack.«

Gemeinsam zogen sie Naomi auf die Füße. Obwohl es erst acht Uhr war, wimmelte es auf den Straßen schon von Betrunkenen, ein Paar warf sich gegenseitig schweinische Ausdrücke an den Kopf, ein alter farbiger Mann mit einer Flasche murmelte von Blut, an jeder Straßenlaterne lehnte ein Kränzchen Prostituierter. Sie bogen mit ihr um die Ecke in eine Wohnstraße, aber beim Anblick eines Beetes mit verrottenden Tulpen brach sie erneut zusammen. Naomi entglitt ihren Händen und fiel auf das braune Gras. Ein tödlicher Frost hatte in der Woche zuvor die aufblühenden Frühlingsblumen, die Blüten der Obstbäume vernichtet. Gemeinsam zerrten Alvin und Ruthie sie wieder hoch und schleppten sie voran. Manchmal taten Naomis Füße stolpernde Schritte, manchmal schleiften sie nur. Alvin und Ruthie mußten oft stehenbleiben und ausruhen, denn sie wog schwer. »Naomi, du bist nicht allein«, sagte Ruthie beschwörend. »Du hast uns. Wir sind deine Familie.«

»Nein, nicht allein«, wiederholte Naomi und lachte gellend, während sie gleichzeitig weinte. Rotz lief ihr mit den Tränen übers Gesicht, und sie atmete mit offenem Mund, sah verschwollen, halb ertrunken aus. »Ich hasse mich! Ich bin die Falsche, die Schlechte!«

»Naomele, die Nazis sind nicht G-tt. Sie belohnen oder strafen nicht, sie morden nur. Du hast die Pflicht, dein Leben zu leben, für deine Schwestern und deine Mutter und deinen Vater glücklich zu sein, auch ihre Leben auszuleben. Sieh für sie, lerne für sie, liebe für sie, kriege Kinder für sie.«

Ruthie spürte einen seltsamen Stich, als sie das sagte. Kehrte Murray je heim? Kam er als Mensch aus Fleisch und Blut zurück, nicht aus Papier gemacht, aus müßigen Worten, aus seltsamen Punkten auf der blauen Ausbuchtung des Globus? Bekam sie je eigene Kinder, oder bestrafte G-tt sie für ihren Fall, ihre Schuld, indem er ihr Fruchtbarkeit verweigerte? Sie war dreiundzwanzig. In ihrem Alter hatte Rose schon drei Kinder geboren; in ihrem Alter hatte Bobe schon ihre Mutter Rose zur Welt gebracht. Aber sie hatte keine Kinder, keinen Ehemann. Nur Naomi, die viel zu rasch erwachsen wurde.

Als sie Naomi ins Haus geführt hatten, schickte sie Alvin heim und brachte Naomi zu Bett. Irgendwo im Küchenbüffet mußte der Tee sein, den Großmutter immer gegen Angstzustände und Aufregung gebrüht hatte. Baldrian mit seinen rosigen Blüten an langen Stengeln hatte sie neben dem kleinwüchsigen Thymian und Petersilie, Beinwell und Minze gezogen. Ruthie schnupperte an den Teedosen voller selbstgemachter Hausmittel, bis sie die fand, an die sie sich zu erinnern meinte, und brühte den Tee für Naomi auf. Eigentlich gehörte Honig dran, aber sie hatten keinen.

Naomi zog ein Gesicht wegen des bitteren Geschmacks, trank ihn aber brav. Die Tränen flossen langsamer. Ruthie saß bei ihr, bis sie in unruhigen Schlaf fiel.

Da Ruthie jetzt nur an fünf Tagen in der Woche arbeitete, hatte sie versucht, mehr Zeit mit Naomi zu verbringen. Anfangs war es ihr vorgekommen, als hätte sie viel freie Zeit bei einer Vierzigstundenwoche in der Fabrik und nur drei Seminaren, aber sofort waren alle vorgestürzt, um diese Zeit zu besetzen. Rose brauchte Hilfe. Kleidungsstücke mußten geflickt werden, da sie wesentlich schneller kaputtgingen, als sie nachgekauft werden konnten. Das Siegesgärtchen mußte neu bepflanzt werden, obwohl die widerstandsfähigsten Sorten, Erbsen und Weißkohl, den Frost überstanden hatten.

Sharon wollte über Marilyn und Clark reden; Trudi wollte über ihre Schwangerschaft reden, über die Wunder an Intelligenz des kleinen David und darüber, was Leib sich eigentlich dabei dachte, sich mit Fatty von der Bar herumzutreiben und mit Moose, der etwas mit illegalen Lotterien zu tun hatte. Morris wollte, daß sie sich mit ihm an Kundgebungen und Kampagnen beteiligte, damit mehr Flüchtlinge ins Land gelassen wurden, damit die Gesetze geändert wurden und Juden einreisen konnten. Nur Leib schien sie ebenso gern zu meiden, wie sie ihm aus dem Weg ging. Jener scheußliche Sommertag schien seine alte Lust gelöscht zu haben.

Sie war froh, daß sie Naomi in der Bäckerei untergebracht hatte. Die Fennimans mochten Naomi, und es hielt sie von der oberen Wohnung fern. Trotzdem spürte Ruthie, etwas stimmte nicht mit Naomi, und zwar, seit der Brief vom Tod ihres Vaters und ihrer älteren Schwester eingetroffen war. Ja, Naomi war in tiefer Trauer um ihre Familie, und das würde Jahre brauchen, ehe es sich gab. Ruthie verstand Trauer. Naomi war gut in der Schule, nahm die Vorbereitungsfächer fürs College und Schreibmaschinenkurse, wie es Ruthie auch getan hatte. Ob es nach dem Krieg für die Juden besser aussah? Gerade in letzter Zeit war es ihr vorgekommen, als ließen die Haßgüsse, die bei der Arbeit über sie hinwegschwappten, an Intensität nach, aber das konnte auch sein, weil die Arbeiterprediger, die am meisten gegen Juden und Neger hetzten, mit abflauender Kriegswirtschaft ihre Stellen verloren. Sie war fest entschlossen, Naomi durchs College zu bringen, obwohl sie selbst wohl bald ihren Arbeitsplatz verlieren würde.

Vivian brachte das auf der Fahrt zur Fabrik zur Sprache. »Ist sonst noch jemand das Gemähre in den Zeitungen aufgefallen, daß wir alle wieder nach Hause gehen und uns in der Küche tummeln sollen?«

Rena sagte: »Bist du das Mädchen, zu dem er zurückkommen möchte? Riechst du auch gut? Sind deine Hände weich? Siehst du aus wie ein Filmstar, oder siehst du aus wie ein Lkw-Fahrer? Ha. Meinst du, die Gewerkschaft macht sich für uns stark?«

»Quatsch«, sagte Vivian. »Die reden uns immer noch mit Brüder und sehr geehrte Herren an. All die Jahre ist denen nicht aufgefallen, daß wir Damen sind, da werden sie jetzt nicht anfangen, uns zu helfen.«

»Und was soll aus uns werden? Ich bin Facharbeiterin. Werden sie uns raussetzen?« fragte Rena.

Ruthie hatte ein schlechtes Gewissen, während sie den anderen Frauen zuhörte. Sie war nicht traurig, wenn sie entlassen wurde, denn eine Schwemme offener Sozialarbeitsstellen stand bevor, und sie konnte sich schnurstracks eine aussuchen. Vivian und Rena brauchten das Geld.

»Die können doch unsere Fertigkeiten nicht einfach wegschmeißen. Wir sind gut. Das haben sie uns gesagt. Wenn die denken, ich schrubbe wieder Fußböden für fünfzig Cents die Stunde, dann haben sie eine Meise. Ich muß zwei Kinder durchbringen und noch Hypotheken auf das Haus abzahlen.«

»Ich muß das Haus abzahlen und hab' für drei Kinder und meine

Mutter zu sorgen. Ich sehne mich danach, daß Jake nach Hause kommt, aber wir hatten's von seinem Lohn nie leicht«, sagte Vivian.

In dem langen Schweigen, das nur vom Gestotter des alten Motors unterbrochen wurde, hing jede Frau ihren Sorgen nach im Angesicht des langsamen, qualvollen Kriegsendes.

Der Tag des Sieges in Europa kam Mitte der Woche, eine Durchsage, eine Zurücknahme, eine Bestätigung, eine genauere Durchsage, die langsam die Zweifel löste. Detroit roch nach frischem Laub, nach Schwefel, nach Regen, nach Flieder, nach Rauch. Autos hupten und Menschen strömten auf die Straßen, aber Ruthies Herz war nicht dabei. Ihr Krieg war noch nicht aus. Ihr Liebster kam noch nicht nach Hause, falls er noch ihr Liebster war. Sein Krieg wurde noch heftiger.

Sie standen immer noch alle auf dem Bürgersteig und winkten den hupenden Autos zu, da sah Ruthie, wie Leib die Hand auf Naomis Schulter legte und fest zudrückte, besitzergreifend. Naomi zuckte zusammen, sagte aber nichts, stand unter dem Gewicht seiner Hand mit einem Ausdruck trauriger Fügsamkeit, völliger Selbstaufgabe. Ruthie runzelte die Stirn, und etwas rührte sich in ihr, ein kalter Verdacht. Sicher faßte Leib Frauen mehr an, als er sollte, er war nun einmal ein Grapscher. Aber dieser Gesichtsausdruck, diese Ergebenheit gefielen ihr überhaupt nicht.

Sie wandte sich zu Rose, aber Rose hielt den strampelnden Clark hoch, damit er etwas sah. Sharon hatte sich gebückt und kämpfte mit einem abgebrochenen Absatz. Ihre Familie war schon ein ärmlicher Haufen, alle außer Trudi, die ein neues Umstandskleid anhatte, in so giftigem, grellem Rosa, daß Ruthie es nicht lange anschauen konnte, ohne grün zu sehen, wenn sie die Augen schloß.

Trudi bemerkte es. Trudi sah es, und ihr Gesicht wurde hart.

Louise 11

Sesam, öffne dich

Louise fand sich in einer zerstörten, staubigen Welt, wo der Wind Asche mit sich trug. Die Menschen waren verdrossen und ratlos. Sie besaßen nicht die knorrige Fröhlichkeit der ausgebombten Armen Londons. Jahrelang hatte der Krieg ihrem Heimatland Wohlstand beschert. Sie hatten gut gegessen und sich gut gekleidet und in wagnerianischen Mythen geträumt, während der Rest Europas frierend und hungrig darniederlag. Sie hatten Verluste gehabt, aber weit fort, in den entfernten und heroischen Armeen. Sogar in den zerbombten Städten waren die Menschen noch bis zwei Monate vor Kriegsende gut gekleidet und gut genährt; die Milch wurde geliefert, die Butter kam auf den Tisch, und die Straßenbahnen fuhren nahezu pünktlich.

Das Zentrum von Berlin war ein Niemandsland aus Schutt, aus Staub, den jeder Windstoß hob und beißend in Mund und Augen trieb. Monumentale Architektur schuf eine Hindernisbahn aus herabgestürzten Säulen und Gesteinsbrocken, erratischen Blöcken, an denen sich Fußgängerströme teilten. Jedes Stückchen Erde beherbergte frische Gräber, wo russische und deutsche Soldaten gefallen, wo Zivilisten ins Kreuzfeuer geraten waren. Hinter der einen oder anderen intakten Fassade eines Staatsgebäudes gähnten nur Ruinen. Papiere, Aktenstücke, die Erzeugnisse einer gewaltigen Bürokratie, trieben überall im Wind, zu nichts mehr nutze, nur noch zum Feuermachen. Die Straßen mußten vorsichtig begangen werden, denn Glassplitter stoben wie Herbstlaub mit kleinen, pfeilscharfen Spitzen, getragen vom Schmirgelpapierwind.

Sie konnte es nicht ganz fassen. Sie fühlte sich, als wäre sie aus dem zwanzigsten Jahrhundert in einen barbarischen mittelalterlichen Totentanz versetzt worden. Barbarossa unter dem Berge war aufgewacht, hatte seine Rüstung angelegt und sein Volk zum Ruhme von Walhalla gerufen. Zerstörte Fahrzeuge standen auf den von Bombeneinschlägen pockennarbigen Straßen. Die eigentliche Währung waren Glimmstengel. Trinkgelder wurden in Glimmstengeln gegeben, Handwerker wurden in Glimmstengeln bezahlt, Glimmstengel wurden gegen Nahrungsmittel eingetauscht. Kein Mensch, dem sie begegnete, war je Nazi gewesen, i wo, ich doch nicht. Das waren andere.

Monatelang war sie mit den Truppen der Ersten Armee gezogen, hatte mit ihnen unter Feuer gelegen, war mit ihnen in den Ardennen abgeschnitten, hatte mit ihnen den Rhein überquert, manchmal hinten mit der Artillerie, manchmal vorn an der Front, die eine Wiese war, ein Strom, eine zerschossene Straße zwischen den Ruinen ehemaliger Wohnhäuser. Sie hatte die gleichen Rationen gegessen und in ihrer Decke auf dem Boden geschlafen, in Scheunen, auf einem leeren Munitionswagen, im Hauptquartier in Bauernhäusern und Hotels, in Zelten der Krankenschwestern und in Kisten, in denen kleine Flugzeuge verschifft worden waren. Sie hatte viele der Soldaten kennengelernt, und sie hatte gesehen, wie manche verwundet wurden und wie manche starben.

Jetzt war dies Band gerissen. Hier war der Krieg beendet. Die meisten ihrer Kollegen hatten sich schon eine Reisegelegenheit zum Pazifik ergattert, zu der Schlacht, die auf Okinawa tobte, und zu der erwarteten Invasion von Japan, zu den Kämpfen, die auf den Philippinen, in China und Burma und Südostasien weitergingen.

Es widerstrebte ihr, ihnen zu folgen. Dies war ihr Krieg geworden, und sie konnte den Brennpunkt ihres Interesses nicht verlagern. Daheim in Hadley war Kay schwanger. Als der Bombenschütze, ihr Mann, von England nach Saipan verlegt worden war, hatte offenbar während seines Heimaturlaubs Gelegenheit bestanden. Louise wollte bei der Niederkunft zur Stelle sein, aber die war erst im Januar zu erwarten.

Sie hatte ihren Untermietern mitgeteilt, daß sie am ersten August nach New York zurückkäme. Das gab ihnen und ihr genug Zeit, sich auf diese Rückkehr vorzubereiten, die ihr Unbehagen verursachte. Sie beschloß, nicht bis zu den Nürnberger Kriegsverbrecherprozessen zu bleiben, obwohl sie nachts, wenn sie schlaflos in ihrem Bett lag, diesen Entschluß endlos überprüfte. Würde ihr das begreifen helfen, was sie noch nicht fassen konnte? Ihre Vorstellungskraft schien sich festgefressen zu haben und abrupt zum Stillstand gekommen zu sein.

Sie schlief schlecht und konnte sich nicht an ihre Träume erinnern.

Sie fühlte sich körperlos, geschlechtslos, außerhalb ihres eigenen Lebens und des Lebens anderer. Ihre Aufgabe war es gewesen, über den Krieg zu berichten; was trieb sie also hier? Trödelte in Gegenwart einer riesigen, stinkenden Leiche. Sie blieb noch in Deutschland, gab Berichte über die Besetzung durch, über Himmlers deutsche Untergrundbewegung namens Werwolf, über das einzige verbliebene Schtetl in Europa, nämlich die Gemeinde, die die überlebenden Juden in den früheren SS-Baracken von Bergen-Belsen gegründet hatten, über die Überlebenden und ihre schlechte Behandlung durch die Besatzer von der Dritten Armee. Patton war offen antisemitisch und nannte die Juden Tiere. In Pattons Befehlsbereich war sie persona non grata, dennoch fuhr sie morgen früh nach Thüringen, denn sie hatte einen Tip über eine seltsame Höhle dort bekommen.

Sie fuhr im Jeep mit George Monroney von AP, seinem und ihrem Photographen nach Eisenach, dem Geburtsort von Bach. Sie hatte so gut wie keine Ahnung, was es da zu sehen gab, da der Hinweis geheimnisvoll gewesen war. In letzter Zeit war OSS, das um sein Nachkriegsleben unter dem ihm nicht gewogenen neuen Präsidenten kämpfte, dazu übergegangen, Geschichten über seine Großtaten zurechtzufrisieren. Sowohl George als auch sie hatten ihre Vorbehalte gegen diese Spritztour, aber sie wollten aus Berlin heraus. Es war zweifellos OSS-Propaganda, aber vielleicht interessant.

Die Autobahnen waren von Menschen gesäumt, die nach Osten oder Westen pilgerten, von Karren, vor die Frauen oder Männer oder knochige Zugtiere gespannt waren, von Städtern, Bauern und DPs, von Zwangsarbeitern und Lageropfern, die aussahen wie wandelnde Tote, zu Skeletten abgemagert und mit grauer Haut, alle ergossen sie sich irgendwohin. Die meisten der Leichen, die die Landschaft bei ihrer Ankunft übersät hatten, waren begraben, aber hier und dort zog ein verwesender Pferdekadaver die Krähen an. Manchenorts hing der Gestank des Todes, den sie nur allzu gut kennengelernt hatte, in der Luft. Es stimmte, daß ein toter Mann oder ein toter Säugling nicht anders roch als ein totes Schwein. Züge verkehrten nicht, und Postdienst gab es auch nicht, keine Behörden, keine Zeitungen, kein Radio, kein Telefon.

In Eisenach nahm sie ein OSS-Feldwebel in Empfang und geleitete sie in eine Kleinstadt, Merkers, und zum Salzbergwerk von Kaiserroda, offenbar ihrem Ziel. Er schien außerordentlich nervös. Sie kamen an massierten Panzern vorbei, an Artillerie und Panzerwagen. »War hier ein Widerstandsnest?« fragte sie.

»Nein«, sagte der Feldwebel. »Bitte heben Sie sich Ihre Fragen auf, bis wir drinnen sind.«

Der Eingang zum Bergwerk war beschützt, als wäre es das Alliierte Hauptquartier; sie wurden durch vier Sicherheitskontrollen geschleust, bis sie endlich die Salzgrube selbst betraten. George plinkerte ihr mit der Augenbraue zu. »Nach *dem* Aufwand schulden die uns eine starke Geschichte. Was haben wir denn hier, den echten Hitler?«

Schließlich betraten sie durch ein Stahltor den Berg und wurden von einem OSS-Hauptmann North in Empfang genommen, der sie in ein kleines Büro führte und ihnen vor einem Lageplan des Bergwerks einen Vortrag hielt. Ein OSS-Geheimagent hatte ein Gerücht von der Existenz eines geheimen Lagers des Reichsgoldes hier gehört, erklärte der Hauptmann und handhabte seinen Zeigestock wie ein Professor oder wie jemand, der es gewohnt war, Einsatzbesprechungen abzuhalten. Die Information war dem OSS-Sonderkommando bei Patton zugeleitet worden, doch anfangs konnte niemand das Bergwerk finden oder die Gerüchte bestätigen.

Doch irgendwann tauchte ein britischer Kriegsgefangener auf, den die Deutschen dazu eingesetzt hatten, Gold zu entladen und zu verstauen. Er zeigte den Amerikanern fünf Eingänge zu dem Bergwerk auf und sagte, er wäre bis zur Vierhundert-Meter-Sohle vorgedrungen.

Als die Amerikaner schließlich das Bergwerk betraten, fanden sie – und an dieser Stelle wurde ihnen bedeutet, sich zu erheben und in den ersten großen Raum zu begeben – eine halbe Milliarde Reichsmark. »Laut Vorkriegswechselkurs«, sagte der Hauptmann, ohne irgendwelche Notizen zu Rate zu ziehen, »sind das gut und gerne einhundertfünfundzwanzig Millionen Dollar. Und das, müssen Sie bedenken, wurde hier nur vorübergehend gelagert. Nun können wir weitergehen.«

Nach fünfhundert Metern Weges in das Bergwerk hinein kamen sie zu einer aufgesprengten Stahlkammertür. Das Pionierkorps der Armee hatte die Stahlkammer öffnen müssen, erklärte der Hauptmann und schaltete das Licht ein. Alles im Bergwerk schien einwandfrei zu arbeiten, die Aufzüge, das Licht, die Belüftung. Die Luft war kalt und trokken. Sie hatten einen weitläufigen Raum betreten, ungefähr halb so breit wie lang. Hauptmann North lieferte die Daten: 45 mal 22,5 Meter. Der Boden war unter Reihen von numerierten Säcken verborgen. »Siebentausendvierhundertachtundfünfzig«, verkündete der Hauptmann und war stolz auf sein Gedächtnis.

Während Louise einen Sack vorsichtig mit dem Fuß anstupste und die Photographen ihre Blitzlichter einsetzten, fuhr der Hauptmann fort: »Jeder enthält Gold in Form von Barren und Münzen. Beachten Sie bitte, entlang der rechten Wand ist gebündeltes Papiergeld gestapelt. Es summiert sich zu zweihundertfünfundsiebzig Millionen Reichsmark, nach dem Vorkriegswechselkurs etwa achtundsechzig Millionen und sechshunderttausend Dollar. Wir haben achttausendeinhundertachtundneunzig Goldbarren gezählt, jeder mit einem Gewicht von fünfunddreißig Pfund. Wir haben eintausendsiebenhundertdreiundsechzig Säcke mit Goldmünzen im Nennwert von einer Goldmark und siebenhundertelf Säcke mit Goldmünzen im Nennwert von fünf und zehn Goldmark inventarisiert. Können wir weitergehen, meine Herren?«

Endlich bin ich ein Herr, dachte Louise. Angesichts von so viel Edelmetall werde ich veredelt und entsexualisiert. Sie marschierte weiter, während ihr Photograph alles festhielt. Sie spürte leichte Klaustrophobie, als sie tiefer ins Bergwerk vordrangen. Sie hob eine Kristallscherbe auf, die salzig schmeckte, aber so klar wie Glas war.

Als nächstes kamen Edelsteine, viele noch ungeschätzt. Hauptmann North entschuldigte sich. Die Steine mußten die Ankunft von Experten aus Amsterdam abwarten. Der gesamte Schatz sollte in allernächster Zeit an einen Ort gebracht werden, der für sicherer gehalten wurde. Sie sahen sich Säcke voll Platin an, voll fremder Währungen, Kisten mit mehreren Millionen Pfund Sterling, Druckstöcke zum Drucken von Banknoten. Sie durchwanderten Räume, die unsichtbare Gemäldegalerien waren, voller Ölgemälde, sachgemäß gelagert, wie der Hauptmann mitzuteilen sich beeilte, Plastiken, Vasen, Teppiche, Kupferstiche, Radierungen. Sie gingen an magazinierten Werken von Van Dyck vorüber, von Raphael, von Rembrandt, von Dürer. Einige Gemälde wurden von zwei Gefreiten unter der Anleitung eines Leutnants mit kunsthistorischer Ausbildung für die Photographen behutsam aus ihren Lattenkisten geholt, während sie tiefer ins Innere vordrangen.

»Ali Baba und die vierzig Räuber waren nichts gegen die Nazis«, sagte George. Er klang so vor den Kopf geschlagen, wie sie sich fühlte.

»Sollte das den Werwolf finanzieren?« fragte sie.

»Die Beamten der Reichsbank in Berlin, die all das hertransportieren ließen, behaupten,daß nein, aber wir werden es wohl nie wissen.« Hauptmann North schien verlegen, Unwissen zugeben zu müssen.

»Zählen ist leichter als einen Sinn hineinzubringen«, sagte George. »Könnten wir noch mal die Größenangaben haben?«

Der Hauptmann führte sie zu einem anderen Fahrstuhl, und wieder sackten sie hinab durchs Gestein. Jetzt überkam die Klaustrophobie sie ernsthaft. Der Berg lastete auf ihrem Kopf, im Begriff, sich zu verlagern und ihr den Atem auszuquetschen.

Auf dieser tiefen Sohle war eine geräumige Kammer. Hauptmann North stand und hielt die Hände im Rücken verklammert. »Wir haben hier einhundertneunundachtzig Transportbehälter auf den Namen Melmer und Versandschilder mit der Aufschrift Deutsche Reichsbank, Hauptcasse I, Berlin. Dieses Material ist unterschiedlich. In diesem Behälter zum Beispiel haben wir Silbertabletts inventarisiert, Kerzenleuchter, Pessachbecher, Bestecke, im ganzen zweihunderteinundvierzig Pfund. Diese drei Kisten enthalten Uhren, Uhrenketten und -gehäuse. In dieser sind Puderdosen, silberne Fingerhüte. Da alles Trauringe ...«

»Alles Trauringe?« Der Behälter ragte ihr über den Kopf. »Opfer der Konzentrationslager?«

Hauptmann North nickte. »Hier ein Koffer mit Zahnfüllungen. Alles scheint sorgsamst inventarisiert und dann in Transportbehälter gepackt worden zu sein, darunter auch Koffer, die wohl auf die gleiche Art erlangt wurden.«

»Wie viele Sendungen sind hier ausgeliefert worden?«

»Wir haben sechsundsiebzig ausgemacht.« Hauptmann North sah glücklich aus, wenn er konkrete Angaben machen konnte. Sein Körper schien sich nach innen zu stülpen, wie er da zwischen Kisten und Koffern stand. Sie begann ihn ein wenig zu mögen. Sein Unbehagen war menschlich und verständlich. Die Zahlen waren etwas Greifbares.

Er las ein Inventarverzeichnis vor: »Uhren, 6748,2 Pfund; Geschirr, 29147,5 Pfund; Edel- und Halbedelsteine, 691 Pfund; goldene Ringe, 1069,8 Pfund; Zahngold und -silber, 3101,3 Pfund ...«

Sie hörte mit ihren Notizen auf. Sie konnte das nicht niederschreiben.

»Aber es waren nicht nur Edelmetalle und Juwelen. Kinderspielzeug,

515,9 Pfund. Zeichengeräte, 104,4 Pfund. Briefmarken, 89,5 Pfund. Brillengestelle aus Bein, Plastik, Horn oder Metall, 691,1 Pfund. Kleines Handwerkszeug, 311,7 Pfund. Prothesen, 404,5 Pfund.«

Louise setzte sich abrupt auf einen der Koffer, einen großen, stabilen mit einem Ledergürtel und mit einem Namen, ausgelöscht wie die Person, der er gehört und die ihn für eine Reise zur Umsiedlung gepackt hatte. Sie mußte den Kopf zwischen die Knie stecken, um nicht ohnmächtig zu werden. George, die beiden Photographen und Hauptmann North waren verlegen. Sie benahm sich unangemessen, emotional. Dinge, Beute, Gegenstände, Mehrwert: jemandes Arbeit, jemandes Sparsamkeit, jemandes Hoffnungen und Ängste. In gigantischem Maßstab war hier ein Haß auf das Fleisch zur Schau gestellt und eine Leidenschaft für Metalle, von denen manche als unedel galten und andere als edel.

Die Männer fühlten sich unbehaglich. Sie machten Witze und wikkelten die Beute in Zahlen ein. Als eine von denen, die ihres Lebens beraubt werden sollten, konnte sie nicht wegsehen. Ihr blieb keine andere Wahl, als das Unbegreifliche zu betrachten. Sie war in Bergen-Belsen gewesen. Sie hatte Buchenwald besucht und Dora-Nordhausen. Sie wußte, wie und wo diese Beute erlangt worden war. Sie stand wieder auf und folgte ihnen hinaus.

Irgendwie war sie nicht überrascht, nachdem sie in den strahlenden Sonnenschein zurückgekehrt war und die vier Wachposten passiert hatte, einem weiteren Hauptmann zu begegnen, der wartend am Außenring stand. »Hallo, Oscar«, sagte sie.

Er musterte sie so prüfend, daß sie anfangs dachte, er wollte Überraschung mimen, und tief im Berg ihres Schocks rührte sich Verärgerung, aber er wollte sich nur vergewissern, daß sie es war. »Ich dachte einen Moment lang, du wärst nicht gekommen und sie hätten statt deiner einen Mann geschickt ...« Er schaute sie immer noch eindringlich an, nahm sie beim Arm.

»Hast du das arrangiert?« fragte sie.

»Mehr oder weniger. Komm. Ich muß mit dir reden. Ich bringe dich nach Berlin zurück.«

Sie war zu benommen, um Einwände zu machen, die Kälte des Salzbergwerks steckte ihr in den Knochen. In ihrer Tasche ruhte der Salzsplitter, versteinerte Tränen, ein würdiges Andenken. All jene Frauen, denen die Ringe von den toten Fingern gezogen worden waren. All jene

Kinder, deren Spielzeug sorgfältig aufbewahrt wurde, während sie verbrannt worden waren. Sie dachte, er kennt mich nicht mehr, er hält nach jemandem Ausschau, der nicht mehr am Leben ist. Sie ließ zu, daß er sie beim Ärmel ihres GI-Mantels zu seinem Jeep zog, in dem ein Unteroffizier saß, rauchte und die Comics in *Stars and Stripes* las.

Sie fuhren weiter hinauf in die Berge. Er war mit sechs weiteren OSS-Mitarbeitern in jemandes rustikalem, aber gemütlichem Landhaus untergebracht, komplett mit Hirschköpfen in mottenzerfressener Melancholie an den Wänden des hohen Wohnzimmers mit Balkendecke.

Einer seiner Kollegen wollte protestieren, doch er sagte nur abwinkend: »Meine Frau.«

Sie fühlte sich zu erschöpft, um die Worte auszusprechen, die sie im Geiste wiederholte, während sie die Treppe hinaufstiegen, wobei sein Arm sie von hinten schob, als hätte er Angst, sie würde ihm nicht folgen. Nie wieder, nie wieder.

Sie sank auf einen Lehnstuhl, und er kniete sich hin und zog ihr die Stiefel aus, eine Geste, die sie erschreckte. Sie behielt ihren Mantel an. »Wo ist Abra?«

Einen Augenblick lang schien er nicht zu verstehen. »Ach, die ist in der Nähe von Frankfurt, bei der Erfassungsstelle für den Bombenkrieg. Sie hatte Verstand genug, sich abzusetzen. Ich denke, sie wird bald nach Washington zurückkehren. Wir werden alle ausgemustert. OSS ist dabei, rapide zu zerfallen, wie ich auch.«

»Rapide zu zerfallen?« Sie beobachtete ihn mißtrauisch.

Er saß auf dem Bett, befreite sich von seinen Stiefeln und schloß kurz die Augen, dann richtete er sich auf und zwang sich, wach und munter zu bleiben. »Gloria ist tot. Bist du in irgendeinem der Lager gewesen?«

»Ich bin mit den amerikanischen Truppen in Buchenwald einmarschiert, am elften April, dem Tag, an dem es befreit wurde. Ich war einmal in Dora und oft in Bergen-Belsen. Gloria ist tot?«

»Sie wurde im Februar in Ravensbrück enthauptet.«

»Du bist sicher?«

Er nickte. »Ich war mehrere Male in der Russischen Zone, sie waren sehr hilfsbereit. Ich fand eine Überlebende, die ihre Enthauptung mitangesehen hat.«

Es war, als zerrisse ein Band, das ihre Stirn zusammengehalten hatte.

»Im Februar! So kurz vor dem Ende.« Sie zog ihren Mantel aus. »Hast du es Kay geschrieben?«

Er nickte. »Gegen Ende haben sie mehr und mehr ermordet.« Er rieb sich die Augen. Drahtige weiße Haare glitzerten zwischen den schwarzen im Sonnenlicht, das durch das hohe Fenster fiel.

Kay hatte das bestimmt fast ebenso mitgenommen wie seine Mutter. »Ich nehme an, es gibt keine Möglichkeit, den Leichnam zurückzuführen.«

»Ich habe eine Kiste mit Asche nach Hause geschickt. Ich fand, es kam nicht darauf an, wessen Asche das war, sie sind alle ebenso umgebracht worden wie sie.«

Louise stand neben dem Bett und wollte ihn trösten, war aber unfähig, ihn zu berühren. »Sie war bei der Résistance?«

»Sie war Teil der MI9-Rattenroute und wurde von den Deutschen gefaßt, als die eine Wendeschleife einbauten und das Netz aufrollten. Verhaftet im März vierundvierzig. Es deutet nichts darauf hin, daß sie unter der Folter Namen preisgegeben hat.«

»Irgendwo im Bauche des Berges sind wahrscheinlich ihre Ringe und Juwelen.«

»Ich bin sicher, ihre Ringe bedeuteten ihr nichts mehr. Ich frage mich immer wieder, warum ist sie nicht fortgegangen, solange sie noch konnte? Warum ist sie nicht mit Hilfe ihrer Organisation geflohen? Sie wußte doch, wie.«

»Ich vermute, sie dachte, mehr zu erreichen, wenn sie blieb.«

»So viele Tote, wie kann ich da eine unmäßig betrauern? Aber indem man eine betrauert, betrauert man alle.«

Ihr begannen Dinge aufzufallen, die sie vorher nicht wahrgenommen hatte, weil sie zu erschöpft oder zu sehr mit sich selbst beschäftigt gewesen war. Er hatte sich das rechte Revers seiner Eisenhower-Feldbluse eingerissen, wahrscheinlich mit Hilfe einer Rasierklinge. Noch als sein Vater gestorben war, hatte er sogar das eingerissene Band verweigert. Er hatte das albern gefunden, erinnerte sie sich. Auf einem Tisch beim Fenster lag eine Broschur in Hebräisch und Englisch, das Alenu, das Kaddisch der Trauernden. »Oscar, was ist mit dir los? Du trauerst wirklich? Du bist plötzlich Jude?«

»Was bin ich sonst?« Er zuckte müde die Achseln. »Wie sonst soll ich trauern, wirklich trauern?«

»Ich halte das für eine rhetorische Frage, aber wohl auch etwas, was du durchmachst, wie?«

»Ich weiß nicht mehr, was ich noch weiß. Ich möchte nach Hause.«

»Das möchte ich auch, aber in welches Zuhause?«

»Du bist wütend geworden, als ich gesagt habe, du wärst meine Frau.«

»Nein, ich bin wütend geworden, als du gesagt hast, ich *bin* deine Frau. Ich war deine Frau.«

»Warst, bist, wirst es sein. Ich habe keine andere Frau als dich.«

»Eine Frau und siebenhundert Geliebte. Ein bißchen viel.«

»Louise, unsere Tochter ist erwachsen, sie bekommt ein Kind, schreibt sie mir. Laß uns zusammen alt werden und sterben. Ich brauche dich. Ich hab's vermasselt, ich weiß es. Ich habe alles vermasselt, was wichtig war, ich weiß es, hör mir zu, ich weiß es. Aber du warst auch stolz und wolltest mich nicht zurückkommen lassen. Laß mich jetzt.«

»Warum jetzt?«

»Weil ich Angst habe. Du nicht?«

»Angst, allein zu sein? Ich war allein.«

»Ich war auch allein. Spotte nicht, Louie. Ich eigne mich nicht, mit irgendeiner Frau zu leben außer mit dir. Es ist zu viel Arbeit, sich Tag um Tag, Nacht um Nacht einer mitzuteilen, die nicht die gleichen Voraussetzungen mitbringt, die gleiche Geschichte. Ich habe Angst davor, was Menschen wirklich sind. Ich habe nicht mehr das Vertrauen, das ich mal besaß, in die Vernunft, in den Fortschritt, in die Wissenschaft, in Marx, in die Zivilisation. Über Europa hat sich eine Finsternis zusammengezogen, die ich nie vergessen kann und die mich für den Rest meines Lebens nie mehr loslassen wird. Meine Seitensprünge waren nicht zuletzt eine Sache des Stolzes, Louise, und jetzt scheint das alles so nichtig.«

»Glorias Tod hat dir einen Schock versetzt, darum hältst du dich jetzt für jemand anders.«

»Louise, ich bin erschöpft. Ich möchte nach Hause, und das Zuhause bist du.«

»Ich bin nicht das Zuhause. Ich bin ein anderer Mensch.«

»Was wir getrennt, was wir einzeln sind, ist weniger als das, was wir zusammen sind.«

Sie setzte sich auf den Stuhl. »So einfach ist das nicht, Oscar.

Du kannst nicht einfach sagen: Hoppla, 1940 habe ich einen Fehler gemacht, und jetzt wünschen wir alles weg.«

Er hob den Kopf von den Händen, um sie anzuschauen. Er sah ermattet aus, fand sie. Er krankte an etwas – es war nichts Körperliches. Er hatte die gleiche kräftige Bauernnatur, die sie auch besaß; woran er krankte, war, woran auch sie krankte, eine Grundangst, die sie sich eingestehen mußte. Sie sagte: »Zum Teil leiden wir an der Entlassung aus dem Krieg. Wir sind dafür aufgeputscht worden und haben über unsere Mittel gelebt, haben unseren Körperhaushalt und unseren Gefühlshaushalt überzogen. Und zum Teil leiden wir an der versuchten und nahezu gelungenen Ermordung unseres ganzen Volkes. Das ist eine Wunde in uns.«

»Das ist eine Wunde im Gewebe des Lebens«, sagte er.

»Ich bin nicht so kosmologisch, und ich rate auch dir davon ab.« Sie merkte, daß sie bitter lächelte, ein seltsames Lächeln, eines, das ihr Gesicht auf eine Weise verzog, die sie nicht gewohnt war – seit langem nicht mehr.

»Aber ich möchte da anfangen, wo ich anfangen muß, damit alles stimmt. Und wie kann alles stimmen, wenn wir beide nicht stimmen? Ja, natürlich. Französische Regisseure. Ungestüme junge Kryptologen –«

»Wie hast du ihn genannt?«

»Er ist bei der japanischen Dechiffrierabteilung. Er hat es dir also nicht gesagt. Welch ein verschwiegener junger Mann. Aber ich habe immer noch meine Quellen. Es ist nicht ganz so geheim, wie sie's gern hätten.«

»Bist du mit dem Tratsch über meine Abenteuer fertig?«

»Ich will nur sagen, daß es für uns beide Zeit wird, nach Hause zu fahren«, murmelte er mit halb geschlossenen Augen.

»Oscar, du verstehst nicht. Ich nehme inzwischen die ganze Wohnung in Anspruch.«

»Ich begnüge mich mit Kays Zimmer. Sie wird es nicht mehr brauchen.« Er sank erschöpft auf die Seite.

»Wir haben viel Zeit, um später über alles zu reden.« Sie hatte im Nebenzimmer eine Schreibmaschine entdeckt. Sie bettete seinen Kopf auf das Kissen und deckte ihn mit dem Federbett zu, bevor sie sich an ihren Artikel machte. Wenn er aufwachte, mußte sie nach Berlin zurück. Sie hielt inne, um sich zu vergewissern, daß er schlief. Er lag auf dem Rücken, als wäre er von einem Dach herabgestürzt, der Mund leicht offen, die Arme zur Seite gestreckt mit den Handflächen nach oben. Ein Flehen.

Wieder lächelte sie bitter. Sie war sich nicht sicher, ob sie ganz zusammen sein wollte, aber sie schienen auch nicht mehr ganz getrennt zu sein. Doch sie war die, die sie inzwischen war, eine Frau, härter und schwieriger, als er sie gekannt hatte. Sie konnte nicht ahnen, wie es weitergehen sollte, aber sie hatte nicht vor, wieder Ehefrau zu werden.

Murray 5

Ein zusätzlicher Todesfall

Am ersten April, der diesmal mit dem christlichen Osterfest zusammenfiel, wie Murray verdrossen zur Kenntnis nahm, wurden sie von der riesigen Invasionsarmada, die vor Okinawa lag, in Amtracs umgeladen. Darin schipperten sie vor die Ostküste der Insel, zur Landung kam es jedoch nicht. Sie sollten zu einem Ablenkungsmanöver herhalten und japanische Feuerkraft von den Landungen auf der anderen Seite abziehen. Die Japaner aber setzten diesen Landungen nicht sonderlich viel Widerstand entgegen, und so lungerten sie nur vor der Küste herum, um dann zu den Transportschiffen zurückgebracht zu werden und die Netze hoch an Deck zu klettern. Murray und Jack, ganz darauf eingestellt, zu landen und zu kämpfen, kam das wie ein militärischer Aprilscherz vor. Niemand hatte ihnen gesagt, daß sie nur eine Vorspiegelung waren, auch wenn feststand: wären sie für die Ablenkung gebraucht worden, dann wären die Kugeln und die Gefallenen und Verwundeten echt genug gewesen. Man starb in einem Scheinangriff genauso mausetot wie in einem richtigen. Doch auch so wurden ihre Schiffe von Kamikazepiloten angegriffen, und zwei wurden getroffen, darunter ein großer Transporter, die *Hinsdale*, die stundenlang brannte.

»Angenommen, die Offiziere wußten, es war nur Quatsch?« grübelte Jack laut. »Aber Hickock hätte uns sowieso nichts gesagt.«

Hickock hatte mit Murray allein gesprochen. Hickock fing ihn auf dem Gang ab, reckte das hagere Gesicht vor und sagte: »Schau dir diese Insel gut an, Judenjunge. Sobald wir an Land gehen, wirst du hier sterben.«

»Jawohl, Sir«, sagte Murray ganz nach Vorschrift und starrte zurück. Er zweifelte nicht an Hickocks Worten, auch nicht an seiner Fähigkeit, sie in die Tat umzusetzen. Es gab viele Löcher, in die man einen Mann stecken konnte, damit seine Überlebenschancen gleich Null waren. Es genügte völlig, ihn in so eine Ecke zu stellen, bis es ihn zerfetzt hatte. Seine einzige Hoffnung war eine Hollywood-Verwundung, sogar bis hin zu einer Verstümmelung, denn solange Hickock am Leben war, ließ der nicht locker.

Alle wunderten sich, wo der japanische Widerstand blieb. Der 2. Division war Iwo Jima erspart geblieben, nach Tarawa und Saipan, aber sie hatten genug davon gehört. Die Verluste hatten jede Vorstellungskraft übertroffen. Ganze Kompanien waren bis auf den letzten Mann gefallen, noch bevor die Schlacht vorüber war. Einige dachten, das hier wurde ein Picknick, denn die Marinesoldaten der 1. und der 6. Division berichteten von einem Spaziergang. Bereits am ersten Abend waren sie in Stellungen, die sie eigentlich erst am Tag X+4 einnehmen sollten. Einige der Neuen waren überzeugt, daß die Japaner aufgegeben hatten, aber so dachten weder Jack noch Murray.

»Die Südhälfte«, sagte Murray. »Die ist gebirgig. Die andere Hälfte ist zu flach und zu erschlossen. Nicht genug Deckung.« Vom Wasser her gesehen war Okinawa eine grüne, einladende Insel, hügelig, gepflegt, mit größeren und kleineren Städten und Dörfern, Straßen und Stränden, Reisfeldern und fremdartigen steinernen Grabmalen. Hier schien es keinen stinkenden, brütenden Dschungel zu geben wie auf Guadalcanal, und es war auch nicht bloß ein Vulkankotzbrocken wie Iwo oder ein schartiger Korallenkranz um eine Lagune wie Tarawa. Okinawa war eine dieser Trauminseln wie Saipan, und das jagte ihm einen Schauder über den Rücken. Die Leute hier schienen jedoch nicht darauf erpicht, von den Klippen zu springen, um den Amerikanern zu entgehen. Vielleicht hätten sie es besser getan. Im Verlauf der ersten Woche fielen dem schweren Artilleriefeuer und dem Kreuzfeuer mindestens so viele Zivilpersonen zum Opfer wie Militärs. Von den Lautsprechern der Schiffe kam die Nachricht, daß der Präsident gestorben war. Murray war davon wie betäubt, ihm wurde schwindlig vor tiefer Verunsicherung, in was für ein Land er heimkehren würde. Falls er heimkehrte.

Sie waren immer noch nicht zum Einsatz gekommen, obwohl die Kämpfe auf der Insel an Heftigkeit zunahmen. Die Armee hatte die vordersten japanischen Verteidigungslinien bisher nicht überwinden können. Zwar hatte die Marineinfanterie auf der Halbinsel Motobu ein heftiges Scharmützel für sich entschieden, trotzdem blieb die 2. Division auf den Transportschiffen und wartete. Wenn auch keineswegs ungestört.

Alle paar Tage griffen Wolken von japanischen Flugzeugen die riesige Armada an, die eintausendfünfhundert Schiffe zählte: Schlachtschiffe, Flugzeugträger, Kreuzer, Zerstörer, Truppentransporter, Munitionsschiffe, Versorgungsschiffe, Tanker, Lazarettschiffe, Radaraufklärer. Das Herz des Luftangriffs bildeten die Selbstmordpiloten in primitiven Flugzeugen, die nur für einen Einsatz ohne Rückkehr ausgelegt waren und eine Fünfhundertpfundbombe trugen, die detonieren sollte, wenn sich die kleinen Maschinen in die großen Decksaufbauten der amerikanischen Schiffe bohrten oder auf das Flugdeck eines Trägers krachten. Diese Kamikazeflieger waren von allem umgeben, was die Japaner aufzubieten hatten: Zeros, Bettys, Juds, Oscars, die sie beschützen und auch auf eigene Faust Schaden anrichten sollten.

Die Luftangriffe hielten an, versenkten jedesmal wenigstens zwei bis drei Schiffe und beschädigten zahlreiche weitere. Wurden Munitionsschiffe getroffen, dann hatten die Seeleute an Bord nicht die geringste Chance. Man konnte von Glück sagen, wenn man nicht allzu nah dran war an den explodierenden Granaten und Raketen. »Wir sitzen da wie Schießscheiben«, sagt Slo Mo. Warum konnten sie nicht an Land gehen und dort in Bereitschaft stehen? In dieser riesigen schwimmenden Schießbude erlitten sie mehr Verluste als in Gefechten, sagten die Marinesoldaten, bis sie die Verwundeten sahen, die angebracht wurden. Langsam schaute das übel aus. Die Marinesoldaten gaben den Wauwaus die Schuld. Die schienen nie anzugreifen und vorzurücken, aber Murray fiel auf, die meisten der Gefallenen und Verwundeten waren Wauwaus.

Die Kamikazepiloten stürzten sich auf alles: sie vernichteten Flugzeugträger, sie vernichteten Kreuzer, Zerstörer, kleinere Landungsschiffe und Landungspanzerschiffe. Sie trafen die Transporter, die Frachter, die Tanker, die Lazarettschiffe. Die Schiffe schossen zurück und holten viele der Scheißkerle runter, aber stets kamen neue Schwärme. Zwölf bis zwanzig von ihnen stürzten sich gleichzeitig auf ein Schiff, bis schließlich einer durchkam und das Schiff in die Luft jagte.

Es war die reine Hölle, auf dem Transporter eingepfercht zu sein, ständig von Hickock belauert, der ihn zu den übelsten Aufgaben einteilte und immer wieder versuchte, ihn zum Zurückschlagen aufzustacheln. Er konnte keinen Schritt tun und kein Wort sagen, ohne sich vorher sichernd umzublicken, er gab sich Mühe, unter den Männern zu verschwinden, im Hintergrund zu bleiben. Er hielt sich so eng wie möglich an Jack und Slo Mo und Tiny, die Überlebenden von Saipan. Manchmal wünschte er sich fast, daß das Schiff getroffen wurde und die Warterei aufs Sterben ein Ende hatte.

Auf dem Schiff freundeten sich er und Jack noch enger mit Slo Mo Mazzini an. Er kam aus Akron, was sich Murray wie ein kleines Detroit vorstellte. Slo Mo war immer noch so nachdenklich wie früher, aber er bewegte sich inzwischen schneller.

Murray hatte den Spitznamen King. Die, die noch nicht lange dabei waren, konnten sich gar nicht erklären, warum Murray King genannt wurde, denn er war nicht der größte oder der tückischste oder der sturste, und alle sahen, daß Feldwebel Hickock ihn haßte wie die Pest. Manchmal erzählte dann einer, daß Murray König David hieß, seit er Feldwebel Hickock eins auf die Schnauze gegeben hatte, als der die Juden mit Dreck beschmiß. Er war immer noch der einzige Jude. Jede frische Fuhre Rekruten schaute er sich hoffnungsvoll an, aber nichts. Jack hieß natürlich Frenchy, und der ein Meter fünfundneunzig-Riese Tiny.

Die Männer an Bord schärften ihre Messer und Bajonette, nahmen ihre Gewehre auseinander und reinigten sie, wuschen im Meer ihre Wäsche, schrieben Briefe, schwatzten, schliefen, spielten Karten, lasen Comics, schlugen die Zeit tot. Eines Tages wurden sie aus der Armada ausgegliedert und nahmen Kurs auf Saipan. Doch dann wurden sie wieder nach Okinawa zurückgebracht, von ihrer ganzen Division nur das 8. Regiment. Pech.

Murray stand im Schatten eines Schotts und betrachtete Hickock im kurzen Sonnenlicht zwischen den zunehmend sintflutartigen Regengüssen. Die Sonne fiel auf Hickocks kurzgeschnittenes, fast weißblondes Haar, den kantigen Kiefer und die grauen, gegen das Licht blinzelnden Augen: groß, schlank, ein Mann, der auf sein Äußeres achtete und sich den verwegenen Stil der Marinesoldaten zu eigen gemacht hatte, wirkte er wie ein Nebendarsteller in einem Hollywoodstreifen über den Krieg. Warum konnte Hickock den Teller voller Leckerbissen, den das Leben ihm vorgesetzt hatte, nicht einfach genießen und ihn in Frieden gehen lassen?

Murray ärgerte sich über seinen Haß auf Hickock, das war wie ein Parasit, der ihn von innen aushöhlte. Das Leben war sowieso kein Zukkerschlecken, aber es war sein eigenes Leben, und er hatte es nicht durch all die Blutbäder und die stinkenden, verpesteten Dschungel und die scharfkantigen, mit waffenstarrenden Höhlen gespickten Korallenfelsen geschleppt, um es für die idiotischen Vorurteile eines Mannes wegzuwerfen. Im Traum geschah es manchmal, daß Hickock sich plötzlich anders besann und ihm sagte, er wäre ganz in Ordnung. Von ihm abließ. Im täglichen Leben aber war Hickock immer da, beobachtete ihn, wie ein Farmer einen Schädling im Auge behält, den er am ersten Tag der Jagdsaison abschießen wird.

Das 8. Marineinfanterieregiment wurde schließlich eingesetzt, um ein paar nahe gelegene Inseln zu säubern, die japanische Truppen beherbergen sollten und außerdem zur Errichtung einer Radarstation gebraucht wurden, denn die von den Kamikazefliegern heimgesuchten Radaraufklärungsschiffe hatten dringend Entlastung nötig. Auf einer dieser Inseln, Ie Shima, so hörte Murray, war der Kriegsberichterstatter Ernie Pyle von einem Heckenschützen erschossen worden. Ihr Bataillon wurde nach Iheya geschickt, nördlich von Okinawa, wo ein Aukläfungsflieger eine japanische Stellung ausgemacht haben wollte. Ihnen allen hing das Dasein auf den Transportschiffen dermaßen zum Hals heraus, daß sie froh waren, irgendwo zu landen. Sie hatten so oft Generalalarm, daß sie an Bord keinen Schlaf bekamen, also konnten sie genausogut irgendwo mit Land unter den Füßen kämpfen, weit weg von den explodierenden Schiffen.

Murray war weniger zuversichtlich als Jack oder Slo Mo, denn mehrere Male fing er Hickocks Blick auf. Tiny war auch niedergedrückt: er schlief in letzter Zeit schlecht und wurde von fürchterlichen Alpträumen gequält. Der Befehl zur Landung erging bei Morgengrauen, und die Amtracs setzten sich zur Küste in Bewegung. Alles war bestens, bis sie an den schmalen Strand gelangten. Dann setzte ein Granatenhagel ein, und kein bißchen Deckung stand zur Verfügung, nichts als der leuchtende Uferstreifen und Granaten, die Sand aufwarfen und Korallen- und Metallsplitter. Nur Granaten, kein MG-Feuer, keine Mörser. Vielleicht hatten sich die Japse irgendwo im Inland eingegraben, hinten bei ihrer Artillerie. Als der Amtrac auf Grund knirschte, gab Hickock Murray den Befehl, als erster auszusteigen.

Er hatte Slo Mo zur Rechten und Jack zur Linken. Immer noch kein MG- oder Gewehrfeuer. Ah, jetzt fing es an, drüben links, und fegte über sie hinweg. Sie warfen sich in den Sand, aber sie waren ungedeckt. Eine Granate nahm ihm das Bewußtsein. Halb taub und benommen kam er wieder zu sich. Nachdem er sich ein wenig von der Gehirnerschütterung erholt hatte, rannte er verzweifelt auf die Bäume zu, rechnete fest damit, daß die Maschinengewehre aufbellten und ihn durchsiebten. Er sah die untere Hälfte von Tiny aus dem Granattrichter ragen. Die obere Hälfte gab es nicht mehr. Er landete im Unterholz, Jack war neben ihm, dann kam auch Slo Mo, der kein Neuling mehr im Kampf war und sich unter Feuer nicht mehr in Zeitlupe bewegte.

»Verdammte Affen«, sagte Murray. »Die Granaten kommen von da draußen, nicht von Stellungen vor uns.«

»Freundfeuer, aber tot gehst du auch«, sagte Jack. »Wird irgendwer ihnen das sagen?«

»Grabt euch ein«, sagte Murray, »oder wir werden von unseren eigenen Leuten abgeknallt. Die fangen alle an zu spinnen.« Und tatsächlich, von ihrem Versteck unter den Bäumen konnten sie sehen, daß die Kompanie Flott nicht auf irgendwelche Japaner schoß, sondern auf sie, die Kompanie Fuchs. Murray sah Feldwebel Hickock dastehen und die Männer drüben auf dem Strand anbrüllen.

Ohne Hast, kalt wie Stein, nahm er Hickock ins Visier seines Gewehrs. Er war auf dem Schießstand und übte das Anvisieren, damit er ins Schwarze traf. Gott weiß, wie viele Japse ich getötet habe, die nichts weiter getan haben, als eingezogen zu werden und am Leben bleiben zu wollen. Jetzt werde ich einen für mich und die Meinen töten. Er zielte sorgfältig, als gälte es, eine Scharfschützenmedaille zu erringen. Die Granaten schlugen auf dem Strand ein. Die Schreie der Sterbenden drangen schwach an seine halb tauben Ohren. Nur Jack lag mit ihm in dem flachen Schützenloch, das sie sich gegraben hatten, und nur Jack sah, was er tat. Slo Mo war drei Meter weiter eingegraben. Doch er konnte immer noch nicht schießen. Hickocks Gesicht kam auf ihn zu. »Schau dir diese Insel gut an, Judenjunge.« Mit Molly Goldberg-Stimme las er Ruthies Briefe vor. Er schaute Jack an.

Jack erwiderte fest seinen Blick. Murray sah wieder zu Hickock und drückte ab. Hickock ging in die Knie und fiel dann vornüber. Murray hatte ins Schwarze getroffen. »Los«, sagte er zu Jack, »du und Slo Mo, ihr macht, daß ihr landeinwärts kommt. Ich suche Reardon und biege ihm bei, daß wir das sind und nicht die Japse. Ich habe den schweren Verdacht, auf der ganzen Insel gibt es keine zwei Japse. Jemand muß die Schiffe anfunken.«

Es waren tatsächlich keine Feinde da. Nur sie selbst.

In der zweiten Juniwoche gingen sie auf Okinawa an Land, um die 1. und die 6. Division abzulösen, das, was davon übrig war. In manchen Kompanien gab es nur drei Überlebende. Sie konnten die Front schon von weitem riechen. Das war der Stellungskrieg im Okinawa-Stil, und die ganze Front stank wie ein verstopftes Klo. Es hatte wochenlang geregnet, und der Schlamm, durch den sie wateten, war eine Mischung aus Erde, Blut, Maden, Metallsplittern und verbranntem Schutt, aus Scheiße und Müll. Es war Juni, aber die Bäume waren kahl, kahlgeschossen.

Die Japaner verfügten über ungeheure Artillerieverbände. Siebzigtausend Mann auf der einen Seite und fünfzigtausend auf der anderen hatten sich auf einen ungefähr acht Kilometer breiten Landstreifen gestürzt und ihn in eine öde, aber nasse, von tiefen Kratern durchsetzte Mondlandschaft verwandelt. Ausgebrannte Panzer qualmten auf jedem Abhang vor sich hin, denn die Panzertruppen hatten genauso schlimme Prügel bezogen wie die Infanterie.

Als sie zu einer Verschnaufpause zu Boden sanken, wurde ihnen gesagt, daß ihre Verpflegung, ihre Rationen und ihr Wasser, sechs Kilometer weiter an Land gebracht worden war und daß dazwischen die Japaner lagen. Wenn sie was in den Bauch bekommen wollten, dann sollten sie mal langsam loslegen, hieß es.

Die Marinesoldaten hatten für die Armeesoldaten nur scheele Blicke übrig, denn nach ihren Maßstäben waren die Wauwaus zu fett, zu überreichlich ausgestattet, zu übervorsichtig, und gemessen an der Einsatzstärke zu viele hinter der Front. Die Armee hatte jede Menge Ausrüstung, schleppte stets Unmengen von Lastwagen, Jeeps und Halbkettenfahrzeugen mit, tonnenweise Vorräte und Hundertschaften von Mechanikern und Schreibstubenhengsten. Die Marinesoldaten hatten ein paar Panzer dabei, ein bißchen Artillerie, und das war's.

»Was bin ich froh, daß die uns so lange auf den Panzerschiffen haben schmoren und Poker spielen lassen, denn daß wir den Zuckerhut und die Pralinen und die andern schönen Einsätze verpaßt haben, tut mir gar nicht leid«, sagte Slo Mo.

»Du bist zwar langsam, aber doof bist du nicht«, sagte Jack. Sie sahen die Männer, die von ihnen abgelöst wurden, dösige und verprügelte Schlafwandler. Sie sahen aus wie Vieh, das zum Schlachthof geführt wurde, nicht davon weg. Das Leben nach einer Schlacht ist keineswegs immer schön, dachte Murray; wenn die Schlacht schlimm war und du viele um dich herum verlorst, viele, die dir nahe waren, dann konnte dir das Leben danach sinnlos vorkommen. Murray war jetzt wieder Obergefreiter; er hatte den Streifen zurückerhalten, weil er drauf gekommen war, daß das Blutbad auf dem Inselchen von der eigenen Seite herrührte. Er war dafür befördert worden, sich auf eigene Faust zu Reardon durchgeschlagen zu haben, bevor Flott und Fuchs sich gegenseitig fertiggemacht hatten. Er fand seinen Streifen eine sonderbare Belohnung dafür, seinen Feldwebel erschossen zu haben, aber er hatte nicht vor, Beschwerde einzulegen.

In der Nacht kampierten sie in einem Grab. Sie hatten rasch gelernt, vor dem ständigen Beschuß und dem gleichermaßen ständigen Regen in Gräbern Schutz zu suchen. Die Okinawaner bewahrten ihre Vorfahren in Hütten aus Korallenblöcken auf, die sie in die Berghänge hineinbauten, mit Eingängen in Form von Vaginas, denn die Toten wurden in den Schoß der Erde zurückgegeben. Von niedrigen Mauern umgeben, hielten sie keinem Volltreffer stand, boten aber Schutz vor Druckwellen und Granatsplittern. Die Okinawaner selber suchten darin vor Taifunen Schutz. Zu dritt räumten sie die großen blauen Urnen der Toten hinaus und krochen hinein. Es war eng, aber was es an Frischluft gab, sickerte langsam herein. Murray dachte, die verschmutzte Luft auf Okinawa konnte inzwischen einem schlimmen Tag in Detroit ernsthaft Konkurrenz machen.

Jack lag dicht am Eingang und las einen Captain Marvel-Comic. Der Captain kämpfte immer noch gegen die Nazis – der Comic war zwei Monate überholt. An dem Tag, als der Krieg in Europa zu Ende gegangen war, hatten alle Schiffe zur Feier drei Runden auf die japanischen Stellungen abgefeuert. Ihnen bedeutete das wenig.

»Vielleicht kriegen wir von denen Hilfe bei der Invasion von Japan, denn die wird wie Iwo Jima und Saipan und Tarawa und dieser Haufen Scheiße zusammengenommen«, sinnierte Murray.

»Oder vielleicht bedeutet das, sie lassen die Jungs nach Hause gehen und uns alle Stellungen und alle Frauen wegschnappen, während wir hier die nächsten fünf Jahre lang so weitermachen.« Slo Mo klang niedergedrückt. »Es heißt, die Japse haben vor, die Frauen und die kleinen Kinder zu bewaffnen, und alle sollen sich dafür umbringen, uns umzubringen.«

Wie lange muß einer das tun? fragte Murray sich. Wie lange? Draußen – nicht allzu nah – ein Schrei. Einsickernde Japse. Entweder war gerade ein Marinesoldat abgestochen worden oder ein Japs-Infanterist. Murray suchte sich eine bequemere Stellung. Obwohl er sich immer wieder sagte, daß es nicht die Japaner waren, die die Juden umbrachten, und daß alle Armeen metzelten, wenn sie konnten, und daß die Japaner erstaunlich tapfer waren, gab es einen Grund, aus dem er die Japaner haßte: sie ließen ihn nie schlafen. Nie schienen sie sich nachts hinzulegen und zu schlafen, wie ein Mensch soll. Nein, die ganze Nacht lang sickerten sie durch die Linien, schlitzten den Marinesoldaten in ihren Schützenlöchern die Kehlen auf, und manchmal betranken sie sich, um sich zu einer Selbstmordattacke aufzuputschen. Warum legten sie sich nicht hin und schliefen und kämpften morgen weiter? Wenn sie doch bloß eine Nacht lang Ruhe geben und ihn schlafen lassen würden, jede zweite Nacht, oder wenigstens jede dritte.

Er wartete darauf, daß Feldwebel Hickock vor ihm aufstand, aber Feldwebel Hickock zeigte sich nicht. Wenn er zu schlafen versuchte, wurde er nicht von dem Mann heimgesucht, den er getötet hatte, sondern von all denen, die er nicht hatte retten können, von den Jungs, die neben ihm gestorben waren, den Jungs, die verblutet waren, bevor sie zum Verbandsplatz getragen werden konnten, den Jungs, die auf der Stelle zerfetzt worden waren. Er wurde von Tiny und von Harvey heimgesucht, die in seinem Kopf wieder und wieder starben. Hickock war einfach weg, und er konnte in sich kein Bedauern finden. Er hatte wer weiß wie viele, wahrscheinlich Hunderte von Männern getötet, darunter auf Saipan mit einem in eine Höhle geworfenen und dann angezündeten Benzinkanister ungefähr dreißig auf einmal; sie waren entsetzlich gestorben. Die machten ihm mehr zu schaffen als Hickock. Er hatte unzählige Männer und einen getötet. Ein kosmischer Witz.

Ihm wurde klar, daß er wahrscheinlich jeden töten konnte, seine Kameraden ausgenommen. Die einzigen Empfindungen, die er noch zu verspüren schien, das waren Treue zu ihnen, animalische Furcht, manchmal Zorn, und ab und an Erleichterung. Erleichterung, daß er noch am Leben war. Erleichterung, wenn sie etwas Warmes essen und eine Nacht durchschlafen konnten. Erleichterung, wenn die Granaten endlich, endlich für eine Stunde aufhörten. Jene Granate auf Iheya hatte ihm das Gehör im linken Ohr fast völlig genommen. Ob es je wiederkam? Erleichterung, daß Hickock weg war. Die Marineinfanterie hatte ihm beigebracht, wie man rasch und gründlich und ohne nachzudenken tötete, und das hatte er getan. Wenn Jack deswegen weniger von ihm hielt, so sagte er davon kein Wort. Murray vertraute Jack, er hatte ihm tausendmal sein Leben anvertraut, und er würde es weitere tausend Mal tun.

Die eintrudelnde Post war schwer diese Nacht. Sie hörten ein Ding kommen, das Zischen und dann einen Aufschlag, der das Grab erschütterte, aber keine Explosion. Sie sahen sich an, warteten auf den Tod. Murray murmelte, vielleicht war das eine mit Zeitzünder, aber nichts geschah. Im Morgengrauen krochen sie hinaus. Da war sie, eine 90 Millimeter, und steckte halb im Schlamm. Der Schlamm war so tief, daß sie nicht losgegangen war, oder vielleicht war sie auch ein Blindgänger. Jack bekreuzigte sich. Murray konnte das Ding nur anstarren. Eines der Kinoklischees war, daß es in Schützenlöchern keine Atheisten gab, aber er hatte seinen Glauben völlig verloren. Eine Welt wie diese hatte keinen Gott, so viel war klar. Der einzige Herr war der Tod. Jack betete für sie, aber Murray konnte das nicht. Sein Himmel war leer, an seinem Himmel gab es nur Kamikazeflieger und Jagdbomber und Mörsergranaten.

Sie hatten Flammenwerfer, und jeder Panzer rückte von einem Trupp Schützen begleitet vor. Der Panzerkommandant steckte den Kopf raus. »Alles klar, Mann, bin bereit zum Flammenwerfen, aber laß mich ja nicht mutterwindallein, wenn die Japse mit ihren Tornistersprengladungen aus ihren Höhlen hopsen.«

»Bleib locker«, sagte Oberfeldwebel Zeeland. »Wir kleben an dir wie Flöhe an einem feisten Hund. Wir sind deine Schatten.« Er stellte Murray ans Browning-MG.

Sie kamen an den Gefallenen der Nacht vorbei, aufgestapelt lagen sie in ihre Regenumhänge eingepackt, nur die Kampfstiefel ragten heraus, und sie waren so anonym wie alle Pakete. Jack schaute ihn aus seinen fast schwarzen Augen an, und er erwiderte seinen Blick mit dem gleichen Gedanken. Als sie hinter der Mauer eines Grabes lagen und auf ein anderes Grab schossen, erzählte ihnen ein Meldegänger, daß General Buckner von Korallensplittern getötet worden war. Slo Mo war beeindruckt. »Was für eine Schlacht, wenn sogar Generäle fallen.«

»Du wirst ja gesprächiger«, sagte Murray zu ihm.

»Ist das schlimm?« Slo Mo hatte schon den hohläugigen, halbtoten starren Blick zu vieler Kampfeinsätze. Sie sahen alle so aus.

»Paß auf.« Granaten flogen auf sie zu. Die Erschütterung traf sie, und Murray fand Blut auf seinem Gesicht.

»Ich hab gesehen, wie der lange Laban sich Dreck in seine Wunde geschmiert hat, damit sie sich entzündet«, sagte Jack. »Das ist auch ein Weg raus.«

Murray dachte an die Leichenstapel, die Regenumhänge, aus denen die Kampfstiefel herausragten. Das war der andere Weg. Er zuckte die Achseln. »He, der Panzer will weiter da rauf.«

»Was soll die Eile?« fragte Jack, machte sich aber bereit, die Deckung zu verlassen.

»Wenn wir zu dem zerschossenen Baum kommen, paß nach rechts auf«, warnte Murray Slo Mo, und dann ging er geduckt voran. Was er fühlte, war Angst, und was er fühlte, war, daß Jack zu seiner Rechten war und Slo Mo zu seiner Linken, und das war das einzige, worauf in der Welt Verlaß war.

Jacqueline 13

Im Tunnel

Am letzten Apriltag erlangte Jacqueline das Bewußtsein wieder und behielt es. Sie lag in einem sauberen hohen Krankenhausbett, und das Sonnenlicht strömte in ihren Krankensaal. Als sie nach Rysia fragte, wußte die Schwester nicht, wen sie meinte. Alle Patientinnen in ihrem Saal kamen aus dem einen oder anderen Lager. Einige hatten sich Amputationen unterziehen müssen, und viele litten an Fleckfieber. Sie hatte eine schlimme Wundinfektion gehabt. »Beinah hätten wir Ihnen den Arm abgenommen«, sagte die Schwester in einer komischen Art von amerikanischem Englisch, das Jacqueline nur mit Mühe verstand.

Sie betastete sich und zählte, alles da, aber schwach, schwach. Die Schwester sagte ihr, sie sei in Bad Nauheim in Deutschland, was ihr Angst einjagte, doch das Krankenhaus war von den Amerikanern übernommen.

Die Schwester plapperte weiter: »Aber Sie haben ganz prima auf das Penicillin reagiert, von dem haben Sie bestimmt noch nie was gehört, und das hat Ihnen den Arm und das Leben gerettet, da können Sie doch von Glück sagen? Sie haben genau einundsiebzig *pounds* gewogen, als Sie hergebracht worden sind, Liebchen, und Sie wiegen jetzt auch noch nicht viel mehr, aber wir werden Sie schon aufpäppeln.«

Jacqueline hatte keine Ahnung, wieviel Kilogramm einundsiebzig *pounds* ergaben – es klang schwer –, aber sie war immer noch ein Gerippe. Unter großer Anstrengung setzte sie sich auf, während die rothaarige, sommersprossige Schwester die Kissen hinter ihr aufklopfte und ihr Milch zu trinken brachte. Seit vier Jahren hatte Jacqueline keinen Schluck Milch mehr getrunken. Die Milch war fett und cremig wie flüssiges Speiseeis. Vom Aufsitzen hämmerte ihr Herz.

»Sie hatten übrigens auch Fleckfieber, aber nicht so schlimm wie die meisten.«

Sie begann, sich im Krankensaal umzuschauen. Einige Frauen

phantasierten im Fieber, einige waren amputiert, und einige lagen einfach nur da, graue Gerippe unter Laken.

Als die Schwester gegangen war, sprach die Frau im nächsten Bett in Jiddisch zu ihr. Sie sagte, sie sei in Groß-Rosen gewesen. Sie kam aus Österreich und wußte nicht, wie es sein würde, dahin zurückzukehren. Die österreichische Regierung war nicht bereit, den Juden irgendeine Hilfe zu gewähren, mit der Begründung, sie seien nur rassisch und nicht politisch verfolgt worden, und die UNRRA, die Hilfs- und Wiederaufbauorganisation der Vereinten Nationen, war nicht bereit, österreichischen Juden zu helfen, da sie nicht Staatsbürger eines Mitgliedslandes der Vereinten Nationen waren. Sie hatte Angst, zurückzukehren, Angst vor dem Haß, Angst, daß nichts von ihrem Heim, ihrer Familie geblieben war. »Ich hatte eine drei Jahre alte Tochter«, sagte sie, eine verrunzelte Frau unbestimmbaren Alters mit großen Zahnlücken, »und habe sie einundvierzig bei einer Bauernfamilie versteckt. Ich möchte sie finden, aber niemand will mir helfen.«

Eine drei Jahre alte Tochter. Also war die Frau vielleicht Ende zwanzig. Jacqueline fragte sich, wie sie selber wohl aussah. Als die Schwester zurückkam, bat sie um einen Spiegel. »Herzblatt, Sie waren schwer krank. Ist Ihr Haar braun?«

Jacqueline nickte.

»So wächst es langsam auch wieder.«

Im Spiegel sah sie einen Totenschädel. »Bin ich das?« schrie sie. Eine ausgemergelte alte Frau schaute sie an, mit drei Zentimeter langen grauen Haaren, ein halber Zentimeter hellbraun nachgewachsen. Die Augen waren riesig. Die Haut hing an den Knochen, hatte Flecken in einem seltsamen, purpurroten Farbton.

Jacqueline begann, von Mahlzeit zu Mahlzeit zu leben. Sie hatte ständig Hunger, obwohl essen harte Arbeit war. Sie hatte einen Appetit, um den ihr Körper geschneidert schien, ein ausgehöhltes Verlangen, genährt zu werden. Die Schwester begann, ihr heimlich zu bringen, was andere übriggelassen hatten, denn auf der Station lagen immer noch viele im Sterben. Sie aß alles. Es gab Hühnchen, Dörrfleisch in Soße, Bratfisch. Manchmal bekamen sie Eiscreme. Oft Obst aus Dosen. Sie hatte seit einem Jahr nichts Süßes in den Mund bekommen, außer der Marmelade gleich nach den Schüssen auf sie. Sie schämte sich ein wenig, aber sie konnte nichts zurückweisen. Sie hatte das Gefühl, als säße ihr Magen in ihrer Kehle, unersättlich, ständig schreiend, ein eben wiedergeborener Säugling.

Jeden Morgen, wenn sie aufwachte, war sie wieder im Lager. Dann lag sie mit fest geschlossenen Augen und tastete nach dem Bettzeug, das gab ihr Sicherheit. Hier war es sauber, und keine Blockälteste brüllte und prügelte auf die Faulpelze ein, keine Schüsse peitschten, keine Schlagstöcke trommelten auf Fleisch. Sie aß und sie schlief und sie hatte Alpträume, aus denen sie schweißgebadet und zitternd erwachte. Sie war übellaunig, sie war patzig, sie war angstgepeinigt. Als sie deutsche Stimmen auf dem Flur hörte, versuchte sie, aus dem Bett aufzustehen und davonzulaufen, doch ihre Knie trugen sie nicht und sie schlug hin.

Sie hatte nichts gegen den amerikanischen Arzt, aber als der deutsche Arzt kam, drehte sie das Gesicht zur Wand. Die Pfleger waren Deutsche und spielten den Patientinnen übel mit. So nahmen sie den kleinen Spiegel, den ihr die Schwester gegeben hatte, und stellten ihn außer Reichweite. Sie lachten über die Frau, die ununterbrochen weinte. Sie taten so, als verstünden sie das Deutsch der Frau im Nachbarbett nicht. Dann fand der Pfleger das geheime Proviantlager unter ihrer Matratze mit dem Brot und warf es hinaus. Jacqueline war außer sich. Das war ihr kleiner Vorrat, Brot, das sie jeden Tag aufgespart hatte, falls es am nächsten Tag keins mehr gab. Wer im Lager ein wenig Brot aufsparen konnte, überlebte vielleicht. Am gleichen Tag kam die Schwester in den Saal und verkündete allen Patientinnen, so laut ihre Kehle nur hergab, daß der Krieg in Europa zu Ende war. Die meisten lagen und starrten sie an. Ihr Krieg ging nie zu Ende.

Wenn sie die Augen schloß, sah sie die Frauen zum Winterappell angetreten in den grauen Kitteln und den zu großen oder zu kleinen Holzschuhen im Schneeregen stehen, während die SS-Männer sie einmal zählten, zweimal, wieder und wieder, während die Frau neben ihr zusammenbrach und im Schnee zu Tode geprügelt wurde. Sie roch den Geruch von verbrennendem Fleisch. Sie sah die offenen, glasigen Augen der Toten am Morgen, der Totgearbeiteten, der Verbrauchten. Sie sah den Schmierfleck, der vom Hirn eines Kindes blieb, das ein grinsender SS-Mann bei den Füßen gepackt und mit dem Schädel gegen die Wand geschleudert hatte. Sie sah das Blut aus der abgebissenen Brust einer Frau strömen, auf die ein Hund gehetzt worden war, der ihr jetzt an der

Kehle riß. Das war wirklich. Dies hier war ein Nichtort, unter Nichtmenschen. Die Schwester hatte ihr viele Male ihren Namen genannt, doch Jacqueline konnte ihn nicht behalten, denn die Schwester war eine Vorspiegelung, ein Lächeln in der Luft wie die Cheshire-Katze in *Alice im Wunderland.*

Sie begann zu stehen. Sie wollte den Spiegel, den der Pfleger versteckt hatte. Sie wollte allein auf die Toilette gehen, und zwar, wann *sie* wollte. Sie konnte nur gehen, indem sie sich am Bett festhielt, und dann am nächsten. Manchmal fiel sie hin. Bald konnte sie den ganzen Weg an fünf Betten vorbei zum Badezimmer gehen. War sie erst einmal angelangt, konnte sie die Toilette benutzen und die Wasserspülung und dann das Wasser aus dem Hahn laufen lassen und laufen lassen und soviel Wasser trinken, wie sie wollte, und sich das Gesicht und den Körper reinwaschen. Bald wurde ihr erlaubt, ein Bad zu nehmen. Sie weinte im Bad, die Tränen liefen in das warme Wasser. Sie hatte wieder kleine Brüste, wie eine Zwölfjährige, die Brüste von Rivka. Darum weinte sie. Vielleicht waren Maman und Rivka noch am Leben. Sie mußte gesund werden und sich auf den Weg machen.

Als sie am nächsten Morgen erwachte, tat ihr der Bauch weh. Die Schmerzen hatten sie geweckt, und sie hatte sich eingesudelt. Sie hatte ins Bett genäßt. Nein, Blut. Einen Augenblick lang erschrak sie, doch dann begriff sie, daß sie die erste Menstruation seit Oktober hatte. Sie weinte wieder. Sie schien jetzt alle paar Stunden zu weinen. Die rothaarige Schwester brachte eine Glasflasche in den Saal mit Flieder darin. Sein Duft ließ weitere Tränen fließen. Sie hatte sich in Salzwasser verwandelt: sie war eine kleine Quelle hinter einem Felsbrocken.

Eines Tages brachte ihr die rothaarige Schwester einen Lippenstift und Puder. »Machen Sie sich ein bißchen zurecht. Sie bekommen Besuch. Die Nachtschwester sagt mir, er ist gestern abend zu spät hier gewesen und will heute nachmittag wiederkommen.«

»Ein Mann?« Einen Augenblick lang dachte sie an Jeff, aber der war in Toulouse gestorben; dann an ihren Vater, aber der war auf der Montagne Noire gefallen. Wer könnte hier sein, um sie zu besuchen? Henri? Aber das war ein anderes Leben; er hatte völlig von ihr genug gehabt, bevor sie ausgezogen und unter einem Namen verschwunden war, den er nicht kannte. Alle Menschen, an denen ihr lag, waren tot. Nur sie hatte in hemmungsloser Gier überlebt.

Mit dem Make-up war ihr Gesicht das einer Frau, das Gesicht eines exotischen, schrecklich schmächtigen Mannequins unter kurz gesäbeltem Haar, ein wenig brauner jetzt, sonderbar in seinem Streifenmuster, die Spitzen silbrig wie bei einem teuren Pelzmantel.

»*Vous êtes Jacqueline Lévy-Monot?*« fragte der Mann mit Stentorstimme noch mehrere Betten entfernt und fuhr auf Französisch fort: »Sie waren mit Daniela Rubin zusammen?«

Jetzt wußte sie, wer das war. Wie sollte sie ihn auch verkennen? Sie hatte jahrelang sein Photo angeschaut. Er hatte das verschlafene Schuljungengesicht verloren, das er auf dem Bild gehabt hatte, obwohl er, wie Daniela erzählt hatte, schon in Spanien gekämpft hatte, als das Photo aufgenommen wurde. Als er ihr Bett erreichte, schossen ihr die Worte aus dem Mund, ohne Vorbedacht oder Willensakt. »Sie ist tot! Ich konnte sie nicht retten, sie ist tot! Wir sind den ganzen Weg von Auschwitz nach Bergen-Belsen und nach Magdeburg gekommen. Dann ist sie unterwegs gestorben, auf dem Todesmarsch. Sie wollte nicht mehr aufstehen. Sie hatte Fleckfieber. Wir haben sie zwei Tage lang getragen, Rysia und ich, aber dann hat sie sich hingelegt und ist vor Sonnenaufgang gestorben. Es war so kalt. Ihre Füße bluteten, eiterten. Das haben die Holzschuhe gemacht, die sie uns gegeben haben. Wir waren verbraucht, Lumpen. Wir hatten zu lange gehungert.«

Er setzte sich an ihr Bett. »Ich bin Ari Katz. Ich war mit Daniela verlobt.«

»Ich weiß, deshalb habe ich es Ihnen erzählt. Ich kenne Sie von dem Photo, das sie immer bei sich trug, bis sie ihr auch das weggenommen haben.«

»Wann ist sie gestorben?«

»Unmittelbar bevor wir geflohen sind, Rysia und ich. Nachdem sie tot war, beschloß ich zu fliehen. Sie wollten uns alle umbringen. Da haben sie auf mich geschossen.«

»Ich habe versucht, Daniela zu finden. Ich konnte die Hoffnung nicht aufgeben. Zweimal habe ich eine gesehen, die aussah wie sie, einmal im Straßengraben, einmal in Bergen-Belsen.«

»Wie sind Sie hierher gelangt? Daniela wußte nur, daß Sie über die Berge nach Spanien gegangen waren ... Ich habe Kinder über die Pyrenäen gebracht. Ich hieß Gingembre.« Es fiel schwer, sich ins

Gedächtnis zu rufen, daß sie einmal Namen gehabt hatte und daß sie einmal Dinge getan hatte, zu denen sie sich selbst entschlossen hatte.

»Sie waren Gingembre?« Er runzelte erstaunt die Stirn. »Sind Sie sicher?«

Das schien eine so törichte Frage, daß sie lachen mußte. Es tat weh. Sie wußte nicht, wann sie zuletzt gelacht hatte. »Damals, als ich noch am Leben war. Natürlich bin ich sicher.«

Er schüttelte ihr die Hand. »Alle in Toulouse sind überzeugt, daß Sie tot sind. Sie haben Ihr Tagebuch gefunden, Ihre Waffe und eine Leiche.«

»Ich bin tot«, sagte sie. »Wir sind es alle.«

»Nein«, sagte er. »Wir sind nicht tot. Wir sind nicht einmal geschlagen. Es fängt alles erst an.«

Sie wandte das Gesicht von ihm ab und antwortete nicht. Wie wagte dieser Mann, der braungebrannt und gut genährt und gesund und sauber gekleidet war, ihr zu sagen, daß sie nicht tot war? Sie wollte ihn nicht mehr ansehen oder mit ihm reden. Nach einer Weile sagte er: »Ich komme morgen wieder.«

Doch als er am nächsten Tag kam, saß sie auf der Bettkante. Sie hatte die Kosmetika der Schwester zurückgewiesen, aber sie hätte sich angezogen, wenn sie etwas zum Anziehen gehabt hätte. »*Bonjour*, Jacqueline«, begrüßte er sie. »Ich heiße Ari. Ari Katz.« Als hielte er sie für einfältig, so daß er von vorn anfangen mußte.

»Was für eine Uniform ist das?« Er war eine Art Feldwebel.

»Ich war bei der Zweiten Panzerdivision, im Spähtrupp, unter General Leclerc. Ach, du meinst – französische Armee. Wir bekommen die Uniformen von den Amerikanern und setzen uns unsere eigenen Käppis auf. Im Prinzip arbeite ich jetzt für das Joint – helfe den Juden aus den Lagern, nach Palästina zu gelangen.«

»Könntest du versuchen, etwas über meine Mutter und meine Schwester zu erfahren? Sie sind im Dezember 1942 von Drancy deportiert worden. Ich werde dir ihre Namen aufschreiben ... Ich würde gerne von hier fort, aber ich habe nichts anzuziehen.«

Er musterte sie mit zusammengekniffenen Augen. »Ich bin ungeschickt im Einschätzen von Größen. Weißt du, welche du brauchst?«

»Nicht mehr. Ich wiege nur noch halb soviel wie früher.« Ihr kam eine Idee. »Ich werde die Schwester fragen, ob sie ein Maßband hat.«

Die rothaarige Schwester nahm ihr die Maße ab, und sie schrieben sie Ari auf. Als er ging, sagte er: »Ich werde erst in frühestens einer Woche wiederkommen können.«

Sie kam zu dem Schluß, daß sie ihm zu viel zugemutet hatte, als sie ihn um einen Gefallen nach dem andern bat. Sie zog sich in ihren Schmollwinkel zurück, doch das Problem war, daß sie jetzt das Gefühl hatte, sie tat etwas Schlechtes, wenn sie im Bett lag. Nach einem Tag in Embryostellung stand sie auf und begann auf- und abzugehen. Wenn sie nur etwas anzuziehen hätte. Sie erzählte ihr Problem der rothaarigen Krankenschwester, die Betty Jo hieß. Betty Jo versprach, zu tun, was sie konnte. An dem Tag zwang sich Jacqueline, eine Treppe hinunterzugehen, obwohl sie sich zweimal niedersetzen mußte, und dann wieder hinauf, wobei sie sich viermal ausruhen mußte. Eine Stunde später versuchte sie es wieder.

Betty Jo trieb einen rosa Wollpullover auf mit nur zwei Löchern drin; einen geblümten blauen Schal; einen neuen Unterrock aus weißem Satin, ein Geschenk an eine der Schwestern, der er zu klein war, wie Betty Jo erklärte. Betty Jo brachte ihr auch, in Seidenpapier eingewickelt in einer Schachtel, einen Schlüpfer, den sie gekauft hatte. Bei ihren neuen kleinen Brüsten kam sie ohne Büstenhalter aus, aber wo sollte sie einen Rock herbekommen? Betty Jo brachte ihr eine zerrissene Wolldecke, Nadel und Faden und eine Schere. Sie setzte sich auf einen Stuhl am Ende des Krankensaales und nähte sich einen Rock. Bald würde es zu warm sein für das Kleidungsstück, das sie anfertigte, aber ihr schien es der Gipfel des Luxus, zu warm angezogen zu sein und nicht in einem dünnen Kittel im Schnee vor Kälte zu zittern.

Als sie ihr Werk beendet hatte, war der Rock alles andere als elegant, denn Jacqueline war nie eine geschickte Näherin gewesen, aber er war tragbar. Sie zog sich an, legte den Schal um die Haare und ging langsam, aber stetig, um sich im Badezimmerspiegel zu betrachten. Sie konnte sich nur von der Taille aufwärts sehen, aber sie sah aus wie eine Person. Der Schal gefiel ihr, denn sie hatte Photos von Frauen gesehen, denen der Kopf kahlgeschoren worden war, weil sie mit Deutschen geschlafen hatten, und sie wollte nicht, daß man das von ihr dachte.

Sie erlaubte sich nicht, wieder in ihr Bett zu kriechen, außer, um sich zwischen Ausflügen auszuruhen, außer, um zu schlafen. Sie schlief schlecht, aber sie aß, was sie nur bekommen konnte. Es kam ihr so vor, als könnte sie den ganzen Tag lang in einem fort essen, als wäre sie nie satt, als würde sie nie satt. Sie konnte jetzt die zwei Treppen zum Erdgeschoß hinuntergehen und sich nur auf dem Treppenabsatz ausruhen, und dann, nachdem sie fünf Minuten gesessen hatte, hinaufsteigen. Sie zuckte immer noch zusammen, wenn sie Deutsch hörte. Sie tat, als verstünde sie es nicht. In Wahrheit schnürte es ihr die Kehle zu, und sie konnte nicht antworten. Manchmal merkte sie, wie sie sich an eine Wand preßte, versuchte, sich flach zu machen, bis sie nicht mehr vorhanden war. Es fiel schwer, die Angewohnheit zu überwinden, sich zu ducken, nie einem Blick zu begegnen. Sie war zu lange ein Stück gewesen, eine Sklavin, eine Nummer.

Sie hatte Ari lange, bevor er wiederkam, aufgegeben. Sie war angezogen und half Betty Jo, mit Patientinnen zu reden, übersetzte aus dem Jiddischen und dem Französischen. Bei Jiddisch mußte sie immer an Daniela denken, und irgendwie brachten die Gedanken an Daniela plötzlich Ari herbei.

»Du siehst viel besser aus«, sagte er ihr. »Ich habe ein Geschenk für dich.« Er gab ihr eine Schachtel.

Sie hielt sich nicht mit langen Worten auf, sondern riß das Geschenk auf. Es war ein blauweißes Sommerkleid. Vielleicht war es ein gewöhnliches Kleid, aber wie sie es da in Händen hielt, sauber, glatt, frisch, zart, hätte sie es am liebsten an sich gedrückt. Sie lief sofort, um es anzuziehen. Sie hatte jetzt genug Kraft, um auf den Toilettendeckel zu steigen, damit sie mehr von sich in dem Spiegel sehen konnte, kopflos in dem Kleid, das an ihrer Hagerkeit hing, aber eine Frau, eine Person, ein menschliches Wesen. Sie trug die Pantoffeln, die ihr das Krankenhaus gegeben hatte, und sie hatte immer noch die Stiefel von ihrer Tante Esther. Ihr fehlten normale Schuhe, ihr fehlten Strümpfe, sie hatte nur ein Paar Schlüpfer und keinen Büstenhalter, aber sie konnte fliehen, wenn sie mußte. Sie konnte auf die Straße gehen, ohne sofort aufzufallen.

Sie kam langsam zum Bett zurück, unschlüssig, warum sie plötzlich solche Angst hatte. Betty Jo und Ari redeten ihr gut zu, doch sie stand stocksteif in ihrem neuen Kleid. Dann nahm Ari ihren Arm. »Komm, wir gehen hinaus. Die Sonne scheint, der Tag ist schön. Wir gehen in den Krankenhauspark.«

Sie ging die Stufen mit ihm hinunter, langsam, bedachtsam, aber als sie in die Nähe der Tür nach draußen kamen, merkte sie, daß sie sich losriß. »Nein!« Ihr Herz raste in ihrer Brust und schüttelte sie.

»Jacqueline, du mußt hinausgehen. Du kannst nicht mehr lange im Krankenhaus bleiben. Wenn die Schwester dich nicht schützen würde, hätten sie dich schon an die Luft gesetzt.«

Er hatte die Hand um ihren Ellenbogen und zog sie unnachgiebig weiter. Jetzt ging die Tür auf, und jetzt sank sie hinaus in die milde, feuchte Luft. Es war außerordentlich hell und viel zu groß, griff sie von allen Seiten an. Es hatte keine Grenzen, keine Mauern, nur weite Luft über ihrem Kopf und Raum, der sich explosionsartig ausdehnte. Sie krümmte sich zusammen, umklammerte sich, vermochte nicht zu atmen. Sie schloß die Augen und lauschte. Vögel, Verkehrsgeräusche, die monotonen Schreie von jemand oben in der psychiatrischen Abteilung, das vielfältige, geschäftige, rauschende Wispern von Blättern im Wind.

Sie schlug die Augen auf und folgte ihm zu einer Bank. Die Sonne legte die Hand auf ihr Gesicht. Sie blinzelte und blinzelte. »Warum bist du wiedergekommen? Warum bist du so gut zu mir?« Die Blätter hatten sich fast gänzlich entfaltet, weich und verletzlich an den Linden und Buchen. Entlang der Mauer stand eine Reihe üppiger Pfingstrosen in Blüte, weiß und rosa.

»Du warst ihre beste Freundin. Du bist alles, was von ihr geblieben ist.«

»Daniela war ganz anders als ich. Sie war ein weit besserer Mensch. Sie war sanfter und tapferer und wirklich gläubig. Sie war eine gute Jüdin. Ich bin eine glaubenslose Jüdin.«

»Ich habe eine schlechte Nachricht für dich.«

Sie bedeckte die Augen. »Sie sind tot?«

»Deine Mutter starb in Dora-Nordhausen. Das Schicksal deiner Schwester konnten wir noch nicht klären. Wir wissen, daß sie im Dora-Stollen bei Nordhausen war und in der Fertigung von V2-Raketen gearbeitet hat. Eine riesige unterirdische Fabrik dort benutzte Arbeitssklaven.«

Maman tot, keine Möglichkeit mehr zur Aussöhnung. Sie konnte lange nicht sprechen, vor Trauer und auch vor Wut auf ihn, weil er es ihr gesagt hatte, weil er da war, weil er so lebendig und gesund war. Nein, sie selbst war es, die nicht mehr am Leben sein durfte, wo doch alle, die sie liebte, ermordet waren. Doch noch nicht alle waren nachweislich tot. Rivka hatte vielleicht überlebt, wie sie. Sie setzte sich auf. »Ich möchte hier fort. Ich muß meine beiden Schwestern finden. Bei dem Angriff in der Montagne Noire waren wir von den *boches* eingekesselt, und Daniela und ich sind bei dem Versuch, durch ihre Linien zu kommen, gefaßt worden. Ich habe meine Personalpapiere weggeworfen, meine Luger und mein Tagebuch mit der Adresse meiner anderen Schwester in Amerika ... Ich werde Geld brauchen. Gibt es hier irgendwo Arbeit?«

»Welche Sprachen sprichst du?«

»Englisch gut, Jiddisch einigermaßen, Hebräisch kaum, Spanisch und Deutsch ein bißchen.«

»Die Amerikaner in Frankfurt werden dich einstellen, wenn dein Englisch gut genug ist.«

»Ich werde zu ihnen gehen und es versuchen.« Sie stand auf. »So bald wie möglich. Kannst du mir helfen?«

Ari strahlte, ergriff ihre Hand. »Ich werde versuchen, für morgen einen Termin für dich zu bekommen.«

»Bitte!« Es war Zeit, zu handeln. Zeit, hinauszukriechen. Ja.

Daniel 9

Verloren und wiedergefunden

Ein Auftrag, den Daniel von Sektion 20-G erhielt, machte ihm Spaß, nämlich, zwei Experten für Meeresmuscheln und deren Schalen aufzutreiben, die so viel über die Strände von Okinawa wußten, daß der Jüngere, ein Mann von Ende sechzig, zum Pazifik ausgeflogen wurde, um bei Invasionsentscheidungen zu beraten. Alles andere an den monatelangen Kämpfen auf Okinawa erwies sich als reine Qual, denn die Zahl der Gefallenen auf beiden Seiten stieg ins Ungeheuerliche. Die höchsten Verluste, die die Marine je erlitten hatte, fielen an, ein grauenhaftes Gemetzel unter der Heeres- und Marineinfanterie. Sektion 20-G fand wenig Grund zum Feiern, als die letzten größeren eingegrabenen Knäuel japanischer Soldaten mit Flammenwerfern und Napalm vernichtet waren oder sich in selbstmörderischen Angriffen aufgerieben hatten, als die Todeszahlen auf einige wenige pro Tag durch Heckenschützen und vereinzelte Widerstandsnester sanken. Es war eine Sieg ohne Genuß, der Schatten vorauswarf von Katastrophen nahezu unbegreiflichen Ausmaßes.

Die Stimmung unter den Codeknackern verdüsterte sich. Daniel bemerkte zwar die japanischen Friedensfühler, die Bekundungen der japanischen Diplomatie von der Notwendigkeit, den Krieg zu beenden, wie sie aus den Purpurentschlüsselungen einliefen, doch gleichzeitig bezeugte der Funkverkehr der japanischen Armee und Marine die ungebrochene Bereitschaft, in Einzeltaten oder en masse zu sterben, den ungebrochenen Glauben an die Schönheit und die Ehre des flammenden Selbstmordes. Die Truppen zur Verteidigung Japans zählten noch drei Millionen Mann, dazu kamen die Freiwilligen, die Bürgerwehren, die Irregulären. Allgemein wurden alliierte Verluste in Höhe von einer Million Menschenleben vorausgesagt.

VE-Day, der Tag des Sieges der Alliierten in Europa, hatte Daniel wenig bedeutet. Abra schrieb ihm alle vier bis fünf Tage aus Bad Nauheim in Deutschland. Er amüsierte sich über sie beide, wie sie sich verdeckt umeinander bemühten, sich keine Liebesbriefe schrieben, sondern Schriftstücke, die demonstrieren sollten, wie liebenswert beide waren, wie warm, wie witzig, wie verständnisvoll, wie ganz und gar unwiderstehlich. Gleichzeitig traute er ihr durchaus zu, ihn an der langen Leine zu halten, um dann mit einem neuen Freund im Schlepptau heimzukehren. Immerhin schrieb er auch Louise noch regelmäßig, und er war sich gar nicht sicher, wie er sich verhalten würde, sollte sie plötzlich in Washington auftauchen.

Juli war drückend heiß und schwül. An mehreren Tagen stieg die Temperatur bis knapp unter vierzig Grad, und sie wurden nach Hause geschickt, aber meistens regnete es. Sie entschlüsselten ein Telegramm eines ehemaligen japanischen Premierministers an den japanischen Botschafter in Moskau. »Seine Majestät sind mit allen Kräften bestrebt, den Krieg so bald wie möglich zu beenden, aus tiefer Besorgnis, daß weitere Kampfhandlungen das unsägliche Elend von Abermillionen unschuldiger Männer und Frauen in den kriegführenden Ländern nur verschlimmern werden. Sollten jedoch die Vereinigten Staaten und Großbritannien auf bedingungsloser Kapitulation bestehen, dann wäre Japan gezwungen, bis zum bitteren Ende zu kämpfen.« Die Invasionsvorbereitungen gingen weiter. »Bedingungslose Kapitulation« war so oft wiederholt worden, daß Truman aus Angst vor negativen politischen Auswirkungen wohl kaum darauf verzichten konnte.

Am 28. Juli startete eine B 26 namens »Old John Feather Merchant« vom Luftwaffenstützpunkt Bedford bei Boston, krachte ins siebenundsiebzigste Stockwerk des Empire State Building und tötete auf der Stelle zwanzig Büroangestellte und die Flugzeugbesatzung. Das Gebäude fing Feuer und Fahrstühle stürzten in ihren Schächten ab. Als er die Wochenschau sah, dachte Daniel, das ist für die New Yorker eine Kostprobe vom Bombenkrieg.

Am nächsten Tag berichtete das Radio, eine neuartige Bombe sei auf Hiroshima abgeworfen worden und habe das gesamte Stadtzentrum ausgelöscht. Sektion 20-G brodelte von Mutmaßungen. Die Zeitungen hatten von einer Sprengkraft wie zwanzigtausend Tonnen TNT geschrieben. Keiner hatte eine Ahnung, was das mit sich brachte, auf alle Fälle war das eine gewaltige Bombe und machte der japanischen Regierung sicherlich klar, daß es Zeit war, den Krieg zu beenden, solange noch etwas stand. Daniel konnte sich vorstellen, wie es nun in dieser Regierung zu einem Ringen kam zwischen den Kräften des Todes und den Kräften für das Leben, zwischen idealisiertem Selbstmord, den Kirschblüten, die so rasch vergingen und für die Japaner die Schönheit der Samurai verkörperten, und der bodenständigen Bauerntugend des Überlebens. Nun erklärte auch noch die Sowjetunion den Japanern den Krieg, die von ihnen gebeten worden war, für Japan mit den Westmächten Frieden zu schließen. Eine weitere Atombombe wurde auf Nagasaki abgeworfen. Am 14. August gab die japanische Regierung ihre Kapitulation bekannt. Der Kaiser sprach zum ersten Mal im Radio zu seinem Volk. Das Wort »Kapitulation« fiel kein einziges Mal, aber der Sinn war klar genug.

Daniel hatte Dienst, als die Nachricht kam. Alle sprangen auf und fielen sich in die Arme. »Es ist aus!« hörte Daniel sich schreien. Ein Maat warf einen Riesenstapel Entschlüsselungen in die Luft, obwohl hinterher alles wieder aufgesammelt werden mußte. Noch keine Stunde, da heulten die Sirenen, läuteten die Glocken, tuteten die Autohupen, eine schrille Kakophonie der Freude. An seiner unendlichen Erleichterung konnte Daniel ermessen, wie entsetzlich die Aussichten gewesen waren, ein Japan einnehmen zu müssen, das entschlossen war, bis zum letzten Mann auf beiden Seiten ehrenvoll in der Schlacht zu sterben. Die Japaner mußten nun lernen, mit ihrer ersten Niederlage zu leben, und ihre Kultur wurde davon sicherlich um so reicher und lebensverbundener. Hunderttausende junge Amerikaner brauchten nicht zu sterben. Noch nie hatte er als Erwachsener Frieden erlebt: ein Leben seiner Wahl statt eines Krieges, der formte oder zerschmetterte.

Sektion 20-G konnte sich nicht freinehmen, um an der ganz Washington durchschüttelnden Massenorgie teilzunehmen, denn sie mußte die Funksprüche der japanischen Truppenteile untereinander überwachen. Es war nicht sicher, ob alle Kommandanten und alle Kamikazepiloten dem Kaiser gehorchen würden. Und wirklich flogen einige aus, um mit ihren Flugzeugen rituellen Selbstmord zu begehen. Ein Militärputsch in Tokio schlug fehl.

Es war eine Zeit zu rapider Druckverminderung. Daniel hätte sich liebend gern unter die ausgelassene Menge gemischt, die die Zäune um das Weiße Haus stürmte und in langen Schlangen über den Rasen tanzte. Ann trug Trauer und sprach mit niemandem mehr, denn sie hatte gerade ein Telegramm erhalten. Als ihr Vater aus dem Lager entlassen und nach Hause geschafft worden war, hatte ein Pöbelhaufe ihn erschlagen. Ann reichte ihre Kündigung ein. Daniel fuhr zum Haus der Tante, aber Ann war schon fort, die Tante wollte nicht sagen, wohin. Vielleicht war sie zu ihren japanischen Verwandten geflohen, falls die schon aus den Lagern entlassen waren.

Er bekam einen höchst ärgerlichen Brief von Louise. Er enthielt nicht ein Wort von Liebe, nicht ein Wort von gemeinsamen Plänen, sondern bescherte ihm statt dessen ein dickes Problem.

Liebster Daniel,
die Bedingungen in den Flüchtlingslagern sind entsetzlich. Den Amerikanern sind ganz allgemein die Deutschen wesentlich lieber, denn die sind immerhin sauber, ordentlich, tüchtig und gut im Organisieren, vor allem von Lagern. In einigen Fällen haben sie dieselben Wärter wieder eingesetzt, oder andere wie die alten. Dagegen finden sie die Zwangsarbeiter und Konzentrati-

onslagerinsassen schmutzig, seltsam anzuschauen, krank, abstoßend und dauernd am Jammern. Wenn sie von verschleppten Juden reden, die sich in Deutschland und Österreich einnisten, dann hören sie sich genauso an wie die Nazis.

Jetzt kommt etwas sehr Wichtiges. Ich habe Deine Tante ausfindig gemacht, Esther Balaban. Sie ist erst einunddreißig, obwohl sie gegenwärtig um Jahre älter aussieht. Trotzdem, mit ein bißchen Fleisch auf den Knochen und der Farbe, die ihr Haar langsam wiederbekommt, sieht sie jeden Tag besser aus. Sie ist eine erstaunliche Frau mit einer ungeheuren Kraft, Leiden zu ertragen – die braucht sie auch, denn sie hat zwei Jahre Auschwitz überlebt und davor ein Jahr im Ghetto von Lodz.

Esther möchte in die Vereinigten Staaten. Ihr Mann, Dein Onkel, wurde im Ghetto umgebracht, auf offener Straße erschossen. Ihre Kinder wurden in Auschwitz vergast. Sie hat als einzige aus Deiner Familie in Kozienice überlebt. Diese Frau gehört nicht hinter Stacheldraht. Ich füge einen kurzen Brief von ihr bei. Sie lernt erstaunlich schnell Englisch. Entweder Du selbst oder Deine Eltern sollten ihr umgehend schreiben und die Schritte zur Bürgschaft für ihre Einreise einleiten.

Du mußt Dich dabei auf folgende Gesetze berufen ...

Wer zum Teufel hatte Louise gebeten, nach obskuren Verwandten zu suchen? Er stöhnte vor Verdruß. Er hatte alle Lust, den Brief in vierzig Schnipsel zu zerreißen, aber er wollte nicht, daß ihn hinterher das schlechte Gewissen plagte. Noch am gleichen Abend rief er seine Eltern an. Er erklärte, Louise sei eine Kriegsberichterstatterin, die er in Washington kennengelernt habe. Er fühlte sich ihr fern. Sein Vater erinnerte Esther nur als ein Nachbarskind, reagierte aber sofort. »Elis Frau«, sagte er immer wieder, »Elis Frau will zu uns kommen. Wie ist er gestorben? Und die Kinder? Alle tot? Alle Kinder tot?« Offensichtlich würde sein Vater alles in die Hand nehmen. Er gab Louise kurz davon Nachricht. Er grübelte, warum sie immer noch in Europa war, statt schnellstens zurückzukommen, wie sie versprochen hatte, er hoffte, daß ihr die beabsichtigte Kälte aus seinen Zeilen entgegenschlug.

Abra war auf ihrem Rückweg in die Staaten. Sie mußte sich entscheiden, ob sie der wiedererstandenen Erfassungsstelle für den Bombenkrieg nach Japan folgen wollte. Sektion 20-G stand davor, stark verkleinert zu werden. Die Mitarbeiter mit guten Japanischkenntnissen wurden von der Erfassungsstelle zu Einstellungsgesprächen eingeladen. Daniel verpflichtete sich.

Seit seinem achtzehnten Lebensjahr hatte er im Sinn gehabt, nach China zurückzukehren, und dieses Ziel hatte er nie ganz aufgegeben. Inzwischen war jedoch sein Japanisch weit besser als sein Chinesisch. Außerdem schien der Bürgerkrieg in China an Heftigkeit zuzunehmen, was das Reisen stark erschweren konnte. Wie auch immer, Tokio war Schanghai näher als Washington.

Seine Kollegen schwatzten über ihre Pläne. Einige Dechiffrierer und Übersetzer gingen nach Colorado, um Russisch zu lernen. Wofür sie geschult werden sollten, war klar, aber Daniel war nicht interessiert. Er hatte sich zwar als fähiger Kryptologe erwiesen, aber er hatte keine Lust, sein ganzes Leben lang Dinge zu tun, über die er mit niemandem reden durfte. Nein, der Weg seiner Wahl, das war jetzt die japanische Sprache. Bestimmt gab es bald verzweifelten Bedarf an Amerikanern, die Japanisch sprechen, lesen und schreiben konnten. Seine Vermutung war, er hatte eine Laufbahn vor sich, auch wenn sie noch im Dunkeln lag.

Vielleicht landete er schließlich im Seifenhandel seines Onkels in Schanghai. Vielleicht wurde er Firmenvertreter in Japan. Vielleicht fand er Anstellung bei der Besatzungsregierung. Jedenfalls ging er mit der Erfassungsstelle hinüber, danach war sein Weg offen. Eigentlich müßte es faszinierend werden.

Als er zum Nationalflughafen fuhr, um Abra abzuholen, fragte er sich, wie sie in seine Pläne paßte. In der Nacht zuvor hatte er von ihr geträumt. Sie waren gewandert und kamen zu einer Hütte, wo sie sich sofort ihrer Kleider entledigt hatten und ins Bett schmolzen. Aber als er über ihr lag, verwandelte sie sich in Ann.

Fürchtete er Enttäuschung? Starke Gefühle hatte er bisher nur einer Frau entgegengebracht, Louise. Aber im gleichen Maße, in dem seine Korrespondenz mit Abra ausführlicher und fleischiger geworden war, hatten sich die Briefe zwischen ihm und Louise vertröpfelt. In Erwiderung seines letzten Briefes hatte sie ihm nur eine Postkarte aus Exeter in England geschickt, auf der stand, daß sie aller Wahrscheinlichkeit nach in der nächsten Woche in die Staaten zurückkehren werde. Vielleicht war sie inzwischen schon in New York, aber sie hatte ihn nicht angerufen. Das verzieh er ihr nie.

Fest stand, er hatte keine Ahnung, was da zwischen Abra und ihm war, außer viel Papier und Tinte. Ihre Maschine setzte zur Landung an, und jetzt wurden die Treppen herangerollt, und die Passagiere quollen heraus. Er sah sie hinuntersteigen. Sie ging eilig und redete mit einer anderen jungen Frau aus der DC-4. Er stand auf der Zuschauerplattform, doch Abra schaute nicht hoch. Beide Frauen schienen erschöpft, blieben beieinander, schleppten Segeltuchtaschen und verschnürte Bündel und trugen staubige und verknitterte WAC-Uniformen. Sie sah älter aus, auf alle Fälle eckiger, nicht ganz so hübsch, wie er sie in Erinnerung hatte, aber das langbeinige Ausschreiten, fohlenhaft und erotisch zugleich, war so aufreizend wie eh und je. Die andere Frau war auch blond, mit breiterem Gesicht und breiter in den Schultern und im Kreuz als Abra.

Er wußte, sie brauchte eine Weile, um durch die Kontrollen zu gelangen, also schlenderte er hinunter und fand eine Bank vor der Tür, durch die sie kommen mußte. Zu seiner Überraschung war seine Lust zurückgekehrt. Er hatte sich von ihr ganze Spulen voller Unsinn über Oscar angehört, und das durfte gar nicht erst wieder anfangen. Er empfand deutlich: Ja, er hatte in diesen letzten Monaten auf sie gewartet, aber wußte sie das auch?

Er gähnte vor Langeweile und Verdruß. Der Raum war drückend von altem Rauch und stank nach Ranzigem und nach Maschinen. Schließlich kam Abra mit der anderen Frau aus der Tür geeilt, und als Daniel aufstand, sprang ein weißhaariger Mann mit Cowboyhut und reichverzierten Cowboystiefeln von der Nachbarbank auf und brüllte: »Beverly!« Er rannte auf Abra zu, aber dann war es doch die andere Frau, die er in die Arme schloß, wobei er Abra fast umstieß.

Daniels Politik stand fest: Im gleichen Moment packte er Abra und küßte sie, denn er hatte beim Warten beschlossen, ihre Beziehung vom ersten Augenblick an zu ändern. Sie schien überhaupt nicht darauf gefaßt, denn sie torkelte gegen ihn, lehnte einen Moment passiv und erwiderte dann seinen Kuß. Die Segeltuchtasche fiel gegen sein Bein. Er hatte nicht die Absicht, die Zärtlichkeiten in aller Öffentlichkeit zu verlängern, und so trat er zurück, während er eben erst zu spüren begann, daß er es ungeheuer genoß, sie zu berühren. Sie fühlte sich magerer an als Louise, kräftig, drahtig, doch fleischig genug. Er hoffte – er betete um ein Taxi. Es gab keines, aber der weißhaarige Mann mit Beverly im Schlepptau holte sie draußen ein. »Meine Tochter sagt mir, Sie sind die Abra, von der sie uns immer geschrieben hat.« Vorstellungen allerseits. »Jawohl, habe mich ehrenamtlich betätigt, denen hier ein bißchen bei ihren Problemen ausgeholfen, aber jetzt gehe ich zurück. Habe nur an diesem Stinkeloch gewartet, um meine Tochter heimzuholen. Können wir Sie mitnehmen?«

Eine Limousine wartete. Daniel stieg neben dem Fahrer ein, Abra kletterte nach hinten zu Beverly und ihrem Vater. Daniel nannte seine Adresse. »Meine alte Wohnung«, rief Abra aus. »Natürlich.« Er war sicher, sie wußte ganz genau, daß es jetzt seine war, aber vielleicht dachte sie, er hatte vor, oben zu bleiben. Beverly musterte ihn verstohlen. Sie stellte ihm Fragen nach seiner Arbeit. Er gab seine üblichen ausweichenden Antworten und ließ fallen, daß er vielleicht zur Erfassungsstelle für den Bombenkrieg gehen würde, als wäre das immer noch lediglich eine Möglichkeit.

»Großartig«, sagte Abra. »Ich habe gerade beschlossen, das auch zu tun. Mir fällt absolut nichts anderes ein, was ich wahnsinnig gern tun würde. Schau mal, wie üppig alles ist. Schau mal all die Menschen. Alle haben neue Kleidung. Ist dir aufgefallen, wie dick die Menschen hier sind? Alles scheint so ... unanständig unberührt.«

Als er sie endlich in die Wohnung gebracht hatte, warf sie sich auf Louises Couch. Ihr Gesicht leerte sich plötzlich. »Ich bin seit drei Tagen unterwegs. Seit drei Tagen! Mein Kopf dröhnt, und der Boden schwankt unter mir. Ich habe Bauchschmerzen und Kopfschmerzen, und ich bin schmutzig, und ich weiß nicht, wer oder wo oder was ich bin oder warum.«

»Ich lasse dir ein Bad einlaufen.« Er hatte sich eine Flasche scheußlichen Rum besorgt, den er mit Cola mischte, um ihn genießbar zu machen. Aus dem kleinen Kühlschrank, den Louise für die Küche ergaunert hatte, tat er Eis hinein, reichte Abra das Getränk und ließ sich neben ihr auf der Couch nieder, solange das Wasser einlief.

»Faß mich bloß nicht an, bevor ich gebadet habe«, warnte sie lachend. »Ich rieche wie ein Flugzeug, das von den Leuten falsch benutzt worden ist.«

»Hast du Hunger?«

»Vielleicht. Ich bin so verwirrt, ich weiß es einfach nicht. Ich müßte Hunger haben. Oder?« Sie schloß sich im Badezimmer ein, um sich auszuziehen, nahm ihr Glas und ihre schwere Tasche mit. Vor zwei Tagen hatte er die letzten Überreste von Louises Bewohnung aus dem Badezimmer, dem Schlafzimmer und der Küche entfernt – das heißt, die letzten Überreste, die Abra zuordnen könnte. Am Vormittag hatte er einen Vorrat von Eßbarem angelegt. Sei auf alles vorbereitet. Er machte Sandwiches und stellte Kartoffelsalat und Krautsalat aus dem Feinkostgeschäft hin. Er trat zurück, begutachtete sein Werk und bewunderte die bronzefarbenen und goldenen Chrysanthemen, die er gekauft hatte. Sein Verstand sagte ihm, schwebende Chrysanthemen waren der Ausdruck, den die Japaner für eine bestimmte Art von Massenkamikazeangriff benutzten. Er setzte sich ins Wohnzimmer und wartete.

Als sie aus dem Badezimmer kam und nicht ihre Uniform, nicht ein frisches Kleid, sondern ihren alten pfirsichrosa Satinmorgenmantel trug, auf den er manchmal einen Blick erhascht hatte, als sie noch unter ihm gewohnt hatte, da lächelte er vor Erleichterung. Zwar trocknete sie ihr Haar in einem Handtuch und stellte scheu nur einen Fuß in sein Wohnzimmer, aber er wußte, wenn ihre Absicht wäre, ihn auf Distanz zu halten, sie hätte sich angezogen. »Meine Sachen sind alle so abgetragen«, murmelte sie und schaute an sich herunter. »Meine Haare waren schwarz.«

»Alles ist abgetragen, nur du nicht.« Er stand auf und ging auf sie zu. »In Japan besorgen wir dir einen schönen Seidenkimono in dem Blau deiner Augen.« Er legte ihr die Hände auf die Schultern, und der Morgenmantel rutschte. »Hast du sehr großen Hunger? Ich habe etwas zu essen hingestellt.«

»Meine Haare sind naß. Stört dich das?«

»Überhaupt nicht.« Er überlegte, ob er sie ins Schlafzimmer tragen sollte, doch sie lächelte und gab ihm ihre Hand. Sie sah glücklich aus, erleichtert, mit einem plötzlichen Leuchten von Hochstimmung im Gesicht, das sie doppelt attraktiv machte. Ihm wurde klar, sie war sich seiner auch nicht sicher gewesen. Unter dem Morgenmantel war sie nackt, und plötzlich wurden ihm seine Sachen schwer, erstickten ihn. Er mußte sie sich herunterreißen, womit er begann, als er neben ihr ins Schlafzimmer stolperte, zu seinem Bett.

Bernice 10

Es werden Veränderungen vorgenommen

Bernice und Flo lebten in einem winzigen, zugigen Häuschen in San Francisco, unweit vom Hafen, wo die Fischerboote anlegten. Vor ihren Fenstern verliefen Güterbahngleise. Wenn der Wind vom Ozean hereinblies, rochen sie die Schokoladenfabrik im Nachbarblock. Wenn der Wind von der Bucht her blies, rochen sie die Tomatenkonservenfabrik. Wenn der Wind aus Norden blies, rochen sie Fisch. Ihr Viertel war quicklebendig, beherbergte Chinesen, zurückgekehrte Japaner, Italiener, Farbige, Mexikaner und Homosexuelle, zumeist Männer, aber einige auch wie sie. Das Häuschen war nicht billig – nichts war billig.

Als die Flieger nach und nach aus dem Krieg zurückkehrten, war Flo entlassen worden. Beide gehörten nicht zum 52,20-Club, wie die Veteranen die bezahlte Arbeitslosigkeit nannten; sie bekamen keine Arbeitslosenunterstützung und keine Veteranenförderung. Bernice hinkte immer noch ein wenig, aber ihre gebrochene Wirbelsäule war gut verheilt, und ihre Narben störten sie nicht, solange sie Flo nichts ausmachten. Bevor sie sich in San Francisco niedergelassen hatten, war Bernice per Schiff nach Norden gefahren und in Männerkleidung die Küste von Alaska entlanggebummelt. Sie hatte eine ungeheuer beeindrukkende Landschaft vorgefunden und eine im Aufschwung begriffene Wirtschaft, getragen von Pioniergeist. Nach ihrer Rückkehr besorgte sie sich eine Stellung als Sekretärin im Büro einer kleinen Luftlinie. Flo arbeitete in einer Konservenfabrik. Freitags und samstags abends gingen sie ins Mona's, wo sie zusammen tanzen konnten, unbefangen in der Gesellschaft anderer Frauen, die auch Pärchen waren. Dann kleidete Bernice sich männlich. Sie mochte das. Sie hatte das Gefühl, in Männerkleidern hübscher zu sein, als sie in Frauenkleidung je gewesen war, und außerdem machte es deutlich, was sie waren. Es besagte, daß Bernice Männern nicht zur Verfügung stand und daß sie ein Recht auf Flo hatte und sie behalten durfte.

Ein Wochenende, nachdem Bernice einem Männerpaar beim Umzug geholfen hatte, borgte sie sich deren Lieferwagen und machte mit Flo einen Ausflug zum Yosemite National Park. Der Mann im Büro sagte Mister zu ihr. »'n Abend, Mister.« Aus lauter Daffke trug sie sich und Flo für den Touristenbungalow als Mann und Frau ein. Dann lag sie schmorend auf dem altersschwachen Bett. Sie hatte die Befähigungsnachweise zur Flugzeugführung, wenn sie nur Mr. Coates wäre und nicht Miss Coates, sie hatte die Erfahrung. Es wäre so furchtbar einfach. Manchmal stellte sie sich vor, wie es wäre, sich für ihren Bruder auszugeben, so zu tun, als sei sie Jeffrey Coates.

Es war nicht, daß sie sich wie ein Mann fühlte, nicht einmal in Männerkleidern. Mit Flo spürte sie ihre eigene weibliche Kraft hinausströmen und zu ihr zurückkehren. Sie spürte ihre Mutter in sich, Violas warme Stärke; sie wußte sich geliebt und von weiblicher Zärtlichkeit umfangen, die sie vermißt und entbehrt hatte und nach der sie sich immer, immer gesehnt hatte. Sie fühlte sich mehr als Frau, nicht weniger.

Beide verdienten nicht viel, obwohl sie soviel sie nur konnten für ihre großen, immer weiter wegrückenden Pläne sparten. Sie sah alte lesbische Paare in der Bar, die sie bestätigten und zugleich beunruhigten. Sie gaben ihr Hoffnung, daß zwei Frauen sich trotz allem, was ihnen die Gesellschaft sagte, zu einem lebensfähigen Paar zusammentun, in ihrer gegenseitigen Liebe gedeihen konnten. Aber wenn nicht die eine oder die andere Geld hatte, dann sah Bernice auch lange Jahre des bloßen, kümmerlichen Überlebens vor ihnen, lohnabhängige Lesbierinnen in minderen Beschäftigungen, die sich Macht und Selbständigkeit nur in Mona's schummeriger Welt vorspielen konnten.

Vielleicht war es gut, daß WASP nicht militarisiert worden war. In letzter Zeit hatten Frauen vorbeigeschaut, die bei WAC den ganzen Krieg über offen ihre sexuellen Beziehungen gelebt hatten und nie von irgend jemand behelligt worden waren. Jetzt kamen mit dem Frieden die Hexenjagden. Lesbierinnen wurden zu Verhören vorgeladen, verhaftet, unehrenhaft entlassen.

Nachdem Jeffs Leichnam per Schiff überführt worden war, fuhr Bernice nach Hause zu seiner zweiten Beerdigung. Sie hätte Flo leidenschaftlich gern mitgenommen, aber das wagten beide nicht. Bentham Center sah mangels frischer Farbe ein wenig schäbiger aus, obwohl am

Stadtrand auf ehemaligem Ackergelände reihenweise kleine, bonbonfarbene Klötzchen hingestellt wurden. Die Pferdekoppel der Garfinkles war bereits für künftige Häuser vermessen und abgesteckt.

Sie schlief in ihrem alten Zimmer, inmitten von Jeffs Bildern. Ein französischer Adjutant Lev Abel hatte ihnen in Französisch einen freundlichen Brief geschrieben, welch ein Held Jeff gewesen war und wie er gestorben war, um Frankreich zu befreien. Lev Abel schrieb, er habe Jeff persönlich gekannt, und er sei sehr tapfer gewesen und habe viele Freunde unter den Résistancekämpfern gehabt, die ihn alle schmerzlich vermißten. Er schrieb auch, daß Jeff oft davon gesprochen habe, sich nach dem Krieg bei Toulouse niederzulassen, und wie sehr er bedauerte, daß Jeff die Früchte des Sieges nicht mehr genießen konnte und das gute Leben, das nun hoffentlich mit dem Frieden kam.

Bernice hatte gehofft, Zach würde zur Beisetzung da sein, aber es kam nur ein Brief. Er sandte sein Beileid aus Indochina. OSS hatte Jeff posthum einen Orden verliehen. Er wurde mit ihm auf dem kleinen Friedhof am Hang vom Jumpers Mountain begraben.

Bernice lernte nach und nach ihre Stiefmutter kennen, eine mollige, rotblonde Frau mit ausgeprägtem deutschem Akzent und blaßblauen Augen, die Bernice immer wieder forschend musterte, auf eine Art, die Bernice gar nicht angenehm war. Sie war froh, sich an Mrs. Augustine halten zu können. Die schob ihr Unbehagen auf die Wiederheirat ihres Vaters.

»Er wird ihr das Haus vermachen, das hat er mir gesagt.« Mrs. Augustine schnalzte mißbilligend.

»Ich will es nicht«, sagte Bernice wahrheitsgemäß. Sie sehnte sich danach, Mrs. Augustine von Flo zu erzählen. Schließlich tat sie es, mehr oder weniger. Sie sagte: »Mrs. Augustine, ich glaube nicht, daß ich je heiraten werde. Ich will das nicht. Ich teile mir in San Francisco ein Haus mit einer wunderbaren Frau. Sie heißt Florence. Wir waren zusammen im WASP. Ich lebe lieber mit ihr zusammen als mit irgendeinem Mann.«

»Das kann ich verstehen«, sagte Mrs. Augustine. »Selbst die besten von ihnen sind völlig mit sich selbst beschäftigt, und sie erwarten alle, von vorn bis hinten bedient zu werden. Wer kocht?«

»Wir beide. Wir wechseln uns ab. Wir können beide verschiedene Gerichte. Jeden Sonntag gehen wir essen.« Von ihren kleinen Gewohnheiten und Ritualen zu reden milderte ein wenig ihr Gefühl von Einsamkeit.

Mrs. Augustine seufzte. »Es muß schön sein, nach Hause zu kommen, und jemand hat dir Abendbrot gemacht, und wenn's nur ein einziges Mal ist.«

Sie dachte nicht, daß Mrs. Augustine ihre Beziehung zu Flo genau verstand, aber das Wesentliche verstand sie. Bernice hatte das Gefühl, von der einzigen wahren Freundin, die sie in Bentham Center besaß, den Segen erhalten zu haben. Der Professor stellte wenig Fragen. Er redete des langen und des breiten über die GIs, die heimkehrenden Veteranen, und die Chance für St. Thomas, sich zu einem College mit höheren Maßstäben zu entwickeln. Er verkündete Dogmen über Truman und den Marshallplan und den Wiederaufbau Deutschlands. Seine Augen ruhten zumeist auf dem Gesicht seiner Frau. Gertrud bediente ihn und machte sich um ihn zu schaffen. Ihre neue Stiefmutter machte Bernice nervös, doch Gertrud schien ganz in ihrer neuen gesellschaftlichen Stellung aufzugehen. Am Telefon meldete sie sich nicht, wie Bernice es von Viola erinnerte, mit »Hier ist Viola Coates«, sondern mit »Hier ist Mrs. Professor Edward Coates.«

Bernice verpackte von ihren Sachen, woran sie noch hing, alte Bücher, Photos, Jeffs Bilder, ihr Fahrrad, um alles per Bahnfracht nach San Francisco zu schicken. Sie nahm auch einige von Jeffs Sachen, sein gutes Tweedjackett, ein paar Hemden und Pullover und eine Flanellhose. In seinem alten Zimmer probierte sie sein Jackett und seine Hose an. Sie sah damit nicht wie er aus, sondern wie sein Bruder. Niemand machte ihr die Aneignungen streitig.

Sie radelte jeden Tag zum Flugplatz, um an ihrem Flugzeug zu arbeiten, denn sie hatte endlich den Rechtsanwalt ausgekauft. Sie hatte vor, es zurückzufliegen, denn in Kalifornien konnte sie es verkaufen. Schließlich, am letzten Tag, fuhr Mrs. Augustine sie hinaus (das Fahrrad hatte sie am Morgen aufgegeben), und sie gewann mit ihrem Flugzeug die Luft und flog nach Westen. Es war ein Flug, den sie viele Male gemacht hatte, immer in einer größeren und schnelleren Maschine und gewöhnlich in der entgegengesetzten Richtung. Dennoch, wieder zu fliegen, das war, durch und durch lebendig zu sein.

Die körperliche Liebe mit Flo war wie das Fliegen. Wenn sie zwischen Flos Schenkeln lag, hatte sie das Gefühl, ein Wunderwerk zu bedienen, das ihr Macht verlieh. Sie, und nur sie, konnte solche Lust bereiten, dem behutsam zu Verzückung entfachten Körper ihrer Liebe. Wenn Flo sie liebte, fühlte sie sich geflogen, in hohem, herrlichem Bogen durch die Luft bewegt. Sex mit Flo war zärtlich, leidenschaftlich, sanft. Ein Ereignis völlig anderer Art als der Sex, den sie mit Zach erfahren hatte, denn beide gaben sich mit ihrem ganzen Sein in die liebende und begehrende Umarmung der anderen.

Sie hatte Zach ihre neue Adresse geschrieben, die Einzelheiten ihres Lebens, doch sie rechnete nicht damit, je von ihm zu hören. So war sie überrascht, als er sie eines Freitags im Herbst auf ihrer Arbeitsstelle anrief und zum Abendessen ins Mark Hopkins bestellte. Sie schützte Kopfschmerzen vor und ging früher von der Arbeit weg, damit sie Flo umgezogen und mit einem Glas Wein an der Tür empfangen konnte. Sowie Flo eingetreten war, begann sie, sie zu küssen, Flos Steiß zu streicheln und dann durch den Stoff ihren Schamberg, auf eine Weise, die Flo immer verrückt danach machte. Bernice ging davon aus, wenn sie es mit einer entspannten und zufriedengestellten Flo zu tun hatte, dann fiel die Reaktion auf ihre Neuigkeit schwächer aus. Zu denken, daß sie sich einmal eingebildet hatte, nicht zu wissen, wie sie Flo befriedigen sollte. Da sie sie gleich an der Tür abgefangen hatte, roch Flo stark nach Tomaten, doch dann entfaltete sich Flos eigener süßer Meeresgeruch. Hinterher erwähnte sie den Anruf.

Auf halbem Wege zur Dusche stemmte Flo die Hände in die Hüften. »Ach, dein Liebhaber ruft an, und schon rennst du.«

»Es gibt keine Liebe zwischen Zach und mir. Sei nicht eifersüchtig, Liebste. Ich werde ihn um Hilfe bitten.«

»Warum sollte er zwei Lesbierinnen helfen?«

»Weil er auch schwul ist. Könnte sein, daß er uns hilft. Weil er Jeff geliebt hat. Weil er gerne mit mir zusammen war, wenn auch nur als Ersatz für Jeff. Weil er Geld hat und Macht und es ihm manchmal Spaß macht, Gott zu spielen. Weil es sein kann, daß er das, was ich vorhabe, komisch findet.«

»Alaska?«

Bernice zog Flo in die Arme, doch die lehnte sich zurück und wandte das Gesicht ab, weigerte sich, Bernice anzuschauen. »Du weißt, es geht so, aber mehr auch nicht. Du arbeitest den ganzen Tag in der Konservenfabrik, kommst heim, und das letzte Quentchen Kraft ist dir ausgewrungen worden und deine Hände sind ganz zerschnitten. Eines Tages wirst du einen Finger verlieren. Die Arbeit ist mörderisch, und was verdienst du? Pimperlinge. Mich widert es an, Sekretärin in einer Firma zu sein, wo ich Pilotin sein müßte. Mich widert es an, am Boden festzusitzen. Wir fliegen im Bett, aber überall sonst krauchen wir auf dem Bauch.«

»Er wird dich benutzen. Du willst nur eine Ausrede, um mit ihm ins Bett zu gehen.«

»Wenn ich mit ihm bumsen muß, werde ich es tun, aber ich will es nicht. Glaub mir, ich werde es nicht tun, wenn er mich nicht zwingt.«

»Wenn du nicht hingehst, kann er dich nicht zwingen.«

»Wenn ich nicht hingehe, haben wir keine Chance, überhaupt keine.«

Flo fing an zu weinen. »Ich will nicht, daß wir *die* brauchen. Warum können wir es nicht auf eigene Faust machen?«

»Wir haben uns an jedem Ort, wo geflogen wird, als Fliegerinnen beworben, bei jeder Klitsche. Wir und alle anderen WASPs. Sie weigern sich, uns fliegen zu lassen. Sie wollen Frauen ganz und gar vom Himmel vertreiben –«

»Bis auf das Arschloch, das gesagt hat, ich könnte Stewardess werden, aber du seist zu groß.« Flo zog ihren Morgenmantel fest um sich und schüttelte ihr rotblondes Haar zurück.

»Und nicht hübsch genug.« Bernice grinste. »Jetzt weine nicht, Flo, mein Schatz. Nicht weinen. Wahrscheinlich kann ich ihm nichts entlocken, aber es ist den Versuch wert, für uns. Für uns beide tue ich alles auf der Welt. Du weißt noch nicht mal die Hälfte. Da ist etwas, was du tun mußt, bevor ich hingehe. Hol die Schere. Du wirst mir das Haar abschneiden, bis auf den Schädel.«

»Bernice, das kannst du nicht machen. Deine Firma wird dich feuern!«

»Morgen früh kaufen wir eine Perücke. Das wird denen sowieso besser gefallen. Hör mir zu, Flo, ich werde ihn in voller Männerkostümierung treffen. Ich muß es.«

Flo rang die Hände. »Manchmal möchte ich meinen Glauben wiederhaben. Ich bin mit Höllenfeuer und Schwefel aufgewachsen, und eines Tages war das einfach nicht mehr da, die alte Schuld, die alte Herrlichkeit. Jetzt hätte ich das am liebsten zurück, damit ich die ganze Nacht auf den Knien liegen und beten kann. Wenn ich im Haus herumgehe, wenn ich krank vor Sorge um dich bin und wenn ich sage: Bitte, bitte, laß meiner Bernice nichts zustoßen, dann frage ich mich, zu wem ich da eigentlich bete, zur Türklinke?« Flo küßte sie und setzte sie mit einem Handtuch um die Schultern hin. Im letzten Augenblick wählte Bernice Jeffs Tweedjackett und seinen grobgewebten Schlips.

Zach hatte ihr seine Zimmernummer gegeben und ihr aufgetragen, um sieben Uhr dazusein. Sie hatte sich ein wenig verspätet und ging einfach hinauf. Ihr Auftritt war so verblüffend, wie sie geplant hatte. Zach stierte, dann streckte er die Hände hoch. »Ich hab's gewußt, ich hab's gewußt! Oh meine vorausahnende Seele, wenn das nicht Mr. Bernard ist. Faszinierend.« Er winkte ihr, Platz zu nehmen, und starrte sie weiter an. Er war braungebrannt, aber die andere Person im Zimmer war es, die ihre Aufmerksamkeit anzog. Er war jung, wenn auch wahrscheinlich nicht so jung, wie er aussah, schmächtig, mit goldbrauner Haut und hübschem Gesicht unter hoher Stirn, Asiate, aber nicht Chinese, dachte sie, nicht Japaner.

Zach redete mit ihm in einer Sprache, die viele Vokale hatte; doch obschon Zach sich damit brüstete, daß er Sprachen leicht lernte, so sprach er sie doch alle mit starkem amerikanischem Akzent. Der Jüngling brachte ihnen graziös eine Flasche und zwei Gläser, dann zog er seine Jacke an und ging hinaus. Bernice starrte ihm nach.

»Nur ein kleines Souvenir an meine Abenteuer im gruseligen, grausigen Asien. Er sieht süß aus, nicht wahr? Oh, er ist es auch. Aber zum Teil ist er hier, weil die Franzosen einen Preis auf seinen Kopf ausgesetzt haben.« Zach stand da und musterte sie, während er redete. »Tran hat jahrelang gegen die Japaner gekämpft, und jetzt muß er gegen die Franzosen kämpfen. Wie öde. Wir halfen seiner tapferen Schar, und sie halfen uns. Wir gaben allen Piloten, die über Indochina runtergingen, ein Wort mit: *Vietminh* – sie sollten immer nach den Vietminh fragen, denn diese Guerillas sammelten unsere Fliegerasse ein und schleusten sie zu uns zurück. Aber unter Truman – nimmst du Eis? Ich weiß es nicht mehr – sind wir jetzt auf der Seite der Franzosen. Unerträglicher Schwachsinn. OSS wird aufgelöst. Fürs erste Schluß mit Spaß und Spielen. Die Hammel bei Krieg und Außen meinen, sie könnten das alleine.«

Sie sah auf seine Hand, aber natürlich war es unwahrscheinlich, daß er einen Ring trug. »Bist du verheiratet? Sind Glückwünsche angebracht?«

»Ich habe beschlossen, ich habe keine Lust, in London zu leben. Es ist fadenscheinig geworden. Der Geruch einer zweitklassigen Macht. Hier tut sich mehr, und da unsere Wirtschaft rasend nach Übersee expandiert, schlage ich mein Basislager lieber in den Staaten auf. Vielleicht heirate ich in eine Bankiersfamilie von San Francisco. Sie ist attraktiv und wohlerzogen und engagiert sich für die Erhaltung der Rothölzer. Ich bin auch von einer vermögenderen und einflußreicheren Ostküstenfamilie umworben worden, aber die fragliche Dame braucht intensivere Behandlung. Möchtest du einen Ratschlag absondern?«

»Heirate die Rotholzdame. Die andere ist dir zu anstrengend.«

»Das war auch meine Überlegung. Obwohl ich die verschiedenen Möglichkeiten gegeneinander abwägen muß. Dies ist eine Zeit, in der Weltreiche zerbröckeln und Weltreiche errichtet werden.«

»Wenn du dich wieder ganz in die Geschäfte stürzt, wird dir das nach OSS nicht fade vorkommen?«

Er seufzte. »Trotzdem, alles ist Teil des gleichen Ganzen, das muß ich mir immer wieder sagen. Selbst Wild Bill Donovan steigt in die Wirtschaft ein. Ich werde dranbleiben und weitere Entwicklungen abwarten, wie das so schön heißt. Ja, teurer Schatz, tut mir leid, daß ich nicht zur Feier dasein konnte. War sie zu Herzen gehend und so?«

Sie berichtete. Er hatte nach jenem ersten Augenblick keine weiteren Bemerkungen zu ihrem Aufzug gemacht. Sie fragte sich schon, ob sie einen Fehler begangen hatte, achtete aber weiterhin darauf, wie sie saß, wie sie stand, wie sie sich bewegte. Sie gab eine Vorstellung, durfte sie nicht vergessen, eine Vorstellung vor einem außerordentlich kritischen Publikum. Sie gab sich wenig Mühe, ihre Stimme zu verstellen, sprach nur ein bißchen tiefer.

Schließlich sagte er: »Du siehst aus wie Jeff und auch wieder nicht. Es ist faszinierend und traurig. Das arme Schwein. Konnte es nicht ertragen, schwul zu sein, und zog es vor, mir davonzulaufen und zu sterben. Übrigens, er hat sich das Leben genommen, wußtest du das?«

»Er hat sich das Leben genommen?«

»Zyankalikapseln. Wir alle haben sie bekommen, für den Fall, daß wir der Folter nicht standhalten – der er unterworfen wurde. Ganz verständlich, aber trotzdem habe ich so meine Zweifel.«

Sie schüttelte nur den Kopf. Sie wollte vermeiden, mit ihm über Jeff zu streiten, der jenseits ihrer Meinungen war. Zach fuhr fort: »Er war bei einem vorwiegend jüdischen Maquis, eine drollige Truppe, schlecht bewaffnet, aber bissig. Ich habe selber ein paar Monate lang mit ihnen gearbeitet, und wir haben den *boches* ganz schön die Hölle heiß gemacht. Ein paar Städte befreit, die Kapitulation einer Garnison entgegengenommen und andere Freudenfeste.« Zach seufzte wieder, tief. »Das war noch eine Zeit, teurer Schatz. Ich liebe ein bißchen Guerillakampf. Wenn du anständige Waffen hast, macht es richtig Spaß, die andere Seite abzuräumen. Kennst du die besten, die mir je begegnet sind? Fidschi-Insulaner. Die schmelzen in den Dschungel. Mit denen konnte ich nicht mithalten – ich! Wenn ich einen Geheimdienst aufstellen müßte, ich würde die Männer zur Ausbildung zu den Fidschis schicken.«

»Jeff war tot, bevor du nach Frankreich gekommen bist?«

»Ich hatte bis weit nach dem D-Day in der Bretagne zu tun. Ich konnte nicht groß in den Süden spazieren, bevor die Panzertruppen gelandet waren. Als ich in das Gebiet kam, war er schon einen Monat tot. Offen gesagt, er hat eine schlampige Organisation geleitet. Ich hätte seinen Kopf retten können, wenn wir zusammen gewesen wären. Ich kann mein Metier, und er war immer ein Dilettant.«

»Sein Metier war die Malerei.«

»Sogar auf dem Gebiet war er ein Versager. Aber wie auch immer.« Er stand auf und zeigte auf eine Lattenkiste, die an einer Wand lehnte. »Ich habe einige seiner Arbeiten gerettet. Ich habe mir erlaubt, ein paar für dich rahmen zu lassen.«

Sie durchfuhr ein Stich heißen Zorns, daß er behielt, was eigentlich ihr gehörte, und dann als Almosen austeilte, was er nicht wollte, aber schließlich hatte er die Bilder gerettet, und ohne ihn wären sie verloren gegangen. Sie öffnete die Kiste. Sie enthielt eine Studie und zwei Ölbilder der gleichen Frau: eines zeigte sie auf einem Fahrrad in einer genau wiedergegebenen Landschaft; dann ein Blatt mit drei Zeichnungen ihres Gesichts im Gespräch; das andere Ölbild zeigte sie auf dem Bett, bei offenen Fensterläden, offenem Fenster, eine Karaffe und eine Pistole auf dem Nachttisch, sie lag auf der Seite und lächelte wie eine Katze mit halbgeschlossenen Augen, eine lange, dünne Frau mit recht großen Brüsten für ihr Gewicht, die Landschaft aus Fels und

Strauchwerk breitete sich um sie in einem Kreis, der das kleine Zimmer bedrängte. »Wer war sie?«

»Seine dortige Freundin. Er hat viele Porträts gemalt, ich finde sie von geringerer Qualität als seine Landschaften.«

»Was ist aus ihr geworden?«

»Sie ist bei einem deutschen Überfall auf das Lager umgekommen. Nur ein Mädel, das er gepimpert hat, wie er sich eben immer eine Frau hielt, die ihn versorgte.« Zach stand vor ihr, die Hände auf ihren Schultern. »Die Imitation ist ganz passabel, läßt aber in Kleinigkeiten zu wünschen übrig. Du mußt stärkeren Blickkontakt aufnehmen und das Kinn hochhalten, nicht gesenkt.«

Sie korrigierte ihre Haltung. »Besser?«

»Besser, wenn du es in einer Viertelstunde immer noch so machst. Das ist nicht deine normale Kleidung, nehme ich an, und wahrscheinlich nicht gedacht, meine Keimdrüsen anzuregen. Was willst du, mein durchtriebener Liebling? Ich nehme an, du willst etwas. Jeder tut das, früher oder später, und du warst bislang wunderbar entgegenkommend.«

»Ja, ich will etwas.«

»Was?«

»Ich will falsche Papiere. Ich will eine männliche Identität.«

»Meine selige Tante, warum? Brauchst du eine amtliche Erlaubnis für das, was du im Bett treibst?«

»Ich habe eine amtliche Erlaubnis zum Fliegen, aber die nutzt mir nichts als Frau. Zach, ich liebe die Frau, mit der ich zusammenlebe, aber ich brauche das Fliegen. Ich will nach Alaska hinauf und eine kleine Fluglinie in der Wildnis gründen. Ich kann das schaffen. Ich kann alles fliegen, Zach, ich bin in allem geprüft, was die Luftwaffe hat. Jetzt finde ich nicht mal Arbeit, um Anfängern beizubringen, in einer Piper Cub über dem Flugplatz zu kreisen. Jeff hat mich zu seiner Erbin eingesetzt, und ich habe Geld gespart und Flo auch. Aber wir brauchen einen Mann, um das Unternehmen zu leiten, und dieser Mann muß ich sein. Als Mann kann ich morgen in Alaska Arbeit bekommen.«

Er setzte sich auf das Sofa und lachte leise. »Es ist so weit hergeholt, daß es komisch ist. Wir haben nicht völlig dichtgemacht. Wahrscheinlich könnte ich dir geben, was du willst – eine Identität. Aber du kannst dann nicht mehr zurück. Sobald wir dich als Bernard X mit einer bestimmten Militärlaufbahn undsoweiter etabliert haben, ist Bernice verschwunden, und du kannst dich nicht einfach wieder in sie verwandeln, wenn du dich von Flo trennst und beschließt, dir ist jetzt der Mann deines Lebens über den Weg gelaufen, und nun willst du Kinderchen kriegen.«

»Zach, ich glaube, wir können davon ausgehen, daß ich ohne weitere Erfahrungen mit Männern ins Grab gehen werde.«

»Ich erweise mich eben in mancher Hinsicht als durchaus zufriedenstellend.« Er grinste und hob eine Hand, damit sie schwieg. »Jemand an der Tür. Vermutlich unser Abendessen. Mach bitte auf.«

Während sie sich zu vorzüglichen Rippchen setzten, wollte Zach nichts mehr von ihren Wünschen und Plänen hören. Er ergötzte sie mit Geschichten seiner Großtaten in Frankreich, Jugoslawien und Indochina, bis sie das Mahl beendet hatten und die Flasche Burgunder, die er dazu bestellt hatte, leer war. Er machte gelegentliche Verbesserungen. »Das Lächeln ist ein bißchen zu ... überschwenglich? Einschmeichelnd? Die Stimme sollte tiefer bleiben. Es ist ganz passabel, aber es könnte besser sein.«

Wenn er ihr kritische Ratschläge gab, um ihre Darstellung zu verbessern, hieß das, daß er einwilligte? Ihr Instinkt warnte sie davor, ihn zu bedrängen. Geh weiter durch den Abend, geh weiter.

Nach dem Essen begann er, sie nach Alaska auszufragen. Sie hatte Landkarten studiert und alles gelesen, was sie auftreiben konnte. Sie hatte eine Karte dabei, die sie auf dem Tisch ausbreitete. Sie hatte auch Broschüren von gebrauchten Flugzeugen. Die Luftwaffe entledigte sich einer größeren Anzahl von Fracht- und Transportmaschinen. Sie nahm sich in acht, ihn nicht um Geld zu bitten. Sie brauchte zwar noch Geld, aber mit einer neuen Identität konnte sie sich vielleicht etwas leihen. Mit den falschen Personalien, der Entlassung in allen Ehren, den Flugzeugnissen, der ganzen Ausstaffierung einer fremden männlichen Identität, die nur er ihr geben konnte.

»Stell dir meinen armen kleinen Freund vor, irrt da draußen durch den Nebel. Ich denke, er hat sich von dir ins Bockshorn jagen lassen. Lustig, nicht? Aber wir wollen ihm keinen Grund zur Eifersucht geben. Das wäre zu elegisch. Bist du enttäuscht?«

»Natürlich«, log sie fest, »aber das wird es auch mir zu Hause leichter machen. Flo war sehr eifersüchtig.«

»Ich muß sie irgendwann mal kennenlernen«, sagte er lustlos und sah mit einer Grimasse auf die Uhr. »Findest du nicht, daß er was von Jeff hat? Die Geschmeidigkeit, die flinke Anmut. Ist dir aufgefallen, wie er sich bewegt?«

Bernice fabrizierte ein bestätigendes Geräusch, vermochte sich aber keinerlei Ähnlichkeit in den Sinn zu rufen.

»Er ist auch Künstler. Schreibt Gedichte in Französisch und Vietnamesisch. Alle Gebildeten haben diesen Firnis französischer Kultur.« Er sah wieder auf die Uhr. »Ich habe dem Bürschchen gesagt, in zwei Stunden wieder dazusein, und jetzt sind es fast drei. Das gefällt mir nicht. Mammi muß den Po versohlen. Wohin kann er sich in einer unbekannten Stadt, in einem fremden Land davonmachen? Ich muß Geduld mit ihm haben. Das asiatische Gemüt weiß nichts von Uhrzeit.«

Als sie ging, starrte er wütend auf sein Handgelenk, spähte ihr hinterher zum Fahrstuhl.

Es war auf den Tag genau einen Monat später, als per Einschreiben ein Päckchen von Overseas Enterprises Unlimited ankam. Darin war alles, was sie brauchte, um als Harry Edward Munster aufzutreten, aus Boston gebürtig, dann bei der Heeresluftwaffe, während des Krieges OSS zugeteilt und ehrenvoll als Hauptmann entlassen mit Qualifikation für Flugzeuge bis zu vier Motoren. Es lag kein persönlicher Brief bei, aber ein Empfehlungsschreiben von Oberst Zachary Barrington Taylor, der sein vorgesetzter Offizier gewesen war und an seiner neuen Firmenanschrift im Rockefeller Center jederzeit zu detaillierteren Auskünften zur Verfügung stand.

Bernice hielt das Päckchen und lächelte in den Spiegel, während sie die Perücke abnahm, die sie zur Arbeit getragen hatte. Es könnte klappen. Wenn alles gut ging. Es war ein Abenteuer, es zusammen zu versuchen, zumindest für ein paar Jahre. Sie konnte Harry in der Wildnis von Alaska jederzeit mit einem Unfall beseitigen. Welche andere Möglichkeit blieb ihnen? Welche andere Wahl?

Louise 12

Das zweite Geschenk

In den drei Monaten, seit sie von Oscar zu dem Drachenschatz im Berg gebracht worden war, hatte sie sich dreimal recht förmlich mit ihm getroffen. Sie verabredeten sich, um einen Tag im Grünen zu wandern oder eine Fahrt im Jeep zu machen, und aßen in jedem Landgasthof, der noch bewirtschaftet wurde. Sie waren kein Liebespaar, aber erstaunlicherweise waren sie wieder Freunde. In ihren Gedanken zeichnete sich das als die Gestalt ihrer Beziehung ab, vielleicht, bis er oder sie starb.

Sie war im überfluteten Holland gewesen, in Dänemark, wo sie über den beachtlichen Widerstand der Dänen und ihre bemerkenswerten Erfolge beim Schutz der Juden berichtet hatte, in Norwegen, um die verbrannten nördlichen Gebiete in Augenschein zu nehmen, in Paris, um für *Collier's* über das zu berichten, was als Wiedergeburt der französischen *haute couture* beschrieben wurde, und wieder und wieder in den Lagern der DPs, der Displaced Persons.

Dank ihrer Reportagen und der von anderen traf im Juli ein Untersuchungsausschuß über die Behandlung von Lagerinsassen und Verschleppten ein. Sie berichtete dem Harrison-Ausschuß von Ereignissen, die sie selber mitangesehen hatte, darunter auch Pattons Einsatz deutscher Polizei und amerikanischer Militärpolizei, um Juden, die die Lager überlebt hatten und nun in München waren, zusammenzutreiben, zusammenzuschlagen und in geschlossene Güterwagen zum Transport nach Polen zu pferchen, von wo Gerüchte über ihre Ermordung kamen. Dadurch hatte sie sich als Korrespondentin unliebsam gemacht. Das Schicksal der DPs in den Lagern, die von Hungerrationen an Suppe, Brot, Kaffee und Trockennahrung lebten, hinter Stacheldraht und Wachtürmen, war das Thema, das ihr am dringendsten am Herzen lag; es war auch das Thema, an dem die Zeitschriften am wenigsten interessiert waren. Die Aufträge lichteten sich.

Sie war wieder nach Bergen-Belsen gefahren und besuchte die Gemeinde, die die Juden dort mit improvisierten Schulen und Werkstätten gegründet hatten. Ihr Eindruck von diesen Menschen trieb sie hin, Menschen, die ihrer Heimstatt, ihrer Besitztümer, ihrer Arbeit, ihrer Familie, ihrer Freunde, ihrer Gemeinde, ihres Heimatlandes beraubt worden waren, alle und alles, was sie geliebt hatten, alle persönlichen Bindungen zerstört, ermordet, verschwunden. Wieviel Verlust konnte ein Mensch ertragen? Diese Menschen waren das Maß dafür.

Sie hatte gerade einen Jungen von fünfzehn Jahren befragt, der verzweifelt nach Überlebenden seiner Familie suchte, als sie von Krämpfen gepackt wurde, bis sie sich vor Schmerzen krümmte. Sie hatte von verunreinigtem Wasser die Ruhr. Außerdem sagte ihr der Arzt, daß sie an völliger Entkräftung litt, und verordnete ihr vier Wochen Bettruhe. Sie nahm das leicht, aber Oscar, der am vierten Tag erschien, nicht.

Entweder war ihr Bazillus von der hartnäckigen Sorte, oder ihre Widerstandskraft war zerrüttet von mehr als einem Jahr Leben aus dem Tornister, ohne frische Nahrungsmittel, nur ab und an eine Mütze Schlaf auf der Erde, in Scheunen, in leeren Munitionswagen, in tropfenden Zelten, in zerbombten Hotels, in denen die Wasserleitungen den Weg der Dinosaurier gegangen waren. Sie war aufgestanden, saß am Fenster ihres Krankenhauszimmers und dachte bei sich, daß ihr Körper ihr etwas mitteilte, vielleicht, daß sie zweiundvierzig Jahre alt war und nicht einundzwanzig und kein unerschöpfliches Kraftreservoir mehr besaß. Plötzlich verlangte ihr Körper Tribut für die Anstrengungen, die sie ihm zugemutet hatte. Dann spazierte Oscar mit einem Rosenstrauß herein.

»Ich bin im wesentlichen fertig«, sagte er. »OSS wird aufgelöst. R&A geht ans Außenministerium, aber nicht mit mir an Bord. Ich breche am achtundzwanzigsten nach New York auf. *Collier's* hat dich auf einen Flug vier Tage später gebucht, über Lissabon. Wirst du fliegen?«

Sie nickte. »Wenn sie mich rauslassen. Ich hasse Krankenhäuser.«

»Der Krieg ist aus. Es müßte heute bekanntgegeben werden. Wir haben schon eine Radioansprache von Kaiser Hirohito an das japanische Volk aufgefangen, in der er seine Kapitulation verkündet hat. Es ist vollbracht, Louise.«

Sie stand taumelnd auf und starrte zum Fenster hinaus. Im Hof machte ein Jeep eine rasante Kehrtwendung. Der Tag sah lehmfarben und staubig aus. »Ist es wirklich aus? Haben diese Atombomben das geschafft?«

»Vielleicht haben sie der Friedenspartei im japanischen Kabinett mehr Einfluß verschafft. Ihr Knackpunkt war der Kaiser, und während wir bisher auf bedingungsloser Kapitulation auf der ganzen Linie bestanden haben, scheint es nun, daß wir ihnen ihren göttlichen Kaiser lassen werden. Es ist nicht klar, ob wir mit diesen Bomben nur die Japaner treffen wollten, oder ob sie eigentlich zum Ziel hatten, die Sowjets zu beeindrucken.« Er stützte sie. »Sie werden dich morgen aus dem Krankenhaus entlassen. Aber nur, wenn du brav bist.«

»Was soll das heißen?«

»Wenn ich einen früheren Flug für dich bekommen hätte, ich hätte ihn genommen. Es ist Zeit, nach Hause zu fahren. Du siehst übrigens aus wie der wandelnde Tod.«

Louise seufzte. »Ich hasse den Gedanken, hier untätig herumzulungern. Wenn ich schon arbeitslos bin, dann lieber zu Hause.« Sie konnte hier nichts mehr für die Lageropfer tun; politischer Druck mußte daheim in den Staaten ausgeübt werden.

»Ich habe ein Plätzchen, wo wir hinkönnen. Friedlich. Keine Ruinen. Jedenfalls keine zeitgenössischen. Keine Lager. Stille. Wir können es für zwei Wochen haben, ab morgen. Es ist in Devon. Bist du je dort gewesen?«

Sie schüttelte den Kopf und sank auf ihren Stuhl. »Ich glaube, der Bazillus ist so hartnäckig, weil es nicht nur ein Bazillus ist. Die Wirklichkeit hat mich krank gemacht, keine Mikrobe.«

»Fährst du mit mir nach Devon? Hier sind wir beide fertig.«

»Es kommt mir dekadent und lieblos vor, Ferien zu machen.«

»Betrachte es als zur Rekonvaleszenz gehörig. Du kannst auch im Krankenhaus bleiben, wenn dir Trostlosigkeit besser zu Gesichte steht. Es wird nicht luxuriös sein. Es ist nur ein Häuschen auf einem großen Anwesen, das wir benutzt haben.«

Eine Entscheidung mutete zu schwierig an. Es war einfacher, sich zu fügen.

»Es ist ein wenig rustikaler, als ich dachte«, sagte Oscar reumütig, als er sich in dem Häuschen umsah. Im großen Haus, wo er zuvor gewohnt hatte, verpackte eine Archivabteilung von R&A den Krieg für den Transport nach Washington. Bis Ende August mußte OSS das Haus geräumt haben, damit die Eigentümer wieder einziehen konnten. Das Häuschen aus Stein unter einem Strohdach war pittoresk, wie er es ihr beschrieben hatte, besaß aber nur eine Torffeuerstelle für kalte Abende und zum Heißmachen von Wasch- und Geschirrspülwasser. Die Küche hatte eine weitere Feuerstelle, einen Gasherd, zum Glück noch mit Gas in der Preßflasche. Beim Anzünden gab er einen zischenden Knall von sich. Es gab nur ein Bett, eine Feststellung, die sie für einen Augenblick Verdacht schöpfen ließ, bis sie sah, wie zerknirscht er war.

»Es ist schön, Oscar. Sei froh, daß es nicht noch authentischer ist. Hast du je die Zahlen gesehen, wie selten im ländlichen England fließendes Wasser ist? Außerdem bin ich die Kranke. In diesem Urlaub bist du die Köchin und Haushälterin, einverstanden?«

»Du wirst staunen, wie ich gelernt habe, für mich selber zu sorgen.«

»Abra hat nicht für dich gesorgt?«

»Abra hat überhaupt nicht für mich gesorgt. Sie ist keine *berje*, Louie, aber das war pädagogisch wertvoll. Ich habe neue Fertigkeiten. Ich kann kochen, ich kann putzen, ich kann meine Hemden bügeln, obwohl ich gestehen muß, daß ich mich nach New Yorks Wäschereien sehne.«

»Du kannst kochen, du kannst putzen, und ich habe keine Haushälterin mehr. Vielleicht sollte ich dich heiraten?«

»So stelle ich mir das vor«, sagte er. »Falls wir beide ein Gutes miteinander zustande bringen. Jetzt reite ich zum Einkaufen auf diesem altertümlichen Fahrrad in die Stadt. Wirst du zurechtkommen?«

»Prima.« Und das tat sie, eingemummelt in einen Quilt sah sie die Nachmittagsnebel über das lavendelblaue und kastanienbraune Moor kriechen. Oscar hatte mehrere Bücher aus der Bibliothek des großen Hauses entliehen, und sie hatte Joyce Carys amüsanten neuen Roman *Des Pudels Kern* auf dem Schoß. Ein gut Teil der Zeit beobachtete sie einfach, wie der Nebel sich auf das Häuschen zustahl, das am Rande des herrschaftlichen Parks stand, nur durch eine niedrige Mauer von den lockenden weiten baumlosen Fluren getrennt. Drinnen errichtete Louise wieder ihr Gefühl für sich selbst.

Schmant von süßer Sahne schien die Medizin zu sein, die ihre Ruhr brauchte, um sich zu beruhigen. Die Lebensmittel hier waren reichhaltiger als alles, was sie seit dem Aufbruch in die Normandie bekommen hatte, es gab geräucherte Forellen, Lachse und Dover-Seezungen. Die Fischerboote fuhren regelmäßig aus, und von den Bauern kauften sie grüne Bohnen, Stachelbeeren und Pflaumen. An ihrem dritten Abend aßen sie in der Stadt Lammbraten. Ihre Kraft sickerte zurück. Jeden Tag gingen sie weiter hinaus in die Heide.

Je kräftiger sie wurde, desto weiter wanderten sie von Steinring zu Menhir zu Steinreihe zu Steinkreis hinauf auf einen Steinhaufen auf einer Hügelkuppe mit Aussicht auf weitere Steinringe, Menhire, Steinkreise und Steinhaufen. Zum Glück hatte Oscar eine gute Karte. Landkarten, erklärte er, waren in England seit der Invasionsdrohung von 1940 nicht mehr verkauft worden und erst seit kurzem wieder erlaubt. Sie hatten im großen Haus jedoch immer Karten gehabt, um abenteuerlustiges OSS-Personal davor zu bewahren, in den Morast zu geraten. Jeden Morgen, an dem es nicht goß, machten sie sich auf den Weg zu einem Dolmen, einem Steinhaufen, einem bestimmten Steinkreis. Die halbwilden Ponys begannen sie zu erkennen und liefen nur ein Stück weit fort.

Er sah gut aus und kräftig von der vielen Bewegung, dem frischen Essen, aber sie wußte, daß er nicht gut schlief in seinem Schlafsack auf dem Fußboden des Hauptraumes. Sie schlief oben in dem Dachgeschoßzimmer mit Blick auf das Moor. Unten waren die Küche und der Wohnraum und eine Toilette. Sie badeten in einem Waschzuber in der Küche. Louise dachte, daß im ganzen Oscar das wohl ein primitiveres Kampieren fand als sie nach ihren Monaten bei der Armee. Für sie war es ein willkommenes Mittelding zwischen totaler Entbehrung und totalem Komfort.

Briefe aus New York kamen für ihn über OSS/London. »Ich werde sehnlich in Columbia zurückerwartet. Ich habe drei Seminare und ein Oberseminar. Ich weiß nicht, wie ich das schaffen soll – muß mich durchmogeln mit meinen alten Aufzeichnungen irgendwo in einer Kiste. Sie sagen, sie rechnen damit, daß viele Veteranen sich einschreiben werden. Das dürfte interessant werden, meinst du nicht auch? Eine andere Art Studentenschaft. Nicht so naiv. Meine Verleger wollen, daß ich mein Buch über die Weimarer Republik und die Wurzeln des

Faschismus auf Vordermann bringe, auf den neuesten Stand. Damit habe ich den ganzen Winter zu tun und bin von der Straße.«

»Ich weiß nicht, was ich machen möchte. Ich sehe für mich als Korrespondentin keine großen Entfaltungsmöglichkeiten mehr.«

Er schrieb Antwortbriefe und ging in die Stadt, um sie abzuschicken. Da die Sonne strahlte, zog sie sich einen Stuhl vors Haus. Halb döste sie, halb sann sie nach in dem verwilderten Garten. Kleine, wuschelige, lavendelfarbene Gänseblümchen lugten in eifrigen Grüppchen aus der verfilzten Unkrautmatte und lockten Bienen an. Etwas duftete süß, aber sie konnte nicht ausmachen, was. Sie hatte nie einen Garten gehabt, und so hatte sie die Namen der Pflanzen nie gelernt. Zu Hause hatte sie Nachschlagewerke mit Abbildungen von Gartenblumen. Wenn sie für eine ihrer Geschichten genau sein mußte, schlug sie einen passenden Namen nach, um ihn fünf Minuten später zu vergessen.

Wiederbegegnungsgeschichten waren bestimmt groß im Kommen. Der Mann ist im Krieg gewesen, aber die Trennung hatte schon vorher stattgefunden, vielleicht in dem Jahr, als der Krieg ausbrach. Waren sie geschieden? Nein, zu gewagt. Eine geplatzte Verlobung war sicherer. Sie trennen sich aus beiderseitiger selbstsüchtiger Unreife. In dieser Geschichte muß sie ihm die Treue gebrochen haben (aus Stolz? aus Unreife?), und er ebenso ihr. Ist er verstümmelt, kriegsversehrt, wie Rochester? Nein, der hier nicht.

Sie spürte ihn hinter sich stehen. Er war aus der Stadt zurück, und in ihrer Geschichtentrance hatte sie ihn nicht gehört. Sie sprach, ohne sich umzudrehen, ihre Augen folgten einem Raben, der über den weiten Abhang flog. »Liebling, ob es wohl im großen Haus ein Farbband für meine Schreibmaschine gibt? Meines ist so abgenutzt, daß es kaum noch zu gebrauchen ist.«

»Ich werde fragen. Willst du von hier aus eine Reportage durchgeben?«

»Keine Reportage. Ich hatte meine erste Romanidee seit über einem Jahr. Ich dachte schon, daß mein Kopf aufgehört hat, so zu arbeiten. Daß ich meine Ader für die Kitschgeschichten verloren habe, die gute Dollars bringen.

»Vielleicht inspiriere ich dich.« Er schlenderte umher und blieb mit dem Rücken an der niedrigen Mauer stehen, an der der verkrautete Garten endete und das Moor begann. »Zu Kitschgeschichten, wenn schon zu nichts sonst. Weißt du, wie du mich eben genannt hast?«

»Dich genannt?«

»'Liebling' hast du gesagt.«

»Ist wahr?«

»Gerade unsere unabsichtlichen Äußerungen deuten laut Freud auf unsere wahren Wünsche hin.«

Sie lachte und verschränkte die Hände hinter dem Kopf. »Hältst du meinen wahren Wunsch für einen allgemeinen oder einen speziellen?«

»Louie, inzwischen weißt nur du, ob du mich willst oder deinen jungen Mann von der Marine. Wenn du mich willst, ich bin dein. Ich kann meine Gewohnheiten ändern. Ich bin älter, Gott weiß es. Ich kann versuchen, weiser zu sein.«

Ach, armer Daniel, dachte sie, das ist ein ungleicher Kampf. Mein Leben ist mein Leben, aus einem Stück. »Ich bin hier bei dir, nicht bei ihm. Oder nicht?«

»Teils, teils.« Er stieß sich von der Mauer ab und streckte sich. Die Sonne betupfte seine dunklen Locken mit Kupfer. Als er auf sie zu kam, hatten seine Augen jenen heißen, geschmolzenen Ausdruck, den sie nur allzu gut kannte, oh, wie sie ihn kannte, tief in ihrem Körper kannte sie ihn.

Sie seufzte laut. »Fängt alles wieder an?«

»Leben? Ja, das fängt wieder an. Lieben? Laß dir zeigen, wie das sein kann. Bitte, komm zu mir.« Er legte ihr behutsam die Hände auf die Schultern und dann unter die Achseln, um sie hochzuziehen. Unter der Berührung seiner Hände schmerzten ihre Brüste, als füllten sie sich plötzlich mit Milch. Ihr Körper verriet sie, ihr Körper lieferte sie ihm aus. Ach, Unsinn, schalt sie sich und ließ sich vom Stuhl hochziehen. Warum sonst bin ich denn hergekommen? Doch für dies, um in dies zu heilen. Sie legte den Kopf in den Nacken, und er küßte sie. Honig im Bauch, Honig in den Adern, Honig im Schoß. Eines Tages, dachte sie, werde ich über Sex schreiben, wie er für Frauen wirklich ist, nicht für die Zeitschriften, aber vielleicht wird ein Verleger das anpacken. Wie alles sich zugleich verdichtet und belebt.

Dies beschreiben, dachte sie, als sie nackt und verschlungen im Bett lagen, die Münder vereinigt, die Hüften in drängender Bewegung, wie es im besten Falle unmöglich zu sagen ist, wo ein Körper anfängt und wo der andere beginnt. Animalische Magie. Eine zu Fleisch gewordene Entscheidung.

»Ich werde dich nicht wieder verlassen, bestimmt nicht! Das war das Dümmste, was ich je in meinem Leben getan habe. Ich war nichts als eine Nille. Ich hatte die Haltung, alles, was mir angeboten wurde, das mußte ich probieren.«

Er würde ihr treuer sein, als er es gewesen war, er würde überwiegend treu sein. Er würde sich Mühe geben, dachte sie, und vielleicht würde es ihm gelingen. Sie beide allein zusammen, das hatte es seit zwanzig Jahren nicht mehr gegeben und versprach ein Abenteuer für sich zu werden.

Nachdem sie sich geliebt hatten, holte Louise eine Flasche vom hiesigen durchgegorenen Apfelwein, und sie tranken sie im Bett, eingemummelt in den Quilt. »Politisch wird es interessant werden«, sagte Oscar. »Wir sind anscheinend mit dem Gefühl der Unbesiegbarkeit aus dem Krieg hervorgegangen. Bereit, die Bürde des weißen Mannes mit Feuereifer auf uns zu nehmen. Aber unter den farbigen Bevölkerungen daheim und sonstwo hat sich einiges getan, eine neue Militanz, die auch weiterhin Veränderungen fordern könnte.«

»Ich habe einen Panzerverband besucht, eine reine Negereinheit. Sie hatten phantastische Auszeichnungen, wenn man bedenkt, daß sie fünfmal soviel tun mußten, um irgendeine Anerkennung zu bekommen. Und sie waren zutiefst zornig darüber, wie sie von der Armee behandelt worden waren. Das kehrt auch alles nach Hause zurück. Aber *Collier's* wollte mich nicht darüber schreiben lassen, behauptete, niemand interessiere sich für ein paar farbige Panzersoldaten.«

In aller Ruhe tauschten sie miteinander aus, was ihnen aufgefallen war und was sie dachten. Plötzlich war es halb sieben, und Louise hatte nagenden Hunger. Sie hatten zwei Stunden lang ohne Pause geredet. Das rührte sie mehr als die Vereinigung ihrer Körper. Sie hatte das Gefühl von Wurzeln, die sich tief im Boden aufeinander zutasteten. Sie gesundete zu ihrer gemeinsamen Geschichte, ihr gemeinsames Leben kehrte zurück. Ihr langer Zorn war fast verraucht. Oh ja, im Streit würde er versuchen, als Verbitterung durchzusickern, doch sie nahm sich vor, darauf zu achten. Wunder kamen selten und Wiedergeburt noch viel seltener, und für unzählige und unzählbare und nie zu zählende Frauen wie sie, Frauen ihres Alters, ihres Typs, war der Tod von einem Maschinengewehr gekommen, von Schlägen mit einem Gewehrkolben, von Giftgas, von Giftspritzen, von Unterernährung und Fleckfieber und Mißhandlungen, von all den abscheulichen Todesarten, die abartige Köpfe in einem brutalen und erbarmungslosen System ersonnen hatten. Sie waren an mangelnder gegenseitiger Achtung und gegenseitiger Liebe gestorben. Sie schrien ihr zu: Nimm ihn zurück, und geht und lebt in Frieden als Mann und Frau und als Juden. Geh und mach wieder ein Heim und sage Dank. Leben ist das erste Geschenk, Liebe das zweite, und einander verstehen das dritte.

Nachdem sie die erste Nacht zusammen in dem einzigen Bett verbracht hatten, wachte Oscar in der Morgendämmerung auf, ganz verstört. »Ich war Armeesoldat. Wir verfolgten die Nazis bis nach Bayern. Wir redeten immer wieder über den Werwolf, die Untergrundbewegung, die Himmler organisiert, aber nie fertig aufgebaut hat.« Er schüttelte sich und rieb sich die Augen. »Wie du wahrscheinlich erraten hast, war ich in Deutschland bei der Spionageabwehr und habe Nazizellen aufgestöbert. Das tat ich auch in Bayern, als wir uns in dem Jagdhaus trafen. Aber der Traum war völliger Quatsch.«

»Ich verlange von dir nicht, daß du geschmackvoll träumst, Oscar. Erzähle.«

»Der amerikanische Oberst, mit dem ich zusammen war, der war groß und blond und aus dem Mittleren Westen, tapfer und naiv. Wir waren hinter einem SS-Offizier her. Es gab Verfolgungsjagden durch Ruinen. Schließlich hatten wir ihn in die Enge getrieben. Da verwandelte sich der SS-Mann in einen Wolf und sprang durch die Luft, und als seine Zähne sich in die Kehle des amerikanischen Obersten gruben, verschwand er in ihm.

'Wo ist der Nazi geblieben?' fragte ich den Oberst.

'Welcher Nazi?' Der Oberst starrte mich nur an. 'Hier ist kein Nazi.' Das war schon alles.« Oscar setzte sich auf, Schweißperlen standen ihm auf der Stirn. »Alberner Traum. Wie fühlst du dich heute morgen?«

»Kein alberner Traum. Eher geistreich in dem Sinn, wo sind sie wirklich alle hin? Jeder Deutsche war gegen Hitler. Aber er verschawand einfach in dem Amerikaner?«

»Louise, ich war für die Intervention. Wir mußten Deutschland bekämpfen. Es gab keine Wahl. Es wäre besser gewesen, es in Spanien zu tun als in Nordafrika, und besser 1937 als 1942, aber wir mußten es tun. Doch ich habe Angst vor dem, was der Krieg uns angetan hat. Ich habe Angst vor dem, was ich langsam als die Kehrseite dessen erkenne, was wir Fortschritt und Zivilisation nennen.«

»Wir haben beide unsere Gewißheiten verloren. An deren Stelle gähnen klaffende Löcher.« Sie berührte seine Wange, auf der über Nacht die kräftigen dunklen Haare gewachsen waren, hier und da glitzerte ein weißes. Wir werden alt werden, dachte sie und war seltsam getröstet. »Um deine Frage zu beantworten, es geht mir gut. Von dem, was mir körperlich fehlt, erhole ich mich, ich erlange mein Wohlbefinden wieder. Und wir haben begonnen, etwas ebenso Kostbares wie die Gesundheit wiederzuerlangen.«

»Unsere Liebe?«

»Die auch. Ich dachte an Verständigung.«

Ruthie 11

Die Ernte

Im Juli erhielt Ruthie bei Briggs ihre Kündigung. Zu dem Zeitpunkt waren die meisten Frauen längst entlassen, Rena als erste. Seit Vivian gehen mußte, war es für Ruthie immer schwieriger geworden, zu dem weit im Osten gelegenen Werk zu gelangen, deshalb war sie nicht traurig. Vivian und Rena versuchten, anderswo als Schweißerinnen und Nieterinnen unterzukommen.

Nicht nur, daß die Frauen massenweise entlassen wurden, nein, auch die Tätigkeitsmerkmale offener Stellen wurden so geändert, daß sie das Heben schwerer Lasten beinhalteten und damit die Frauen aus den Fabriken ausschlossen. In einem Flint-Pkw-Werk wurden unter Verletzung des Dienstalters alle Frauen zur Nachtschicht versetzt, und die Gewerkschaft der Automobilarbeiter, die ihre Mitglieder weiterhin als Herren oder Brüder ansprach, weigerte sich, für die Rechte ihrer weiblichen Mitglieder einzutreten. Die Autoindustrie stellte wieder auf Friedensproduktion um, auf die Fabrikation von Personen- und Lastwagen. Auf dem Arbeitsamt wurde den Frauen gesagt, daß ihnen die

Arbeitslosenunterstützung gestrichen werden konnte, falls sie sich als Schweißerinnen oder Nieterinnen bewarben, da sie damit ihre Verwendungsfähigkeit auf unlautere Weise einengten. Das Arbeitsamt wies Vivian nur sogenannte Frauenarbeiten nach und wollte Rena zwingen, Dienstmädchen oder Putzfrau zu werden.

Ruthie erhielt Arbeitslosenunterstützung, während sie sich um eine Stelle in der Sozialarbeit bemühte. Sie war überrascht, wie viele Organisationen nur ungern eine Frau einstellten außer als Sekretärin. Früher einmal wäre sie glücklich gewesen, als Sekretärin arbeiten zu können, aber jetzt nicht mehr. Sie sah sich weiter um. Sie schnitt gut ab in der Prüfung für den öffentlichen Dienst. Detroit wurde von einer Kinderlähmungsepidemie geschüttelt. Sogar an den heißesten Tagen hatten die Mütter Angst, ihre Kinder in den Schwimmbädern oder im Fluß baden zu lassen. Alle glaubten, so wurde die Kinderlähmung übertragen.

Die Benzinknappheit hatte sich ein wenig gegeben, so daß Morris sein aufgeblocktes Auto hervorholen konnte. Leib arbeitete mit ihm daran, bis sie es wieder in Gang hatten. Sie vereinbarten, es miteinander zu teilen, da Leib so viel Zeit darauf verwandt hatte, nach Ersatzteilen herumzurennen. Leib bot an, Naomi Fahrunterricht zu geben, prompt lud Ruthie sich auch dazu ein, um ebenfalls fahren zu lernen und um ein Auge auf Leib zu haben. Trudi konnte fahren, aber ihr Bauch paßte nicht mehr hinters Lenkrad.

Ruthie stellte überrascht fest, daß ihr das Fahren Spaß machte, und Anfang August erhielt sie ihren Führerschein, wie Naomi auch. An einem sonnigen Augustsonntag fuhren sie aufs Land und wechselten sich am Steuer ab. Sie nahmen die neue Schnellstraße nach Willow Run. Sie fanden eine Geisterstadt vor, die Schlafsäle waren verlassen, die armseligen kleinen Häuschen standen leer. Sie fragte sich, ob sie wohl mit Murray an einem solchen Ort leben mußte, falls er sie nach seiner Heimkehr immer noch wollte.

»Wirst du ihn heiraten, wenn er nach Hause kommt?« fragte Naomi, als könnte sie ihre Gedanken lesen.

»Wie soll ich wissen, was geschehen wird? Was er wollen wird? Wir haben uns seit drei Jahren nicht zu Gesicht bekommen!«

»Aber wenn du ihn heiratest, werde ich dich kaum noch sehen.«

»Wieso wirst du mich nicht sehen, es sei denn, du wirst blind? Und verheirate mich nicht, bevor es soweit ist. Der Krieg ist noch nicht aus. *Kejn ajnore*, also laß uns nicht von seiner Heimkehr reden.«

Ruthie hielt an einem kleinen See, wo Farbige angelten, eine Frau und zwei Männer, auf einer kleinen Decke im Gras lag ein Baby. »Schon was gefangen?« rief sie.

Die Frau antwortete ihr, ein wenig zurückhaltend, aber weder feindselig noch freundlich. »Ein paar Katzenwelse. Kein Fisch für Weiße.«

Ruthie ließ das Auto stehen und ging mit Naomi einen Pfad unter Föhren entlang, die fast bis ans dicht bewachsene Ufer standen, aus dem Wasser ragte blaugrünes Schilf wie festes Gras, in einer Bucht blühten Seerosen, dann kam ein Strand, die Wellen nippten an einem Halbmond aus kiesigem Sand.

»Könnte ich doch bloß das ganze Tagebuch lesen«, sagte Naomi. »Es ist alles, was mir geblieben ist. Von ihnen allen.«

»Ich weiß, wie du daran gearbeitet hast, den Code zu knacken. Ich habe die ganzen Listen gesehen.«

»Ich schaffe es nicht. Ich habe nur ein oder zwei Wörter herausbekommen. Manchmal werde ich wütend auf sie, sauer, weil ich es nur bis zu dem Punkt lesen kann, wo sie Paris verlassen und nach Toulouse runterfahren und wo sie anfängt, die Kinder über die Berge zu bringen. Dann wird es reiner Unsinn, Seite um Seite nichts als Blödsinn, wo die eine Hälfte der Wörter Sinn ergibt und die andere Hälfte nur reingestopft ist, wie: Ich sah Daniela Stuhl das rote Buch außerhalb der Stadt.«

»Warum hat sie das gemacht?«

»Sie hatte Angst, gefaßt zu werden, dann hätten nämlich die Nazis ihr Tagebuch gelesen und zu viel erfahren.«

»Du hörst dich an, als ob du dich ihr sehr nahe fühlst.«

»Wie kann ich mich einer Toten nahe fühlen? Alle in meiner Familie sind tot. Warum haben sie mich gezwungen, zu leben, wenn sie alle sterben mußten?«

»Sie konnten nur eine retten. Warum nicht dich? Du bist sehr kostbar.«

»Früher hat sie uns gehaßt – die Zwillinge. Dann im Untergrund wurde sie ganz rührselig und nannte uns sogar bei unseren jüdischen Namen, Naomi, Rivka. Sie hat vergessen, wie wir wirklich waren – Bälger.«

Ruthie umarmte ihre Kusine, die steif dastand und wegsah: ihre Kusine, die zehn Zentimeter größer war als sie und plötzlich, erschrekkenderweise, körperlich mindestens ebensoweit entwickelt wie sie. »Du bist etwas ganz Besonderes, eine liebenswerte und gute und intelligente junge Frau, Naomi. Deine Eltern wären stolz auf dich, deine Mutter, dein Vater, auch deine Schwester.«

»Ha!« Naomi entzog sich störrisch. »Sie würden mich hassen!« Sie ging rasch zum Auto zurück. »Ich möchte jetzt fahren. Ich bin dran.«

Am 14. August kam Morris um elf Uhr vormittags aus der Fabrik nach Hause, denn das Werk hatte geschlossen, um das Ende des Krieges zu feiern. Rose war im Hof und schrubbte mit Waschbrett und Bürste die Wäsche. Seine Arbeitssachen kochten in Seifenlauge auf dem Herd. Sie riß sich die durchnäßte Schürze ab, obwohl ihr ausgeblichenes Baumwollkleid über ihrem fülligen Bauch ebenso naß war. Ruthie warf die Stellenanzeigen hin, um ihnen auf die Straße nachzueilen. Ein Auto fuhr hupend mit offenen Fenstern vorbei, und junge Männer lehnten sich heraus: »Der Krieg ist aus! Der Krieg ist aus!« Tatatataaa ging die Hupe.

Sandy Rosenthal kam die Stufen des vorderen Hauses heruntergelaufen. »Ist das wahr? Stimmt es diesmal?«

Alle liefen auf der Straße herum. Ruthie hatte das Gefühl, gleich auseinanderzufliegen. Leute beugten sich aus ihren Fenstern und riefen einander zu. Von der Straßenecke kam das Geräusch einer Trommel. Eine bunte Parade von Kindern aus der Nachbarschaft marschierte auf dem Bürgersteig und dann auf der Straße, Bollerwagen, Fahrräder, Dreiräder, ein Roller, zwei Hunde, einer mit einem Fähnchen am Halsband, ein mit Flaggen geschmückter Kinderwagen. Im Kinderwagen stak eine protestierende Katze in einem Babykleidchen. Die Kinder tuteten auf Tröten, wummerten auf Topf- und Mülltonnendeckeln.

Alles küßte und umarmte sich. Die Glocken der polnischen katholischen Kirche und der nahegelegenen afrikanischen Methodistenkirche läuteten. Eine Sirene begann zu heulen, und aus den Hauptstraßen erscholl ein immer lauteres Katzenkonzert der Autohupen. Detroit bereitete sich vom einen Ende bis zum anderen auf ein Fest vor. Alles, was stehen konnte, machte sich bereit für einen Tag auf den Straßen.

Ruthie umarmte Sharon. Dann rannte sie zu Fennimans Bäckerei, um Naomi zu holen. Sie wollte singen und tanzen, sie wollte mit allen anderen durch die Straßen laufen. Das Ende des Sterbens, das Ende des Tötens, war das nicht ein wahrer Feiertag unter der Sonne? Eine neue Welt, die Vereinten Nationen, von denen Morris immer sprach. Freiheit von Not, Freiheit von Furcht, Freiheit von Verfolgung.

Gleich nach dem Labor Day fand Ruthie Anstellung bei der 'Hilfe für bedürftige Kinder', die eine stark anwachsende Zahl von Sorgenfällen verzeichnete, weil Frauen weiterhin in die Arbeitslosigkeit oder in schlecht bezahlte Tätigkeiten gedrängt wurden. Sie sollte gleich am folgenden Montag anfangen, und das tat sie auch. Murray schrieb, seine Karten stünden gut und er müßte eigentlich unter den ersten Marinesoldaten sein, die heimkehrten. Dann traf in der letzten Septemberwoche ein Telegramm aus San Francisco ein. Er kam mit dem Zug um 19 Uhr 54 am Donnerstag abend, und sie sollte ihn zusammen mit seinen Eltern abholen.

Ruthie grauste es davor, Murrays Eltern anzurufen. Keiner ihrer anfänglichen Wunschträume, daß sie sie als ihre zukünftige Schwiegertochter behandeln würden, war in Erfüllung gegangen. Sie wartete einen Tag, um sicherzugehen, daß er ihnen auch telegraphiert hatte, aber kein Anruf kam. Sie mußte anrufen.

»Die wissen nicht, wie man sich benimmt«, verkündete Rose und verschränkte die Arme vor der Brust. Sie schüttelte den Kopf. »Deutsche Juden sind mehr Deutsche als Juden, sogar nach diesem Krieg, das sage ich dir. Die werden mit Linealen im Hintern geboren.«

Ruthie nahm den Hörer ab, legte den Höher auf, nahm den Hörer ab, legte den Hörer auf. Sie konnte nicht weiter so feige sein. Sie wählte und betete, daß niemand zu Hause war. Seine Mutter meldete sich, eine Frau, die ihr nie angeboten hatte, sie anders anzureden als mit Mrs. Feldstein. »Hier ist Ruthie.«

»Ruthie?« widerholte Mrs. Feldstein unschlüssig, als kennte sie entweder zu viele Ruthies, um zu wissen, welche, oder überhaupt keine und hatte auch noch nie etwas von einer gehört.

»Ruthie Siegal«, sagte sie trocken. »Murray hat mir ein Telegramm geschickt, ich möchte ihn morgen mit Ihnen zusammen vom Zug abholen.«

»Ach. Wir hatten gedacht, wir würden in solch einem Augenblick in der Familie unter uns sein. Wir hatten nicht vor, daraus einen gesellschaftlichen Anlaß zu machen.«

»Mrs. Feldstein, ob Sie mich nun leiden können oder nicht, Murray hat mich gebeten, dazusein, und ich werde dasein.« Ruthie legte leise, aber bestimmt den Hörer auf. Sie saß da, straff vor Zorn und Demütigung. Ihr Nachkriegsleben ließ sich ja prächtig an. Als erstes hatte sie zur Feier von Murrays Heimkehr seine Mutter verprellt.

Sie wußte nicht einmal, ob sie ihn so schnell sehen wollte. Wer war er überhaupt? Ein Fremder in Uniform, der ein wenig Zeit mit ihr verbracht hatte, als sie beide wesentlich jünger gewesen waren, ein Mann, der sie im Sommer 1942 in einem geparkten Dodge auf Belle Isle verführt hatte. Er hatte ihr Photos von sich geschickt, das letzte in Uniform bei einem kleinen japanischen Teehaus, links und rechts eine Japanerin im Kimono. Sie hatte dieses Bild stirnrunzelnd betrachtet, auf der Rückseite hatte er geschrieben: Ich mit zwei Fremdenführerinnen. Fremdenführerinnen?

Den ganzen nächsten Tag über litt sie an der Kleiderfrage. Ihr blieb nur Zeit, mit der Straßenbahn nach Hause zu fahren, rasch etwas zu essen und sich noch rascher umzuziehen. Die guten Wünsche der Familie klangen ihr in den Ohren, als sie das für den Abend ausgeliehene Auto aus der engen Parklücke manövrierte und vorsichtig zum Bahnhof fuhr, die Hände naß und klamm um das Lenkrad. Sie hatte erwogen, das rosa Kleid von jenem Abend anzuziehen, aber es schien abgetakelt und fehl am Platz. Schließlich wählte sie das kastanienbraune, das sie sich für den Dienst gekauft hatte, von schlichter Eleganz und mit der neuen wadenlangen Rocklänge. Sie fand sich darin nahezu weltstädtisch. Ätsch, sagte sie zu seiner Mutter.

Der Bahnhof war zum Empfang der Truppen fahnenbehangen. Als sie sich durchs Gedränge zwängte, ging die Schranke zu einem Bahnsteig auf, und eine Menschenmenge stürmte zu einem abfahrbereiten Zug. Sie wurde hilflos mitgerissen, und es gelang ihr gerade noch, sich an die offene Schranke zu klammern, bis die Masse vorbeigeflutet war. Sie blieb ramponiert zurück, ihr war übel. Ob Murray seinen Eltern verschwiegen hatte, daß er sie auch zum Bahnhof gebeten hatte? Vielleicht war er sich seiner Gefühle nicht sicher. Hatte er in den Briefen an seine Mutter Zweifel über sie geäußert? Schließlich gelangte sie zum richtigen Bahnsteig, aber der Zug hatte Verspätung, wurde um 20 Uhr 15 erwartet.

Im Gedränge entdeckte sie seine Eltern erst um neun Uhr, als die Schranken schließlich aufgingen und die ersten Reisenden hindurchtröpfelten, ein Gemisch aus Militärs mit Seesäcken über der Schulter, Familien und den üblichen Geschäftsreisenden. Die ersten Freunde und Verwandten erblickten die Erwarteten, kreischten auf und stürzten vor. Dann sah sie seinen Vater, dessen Haar jetzt mehr grau als braun war, und gleich dahinter seine Mutter, die auf der Stelle hüpfte, um einen Blick auf die Ankömmlinge zu erhaschen.

Schließlich sah sie ihn, braungebrannt und gesund, aber mit einem Ausdruck, der für sie kein Murray-Gesicht war, ließ er sich von der Prozession mittragen, benommen, schläfrig, mit glasigen Augen. Er sah attraktiver aus als in ihrer Erinnerung, als sei eine Fettschicht unter der Haut fortgeschmolzen und habe reifere, straffere Linien in seinem Gesicht herausgeschält, aber er sah auch ... weniger lebendig aus? Er mußte völlig erschöpft sein.

Sie starrte ihn immer noch an, als seine Mutter vorstürzte, um ihn zu umarmen, gefolgt von seinem Vater. Seine Eltern sahen neben ihm so bleich aus, so schlaff und aschfarben, sie hätten seine Großeltern sein können. Es war typisch für die mangelnde Verbindung zwischen seinen Eltern und ihr, daß sie zu Thanksgiving, wie ihr jetzt einfiel, nicht einmal auf den Gedanken gekommen war, die beiden zu der Gans einzuladen. Sie schaute immer noch, unfähig oder unwillens, sich zu rühren, als Murrays Blick sie streifte und sofort zu ihr zurückkehrte.

Da trat sie vor, unter den Püffen der Menge, aber bevor sie vier Schritte getan hatte, war er vorgestürzt, um sie an sich zu ziehen. Als er sie küßte, schmeckte er nach Tabak. Es war wie der feste Kuß eines Fremden. Sie merkte, daß sie weinte, und der Rest des Abends spielte sich in kurzen Ausbrüchen verwirrter Bestürzung ab.

Am Freitag arbeitete sie normal, und Murray schlief den ganzen Tag, so daß sie sich erst am nächsten Abend unter vier Augen sahen. Er kam um halb sieben in dem alten Dodge seiner Eltern. Der Anblick ließ böse Ahnungen in ihr aufflattern. Er ging mit ihr chinesisch essen. Das Restaurant, in dem sie früher einmal gewesen waren, gab es immer noch, mit derselben alten Frau an der Kasse, die sie hereinnickte, aber mit einem anderen gertenschlanken Jüngling, der an den Tischen bediente.

Murray schien ständig auf dem Sprung, fast schreckhaft. Sobald sie sich an einen Nischentisch gesetzt hatten, zündete er sich eine Zigarette an.

»Du rauchst jetzt?«

»Hab' ich das früher nicht getan?« Sein Blick war gesenkt, sein Mund zusammengepreßt. Er hatte nichts zu sagen, bis ihre Bestellungen aufgenommen worden waren und schließlich die Wantansuppe kam. »War das nicht dein alter Freund Leib auf der Veranda?«

»Er ist mit Trudi verheiratet und wohnt mit Frau und zwei Kindern oben. Er hat in Italien einen Fuß verloren.«

»Wie kuschelig. Dein alter Freund gleich oben.«

Sie gefror. »Nein, es ist nicht kuschelig. Es ist reichlich unangenehm, aber auf mich wollte niemand hören. Sharon konnte die Wohnung oben von dem Unterhaltsscheck nicht mehr bezahlen, und Arty wollte nicht, daß sie arbeiten geht. Murray, das habe ich dir alles geschrieben.«

»Ich kann mich nicht erinnern.« Er fuhr sich mit der Hand über die Stirn, als ob er stark schwitzte.

»Murray, ich mag Leib nicht. Einmal hat er mich allein im Haus erwischt und sich an mich herangemacht –«

»Ach? Hast du mit ihm gefickt?«

Sie zuckte zusammen von seinem Tonfall und seiner Sprache. »Nein. Warum sollte ich? Oder meinst du, weil ich bei dir nachgegeben habe, bin ich eine Hure?«

»Und was ist passiert?« Er hatte die Angewohnheit, den Kopf zur Seite zu drehen, wenn sie sprach, ausweichend, einschüchternd.

»Nichts ist passiert, außer bösen Worten. Und ich muß mich in meinem eigenen Zuhause die ganze Zeit über vorsehen, damit ich nie mit ihm allein bin. Versteh mich recht, bei sieben Menschen in unserer Wohnung ist das nicht weiter schwierig. Das ganze letzte Jahr über konnte ich kaum zu Hause fürs Studium arbeiten. Jetzt habe ich Angst, er ist hinter Naomi her.«

»Naomi? Das französische Kind?«

»Du hast sie nicht gesehen. Sie ist kein Kind mehr, und sie hört sich auch nicht mehr französisch an, obwohl sie in der Schule immer noch Frenchie gerufen wird.«

»Bei der Arbeit in der Fabrik warst du von Männern umgeben.«

»Bei der Arbeit am Fließband war ich von Krach umgeben. Murray, die meiste Zeit, die du weg warst, habe ich an sechs Tagen in der Woche gearbeitet, daneben ein volles Studium gemacht und mir sonntags meinen Schlaf geholt. Wenn dir nicht danach ist, die Dinge wiederaufzunehmen, dann ist das deine Entscheidung, aber erfinde keine Vorwände. Ich habe gar keine Zeit für einen anderen Mann gehabt, und wenn ich die Zeit gehabt hätte, so wäre ich nicht interessiert gewesen. Was deine Familie auch sagt – und es ist ja nicht so, als hätten sie sich je mit mir getroffen –, ich war dir hundertprozentig treu. Vielleicht redest du von dir selber?«

Er schaute auf und sah ihr in die Augen. »Ich glaube dir. Es ist ein Alptraum, in einer reinen Männerwelt zu leben, wo Frauen nur das sind, was sie zwischen den Beinen haben. Man fängt einfach an, alles mögliche zu glauben. In dir ist etwas, Ruthie, was ich schon fast vergessen hatte: ein Mittelpunkt. Alles andere wirbelt darum herum, aber da ist er, etwas, worauf ich mich stützen kann.«

Er begann, zwanghaft von Jack zu reden, der zu seiner Frau heimgekehrt war, und von einem gewissen Schlomo. Er versuchte nicht, sie zu überreden, mit ihm zu schlafen, sondern fuhr sie nach Hause, als das Restaurant zumachte, und ließ ein riesiges Trinkgeld da, weil sie den Tisch so lange blockiert hatten. Er erzählte ihr, daß er auf dem linken Ohr schwer hörte und deshalb immer den Kopf zur Seite wandte.

Am nächsten Tag brachte er ihr Geschenke: ein zarter blaßgrüner Kimono mit Chysanthemenblüten, ein schwererer seidener in dunkelbraun, ein Sakeservice, zwei Fächer, Lackarbeiten, eine Servierschüssel mit aufgeprägten Kranichen. Dann bat er sie, einen Picknickimbiß einzupacken, und fuhr mit ihr ins Grüne. Er hatte eine Decke dabei, die er in den Wald mitnahm. Als sie das sah, wußte sie, daß er mit ihr schlafen würde. Sie hatte Angst. Sie wußte kaum, was sie empfand, denn der stille Raum in ihrem Kopf kam ihr so überfüllt vor, wie der Bahnhof gewesen war. Sie wußte nicht, ob sie Liebe empfand oder Furcht.

Das erste Mal war so schmerzhaft, wie das allererste Mal gewesen war, aber am nächsten Nachmittag ging es leichter. »Wir haben Mitte Oktober. Wie lange können wir noch im Freien damit weitermachen? Und das Auto ist, als trieben wir es in einer Telefonzelle. Ist dir klar, daß wir noch nie ein Bett für uns gehabt haben?« Murray war wieder angezogen und saß rauchend an einen Baum gelehnt. Der Tabakgeschmack war ihr widerlich. Entweder mußte sie mit dem Rauchen anfangen, oder sie mußte ihn bewegen, damit aufzuhören. Mit einem tiefen Seufzer bat sie ihn um eine Zigarette.

Bereits am Ende der Woche lag er mit seinen Eltern im Streit. Ruthie verstand; sie wollten den Sohn, der fortgegangen war. Er pendelte hin und her zwischen glühendem Ehrgeiz (Wayne war längst nicht mehr gut genug, eine Straßenbahnuni, wahrscheinlich ging er nach Ann Arbor) und der Unfähigkeit, sich aufzuraffen, aufs Amt zu gehen, um in den 52,20-Club zu kommen, wie die Heimkehrer die Arbeitslosenunterstützung nannten. Jeden Abend rief er Jack an, oder Jack rief ihn an. Schlomo rief mitten in der Nacht betrunken an und weckte Murrays Eltern.

Schlomo, so stellte sich heraus, war nicht Schlomo, sondern Slo Mo und Italiener, dunkelhaarig, leicht, aber kräftig gebaut. Er erschien auf Murrays Türschwelle. Seine Eltern hatten ihn einen Trunkenbold genannt, und so war er nach zwei Wochen von zu Hause abgehauen. Er konnte es nicht mehr in Akron aushalten, sagte er. Er wollte sich in Detroit nach Arbeit umtun, da, wo sein Kamerad war. Soweit Ruthie feststellen konnte, begab er sich nicht auf Arbeitssuche. Statt dessen mieteten Murray und Slo Mo eine winzige Wohnung unweit der Innenstadt, in einem überwiegend von Farbigen bewohnten Viertel. Murray sagte, die Wohnung gefiel ihm, denn sie hatte eine Schlafzimmertür, die sich zumachen ließ. Schon nach wenigen Tagen stank die Wohnung. Bierflaschen häuften sich, Hühner- und Schweineknochen von der Rippchenbude, Zeitungen.

Ruthie war verzweifelt. Sie hatte das Gefühl, Murray hatte sich in einen Haufen schmutziger Wäsche verwandelt. Sie haßte es, mit ihm in die verdreckte Wohnung zu gehen und ins Bett zu steigen, während Slo Mo direkt hinter der Tür saß und laute Radiomusik hörte. Er schien weiter nichts tun zu wollen, als *trejf* zu essen, Bier zu trinken, zu bumsen und zu schlafen. Er verschlief den halben Tag. Schließlich bat sie ihn, mit ihr spazierenzugehen und ernsthaft mit ihr zu reden.

»Murray, ich kann so nicht weitermachen. Ich liebe dich, aber ich weiß nicht, was du willst. Ich kann nicht weiter so mit dir schlafen. Ich habe deswegen ein ganz schlechtes Gewissen. Ich hasse es, in diese Wohnung zu gehen. Sie ist völlig verdreckt. Ich möchte dir helfen, daß du dich wieder einkriegst, aber ich weiß nicht, ob du das auch willst.«

Er schwieg lange Zeit, hatte die Hände an den Seiten zu Fäusten geballt. »So habe ich mir das nicht vorgestellt. Auf dem Schiff schien alles vollkommen einfach.«

»Ich kann nicht dafür, wenn wir nicht die gleichen Dinge wollen.«

»Laß uns heiraten. Morgen.«

»Wir können nicht morgen heiraten. Wir müssen uns eine Heiratserlaubnis besorgen. Wir müssen uns einen Rabbi besorgen.«

Er zuckte die Achseln. »Wenn du Wert auf einen Rabbi legst, von mir aus. Obwohl ich schätze, wenn wir auf dem Standesamt heiraten, dann reden die da auch von Gott. Laß uns voranmachen.«

Sie packte ihn bei den Armen und drehte ihn zu sich herum. »Aber ist das das, was du willst?«

»Ich will dich. Soviel ich weiß. Ja, das ist das, was ich will. Wenn Jack hier wäre, ging's mir besser, aber er ist bei seiner Frau. Er hat auch Schwierigkeiten, aber er kommt besser zurecht als ich oder Slo Mo. Ich muß verheiratet sein. Jack sagt mir das immer wieder, und er kennt mich.«

Jack kannte diesen Murray vielleicht, sie kannte ihn nicht. Wenn es jedoch ihre Pflicht war, ihn wieder heil zu machen, dann fing sie besser bald damit an. Als er sie küßte, klammerte sie sich an ihn. Sie würden heiraten, und sie würde arbeiten, und er würde studieren. So würde er sich wieder finden, als Jude, als Mann, als denkendes Wesen. Sie würde gleich morgen damit anfangen, sich um einen Studienplatz für ihn zu kümmern, seine Zwischenzeugnisse von der Wayne anzufordern, seine Papiere in Ordnung zu bringen.

Sie suchte verzweifelt nach Informationen und las spät abends, wenn alle anderen schon schliefen, beim Frühstück, beim Mittagessen, in der Straßenbahn, alles, was sie über Heimkehrer und ihre Probleme finden konnte. Zeitungsartikel sagten, sie hatte die Verantwortung, alles wiedergutzumachen. Er hatte gelitten. Die Frau mußte sich ihm unterordnen, aber sie mußte mütterlich sein. Sie mußte stark sein, aber ihre Stärke verbergen, sie mußte lieb sein und voller Zuwendung und immer nur an ihn denken, dann würde er gesunden. Dann würde Murray wieder Murray werden. Das war ihre eigentliche Aufgabe. Alle Artikel redeten davon, daß sie ganz und gar weiblich sein mußte. Plötzlich wurde Freud sogar in den populären Frauenzeitschriften wohlwollend zitiert.

Sie heirateten in der zweiten Novemberwoche, gleich nachdem

Ruthie eine Vierraumwohnung auf dem Dexter Boulevard gefunden hatte, weit weg von der Zweimännerhöhle, die Slo Mo und Murray sich geschaffen hatten. Slo Mos Mutter rief ihn jeden Tag an, so daß Ruthie hoffte, er würde es bald satthaben, in Detroit herumzuhocken, und nach Akron zurückkehren. Dexter Boulevard war von Backsteinwohnhäusern gesäumt, die ihr immer als der Gipfel bürgerlichen Wohlstands erschienen waren. Bei ihrem guten Gehalt und Murrays Arbeitslosenunterstützung konnten sie sich die Wohnung ohne weiteres leisten. Plötzlich war sie eine andere Person, Mrs. Feldstein. Auf ihrer Arbeitsstelle mußte sie andere Steuerformulare ausfüllen, und sie bekam ein neues Namensschild, als wäre sie gerade erst eingestellt worden. Sie beantragte einen neuen Führerschein.

Murray gefiel die Wohnung, aber sie war nicht sein Traum. Langsam erinnerte er sich an seine früheren Vorstellungen. Sie kauften sich ein Schlafzimmer, sehr modern. Sie waren stolz darauf, aus Eiche mit Hollywoodkonsole am Kopfende und dazu passenden Nachttischen, einen für ihn und einen für sie. Ihre zweite Anschaffung war ein Formicatisch für die Küche mit Chromstühlen. Murray wollte alles modern, nichts Umständliches. Er machte sich über Möbel kundig. Von Trudi borgte er sich Bücher über die Gestaltung von Einfamilienhäusern.

Ruthie fand sich damit ab, zuerst Murray zu retten und danach das Thema Naomi zur Sprache zu bringen. Solange Naomi auf der High-School war und sie sich in ihrer Wohnung einrichteten, konnte Naomi bei Rose und Morris bleiben. Wenn Murray sich Hausgrundrisse ansah und Häuser zeichnete, plante sie im Geiste ein Zimmer für Naomi ein.

Sie waren fast zwei Wochen verheiratet, da begann Murray nach dem Zubettgehen zu reden, über Saipan, über einen Feldwebel Hickock, über Jack, über Tiny und Harvey, über Rostrovitz, der ihr Photo zerschnitten hatte, über Okinawa. Nach und nach begann sie zu verstehen, was er ihr erzählte.

Schließlich sagte sie und hielt dabei seine schwere Hand an ihre Brust: »Du hattest ein Recht dazu! Du hast getan, was du tun mußtest. Niemand sonst braucht das zu wissen.«

»Haßt du mich nicht? Bist du nicht angewidert? Ich habe einen Mann ermordet.«

»Du hast viele Männer getötet. Zu dem Zweck haben sie dich zum Marinesoldaten gemacht. Und einer davon hatte einen ganz persönlichen Haß auf dich«, sagte sie fest. Gib ihm wieder Kraft. Gib ihm wieder Klarheit. »Was den einen anbelangt, kannst du ein gutes Gefühl haben, er hatte fest vor, dich in den Tod zu schicken. Hab' ich recht? Du wärst sonst nicht hier, bei mir.«

Er schlief über ihr mitten in dem neuen Bett ein. Sie lag wach und starrte an die Decke. Einen Mörder, dachte sie und spürte, wie sich in ihrem Bauch die Angst klumpte. Einen Totschläger, das haben sie aus ihm gemacht. Jetzt liege ich mit einem Mann, der getötet und getötet hat und darüber weint. Immer wird in ihm dieser Blutgeruch aufsteigen. Das hätte ihm nicht geschehen dürfen, das hätte nicht geschehen dürfen. Aber wem dann? Wer verdiente diese Last? Über wen durfte dieses Blut kommen?

Jacqueline 14

L'chaim

Solange Jacqueline für die Amerikaner in Frankfurt arbeitete, zog sie in ein Haus, in dem Überlebende wohnten, die es geschafft hatten, sich genug Papiere zusammenzukratzen oder zu kaufen, um aus den DP-Lagern zu entrinnen. Es gehörte zu einer Reihe von Backsteinhäusern, die von einer Bombe rasiert worden waren, so daß Zimmer und Flure offen klafften, aber sie vernagelten die falschen Zugänge und hausten im Rest. Seltsamerweise gab es fließendes Wasser, aber eine Heizung oder Kochgelegenheit war nicht vorhanden, nur ein eisernes Kanonenöfchen, das sie sich aufgestellt hatten. Es war ein Leben des Notbehelfs, voller Kriegslisten und mühsam ergatterter Dinge.

Eine der Frauen, eine polnische Jüdin namens Mindele, fragte sie, warum sie nicht nach Frankreich zurückging. »Da ist es sicher«, sagte sie. »Du mußt verrückt sein, hierzubleiben.«

»Ich versuche, meine Schwester zu finden, die in Dora war.«

»Ah.« Die Frau nickte. Sie alle verstanden die Suche nach Verwandten. Nun war ihnen ihr Verhalten begreiflich, aber alle drängten sie, den gutaussehenden Soldaten zu heiraten, der für das Joint arbeitete.

»Das versteht ihr nicht. Er war der *choßn* meiner besten Freundin.«

»Dann solltest du ihn für sie heiraten. Bist du sterilisiert worden?«

»Nein.«

»Dann bist du gesegnet. Mit mir haben sie das gemacht. Du mußt den *choßn* deiner Freundin heiraten und für sie Kinder gebären, für uns alle.«

»Wir lieben einander nicht.«

»Diese Art Liebe.« Die Frau zuckte die Achseln. »Du warst in Auschwitz. Du weißt, was zählt. Essen, leben, frei sein. Und Kinder gebären, um die Toten zu ersetzen. Um Freude in die Welt zurückzubringen.«

Die Überlebenden wußten vieles voneinander, was niemand sonst wissen konnte. Jacqueline übersetzte für die Amerikaner und versuchte, den anderen Überlebenden zu helfen, sie zu beschützen vor Verachtung und Bürokratie und der fortgesetzten Brutalität der deutschen Polizei und der Militärpolizei der Besatzer. Die Amerikaner mochten sie, weil sie Englisch mit amerikanischem Akzent sprach, und fanden sie hübsch. Sie ließen sich von ihren kleinen Kniffen täuschen, mit denen sie ihren geschorenen Schädel verbarg. Sie waren ein Volk, das viel auf die Oberfläche gab, weshalb sie die Deutschen mochten, die zumeist bis auf die letzten paar Monate einen vergleichsweise komfortablen Krieg gehabt hatten, und weshalb sie die Überlebenden der Hölle als zänkisch, schlecht gekleidet, häßlich und undankbar verachteten, deren bloße Existenz sie vor Schwierigkeiten stellte.

Wenn Amerikaner Anträge zur Auffindung von Menschen einreichten, mußte sie die vorrangig bearbeiten, wohingegen die Überlebenden, die Displaced Persons genannt wurden und mit denen, die freiwillig zur Arbeit für die Nazis nach Deutschland gekommen waren, in einen Topf geworfen wurden, nicht aus den Lagern herauskonnten, um zu erkunden, ob ihre Eltern, ihre Kinder, ihre Ehemänner, ihre Ehefrauen noch am Leben waren. Eine junge Amerikanerin kam aus Bad Nauheim und fragte nach einer deutschen Jüdin, die OSS-Agentin gewesen war. Jacqueline konnte erkennen, daß die Frau unter ihrem schroffen Gebaren Betroffenheit verbarg. Sie verfolgte die Agentin Marlitt Speyer nach Mauthausen, doch dort verlor sich ihre Spur, wahrscheinlich in einem Massengrab. Die Frau wollte diese Antwort nicht hinnehmen. Frankfurt war voll von Menschen, die versuchten, Ehegatten, Familie, Freunde zu finden, voll von Menschen, die versuchten (im Lagerjargon, in dem sie immer noch dachte) sich Papiere zu organisieren, eine Arbeit, ein Geschäft, ihre Auswanderung, Menschen, die versuchten, ihre Vergangenheit zurückzufordern oder zu begraben und eine neue Zukunft zu ergreifen, zumeist anderswo.

Ari besuchte sie weiterhin regelmäßig, bis er zu einem Auftrag fort mußte, den er nicht erklärte, am ersten August. Das erleichterte ihre peinliche Situation, einen Kavalier zu haben, der keiner war. Am Abend vor seiner Abreise gingen sie am Fluß spazieren. »Du hast dich erstaunlich berappelt«, sagte er. »Ich muß sagen, als ich dich im Krankenhaus vorfand, hielt ich dich für schwachsinnig. Du hörtest dich an wie geistig zurückgeblieben. Du sahst aus wie ein sechzigjähriges Kind, und du redetest auch so.«

»Was hast du für eine liebenswürdige, schmeichelhafte Zunge. Daniela sagte, du wärst geradeheraus.«

»Wenn ich zurückkehre, sollten wir heiraten und zusammen nach Israel gehen.«

Sie lachte. »Du und die Frauen in meinem Haus. Warum? Der Verlust deiner Verlobten und meiner besten Freundin ist kein Grund. Ich bin nicht fürs Heiraten. Ich mag begonnen haben, wieder wie eine Frau auszusehen, aber ich bin keine. Ich bin eine Wiedergängerin. Ein Gespenst.«

»Du magst vor zwei Monaten ein Gespenst gewesen sein, aber jetzt bist du eine Frau. Ich habe mir heimlich Einsicht in deine Krankenakte verschafft, also weiß ich, daß du nicht sterilisiert worden bist.«

»Ari, du siehst gut aus, und du wirst etliche Frauen finden, die dir Kinder schenken wollen.«

»Aber keine Gingembre. Keine schöne Frau, die im Maquis gekämpft und achtzig Kinder vor dem Tod gerettet und die besten Hände für Plastiksprengstoff hat. Ich bin selbst ausgeglüht worden, Jacqueline. Ich bin zu einem Soldaten gemacht worden. Das ist das Handwerk, das ich kann. Wir haben eine Reihe sonderbarer Fertigkeiten erlernt, aber da, wo ich hingehe, gibt es Verwendung dafür. In einem anderen Leben wäre ich der Gelehrte geworden, der ich sein wollte. In diesem Leben weiß ich mehr über das Töten als über das Disputieren der Halacha, aber ich treffe die Wahl, wen und warum ich töte.«

»Du fühlst dich wegen meiner Verbundenheit mit Daniela zu mir hingezogen. Ja, das haben wir gemeinsam, aber du ziehst die falschen Schlüsse!«

»Jacqueline, hör zu. Ich habe mich mit Daniela verlobt, da war ich neunzehn. 1942 habe ich sie zum letzten Mal gesehen. Ich bin zurückgekommen, um sie zu finden. Ich hätte sie geheiratet, aber für dich ist sie viel greifbarer als für mich. Das ist nicht meine Schuld. Was ich gefunden habe, das bist du.«

»Ich verstehe schon. Im normalen Leben, zumindest, als es sowas noch gab, ändert man sich von zwanzig bis vierundzwanzig beträchtlich. Ich selbst bin dreiundzwanzig und gehe auf die siebzig zu.«

»Du bist jung, du brauchst ein richtiges Leben. Wir sind beide allein. Ganz allein. Laß uns einander retten.«

»Ich bleibe hier, weil ich immer noch hoffe, meine Schwester zu finden. Bei meiner Arbeit im DP-Suchdienst der Amerikaner habe ich Zugang zu den besten Informationsquellen. Wenn sie noch lebt, werde ich sie finden. Und vielleicht auch die Anschrift von Naomi.«

Nicht alle Amerikaner waren naiv und leicht hinters Licht zu führen. Eine Frau, die Journalistin war, eine amerikanische Jüdin, stellte ihr immer wieder gezielte Fragen und veröffentlichte die Antworten, weswegen sie bald in Schwierigkeiten mit den Besatzungsbehörden geriet. Jacqueline glaubte nicht, daß die Journalistin noch lange damit durchkam. Sie trug eine Hauptmannsuniform, erklärte aber, daß sie eigentlich keine Armeeangehörige war. Sie richtete ein, daß Jacqueline vor einem Untersuchungsausschuß des neuen amerikanischen Präsidenten aussagte. Jacqueline nannte sie Louise La Rouge, denn sie besaß nicht nur rotbraunes Haar, sondern auch Jähzorn, den sie aber, wie Jacqueline feststellte, nicht einsetzte, um Dampf abzulassen, sondern um Veränderungen zu bewirken. La Rouge rannte sich fest, als sie versuchte, die Bedingungen in den Lagern zu verbessern.

La Rouge wußte, wonach Jacqueline suchte. Eines Tages im August schickte sie eine Frau zu Jacqueline, die in Dora gewesen war, im Stollen, und die sich an Rivka erinnerte. »Es war auf dem Marsch. Wir mußten ohne etwas zu essen marschieren, sie bewachten uns mit Maschinengewehren.«

Jacqueline konnte nur nicken. Sie fühlte sich erfroren. All die Zeit hatte sie, wie Ari, gewußt, aber gehofft.

»Sie und noch ein Mädchen versuchten zu entfliehen. Sie rannten in den Wald, aber die SS hat sie mit Hunden aufgespürt.«

Jacqueline packte die Frau bei den Schultern, hielt sich mühsam zurück, um sie nicht zu schütteln, als könnte sie ihr eine andere Wahrheit abzwingen. »Wissen Sie bestimmt, daß sie gefaßt worden ist? Wissen Sie bestimmt, daß sie tot ist? In dem Durcheinander hätte sie entkommen können. Eine Leiche sieht aus wie die andere.«

Die Frau nickte nur, doch ihre Augen baten Jacqueline, nicht auf den Einzelheiten zu bestehen. »Ja. Aber sie ist rasch gestorben.«

»Seit Juli 1942? Nein, sie ist sehr langsam gestorben.«

Sie umarmten einander. Jacqueline notierte sich sorgfältig den Namen der Frau, sie wußte nicht, warum. Sie hatte ein neues Tagebuch begonnen, aber es stand wenig darin außer Vokabeln in ihren verschiedenen Sprachen und Gedankenstützen für Nachforschungen, Hinweise, Namen, Adressen.

La Rouge suchte sie kurz auf und sah blaß und zerbrechlich aus. »Ich war im Krankenhaus. Aber jetzt geht es mir schon viel besser.« Draußen auf der Straße wartete ein Hauptmann in einem Jeep auf sie. »Ich weiß, Sie möchten in den Staaten nach Ihrer Schwester suchen. Hier ist meine Adresse in New York. Dort werde ich in zwei Wochen sein. Vielleicht kann ich Ihnen helfen, hinüberzukommen.«

Jacqueline wußte, daß La Rouge Hunderte von Gesuchen, Botschaften, Akten und Versprechungen mitnahm. »Bald wird es für mich Zeit sein, von hier fortzugehen.« Jacqueline küßte La Rouge auf beide seidigen Wangen. Wie stets roch sie nach Parfüm. La Rouge gab ihr einen Regenmantel, als sei es nichts weiter, und suchte sich dann durch den Schutt ihren Weg zu dem wartenden Jeep. Der Regenmantel paßte ihr, also konnte er La Rouge, die kleiner war als Jacqueline, nie und nimmer gepaßt haben. Es war ein guter Regenmantel mit einem Wollfutter.

Lev kam sie im Büro besuchen, gleich nach einem amerikanischen Feiertag Anfang September. Sie war erstaunt, wie sehr sie sich freute und wie gerührt sie war, ihn zu sehen. Er war für sie wie Familie, wie ein Bruder, mit dem sie sich oft gestritten hatte, aber ihr eigenes Blut. Er brachte eine zarte, zerbrechliche Frau mit, die an einer Krücke ging. Ihr waren die Zehen abgefroren. »Das ist meine Frau Vera. Ich habe sie in einem Lager bei Linz in der österreichischen Zone gefunden. Wir sind auf dem Weg zurück nach Frankreich. Warum kommst du nicht mit uns?«

»Ich weiß nicht, wohin ich gehen will. Ich gehöre nirgendwo hin.«

»Wir gehen nach Palästina, sobald wir können«, sagte Vera. Ihre Stimme war außerordentlich leise, als fehlte ihrem Kehlkopf etwas.

»Ich muß in einigen Prozessen als Zeuge auftreten. Wir müssen in Toulouse ein bißchen aufräumen. Ich kann dir gar nicht sagen, wie fassungslos ich bin, dich am Leben zu finden. Wir haben eine Frau als Gingembre begraben.« Lev schüttelte baß erstaunt den Kopf und befingerte seinen Bart. »Eine Tote, die von einer Granate zerfetzt war. Wir fanden dein Tagebuch.«

»Mein Tagebuch? Hast du es behalten?«

»Ich habe es deiner Schwester in Detroit geschickt. Ich habe ihr geschrieben, du seist tot.«

»Aber du hast ihre Adresse?« Sie schloß Lev in die Arme und weinte. Es gelang ihr, sich für den Rest des Tages freizunehmen, und sie gingen in ihr Haus, wo sie niemand störte, wenn sie von den Lebenden und den Toten sprachen. Unter den Anfragen, die Lev erhalten hatte und denen er in Toulouse nachgehen mußte, war das Gesuch, das Grab von Leutnant Jeffrey Coates, vormals OSS-Angehöriger, ausfindig zu machen. Sein Leichnam sollte zu seiner Familie in die Staaten überführt werden. Hatte Jacqueline etwas dagegen? Sollte er vielleicht die Suche nach dem Grab vernachlässigen?

Sie schüttelte langsam den Kopf. »Es ist so lange her, Lev. Er gehört seiner Familie, nicht mir. Wenn ich Danielas Leichnam haben könnte, würde ich ihn mitnehmen, aber ich weiß nicht einmal, wohin ich ihn bringen sollte.«

Er nahm mit festem Griff ihre Hände. »Du bist eine, die überlebt. Du weißt zu kämpfen und verstehst dich auch auf Krankenpflege. Du wirst in Palästina gebraucht. Die Briten verwehren uns die Einreise. Aber wir werden hineingelangen, das walte die Alija. Du hast keinen anderen Ort, an den du gehen kannst, Jacqueline, außer, du willst nach Amerika.«

»Ich habe mit den Amerikanern gearbeitet. Sie begreifen nichts. Sie haben keine Ahnung von Politik. Sie verwechseln Sozialisten mit Kommunisten. Sie halten Zionisten für Kommunisten. Sie mögen die Nazi-Industriellen, weil sie glatt rasiert und tüchtig sind. Sie verstehen die

Russen überhaupt nicht, weil sie nie gehungert haben oder von Angreifern überrannt oder ausgebombt worden sind ... Die Frauen in meinem Haus wollen, daß ich Danielas Verlobten an ihrer Stelle heirate. Vielleicht werde ich statt dessen ihren Platz in Erez Israel einnehmen. Vielleicht werde ich das tun. Aber zuerst muß ich meine Schwester aufsuchen. Ich muß mir ein Visum von den Amerikanern besorgen, damit ich zu ihr kann, und dann werde ich mich entscheiden. Naomi ist alles, was mir von meiner Familie geblieben ist.«

»Wir alle sind deine Familie. Wenn du nach Amerika fährst, denk darüber nach, was ich gesagt habe. Wenn dein Herz es sagt, dann komm mit uns. Wir werden nicht gehen, bis ich in Toulouse fertig bin, vielleicht zum Neujahr der Christenzeitrechnung.«

Nachdem Lev und Vera nach Frankreich abgereist waren, wartete sie darauf, daß er ihr Naomis Adresse schickte, und machte sich Gedanken über seinen Vorschlag. Sie sollte ihnen nach Toulouse folgen. Wo konnte sie sonst hin?

Eines Abends ging sie durch den Regen zurück zu ihrem Haus, in dem Regenmantel, den ihr La Rouge gegeben hatte. Sie überquerte gerade ein unkrautüberwuchertes Trümmerfeld zwischen zwei stehengebliebenen Häuserzeilen, als sie sah, wie eine große, stämmige Frau ein Kind packte und festhielt. Eine Horde von verwilderten, verdreckten Jugendlichen, die die Stadt unsicher machten, rannte laut schimpfend und schreiend davon. Jacqueline gefiel die Art, wie die Frau das verwahrloste Kind schüttelte, ganz und gar nicht, und sie trat näher. Sie mußte inzwischen oft genug Deutsch sprechen und bellte eine Frage.

»Eine Diebin!« Die stämmige Frau hielt einen Kohlkopf hoch. »Ich werde auf der Stelle die Polizei rufen. Dieses verdammte ausländische Diebsgesindel!«

»Ich werde für den Kohlkopf bezahlen«, sagte Jacqueline mit der gleichen lauten, barschen Stimme. Ein Kohlkopf. Es gab eine Zeit, da hätte sie dafür getötet. Sie war wieder im Lager unter den Arbeitssklaven, und wie sie zu dritt in einer Bettstelle lagen, murmelten sie im Dunkeln Rezepte. »Und so mache ich *gefilte fisch*. Zuerst kaufe ich einen lebenden Karpfen und bringe ihn vom Markt heim, einen mit glänzenden Augen, einer, der böse und raubgierig aussieht, das zeigt, daß er kräftig ist ...« »Beim Strudelmachen kommt alles auf das Fingerspitzengefühl an. Ich benutze nur ein Backbrett, das seit Generationen in meiner Familie ist, aus Marmor, mit einer Kuhle in der Mitte vom vielen Gebrauch.« Warum dachte sie daran? Wie das Mädchen sie anstarrte, das drahtige rote Haar regendurchnäßt, der Mund offen, die Augen voller Tränen. Und nun weinte. Jacquelines Blick fiel auf die mit Lumpen zusammenbegundenen Schuhe, und da erkannte sie Rysia. Das waren die Schuhe, die Rysia einer Sterbenden ausgezogen und gegen eine andere Sklavin verteidigt hatte.

Vor der Frau sprachen beide nicht miteinander, nicht, bis Jacqueline den Kohlkopf bezahlt und Rysia am Ellbogen fortgezogen hatte. Jacqueline fragte in Jiddisch: »Wo bist du gewesen? Niemand im Krankenhaus wußte etwas. Warum hast du mich nicht früher gefunden?«

»Ich habe dich erst gar nicht erkannt. Du siehst so anders aus! Bist du's?« Rysia zog sie am Arm, starrte sie an. »Komm, wir suchen uns einen trockenen Platz und essen den Kohl.«

»Ich habe ein Haus. Da gehen wir hin. Du kannst mit uns essen.«

»Ich habe nach dir gesucht und gesucht! Ich wußte nur, daß du in Frankfurt bist und für die Amerikaner arbeitest. Das haben sie mir im Krankenhaus gesagt. Ich habe in allen Lagern nach dir gesucht, überall! Ich bin schon wochenlang hier und suche nach dir! Ich dachte schon, sie haben mich belogen, und du bist tot.«

Erst nachdem Rysia eine Schüssel voll Suppe und einen Laib Brot verschlungen hatte, war sie imstande, zu reden. Sie stützte die Hände auf den Kistentisch, während auf dem Kanonenöfchen Wasser für ein bißchen richtigen Kaffee heiß wurde, den Jacqueline von ihren amerikanischen Vorgesetzten bekommen hatte, und starrte Jacqueline an.

»Ich bin mit dir gegangen, aber sie haben mich nach einer Woche entlassen. Du warst bewußtlos, und ich hatte Angst, in Deutschland zu bleiben. Ich habe mich langsam auf den Heimweg in mein Dorf Ceppany an der Rába gemacht. Als ich hinkam, war der Krieg aus. Im Dorf wohnten andere Leute, Nichtjuden, im Gasthof meiner Eltern, und sie betrieben auch die Mühle. Sie haben mich nicht willkommen geheißen. Sie behaupteten, sie hätten alles gekauft und es gehörte alles ihnen. Es gab keine Juden mehr! Eine alte Lehrerin von mir riet mir, zu den sowjetischen Soldaten zu gehen und die Mühle zurückzuverlangen. Sie sagte, die würden für Gerechtigkeit sorgen.«

»Bist du hingegangen?«

»Ich dachte, was weiß ich davon, wie man eine Mühle betreibt, außerdem hatte ich Angst vor den Leuten. Ich hörte von einem anderen Juden, der ins Nachbardorf zurückgekommen war und dann einfach verschwand. Ich wollte nicht die einzige Jüdin in Ceppany sein. Ich drückte mich herum, aber niemand wollte mich da haben. Russische Soldaten gaben mir etwas zu essen und wollten, daß ich mit ihnen ins Bett ging, aber ich sagte ihnen, ich wäre erst elf. Ich glaube, die Leute waren wütend, daß sie mich nicht vergewaltigten, denn andere Frauen hatten sie vergewaltigt. Schließlich kam ich zu dem Entschluß, daß ich nicht bleiben konnte, deshalb machte ich mich auf den Rückweg, um dich zu suchen. Es war schwer. Alles ist jetzt in Zonen eingeteilt mit Grenzpolizei. Der russische Kommandant hatte mir Papiere gegeben, aber ich merkte, wenn ich sie an der Grenze vorzeigte, wollten die Russen mich nicht herauslassen, und die Amerikaner wollten mich nicht hereinlassen. Zwei Wochen lang versuchte ich es die Grenze entlang. Schließlich habe ich alle Papiere weggeworfen und bin in einer Ladung Kartoffeln durchgekommen.«

»Du weißt, was morgen ist? *Erew Rosch Ha-Schana*, Rysia. *L'schana towa tikkatewu.* Zu einem guten Jahre mögen wir eingeschrieben werden.« Sie legte den Arm um Rysia. »Mach dir keine Sorgen, wir werden alles organisieren, was wir brauchen. Jetzt komm und lerne meine Mitbewohnerinnen kennen. Sie sind alle in den Lagern gewesen, du bist hier in Sicherheit.«

Als sie an dem Abend zu Bett gingen, lag Rysia in ihren Armen und umklammerte sie, bebte vor Furcht und Erschöpfung. »Ich hatte solche Angst, daß du im Krankenhaus gestorben bist, gestorben wie alle anderen. Dann hatte ich Angst, dich nie zu finden, weil du nach Frankreich zurückgekehrt bist. Ich habe so lange nach dir gesucht, in jeder Straße. Jeden Tag habe ich nach dir gesucht. Ich habe die Hoffnung aufgegeben, aber ich hatte nichts anderes zu tun. Ich habe Angst, verhaftet zu werden, Jacqueline, ich habe keine Papiere.«

»Das bringen wir in Ordnung. Daniela war die beste Fälscherin, aber ich bin auch ganz brauchbar. Ich kenne alle krummen Geschäfte, die hier laufen. Sobald wir Papiere für dich haben, werde ich dich nach Toulouse bringen, wo Daniela und ich in der Résistance waren. Wir haben Freunde dort. Ich muß mir ein befristetes Visum von den Amerikanern besorgen, um meine Schwester Naomi in den Vereinigten Staaten zu finden.«

»Wenn du deine richtige Schwester zurückbekommst, wirst du mich nicht mehr wollen.«

»Ich habe meine andere Schwester verloren, meine Mutter, meinen Vater, meine beste Freundin, meinen Liebsten. Wie kann nur eine Schwester das alles wettmachen?«

»Ich werde gehen, wohin du sagst, aber laß mich da nicht allein. Ich ertrage es nicht, allein zu sein.«

»Wir werden eine Familie sein. Wir wissen voneinander, wer die andere wirklich ist. Nur du und ich leben, um zu sagen, was wir durchgemacht haben, um zu berichten von den Bergen der Toten hinter uns.«

»Meinst du, ich werde je erwachsen werden? Je eine Frau sein wie andere Frauen?«

»Du wirst eine bessere Frau sein als andere Frauen. Wir waren einander die Mutter, wir waren einander das Kind, wir haben den letzten Bissen Brot geteilt.«

»Und den Apfel, erinnere dich an den Apfel«, sagte Rysia. »Ein ganzer Obstgarten steckte darin.«

Rysia schlief an ihrer Seite ein und hielt sie immer noch fest umklammert. Sie konnte sich nicht lösen, um eine bequemere Stellung zu finden, aber es machte ihr nichts aus, wachzuliegen. Das Neue Jahr kam. Rysia und sie würden an den Fluß gehen, um *taschlich* zu verrichten, die Brotkrumen hineinzuwerfen und die Sünden fortzuwerfen. Ihre Sünde war Starre und Verzweiflung gewesen. Ihre Sünde war Leere gewesen. *L'chaim*, Leben, war der Trinkspruch, den sie morgen ausbringen würden. Sie kannte den Wert ihrer Freunde, wußte, wie stark sie waren, wie unbedingt sie ihnen trauen konnte in Tod und Leben und Wiedergeburt. Sie wollte ihnen in den Krieg folgen, in den sie sich begaben. Sie hatte keine andere Familie, kein anderes Land, keine andere Zugehörigkeit, keine andere Heimat.

Ihr blieb letztlich keine andere Wahl. Rysia war staatenlos, aber sie selbst auch. Sie hatte die Rückkehr nach Frankreich hinausgeschoben, nicht zuletzt, weil sie nicht vergessen konnte, wie sie unter dem Vichy-Régime so wie unter den Deutschen ihr Land und ihre Staatsbürgerschaft verloren hatte. Sie war so staatenlos wie Rysia. Sie gehörte zu niemandem als zu den Freunden, die überlebt hatten und die als Juden hingingen, um einen Ort zu schaffen, wo Juden nie staatenlos werden konnten. Ihr kamen keine Bilder in den Kopf, die über Danielas Träume von den blühenden Aprikosenbäumen hinausgingen. Das tat nichts. Europa stank von Blut. Sie wußte, sie ging nicht so sehr auf etwas zu, als von etwas fort, aber sie ging in der einzigen Begleitung, die ihr teuer war. Der Krieg hatte ihr alle genommen, die sie liebte, aber er hatte ihr Rysia zum Neuen Jahr zurückgegeben, er hatte Lev und Vera am Leben bewahrt. Er hatte Ari angespült, was Ari ihnen auch sein würde.

Aber als erstes mußte sie ihre einzige noch lebende Schwester finden – die vielleicht gar kein Französisch mehr sprach. Die ihr vielleicht mit Abneigung begegnete und sich nur an kindlichen Zwist erinnerte. Der vielleicht lieber war, bei einer reichen amerikanischen Familie zu wohnen, und die sich jedem Bestreben widersetzte, sie in Gefahr und Armut zu verschleppen. Sie wußte es nicht, aber sie mußte ihr von Angesicht zu Angesicht gegenübertreten und es herausfinden. Zumindest würde sie ihr Tagebuch zurückerlangen, in dem so viel von ihrem alten Leben aufbewahrt war. Die Erinnerung war für Jacqueline eine Form der Frömmigkeit geworden, die sie trachtete, unversehrt am Leben zu erhalten.

Die Liebe, die sie in sich fand, war nicht die Liebe, die Ari suchte, sondern tiefer und ursprünglicher, stammesgebunden, familiengebunden, schwesterlich, mütterlich. Die konnte sie geben. Die wollte sie geben. Sie wollte ihre Kraft, ihre Liebe, ihr Wissen, ihre Geschichte, ihr Ich geben. Ihnen blieb, sich aus dem Schutt und den Scherben eine Familie zusammenzuzimmern; ihnen blieb, ihre Trümmer aufzuklauben zu einem Leben.

Abra 11

Der Blick von Tokio

Sie hatten in aller Eile geheiratet und dann ganz in Ruhe die beiden Familien benachrichtigt, was Daniel und ihr nach Erhalt der Antwortbriefe, deren gepeinigte Aufschreie von der Entfernung angenehm gemildert wurden, klüger und klüger vorkam. Sie hatten sich im Frank Lloyd Wright Imperial Hotel in Tokio eingemietet, Angestellte mittlerer Ebene bei der Erfassungsstelle für den Bombenkrieg, wieder Zivilisten. Das Hotel hatte den Bomben ebenso gut standgehalten wie den Erdbeben, denen zum Trotz man es erbaut hatte. Tokio war eine zerstörte Stadt. Ganze Wohnviertel bestanden nur aus Elendshütten, zusammengeflickt aus Überbleibseln. Verschmorte Tresore, die einmal Wertsachen enthalten hatten, standen noch, doch die Häuser um sie herum nicht mehr.

Daniels Familie daheim in der Bronx saß *schiwe* über ihn. Abras Mutter schrieb, daß ihr Vater fast einen Herzanfall bekommen habe und daß sie enterbt sei. Sie erhielt auch Antwort von Ready, der Karen Sue geheiratet hatte und daher nicht zu Empörung neigte, anders als Roger. Der schrieb ihr in seiner verschnörkelten Schrift: »Du wirst zu Deinem Bedauern feststellen, daß Dir Türen verschlossen sein werden, die Dir bislang weit offenstanden, daß Häuser, die Dich bislang willkommen hießen, Dich kalt abweisen werden. Ehedem verschaffte Dein Name auf einer Visitenkarte Dir Zugang zu den besten Clubs und sicherte Dir höfliche Beachtung. Welche Art Beachtung erwartest Du mit einem derartigen Namen wie Balaban?«

Daniels Onkel in Schanghai sandte ein Geschenk feinsten Seidenstoffs und einen lieben Brief mit einem Photo von seiner Familie. Es schien, daß Daniels Tante während der Kriegsjahre gestorben war und sein Onkel sich mit einer Chinesin wiederverheiratet hatte. Zusätzlich zu den strammen älteren Balabankindern stand er nun umgeben von einer neuen Schar von Sprößlingen im Windelalter. Er sah keinen Anlaß, Daniel über seine Heirat Vorhaltungen zu machen.

»Die Balabans wären immer abenteuerlustig«, sagte Daniel. »Ich habe den Verdacht, daß wir unterwegs ein paar Tataren an Bord genommen haben. Macht es dir etwas aus, enterbt zu sein?«

Sie mußte lachen. »Ich bin sowieso nicht die Erbin meines Vaters, und wir sind nicht der wohlhabende Zweig der Familie. Ich habe ein Legat von Großvater Scott und eines von Großmutter Woolrich. Das habe ich dieses Jahr angetreten. Es ist in hochwertigen Aktien angelegt und wirft jedes Jahr seine achttausend ab. Es macht uns nicht reich, aber es gibt uns einen Grundstock, um den wir uns keine Sorgen zu machen brauchen.«

»Jeden Tag erfahre ich etwas Neues über meine Frau. Hast du noch andere verborgene Werte?«

»Etliche«, sagte sie«, »aber die werden nicht an der Börse gehandelt.«

Daniel und sie litten unter der Mißbilligung und Ablehnung ihrer Familien weniger, dachte Abra, als die meisten es getan hätten. Beide glaubten, daß die Zeit die Eltern aussöhnen werde. Beide hatten ihr Elternhaus früh und endgültig verlassen. Abra hatte den Eindruck, daß sie schon jetzt weitaus wichtiger füreinander waren, als es ihre Familien für beide seit der Pubertät gewesen waren. Beide hatten seit Jahren in dem Bewußtsein gelebt, daß ihre Familien sie so, wie sie waren, eigentlich nicht mochten, und je weniger über ihr Leben daheim bekannt wurde, desto besser war es für den elterlichen häuslichen Frieden.

Sie hatten gerade zwei Tage in Kioto verbracht, das nie bombardiert worden war und sich als so wunderschön erwies, wie Daniel vorausgeahnt hatte. Mit ihm zu reisen war herrlich. Er sprach die Landessprache, er verstand, er eignete sich rasch die rechten Umgangsformen an. Er brachte allem Interesse entgegen, aber am meisten interessierte ihn ihr gemeinsames Erlebnis. Es war nicht der Teich, der Garten, der Fels, der Tempel, sondern was er und sie zusammen erfuhren und austauschten und sahen an dem Teich, dem Garten, dem Fels, dem Tempel.

Welch ein Glück für sie, daß er während des ganzen Krieges in der Kryptologie verbuddelt war, sonst hätte längst eine andere ihn geschnappt. Sie hatte ihn geheiratet, weil sie ihn liebte, doch sie verstand bereits, welch seichte Liebe das gewesen war. Jetzt, wo sie zusammen waren, verliebte sie sich in ihn auf ganz neue Art, die ihr das Gefühl gab, als sei alles davor nichts als Tonleiteretüden gewesen, Übungen zur Schulung der Hände, des Auges, des Geistes. Zu einem Teil liebte sie, wie sehr er sie liebte.

Daniel war zärtlich und leidenschaftlich; und ihrs. In der Öffentlichkeit war er weder nachlässig noch übereifrig, sondern gleichbleibend aufmerksam und feinfühlig. Sie waren aufeinander eingestimmt. Sie ergingen sich nicht in Händchenhalten und Geturtel, sondern arbeiteten mit Gewinn, mit Genuß zusammen, freuten sich an ihrer Tüchtigkeit, ihrem intelligenten Zwiegespräch und ihren einander ergänzenden Fähigkeiten. Abra hatte sehr viel über Rüstung und Kriegswirtschaft gelernt; Daniel wußte ungeheuer viel über Japan und die Japaner.

Aber seine Herzenswärme war für sie neu, ein Mann, der liebevoll war und das auch spontan und ohne Vorgedanken oder Überlegungen zum Ausdruck brachte. Anfangs hatte sie ihm im stillen, aber beständig mit Oscar verglichen. Karen Sue hatte einmal zu ihr gesagt, sie habe offensichtlich eine Schwäche für jüdische Männer; vielleicht stimmte das. Oder vielleicht war das, was sie in Oscar gewollt und nie bekommen hatte, genau das, was in Daniel so in höchstem Maße zu haben war. Jetzt dachte sie selten an Oscar, höchstens noch in Verbindung mit London während des Krieges. Er hatte aufgehört, als eine Kraft in ihrer Psyche zu existieren. Er war in den Ruhestand gegangen.

Als Oscar ihnen eine wertvolle Kamera als Hochzeitsgeschenk schickte, freute sie sich nur einfach. Sie hatte keine Schwierigkeiten, ihm ein ehrliches Dankeschön zu schreiben. Daniel war kurz mißtrauisch, doch sie machte ihm begreiflich, daß Oscar gern alle zu Familie machte.

Dies, dachte sie, war endlich eine Beziehung unter Gleichen, endlich, und welche Frau, die das gehabt hatte, würde sich danach mit häppchenweise zugeteilter Abhängigkeit zufriedengeben? Daniel wußte weitaus mehr über gutes Essen und Kunst; sie regelte ihre Finanzen und begann, sich mehr für Geld im allgemeinen zu interessieren. Sie war täglich erstaunt, beim Aufwachen, beim Nachdenken über den Arbeitstag, beim Zubettgehen an seiner Seite zu entdecken, wie lebhaft glücklich sie war. Nicht, daß sie ihn für vollkommen hielt. Er hatte keinen Geschmack für Kleidung, kein Gefühl dafür, wie er sich anziehen mußte, um seine Vorzüge zur Geltung zu bringen und anderen Signale zu geben, die Respekt auslösten. Er brach Büchern, die er las, den Rücken. Er reinigte nach dem Rasieren nicht das Waschbekken und ließ oft die Toilettenbrille oben, so daß sie, wenn sie nachts austreten ging, ins Klo rutschte. Er sang, und zwar schaurig, im Bad, beim Duschen und beim Schuheputzen. Diese kleinen Schwachpunkte gaben ihr ein Gefühl der Sicherheit. Ein ganzer Bereich ihres Lebens, der sich im Kriegszustand befunden hatte, hatte nun Frieden gefunden und war mit Rosen und Weizen bepflanzt. Mein, dachte sie ganz offen, wenn sie seinen schönen Kopf betrachtete, seine schlanken, ungewöhnlichen Hände, sein krauses Haar. Mein. Meins. Unsers. Mit ihm und für ihn würde sie es mit jedem Feind aufnehmen, dessen war sie sicher.

Ein Luftpostbrief kam aus New York:

> Mein lieber Neffe Daniel,
> ich hoffe, daß Du bist nicht böse, daß ich Dir schreibe. Ich weiß, wie es ist mit Dir und Deinen Eltern, aber ich bin so dankbar für Deine Hilfe dabei, in dieses große und schöne und sichere Land zu kommen, ich möchte, daß Du weißt, was ich fühle. Du sollst auch daran denken, daß ich hier bin und Deine Eltern regelmäßig sehe und Dich wissen lassen kann, wie es ihnen geht, und sie wissen lassen kann, wie es Dir geht, denn Du sollst nicht vergessen, daß sie Dich lieb haben, trotz der Streitigkeiten und der Schwierigkeiten jetzt.
> Ich habe eine Stellung als Buchhalterin im Diamantenviertel, und ich lerne Englisch in der Abendschule, um eingebürgert zu werden und besser zu sprechen und zu schreiben. Ich danke Dir hundertmal für Deine Hilfe, und ich werde Deinen Eltern eine gute Freundin sein. Wenn Du ihnen Enkelkinder bringst, dann werden sie milder werden. Inzwischen *masel tow* für Dich und Deine reizende Braut. Deine Schwester hat gerade einen Jungen bekommen, sie haben ihn Sherman genannt. Ich habe noch nie von so einem Namen gehört, außer für einen Panzer. Bleibe gesund und komm gesund zurück.
> Ich würde Euch so gern ein Hochzeitsgeschenk schicken, aber

ich spare, um andere Menschen herüberzuholen, die Hilfe brauchen. Aber wenn Du in dieses Land zurückkommst, werde ich mit Euch feiern und Euch dann ein Geschenk geben.
In Liebe Deine dankbare Tante
Esther Balaban

»Wir sollten *ihr* ein Geschenk schicken«, schlug sie vor. »Was würde ihr gefallen?«

»Ich bin ihr nie begegnet.« Daniel kniff die Lippen ein. »Ich habe nicht gerade Himmel und Hölle in Bewegung gesetzt, um sie herüberzuholen. Ich fühle mich ein wenig schuldig. Meine Eltern haben das Ganze gemacht. Wir schicken ihr einen Kimono. Die passen jeder.«

Am nächsten Tag war für sie erneut eine Fahrt nach Hiroshima vorgesehen. Dreimal war diese Fahrt schon angesetzt und jedesmal wieder abgesagt worden. Sie konnten sich beide nicht erklären, woher all die Aufregung kam. Schließlich hatte Abra sich seit Jahren Bombenruinen besehen, anfangs privat und dann beruflich. Aber diesmal kamen die Autos schließlich, und sie fuhren ab, in einer Gruppe von acht Leuten. Es war ein frischer, klarer Novembertag, unter seiner Schneekappe, die sich jede Woche weiter hinunterdehnte, war deutlich der Fudschijama zu sehen, das Laub am Boden trug zarte, uralt wirkende, ausgewaschene Farbtöne, und die letzten Chrysanthemen reckten noch die golden und bronzebraun verwelkenden Mähnen.

Sie lagen Seite an Seite im Bett, schweigend und ohne sich zu berühren. Sie starrten die Decke an, die das Mondlicht zu Bein blich.

»Nein, es sind nicht nur die ungeheuren Dimensionen, es ist anders«, sagte sie. »Bei dem, was wir wohl inzwischen altmodische Bomben nennen müssen, bekommst du zu sehen, daß es so willkürlich ist, es ist Schicksal mit einem tückischen Sinn für Humor. Ein Baby wird durch die Luft geschleudert und landet auf einer Matratze. Ein junger Mann wird von fliegendem Glas enthauptet. Eine Großmutter verbirgt sich unter der Treppe, und das ist das einzige, was stehen bleibt. In einer Häuserzeile fehlt nur ein Haus wie ein ausgezogener Backenzahn. Launisches Unheil, verstehst du?«

»Tod in menschlichen Maßstäben. Tod, den man erfassen kann.« Daniels Stimme war nur ein Krächzen.

»Dort ist nichts übrig. Keine Ameise. Kein Unkrautpflänzchen. Kein Schmetterling. Keine Maus. Niemand hatte Glück. Es ist so eben wie eine Glasscheibe. Es war völlig gleichgültig, wer einen Bunker aufgesucht hatte und wer nicht.«

»Ich kriege es nicht in meinen Kopf«, sagte er. »Die Leere. Eine Kraft, die Menschen aus atmendem Fleisch verwandelt in ein Bild auf Stein wie ein Photo.«

»Es ist anders, nicht wahr? Ganze Familien, ganze Gemeinden – ausgelöscht. Nicht einige, nicht die Hälfte, alle. Es ist etwas Neues unter der Sonne, Daniel.«

»Sie haben immer wieder gesagt, es war wie die Sonne. Die Sonne kam herunter. Wir können nicht im Innern der Sonne leben ...« Seine Stimme erstarb. Sie lagen schweigend.

Sie fiel in eine unruhige Träumerei, Bilder des Tages blitzten vor ihr auf, gefroren, erstarrt. War er eingeschlafen? Sein Atem ging zu flach. Schließlich konnte sie das Schweigen nicht mehr ertragen, in dem ihrer beider Liebe, ihrer beider Leben, alles Leben furchtbar zerbrechlich erschien. »Die Menschen im Krankenhaus sterben immer noch. Nicht einfach an Verbrennungen. Ich habe mit den Krankenschwestern geredet. Eine Art Todesstrahlen tötet weiterhin die Menschen.«

»Radioaktive Strahlung«, krächzte er.

»Madame Curie!« sagte sie und setzte sich auf.

»Genau. Sie hat die radioaktive Strahlung entdeckt.«

»Bei den Versuchen mit dem Radium. Es hat sie langsam umgebracht.«

»Werden sie alle sterben, alle Menschen von Hiroshima? Alle?« Er setzte sich auch auf.

»Weiß das irgend jemand? Ich glaube, niemand weiß etwas.« Das Mondlicht schwebte in der Luft wie Asche. »Ich weiß noch, als die Bombe fiel, da war ich froh, denn ich dachte, das würde den Krieg beenden, hurra.«

»So habe ich mir das nicht vorgestellt nach dem Krieg. Nach dem Faschismus.« Er legte sich wieder hin. Nach langem Schweigen sagte er: »Kein Wunder, daß sie uns immer wieder abgewimmelt haben. Ich kann nicht schlafen.«

»Ich fühle mich, als könnte ich nie wieder schlafen. Stell dir den Feuerball vor, den Moment der Explosion. Meinst du, sie wußten wirklich, was sie taten, als sie das Ding abwarfen? Und dann noch eine auf Nagasaki.«

»Du hast *sie* gesagt, nicht *wir*.«

»Niemand hat mich um Erlaubnis gefragt.«

»O wackre neue Welt, die solche Geschöpfe trägt. Der Moloch in Person. Der Todesengel erschien am Himmel, zu hell für Menschenaugen.« Daniel warf sich von einer Seite auf die andere. »Ich habe eine Schlaftablette genommen. Soll ich noch eine nehmen?«

»Das nützt nichts.«

»Ich habe so ein seltsames Gefühl, Abra, als ob Gottes Finger auf mich zeigt, dabei bin ich durch und durch unreligiös.«

Sie stützte sich auf den Ellbogen und beugte sich über ihn. Sie legte ihren Kopf sanft an seine Brust und spürte seinen Herzschlag. »Gottes Finger? Du wirst ja biblisch.«

»Wir müssen etwas tun. Mir ist, als hätte ich durch ein ungeheures Auge geblickt und die Zukunft der Welt gesehen, eine Ebene aus Asche, in der Sand zu Glas geworden, Fleisch verdampft und die Zeit selbst verbrannt ist.«

»Was können wir tun?«

»Zuerst einmal unsere Ansichten soweit es geht in dem Bericht unterbringen.«

»Das kann ein Politikum werden«, sagte sie. »Früher war ich in so was mal gut. Wenn wir in die Staaten zurückgehen. Falls wir zurückgehen.«

»Falls wir es tun.« Er seufzte.

»Die Menschen daheim wissen nichts über die Bombe. Es kommt nur darauf an, ihnen die Augen zu öffnen. Sie waren ahnungslos.«

Trotz der Schlaftabletten lagen sie die ganze Nacht wach. Sie schauten zu, wie die Dämmerung sich ausbreitete über Tokio, das sich aus dem Schutt bereits wiedererbaute. Abra dachte an seinen Onkel in Schanghai. Wenn ihre Arbeit hier beendet war, konnten sie bestimmt einen Besuch einrichten. Für das kommende Wochenende waren sie zum ersten Mal von einer japanischen Familie eingeladen worden, und auch das versprach interessant zu werden. Sie waren beide erschüttert von dem, was sie gesehen hatten, und sie würden es wohl beide nie vergessen. Trotz allem gewannen sie voneinander ungeheure Kraft, und die Welt hallte wider von Einladungen wie Vogelgezwitscher in den verbliebenen Bäumen Tokios. In Hiroshima gab es keine Vögel mehr.

Naomi 10

Flieh wie ein Vogel auf deine Berge

Das Telegramm war da, als Naomi von der Schule heimkam. Ihre überfüllte Schule hatte immer noch Schichtunterricht, so daß sie schon um halb zwei zu Hause war. Normalerweise fing sie um zwei in der Bäckerei an und arbeitete, bis sie um halb sieben zumachte. Dann lief sie nach Hause, wo sie mit dem Abendbrot auf sie warteten. Aber heute wurde dieser Teil ihres Tages, der am wenigsten belastete, der einfachste, zerspalten. Sie saß auf einem Küchenstuhl, um das Telegramm zu lesen, während Tante Rose und Sharon in ihren Küchenschürzen sich Stühle heranzogen und sie erwartungsvoll anschauten.

Das Telegramm war in verballhorntem Französisch von Jacqueline aus Toulouse in Südfrankreich und besagte, daß sie über New York nach Detroit kam und am ersten Dezember in Marseille abreiste, mit der ersten Überfahrt, die sie hatte buchen können.

»Meine Schwester lebt«, sagte sie.

»Deine Zwillingsschwester?« fragte Tante Rose strahlend. Sie stieß einen langen, böigen Seufzer aus.

»Nein.« Sie erklärte nicht, daß sie Rivka nie ihre Schwester nannte. Rivka war ein Teil von ihr, war ein Teil von ihr gewesen. Der bessere Teil. Die gute Hälfte, oder die Hälfte, ohne die sie nicht gut war. »Meine ältere Schwester Jacqueline.«

»Ich dachte, die Deutschen hätten sie erschossen?«

Zur Antwort hob Naomi das Telegramm. »Sie kommt her. Ich werde nicht aus allem schlau.«

»Wo sollen wir sie unterbringen?« fragte Sharon stirnrunzelnd. Arty war immer noch in Europa bei den Besatzungstruppen, und nach Ruthies Heirat hatte Sharon Marylin in Naomis Zimmer einquartiert. Sie war sechs und ging in den Kindergarten von Naomis alter Schule. Marylin war dünn für ihr Alter, hatte oft Nebenhöhlen- und Halsentzündungen, ein scharf beobachtendes, aber schweigsames Kind, das von Boston Blackie adoptiert worden war.

Rose rieb sich die Hände und überlegte. »Es gibt immer Platz. Wir werden Marylin in dein Zimmer legen, und Jacqueline kann mit ihrer Schwester das Zimmer teilen.«

»Vielleicht will sie gar nicht hier übernachten«, sagte Naomi schwach.

»Warum soll sie nicht bei ihrer Mischpoche übernachten wollen? Ist sie reich?«

»Ich weiß nicht mal, wo sie das Geld für die Reise her hat«, sagte Naomi.

»*Kezele*«, sagte Tante Rose. »Das sind großartige Neuigkeiten für dich, aber wir können beim Abendbrot reden. Du kommst zu spät zur Arbeit, wenn du dich nicht beeilst.«

Zum ersten Mal verbrannte Naomi eine Ofenladung Brot. Dann erklärte sie es stammelnd den Fennimans. Die freuten sich mit ihr und hielten ihre Tränen für Aufregung, für Freude. Aber Naomi fühlte sich schuldig, denn sie wußte es besser. Sie hatte entsetzliche Angst. Ihre Regel war letzten Monat nicht gekommen. Sie hatte niemanden, mit dem sie reden konnte, niemanden, dem sie es erzählen konnte. Ruthie war die einzige, der sie sich vielleicht anvertraut hätte, aber Ruthie war verschwunden und ging ganz in Murray auf. Sie kam jede Woche mehrere Male ins Haus, jeden Freitag mit Murray, den ihre Augen kaum losließen; wenn sie ohne ihn dawar, war es nur wenig besser, denn sie redete von nichts als von ihm. Trudi und Ruthie schwatzten endlos darüber, wie die Männer vom Krieg verändert waren und welche Mühe sie hatten, sich an das zivile Leben anzupassen, dazu machte Sharon sich Sorgen, ob Arty noch der alte sein würde.

Sie sagte Leib nichts, denn sie hatte sich angewöhnt, ihm aus dem Weg zu gehen. Sie stand nicht mehr unter dem Zwang dieser hypnotischen Liebe, die war wie ein Berg über ihr. Was fühlte sie eigentlich? Sie fühlte sich an ihn gebunden, machtlos. Sie fühlte sich mißbraucht. Sie fühlte Zorn, manchmal eine kalte, saure Wut, sie fühlte, daß etwas in ihr zerstört war. Sie wußte, sie mußte es ihm irgendwann sagen, aber das Telegramm hatte dem Irgendwann eine Grenze gesetzt. Sie hatte keine Ahnung, wie lange Jacqueline von Marseille nach Detroit brauchte, aber der erste Dezember war schon in zwei Wochen.

Trotzdem ließ sie die zwei Wochen verstreichen, hoffte immer noch, betete immer noch, lief doppelt so oft ins Badezimmer, schaute verzweifelt in ihr Baumwollhöschen und forderte, daß ein Blutfleck erschien. Sie flehte G-tt an, ihr zum Geburtstag die Regel zu schenken. Stattdessen bekam sie einen neuen Mantel, einen warmen Wintermantel aus roter Wolle, auf den die Familie unheimlich stolz war. Inzwischen mußte sie sich jeden Morgen übergeben. Alle beklagten sich, wie lange sie im Badezimmer brauchte, wie eitel sie wurde. Zweimal schaffte sie es nicht mehr bis ins Badezimmer. Einmal lief sie auf die Hintergasse. Das andere Mal erbrach sie sich in ihrem Zimmer und wischte es auf, während Marylin mit großen Augen zusah. Dann mußte sie so tun, als verschüttete sie aus Versehen ihre Flasche »Pariser Nächte« von Woolworth, um den sauren Geruch zu überdecken.

Sandy redete in letzter Zeit von nichts anderem als 'wenn wir mit der Schule fertig sind'. Bei welchen Colleges bewirbst du dich? Naomi sagte immer, sie wüßte noch nicht. Sie ging nicht aufs College, weil sie die High-School nicht abschloß, aber das sagte sie Sandy nicht. Sie trug einen Bankert aus und starb im Kindbett, in ihrem Bett oder in der Hintergasse, wo sie sich erbrochen hatte. Dann sagten alle, was für ein schlechtes Mädchen sie war, aber sie tat ihnen auch leid. Wenn sie nur das Sterben hinter sich brachte, bevor Jacqueline kam und erfuhr, für welch eine Schwester sie den Ozean überquert hatte.

Alle stellten Überlegungen an, was passieren würde, wenn Jacqueline ankam. Allgemein wurde angenommen, daß sie in Detroit bleiben und sich Arbeit suchen würde. Naomi dachte das nicht. Sie dachte, daß Jacqueline sie nach Paris zurückholen, aber bestimmt auch ihr Tagebuch wiederhaben wollte. Was Jacqueline plante, hatte nicht viel zu bedeuten, dachte Naomi, denn Jacqueline erwartete, eine süße kleine, erfundene Schwester vorzufinden, die immer noch zwölf Jahre alt war, immer noch französisch, immer noch gut, immer noch jungfräulich. Sie wußte aus dem Tagebuch, daß Jacqueline mit Henri geschlafen hatte, das gab ihr ein wenig Hoffnung; aber das war für etwas zu essen gewesen, und Henri war kein verheirateter Mann gewesen, dem seine Frau schon zwei Kinder geboren hatte, David und das neue Baby Linda.

Manchmal sagte sie sich, daß sie Leib geliebt hatte, doch wenn es stimmte, dann war das in ihrem Unglück zergangen wie Kreide in

Wasser. Alles, was sie von dem, was sie Liebe genannt hatte, erinnern konnte, war das Gefühl, festgehalten, durchbohrt zu werden. Sie wußte nicht, ob sie etwas Kostbares verloren hatte oder aus einem Tagtraum erwacht war, nur, daß sie zu etwas erwacht war, was schlimmer war. Manchmal stellte sie sich vor, ihr Erspartes von der Bank abzuheben und mit dem in ihr verborgenen Baby davonzulaufen.

Sie horchte Sandy aus. »Hast du mal daran gedacht, es mit einem Jungen zu tun?«

»Klar denke ich dran, aber meine Mutter würde mir den Hals brechen. Jedesmal, wenn ich verabredet bin, bleibt sie auf und läßt das Verandalicht brennen und will jede einzelne Minute wissen.«

»Sagst du ihr alles?«

»Das meiste. Soll ich meiner Mutter alles übers Knutschen erzählen?«

»Aber was wird mit Mädchen, die es tun? Kriegen die alle Babys?«

»Wenn alle Mädchen, die es tun, Babys kriegen würden, käme die halbe Klasse nicht bis zum Abschluß«, verkündete Sandy selbstzufrieden. »Oder jedenfalls ein Drittel. Dafür sind Präservative da. Die habe ich dir schon vor Jahren erklärt.«

»Aber wenn sie trotzdem schwanger werden, kriegen sie dann immer Babys?«

»Manche werden operiert, und manche kriegen Babys. Meistens kommen sie in Heime, und die Babys werden adoptiert. Aber manchmal, wie Magda Revitch und wie das polnische Mädchen mit den Zöpfen, behalten sie ihre Babys und ziehen sie groß. Dann sind sie erledigt.« Sandy schnitt sich mit dem Finger symbolisch die Kehle durch.

Das war die Summe von Sandys Wissen: nichts über Abtreibungen, außer daß manche leichte Mädchen, die es erwischt hatte, sie machen ließen. Es schien hoffnungslos. Wenn ein Mädchen ein Baby bekam, dann war sie offensichtlich nicht zur Abtreibung gegangen, also hatte es keinen Sinn, so eine zu fragen; wenn sie aber eine Abtreibung bekam und kein Baby, erfuhr niemand davon, also konnte man sie auch nicht fragen. Schließlich war der erste Dezember vergangen, und sie mußte mit Leib sprechen. Nachdem sie ihm wochenlang aus dem Weg gegangen war, fand sie es nun äußerst schwierig, ihn allein abzupassen. Leib hatte seine Maklerlizenz erworben und ein Geschäft mit Fats und Moose und mit einigen stillen Partnern aufgemacht, von denen Trudi behauptete, sie wären Ganoven mit Geld aus illegalen Lotterien und Prostitution. Trudi war wütend auf Leib, weil er nie zu Hause war. Sie hatte im Krankenhaus aufgehört, um zu Hause bei dem Baby zu bleiben. Jetzt sagte sie, als er in der Armee war, sei es besser gewesen, denn da hatte er ihr zweimal in der Woche geschrieben. Wenn er wenigstens Briefe schriebe, dann hätte sie mehr von ihm als so, wo sie zwei Stunden, nachdem sie zu Bett gegangen war, nur spürte, wie er hereinkletterte, und ihm morgens zusah, wie er sein Rührei aß und dann zur Tür hinausrannte, sobald Fats mit der Hupe von seinem De Soto tutete. Trudi war nicht mehr so freundlich zu Naomi wie früher. In letzter Zeit hatte sie immer Sandy gebeten, auf das Baby aufzupassen.

Schließlich fand Naomi eine Gelegenheit. Leib kam eines Abends die Treppe herunter, weil ihm die Zigaretten ausgegangen waren, und wollte zum Drugstore, der bis zehn aufhatte. Der Bursche da hatte gewöhnlich welche zum doppelten Preis unter dem Ladentisch. »Will jemand was aus dem Drugstore?«

»Ich komme mit«, sagte sie. »Ich brauche ein Haarwaschmittel.«

»Damit du noch länger im Badezimmer bleiben kannst?« fragte Sharon. »Was gefällt dir nicht an dem *Halo*, das ich benutze?«

»Mein Haar ist dafür zu lockig«, sagte sie. Jeder Unsinn war recht, um hinauszukommen. Sie hatte sich schon den Mantel angezogen und stand in der Tür.

»Laß sie doch mitkommen«, sagte Leib. »Ich hab' gern Gesellschaft.«

»Schön, bring mir Hühneraugenpflaster mit.« Rose zählte die Münzen dafür auf den Tisch.

Als sie die Straße hinuntergingen, sagte Leib: »So so, nachdem du einen Monat lang die Scheue gespielt hast, schmeißt du dich mir plötzlich an den Hals, wenn es Stein und Bein friert. Was meinst du, können wir's heute abend im Park machen?« Er legte ihr schwer die Hand auf den Arm. Er humpelte immer noch, konnte aber rascher gehen als im Sommer.

»Ich muß mit dir reden, Leib, ich bin schwanger.«

»Unmöglich.«

»Es ist aber wahr.«

»Von dem Riesenbaby?«

»Du weißt, daß ich's nie mit ihm gemacht hab'.«

»Vielleicht besser, du fängst damit an.«

»Das geht nicht«, sagte sie aufgebracht. »Nein.«

»Woher weißt du, daß du schwanger bist? Warst du beim Arzt?«

»Welchem Arzt könnte ich trauen? Meine Regel ist schon zweimal nicht gekommen, ich muß mich morgens übergeben, und meine Brüste tun weh. Ich habe alle Symptome in Tante Roses Gesundheitsbuch nachgeschlagen.« Das war ein Lexikon über Krankheiten und Körperteile. Ruthie hatte Naomi einmal dabei überrascht, wie sie darin las, und ihr gestanden, daß sie mit dreizehn versucht hatte, daraus alles über Sex zu erfahren. Doch obwohl das Gesundheitsbuch über die inneren Organe gut Bescheid wußte, machte es vor den Geschlechtsorganen halt. Naomi wünschte, sie müßte Bücher durchwühlen, um etwas über Sex zu erfahren.

»Der erste Schritt ist, daß du zum Arzt gehst. Viele Mädchen denken, es hat sie erwischt, und dann ist es gar nichts. Danach überlege ich mir, was zu tun ist.« Er gab ihr einen Klaps auf den Hintern. »Es scheint, jedesmal, wenn ich eine Frau anfasse, hat's bei ihr eingeschlagen.«

Naomi fing an zu weinen. Er packte sie bei den Schultern und schüttelte sie. »Hör damit auf. Willst du heulend ins Haus spazieren? Hör auf, Angst zu haben. Ich sorge schon für dich. Ich habe eine Verantwortung dir gegenüber. Ich muß mir nur noch den Zeitplan ausrechnen, ob dann, wenn das Baby fällig ist, bei mir genug Geld reinkommt, um dich zu versorgen.«

»Leib, wie kriegen Frauen Abtreibungen?«

»Keine Sorge. Ich habe Beziehungen für alles, was wir brauchen.« Als sie an einer Seitengasse vorbeikamen, blieb er stehen, zog sie ins Dunkel, um sie zu küssen. »Deine Brüste wachsen. Wenn's nicht so kalt wäre, würde ich's gleich hier tun, aber dann friert mir der Schwanz ab. Hör zu, am Sonntag schaue ich mir Grundstücke an. Hinterher laß' ich sie bei ihren Eltern. Wir essen bei ihnen.« Er nahm ihr Gesicht in seine behandschuhten Hände, kaltes Leder an ihren Wangen. »Ich werde sagen, ich hab' was vergessen und muß noch mal zu Hause vorbei. Gegen halb sechs.«

»Da bin ich noch in der Bäckerei.«

»Dann um sieben. Du sei oben. Jetzt kapiere ich, warum du die Abweisende gespielt hast. Du hast Angst, aber du brauchst keine Angst zu haben. Alles ist picobello. Was mir gehört, darauf paß' ich gut auf. Entweder besorge ich dir gleich eine kuschelige kleine Wohnung, oder wir werden das Baby los und machen es dann so, wenn du mit der High-School fertig bist.«

»Aber Onkel Morris und Tante Rose werden mir das nicht erlauben.«

»Du bist sechzehn. Du kannst einfach abhauen, und wenn sie nicht wissen, wo du hin bist, dann wissen sie auch nicht, wo sie dich suchen sollen. Das sind sowieso bloß arme Juden, die haben dir nichts zu bieten. Die Zukunft, das sind Fertigbauhäuser zu Tausenden draußen, wo das Land billig ist. Ich sehe das, und ich werde ein Mordsgeschäft machen. Dumme Tröpfe wie Ruthie und der Schlemihl, den sie geheiratet hat, wie Sharon und Arty, die werden sich mit einer Veteranenhypothek nach Sechs-, Siebentausenddollarhäusern umsehen. Die werden sich anstellen müssen. Ich werde mit Trudi und den Kleinen da rausziehen.« Er zog sie heftig an sich. »Bis Sonntag um sieben, oben.«

»Die werden uns hören.«

»Sonntag abend hat Morris immer Versammlung.«

Sie lag wach, die Hände auf dem Bauch verschränkt. Er würde helfen, aber er würde sie auch zwingen, zu tun, was er wollte. Sie existierte nicht mehr. Sie war ein Gefäß, um Leibs Kind auszutragen oder nicht, ganz wie ihm beliebte. Sie hatte eine Familie verloren, und nun stand sie davor, ihre zweite zu verlieren. So wütend sie auf Ruthie war, und sie merkte, als sie an dem Abend im Bett lag, daß sie sehr wütend war, so wollte sie doch nicht gänzlich abgeschnitten sein. Aber vielleicht konnte sie ihnen allen die Freundlichkeit vergelten, indem sie verschwand, als wäre auch sie tot, wie alle übrigen ihrer Familie. Doch das Baby gehörte nicht Leib, das gehörte ihr, und sie nannte es Rivka. Rivka gehörte ihr, nur ihr ganz allein, und das wußte sie. Rivka war die wiedergekehrte Rivka, um noch einmal aufzuwachsen und geliebt zu werden.

Alle tot außer Jacqueline, die kam. Leib wußte das, hatte es aber offensichtlich nicht zur Kenntnis genommen. Was machte ihr Besuch letztendlich für einen Unterschied? Eine überflüssige Reise. Es sei denn, Morris und Rose hatten recht und Jacqueline hatte wirklich vor, in den Vereinigten Staaten zu bleiben?

Sie lag wieder unter Leib, und am Ende der Woche ging er mit ihr zu einem Arzt, einem richtigen Arzt mit einem Wartezimmer draußen an der Seven Mile Road. Der Arzt nahm eine Urinprobe, bemerkte aber, seiner Meinung nach sei sie schwanger. Leib hatte ihr für den Arztbesuch einen Trauring aus einem Billigkaufhaus gegeben. Sie stellte sich vor, wie sie in einer Wohnung allein mit dem Baby saß und endlos auf Leib wartete, so, wie Trudi in dem Neubauvorort wartete. Es war besser, zu sterben.

Vielleicht sollte sie sich umbringen, aber das konnte sie nicht, bevor Jacqueline kam. Es wäre unrecht, dem Leichenberg einen weiteren Tod hinzuzufügen. Sie schuldete es ihrer Schwester, zu warten und die Wahrheit zu sagen, so daß Jacqueline entlassen war aus der falschen Fürsorge, die sie über Tausende von Kilometern herzog. Naomi verdiente zu sterben, aber Rivka verdiente zu leben, die kleine Rivka, die sich lächelnd in ihrem Bauch versteckt hatte.

Ein Anruf kam aus New York. Tante Rose sprach am Telefon Jiddisch. Dann rief sie Naomi, die gerade »Der grüne Skorpion – der Kämpfer gegen die Mafia« hörte, während sie amerikanische Geschichte lernte. Die Stimme war vertraut und doch anders. »*Naomi, ma sœur, Naomi, je viendrai te voir jeudi. J'arriverai à six heures du soir, j'ai tout expliqué à notre tante. Pendant ces trois jours, je donne encore cinq conférences au sujet des juifs après le génocide. C'est Joint qui paie mon passage, tu comprends? Mais je me dépêche le plus possible, ma sœur. Tu es en bonne santé? Je t'embrasse. J'ai un désir fou de te voir à l'instant même.*«

Sie versuchte, Leib am nächsten Morgen abzupassen, aber er war noch nicht auf. Am Abend versuchte sie es wieder. Er war kurz im Wohnzimmer, um sich von Morris die Autoschlüssel zu holen. Hinter dem Rücken von Morris nickte er ihr zwinkernd zu. Was bedeutete, daß sie schwanger war, als ob sie das nicht längst wüßte. Sie versuchte ihm ein Zeichen zu geben, daß sie mit ihm reden mußte, aber er war schon mit den Schlüsseln zur Tür hinaus.

Der Donnerstag kam. Rose und Morris gingen mit ihr zum Bahnhof. Obwohl nachmittags Schnee gefallen war und den Abend einfarbig und bitterkalt gemacht hatte, war der Zug pünktlich. Morris hatte ein großes Schild gemacht, auf dem Siegal stand. Er sagte, so kam niemand in Verlegenheit, falls sie einander nach all den Jahren nicht erkannten. Naomis Herz hämmerte. Sie mußte eine Toilette aufsuchen und sich übergeben. Als sie zurückkam, sah sie eine Frau bei Morris und Rose, eine hochgewachsene Frau, sehr schlank und sehr schön in einem Militärmantel und einer Baskenmütze. Naomi setzte langsam Schritt vor

Schritt, während sich der Bahnhof um sie drehte und das Stimmengewirr anschwoll. Der Schweiß brach ihr auf dem Gesicht aus. Es war und war nicht ihre Schwester. Naomi glitt zu Boden, während Morris vorsprang, um sie aufzufangen.

Als sie in einem Kreis über sie gebeugter Gesichter zu sich kam, schämte sie sich. Sie waren nicht die einzigen, die Jacqueline abholten, denn es war auch eine offizielle Abordnung von der jüdischen Ortsgruppe da, die ihren Besuch organisiert hatte, und ein Photograph, der seine Blitzlichter auf die in Ohnmacht gefallene Naomi abschoß, bevor sie auf die Beine gebracht werden konnte. »Eine Schande«, sagte Rose, »das ist etwas Privates, sie sollte ihre Schwester von den Toten zurückempfangen können ohne Blitzlichter im Gesicht.«

Jacqueline sprach mit den Reportern Englisch. Morgen um elf gab es eine offizielle Pressekonferenz. Dann werde sie gern alle Fragen beantworten. Sie habe eine Einführung für sie vorbereitet und Pressemappen. Jetzt sei sie müde und wolle ihre Schwester sehen.

Jacqueline übernachtete nicht bei ihnen, sondern im Stadler. »Ich habe mir ein Doppelzimmer buchen lassen.« Sie hielt Naomis Hand und schaute ihr ins Gesicht. Ihre Augen hatten das gleiche Nußbraun. »Ich wollte, daß du bei mir bleibst, wenigstens heute nacht. Wir haben so viel zu reden. Kommst du?«

Naomi weinte. Sie nickte nur. Wenigstens konnte sie ihr so gleich heute abend sagen, was sie ihr sagen mußte.

Schließlich waren sie in dem Zimmer, zusammen mit Jacquelines Koffer und der Aktentasche, die von Papieren überquoll, von Tabellen und vervielfältigten Presseerklärungen in vier Sprachen. »Du bist so groß, so blühend, so hinreißend, Naomi!« sagte Jacqueline in Französisch zu ihr. »Dich wiederzusehen, ich möchte dich andauernd in die Arme nehmen. Ich hoffe, ich habe dir keinen Schreck damit eingejagt, daß ich plötzlich erschienen bin. Man hat mich für tot gehalten, aber ich war unter den lebenden Toten, in einem Lager.«

»Jacqueline, ich muß dir auch etwas sagen.«

»Weine nicht, mein Liebling, weine nicht. Setz dich. Bitte, setz dich hin, als ob du vorhättest, ein bißchen bei mir zu bleiben. Ich weiß, du hast hier dein Leben. Ich weiß das.«

»Du hast deine Zeit verschwendet, mich holen zu wollen.«

»Dich zu sehen ist keine Zeitverschwendung. Wenn du hierbleiben willst, verstehe ich das, aber entscheide dich nicht, bevor wir alle Möglichkeiten besprochen haben.«

»Du kannst mich nicht brauchen. Ich habe einen schlechten Charakter. Ich bin schwanger.«

»Schwanger?«

Naomi konnte nur nicken, Tränen strömten ihr übers Gesicht. Jetzt wußten zwei Menschen von ihrer Schande, und Jacqueline würde sie hinauswerfen, nach Hause schicken und Morris und Rose anschreien, sie ins Verderben gebracht zu haben, wo es doch ganz allein Naomis Schuld war. Sie versuchte das zu sagen, konnte aber vor Schlucken nicht sprechen.

Jacqueline kam mit zwei langen Schritten und setzte sich zu ihr auf die Hälfte des Doppelbetts, in der sie schlafen sollte. »Kleine Schwester, meine einzige, meine teure, warum weinst du? Meinst du, mir ist wichtig, ob du mit irgendeinem Jungen ins Bett gegangen bist? Du bist jung für ein Kind, aber du bist kräftig. Du bekommst das Kind, oder du bekommst es nicht – wie weit bist du?«

»Zwei Monate und ein paar Wochen.«

»Wenn du das Kind nicht haben willst, müssen wir bald etwas tun. Ich denke, ich kann das in New York einrichten. Wenn du es haben willst, ist es auch gut. Was ist mit dem Vater? Liebst du ihn?«

»Das dachte ich, aber jetzt nicht mehr.« Sie hörte auf zu weinen. An ihre magere Schwester geschmiegt, die den Militärmantel ausgezogen hatte und darunter einen Pullover und einen Rock trug, entspannte sie sich langsam und redete. Die Tränen fingen wieder an, aber ohne krampfhaftes Schluchzen. Langsam, sacht wie das Blut, auf das sie jeden Tag gehofft hatte, rannen warme Tränen auf Jacquelines Pullover, wo Jacqueline sie an ihre Brüste gedrückt hielt, die kleiner waren als Naomis.

»Ich glaube, ich werde ihm die Eier abschneiden«, sagte Jacqueline fröhlich. »Ich werde dich auf jeden Fall wegbringen. Ich will dich nicht in der gleichen Stadt, auf dem gleichen Erdteil mit diesem Schweinekerl. Was ist denn mit Tante Rose los, daß sie ihn dir nicht vom Leib halten kann?«

»Aber es war meine Schuld! Ich wollte ihn. Nicht, was geschehen ist. Ich wußte nicht, was ich wollte. Ich dachte, er ist ein großer Held, und von seinem Hochzeitstag an war ich in ihn verknallt.«

»Es ist nicht deine Schuld, Kleines.« Jacqueline streichelte ihr die Schultern. »Es ist keine große, schlimme Sünde. Ich habe zu viel Tod gesehen und nicht genug Leben. Alle setzen mir zu, Kinder zu kriegen. Wenn du ein Kind willst, dann sage ich dir, das ist gut so. Der Vater ist Jude, auch wenn er ein *mamser* ist.«

Naomi hatte sich ausgeweint. Ihre Augen waren geschwollen und schmerzten. Sie schmiegte sich an ihre Schwester, berührte ihr Haar, ihren Arm. »Was ist das?«

»Meine Nummer. Aus Auschwitz.«

»War es schlimm da? Ich habe Photos gesehen, in den jiddischen Zeitungen. Leichenberge. War das, wo Maman und Rivka gestorben sind?«

Jacqueline begann zu zittern, und jetzt war es Naomi, die ihre große Schwester hielt und tröstete. Jacqueline zitterte und konnte nicht sprechen, langsame Tränen glitten ihr über die Wangen. Schließlich brachte sie mit erstickter Stimme hervor: »Ich kann darüber nicht mit dir reden. Noch nicht. Ich dürfte nicht am Leben sein.«

Jacqueline brauchte sie auch, wurde Naomi klar, und sie richtete sich auf. Jacqueline brauchte Liebe, brauchte Umarmungen und Zärtlichkeit und Fürsorglichkeit. Sie streichelte den dürren, harten Körper ihrer Schwester, der von Leid geschüttelt wurde. »Werden wir in die Wohnung in Paris zurückkehren?«

»Ich glaube nicht, daß ich Paris ertragen kann. Ich bin in die Wohnung gegangen. Da wohnen jetzt Franzosen, und sie benahmen sich, als wäre ich unmöglich. Ich sah Mamans Spitzentischdecke, aber sie leugneten es. Das meiste haben sich sowieso die Deutschen geholt. Ich habe ein paar Andenken von dem Fleischer unten, der sie für uns gerettet und zu seinen Sachen getan hat, als er untergetaucht ist. Mamans Leuchter. Ihre Brosche.«

»Wirst du hierbleiben, wie Onkel Morris und Tante Rose meinen?«

»Hier? Nein!« Jacqueline lachte und berührte wieder Naomis Gesicht. »Wie ist es mir teuer, dich zu sehen. Ich habe Freunde in Toulouse. Das werden auch deine Freunde sein. Zieh nicht die Stirn kraus vor Sorge, das sind keine Spießer. Das sind Verrückte wie ich, Freunde aus der Résistance und den Lagern. Ich werde dir von ihnen erzählen, meine Schwester, mein Liebling, mein Kleines, und sie werden dir auch eine Familie sein.«

»Werden wir in Toulouse leben?«

»Das wird unser Ausgangspunkt. Wir werden nach Israel gehen. Bis dahin treibe ich Geld auf und halte Ansprachen. Das kann ich inzwischen ganz gut. Ich habe seltsame Begabungen.« Jacqueline lachte auf, schärfer. »Möchtest du einen kleinen Schnaps? Ich habe eine Flasche im Koffer. Nur einen kleinen, nicht, daß dein Kind betrunken wird.«

»Kann ich das Kind haben?«

»Wenn du wirklich willst. Du bist jung für ein Kind, aber wenn du es willst, würde es die anderen glücklich machen.«

»Warum soll es sie glücklich machen, wenn ich ein uneheliches Kind kriege?«

»Vera ist in Ravensbrück sterilisiert worden.« Jacqueline schenkte ihnen beiden Weinbrand ein und lehnte sich dann ins Kissen zurück, um von den Menschen zu erzählen, die in Toulouse auf beide warteten. Sie erzählte von Rysia, die ein Jahr älter war als Naomi und rotes Haar hatte und Ungarin war; sie erzählte von Vera und Lev, die verheiratet waren; und am meisten erzählte sie von Ari.

»Ist das dein Freund?« fragte Naomi, voll Angst, ob sie ihre Schwester zurückerhalten hatte, nur um sie wieder zu verlieren, wie sie Ruthie verloren hatte.

»Nein, ich liebe ihn nicht. Ich kann noch keinen Mann lieben.«

»Ich auch nicht.«

Jacqueline küßte sie. »Du hast für eine Weile genug geliebt! Du bist so groß und hinreißend und gesund, jeder wird sich in dich verlieben. Du wirst dich daran gewöhnen müssen.«

Ihre Schwester war für sie geheimnisvoller, machtvoller als Leib, sie knisterte vor harter Energie. »Aber wenn Ari so nett ist, wirst du dich dann nicht anders besinnen und ihn lieben? Das kann dir passieren, auch wenn du es gar nicht willst.«

»Ich habe geliebt, kleine Schwester. Einen Mann, mit dem ich in der Résistance gekämpft habe. Er hatte nicht den gleichen starken Überlebenswillen wie ich. Oder vielleicht sehe ich das falsch, verwechsle Glück mit Willenskraft. Überleben ist kein Zeichen guten oder schlechten Charakters, sondern ein Geschenk. Etwas, das ich mir jeden Tag verdienen muß.«

»Hast du ein Photo von ihm?«

»Nein. Und ein Porträt, das er von mir gemalt hat, ist verschwunden. Er war Amerikaner.«

»Willst du deshalb keinen lieben?«

»Nicht so. Ich habe mein eigenes Programm, wie man in Parteien sagt. Aber Ari braucht eine Frau, die er lieben kann, er braucht das sehr.« Jacqueline lächelte, die Augen halb geschlossen wie eine Katze. Sie beschrieb, wie alles sein würde.

»Ich kann das Kind für Vera und Lev kriegen«, sagte Naomi und setzte sich auf.

»Du kannst nicht für jemand anders ein Kind kriegen. Du bist keine Kuh.«

»Warum kann ich nicht einmal für jemand anders etwas Gutes und Wichtiges tun? Warum bin ich gerettet worden und Rivka und Maman und Papa alle ermordet, wenn nicht, damit ich mein Leben irgendwie zurückzahle?«

»Es ist Unrecht, ermordet zu werden. Es ist gut, zu leben, ein dir zustehendes Recht. Du mußt nicht dafür zahlen, daß du lebst. Nur die, die gemordet haben, müßten dafür zahlen. Aber das werden sie nicht. Denn außer uns ist das aller Welt letztlich völlig schnuppe. Die Amerikaner liegen schon mit den Nazis im Bett und bereiten sich darauf vor, gegen die Russen anzutreten, die die Polen und die Tschechen und die Ungarn unterbuttern.«

»Aber wenn ich doch etwas Gutes tun möchte, einmal, nur einmal!«

»Außerdem, wenn wir nach Israel gehen, errichten wir einen Kibbuz. Da werden alle Kinder in der *crèche* sein, bunt durcheinander.«

»Jacqueline, du hast Papa immer ausgelacht, wenn er über Zionismus geredet hat. Warum gehen wir nach Israel, statt in Frankreich zu bleiben?«

»Wenn die französischen Behörden nicht mit den Nazis zusammengearbeitet, die Unterlagen übergeben hätten, wenn französische Bürokraten und französische Polizisten nicht geholfen hätten, die Juden zu internieren, wenn Vichy sich nicht beeilt hätte, antisemitische Gesetze zu erlassen und Juden so rasch zu deportieren wie die Nazis, dann hätten die Franzosen so viele ihrer Juden gerettet wie die Dänen. Sogar in der Résistance gab es antisemitische Gruppen, aber mit dem größten Teil der Résistance kamen wir aus. Es gab Helden, wie das Dorf Le Chambon, wo das ganze Dorf Juden rettete und nie einen verpfiff. Da können wir hin, aber sonst kann ich nicht in Frankreich leben. Auf der Straße schaue ich mich ständig um und erwarte *une rafle* – so nannten wir die Razzien. In der Metro, in den Läden schaue ich in die Gesichter und möchte fragen: Was hast du getan? Auf wessen Seite hast du gestanden? Ich kann so nicht leben.«

»Wir könnten hier leben.«

»Ich habe kein Einwanderungsvisum bekommen. Ich gelte als vorbestraft. Ich habe nur ein Besuchervisum bekommen, weil die jüdischen Organisationen Himmel und Hölle in Bewegung gesetzt haben, damit ich für einen Monat einreisen durfte. Die Amerikaner kümmert es nicht, daß die Nazis mich verhaftet haben, weil ich für die Alliierten gearbeitet habe. Eine Haftstrafe ist in ihren Augen eine Haftstrafe.«

»Weswegen bist du verhaftet worden?«

»Bist du müde, kleine Schwester? Wir können morgen reden.«

»Ich muß zur Schule.«

»Scheiß auf die Schule.« Jacqueline lachte. »Ich bin ungehobelt geworden, Naomi, ich bin hart geworden, wie du es hoffentlich nie erfahren wirst. Meine Knochen sind aus dünn gehämmertem Stahl. Aber ich weiß immer noch, meine Familie und meine Freunde zu lieben.« Sie erhob sich auf die Knie, um Naomi wieder zu umarmen. Dann begann sie sacht, in Naomis Haar zu weinen. »Ach, Liebes, wir haben einander Geschichten zu erzählen. Wenn sie nicht wissen sollen, daß du schwanger bist, brauchen sie es nicht zu erfahren, deine Tante und dein Onkel. Verdient er Geld, dieser *mamser*? Gut, ich rede mit ihm.«

Sie gingen nicht vor zwei Uhr morgens schlafen, und dann schliefen sie bis neun. Jacqueline, die sich mit amerikanischen Telefonen noch schwertat, bat Naomi, Frühstück aufs Zimmer zu bestellen. Naomi schaute ihrer Schwester beim Essen zu. »Du ißt mehr als Onkel Morris.«

»Ich habe ständig Hunger«, sagte Jacqueline lächelnd.

Naomi schaute immer wieder ihre Schwester an, die die gleiche war und anders, die immer noch ihre Schwester war, aber doch im ganzen genommen jemand anders. Ihr Herz fühlte sich an, als dehnte und öffnete es sich, von Liebe durchdrungen. »Maman wäre so stolz auf dich.«

»Naomi, wir haben alle unsere Schuld. Meine ist, daß ich mich mit Maman wegen dieses dummen Jungen gestritten habe und sie ohne mich abgeholt wurde.«

»Was hättest du tun können?«

»Zu der Zeit vielleicht nichts. Ich war damals ein Dummkopf. Ich hatte keine Fertigkeiten, keine Ahnung, wie man sich verhalten mußte. Ich konnte weder töten noch retten.«

»Ich kann beides nicht. Aber ich kann ein Kind kriegen.«

»Sechzehn ist so jung, Naomi. Wir haben Zeit für einen Eingriff.«

»Sechzehn ist nicht so jung. Es heißt, Bobe war siebzehn, als sie ihr erstes Kind bekam.«

»Zeit, mich für meine Pressekonferenz fertigzumachen. Einiges tue ich für das Joint und einiges für die Jewish Agency for Palestine. Dann muß ich noch einen Besuch abstatten. Weißt du, wo Leibs Büro ist?«

Naomi nickte. »Was wirst du tun?« Ihr Magen krampfte sich zusammen.

»Na, er wird deine Überfahrt nach Marseille bezahlen, und dann wird er unserer Organisation eine großzügige Spende machen. Ist das nicht nett von ihm? Dann nehme ich dich mit nach Kalifornien und Chicago und Texas, und dann fahren wir zurück nach New York und du entscheidest dich endgültig über Kriegen oder Nichtkriegen. Dann muß ich noch rasch an einen Ort, der sich anhört wie Lalala.« Sie warf einen Blick auf ein hektographiertes Blatt. »Savannah. Dann fahren wir nach Marseille, und du lernst unsere Gang kennen.«

Das ganze explodierte am Freitag. »Zurück nach Europa? Aber warum? Warum soll sie dich in Trümmer und Wirren zurückbringen?« Tante Rose knetete ihre Schürze. »Du solltest mal mit meiner kleinsten Schwester Esther reden, sie wird dir erzählen, wie es da ist und wieviel besser es hier ist.«

Morris zog die Stirn kraus. »Palästina ist noch schlimmer. Da fangen die Kämpfe gerade erst an. Jeden Tag Tote. Bomben, Schießereien. Die Briten versenken Schiffe voller Juden, die aus Europa fliehen.«

Naomi schaute zu Jacqueline, überzeugt, daß sie ihnen antworten würde. Jacqueline trug ein blaues Wollkleid, dunkel und hell zugleich. Die Strahlenkrone ihres Haares war zu Zöpfen gebändigt. Sie saß sehr still an der Mitte des Tisches, Naomi gegenüber, ihre Hände ruhten zu beiden Seiten des Tellers geballt auf dem Tisch, den Rose gerade abräumen wollte. »Man bekommt nichts Gutes, ohne darum zu kämpfen. Sie gehört zu mir, und ich gehöre dorthin.«

Naomi dachte: Sie meint, sie regen sich unnötig über die Gefahr auf. Für sie ist Gefahr selbstverständlich, wie die Luft. Meine Schwester, die Löwin. Jacquelines Haar war löwenfarben. Naomi hatte am liebsten, wenn es offen und wild war. Sie bürstete gerne Jacquelines Haar. Sie fanden schon kleine Rituale und Gewohnheiten, um ihre Liebe zueinander auszudrücken. Der Streit tobte um sie herum. Sie fühlte sich ruhig im Innern, ruhig um das verborgene Kind, das den Tumult belächelte. Das Kind, das in dem LAND geboren werden würde. Sie waren schon dahin unterwegs, Jacqueline, sie selbst und Rivka. Niemand anders verstand das.

Ruthie sprang auf, ihr Stuhl fiel hinten über. »Das kannst du nicht machen! Sie hat hier ein Leben, sie hat eine Familie! Ich habe vor, sie aufs College zu schicken. Sie hat hier eine Zukunft. Sie kann etwas aus sich machen.«

»Sie ist schon etwas«, sagte Jacqueline verhalten. »Sie ist sie selbst. Meine Schwester.«

Murray starrte Ruthie an, als wäre sie übergeschnappt, aber Ruthie achtete ausnahmsweise einmal nicht auf ihn. »Wir sind ihr gesetzlicher Vormund. Wir könnten diesem Unsinn einen Riegel vorschieben. Wir können nicht zulassen, daß du sie in Gefahr bringst.«

Morris verzog das Gesicht. »Ich werde nicht gegen Schwestern vor Gericht ziehen.«

»Tate! Wir dürfen das nicht zulassen. Sie gehört auch uns! Wir müssen jedes Mittel ausschöpfen, um sie zu schützen. Sie gehört zu uns! Wir lieben sie mindestens ebensosehr.«

»Du bist verheiratet«, sagte Jacqueline. »Wieviel von dir hast du ihr zu geben? Frag sie, was sie braucht.«

Ruthie lief um den Tisch und ergriff Naomis Hände. »Naomi, du wirfst dein Leben weg. Du kannst das Rad der Geschichte nicht zurückdrehen. Du hast hier ein Leben, eine Zukunft!«

Sie konnte nicht umhin, sich für einen Moment mit Ruthies Augen zu sehen, und plötzlich wurde der Aufbruch nach Erez Israel etwas aus einem Kinderbilderbuch. Die Wirklichkeit, das war Amerika, das College, eine gute Stellung. Man gründete nicht plötzlich Länder. In Ruthies Augen segelte sie an den Rand der Welt in einen törichten und gefährlichen Tagtraum. Wie konnte sie Ruthie weh tun? Dann schaute sie Jacqueline an, deren Augen auch die Augen von ihrem Papa waren und jetzt nicht sie anschauten oder irgendwen, sondern einen inneren Raum, mit jenem kalten Blick, den sie manchmal annahmen, kalt wie der Wind von einem Gräberfeld. Sie erwiderte Ruthies Händedruck und machte sich dann los. »Du hast Murray. Du hast deine Mutter und deinen Vater und deinen Bruder und deine Schwägerin und deinen Neffen und deine Nichte. Sie hat nur mich.« Sie fühlte sich, als risse sie sich von ihrem eigenen Fleisch los. Sie wollte Ruthie bitten, sie freiwillig gehen zu lassen.

»Sie hat kein Recht auf dein Leben!« schrie Ruthie und schlug die Hände vor die Brust. Ihre Augen flossen über.

Mein Leben, dachte Naomi. »Du wirst kommen und uns besuchen, wenn das LAND gewonnen ist. Doch, du wirst kommen.« Sie stand auf und legte die Arme um Ruthie, die zu weinen begann. Ich werde ihr nicht die Wahrheit sagen müssen, um wegzukommen, dachte Naomi mit ungeheuer Erleichterung. Jacqueline und ich, wir können Rivka für uns behalten.

»Viele Menschen warten auf sie und auf mich, Menschen, denen sie so teuer sein wird wie dir. Naomi bringt ihnen Segen.« Jacqueline stand auch auf, sie hielt die Arme gesenkt, doch die Handteller nach oben gewandt. »Sie bringt Liebe.«

Und so geschah es. Am Neujahrstage des Jahres 1946, mithin im Monat Tewet des Jahres 5707, gingen in Marseille bei böigem Wind von Bord Jacqueline Lévy-Monot mit französischem Paß und Naomi Siegal mit amerikanischem Paß und unsichtbar Rivka noch ohne Paß, aber mit Anspruch auf drei verschiedene Staatsangehörigkeiten, wenn auch einer der Staaten noch keine Pässe ausstellte. Sie wurden von Ari Katz abgeholt, Naomis zukünftigem Ehemann, denn obwohl Naomi und Ari noch nichts davon wußten, hatte Jacqueline Lévy-Monot, auch bekannt als Gingembre, bereits so entschieden.

Das Ende von einem Netz aus Drangsal ist nur der Anfang eines anderen.

Quellenangaben, die eine oder andere Klage und viele Danksagungen

Die Idee zu diesem Roman kam mir 1976 nach Fertigstellung der *Frau am Abgrund der Zeit.* Da begann ich, Bücher, Zeitungsausschnitte, Quellenhinweise und Auskünfte zusammenzutragen und die Charaktere zu entwickeln. Schon früh erkannte ich mit Schrecken das gewaltige Ausmaß der Aufgabe. Der Roman sollte ursprünglich sogar noch ein Drittel länger werden und die Sowjetunion einschließen, aber die Unmöglichkeit, eine Förderung für die nötigen Recherchen zu bekommen, zwang mich, dieses Konzept zu ändern. Ich verdanke meinen Lebensunterhalt für die sieben Jahre, die ich an diesem Buch schrieb, all den Colleges und Universitäten, die mich zu allen möglichen Veranstaltungen wie Lesungen, Workshops und Vorträgen einluden. Besonders dankbar bin ich der Universität Cincinnati, an der ich als Elliston Poet wirkte, während ich die vorletzte Fassung des Manuskriptes erarbeitete.

Ich schulde vielen Menschen, die mir geholfen haben, Dank: Howard Zinn und Roslyn Zinn für die Überprüfung meiner Angaben zu den vierziger Jahren; Regine Barshak, eine der wenigen Überlebenden von Drancy, für die Vermittlung dessen, was sie durchgemacht hat; meiner Freundin Ruth Linden von der Brandeis Universität und dem Women's Holocaust Media Project für das Durchgehen meiner Kapitel über die Lager und für die Überlassung ihrer Forschungsergebnisse; Adrienne Rogers für die Überprüfung von meinem Französisch; Rabbi Debra Hachen für ihre Datumsangaben und auch Nancy Passmore von *The Lunar Calendar* für ihre Hilfe bei den Datumsangaben; meiner Assistentin Kathy Shorr für harte Arbeit, Klugheit und fast nie versiegende gute Laune; Claire Beswick mit ihrem heroischen Unternehmungsgeist und meiner lieben Freundin Elaine McIlroy, beide bei der Bibliothek Wellfleet, die mir weit über tausend Bücher über die Fernleihe besorgt haben, die verschollene Druckschriften und Flugblätter aus dem Zweiten Weltkrieg, vergilbte Regierungsbroschüren und vergriffene Memoiren aufgetrieben haben; meinem ebenso lieben Freund Stephen Russel von *Twice Sold Tales*, der die Bücher, die ich brauchte, aufgestöbert hat, auch wenn uns alle versicherten, es gäbe sie nicht mehr, und der in seinen anderen Eigenschaften als Musiker und Diskjockey bei WOMR Einzelheiten über Schlager der damaligen Zeit ausfindig machte, wie es auch Janice Gray von WGBH Boston tat. Ich entschuldige mich auch und bedanke mich bei allen anderen, die meine endlosen Fragen nach dem, was sie taten oder was ihnen im Krieg angetan wurde, erduldeten. Ich bin Ruthann Robson dafür dankbar, daß sie den dritten Entwurf durchlas und mir nützliche Hinweise gab; Dank an Professor Eleanor Kuydendall von der Universität New York, New Paltz und Jacqueline Lapidus für ihre Hilfe bei Daten und Fakten zu Frankreich 1939-45, an Professor Kormel Huvos von der Universität Cincinnati für die Verbesserung meiner Geographie und an Marilyn Sweet, früher bei der Gewerkschaft CIO in Detroit, für Informationen über Briggs; der Austausch zu bibliographischen Daten, Forschungsfragen möglichen Antworten mit Valerie Miner war ein feiernswertes Beispiel hervorragender und wichtiger Netzwerkarbeit. Schließlich möchte ich zum Ausdruck bringen, wie dankbar ich meiner Agentin Lois Wallace für ihren Glauben an dieses Werk war und bin.

Da dies ein Roman ist und kein wissenschaftliches Werk, habe ich nicht die Absicht, ein Quellenverzeichnis anzufügen. Ich habe so viele Memoiren, Biographien und Berichte von Regierungsmitgliedern, OSS- und SOE-Angehörigen, Überlebenden der Lager, amerikanischen Generälen und Möchtegerngenerälen gelesen, Berichte von Angehörigen der Marineinfanterie und Literatur über ihren Krieg, über die französische Résistance, über die Rassenunruhen in Detroit, über die Dechiffrierdienste in Washington, auf Hawaii und in England, daß die Auflistung auch nur der bedeutendsten witzlos ist. Einige Bücher jedoch möchte ich erwähnen, weil sie für mich von besonderer Bedeutung waren. *Those Wonderful Women in Their Flying Machines* von Sally Van Wagenen Keil war schlicht die beste Informationsquelle über WASP, die ich finden konnte, und eine faszinierende Ausgrabung vergessener Geschichte. Amy Latours *The Jewish Resistance in France* war für mich unendlich wertvoll wegen der präzisen Ortsbeschreibungen, die ich im Roman verwenden konnte, und weil es mir eine Vorstellung von jener Zeit gab, wie auch Vera Laskas *Women in the Resistance and in the Holocaust.* Serge Klarsfelds *Memorial to the Jews Deported from France 1942–44* ist ein eindrucksvolles Mahnmal. Die militärgeschichtlichen Werke, auf die ich mich am meisten gestützt habe, waren John Costellos *The Pacific War 1941–1945* und die Publikationen von Liddell Hart (obwohl ich weit mehr Marinegeschichte nachgelesen habe, als ich dann tatsächlich brauchte, und wie so oft beim Schreiben von Romanen dabei ein verborgenes Ich in mir entdeckt habe, diesmal das einer Lehnstuhlmarinestrategin). Karen Andersons *Wartime Women* war sehr nützlich. *Proceedings of the Conference, Women Surviving the Holocaust*, herausgegeben von Esther Katz und Joan Miriam Ringelheim, war für mich wichtig, denn es bestätigte meine Beobachtungen aus meiner Lektüre von Memoiren und Berichten. Ich möchte auch auf die Bedeutung der Holocaust Library hinweisen, die durch die Veröffentlichung wichtiger Quellen diese Vergangenheit lebendig hält. So fand ich auch eine von Calmann-Lévy veröffentlichte Reihe außerordentlich nützlich, da sie Material enthält, das in Englisch nicht zugänglich ist. Alle, die sich für Kryptologie interessieren, schulden Ronald Lewins Büchern Dank; Memoiren von Männern wie W. J. Holmes und Edward Van Der Rhoer und Ronald Clarks Biographie von William Friedman, *The Man Who Broke Purple*, halfen mir sehr bei der Schilderung von Daniel Balabans Welt.

Ich hätte diesen Roman niemals innerhalb dieses Zeitraums schreiben können, wenn ich ohne Computer gearbeitet hätte, und ich hätte das ungeheure Material niemals ohne eine funktionstüchtige Datenbank bewältigen können, die mir jederzeit Zugriff auf genau das, was ich gerade brauchte, erlaubte. Die ausgedruckte Datenbank wäre achtmal länger als der vorliegende Roman.

Dieser Roman ist ein Werk der Phantasie, aber es war mein Bestreben, daß darin nichts geschieht, was zu der Zeit und an dem Ort nicht wirklich geschehen ist. Ich habe mich auch kräftig auf mein eigenes Gedächtnis verlassen und auf die Erinnerungen meiner Familie und anderer Familien, die ich gut gekannt habe. Manchmal habe ich Ereignisse leicht verändert, so, als ich die *Ohio* nicht nur zu einem in Amerika gebauten Tanker gemacht habe – was sie war –, sondern sie auch unter amerikanischer und nicht unter britischer Flagge fahren ließ, denn sonst hätte Duvey nicht an Bord sein können. Hier und da habe ich durchgehend einen Namen für Institutionen (z.B. FFI) verwendet, die ihren Namen häufig wechselten, zur Erleichterung für meine Leserinnen und Leser, die ohnehin in genug Alphabet-Suppe schwimmen müssen. Ich bin auch sicher, daß einiges sachlich falsch ist, denn selbst Primärquellen waren manchmal widersprüchlich.

Zum Schluß muß ich meinem Ehemann Ira Wood danken. Vielleicht sollte niemandem zugemutet werden, ein Elfhundert-Seiten-Manuskript sechsmal in all seinen Entstehungsstadien durchlesen zu müssen, aber genau das tat er mit nicht nachlassendem Scharfblick. Er stellte für einen Monat seine eigene Arbeit zurück, um mir bei Nachforschungen im Ausland zu helfen, die manchmal Spaß machten, manchmal stumpfsinnig waren und gelegentlich sehr unangenehm. Dies ist ein weiteres Abenteuer, das wir geteilt haben. Schließlich danke ich Colette, Dinah, Jim Beam und Oboe für ihre Schichten am Computer und dafür, daß sie ihre Zeit in elenden Motels und unwirtlichen Städten zubrachten, um kleine Bausteinchen zutage zu fördern.

Glossar

Alenu	hebr. Uns liegt es ob (zu preisen ...), ein Hymnus, der an die Einzigkeit Gottes und die Auserwählung Israels die Zuversicht in die Verwirklichung des Gottesreiches auf Erden anschließt. Der Hymnus zählt zu den erhabensten Stücken des jüdischen Gebetbuches.
Alija	hebr. das Hinaufsteigen. 1. Aufgerufenwerden zur Vorlesung aus der Tora. 2. Als religiöse Pflicht geforderte Pilgerfahrt der Juden nach Palästina. 3. Einwanderung der Juden in Palästina; Einwanderungsorganisation.
baleboste	jidd. Hausherrin
bar mizwa	hebr. 1. jüdischer Junge, der das 13. Lebensjahr vollendet hat. 2. Der Akt der Einführung des Jungen in die jüdische Glaubensgemeinschaft; die entsprechende Feier.
bejgel	jidd. Art Gebäck, Kringel, Beugel
berje	jidd. tüchtige Hausfrau
Beth Schalom	hebr. Haus des Friedens
bobe	jidd. Großmutter
bobe-majßes	jidd. Ammenmärchen
bobkes	jidd. Quatsch; Tand, wertloses Zeug

briß	jidd. Beschneidungsfeier
chala	hebr. Weißbrot für den Schabbat, Barches
Chamorros	Eingeborene der Marianen
Chanukka	hebr. im Dezember gefeiertes jüdisches Fest zur Erinnerung an die 165 v. Chr. von Judas Makkabäus veranlaßte Wiederaufnahme des Jerusalemer Tempeldienstes. Charakteristisch für das achttägige Fest ist das täglich fortschreitende Anzünden der Lichter des achtarmigen Chanukkaleuchters, daher auch »Lichterfest«.
chaser	jidd. Schwein; Schweinehund
choßn	jidd. Bräutigam
chuppa	hebr. Baldachin für das Brautpaar
D-Day	Tag der alliierten Landung in der Normandie, 6. Juni 1944.
drejdl	jidd. ein Trendel, ein würfelförmiger Kreisel, mit dem die Kinder am Chanukka-Fest spielen; auf den Seiten stehen anstelle der Augen die hebr. Buchstaben Nun, Gimel, He und Schin mit der Bedeutung *ness gadol haja scham*: ein großes Wunder geschah dort.
Eine Nacht auf dem kahlen Berge	symphonische Dichtung von Modest Mussorgski, die einen Hexensabbat schildert.
emplumado	span. gefiedert
Erew Rosch Ha-Schana	hebr. Abend, Rüsttag vor Neujahrsanfang am 1. und 2. des Monats Tischri (September/Oktober)

goj, gojim	jidd. Nichtjude, Nichtjuden
Halacha	hebr. Wandel. Bezeichnung sowohl des gesetzlichen Teils der jüdischen Überlieferung im ganzen als auch einer Einzelbestimmung. Die Halacha umfaßt als schriftliche Tora die Gebote der fünf Bücher Mose, als mündliche Tora deren Interpretation sowie nicht in der Bibel enthaltene, biblischen Geboten jedoch gleichgeachtete Vorschriften.
jente	jidd. Klatschbase
Kaddisch	hebr. Gebet für das Seelenheil Verstorbener
kejn ajnore	jidd. kein böser Blick; sinngemäß: toi, toi, toi, unberufen!
kezele	jidd. Kätzchen
Larousse	französisches Konversationslexikon; der *Petit Larousse* entspricht in etwa dem deutschen Duden.
l'chaim	hebr. Zum Leben! Zuruf beim Trinken.
Magen David	hebr. Davidstern
mame	jidd. Mutter
mamser	jidd. Bankert; Mistkerl
masel tow	hebr. Viel Glück!
Midrasch	hebr. Forschung, Auslegung; Bezeichnung für eine Gattung des rabbinischen Schrifttums sowie für eine Methode der Schriftauslegung in der jüdischen Religion.

mizwe	jidd. gute, gottgefällige Tat
Pessach	hebr. Überschreitungsfest, achttägiges Fest im März/April zur Erinnerung an die Befreiung Israels aus der ägyptischen Knechtschaft.
Poale Zion	hebr. »Arbeiter Zions«, jüdisch-sozialistische Partei
PPF	Parti populaire français, französische Volkspartei, 1936 von dem ehemaligen Kommunisten Doriot gegründete faschistische Partei, während der deutschen Besetzung größte Kollaborationspartei.
Purimspiel	volkstümliche dramatische Aufführung, die die Geschichte von Esther und Haman darstellt.
schajnele	jidd. Koseform von schajn: Schein, Glanz
schiwe	jidd. die sieben Trauertage nach dem Tod eines nahen Verwandten
Schma Israel	hebr. Höre, Israel! Beginn des jüdischen Glaubensbekenntnisses *Schma jisroel, adonai elohenu, adonai echod*: Höre, Israel, der Ewige ist unser Gott, der Ewige ist einzig. Dieser Vers wurde schon in alter Zeit von Sterbenden gesprochen.
schlob	jidd. ungehobelter Kerl
ßejder	jidd./hebr. Ordnung. Der häusliche Familiengottesdienst an den beiden ersten Abenden des Pessachfestes, der nach einer vorgeschriebenen Ordnung stattfindet und in dessen Verlauf die Worte *L'schana habaa wiruschalajim*, kommendes Jahr in Jerusalem, gesprochen werden.
taschlich	hebr. alter Brauch; man begibt sich am zweiten

	Neujahrstag zum Stadtfluß, um sich durch Entleeren der Taschen symbolisch seiner Sünden zu entledigen und sich reinzuwaschen, wobei ein Gebet gesprochen wird, das mit dem Vers (Micha 7,19) *taschlich* ..., versenke in die Meerestiefen alle ihre Sünden, beginnt.
tate	jidd. Vater
toches	jidd. Hintern
trejf	jidd. nicht koscher
UGIF	Union générale des israélites de France, Ende 1941 gebildete, von den Deutschen kontrollierte jüdische Zwangsvereinigung, der 'Judenrat' Frankreichs.
WAVES	Women's Appointed Volunteer Emergency Service, Reservemarinehelferinnen.
zazkele	jidd. Koseform von zazke: Spielzeug, Zierat

Inhalt

Marge Piercy

Er, Sie und Es

Social Fantasies 2036 · ISBN 3-88619-936-3

Zwischen Cyberspace und jüdischer Mythologie: Der Zukunftsroman Er, Sie und Es verbindet die actionreichen Abenteuer einer jungen Cyberspace-Spezialistin mit der nachdenklichen Weisheit des jüdischen Golem-Mythos: Unter dem Kunsthimmel einer Konzernstadt des 21. Jahrhunderts kämpft die Technikerin Shira um das Sorgerecht für ihr Kind. Tausende Kilometer entfernt, in der freien Metropole Tikva, erzählt ihre talmudkundige Großmutter Malkah einem Cyborg Gutenachtgeschichten. Die Legende führt zurück ins 16. Jahrhundert. Denn wie einst Rabbi Loew einen Golem schuf, um das Prager Ghetto vor Pogromen zu schützen, so braucht auch die Stadt Tikva ein Bollwerk gegen die mächtigen Multi-Konzerne ...

»Marge Piercy hat das, was wenige Schriftsteller heute haben: eine soziale Phantasie, die ihr Zukunftsvisionen erlaubt, wo andere die Politik längst aufgegeben haben.« (NDR Buchtip)

Frau am Abgrund der Zeit

SF - Social Fantasies 2015 · ISBN 3-88619-915-0

Consuelo »Connie« Ramos lebt in den Slums von New York. Als sie versucht, ihre Nichte vor einem Zuhälter zu schützen, wird sie bewußtlos geprügelt und erwacht im Irrenhaus. Doch da ist jemand, den Anstaltsmauern nicht fernhalten können: ein geheimnisvolles Wesen namens Luciente, das schon früher manchmal bei Connie aufgetaucht ist. Sie weiß nicht recht, was sie davon halten soll. Ist es ein junger Mann, der ältere Frauen abschleppt? Luciente selbst behauptet, nur virtuell anwesend zu sein - ein Mensch aus der Zukunft. Undenkbar?

Connie Ramos‘ Gratwanderung zwischen gewaltsam verabreichten Psychopharmaka und einer gesunden, menschlich reiferen Zukunft birgt phantastische Entwürfe zu heutigen Problemen und globalen Krisen. Der Roman wird zum Thriller, als sich zeigt, daß Lucientes Zeit durch Connies Gegenwart gefährdet ist ...

Argument/Ariadne – das Romanprogramm im Überblick

Allen, Kate
- Wie es dir gefällt
AK 1081; ISBN 3-88619-581-3

Andreae, Christine
- Grizzly
AK 1114; ISBN 3-88619-844-8

Balan, Bruce
- Cyber.kdz 1 – Virenjagd
NB 3001; ISBN 3-88619-981-9
- Cyber.kdz 2 – Pixelbluff
NB 3007; ISBN 3-88619-987-8
- Cyber.kdz 3 – SOS Nasa
NB 3011; ISBN 3-88619-991-6
- Cyber.kdz 4 – Amazonas offline
NB 3014; ISBN 3-88619-994-0
- Luke Harrison 1 – Begegnung in der High Sierra
NB 3002; ISBN 3-88619-982-7
- Luke Harrison 2 – Zwischenfall an einem regnerischen Nachmittag
NB 3008; ISBN 3-88619-988-6
- When The Music's Over
SF 2045; ISBN 3-88619-945-2

Beadle, Jeremy
- Unterm Strich
PP 2041; ISBN 3-88619-941-X

Béguin, ReBecca
- Im roten Bereich
AK 1117; ISBN 3-88619-847-2

Bick, Martina
- Blutsbande
AK 1130; ISBN 3-88619-860-X

Bookbinder, Bernie
- Das Baseball-Outing
PP 2013; ISBN 3-88619-913-4

Bushell, Agnes
- Der Fall mit dem Kristall
AK 1091; ISBN 3-88619-591-0
- Tanz der Schatten
AK 1071; ISBN 3-88619-571-6

Çakan, Myra
- Downtown Blues
SF 2065; ISBN 3-88619-965-7

Camones, Ann
- Verbrechen lohnt sich doch!
AK 1065; ISBN 3-88619-565-1

Cannell, Dorothy
- Auf dem Holzweg
AK 1058; ISBN 3-88619-558-9; 19 DM
- Der Witwenclub
AK 1026; ISBN 3-88619-526-0
- Die dünne Frau
AK 1016; ISBN 3-88619-516-3

Carlson, P.M.
- Blut ist dicker als Mord
AK 1100; ISBN 3-88619-830-8
- Blutstrom
AK 1090; ISBN 3-88619-590-2
- Bühne frei für Mord
AK 1064; ISBN 3-88619-564-3
- Grabes Stimme
AK 1076; ISBN 3-88619-576-7
- Heiß genug für Mord
AK 1070; ISBN 3-88619-570-8
- Makler und Mord
AK 1052; ISBN 3-88619-552-X
- Miss Mooney
AK 1132; ISBN 3-88619-862-6
- Sicher ist nur Mord
AK 1022; ISBN 3-88619-522-8
- Studie mit Mord
AK 1082; ISBN 3-88619-582-1
- Todes Hauch
AK 1106; ISBN 3-88619-836-7
- Versuch mit Mord
AK 1032; ISBN 3-88619-532-5
- Vorspiel zum Mord
AK 1012; ISBN 3-88619-512-0

Chan, Melissa
- Geld heilt alle Wunden
AK 1073; ISBN 3-88619-573-2

Charest, Danielle
- Die Ohnmacht
AK 1089; ISBN 3-88619-589-9

Cody, Liza
- Eva sieht rot
AK 1134; ISBN 3-88619-864-2
- Was sie nicht umbringt
AK 1128; ISBN 3-88619-858-8

Crossley, Barbara
- Kandierte Küste
AK 1062; ISBN 3-88619-562-7

D'Alpuget, Blanche
- Virus
AK 1088; ISBN 3-88619-588-0

D'anna, Lynnette
- Zeit der Blöße
NB 3009; ISBN 3-88619-989-4

D'Arnuk, Nanisi Barrett
- Vollzug
AK 1119; ISBN 3-88619-849-9

Day, Marele
- Das Verschwinden der M. Grimaldi
AK 1104; ISBN 3-88619-834-0
- Der letzte Tango der Dolores Delgado
AK 1094; ISBN 3-88619-594-5

Douglas, Lauren Wright
- Artemis' Töchter
AK 1053; ISBN 3-88619-553-8
- Lauernde Bestie
AK 1005; ISBN 3-88619-505-8
- Sieben Leben
AK 1041; ISBN 3-88619-541-4

Argument/Ariadne – das Romanprogramm im Überblick

Komo, Dolores
- Clio Browne, Privatdetektivin
AK 1018; ISBN 3-88619-518-X

Konopik, Iris/Laudan, Else
- Best of Sex bei Ariadne
ISBN 3-88619-719-0

Konopik, Iris/Montag, Stefanie
- Coming Out Lesebuch
ISBN 3-88619-718-2

Kremmler, Katrin
- Blaubarts Handy
AK 1131; ISBN 3-88619-861-8

Kuik, Dirkje
- Pudelmütze
AK 1078; ISBN 3-88619-578-3

Lasserre, Sonja
- Gestern, heute und kein Morgen
AK 1020; ISBN 3-88619-520-1

Lauren, Jessica
- Zweimal sterben
AK 1051; ISBN 3-88619-551-1

LeGuin, Ursula K.
- Das Wort für Welt ist Wald
SF 2027; ISBN 3-88619-927-4
- Planet der Habenichtse
SF 2043; ISBN 3-88619-943-6

Lehtolainen, Leena
- Kupferglanz
AK 1118; ISBN 3-88619-848-0

Lewin, Waldtraut
- Alter Hund auf drei Beinen: Frau Quade ermittelt
Adn 2017; ISBN 3-88619-917-7
- Dicke Frau auf Balkon
Adn 2002; ISBN 3-88619-902-2
- Frau Quade sprengt die Bank
Adn 2019; ISBN 3-88619-919-3
- Frau Quades Welt bricht zusammen
Adn 2033; ISBN 3-88619-933-9

Lewin, Waldtraut, u. Miriam Margraf
- Jochanaan in der Zisterne
Adn 2009; ISBN 3-88619-909-6
- Kleiner Fisch frisst großen Fisch
Adn 2025; ISBN 3-88619-925-8

Liedtke, Anja
- Grün Gelb Rot – Ein Heimatroman
NB 3006; ISBN 3-88619-986-X

Macquet, Claire
- Auf der Suche nach Ammu
AK 1061; ISBN 3-88619-561-9

Magezis, Joy
- Schüttelfrost
AK 1028; ISBN 3-88619-528-7

Mann, Jessica
- Das Gewerbe der Mrs.Knox
AK 1006; ISBN 3-88619-506-6
- Die Spur des Schatzes
AK 1060; ISBN 3-88619-560-0

Marcy, Jean
- Eiskaltes Blond
AK 1133; ISBN 3-88619-863-4

McCaffrey, Anne
- Die Wiedergeborene
NB 3005; ISBN 3-88619-985-1

McDermid, Val
- Das Kuckucksei
AK 1095; ISBN 3-88619-595-3
- Das Manuskript
AK 1105; ISBN 3-88619-835-9
- Das Nest
AK 1021; ISBN 3-88619-521-X
- Der Aufsteiger
AK 1059; ISBN 3-88619-559-7
- Der Fall
AK 1033; ISBN 3-88619-533-3
- Die Reportage
AK 1013; ISBN 3-88619-513-9
- Luftgärten
AK 1124; ISBN 3-88619-854-5
- Skrupellos
AK 1126; ISBN 3-88619-856-1

McHugh, Maureen F.
- ABC Zhang
SF 2053; ISBN 3-88619-953-3

Mechtel, Hartmut
- Das Netz der Schatten
Adn 2016; ISBN 3-88619-916-9
- Der unsichtbare Zweite
Adn 2008; ISBN 3-88619-908-8
- Die Spitze des Kreises
Adn 2028; ISBN 3-88619-928-2

Meehan, Maurilia
- Furie hinter den Spiegeln
SF 2039; ISBN 3-88619-939-8

Michels, Bernd
- Akte Zirkon
Adn 2048; ISBN 3-88619-948-7
- Laubenleiche
Adn 2038; ISBN 3-88619-938-X
- Mafiakind
Adn 2020; ISBN 3-88619-920-7

Miller, Martha
- Neun Nächte
AK 1135; ISBN 3-88619-865-0

Möllenberg, Holger
- Die Adonisfalle
PP 2061; ISBN 3-88619-961-4

Moers, Meier, Bühring, Budéus
- Die Beatles – Geschichte und Chronologie
ISBN 3-88619-698-4

Argument/Ariadne – das Romanprogramm im Überblick

Murray, Lynne
- Mit anderen Mitteln
AK 1066; ISBN 3-88619-566-X

Muser, Martin
- Granitfresse
Adn 2023; ISBN 3-88619-923-1
- Das ohmsche Gesetz
Adn 2063; ISBN 3-88619-963-0

Nava, Michael
- Das innere Gesetz
PP 2018; ISBN 3-88619-918-5
- Der kleine Tod
PP 2001; ISBN 3-88619-901-0
- Die lange Nacht
PP 2068; ISBN 3-88619-968-1
- Goldjunge
PP 2003; ISBN 3-88619-903-7
- In einer Stadt so nett
PP 2011; ISBN 3-88619-911-8
- Todes Nähe
PP 2030; ISBN 3-88619-930-4
- Verbrannte Erde
PP 2040; ISBN 3-88619-940-1; geb. 19,80 DM

Nelle, Florian
- Kalter Frühling
SF 2032; ISBN 3-88619-932-0

Nolte, Ulrike
- Jägerwelten
SF 2052; ISBN 3-88619-952-5

Outland, Orland
- Mordsduft
PP 2049; ISBN 3-88619-949-5
- Todschick
PP 2042; ISBN 3-88619-942-8

Papazoglou, Orania
- Süß wie der wilde Tod
AK 1042; ISBN 3-88619-542-2

Pei, Lisa
- Die letzte Stunde
AK 1063; ISBN 3-88619-563-5

Piercy, Marge
- Er, Sie und Es
SF 2036; ISBN 3-88619-936-3
- Frau am Abgrund der Zeit
SF 2015; ISBN 3-88619-915-0
- Menschen im Krieg
RA 4004; ISBN 3-88619-478-7

Pincus, Elizabeth
- Einsamer Twist
AK 1121; ISBN 3-88619-851-0
- Katerwalzer
AK 1127; ISBN 3-88619-857-X
- Schleppertango
AK 1109; ISBN 3-88619-839-1

Redmann, J.M.
- Mississippi
AK 1055; ISBN 3-88619-555-4
- Sag niemals ja
AK 1087; ISBN 3-88619-587-2
- Stein der Waisen
AK 1103; ISBN 3-88619-833-2
- Stirb, Jokaste!
AK 1069; ISBN 3-88619-569-4

Riefflin, Karen (Hg.)
- Waterkant in Mörderhand
Kriminalgeschichten aus Hamburg
ISBN 3-88619-494-9

Russ, Joanna
- Eine Weile entfernt
SF 2059; ISBN 3-88619-959-2

Scharsich, Dagmar
- Die gefrorene Charlotte
AK 1048; ISBN 3-88619-548-1

Scheen, Kjersti
- Vorhang zum Tod
AK 1102; ISBN 3-88619-832-4

Schulman, Sarah
- Leben am Rand
RA 4001; ISBN 3-88619-575-2
- Ohne Delores
AK 1025; ISBN 3-88619-525-2
- Schimmer
RA 4003; ISBN 3-88619-477-9
- Sophie Horowitz
AK 1077; ISBN 3-88619-577-5

Scott, Rosie
- Raubstadt
SF 2073; ISBN 3-88619-973-8
- Tage des Ruhms
AK 1036; ISBN 3-88619-536-8

Shirley, John
- Eclipse 1 – Sonnenfinsternis
SF 2066; ISBN 3-88619-966-5
- Eclipse 2 – Halbschatten
SF 2072; ISBN 3-88619-972-X
- Es werde Licht
SF 2046; ISBN 3-88619-946-0
- Stadt geht los
SF 2054; ISBN 3-88619-954-1

Singer, Shelley
- David als Pfand
AK 1096; ISBN 3-88619-596-1
- Glänzende Aussichten
Adn 2010; ISBN 3-88619-910-X
- Sara verzweifelt gesucht
AK 1116; ISBN 3-88619-846-4

Småge, Kim
- Die weißen Handschuhe
AK 1014; ISBN 3-88619-514-7
- Nachttauchen
AK 1056; ISBN 3-88619-556-2
- Tapetenwechsel
AK 1086; ISBN 3-88619-586-4

Sterling, Bruce
- Schismatrix
SF 2058; ISBN 3-88619-958-4

Argument/Ariadne – das Romanprogramm im Überblick

Stern, Adriana
- Hannah und die Anderen
NB 3013; ISBN 3-88619-993-2

Stevenson, Richard
- Umgepolt
PP 2024; ISBN 3-88619-924-X
- Verraten und verkauft
PP 2037; ISBN 3-88619-937-1

Stewart, Sean
- Der schwarze Dolch
NB 3010; ISBN 3-88619-990-8
- Die Nachtwache
SF 2044; ISBN 3-88619-944-4
- Schwester des Sturms
NB 3015; ISBN 3-88619-995-9

Sturgeon, Theodore
- Die Ersten ihrer Art
SF 2064; ISBN 3-88619-964-9

Sulzenbacher, Hannes
- Letzter Walzer
PP 2069; ISBN 3-88619-9690-X
- Wiener Gift
PP 2050; ISBN 3-88619-950-9

Taylor, Jean
Wir wissen, wo du wohnst
AK 1101; ISBN 3-88619-831-6

Taylor, L.A.
- Das liebe Geld
AK 1038; ISBN 3-88619-538-4

Thommes, Susanne
- Kronzeugen
Adn 2026; ISBN 3-88619-926-6

Togawa, Masako
- Der Hauptschlüssel
AK 1010; ISBN 3-88619-510-4

Warren, Patricia Nell
- Mission Himmelstürmer
NB 3003; ISBN 3-88619-983-5

Webb, Cynthia
- Florida Blues
AK 1111; ISBN 3-88619-841-3

Wieler, Diana
- RanVan 1 – Das große Spiel
NB 3004; ISBN 3-88619-984-3
- RanVan 2 – Der böse Zwilling
NB 3012; ISBN 3-88619-992-4

Wilson, Barbara
- Belladonna – Neun Reisen mit Cassandra
AK 1097; ISBN 3-88619-597-X
- Der Porno-Kongreß
AK 1019; ISBN 3-88619-519-8
- Ein Abend mit Vivaldi
AK 1123; ISBN 3-88619-853-7
- Ein Nachmittag mit Gaudí
AK 1027; ISBN 3-88619-527-9
- Mord im Kollektiv
AK 1079; ISBN 3-88619-579-1
- Schwestern der Straße
AK 1049; ISBN 3-88619-549-X
- Trubel in Transsylvanien
AK 1057; ISBN 3-88619-557-0
- Unbescheidene Frauen
RA 4002; ISBN 3-88619-576-0

Wilson, John Morgan
- Der Gerechte
PP 2031; ISBN 3-88619-931-2

Wings, Mary
- Sie kam allein
AK 1115; ISBN 3-88619-845-6
- Sie kam als Mann
AK 1129; ISBN 3-88619-859-6
- Sie kam gestochen scharf
AK 1085; ISBN 3-88619-585-6
- Sie kam zu spät
AK 1031; ISBN 3-88619-531-7
- Sie war schnell wie der Blitz
AK 1047; ISBN 3-88619-547-3

AK = Ariadne Krimi; AF = Ariadne Forum; Adn = Adrenalin; NB = Nachtbrenner; RA = roman ariadne; PP = Pink Plot; SF = Social Fantasies